古體小説鈔

上

宋元卷

程毅中 等編

中華書局

圖書在版編目(CIP)數據

古體小説鈔/程毅中等編. —北京:中華書局,2021.5
(2022.9 重印)
ISBN 978-7-101-14854-1

Ⅰ.古… Ⅱ.程… Ⅲ.古典小説-小説集-中國
Ⅳ.I242

中國版本圖書館 CIP 數據核字(2020)第 203430 號

責任印製:管 斌

古體小説鈔
(全三册)
程毅中 等編
*
中華書局出版發行
(北京市豐臺區太平橋西里 38 號 100073)
http://www.zhbc.com.cn
E-mail:zhbc@zhbc.com.cn
三河市宏達印刷有限公司印刷
*
850×1168 毫米 1/32 · 53¼印張 · 6 插頁 · 1145 千字
2021 年 5 月第 1 版 2022 年 9 月第 2 次印刷
印數:1500-2400 册 定價:248.00 元

ISBN 978-7-101-14854-1

再版前記

本書編纂於二十多年前，宋元卷於一九九五年出版，明代卷和清代卷是二〇〇一年面世的，其間曾有一些周折和增減，詳見各卷的後記。現在看來，仍有許多不足之處，一時難以彌補。爲了提供一個較簡的古體小説選本，中華書局還願意把三卷合起來再版，我們感到十分欣慰，又不無遺憾。近年來，古體小説已有不少新的選本和新的論著，足資參考。這次再版，因爲用原書掃描複製，只能挖改一些顯著的錯誤，不能對全書進行全面修訂。但有些比較重要的問題，先在這裏作一點説明。如宋元卷的《諧史》作者，李劍國《宋代傳奇集》（中華書局二〇〇一年版）已據《吳興備志》卷十三考爲沈俶；明代卷《鴛渚志餘雪窗談異》的作者，陳國軍已據崇禎刊《嘉興府志》考爲周紹濂（《論〈鴛渚志餘雪窗談異〉的作者、創作時間及其他》，《中華文史論叢》總七十五輯，二〇〇四年）；清代卷《挑燈新録》的作者，薛洪勣、王汝梅《稀見珍本明清傳奇小説集》已據《近五十年見聞録》考爲吳仲成；《道聽塗説》作者潘綸恩的生卒年，陸林已據《滎陽潘氏統宗譜》考定爲一八〇二—一八五八年（《清代文言小説家潘綸恩生卒定考》，《明清小説研究》二〇〇二年四期）。凡此類新的材料，都需重加考慮吸取，只能期待今後訂補了。敬請讀者諒鑒，並希隨時指正，以待有機會時一併修訂。

程毅中

二〇二一年二月

前言

中國小説的發展經過了漫長曲折的道路，題材不斷演變，體裁不斷更新，範圍不斷擴展，從漢代的「叢殘小語」到明清的長篇小説，有很多不同的體製和流派。簡略説來，古代小説也和詩歌一樣，可以分爲古體和近體兩大系統。古體小説大體上相當於文言小説，近體小説大體上相當於白話小説。但文言小説却不完全等於古體小説，如《三國演義》還是用淺近的文言文寫的，孫楷第《中國通俗小説書目》裏也著録了像《風月相思》、《蟫史》之類的文言作品。古體小説則限於志怪、傳奇及雜俎筆記，有人稱之爲舊小説。又可以分爲若干小類，如明人胡應麟曾把小説分爲志怪、傳奇、雜録、叢談、辨訂、箴規六類，雖然還没有把當時已經盛行的近體小説包括在内，然而包括了傳奇，而且把它列在第二位，就和傳統的目録學家有所不同了。浦江清先生曾在《論小説》中指出：

他（胡應麟）把志怪傳奇卓然前列，與現代的看法相近。也許他原想把傳奇放在第一，因爲比較晚起而抑在第二的。這是説，在這一千六百年之中，雖然小説的定義大體上還沒有變動，但是因爲範圍擴大，新的東西佔據了重要的位置，而從前人所着重的東西退爲附庸了。這裏面就包含有觀念的演化。

到了編纂《四庫全書》時，小説家裏不列傳奇之目，又把胡應麟所説的叢談、辨訂、箴規之類的大部分作品歸入了雜家，確有其合理的方面。《四庫全書》的小説家又分三個屬類，卽雜事、異聞、瑣語。這個分類法影響較大，至今還有不少書目都照此編列。《四庫全書》的總纂官紀昀還在别的地方發表了一番見解：

> 《聊齋志異》盛行一時，然才子之筆，非著書者之筆也。虞初以下，干寶以上，古書多佚矣。其可見完帙者：劉敬叔《異苑》，陶潛《續搜神記》，小説類也；《飛燕外傳》、《會眞記》，傳記類也。《太平廣記》事以類聚，故可并收。今一書而兼二體，所未解也。（見盛彦時《姑妄聽之跋》）

紀昀所説的傳記，實際上指唐代開始興起的傳奇文。他認爲傳奇不是小説，因此他主編的《四庫全書》裏不僅不收單篇的傳奇，就是像《聊齋志異》這樣的書，也因爲「一書而兼二體」而摒棄不録的。其實唐人的一書而兼衆體的《酉陽雜俎》，不就收入了《四庫全書》的小説家嗎？不承認「用傳奇法而以志怪」（魯迅語）的作品爲小説，無非是紀昀的偏見而已。《四庫全書總目》在雜事之屬的小説書目後面特别加了一段説明：

> 案紀錄雜事之書，小説與雜史最易相淆。諸家著錄，亦往往牽混。今以述朝政軍國者入雜史，其參以里巷閒談詞章細故者則均隸此門。《世説新語》古俱著錄於小説，其明例矣。

館臣們舉了《世説新語》以見例，但是並没能説清楚雜事小説與雜史的界限。《四庫全書》的雜史類以《國語》、《戰國策》爲代表，對紀實性的要求很高。可是收到了元人劉一清的《錢塘遺事》，却正是記里巷閒談詞章細故的了。《世説新語》是一種比較特殊的小説，魯迅把它和同類體製的書稱爲「志人」小說，那是從志怪小説的名稱推衍而來的。如果以《世説新語》爲標準，那麽很大一部分雜事小説缺乏文采，記事而不善於記言，傳人而不善於傳神，恐怕不能統稱之爲志人小説，也許可以稱之爲志事小説。劉知幾的《史通》把《世説》列爲「瑣言」，而另外立了「逸事」一類。後人把這類書稱爲逸事或軼事小説，注意的是史傳所軼的事。

《四庫全書》所收三個屬類的小説，後人又統稱之爲筆記小説。筆記這個名稱，本指散文的一體。劉勰《文心雕龍·才略》説：「路粹、楊修頗懷筆記之工。」實際上路、楊二人是長于章奏的。最早以筆記命名的書是宋祁的《筆記》（後人稱之爲《宋景文公筆記》），在《四庫全書》裏列在雜家。近代人常用筆記小説來統稱除了單篇傳奇之外的古體小説，這還是承襲了漢代人「叢殘小語」的小説觀。它包羅的範圍太廣，幾乎把筆記和小説混而爲一了。如民國初年王均卿主編的《筆記小説大觀》有五百册之多，不僅今天我們看來不全是小説，其中有不少書在《四庫全書》裏也是不屬小説家類的。最近台灣有一家公司新編的一部《筆記小説大觀》，竟把《韓詩外傳》、《獨斷》以至《曲海總目提要》等書也收録在内，那更是泛濫無邊了。筆記本來不全是小説，何況有些書連筆記也不是呢。把筆記和小説等量齊觀，只能把小説的概念搞得更亂。總的説來，中國古代小説的外延越來越廣，不但宋元以後「小説」由説話家數之一擴展爲一切近體小説的通稱，而且古體小説的範圍也在擴展。正如魯迅所説：「但看中國進化的情形，却有兩種特別的現象：一種是新的東西來了好久之後而舊的又回復過來，即是反覆；一種是新的來了好久之後而舊的並不廢去，即是羼雜。」（《中國小説的歷史的變遷》）一般説文體的變革不可能一蹴而就，小説的新體裁來了之後而舊體裁還會繼續存在一個時期。直到清末民初，古體小説與近體小説還在並駕齊驅，也不足爲怪。與之相應的，筆記小説這一名稱也漫無邊際地被用於一切雜著瑣記。我們今天要研究古代小説，首先就會遇到正名的問題。

宋代之前的小説，可以拿《太平廣記》作爲範例。《太平廣記》是古代小説的淵藪，雖然其中收入了不少應屬史部或子部其它家數的作品，但大多數是具有故事性的叙事文學。魯迅先生説：「我以爲《太平廣記》的好處有二，一是從六朝到宋初的小説幾乎全收在内，倘若大略的研究，即可以不必别買許多書。二是精怪，鬼神，和尚，道士，一類一類的分得很清楚，聚得很多，可以使我們看到厭而又厭，對於現在談狐鬼的《太平廣記》的子孫，再没有拜讀的勇氣。」（《破〈唐人説薈〉》）浦江清先生也説：「元明以後，筆記小説雖依舊盛行，出來了不少著作，但體製和門類再不能超出宋以前所有。依據現代的觀點，唐人傳奇已經到了文言小説的最高峰，九七八年《太平廣記》的結集，可以作爲小説史上的分水嶺，此後是白話小説浸灌而成長江大河的局面。」（《論小説》）

他們的論述都對《太平廣記》一書作了充分的估價，同時又對中國小説史作了一個劃分階段的總結。然而《太平廣記》之後還有一些不無可取的古體小説，例如魯迅也曾選録的宋人傳奇，直到清代，還出現了蒲松齡的《聊齋志異》，更如奇峰突起，令人耳目一新，從而又興起了清代擬古派小説的一個小高潮。在此之前，如五代（或宋初）人的《燈下閒談》，劉斧編的《青瑣高議》，李獻民編的《雲齋廣録》，洪邁的《夷堅志》，瞿佑的《剪燈新話》等，也各具特色，盛行一時。宋代以後古體小説和近體小説齊頭並進，長期並行不廢，這是歷史的存在，我們也不能不給予應有的歷史地位，跟其他文化遺産一樣進行清理和研究。現在視小説爲「小道」的人已經不多了，但是像紀昀那種歧視古體小説中「才子之筆」的偏見却還不無影響，因此需要在這裏作一點必要的説明。

明人胡應麟對古體小説的研究非常精細，有不少很卓越的見解。他曾説：「余嘗欲取宋太平興國後及遼金元氏以迄於明，凡小説中涉怪者，分門析類，續成《廣記》之書，殆亦五百餘卷。」（《少室山房筆叢》卷三十六）可惜這部書並未編成。胡應麟之後，晚明以至清末的志怪小説還是日出不窮，彙集起來恐怕將在千卷以上，讀者更不免會「再没有拜讀的勇氣」了。因此我們想繼胡應麟的未竟之業，編一部古體小説的選本，時間還是上起宋初，下限則延至清末。因爲全唐小説已經有不止一位同志在從事編纂，而宋以後的古體小説則數量太大，佳作的確不多，總集的編纂似可緩議。本書的取材不限於志怪。爲了不致使讀者「看到厭而又厭」，只選録各個時期各種類型的代表作，力求精而不隘，廣而不濫，希望讀者嘗鼎一臠，還留有繼續讀下去的餘勇。

中國的古體小説，難于劃定明確的界限，已如上述。本書的編選考慮到中國小説的發展進程，試圖與現代的小説觀念相溝通，注重小説的藝術成就，以略具故事情節的作品爲主。選録的範圍包括傳奇、志怪及部分志人的作品。當然，我們也不能不顧及中國小説的歷史傳統，適當收録一些《四庫全書》所謂雜事小説中多少具有故事性的篇章，而且還選録了一部分雜家類和雜史類筆記中的異聞雜説。我們無法爲古體小説的領域劃定界綫，有些書裏包含着小説體的作品，但全書本身却不一定是小說。中國古代小說向來是崇尚紀實的，有不少是紀實性的野史雜記，往往自我標榜爲「聞之審，傳之的」（張邦基《墨莊漫録跋》）。即使是志怪小說，也都要交代來源，說是某人的親見親聞，像干寶那樣作爲「鬼之董狐」，以「明神道之不誣」。但志怪故事一望而知其出于虛構或訛傳，不妨一概視之爲小說，所以胡應麟只打算搜集志怪述異的作品。至于記載現實人間故事的，就很難判斷它是否事實。即使用史書來進行考證，也不一定能得出結論。有時野史倒可以糾正正史的錯誤，如魯迅先生所說：「野史和雜說自然也免不了有訛傳，挾恩怨，但看往事却可以較分明，因爲它究竟不像正史那樣地裝腔作勢。」（《華蓋集·這個與那個》）有些作品算志人小說還是野史雜說，主要拿藝術性來衡量。清人毛際可在《今世說序》中說：

昔人謂讀《晉書》如拙工繪圖，塗飾體貌，而殷、劉、王、謝之風韻情致，皆於《世說》中呼之欲出。蓋筆墨靈雋，得其神似，所謂頰上三毛者也。

他對《世說新語》和史書的區別，似乎比《四庫全書總目提要》講得更爲恰當一些。在寫實的基礎上加以描摹，做到形似而兼神似，應該說是志人小說的特徵。古代雜說筆記裏往往記載了大量神怪狐鬼的故事，包括記載了不少科技史料的《夢溪筆談》也不免設有「神奇」、「異事」等門類，更不必說那些本以小說自居的書了。這類異聞在當時也是作爲史實記載下來的。如洪邁《夷堅乙志序》所說：「若予是書，遠不過一甲子，耳目相接，皆表表有據依者。」其中迷信荒誕的成分自然顯而易見，無須一一指出。但作爲小說來看，即使志怪小說也有反映了生活側影和透露了思想閃光的。

古體小說的題材，的確有很多陳陳相因，舊調重彈的，猶如曹雪芹批評才子佳人小說的「千部一腔、千人一面」的弊病；但也有不少作家能够推陳出新、奪胎换骨，在傳統的題材中别出新意的，如蒲松齡就是一個能手。值得注意的一點是古體小説的作者都是文人，有的還是紀昀所説的「才子」。他們文化修養較高，在文字水平上比坊刻本的才子佳人及公案、神怪之類小説的作家還高明得多。我們正不必只以不够通俗而不承認其爲小説。從總體上説，我們注重作品的文學價值，力求能發掘一些在藝術上思想上有一定特色者。但高水平的作品不多，只能寬嚴相濟，兼收衆體，試圖編成一部古小説的繁簡比較適中的選本，以取代吴曾祺的《舊小説》，同時也希望能爲中國小説史的初學者提供一部分簡便易得而稍足憑信的資料。因此對每部或每篇作品作了一個簡要的題解，必要時在篇後附加按語，説明其故事源流及影響，或附録相關資料，以便參考。古代小説由于歷來得不到學者的重視，或則作者姓名湮没不彰，或則卷帙散佚不全，或則書名真僞莫辨。我們就見聞所及，作了一些考證和校訂的工作，挂漏自在所不免。

我曾編過一本《古小説簡目》，限于個人的能力，只編到了五代。有些朋友鼓勵我續編宋以下的書目。我考慮到，如果按諸家書目著録于小説類的書名來編，那麽袁行霈、侯忠義二位的《中國文言小説書目》已經珠玉在前了。如果按現存作品的内容來考察，那麽哪些書應該算小説還大可研究，已經亡佚的書更難以窺測。現在邀集幾位同好，共同編纂一部《古體小説鈔》，也含有以選存目的意圖。收録的上限從宋代開始，就因爲宋以前的有《太平廣記》可以利用。我們選録的面不像《太平廣記》那麽筆記、傳記、廣，也不分門類，重要的小説書都選一些較有特色的作品以示例，此外還收了一部分小説化的傳記、筆記。這個選目，也許可以作爲宋以後古體小説的一個參考書目來使用。至于每一種書的版本，不可能逐本比較，只能就曾經目驗的版本加以選録。關於版本的情況，參見書後的引用書目。

本書編纂中的疏失肯定不少，包括選録的不當和校勘、標點、考訂中的遺誤，統希讀者指正。

程毅中

一九八八年十月

凡例

一、本書上繼《太平廣記》，選輯宋元明清的文言小説，彙爲一集，編次則以作者年代先後爲序，佚名作者列在大致相當的地位。

二、選録作品重在文學性，取其在藝術上、思想上有一定特色者，具體標準則因書而異，或取其成就較高，或取其流傳甚少，或取其在小説戲曲史上曾有影響。雜史、傳記中具有故事性的作品亦酌量選録。

三、流傳甚廣的專集如《青瑣高議》、《剪燈新話》、《聊齋志異》等酌選其代表作，與通行的選本無法避免雷同，但適當避熟就新，亦不求全務多。

四、宋代以後小説多互見於選集、叢鈔、叢書，出處不一，文字多歧，輯録時盡量依據較好版本，必要時選用一兩種别本作校補，不校異同，不出校記，增字加〔　〕表示，删字加（　）爲識。舊本有僞託書名、改題作者、删改文字者，盡可能加以考辨。

五、編者對所選作品每種（篇）作一解題，簡介作者及版本，篇末注明出處或原書卷次。原書散佚、輯自他書者以文字最完整的出處列在首位。必要時在篇後附加按語，説明其故事源流及影響，或附録有關資料，以便參考。

六、本書除加標點外，無論長短均不分段，但原書所載詩詞提行另起者則保留原貌。

七、原書無標題者另擬標題，以主人公姓名或主題詞語爲題，加*爲識。

八、本書引用書目附列書後，著明作者、版本，罕見者注明藏家。書名以書中出現先後爲序。

目録

燈下閒談

佚名

二卷。撰人不詳。《秘書省續編到四庫闕書目》及《中興館閣書目》（據原書目録）曾著録，《文獻通考·經籍考》引陳氏説：「不知作者。」（今本《直齋書録解題》無此條）重編本《説郛》題江洵撰，不可信。瞿鏞《鐵琴銅劍樓書目》云：「當出宋人所作。」張鈞衡跋則謂：「大約宋初人，猶著于五代時也。」書中記有後唐天成間事，成書當在其後。因《太平廣記》未收此書，姑列在宋人之首。現存明鈔本及《適園叢書》本、商務印書館排印本，俱出宋陳道人書籍鋪刊本。底本缺文訛字甚多，僅《神仙雪冤》一篇，可據陶宗儀《説郛》及王世貞《劍俠傳》校補。作者自序云：「李太尉鎮蜀日，巡盜官韋絢編戎幕閒談》，冀釋其所聞，用資談話。余燈下與二三知己談對外，話近代異事，與生左子華謂余曰：『可録之以示諸友。』得之於信厚之士者方筆録之，離成二卷，目爲《燈下閒談》，亦類乎《戎幕閒談》云耳。」可見其著書緣起。

榕樹精靈

桂林幕吏穆師言，美風姿，屬文詞，善知音律，好游賞。中元節夜，點高燈、排百戲於府之西門，師言因觀游獨行青蘿帳內，樹柯交陰長衢呼爲青蘿帳。忽聞異香，瞥見一女子，衣藍羅衣，服翠冠珠珥，徘徊似有相慕。師言數四送目，深欲之，相隨數十步。女子回顧微笑，語曰：「誰家少年，故相隨人？」師言應曰：「無他，欲觀燈耳。」復言曰：「觀燈常事，何妨略過弊止。況別有奇異燈燭。」師言疑女子夙日未嘗見也。俄而至一室而入，張燈設饌，品味尤盛。又褰帷幄，有二女子席地環坐。女語女曰：「運偶時來，乃是宿分。」女乃邀並坐，師言未允。女復言曰：「不須辭免，早來何似莫開眼覷人？」舉席大笑，師言坐，酒數行，因問姓氏。女曰：「郎君何氏？」對曰：「穆。」女曰：「林。」諸女起賀曰：「林穆相宜，是吉兆矣。」女曰：「三代祖藻，詞林重德，翰苑名流。月裏高枝，記曾折矣；室中溫樹，未省言之。但抱端貞，豈慚松竹。方當直上之拜，寧防委地之虞。詢制言詞，遂遭謗鑠，乃至摘伐，不返木革。荏苒流泉，飄然三代。妾承陰育，不識風霜，惟慕高才，虛心久矣。幸逢觀看，得接光容。」言訖，師言盡不曉之，因問諸女姓氏。女曰：「妾諸房枝葉。」女曰：「喜會良宵，月斜漏促，請姊與穆郎同畢合巹，諸妹各述微詞。」女遂執金鏡當心，穆郎結同心在手。內有一女子吟曰：「團圓今夕色珍暉，結了同心翠帶垂。此後莫交塵點染，他年長照歲寒姿。」復一女子，上雙瑠璃杯，亦吟曰：「良宵織女會牽牛，瓊液成雙預獻酬。枝葉相連無替改，願同松竹保千秋。」復一女褰帳，詩曰：「揉藍綠色麴塵開，靜見三星入坐來。桂影已圓攀折後，願移長作棟梁材。」諸女辭去，師言與女接歡，覺困少寐，□□見一青衣相喚，持碧花牋詩一首：「珠露素中書□□，青羅帳裏寄鴛鴦。自憐孤影清秋夕，沾灑徘徊□□光。」女誦之，微笑曰：「可速來，同去觀光。」移刻，二女□□相呼曰：「恐逼曉看，則意中各不徹也。」師言與女相〔携〕出門，諸女畢集，既盡向游，略無暫舍，忽聞五更矣。女曰：「可回。此別卒未能相遇，明年今日復會耳。」女於裙帶上解素絹三尺，生拭汗畢，置懷中。女曰：「勿泄於人，不然禍及妾爾。」流涕相別。百餘步，遇同儕，執手曰：「玩弄何積年塵豌物？」嗅之自以爲香，他人聞之卽穢氣也。生因出素視之，乃亡人仰明之物。具道此事，穆與儕驚懼，復往舊所，諸女屋宇俱亡矣。翌日，穆與儕尋夜來會遇之處，乃一榕樹，空心丈餘，猶有燈爐酒痕尚在。穆因省女所敍三代之事，遂聞公府張玗尚書，伐去此樹。樹下汁如血色，自後遂絶精靈耳。（卷上）

桃花障子

盧相國商處子，性清淡孤高，不喜繁雜，相國憐之，暫寄冠裳，朝昏閑習於步虛，宴席倦聞於音樂。一夕，女子方掩户，和衣假寐，忽有一物自窗而入，覺身隨此物而出窗，乘虛而行，不知幾里，到一家，見一眇目道士。雙環青衣來云：「見備盤餚陳設。」令青衣持緘，如召賓客。未頃，青衣有異香氤氲入户。俄見一美丈夫、美女人，寶冠霞帔，跨鳳乘鸞，自空而至，揖道士曰：「自從炎漢陵夷，飛杯拜遇，今一見將近千年，蓬島□幾積遨游之夢。塵寰謫滿，應多喜會，深愜乃懷。」道士曰：「伏自信絶蓬瀛，謫居塵世，七百年内，履歷人間。只思賣卜燒丹，但切矜孤恤寡，立功上達，睿澤下流。范陽佳人，夙契盟約，奏回上帝，命批依答。又以今來謫限將滿，既離鄽閈，特此咨邀。」遂揖環坐，舉杯命饌，語笑數巡。道士曰：「今宵佳會，況遇天人，好賦篇章，以代絃管。」頃刻，道士命牋毫，書云：「鵲羽橋成星斗連，何須携室下遥天。來逢蓬蓽當諸夜，共綴詞華染素牋。霓帔豈勞施粉藻，寶冠猶更貼花鈿。人間限滿離塵土，卽俟瑶階廁列仙。」道士執酒，少年亦濡染云：「乘鸞跨鳳下崑崙，正值三星影入門。銀燭高低攢寶帳，綵㡯交互勸瑶尊。藥靈許向人間說，《易》妙期於象外論。休憶當年陪孟德，繞梁爭看酒杯翻。」詩畢酒罷，夜闌，二少年謂曰：「且請道士與盧小娘子見親。」須臾，數青衣擁入帳中。青衣與女子卸衣服插釵，道士亦解衣，欲敍魚水之意。女子初違拒不允，青衣謂曰：「小娘子勿請辭免，乃道士與娘子萬億年之契分，非今日偶然也。」女子因從道士之情，半餘月日，女子自後稍覺清健。一夕，女子問道士曰：「嘗聞道家去大情欲，何故誣說也？」道士曰：「不然。《易》曰：『天地絪緼，萬物化淳。男女構精，萬物化生。』又曰：『一陰一陽之謂道也。』蓋仙家□□離乎人也。」女子曰：「然則女當有孕乎？」道士曰：「有之矣。」至曉，卻歸室中，女竟未省所由。一旦，相國與夫人坐次，見女子舉止似非室女。驚見如此，遂令嬭母竊視之。是夕，初見寢寐，初更後寂無喘息，揭其幃帳，不知所之。至曉，帳中儼然安寢。遂告夫人，夫人詢之，具告此事。夫人白於相國，相國曰：「我女處性澹泊，必遇神仙。」詰其所往，有何室宇驗之。女曰：「室宇尋常，記有夾竹桃花障子，當堂北壁而掛，畫工實佳耳。」相國曰：「今夕去時，以鍼度綫於帳子之上。」女乃依言記志。相公翌日晨起，處分兩街使，徧於兩市內有夾竹桃花障子，可借千條，仍須各題坊巷姓名。至午間，供到八百餘條，宛然有鍼度綫處，綃題云「通化坊賣藥道士左元放障子」。相國急遣左右密往而召之，慎勿驚動。既見，相公命入坐，敍酒饌，去左右，欲啓露前事。道士飲酒訖，將杯擲於梁上，杯翻宛轉，相公仰視，俄失道士。歸宅，尋小娘子，亦不知所在，尋訪累年，寂無蹤由矣。（同上）

鯉魚變女

朱相國朴未仕日，江淮兵革之後，荏苒鍾陵，隸於軍幕之中，假以倅戎之職，手不釋卷，口無妄言。一旦，途中遇一道士曰：「觀君之雙目，光淨射人，耳且小而輪郭聳貼，非凡俗之類也，豈宜久在塵泥也。能隨吾入廬山爲學，必取人間重禄。」遂解職，陳師事之禮從焉。因近山脚臨池構一茅屋，經年屏縱，略無人知。一夕，天地廓清，月色如晝，因臨階所誦《毛詩》，忽聞有人靸履而來。睇之，一女子自池畔徐徐而來，衣翠緑斕斑之衣，揖朴曰：「妾守空閨，不知幾更寒暑。久聞君子閑淡孤高，杜絶人世矣，妾雖弊舍咫尺，竟不敢略接風標。聞君子誦《南有嘉魚》之什，深動賤妾之意。徘徊數回，不覺吟詠而來。儻若不阻微誠，但願永奉箕箒。」朴揖而對曰：「余脱跡塵泥，苦心好學，俾夜作晝，息慮忘形。不識鉛華，罔知會遇。便希他適，不更此來。」女子泣而言曰：「可不聞『窈窕淑女，君子好逑』。讀《詩》豈拒其義也？」朴應曰：「我壯年未立，博學無聞，遁跡蓬蒿，何堪如是。願小娘子且歸，朴定無他婚。俟朴學優而仕日，當以禮相納耳。」女子曰：「妾非庸氏，族本王侯。幸覩清風，故來匹敵。蒙君見阻，大是慚人。若得際君恩之後，何患乎妾家無官矣。」朴曰：「休更妄言，再三相惑，我心匪石，不可轉也。」女子見朴情似怒，吟詩一章曰：「知君見積池塘夢，遣我方思變動來。操執若同顏叔子，今宵寧免淚盈顋。」吟畢曰：「觀君心堅氣壯，神爽清高，今能不逐邪心，他後必操斷柄。」即拜而去。又吟曰：「但持冰潔心，不識風霜警。任是懷禮容，無人顧形影。」朴慮其深夜有魔寐之事，乃入室取劍急逐之，至池側一揮而落水。明旦視之，

池中見鯉魚三尺而爲兩段耳。朴後徙於別所。（同上）

松作人語

賈松先輩，字夢得，未仕進時，多寄寓於湘浦之間。乾寧歲中，因游宜春，陟楊岐，遇僧齊己、虛中、韋洵美、唐稟二秀才，同寄於水心寺僧浩然房。是僧藏書千卷，松因循息此地踰兩稔，與諸公吟詠讀書而已。松耳順之年，未遂身名。一旦有僧相謂曰：「足下何須苦於篇章？況鬢髮星星，名利碌碌，縱得卑官薄宦，何如養志存神。貧僧曾遇至人，傳其大藥，須去羅浮配合，難得奇人。子骨貌非凡，舉止異俗，能同吾往羅浮山去否？至藥若成，必有分惠。便當朱陵脫質，紫府標名，取舍之間，試爲思忖。」因成二十字贈松云：「嵯峨山上石，歲歲色常新。若使盡成寶，誰爲知己人？」松乃諾之。遂同入羅浮，三年守真丹竈，藥既無成，吟且不廢。因夜靠松瞑目吟曰「白髮不由己」，如是數四，至於中夜。忽聞松上應聲曰：「黃金留待誰？」松乃大驚駭，復應曰：「松居此三年，未嘗遭遇。既聞詞句，不並凡常，願述因由，以解疑誤。」俄聞松上曰：「夫人年少，當苦節希名營身。子乃日暮頹光，何須勞形役思？」松乃啓曰：「亦自知老歲矣，所吟篇什，不叨利名，貴希範時流，規刺王室，使名不朽，雖歿猶生。」復曰：「子之善言也。吾乃軒轅氏，子知之乎？」松卽稽首再拜：「不期今日幸遇神仙，願示長生久視之門。」曰：「長生久視，在積習而至矣，豈教詔而得乎。若使道可獻之，時人莫不獻之於君；若使道可傳之，時人莫不傳之於子。子但能行之以內，知之以病，自可得其道也。觀子乃苦志力學之人也，今學已就，志尚未酬。今吾贈子龍虎新成丹一粒，延其天年一紀，折取月桂一枝。」松卽再拜，丹乃墜於手中 五色光彩。松卽嚥之，覺文體暢適，舉動〔輕〕（經）便。復言：「可製《天得一以清賦》，仍請用『聖君知之爲天下正』八字爲韻，便可酬其丹藥，賦之致之於松上。」言訖若飄風而〔逝〕（近）。松於八韻素不留心，信宿方成，依命致之於上訖。翌日便辭。及松回，復至宜春，語此事於諸公。諸公曰：「詩者，動天地，感鬼神。子之篇什達其妙矣，若西去，必捷大名。」松因詣鍾陵南平王，卽以解送。光化辛酉歲，杜德詳知舉，此時禮闈試賦，一字無差。將知神仙，預萌人事。松但濡毫書之，考試入格，果第八人成名，榜下授校書郎，乃在五老之數。號難老，以餌丹之故耳，其年冬，復回宜春。都官鄭谷郎中，時退居仰山，松因謁謝焉。松卽學詩弟子。問及第事，松對曰：「朝廷多事已來，公道濫濁，或以地望得之，或以權勢得之，或以趨附得之，或以才智得之，或以賄賂得之，亦有倔强得之。」鄭公曰：「子之編聯，何自得在人口？」松曰：「座稱之御柳舞著水。」谷笑曰：「此意不是倔强得之耶？」（同上）

神仙雪冤

吕用之在維揚日，佐渤海王專權擅政，害物傷人，具載於《妖亂志》中，此不繁述。中和四年秋，有商人劉損挈家乘巨船，自江夏至揚州。用之凡遇公私往來，悉令偵覘行止。劉妻裴氏有國色，用之以陰事構置，取其裴氏。劉下獄，獻金百兩免罪。雖卽脫於非横，然亦憤惋，因成詩三首，曰：「寶釵分股合無緣，魚在深淵日在天。得意紫鸞休舞鏡，斷蹤青鳥罷銜牋。〔金杯倒覆難收水，玉軫傾欹懶續絃。〕從此蘼蕪山下過，祇應將淚比流泉。其二鸞辭舊伴知何止，鳳得新梧想稱心。紅粉尚殘香冪冪，白雲將散信沈沈。已休磨琢投歡玉，懶更經營買笑金。願作山頭似人石，丈夫衣上淚痕深。其三舊嘗游處徧尋看，覩物傷情死一般。買笑樓前花已謝，畫眉窗下月空殘。雲歸巫峽音容斷，路隔星河去住難。莫道詩成無淚下，淚如泉湧亦須乾。」詩成，吟詠不輟。一日晚，凭水窗，見河街上一虬鬢老叟，行步迅疾，骨貌昂藏，眸光射人，彩色晶瑩，如曳冰雪，跳上船揖損曰：「子中心有何不平之事，抱鬱塞之氣？」損具對之。叟曰：「祇今便爲取賢閤并寶貨回，即發，不可更停於此也。」損察其意，必俠士也，再拜而啓曰：「長者能報人間不平，何不去蔓除根？豈更容姦黨？」叟曰：「吕用之屠割生民，奪君愛室，若今誅殛，固不爲難。實則愆過已盈，抑亦神人共怒，祇候冥靈聚録，方合身首支離，不唯戮及一身，亦須殃連七祖。且爲君取妻室，未敢逾越神明。」乃入吕用之家，化形於斗拱之上，叱曰：「吕用之違背君親，時行妖孽，以苛虐爲志，以惑亂律身，仍於喘息之間，更慕神仙之事。冥官方録其過，上帝即議行刑，吾〈合〉（今）戮爾形骸，但先罪以所取劉氏之妻，并其寶貨，速便還其前人。儻更悋色顧盼，必見頭隨刃落。」言畢，鏗然不見所適。用之驚懼惶惑，遽起，秉簡焚香再拜，夜遣幹事齎金并裴氏還劉損。損不待明，促舟子解維。虬鬢亦無縱跡耳。（同上）

按：後人據此改編爲黄損、裴玉娥故事，頗多增飾，見《情史》卷九引《北窗志異》。

湘妃神會

濮陽人，光啓中以中原喪亂，兵革(競)(竟)起，自上蔡將命嶺隅，經於湘邑駐泊。有博陵崔渥自蒲坂相次而至，於宴席中會遇，情甚相洽，因以爲友。博陵曰：「此地歲稔人安，且可寓乎？」濮陽曰：「然。」乃同寓於湘邑，但有一山可玩，一水可游，常挈杯觴，靡不經歷。春末，因謁二妃，各題一絶。濮陽曰：「目斷魂銷正惘然，九疑山際路漫漫。何人知得心中恨，空有湘江竹萬竿。」博陵曰：「萬里同心別九重，定知涉歷此相逢。誰人翻向羣峰路，不得蒼梧殉玉容。」翌日登眺江亭，又各賦長韻。濮陽曰：「檻外征帆次第行，漁歌偏唱竹枝聲。荷翻水面真珠碎，柳颭灣頭緑綫輕。巒隱九疑忘去處，淚經千古轉分明。寥寥日暮雲空淡，應爲嚴妝廟貌清。」博陵和曰：「閑步江亭駐客行，殿臺高敞杜鵑聲。風生屈宋魂應散，雨過英娥恨亦輕。春筍亂穿階蘚缺，晚霞旁襯野花明。翠華不返蒲關去，鴛鷺數行松韻清。」興闌日暮，各歸旅舍。忽見二青衣自山而來，容質夭妍，言辭俊雅，謂曰：「妾家娘子令來傳語二處士，知題詠詩篇，經於莊側，幸一過訪，無以疏閒。」二生問娘子誰氏，青衣曰：「莊至此二三里，頃刻必知。」生自謂必風塵之家也，因從青衣而行，可三里，見門庭華盛，非凡俗所居。須臾行至殿堂，玉軸珠簾，見二女雲鬟明妝，坐於殿内，左右侍者皆類於宮姬。有朱衣使者曰：「此舜帝二妃，廟貌在此。」二子則肅拜如臣禮。二妃曰：「妾舜之妃，與處士不相君臣。」乃答拜，召升階坐於殿側，命備飲食。次問行止，各以具對。時一更矣，妃曰：「今夕二君子相訪，不可不成一筵。今召吴王西施、紂君妲己、桃源洞仙子、洞庭龍女來。」逡巡諸女侍從皆至妃前，各拜敍云云。二生退立，不敢仰視。妃謂青衣曰：「引諸女伴見二處士。」各拜禮畢，命坐，飲酒數巡。酒饌皆珍美，器用皆瓊瑰，不可殫述。妃謂曰：「妾以舜帝巡狩，竟絶歸期，歿於湘川，凡數千載。自立祠廟，往來有篇詠者，詞多戲誚，不近風騷。或將雲比翠鬟，或以花侔丹臉，罔知至理，罕造玄微。如君子一絶，乃光前後耳。」乃吟曰：「何人知得心中恨，空有湘江竹萬竿。」如此吟詠，久而不已。諸女聳聽，皆稱善。濮陽止於撝挹飾謝，不敢多言。妃曰：「感君子之製，今夕故令召耳。（説）淑景和風，鳥唬明月，盍各賦詩乎？」諸女曰：「敢不聽命。」乃索紫毫碧牋，二妃各賦詩一篇曰：「鸞輿昔日出蒲關，一去蒼梧更不還。若是不留千古恨，湘江何事竹猶斑？」又曰：「愁聞黄鳥夜關關，瀉汭春來有夢還。遺美代移刊勒絶，唯聞留得淚痕斑。」西施詩云：「方承恩寵醉金杯，豈謂干戈驟到來。亡國破家皆有恨，捧心無語淚蘇臺。」妲己詩曰：「歡樂平生自縱心，武王兵起勢難任。自兹宗社傾危後，方悟當時酷暴深。」桃源仙子詩曰：「桃花流水兩堪傷，洞口煙波日漸長。莫道仙家無別恨，至今垂淚憶劉郎。」龍女詩曰：「涇陽平野草初春，遥望家鄉淚滴頻。當此不知多少恨，至今空寄在靈姻。」濮陽詩曰：「常説仙家事不同，偶陪花月此宵中。錦屏銀燭皆堪恨，惆悵紗窗向曉風。」博陵曰：「春鳥交交引思濃，豈期塵跡拜仙宮。鸞歌鳳舞飄珠翠，疑是陽臺一夢中。」詩畢，時已四更，酒闌歌闋，謂二生曰：「已令青衣各設一院，以奉巾櫛，更無飾讓。」二生拜謝訖而出。妃子引諸女入於宮内，二生隨青衣宿於院内，裀褥服玩，靡不華鮮，酒酣睡濃，不覺逼曙。驚覺，一無所見，只有二青衣泥塑侍側，乃覺宿於二妃廟廊廡間。因思寐中與青衣交感，驚懼走出廟門，退歸旅舍。唯有青衣，數日中二生往往於寤寐間會遇。後歷嶺表，入南海，夢中相别，涕泣而去，不復寐見矣。（卷下）

行者雪怨

韋洵美先輩，開平戊辰歲張策侍郎下進士及第，受鄴都辟焉。乃挈家中所寵素娥行。羅紹威聞其殊麗，纔達臨河，令女使賫二百匹及生餼，事事周備而露意焉。生悄然，進無所容足，遂令妝飾更服，修緘獻之。素娥姓崔氏，亦良家子，韋未第在大梁日酒禮聘之，善談諧筆札，乃曰：「賤妾身事君子，願永爲箕箒，何期中路遽離別！」乃取牋管，收淚書之曰：「妾閉閑房君路歧，妾心君恨兩依依。魂神儻過巫娥伴，必逐朝雲暮雨歸。」洵美覩其製述，亦書一絕贈之曰：「別恨離情自古聞，此心難舍意難論。承恩必若頒時服，莫使沾濡有淚痕。」生乃不受辟，悒恨而奔，乃速渡河，昏黑至一寺憩焉。假僧榻而寢，長吁而吟曰：「四壁忙忙蟋蟀聲，背燈欹枕夢難成。人間有此不平事，何處人能報不平？」復吟之次，寺有行者，繫絛衣褐，排闥而入揖韋曰：「先輩萬福，心中蓄何不平之事？」韋具語之。行者曰：「適聞君吟『何處人能報不平』，吾雖不才，願報不平之事。」款然出門而去。韋不敢寐，坐至三更，忽見擲一皮囊入門中，乃貯素娥而至。侵曉，聞其寺僧言，在寺打鐘苦行僅二十餘年，自此不知所之。韋亦遁跡他所。(同上)

夢與神交

史松先輩，鄭滑人也，因試春官下第，薄游荊州。天成丁亥歲冬末，到武陵謁舊親戚，憩於豐州門外旅店。是夕燈下修刺畢，忽欠伸就枕。纔寐，見一人紫衣服，髯鬓多，行步迅疾，入揖曰：「大王傳語秀才，適覽入地界狀報，方知秀才特至武陵，賴便咨屈，幸希過訪，無阻情誠。松乃相隨出門，遽促上馬，呵殿而行，可三十餘里，路途相繼傳達，俄到一朱門下輿，傳呼王來。見一人被王者之服，玄冠，揖而偕行，乃昇殿而坐。王曰：「寡人據此土地，數百年來，況忝正封，竊號王，近南楚國王應天順人，致謚議安濟封册，切知足下懷才抱器，識禮知書，輒□邀延，望爲濡染謝讓上帝表章，可否？」松曰：「小儒末學，藝寡才微，前年請解滑臺，〔上〕書魏闕，穿楊箭短，點額痕深。雖此南游，卽譴西上，不讀大王行狀，難述上帝表章。」乃令取後漢列傳及册函，前後名公祝詞，一一展視松。松方悟名與王同，起□曰：「修製不敢推延，但緣名將犯諱。」王曰：「幽顯殊途，且非家族。」松乃再三乞更名。王顧左右，傳語文籍司，可啓暫借已去登科記來。逡巡取到，檢尋內有史邕成名。王曰：「松邕不離聲韻，得非將來乎？」松拜而更之。乃操觚染翰，表成，呈於王，同具册號：「右臣聞生爲國珍，歿當廟食，前文備載，往哲所標。苟非正直以流芳，曷得蒸嘗而受享。臣名傳史籍，威襲遐陬，佐漢之功業炳然，在楚之明靈著矣。一昨戊辰年，楚國王興師取武陵日，以雷氏既違庭訓，〔又〕〔人〕負親盟，臣於此時，略施陰贊。向明背暗，喜聞英傑之言；助順摧凶，未爽古今之理。武陵尋當銷解，雷氏亦許遁逃。是致南楚國王議改封册。敬陳曩事，致讓於天。中謝臣謹者別行陰騭，國護封陲。使一州無鼠竊狗偷，保三楚常風調雨順，遇過乞而專行戮勳，逢公忠而敦固行藏。自然上答穹靈，不負封册。」云云。王覽訖曰：「表雖至嘉，書誰得妙？」復言曰：「文英大師，廟見開通。」顧左右：「將寡人所乘龍駒，傳語命來。」夜至三更，取到。王謂大師曰：「寡人正受封册，適命史先輩修製表章，闕人繕寫。且師之名號，上帝知之，有此相煩，無憚來修。」脩公稽首而白曰：「文英師號，豈敢當乎？」王曰：「師再西去，必當受之，何訝預呼也。」公遂攘臂書之，畢，王覽曰：「筆妙詞清，光前絶後。」倚公與史且昧平生，但相揖而已。王遂令左右備盤餚於寢殿，女樂前後數部，陳設炳然，焕於人間。生遂獻王夜宴詩曰：「妙樂佳人數步隨，殿堂高敞盛威儀。鳳笙品弄檀脣散，鼉鼓喧鍧錦袖垂。寶帳珍華光煦灼，玳筵花燭影參差，酒酣回顧清歌妓，粉面皆言某在斯。」王覽，賞歎再三，遂示倚公。倚公曰：「又覩先輩贈獻大王高作，豈貧道不銷先輩長歌，藝薄豈可稱揚，作者何惜濡染。」乃作歌而贈曰：「真蹤草聖今古有，倚公學得誰及否？古人今人一手書，師今書成在兩手。書時須飲一斗酒，醉後掃成龍虎吼。風雨〔飄〕（吼）兮魍魎走，山岳動兮龍蛇鬬。千尺松枝如蠹朽，欲折不折□巖口。張顛骨，懷素筋，筋骨一時傳斯人。斯人傳得□通神，攘臂縱横草復真，一身疑是兩人身。」歌畢，（酒）遂各辭。王曰：「莫訝是請，各有家國。緣吾師勿倦半□之中辛勤，還免十年之外屠割。秀才無辭吐鳳，必使登龍。各欲厚遺珍華，但慮欲爲禍害。將來之事，不欲明言。」辭謝出門，分路而返。夢覺，五更初矣，生披衣待旦，攜刺入城。遂至開通，且訪倚公之院。公未出間於案上書出余夜來之歌，及相見，皆話夜來會遇之事。二人便如曩契，更不欲傳於人矣。（同上）

緑珠傳

樂史

樂史（九三〇——一〇〇七），字子正，撫州宜黄人。自南唐入宋，爲著作佐郎，知陵州，以獻賦召爲三館編修，累官至掌西京磨勘司，改判留司御史臺。見《宋史·樂黄目傳》。著有《太平寰宇記》、《廣卓異記》等。《緑珠傳》，《郡齋讀書志》傳記類著録。《續談助》載有節本。現據《琳琅祕室叢書》本移録，并用《説郛》卷三十八所録校改數字。

緑珠者，姓梁，白州博白縣人也。州則南昌郡，古越地，秦象郡，漢合浦縣地。唐武德初，削平蕭銑，於此置南州，尋改爲白州，取白江爲名。州境有博白山、博白江、盤龍洞、房山、雙角山、大荒山。山上有池，池中有婢妾魚。緑珠生雙角山下，美而豔，越俗以珠爲上寶，生女爲珠娘，生男爲珠兒。緑珠之字，由此而稱。晉石崇爲交阯採訪使，以真珠三斛致之。崇有別廬在河南金谷澗，澗中有金水，自太白源來。崇卽川阜製園館。緑珠〔能〕吹笛，又善舞《明君》。明君，昭君也，避晉文帝諱，改昭爲明。明君者，漢妃也。漢元帝時，匈奴單于入朝，詔王嬙配之，卽昭君也。及將去，入辭，光彩射人，天子悔焉，重難改更，漢人憐其遠嫁，爲作此歌。崇以此曲教之，而自製新歌曰：「我本良家子，將適單于庭。辭別未及終，前驅已抗旌。僕御〔涕流離〕（流涕別），轅馬悲且鳴。哀鬱傷五内，涕泣霑珠纓。行行日已遠，遂造匈奴城。延佇于穹廬，加我閼於邊切氏音支名。殊類非所安，雖貴非所榮。父子見陵辱，對之慚且驚。殺身良不易，默默以苟生。苟生亦何聊，積思常憤盈。願假飛鴻翼，乘之以遐征。飛鴻不我顧，佇立以屏營。昔爲匣中玉，今爲糞上英。朝華不足歡，甘與秋草并。傳語後世人，遠嫁難爲情。」崇又製《懊惱曲》以贈緑珠。崇之美豔者千餘人，擇數十人，粧飾一等使同，視之不相分別。刻玉爲倒龍佩，縈金爲鳳凰釵，結袖繞楹而舞。欲有所召者，不呼姓名，悉聽佩聲，視釵色。佩聲輕者居前，釵色豔者居後，以爲行次而進。趙王倫亂常，賊類孫秀使人求緑珠。崇方登涼觀，臨清水，婦人侍側，使者以告，崇出侍婢數百人以示之，皆蘊蘭麝而披羅縠，曰：「任所擇。」使者曰：「君侯服御麗矣，然受命指索緑珠，不知孰是？」崇勃然曰：「吾所愛，不可得也。」秀因是譖倫族之。收兵忽至，崇謂緑珠曰：「我今爲爾獲罪。」緑珠泣曰：「願效死于君前。」崇因止之，于是墜樓而〔死〕。崇棄東市，時人名其樓曰緑珠樓。樓在步庚里，近狄泉。狄泉在王城〔之〕東。緑珠有弟子宋〔褘〕（韓）有國色，善吹笛，後入晋明帝宫中。今白州有一派水，自雙角山出，合容州江，呼爲緑珠江，亦猶歸州有昭君灘、昭君村、昭君場，吴有西施谷、脂粉塘，蓋取美人出處爲名。又有緑珠井，在雙角山下。耆老傳云：「汲此井飲者，誕女必多美麗。里閭有識者以美色無益于時，因以巨石鎮之。爾後雖有産女端妍者，而七竅四肢多不完具。」異哉！山水之使然。昭君村生女皆炙破其面，故白居易詩云：「不取往者戒，恐貽來者冤。至今村女面，燒灼成瘢痕。」又以不完具而惜焉。牛僧孺《周秦行記》云：「夜宿薄太后廟，見戚夫人、王嫱、太真妃、潘淑妃，各賦詩言志。

別有善笛女子，短鬟窄〔衫〕（袖）長帶，貌甚美，與潘氏偕來。太后以接坐居之，令吹笛，往往亦及酒。太后顧而謂曰：『識此否？石家綠珠也。潘妃養作妹。』太后曰：『綠珠豈能無詩乎？』綠珠拜謝作曰：『此日人非昔日人，笛聲空怨趙王倫。紅殘鈿碎花樓下，金谷千年更不春。』太后曰：『牛秀才遠來，今日誰人與伴？』綠珠曰：『石衛尉性嚴忌，今有死不可及亂。』」然事雖詭怪，聊以解頤。噫？石崇之敗，雖自綠珠始，亦其來有漸矣。崇嘗刺荆州，劫奪遠使，沉殺客商，以致巨富。又遺王愷鴆鳥，共爲鴆毒之事。有此陰謀。加以每邀客燕集，令美人行酒，客飲不盡者，使黄門斬美人。王丞相與大將軍嘗共訪崇，丞相素不能飲，輒自勉强，至于沉醉。至大將軍，故不飲以觀其〔變〕（氣色）已斬三人。君子曰：「禍福無門，唯人所召。」崇心不義，舉動殺人，烏得無報也！非綠珠無以速石崇之誅，非石崇無以顯綠珠之名。綠珠之墜樓，侍兒之有貞節者也。比之于古，則有〔田〕（曰）六出。六出者，王進賢侍兒也。進賢，晉愍太子妃。洛陽亂，石勒掠進賢度孟津，欲妻之。進賢罵曰：「我皇太子婦，司徒公女，胡羌小子，敢干我乎？」言畢投河。六出曰：「大既有之，小亦宜然。」復投河中。又有窈娘者，武周時喬知之寵婢也，盛有姿色，特善歌舞。知之教讀書，善屬文，深所愛幸。時武承嗣驕貴，内宴酒酣，迫知之將金玉賭窈娘。知之不勝，便使人就家强載以歸。知之怨悔，作《綠珠篇》以敍其怨。詞曰：「石家金谷重新聲，明珠十斛買娉婷。此日可憐無復比，此時可愛得人情。君家閨閣未曾難，嘗持歌舞使人看。富貴雄豪非分理，驕矜貴勢横相干。辭君去君終不忍，徒勞掩面傷紅粉。百年離别在高樓，一旦紅顔爲君盡。」知之私屬承嗣家閽奴傳詩于窈娘，窈娘得詩，悲泣投井而死。承嗣令汲出，于衣中得詩，鞭殺閽奴。諷吏羅織知之，以至殺焉。悲夫！二子以愛姬示人，掇喪身之禍。所謂倒持太阿，授人以柄。《易》曰：「慢藏誨盜，冶容誨淫。」其此之謂乎。其後詩人題歌舞妓者，皆以緑珠爲名。庾肩吾曰：「蘭堂上客至，綺席清絃撫。自作《明君辭》，還教緑珠舞。」李元操云：「絳樹摇歌扇，金谷舞筵開。羅袖拂歸客，留歡醉玉杯。」江總云：「緑珠含淚舞，孫秀强相邀。」緑珠之没，已數百年矣，詩人尚詠之不已，其故何哉？蓋一婢子不知書而能感主恩，憤不顧身，其志烈懔懔，誠足使後人仰慕歌詠也。至有享厚禄，盗高位，亡仁義之行，懷反覆之情，暮四朝三，唯利是務，節操反不若一婦人，豈不愧哉。今爲此傳，非徒述美麗，窒禍源，且欲懲戒辜恩背義之類也。季倫死後十日，趙王倫敗。左衛將軍趙泉斬孫秀于中書，軍士趙駿剖秀心食之。倫囚金墉城，賜金屑酒。倫慚，以巾覆面曰：「孫秀誤我也。」飲金屑而卒。皆夷家族。南陽生曰：此乃假天之報怨。不然，何以梟夷之立見乎！

楊太真外傳

樂史

《郡齋讀書志》傳記類著録，題作《楊貴妃外傳》，二卷。《直齋書録解題》作《楊妃外傳》一卷。《宋史·藝文志》又有佚名《楊妃外傳》一卷。此據《顧氏文房小説》移録，並以《説郛》卷三十八所載者校正數字。

卷上

楊貴妃，小字玉環，弘農華陰人也。後徙居蒲州永樂之獨頭村。高祖令本，金州刺史。父玄琰，蜀州司户。貴妃生於蜀，嘗誤墜池中，後人呼爲落妃池。池在導江縣前。亦如王昭君生於峽州，今有昭君村；緑珠生於白州，今有緑珠江。妃早孤，養於叔父河南府士曹玄璬家。開元二十二年十一月，歸於壽邸。二十八年十月，玄宗幸温泉宫，自天寶六載十月復改爲華清宫。使高力士取楊氏女於壽邸，度爲女道士，號太真，住内太真宫。天寶四載七月，册左衛中郎將韋昭訓女配壽邸。是月，於鳳凰園册太真宫女道士楊氏爲貴妃，半后服用。進見之日，奏《霓裳羽衣曲》。霓裳羽衣曲者，是玄宗登三鄉驛望女几山所作也。故劉禹錫有詩云：「伏覩玄宗皇帝《望女几山》詩，小臣斐然有感：開元天子萬事足，惟惜當時光景促。三鄉驛上望仙山，歸作《霓裳羽衣曲》。仙心從此在瑶池，三清八景相追隨。天上忽乘白雲去，世間空有《秋風詞》。」又《逸史》云：「羅公遠天寶初侍玄宗，八月十五日夜，宮中翫月，曰：『陛下能從臣月中游乎？』乃取一枝桂，向空擲之，化爲一橋，其色如銀。請上同登，約行數十里，遂至大城闕。公遠曰：『此月宮也。』有仙女數百，素練寬衣，舞於廣庭。上前問曰：『此何曲也？』曰：『《霓裳羽衣》也。』上密記其聲调，遂回橋，却顧，隨步而滅。且諭伶官，象其聲調，作《霓裳羽衣曲》。」以二說不同，乃備録於此。是夕，授金釵鈿合。上又自執麗水鎮庫紫磨金琢成步摇，至粧閣親與插鬢。上喜甚，謂後宮人曰：「朕得楊貴妃，如得至寶也。」乃製曲子曰《得寶子》，又曰《得鞛方孔反子》。先是，開元初，玄宗有武惠妃、王皇后。后無子；妃生子，又美麗，寵傾後宮。至十三年皇后廢，妃嬪無得與惠妃比。二十一年十一月，惠妃卽世。後庭雖有良家子，無悦上目者，上心凄然。至是得貴妃，又寵甚於惠妃。有姊三人，皆豐碩修整，工於謔浪，巧會旨趣，每入宮中，移晷方出。宮中呼貴妃爲娘子，禮數同於皇后。册妃日，贈其父玄琰濟陰太守，母李氏隴西郡夫人。又贈玄琰兵部尚書，李氏涼國夫人。叔玄珪爲光禄卿、銀青光禄大夫。再從兄釗拜爲侍郎，兼數使。兄銛又居朝列。堂弟錡尚太華公主，是武惠妃生，以母見遇過於諸女，賜第連於宮禁。自此楊氏權傾天下，每有囑請，臺省府縣，若奉詔勑。四方奇貨，僮僕、駞馬，日輪其門。時安禄山爲范陽節度，恩遇最深，上呼之爲兒。嘗於便殿與貴妃同宴樂，禄山每就坐，不拜上而拜貴妃。上顧而問之：「胡不拜我而拜妃子，意者何也？」禄山奏云：「胡家不知其父，只知其母。」上笑而赦之。又命楊銛已下，約禄山爲兄弟姊妹，往來必相宴餞。初雖結義頗深，後亦權敵不叶。五載七月，妃子以妬悍忤旨。乘單車，令高力士送還楊銛宅。及亭午，上思之不食，舉動發怒。力士探旨，奏請載還，送院中宮人衣物及司農米麪酒饌百餘車。諸姊及銛初則懼禍聚哭，及恩賜浸廣，御饌兼至，乃稍寬慰。妃初出，上無聊，中官趨過者，或笞撻之，至有驚怖而亡者。力士因請就召，既夜，遂開安興坊，從太華宅以入。及曉，玄宗見之內殿，大悦。貴妃拜泣謝過。因召兩市雜戲以娛貴妃。貴妃諸姊進食作樂。自兹恩遇日深，後宮無得進幸矣。七載，加釗御史大夫、權京兆尹，賜名國忠。封大姨爲韓國夫人，三姨爲虢國夫人，八姨爲秦國夫人，同日拜命，皆月給錢十萬，爲脂粉之資。然虢國不施粧粉，自衒美艶，常素面朝天。當時杜甫有詩云：「虢國夫人承主恩，平明上馬入宮門。却嫌脂粉涴顔色，淡掃蛾眉朝至尊。」又賜虢國照夜璣，秦國七葉冠，國忠鏁子帳，蓋希代之珍，其恩寵如此。銛授銀青光禄大夫、鴻臚卿，將列棨戟，特授上柱國，一日三詔。與國忠五家於宣陽里，甲第洞開，僭擬宮掖，車馬僕從，照耀京邑，遞相誇尚。每造一堂，費逾千萬計，見制度宏壯於己者，則毁之復造。土木之工，不捨晝夜。上賜御食，及外方進獻，皆頒賜五宅，開元已來，豪貴榮盛，未之比也。上起動必與貴妃同行，將乘馬，則力士執轡授鞭。宮中掌貴妃刺繡織錦七百人，雕鏤器物又數百人，供生日及時節慶。續命楊益往嶺南，長吏日求新奇以進奉。嶺南節度張九章、廣陵長史王翼，以端午進貴妃珍玩衣服，異於他郡。九章加銀青光禄大夫，翼擢爲户部侍郎。九載二月，上舊置五王帳，長枕大被，與兄弟共處其間。妃子無何竊寧王紫玉笛吹。故詩人張祜詩云：「梨花静院無人見，閑把寧王玉笛吹。」因此又忤旨放出。時吉温多與中貴人善，國忠懼，請計於温，遂入奏曰：「妃，婦人無智識，有忤聖顔，罪當死，既嘗蒙恩寵，只合死於宮中。陛下何惜一席之地，使其就戮，安忍取辱於外乎？」上曰：「朕用卿，蓋不緣妃也。」初，令中使張韜光送妃至宅，妃泣謂韜光曰：「請奏：妾罪合萬死，衣服之外，皆聖恩所賜，唯髮膚是父母所生。今當即死，無以謝上。」乃引刀剪其髮一繚，附韜光以獻。妃既出，上憮然。至是，韜光以髮搭於肩上以奏，上大驚惋，遽使力士就召以歸，自後益嬖焉。又加國忠遥領劍南節度使。十載上元節，楊氏五宅夜遊，遂與廣寧公主騎從争西市門。楊氏奴揮鞭誤及公主衣，公主墮馬。駙馬程昌裔扶公主，因及數撾。公主泣奏之，上令决殺楊家奴一人，昌裔停官，不許朝謁。於是楊家轉横，出入禁門不問，京師長吏，爲之側目。故當時謡曰：「生女勿悲酸，生男勿喜歡。」又曰：「男不封侯女作妃，君看女却是門楣。」其天下人心羡慕如此。上一旦御勤政樓，大張聲樂。時教坊有王大娘，善戴百尺竿，上施木山，狀瀛洲方丈，令小兒持絳節，出入其間，而舞不輟。時劉晏以神童爲祕書省正字，十歲，惠悟過人。上召於樓中，貴妃坐於膝上，爲施粉黛，與之巾櫛。貴妃令〔詠〕（諸）王大娘戴竿。晏應聲曰：「樓前百戲競争新，唯有長竿妙入神。誰謂綺羅翻有力，猶自嫌輕更著人。」上與妃及嬪御皆歡笑移時，聲聞于外，因命牙笏黄紋袍賜之。上又宴諸王于木蘭殿，時木蘭花發，皇情不悦。妃醉中舞《霓裳羽衣》一曲，天顔大悦，方知迴雪流風，可以迴天轉地。上嘗夢十仙子，乃製《紫雲迴》，玄宗嘗夢仙子十餘輩，御卿雲而下，各執樂器懸奏之。曲度清越，真仙府之音。有一仙人曰：「此《神仙紫雲迴》，今傳受陛下，爲正始之音。」上喜而傳受。寤後，餘響猶在。旦命玉笛習之，盡得其節奏也。并夢龍女，又製《凌波曲》。玄宗在東都晝夢一女，容貌艷異，梳交心髻，大袖寬衣，拜於床前。上問：「汝何人？」曰：「妾是陛下凌波池中龍女，衛宫護駕，妾實有功。今陛下洞曉鈞天之音，乞賜一曲以光族類。」上於夢中爲鼓胡琴，拾新舊之曲聲，爲《凌波曲》。龍女再拜而去。及覺，盡記之。會禁樂，自御琵琶，習而翻之。與文武臣僚於凌波宫臨池奏新曲，池中波濤湧起，復有神女出池心，乃所夢之女也。上大悦，語於宰相，因於池上置廟，每歲命祀之。二曲既成，遂賜宜春院及梨園弟子并諸王。時新豐初進女伶謝阿蠻，善舞，上與妃子鍾念，因而受焉。就按於清元小殿，寧王吹玉笛，上羯鼓，妃琵琶，馬仙期方響，李龜年觱篥，張野狐箜篌，賀懷智拍。自旦至午，歡洽異常。時唯妃女弟秦國夫人端坐觀之。曲罷，上戲曰：「阿瞞上在禁中多自稱也。樂籍，今日幸得供養夫人，請一纏頭。」秦國曰：「豈有大唐天子阿姨，無錢用耶？」遂出三百萬爲一局焉。樂器皆非世有者，才奏而清風習習，聲出天表。妃子琵琶邏逤檀，寺人白季貞使蜀還獻。其木温潤如玉，光耀可鑒，有金縷紅文，蹙成雙鳳。絃乃末訶彌羅國永泰元年所貢者，渌水蠶絲也，光瑩如貫珠〔瑟〕（琴）瑟。紫玉笛乃姮娥所得也。禄山進三百事管色，俱用媚玉爲之。諸王、郡主、妃之姊妹，皆師妃，爲琵琶弟子。每一曲徹，廣有獻遺。妃子是日問阿蠻曰：「爾貧無可獻師長，待我與爾爲。」命侍兒紅桃娘取紅粟玉臂支賜阿蠻。妃善擊磬，拊搏之音泠泠然，多新聲，雖太常梨園之妓莫能及之。上命採藍田緑玉琢成磬，上方造簴，流蘇之屬，以金鈿珠翠飾之，鑄金爲二獅子以爲趺，綵繪縟麗，一時無比。先開元中，禁中重木芍藥，即今牡丹也。《開元天寶花木記》云：「禁中呼木芍藥爲牡丹也。」得數本紅紫淺紅通白者，上因移植於興慶池東沉香亭前。會花方繁開，上乘照夜白，妃以步輦從。詔選梨園弟子中尤者，得樂十六色。李龜年以歌擅一時之名，手捧檀板，押衆樂前，將欲歌之。上曰：「賞名花，對妃子，焉用舊樂詞爲。」遽命龜年持金花牋，宣賜翰林學士李白立進《清平樂》詞三篇。承旨，猶苦宿酲，因援筆賦之。第一首：「雲想衣裳花想容，春風拂檻露華濃。若非羣玉山頭見，會向瑶臺月下逢。」第二首：「一枝紅艷露凝香，雲雨巫山枉斷腸。借問漢宮誰得似？可憐飛燕倚新粧。」第三首：「名花傾國兩相歡，長得君王帶笑看。解釋春風無限恨，沉香亭北倚欄干。」龜年捧詞進，上命梨園弟子略約詞調，撫絲竹，遂促龜年以歌。妃持玻璃七寶杯，酌西涼州蒲萄酒，笑領歌，意甚厚。上因調玉笛以倚曲。每曲遍將換，則遲其聲以媚之。妃飲罷，斂繡巾再拜。上自是顧李翰林尤異於他學士。會力士終以脱靴爲耻，異日妃重吟前詞，力士戲曰：「始爲妃子怨李白深入骨髓，何翻拳拳如是耶？」妃子驚曰：「何學士能辱人如斯？」力士曰：「以飛燕指妃子，賤之甚矣。」妃深然之。上嘗三欲命李白官，卒爲宫中所捍而止。上在百花院便殿，因覽《漢成帝内傳》，時妃子後至，以手整上衣領曰：「看何文書？」上笑曰：「莫問，知則又殢人。」覓去，乃是漢成帝獲飛燕，身輕欲不勝風。恐其飄翥，帝爲造水晶盤，令宫人掌之而歌舞。又製七寶避風臺，間以諸香安於上，恐其四肢不禁也。上又曰：「爾則任吹多少。」蓋妃微有肌也，故上有此語戲妃。妃曰：「《霓裳羽衣》一曲，可掩前古。」上曰：「我纔弄，爾便欲嗔乎？憶有一屏風，合在，待訪得，以賜爾。」屏風乃虹霓爲名，雕刻前代美人之形，可長三寸許。其間服玩之器，衣服，皆用衆寶雜厠而成。水精爲地，外以玳瑁水犀爲押，絡以珍珠〔瑟〕（琴）瑟，間綴精妙，迨非人力所製。此乃隋文帝所造，賜義成公主，隨在北胡。貞觀初滅胡，與蕭后同歸中國，上因而賜焉。妃歸衛公家，遂持去，安於高樓上，未及將歸。國忠日午偃息樓上，至牀，覩屏風在焉。纔就枕，而屏風諸女悉皆下牀前，各通所號，曰：「裂繒人也。」「定陶人也。」「穹廬人也。」「當壚人也。」「亡吴人也。」「步蓮人也。」「桃源人也。」「班竹人也。」「奉五官人也。」「温肌人也。」「曹氏投波人也。」「吴宫無雙返香人也。」「拾翠人也。」「竊香人也。」「金屋人也。」「解佩人也。」「爲雲人也。」「董雙成也。」「爲煙人也。」「畫眉人也。」「吹簫人也。」「笑躄人也。」「垓中人也。」「許飛瓊也。」「趙飛燕也。」「金谷人也。」「小鬟人也。」「光髮人也。」「薛夜來也。」「結綺人也。」「臨春閣人也。」「扶風女也。」國忠雖開目歷歷見之，而身體不能動，口不能發聲。諸女各以物列坐。俄有纖腰妓人近十餘輩，曰：「楚章華踏謠娘也。」迺連臂而歌之，曰：「三朵芙蓉是我流，大楊造得小楊收。」復有二三妓，又曰：「楚宮弓腰也。何不見《楚辭別序》云：『婥約花態，弓身玉肌。』」俄而遞爲本藝。將呈訖，一一復歸屏上。國忠方醒，惶懼甚，遽走下樓，急令封鏁之。貴妃知之，亦不欲見焉。禄山亂後其物猶存，在宰相元載家，自後不知所在。

卷下

初，開元末，江陵進乳柑橘，上以十枚種於蓬萊宮。至天寶十載九月秋，結實，宣賜宰臣曰：「朕近於宮內種柑子樹數株，今秋結實一百五十餘顆，乃與江南及蜀道所進無別，亦可謂稍異者。」宰臣表賀曰：「伏以自天所育者不能改有常之性，曠古所無者乃可謂非常之感。是知聖人御物，以元氣布和；大道乘時，則殊方叶致。且橘柚所植，南北異名，實造化之有初，匪陰陽之有革。陛下玄風真紀，六合一家。雨露所均，混天區而齊被；草木有性，憑地氣以潛通。故兹江外之珍果，爲禁中之佳實。緑蔕含霜，芳流綺殿；金衣爛日，色麗彤庭。」云云乃頒賜大臣外，有一合歡實，上與妃子互相持玩。上曰：「此果似知人意，朕與卿固同一體，所以合歡。」於是促坐同食焉。因令畫圖，傳之於後。妃子既生於蜀，嗜荔枝。南海荔枝勝於蜀者，故每歲馳驛以進。然方暑熱而熟，經宿則無味，後人不能知也。上與妃采戲，將北，唯重四轉敗爲勝，連叱之，骰子宛轉而成重四，遂命高力士賜緋，風俗因而不易。廣南進白鸚鵡，洞曉言詞，呼爲雪衣女。一朝飛上妃鏡臺上，自語：「雪衣女昨夜夢爲鷙鳥所搏。」上令妃授以《多心經》，記誦精熟。後上與妃遊別殿，置雪衣女於步輦竿上同去。瞥有鷹至，搏之而斃。上與妃嘆息久之，遂瘞於苑中，呼爲鸚鵡塚。交趾貢龍腦香，有蟬蠶之狀，五十枚，波斯言老龍腦樹節方有，禁中呼爲瑞龍腦，上賜妃十枚。妃私發明駞使明駞使腹下有毛，夜能明，日馳五百里。持三枚遺禄山。妃又常遺禄山金平脱裝具、玉合，金平脱鐵面椀。十一載，李林甫死，又以國忠爲相，帶四十餘使。十二載，加國忠司空。長男暄，先尚延和郡主，又拜銀青光禄大夫、太常卿，兼户部侍郎。小男朏，尚萬春公主。貴妃堂弟祕書少監鑑，尚承榮郡主。一門一貴妃，二公主，三郡主，三夫人。十三載，重贈玄琰太尉、齊國公。母重封梁國夫人。官爲造廟，御製碑及書。叔玄珪又拜工部尚書。韓國婿祕書少監崔珣，女爲代宗妃。虢國男裴〔徽〕（徽），尚代宗女延光公主，女爲讓帝男妻。秦國婿柳澄，男鈞尚長清縣主。澄弟潭，尚肅宗女和政公主。上每年冬十月幸華清宮，常經冬還宮闕，去即與妃同輦。華清有端正樓，即貴妃梳洗之所；有蓮花湯，即貴妃澡沐之室。國忠賜第在宮東門之南，虢國相對。韓國、秦國，甍棟相接。天子幸其第，必過五家，賞賜燕樂。扈從之時，每家爲一隊，隊著一色衣。五家合隊，相映如百花之煥發。遺鈿墜舄，〔瑟〕（琴）瑟珠翠，燦於路歧，可掬。曾有人俯身一窺其車，香氣數日不絕。駞馬千餘頭疋。以劍南旌節器仗前驅，出有餞飲，還有軟脚。遠近餉遺珍玩狗馬，閹侍歌兒，相望于道。及秦國先死，獨虢國、韓國、國忠轉盛。虢國又與國忠亂焉。略無儀檢，每入朝謁，國忠與韓、虢連轡，揮鞭驟馬，以爲諧謔。從官嬙嫗百餘騎，秉燭如晝，鮮裝袨服而行，亦無蒙蔽。衢路觀者如堵，無不駭嘆。十宅諸王男女婚嫁，皆資韓、虢紹介，每一人納一千貫，上乃許之。十四載六月一日，上幸華清宮，乃貴妃生日，上命小部音聲。小部者，梨園法部所置，凡三十人，皆十五已下。於長生殿奏新曲，未有名，會南海進荔枝，因以曲名《荔枝香》。左右歡呼，聲動山谷。其年十一月，禄山反幽陵。禄山本名軋犖山，雜種胡人也。母本巫師。禄山晚年益肥，垂肚過膝，自秤得三百五十斤。於上前胡旋舞，疾如風焉。上嘗於勤政樓東間設大金雞障，施一大榻，卷去簾，令禄山坐。其下設百戲，與禄山看焉。肅宗諫曰：「歷觀今古，未聞臣下與君上同坐閱戲。」上私曰：「渠有異相，我禳之故耳。」又嘗與夜燕，禄山醉卧，化爲一猪而龍首。左右遽告帝，帝曰：「此猪龍，無能爲。」終不殺。卒亂中國。以誅國忠爲名，咸言國忠、虢國、貴妃三罪，莫敢上聞。上欲以皇太子監國，蓋欲傳位，自親征。謀於國忠，國忠大懼，歸謂姊妹曰：「我等死在旦夕。今東宫監國，當與娘子等併命矣。」姊妹哭訴於貴妃。妃銜土請命，事乃寢。十五載六月，潼關失守，上幸巴蜀，貴妃從。至馬嵬，右龍武將軍陳玄禮懼兵亂，乃謂軍士曰：「今天下崩離，萬乘震蕩。豈不由楊國忠割剥甿庶，以至於此。若不誅之，何以謝天下？」衆曰：「念之久矣。」會吐蕃和好使在驛門遮國忠訴事，軍士呼曰：「楊國忠與蕃人謀叛！」諸軍乃圍驛四合，殺國忠并男暄等。國忠舊名釗，本張易之子也。天授中，易之恩幸莫比，每歸私第，詔令居樓，仍去其梯，圍以束棘，無復女奴侍立。母恐張氏絶嗣，乃置女奴嬪姝于樓複壁中，遂有娠而生國忠。後嫁于楊氏。上乃出驛門勞六軍，六軍不解圍，上顧左右責其故。高力士對曰：「國忠負罪，諸將討之。貴妃即國忠之妹，猶在陛下左右，羣臣能無憂怖。伏乞聖慮裁斷。一本云：「賊根猶在，何敢散乎？」蓋斥貴妃也。上迴入驛，驛門內傍有小巷，上不忍歸行宫，於巷中倚杖欹首而立。聖情昏默，久而不進。京兆司録韋鍔見素男也。進曰：「乞陛下割恩忍斷，以寧國家。」逡巡，上入行宫，撫妃子出于廳門，至馬道北牆口而別之，使力士賜死。妃泣涕嗚咽，語不勝情，乃曰：「願大家好住。妾誠負國恩，死無恨矣。乞容禮佛。」帝曰：「願妃子善地受生。」力士遂縊于佛堂前之梨樹下。纔絶而南方進荔枝至，上覩之，長號數息，使力士曰：「與我祭之。」祭後，六軍尚未解圍，以綉衾覆牀，置驛庭中，勑玄禮等入驛視之。玄禮擡其首，知其死，曰：「是矣。」而圍解。瘗于西郭之外一里許道北坎下。妃時年三十八，上持荔枝於馬上，謂張野狐曰：「此去劍門，鳥啼花落，水緑山青，無非助朕悲悼妃子之由也。」初，上在華清宮日，乘馬出宮門，欲幸虢國夫人之宅。玄禮曰：「未宣勑報臣，天子不可輕去就。」上爲之迴轡。他年，在華清宮，逼上元，欲夜遊。玄禮奏曰：「宮外卽是曠野，須有預備，若欲夜遊，願歸城闕。」上又不能違諫。及此馬嵬之誅，皆是敢言之有便也。先是，術士李遐周有詩曰：「燕市人皆去，函關馬不歸。若逢山下鬼，環上繫羅衣。」「燕市人皆去」，禄山卽薊門之士而來。「函關馬不歸」，哥舒翰之敗潼關也。「若逢山下鬼」，嵬字，卽馬嵬驛也。「環上繫羅衣」，貴妃小字玉環，及其死也，力士以羅巾縊焉。又妃常以假髻爲首飾，而好服黄裙。天寶末京師童謡曰：「義髻抛河裏，黄裙逐水流。」至此應矣。初禄山嘗於上前應對，雜以諧謔，妃常在座，禄山心動。及聞馬嵬之死，數日嘆惋。雖林甫養育之，國忠激怒之，然其有所自也。是時虢國夫人先至陳倉之官店，國忠誅問至，縣令薛景仙率吏人追之。走入竹林下，以爲賊軍至，虢國先殺其男徽，次殺其女。國忠妻裴柔曰：「娘子何不借我方便乎？」遂并其女刺殺之。已而自刎不死，載于獄中，猶問人曰：「國家乎？賊乎？」獄吏曰：「互有之。」血凝其喉而死。遂併坎于東郭十餘步道北楊樹下。上發馬嵬，行至扶風道。道傍有花，寺畔見石楠樹團圓，愛玩之，因呼爲端正樹，蓋有所思也。又至斜谷口，屬霖雨涉旬，於棧道雨中聞鈴聲隔山相應。上既悼念貴妃，因採其聲爲

《雨霖鈴》曲以寄恨焉。至德二年，既收復西京。十一月，上自成都還，使祭之。後欲改葬，李輔國等皆不從。時禮部侍郎李揆奏曰：「龍武將士以楊國忠反，故誅之。今改葬故妃，恐龍武將士疑懼。」肅宗遂止之。上皇密令中官潛移葬之于他所。妃之初瘞，以紫褥裹之。及移葬，肌膚已消釋矣。胸前猶有錦香囊在焉。中官葬畢以獻，上皇置之懷袖。又令畫工寫妃形於別殿，朝夕視之而歔欷焉。上皇既居南内，夜闌登勤政樓，憑欄南望，煙月滿目。上因自歌曰：「庭前琪樹已堪攀，塞外征人殊未還。」歌歇，聞里中隱隱如有歌聲者。顧力士曰：「得非梨園舊人乎？遲明爲我訪來。」翌日力士潛求於里中，因召與同去，果梨園弟子也。其後上復與妃侍者紅桃在焉，歌《涼州》之詞，貴妃所製也。上親御玉笛，爲之倚曲。曲罷相視，無不掩泣。上因廣其曲，今《涼州》留傳者益加焉。至德中，復幸華清宮，從官嬪御多非舊人。上於望京樓下命張野狐奏《雨霖鈴》曲。曲半，上四顧凄涼，不覺流涕，左右亦爲感傷。新豐有女伶謝阿蠻善舞《凌波曲》，舊出入宮禁，貴妃厚焉。是日詔令舞。舞罷，阿蠻因進金粟裝臂環，曰：「此貴妃所賜。」上持之，凄然垂涕曰：「此我祖大帝破高麗，獲二寶，一紫金帶，一紅玉支。朕以岐王所進《龍池篇》賜之金帶。紅玉支賜妃子。後高麗知此寶歸我，乃上言『本國因失此寶，風雨愆時，民離兵弱』。朕尋以爲得此不足爲貴，乃命還其紫金帶。唯此不還。汝既得之於妃子，朕今再覩之，但與悲念矣。」言訖，又涕零。至乾元元年，賀懷智又上言曰：「昔上夏日與親王棊，令臣獨彈琵琶，其琵琶以石爲槽，鵾雞筋爲絃，用鐵撥彈之。貴妃立於局前觀之。上數枰子將輸，貴妃放康國猧子上局亂之，上大悅。時風吹貴妃領巾於臣巾上，良久，迴身方落。及歸，覺滿身香氣。乃卸頭幘貯於錦囊中，今輒進所貯幞頭。」上皇發囊，且曰：

「此瑞龍腦香也。吾曾施於暖池玉蓮朵，再幸尚有香氣宛然。況乎絲縷潤膩之物哉。」遂凄愴不已。自是聖懷耿耿，但吟：「刻木牽絲作老翁，雞皮鶴髮與真同。須臾舞罷寂無事，還似人生一世中。」有道士楊通幽自蜀來，知上皇念楊貴妃，自云有李少君之術。上皇大喜，命致其神。方士乃竭其術以索之，不至。又能遊神馭氣，出天界、入地府求之，竟不見。又旁求四虛上下，東極絶大海，跨蓬壺，忽見最高山上多樓閣。洎至，西廂下有洞户，東向，闔其門，額署曰「玉妃太真院」。方士抽簪叩扉，有雙鬟童女出應問。方士造次未及言，雙鬟復入。俄有碧衣侍女至，詰其所從來。方士因稱天子使者，且致其命。碧衣云：「玉妃方寢，請少待之。」逾時，碧衣延入，且引曰：「玉妃出。」冠金蓮，帔紫綃，佩紅玉，拽鳳舄，左右侍女七八人。揖方士，問皇帝安否，次問天寶十四載已還。言訖憫然，指碧衣女取金釵鈿合，折其半，授使者曰：「爲我謝太上皇，謹獻是物，尋舊好也。」方士將行，色有不足，玉妃因徵其意，乃復前跪致詞：「請當時一事，不聞于他人者，驗於太上皇。不然，恐金釵鈿合，負新垣平之詐也。」玉妃忙然退立，若有所思，徐而言曰：「昔天寶十載，侍輦避暑驪山宮。秋七月，牽牛織女相見之夕，上憑肩而望。因仰天感牛女事，密相誓心：『願世世爲夫婦。』言畢，執手各嗚咽。此獨君王知之耳。」因悲曰：「由此一念，又不得居此，復墮下界，且結後緣。或爲天，或爲人，決再相見，好合如舊。」因言：「太上皇亦不久人間，幸惟自愛，無自苦耳。」使者還，具奏太上皇。皇心震悼。及至移入大内甘露殿，悲悼妃子，無日無之。遂辟穀服氣，張皇后進櫻桃蔗漿，聖皇並不食。常玩一紫玉笛，因吹數聲，有雙鶴下於庭，徘徊而去。聖皇語侍兒宫愛曰：「吾奉上帝所命，爲元始孔昇真人，此期可再會妃子耳。笛非爾所寶，可送大收。」大收，代宗小字。即令具湯沐。「我若就枕，慎勿驚我。」宮愛聞睡中有聲，駭而視之，已崩矣。妃之死日，馬嵬媼得錦袎襪一隻。相傳過客一玩百錢，前後獲錢無數。悲夫！玄宗在位久，倦於萬機，常以大臣接對拘檢，難徇私欲。自得李林甫，一以委成，故絶逆耳之言，恣行燕樂，衽席無別，不以爲耻，由林甫之贊成矣。乘輿遷播，朝廷陷没，百僚繫頸，妃王被戮，兵滿天下，毒流四海，皆國忠之召禍也。

史臣曰：夫禮者，定尊卑，理家國。君不君，何以享國？父不父，何以正家？有一于此，未或不亡。唐明皇之一誤，貽天下之羞，所以禄山叛亂，指罪三人。今爲外傳，非徒拾楊妃之故事，且懲禍階而已。

按：《冷齋夜話》卷一《詩出本處》引《太眞外傳》云：「上皇登沉香亭，詔太眞妃子，妃子時卯醉未醒。命力士從侍兒扶掖而至。妃子醉顔殘妝，鬢亂釵横，不能再拜。上皇笑曰：『豈是妃子醉，眞海棠睡未足耳。』」不見此本，疑唐人别有《太眞外傳》。

洛陽縉紳舊聞記

張齊賢

張齊賢（九四三——一〇一四），字師亮，曹州人。太平興國二年進士，累官同中書門下平章事，《宋史》有傳。《洛陽搢紳舊聞記》五卷，序于景德二年（一〇〇五），皆述梁、唐以來洛陽故事。

少師佯狂楊公凝式

楊少師凝式，正史有傳，博總經籍，能文工書，其筆力健，自成一家體。襟量恢廓，居常自負，既不登大用，多佯狂以自穢。時班行潛目之爲「楊風子」。在洛多遊僧寺道觀，遇水石松竹清涼幽勝之地，必逍遥暢適，吟詠忘歸。故寺觀牆壁之上，筆跡多滿，僧道等護而寶之。院僧有少師未留題詠之處，必先粉飾其壁，潔其下，俟其至。若入院見其壁上光潔可愛，卽箕踞顧視，似若發狂，引筆揮灑，且吟且書，筆與神會，書其壁盡方罷，略無倦怠之色。遊客覩之，無不歎賞。故馮瀛王次子少嘗於寺壁留題目：「少師真跡滿僧居，祇恐鍾王也不如。爲報遠公須愛惜，此書書後更無書。」進士安鴻漸題云：「端溪石硯宣城管，王屋松煙紫兔毫。更得孤卿老書札，人間無此五般高。」石晉時，張相從恩自南院宣徽使，官才檢校司徒、權西京留守。到洛城後未久，少師自東京得假往洛陽，夜宿中牟縣。時申未間飛蝗蔽日，自東京而至。又明日至鄭州，是晚飛蝗小至。次日滎陽，飛蝗亦至滎陽。適有乘傳往洛中者，少師附書并一絶先次贈洛陽居守張公，略曰「押領蝗蟲向洛京，合消居守遠相迎」云云。及到洛數日，少師寄詩上張相云：「南院司徒鎮洛京，未經三月政聲成。四方羣后皆如此，端坐庸夫見太平。」張公知其貧，贈遺甚厚。按「石晉時」至此八行，別本所無。

楊之居在府衙西門咫尺，尋常入府，籃輿在前，牽馬在後，少師策杖冠褐，數十步後徐行隨之，見者笑而不測之。此佯狂之一也。常近冬居家未挾纊，少師安然不之問。一旦故舊自西迴，行李甚偉，楊以書訴貧。故舊凌晨來候之，仍於通利店內先寄物中留紬五十匹，絹百匹書送於楊，請貨易以略備冬服。少師得紬與絹，紬盡送修行尼寺造襪，施數寺僧尼，絹盡送南禪、大字兩院請飯僧。宅中骨肉已有寒色，老女使問施僧，嗟訝有泣者，少師笑而不言。數月，居守知之，召女工輩，依楊宅之家口數大小，悉造綿衣無闕者，造成送之。少師見送衣至，笑謂宅中曰：「我故知留守公送衣來爾。」此亦不測其心，佯狂之二也。尋常每出，上馬至大門外，前騶者請所訪，楊與一老僕語曰：「今日好向東遊廣愛寺。」老僕曰：「不如向西遊石壁寺。」少師舉鞭曰：「且遊廣愛寺。」鞭馬欲東。老僕曰：「且向西遊石壁寺。」少師徐曰：「且遊石壁寺。」聞者竊笑之。此皆佯狂之事也。有談歌婦人楊苧羅，善合生雜嘲，辨慧有才思，當時罕與比者。少師以姪女呼之，每令謳唱，言詞捷給，聲韻清楚，真秦青、韓娥之儔也。少師以姪女呼之，蓋念其聰俊也。時僧雲辨能俗講，有文章，敏於應對，若祀祝之辭，隨其名位高下對之，立成千字，皆如宿構。少師尤重之。雲辨於長壽寺五月講，少師詣講院與雲辨對坐，歌者在側，忽有大蜘蛛於簷前垂絲而下，正對少師於僧前此句有脫字。雲辨笑謂歌者曰：「試嘲此蜘蛛。如嘲得著，奉絹兩匹。」歌者更不待思慮，應聲嘲之，意全不離蜘蛛，而嘲戲之辭，正諷雲辨。少師聞之，絶倒久之，大叫曰：「和尚取絹五匹來。」雲辨且笑，遂以絹五匹奉之。歌者嘲蜘蛛云：「喫得肚罌撐，尋絲繞寺行。空中設羅網，祇待殺衆生。蓋譏雲辨體肥而肚大故也。」雲辨師名圓鑒，後爲左街司録，久之遷化。少師於西京寺觀壁上書札甚多，人間所收真跡絶少。其寺觀所書壁，僧道相承保護之。至興國九年，大水湮没，牆壁摧壞，十無一存，可爲惜之！可爲惜之！（卷一）

泰和蘇揆父鬼靈

蘇揆，濮州人也，業進士，太宗皇帝御試第二等及第，由廷尉平知吉州泰和縣。揆父歿十數年矣。有吉州衙將押綱上京迴，行次黄梅縣，宿於逆旅中，昏晚後忽有一老人，皁衣裹短脚幞頭，策一驢，引一僮可十六七，來逆旅中。逡巡於房中出揖吉州衙將，與之坐，因語及泰和看親識。吉州將詢之曰：「某吉州人，繫職州衙，自京迴，今往本州，與老父作伴同去，可乎？」且言泰和之親識何人也，老父曰：「某姓蘇，有男名揆，叨忝登第，在泰和知縣，暫去相看伊彼，更無別親識。」州將曰：「泰和知縣，今本州通判同年也。通判卽向相敏中爾。某幸得伏事。某因便願送老父至泰和，望知縣處略言某姓字。」老人許諾。是夕，州將命酒，同飲十數盞，老人甚喜。明日同行，沿路州將買食同餐，老人亦不辭讓。同過渡至江州，老人沽酒請州將同飲，始款狎無間然矣。至洪州同宿。明日將行，老父謂州將曰：「某比約與公同往泰和，夜來思之，男已忝京寮知縣，某行李如是，託你先到泰和報兒子，製新衣、借僕馬來沿路相接。」吉之州將然其所託，曰：「卽告辭先行。」至家，未敢詣州公參，先往泰和報知縣，轉榜子參，蘇揆出，州將拜起頗恭，且曰：「自黃梅與員外尊長同來，比約同至縣。及宿洪州之明日，員外尊父忽令某先來報員外，請製新衣、借僕馬來沿路等接。」揆聞未之信，且曰：「先父歿十餘歲，莫誤否？」州將曰：「自黃梅同途來，同飲食，備説員外任泰和，特來相看，不虛。」蘇問其年顏身形，無二矣。又問繫裹衫衣，無二矣。揆降陛望鄉大哭者久之，徐謂州將曰：「揆父歿時，年顏繫裹衣衫無小異。」言訖又慟哭，遂製新衣、畫僕馬焚之。後數年，揆亦〔病〕(理)殂。卽老父所乘驢與僕，何物也？與之語言，人也；飲食，人也。物假爲之耶？鬼耶？神耶？時向相任吉州通判，余爲轉運使，備詳其事而書之，豈語怪之嫌乎？（卷一）

田太尉候神仙夜降

田太尉重進，始起於戎行，常爲太祖皇帝前隊，積勞至侍衛馬步軍都虞候，太宗朝移鎮永興軍。重進晚年好道，酷信黃白可成。有揀停軍人張花項，衣道士服，俗以其項多雕篆，故目之爲「花項」。晚出家爲道士，今時有人見尚在闕右。自言有術，黃白金可成。重進甚信重之。花項又引一道士爲同志，重進與之同飲食，前後所要錢幣，悉資之無少違者。久之無成，遂紿重進云：「涇州本城有一人，卽某二人之師，太尉暫能召至，至則其藥立就。」重進發牒詣涇州令，暫發遣至永興軍。涇州以不奉宣命，不敢發。重進使人教之爲有疾不可醫者，本州上言，重進爲經營之，得出軍籍。涇之軍既至，重進喜甚。花項曰：「得此人至，同去採所少藥，今年八月必得就。」時已六月矣，前後費用重進錢物，且懼八月無成，必當及禍，遂密同設計，潛謀遁去。花項素不飲酒，僞稱不飲酒。一日昏黑方來歸衙，田訝之，既至則已醉矣。明日怒歸遲，面詰之曰：「尊師從來對重進言不解喫酒，昨晚大醉。」辭色俱厲。花項微笑徐答曰：「某從來實不飲酒，昨日街市偶見仙人。」言訖，向西望空頂禮。重進曰：「仙人是誰？卽今何在？」花項肅容低聲而言曰：「卽呂洞賓。」時人皆知呂洞賓爲神仙，故花項言見一作及之。「既見呂洞賓，須相召於街市飲酒。某言不喫，曰：『但飲，必不大醉。』某禮拜謝訖，凡二十餘盞，仍問某何處下。某答云：『在太尉處。』呂曰：『某聞之久矣。太尉武人，好事如此。此人有壽，今已有微疾矣。時田微染風疴。某當暫去，與少藥療之。』」田聞言大喜曰：「重進粗人，何消神仙下降。」且曰：「何時至？」花項曰：「此月十五日，夜三更必至。呂言不欲多見人，望太尉於東位射弓處排當帳設，用新好細席，於靜室燃香燭，須鮮果好酒。太尉自齋沐，換新衣，具靴笏，深夜候之，必來降矣。」重進曰：「非常時。疑有脱誤。」至期，命陳設東位，帷帳裀褥，一一新潔，焚香燃燭，齋潔披秉，瞻望星斗，拜告以俟其至。須臾報三更矣，不至。又取香燃之，望空再拜。時重進足重，兼染風恙，甚難折腰。是夕熱，拜訖大喘流汗，衣皆霑溼，略無倦怠。須臾又報四更，重進雖燃香未輟，意疑訝，引頸瞻望，略無兆朕。報四更五點，重進疑怪殊甚，問花項等三人，欲責其虚誕。親信人來白：「尊師門大開，中並無人，向來囊篋，般運已盡。」蓋花項等詿令開東邊便門，揭篋俱潛遁矣。重進慚恨嗟歎，但嗚指顧左右曰：「無良漢！無良漢！」自是無復求道術矣。時永興有匿名人遺詩二首嘲之，置詩於廳事前，田命賓席讀之，愈慚，乃散差人追捕，皆不獲。詩本失其一首，永興士人多能誦之。余授右僕射，判永興軍，備知其事，録之以戒貪夫云。匿名詩曰：「鉛作黃金汞作銀，爇梁姦倖轉災新。一朝誑惑田重進，半夜攀迎呂洞賓。獃漢出門時引領，黠兒得路已潛身。惟稱三箇無良漢，笑殺長安萬萬人。」（卷三）

白萬州遇劍客

萬州白太保，名廷誨，即致政中令諱文珂之長子也。任莊宅使時，權五司，兼水北巡檢。五司者，莊宅、皇城、內園、洛苑、宫苑也。平蜀有功，就除萬州刺史。受代歸，殁於荆南。白性好奇，重道士之術。從兄廷讓，爲親事都將，不履行檢，屢遊行於鄽市中。忽有客謂廷讓曰：「劍客嘗聞之乎？」廷讓曰：「聞。」「曾見之乎？」曰：「未嘗見。」客曰：「見在通利坊逆旅中，呼爲處士，即劍客也。可同往見之。」廷讓如其言。明日同詣逆旅中，見五六人席地環坐，中有一人深目豐眉，紫黑色，黄鬚。廷讓至，黄鬚獨不起。客曰：「可拜。」廷讓拜，黄鬚據受，徐曰：「誰氏子至？」客曰：「白令公姪與某同來，專起居處士。」黄鬚笑曰：「爾同來，可坐共飲。」須臾將一木盆至，取酒數瓶滿其盆，各置一甆椀在面前，舁一案驢肉置其側，中一人鼓刀切肉作大臠，用杓酌酒於椀中，每人前設一肉器。廷讓視之有難色。黄鬚者一舉而盡，數輩亦然；且引手取肉啖之，顧廷讓揚眉攝目若怒色。廷讓强飲半椀許，咀嚼少肉而已。酒食罷，散去。廷讓熟視，皆狗屠角抵輩。廷讓與同來客獨住款曲，客語黄鬚曰：「白公，志士也，處士幸勿形跡。」黄鬚於牀上取一短劍，引出匣，以手簸弄訖，以指彈劍，鏗然有聲。廷讓視之，意謂劍客爾，復起，再三拜之曰：「幸覩處士，他日終願乞爲弟子。」黃鬚曰：「此劍凡殺五七十人，皆慳財輕侮人者，取首級煮食之，味如猪羊頭爾。」廷讓聞之，若芒刺滿身，恐悚而退，歸具以事語於弟。廷誨貴家子，聞異人奇士，素所尚，且曰：「某如何得一見之？可謀於客。」遂告之，客曰：「但備酒饌俟之。」明日辰巳間，客果與俱來。白兄弟迎接之，延入，白俱設拜，黃鬚悉據受之。飲食訖，謂白曰：「君家有好劍否？」對曰：「有。」因取數十口置於前，黃鬚一一閱之，曰：「皆凡鐵也。」廷讓曰：「某房中有兩口劍，試取觀之。」黃鬚置一於地，亦曰：「凡鐵爾。」再取一，云「此可」。乃命工磨之。黃鬚命取火筯至，引劍斷之，刃無復缺。黃鬚曰：「果稍堪爾。」以手擲，若劍舞狀，久之告去。廷誨奇而留之，命止於廳側，待之甚厚。黃鬚大率少語，但應唯而已。忽一日，借一駿蹄暫出，數日徒步而來，曰：「馬驚逸，不知所之。」旬日有人送馬至。又月餘，黃鬚謂廷讓曰：「於爾弟處借銀十鋌，皮篋一，好馬一匹，僕二人，暫至華陽。迴日銀與馬却奉還。」白兄潛思之，欲不與，聞其多殺慳財者；欲與，慮其不返，猶豫未決。黃鬚果怒，告去，不可留，白昆弟遜謝之，曰：「十鋌銀，一馬，暫借小事爾。却是選人力，恐不稱處士指顧。」悉依借與之，黃鬚不辭，上馬而去。白之昆仲，亦不之測。數日，一僕至，曰：「處士至土壕，怒行遲，遣回。」又旬日，一僕至，曰：「到陝州，處士怒，遣回。」白之昆仲謂劍客不敢竊議，恐知而及禍。踰年不至，有賈客乘所借馬過門者，白之左右皆識之，聞於白。詰之，曰：「於華州八十千買之。」契券分明，賣馬姓名易之矣，方知其詐。三數年後，有人陝州見之，蓋素善鍛者也。大凡人平常厚貌深衷，未易輕信，黃鬚假劍術以惑人，宜乎白之可欺也。書之者，亦鑄鼎備物之象，使人入山林逢之，不敢爾思，亦自古欺詐之尤者也。君子誌之，抑鑄鼎之類也，誠

之！誡之！（卷二）

水中照見王者服冕

洛陽甘露院主事僧，年六十餘，長大豐肥，甚有衣糧。開寶中，有布衣，貌古美鬚髯，策筇杖，引一僕，鬚眉皓白，擔布囊隨之。命老僕叩院門，僧啓扉納之。既陞堂，院主相揖共語且久，布衣命老僕取茯苓湯來。老僕聲諾，開布囊，取湯末，并金盂兩隻，小金湯瓶一隻，從行者索火燒金瓶，借院家托子點湯，俟温而進之。老僕禮甚恭順。僧將備食，布衣曰：「某與此僕，不食旬日矣，不須食。」遂起，遍遊諸院，瞻禮功德，見佛毫相稍小，曰：「某有好者，可奉施換之。」命老僕開布囊中，取綿複解開，內各用綿裹大小珠數千枚，雜以琥珀、馬腦、大真珠可升許。僧甚訝之。衆僧童行悉來窺視，內選一珠大如佛額毫相與院主僧，僧感謝數四。老僕收囊中物，更無他語，策杖揖僧而去，苦留之不可。院主與衆僧相顧歎，重頂禮，咸謂異人神仙耳。院主遣行者隨而伺之，至通利，稠人中失之，歸白院主，愈感激之。旬日復來，闔院僧迎接，恭謹過于初百倍。布衣命去侍者，謂院主曰：「某前者觀院主神形骨法，若不出家爲佛弟子，卽爲一小國王。」院主唯唯，謙遜久之。布衣笑曰：「院主欲見大師形相否？」僧曰：「願見之。」命取一大盆，置諸中庭日內，滿盆添水。坐久，布衣引院主僧先焚香向空作禮訖，再三瞻視，不得使人知，恐洩天機。須臾，使僧引頸照水中影，不復有僧儀相，見頂平天冠垂旒，衣王者服，秉圭。僧驚喜，向空作禮。布衣又命僧焚香，視水中，有白煙自水中出起高丈餘，漸成五色，逼而視之，水色亦爾，食頃時方散。僧延問，布衣默然，退陞堂。院主曰：一本云「退堂謂院主曰」。「恨爲僧，不敢禮拜。」院主僧果謂之神仙爾。又謂院主曰：「今已出家，不可返衣初服也。尤須精進，然合大有錢帛分，可至三五萬貫。」僧愈謙懼，曰：「何由至如是錢帛？」布衣笑曰：「可爾。市中有數般藥，但依數自買取來，當爲院主脩合三五百丸藥，每丸可點百兩銅作爲黃金。」僧聞之，起立合掌久之，又出下階向空禮拜，退坐問曰：「藥如何知真虛？」曰：「但去商量定後，將來某自辨之。」僧曰：「託長者買之，如何？」布衣怒曰：「我豈是與和尚買藥者乎？」僧起，慚懼遜謝之。遂每日于街市尋訪。布衣已出，約旬日復來。忽有一作見老人于市内問院主曰：「每日見來藥鋪中，買甚藥物？」僧云買某色藥，老人曰：「試往水北小清化内路某人鋪子内問之，合有此藥。」院主急去訪之，鋪主暫出一兩日當迴。院主僧且憂旬日之期漸逼，忘寢與食，目不交睫。兩日，急詣小清化鋪，已開矣。僧甚喜，遂問有某色某色藥否，鋪主徐往架上閲之，答曰：「皆有。」取藥示僧，僧素不識此藥，試問都要若干，其價如何，鋪主曰：「若全要此藥，非四百千不可。」僧聞聳駭。鋪主袖手瞬目，默而不顧。僧不之測，遂起行數坊，再三念之，索錢雖多，若藥成則三數萬兩黃金立就，卽此藥之所須非多爾。再詣前鋪，僧曰：「近下多少來錢可買？」鋪主曰：「在京除道政坊張家，亦有此藥，張須五百千方賣。某之藥，四百千以下，少一錢亦不賣。」僧遂詣道政坊張家訪之，果有此藥。詢其價，曰：「非五百千不可。」于是返詣小清化鋪，依價買之已定。僧曰：「請鋪主自將藥與某同到荒院，暫呈一相識，卽便交錢，可乎？」鋪主曰：「至日可院主自來，同將藥去，卽可。」僧許之。至期與鋪主將藥歸院，齋午間，布衣至，出藥示之。布衣曰：「皆是。本色真藥稍次，然市上如有，可換之。」鋪主曰：「除道政坊張家有，退此一色，價錢八十千。」依數命僧往買之，餘藥悉留。清化鋪主輩三百二十千歸。僧用八十千詣張鋪買藥，張鋪須得一百千方可，僧依價市之而歸。遂設醮起壇，泥爐齋戒，擇日合鍊點化藥。布衣齋午與老僕至中未歸，院主使童行潛隨之，或出城門，或遊市肆，或遊龍門，行步輕健。童行輩見布衣迴顧便退，恐疑覺之。爐就下火，云三百六十日當成。教以添減火候，教之潔淨焚香，貓犬悉別本悉下有「以」字。羈繫之，微陰有雷雨。一無「雨」字。羣僧高聲念佛，行者晝夜不息。別本不息下有「未幾」二字。布衣曰：「比俟藥成，某暫至王屋天壇，候某迴開爐。」期年布衣不至，院僧焚香啓藥爐視之，鼎器如故，藥皆成煨燼矣，但嗚指驚歎而已。懼是神仙，相誡勿洩。後院僧中有辭詣別院者，與洛下余之舊知熟，夜靜話及之。何妖誕設怪取利之如是哉！亦僧貪財之甚者也。僧俗知是事者，足爲深誡！足爲深誡！（卷四）

江淮異人録

吴淑

吴淑（九四七——一〇〇二），字正儀，潤州丹陽人。自南唐入宋，授大理評事，預修《太平御覽》、《太平廣記》，充祕閣校理，累遷至職方員外郎。著有《事類賦注》、《祕閣閒談》等。《江淮異人録》，《直齋書録解題》僞史類著録二卷（《宋史》本傳作三卷），云：「所紀道流俠客術士之類凡二十五人。」今本一卷，二十五篇之數不缺。

耿先生

耿先生者，江表將校耿謙之女也。少而明慧，有姿色，頗好書，稍爲詩句，往往有嘉旨，而明於道術，能拘制鬼魅，通於黄白之術、變怪之事，奇偉恍惚，莫知其何從得也。保大中，江淮富盛，上好文雅，悦奇異之事，召之入宫，蓋覩其術，不以貫魚之列待，特處之别院，號曰先生。先生常被碧霞帔，見上多持簡，精彩卓逸，言詞朗暢，手如鳥爪，不便於用，飲食皆仰於人，復不喜行，宫中常使人抱持之。每爲詩句，題於牆壁，自稱北大先生，亦莫知其旨也。先生之術，不常的然發揚於外，遇事則應，闇然而彰，上益以此重之也。始入宫，問以黄白之事，試之皆驗，益復爲之，而簡易不煩。上嘗因暇，顧謂先生曰：

「此皆因火以成之，苟不須火，其能成乎？」先生曰：「試爲之，殆亦可。」上乃取水銀，以硾紙重複裹之，封題甚密。先生内於懷中，良久，忽若裂帛聲，先生笑曰：「陛下嘗不信下妾之術，今日面觀，可復不信耶？」持以與上，上周視，題處如舊，發之已爲銀矣。又嘗大雪，上戲之曰：「先生能以雪爲銀乎？」先生曰：「亦可。」乃取雪實之，削爲銀鋌狀，先生自投於熾炭中，灰埃坌起，徐以炭周覆之，過食頃，曰：「可矣。」乃持以出，赫然洞赤，置之於地，及冷，爛然爲銀鋌，而刀迹具在，反視其下，若垂酥滴乳之狀，蓋初爲火之所融釋也。因是先生所作雪銀甚多。上誕日，每作器用，獻以爲壽。又多巧思，所作必出於人。南海嘗貢奇物，有薔薇水、龍腦漿。薔薇水，清泚郁烈。龍腦漿，補益男子，上寶惜之，每以龍腦漿調酒服之，香氣連日不絶於口，亦以賜近臣。先生曰：「此未爲佳也。」上曰：「先生豈能爲之？」曰：「試爲，應亦可就。」乃取龍腦，以細絹袋之，懸於琉璃瓶中。上親封題之，置酒於其側而觀之。食頃，先生曰：「龍腦已漿矣。」上自起，附耳聽之，果聞滴瀝聲。且復飲，少選又視之，見琉璃瓶中湛然如勺水矣。明日發之，已半瓶，香氣酷烈，逾於舊者遠矣。先生後有孕，一日謂上曰：「妾此夕當産，神孫聖子，誠在此耳。請備生産所用之物。」上悉爲設之，益令宫人宿於室中，夜半烈風震霆，室中人皆震慴，是夜不復産。明旦，先生腹已消如常人。上驚問之，先生曰：「昨夜雷電中生子，已爲神物持去，不復得矣。」先生嗜酒，至於男女大慾，亦略同於常。後亦竟以疾終。古者神仙多晦跡混俗，先生豈其人乎？余頃在江南，嘗聞其事，而宫掖祕奥，説者多異同。及江南平，在京師，嘗詣徐率更游，游卽義祖之孫也，宫中之事，悉能知之，因就質其事，備爲余言。

潘扆

潘扆者，大理評事潘鵬之子也。少居於和州，樵採雞籠山以供養其親。嘗過江至金陵，泊舟秦淮口，有一老父求同載過江。扆敬其老，許之。時大雪，扆市酒與同飲。及江中流，酒已盡，扆甚恨其少，不得醉。老父曰：「吾亦有酒。」乃解巾，於髻中取一小葫蘆子，〔傾〕〔頃〕之，極飲不竭。扆驚，益敬之。及至岸，謂扆曰：「子事親孝，復有道氣，可教也。」乃授以道術。扆自是所爲詭異，世號之爲潘仙人。能掬水銀於手中，按之即成銀。嘗入人家，見池沼中有落葉甚多，謂主人曰：「此可以爲戲。」令以物漉取之，置之於地，隨葉大小，皆爲魚矣。更棄於水，葉復如故。有蒯亮者，嘗至所親家，同坐者數人，見扆過於門，主人召之，乃至。因謂扆曰：「請先生出一術以娱賓。」扆曰：「可。」顧見門前有鐵砧，謂主人曰：「得此鐵砧，可以爲戲。」因就假之，既至，扆乃出一小刀子，細細切之至盡。坐客驚愕。既而曰：「假人物不可壞之也。」乃合聚之，砧復如故。又於袖中出一幅舊方巾，謂人曰：「勿輕此，非一人有急，不可從余假之，他人固不能得也。」乃舉以蔽面，退行數步，則不復見。能背本誦所未嘗見書，或卷而封之，置之於前，首舉一字，則誦之終卷。其間點竄塗乙，悉能知之。所爲多此類，亦不復盡紀。後亦以疾卒。

張訓妻

張訓者，吴太祖之將校也。口大，時人謂之張大口。吴太祖在宣州，嘗給諸將鎧甲。訓所得故弊不如意，形於詞色。其妻謂之曰：「此不足介意，但司徒不知，苟知之，必不爾。」明日，吴公謂張曰：「爾所得甲如何？」張以告，公乃易之。後吴公移廣陵，嘗賜諸將馬。訓所得復駑弱，訓亦不滿意，妻復言如前。明日，吴公又問之，訓復以爲言。公曰：「爾家事神耶？」訓曰：「無。」公曰：「吾頃在宣州，嘗賜諸將甲，是夜夢一婦人衣真珠衣，告予曰：『公賜張訓甲甚弊，當爲易之。』及吾問汝，果然，乃爲汝易之。今賜諸將馬，復夢前珠衣婦人告予曰：『張訓所得馬，非良馬也。』其故何哉？」訓亦不能測也。訓妻有衣箱，常自啓閉，訓未嘗見之。一日，妻出，訓竊啓之，果見珠衣一襲。及妻歸，謂訓曰：「君開我衣箱耶？」初，其妻每食必待其夫。一日訓歸，妻已先食，謂訓曰：「今日以食味異常，不待君先食矣。」訓入廚，見甑中蒸一人頭，訓心惡之，陰欲殺之。妻謂曰：「君欲負我耶？然君方爲數郡刺史，我不能殺君。」指一婢曰：「殺我必先殺此，不爾君必不免。」訓遂殺妻及其婢，後果爲刺史。

洪州書生

成幼文爲洪州録事參軍，所居臨通衢而有牕。一日坐牕下，時雨霽泥濘而微有路，見一小兒賣鞋，狀甚貧寠。有一惡少年與兒相遇，絓鞋墜泥中，小兒哭求其價。少年叱之不與，兒曰：「吾家旦未有食，待賣鞋營食，而悉爲所污。」有書生過，憫之，爲償其值。少年怒曰：「兒就我求錢，汝何預焉？」因辱駡之。生甚有愠色。成嘉其義，召之與語，大奇之，因留之宿，夜共話。成暫入内，及復出，則失書生矣。外户皆閉，求之不得。少頃復至前曰：「旦來惡子，吾不能容，已斷其首。」乃擲之於地。成驚曰：「此人誠忤君子，然斷人之首，流血在地，豈不見累乎？」書生曰：「無苦。」乃出少藥，傅於頭上，捽其髮摩之，皆化爲水。因謂成曰：「無以奉報，願以此術授君。」成曰：「某非方外之士，不敢奉教。」書生於是長揖而去，重門皆鎖閉，而失所在。

秘閣閒談

吴淑

《秘閣閒談》五卷，《郡齋讀書志》著録，謂「記秘閣同僚燕談」，蓋據其原序。原書不傳，僅見佚文。

柏閣行者

錢若水，家居新安，於柏閣院獨居一室。院僧裔公有小行者，時來室中，翻亂文字，點污筆硯，乃白裔公，請拘而笞之。裔公曰：「此王氏子，少孤不答苦。」錢曰：「不然，日授之以經，可禁其擾人。」初授五行，曰太少，自十行至一紙以至一卷，才經目，便出走戲如初。七日誦一部。後一月，授《華嚴經》八十卷。忽一日，上樹而去，至夜不下，竟不知所在。後七年，錢入洛陽，逢敕葬一内人，扶柩者四十輩。錢於馬上忽認見其行者，青巾布衫。錢乃下馬，使人召之，欣然而來。公曰：「向柏閣何適，今乃爲此賤役？」笑曰：「時云嵩山本欲念却《大藏經》，恐驚於人。」公相之曰：「君異人也，請盡言之。」行者曰：「世間如某輩者千萬人，人自不識。公有仙風道骨，可惜作官。此去甚達，然終不至宰相，惟忌爲御臺官，必不久。」又問壽如何，曰：「轉官遲則壽亦遲。」言訖而去。後錢公自布衣至兩府，改登州觀察使兼御史大夫，嘆曰：「王行者之言至矣。」心惡之。果於是年十月二十三日暴卒，時咸平六年也，享年四十四。夫祿壽修短，其數前定則不可改，知命君子委心而任之可矣。（《分門古今類事》卷五）

按：《宋史》本傳謂吳淑卒於咸平五年，而此條記及咸平六年事，顯然有誤。《分門古今類事》卷十《若水見僧》條末注：「見《洞微志》，此事與《雜錄》大同小異，故兩存之。」疑本條或出《倦遊雜錄》。

吳淑丹陽

吳淑未冠時，其先人爲潤州書記。時嚴續相公作鎮，書記宅在子城西門，一夜夢雨過，門外有濘。嚴相策杖躡履，淑隨之，忽顧謂曰：「與汝丹陽尉。」寤而志之。明年，東海徐鉉解淑，淑登第，因以女妻之。淑欲求都下一官，徐鉉時在中書，謂曰：「已選得一縣，可二百里內。」淑思之，曰：「得非丹陽乎？」及領官，果如所夢云。（同上卷六）

丘旭定分

丘旭，江南人，進士及第，累任州縣。後秘監李至奏舉爲秘閣官，辭之，乃得臨淮令。嘗見吳淑，有徒勞之歎。吳曰：「向李秘閣舉君，君何不欲。」旭曰：「誠悔之，然亦有定分。」旭在江東夢至一處，滿目是山。指一山問人云：『此何山？』曰：『雲台山。』及歸朝，除閬州蒼溪令，羣山滿目，指其一大山問縣人，乃云

是雲台山。又嘗夢爲淮泗官，上木杪看水。比至臨淮，果大水，乘舟從木杪過。豈非前定乎？」由是言之，非人事明矣。（同上）

毛仙述配

吴淑，江東人。有妹在江南，適陳樞，樞卒，至京師欲求再配。有一尼，江東人。其母謂尼曰：「女子欲求親，有鄉里官者願求偶。」一日，尼曰：「有馬淑者，湖南人，今爲安州雲夢尉，欲求親。」因遂成結。初，馬淑之先君在江南爲饒州副使，其前妻馮氏，方强壯之時，常使術士毛大仙者作卦歌。其中曾述配偶之事曰：「水馬爲妻壻，不久下泉鄉。命裹妨頭妻，再得口天娘。」後馮卒，再娶吴氏。馬淑雖經亂離，常録此歌於巾箱中，因以示吴淑之妹。初，淑與馬氏絶不相聞，尼亦非素識。因在京師卜鋪相遇，遂得偶合，豈非前定歟？（同上卷十六）

方丈山麻姑

王保義爲荆南高從誨行軍司馬，生女不食葷血，五歲通《黄庭》等經。及長，夢渡水登山，見金銀宫闕，云是方丈〔山〕（仙），女仙類十人，中一人曰麻姑，相結姊妹，授以琵琶數曲。自是數夜一遇，歲餘得百餘曲，其尤者有獨指商，以一指彈一曲，復夢麻姑曰：「卽當相邀。」明日庭中有雲鶴音樂，女奄然而卒。（《類説》卷五十二）

紙鳶詩

陳繼達，本武夫，不知書，夢人以墨水升餘飲之，即能識字，作紙鳶詩曰：「人生寵辱能知此，一似翩翩紙老鴟。霄漢只因風送上，無風還有下來時。」（同上）

青磁碗

巴東下岩院主僧，水際得一青磁碗，携歸折花置佛像前，明日花滿其中。更置少米，經宿米亦滿碗。以錢及金銀置之，皆然。自是院中富貴。院主年老，一日過江檢田，懷中取碗擲於中流，〔徒〕（從）弟驚愕，師曰：「吾死，爾等寧能謹飾自守。棄之，不欲使爾增罪累也。」院主尋卒。（同上）

獄吏

江南大理寺嘗鞫殺人獄，未能得其實。獄吏日夜憂懼，乃焚香懇禱，以求神助。因夢過枯河上高山，寤而思之，曰：「河無水，可字；山而高，嵩字也。」或言崇孝寺有僧名可嵩，乃白長官下符攝之。既至，訊問，亦無姦狀。忽見屨上墨污，因問其由，云「墨所濺」。使脱視之，乃墨塗也。復詰之，僧色動。滌去其墨，即是血痕。以此鞫之，僧乃服罪。（《折獄龜鑑》卷六）

洛中紀異

秦再思

《崇文總目》等書著録，十卷，秦再思撰。《郡齋讀書志》云：「記五代及國初讖應雜事。」秦再思，《説郛》注「號南陽叟」，生平不詳，僅見《續資治通鑑長編》卷二十二提及此人，「（太平興國六年十一月）辛亥……先是有秦再思者，上書願勿再赦，且引諸葛亮佐蜀數十年不赦事」。如卽作者，則宋太宗時人也。《洛中紀異》原書失傳，佚文散見于《類説》、《分門古今類事》、《説郛》等書，或作《紀異録》、《紀異志》。

歸皓溺水

歸皓，錢塘人也。天成四年，泛海來貢，忽值風濤，船悉破溺。皓抱一木，隨波三日，抵一島，乃捨木登岸。見二道士手談，就拜禮之，道士曰：「得非歸皓乎？」又拜。忽一人自水中曰：「海龍王請二尊師齋。」乃與皓同往。既出，命朱衣吏送皓還。吏引入一院，謂皓曰：「侍郎元無名字，除進奉外，人數姓名並已收付逐司。」皓請見其子，吏曰：「亦係大數，固難得回。」乃速召吴越溺人歸侍郎一行暫來。俄見一行二百餘人俱至廳前，見皓咸拜，爲之流涕。又令取溺水簿示皓，果皓一人不在其數。朱衣令取進奉物列於庭，印封如故，卽令十餘輩送皓出。既出，食頃，則見身乘小舸，並進奉物及表函等皆泊於岸上。小舸雖漏而不溺，訪其處，曰：「此萊州界也。」旋有巡海人軍輦運於岸上，小舸尋自焚滅。皓後謝病隱居，年八十卒。侍郎蓋承制所授兵部郎中耳。（《分門古今類事》卷四）

殺狐之兆

契丹耶律嘗怒晉少帝，乃罄國入寇，遂陷京師，執帝並母后、文武大臣及諸寶貨而歸。至鄴西紫柏橋愁死崗得疾。又至恒州殺狐林死。崗本陳思王不爲文帝所容，王常於此悲怨吟嘯，時人謂之愁思崗，後音訛而謂之愁死。殺狐林者，本村人曾於林内射殺一狐，因此名之，至是而耶律死，乃有其應。昔高祖之畏柏仁，去之以全福；岑彭之惡彭亡，留之以致禍。讖雖自人，其禍福皆本於天，然則虜亦應天乎？此梁武所以言之而歎息也！（同上卷十三。原誤作《集異記》，據《類説》本考正）

毋公印書

毋公者，蒲津人也，仕蜀爲相。先是公在布衣日，嘗從人借《文選》及《初學記》，人多難色。公浩歎曰：「余恨家貧，不能力致。他日稍達，願刻板印之，庶及天下習學之者。」後公果於蜀顯達，乃曰：「今日可以酬宿願矣。」因命工匠日夜雕板，印成二部之書。公覽之，欣然曰：「適我願兮。」復雕九經諸書。兩蜀文字，由是大興。洎蜀歸國，豪貴之族以財賄禍其家者十八九。上好書，命使盡取蜀文籍及諸印板歸闕，忽見板後有毋氏姓名，乃問歐陽炯。炯曰：「此是毋氏家錢自造。」上甚悦，卽命以板還毋氏，至今印書者遍於海内。於戲！毋氏之志，本欲廣學問於後世，天果從之。大凡處重位，居富貴，多是急聚斂，恣聲色，營第宅，植田産，以爲子孫之計。及一旦失勢，或爲不肖子所蕩，至其後曾無立錐之地。獨毋氏反以印書致家累千金，子孫禄食。初，其在蜀雕印之日，多爲衆所鄙笑，及其後，乃往假貸，雖樊侯種杞梓，未可同年而語。仲尼之教，福善餘慶，一何偉歟！左拾遺孫逢吉嘗語及，因紀之以爲世戒。（同上卷十九）

按：此條爲毋昭裔刻書之最早記載。後此王明清《揮麈餘話》引《五代史補》略述其事。明焦竑《焦氏筆乘》續集卷四《雕板印書》轉録此條，而不言出處，令人疑爲親聞之于宋人孫逢吉者。

金玉二象

李德裕好餌雄朱。有道士自云李終南，住羅浮山，曰：「相公久服丹砂丸，大善，但促壽耳。」懷中出小玉象子如拳許，曰：「可求勾漏瑩（徹）者致象鼻下，象服其砂復吐出，方可餌。此乃太陽之精，凝結已三萬年，今以奉借，忠孝是念，無致其咎。」又出一金象曰：「此是雌者，與玉爲偶。」贊皇一一驗之無差，服之顔面愈少，髮鬢如漆。乃求姝異凡數百人。其後南還，於鬼門關逢道士怒索二象，曰：「不誌吾言，固當如此。」公僶俛不與，至鱷魚潭，風雨晦冥，玉象自船飛去，光焰燭天，金象從而入水。公至朱崖，飲恨而卒。乃知象者，南方火獸；勾漏者，朱崖之寶；羅浮者，海濱之山；李終南者，贊皇不返也。（《類説》卷十二。《分門古今類事》卷四所引文字略異）

顏魯公屍解

顏魯公問罪李希烈，内外知公不還，親族餞於長樂坡，公醉，跳躍〔撫〕（前）楹曰：「吾早遇道士云陶八八，授刀圭碧霞丹，至今不衰。」又曰：『七十有厄卽吉，他日〔待〕（帶）我於羅浮山。』得非今日之厄乎？」公至大梁，希烈命縊殺之，葬於城南。希烈敗，家人啓柩，見狀貌如生，遍身金色，爪甲出手背，鬚長數尺，歸葬偃師北山。後有商人至羅浮山，有二道士樹下圍棋，一曰：「何人至此？」對曰：「小客洛陽人。」道士笑曰：「幸寄一書達吾家。」遣童子取紙筆作書。至北山，顏家子孫得書大驚曰：「先太師親翰也！」發塚開棺已空矣。徑往羅浮求之，竟無踪跡。又曰：「先太師書法，蠶尾馬頭之勢，是真得仙也。」（同上。亦見《青瑣高議》前集卷一，不言出處。）

按：顏眞卿屍解事，屢見唐人小説。參看《永樂大典》卷七七五六引《柳常侍言旨》、《太平廣記》卷三十二《顏眞卿》條及《唐語林》卷六「顏魯公嘗得方士名藥」條。

碧落碑

絳州碧落觀有天尊石像，光焰灼高丈餘，上有文，云神仙所篆，莫之測也。先君云：唐龍〔朔〕（翔）中刺史李諶爲母氏太妃追薦所造也。有老黄冠曰：「李使君，卽高〔宗〕大（太）帝之子也。其文未刻之前，忽有二道士謁李使君，欲篆刻其文：『我二人卽天下之名篆也。請爲使君成〔之〕。』乃于懷中出一軸朱書

《陰符經》，殆非人功也。使君尤異之。復約『殿内四面封閉，不得令人窺視。只我二人在中，候三日卽畢矣』。使君從之。但見二道士挈一小囊入，入自闔其門，餘無所睹。至三日，使君命開之，只見白鴿一雙自門飛出。及視，文篆已畢，餘有一及字，但有一畫不成而去。使君與道士衆悲喜，益神之。後李陽冰于此學篆，凡二十日，終不得妙，捨之而去。至今爲天下之絕矣。」（《説郛》卷二十）

葆光録

陳纂

陳纂，潁川人，自號襲明子。《葆光録》三卷，《直齋書録解題》云：「所載多吴越事，當是國初人。」按書中第二條稱「太宗少時帥師戰淮人於千秋嶺」，則爲吴越歸宋後之作。《説郛》卷二十署名「五代吴越陳□□號襲明子」，首條云：「葆光者，注之而不滿，酌之而不竭也。」今本不載此語。明清人摘取本書，羼入託名傅亮之《靈應録》、于逖之《聞奇録》及陸勳之《志怪録》，俱爲僞書。

●長安儒者

求嬰處士説：昔在長安春日，與數舉子遊於北里中，將姬妓三五人狎飲次，有二僕夫突門而進，各操論去聲棒，高揖據上位而坐，趄趄焉，叱吒焉，或歌或笑，傍若無人。一夫持杯，改令云：「巡至弩臂，不能者腦上一論棒。」諸舉子相看戰慄，莫知爲計，僕夫放下盞，乃揎上臂，迭起數條青筋，狀如蚯蚓。逡巡又有一儒者，褒衣大袖，俯僂而入，四揖而後坐，視諸舉子曰：「何意各顔色愀然？」僕夫自若云：「某甲改一令如斯，不依者腦上一論棒。」儒者曰：「此不足爲難。」因顧壁角間有三脚鐵燈檠，高五尺餘，將於内捋其三脚聚，拗成二截，如斷葱焉。瞪目謂二僕夫曰：「君不得恣胸衿逞筋力，須隄防此棓。」僕夫俱失色，狼忙奔馳。儒者謂諸舉子曰：「後生皆千里抛家屬，未能成身立事，而耽於酒。賴遇老夫，幾遭彼凶徒擊殺。自後宜以爲戒。」舉子羅列拜謝，忽失所之。（卷一）

*廣見大師

廣見大師説：頃在廣德縣入山采藥，見大洞，因穿之，洞内日光分明，行可數里，洞則别開一穴，有長溪，限間一大松枝何鬱翠。下有一菴，内一僧禪定，雪眉擁衲，邊有磬子、火具之屬。廣見取磬子擊之，其僧開目驚曰：「坐主何緣而至此？」廣見陳其行止，遂延坐，取一石敲火煎茗，香味可愛。日將夕，僧讓菴與廣見卧，自上其松，上有一大巢，僧即入巢内。聞念蓮經聲甚清亮。逡巡又聞駡詈云：「此隊畜生，今作毛類，傷於物命，令世人恐懼。速令歸林麓，不得輒出去。」廣見潛窺之，乃羣虎豹弭耳伏地，受令而去。及曙，下松來相慰。廣見知其異人，乞就奴事之。僧曰：「自此百見草枯，四絶人烟，非坐主息處。」因曰：「莫饑否？」相携溪畔，有稻百來株，收其穀，（挪）（梛）三二合來，挑野菜和煮，與廣見食後，令回去得也，送至洞口，謂曰：「坐主所食茶與菜粥，平生即不闕食矣。」遂尋路從洞出，回至本院，已月餘。乃邀徒衆再往，竟失洞所在。廣見號自新。（卷一）

*母雞鬬虎

衢州民家，里胥至督促租賦，家貧無以備餐，祇有哺雞一隻，擬烹之。里胥恍惚間見桑下有著黄衣女子前拜乞命，又云：「自死卽閑，不忍兒子未見日光。」里胥曰：「某到此催徵，卽無追捕殺傷者。」其女泣而逃。里胥驚惻，回至屋頭，見一雞哺數子，其家將縛之次，意疑之，不許殺，遂去。後一旦再來，其雞已抱出一羣子，見里胥向前踴躍，有似相感之狀。捨而遂行，數百步，遇一虎跳躑漸近，忽一雞飛去，撲其虎眼。里胥因斯奔馳得免。至暮，從別路回其家，已不見雞。問之，云：「朝來西飛去，杳無蹤。」里胥怪之，具說見虎之事，遂往尋之，其雞已斃於草間，羽毛零落。自後一村少有食雞子者。（卷二）

*厠神

台州有民姓王，常祭厠神。一日，至其所，見着黄女子。民問何許人，答云：「非人，厠神也，感君敬我，今來相報。」乃曰：「君聞螻蟻言否？」民謝之：「非惟鄙人，自古不聞此説。」遂懷中取小合子，以指點少膏如口脂，塗民右耳下，戒之曰：「或見蟻子，側耳聆之，必有所得。」良久而滅。民明日一見柱礎下羣蟻紛紜，憶其言，乃聽之，果聞相語云：「移穴去暖處。」傍有問之：「何故？」云：「其下有寶甚寒，住不安。」民伺蟻出訖，尋之，獲白金十鋌。卽此後不更聞矣。（卷三）

該聞録

李畋

李畋（九六二？——一〇五一？），字渭卿，自號谷子，博通經史，爲張詠所器。景德二年（一〇〇五）曾拔鄉薦（？），殿試不第，隱居永康軍白沙山，以任中正薦，詔以爲校書郎，歷官尚書虞部員外郎、國子博士，卒年九十。著有《張乖崖語録》、《谷子》等（據《澠水燕談録》、《郡齋讀書志》及《該聞録》佚文《李畋見塔》、《鄭珏吉凶》）。《該聞録》，《郡齋讀書志》著録十卷，云：「與門人賓客燕談，衮衮忘倦。門人請編録，遂以該聞爲目。」原書已佚，散見《類説》、《分門古今類事》、《説郛》等書。

知縣生日

開寶中，神泉令張某者新到官，外以廉潔自矜，内則貪黷自奉，其例甚多。一日，自榜縣門云：「某月某日是知縣生日，告示門内與給使諸色人，不得輒有獻送。」有一曹吏與衆議曰：「宰君明言生辰日，意令我輩知也。言不得獻送，是謙也。」衆曰：「然。」至日，各持縑獻之，命曰「續壽衣」。宰一無拒，感領而已，復告之曰：「後月某日是縣君生日，更莫將來。」無不咍然。得之于神泉進士黄鳳。時王巖以鷺鷥詩諷之云：「飛來疑是鶴，下處却尋魚。」最爲中的。（《説郛》卷九、《類説》卷十九）

琴僧江湖

李虞部畋知常州武進縣日，有浙僧原式善鼓琴，夏五月，忽告辭往潤州金山寺去，留之不諾，曰：「原式起江湖之興，遽雇得一村童，已遷衣鉢就船矣。」因與書令達州牧崔屯田、郡倅王持正。既而原式至彼，便辭郡守在金山寺宿。日已暝矣，館于下閣。是夕揚子江颶風驟起，鼓浪沃岸，逡巡濤勢崩騰，忽忽若有火焰飛於波上，漲高數丈，至寺之中，其下閣楹柱欄楯逐浪而去。原式、村童，寂無影響。次日風浪漸息，有一漁者撑船傍北岸，遥聞葭菼中有人呼之聲，往視之，乃原式之村童，漁者遂載之歸。寺僧異其事，送州牧，州牧牒送晉陵，時郡中僚佐咸睹之，皆言事不可測。彼僧言有江湖之興，隨暴流而逝可矣。彼村童者，年始及冠，於巨浪之中若一葉焉，果有神祐之歟？是無江湖之興歟？以是推之，萬靈中各有定分，信矣。（《分門古今類事》卷五）

李畋見塔

景德二年，李虞部畋與友張及、張達、楊交俱拔鄉薦，奏名預殿試。未唱名前一夕，張及夢乘一筏，涉浪觸岸而覺。李夢遊開寶寺，中路見寺塔數級出雲外。達夢以刀剪瓜而中折，交夢東華門外候唱名舉人皆倒立。既曉相會，互言其異，往興國寺謁圓夢僧解之。僧云：「乘筏涉水，必捷也。雲外見塔，高級也。錯刀中折，不利也。舉人倒立，非常也。」次日臨軒，及果乙科及第，達果不利。交夢舉人倒立，蓋是李迪南省居榜末，至御前居第一，果非常也。李畋不預唱名，三省其夢，乃知塔者塌也，雲外見之，御前下第之象也。故李有詩云：「省奏名應誤，僧圓夢亦虛。」是知所得一第，皆陰注陽授，豈人之能耶！（同上卷七）

王嵒詩讖

嵒，字隱夫，居武都山，風格高邁，尤深於詩。畋常與楊元照評其詩，謂終篇之際，氣衰興緩，與前志不類，如《古松》詩，前曰：「何人輕大厦，放爾偃深雲。」可謂警策。末云：「高僧慣來看，踏破緑苔紋。」《湧泉觀》云：「暗穿地脉龍先覺，密贊天工雨不知。」末云：「溪分澗奪朝宗晚，殘月殘雲信所之。」《送陳昭文赴舉》云：「朝宗任疊千重浪，捧日能消幾片雲。」末云：「多慚亦偶休明代，擊壤空隨野老羣。」其類非一。元照曰：「詩者發志，由衷而來，孰謂隱夫志不至乎？後不厚乎？」其後均寇嬰城，嵒以名大，爲其所脅，坐是流于荒服，晚節不完，蓋已先形於詩矣。（同上卷十四）

鄭珏吉凶

鄭珏當唐昭宗時作相，文章理道，典贍華美，小字十九郎，應舉十九年方及第，又第十九人，至相亦十九年，時皆異之。頃歲眉陽有孫六丈者，妙於推步，嘗謂畋曰：「一生吉凶，須值三郎變。」後如其言。年十三有詩名，二十三丁先考憂，三十三值李順叛，四十三拔成都解，五十三直太學講，六十三改大理丞，知泉州惠安縣，七十三罷和議郡，赴闕致仕，八十三病革不死。今又五年矣，不知此去復何如也！乃知禀形識於天地之間者，固不可逃於數也。（同上卷十八，原注「李歐自述《該聞集》」）

乘異記

張君房

張君房，字尹方(一作允方)，安陸人。景德二年(一〇〇五)登進士第(據《分門古今類事》卷八引張君房自占)，年已四十餘。嘗爲御史屬，坐鞫獄貶秩。因編校道藏爲著作佐郎，知錢塘縣。後知隨、郢、信陽三郡。仕至祠部郎中、集賢校理。年六十三分司，歸安陸，六十九致仕。年八十餘卒。著書甚多，除現存《雲笈七籤》外，有《乘異記》、《麗情集》、《科名定分録》、《潮説》、《儆戒會最》、《野語》、《縉紳脞説》、《慶曆集》等，俱已散佚(據王得臣《麈史》卷中、王銍《默記》卷下、陳振孫《直齋書録解題》卷十一)。《乘異記》，三卷，《郡齋讀書志》謂：「蓋志鬼神變怪之書，凡十一門七十五事。」咸平癸卯(一〇〇三)序(《直齋書録解題》)。

李煜爲師子國王

賈黄中守金陵，恍惚有人展刺云：「前國王李煜祇謁。」既見，乃清瘦道士也。賈知其意，乃曰：「太師安得及此？」李曰：「某幼擇釋氏，未至通達，誤有所見，今爲師子國王，適思鍾山，故來相見。」懷中取詩授賈，忽然不見。詩曰：「異國非所志，煩勞殊未閒。風濤千萬里，無復見鍾山。」載閲之，隨手灰滅。(《類説》卷八)

秦婦罰爲牝羊

劉道芳爲蓬溪令，秩滿歸京，夜宿縣界富民秦氏。忽見一紅裳婦人泣曰：「妾本秦氏子婦，夫壻市一妾，性剛不相下，遂爲兒鞭撻而死。其妾訴於陰府，追攝兒已償命，餘業罰爲牝羊。今在秦氏之闌，以員外經過，將烹爲饌。念爲羊固甘忍死，腹中有羔，就烹其業轉甚。候娩就死無恨。」道芳戒主人出，致意云：「私忌不茹葷血，切勿烹宰。」遲明，有人出，告之，笑曰：「適已烹羊。」道芳嘆訝，告以夜來之事。秦氏舉家感傷，内其羔於腹中瘞之。（同上）

桐葉題詩

張士傑客壽陽，被酒，歷淮濱入龍祠，見後帳龍女塑像甚美，乃於桐葉題詩，投帳中曰：「我是夢中傳采筆，書於葉上寄朝雲。」忽見舍有美女，士傑遂詣置酒。女吟曰：「落帆且泊小沙灘，霜月無波海上寒。若向江湖得消息，爲傳風水到長安。」士傑昏醉，既醒，孤坐於廟門之〔右〕（石）。小女奴曰：「娘子傳語，還君桐葉，勿復置念。」（同上）

附録

張孝和，關中人。淳化壬辰年遊淮南，在壽春，與張李二生被酒，及淮滑，取桐葉寫詩兩句云：「我是夢中傳彩筆，欲書花葉寄朝雲。」投於帳中而去。一旦獨至其祠，忽簾中有婦人邀而置酒，贈孝和詩一絶曰：「落帆且泊小沙灘，霜月無波淮上寒。若向江湖得消息，爲傳風水到長安。」孝和告去，行數十步，忽小女奴叫曰：「娘子令還桐葉，勿復置念。」孝和得之，回顧惟古祠敗舍而已。

（《詩話總龜》前集卷四十九，出《洞微志》）

縉紳脞説

張君房

《郡齋讀書志》著録二十卷。原書失傳，僅存佚文。《類説》卷五十摘鈔二十二條，多纂録前人之書。如《夢妻寄詩》條出自《聞奇録》，見後《湘山野録·鍾輻》篇附録。《分門古今類事》引用頗多。

雨中望蓬萊詩

君房夢出郊，望巨浸中樓臺參差。忽有二青衣棹舟至，大呼曰：「張秀才，賦《雨中望蓬萊山》詩。」君房賦曰：「重簾垂密雨，孤夢隔秋宫。紅爐九華暗，香消芳思融。仙忻望不及，鶴信遣誰通？但云許玉斧，寧知張巨公。」二童曰：「凡世人争合道神仙名字！」俄巨獸哮吼波上，風濤大作，恐懼而覺。（《類説》卷五十）

楚小波

進士謝朏寓居寶應，晚至縣橋，忽見女郎自舟中出，曰：「某楚小波也，可見訪舟中。」懷中出詩曰：「畫橋直下木蘭舟，搶月沖烟任意遊。金玉滿堂無用處，早隨年少去來休。」「妾貌君才兩不常，君今休更苦思量。兒家自有清溪水，飲着方知氣味長。」朏至友人家，夜深，復見小波倚橋柱戲之曰：「尾生何來晚耶？」

朏作顧揖狀，平步水中而不知覺。其僕下水救拽上岸，若醉人矣，月餘方醒。友人曰："此猖鬼也。"奪詩焚之。（同上）

按：蘇軾《東坡志林》亦載此事，情節稍簡，謂聞諸秦觀。《苕溪漁隱叢話》前集卷五十八及《樂善錄》卷五又轉錄之。

附錄

秦太虛言：寶應民有以嫁娶會客者，酒半，客一人竟起出門。主人追之，客若醉甚將赴水者，主人急持之。客曰："婦人以詩招我，其辭云：『長橋直下有蘭舟，破月衝烟任意遊。金玉滿堂何所用，争如年少去來休。』倉皇就之，不知其爲水也。"然客竟亦無他。夜會説鬼，參寥舉此，聊爲之記。（《東坡志林》卷二《記鬼》）

淳化看蛇

淳化三年，省試後，張君房夢入一大第，東壁下有黑漆連椅等。一婦人紫衣如節使家知客，手持筆硯，陳列君房前，請賦詩，罔測端緒。忽見從文司諫出，曰："奉贈詩一首，可自寫之。"乃曰："亭尤逢夜竹。"寫畢，司諫曰："可用郵亭字。"續曰："不識自知音，朦朧望明月，終得拂青塵。"寫訖，呈覽次，忽大蛇自滌床下出，或聞人大唱曰："看蛇！"遂驚覺。占之多不解。後踰紀至景德乙巳年，君房始忝科第，豈蛇

之兆乎！（《分門古今類事》卷八引張君房自占）

戴昭領錢

君房三舉及第年，夢涉昏霧，沿蔡河東行。旋憩一茶肆中，有公吏若承符狀，殊不相揖，據上位而坐。君房慊之，拂衣而起。旋見舊識進奏官何果者，君房因言其人，果曰：「亟往求之，此是秀才將來手分。」君房悟是冥司，乃出訪之，其人已出門外。乃揖謝之，其人曰：「秀才將來名第，某必把手拽上也。」君房又謝之。然其人似有所求，復有言若邀其多少之限，君房曰：「若向及第，奉銀錢十萬貫。」其人大感，意似過所望也。既别數步，又回曰：「秀才將來化錢必與誰？」君房曰：「亦不知與誰氏耳。」其人曰：「某姓戴，名昭，本江南人。奉錢日但呼戴昭，卽自領也。」景德二年果登第。成名後三日，乃償。其夢人之名第，陰司自有主者，孰非前定乎！（同上）

辟支佛記

至道元年六月十四日夜，張君房夢涉水田間，西南行，迤邐上一山，行二三里，意甚怠之。及半塗，望南邊有一佛宫，門廊皆織高竹籬，籬之東北上有一廳事，遂抵之。見西柱一帖云：「應來往賓客只請於此。」乃不敢直進，而坐於小木床上。逡巡一僧自中出，年可四十許，與客相接欣然，衣紫背褐裙搭裓而已。乃索君房左手揣之，且扼其臂者三，云：「秀才它日當爲某官。」君房樂聞之，告：「誠如師言，它日將何相報？然不知此處何所也？」其僧不答。君房又詢之，意欲爲文以誌其寺舍，僧亦不言。君房堅請之，僧若不得已，曰：「此聞喜縣也。」於是乎覺，自是十餘年不能辨。景德二年春，君房叨第，六月八日蒙恩除將仕郎，試校書郎，知昇州江寧縣事，冬十月赴任。十二月中，奉州帖差准郊禋赦敕設祭于縣之牛山。既出，時雨雪新霽，泥濘載塗，涉田畔，夾畛西行，迤邐西南，灑然當年夢中之路。時日色遲暮，取山前通途弗及，乃由山後及二峯間下望崇教精舍，後有編竹障之。比上佛室，登其殿亭，卽昔夢廳事，復睹西壁上題云：「往來君子不請書破壁。」又夢中之帖也。洎瞻禮尊像，宛然昔夢之僧也。噫！自京至金陵，水陸數千里，乙未至乙巳，僅一紀之間，所夢與今事跡所見無毫髮差異，何其神耶！又益信謂食禄有地乎！亦未知君房過去百千生中，曾遭辟支佛，而夢君房通誠與之授記預告以所官乎？聞喜之語，非及第之信乎？君房虛服靈夢，誠不敢忘，故直筆書之，刻石於佛前，亦夢之宿心也。寺有舊記云：「辟支佛自吴天紀四年至唐以來，幾示現者六矣。」今君房之夢，抑又視現之一焉。景德五年初八日記。（《分門古今類事》卷八）

靈夢志

淳化癸巳仲冬之晦，張君房適自茂苑來客餘杭，時抱瘡瘍之患，遽有告曰：「凡經游是郡者，當謁吴山神祠，卽伍君子胥也，今封王爵。」君房聆之聳然，曰：「是故宜至誠耳。王，古之忠鯁，在楚楚彊，來吴吴霸，及其去而死之，則吴亡楚弊。故得耀美清湘，流芳祀典，迄今民不忘其庇，斯盛德者歟。」翌日，恭謁於廟，薰爐條爵，質辭以心，默禱冥祈，肅拜而退。時初陽盛景，愛日方中，載步林亭，四望闤闠，樓臺出沒，煙靄浮沉，若水若山，如繪如畫。夾道有寒梅十數株，已爛熳矣，凝懷抒思，比暮而回。是夜夢上一山，迨半間，有新創佛宮，中設尊像數身。殿偏門内，一道人手運籌牌，約長二尺餘，如今之桃符狀。君房揖之，道人曰：「此籤也。」意若今之道家十二真君所著撰者也。君房曰：「身蹇多剥，欲一卜之，可乎？」道人乃出籤牌抽之，引一牌，有朱書大字二行，凡四句，每句五字，曰：「時來自有期，此去不憂運。行心但如此，非久銷疾病。」甫讀於口，意亦知其吉告矣。感激而别。既下山百步，忽聞梅香，回望其上，乃昨日所見之花爛然在目，因驚悟曰：「此吴山廟也。」於是遂覺，其清香芬馥，滿衾枕間，良久方歇。自是瘡瘍之苦，浹旬而愈。於戲！靈神之告也若是乎？君房自祥符乙卯冬十月改官領錢塘之命，王祠即部之名勝也，非時來自有期乎！自淳化癸巳冬距祥符乙卯南至，爰蒞錢塘，今又三載，妻子温飽，身跡安泰，豈非王之陰賜乎！今考秩告滿，將遠靈祠，苟不揭文志石，卽不獨曠於宿心，亦負王之靈告也。因鑱而壁之，冀人知王之靈應事。天禧三年秋九月二十一日，著作佐郎知錢塘縣事張君房記。（同上）

按：以上四條《分門古今類事》引作「張君房自占」或不注出處，疑出《科名定分錄》。以其自述夢兆靈驗，或可略考張君房之行事蹤跡，亦可見其著書旨趣之一斑，因錄附《縉紳脞説》之後。

麗情集

張君房

《麗情集》二十卷,《郡齋讀書志》著録,誤題張唐英撰。原書已佚,《紺珠集》、《類説》等書引有佚文,多輯自唐人小説,往往附有詩歌。兹録其《燕子樓》、《薛瓊瓊》兩篇,出處不詳,疑出宋人所撰,姑置張君房名下。

燕子樓

張建封僕射節制武寧,舞姬盼盼,公納之燕子樓。白樂天使經徐,與詩曰:「醉嬌無氣力,風裊牡丹花。」公薨,盼盼誓不他適。多以詩代問答,有詩近三百首,名《燕子樓集》,嘗作三詩云:「樓上殘燈伴曉霜,獨眠人起合歡牀。相思一夜情多少,地角天涯不是長。」「北邙松柏鎖愁烟,燕子樓中思悄然。自埋劍履歌塵散,紅軟香消十一年。」「適看鴻雁岳陽回,又睹玄禽過社來。瑶瑟玉簫無意緒,任從蛛網任從灰。」樂天和曰:「滿窗明白滿簾霜,被冷香銷獨卧牀。燕子樓前清月夜,秋來只爲一人長。」「屢熨羅彩色如烟,一回看着一潸然。自從不舞《霓裳曲》,叠在空箱得幾年?」「今年有客洛陽回,曾到尚書冢上來。見説白楊堪作柱,争教紅粉不成灰。」又一絶云:「黄金不惜買蛾眉,揀得如花四五枝。歌舞教成心力盡，一朝身去不相隨。」盼盼泣曰：「妾非不能死，恐百載之後，人以我（公）重于色。」乃和白公詩云：「自守空樓斂恨眉，形同春後牡丹枝。舍人不會人深意，剛道泉台不去隨。」（《類説》卷二十九）

按：《綠窗新話》載此作《麗媚記》。燕子樓故事宋以後盛傳，實出虚構。白居易詩原爲和張仲素（繢之）作，見《白居易集》卷十五，文字稍有不同。其又一絶見《白居易集》卷十三，題作《感張僕射諸妓》，非爲盼盼而作。《唐詩紀事》卷七十八張建封妓條，略同《麗情集》，引作白居易《和燕子樓詩序》，其末又多出一節：「盼盼得詩後，往往旬日不食而卒，但吟詩云：『兒童不識沖天物，謾把青泥汚雪毫。』」蓋出小説家言。《醉翁談録》所載小説名目有《燕子樓》。《警世通言》第十卷《錢舍人題詩燕子樓》之前段，似即本此。宋秦觀、毛滂《調笑令》轉踏均有詠盼盼事。元侯克中有《關盼盼春風燕子樓》雜劇，未見傳本。

附録

徐州故張尚書有愛妓曰眄眄，善歌舞，雅多風態。予爲校書郎時，遊徐、泗間。張尚書宴予，酒酣，出眄眄以佐歡，歡甚。予因贈詩云：「醉嬌勝不得，風嫋牡丹花。」一歡而去，邇後絶不相聞，迨兹僅一紀矣。昨日，司勳員外郎張仲素繢之訪予，因吟新詩，有《燕子樓》三首，詞甚婉麗。詰其由，爲眄眄作也。繢之從事武寧軍累年，頗知眄眄始末，云：「尚書既殁，歸葬東洛。而彭城有張氏舊第，第中有小樓，名燕子。眄眄念舊愛而不嫁，居是樓十餘年，幽獨塊然，于今尚在。」予

愛繢之新詠，感彭城舊遊，因同其題作三絶句。（《白居易集》卷十五《燕子樓三首序》）

按：張尙書當爲張愔。張建封死在貞元十六年（八〇〇），白居易尙未作校書郎。二十年始遊徐州，時節度使爲張建封之子愔。《麗情集》謂張建封，亦出誤會。

薛瓊瓊

明皇時，樂供奉楊羔，以貴妃同姓，寵幸殊常，或謂之羔舅。天寶十三載，節屆清明，敕諸宮娥嬿出東門，恣游賞踏青。有狂生崔懷寶，佯以避道不及，隱身樹下，睹車中一宮嬪，斂容端坐，流眄于生。忽見一人，重戴黄緣衫，乃羔舅也，斥生曰：「何人在此？」生惶駭，告以竊窺之罪。羔笑曰：「爾是大憨漢，識此女否？乃教坊第一箏手。爾實有心，當爲爾作狂計，今晚可來永康坊東，問楊將軍宅。」生拜謝而去。晚詣之，羔曰：「君能作小詞，方得相見。」生吟曰：「平生無所願，願作樂中箏。得近玉人纖手子，砑羅裙上放嬌聲，便死也爲榮。」羔喜，俄而遣美人相見，曰：「美人姓薛，名瓊瓊，本良家女，選入宮爲箏長。今與崔郎奉箕帚。」因各賜薰肌酒一杯，曰：「此酒千歲虆所造，飲之白髮變黑，致長生之道。」是日，宮中失箏手，敕諸道尋求之，不得。後旬日，崔因調補荆南司録，卽事行李。羔曰：「瓊瓊好事崔郎，勿更爲事本藝，恐驚人聞聽也。」遂感咽敍别。自是常以唱和爲樂。瓊有詩云：「黄鳥翻紅樹，青牛臥緑苔。諸宮歌舞地，輕霧鎖樓台。」後因中秋賞月，瓊瓊理箏彈之，聲韻不常，吏輩異之，曰：「近來索箏手甚切，官人又自京來。」遂聞監軍，卽收崔赴闕，事屬内侍司，生狀云：「楊羔所賜。」羔求救貴妃，妃告云：「是楊二舅與他，乞陛下留恩。」上赦之，下制賜瓊瓊與崔懷寶爲妻。（《歲時廣記》卷十七，《紺珠集》卷十一，《類說》卷二十九，《緑窗新話》卷下）

按：金院本有《月夜聞箏》，元雜劇有白樸《薛瓊瓊月夜銀箏怨》、鄭光祖《崔懷寶月夜聞箏》，宋元戲文有《崔懷寶月夜聞箏》，俱已失傳。後人以薛瓊瓊附入黃損、裴玉娥故事爲配角，參看《燈下閒談》之《神仙雪冤》篇按語。

洞微志

錢易

錢易（九六八——一〇二六），字希白，錢塘人。咸平二年登進士甲科（《隆平集》卷二十四）。據《洞微志·錢公自述》説時年三十二）。景德中舉賢良方正，累遷至知制誥、翰林學士。天聖四年卒（據《學士年表》），年五十九（《隆平集》）。著有《洞微志》及《南部新書》等。《洞微志》，《郡齋讀書志》著録十卷，云「記唐以來詭譎事」。《直齋書録解題》作三卷。原書已佚，《紺珠集》、《分門古今類事》、《詩話總龜》等書引有佚文。

勃賀

僧辨聰遊五臺，將還京師，有老僧託以書，其上題云：「東京城北尋勃賀分付。」僧竊啓封視之，云：「度衆生畢，早來。苟更强住，切恐造業。」復封之，至京尋訪，不見其人。一日於五丈河側見一小兒逐一大豬，名勃賀。屠者趙氏云：「豬能引羣豬令不亂逸。愛食薄荷，故以名。」僧試呼其名，以書投之，豬遽食其書，人立而化。僧徑之五臺，訪其老僧，亦化去矣。（《紺珠集》卷十二）

盧絳夢曲

盧絳夢（曲）白衣女子以甘蔗兩盤遺絳，絳食其一。女子曰：「若食盡，終享富貴。」乃歌《菩薩〔蠻〕》一曲云：「玉京人去秋蕭索，畫簷鵲起梧桐落。欹枕悄無言，月和殘夢圓。背燈惟暗泣，甚處砧聲急？眉黛遠山攢，芭蕉生〔暮〕（夢）寒。」絳問何人，曰：「姓白。後當〔於〕（子）固子陂相見。」絳後爲江南李主將，被誅於固子陂。其行刑者果乃白姓也。（同上。《分門古今類事》卷七文字略異）

按：《秘閣閒談》亦載此事，《類說》本節文極爲簡略。《江南野史》（卷十）等記事稍異，所歌者爲詩而非詞，詩曰：「清風良月夜深時，箕帚盧郎恨尙遲。他日孟家陂上約，再來相見是佳期。」

錢公自述

錢内翰希白自述云：余淳化三年落第堯階之下，便卧病于京師。五月六日，伏枕困睡，忽夢有老道士，請登一紅泥壇，握手曰：「成名二十六，章服二十九。」時年二十二，心極喜，謂果然則進趨稍達也。無何，十年詞場不開。咸平元年，又以期服免。咸平二年方叨第，時已三十二矣。意疑夢之無證，細思而後得之云，二十六，非二個十六乎。隱密神告之言，其前定若此。至於二十九章服之兆，則已過矣。後捷制策，通閨籍，直集賢，宰南部，凡十五年，五品之消息寂無聞焉。及攝鴻臚少卿，又修道書成，四上殿奏事，皆是二十九日，又無恩命，不可望也。及修道書畢，與秘閣校理愼鏞並蒙改賜章服。時大中祥符九年四月二日，於閤門授賜。秉笏之際，見笏上大書「二十九」字，詢之庫吏，云此笏是第二等第二十九面也。笏尚前定，況官名乎。時士大夫皆異之。惜其字不敢洗去者數日焉。（《分門古今類事》卷七）

劉景直

彭城劉景直，雍熙間遊華清宮，因題詩於門屏間云：「天子多情寵太真，六宮專幸掌中身。漁陽鼓動長安破，從此香肌委路塵。」是夜夢明皇召去論當時事，妃子索景直有所贈，立作詩曰：「玉刻水中龍，雲牌揭故宮。霓裳滿天月，粉骨幾春風。眉勢從山盡，裙腰芳草空。共知千古事，悽恨與誰同。」岐王至，明皇曰：「來何晚？」王曰：「適杜甫到臣帳中誦哥舒翰詩，向臣似有德色，云：『日月低秦樹，山河遶漢宮。』」明皇又曰：「常愛伊『夜闌更秉燭，相對如夢寐』之句，李白終無甫之筋骨。至如賈島、崔輔國，亦闕自然之句，張老死把筆無伊一字。」遂宴飲，忽聞寶雲寺鐘聲，方覺。（《詩話總龜》前集卷四十八）

妙香

鄭繼超，廣州人，赴官鳳翔，道逢田參軍同行，家累千餘人，言是東川替罷，亦入西京。繼超與款，自言洛下有莊，在北邙山下。因問：「鞍乘極多，何也？」曰：「亡室人來多年，皆蜀中孤寡家子息，亦欲旋旋與人。」繼超曰：「願得一人。」乃令妙香與之。是夕歸繼超家。數年，繼超卜居西洛。一日，忽謂繼超曰：

「妙香非人也，今將歸北邙山舊穴。願乞同乘至北邙。」因問田參軍何人，曰：「狐也。」是夕作別，妙香歌以送酒曰：「勸君酒莫辭，花落拋舊枝。只有北邙山下月，清光到死也相隨。」翌日，同至北邙山下老君廟後，妙香佯墜馬，化爲一狐，迅走而去。（同上）

越娘記夢託楊舜俞改葬

錢易

《越娘記》，載于《青瑣高議》別集卷三，原題錢希白内翰撰。篇末議論，當爲劉斧之語。

楊舜俞，字才叔，西洛人也。少苦學，頗有才。家貧，久客都下，多依倚顯宦門。念鄉人有客蔡其姓者，將往省焉。舜俞性尤嗜酒，中道於野店，乃行。居人曰：「前去乃鳳樓坡也，其間六十里，今日已西矣，其中亦多怪，不若宿於此。」舜俞方乘醉曰：「何怪之有！」鞭馭而去。行未二十里，則日已西沉，四顧昏黑，陰風或作，愈行愈昏暗，不辨道路。舜俞酒初醒，意甚悔恨，亦不知所在焉，但信馬而已。忽遠遠有火光，舜俞與其僕望火而去。又若行十數里，皆荆棘間，狐兔呼鳴，陰風愈惡。方至一家，惟茅屋一間，四壁闃無鄰里。叩户久，方有一婦人出。曰：「某獨此居，又屋室隘小，無待客之所。」舜俞曰：「暮夜昏暗，迷失道路，別無干浼。但憩馬休僕，坐而待旦。」婦人曰：「居至貧，但恐君子見，亦不堪其憂也。」乃邀舜俞入。室了無他物，惟土榻而已，無烟爨迹。視婦人衣裾襤褸，燈青而不光，若無一意。婦人又面壁坐不語。舜俞意徘徊不樂，乃遣僕在外求薪，搆火環而坐。乃召婦人共火，推託久，方就坐。熟視，乃出世色也。臉無鉛華，首無珠翠，色澤淡薄，宛然天真。舜俞驚喜，問曰：「子何故居此？」婦人云：

「妾之始末，皆可具道。長者留問，不敢自匿。妾本越州人，于氏。家初豐足，良人作使越地，妾見而私慕之，從伊歸中國，妾乃流落此地。」舜俞曰：「子之夫何人也，而使子流落如此？」婦人容色悽愴，若不自勝，曰：「妾非今世人，乃後唐少主時人也。妾之夫奉命入越取弓矢，將妾回。良人爲偏將，死於兵。時天下喪亂，妾爲武人奪而有之。武人又兵死，妾乃髠髮，以泥塗面，自壞其形，欲竄回故鄉。晝伏夜行，至此又爲羣盜脅入古林中，執爨補衣。數日，妾不忍羣盜見欺，乃自縊於古木，羣盜乃哀而埋之於此。不知今日何代也？烟水茫茫，信耗莫問，引領鄉原，目斷平野，幽沉久埋之骨，何日可回故原？」舜俞曰：「當時子試言之。」曰：「所言之事，皆妾耳目聞見；他不知者，亦可概見。當時自郎官以下，廩米皆自負，雖公卿亦有菜色。聞宮中悉衣補完之服，所賜士卒之袍袴，皆宮人爲之。民間之有妻者，十之二三耳。兵火饑饉，不能自救，故不暇畜妻子也。穀米未熟則刈，且慮爲兵掠焉。金革之聲，日暮盈耳。當是時，父不保子，夫不保妻，兄不保弟，朝不保暮。市里索寞，郊坰寂然，目斷平野，千里無烟。加之疾疫相仍，水旱繼至，易子而屠有之矣，兄弟夫婦又可知也。當時人詩云：

『火内燒成羅綺灰，九衢踏盡公卿骨。』

古語云：『寧作治世犬，莫作亂離人。』」復流涕曰：「今不知是何代也？」舜俞曰：「今乃大宋也。數聖相承，治平日久，封疆萬里，天下一家。四民各有業，百官各有職，聲教所同，莫知紀極。南踰交趾，北過黑水，西越洮川，東止海外，烟火萬里，太平百餘年。外户不閉，道不拾遺，遊商坐賈，草行露宿，悉無所慮。百姓但饑而食，渴而飲，倦而寢，飲酒食肉，歌詠聖時耳。」婦人曰：「今之窮民，勝當時之卿相也。

子知幸乎」舜俞愛其敏慧，固有意焉。命僕囊中取箋管，作詩爲贈，意挑之也。詩云：

「子是西施國裏人，精神婉麗好腰身。撥開幽壤牡丹種，交見陽和一點春。」

婦人曰：「知雅意不可克當，其餘款曲，即俟他日。今夕之言，願不及亂。」復曰：「妾本儒家，稍知書藝，至今吟詠，亦嘗究懷。君子此過，室若懸磬，既無酒醴，又無殽饌，主禮空疏，令人愧腆。君子有義，不責小禮，敢作詩攄幽懷忿恨，君子無誚焉。」口占詩曰：

「欲説當時事，君應不喜聞。軍兵交戰地，骨血踐成塵。兵革常盈耳，高低孰保身？變形歸越國，中道值兇人。執役無辭苦，遭欺願喪身。沉魂驚曉月，寒骨怯新春。狐兔爲朋友，荆榛即四鄰。君能挈我去，異日得相親。」

舜俞見詩，尤愛其才。復曰：「妾之骨，幽埋莫知歲月，君他日復回，如法安葬，羈魂永當依附。」相對終夕，不可以非語犯。將曉，乃送舜俞出門。微笑曰：「楊郎勿負懇託。」舜俞行數步，回顧人與屋俱不見舜俞神昏恍惚，乃復下馬，結草聚土，記其地而去。遊蔡復回，乃掘其地，深三尺，乃得骨一具。舜俞以衣裹之，致於篋中，於都西買高地葬焉。其死甚草草，作棺、衣衾、器物、車轝之類如法葬。後三日，舜俞宿於邸中，一更後有人款扉而入，舜俞起而視，乃越娘也。再拜曰：「妾之朽骨，久埋塵土，無有告訴，積有歲時。不意君子遷之爽塏，孤魂有依，莫知爲報。」視衣服鮮明，梳掠豔麗，愈於疇昔。舜俞尤喜動於顔色，乃自取酒市果殽對飲。是夕宿舜俞處，相得懽意，終身未已。將曉，別舜俞曰：「後夜再約焉。」舜俞備酒果待之，如期而來。酒數行，越娘斂躬曰：「郎之大恩，踵頂何報。妾有至懇，□瀆於郎。妾既有安宅，住身亦非晚也。苦再有罪戾，又延歲月。妾此來，欲別郎也。」舜俞驚云：「方與子意如膠漆，情若夫妻，何遽言別？」越娘曰：「妾之初遇郎，不敢以朽敗塵土迹交君子下體之懽者，無他，誠恐君子思而惡之也。以君之私我，我之愛君，何時而竭焉？妾乃幽陰之極，君子至盛之陽，在妾無損，於君有傷，此非厚報之德意也。願止濃懽，請從此別。」舜俞作色云：「吾方睠此，安可議別？人之賦情，不宜若此。」越娘見舜俞不諾，又宿邸中，舜俞申約，自是每夕至矣。數月日，舜俞卧病，越娘晝隱去，夜則來侍湯劑。且曰：「君不相悉，至有此苦。」越娘多泣涕。後舜俞稍安。一夕，越娘曰：「我本陰物，固有管轄，事苟發露，永墮幽獄，君反欲累之也，向之德不爲德矣。妾不再至，君復取其骨擲之，亦無所避。」乃去。自此杳不再來。舜俞日夕望之，既久，一日至越娘墓下大慟曰：「吾不敢他望，但得一見，即亡恨矣。」又火冥財酹酒拜祝。是夕，舜俞宿於墓側，欲遇之，終不可得。舜俞留園中三夕，復作詩禱於墓前。其詩曰：

「香魂妖魄日相從，倚玉憐花意正濃。夢覺曲幃天又曉，雨消雲歇陡無踪。」

舜俞神思都喪，寢食不舉，惟日飲少酒。形體骨立，容顏憔悴。雖舜俞思念至深，而越娘不復再見。舜俞恃有德于彼，忿恨至切，乃顧彼伐其墓。適會有道士過而見之，揖舜俞而詢其故。舜俞不獲已，且道焉。道士止其事，俾不伐，且謂舜俞曰：「子憾此鬼乎？吾爲君辱之。」乃削木爲符，丹書其上，長數尺，釘墓錚鏗有聲。道士復長嘯，甚清遠，聞者肅然。又命舜俞以碧紗覆面向墓，頃之，俄見越娘五木披身，數卒守而箠撻之，越娘號叫。少選，道士會卒吏少止。越娘訴舜俞曰：「古之義士葬骨遷神者多矣，不聞亂之使反受殃禍者焉。今子因其事反圖淫欲，我懼罪藏匿不出，子則伐吾墓，今又困於道者，使我荷枷，痛被鞭撻，血流至足，子安忍乎？我如知子小人，我骨雖在污泥下，不願至此地，自貽今日之困。」涕泣之下，舜俞乃再拜道士，求改其過，而方令去。乃不見。道士曰：「幽冥異道，人鬼殊途，相遇兩不利，尤損於子。凡人之生，初歲則陽多而陰少，壯年則陰陽相半，及老也，陽少而陰多。陽盡而陰存則死。子自壯，氣血方剛，自甘逐陰純異物，耗其氣，子之死可立而待。儒者不適於理，徒讀其書，將安用也？」舜俞再拜曰：「茲僕之過也。越娘乃僕遷骨於此地，今受重禍，敢祈赦之。」道士笑曰：「子尚有□情，亦須薄譴。」舜俞又拜哀求。道士曰：「與子憫之，罪非彼造。」隨即乃引手出墓上符□去。舜俞欲邀留，不顧而行。後舜俞反復至念，一夕夢中見越娘云：「子幾陷我，蒙君曲換，重有故情，幽冥之間，寧不感戀？千萬珍重！」舜俞亦昌言於人，故人多知之。迄今人呼爲越娘墓。有情者多作詩嘲之曰：

「越娘墓下秋風起，脱葉紛紛逐流水。只如明月葬高原，不奈霜威損桃李。
妖魂受賜欲報郎，夜夜飛入重城裏。幽訴千端郎不聽，傾心吐肝猶不止。
仙都道士不知名，能用丹書鎮幽鬼。楊郎自此方醒然，孤鸞獨宿重泉底。」

議曰：愚哉舜俞也！始以遷骨爲德，不及於亂，豈不美乎？既亂之，又從而累彼，舜俞雖死亦甘，惑之甚也。夫惑死者猶且若是，生者從可知也。後此爲戒焉。

按：尙仲賢有《越娘背燈》雜劇，題目正名作：「龍虎榜楊生點額，鳳凰坡越娘背燈。」（見《錄鬼簿》）當卽演此，今佚。羅燁《醉翁談錄》所載小説名目亦有《楊舜俞》一本。

友會談叢

上官融

上官融（九九五——一〇四三），字仲川，華陽人。天聖二年（一〇二四）廣文館舉進士第一，以丁憂賜同學究出身，除信州貴溪縣主簿，遷平輿縣令，後掌真州鹽倉，以太子中舍致仕（據范仲淹《上官君墓志銘》）。《友會談叢》，《直齋書録解題》著録一卷，《宋史·藝文志》作三卷。今本三卷，前有天聖五年自序，謂「得在人耳目者六十事」，但傳本實不足此數，疑有闕佚。

*柳開

柳如京開，與處士潘閬爲莫逆交，尚氣自任，潘常嗤之。端拱中典州，途出睢陽，潘先卜居在彼，迎謁河涘。時正炎酷，柳云：「可偕往傳舍，就清涼宵話也。」洎到傳舍，止於廳事，中堂扃鐍甚秘。柳怒，將笞驛吏。吏曰：「此非敢靳，舊傳舍者多不自安，向無人居十稔矣。」柳强曰：「吾文章可以驚鬼神，膽氣可以讋夷夏，縱有凶怪，因而屏之。」於是啓門掃除，處中坐。閬潛思曰：「古人尚不敢欺暗室，何給我之甚。豈有人不畏神乎？」乃謂柳曰：「今夕且歸製少湯餌，凌晨用藉手爲別。此室虛寂，請公卜宵可也。」柳諾之。閬出，密謂驛吏曰：「柳公我之故人，常輕言自衒。今作戲怖渠，無致訝也。」閬薄暮方來，以黛染身，衣豹文犢鼻，吐牙披髮，執巨箠，由外垣上，正據廳脊，俯視堂前。是夜月色晴霽，洞鑒毛髮。柳尚不寐，或斂衣循牆而行。閬忽叱之，柳竦然擧目，初不甚懼。再呵之，似覺皇恐，遽云：「某假道赴任，暫憩此館，非意干忤，幸乞恕之。」閬遂疏柳平生幽隱不法之事，揚聲曰：「陰府以汝積戾如此，俾吾持符追攝，便須行也。」柳乃茫然，設拜曰：「事誠有之，其如官署未達，家事未了，盛年昭代，忽便捨焉。倘垂恩庇之，誠有厚報。」言訖再拜，繼之以泣。閬徐曰：「汝識吾否？」柳曰：「塵下士不識聖者。」乃曰：「只吾便是潘閬也。」柳知其所爲，不勝慚沮，再三邀閬下屋。閬曰：「公性躁暴，不奈人戲，他日必辱我以惡言矣。」於是潛遁。柳亟歸舟，解纜便去。聞者爲之絶倒。河東剛毅，人皆畏之。一旦爲逍遥所怖，幾乎泣血。古人云：「雖能言之，而不能行之。」此之謂也。況其下者乎！（卷中）

按：本事亦見文瑩《湘山野録》續録，文字稍異。

丐者

天禧中有丐者，莫知姓氏，往來闤闠間，每至之處，亦不妄取。衣雖弊陋，形且充澤。祁寒暑雨，未嘗改易。人或呵叱，俛首便過。如此十餘年，率以爲常。市井徒有張生者，貨銀爲業，設肆於界中。丐者旬歲間凌晨必至，生憐之，日以五錢贈焉，頗懷感激。忽一日，生見丐者袍帶巾櫛，跨馬引僕而過。生深以爲訝。丐者曰：「某有兄官於交廣，連綿數任，留某京師，以至貧窶，地遠絶信，乃丐於人。兄適方歸，相見甚歡。衣裝僕馬，皆兄與也。」生然之。又曰：「自十餘年感君之恩多矣。思欲報答，今得其時。兄於曹門斜街僦得一宅，暫邀過門，夙令具饌奉俟。」生辭以故。丐者曰：「已約數賓，不可拒矣。」遂留僕導生而來。丐者躍馬先行。生隨僕出曹門，入斜街，委曲深巷，生心疑惑，且曰：「此間豈有宅乎？」僕出門指曰：「更進百步，便到也。」及至門，但破簾蔽之。及入，見丐者却著弊衣如故，出邀生入一堂中，惟破席而已。糞穢堆積，生愈惡之。復謂僕曰：「召諸賓來。」又見數人，藍縷更甚，從後堂至，身皆瘡穢，環席而坐。生益不自安。又敕其僕，携一器貯濁水斗餘，置之而去。旋又取一盤，中有蒸小兒，手足具備，炎氣蓬勃。丐者親加擘折，酌水舉肉勸生，生掩口愕懼，只欲逃竄。丐者歎曰：「此而不食，信是命也。以感恩之厚，方有兹設，他人固不得預食。吾亦無奈。」生惶恐。丐者乃於懷中出藥一帖與生曰：「酒肉不食，君命也。此藥百粒，聊以爲報。」生急置懷中，奔競而回。開視之，乃真金也。均約其值，與十數年日贈之數恰相酬也。生方悟其神仙，悔恨無地。尋再詣其處，則迷而莫知。（同上）

*朱生

光禄寺丞劉泳，少遊洛下。嘗謂予言：昔天津橋南有一第，人稱史公公宅，亦傳凶怪，閉而不居將三十年。水竹臺榭，花木亭館，靡不備具。每春時，遊人多率其徒，挈酒殽、携管絃以就賞，實洛下之勝概也。端拱中，有酒徒朱生者，使氣凌人。一日，少年輩邀置于席，乃曰：「兹宅凶怪，公素知之。我等願獻一醉，可能宵乎？」生曰：「是吾心也。夫人之所畏者死，吾死且無畏，况凶宅乎！」少年以爲然，遂掃除堂前，設一榻而去。生酣寢其上。時方首夏，竹樹陰薄，風聲月色，蕭然滿軒。忽見兩廂閣子内門次第而開，各有小丫環攜燈檠而出，置於階際，抽身却入。未久，有數婦人，盛飾分坐，于燈下縫紉焉。生凝睇訝之。俄頃，後堂門一時大啓，牀帷器用，倏忽皆至。然後燭引二婦人，艷妝袨服，執毬杖前驅而出，傳呼云：「令公至！」見生，不覺驚。又言「且住」。中有一人，峨帽戎妝，據胡牀而坐，連叱婦人輩曰：「此必盜也，舁棄他所！」回顧間，至榻前，身已在空中，被擲于堂西竹林中，體爲枯枿所傷，流血焉。生憤怒而起，徑至中堂，戟手大詬曰：「爾生前盜名位，佞媚于時；殁後盜人居室，煩擾于世。反以吾爲盜，不自愧乎！」於是舉枕而擊之，正中其肩。驚惶而散，俄失其在。時初五更，少年輩持火炬突門而入，訝生之無恙，競詢其由。生具以實對，及示爲枯枿所傷，衆方服其膽勇焉。玆宅厥後終無人敢居。淳化四年，爲洛水所漂，但存故基耳。（卷下）

*張生

金部田員外居中說：應舉時，在京與豪家子張生同科而俱少年，情頗相得，出處飲食，未嘗不同。一日晚，携手閒步，經西車子曲，覩一大宅，旁有看窗。居中與生逼其下行，密聆其中讚美聲。洎過百餘步，生却回，窗中之人尚在，忽擲下金釵一隻。生得之，亦莫測其意。未旋踵間，宅門中有紫衣者趨出，手招生與居中云：「得釵否？此某官第幾子，居班籍，奉使入蜀，久而未回。擲釵子者，其婦也。約以某日，於崇夏寺某院爲期，先以此致意爾。」居中及生依期而往，果見酒殽承迎，相次，子婦從中而出，相與雜坐。時復詣之。居中屢勸生，生怒不聽，居中亦不能苦諫。未幾，某官子歸，備知其事，隱而不問。款曲問，謂婦曰：「吾昨度險棧，顛危萬端。願飯百僧，庶保無恙。爾往尼院，與吾償之。」婦諾之而往。某宦子潛伺其迹，值邀生不至。未浹旬，又謂婦曰：「後過某處，其願如初，可再往償。」妻不辭而往。張生知之，遽往會焉。某宦子於是率健僕、携利劍入院，不問僧尼少長，皆殺之。厥婦與生，一對就刃。某自拘於有司待罪。太宗皇帝聞之，謂執政曰：「茲人間最巨蠹者也。傷風敗教，殺之宜矣。況勳臣之裔，何必致問。」遽舍之。中外之人，莫不慶聖君之獨斷、革末俗之汚濫也。居中今老矣，每想其事，亦爲戰慄。（同上）

楊文公談苑

宋庠

宋庠(九九六——一〇六六),初名郊,字公序,安州安陸人。天聖初舉進士,開封、禮部試皆第一,累官翰林學士、同平章事充樞密使,出判亳州,以司空致仕。《宋史》有傳。《楊文公談苑》或作《談苑》;《郡齋讀書志》著録八卷(《直齋書録解題》作十五卷),記楊億言論。初楊億里人黄鑑纂其異聞奇説,名《南陽談藪》。宋庠又取而删類之,分二十一門,改名《談苑》。書已失傳,《宋朝事實類苑》及《類説》、《説郛》等書載有佚文。

吕先生

吕洞賓者,多遊人間,頗有見之者。丁謂通判饒州日,洞賓往見之,語謂曰:「君狀貌頗似李德裕,它日富貴皆如之。」謂咸平初與予言其事。謂今已執政。張洎家居,忽外有一隱士通謁,乃洞賓名姓。洎倒屣見之。洞賓自言吕渭之後。渭四子:温、恭、儉、讓。讓終海州刺史,洞賓系出海州房。讓所任官,《唐書》不載。索紙筆,八分書七言四韻詞一章,留與洎,頗言將佐鼎席之意。其末句云:「功成當在破瓜年。」俗以破瓜字爲二八,洎年六十四卒,乃其讖也。洞賓詩什,人間多傳寫,有自詠云:「朝辭百越暮三吴，袖裏青蛇膽氣粗。三入岳陽人不識，朗吟飛過洞庭湖。」又有「飲海龜兒人不識，燒山符子鬼難看」、「一粒粟中藏世界，二升鐺内煮山川」之句，大率詞意多奇怪類此。世所傳者百餘篇，人多誦之。（《宋朝事實類苑》卷四十三）

党太尉

党進，北戎人，幼爲杜重威家奴，後隸軍籍，以魁岸壯勇，周祖擢爲軍校。國初至騎帥，領節鎮。太祖征太原，我師未成列，賊驍將楊業帥精鋭二百餘騎突我師。進挺身與麾下逐業。敗走入城濠。會援兵至，業緣縋得入城，獲免。軍中服進之勇，太祖屢對衆稱之。進不識文字，不知所董禁兵之數。上忽問及軍中人數，先其軍校皆以所管兵騎器甲之數細書著所持之挺，謂之「杖記」，如笏記焉。進不舉，但引挺以對曰：「盡在是矣。」上笑，謂其忠實，益厚之。徼巡京師市井間，有畜鷹鷂音禽者，進必令左右解縱之，罵曰：「不能買肉供父母，反以飼禽乎？」太宗在藩邸，有名鷹鷂，令圉人調養。進忽見，詰責欲解放。圉人曰：「晉王令養此。」且欲走白晉王。進〔遽〕（據）止之，與錢令市肉，謂之曰：「汝當謹視此，無使爲貓狗所傷。」小民傳之爲笑。鎮許日，幕中賓佐有忤意，必命批其頰。嘗病瘡，賓佐入視疾，進方擁錦衾，一從事竊語曰：「爛兮。」進聞之，命左右急捉從事，批其頰，殆於委頓，大罵曰：「吾正契丹，何奚之有？脚患小瘡，那至於爛？」蓋謂奚之種賤也。過市，見縛欄爲戲者，駐馬問：「汝所誦何言？」優者曰：「説韓信。」進大怒，曰：「汝對我説韓信，見韓信卽當説我。此三面兩頭之人。」卽命杖之。進名進，居常但稱暉。或以爲言，曰：「自從其便耳。」啖肉至數斤，飲酒斗餘。宴會對賓客甚温雅嬉笑，忽擐甲冑，即髭髯皆磔竪，目光如電，視之若神人。故爲杜氏奴，後見其子孫，必下拜，常分俸以給之，其所長也。（同上卷六十四）

愛愛歌序

蘇舜欽

蘇舜欽(一〇〇八——一〇四八),字子美,梓州銅山人。曾任大理評事,范仲淹薦其才,召試爲集賢校理,監進奏院。後以細故被劾除名。詩與梅堯臣齊名,著有《蘇學士文集》。《宋史》有傳。《類説》本《麗情集》有《愛愛》一篇,文甚簡略。《緑窗新話》卷下《楊愛愛不嫁後夫》條引作蘇子美文,《侍兒小名録拾遺》引作蘇子美《愛愛集》。據徐積《愛愛歌序》,似蘇舜欽原作亦即《愛愛歌序》。兹輯其佚文以存梗概。

愛愛,姓楊氏,本錢唐倡家女。年十五尚垂鬟,性善歌舞,幼學胡琴數曲,遂能緣其聲以通其調。七月七日,泛舟西湖采荷香,爲金陵少年張逞所調,遂相携潛遁,旅于京師。逞家雄於財,雅亦曉音律。歲時嬉游,以犢車同載,故鑾輅之幸,琳館之闢,雖遠必先,雖喧必前,京都偉麗之觀,無不及也。逾二年,逞爲父捕去,不及與愛愛别。留深巷中,舍與予家相鄰。吾母少寡居,性高嚴,憐愛愛艷麗,失於人棄置不收,而所爲不妄,時往與語。一日,人傳逞已死,吾母往慰問其所歸,愛愴然泣下曰:「是必虚語。若果然,亦不顧他從。故鄉道遠,出非以禮,必不能自還,當死此舍。」自爾素服蔬膳,日呱呱而泣,不復親近樂器。里之他婦欲往見之，卽反關不納。好事有力者百計圖之，終不可及。愛姿體纖素艷發，不類人間人。明年清明，飲楚子之舍，偶過居舍後壁隙，見雜花數樹盛開，一婦女作鞦韆之戲，詢於楚，卽其妻與愛愛也。予登第後，再至都下，遂往楚舍，問其良苦。楚云：「愛愛念遈之勤，感疾而死，已終歲矣。我家爲藁葬國門之東郊。其節介高絶，至死無能侵亂之者。」小婢子錦兒今尚在，出其繡手籍香囊纈履數物，香皆郁然而新。（《緑窗新話》卷上引蘇子美文，《侍兒小名録拾遺》引蘇子美《愛愛集》）

此樂亦可箋天公。（任淵《山谷集注》卷十四《次韻石七三六言》注引蘇子美《愛愛歌》）

帳虚膽怯夢易破。（《片玉集》卷九《月中行》陳元龍注引《愛愛歌》）

常云癡小失所記，倚柱愔愔更有情。（同上卷一《瑞龍吟》注引蘇子美詩）

附録

子美爲《愛愛歌》，已失之矣。又其辭淫漫而序事不得愛愛本心，甚無以示後學。予欲爲子美抉去其文，而易以此歌，以解學者之惑。其序曰：愛愛，吴女也，幼孤，託於嫂氏，其家卽娼家也，左右前後亦娼家也。居娼家而不爲娼事者，蓋天下無一人。而愛愛以小女子能傑然自異，不爲其黨所污，其已艱矣。然愛愛以小女子，顧其勢終不能固執，此其所以操心危慮患深之道，不得已而爲奔女之計也。于是與其人來京師。既數年，其人歸江南，遂死于江南。愛愛居京師，自以爲未亡人也，慨然有必死之計，故雖富貴百計萬方，終不能動其心，以至于死。此固不得謂之小節，是奇女子也。古之所謂義烈之女者，心同而迹異。案：愛愛所奔，即江寧富人張氏也。張氏納奔妾於外，棄父母而不歸，以至其父捕去。此乃不孝之大者，固不得齒爲人類，雖夷狄禽獸之不若也。故余之所歌，意有詳略，事有取捨，文皆主於愛愛焉。

吴越佳人古云好，破家亡國可勝道。昨夜閒觀《愛愛歌》，坐中歎息無如何。愛愛乃是娼家女，渾金玉璞埋塵土。歌舞吴中第一人，緑鬢雙鬟纔十五。耳聞眼見是何事，不謂其人乃如許。操心危兮慮患深，半夜燈前淚如雨。假如一笑得千金，不如嫁作良人婦。桃李不爲當路花，芙蓉開向秋風渚。忽然一日逢張氏，便約終身不相棄。山可磨兮海可枯，生唯一兮死無二。有如樗櫟叢中木，忽然化作瀟湘竹。又如黄鳥春風時，遷喬林兮出幽谷。文君走馬來成都，弄玉吹簫纔幾曲。不聞馬上琵琶聲，却在山頭望夫哭。去年春風還滿房，昨夜月明還滿牀。行人一去不復返，不是關山歧路長。前年猶惜金縷衣，去年不畫深臙脂。今年今日萬事已，鮫綃翡翠看如泥。一女二夫兮妾之所羞，不忠於所事兮其將何求。蛾眉皓齒兮乃妾之讐，不如無生兮庶幾無尤。嚶嚶草蟲兮趯趯阜螽，靡不有初兮鮮克有終。鴛鴦于飛兮畢之羅之，人間此恨兮消何時？深山人跡不到處，病鸞斂翅巢空枝。（《節孝先生文集》卷十三《愛愛歌》并序）

茅亭客話

黄休復

黄休復，字歸本，宋初人。通《春秋》學，校《左氏》、《公》、《穀》書，鬻丹養親，游心顧陸之藝，深得厥趣。著有《益州名畫録》，景德三年李畋序，稱之爲江夏黄氏。《茅亭客話》十卷，雜録其所見聞，皆蜀中軼事，似爲蜀人。書中記事集中于王、孟前後二蜀，晚至宋真宗天禧年間（一〇一七——一〇二一）。多神仙、異僧、雅士、野人事迹，《四庫全書總目提要》謂其「雖多及神怪，而往往借以勸戒，在小説之中最爲近理」。然文辭平直，可取者實無多焉。有《琳琅秘室叢書》及《對雨樓叢書》影刻穴研齋寫本等。

淘沙子沙作去聲

僞蜀大東市有養病院，凡乞丐貧病者皆得居之。中有携畚鍤日循街坊溝渠内淘泥沙，時獲碎銅鐵及諸物以給口食，人呼爲淘沙子焉。辛酉歲，有隱跡於淘沙者，不知所從來及名氏，常戴破帽，携鐵把竹畚，多於寺觀閒静處坐卧。進士文谷因下第，往聖興寺訪相識僧，見淘沙子被褐於佛殿上坐。谷見其狀貌古峭，辭韻清越，以禮接之。因念谷新吟者詩數首，谷愕然。又諷其自作者數篇，其詩或譏諷時態，或警勵通俗，或說神仙之事。谷莫之測。因問谷：「今將何往？」谷曰：「謁此寺相識僧，求少紙筆之資，別謀投獻。」其人於懷內探一布囊，中有麻繩貫數小鋌銀，遂解一鋌遺谷，戴帽，將所携器長揖出寺而去。谷後得僞通奏使王昭遠禮於賓席，因話及感遇淘沙子之事，念其詩曰：「九重城裏人中貴，五等諸侯閫外尊。争似布衣雲水客，不將名字掛乾坤。」王公曰：「有此異人！」遂聞於蜀主，因令內園子於諸街坊尋訪之。時東市國清寺街有民宇文氏宅，門有大桐樹，淘沙子休息樹陰下。宇文頗留心至道，見其人容質有異，遂延於廳，問其藝業。云：「某攻詩嗜酒。」言論非俗，因飲之數爵，與約再會。浹旬，淘沙子或到其門，將破帽等寄與門僕，令報主人。其僕忿然，厲聲罵之曰：「主人豈見此等貧兒耶！」宇文聞之，遽出迎候，愧謝曰：「翹望日久，何來晚也？」卽與飲且酣。宇文曰：「神仙可致乎？至道可求乎？」淘沙子曰：「得之在心，失之亦心。」宇文曰：「某數年前遇人教令嚥氣，未得其驗，廢之已久。」淘沙子曰：「修道如初，得道有餘，皆是初勤而中惰，前功將棄之矣。世有黃白，有之乎？好之乎？」宇文曰：「某雖未嘗留心，安敢言不有，安敢言好之。」淘沙子因索銅錢十文，衣帶中解丹一粒，醋浸塗之，燒成白金。「此則神仙之藝，不可厚誣之，但罕遇也。有自言者，皆妄也。」遽辭而去。翌日凌晨扣門，將新手帕裹一物，云「淘沙子寄與主人」。宇文開而視之，乃髻髮一顆，莫測其由。至日高，門僕不來，令召之，云：「今早五更，睡中被人截却頭髻將去。」蜀主聞之，訪於宇文。宇文尋於養病院，云：「今早出去不歸。」自兹無復影響。休復見道書云：「刺客者，得隱形之法也。」言刺客若死，屍亦不見，每二十年一度易形改名姓，謂之脱難；多有奇怪之事，名籍已係地仙，淘沙子是其流也。（卷三）

李聾僧

僞蜀廣都縣三聖院僧辭遠，姓李氏，薄有文學，多記誦。其師曰思鑒，愚夫也，辭遠多鄙其師，云：「可惜辭遠作此僧弟子。」行坐念《后土夫人變》，師止之，愈甚，全無資禮。或一日大叫轉變次，空中有人掌其耳，遂聵二十餘年。至聖朝開寶中，住成都義井院，有檀越請轉藏經，鄰坐僧竊視之，卷帙不類，乃《南華真經》爾。因與其施主言曰：「今之人好捨金帛，圖畫佛像，意欲思慕古聖賢達，有大功德及於生民，置之牆壁，視其形容，激勸後人，而云獲福，愚之甚耶！不思古聖賢達，皆有言行，遺之竹帛，一大時教五千餘卷，所載粲然，已不能自取讀究其修行之理，而雇召人看讀，亦云獲福，益甚愚哉。」時人謂之僧潑伽。（卷四）

勾生

益州大聖慈寺，開元中興創，周迴廊廡，皆累朝名畫，冠于坤維。東廊有維摩居士堂，蓋有唐李洪度所畫，其筆妙絶。時值中元日，士庶遊寺，有三少年，俱善音律，因至此指天女所合樂，云是《霓裳羽衣》曲第二疊頭第一拍也。其中勾生者，卽云：「某不愛樂，但娶得妻如抱箏天女，足矣。」遂將壁畫者項上掐一片土吞之爲戲。既而各退歸。勾生是夜夢在維摩堂内見一女子，明麗絶代，光彩溢目，引生於窗下狎昵。因是每夜忽就生所止，或在寺宇中繾綣。迨月餘，生舅氏范處士者，見生神志癡散，似爲妖氣所侵，或云服符藥設醮拜章除之始得，生父母領之。其夜天女對生欷歔不自勝，曰：「妾本是帝釋侍者，仰思慕不奪君願，託以神契。君今疑妾，妾不可住。君亦不必服諸符藥，妾亦不欲忘情。」於衣帶中解玉琴爪一對，曰：「聊爲思念之物，君宜保愛之。自此永訣。」生捧之無言酬答，但彼此嗚咽而已。既去，生自是日漸羸瘠，不逾月而卒。玉琴爪其家收得，至順寇時方失之。壁畫天女，至今項上指甲痕尚存焉。（同上）

黎海陽

道士黎海陽，其父僞蜀時爲軍職。天兵伐蜀，海陽隨父戍劍門。蜀軍潰散，子父遂還，於川城東門外丁村古冢，忽聞冢内有非常香氣。一日因晴明，微隙中見少骸骨，朽腐至甚。旁有一叢黄粉，因撥開，乃見三小塊雄黄。海陽父頗好燒煉，素知冢内雄黄可用，遂以衣襟裹之。至中夜忽聞人語，父子問之曰：「語者鬼耶？」答云：「某非鬼，某宋人也，家世食禄，而某不樂名宦，退身學道於楚丘，有别墅稍遠囂塵。凡五金八石難得者，必能致之。或方法之士，欲合煉試驗者，必資其藥品，給以爐鼎，使成之。時德宗疑韋中令在蜀與蠻人連結，遂令某爲道士，入川見中令，伺其動静居止。皇觀三年，又遣僧行勤入蜀，伺察中令。初以談議苦空，後説燒煉點化之事。中令歷試，一一皆驗。凡三年，中令甚誠敬之。或一日，説還丹延駐之法，中令愈加景奉。後煉丹既成，中令齋戒餌之，初覺神氣清爽，嗜好倍常。僧遂辭去。至貞元二十年暮春，藥毒發而薨。某爲與行勤往還，遂罹其禍而及此，遭樵夫牧竪蹂踐遺骸，潛壞朽骨，憒憒不已。」海陽父曰：「君去世已遠，何不還生人中，而久處冥寞？」應曰：「某曾遇一高士，以陰景煉形之道傳我，遂於我楚丘別墅，深山濬谷中選得一嵌室，囑我祇持六年，慎勿令諸物所犯，歲滿則以衣服迎我於此。其人初則支體臭敗，惟藏腑不變。某遂依其教諭，乃閉護之。至期開視，則身全矣，端坐於嵌室之內，髮垂而黑，髭直而粗，顏貌光澤，愈於初日。某具湯沐新衣迎之。云能如是三迴，乃度世畢矣。某傳得此道，今形已不全。某今却自無形而煉成有形爾，則上天入地，千變萬化，無不可也。某之形雖未圓，且飛行自在，出幽入明，軒冕之貴不樂於吾。吾已離人世勞苦，豈復降志於其間。吾今之死，不愈昔之生乎？」海陽父曰：「敢問其衣襟中藥是何等藥？」對曰：「某常從道士入山煉丹，修葺爐鼎，爨薪鼓韛，靡不勤力。每歎光景短促，筋骸衰老。所聞者上藥有九轉還丹，不離乎神水華池。其次有雲母雄黃，服之雖不乘雲駕鳳，役使鬼神，亦可袪除百病，補益壽年。某得煉雄黃之法，自二十歲服至四十歲，獲其藥力。苟再以火養，就以水吞，可冀道於髣髴。」海陽父告之曰：「餌藥之法聞之矣，煉形之道少得聞乎？」言未畢，值天曉人行，恐有人搜捕，不及盡聽，因別卜逃竄之所。自後不復至此。海陽父乾德中卒，海陽遂依其教，服煉雄黃，衣道士衣，尋師訪道，二十餘年不食，唯飲酒。衣服肌膚常有雄黃香氣。淳化中，在益州錦江橋下貨丹，筋骨輕健。甲午歲，外寇入城，海陽不出，端坐繩牀，爲賊所殺。惜哉！（卷五）

金相輪

《北夢瑣言》云：「咸通中高太尉鎮西川，雅州胡蘆關有道藝王劍者，渤海聞其名，俾蜀人吕尚致意召之。

呂至，王生夫婦止一草屋，有一榻，以箔隔限之。嫗曰：『客至，以何待之？』王曰：『州中都押衙今日有筵會，可去取之。』俄而酒饌俱至，品味羅列，非忽遽之所能致也。量其家去郡，往來不啻百里。呂怪愕，王生笑曰：『雲南蠻王曾鑄金相輪，祈我賫換成都福感寺塔上相輪。蜀人安得知之。』當時敬之者十有六七焉。」泊淳化五年，狂盜入城，兵火沿焚，福感寺塔相輪墜地，完全俱是銅鐵所爲，非蠻王金換之者。蓋王劍寓言，孫氏傳聞不細爾。（卷六）

按：今本《北夢瑣言》未見此事，當是佚文。

景山人

玉壘山人景〔焕〕（煥），有文藝，善畫龍，涉獵經史，撰《野人閒話》、《牧豎閒談》，住川城北隅，數畝園蔬，家族數口，豐儉得中。山人情性温雅，守道儉素，未嘗與人有豪髮之競，對人無老少，必先稱名。雍熙年初，有富家王仲璋者，求山人畫龍，初甚愛重，後有人云：『景山人畫格品低於孫位、黄筌。』遂將染爲皂。山人聞之，曰：『何不速言。』酬以好絹，恭謝而退。嘗使小僕挈帽隨行，遇雨，尋僕不見，冒雨而歸。妻問：『何不戴帽？衣服濡濕。』山人云：『亢陽祈雨，不許人戴帽。』其妻使婢送金釵還鄰家，婢中路遺之，泣告山人，因他處假金釵還鄰人。山人嘗於婢僕輩知其困乏飢寒，誠謂君子不虐幼賤。山人園圃中養二斑鵴，婢夜見鵴糞中有光，明往告之山人，令以水淘之，獲麩金二兩餘。吁！誰謂天蓋高，何懲惡勸善如反掌耶！（卷九）

祖異志

聶田

《郡齋讀書志》等著録，十卷。衢州本《讀書志》云：「聶田撰。田天禧中進士不中第，至元祐初因記近時詭聞異見一百餘事。天禧至元祐七十餘年，田且百歲矣。」《直齋書録解題》則謂：「康定元年序。」序作於康定元年（一〇四〇）而書作於元祐（一〇八六——一〇九三）初，事有可疑。元祐或爲景祐之誤。按袁州本《讀書志》無「至元祐初」等字。原書失傳，《類説》卷二十四節録兩條，題作「狙異志」，《永樂大典》引作「徂異志」，《宋史·藝文志》又作「俱異志」，《説郛》卷六引《人魚》一條則作「祖異志」，今從《郡齋讀書志》。重編《説郛》本係出僞託。

人魚

待制查道，奉使高麗，晚泊一山而止。望見沙中有一婦人，紅裳雙袒，髻鬟紛亂，肘後微有紅鬣。查命水工以篙扶於水中，勿令傷，婦人得水，偃仰復身，望查拜手，感戀而没。水工曰：「某在海上未省見此，何物？」查曰：「此人魚也，能與人姦處，水族人性也。」（《類説》卷二十四）

夢中見父

太廟齋郎劉初，少失其父。〔父〕道濟於孫暨狀元下及第，授襄州襄陽縣尉，追盜漢江上，水溺而死。劉母僑居京師三十餘年，常患不識其父。偶國家澤及亡没，應没於王事，子孫並許序進。劉詣公車以論其事，遂下書府以劉子赴本州驗其實。劉亦躬往督其事。既離京，道出宛葉，逆旅中夜夢一人衣緑向劉曰：「吾汝父也。知汝此行，故來相成，必要識吾，但問西川孟家。」及寤，不諭其事，遂抵襄州。事既畢，有老吏告劉曰：「某故舊伏事先員外。」劉曰：「欲寫先人真，何人識，能爲寫之？」吏曰：「今有一人善寫真，亦曾舊寫先員外，必應有存其副本。」同詣，果獲舊圖之本。劉泣且拜，復問其工：「何處人？復何姓氏邪？」工曰：「本西蜀人，姓孟氏。」竟符宛葉之夢。（《永樂大典》卷一三一三五引《祖異志》）

夢擒虎

推官侯舉進士，廬州人，家産甚富贍。其父爲茶商，過潤州金山，造浮圖一所，私禱曰：「願一兒得進士及第。」後夢擒一虎置于座下。果揆生庚申屬虎。既成人，治東封小科場，欲就天府求薦，過壽州見陳雍秀才，蓋姑表兄弟也。侯居家曰：「常得夢人授詩云：『今年應未第，須待報黄精。』研其詞恐未得。」陳曰：「事故不可易知。」既到京就試，題曰「大射」，果不捷解。尋有大科場詔下，解試「聖人則物」，既捷解，明年春省試「惟幾成天下之務」。未見榜，侯與父於石令公店中安下，鐘鼓後始人行，有款户者曰：

「奉先院主或曰嵩山道士送蜜煎黄精與二郎及秀才。」侯得之，且喜符其夢，餐之。（夢）蔡齊狀元下及第，後授真州幕。其父復夢所擒坐下虎，倏然而失去。侯亦尋卒於任所。（《永樂大典》卷一三一三九引《祖異志》）

括異志

張師正

張師正（一〇一六——？），字不疑。治平中爲辰州帥，熙寧丁巳（一〇七七）爲鼎州帥，時年六十二（據《玉壺清話》卷五）。《括異志》，《郡齋讀書志》著録十卷，云：「師正擢甲科，得太常博士，後遊宦四十年不得志，於是推變怪之理，參見聞之異，得二百五十篇。魏泰爲之序。」今本十卷，僅一百三十三篇，亦無魏泰序。《直齋書録解題》尚著録有後志十卷，未見。王銍《跋范仲尹墓誌》謂《括異志》爲魏泰所作，假名張師正（見《邵氏聞見後録》卷十六），存疑備考。現存明抄本，源出宋建寧府麻沙鎮虞叔異刻本。

大名監埽

河自大坯而下，多泛濫之患。岸有缺圮，則以薪芻窒塞，補薄增卑，謂之埽岸。每一二十里則命使臣巡視。凡一埽岸，必有薪茭竹揵椿木之類數十百萬，以備決溢。使臣始受命，皆軍令約束。熙寧九年，大名府元城縣一監埽使臣所主埽岸，有大黿屢來嚙岸之薪芻，似將穴焉。遂彀弩射之，中首而死。是夜夢一緑衣創首，謂監埽曰：「汝殺我，我已訴於官矣。」又月餘，病疽死。見二使者執之而去，曰：「汝嘗殺人。」

監埽竊思之，曰：「此必殺鼉事也。」行僅百里，入一城。使者曰：「吾有事，當先白所由司。汝姑止此，無他適。」二使既去，仰視高閣，金碧相照，有二神人守閤，如道士觀所謂龍虎君者。以姓名白之，乃引入。仰視其閤，有榜題曰「朝元之閣」。下見韓侍中稚圭憑几而坐，侍者數十人，若神仙儀衛。乃再拜訖，韓問來狀。遂白殺鼉事，因曰：「隄岸有決，當受軍令之責，非徒殺也。」韓曰：「汝亦何罪。儻見陰官，但乞檢《上清格》。」即出門，見二使者至，遂引到一官府庭下。果詰以殺鼉事，對曰：「某主埽岸，河流奔猛，漲溢不常，苟有決漏則當誅。鼉敗吾防，不可不殺。乞檢《上清格》。」陰官取格視訖，謂曰：「《上清格》云：『無益於世，有害於人，殺而不償。』罪固難加。」陰官命前使者引出，行十餘里，若墮眢井，遂寤。事聞之于劉大卿襲禮云。（卷一）

按：韓琦死後爲神，宋時盛爲傳説。記此事者似以《括異志》爲最早，然《青瑣高議》所載較詳，韓氏家傳及王巖叟之《魏國忠獻公别録》亦載其事。《四庫全書總目》卷一四四《青瑣高議》條曾詳論其紫府眞人事，引證《鐵圍山叢談》、《清波雜志》等，惟不知《括異志》尚在其前，《賓退録》亦引《青瑣高議》而謂劉斧著書多誕妄不敢信。

附録

右侍禁孫勉受元城史。城下一埽，多墊陷，頗費工役材料，勉深患之，乃詢埽卒：「其故何也？」卒曰：「有巨鼉穴於其下，茲埽所以壞也。」勉云：「其鼉可得見乎？」卒答以：「平日鼉居埽陰，莫得見也。或天氣晴朗，黿或出水近洲曝背，動經移時。」勉曰：「伺其出，報我。我當射殺之，以絶埽害。」他日，卒報曰：「出矣。」勉馳往觀之。於時雨霽日上，氣候温煦，黿於沙上迎日曝背，目或開或閉，頗甚舒適。勉蔽於柳陰間，伺其便，連引矢射之，正中其頸，黿匍匐入水。後三日，黿死於水中，臭聞遠近。勉一日晝卧公宇，有一吏執書召勉，勉曰：「我有官守，子召吾何之？」吏曰：「子已殺黿，今被其訴，召子證事。」勉不得已，隨之行，若百里，道左右宫闕甚壯，守衛皆金甲吏兵。勉詢吏曰：「此何所也？」吏曰：「此乃紫府真人宫也。」勉曰：「真人何姓氏？」曰：「韓魏公也。」勉私念：向蒙魏公提拂，乃故吏，見之求助焉。勉乃祝守門吏入報。少選，引入。勉〇鈔本作引勉入。望魏公坐殿上，衣冠若世間嘗所見圖畫神仙也，侍立皆碧衣童子。勉再拜立，魏公亦微勞謝。云：「汝離人世，當往陰府證事乎？」勉曰：「以殺黿被召。」乃再拜曰：「勉久蒙持拂，今入陰獄，慮不得回，又恐陷罪，望真人大庇。」又懇拜。魏公顧左右，於東廡紫複架中，取青囊中黄誥，公自視之。傍侍立童讀誥曰：「黿不與人同。黿百餘歲，更後五百世，方比人身之貴。」勉曰：「黿穴殘埽岸，乃勉職也。」公以黄誥示勉，公乃遣去。勉出門，見追吏云：「真人放子，吾安敢攝也。」乃去。一青衣童送勉至家，童呼勉名，勉乃覺。勉見移監第九埽。（《青瑣高議》前集卷一《紫府真人記》）

熙寧十年四月，初，澶州監堤岸物料場孫勉侍禁。一日晚見一黿自黄河順流而下，因取弓箭射之，連中而斃，尋拽上岸，分而食之。不數日，孫生一夕暴卒，後兩日復甦。説云：其始也，見四人持牒來追，生意其官府之攝也，曰：「某未嘗敢爲顯過，何遽致追攝？」彼云：「所追者太山牒也。」生乃悟其死，遂不覺與之俱行。其所經由，皆荆棘叢密，行步頗艱，約五六十里，忽至一城門，微開。守閽者數人，皆襢冠大袖，追者曰：「取公事來。」守者遂開門放入。其中屋宇廊廡，皆如官府，行五十餘步，至一公府，門亦微開。守衞者頗嚴肅，追者報取公事至如前，守者遂放入。復有一人云：「未坐，少伺之。」茶頃間，忽云：「卷簾也，坐矣。」相次追入，見一人衣金紫正坐，追者持牒上，金紫者視之，曰：「殺黿邪？」仰視之，曰：「乃韓魏公也。」生昔爲公指使，遂再拜懇告曰：「黿亦魚鱉類也，殺而食之者甚多，何某獨當死？」公笑曰：「此中不得比陽間，無可告之理，黿既有詞，須當償命。」生因歷敘昔日趨事之勤，及老幼無託，涕泣再拜不已。公徐令前，低語曰：「如今到彼，更再三告之，若不肯放汝還，但云：『命卽須償他，固不敢辭，只乞更檢房簿看過。』」生得旨，遂退。出門，又行百餘步，兩面皆矮槐，青密可愛。又至一官府，其門亦閉，守衞者愈嚴密，追者云：「公事至。」閽者曰：「當先詣彼處。」曰：「已出頭矣。」閽者遂開門，遂入。亦有人云：「未坐。」又伺候，少頃，傳呼云：「卷簾也，卷簾也。」追者領入。見三人盡衣金紫，追者持牒上，皆簽押之。生惶駭，顧視間，向所殺者黿已在其左。其一人西向者云：「汝無故殺黿，彼有詞，須還他命。」生再三懇告，竟不允，不得已，遂以公言白之。三人皆驚駭相視，曰：「誰泄此？彼人何得知之。」其處中者一人尤怒，大呼曰：「且令冤照，汝因何知有房簿？」遂加凌窘，生不禁其苦，乃具言曰：「某昔嘗趨事韓魏公，適見懇告，遂放還，公教言乞檢房簿。」三人皆肯首嗟嘆，其東向者一人曰：

「韓侍中昔在陽間，一生存心救濟天下，今到此尚猶不已。」遂令請房簿。須臾，數人舁一黑木匣，有三吏由廳堦而下檢之，不數十葉，見將上呈。其西向者讀畢，方唤黿，諭曰：「此人已伏還命，尚有十五年壽在，至時當令受罪。」言訖，其黿滅而不見，遂命追者曰：「速放還。」出門而悟。（《宋朝事實類苑》卷六十九引《魏王别録》）

按：《郡齋讀書志》傳記類著録王巖叟《魏國忠獻公别録》三卷，《直齋書録解題》作《魏公别録》四卷。《四庫全書》傳記類存目收有《韓魏公别録》三卷。有刻本未見，待訪，此據《宋朝事實類苑》轉引。王巖叟（一〇四二——一〇九二），字彦齡，《宋史》有傳。

天下之禍莫甚于殺人，爲陰德者亦莫大于活人。世多傳元豐間有監黄河埽武臣，射殺埽下一黿。未幾死而還魂，云爲黿訴于陰府，力自辯，黿數敗埽，以其職殺之，故得免。而陰官，韓魏公也，冥間呼爲真人。余始不信，後得韓氏家傳，載其事云，裕陵所宣諭，乃不疑。（《避暑録話》上卷）

老王先生老志道人前事未來者，凡有幾，罔不中。韓文公粹彦，吾妻父也，嘗得其手字曰：「憑取一真語，天官自相尋。」不月餘，自工部除禮部侍郎。小天一日命吾紹介往見之。老志喜，即語小天曰：「紫府真人。」小天亦疾應曰：「先公魏國薨後，有家吏孫勔日主灑埽，因射大黿死被追，故有紫府真人事。或書於《青瑣》小説，不謬也。」老志又曰：「紫府真人，實陰官之貴，匪天仙。魏公功德茂盛，近始陞諸天矣。其初玉華真人下侍者也。」小天疾應曰：「乃玉華真人下侍者也。」二人相語，即啐喙同時。吾大爲之駭。（《鐵圍山叢談》卷五）

熙寧中侍禁孫勉，監澶州堤，見一黿自黄河順流而下，射殺之。繼而暴卒而入冥，爲黿訴，當償命。殿上主者乃韓魏公，勉實故吏，乃再三求哀。公教乞檢房簿。既至陰府，如所教，以尚有壽十五年，遂放還。《韓魏公别録》所書，其略如此。《魏公家傳》則云：右侍禁孫勉監元城埽，埽多墊陷，費工料。勉詢知有巨黿穴其下，仍伺出，射殺之。數日，勉方晝卧，爲吏追去。有黿訴，當往證之。既至一宫闕，守衛甚嚴。吏云：「紫府真人宫也。」勉仰視真人乃韓魏公也，亟俯伏訴。公微勞之曰：「汝當往陰府證事乎？」勉述殺黿事，公取黄誥示之，謂曰：「黿不與人同。彼害汝埽，殺之，汝職也。」遣之使去，出門遂寤。事既播揚，神皇謂輔臣曰：「聞説韓琦爲真人，是否？」皆曰：「未之聞也。」上具道所以，咨嗟久之。二説不同，當以家傳爲正。又一説，政和間方士王志老，語公之子吏部侍郎粹彦曰：「紫府真人乃陰官之貴，未爲天仙。」又云：「公亦嘗爲十華真人下侍者。」粹彦曰：「然。」（《清波雜志》卷七）

王廷評

王廷評俊民，萊州人。嘉祐六年進士，狀頭登第，釋褐廷尉評，簽書徐州節度判官。明年，充南京考試官。未試間，忽謂監試官曰：「門外舉人喧噪詬我，何爲不約束？」令人視之，無有也。如是者三四。少時又曰：「有人持檄逮我。」色若恐懼，乃取案上小刀自刺，左右救之，不甚傷，即歸本任醫治。踰旬創愈，但精神恍惚如失心者。家人聞嵩山道士梁宗朴善制鬼，迎至，乃符召爲厲者。夢一女子至，自言：「爲王所害，已訴于天，俾我取償，俟與簽判同去爾。」道士知術無施，遂去。王亦卒。或聞王未第時，家有井竈婢惷戾，不順使令，積怒乘間排墜井中。又云：王向在鄉閈與一倡伎切密，私約俟登第娶焉。既登第爲狀元，遂就媾他族。妓聞之，忿恚自殺。故爲女厲所困，夭閼而終。（卷三）

按：此即王魁故事原型。詳見後《摭遺·王魁傳》。

韓宗緒

韓宗緒，龍圖贄之子，以父任補將作監主簿，皇祐秋鎖廳預薦。偶於相國寺資聖閣前見其家舊使老僕，呼謂曰：「若非某乙乎？死久矣，何得在此？」曰：「某今從送春榜使者。」又問：「榜可見乎？」曰：「有司收掌甚密，不可得而見也。」又謂曰：「汝能密詢有我姓名乎？苟無，亦可料理否？」僕許諾試爲盡力。又問：「復於何處爲約？」僕曰：「復期于此。他處難庇某之迹，此地雜沓，人鬼可得參處。」他日如期而往，僕果在焉。遂開掌，見己之名在片紙上，揭其下，乃田寶鄰也。僕曰：「此人明年當登第，官甚卑。郎君亦自有科名，但差晚耳。況身已有官，故得而易之。若白身，則不可。」因忽不見。明年韓登第，曾以此事説於親舊間。治平中，韓玉汝龍圖與供備庫使段繼文同使契丹，至雄州。段嘗爲雄之監軍，雄之舉人皆上謁，田寶鄰刺字厠焉。韓見之大驚，與段盡道所以。段復以韓事本末語之，（曰）遂齋戒夜醮，作奏訴于帝。木炎嘗侍父官瓦橋，備知之。熙寧中，炎登第，爲岳州巴陵簿。縣令王澤嘗談怪異，王云：「應舉時聞州東有一人常入冥，言人吉凶甚驗，遂率同人數輩就問之。其人在小邸暗室中，既見，遂以將來得失叩之，再三不語。俄久面壁而坐云：「『田寶鄰公事至今未了，安敢有他科場事！』不知田寶鄰何人也。」炎方省向者韓、段之言。寶鄰以累舉特奏名，其後官甚卑。（卷五）

李氏婢

賈國傳大冲嘗說：有李某屢典郡，既卒，家人歸京師舊居。有老婢，凡京城巷陌無不知者。家之貿易、飲膳、衣著，洎親家傳導往來，悉賴焉。邑君愛之如兒姪。明道春，方淘溝，俾至親家通起居。抵暮不歸，數日尋訪無迹。邑君曰：「是媪苦風眩，疾作墜溝死矣。」卽命諸婢設靈座祭焉。家之吉凶亦來報。邑君泣曰：「是媪雖死，不忘吾家。」明年春，自外來，家人皆以爲鬼也。媪拜曰：「去歲令妾傳語某人，至某處，風眩作，墮溝中。某人宅主姥見之，令人拯出，滌去穢汚，加以藥餌，得不死。某誓傭一年以報。今既期，卽辭歸。」往詢某氏，果然。是夕，有青巾男子見邑君夢曰：「我清衞卒也，向死於巷左。昨聞宅上失女使，設位以祭，遂假其名竊享焉。今聞已歸。」乃拜辭而去。（卷五）

高舜臣

大名府進士高舜臣嘗言：其從兄祥符中爲衙校，董卒數百人伐木於西山。一日入山督役迷路，聞樂聲合作於山谷間。尋聲視之，見婦人數十，衣服華麗，執笙竽會飲于磻石上。居席首者召高坐其側，亦及以酒肴，謂曰：「吾欲婦汝，何如？」高但愧謝。又曰：「汝今歸寨中，吾將繼至。」是夜果往，高亦恍然不測。自此遇夜即至，室中帳帟枕褥之具備設，曉復失之。若此者逮一月。役兵取材既畢，與高同歸。高之父母聞之，大驚曰：「此子爲石妖木魅所惑也。」因即東廡而居，家人視之，則裴寢之具、冠衣之類悉已張陳。高氏家人亦罕見其面，或見其冠珮，或見其裙襦而已。家屬相與憂懼，慮久而致禍，乃召巫覡具符水禳詛之術。女子笑謂高曰：「我豈妖怪害人者，何見疑之深也！」儼然殊不顧。高氏家亦無奈之何。居半歲，高氏會客，烹牛爲饌，女子見而大駭曰：「我以君積善之家，故願奉巾櫛於子，亦將福汝家，不意暴惡之如是。君家固不當留，亟送我歸也。」高白其父母，聞而大喜，立俾其子送之去西山數舍。其夜不至，高亦不敢復前，但望山悵恨而歸。高氏子竟亦無恙。大名進士陳倫因言神怪而及之，亦未以爲信。治平初，予爲大名鈐名，進士王詹亦道其事，與陳說正同。舜臣後以累舉推恩得州長史。

（卷八）

鄭前

治平中，武昌縣令鄭前，嘗覺腠理不寧，晝寢曲室，夢一老父古衣冠，揖鄭曰：「君小疾，煮地骨皮湯飲之即愈。」鄭曰：「素不奉展，何故至此？」云：「我西漢時與君嘗聯局事。君已爲三世人，我尚留滯幽壤。」即詢其名氏。云：「前將軍何復。或欲尋吾所居，可來費家園也。」臨别口占詩一絶云：「與子相逢西漢年，半成枯骨半成烟。欲知土室長眠處，門有青松澗有泉。」鄭官滿，之鄂渚，遊頭陀寺，山下城小路見叢薄蔚然。問寺僧，乃費家園也。道次有斷碑，字已漫滅，惟有何復字可辨。冢前有澗水洎老松數株。王承制允

成時爲巡徼，具知之。（卷九）

鍾離發運

鍾離瑾，開寶間宰江州之德化。明年，將以女歸許氏。居一日，諭其胥魁，俾市婢以送女。翌日，胥與老嫗引一女子來，問其何許人，嫗曰：「撫之臨川人也。幼喪其親，外氏育之。」女受嫗戒，亦不敢有他言。君視事少間，歸遇于屏。是女流涕有戚容。且疑其家叱罵，詰，曰：「不然，某之父昔曾令是邑，不幸與母俱喪。無親戚以爲依，時方五歲，育於胥家十年矣，且將爲己女。今明府欲得媵妾，胥與嫗以某應命。適見明府視事，追感吾父，不覺涕零。」君大驚，呼胥嫗以審，如女言。誡家人易其衣食，如己所生。以書抵許氏，告緩期，姑將輟吾女之資以嫁焉。許亦慨然，復曰：「君侯獨能抑己女而拔人之孤女，予固有季子，願得以爲婦，安事盛飾哉！」卒以二女歸許氏。久之，君夢一緑衣丈夫造庭拜而謝曰：「不圖賤息辱賜於君，然得請於帝，願奉十任有土官，故來致命。」後果歷十郡太守，終於江淮發運使。今鍾離氏有仕籍於朝常十餘，獨出君之後，故世爲肥之冠族。若許之名爵，父老已失其傳。嗚呼！二君之用心，非有求於世者，特發諸至仁耳。彼附貴而親，靦然自以爲得，獨何人哉！施報之事，儒者蓋鮮言。若蛟龍斷蛇，杜回結草，千古豈苟傳，亦有以警勸云。（卷十）

按：本事亦見魏泰《東軒筆錄》卷十二（見附錄），情節略異。此即《醒世恒言》第一卷《兩縣令競義婚孤女》所本。然《太平廣記》卷一一七引《報應錄》范明府故事已初具規模，實非始創。

附録

余爲兒童時，嘗聞祖母集慶郡太守陳夫人言：江南有國日，有縣令鍾離君，與鄰縣令許君結姻。鍾離女將出適，買一婢以從嫁。一日，其婢執箕帚治地，至堂前，熟視地之窊處，惻然泣下。鍾離君適見，怪問之，婢泣曰：「幼時我父於此地爲毬窩，道我戲劇，歲久矣，而窊處未改也。」鍾離君驚曰：「而父何人？」婢曰：「我父乃兩考前縣令也，身死家破，我遂流落民間，而更賣爲婢。」鍾離君遽呼牙儈問之，復質於老吏，得其實。是時，許令子納采有日，鍾離君遽以書抵許令而止其子，且曰：「吾買婢得前令之女，吾特憐而悲之。義不可久辱，當輟吾女之匳篚，先求壻以嫁前令之女也。更俟一年，别爲女營辦嫁資，以歸君子，可乎？」許君答書曰：「蘧伯玉恥獨爲君子，君何自專仁義。願以前令之女配吾子，然後君别求良壻，以嫁君女。」於是前令之女卒歸許氏。祖母語畢，歎曰：「此等事，前輩之所常行，今則不復見矣。」余時尚幼，恨不記二令之名，姑書其事，亦足以激天下之義也。鍾離名瑾，合肥人也。（《東軒筆録》卷十二）

涑水紀聞

司馬光

司馬光(一〇一九——一〇八六),字君實,陝州夏縣涑水鄉人。寶元二年(一〇三九)進士,累官至端明殿學士,因反對王安石變法,退居洛陽,致力編撰《資治通鑑》。哲宗卽位後,復任尚書左僕射、門下侍郎,卒,封温國公。《宋史》有傳。有《傳家集》。《涑水紀聞》,《直齋書録解題》雜史類著録十卷,《宋史·藝文志》故事類著録三十二卷。《郡齋讀書志》雜史類作《温公紀聞》十卷(袁州本五卷)。《四庫全書》本十六卷,列入小説家類。現有鄧廣銘校點本最爲完備。

*錢若水

錢若水爲同州推官。知州性褊急,數以胸臆決事,不當,若水固争不能得,輒曰:「當陪奉贖銅耳。」已而果爲朝廷及上司所駁,州官皆以贖論。知州愧謝,已而復然,前後如此數矣。有富民家小女奴逃亡,不知所之。奴父母訟于州,命録事參軍鞫之。録事嘗貸錢于富民,不獲,乃劾富民父子數人共殺女奴,棄尸水中,遂失其尸。或爲元謀,或從而加功,罪皆應死。富民不勝榜楚,自誣服。具上,州官審覆無反異,皆以爲得實。若水獨疑之,留其獄數日不決。録事詣若水廳事,詬之曰:「若受富民錢,欲出其死罪耶？」若水笑謝曰：「今數人當死，豈可不少留熟觀其獄詞耶？」留之且旬日，知州屢促之，不得，上下皆怪之。若水一旦詣州，屏人言曰：「若水所以留其獄者，密使人訪求女奴，今得之矣。」知州驚曰：「安在？」若水因密使人送女奴于知州所。知州乃垂簾引女奴父母問曰：「汝今見汝女，識之乎？」對曰：「安有不識也。」因從簾中推出示之。父母泣曰：「是也！」乃引富民父子，悉破械縱之。其人號泣不肯去，曰：「微使君之賜，則某滅族矣！」知州曰：「推官之賜也，非我也。」其人趣詣若水廳事，若水閉門拒之，曰：「知州自求得之，我何與焉！」其人不得入，繞垣而哭，傾家貲以飯僧，爲若水祈福。知州以若水雪冤死者數人，欲爲之奏論其功。若水固辭曰：「若水但求獄事正，人不冤死耳，論功非其本心也。且朝廷若以此爲若水功，當置録事于何地耶？」知州歎服曰：「如此，尤不可及矣。」録事詣若水叩頭愧謝，若水曰：「獄情難知，偶有過誤，何謝也。」于是遠近翕然稱之。未幾，太宗聞之，驟加進擢，自幕職半歲中爲知制誥，二年中爲樞密副使。公云。（卷二）

按：小説戲曲中類此故事甚多，月榭主人《釵釧記》傳奇以斷獄者爲李若水，似即影射錢若水。

向敏中

向相在西京，有僧暮過村民家求寄止，主人不許。僧求寢于門外車箱中，許之。夜中，有盜入其家，自牆上扶一婦人并囊衣而出，僧適不寐，見之，自念不爲主人所納而强求宿，而主人亡其婦及財，明日必執我詣縣矣，因夜亡去。不敢循故道，走荒草中，忽墮眢井，則婦人已爲人所殺，先在其中矣。明日，主人搜訪亡僧并子婦屍，得之井中，執以詣縣，掠治，僧自誣云：「與子婦姦，誘與俱亡，恐爲人所得，因殺之，投井中，暮夜不覺失足，亦墜其中。贓在井旁亡失，不知何人所取。」獄成，詣府，府皆不以爲疑。獨敏中以贓不獲疑之，引僧詰問數四，僧服罪，但言某前生當負此人死，無可辨者。敏中固問之，僧乃以實對。敏中因密使吏訪其賊。吏食于村店，店嫗聞其自府中來，不知其吏也，問之曰：「僧某者，其獄如何？」吏紿之曰：「昨日已笞死于市矣。」嫗歎息曰：「今若獲賊，則何如？」吏曰：「府已誤決此獄矣，雖獲賊，亦不敢問也。」嫗曰：「然則言之無傷矣。婦人者，乃此村中少年某甲所殺也。」吏曰：「其人安在？」嫗指示其舍，吏就舍中掩捕，獲之，案問具服，并得其贓。一府咸以爲神。始平公云。（卷七）

按：本事亦見《自警編》、《折獄龜鑑》等書。《拍案驚奇》第三十六卷《東廊僧怠招魔，黑衣盜奸生殺》情節有類此者。

温公瑣語

司馬光

《遂初堂書目》本朝雜史類著録，有明鈔本傳世。附見鄧廣銘校點本《涑水紀聞》。

*章惇

章惇者，郇公之疎族，舉進士，在京師，館于郇公之第。報族父之妻，爲人所掩，踰垣而出，誤踐街中一嫗，爲嫗所訟。時包希仁知開封府，不復深探其獄，贖銅而已。既而及第，在五六人間，惇大不如意，誚讓考校官。有人請觀其〔文〕〔敕〕，擲地以示之，士論皆忿其不恭。熙寧初，召試館職，御史言其無行，罷之。及介甫用事，張峋、李承之薦惇，介甫曰：「聞惇無行。」承之曰：「承之所薦者才也，顧惇〔才〕可用于今日耳，素行何累焉？公試召與語，自當愛之。」介甫乃召見，惇素口辨，又善迎合，介甫大喜，擢用，數年間至兩制三司使。

按：此條可與《投轄錄》之《章丞相》條參看。

湘山野録

釋文瑩

文瑩，字道温，錢塘僧，宋真宗至神宗時人。《湘山野録》三卷，續録一卷，撰于熙寧年間（一〇六八——一〇七七）。又《玉壺清話》（一作《玉壺野史》）十卷，序于元豐元年（一〇七八）。多記五代北宋故事。

*鍾輻

江南鍾輻者，金陵之才生，恃少年有文，氣豪體傲。一老僧相之曰："先輩壽則有矣，若及第則家亡，記之！"生大詫曰："吾方掇高第以起家，何亡之有！"時樊若水女才質雙盛，愛輻之才而妻之。始燕爾，科詔遂下。時後周都洛，輻入洛應書，果中選於甲科第二。方得意，狂放不還，携一女僕曰青箱，所在疏縱。過華州之蒲城，其宰仍故人，亦醖藉之士，延留久之。一夕盛暑，追涼於縣樓，痛飲而寢，青箱侍之。是夕，夢其妻出一詩爲示，怨責頗深。詩曰："楚水平如練，雙雙白鳥飛。金陵幾多地，一去不言歸。"夢中懷愧，亦戲答一詩，曰："還吴東下過蒲城，樓上青風酒半醒。想得到家春已暮，海棠千樹欲凋零。"既寤，頗厭之，因理裝漸歸。將至采石渡，青箱心疼，數刻暴卒。生感悼無奈，怱怱稾葬於一新墳之側，急圖到家。至則門巷空闃，榛荆封蔀，妻亦亡已數月。訪親鄰，樊亡之夜，乃夢於縣樓之夕也。後數日，親友具舟携輻致奠於葬所，卽青箱稾葬之側新墳，乃是不植他木，惟海棠數枝，方葉凋蕚謝，正合詩中之句。因拊膺長慟曰：「信乎！浮圖師『及第家亡』之告。」因竟不仕，隱鍾山著書守道，壽八十餘。江南諸書小説皆無，惟《潘〔佑〕(祐)集》中有《樊氏墓志》，事與此稍同。(卷中)

按：《分門古今類事》卷十《鍾輻亡家》條引《潘佑集》與此略同。《詩話總龜》卷三十五引《古今詩話》似亦出此。然《太平廣記》卷二七九《蘇檢》條引《聞奇録》，情節相似，而主名爲蘇檢，疑爲此故事之源(見附録)。張君房《縉紳脞説》亦作蘇檢，見《類説》卷五十。

附録

蘇檢登第，歸吳省家，行及同州澄城縣，止於縣樓上。醉後，夢其妻取筆硯，篋中取紅牋，剪數寸而爲詩曰：「楚水平如鏡，周迴白鳥飛。金陵幾多地，一去不知歸。」檢亦裁蜀牋而賦詩曰：「還吳東去下澄城，樓上清風酒半醒。想得到家春欲暮，海棠千樹已凋零。」詩成，俱送于所卧席下。又見其妻笞檢所絜小青極甚。及寤，乃於席下得其詩。視篋中紅牋，亦有剪處。小青其日暴疾。已而東去，及鄂岳已來，捨陸登舟，小青之疾轉甚。去家三十餘里，乃卒。夢小青云：「瘞我北岸新塋之後。」及殯于北岸，乃遇一新塋，依夢中所約瘞之。及歸，妻已卒。問其日，乃澄城縣所夢之日。詢其塋，乃瘞小青墳之前也。時乃春暮，其塋四面多是海棠花也。(《太平廣記》卷二七九引

《聞奇録》

*劉參謀

丁晉公在中書日，因私第會賓客，忽顧衆而言曰：「某嘗聞江南李國主鍾愛一女，早有封邑，聰慧姿質，特無與比。年及釐降，國主謂執政曰：『吾止一女，才色頗異，今將選尚，卿等爲擇佳壻，須得少年奇表，負殊才而有門第者。』執政遍詢搢紳，須外府將相之家，莫得全美。或有詣執政言曰：『嘗聞洪州劉生者，爲本郡參謀，歲甲未冠，儀形秀美，大門曾列二卿，兼富辭藝，可以塞選。』執政遽以上言。亟令召之。及至，皆如其說。國主大喜，於是成禮，授少列，拜駙馬都尉，鳴珂鏘玉，出入中禁。良田甲第，奇珍異寶，莽奕崇盛，雄視當時。未周歲，而公主告卒。國主傷悼悲泣曰：『吾不欲再睹劉生之面。』勅執政削其官籍，一簪不與，却送還洪州。生恍若夢覺，觸類如舊。」丁語罷，因笑曰：「某他日亦不失作劉參謀也。」席上聞之，莫不失色。後半載，果有朱崖之行。資貨田宅在京者，悉皆籍没，孑然南行，匹馬數僕，宛如未第之日。諒先兆不覺出於口吻。李公防時在丁坐，親聆其說。（續録）

按：本事又見于《澠水燕談録》卷六、《説郛》卷八十《盛事美談》。《樂善録》卷九引作《玉壺清話》。

玉壺清話

釋文瑩

*陶穀

李丞相穀與韓熙載少同硯席，分携結約於河梁曰：「各以才命選其主。」廣順中，穀仕周爲中書侍郎、平章事，熙載事江南李先主爲光政殿學士承旨。二公書問不絶，熙載戲貽穀書曰：「江南果相我，長驅以定中原。」穀答熙載云：「中原苟相我，下江南如探囊中物爾。」後果作相，親征江南，賴熙載卒已數歲。先是，朝廷遣陶穀使江南，以假書爲名，實使覘之。李相密遺熙載書：「吾之名從五柳公，驕而喜奉，宜善待之。」至，果爾容色凜然，崖岸高峻，燕席談笑，未嘗啓齒。熙載謂所親曰：「吾輩緜歷久矣，豈煩至是耶？觀秀實公字也。非端介正人，其守可隳，諸君請觀。」因令留宿。俟寫六朝書畢，館泊半年。熙載遣歌人秦弱蘭者，詐爲驛卒之女以中之。弊衣竹釵，旦暮擁帚灑掃驛庭。蘭之容止，宫掖殆無。五柳乘隙因詢其迹，蘭曰：「妾不幸夫亡無歸，託身父母，卽守驛翁媪是也。」情既瀆，失愼獨之戒。將行翌日，又以一闋贈之。後數日，讌于澄心堂，李中主命玻璃巨鍾滿酌之，穀毅然不顧，威不少霽。出蘭於席，歌前闋以侑之，穀慚笑捧腹，簪珥幾委，不敢不釂，釂罷復灌，幾類漏巵，倒載吐茵，尚未許罷。後大爲主禮所薄。還朝日，止遣數小吏携壺漿薄餞於郊。迨歸京，鸞膠之曲已喧，陶因是竟不大用。其詞《春光好》云：「好因緣，惡因緣。奈何天，只得郵亭一夜眠，别神仙。琵琶撥盡相思調，知音少。待得鸞膠續斷弦，是何年？」（卷四）

按：本事亦見鄭文寶《南唐近事》，情節較略。詞名《風光好》。别本缺「奈何天」三字。周煇《清波雜志》卷八據本書引述其事，又引何郯事相比。沈遼《任社娘傳》，則較此爲詳，情節大異，見後。

任社娘傳

沈遼

沈遼（一〇三二——一〇八五），字叡達，錢塘人。用兄任監壽州酒稅，熙寧初爲審官西院主簿，久之，以太常寺奉禮郎監杭州軍資庫，攝華亭縣。坐事流永州，更徙池州，築室齊山之上，名曰雲巢。元豐末卒，年五十四。《宋史》有傳。著《雲巢編》十卷，刻入《沈氏三先生文集》。

吴越王時，有娼名社娘者，姓任氏，妙麗善歌舞。性甚巧，其以意中人，人輒不自解，蓋其夭媚者出於天資。乾興中，陶侍郎使吴越。陶文雅醖藉，有不羈之名。神宗深寵睠之。王知其爲人，使使謂社曰：「若能爲吾蠱使者，我重賜汝。」社即謝王曰：「此在使者何如。然我得之，必假王寵臣使我居客館，然後可爲也。」王許諾。即詐爲閽者女，居窮屋，服弊衣，就門中窺使者。使者時行屏間，社故爲遺其犬者，竊出捕之，悚懼遷延户傍。陶一顧已心動。其莫，出汲水，駐立觀客車騎甚久。陶復覘之。然而社未嘗敢少望使者也。明日，王遣使勞客，樂作，社少爲塗飾，雜羣女往來樂後以縱觀。陶故逸蕩其怪，既數目社，因劇飲爲歡笑。會且罷，使者休吏就舍。是時客使左右非北吏多知其事。吏既出，使者獨望廳事上，社繆爲不見使者，復出汲水，方陶意已不自持，乃呼謂社曰：「遺我一盃水來。」社四顧已爲望見使者，乃大驚，投罌缾，拜而走。陶疾呼謂社曰：「吾渴甚，疾持入來。」社爲羞澀畏人，久之方進。使者曰：「汝何爲乃自汲？」頽動不應。復問之，社又故作吴語曰：「王令國中有敢邀使客語者，罪至死矣。」陶曰：「汝必死，復何憚我也？今汝不死。」迺强持其手曰：「我閨中故静，我與汝一觀。」社固辭不敢，卽强引入閨中，排置榻上，曰：「敢動者死！」社卽佯噤不敢語。陶卽出呼吏，喜曰：「持燭來。」吏進奉燭，燭來已具，吏引闔其户而去。社曰：「我賤，不可，我歸矣。」比其就寢，甚艱難。已而晝漏且下。社曰：「我安從歸？」陶曰：「我送汝矣。然明日復來，我以金帛爲好也。」社曰：「我家貧，受使者金帛，是速我死。然我生平好歌，爲我度曲爲詞，使我爲好足矣。」陶許諾，乃爲送至其家，然尚不知其爲倡也。使者明日見王，王勞之，語甚歡。既還館，爲作歌自歌之。歌曰：「好因緣，惡因緣。奈何天，祇得郵亭幾夜眠，别神仙。琵琶撥斷相思調，知音少。待得鸞膠續斷絃，是何年？」是夕，書以贈之。明日，王召使者曲宴於山亭，命倡進，社之班在下，其服之褒博，陶頗不能别也。王既知之，從容謂陶曰：「昔稱吴越之女善歌舞，今殊無之。未知燕趙之下，定何如也？」陶曰：「在北時聞有任氏者，今安在？」王曰：「公孰得之？」陶曰：「久矣。」王乃使社出拜，陶熟視而笑，知其爲王所蠱也，亦不以爲意。而社遂歌其詞，飲酒甚樂。社前謝王，王大悦，賜之千金。明年，北使來，請見社於王。王命社出。使者曰：「昔謂何如，今乃桃符。」社應聲曰：「桃符正爲客厲所畏。」使者不悦，已而又嘲社者：「社如龜筴，何客不鑚。」社曰：「客兆得遊魂，請眂其文。」使者大慚。明日，王賜千金。後社之家甚富，既老矣，將嫁爲人妻，迺以其所居第與其橐中金百萬爲佛寺在通衢中，自請其榜於王。王賜之名，所謂仁王院者也。至于今，其寺甚盛。

余初聞樂章事，云在胡中，蓋不信之。然其詞意可考者，宜在他國。及得仁王院近事，有客言其始終，頗異乎所聞，因爲敍之。寺爲沙門者多倡家，余所知凡數輩。（《沈氏三先生文集》卷八《雲巢編》卷八）

按：沈遼所記，謂「乾興中陶侍郎使吳越」，「神宗深寵睠之」云云，顯與史實不合。然此篇實爲宋人小説中之佳作，頗多增飾，因與《玉壺清話》幷録之，以便參較。

附録

文潞公慶曆中以樞密直學士知成都府。公年未四十，成都風俗喜行樂，公多燕集，有飛語至京師。御史何郯聖從，蜀人也，因謁告歸，上遣伺察之。聖從將至，潞公亦爲之動。張俞少愚者謂公曰：「聖從之來無足念。」少愚自迎見於漢州。同郡會有營妓善舞，聖從喜之，問其姓，妓曰：「楊。」聖從曰：「所謂楊臺柳者。」少愚即取妓之項上帕羅題詩曰：「蜀國佳人號細腰，東臺御史惜妖嬈。從今喚作楊臺柳，舞盡春風萬萬條。」命其妓作《柳枝詞》歌之，聖從爲之霑醉。後數日，聖從至成都，頗嚴重。一日，潞公大作樂以燕聖從，迎其妓雜府妓中，歌少愚之詩以酌聖從，聖從每爲之醉。聖從還朝，潞公之謗乃息。事與陶穀使江南郵亭詞相類云。張少愚者，奇士，潞公固重其人也。（《邵氏聞見録》卷十）

陳德潤云：一貴人知成都日，朝廷遣御史何郯入蜀按事。貴人遍召幕客，詢何人與御史密者。或云有賢良某人。延之，令出界候迎，兼携名娼王宫花往。俟其宴狎，出家姬以佐酒。王善舞，何公醉，喜題其項帕云：「按徹梁州更六么，西臺御史惜妖嬈。從今改作王宮柳，舞盡春風萬萬條。」至成都，此娼出迎，遂不復措手而歸。（《西溪叢語》卷上）

夢溪筆談

沈括

沈括（一〇三一——一〇九五），字存中，錢塘人。以父任爲沭陽縣主簿，嘉祐八年（一〇六三）舉進士，自編校爲館職，曾爲集賢校理，累遷至龍圖閣直學士、知延州，以「措置乖方」降職。《宋史》有傳。著有《夢溪筆談》、《忘懷録》、《清夜録》等。

*定遠弓手

濠州定遠縣一弓手，善用矛，遠近皆伏其能。有一偷亦善擊刺，常蔑視官軍，唯與此弓手不相下，曰：「見必與之決生死。」一日，弓手因事至村步，適值偷在市飲酒，勢不可避，遂曳矛而鬭。觀者如堵牆。久之，各未能進。弓手者忽謂偷曰：「尉至矣。我與爾皆健者，汝敢與我尉馬前決生死乎？」偷曰：「喏。」弓手應聲刺之，一舉而斃，蓋乘其隙也。又有人曾遇强寇鬭，矛刃方接，寇先含水滿口，忽噀其面，其人愕然，刃已揕胸。後有一壯士復與寇遇，已先知噀水之事，寇復用之，水纔出口，矛已洞頸。蓋已陳芻狗，其機已泄，恃勝失備，反受其害。（卷十三）

陳述古

陳述古密直知建州浦城縣日，有人失物，捕得莫知的爲盜者，述古乃紿之曰：「某廟有一鍾，能辨盜至靈。」使人迎置後閤祠之，引羣囚立鍾前自陳，不爲盜者摸之則無聲，爲盜者摸之則有聲。述古自率同職禱鍾甚肅，祭訖，以帷圍之，乃陰使人以墨塗鍾。良久，引囚逐一令引手入帷摸之，出乃驗其手，皆有墨，唯有一囚無墨，訊之，遂承爲盜。蓋恐鍾有聲，不敢摸也。此亦古之法，出於小說。（同上）

彭蠡小龍

彭蠡小龍，顯異至多，人人能道之。一事最著：熙寧中，王師南征，有軍仗數十船，泛江而南。自離真州，即有一小蛇登船，船師識之，曰：「此彭蠡小龍也，當是來護〔軍〕（君）仗耳。」主典者以潔器薦之，蛇伏其〔中〕，船乘便風，日棹數百里，未嘗有波濤之恐。不日至洞庭，蛇乃附一商人船回南康。世傳其封域止於洞庭，未嘗踰洞庭而南也。有司以狀聞，詔封神爲順濟王，遣禮官林希致詔。子中至祠下焚香畢，空中忽有一蛇墜祝肩上。祝曰：「龍君至矣。」其重一臂不能勝。徐下至几案間，首如龜，不類蛇首也。子中致詔意曰：「使人至此，齋三日然後致祭。王受天子命，不可以不齋戒。」蛇受命，徑入銀香匳中，蟠三日不動。祭之日，既酌酒，蛇乃自匳中引首吸之。俄出，循案行，色如濕臙脂，爛然有光。穿一剪綵花過，其尾尚赤，其前已變爲黄矣，正如雌黄色。又過一花，復變爲緑，如嫩草之色。少頃，行上屋梁，乘紙旛脚以行，輕若鴻毛。倏忽入帳中，遂不見。明日，子中還，蛇在船後送之，踰彭蠡而回。此龍常遊舟檝間，與常蛇無辨。但蛇行必蜿蜒，而此乃直行，江人常以此辨之。（卷二十）

按：自好子《剪燈叢話》及《五朝小説》收此篇，題作《彭蠡小龍傳》，署王惲撰，妄托也。

紫姑

舊俗正月望夜迎廁神，謂之紫姑。亦不必正月，常時皆可召。予〔少〕（幼）時見小兒輩等閒則召之以爲嬉笑。親戚間曾有召之而不肯去者，兩見有此，自後遂不敢召。景祐中，太常博士王綸家，因迎紫姑，有神降其閨女，自稱上帝後宮諸女，能文章，頗清麗，今謂之《女仙集》，行於世。其書有數體，甚有筆力，然皆非世間篆隸。其名有藻牋篆、茁金篆十餘名。綸與先君有舊，予與其子弟遊，〔親〕見其筆跡。其家亦時見其形，但自腰以上見之，乃好女子；其下常爲雲氣所擁。善鼓筝，音調淒婉，聽者忘倦。嘗謂其女曰：「能乘雲與我遊乎？」女子許之。乃自其庭中涌白雲如蒸，女子踐之，雲不能載。神曰：「汝履下有穢土，可去履而登。」女子乃韈而登，如履繒絮，冉冉至屋復下。曰：「汝未可往，更期異日。」後女子嫁，其神乃不至，其家了無禍福。爲之記傳者甚詳。此予目見者，粗志於此。近歲迎紫姑（仙）者極多，大率多能文章歌詩，有極工者，予屢見之。多自稱蓬萊謫仙，醫卜無所不能，棋與國手爲敵。然其靈異顯著，無如王綸家者。（卷二十一）

按：《剪燈叢話》、《緑窗女史》收此篇，題作《紫姑神傳》。蘇軾有《子姑神記》，《剪燈叢話》亦收之。

附録

元豐三年正月朔日，予始去京師來黄州。二月朔至郡。至之明年，進士潘丙謂予曰：「異哉！公之始受命，黄人未知也，有神降于州之僑人郭氏之第，與人言如響，且善賦詩，曰：『蘇公將至，而吾不及見也。』已而，公以是日至，而神以是日去。」其明年正月，丙又曰：「神復降于郭氏。」予往觀之，則衣草木爲婦人，而置箸手中，二小童子扶焉。以箸畫字曰：「妾壽陽人也，姓何氏，名媚，字麗卿。自幼知讀書屬文，爲伶人婦。唐垂拱中，壽陽刺史害妾夫，納妾爲侍書。而其妻妒悍甚，見殺於厠。妾雖死不敢訴也，而天使見之，爲直其冤，且使有所職於人間。蓋世所謂子姑神者，其類甚衆，然未有如妾之卓然者也。公少留而爲賦詩，且舞以娱公。」詩數十篇，敏捷立成，皆有妙思，雜以嘲笑。問神仙鬼佛變化之理，其答皆出於人意外。坐客撫掌，作《道調梁州》，神起舞中節，曲終再拜以請曰：「公文名於天下，何惜方寸之紙，不使世人知有妾乎？」余觀何氏之生，見略于酷吏，而遇害於悍妻，其怨深矣。而終不指言刺史之姓名，似有禮者。客至逆知其平生，而終不言人之陰私與休咎，可謂智矣。又知好文字而恥無聞於世，皆可賢者。粗爲録之，答其意焉。（《蘇軾文集》卷十二《子姑神記》）

清夜録

沈括

一卷，《直齋書録解題》著録。原書無傳，胡道静有輯本，未見。

夢妻撫兒

士人劉復，娶李氏，極有姿色。其良人遇之甚薄。李生一男一女乃死。既而數聞聲音語言出入柩中，不能記其詳。其男曰幼兒。將葬之夜，且聞李哭幼兒，繞堂而轉至曉。柩出，又聞哭聲隨之。復再娶沈氏，每夢李，則必與夫忿鬩。久之甚以爲苦，使人設祭而祝之曰：「我與爾無仇讎，何苦見擾？」是夜見夢曰：「我誠於君無仇，欲君庇幼兒，聊復相動耳。感君飯我，我且去矣。君能撫我兒，雖在地下，不忘君德也。」遂哭而去，自爾不夢。（《永樂大典》卷一三一三五）

流紅記 紅葉題詩娶韓氏

張實

原載《青瑣高議》，題魏陵張實子京撰。《青瑣高議·瓊奴記》有大理寺丞張實，清河人，或即作者。所謂「魏陵」，疑指漳河上之曹操疑冢。《緑窗新話》作張碩。

唐僖宗時，有儒士于祐晚步禁衢間。於時萬物摇落，悲風素秋，頹陽西傾，羇懷增感。視御溝浮葉，續續而下。祐臨流浣手，久之，有一脱葉差大於他葉，遠視之若有墨跡載於其上，浮紅泛泛，遠意綿綿。祐取而視之，果有四句〇鈔本作兩句。題〇鈔本作筆。於其上，其詩曰：

「流水何太急，深宫盡日閑。〇鈔本無前兩句。殷勤謝紅葉，好去到人間。」

祐得之，蓄於書笥，終日咏味，喜其句意新美，然莫知何人作而書於葉也。因念御溝水出禁掖，此必宫中美人所作也。祐但寶之，以爲念耳，亦時時對好事者説之。祐自此思念，精神俱耗。一日，友人見之曰：「子何清削如此？必有故，爲吾言之。」祐曰：「吾數月來眠食〇鈔本作眠飯食。俱廢。」因以紅葉句言之。友人大笑曰：「子何愚如是也！彼書之者無意於子，子偶得之，何置念如此。子雖思愛之勤，帝禁深宫，子雖有羽翼，莫敢往也。子之〇鈔本無之字。愚又可笑也。」祐曰：「天雖高而聽卑，人苟有志，天必從人願耳。吾聞牛仙客遇無雙之事，卒得古生之奇計。但患無志耳，事固未可知也。」祐終不廢思慮，復題二句，書於紅葉上云：

「曾聞葉上題紅怨，葉上題詩寄阿誰？」

置御溝上流水中，俾其流入宮中，人爲笑之，亦爲○爲，鈔本作有。好事者稱道。有贈之詩者曰：

「君恩不禁東流水，流出宮情是此溝。」

祐後累舉不捷，迹頗羈倦，乃依河中貴人韓泳門館，得錢帛稍稍自給，亦無意進取。久之，韓泳召祐謂之曰：「帝禁宮人三千餘得罪，使各適人，有韓夫人者，吾同姓，久在宮，今出禁庭來居吾舍。子今未娶，年又踰壯，困苦一身，無所成就，孤生獨處，吾甚憐汝。今韓夫人篋中不下千緡，本良家女，年纔三十，姿色甚麗，吾言之使聘子，何如？」祐避席伏地曰：「窮困書生，寄食門下，晝飽夜温，受賜甚久，恨無一長，不能圖報。早暮愧懼，莫知所爲，安敢復望如此！」泳乃令人通媒妁，助祐進羔雁，盡六禮之數，交二姓之懽。祐就吉之夕，樂甚。明日見韓氏裝橐甚厚，姿色絕豔，祐本不敢有此望，自以爲誤入仙源，神魂飛越矣。○矣字原缺，據鈔本補。既而韓氏於祐書笥中見紅葉，大驚曰：「此吾所作之句，君何故得之？」祐以實告。韓氏復曰：「吾於水中亦得紅葉，不知何人作也？」乃開笥取之，乃祐所題之詩，相對驚歎，感泣久之，曰：「事豈偶然哉！莫非前定也。」韓氏曰：「吾得葉之初，嘗有詩，今尚藏篋中。」取以示祐。詩云：

「獨步天溝岸，臨流得葉時。此情誰會得？腸斷一聯詩。」

聞者莫不歎異驚駭。一日，韓泳開宴召祐洎韓氏，泳曰：「子二人今日可謝媒人也。」韓氏笑答曰：「吾爲祐之合乃天也，非媒氏之力也。」泳曰：「何以言之？」韓氏索筆爲詩曰：

「一聯佳句題流水，十載幽思滿素懷；今日却成鸞鳳友，方知紅葉是良媒。」

泳曰：「吾今知天下事無偶然者也。」僖宗之幸蜀，韓泳令祐將家僮百○鈔本作下。人前導，韓以宮人得見帝，具言適祐事。帝曰：「吾亦微聞之。」召祐，笑曰：「卿乃朕門下舊客也。」祐伏地拜謝罪。帝還西都，以從駕得官，爲神策軍虞候。韓氏生五子三女，子以力學俱有官，女配名家。韓氏治家有法度，終身爲命婦。宰相張濬作詩曰：

「長安百萬户，御水日東注。○鈔本作流。水上有紅葉，子獨得佳句。
子復題脱葉，流入宮中去。深宮千萬人，葉歸韓氏處。
出宮三千人，韓氏籍中數。回首謝君恩，淚洒胭脂雨。
寓居貴人家，方與子相遇。通媒六禮具，百歲爲夫婦。
兒女滿眼前，青紫盈門户。茲事自古無，可以傳千古。」

議曰：流水，無情也；紅葉，無情也。以無情寓無情，而求有情，終爲有情者得之，復與有情者合，信前世所未聞也。夫在天理可合，雖胡越之遠，亦可合也。天理不可，則雖比屋鄰居，不可得也。悦於得，好於求者，觀此可以爲誡也。（《青瑣高議》前集卷五）

按：紅葉題詩，事出《雲溪友議》卷下《題紅怨》，有顧況及盧渥兩説。此即據盧渥故事而敷衍之。後世演爲話本、戲曲，多本張實之作。《醒世恒言》第十三卷《勘皮靴單證二郎神》説韓夫人聽評話，即韓氏題紅葉故事。元白樸有《韓翠蘋御水流紅葉》雜劇，明王驥德有《題紅記》傳奇，主人公均爲韓氏與于祐。《談藪》曾謂，唐小說記紅葉事凡四：其一《本事詩》顧況，其二《雲溪友議》盧渥，其三《北夢瑣言》進士李茵，其四《玉溪編事》侯繼圖。又云：「劉斧《青瑣》中有《流紅記》最爲鄙妄，蓋竊取前說而易其名爲于祐云。」然王銍《補侍兒小名錄》尚有鳳兒題花一事，不言出處，今錄附于後。其餘四事，人所熟知，概從略焉。

附錄

貞元中進士賈全虛者，黜于春宮。春深，臨御溝而坐，忽見一花，流至全虛之前，以手接之，香馥頗異，旁連數葉，上有詩一首，筆蹟纖麗，言詞幽怨。詩曰：「一入深宮裏，無由得見春。題詩花葉上，寄與接流人。」全虛得之，悲想其人，涕泗交墜，不能離溝上。街吏頗疑其事，白金吾，奏其實。德宗亦爲感動，令中人細詢之，乃于翠筠宮奉恩院王才人養女鳳兒者，詰其由。云：「初從母學《文選》、《初學記》，及慕陳後主孔貴嬪爲詩。數日前臨水折花，偶爲宮思，今敗露，死無可逃。」德宗爲之惻然，召全虛授金吾衛兵曹，以鳳兒賜之，車載其院資，皆賜全虛焉。（《補侍兒小名錄・鳳兒》）

王幼玉記 幼玉思柳富而死

柳師尹

原載《青瑣高議》，題淇上柳師尹撰，餘不詳。

王生，名真姬，小字幼玉，一字仙才，本京師人，隨父流落於〇鈔本無於字。湖外。與衡州女弟女兄三人皆爲名娼，而其顏色歌舞，甲於倫輩之上，羣妓亦不敢與之争高下。幼玉更出於二人之上，所與往還皆衣冠士大夫，捨此雖巨商富賈，不能動其意。夏公酉夏賢良名噩，字公酉。遊衡陽，郡侯開宴召之。公酉曰：「聞衡陽有歌妓名王幼玉，妙歌舞，美顏色，孰是〇鈔本無是字。也？」郡侯張郎中公起，乃命幼玉出拜，公酉見之嗟吁曰：「使汝居東西二京，未必在名妓之下，今居於此，其名不得聞於天下。」顧左右取箋，爲詩贈幼玉，其詩曰：

「真宰無私心，萬物逞殊形。嗟爾蘭蕙質，遠離幽谷青。
清風暗助秀，〇鈔本作烟暗助。雨露濡其泠。一朝居上苑，桃李讓芳馨。」

由是益有光。但幼玉暇日常幽豔愁寂，寒芳未吐。人或詢之，則曰：「此道非吾志也。」又詢其故，曰：「今之或工、或商、或農、或賈、或道、或僧，皆足以自養。惟我儕塗脂抹粉，巧言令色，以取其財，我思之愧赧無限，逼於父母姊弟莫得脱此。倘從良人，留事舅姑，主祭祀，俾人回指曰：『彼人婦也。』死有埋骨之地。」會東都人柳富字潤卿，〇潤卿鈔本作偃畏。豪俊之士，幼玉一見曰：「茲吾夫也。」富亦有意室之。富方倦遊，凡於風前月下，執手戀戀，兩不相捨。既久，其妹竊知之。一日詬富以語曰：「子若復爲嚮時事，吾不捨子，即訟子於官府。」富從是不復往。一日，遇幼玉於江上，幼玉泣曰：「過非我造也，君宜以理推之，異時幸有終身之約，無爲今日之恨。」相與飲於江上。幼玉云：「吾之骨，異日當附子之先隴。」又謂富曰：「我平生所知，離而復合者甚衆，雖言愛勤勤，不過取其財帛，未嘗以身許之也。我髮委地，寶之若金玉，他人無敢窺覘，於子無所惜。」乃自解鬟，剪一縷以遺富。富感悅深至，去，又羈思不得會爲恨，因而伏枕。幼玉日夜懷思，遣人侍病，既愈，富爲長歌贈之云：

「紫府樓閣高相倚，金碧户牖紅暉起。其間燕息皆仙子，絶世妖姿妙難比。偶然思念起塵心，幾年謫向衡陽市。阿嬌飛下九天來，長在娼家偶然耳。天姿才色擬絶倫，壓倒花衢衆羅綺。紺髮濃堆巫峽雲，翠眸横剪秋江水。素手纖長細細圓，春笋脱向青雲裏。紋履鮮花窄窄弓，鳳頭〇鈔本作鳴。翅起紅裙底。有時笑倚小欄杆，桃花無言亂紅委。王孫逆目似勞魂，東鄰一見還羞死。自此城中豪富兒，呼僮控馬相追隨。千金買得歌一曲，暮雨朝雲鎮相續。皇都年少是柳君，體段風流萬事足。幼玉一見苦留心，殷勤厚遺行人祝。青羽飛來洞户前，惟郎苦恨多拘束。偷身不使父母知，江亭〇鈔本作西。暗共才郎宿。猶恐恩情未甚堅，解開鬟髻對郎前。一縷雲隨金剪斷，兩心濃更密如綿。自古美事多磨隔，無時兩意空懸懸。清宵長歎明月下，花時洒淚東風前。怨入朱絃危更斷，淚如珠顆自相連。危樓獨倚無人會，新書寫恨託誰傳？奈何幼玉家有母，知此端倪蓄嗔怒。千金買醉囑傭人，密約幽歡鎮相誤。將刃欲加連理枝，引弓欲彈鶼鶼羽。仙山只在海中心，風逆波緊無船渡。桃源去路隔烟霞，咫尺塵埃無覓處。郎心玉意共殷勤，同指松筠情愈固。願郎誓死莫改移，人事有時自相遇。他日得郎歸來時，攜手同上烟霞路。」

富因久遊，親促其歸。〇鈔本作加之親促其歸。幼玉潛往別，〇鈔本無別字。共飲野店中。玉曰：「子有清才，我有麗質，才色相得，誓不相捨，自然之理。我之心，子之意，質諸神明，結之松筠久矣。子必異日有瀟湘之遊，我亦待君之來。」於是二人共盟，焚香，致其灰於酒中共飲之。是夕同宿之江上。翌日，富作詞別幼玉，名《醉高樓》。詞曰：

「人間最苦，最苦是分離。伊愛我，我憐伊。青草岸頭人獨立，畫船東去櫓聲遲。楚天低，回〇鈔本作回首。望處，兩依依。後會也知俱有願，未知何日是佳期？〇鈔本作後會未知何日再。心下事，亂如絲。好天良夜還虛過，辜負我，兩心知。願伊家，衷腸在，一雙飛。」

富唱其曲以沽酒，音調辭意悲惋，不能終曲，乃飲酒，相與大慟。富乃登舟。富至輦下，以親年老，家又多故，〇鈔本作以親有事私家多故。不得如約，但對鏡洒涕。會有客自衡陽來，出幼玉書，但言幼玉近多病卧，

富遽開其書疾讀，尾有二句云：

「春蠶到死絲方盡，蠟燭成灰淚始乾。」

富大傷感，遺書以見其意云：

「憶昔瀟湘之逢，令人愴然。嘗欲拏舟泛江一往，復其前盟，敍其舊契，以副子念切之心，適我生平之樂。奈因親老族重，心爲事奪，傾風結想，徒自瀟然。風月佳時，文酒勝處，他人怡怡，我獨惚惚，如有所失。或〇原缺，據鈔本補。憑酒自釋，酒醒情思愈徬徨，幾無生理。古之兩有情者，或一如意，一不如意，則求合也易。今子與吾兩不如意，則求偶也難。君更待焉，事不易知，當如所願。不然，天理人事果不諧，則天外神姬，海中仙客，猶能相遇，吾二人獨不得遂，〇鈔本無遂字。豈非命也！子宜勉强飲食，無使真元耗散，自殘其體，則子不吾見，吾何望焉。接〇原缺，據鈔本補。子書尾有二句，吾爲子終其篇云：

臨流對月暗悲酸，瘦立東風自怯寒。湘水佳人方告疾，帝都才子亦非安。

春蠶到死絲方盡，蠟燭成灰淚始乾。萬里雲山無路去，虛勞魂夢過湘灘。」

一日，殘陽沉西，疎簾不捲，富獨立庭幃，見有半面出於屏間，富視之，乃幼玉也。玉曰：「吾以思君得疾，今已化去，欲得一見，故有是行。我以平生無惡，不陷幽獄，後日當生袞州西門張遂家，復爲女子。彼家賣餅，君子不忘昔日之舊，可過見我焉。我雖不省前世事，然君之情當如是。我有遺物在侍兒處，君求之以爲驗，千萬珍重！」忽不見。富驚愕，但終歎惋。異日有過客自衡陽來，言：「幼玉已死，聞未死前囑侍兒曰：『我不得見郎，死爲恨。郎平日愛我手、髮、眉、眼，他皆不可寄附，吾今剪髮一縷，手指甲數箇，郎來訪我，子與之。』後數日幼玉果死。」

議曰：今之娼，去就狥利，其他不能動其心，求瀟女、霍生事，未嘗聞也。今幼玉愛柳郎，一何厚耶？

有情者觀之，莫不愴然。善諧音律者，廣以爲曲，俾行於世，〇鈔本作俾欲後世。使係於牙齒之間，則幼玉雖死不死也。吾故敍述之。（《青瑣高議》前集卷十）

譚意歌記 記英奴才華秀色

秦　醇

秦醇，字子復（一作履），譙郡人。生平不詳。除《譚意歌記》（據《類説》本標題）外，尚有《趙飛燕别傳》（亦見《説郛》卷三十二）、《驪山記》（原書不著撰人）、《温泉記》，均見《青瑣高議》。

譚意歌，小字英奴，隨親生於英州。喪親，流落長沙，今潭州也。年八歲，母又死，寄養小工張文家。文造竹器自給。一日，官妓丁婉卿過之，私念：苟得之，必豐吾屋。乃召文飲，不言而去。異日復以財帛貺文，遺頗稠疊。文告婉卿曰：「文廛市賤工，深荷厚意，家貧，無以爲報。不識子欲何圖也？子必有告，幸請言之，願盡愚圖報，少答厚意。」婉卿曰：「吾久不言，誠恐激君子之怒。今君懇言，吾方敢發。竊知意歌（以下作哥，今統一作歌）非君之子，我愛其容色，子能以此售我，不惟今日重酬子，異日亦獲厚利。無使其君○疑當作居。子家，徒受寒饑。子意若何？」文曰：「文揣知君意久矣，方欲先白。如是，敢不從命？」是時方十歲，知文與婉卿之意，怒詰文曰：「我非君之子，安忍棄於娼家乎？子能嫁我，雖貧窮家所願也。」文竟以意歸婉卿。過門，意歌大號泣曰：「我孤苦一身，流落萬里，勢力微弱，年齡幼小。無人憐救，不得從良人。」聞者莫不嗟慟。婉卿日以百計誘之，以珠翠飾其首，輕煖披其體，甘鮮足其口，既久益勤，若慈母之待嬰兒。辰夕浸沒，則心自愛奪，情由利遷，意歌忘其初志。未及笄，爲擇佳配。肌清骨秀，髮紺眸長，荑手纖纖，宫腰搦搦，獨步於一時。車馬駢溢，門館如市。加之性明敏慧，解音律，尤工詩筆，年少千金買笑，春風惟恐居後。郡官宴聚，控騎迎之。時運使周公權府會客，意先至府，醫博士及有故至府，升廳拜公。及美髯可愛，公因笑曰：「有句，子能對乎？」及曰：「願聞之。」公曰：「醫士拜時鬚拂地。」及未暇對答，意從旁曰：「願代博士對。」公曰：「可。」意曰：「郡侯宴處幕侵天。」公大喜。意疾既愈，庭見府官，多自稱詩酒于刺。蔣田見其言，頗笑之，因令其對句，指其面曰：「冬瓜霜後頻添粉。」意乃執其公裳袂，對曰：「木棗秋來也著緋。」公且愧且喜，衆口噲然稱賞。魏諫議之鎮長沙，遊岳麓時，意隨軒。公知意能詩，呼意曰：「子可對吾句否？」公曰：「朱衣吏引登青障。」意對曰：「紅袖人扶下白雲。」公喜，因爲之立名文婉，字才姬。意再拜曰：「某，微品也，而公爲之名字，榮踰萬金之賜。」劉相之鎮長沙，云一日登碧湘門納涼，幕官從焉。公呼意對，意曰：「某，賤品也，安敢敵公之之〇之疑衍。才？公有命，不敢拒。」爾時迤邐望江外湘渚間，竹屋茅舍，有漁者攜雙魚入脩巷。公相曰：「雙魚入深巷。」意對曰：「尺素寄誰家。」公喜，讚美久之。他日，又從公軒遊岳麓，歷抱黄洞望山亭吟詩，坐客畢和。意爲詩以獻曰：

「真仙去後已千載，此構危亭四望賒。靈跡幾迷三島路，凭高空想五雲車。
清猿嘯月千巖曉，古木吟風一徑斜。鶴駕何時還古里？江城應少舊人家。」

公見詩愈驚歎，坐客傳觀，莫不心服。公曰：「此詩之妖也。」公問所從來，意歌以實對，公愴然憫之。意乃告曰：「意入籍驅使迎候之列有年矣，不敢告勞。今幸遇公，倘得脱籍，爲良人箕帚之役，雖死必謝。」

公許其脫。異日，詣投牒，公諾其請。意乃求良匹，久而未遇。會汝州民張正字爲潭茶官，意一見，謂人曰：「吾得婿矣。」人詢之，意曰：「彼風調才學，皆中吾意。」張聞之，亦有意。一日，張約意會於江亭。于時亭高風怪，江空月明；陡帳垂絲，清風射牖，疎簾透月，銀鴨噴香；玉枕相連，繡衾低覆；密語調簧，春心飛絮；如仙葩之並蒂，若雙魚之同泉；相得之歡，雖死未已。翌日，意盡挈其裝囊歸張。有情者贈之以詩曰：

「才色相逢方得意，風流相遇事尤佳。牡丹移入仙都去，從此湘東無好花。」

後二年，張調官，復來見，□乃治行，餞之郊外。張登途，意把臂囑曰：「子本名家，我乃娼類，以賤偶貴，誠非佳婚。況室無主祭之婦，堂有垂白之親，今之分袂，決無後期。」張曰：「盟誓之言，皎如日月，苟或背此，神明非欺。」意曰：「我腹有君之息數月矣；此君之體也，君宜念之。」相與極慟，乃捨去。意閉戶不出，雖比屋莫見意面。既久，意爲書與張云：

「陰老春回，坐移歲月。羽伏鱗潛，音問兩絶。首春氣候寒熱，切宜保愛。逆旅都輦，所見甚多。但幽遠之人，搖心左右；企望回轅，度日如歲。因成小詩，裁寄所思。茲外千萬珍重。」其詩曰：

「瀟湘江上探春回，消盡寒冰落盡梅。願得兒夫似春色，一年一度一歸來。」

踰歲，張尚未回，亦不聞張娶妻。意復有書曰：

「相別入此新歲，湘東地煖，得春尤多。溪梅墮玉，檻杏吐紅；舊燕初歸，煖鶯已囀。對物如舊，感事自傷。或勉爲笑語，不覺淚泠。數月來頗不喜食，似病非病，不能自愈。孺子無恙，意子年二歲。無煩流念。向嘗面告，固匪自欺。君不能違親之言，又不能廢己之好，仰結高援，其無□焉。或俯就微下，曲爲始終，百歲之恩，没齒何報？雖亡若存，摩頂至足，猶不足答君意。反覆其心，雖禿十兔毫，罄三江楮，亦不能□茲稠疊，上浼君聽。執筆不覺墮淚几硯中，鬱鬱之意，不能自已。千萬對時善育，無或以此爲至念也。短唱二闋，固非君子齒牙間可吟，蓋欲攄情耳。」

曲名《極相思令》一首：

「湘東最是得春先，和氣煖如綿。清明過了，殘花巷陌，猶見鞦韆。對景感時情緒亂，這密意，翠羽空傳。風前月下，花時永晝，灑淚何言？」

又作《長相思令》一首：

「舊燕初歸，梨花滿院，迤邐天氣融和。新晴巷陌，是處輕車轎馬，禊飲笙歌。舊賞人非，對佳時，一向樂少愁多。遠意沉沉，幽閨獨自顰蛾。正消黯無言，自感凭高遠意，空寄烟波。從來美事，因甚天教兩處多磨？開懷强笑，向新來寬却衣羅。似恁地人懷憔悴，甘心總爲伊呵！」

張得意書辭，情悰久不快，亦私以意書示其所親，有情者莫不嗟歎。張内逼慈親之教，外爲物議之非，更期日，親已約孫貰殿丞女爲姻。定問已行，媒妁素定，促其吉期，不日佳赴。張回腸危結，感淚自零；好天美景，對樂成悲；凭高悵望，默然自已。終不敢爲記報意。踰歲，意方知，爲書云：

「妾之鄙陋，自知甚明。事由君子，安敢深扣？一入閨幃，克勤婦道，晨昏恭順，豈敢告勞？自執箕帚，三改歲□，苟有未至，固當垂誨。遽此見棄，致我失圖；求之人情，似傷薄惡；揆之天理，亦所不容。業已許君，不可貽咎。有義則企，常風服於前書；無故見離，深自傷于微弱。盟願可欺，則不復道。稚子今已三歲，方能移步，期於成人，此猶可待。妾囊中尚有數百緡，當售附郭之田畝，日與老農耕耨別穰，卧漏復毳，鑿井灌園。教其子知《詩》《書》之訓，禮義之重；願其有成，終身休庇妾之此身，如此而已。其他清風館宇，明月亭軒，賞心樂事，不致如心久矣。今有此言，君固未信，俟在他日，乃知所懷。燕爾方初，宜君子之多喜；拔葵在地，徒向日之有心。自茲棄廢，莫敢凭高。思入白雲，魂遊天末。幽懷蘊積，不能窮極。得官何地？因風寄聲。固無他意，貴知動止。飲泣爲書，意緒無極。千萬自愛。」

張得意書，日夕歎悵。後三年，張之妻孫氏謝世，湖外莫通信耗。會有客自長沙替歸，遇於南省書理間，張詢客意歌行没，客撫掌大駡曰：「張生乃木人石心也，使有情者見之，罪不容誅。」張曰：「何以言之？」客曰：「意自張之去，則掩户不出，雖比屋莫見其面。聞張已别娶，意之心愈堅。方買郭外田百畝以自給。治家清肅，異議纖毫不可入。親教其子，吾謂古之李住滿女，不能遠過此。吾或見張，當唾其面而非之。」張慚忸久之，召客飲於肆，云：「吾乃張生。子責我皆是，但子不知吾家有親，勢不得已。」客曰：「吾不知子乃張君也。」久乃散。張生乃如長沙。數日既至，則微服遊於市，詢意之所爲。言意之美者不容刺口。默詢其鄰，莫有見者。門户瀟灑，庭宇清肅。張固已惻然。意見張，急閉户不出。張曰：「吾無故涉重河，跨大嶺，行數千里之地，心固在子，子何見拒之深也？豈昔相待之薄歟？」意云：「子已有室，我方端潔以全其素志。君宜去，無浼我！」張云：「吾妻已亡矣。曩者之事，君勿復爲念，以理推之可也。吾不得子，誓死於此矣。」意云：「我向慕君，忽遽入君之門，則棄之也容易。君若不棄焉，君當通媒妁，爲行吉禮，然後妾敢聞命。不然，無相見之期。」竟不出。張乃如其請，納彩問名，一如秦晉之禮焉。事已，乃挈意歸京師。意治閨門，深有禮法，處親族皆有恩意。内外和睦，家道已成。意後又生一子，以進士登科，終身爲命婦。夫妻偕老，子孫繁茂。嗚呼！賢哉！（《青瑣高議》別集卷二）

青瑣高議

劉斧

劉斧，生平不詳。書前有孫副樞序，謂「劉斧秀才自京來杭謁予」。孫副樞疑爲孫沔，至和元年（一〇五四）曾因不爲張貴妃追封皇后讀册，罷職出知杭州。又稱資政殿大學士，則後來補加。孫序云劉斧「吐論明白，有足稱道」，似爲説話人之流，與隋之侯白同科。前集成書於熙寧間。後集中稱王安石爲荆公、司馬光爲温公，則劉斧至元祐後當猶在世。《青瑣高議》，《郡齋讀書志》及《宋史·藝文志》僅著録十八卷，今存傳本有前集、後集各十卷，又别集七卷，且有佚文散見他書。書中各卷大體分類，每篇題下均有七字標目，似話本體制，疑此書即説話人之掌記。其書出自纂輯，多非劉斧自撰。作者有姓名可知者已録《越娘記》、《流紅記》、《王幼玉記》、《譚意歌記》别出見前，餘不可確考者復選輯若干篇於此。《類説》所收《續青瑣高議》，亦選録一篇附後。

書仙傳曹文姬本係書仙

曹文姬，本長安娼女也。生四五歲，好文字戲，每讀一卷，能通大義，人疑其夙習也。及笄，姿豔絶倫，尤工翰墨。自牋素外至於羅綺窗户，可書之處，必書之，日數千字，人號爲書仙，筆力爲關中第一。當時工部周郎中越、馬觀察端，一見稱賞不已。家人教以絲竹，曰：「此賤事，吾豈樂爲之。惟墨池筆塚，使吾老於此間足矣。」由是藉藉聲名，豪貴之士，願輸金委玉，求與偶者，不可勝計。女曰：「此非吾偶也。欲偶者，請託投詩，當自裁擇。」自是長篇短句，豔詞麗語，日馳數百，女悉阿意。有岷江任生，客于長安，賦才敏捷，聞之喜曰：「吾得偶矣。」或問之，則曰：「鳳棲梧而魚躍淵，物有所歸耳。」遂投之詩曰：

「玉皇殿前〇鈔本作上。掌書仙，一染塵心謫九天。莫怪濃香薰骨膩，霞衣曾惹御爐烟。」

女得詩，喜曰：「此真吾夫也，不然何以知吾行事耶？吾願妻之，幸勿他顧。」家人不能阻，遂以爲偶。自此春朝秋夕，夫婦相攜。微吟小酌，以盡一時之景。如是五年，因三月晦日送春對飲，女題詩曰：

「仙家無夏亦無秋，紅日清風滿翠樓。況有碧霄歸路穩，可能同駕五雲遊？」

吟畢，鳴咽泣曰：「吾本上天司書仙人，以情愛謫居塵寰二紀。」謂任曰：「吾將歸，子可偕行乎？天上之樂勝於人間，幸無疑焉。」俄聞仙樂飄空，異香滿室，家人驚異共窺，見朱衣吏持玉版朱書篆文，且曰：「李長吉新撰《玉樓記》〇鈔本缺記字。就，天帝召汝寫碑，可速駕無緩。」家人曰：「李長吉唐之詩人，迄今三百年，焉有此妖也。」女笑曰：「非爾等所知，人世三百年，仙家猶頃刻耳。」女與生易衣拜命，舉步騰空，雲霞爍爍，鸞鶴繚繞，于是〇鈔本作時。觀者萬計。以其所居地爲書仙里，長安小隱永元之善丹青，因圖其狀，使余作記，時慶曆甲申上元日記。（前集卷二）

按：施元之、顧禧《注東坡先生詩》卷十五《百步洪》注引《京本異聞集·書仙歌》云：「長安南坡名臙脂，曹家有女名文姬。」即詠此事。

瓊奴記 宦女王瓊奴事迹

瓊奴姓王，湖外人王郎中之女。不言其里，隱之也；不廣其名，諱之也。父刺瓊館而生，因以名。瓊奴年十三，父爲淮南憲，所至不避貴勢，發擿官吏，按歷郡縣，推洗刑垢，苟有所聞，毫髮不赦。屬吏震恐，莫敢自保。瓊當是時方居富貴，戲擲金錢，閑調玉管。初學吟詩，後能刺繡。舉動敏麗，父母憐愛。是時瓊父以嚴酷聞於中外，罷憲歸，死於輦下。瓊母亦○原缺亦字，據鈔本補。不久謝世，其囊橐盡歸兄嫂分挈以去，○鈔本作挈之以去。所有金珠○鈔本無金珠二字。衣物不及百緡。兄嫂散去，瓊傍無強近之親，孤處都下。瓊先許大理寺丞張實子定問，張知瓊孤且貧，遣人絶之。瓊泣曰：「雖有媒妁之約，我命孤苦無依，不能自振，彼絶我甚易，我絶彼則難。」遂見棄張氏。瓊久益困，或爲鄰婦里女訪之云：「向能固守，今不可得，人能擇子，子不能擇人。我爲爾代嫁某人子可乎？」瓊曰：「彼工商賤伎，安能動余志？」又不諧。歲餘，瓊大窘，泣曰：「蔓短不能攀長松，蠅翼○蠅翼鈔本作無翼。安能附驥尾。家無蔽體之衣，○鈔本作餘。則爲僵屍；地無三日之食，則饑且死。此身不得齒人倫矣。」會傭者嫗知，乃欺之曰：「子雖肌髮形骨分○分字原缺，據鈔本補。甚端麗，奈囊無寸金，誰肯顧子？有趙奉常累世簪裾，家極豐富，俾子爲別室，雖非嫁亦嫁也。捨此則子必餓死溝中矣。」瓊泣許之。翌日，嫗持金縠，攜珠翠之飾，與瓊服之，乃登車。是時瓊方年十八歲，脩目翠眉，櫻唇玉齒，紺髮蓮臉，趙一見傾心慕愛。瓊小心下氣，盡得內外歡心。同列者見嫉，讒之於主婦，婦大惡之，遂生詬罵。久則浸加鞭扑毀辱，延及良人，趙弗敢顧。瓊愈勤，主愈不樂。瓊語〇鈔本作與。趙曰：「堂堂男子，獨不能庇一婦人乎？」趙曰：「吾自恐愧無地，子無絶我。」瓊知無所告，灰心淩毀鞭撻之苦，每春日秋風，花朝月夜，懷舊念身，淚不可制。趙赴官荆楚，出淮，館荒山古驛，瓊感舊無所攄發，〇攄發鈔本作取告。悶書驛壁，使有情者見之傷感稱道。好事者往往傳聞。王平甫爲之作歌，辭意精當，盛傳於世。今以平甫之歌，洎瓊所題之文，具載於此，使後之人得其詳也。

瓊奴題 記瓊奴題淮山驛

其題於壁曰：

昨因侍父過此，時父業顯宦，家富貴，凡所動作，悉皆如意。日夕宴樂，或歌或酒，或管絃，或吟咏，每日得之，安顧有貧賤饑寒之厄也！嘉祐初，不幸嚴霜夏墜，父喪母死，從其家世所有悉歸掃地。兄弟散去，各逐妻子，使我流離狼狽，茫然無歸。幼年許嫁與清河張氏，追其困苦，遽棄前好，終身知無所偶矣。偷生苟活，將以全身，豈免編身於人，遂流落於趙奉常家。其始也，合族皆喜，一旦有行譖之禍，遽見棄於主母，日加鞭箠，欲長往自逝，不可得也。每欲殞命，或臨其刀繩二物，則又驚歎不敢向。平昔之心皎皎，雖今復過此館，見物態景色如故，當時之人宛如在左右，痛惜嗟歎，其誰我知也？因夜執燭私出，筆墨書此，使壯夫義士見之，哀其困苦若是。太原瓊奴謹題。

王平甫歌 平甫作歌咏瓊奴

其歌曰：

驚風吹雲不成雨，落葉辭柯寧擇土。飄飄散葉如之何？茹苦食酸君聽取：淮山蒼蒼古驛空，壁間題者瓊奴語。瓊奴家世業顯官，過此驛時身是女。銀鞍白馬青絲韁，紅襦織出金鴛鴦，寶隊前呵路人避，繡幰後擁春風香；弟兄追隨似鴻鴈，嚴親氣概臨秋霜；州官邀臨縣官送，下馬傳舍羅壺漿；僕夫成行奏絃管，侍姬行酒明新妝。朝歌暮飲不知極，已許結髮清河郎。明年父喪母繼死，弟兄流離逐妻子，哀哀瓊奴無所歸，郎已棄奴奴已矣。饑寒漸漸來逼身，富貴回頭如夢裏。從兹轉徙奉常家，於初纔見始驚喜。偷生苟活聊託身，讒言或入夫人耳。衾寒轉展遮淚眼，殘月射窗嗔起晚；執巾持帚先衆姬，無奈夫人責慵懶。纖羅日日遭鞭箠，經年四體無完肌；每期殞命脱辛苦，刀繩向手還驚疑。今朝侍行復此驛，景物完全人已非。悠悠萬事信難料，耿耿一心徒自知。西廊月高衆人睡，展轉空床獨無寐。昔日寧知今日愁？五尺羅巾拭珠淚。潛行啓户防人知，把筆親臨素壁題。自陳本末既如此，欲使壯夫觀者悲。哀哀瓊奴何戚戚，飜作長歌啾唧唧。弟兄可戮郎可誅，奉常家法妻凌夫。儻知瓊奴出宦族，忍使無故受鞭扑？我願奉常聞此歌，瓊奴之身猶可贖。千金贖去覓良人，爲向汙泥濯明玉。（同上卷三）

按：瓊奴故事，宋代盛傳，或非虚構。陳師道《題柱二首》序云：「永安驛廊東柱有女子題五字云：『無人解妾心，日夜長如醉。妾不是瓊奴，意與瓊奴類。』讀而哀之，作二絶句。」詩又云：「孰知文雅河陽令，不削瓊奴柱下題。」（《后山詩注》卷五）參看《夢溪筆談》卷二十四鹿奴詩條。

附録

信州杉溪驛舍中，有婦人題壁數百言，自敘世家本士族，父母以嫁三班奉職鹿生之子鹿忘其名，娩娠方三日，鹿生利月俸，逼令上道，遂死於杉溪。將死乃書此壁，具逼迫苦楚之狀，恨父母遠，無地赴訴，言極哀切，頗有詞藻，讀者無不感傷。既死，藁葬之驛後山下。行人過此，多爲之憤激，爲詩以弔之者百餘篇，人集之，謂之《鹿奴詩》，其間甚有佳句。鹿生，夏文莊家奴，人惡其貪忍，故斥爲「鹿奴」。（《夢溪筆談》卷二十四）

范敏夜行遇鬼〔田〕（李）將軍

范敏，齊人也，博通經史，嘗預州薦至省，失意還舊居，久不以進取爲意。一日，有故入鄆，時大暑，敏但見星月而行，未數里，浮雲蔽月，不甚明朗。忽一禽觸馬首，敏急下馬捕〇敏急下馬捕下，鈔本有其禽二字。而獲之。其大若鶉雀，且不識其名，乃置於僕懷中。敏跨馬而行，則昏然失道路，乃信馬行。望數里有煙火若居人，鞭馬速行約三十里，望之其火愈遠。敏倦，僕人亦不能行，乃〇以上七字原缺，據鈔本補。縱馬齧草，僕亦倚木而休。敏抗鞍而卧。不久，天將曉，四顧無人，荆刺縱横。見樵者，敏求路焉。樵者云：「吾居處不遠，子暫休止館宇，早膳却去。」敏忻然從之。不數里即至，雖田舍家，亦頗清潔。敏至，樵者曰：「吾樵於野，子且盤桓。」俄有青衣設席，布饌數種。時有一婦人望於户罅間，貌極〇鈔本作甚。妖冶。食已，又啜茶。茶已，又陳酒斝。數杯後，敏云：「失道之人，偶至於此，主禮優厚，何以報答？」婦人自内言曰：「上客至，田野疎澹不能盡主人意。知君好笛，我爲子横笛勸君一杯。」敏極喜。聞笛音清脆雄壯，敏甚愛，但不曉是何曲。敏曰：「終日煩浼足矣，又以笛侑酒，鄙薄何敢克當？如何略一拜見，致謝而後去，卽某心無不足也。」婦人云：「敢不從命？但居田野，蓬首垢面，久不修飾，候勻面易衣而出。」敏聞，卽冠帶修謹待之。婦人出，敏拜，少敍間，頗有去就。婦人高髻濃鬢，杏臉柳眉，目剪秋水，脣奪夏櫻。敏三十歲未嘗見如是美色。復命進酒。敏曰：「夫人必仕宦家也，願聞其詳。」婦人曰：「妾欲遽言，慮驚貴客。知子有志義，言固無害。昨夜特遣錦衣兒奉迎，誤觸君馬，有辱見捕。妾乃唐莊宗之内樂笛部首也。」敏方知此必鬼也，敏安定神識，端雅待之。敏云：「夫人適吹者何曲也？」婦人云：「此莊宗自製曲也，名《清秋月》。帝多愛，遇夜有月，必自横笛數曲。秋氣清，月更明，方動笛，其韻倍高，與秋月相感也，故爲曲名。今夜乃六月十四日，有月，留君宿此，妾當吹數曲以娱雅意。」敏曰：「莊宗英武善用兵，隔河對壘，二十年馬不解鞍，人不脱甲，介胄生蟣虱，大小數十百戰，方有天下。得之艱難，可知之也。一旦縱心歌舞，簫鼓間作，不憶前，忘後患，何也？」婦人曰：「妾在宫中六年，備見始末。帝長八尺，面色類紫玉，聲如巨鐘，行步若龍虎。自言：『一日不聞樂，則飲食不美，忽忽若墮諸淵者。』或輒暴怒，鞭箠左右。惟聞樂聲，怡然自適，萬事都忘焉。晝夜賞賜樂人，不知紀極。妾民間有寡嫂，時進宫○二字原缺，據鈔本補。來見妾，具言官庫皆空，人民飢凍，妻子分散。妾乘暇常具言如此，帝默然都不答。後河北背反，帝大懼，令開府庫賞軍，庫吏奏：帛不及三千疋，他物及寶亦不及萬。乃斂取富民後宫所有，以至宫中裝囊物，皆用賞賜兵馬。其得疋帛，或棄之道路曰：『今天下徨徨，妻子離散，安用此也？』帝知士卒離心，勉强置酒，令妾吹笛。笛音嗚咽不快，帝擲杯掩面泣下。翌日，帝出，兵亂。帝引弓抗賊，郭從謙蔽後，射中帝腰腹。帝拔矢入後宫，殿門隨闔。帝急求水飲，嬪謂上腹有箭血，不可飲水。乃取酒進。帝飲酒，復嘔出。帝怒曰：『吾悔不與李源同行。』大慟，有頃，帝崩。兵大亂，入後宫，妾爲一武人挈至此。今思舊事，令人感慟。」泣數行下。是夕，敏宿於帳，閨帷之間，極盡人間之樂。明日敏告行，婦人曰：「妾不幸爲兇人以兵刃所脅，今爲之側室。」敏曰：「良人何人也？」曰：「齊王之猶子田權也，嘗弑其叔，後爲韓信兵殺之。伊今往陰府受罪，弑叔之故也。」敏曰：「田王迄今千餘年，權尚未得受生，何也？」曰：「陰府之罪重莫過於殺人，權又殺其叔。其叔已往生人間二十餘世矣，其案尚在。田叔死，又攝去受苦。始則一年，今受苦之日差少，日月有減焉。」敏連綿住十餘日。一日，有青衣走報曰：「將軍至矣。」婦人忽趨入室。有介胄者貌峻神聳，執戈而來，言曰：「安得有世間人氣乎？」猛見敏，以戈刺敏。敏執其戈，兩相角力。婦人自内呼曰：「房國公如何不來救，萬一不虞，亦累及鄰舍也。」俄有一人衣冠甚偉，趨來奪介胄者戟折之，推其人仆地，罵曰：「魍魎幽囚於此千餘年，猶不知過，尚敢辱人乎？你自家裏人引誘他方人至此，不然，彼何緣而來也？此爾不教誨家人之罪也。」將軍曰：「我今夜勢不兩立，須殺李氏。」婦人大呼曰：「好待共你入地獄對會，你殺叔案底尚在，今又脅我爲婦。我乃帝王家宫人，得甚罪？」將軍乃止。敏欲去，巨翁呼敏曰：「且坐，且坐，必不至害君。」翁謂將軍曰：「客乃衣冠之士，今又晚，教他何處去？」將軍曰：「總是壯夫，且休争，可相揖。」敏曰：「非禮衝突，實爲鄙俗，幸仁人恕之。當盡今夜之懽。」復高燭置酒。敏曰：「不知將軍之家，誤宿於此，幸將軍恕之。」將軍曰：「權嘗將兵三千，夜劫韓信營，血戰至中夜，兵盡陷，惟權獨得歸。吾手殺百餘人，身中箭如蝟毛，今居此悒悒，復何言也！」於是不爭閑氣。敏是夜又宿焉，婦人則不至。明日，將軍又召敏飲，巨翁亦至焉。三人環坐飲甚久，將軍顧敏曰：「君子不樂，當令李氏侑坐。」將軍呼李氏，李氏俄至。李氏坐將軍及敏之間，敏乘醉請李夫人吹笛。將軍曰：「瓮酒臠肉，真勇夫之事也。」又命取酒。大肉盈盤，巨翁飲酒。李氏橫笛音愈憤怨，將軍曰：「不知怨何人也？」巨翁曰：「且休發狂猖，當歌對酒，不要忿怒。」巨翁索箋管贈李氏吹笛詩曰：

「一聲吹起管欲裂，竅中迸出火不滅。半夜蒼龍伸頸吟，五湖四海波濤竭。
自從埋沒塵土中，玉管無聲竇篋空。今日重吹舊時曲，幾多怨思悲秋風？
此意無心伴寒骨，夢魂飛入李王宮。」

將軍見而不悅曰：「巨翁安知李氏憶舊事而無新意乎？」李氏忿然曰：「唐帝有甚不如你這小鬼！」乃回面視敏。既久，將軍曰：「子之舊情未嘗全替。」乃勸李氏飲，氏不之飲。將軍執杯令李氏歌，李氏默然不發聲。敏舉杯，李氏不求而自歌。將軍怒，面若死灰，曰：「歌即不望，酒則須勸一杯。」李氏取其酒覆之。敏乃執杯與李氏，則忻然而飲。將軍大叫云：「今夜一處做血！」李氏云：「小魍魎，你今日其如何我？有兩箇人管轄得你！」李氏引手執敏衣曰：「我今夜再侍君子枕席，看待如何？」將軍以手批李氏頰，復唾其面。將軍走入室持劍而出，李氏云：「范郎不要驚，引頸受刃，這鬼不敢殺我。」巨翁起奪將軍劍，擲屋上云：「你當荷鐵枷，食鐵丸，方肯止也。」李氏謂巨翁曰：「好人相勸尚不自止，此不足勉也。我自共伊有證於陰府，這鬼曾對巨翁罵五道將軍來。」方紛挐，有人空中叫云：「一千年死骨頭，相次化作土也，猶不息心乎？李氏貴家，因甚共這至愚賤下鬼同室？我待如今報四世界探子，交報陰冥。這鬼卒令入無間地獄，三五千年不得出。如今殺他馬，又把他衣服貰酒，似如此怎得穩便！」或有人自空中下一棒，擊破酒瓮，鏗然作聲，人屋俱不見。日色暮，四顧無人，荆棘間，塚纍纍然。視其馬，惟皮骨存焉。開篋，則衣服無有也。有小童投敏曰：「將軍致意子：人間之娼室，亦須財賂。今十餘日在此費耗兼不多。」忽不見。敏急去十餘里，酒肆問主人曰：「數日前，有人稱范五經，累將衣服換酒。」敏取其衣，乃己者也。詢其僕，云：「數日他家以酒肉醉我，他皆不知也。」敏身猶在焉，至今爲東人所笑。（後集卷六）

朱蛇記　李百善救蛇登第

大宋李元，字百善，鄭州管城人。慶曆年，隨親之官錢塘縣。下元赴舉，泛舟道出吳江，元獨步於岸，見一小朱蛇，長不滿尺，赭鱗錦腹，銅鬣紺尾，迎日望之，光彩可愛。爲牧童所困，元憫之，以百錢售之。元以衣裹歸，沐以蘭湯，瀞去傷血，夜分，放於茂草中，明日乃去。元明年復之隋渠東歸，再經吳江。元縱步長橋，有一青衣童展謁曰：「朱秀才拜謁。」元覩其刺稱「進士朱浚」。元以其聲類，乃冠帶出，既揖，乃一少年子弟，風骨清聳，趨進閑雅，曰：「浚受大人旨，召君子閒話。浚之居長橋尾數百步耳。」元謂浚曰：「素不識君子之父，何相召也？」浚曰：「大人言：『與君子之大父有世契。』固遣奉召也。大人已年老，久不出入，幸恕坐邀。」意甚勤厚，元拒不獲已，乃相從過長橋，已有彩舫艤岸。浚與元同泛舟，桂楫雙舉，舟去如飛。俄至一山，已有如公吏者數十立俟於岸。元乘肩輿既至，則朱扉高闕，侍衛甚嚴。修廊繩直，大殿雲齊，紫閣臨空，危亭枕水，寶飾虛簷，砌甃寒玉，穿珠落簾，磨壁成牖，雖世之王侯之居莫及也。俄一老人高冠道服立於殿上，左右侍立皆美婦人。吏曰：「此吾王也。」浚乃引元升殿，元再拜，王亦答拜。既坐，曰：「久絶人事，不得奉謁，坐邀車駕，幸無見疑。因有少懇，即當面聞。前日小兒閒遊江岸，不幸爲頑童所辱，幾死羣小之手，賴君子仁義存心，特用百錢救此微命，不然，遂爲江壖之士也。」元方記救朱蛇之意。王顧浚曰：「此君乃使子更生者也，汝當百拜。」元起欲答拜，王自起持元手曰：「君當坐受其禮，此不足報君之厚賜。」王乃命置酒高會，器皿金玉，水陸交錯，後出清歌妙舞之姬，又奏仙韶鈞天之樂，俱非世所有。酒數巡，元起曰：「元一介賤士，誠無他能，過荷恩私，不勝厚幸，深恐留滯行舟，切欲速歸侍下。」王曰：「君與吾家有厚恩，幸無遽去，以盡款曲。」元曰：「王之居此，願聞其詳。」王曰：「吾乃南海之鱗長，有薄功於世，天帝詔使居此，仍封爲安流王。幸而江闊湖深，可以棲居。水甘泉潔，足以養吾老也。」王曰：〇以上三字原缺，據鈔本補。「知君方急利禄，以爲親榮。吾爲君得少報厚恩可乎？」元曰：「兩就禮闈，未霑聖澤，如蒙蔭庇，生死爲榮。」王曰：「吾有女年未及笄，欲贈君子爲箕帚，納之當得其助。」又以白金百斤遺之。王曰：「珠璣之類，非敢惜也。但白金易售耳。」乃別去，既出宫，復乘前舟，女奴亦登舟同濟。少還至岸，吏賫金至元舟乃去。元細視女奴，精神雅淡，顔色清美，詢其年，曰：「十三歲矣。」自言小字雲姐，言笑慧敏，元心寵愛。後三年詔下當試。雲姐曰：「吾爲君偷入禮闈，竊所試題目。」元喜。雲姐出門，不久復還，探知題目。元乃檢閲宿構，來日入試，果所盗之題，元大得意，乃捷。薦名後，省御試，雲姐皆然。元乃榮登科第，授潤州丹徒簿。雲姐或告辭，元泣留之，不可。雲姐曰：「某奉王命，安可久留？」元開宴餞之，雲姐作詩曰：

「六年於此報深恩，水國魚鄉是去程。莫謂初婚又相別，都將舊愛與新人。」

時元新娶。元觀詩，不勝其悲。雲姐泣下，再拜離席，求之不見。元多對所親言之，今元見存焉。

議曰：魚蛇，靈物也，見不可殺，況救之乎？宜其報人也。古之龜蛇報義之説，彰彰甚明，此不復道。未若元之事，近而詳，因筆爲傳。（同上卷九）

按：此即《清平山堂話本》之《李元吴江救朱蛇》本事，《古今小説》第三十四卷改題爲《李公子救蛇獲稱心》。《湖海新聞夷堅續志》前集卷二《放龍獲報》亦摘取此篇。

仁鹿記　楚元王不殺仁鹿

殿直蔣彦明誠之地理志云：楚有雲夢之澤，方一千五百里。東有仁鹿山、仁鹿谷、仁鹿廟，世數延遠，莫知其端。余嘗游湘共衡，下洞庭，入雲夢，詢諸故老，莫有知者。因遊岳陽，見休退崔公長官，且叩仁鹿事。公曰：「吾得古書於禹穴所藏，探而得之，〇四字原缺，據鈔本補。子爲我編集成傳。」余既起，獲其書，乃許之。楚元王在鬱林凱旋，大獵於雲夢之澤，有羣鹿萬餘趨於山背，王引兵逐之。值晚，鹿陷大谷，四面壁立，中惟一鳥道，盡入曲阿。王曰：「晚矣，以兵塞其歸路，明日盡取此鹿，天賜吾犒軍也。」既曉，王令重兵環谷口，王自執弓矢，有一巨鹿突圍而入，至於王前，跪前膝若拜焉。口作人言曰：「我鹿之首也，爲王見逐奔走，逃死無地，今又陷絶谷。王欲盡取犒軍，乞王赦之，願有臆說，惟王裁之。」王曰：「何言也？」鹿曰：「我聞古者不竭澤，不焚山，不取巢卵，不殺乳獸，由是仁及飛走，鳥獸得以繁息。舜積仁而鳳巢閣，湯去羅而德最高。人與鹿雖若異也，其於愛性命之理則一焉。吾欲日輸一鹿與王，則王庖之不虛，吾類得以繁息，王得食肥鮮矣。若王盡取之，吾無噍類矣，王將何而食焉？於王孰利也？王宜察之。」王乃擲弓矢於地，言曰：「汝亦王也，吾亦王也，汝愛其類，何異吾愛其民。傷爾之類，乃傷吾之民也。」王乃下令云：「有敢殺鹿者，與殺人之罪同！」王謂鹿曰：「歸告爾類，吾將觀爾類之出谷。」乃先令鹿行，王登峯而望焉。巨鹿入羣鹿中，如告如訴。巨鹿前引，羣鹿相從，呦呦和鳴而出谷。王歎惋還國。後王軍伐吳不勝而還，吳王復侵楚，楚王與吳戰，又失利。楚王乃深溝高壘，堅壁以老吳師。楚多爲疑兵，然吳兵尚鋭，楚王深慮焉。吳軍一夕還營，若萬馬奔馳，吳軍爲鄰國救至，乃遁去。楚王明日遠吳營，見鹿迹無數環其營。王坐郊外，見向巨鹿突至曰：「今日乃是報恩焉。吾乘月黑引萬鹿馳遶其營，彼必爲救至，乃遁去。」王勞謝曰：「今欲酬子，將欲何物？」鹿曰：「我鹿也，食野草而飲溪水，又安用報也？願有說上陳：楚含九澤，包四湖，回環萬里，負山背水，天下莫强焉。加有山林魚鹽之利，蝦蟹果栗之饒，苟能善修仁德，勤撫吾民，可坐取五伯。彼不修仁義，毒其人民，王從而征之，彼將開門而內吾軍，此不戰而勝者也。王不修仁德，而事征伐，向吳之侵楚，乃王先伐之也，何不愛民行仁義，坐而朝天下，豈不美也？」王曰：「善哉！」王曰：「吾爲子立廟，以旌爾德。」乃名其山曰仁鹿山，谷曰仁鹿谷，廟曰仁鹿廟。（同上

卷九）

按：仁鹿故事蓋出自印度佛教傳說，參看《大唐西域記》卷七婆羅痆斯國鹿王本生故事。明《晁氏寶文堂書目》子雜類著錄有《楚王雲夢遇仁鹿》一本，當卽本此。

附錄

其側不遠大林中有窣堵波，是如來昔與提婆達多俱爲鹿王斷事之處。昔於此處大林中，有兩羣鹿，各五百餘。時此國王畋遊原澤，菩薩鹿王前請王曰：「大王校獵中原，縱燎飛矢，凡我徒屬，命盡茲晨，不日腐臭，無所充膳。願欲次差，日輸一鹿。王有割鮮之膳，我延旦夕之命。」王善其言，迴駕而返。兩羣之鹿，更次輸命。提婆羣中有懷孕鹿，次當就死，白其王曰：「身雖應死，子未次也。」鹿王怒曰：「誰不寶命？」雌鹿歎曰：「吾王不仁，死無日矣！」乃告急菩薩鹿王，鹿王曰：「悲哉慈母之心，恩及未形之子。吾今代汝。」遂至王門，道路之人傳聲唱曰：「彼大鹿王今來入邑。」都人士庶莫不馳觀。王之聞也，以爲不誠。門者白王，王乃信然，曰：「鹿王何遽來耶？」鹿曰：「有雌鹿當死，胎子未產，心不能忍，敢以身代。」王聞歎曰：「我人身鹿也，爾鹿身人也！」於是悉放諸鹿，不復輸命，卽以其林爲諸鹿藪，因而謂之施鹿林焉。鹿野之號，自此而興。（《大唐西域記》卷七）

西池春遊 侯生春遊遇狐怪

侯誠叔，潭州人，久寓都下，惟以筆耕自給。□古年有都官與生有世契，誠叔得庇身百司，復從巨位出鎮，獲補□武，乃授臨江軍市□。是時年二十八歲，尚未婚，雖媒妁通好，猶未諧。一日，友人約遊西池。於時小雨初霽，清無纖塵，水面翠光，花梢紅粉，望外樓臺，疑中簫管，春意和煦，思生其間。誠叔與友肩摩迤邐步長橋，遠□一婦人從小青衣獨遊池西，舉蒙首望焉。其容甚冶，誠叔亦不致念。翌日，又同友人遊焉。步至橋中，前婦人復於故處。誠叔默念：池西遊人多不往，彼婦人獨步而望，固可疑。將往從之，逼友人弗克如意。日西傾，將出池門，小青衣呼誠叔云：「主婦遺子書。」誠叔急懷之以歸。視之，乃詩一首也。詩云：

「人間春色多三月，池上風光直萬金。幸有桃源歸去路，如何才子不相尋？」

復云：「後日相見於舊地。」誠叔愛其詩，但字體柔弱，若五七歲小童所書。又如期而往，遇於池畔。誠叔偷視，乃西子之豔麗，飛燕之腰肢，笑語輕巧，顧視□誠叔□□□池上復遊西岸，誠叔問其姓，則云：「妾姓獨孤，家居都北，異日，欲邀君子相過。」迤邐又還池西□步，復以書一封投誠。書云：「今日有中表親姻約於池上，不得款邀，其餘更俟他日。」誠叔歸視其書，亦詩也。詩曰：

「幾回獨步碧波西，自是尋君去路迷。妾已有情君有意，相攜同步入桃溪。」

後日復□相遇，乃去。翌日大風雨稍霽，誠叔□騎去，去泥濘尤甚，池門闃闃無人。誠叔意思索寞，將回，有人呼生，回顧，乃向青衣。女曰：「今日泥雨，道遠不通車騎，有詩與君。」觀之，即詩也：

「春光入水到底碧，野色隨人是處同。不得殷勤頻問妾，吾家祇住杏園東。」

青衣尋去，不復有異日之約。生戀戀。他日復遊，杳不可見，雲平天晚，生意愈不足，乃回。將出池門，向青衣復遺誠叔書云：「妾住桃溪杏圃之間，花時爛漫，無足可愛。或風月佳夕，弟妹燕集，未始不傾夙結相思，與郎遇，逼父母兄弟鄰里，莫得如意，異日君出都門，當遂披對。弛皆一侍者通道委曲。」青衣曰：「君某日出酸棗門，西北去，有名園景物異處，乃我家也。我至日以俟君於柳陰之下。」生如期往焉。出都門數里，果見青衣。同行十餘里，青衣指一處，花木茂甚。青衣邀生入於其中，乃酒肆。青衣與生共飲。青衣曰：「君且待之。娘子以父母兄弟，又與朱官家比鄰，晝不可至，君宜待夜。」生與青衣徐徐飲以俟夜。已而頹陽西下，居人合户，青衣乃引誠叔往焉。高門大第，回廊四合，若王公家。生入一曲室，杯皿交輝，寶蠟並燃，簾垂珠線，幕捲輕紅。生情意恍惚，與姬對飲。姬云：「郊野幽窟，不意君子惠然見臨。妾居侍下，兄弟衆多，□西善鄰，未諧良聚。今日父母遠遊，經月方回；兄弟赴親吉席。今日之會，乃天賜之也。」命小僮舞以侑酒。少選，青衣報云：「王夫人來矣。」笑迎夫人曰：「雖處鄰里，不相見久矣。」夫人曰：「知子今日花燭，我乃助喜耳。」生起揖之，夫人亦躬斂謝生。三人共集，水陸並集。夜將半，王夫人云：「日月易得，會聚尤難，玉漏催曉，金雞司晨，笑語從容，更俟他日。」王夫人乃辭去。生乃與姬就枕，燈火如晝，錦屏雙接，玉枕相挨，文絪並寢，帳紗透燭，光彩動人。姬肌滑，骨秀目麗，異香錦衾，下覆明玉。生不意今日得此，雖巫山華胥不足道也。生因詢：「王夫人何人？□□□色秀美如此。」姬曰：「彼帝王家也。」生驚曰：「安得居此？」姬曰：「今未可道，他日子自知之耳。」是夜各盡所懷。不久鐘敲殘月，雞唱寒村，姬起謂生曰：「郎且回，恐兄弟歸，鄰里起，郎且不得歸矣。不惟辱於郎，且不利於妾。君不忘菲薄，異日再得侍几席。」生曰：「後會可期也？」姬曰：「當今青衣往告。」姬送生出門，生回顧，見姬倚門，風袂泛泛，宛若神仙中人。生愈惑，百步十顧，生猶望焉。生歸數日，心益惑亂。自疑：「豈其妖也？」所可驗，臂粉仍存，香在懷抱。後踰月無耗，生乃復至相遇之地，都迷舊路，但□園圃相接，翠陰環合。乃詢人曰：「此有獨孤氏居？」卒皆莫有知者。有老叟坐柳陰下抱簑笠，生往叩之，且道向所遇之實。叟曰：「此妖怪爾。」生驚。叟曰：「事雖驚異，亦不至害人，可席地，吾將告子。」叟云：「此有隋將獨孤將軍之墓，即不知果是否？下有羣狐所聚。西去百步有王夫人墓，乃梁高祖子之妻耳。」生覆叟曰：「彼何知其爲怪也？」叟云：「向三十年前，」吾聞此怪，多爲人妻，夫主至有三十載，情意深密。人或負之，亦能報人。」生曰：「此怪獨孤之鬼乎？」叟曰：「非也，獨孤死已數百年，安得鬼？此乃羣狐耳！吾今九十歲矣，所見狐之爲怪多矣。今若此狐能幻惑年少。向一田家子年少，身姿雅美，彼狐與之偶，踰歲，生一子，歸田家，夜則乳其子，晝則隱去。後家人惡之，伺其便，以刃傷其足，乃不復來。」叟以手撫生背曰：「子聽之。子若不能忘情，與之久相遇則已；子若中變，□不測，雖不能賊子之命，亦有後患耳。」生曰：「彼狐也，以情而愛人，安能爲患？」叟曰：「此狐吾見之，莫知其幾百歲也。智意過人，逆知先事。有耕者耕壞塚，見老狐凭腐棺而觀書，耕者擊之而奪其書，字皆不可識，經日復失之，不知其何書。此狐善吟詩，能歌唱伎藝□不能者。子過厚，彼亦依於人也，但恐子□□即報子矣。吾見茲怪已七八十年矣，不知吾未生之前爲怪又不可知也。」叟亦扶杖而歸，生亦歸所居。生日夜思慕其顏色，欲再見之，有如饑渴。時方盛熱，生出，息於廳廊下，猛見青衣復攜書至，生遽起啓封而觀焉。乃一詩也。其詞云：

「睽違經月音書斷，君問田翁盡得因。沽酒暗思前古事，鄭生的是賦情人。」

生見青衣慧麗，顏色亦甚佳，乃云：「隨我至室。」意將爲詩謝姬。青衣既入室，生則强之，青衣拒曰：「非敢僭也，但娘子性不可犯，□□妾當死矣。豈可順君子之意，因一懽而巧言百端？」生固不聽。青衣弱力不能拒生，久之乃去。出門謝生曰：「辱君子愛慕，非敢惜也，第恐此後不見郎也。」揮淚而去。復回謂生曰：「郎某日至某園中，北有高陵叢墓處，子必見姬也。」生至日，至其所約之處，闃不見人。時盛暑，生乃卧木陰下熟寐。既起，則日沉天暗，宿鳥投林，輕風微發，暮色四起；驚喧欲回，念都門已閉。俄有人出於林後，生視之，乃姬也。且喜且問：「君何捨我久乎？」姬至一處，云：「此妾之别第也。」攜生同往。姬謝云：「妾之醜惡，君已盡知，不敢自匿，故圖再見。」姬俯首愧謝，玉軟花羞，鸞柔鳳倦，生爲之愴然。曰：「大丈夫生當眠烟卧月，占柳憐花，眼前長有奇花，手内且將醇酎，則吾無憂矣。」於是高燭促席，酌玉醴獻酬，吐盟辭固遠挽松筠，近祝神鬼。是後與姬晝燕夜寐，凡十日。姬云：「君且歸數日，妾亦從君遊。君爲擇一深院清潔，比屋無異類，蓋君子居必擇鄰。」是夜又置酒，不久侍者報云：「夫人至。」生益喜。三人共坐。生詢云：「夫人何故居此？」夫人愁慘吁嗟，久方曰：「妾非今世人。妾朱高祖中子之婦也。妾婦人，高祖掠地見妾，得爲婦。」生曰：「某長覩《五代史》，高祖事醜，史之疑也，實有之？」夫人容貌愈愧，若無所容。久方曰：「高祖之醜聲傳千古，至於今日，妾一人安能獨諱之？妾自入宫，最承顧遇，妾深抗拒，以全端潔。高祖性若狼虎，順則偷生，逆則速死。高祖自言：「我一日不殺數人，則吾目昏思睡，體倦若病。』高祖病，妾侍帝，高祖指妾云：『其玉璽，吾氣纔絶，汝急取之，與夫作取家，□勿與之。友生逆物，吾誓勿與。』時友生婦屏外竊聽，歸報友生云：『大家已將傳國璽與五新婦，我等受禍非晚也。』翌日，友生攜白刃上殿。時帝合目偃臥，妾急呼帝云：『友生將不利於陛下。』帝遽起。帝亦常致刀於床首，時求之不獲，不知何人竊之也。帝甚急，以銀瓶擲友生，不中。帝罵曰：『爾與吾父子，輒敢爲大逆也，吾死，子亦亡矣。』帝云：『吾殺此賊不早，故有今日之禍。』友生母曰：『我子乃以緩步遲爾！』急逐帝，帝大呼求救，遶柱而走。時帝被單，友生逆斬帝腹，腸胃俱墮地。帝口含血噴友生盈面，友生乃退。帝自以腸胃内腹中，久方仆地。友生爲血所噀，神色都喪，乃下殿呼其兵。宫中大亂，高祖惟用紫褥裹之。友生殺君父死如此。友生非天地之所容也。吁！高祖本巢賊之餘黨，不識□□度宫□□濁亂□自貽大禍，今日思之，亦陰報也。妾親見逼唐昭宗遷都，皇后乳房方數日，昭宗親爲詔請高祖，高祖不從，昭宗竟行。帝所爲他皆類此。」侍兒進曰：「異代事言之令人忿恨。」乃作樂縱酒。夜半，王夫人去。及曉，生乃歸。姬復曰：「子急試第，我將往焉。」生幽居數日，姬先來。姬裝囊最厚，生煖愈温。生久寓都輦，至起官費用，皆姬囊中物。姬隨生之官，治家嚴肅，不喜糅雜，遇奴婢亦有禮法，接親族俱有恩愛。暇日論議，生有不直，姬必折之。生所謂爲，必出姬口，雖毫髮必詢於姬。所爲無異於人，但不見姬理髮組縫裳。姬天未明則整髮結髻，人未嘗見。三牲五味茶果，姬皆食，惟不味野物。飲亦不過數盃，辭以小□，他皆無所異。姬凡適生子，不數日輒失之。前後七年，生甫補官都下，有故遊相國，遇建龍孫道士，驚曰：「生面異乎常人。」生曰：「君何以言也？」孫曰：「凡人之相，皆本二儀之正氣，高厚之覆載。今子之形，正爲邪奪，陽爲陰侵，體之微弱，唇根浮黑，面青而不榮，形衰而靡壯，君必爲妖孽所惑。子若隱默不覺乎非，必至於死也。人之所以異於人者，善知性命之重，禮義之尊。今子紉惑異物，非知性命也；惑此邪妖，非尊禮義者也。吾將見之尸卧於空郊矣。」生聞其論甚懼，但諾以他事，不言其實。生歸，意思不足，姬詰之，生對以道士之言。姬笑曰：「妖道士之言，烏足信也。我以君思我甚厚，不能拒君，故子〔清〕（情）削。」姬出囊中藥令生服。後月餘，復見孫道士。孫驚曰：「子今日之容，氣清形峻，又可怪也。」生答以服姬之劑若此。孫云：「妖惑人也，吾子不知也。」生一日告姬云：「吾欲售一嬖妾，足以代子之勞。」姬不唯。生請甚堅。姬曰：「先青衣，子嘗犯之，吾已逐之海外。子若售妾，吾亦害之。」由是生乃止。生有舅家南陽，甚富，不與會十餘年，生欲往謁之。乃别姬云：「吾往不過踰月，子但端居掩户。」姬淚别生曰：「子慎無見新而忘故，重利而遺義。」生至鄧，舅極喜。南陽太守乃生之主人，生見之。太守云：「子久待闕都下，吾此正乏一官，令子補填之。」太守乃飛章申請。舅暇日詢曰：「汝娶未？」生答云：「已娶矣。」「何氏族姓？」生則顧舅而言他。舅亦疑矣。他日會其妻詰生，生乘醉道其實。舅責生曰：「汝，人也，其必於異類乎？」乃爲生娶郝氏。郝大族，成婚之期，生尤慰意。不久，生受鄧之官，生乃默遣人持書謝姬。後爲書與生云：「士之去就，不可忘義；人之反覆，無甚於君。恩雖可負，心安可欺？視盟誓若無有，顧神明如等閑。子本窮愁，我令温煖。子口厭甘肥，生披衣帛。我無負子，子何負我？吾將見子墮死溝中，亦不引手援子。我雖婦人，義須報子。」生後官滿，挈其妻治家於汝海，獨出京師。蒙遠出，生被命廣州抽兵。生數日後，忽有僕持書授郝氏，開書乃夫之親筆，云：「吾已蒙廣州刺史舉授此州兵官，汝可火急治行。」妻詢其僕，云：「生令郝氏自東路洪州來。」郝氏乃貨物市馬而去。生在廣，復得郝氏書，乃郝之親筆，云：「我久卧病，必死不起，君此來即可相見，不然，乃終天之別。我已遣兄荆州待子，君當由此途來。」生自廣急歸，至京，不見郝氏。郝氏至廣，不見生。後年□，方復聚於京師。生與郝氏大慟，家資蕩盡。一日，生與郝氏對坐，有人投書於門，生取觀之，云：「暫施小智，以困二人。今子之情深，乃可惜之寥落也。」書尾無名氏，生知姬所爲也。後一年，郝氏死，生亦失官，風埃滿面，衣冠襤褸。有故出宋門，見輕車駕花牛行於道中，有揭簾呼生曰：「子非侯郎乎？」生曰：「然。」姬曰：「吾已委身從人矣。子病貧如此，以子昔時之事，我得子（此句似有脱誤），顧盡人不能無情。」乃以東□錢五緡遺生，曰：「我不敢多言，同車乃良人之族也，千萬珍重。」

議曰：鬼與異類，相半於世，但人不知耳。觀姬之事一何怪？余幼年時，見田家婦爲物所惑，□□妝飾言笑自若，夜則不與夫共榻，獨卧，若切切與人語。禁其梳飾，則欲自盡，悲泣不止。其家召老巫治之。巫至，則曰：「此爲狐所惑，□鄰家犬作媒。」乃以柳條□卻犬，犬伏禁所。又爲壇以治婦。少選，一狐嗥於屋後，巫乃爲一火輪坐其上，而旋其輪，婦及犬恐而走，百步乃止。雖有之，惟姬與生之事爲如此之極也。（别集卷一）

張浩花下與李氏結婚

張浩，字巨源，西洛人也。蔭補爲刊正。家財巨萬，豪於里中，甲第壯麗，與王公大人侔。浩好學，年及冠，洛中士人多慕其名，貴族多與結姻好，每拒之曰：「聲迹晦陋，未願婚也。」第北構圃，爲宴私之所。風軒月榭，水館雲樓，危橋曲檻，奇花異草，靡所不有。日與俊傑士遊宴其間。一日，與廖山甫閑坐。時桃李已芳，牡丹未坼，春意浩蕩。步至軒東，有方束髮小鬟引一青衣倚立。細視乃出世色：新月籠眉，秋蓮著臉，垂螺壓鬢，皓齒排瓊，嫩玉生光，幽花未豔。見浩亦不避。浩乃告廖曰：「僕非好色者，今日深不自持，魂魄幾喪，爲之奈何？」廖曰：「以君才學門第，結婚於此，易若反掌。」浩曰：「待媒成好，當逾歲月，則我在枯魚肆矣。」廖曰：「但患不得之，苟得之，何晚早爲恨！君試以言誂之。」浩乃進揖之，女亦斂容致恭。浩曰：「願聞子族望姓氏。」女曰：「某乃君之東鄰也。家有嚴君，無故不得出，無緣見君也。」浩乃知李氏耳。曰：「敝苑幸有隙館，欲少備酒殽，以接鄰里之懽，如何？」女曰：「某之此來，誠欲見君，今日幸遇，願無及亂，卽幸也。異日倘執箕帚，預祭祀之末，乃某之志。」浩曰：「若不與儷不偕老卽平生之樂（此句似有脱誤），不知命分如何耳？」女曰：「願得一物爲信，卽某之志有所定，亦用以取信於父母。」浩乃解羅帶與之。女曰：「無用也，願得一篇親筆卽可矣。」浩喜詢其年月，曰：「十三歲。」乃指未開牡丹爲題，作詩曰：

「迎日香苞四五枝，我來恰見未開時。包藏春色獨無語，分付芳心更待誰？
碧玉鄯中藏蜀錦，東吳宮裏鎖西施。神功造化有先後，倚檻王孫休怨遲。」

女閱之，益喜曰：「君真有才者，生平在君，願君留意。」乃去。浩自兹忽忽如有所失，寢食俱廢。月餘，有尼至，蓋常出入浩門者。曰：「李氏致意。近以前事託乳母白父母，不幸堅不諾。業已許君，幸無疑焉。」至明年，牡丹正芳，浩開軒賞之，獨歎。乃剪花數枝，使人竊遺李，曰：「去歲花未拆，遇君於闌畔。今歲花已開，而人未合。既爲夫妻，竊□見，亦非亂也，如何？」李復遣尼曰：「初夏二十日，親族中有適人者，父母俱去，必挈同行，我託病不往，可於前苑軒中相會也。」浩大喜，嚴潔館宇，預備酒醴以俟。至望後一日，前尼復至，曰：「李氏遺君書。」浩開讀，乃詞一首，云：「昨夜賞月堂前，頗有所感，因成小闋，以寄情郎。」曲名《極相思》，曰：

「紅疎翠密晴暄，初夏困人天。風流滋味，傷懷盡在，花下風前。後約已知君定，這心緒盡日懸懸。鴛鴦兩處，清宵最苦，月甚先圓？」

至期，浩入苑待至。不久，有紅絪覆牆，乃李踰而來也。生迎歸館。時街鼓聲沉，萬動俱息，輕幕搖風，疎簾透月。秋水盈盈，纖腰嫋嫋，解衣就枕，羞淚成交。浩以爲巫山華胥之遇，不過此也。天將曉，青衣復擁李去。浩詩戲曰：

「華胥佳夢惟聞說，解佩江皋浪得聲。一夕東軒多少事？韓郎虛負竊香名。」

不數月，李隨父之官，李遣尼謂浩曰：「俟父替回，當成秦晉之約。」李去二載，杳然無耗。及浩叔典郡替回，謂浩曰：「汝年及冠未有室，吾爲掌婚。」浩不敢拒。叔乃與約孫氏，亦大族也。方納采問名，會李父替回，李知浩已約婚孫。李告父母曰：「兒先已許歸浩，父母若更不諾，兒有死而已。」一夕，李不見，父母急尋之，已在井中矣。使人救之，則喘然尚有餘息。既甦，父曰：「吾不復拒汝矣。」遣人通好。浩□□孫自（疑有脱誤）。李曰：「自有計。」一日，詣府陳詞曰：「某已與浩結姻素定，會父赴官，洎歸，則浩復約孫氏。」因泣下，陳浩詩及箋記之類。府尹乃下符召浩，曰：「汝先約李而復約孫乎？」浩曰：「非某本心，叔父之命，不敢拒耳！」尹曰：「孫未成娶，吾爲汝作伐，復娶李氏。」遂判曰：

「花下相逢，已有終身之約；道中而止，欲乖偕老之心。在人情深有所傷，於律文亦有所禁。宜從先約，可絶後婚。」

由是浩復娶李氏，二人再拜謝府尹，歸而成親。夫婦恩愛，偕老百年。生二子，皆登科矣。（同上卷四）

按：此卽《警世通言》第二十九卷《宿香亭張浩遇鶯鶯》本事，疑卽 晁氏《寶文堂書目》所著錄之《宿香亭記》。

王樹風濤飄入烏衣國

唐王樹，金陵人。家巨富，祖以航海爲業。一日，樹具大舶，欲之大食國。行踰月，海風大作，驚濤際天，陰雲如墨，巨浪走山，鯨鼇出没，魚龍隱現，吹波鼓浪，莫知其數。然風勢益壯，巨浪一來，身若上於九天。大浪既回，舟如墮於海底。舉舟之人，興而復顛，顛而又仆。不久舟破，獨樹一板之附，又爲風濤飄蕩。開目則魚怪出其左，海獸浮其右，張目呀口，欲相吞噬，樹閉目待死而已。三日，抵一洲，捨板登岸。行及百步，見一翁媼，皆皂衣服，年七十餘。喜曰：「此吾主人郎也。何由至此？」樹以實對。乃引到其家。坐未久，曰：「主人遠來，必甚餒。」進食，□殽皆水族。月餘，樹方平復，飲食如故。翁曰：「□吾國者必先見君。向以郎□倦，未可往，今可矣。」樹諾。翁乃引行三里，過闤闠民居，亦甚煩會。又過一長橋，方見宮室臺榭，連延相接，若王公大人之居。至大殿門，閽者入報。不久，一婦人出，服頗美麗。傳言曰：「王召君入見。」王坐大殿，左右皆女人立。王衣皂袍，烏冠。樹即殿階。王曰：「君北渡人也，禮無統制，無拜也。」樹曰：「既至其國，豈有不拜乎？」王亦折躬勞謝。王喜，召樹上殿，賜坐，曰：「卑遠之國，賢者何由及此？」樹以：「風濤破舟，不意及此，惟祈王見矜。」曰：「君舍何處？」樹曰：「見居翁家。」王令急召來。翁至。□曰：「此本鄉主人也。凡百無令其不如意。」王曰：「有所須但論。」乃引去，復寓翁家。翁有一女，甚美色，或進茶餌，簾牖間偷視私顧，亦無避忌。翁一日召樹飲，半酣，白翁曰：「某身居異地，賴翁母存活，旅況如不失家，爲德甚厚。然萬里一身，憐憫孤苦，寢不成寐，食不成甘，使人鬱鬱，但恐成疾伏枕，以累翁也。」翁曰：「方欲發言，又恐輕冒。家有小女，年十七，此主人家所生也。欲以結好，少適旅懷，如何？」樹答：「甚善。」翁乃擇日備禮，王亦遺酒殽采禮，助結姻好。成親，樹細視女，俊目狹腰，杏臉紺鬢，體輕欲飛，妖姿多態。樹詢其國名，曰：「烏衣國也。」樹曰：「翁常目我爲主人郎，我亦不識者，所不役使，何主人云也？」女曰：「君久即自知也。」後常飲燕，衽席之間，女多淚眼畏人，愁眉蹙黛。樹曰：「何故？」女曰：「恐不久睽別。」樹曰：「吾雖萍寄，得子亦忘歸，子何言離意？」女曰：「事由陰數，不由人也。」王召樹，宴於寶墨殿，器皿陳設俱黑，亭下之樂亦然。杯行樂作，亦甚清婉，但不曉其曲耳。王命玄玉杯勸酒，曰：「至吾國者，古今止兩人，漢有梅成，今有足下。願得一篇，爲異日佳話。」給箋，樹爲詩曰：

「基業祖來興大舶，萬里梯航慣爲客。今年歲運頓衰零，中道偶然罹此厄。

巨風迅急若追兵，千疊雲陰如墨色。魚龍吹浪洒面腥，全舟靈葬魚龍宅。陰火連空紫焰飛，直疑浪與天相拍。鯨目光連半海紅，鼉頭波湧掀天白。桅檣倒折海底開，聲若雷霆以分別。隨我神助不沉淪，一板漂來此岸側。君恩雖重賜宴頻，無奈旅人自悽惻。引領鄉原涕淚零，恨不此身生羽翼！」

王覽詩欣然，曰：「君詩甚好，無苦懷家，不久令歸。雖不能羽翼，亦令君跨烟霧。」宴回，各人作□詩。女曰：「末句何相譏也？」樹亦不曉。不久，海上風和日暖，女泣曰：「君歸有日矣。」王遣人謂曰：「君某日當回，宜與家人敍別。」女置酒，但悲泣不能發言。雨洗嬌花，露沾弱柳，緑慘紅愁，香消膩瘦。樹亦悲感。女作別詩曰：

「從來懽會惟憂少，自古恩情到底稀。此夕孤幃千載恨，夢魂應逐北風飛。」

又曰：「我自此不復北渡矣。使君見我非今形容，且將憎惡之，何暇憐愛？我見君亦有疾妬之情。今不復北渡，願老死於故鄉。此中所有之物，郎俱不可持去，非所惜也。」令侍中取丸靈丹來，曰：「此丹可以召人之神魂，死未逾月者，皆可使之更生。其法用一明鏡致死者胸上，以丹安於項，以東南艾枝作柱，灸之立活。此丹海神祕惜，若不以崑崙玉盒盛之，即不可逾海。」適有玉盒，并付以繫樹左臂，大慟而別。王曰：「吾國無以爲贈。」取箋，詩曰：

「昔向南溟浮大舶，漂流偶作吾鄉客。從茲相見不復期，萬里風烟雲水隔。」

樹辭拜，王命取飛雲軒來。既至，乃一烏毡兜子耳。命樹入其中，復命取化羽池水，洒之其毡乘。又召翁嫗，扶持樹回。王戒樹曰：「當閉目，少息卽至君家，不爾卽墮大海矣。」樹合目，但聞風聲怒濤，旣久，開目，已至其家。坐堂上，四顧無人，惟梁上有雙燕呢喃。樹仰視，乃知所止之國，燕子國也。須臾，家人出相勞問。俱曰：「聞爲風濤破舟死矣，何故遽歸？」樹曰：「獨我附板而生。」亦不告所居之國。樹惟一子，去時方三歲，不見，乃問家人，曰：「死已半月矣。」樹感泣。因思靈丹之言，命開棺取尸，如法灸之，果生。至秋，二燕將去，悲鳴庭户之間。樹招之，飛集於臂，乃取紙細書一絕，繫於尾，云：

「誤到華胥國裏來，玉人終日重憐才。雲軒飄去無消息，淚洒臨風幾百回。」

來春燕來，徑泊樹臂，尾有小柬，取視，乃詩也。□有一絕云：

「昔日相逢眞數合，而今睽隔是生離。來春縱有相思字，三月天南無燕飛。」

樹深自恨。明年，亦不來。其事流傳衆人口，因目樹所居處爲烏衣巷。劉禹錫《金陵五詠》有《烏衣巷》詩云：

「朱雀橋邊野草花，烏衣巷口夕陽斜。舊時王樹堂前燕，飛入尋常百姓家。」

卽知王樹之事非虛矣。（同上卷四）

按：本篇又見《類說》本《摭遺》，題爲《烏衣國》。《能改齋漫錄》卷四《王謝燕》云：「近世小說尤可笑者，莫如劉斧《摭遺集》所載《烏衣傳》。因劉禹錫詩……遂以唐朝金陵人姓王名謝，因海舶入燕子國，其意以爲烏衣爲燕子國也。」可見此篇原載《摭遺》，又名《烏衣傳》。蔡夢弼《杜工部草堂詩話》卷二引嚴有翼《藝苑雌黃》云：「比觀劉斧《摭遺》小說……劉斧乃改『謝』爲『樹』，以王樹爲一人姓名。其言既怪誕，遂託名於錢希白，終篇又取劉夢得詩以實其事。希白不應如此之謬，是直劉斧之妄言耳，不足信也。」似原題錢易所撰。《苕溪漁隱叢話》後集卷十二引《藝苑雌黄》則云：「比觀劉斧《摭遺》載《烏衣傳》……大抵小說所載，事多不足信，而《青瑣摭遺》，誕妄尤多。」

從政延壽

治平之初，渝州巴縣主簿黄靖國權懷化軍使，有戍卒詈本轄將官。黄語軍校曰：「詈本轄官，罪當死。若械禁推鞫，煩紊多矣，宜自處之。」故軍中以次箠擊至死。熙寧五年，黄官儀州，沿臺檄出，抵良原，病疫而死，凡二十二日乃甦。因謂所親曰：始見二黄衣來追，出西門十數里，見宫城儀衛甚盛，乃入見王。黄再拜，王曰：「何敢枉殺人？」俄引一人至，厲聲曰：「可速還我命！」黄視之，乃懷化戍卒也。黄乃陳本末，王曰：「若是豈枉殺耶！」卒默然而退。俄有一吏引黄出門，見門户鱗次，各有防衛。黄問之，吏指一門曰：「此唐武后獄也。」又指一門曰：「此唐酷吏獄也。」又指一門曰：「此唐姦臣獄也。」黄曰：「何此輩錮之之久耶？」吏曰：「此輩死受無窮之苦，歷劫無有出期。」既而復見王，王曰：「卿官儀州，醫工聶從政，識之乎？」曰：「識。」王曰：「有一事可以警于世。」徐驅一婦人年二十餘，卒以利刀割其腹，刳其腸，流血滿地，叫號之聲，所不忍聞。王曰：「此華亭主簿王某妻李氏也，思與聶亂，聶不肯從，故受此苦。聶延壽一紀，陰司最以此爲重也。陽間網疏而多漏，陰司法密而難逃。避罪圖福，君其勉焉。」乃遣還家。乃詢聶從政，事蓋十五年矣，人無知者。幽冥之報，可不懼乎！（《分門古今類事》卷十九引。原注「又見《名談》」）

按：黄靖國事亦見王得臣《麈史》。《祕書省續編到四庫闕書目》小說類有《黄靖國再生傳》一卷，《宋史·藝文志》傳記類作廖子孟撰。所記蓋卽此事。王蕃又删取其要而爲《褒善録》一卷，見《郡齋讀書志》，疑卽《夷堅丙志》所引之王敏仲《勸善録》。岑象求《吉凶影響録》亦載之，見《類説》卷十九。《樂善録》卷一引作《響應録》，卷三又引《名談》。足見其爲盛傳故事。

附録

予同年黄靖國元弼剛正明決，初調蜀中主簿，亡其縣名，令缺，攝縣事。有巡卒宋貴嫚駡本官，衆不忍聞，元弼械之，笞二百死。後十五年，元弼爲沅州軍事判官，治牒至寧州，暴卒，入冥與宋貴辨其事。元弼具陳嫚駡之語，冥官亦憤之。已而追閲案牘，語元弼曰：「罪卽當死，終是死不以法。」元弼復生。西州士人往往作傳，亦多牴牾。予屢詰其本末，語及「死不以法」，斯言有理，可畏！（《麈史》卷下《鑒戒》）

儀州華亭人聶從志，良醫也。邑丞妻李氏，病垂死，治之得生。李氏美而淫，慕聶之貌，他日，丞往傍郡，李僞稱有疾，使邀之。伺其至，語之曰：「我幾入鬼録，賴君復生。顧世間物無足以報德，願以此身供枕席之奉。」聶驚懼，但巽詞謝。李垂涕固請，辭情愈哀。聶不敢答，趨而出，徑還家。再招不復往。迨夜，李盛飾治容，扣門就之，持其手曰：「君必從我。」聶絶袖脱去，乃止，亦未嘗與人言。後歲餘，儀州推官黃靖國病，陰吏逮入冥證事。且還，一吏揖使少留，將有所睹。又行，至河邊，見獄吏捽一婦人，持刀剖其腹，擢其腸而滌之。傍有僧語曰：「此乃子同官某之妻也。欲與醫者聶生通，聶不許。見好色而不動心，可謂善士。其人壽止六十，以此陰德，遂延一紀，仍世世賜子孫一人官。婦人減算，如聶所增之數。所以蕩滌腸胃者，除其淫也。」靖國素與聶善，既甦，密往詢之。聶驚曰：「方私語時，無一人聞者，而奔來之夕，吾獨處室中，此唯婦人與吾知爾，君安所得聞？」靖國具以告，由是播於衆口。時熙寧初也。王敏仲《勸善録》書其事，他曲折甚詳，然頗有小異，又無聶君名及李氏姓。聶死後，一子登科。其孫曰圖南，紹興中爲漢州雒縣丞，屬仙井喻迪孺汝礪作《隱德詩》數百言，以發潛德。其詞曰：「太虚八境初無二，中有道人常洞視。借問道人何等公？從志其名聶其氏。華亭春酣戰桃李，香氣入簾人破睡。凌波微步度勞塵，梔子同心傳密意。道人不動如澄水，看破新裝小年紀。回身向郎郎忍棄，愁眺月華空掩涕。含羞轉態春百媚，而我定心初不起。世人悠悠初未知，故有冥籍還見記。儀州判官臨潁生，良原甲夜黃衣吏。手提淡墨但倉黃，門列陰兵更奇僞。昧爽堂皇勢呀豁，玉帶神君氣高厲。靖國再拜呼使前，案頭吏抱百葉紙。數行具書一善事，聶君夜卻淫奔李。由來胸中無濁見，前塵百暗心常止。一室超然方隱几，入眼狂花亂飄墜。定情豈復顧條脱，合歡未許同陽燧。坐令密行動幽祇，棘使華年增一紀。出門仍問紫衣翁，陰誅與世無差異。百葉部中分次第，忠孝棄捐神所劓。殺生之報定何如？朝生暮死蜉蝣爾。踏翠裁紅可憐妓，濯足瓊漿被鞭箠。房公湖邊秋色裏，阿孫圖南前拜跪。扣頭授我如上事，願謁英篇書所以。我聞南曹北曹尺有咫，天知地知元密邇。豈惟妙藥徹五藏，況復寶鑑懸千里。幽中諒有鬼能言，密處須防牆有耳。諸生舉止雖細微，動念觀心實幽邃。端知天上戊申録，記盡人間不平地。東鄰西舍總不知，卻有鬼神知子細。障礙爲壁通爲空，只有此心難掩蔽。云何是中有明暗，至行通神裁一理。道人兩眼無赤眚，指定人間幾真僞。趙驊已矣馬元死，郡有隱德如君子。嗟我諸生苦流轉，奔色奔聲復奔味。其間貪魃尤陰詭，收索携提入饞喙。都兒阿對共揶揄，笑殺官人常夢穢。雖云幽暗巧規避，僮僕羞之那不愧？哀哉詭譎王冀公，未省胡顔向祁睿。我愛昔人尤簡貴，寡欲清真有高氣。曠然澹處但真獨，胸中豈復留塵累。生死幽明了不期，是心默與神明契。王忱繡被下庭堂，李約寶珠存含襚。九原可作吾與歸，斂膝容之想幽致。」喻公詩頗奇澀，或不可曉云。此卷皆黄仲秉云。（《夷堅丙志》卷二《聶從志》）

桃源三夫人

陳純，字元樸，莆田人。因遊桃源，愛其山水秀絶，乃裹糧沿蹊而行。凡九日，至萬仞絶壁下，夜聞石壁間人語。純糧盡，困卧，聞有美香，流巨花十餘片，其去甚急。純速取得一花，面盈尺，五萼，乃食之。渴甚，飲溪水數斗，下利三日，行步愈疾。有青衣採蘋岸下，曰：「此桃源三夫人之地。上府玉源，中府靈源，下府桃源。後夜中秋，三仙將會于此。」其夕，水際臺閣相望，有童曰：「玉源夫人召。」純往見，三夫人坐絳殿中，衆樂並作。玉源謂純曰：「近世中秋月詩，可舉一二句。」純曰：「莫辭終夕看，動是隔年期。」桃源曰：「意雖佳，但不見中秋月，作七月十五夜月亦可。」玉源因作詩曰：「金風時拂袂，氣象更分明。不是月華別，都緣秋氣清。一輪方極滿，羣籟正無聲。曉魄沉烟外，人間萬事驚。」靈源詩曰：「高秋渾似水，萬里正圓明。玉兔步虛碧，冰輪輾太清。廣寒低有露，桂子落無聲。吾館無弦彈，棲烏莫要驚。」桃源詩曰：「金吹掃天幕，無雲方瑩然。九秋今夕半，萬里一輪圓。皓彩盈虛碧，清光射玉川。瑶樽何惜醉，幽意正緜緜。」玉源謂純曰：「子能繼桃源之什乎？」純乃賡曰：「仙源嘗誤到，羈思正蕭然。秋靜夜方靜，月圓人更圓。清樽歌越調，仙棹泛晴川。幽意知多少，重重類楚緜。」玉源笑曰：「此書生好！莫與仙葩食，教異日作枯骨。如何敢亂生意思！」純曰：「和韻偶然耳。」（以上據《歲時廣記》卷三十二引）玉源曰：「天數會合，必非偶然耳。」因命酌，言語褻狎，遂伸繾綣。（以上據《緑窗新話》卷上）將曉，同舟而下。有頃即至，瑣窗朱閣，非人世所有。玉源戒純：「慎無入南軒，當不利於子。」純竊往焉。軒中有玉笛，純取吹之，忽見人物山川，乃其鄉里，子呼他人爲父，妻呼他人爲夫，方宴聚語笑。久之，不見。純嘔一卵於地，化爲紅鶴飛去。仙來，見純責曰：「不聽吾戒，今不能救矣，莫非命也！後三十年，當復來此。宜内養真元，外崇善行。」以舟送純歸。（以上據《類説》卷四十六《續青瑣高議》）

摭遺

劉斧

《宋史·藝文志》著録，二十卷。《遂初堂書目》作《青瑣摭遺》。《通志·藝文略》作《摭遺集》。書已失傳。或以爲卽劉斧《青瑣高議》之别集，然《類説》既收《青瑣高議》、《續青瑣高議》，又有《摭遺》，似非一書。僅《王榭》一篇，既見《青瑣高議》别集，又見于《類説》、《紺珠集》之《摭遺》。《能改齋漫録》卷四《王謝燕》條引《烏衣傳》亦稱《摭遺集》。《藝苑雌黄》則謂「《青瑣摭遺》，誕妄尤多」（《苕溪漁隱叢話》後集卷十二引）。現存《紺珠集》、《類説》所收節文僅二十六條，《詩話總龜》等書尚引有佚文。

滕王閣記

王勃舟次馬當，亦次，見一叟曰：「來日滕王閣作記，子可構之，垂名後世。」勃曰：「此去洪水六七百里，今晚安可至也？」叟曰：「我助汝清風一席，中源水府，吾主此祠。」勃登舟張帆，未曉抵洪，謁府帥閻公，公俾爲記，贈百縑。回舟登岸，叟坐前石磯上，曰：「神既借以好風，又教以不斂。壽夭窮通，可得知否？」叟曰：「子神强骨弱，氣清體羸，腦骨虧害，目睛不全，秀而不實，終不貴矣。子過長蘆祠，以陰錢十萬焚之，吾有博債未償也。」叟冉冉没於水際。後過長蘆，有羣鳥飛集桅檣，舟不進，勃取紙焚之，舟卽行。
（《類説》卷三十四）

按：王勃著《滕王閣序》，事見《唐摭言》卷五，原無水神助風之説。《摭遺》此篇，蓋别有所本。《分門古今類事》所引羅隱《中元傳》，似卽傳説之源。《歲時廣記》卷三十五《記滕閣》引王勃遇中元水神故事作《摭言》，當是《摭遺》之訛。《醒世恒言》第四十卷《馬當神風送滕王閣》，卽衍此事。

附録

唐王勃，方十三，隨舅游江左。嘗獨至一處，見一叟，容服純古，異之，因就揖焉。叟曰：「非王勃乎？」勃曰：「與老丈昔非親舊，何知勃之姓名？」叟曰：「知之。」勃知其異人，再拜問曰：「仙也？神也？以開未悟。」叟曰：「中元水府，吾所主也。來日滕王閣作記，子有清才，何不爲之？子登舟，吾助汝清風一席，子回，幸復過此。」勃登舟，舟去如飛，乃彈冠詣府下。府帥閻公已召江左名賢畢集，命吏以箋硯授之，遞相推遜。及勃，則留而不拒。公大怒曰：「吾新帝子之舊閣，乃洪都之絶景，悉集英俊，俾爲記以垂萬古，何小子輒當之！」命吏得句卽誦來。勃引紙，方書兩句，一吏入報曰：「南昌故郡，洪都新府。」公曰：「老儒常談。」一吏又報曰：「星分翼軫，地接衡廬。」公曰：「故事也。」一吏又報曰：「襟三江而帶五湖，控蠻荆而引甌越。」公卽不語。自此往復吏報，但頷頤而已。至報「落霞與孤鶩齊飛，秋水共長天一色」，公不覺引手鳴几曰：「此天才也！」文成，閻公閲之，曰：「子落筆似有神助，令帝子聲流千古，吾之名聞後世，洪都風月，江山無價，子之力也。」乃厚贈之。勃旋再過向遇神地，登岸，叟已坐前石上。勃再拜曰：「神既助以好風，又教以不敏，當修牢酒以報神賜。」勃因曰：「某之壽夭窮達，可得而知否？」叟曰：「壽夭係陰司，言之是泄陰機而有陰禍。子之窮通，言亦無患。子之軀，神強而骨弱，氣清而體羸，腦骨虧陷，目精不全，雖有不羈之才，高世之俊，終不貴矣，況富貴自有神主之乎！請與子別。」勃聞之不悦，後果如言。（《分門古今類事》卷三引羅隱《中元傳》）

唐王勃，字子安，太原人也。六歲能文，詞章蓋世。年十三，侍父宦遊江左，舟次馬當，寓目山半古祠，危闌跨水，飛閣懸崖。勃乃登岸閒步，見大門當道，榜曰「中元水府之神」，禁庭嚴肅，侍衛猙獰。勃詣殿砌，瞻仰稽首。返回歸路，遇老叟年高貌古，骨秀神清，坐於磯上，與勃長揖曰：「子非王勃乎？」勃心驚異，虚己正容，談論款密。叟曰：「來日重九，南昌都督命客作《滕王閣序》，子有清才，盍往賦之？」勃曰：「此去南昌七百餘里，今日已九月八矣，夫復何言！」叟曰：「子誠能往，吾當助清風一席。」勃欣然再拜，且謝且辭，問叟：「仙耶神耶？」心祛未悟。叟笑曰：「吾中元水府君也。歸帆當以濡毫均甘。」勃即登舟，翌旦昧爽，已抵南昌。會府帥閻公宴僚屬於滕王閣。時公有壻吴子章，喜爲文詞，公欲誇之賓友，乃宿構《滕王閣序》，俟賓合而出爲之，若即席而就者。既會，公果授簡諸客，諸客辭。次至勃，勃輒受。公既非意，色甚不怡。歸内閣，密囑數吏伺勃下筆，當以口報。一吏卽報曰：「南昌故郡，洪都新府。」公曰：「此亦儒生常談耳。」一吏復報曰：「星分翼軫，地接衡廬。」公曰：「故事也。」又報曰：「襟三江而帶五湖，控蠻荆而引甌越。」公卽不語。俄而數吏沓至以報，公但頷頤而已。至「落霞與孤鶩齊飛，秋水共長天一色」，公矍然拊几曰：「此天才也！」頃而文成，公大悦，復出主席，謂勃曰：「子之文章，必有神助。使帝子聲流千古，老夫名聞他年，洪都風月增輝，江山無價，皆子之力也。」徧示坐客，嘆服。俄子章卒然叱勃曰：「三尺小兒童，敢將陳文以誑主公！」因對公覆誦，了無遺忘。坐客驚駭，公亦疑之。王勃湛然徐語曰：「陳文有詩乎？」子章曰：「無詩。」勃亦了不締思，揮毫落紙，作詩曰：「滕王高閣臨江渚，佩玉鳴鸞罷歌舞。畫棟朝飛南浦雲，珠簾暮捲西山雨。閒雲潭影日悠悠，物換星移幾度秋。閣中帝子今何在？檻外長江空自流。」子章聞之，大慚而退。公私讌勃，寵渥薦臻。既行，謝以五百縑。遂至故地，而叟已先坐磯石矣。勃拜以謝曰：「府君既借好風，又教不敏，當具菲禮，以答神庥。」叟笑曰：「幸毋相忘！儻過長蘆，焚陰錢十萬，吾有未償薄債。」勃領命，復告叟曰：「某之窮通壽夭何如？」叟曰：「子氣清體羸，神澂骨弱，雖有高才，秀而不實。」言畢，冉冉没於水際。勃聞此，厭厭不樂。過長蘆，而忘叟之祝。俄有羣烏集檣，拖櫓弗進。勃曰：「此何處？」舟師曰：「長蘆也。」勃恍然，取陰錢如數，焚之而去。羅隱詩曰：「〈江神〉有意憐才子，欻忽威靈助去程。一席清風雷電疾，滿碑佳句雪冰清。焕然麗藻傳千古，赫爾英名動兩京。若匪幽冥〈祐詞〉客，至今佳景絶無聲。」後之人又作《傾盃序》云：「昔有王生，冠世文章，嘗隨舊遊江渚，偶爾停舟寓目，遥望江祠，依依陌上閒步。恭詣殿砌，稽首瞻仰，返回歸路。遇老叟坐於磯石，貌純古。因語□子非王勃是〔歟〕(致)。生驚詢之，片餉方悟。子有清才，幸對滕王高閣，可作當年詞賦。汝但上舟，休慮，迢迢仗清風去。到筵中下筆華麗，如神助。會俊侶，面如玉，大夫久坐覺生怒。報云落霞並飛孤鶩，秋水長天，一色澄素。閻公竦然，復坐華筵，次詩引序。道鳴鸞佩玉，鏘鏘罷歌舞。棟雲飛過南浦，暮簾捲向西山雨。閒雲潭影，淡淡悠悠，物換星移，幾度寒暑。閣中帝子，悄悄垂名，在於何處？算長江儼然自東去。」（《歲時廣記》卷三十五《記滕閣》引《摭言》）

紅梅傳

蜀州有紅梅數本，清香赭艷，花之殊品者也。郡侯構閣，環堵以固之。梅盛芳則郡侯開宴賞之，他時皆扃鑰，遊人莫得見之。一日梅已芳，郡將未至，有兩婦人高髻大袖，憑欄語笑。守梅吏仰視，因驗扃鑰如故，而上有人何耶，乃走報郡侯。侯遣人往驗，既啓鑰，不見人，惟於閣東壁有詩一首，其詞曰：「南枝向暖北枝寒，一種春風有兩般。憑仗高樓莫吹笛，大家留取倚闌干。」詩意清美，字體神秀，豈神仙中人乎？（《永樂大典》卷二八〇九引《摭遺新説》）

按：《詩話總龜》前集卷十引《金華瀛洲集》所收劉元載妻《早梅》詩，亦即此詩，《總龜》附注云：「又《摭遺》記是女仙題蜀州江梅閣。」

王魁傳

王魁下第失意，入山東萊州，友人招遊北市，深巷小宅，有婦人絶艶，酌酒曰：「某名桂英，酒乃天之美禄，足下得桂英而飲天禄，前春登第之兆。」乃取擁項羅請詩。生題曰：「謝氏筵中聞雅唱，何人戞玉在簾幃？一聲透過秋空碧，幾片行雲不敢飛。」桂曰：「君但爲學，四時所須我辦之。」由是魁朝暮去來。踰年，有詔求賢，桂爲辦西遊之用。將至州，北望海神廟盟曰：「吾與桂誓不相負，若生離異，神當殛之。」魁至京闈，寄書曰：「琢月磨雲輸我輩，都花占柳是男兒。前春我若功成去，好養鴛鴦作一池。」後唱第爲天下第一。魁私念科名若此，以一娼玷辱，况家有嚴君，不容也。不復與書，桂寄書曰：「夫貴婦榮千古事，與君才貌各相宜。」又曰：「上都梳洗逐時宜，料得良人見即思。早晚歸來幽閣内，須教張敞畫新眉。」又曰：「陌上笙歌錦綉鄉，仙郎得意正疎狂。不知憔悴幽閨者，日覺春衣帶系長。」魁父約崔氏爲親，授徐州僉判。桂喜曰：「徐去此不遠，當使人迎我矣。」遣僕持書，魁方坐廳決事，大怒，叱書不受。桂曰：「魁負我如此，當以死報之！」揮刃自刎。魁在南郡試院，有人自燭下出，乃桂也。魁曰：「汝固無恙乎？」桂曰：「君輕恩薄義，負誓渝盟，使我至此。」魁曰：「我之罪也。爲汝飯僧誦佛書，多焚錢紙，捨我可乎？」桂曰：「得君之命即止，不知其他也。」魁欲自刺，母曰：「汝何悖亂如此！」魁曰：「日與冤會，逼迫以死。」母召道士高守素屢醮，守素夜至官府，魁與桂髮相繫而立，有人戒曰：「汝知則勿復拔。」數日，魁竟死。（《類説》卷三十四）

王桂英既遇王魁也，歲月既久，情好益篤。桂嘗語魁曰：「妾未遇君前一夕得夢，夢有人跨一龍纔高數丈。仰望跨龍者狀貌甚大，跨龍者執一鞭，鞭絲拂地。傍觀者皆曰：『此神仙人也。』少頃龍驤首欲上，我即執其鞭絲，陞未數丈，鞭絲中斷，而我墮地，仰望龍已不見，而微見其尾。忽然雷雨大作，望見一處有林木，欲休於其下。至則有一人亦欲避雨，顧其木曰：『此白楊木，不可止。』其人遂去，妾則竟避其下，雨勢甚急而妾獨不濡。不久睡覺，竟思恐非吉兆也。洎此日見君狀貌，乃夢中跨龍者也。乃自解曰：鞭斷而我墜，君當升騰而去，妾不得同處矣。妾不識白楊木何物也。常詢人，皆曰：『人塋墓間多有此木。』吁！妾不久其死乎。雨澤潤萬物而我不濕，是知非善夢也。」魁曰：「夢何足遽信，但無慮，非久復相會。」於是執手大慟。移刻魁上馬，桂祝之：「得失早還，無負約也。」魁遂行。（《永樂大典》卷一三一三九《夢人跨龍》引《摭遺新説》）

按：《王魁傳》相傳爲夏噩所作，周密《齊東野語》則斥爲妄人託名。夏噩，字公酉，越州人。嘉祐二年（一〇五七）爲明州觀察推官，策試材識兼茂明于體用科，入四等，授光祿寺丞（見《續資治通鑑長編》卷一八六）。嘉祐六年七月，在知長洲縣任，以私貸民錢勒停（同上書卷一九四）。約卒于元豐七年（一〇八四）之前（據蘇軾《王中甫哀辭序》）。《摭遺》及《侍兒小名錄拾遺》乃節錄其文。《永樂大典》卷一三一三九《夢人跨龍》條引《摭遺新説》則有夢龍一節。羅燁《醉翁談錄》

所載文字較詳，但未必原文。《雲齋廣錄》收有《王魁歌》并序，亦略敘其事。《齊東野語》有詳考。參見前《括異志·王廷評》篇。王魁負心故事盛傳于世，戲曲演其事者甚多，通俗小說則有《最娛情》所收《王魁》一種。

附録

王魁者，魁非其名也，以其父兄皆名宦，故不書其名。魁學行有聲，因秋試觸諱，爲有司榜，失意浩歎，遂遠遊山東萊州。萊之士人素聞魁名，日與之遊。一日，爲三四友招，過北市深巷，有小宅，遂叩扉。有一婦人出，年可二十餘，姿色絶艷，言曰：「昨日得好夢，今日果有貴客至。」因相邀而入。婦人開樽，酌獻于魁曰：「某名桂英，酒乃天之美禄，使足下待桂英而飲天禄，乃來春登第之兆。」桂英謂人曰：「此大壯之士。」又謂魁曰：「聞君譽甚久，敢請一詩。」魁乃作詩曰：「謝氏筵中聞雅唱，何人戛玉在簾幃？一聲透過秋空碧，幾片行雲不敢飛。」桂英乃再拜。酒罷，桂英獨留魁宿。夜半，魁問：「娘子何姓？顔貌若此，反居此道何也？」桂英曰：「妾姓王，世本良家。」復謂魁曰：「君獨一身，囊無寸金，倦遊閭里。君但日勉學，至於紙筆之費，四時之服，我爲君辦之。」由是魁驩止息於桂之館。踰年，有詔求賢，魁乃求入京之費。桂曰：「妾家所有，不下數百千，君持半爲西遊之用。」魁乃長吁曰：「我客寓此踰歲，感君衣食之用，今又以金帛佐我西行之費，我不貴則已，若貴，誓不負汝。」魁將告行，桂曰：「州北有望海神，我與君對神痛誓，各表至誠而別。」魁忻然諾之。乃共至祠下，魁先盟曰：「某與桂英情好相得，誓不相負，若生離異，神當殛之。神若不誅，非靈神也，乃愚鬼耳。」桂大喜曰：「君之心可見矣。」又對神解髮，以綵絲合爲雙髻。復用小刀，各刺臂出血盈盃，以祭神之餘酒和之而交飲。至暮，連騎而歸。翌日，魁行，桂爲祖席郊外，仍贈之以詩云：「靈沼文禽皆有匹，仙園美木盡交枝。無情微物猶如此，因甚風流言別離？」魁覽之愕然。桂曰：「以君才學，當首出羣公，但患不得與君偕老。」魁驚曰：「何言之薄也！盟誓明如皎日，心誠固若精金，雖死亦相從於地下。」桂曰：「但望早還，無負約也。」魁遂行，抵京師，就試，果頂高薦，乃遣介歸報，書後有一〔詩〕（書）。詩曰：「琢玉磨雲輸我輩，攀花折柳是男兒。來春我若功成去，好養鴛鴦作一池。」桂得詩，大喜，乃答書賀之。魁既試南宮，復若上遊。及宸廷唱第，爲天下第一。魁乃私念曰：「吾科名若此，即登顯要，今被一娼玷辱，況家有嚴君，必不能容。」遂背其盟。自過省御試後，即絶書報。桂探聞魁擢第爲龍首，大喜，乃遣人馳書賀之，兼有詩曰：「人來報喜敲門速，賤妾初聞喜可知。天馬果然先驟躍，神龍不肯後蛟螭。海中空却雲鼇窟，月裏都無丹桂枝。漢殿獨成司馬賦，晉庭惟許宋君詩。身登龍首雲雷疾，名落人間霹靂馳。一榜神仙隨馭出，九衢卿相盡行遲。烟霄路穩休回首，舜禹朝清正得時。夫貴婦榮千古事，與君才貌各相宜。」復書一絶，再寄良人，因以戲之。詩曰：「上都梳洗逐時宜，料得良人見即思。早晚歸來幽閤內，須教張敞畫新眉。」魁得書，閱畢，涕下交頤，曰：「吾與桂英，事不諧矣？」乃竟無答書。桂亦不知其中變，惟閉門以俟。及聞瓊林宴罷，乃復附書，又有一絶。詩曰：「上國笙歌錦繡鄉，仙郎得意正疏狂。誰知憔悴幽閨客，日覺春衣帶系長。」魁得書涕泣，隱忍未決。會其父已約崔家女，與之作親，魁不敢拒。遂授徐州簽判。乃歸江左覲父，回即赴任。桂聞魁授徐簽，又赴上了，喜曰：「徐去此不遠，必使人迎我。」乃作衣一襲，爲書遣僕往徐。魁方坐廳，人吏環擁，閽吏引僕見魁。魁因問之僕：「自何處來？」僕以桂英之言對之。魁當大怒，欲撻其僕，書遂擲地，並不受，遣僕還之。桂英喜迎之間，聞及此語，乃仆地大哭。久之，謂侍兒曰：「今王魁負我盟誓，必殺之而後已。然我婦人，吾當以死報之。」遂同侍兒，乃往海神祠中語其神曰：「我初來與王魁結誓於此，魁今辜恩負約，神豈不知？既有靈通，神當與英決斷此事，吾即自殺以助神。」乃歸家，取一剃刀，將喉一揮，就死於地，侍兒救之不及。桂英既死，數日後，忽於屏間露半身，謂侍兒曰：「我今得報魁之怨恨矣！今〔已〕(以)得神以兵助我，我今告汝而去。」侍兒見桂英跨一大馬，手持一劍，執兵者數十人，隱隱望西而去。遂至魁所，家人見桂英仗劍，滿身鮮血，自空而墜，左右四走。桂曰：「我與汝(它)讎無冤，要得無義漢負心王魁爾。」或告之曰：「魁見在南京爲試官。」桂忽不見。魁正在試院中，夜深，方閲試卷，忽有人自空而來，乃見桂英披髮仗劍，指罵：「王魁負義漢，我上窮碧落下黄泉，尋汝不見，汝却在此！」語言分辨，魁知理屈，乃歎之曰：「吾之罪也！我今爲汝請僧課經薦拔，多化紙錢可也。」桂曰：「我只要汝命，何用佛書紙錢！」左右皆聞之與桂言語，但不見桂之形。於是魁若發强悖，乃以剪刀自刺，左右救之，不甚傷也。留守乃差人送魁還徐。魁復以刀自刺，母救之，然魁决無生意。徐有道士馬守素者，設醮則有夢應。母乃召之使（醮）。母果夢見兒魁與一婦人以髪相繫，在一官府中。守素告其（魁）母曰：「魁不可救。」舉家大慟哭。後數日，果自刺死。（羅燁《醉翁談録》辛集卷二）

故太學生王魁，嘉祐中行藝顯著，藉藉有聲。先丞相文公愛其美才，奏賦宸廷，爲天下第一。中間坎壈失志，情隨物遷，遂欲反正自持，投迹功名之會，而卒致妖釁，以殞厥身，可勝惜哉！賢良夏噩嘗傳其事，余故作歌以傷悼之云爾。

嘉祐成均有詞客，儒林獨步聲輝赫。春官較藝重遺才，歎息瑜瑕成指謫。却來江佐依親闈，家君叱奴令掩扉。丈夫志氣高名節，何事區區猶卜歸。趨庭就養翻離别，再拜出門增蘊結。一朝驅馬次萊陽，日與朋簪醉花月。愛有青娥名桂英，芳年豔冶傾陽城。邀郎不惜千金笑，吐盡芳衷無限誠。來生未省雲諸雨，不識相思最云苦。可憐窺宋謾銷魂，登盡粉牆猶未許。蘭心蕙性繁多才，清歌緩送傳金杯。曲終乞得新詩好，香羅紗翰生瓊玫。更闌稍稍人分散，衆客相將趨寶帳。闔闕歸去鎖蘭房，宛轉芙蓉翻繡浪。世間所樂新相知，美人才子當佳期。鸞翔鳳舞交綵頤，宛在舟山騰□儀。佳人笑展春山緑，擬謝風塵效衷曲。與□□□正相宜，好自汙泥濯明玉。從兹燕婉相追隨，嬋媛一心遵婦儀。粧奩寶篋堆珠玉，願從資給無遣疑。明年詔促西歸騎，寶馬東瀧摇玉轡。人生樂極多悲來，還就虚祠結盟誓。亭皋祖帳揚秋風，丹誠敍别神感通。徘徊入暮不能去，良宵繾綣情何窮。臨行更祝東歸早，後會夤緣恐難保。曾占異夢定非祥，從君未必能偕老。良人乍聞疑且□，身非木石安無情。誓言皎日神所監，況我與子非要盟。離愁別恨淪肌骨，月斷飛黄騰滅沒。一鞭行色縱長途，萬里秋風飛健鶻。歸來滿目西風酸，嬌波泪落揮汍瀾。朝來暮去朱顔削，香肌漸覺羅衣寬。沉沉夜永青釭滅，腸斷羅緯夢雙闕。憶將桃臉笑春風，忍把娥眉皺秋月。清晨報喜飛虚禽，尺素西來傳好音。榮名薦書聊自賀，兩情迤邐調鳴琴。獻歲南宫策高足，殿前作賦鏘金玉。名傳桂苑摩青空，聲落人間動殊俗。迴紋錦字書綢繆，封題緘旨羅星稠。賀榮至恭情所記，香牋尚阻來青樓。旋聞調職徐州幕，緩步青雲下寥□。誤憑青翼致羅襦，擲置公庭肆威虐。端來復命何蒼惶，始知恩愛成參商。拊膺高蹈屢欲絶，顛作強起踰周章。虚神暗許攄遺恨，尚有盟言要可信。誓將心曲訴重泉，發匣金刀鳴利刃。侍兒欲拯悲填胸，□衣濺血呼憑陵。朝雲已散高唐影，但餘精爽通神明。神□鬼馭無遺□，髣髴虚空馳繡帟。朱門深處下雲軿，暗度疏簾郎未識。停停獨影摇新粧，依稀麗質飄紅裳。禮□深邃人跡絶，爾曾無恙來何方。冤聲夜久聞低訴，半露酥骨鮮血污。妾緣非命爲終來，次第與君非命去。郎心恍惚含驚憂，辭窮理奪空夷猶。意迷精喪神不懌，欲保性命知無由。歸去朝昏忘食事，恛惶頃刻無生意。尚憐慈母痛傷懷，欲話當年只歔欷。黄冠設醮達三清，精神下感通幽冥。爲言冤會不可拔，酆都結髮當同庭。殘骸半死憑誰決，素□縈空成殞滅。慈親慟哭更堪論，志士傳聞亦嗚咽。皇家結網羅英才，沉迷喪真誠可哀。施爲

未盡經濟策，空餘腐骨埋黄埃。（《雲齋廣録》卷六《王魁歌》并引）

世俗所謂王魁之事，殊不經，且不見于傳記雜説，疑無此事。《異聞集》雖有之，然集乃唐末陳翰所編，魁乃宋朝人，是必後人剿入耳。按：嘉祐中進士奏名訖，未御試，京師妄傳王俊民爲狀元。不知言之所起，亦不知俊民爲何人。及御試，王荆公時爲知制誥，與楊樂道共爲詳定官。舊制御試舉人，設初考官，先定等第，復彌之以送復焉。再定，乃付詳定，發初考所等以對復考，如同即已，不同則詳其程文爲定。時荆公以初復所定第一人皆未允當，于行間别取一人爲首。楊樂道以爲不可。議未決，太常少卿朱從道，時爲封彌，聞之，謂同舍曰：「二公何用力争，從道十日前已聞王俊民爲狀元，事必前定，二公徒自苦耳。」既而二人各以己意稟進，而詔從荆公之請。及發封，乃王俊民也。後又見初虞世所集《養生必用方》，戒人不可妄服金虎碧霞丹。乃詳載其説云：「狀元王俊民，字康侯，爲應天府發解官，得狂疾，于貢院中嘗對一石碑呼叫不已，碑石中若有應之者，亦若康侯之奮怒也。病甚不省，覺，取書册中交股刀自裁及寸，左右抱持之，遂免。出試院未久，疾勢亦已平復。予與康侯有父祖鄉曲之舊，又自童稚共筆硯。嘉祐中同試于省場，傳聞可駭，亟自汶拿舟抵彭城，時十月盡矣，康侯亦起居飲食如故，但愔愔不樂。或云平生自守如此，乃有此疾。予亦多方開慰。歲暮，予北歸，康侯有詩送予云：『寒窗一夜雪，紛紛來朔風。之子動歸興，輕袂飄如蓬。問子何所之，家在濟水東。問子何所學，上庠教化宫。行將携老母，寓居學其中。』云云。予既去，徐醫以爲有痰，以碧霞金虎丹吐之。或謂心藏有熱，勸服治心經諸冷藥，積久爲夜中洞洩，氣脱内消，飲食不前而死。康侯父知舒州太湖縣，遣一道士與弟覺民自舒來，云：「道士能奏章達上清，及訴問鬼神幽暗中事。道士作醮書符，傳道冥中語云：『五十年打殺謝吴劉不結案事。』康侯丙子生，死才二十七歲。五十年前，豈宿生邪？康侯既死，有妄人託夏噩姓名，作《王魁傳》，實欲市利于少年狎邪輩，其事皆不然。康侯萊州掖縣人，祖世田舍翁，父名弁，字子儀，誦詩登科，爲鄆州司理。康侯時十五餘歲，三兄弟隨侍，與予同在鄆學。子儀爲開封軍巡判官，康侯兄弟入太學，不三年，號成人。子儀待蘇州崑山闕，來居汶，康侯兄弟又與予在汶學。子儀謫潭州税，康侯兄弟自潭來貫鄆陵户。康侯登科爲第一，省試前，父雪崑山事，自潭移舒州太湖縣。康侯是年歸舒州省親，次年赴徐州任，明年死于徐，實嘉祐八年五月十二日也。康侯性剛峭不可犯，有志力學，愛身如冰玉，不知猥巷俚人語。不幸爲匪人厚誣，弟輩又不爲辨明，懼日久無知者，故因戒世人服金虎碧霞丹，且以明康侯于泉下。紹聖元年九月，漕河舟中記。」（《齊東野語》卷六《王魁傳》）

玉溪夢

金俞遊驪中，過大回山，望西峯石壁，日射如血。父老云：「秦坑儒於此。」俞題詩曰：「儒血未乾秦鹿走，焚書烟斷漢兵呼。歸仁棄虐蒼生意，黔首從來本不愚。」夜夢二吏追至一處，若王者居，曰：「此秦皇玉溪宫也。」俄見秦皇曰：「與汝時異而代變，何今是而古非？謗古者律文所禁，訕上者罪不容誅。」命左右斬之。俞曰：「向使陛下納直士之正言，拒佞人之邪説，天下從何而叛也！尚以昔時不道之氣，加今日無過之人！」秦皇怒少霽，令爲文謝過。乃命東偏賜食。又令著秦所以失、漢所以得。秦皇覽奏，涕下曰：「卿言正中吾過，恨不與卿同時。」俞曰：「使臣生于陛下時亦不能用，當時豈無正人哉？」秦皇曰：「吾幽處此宮，不知歲月多少。因卿言，自咎不已。卿可還矣。」命吏送還。（《類説》卷三十四）

獨眠孤館

唐州押衙崔慶成，賷香藥綱詣内庫，抵皇華驛舍。夜見美婦人，曰：「今日見君，君必有疑；今日捨君，我寧不悔。俟君回轅，别圖後會。」擲字云：「川中狗，百姓眼，媽撲兒，御厨飯。」洎還，不敢宿皇華驛，寓旅邸。前婦人來曰：「今日之事可諧否？十二字能辨否？」慶成不對。因命青衣進酒，終不舉盞，乃作詩云：「妖魂芳魄自古靈，多情心膽似平生。知君不是風流物，却上幽原怨月明。」青衣曰：「小娘子嘗養鸚鵡，十餘年竟不言，乃其驗乎？」婦人嘆曰：「是矣！」乃作《啞鸚鵡詩》云：「雕籠馴養許多時，終歲曾無一句詞。深恨化工情大誤，因何偏與好毛衣。」擲紙于地，燈火俱滅。丁晉公嘗見十二字，曰：「川中狗，蜀犬也，獨字；百姓眼，民目也，眠字；媽撲兒，瓜子也，孤字；御厨飯，官食也，館字：乃獨眠孤館四字。」（同上）

*杜子美

杜子美自蜀走湘楚，卒于耒陽，時人謂以牛炙白酒脹飲而死，則非也。僧紹員詩曰：「賢人失志古來有，牛炙因傷是也無？」耒陽宰詩曰：「詩名天寶大，骨葬耒陽空。」耒陽有子美墳，時人謂聶令空堆土也。唐人詩曰：「一夜耒江雨，百年工部墳。」（《詩話總龜》前集卷四十五）

按：《杜工部草堂詩箋》卷首《新唐書》本傳蔡夢弼注云：「唐史氏惑于劉斧《摭遺》小説之言曰：子美由蜀往耒陽，以詩酒自適。一日過江上州中飲醉不能復歸，宿酒家。是夕江水暴漲，子美爲驚湍漂泛，其屍不知落于何處。玄宗還南内，思子美，詔求之。聶令乃積空土于江上，曰子美爲白酒牛炙脹飫而死，葬于此矣。以此聞玄宗。故唐史氏因有牛炙白酒大醉一夕卒之語。信哉，史氏之詭明矣！」蔡夢弼謂《新唐書》採《摭遺》之説，實不足信，「一夕而卒」之語蓋出自鄭處誨《明皇雜録》，《摭遺》則謂聶令空堆土以欺玄宗耳。《草堂詩箋》又引韓愈題杜工部墳長詩，亦出劉斧《摭遺》，從略。

*石曼卿蘇舜欽

崔存字存中，博州博平人。因遊王屋，見二人坐于水濱，存曰：「願聞二仙名號。」東坐曰：「豈不知世有石曼卿乎？西坐者卽蘇舜欽子美也。」存曰：「世傳學士爲鬼仙矣。」曼卿曰：「甚哉二三子之妄也。夫純陽卽仙，純陰卽鬼，升于天者爲仙，沉于幽者爲鬼，處于中者爲人。既爲仙，又爲鬼乎？」存曰：「願得一語以救塵骸。」曼卿作詩曰：「牛毛麟角成眞少，莫道從來是壯夫。龜鶴性靈終好道，神仙言語不關書。不將青目觀浮世，都把仙春駐玉壺。寄語世人無妄語，高眞幽鬼適殊途。」子美作詩曰：「宿植靈根何太早，洞悟真風正年少。常令丹海飛日烏，又使玉液朝元腦。崑臺氣候四時春，紫府光陰夜如曉。來時不用五雲車，跨着清風下蓬島。」須臾有翠鳥飛下，銜書置于二子前。子美曰：「瀛洲有召。」遂飛踰山頂而去。（同上卷四十六）

翰府名談

劉斧

《宋史·藝文志》著録，二十五卷。今存《類説》所收節本，《詩話總龜》、《永樂大典》等書引有佚文。《宋史·藝文志》另有《翰苑名談》三十卷，不著撰人。《分門古今類事》所引《翰苑名談》，有與《翰府名談》相同者。或簡稱「名談」，更無以知其是否一書。今以引作《翰苑名談》者附後。

嵩山見李白

白龜年至嵩山，遥望東岩古木，幭幕窣地。步至其旁，樽俎羅列，有一人前曰：「李翰林相召。」龜年趨進，其人褒衣博帶，色澤秀發，曰：「吾則唐李白也。子之祖乃白居易也。雖不同代，亦一時人，以其道同，今相往復。吾自水解，放遁山水之間，因思故鄉，西歸嵩峯中。帝飛章上奏，見辟於此掌牋奏已百年矣。近過潼，適有詞曰：『誤入桃源深洞，一曲妙歌舞鳳。常記欲别時，明月落花烟重。如夢，如夢，和淚出門相送。』龜年曰：「吾祖今在何處？」曰：「在臺上功德所，從昔日之志也。」又出書一卷遺龜年曰：「讀之可辨九天禽語，大地獸言。更修功行，可得仙也。」後龜年遊潞州，太守知有異術，召而詢之。庭下有二雀啾唧而過，太守曰：「彼何言也？」曰：「城西民家閑廩，有餘粟在地，共食之。」使人驗之果然，」又見廄馬仰首而嘶，問曰：「此又何言？」曰：「槽中料熱不可食。」時近清明，將吏驅羊二十餘，曰：「後一羊不行，鞭之有聲。」太守曰：「羊不行有説乎？」曰：「羊言腹内羔將産，待其生子然後就死。」守乃留羊，月餘果産。龜年遊迹方外，時有人見之者。（《類説》卷五十二）

明皇

唐楊妃夢與明皇遊驪山，至興元驛方對食，後宫忽告火發。倉卒出驛，回望驛木俱爲烈焰。俄有二龍，帝跨白龍，其去如飛，妃跨黑龍，其行甚緩。左右無人，惟一蓬頭黑面物，貌不類人。望帝去甚遠，觸一危峯，沉烟靄中，開目則獨在一室。黑面物曰：「某此峯神也。」有一騎來授妃益州養蠶元后。倏然夢覺。翌日，漁陽叛書至，馬嵬縊妃子死。帝曰：「夢今應矣。與朕遊驪山，驪與離同。方食火發，失食之兆。火，兵氣也。驛木俱焚，昜與驛同，加木于旁，楊字也。吾跨白龍，西遊之象。彼跨黑龍，陰暗之理。獨行，無左右之助。一騎，馬也；峯神乃山鬼也。果死于馬嵬乎！當授益州養蠶元后，養蠶，所以致絲也；益旁加絲，縊字也。」夢至一處，題曰「東虚府」。又至一院，題曰「太一玉真元上妃院」。入見太真隔一雲母屏，對坐不見其形。帝曰：「汝思吾乎？」妃曰：「人非木石，安得無情。異日當共跨暗暉浮落景遊玉虚中。」帝曰：「碧海無涯，仙山路絶，何計通也？」妃曰：「若遇雁府上人，可附信矣。」帝既覺，作詩曰：「風急雲驚雨不成，覺來仙夢甚分明。當時苦恨銀屏影，遮隔仙妃只聽聲。」後思雁府上人之言，果有洪都道士於海上仙峯得鈿合私言而回。（同上）

按：《分門古今類事》卷二《審音知變》引《唐闕史》，似即此條所本。《永樂大典》卷一三一三九《夢跨龍》引《名臣見聞志》，又較此爲詳，並錄附于後，以備參較。

附錄

明皇一日聞奏霓裳曲，不樂，取筆記之於前殿之楹。高力士乘間請之，帝曰：「朕所記殿柱，半月後當有叛者，朕聽樂知之。夫五音克諧，無相奪倫。早來之音，宮聲弛而商聲重，角聲散，徵聲廢，羽聲漓。宮弛者，君弱也。商重者，臣强也。角爲民而散則流，徵爲事而廢則亂，羽爲物而漓則浮。又商音焦，焦者灰之象，其應主兵。吾憂邊臣將叛，天下將亂，主弱而臣强也。」帝又取蓍布卦，得離，曰：「重離二明相繼，上離白虎，下離青龍，白虎道路神，皆西方之物，吾將西遊矣！」後一日帝幸虢國夫人第，貴妃曰：「妾昨夢與帝遊驪山，方食，火發驛旁，大木千株皆焚，帝遂跨一白龍，去如飛。妾跨一黑龍，甚緩，叱之，見一物青面，鞭龍數下，龍觸一峯而墮，妾亦沉一小室。青面曰：『某此峯神也。妃子合居此。』俄一騎曰：『帝命妃子受益州牧蠶元后，仍賜絲百縊。』遂覺，不知是何祥也。」後漁陽叛書至，帝果西幸，至馬嵬，六軍不進，以誅楊國忠爲名，合門少長皆爲兵所殺。軍尚未進，曰禍胎尚在，遂賜貴妃死於古佛廟，以帛縊之，陳尸寺門。既解帛而氣復來，遂再縊之，乃絕。前次安平驛，帝曰：「樂音與妃子之夢皆應矣。驪與離同音，驛與易同音，易旁木，楊字也。俱焚，乃滅族之象也。吾跨白龍，乃西遊耳。彼跨黑龍，陰暗之象。龍墮沉於一室，乃古寺之應。峯神，乃山鬼，一騎爲馬，馬嵬是矣。益州牧蠶，蠶必有絲，絲而加益，縊字也。仍賜百縊，再縊而後絶也。略無差誤。信夢之前定如此。」後肅宗即位靈武，非重離之應乎？帝曰：「重明乃一家事，吾家失之，吾家得之，又何憾！」然則帝王興衰豈偶然哉！

（《分門古今類事》卷二引《唐闕史》）

虢國夫人因生日進内膳，貴妃上牋奏邀帝，帝往焉。貴妃斂躬起曰：「妾昨夜夢與帝遊驪山，似至興元驛，方與帝對食，後宫亦告火發。倉卒與帝把手出驛。回望驛中高木數株，俱爲烈焰，左右奏綵仗不完矣。或有控二龍來者，陛下跨一龍，妾亦跨一龍，隱約西北去。陛下所跨白龍介甲間有白光，侍從甚盛，其去若飛。妾所跨龍其色蒼黑，介甲間亦有黑氣，其行頗緩。左右從略無人，四顧惟有一蓬頭黯面物色，視之不類人。前望陛下去甚遼遠，欲逐陛下，因此所跨龍，青面物或急鞭龍數下，龍馳去觸一危峰，龍蜿蜒墮地，妾亦沉烟霧中。開目則獨在一小室中，問何所，青面物言曰：『某此峰神也。妃子合居於此。』有一騎自外來曰：『帝令授妃子封邑。』手執青紙文一軸，字體若用朽木書，蒼暗不可識，惟後字可辨，云妾授益州牧蠶〔元〕（先）后，仍百鎰。已而聞若有兵大呼，因急合户。倏然覺來，滿身汗浹。不知此何祥也？願帝告之。」帝仰而沉思，俯而發歎曰：「對酒且圖今日之樂，其事他日可知也。」又云：漁陽叛，帝駕西遊至馬嵬，六軍不發，請殺貴妃。帝不得已命縊于佛堂，果符益州牧蠶之夢。蓋蠶能吐絲，而絲居益旁，乃縊字也。高力士曰：「向妃子嘗對陛下言其所得夢，時臣侍立，歷歷在耳。願陛下少解釋以開愚懵。」帝曰：「妃子之夢，今皆應矣。與朕遊驪山，驪與離同音。方食而後宮火起，亦失食之兆也，火乃兵士之氣也。回望驛中木俱焚，驛與易同音，加其木於傍，楊字也。俱焚，滅身之災可知也。吾跨白龍，西遊之象。彼跨黑龍，幽暗之理也。獨行，無左右之助也。龍墮烟霧，皆幽陰之處。獨居一室，乃古寺之應也。一騎者，馬也。黯面物稱峰神，乃山鬼也。果死於馬嵬乎！益州養蠶，益旁加絲，乃縊字也。」帝長吁曰：「託此夢者何神也？一何顯然如此！」（《永樂大典》卷一三一三九引《名臣見聞志》）

按：《詩話總龜》前集卷三十五引此故事，于明皇詩後云：「又作妃子所遺羅韈銘曰：『羅韈羅韈，香塵生不絶。細細圓圓，地下得瓊鈎；窄窄弓弓，手中弄初月。又如脱屣露纖圓，恰似同衾見時節。方知清夢事非虚，暗引相思幾時歇。』」未注出處，其前一條爲《翰府名談》。《情史》卷十三《楊太眞》中亦載此銘及明皇詩。

萊公蒨桃

寇萊公少時過大梁，宿邸中，夢至一處，翠峰流水，有女童引至磐石上，與兩人對坐，共食蒨桃。女童曰：「某有分趨左。」公引執其手，卽覺。自汴回梁，再宿舊邸，有老姥曰：「吾孫女小名蒨桃，衣冠家欲娶之，則女大罵曰：『我以有夫。』」公曰：「爾試呼之。」少選出拜曰：「此吾主也。」公悟向所夢，遺姥銀百星，售女爲妾。語言多有補益。後公出鎮北門，宴集無虚日，有善歌者，公贈之束綵，意尚未滿。蒨桃爲詩云：「一曲清歌一束綾，美人猶似意嫌輕。不知織女螢窗下，幾度抛梭織得成。」後公南遷雷州，蒨桃泣曰：「妾無奇功，不升於仙；有薄効，亦不入於鬼。前世師事仙人爲俠，嘗有官爲侍兒所鴆，妾往戮之，失於詳審，孕已數月，是一戮而殺二人。受譴再入輪迴。宿根有契，爲公侍妾。今將別去。公當爲地下主者，乃閻浮提王也。天符即下，宜集後事。」明日蒨桃果卒，公不久亦逝。（《永樂大典》卷一三一三六題作《夢女子相遇》、《類説》卷五十三）

按：《詩話總龜》前集卷二十二及《侍兒小名録拾遺》引此尚有蒨桃一詩云：「風勁衣單手屢呵，幽窗軋軋度寒梭。臘天日短不盈尺，何似燕姬一曲歌？」公和曰：「將相功名終若何？不堪急景似飛梭。人間萬事何須問，且向尊前聽艷歌。」

*侯復

侯復字復之，世本三秦人。嘗登乾陵賦詩曰：「勢欲傾江移泰華，乾坤都在手心中。幾時直欲更唐祚，不奈簾前有狄公。」又曰：「太宗蹀血平寰宇，何事高宗信女主。當時朝端無正人，天下分毫皆姓武。」歸寢，夢一朱衣人引至大宫闕，有一婦人坐殿上，衣王者服，侍立皆婦人，知其爲唐天后也。問復曰：「前代帝可譏而陵寢可登乎？」復遜謝之。令升殿與論當時事，酌以酒，再令賦詩曰：「堂殿無人古苑空，幽花盡日度春風。山鶯海燕舊時在，時復飛來入故宫。」「唐宫秦苑皆離黍，常遣詩人興倍增。落日牛羊歸已盡，朦朧初月上乾陵。」后覽詩尤異，令呼杜夫人來。至，即謂復曰：「此如晦之遠孫也，當時爲第一色。帝欲見之，多稱疾。其强項與爾敵。」令與復飲。杜夫人贈復詩曰：「深宫鎖閉暗生塵，默默那知歲月新。泉室久無人氣味，不知今日再逢春。」留數日而歸。臨行復以詩別夫人曰：「丈夫剛鐵腸，因花反軟弱。男子忠義心，於情安可薄？几有瀲灧巵，席有燕趙姬。人生捨此外，萬事俱不知。魂魄恍遊仙，自信皆偶然。匆遽又分散，涕淚何流漣。從斯對佳景，蕭索春風前。今夕天角月，光滿人不圓。幽池双㶉鵣，日日浮清泉。霜鶻長天外，驚飛急如弦。一落江沙上，一墮古溪邊。獨行寒水畔，悲鴻誰見憐。何時再相遇，共戲復雙眠？」復徘徊不忍去，因爲執傘者擊其腦，遂覺。（《詩話總龜》前集卷三十五）

*怨婦詩

怨婦不知其姓，既笄，受幣于姨兄馬生。父没，繼母渝其約，改適母之族兄，老而猥惡，居官納賄，以罪貶爲五羊民掾。舟過英州，庸良醉卧，婦因題三絶於驛亭。初，與馬絶，馬作詩貽婦人曰：「急水浮花入亂流，濃雲遮月暗西樓。風流忿恨知多少，但看青春已白頭。」婦答詩曰：「金丸打折鵜禽翼，利刃偏傷連理枝。自古一床無兩好，如今方信昔人詞。」題驛亭曰：「情遠山雲歸故國，夢隨瘴月過梅峰。誰將此骨埋烟隴，寂寞魂遊山霧中。」（同上卷四十四）

按：古代怨婦題詩故事甚多，參看前《青瑣高議·瓊奴記》篇。兹再録《能改齋漫録》所載《幼卿浪淘沙詞》一則附後。

附録

宣和間，有題于陝府驛壁者：「幼卿少與表兄同硯席，雅有文字之好。未笄，兄欲締姻，父母以兄未禄，難其請，遂適武弁公。明年，兄登甲科，職教洮房，而良人統兵陝右，相與邂逅于此。兄鞭馬略不相顧，豈前憾未平耶？因作《浪淘沙》以寄情云：『目送楚雲空，前事無蹤，漫留遺恨鎖眉峰。自是荷花開較晚，孤負東風。客館歎飄蓬，聚散匆匆，揚鞭那忍驟花驄。望斷斜陽人不見，滿袖啼紅。』」（《能改齋漫録》卷十六）

王軒

唐王軒字公遠，因遊苧蘿山，問西施之遺跡，留詩於石上曰：「嶺上千峰秀，江邊細草春。今逢浣溪石，不見浣溪人。」迴顧見一女子，素衣瓊珮，謂軒曰：「妾自吴宫離越國，素衣千載無人識。當時心比金石堅，今日爲君堅不得。」軒知其異，又貽詩曰：「佳人去千載，溪山久寂寞。野水浮白烟，岩花自開落。猿鳥舊清音，風月閒樓閣。無語立斜陽，幽情入天幕。」西子曰：「子之詩美矣，不盡妾之所寄也。」乃答軒詩曰：「高花岩外曉相鮮，幽鳥雨中啼不歇。紅雲飛過大江西，後此人間怨風月。」既暮已散，期來日會於水濱。翌日軒往，則西子已在焉，又相與飲。軒詩曰：「當時計拙笑將軍，何事安邦賴美人。一似仙葩入吴國，後兹越國更無春。」西子見之，怨慕久之，又曰：「雲霞出没羣峰外，鷗鳥浮沉一水間。一自越兵齊振地，夢魂不到虎邱山。」既夜乃散，異日又相遇而留者逾月乃歸。郭素聞王軒之事，遊苧蘿留詩於泉石間莫知其數，寂無所遇。無名子嘲之曰：「三春桃李苦無言，却被斜陽鳥雀喧。借問東鄰效西子，

何如郭素學王軒。」聞者大笑。（《詩話總龜》前集卷四十八）

按：本事原出范攄《雲溪友議》卷上《苧蘿遇》，而又有增飾。可見其敷演捏合，似出于説話人之慣技。今以《雲溪友議》原文附後，以備比較。

附録

王軒少爲詩，寓物皆屬詠，頗聞《淇澳》之篇。遊西小江，泊舟苧蘿山際，題西施石曰：「嶺上千峰秀，江邊細草春。今逢浣紗石，不見浣紗人。」題詩畢，俄而見一女郎，振瓊璫、扶石笋，低徊而謝曰：「妾自吴宫還越國，素衣千載無人識。當時心比金石堅，今日爲君堅不得。」既爲鴛鴦之會，仍爲别恨之詞。後有蕭山郭凝素者，聞王軒之遇，每適於浣溪，日夕長吟，屢題歌詩於其石，寂爾無人，乃鬱快而返。進士朱澤嘲之，聞者莫不嗤笑。凝素内恥，無復斯遊。澤詩曰：「三春桃李本無言，苦被殘陽鳥雀喧。借問東鄰效西子，何如郭素擬王軒？」（《雲溪友議》卷上）

*李珣

李珣字温叔，都官外郎之幼女也。八歲能詩，嘗作榴花一絶云：「烈火真紅輕皺面，晨霞碎剪貼枝條。金刀刺出猩猩血，濺落芳叢久不銷。」後適江夏人王常，同泛舟射利江湖間。婁徹爲《江州清風亭記》，常方歎美。珣曰：「未之盡也，何不云：好山淥水，萬里有盡處；清風明月，千古無老時。」一日舉其文於徹，徹卒用其言爲破題。不久常死，而珦溺舟于三山磯下。後三日，屍忽出于水中，士人異之，爲立廟。熙寧間，都人張芝過廟，作三絶焚于廟中，一云：「風軟潮生江水平，遥峯隱隱浸寒青。自後香骨沉波底，獨我爲詩弔爾靈。」二云：「軋軋櫓聲離遠浦，蕭蕭帆影落寒濤。殷勤滴酒陳佳果，將此深心慰寂寥。」三云：「江雨初晴遠岸低，心因啼鳥陡思歸。爾如會我題詩意，魂夢相求一處飛。」既夜，一青衣召云：「娘子奉俟久矣。」芝曰：「娘子爲誰？」青衣曰：「早來獻詩與誰耶？」芝乃悟。見一婦人，謂芝曰：「早來佳章，欲托以夢寐，是或不真，不能盡所懷，故求面見。妾溺此時，水官令賦詩及校《九江會源録》，一夕而畢。水官大悦，令江神出其屍，顯其靈。今有祠在此，血食于人，謝子之詩意，所不敢當。」答以詩曰：「梅天半霽江水漲，水摇花影紅蕩漾。東風抛雨過江西，截江一瞬生銀浪。闃然不見鷗鷺飛，漁唱四沉烟暝蕩。忽然晴霽碧虚闊，水色天光月下上。柳風和軟浪無聲，客櫓嘔軋中流鳴。兩岸沙頭拾翠女，嬉笑携手相將行。秋入空江潦水静，澄江一碧如寒鏡。遠帆滅没入雲中，菱唱微茫晚風暝。西風脱木露三山，隱隱樵歸亂石間。霜猿哀落岩前月，杜宇枝間更啼血。蓬窗風緊客衣單，中夜危腸幾欲絶。我本名家閨中女，聘得良人共途路。相將雲水二十年，所得歡心亦無數。豈其天禍及一身，夫死身沉大江去。猛風吹雲無定踪，盡日陰愁難得雨。秋高水冷白骨寒，孤兒稚女歸何處？因公遺我白玉篇，慰此窮泉生和煦。明朝仙舸宿何州？回首寒江烟雨暮。」芝見詩，嘆賞久之。又出白金二百星贈芝曰：「煩礱一石，載妾前事。亦有奉報，如何？」芝受其金。送芝出幄，則已五鼓矣。芝後因循不能爲立石，舟再過三山下，幾至傾覆。是夜，又夢其女深詬責之，負其事。(同上卷四十九)

玄宗遺録

玄宗一日坐朝，聞宮中奏《霓裳曲》，聽之甚久，已而俛首不適者。後刻朝起〔顧〕（願）近侍取筆，私書於殿柱，又命取紙副其上，意不欲人見也。高力士跪膝前請：「臣晨侍立帝右，帝聽宮樂，何聖顏不怡之甚也？又宸翰親書後楹，副以外封，不使人見，臣竊惑之，是以敢有請也。」帝仰面長吁曰：「非汝所知也。」上謂力士曰：「朕所書殿柱，乃半月後當有叛者而志之也。事纏大禍，理在不〔救〕（收），朕早來聽宮樂知之也。吾憂邊臣之將叛，天下之將亂也。」力士曰：「日近臺諫繼有封章，言漁陽事，陛下尚未處置，豈非此乎？」上曰：「天下精兵所聚，無如漁陽。朕且暮疚懷，久事以膠固，無計可解。」力士曰：「禄山吐蕃奴也，無奇謀遠略，其所以叛者，臣知之矣。」上曰：「汝無再言，令人憒然不樂。」翌日漁陽叛書至，帝及御前殿，詔高力士護六宮，意留貴妃守宮。力士奏曰：「陛下留貴妃消患乎？天下謂之如何也？」帝許貴妃從駕，由承天門西去，至馬嵬，前鋒不進，六師迴合，侍衛周旋。帝欲攬轡，近侍奏曰：「帝且待之，恐生不測。」力士前曰：「外議籍籍，皆曰楊國忠久盜天機，持國柄，結患邊臣，幾傾神器，致天步西遊，蒙塵萬里，皆國忠一門之所致也。是以六軍不進，請圖之。」俄頃，有持國忠首奏曰：「國忠謀叛，以軍法誅之。」帝曰：「國忠非叛也。」力士遽躡帝足，曰：「軍情萬變，不可有此言。」帝悟，顧左右曰：「國忠族矣。」不久，國忠弟妹少長，皆爲所殺。帝曰：「一門死矣，軍尚不進，何爲也？」力士奏曰：「軍中皆言禍胎尚在行宮。」帝曰：「朕不惜一人以謝天下，但恐後世之切譏後宮也。」神衛軍揮使侯元吉前奏：「願斬貴妃首懸之於太白旗，以令諸軍。」帝怒叱元吉曰：「妃子後宮之貴人，位亞元后之尊。古者投鼠尚忌器，何必懸首而軍中方知也！但令之死，則可矣。」力士曰：「此西有古佛廟，諸軍之所由路也，願令妃子死其中，貴諸軍知也。」「汝引妃子從他路去，無使我見而悲戚也。」力士曰：「陛下不見，左右不知，未爲便也。願陛下面賜妃子死，貴左右知而慰衆軍之心也。」帝可其奏。貴妃泣曰：「吾一門富貴傾天下，今以死謝，又何恨也。」遽索朝服見帝曰：「夫上帝之尊，其勢豈不能庇一婦人使之生乎？一門俱族，而及臣妾，得無甚乎？且妾居處深宮事陛下，未嘗有過失，外家事妾則不知也？」帝曰：「萬口一辭，牢不可破。國忠等雖死，軍師猶未發，備子死以塞天下之謗。」妃子曰：「願得帝送妾數步，妾死無〔憾〕（感）。」左右引妃子去，帝起立送之，如不可步。而九反顧，帝涕下交頤。左右擁妃子行，速由軍中過至古寺。妃子取擁項羅掩面大慟，以其羅付力士曰：「將此進帝。」左右以帛縊之，陳其尸於寺門，乃解其帛。俄而氣復來，其喘綿綿，遽用帛縊之，乃絶。揮使侯元吉大呼於軍中曰：「賊本已死，吾屬無患矣。」於是鳴鼓揮旗，大軍以進。力士迴奏，以妃子擁項羅上進，視其淚痕，皆若淡血。帝不勝其悲，曰：「古者情恨之感，悉有所應。舜妃泣竹而爲斑，妃子擁羅而成血，異矣夫！」前軍作樂，帝不樂，欲止之。力士曰：「不可。今日之理，且順人情。」（《樊川文集夾注》卷二《華清宫詩》注引）

按：《野客叢書》卷二十二《楊妃䙀事》引及《玄宗遺録》，似曾單行。參看前《明皇》篇。

文叔遇俠

林文叔，字野夫，興化軍人。治平間，遊上都，寓甘泉坊後巷，貧甚，幾不聊生。比隣一孀婦，年三十餘，朝肩故衣出售，暮卽歸。居之對門有茶肆，文叔多坐其中，婦人亦時來飲茗。時初冬，文叔尚衣暑服，婦人憐之，乃以全體之服與之。月餘雪寒，又以一衾遺之。數日又以錢與文叔，文叔愧謝，婦人曰：「人有急難而不拯者，非壯義士也。」後遂與文叔爲婚，問其姓氏祖先，皆不答。一歲育一子。一夕同寢，中夜失之。文叔驚起，燭以尋之，杳然不見，其户牖則如故。俄自天窗而下，手携紫囊，胸插匕首，喘猶未定。婦人曰：「與子别矣，子以視我爲何等人，吾在仙鬼之間者，率以忠義爲心。吾居此十年者，吾故夫爲軍使枉殺，吾久欲報之。吾上訴天，下訟陰，方得旨。」囊中取其頭示文叔曰：「此吾戮其神也。」執文叔手，戀語曰：「吾觀子之面與氣，禄甚薄，有禄則壽不永，宜切戒之。可貨宅携歸故鄉，溪山魚酒，醉卧一生，足矣，何必區區利禄哉！」言訖躍出。文叔依其言而歸，壽八十餘而卒。以此知禄薄而貪冒僥倖，壽必不永。録之可爲浮躁者之戒。（《分門古今類事》卷五引《翰苑名談》）

後主古詩

江南李後主常一日幸後湖，開宴賞荷花。忽作古詩云：「蓼稍蘸水火不滅，水鳥鷙魚銀梭投。滿目荷花千萬頃，紅碧相雜敷清流。孫武已斬吴宫女，瑠璃池上佳人頭。」當時識者咸謂吴宫中而有佳人頭，非吉兆也。是年王師弔伐，城將破。或夢丱角女子行空中，以巨篋篋物散落如豆，著地皆人頭；問其故，曰：「此當死于難者。」最後一人冠服墜地，云：「此徐舍人也。」既寤，徐鍇已死圍城中。當圍城時作長短句云：「櫻桃落盡春歸去，蝶翻金粉雙飛，子規啼月小樓西。曲瓊金箔，惆悵卷金泥。門巷寂寥人去後，望殘烟草悽迷。」章未就而城破。及歸朝後，每懷江國，且念嬪妾散落，鬱鬱不自聊。嘗作長短句云：「簾外雨潺潺，春意將闌，羅衾不暖五更寒。夢裏不知身是客，一餉貪歡。獨自莫憑欄，無限江山，别時容易見時難。流水落花春去也，天上人間。」含思悽惋，殆不勝情。又嘗乘醉大書諸牖曰：「萬古到頭歸一死，醉鄉葬地有高原。」醒而見之，大悔。未幾果下世。又「青鳥不傳雲外信，丁香空結雨中愁」。又「鬢從近日添新白，菊是去年依舊黄」。又「江南江北舊家鄉，三十年來夢一場」。皆意氣不滿，非久享富貴者。其兆先讖於言辭云云。亡國之音哀以思，其斯之謂歟！（《分門古今類事》卷十三引《翰苑名談》並《詩話》）

按：《詩話總龜》前集卷十二引李煜「青鳥不傳雲外信」、「鬢從今日添新白」兩聯，作《翰府名談》。

崔應奪禄

唐博陵崔應，任扶溝令。亭午獨坐，有老人請見，應問之，老人曰：「冥司韋判官拜謁，望厚禮待之。」老人延入，及庭，自通名稱思穆，曰：「某冥司要職，聞長官宏才，令器冠於當時，輒將心事相託，幸無驚異。」應曰：「蒙鄙何幸，明靈俯降，但揣微賤，力不符心，苟可施於區區，敢不從命。」冥使曰：「某謝去人世，得居冥職。愛子文卿，少遭憫凶，居鄭滑院，經十餘載，交替院務之日，欠折數萬貫疋，實非己用，欲冒嚴明，俯爲存庇。」應曰：「某扶溝令，焉知鄭滑院。」冥使曰：「閣下將來歷官清顯，雄居方鎮，位極人臣，數月後當與鄭滑院交職。儻不負今日之言，某於冥司願竭萬分護，榮貴非止一身，當令慶及後嗣。」應曰：「唯唯。」冥使感泣而去。應聞淮南杜悰作相，方求政理，乃具録爲縣課績，馳使揚州，欲驗思穆之言。時悰都督維揚判鹽鐵，乃奏應知鄭滑院事。及交割帳籍錢帛，欠折數萬貫疋，而應扶溝受思穆寄託事實丁寧，至是遽違前約，曰：「欠折數廣，何由辯明？雖非文卿所盜，積年不舉，當抵嚴刑，窮達既定，鬼何能移？」於是拘文卿，白其事於使。文卿自度必死，預懷毒衣帶間。及將死，思穆見文卿曰：「無信之人陷汝家族。吾爲汝上告于帝，帝許我奪崔應壽禄，然吾之族亦滅矣。」文卿仰藥死，應視之，悔悟不已。應後惑於聲色，怠於爲政，爲妾金閨所毒而卒。官果止於侍御史，崔氏遂微云。（同上卷二十引《翰苑名談》）

按：事出《太平廣記》卷一二三引《陰德傳》。

筆匳録

王山

王山，魏人，生平不詳。《筆匳録》，《宋史·藝文志》小説类著録七卷。其《盈盈傳》一篇，載《雲齋廣録》卷九，自述所遇，事在皇祐、嘉祐年間。而《雲齋廣録》序于政和辛卯（一一一一），故《四庫全書總目》已指出其與李獻民時代不相及，傳中所謂「予」者乃別一人。按《夷堅三志》己卷第一《吴女盈盈》條篇末注明「山有《筆匳録》詳記所遇」，卽節取此傳也。今以著作權歸還原主。《廣録》本文字頗有舛誤，今參考《夷堅志》略加校正。《夷堅三志》尚有《長安李姝》一篇，亦出《筆匳録》，已經洪邁改削，可參看。

盈盈傳

皇祐中，龍圖閣學士田公節制東海。予是歲不中春官氏選，杖策間行謁公。有吴女盈盈來遊，容豔甚冶，十四，善歌舞，尤能箏，喜詞翰，情思綿綴，千態萬貌，奇性殊絶，所謂翹翹煌煌，出類甚遠。少豪多出金僦驩，盈盈必遴柬，然後一笑。公嘗召在宴，盈盈便巧，能用意賈公愛。公貴，寵愈篤。盈盈頗快飲，予與之遊僅月，盈盈酷愛予尚情，頗學詞於予。每花色破春，老葉下柯，閑幌涼月，青樓夏風，往往沈吟章句，多敍幽怨，流涕不足，久之忘歸。必援箏一彈，么絃孤韻，瞥入人耳，能喜人，能悲人。予嘗憫其情之太極，雖元憑賞金之十八疊，似未能多也。予因語通倅王公曰：「此子弟恐不復永年。」公亦以予言爲然。予既戢東西歸，盈盈泣啼別予不能止。明年夏，客有自東海過魏者，攜盈盈所寄《傷春曲》示予，予讀其詞，愈益嘆感。詞曰：

「芳菲時節。花壓枝折。蜂蝶撩亂，欄檻光發。一旦碎花魂，葬花骨。蜂兮蝶兮何不來？空餘欄檻對寒月。」

予尋撰一歌勉之。又一年，予寓游淄川，通倅王公秩滿西歸，遇予於郊舍，首出盈盈簡示予。開讀，召予偕遊東山。紙尾復有詞一首曰：

「枝上差差緑，林間蔌蔌紅。已歎芳菲盡，安能罇俎空。君不見銅駝茂草長安東，金〔鑣〕（轤）玉勒雪花驄。二十年前是俠少，累累昨日成衰翁。幾時滿引流霞鍾，共君倒載夕陽中？」

時夏，會予病，不果去。秋中再如山東，盈盈已死。予訪王公，公具道盈盈事。公曰：「子歸一年後，盈盈若平居時醉寢，忽夢紅裳美人手執幅紙字示盈盈曰：『玉女命汝掌奏牘。』及覺，泣以告母曰：『兒不復久居人間矣，異日當訪我於東山。』遂嗚咽流涕，永訣其母。母亦泣下，但勉之而已。既夕，母更召巫覡善祝者守之，竟卒。」公與予共感其事，歔欷不已。公命予作詩吊之曰：

「燭花紅死睡初醒，一枕孤懷病客情。海上有山應大夢，人間無路可長生。乾坤意入憑欄闊，風月人歸似舊清。漢殿香消春寂寂，夕陽無語下西城。」

又：

「絃絶銀箏鏡任塵，細腰休舞鳳凰茵。一枝濃豔埋香土，萬顆珠珍滴繡巾。行雨不歸魂夢斷，落花難伴綺羅春。漢皇甲帳當年意，縱有香魂不似真。」

又：

「小巷朱橋花又春，洞房何事不歸雲？〔二〕〔三〕年前過曾攜手，〔手〕今〔日〕重來忽見墳。香魄已飛天上去，鳳簫猶似月中聞。縱然却入襄王夢，會向陽臺憶使君。」

後至嘉祐五年春，予遊奉符，偶與同志陟泰山，歷水簾，攀援而登，箕踞以遨，披奇究異，至於絶頂。有玉女池在焉，石罅潺湲，湛然鏡清。州人重之，每歲無貴賤皆往祠謁。予怳然追思疇昔盈盈之所夢，徘徊池側。心憶神會，泣然感愴久之。因題於石曰：

「浮世繁華一夢休，登臨因憶昔年遊。人歸依舊野花笑，玉冷幾經墳樹秋。風月過清須感慨，江山多恨卽遲留。如今縱擬誇才思，事往情多特地愁。」

又：

「柳條黄盡杏梢新，山翠無非昔日春。花色笑風春似醉，寂寥惟少賞花人。」

又：

「憶昔閑粧淡苧衣，一枝紅拂牡丹微。無端不入襄王夢，爲雨爲雲到處飛。」

予既歸就次，忽夢游日觀峰北，石上有大字甚密。予就閲，則詩一章，筆迹類盈盈，竟不究其意何也。

詩曰：

「絳闕琳宮鎖亂霞，長生未〔曉〕（晚）棄繁華。斷無方朔人間信，遠阻麻姑洞裏家。浩劫易翻滄海水，濃春難謝碧桃花。紫臺樹穩瑤池闊，鳳懶龍驕日又斜。」

予讀畢，忽寤，益大駭。是夕昏醉惘然，忽有女奴召予。予乘醉偕行，約十許里，至一溪洞。洞門重樓，綵檻雕楹，橋環溪水，花木繁麗，風香襲人。女奴先入，予立門下。俄有碧衣女短鬟出迎予。予既趣入，至一宮殿，飛樓連閣，帷幕珠翠，燈燭明列。中有一女子，年可二十四五，玉冠黃帔，衣絳綃曳地，長〔身〕（眸）映容，多髮而不妝。予欲趨拜，女遽起止之，揖予升階。予既就坐。曰：「予非嗜詩者，雅聞子風韻才思，吟諷之際，真有可喜。奉屈，且欲一相見。」指碧衣女奴召盈盈輩來。少選，盈盈與一女子偕至，年可十七八，古鬟髻，薄妝，衣淡黃輕綃，長〔蛾〕（娥）多態，時復好顰。女起迎。盈盈見予，斂袖微笑曰：「『爲雨爲雲到處飛』，何乃尤人如此也？」二女泫然，淺笑不禁。既坐，多道陳隋間事。又曰：「每諷子南朝懷古，髣髴如見吾家之遺臺老樹，使人未嘗不惋憤悽惻之不已也。今夕良會，可賦一篇。」遂命進酒，侍女環立，笙簫間雜，珠璫玉珮，相鳴琅琅。酒既數行，女奴授予紙筆。予不得辭，書詩二章曰：

「兩行紅粉霧爲衣，畫燭香噴翠幕垂。烏鵲橋危星過晚，鳳凰簫冷曲成遲。鱗生酒面東風信，春入花枝半夜知。可惜歡悰都一瞬，白雲峰外玉繩〔欹〕（歌）。」

又曰：

「蓬萊珠翠隔星津，半夜驂鸞國姓秦。羅扇不開花似織，忍遮瓊樹兩枝春。」

女詩曰

「春慵一枕夕陽山，珠箔無風盡日閑。不覺武陵溪下水，直流花片到人間。」

又曰：

「水聲寒隔洞天深，帳殿雲閑少客尋。門外路歧春色斷，老霜秦樹謾蕭森。」

次女詩曰：

「繁華如夢指堪彈，故國空餘萬叠山。簫管寂寥無處問，越江依舊水聲閑。」

又曰：

「絳綃春薄夢魂醒，對酒凄凉舊國情。一夜月華溪上水，潺湲猶作渡江聲。」

盈盈詩曰：

「亂山無數水聲東，鶯弄花枝恰恰紅。愁見緑窗明夜月，一場春夢玉樓空。」

諸女被酒，驚離吊往，愁黯幽寂，啼笑玄生，情若不勝致。夜既深，二女曰：「盈盈雅故，便可就寢。」須臾，酒輟，盈盈召予寢。頃聞雞聲，女奴曰：「可起。」二女復置酒勞予，曰：「珍重珍重，異日慎無相忘。」予辭歸，命女奴送予。盈盈持予泣别，二女亦泫然。予遽行，恍然出一洞，但蒼崖古木，水聲山色，皆非向來所歷。予徘徊感愴，足不能去。後衣袖粉香，彌月乃已，不知何也。嗚呼！盈盈女娼也，幼以高情妙翰，見愛於人。其風態奇怪，卓出常輩，卒能爲神用事，豈誣也乎？惜蔚蔚没身於娼，世無可道説。至二女之會，目觀之題，仙凡茫茫，精神會遇，是邪非邪，不可致詰，又可怪也。

寄盈盈歌〔原附〕

東風豔豔桃李鬆，花圍春入酴酥濃。龍腦〔透〕〔逶〕縷鮫綃紅，鴛鴦十二羅芙蓉。盈盈初見十五六，眉試〔青〕〔紅〕膏鬢垂綠。道字不正嬌滿懷，學得襄陽大隄曲。阿母偏憐掌上看，自此風流難管束。鶯啄含桃〔未嚥〕〔木燕〕時，便會郎詩風動竹。日高一丈羅窗晚，啼鳥壓花新睡短。膩雲纖指攏還偏，半被可憐留翠暖。淡黃衫袖仙衣輕，紅玉闌干妝粉淺。酒痕落腮梅忍寒，春羞〔入〕〔人〕眼〔橫波〕〔水半〕豔上聲。一縷〔未消〕〔朱綃〕山枕紅，斜睇整衣移步懶。才如韓壽潘安亞，擲果竊香心暗嫁。小花静院酒闌珊，别有私言銀燭下。簾聲浪皺金泥額，尺六牙床羅帳窄。釵横啼笑兩不分，歷盡風流腰一搦。若教飛上九天歌，一聲自可傾人國。嬌多必是春工與，有能動人情幾許。前年按舞使君筵，睡起忍羞頭不舉。鳳凰簫冷曲成遲，疑醉桃花過風雨。盈盈盈盈聽我語，勸君休向陽臺住。一生縱得楚王憐，宋玉才多惟解賦。洛陽無限青樓女，袖攏上聲紅牙金鳳縷。春衫粉面誰家郎，只把黄金買歌舞。就中薄倖五陵兒，一日憐新玉如土。雲零雨落止堪悲，空入他人夢來去。浣花溪〔上〕〔山〕海棠灣，薛濤朱户皆金鐶。韋〔皋〕〔畢〕簫逸玳瑁落，張祜盞滑琉璃乾。壓到念奴價百倍，興來奇怪生毫端。醉眼觑紙但一掃，落花飛雪聲漫漫。夢得見之遽起撫，樂天況敢尋常看。花〔間〕〔門〕不敢下翠幕，竟日烜赫羅雕鞍。掃眉塗粉迨七十，老大始頂菖蒲冠。濤七十，始頂菖蒲冠，學謝自然上昇之術，竟卒於錦江者也。至今愁人錦江口，秋蛩露草孤墳寒。盈盈大雅真可惜，爾生此後不可得。滿天風月獨倚欄，醉岸濃雲揮逸墨。久之不見予心憶，高城去天無幾尺。斜陽銜山雲半紅，遠水無風天自碧。望眼空遥沉翠翼，銀河易闊天〔南〕（更）北。瘦盡休文帶眼移，〔忍向〕（除上）小樓清淚滴。（《雲齋廣録》卷九）

金華神記

崔公度

崔公度，字伯易，高郵人。用父任，補三班差使。元祐、紹聖之間，歷兵、禮部郎中，國子司業，知潁、潤、宣、通四州，以直龍圖閣卒。《宋史》有傳。張邦基《墨莊漫録》卷十云：「崔伯易書有《金華神記》，舊編入《聖宋文選》後集中，今無此集。近讀《曲輳集》，復見之，因載之以廣所聞云。」《曲輳集》今不可見，即據《墨莊漫録》輯出，仍署崔作，以復其舊。自好子《剪燈叢話》及《香艷叢書》收有《金華神記》，蓋即出此。

汴人有吴生者，世爲富人，而生以娶宗室女得官於三班。嘉祐中罷任高郵，乃寓其家於治所，而獨與兄子賫金繒數百千南適錢唐。道出晉陵，艤舟於望亭堰下。是夜月明風高，生乃危坐舷上，頓然殊不有寢意。久之，忽有緋衣被髮持兩炬自竹林間出者，後引一女子，冠玉鳳冠，曳蛟綃文錦之衣，顔色甚麗，而年十八九耳。生見而驚。俄頃至岸側，回叱緋衣者曰：「可去矣，無久留也。」於是滅炬泣拜而去。女子即登舟面生坐，謂生曰：「見向來緋衣者乎？此君之夙仇也，而索君且數十年矣，乃今方得之。第以我故得免，不然，今夕君當死其手。」生聞，益驚駭不自安。女子笑曰：「君怯耶？」即以金縷衣置肩上。生稍安，乃問曰：「若神與？其鬼耶？」女子曰：「我非人，亦非鬼，蓋金華神也。過去生中，嘗與君爲姻好，竊知將有所不濟，故相救耳。今事已，我亦當去君矣。」遂去，不復返顧。生以目送至竹林中，不見，將掩門，忽覩女子坐其後，生大驚。女子笑曰：「知君怯，故相戲，安有數十年睽索，一得解後而遽往者耶？」遂相與入舟中，取酒共飲，其言諧謔，悉如常人然。生誡曰：「毋高聲，恐兄子知之。」女子曰：「我言特君可聞，他人雖厲聲亦不能聞也。」生益疑，竊自懼曰：「此果神也，固無所憚；倘鬼則必有所畏矣。」因出劍鏡二物示之。女子曰：「此劍鏡耳。精與鬼則畏。夫劍，陽物而有威者也，鬼陰物而無形者也，以無形而遇有威，是謂銷鑠其妖而不能勝，故鬼畏劍也。鏡亦陽明而至明者也，精亦陰物而爲變者也，以僞而當至明，是故暴著其形而不能逃，故精畏鏡也。昔《抱朴子》嘗言其略，而我知之且久矣，乃欲以相畏乎？」生懼，起謝曰：「誠無他意。」至明，起謂生曰：「舟檝已有曉色，勢不能久留，當與君子決矣。君後十年遊華山日，多置朱粉，於路隅梧桐下揚之。雖然，君今不可終此行，恐復不濟也。」因索筆題詩一章，曰：「羅襪香消九九秋，淚痕空對月明流。塵埃不見金華路，滿目西風總是愁。」書已，輒復流涕歔欷而去。明日思其言，遂回棹不復南去。後以其事語人。人或詰其兄子，果亦不知也。（《墨莊漫録》卷十）

*記陳明遠再生事

崔公度

《墨莊漫録》云：「曲轅先生又嘗作傳記陳明遠再生事。」今亦據之輯録。原文缺訛甚多，姑仍其舊。

明遠，陳氏子也，名公闢，興化軍人，嘗舉進士。皇祐三年春，過泗州，游普照王寺。時羣僧會齋于南院，明遠遶浮圖自西廂趣大殿，兩廡人甚譁，獨老僧弊衣，庭下倚樹讀青紙書，其文光彩射百許步。明遠遽往揖之，僧小舉手，就視其書，則金字《金剛經》繫以梁朝傅大士之頌者。僧細諷自若，明遠從後聽之（疑其光徙日所記）久，僧回顧，笑謂明遠曰：「子亦樂此耶？」明遠對之稍恭。僧讀竟，遂以經授明遠曰：「江南李氏所施。覩子之貌，且當持此。」明遠喜，受之以歸。明旦取映日，則無復光彩，一讀之，徑藏書籠中。明年，從父官海陵，忽得疾不可治，已死三日，家人將大斂，覺其體復温，移刻稍蘇，又食頃乃能言。其族驚。明遠自言：方疾革時，見四卒深目虎喙，持文書，有大印，字莫可辨。共執明遠，桎兩手，驅西北行，其勢甚暴。所經依約皆廣野，塵埃射人，不可輒視，漸逼大河，府署嚴密，門外坐卒數十，悉持挺，內有考掠聲。三卒先入，一守明遠於大門外，如竢命者。須臾，坐卒盡起，擎跪明遠。回視一僧，乘虚而行，過門見明遠，植杖而立，意若哀憫。明遠不覺手桎盡解，熟視其狀，即泗州嘗遇授經者也。因拜祈之。」僧顧卒，取文書略視，曰：「府君知耶？」纔欲入門，而聞府中呼應甚遽。有二人，服紫服朱，趨出迎之。其侍衞之盛，若世之達官。二人禮僧極恭。僧語二人，語愈喜，旁睨明遠，若夙有罪者。僧呼明遠前，使自懺悔。俄二人詔吏聽還。二人亦謝僧去。復有吏馳出，呼明遠，則明遠季父鈦。鈦太學進士，有聞，亡已三年矣。既見，訪明遠家事，云：「我當録冤簿三年，纔一年爾，非佳職也。爾歸，持尊勝七俱胝呪，祈以免我。又有故服藏某處，幸焚之遺我。」寄聲親戚如平生。復告明遠言：「世之人冤慎勿復，復之後，勢如索綯爲若，有迨百千生不能解者。故吾此局，置吏最多，而簿書期會，常若不及。神君聖靈，尤深厭此。」言未竟，若有呼之者，因疾馳去。僧引明遠游旁兩大廡下，見繫囚不啻數百，亦有禽獸諸蟲，悉能人言，與囚對辨。羣吏見僧悉拜，有械囚縶以大鐵鎖，左右文書没其首，口嘗囁嚅出血。卒守之，若使自讞，輕重不當，又鞭之。其餘幾壞。明遠竊視之，乃其表舅鄭生。生爲閩吏，喜以法自名，死且十年餘，見明遠泣下，頻以手向僧，且目明遠。僧笑出，以杖指之，鏁械俱墮，然莫敢起，而口囁嚅出血則未已也。又見坐沙門五六人，前列敗壞飲食數十甕，氣色殊惡。僧曰：「此嘗棄世中供養，且重使食耳。」僧亦不甚念，復引明遠出前大河上，虹橋蜿蜒，望彼岸城府樓觀，煙霧出其上。明遠請往觀焉，僧不許曰：「子過此，無復歸矣。」亟隨僧趣東南，井閭人物，差類人世，但天氣垂慘，似欲雨時，而途中所遇，往往皆昔嘗所見。危冠大馬，出處前後。吏卒替更而迭趨，人指以爲名勢挾侈快意，不屈之士，皆趑趄狼狽，狀若爲物所迫。甚者咨嗟涕淚，悔怏自擲，意求有以亡匿而不可得。俄及前所，過廣野，遇溪水漲甚，始思來時則無有也。明遠憂不能渡，僧乃執杖端，以末授明遠而導之，始涉亦甚淺，中流明遠失據將溺，因驚呼而甦。明遠之復生也，桎縛之跡隱然在臂。家人持葷飲餉之，雖數十年，輒掩鼻，急遣去。瞻視間僧已在室中，香氣異常，親族齋戒祈見者，必暫覩裙衲杖屨而已。僧自是日以先授經義教明遠，對其情品説一切世間所有之法，即心是佛，煩惱塵勞，究竟虚妄。其音靚圓若霜鐘，在庭户外之人，一歷耳驩然自信，終身不能忘其聲。每謂明遠曰：「吾即詣某寺齋。」既去，食頃復還。又言：「某氏齋私飲某僧酒，猶不齋耳。他時爲之，未免有罪。」時多疑以僧伽大師者，明遠請焉，僧曰：「僧伽，吾師也。」幾一月，明遠軀體復壯。僧告去，曰：「後十四年，吾傳子於祖山。」明遠問祖山，曰：「廬阜。」遂去。陳氏後求鈂故衣，果得於其處，緇徒呪而火之。明遠母素好釋氏，悉疏其齋，雖遠數百里必使人驗之。明遠并告以言狀，具言有是爾。飲僧家聞之，終身不飲酒。然明遠向所懺之罪，今反不復能記，豈昔偶萌之於心，不自引悔，而神道已録以爲非耶。抑他生所爲，不復自省，而幽冥記人功過誅賞，有時而宴安，人之苟爲得以自將，則跬步之間不可以爲恐懼耶。至和三年八月，明遠歸莆田，以故人訪予，且出所授經，具道其事。予欲記之。予固已怪其人爽辨謙畏，不類向時，其志真若有所得，然未暇從其請也。今年其兄公輔調官京師，特過予復爲言。予與公輔游十五年矣，今亦稱其弟所爲如予嘗所怪者，則明遠由是而有聞，倘求之益勤，修之益明，守其話言，不爲富貴貧賤之所遷，則其所至也，豈易量哉。因奮筆直載始末。明遠所述蓋多，其間有與佛經外史若世人已傳之事略相同者，不復更録。明遠父名鑄，今爲尚書都官郎中，通判廣州。曲轅子記。（《墨莊漫録》卷十）

附錄

予觀崔公所記，抑亦異矣。彼鄭生者以法自名，而獲罪若是，吁，可畏哉！三尺者，輕重不可踰，而法家流鮮恩寡恕，多論□刻，苟容於心，已不逃於陰譴矣。若能平反明慎，天必以善應之。臨政者於〔淑〕問詳讞，寧可忽諸。（同上）

芙蓉城傳

胡微之

王迥遇仙女周瑶英故事，北宋時盛行傳説。蘇軾曾有《芙蓉城》詩贈王子高。胡微之所作《王迥子高芙蓉城傳》，僅見《緑窗新話》（不注出處）及《施顧注蘇詩》、《集注分類東坡先生詩》引有殘文，尚可窺見大概。今輯録于此，原不相屬者分段另起，不加綴合，以存原貌。胡微之，生平不詳，微一作徽。

王君迥，字子〔高〕（喬），家延女客。既夕，酒罷，見一女子，華冠盛服，坐廳西。君怪問之，答曰：「少頃至君寢。」君懼，不敢寢，困甚欲卧，忽有人自帳中挽其衣，乃適見之女，已脱衣欲卧。君懼欲去，女曰：「我以冥契，當侍巾櫛。」因强歡事，君懼不從。天明，女去。後三日，復至，君與之合，問女何族。女曰：「我周太尉之女，名瓊姬。」自是朝去暮來。一日，出藥與君服，又遺詩曰：「陰魄陽精寶鍊成，服之一日可長生。芙蓉闕下多仙侣，休羡人間利與名。」一日，〔高〕（喬）夢瓊道服而至曰：「我居處幽僻，君能一往否？」君喜而從之。但覺其身飄飄然，須臾，至一殿庭，有女流道妝百餘人立庭下。殿上有美丈夫，朝服而坐，命君登樓，樓額題曰「碧雲」，見軒楹皆依山臨水。明日，瓊來，君語其夢，瓊笑曰：「芙蓉城也。」（《緑窗新

話》卷上《王子〔高〕（喬）遇芙蓉仙》）

按：《綠窗新話》不注出處及撰人，惟《施顧注蘇詩》及《集注分類東坡先生詩》引胡微之《王迥子高芙蓉城傳》尚有《新話》所不載者，并錄附于後，以備比勘。

初遇一女，自言周太尉女。夕夢同至一宮殿，如人間王者之居。明日周來，問之，芙蓉城也。

夢入東廊，有女流道裝而出者百餘人。

周語王曰：「我於人間嗜欲未盡，緣以冥契，當侍巾櫛。是以奉尋，非一朝一夕之分也。」

天明，周既去，衾枕之屬，餘香不散。

一日，周語王曰：「卽預朝列。」王曰：「何謂朝列？」曰：「朝帝也。」

王初見周，趨而避之，懼不敢寢。更深困甚，視窗户掩閴。及入解衣，卽聞屏幃間有喘息聲，乃適。女郎已脱衣而卧。自是朝去夕至，凡百餘日。忽去不來者數日。

一夕，夢周曰：「我居幽僻，君能一往否？」喜而從之，但覺其身飄然，與周同舉。須臾至殿廷，二樓相視而聳。廊間有一門半開。

周與君登東廂樓，梁上有牌題曰「碧雲」。

周笑曰：「芳卿之意甚勤也。」王問周曰：「芳卿何姓？」曰：「與我同。」君感其事作詩。

周臨别留詩云：「久事屏幃不暫閒，今朝離意尚闌珊，臨行惟有相思淚，滴在羅衣一半斑。」

虞曹公狀其事以奏帝。春花秋月，悽慘悲泣而去。（以上《施顧注蘇詩》卷十四）

忽一夕，夢周道服而至，謂君曰：「我居幽僻，君能往否？」遂從之。但覺其身飄然。須臾過一嶺，及一門，珍禽佳木，清溜怪石，殿閣金碧相照。遂與君自東廂門入。循廊至一殿亭，甚雄壯，下有三樓，相視而聳，亦甚雄麗。廊間（有一門）半開，周忽入，君少留。須臾周與一女郎至，周曰：「三山之事悉乎？」曰：「雖已悉，奈情乎？」於是拊掌而去。逡巡東廊之門，門啓，有女流道裝而出者百餘人，立於殿下。須臾殿上卷簾，有美丈夫一人朝服憑几，而庭下之女循次而上。少頃憑几者起，簾復下，諸女流亦復不見。周遂命君登東廂之樓云。明日，周來，君將語其夢，周笑曰：「芳卿之意甚動人。」君曰：「何也？」周曰：「芙蓉城也。」曰：「憑几者誰？三山之事何謂？」周皆不對。君曰：「芳卿何姓？」曰：「與我同。」君感其事，作詩遺周云。

周命君登東廂之樓，上有酒具。憑欄縱觀，山川清秀。梁上有碑題曰「碧雲樓」。君未及下，有一女郎復登是樓，年可十五，容色嬌媚，亦周之比。周謂君曰：「此芳卿也，與我最相愛。」芳卿蓋其字耳。（以上《集注分類東坡先生詩》卷四）

按：王子高故事散見宋人著作，似以蘇軾《芙蓉城》詩爲最早，影響至巨。宋人雜劇有《王子高六么》，見朱彧《萍洲可談》卷一及周密《武林舊事》卷十。

附録

世傳王迥子高與仙人周瑶英遊芙蓉城。元豐元年三月，余始識子高，問之信然。乃作此詩，極其情而歸之正，亦變風止乎禮義之意也。

芙蓉城中花冥冥，誰其主者石與丁。珠簾玉案翡翠屏，雲舒霞卷千儔停。中有一人長眉青，炯如微雲澹疏星。往來三世空鍊形，竟坐誤讀《黄庭經》。天門夜開飛爽靈，無復白日乘雲軿。俗緣千劫磨不盡，翠被冷落淒餘馨。因過緱山朝帝廷，夜聞笙簫弭節聽。飄然而來誰使令，皎如明月入窗櫺。忽然而去不可執，寒衾虚幌風泠泠。仙宫洞房本不扃，夢中同躡鳳凰翎。徑度萬里如奔霆，玉樓浮空聳亭亭。天書雲篆誰所銘，遶樓飛步高玲娉。仙風鏘然韻流鈴，蘧蘧形開如醉醒。芳卿寄謝空丁寧，一朝覆水不返瓶，羅巾别淚空熒熒。春風花開秋葉零，世間羅綺紛膻腥。此生流浪隨滄溟，偶然相值兩浮萍。願君收視觀三庭，勿與嘉穀生蝗螟。從渠一念三千齡，下作人間尹與邢。（《施顧注蘇詩》卷十四《芙蓉城》并引）

朝士王迥，美姿容，有才思，少年時不甚持重，間爲狎邪輩所誣，播入樂府，今《六么》所歌「奇俊王家郎」者，乃迥也。元豐中，蔡持正舉之可任監司，神宗忽云：「此乃奇俊王家郎乎？」持正叩頭謝罪。（《萍洲可談》卷一）

世傳王迥芙蓉城鬼仙事，或云無有，蓋託爲之者。迥字子高，蘇子瞻與迥姻家，爲作歌，人遂以爲信。俞澹清老云：王荆公嘗和子瞻歌，爲其兄紫芝誦之。紫芝請書于紙，荆公曰：「此戲耳，不可以訓。」故不傳，猶記其首語云：「神仙出没藏杳冥，帝遣萬鬼驅六丁。」余在許昌，與韓宗武會，坐客有言宗武年二十餘時有所遇如子高，是時年八十餘。余質之宗武，笑而不肯言。客誦其人往來詩數十篇，皆五字古風，清婉可愛，如《玉臺新詠》。宗武見余愛，乃笑曰：「荆公嘗亦甚稱云，非近人，當是齊梁間鬼。」遂略道本末云：「見之幾二年，無甚苦，意但恍惚，或食或不食。後國醫陳易簡，教服蘇合香丸，半年餘，一日忽不見，未知爲藥之驗否也？」（《避暑録話》卷上）

世傳王迥遇仙女周瑶英事，或言非實，託寓而爲之爾。是誠不然。當斯時，盛傳天下，禁中亦知。是時皇嗣屢夭。晏元獻爲相，一日，遣人請召迥之父郎官王璐至私第，款密久之。王璐不測其意。忽問曰：「賢郎與神仙遊，其人名在帝所，果然？」王璐驚惶，不知所對，徐曰：「此子心疾，爲妖鬼所憑，爲家中之害，所不勝言。」晏曰：「無深諱。不知每與賢郎言未來之事，有驗否？」王璐對曰：「間有後驗而未嘗問也。」晏曰：「此上旨也。上令殊呼郎中密託令似，以皇子屢夭，深軫上心，試于帝所問早晚之期，與後來皇子還得定否。」王璐曰：「不敢辭。」後數日，來云：「密言諗令小子問之。小子言，其人親到九天，見主典簿籍者，言聖上若以族從爲嗣，卽聖祚綿久，未見誕育之期也。雖其言若此，願相公勿以爲信，以保家族。」晏公默然。其後聞所奏者，亦不敢盡言。富鄭公乃晏壻也，富公爲宰相，皇子猶未降，故與文潞公、劉丞相、王文忠首進建儲之議，蓋本諸此。（《默記》卷上）

王子高遇芙蓉仙事，舉世皆知之。子高初名迥，後以傳其事徧國中，於是改名蘧，易字子開。與蘇黄遊甚稔，見於尺牘。東坡先生又作《芙蓉城》詩云。訣別之時，芙蓉授神丹一粒，告曰：「無戚戚，後當偕老於澄江之上。」初所未喻，子開時方十八九。已而結婚向氏，十年而鰥居，年四十再娶江陰巨室之女，方二十矣。合巹之後，視其妻，則倩盼冶容，修短合度，與前所遇無纖毫之異。詢以前語，則惘然莫曉。而澄江，江陰之里名也。子開由是遂爲澄江人焉。服其丹，年八十餘，康强無疾。明清壬午歲從外舅帥淮西，子開之孫明之譓在幕府，相與遊從，每以見語如此。此事與《雲溪友議》玉簫事絶相類。子開，趙州人，忠穆⿱嚴殳之孫，虞部員外郎正路之子，仕至中散大夫，晚歸守濡須，祠堂在焉。賀方回爲子開挽詩，詞云：「我昔官房子，嘗聞忠穆賢。」又云：「和璧終歸趙，干將不葬吴。」今乃印在秦少游集中。明之子卽爲和寧也。少游没於元符，子開大觀中猶在，其誤明矣。（《玉照新志》卷一）

王迥字子高，族弟子立，爲蘇黄門壻，故兄弟皆從二蘇遊。子高後受學於荆公。舊有周瓊姬事，胡徽之爲作傳。或用其傳作《六么》。東坡復作《芙蓉城》詩以實其事。迥後改名蘧，字子開，宅在江陰。予曩居江陰，〔嘗〕（常）見其行狀，著受學荆公甚詳。紹興間其家盡裒東坡兄弟往來簡帖示人，然散失亦多矣。其孫賨以母宗女恩得右職，〔嘗〕（常）爲鎮江都統司機宜，開其所得帖於都統司，又有謝賜御書詩「繡裳畫衮雲垂地」者并表，用絹朱界以寫之。其自珍如此。機宜公之外祖齊安郡王士褭取去爲壽光堯，今在天上矣。（《雲麓漫鈔》卷十）

《賢異録》一卷。亦無名氏，所記四事。其一曰《鬼傳》者，言王⿱嚴殳家子弟所遇，與世傳王子高事大同小異，當是一事耳。（《直齋書録解題》卷十一）

東坡志林

蘇　軾

蘇軾(一〇三七——一一〇一),字子瞻,號東坡居士,眉山人。著名文學家,《宋史》有傳。《東坡志林》或稱《東坡手澤》,又與《東坡題跋》有互見者。此書或爲一卷,或爲五卷,或爲十二卷,版本各異。兹據中華書局版五卷本選録。

冢中棄兒吸蟾氣

富彦國在青社,河北大饑,民争歸之。有夫婦襁負一子,未幾,迫於飢困,不能皆全,棄之道左空冢中而去。歲定歸鄉,過此冢,欲收其骨,則兒尚活,肥健愈於未棄時。見父母,匍匐來就。視冢中空無有,惟有一竅滑易,如蛇鼠出入,有大蟾蜍如車輪,氣咻咻然,出穴中。意兒在冢中常呼吸此氣,故能不食而健。自爾遂不食,年六七歲,肌膚如玉。其父抱兒來京師,以示小兒醫張荆筐。張曰:「物之有氣者能蟄,燕蛇蝦蟆之類是也。能蟄則能不食,不食則壽,此千歲蝦蟆也。决不當與之藥。若聽其不食不娶,長必得道。」父喜,攜去,今不知所在。張與余言,蓋嘉祐六年也。(卷三)

陳昱被冥吏誤追

今年三月，有書吏陳昱者暴死三日而蘇，云：初見壁有孔，有人自孔擲一物，至地化爲人，乃其亡姊也。攜其手自孔中出，曰：「冥吏追汝，使我先。」見吏在旁，昏黑如夜，極望有明處，空有橋，榜曰「會明」。人皆用泥錢。橋極高，有行橋上者。姊曰：「此生天也。」昱行橋下，然猶有在下者，或爲烏鵲所啄。姊曰：「此網捕者也。」又見一橋，曰「陽明」，人皆用紙錢。有吏坐曹十餘人，以狀及紙錢至者，吏輒刻除之，如抽貫然。已而見冥官，則陳襄述古也。問昱何故殺乳母，昱曰：「無之。」呼乳母至，血被面，抱嬰兒，熟視昱曰：「非此人也，乃門下吏陳周。」官遂放昱還，曰：「路遠，當給竹馬。」又使諸曹檢己籍，曹示之，年六十九，官左班殿直。曰：「以平生不燒香，故不甚壽。」又曰：「吾輩更此一報，〔身〕即不同矣。」意謂當超也。昱還，道見追陳周往。既蘇，周果死。（同上）

按：《分門古今類事》卷二十引作《毗陵集》，「陳周」作「陳用」。

艾子

蘇軾

《艾子》，《直齋書録解題》小説家類著録，一卷，云：「相傳爲東坡作，未必然也。」今存《顧氏文房小説》本題作《東坡居士艾子雜説》。似是蘇軾手筆，姑列在《東坡志林》之後。

*唐三藏猶可活

艾子好飲少醒日，門生相與謀曰：「此不可以諫止，唯以險事休之，宜可誡。」一日大飲而噦，門人密抽彘腸致噦中，持以示曰：「凡人具五臟方能活。今公因飲而出一臟，止四臟矣，何以生耶？」艾子熟視而笑曰：「唐三藏猶可活，況有四耶。」

*營丘士好折難

營丘士性不通慧，每多事，好折難而不中理。一日造艾子問曰：「凡大車之下與橐駝之項，多綴鈴鐸，其故何也？」艾子曰：「車駝之爲物，其大，且多夜行，忽狹路相逢，則難於回避，以藉鳴聲相聞，使預得回避爾。」營丘士曰：「佛塔之上亦設鈴鐸，豈謂塔亦夜行而使相避耶？」艾子曰：「君不通事理乃至如此！凡鳥鵲多託高以巢，糞穢狼藉，故塔之有鈴，所以警鳥鵲也，豈以車駝比耶。」營丘士曰：「鷹鷂之尾亦設小鈴，安有鳥鵲巢於鷹鷂之尾乎？」艾子大笑曰：「怪哉，君之不通也！夫鷹隼擊物，或入林中而絆足縧線偶爲木之所綰，則振羽之際，鈴聲可尋而索也。豈謂防鳥鵲之巢乎！」營丘士曰：「吾嘗見挽郎秉鐸而歌，雖不究其理，今乃知恐爲木枝所綰而便於尋索也。抑不知綰郎之足者用皮乎？用線乎？」艾子愠而答曰：「挽郎乃死者之導也，爲死人生前好詰難，故鼓鐸以樂其尸耳。」

按：此則構思出于敦煌本《孔子項託相問書》，《啓顔錄》之《山東人》條亦類此，唯艾子最後以謾語答之，則别出機杼。

*改觀音呪

艾子一日觀人誦佛經者，有曰：「呪咀諸毒藥，所欲害身者，念彼觀音力，還着於本人。」艾子喟然歎曰：「佛，仁也，豈有免一人之難而害一人之命乎？是亦去彼及此，與夫不愛者何異也！」因謂其人曰：「今爲汝體佛之意而改正之，可者乎？」曰：「呪咀諸毒藥，所欲害身者，念彼觀音力，兩家都没事。」

按：此意亦見《東坡志林》卷二《改觀音呪》，於是可見東坡之處世態度。

*富人子

齊有富人，家累千金。其二子甚愚，其父不教之。一日，艾子謂其父曰：「君之子雖美而不通世務，他日曷能克其家？」父怒曰：「吾之子敏而且恃多能，豈有不能世務耶？」艾子曰：「不須試之他，但問君之子，所食之米從何來。若知之，吾當妄言之罪。」父遂呼其子問之，其子嘻然笑曰：「吾豈不知此也，每以布囊取來。」其父愀然而改容曰：「子之愚甚也！彼米不是田中來？」艾子曰：「非其父不生其子。」

鬼怕惡人

艾子行水塗，見一廟，矮小而裝飾甚嚴，前有一小溝。有人行至水，不可涉，顧廟中而輒取大王像横於溝上，履之而去。復有一人至，見之，再三歎之曰：「神像直有如此褻慢！」乃自扶起，以衣拂飾，捧至坐上，再拜而去。須臾，艾子聞廟中小鬼曰：「大王居此爲神，享里人祭祀，反爲愚民之辱，何不施禍以譴之？」王曰：「然則禍當行於後來者。」小鬼又曰：「前人以履大王，辱莫甚焉，而不行禍；後來之人，敬大王者，反禍之，何也？」王曰：「前人已不信矣，又安敢禍之。」艾子曰：「真是鬼怕惡人也。」

按：鬼怕惡人，此意已見于《宣室志》之《赤水神》，艾子襲取其意而舍其情節，不免簡率。

口是禍之門

艾子病熱稍昏，夢中神遊陰府，見閻羅王升殿治事，有數鬼擡一人至，一吏前白之曰：「此人在世，唯務持人陰事，恐取財物。雖無過者（亦）（一）巧造端以誘陷之，然後摘使準法。合以五百億萬斤柴於鑊湯中煮訖放。」王可之，令付獄。有一牛頭捽執之而去。其人私謂牛頭曰：「君何人也？」曰：「吾鑊湯獄主也，獄之事皆可主之。」其人又曰：「既爲獄主，固首主也。而豹皮裩若此之弊。」其鬼曰：「冥中無此皮，若陽人焚化方得。而吾名不顯於人間，故無焚貺者。」其人又曰：「某之外氏，獄徒也，家常有此皮。若蒙獄主見憫減柴數，得還，則焚化十皮爲獄主作裩。」其鬼喜曰：「爲汝去『億萬』二字以欺其徒，則汝得速還，兼免沸煮之苦三之二也。」於是叉入鑊煮之。其牛頭者時來相問，小鬼見如此，必欲庇之，亦不敢令火熾，遂報柴足。既出鑊，束帶將行。牛頭曰：「勿忘皮也。」其人乃回顧曰：「有詩一首奉贈云：『牛頭獄主要知聞，權在閻王不在君。減刻官柴猶自可，更求枉法豹皮裩。』」牛頭大怒，叉入鑊湯，益薪煮之。艾子既寤，語於徒曰：「須信口是禍之門也。」

按：王明清《揮麈後錄》卷七《東坡舟次泗上》記蘇軾語云：「軾一生罪過，開口常是不在徒二年以下。」亦此意也。

龍川別志

蘇轍

蘇轍(一〇三九——一一一二),字子由,號潁濱遺老,與父蘇洵、兄蘇軾齊名,合稱三蘇。《宋史》有傳。著有《欒城集》、《龍川略志》等。《龍川別志》,《郡齋讀書志》小説類著録四卷,今本二卷,疑與《略志》分合不同。

*郭雀兒作天子

周高祖柴后,魏成安人,父曰柴三禮,本後唐莊宗之嬪御也。莊宗没,明宗遣歸其家,行至河上,父母迓之。會大風雨,止於逆旅。數日,有一丈夫冒雨走過其門,衣弊破裂,不能自庇。后見之驚曰:「此何人耶?」逆旅主人曰:「此馬鋪卒吏郭雀兒者也。」后召與語,異之,謂父母曰:「此貴人,我當嫁之。」父母恚曰:「汝帝左右人,歸當嫁節度使,奈何嫁此乞人?」后曰:「我久在宫中,頗識貴人,此人貴不可言,不可失也。橐中裝分半與父母,我取其半。」父母知不可奪,遂成婚於逆旅中。所謂郭雀兒,則周祖也。后每資以金帛,使事漢祖,卒爲漢佐命。后父柴三禮既老,夜寐輒不覺,晝起常寡言笑。其家問之,不答。其妻醉之以酒,乃曰:「昨見郭雀兒已作天子。」初,周祖兵征淮南過宋州,宋州使人勞之於葛驛。先有一男子、一女子，不知所從來，轉客於市，傭力以食。父老憐其愿也，醵酒食、衣服，使相配爲夫婦。及周祖至，市人聚觀，女子於衆中呼曰：「此吾父也。」市人驅之去。周祖聞之，使前，問之，信其女也，相持而泣，將携之以行。女曰：「我已嫁人矣。」復呼其夫視之，曰：「此亦貴人也。」乃俱挈之軍中，奏補供奉官，卽張永德也。及周祖入汴，漢末帝以兵圍其第，今皇建院是也，盡誅其家。惟永德與其妻在河陽爲監押，末帝亦命河陽誅之。河陽守呼永德，以敕視之。永德曰：「丈人爲德不成，死未晚也。」河陽守見其神色不少變，以爲然，雖執之於獄，所以餽之甚厚，親問之曰：「君視丈人事得成否？」永德曰：「殆必然。」以柴三禮夢所見爲驗。未幾而捷報至。周祖親戚盡誅，惟永德夫婦遂極富貴。（卷上）

魏大諫見異録

佚名

記魏廷式事，作者不詳，見《宋朝事實類苑》引。篇首似有刪節。

平生頗嘗見怪異。在家居時，因中夏乘涼，夜將半，舍南三十許步忽有人聚語，且悲且嘯，燈火閃閃，其光燄絶碧色，火邊有四五人環坐，或欹或舞。公孰視之，知必鬼物，因引弓援矢射之，一發中右坐一人，其餘且走而哭曰：「射殺于媪也。」既而察之，見箭正穿一破鉢盂。又嘗在趙州寓，護兵魏咸美公署内有西堂，平常時人皆不敢居焉。其堂内尤有怪，咸美素知公有膽氣，因請公曰：「敢宿西堂乎？」公曰：「何爲不敢？」即泊于西堂，獨枕一劍，其夜二鼓初，聞門户忽自開，公在床偃卧，見美婦女二十餘人，笑語直入於堂内。公問：「爾等何人，輒敢來此，有姓氏乎？」皆不答。公又曰：「何不近來？」婦女一齊逼於床，公戲之曰：「爾等有變耶，胡不徙吾床於堂下？」一人曰：「公擲去劍，吾曹徙床，豈難也哉？」公即取劍擲於地，於是羣女遂負床置於門堂外，公猶在床，獨撫股仰視，婦人皆羅列於床。公乃曰：「得矣，復吾床故處。」婦人却負床於堂内，有一人把火炬燒牀帳，俄而火四起，公亦不動，但訝火微熱而不甚炎烈，須臾火盡，婦人笑曰：「此何人哉？」言訖不見。及曉，具此白主人，主人大駭，是堂爾後因不復有怪也。是時，冀趙間大旱，公與鄉人徐載、王禮徒步閈閎，忽逢一丈夫，貌古朴野，服飾弊裂，揖公曰：「啜茶一甌，可乎？」傲然而坐，徐頗不悦，以爲何如人耳。啜訖，弊衣者曰：「今夜三更當雨。」徐不然之，彼丈夫有慍色，迴顧徐問，面上出火焰，高二尺許，光溢四坐，客惶駭不已。火滅，彼丈夫亦失所坐處。於是白于魏侯，是夜，風清月皎，雲忽暝合，大雨如注，一夕告足。咸美自此晝神，公以爲信有而且不誣也。公卽歸大名，在路爲大旋風所繞，莫能前進，公怒曰：「安有是哉！」遂引弓射之，正中一物，風乃止，視之，一白驢首，旋逼而滅之，行者盡懼異之。公至家，鄰舍有巨石磨，以久不爲用，公以手之末指擬而祝曰：「儻富貴有命，隨指而旋。」有若神助，勢如轉丸者數四，傍觀輿人，躍力推舉，輪植不可動，咸伏其異焉。又嘗寢，覺手中有金一錠，巨細形體，首尾如蠶，不知自何而至，其季弟收之，于今存焉。後於縣郭内買宅居，日夜以讀書爲業，縣城内有威雄將軍廟，居人敬憚，遠近必禱祀以求靈報。廟有主廟李紹斌者，常與民導神之酒饌而達其意。忽一夕，公夢一健步入門，呼曰：「將軍至矣！」公惶駭，具襴靴，竦立於庭中，斯須聞數呵殿趨導至。有頃，見一少年衣錦袍，戴金花帽，跨紅驄馬，至則索胡床，據廳事坐，左右僕從，衣服鮮明，將鷹犬，操竿挾彈，蹴踘角抵，羅列於庭户。將軍揖公坐，公辭讓至於再，至於三，方坐於席次。將軍曰：「吾來，事有欲便君爾。」公避席曰：「諾。」將軍使小豎持上排十二錢，命公曰：「唯所意取之。」公依旨於第二第四行間各探一錢，將軍笑曰：「來年未及第，須後年也。前去甚嘉。」將軍指第一行間下一錢云：「如此得錢，雖來年及第，然終身敍不進，請善保吾二錢，有疑可決。」言訖而不見。公夢覺，夜方半，遂伸紙揮管以記其事，竟不復寐。五鼓，俄有叩門者，問之，乃主廟李紹斌也。公曰：「來何早？」紹斌曰：「夜來知將軍奉謁，令紹斌送卦錢來。」公視之，乃夢中所探得二錢，圓模巨細，略無異焉。公甚駭異，因躬備酒饌而往奠謝之，所得二錢，藏於篋笥，保惜尤謹，遇事有疑慮，則以錢占之，吉凶無不應兆。太平興國四年赴舉，果下第，因遊相國寺之石殿，頗動歸歟之思，復有投筆之謀，忽不決。見一梵僧，疎眉大目，謂曰：「子前程極遠，何妄想耶？」公愕眙拱立，命於泗州院烹茗一啜。復曰：「他日當相見。」言訖，倏之柱中。公徐思曰：「吾聞西來有神異高僧，秘靈骨於泗濱者，斯之謂乎？」乃繪其像而禮奉之。至太平興國五年閏三月，及第，又至道元年八月，移知潭州，賜白金五百兩，仍降璽書奬諭。沿汴舟行，既達洞庭湖，方其中流，俄而風濤暴作，雷雨雲霧昏迷如夜，舟人戒曰：「慎無鼓樂及薪松煎油，不如是，當有蛟龍出於患害也。」整衣冠禱之，曰：「廷式束髮仕宦已來，常盡廉恪，所治州郡，夙夜在公，今奉朝命，俾典湘潭。命也已矣，則速沈於波中，如其不然，則無爲恐怖耳。」言訖，使庖夫爨松薪，熬油，作樂，俄頃風止浪息，而前去至潭州，泊於驛門外岸隈。舊有大舟，命曰水驛，皆往來星使，多居於此舟也。公將家就休，方亭午，假寐，如聞人呼曰：「起。」公未熟寢，如此已數四，因起視舟，水已侵入，將其半也。公驚遽移家，其舟旋爲中斷而没矣。交政後，與僚屬遊會春園擊丸，會坐牀上有圓竅甚小，公移牀二十步，謂僚佐曰：「吾以丸射之，如中，則吾前途未易量也。」即射之，正中竅中，飛越，快然不礙，復收丸校竅，竅小不容焉。次日，有勑書褒勞公之能績，拜右諫議大夫，知審刑院。廐中有烏馬，常乘騎，一日晚歸第，至曹門外橋南望，有婦人立水面上，向而呼曰：「相公！放我兒來。」所乘馬驚逸，幾不可制，卽不見矣。次日，水中濯馬足迴，馬病，醫藥至備，而無差矣。公對馬曰：「吾賴爾力亦多也，今爾病，吾醫療亦極矣，如必不可，爾出吾門外，慎勿於吾面前斃，蓋所不忍。」馬即跪前脚，目有淚下，如辭狀，起而歔欷，出門外，即氣絶矣。左右互相嘆訝。（《宋朝事實類苑》卷六十九）

按：《宋史》卷三〇七《魏廷式傳》亦載其事云：「嘗客遊趙州，舍于監軍魏咸美之廨，廨有西堂，素凶。咸美知廷式有膽氣，命居之，卒無恙。」

續世說

孔平仲

孔平仲，字毅甫，清江人。治平二年（一〇六五）進士，元祐二年（一〇八七）召試，授集賢校理。仕至提點京西刑獄。坐黨籍，謫惠州別駕。徽宗卽位，召爲户部員外郎、金部郎中，出使陝西，帥鄜延、環慶。黨論再起，罷職，卒。著有《清江集》、《釋稗》等。《宋史》有傳。《續世說》十二卷（《直齋書録解題》作三卷），編纂劉宋至五代故事，以續劉義慶之《世説新語》。《宛委別藏》本據宋沅州本傳寫，有紹興丁丑（一一五七）秦果序。唐以前事多見唐人雜史，今取五代人軼事數則，以存志人小説之體。

*劉知遠

劉知遠謂晉高祖曰：「願陛下撫將相以恩，臣請戢士卒以威。恩威兼著，京邑自安。本根安固，則枝葉不傷矣。」知遠乃嚴設科禁，宿衛諸軍無敢犯者。有軍士盜紙錢一襆，主者擒之，左右請釋之。知遠曰：「吾誅其情，不計其直。」竟殺之。由是衆皆畏服。（政事）

王仁裕

五代周王仁裕，年二十五，方有意就學。一夕，夢剖其腸胃，引西江水以浣之。又睹水中砂石皆有篆文，因取而吞之。及寤，心意豁然。自是性識日高，有詩萬餘首，勒成百卷，目之曰《西江集》，蓋以嘗夢吞西江文石，遂以爲名焉。（文學）

劉知遠

石晉以劉知遠爲河東節度使。知遠微時，爲晉陽李氏贅壻，常牧馬犯僧田，僧執而笞之。知遠至晉陽，首召其僧命之坐，慰諭贈勞。衆心大悦。（雅量）

李景遂

江南李氏齊王景遂爲皇太子弟，嘗與臣僚宴集。贊善大夫張易有所規諫。景遂方與客傳玩玉杯，弗之顧。易怒曰：「殿下重寶而輕士！」取杯抵地，碎之。衆皆失色。景遂斂容謝之。（同上）

馮道

唐明宗與馮道語及年穀屢登，四方無事。道曰：「臣嘗記昔在先皇幕府，奉使中山，歷井陘之險，臣憂馬蹶，執轡甚謹，幸而無失。逮至平路，放轡自逸，俄至顛隕。凡爲天下，亦猶是也。」上深以爲然。上又問：「今歲雖豐，百姓贍足否？」道曰：「農家歲凶則流於餓殍，歲豐則傷於穀賤。豐凶皆病，惟農家爲然。嘗記進士聶夷中詩云：『二月賣新絲，五月糶新穀。醫得眼下瘡，剜却心頭肉。我願君王心，化爲光明燭。不照綺羅筵，唯照逃亡屋。』語雖鄙俚，曲盡田家之情狀。農於四民之中，最爲勤苦。人主不可不知也。」命左右録之，常諷誦之。（箴規）

*馬郁

後唐馬郁，事武皇。莊宗禮遇甚厚，累官至祕書監。監軍張承業權貴任事，與賓佐宴集，出珍菓陳列於前，客無敢食者。當郁前者，食之必盡。承業私戒主者曰：「他日馬監至，唯以乾藕子置前而已。」郁知不可啖。異日，韡中出一鐵撾，碎而食之。承業大笑曰：「爲公易之，勿敗吾案。」其俊率如此。（任誕）

*鄭珏

唐莊宗趣大梁，梁主召宰相謀之。鄭珏請自懷傳國寶詐降以紓難。梁主曰：「今日固不敢愛寶。但如卿此策，竟可了否？」珏俛首久之，曰：「但恐未了。」左右皆縮頸而笑。（排調）

*崔棁

石晉崔棁知貢舉，有進士孔英者，行醜而才薄，宰相桑維翰深惡之。及棁將鎖院，來辭，維翰曰：「孔英來也。」蓋棍之也。棁性純直，因默記之，遂放及第。牓出，人皆喧嘩。維翰舉手自抑其首者數四，蓋悔言也。（尤悔）

*王章

五代漢史弘肇曰：「安朝廷，定禍亂，直須長鎗大劍。至如毛錐子，何足用哉！」王章曰：「雖有長鎗大劍，若無毛錐子，贍軍財賦，自何而集？」弘肇默然。章尤輕視文士，曰：「此等若與一把算子，未知顛倒，何益於國邪？」（輕詆）

*關氏

石晉李從溫在兗州，多創乘輿器物，爲宗族切戒，從溫弗聽。其妻關氏素耿介，一日，厲聲於牙門曰：「李從溫欲爲亂，擅造天子法物。」從溫驚謝，悉命焚之。家無禍敗，關氏之力也。（賢媛）

*史弘肇

五代漢王章，置酒會諸朝貴，爲手勢令。史弘肇不閑其事，客省使閻晉卿坐次弘肇，屢教之。蘇逢吉戲之曰：「坐有姓閻人，何憂罰爵。」弘肇妻閻氏，本酒家倡也，意逢吉譏之，大怒，以醜語詬逢吉，逢吉不應。弘肇欲毆之，逢吉起去。弘肇索劍欲追，楊邠泣止之曰：「蘇公宰相，公若殺之，置天子何地？願熟思之。」弘肇即上馬去。邠與之聯鑣送至其第而還。於是將相如水火矣。（仇隙）

*慕容彥超

慕容彥超，漢隱帝時鎮鄆州，嘗召富僧數輩就食，日晏不進饌，大餒而回。如是者累日。他日復召之食，遣庖人致蠅蟲於饌中，諸僧立嘔。彥超使人驗之，則皆已肉食矣。大責其賂乃釋之。（假譎）

幕府燕閒録

畢仲詢

畢仲詢，字景儒，畢士安之孫，元豐初爲嵐州團練推官。餘待考。《幕府燕閒録》，《郡齋讀書志》著録十卷，云：「纂當代怪奇可喜之事爲二十門。」書已失傳，僅見《類説》、《説郛》等書引有佚文。

孫供奉

唐昭宗播遷，隨駕技藝人止有弄猴者。猴頗馴，能隨班起居，昭宗賜以緋袍孫供奉。羅隱下第詩云：「何如學取孫供奉，一笑君王便着緋。」朱梁篡位，取猴令殿下起居，猴望陛見全忠遥趨殿，輒跳躍奮擊，全忠遽令殺之。唐臣愧此猴多矣。（《類説》卷十九）

*鄒閬

池州進士鄒閬，家貧有守。一日，將至外邑，侵晨啓户，見一小箬籠子在門外，無封鎖，開視之，乃白金酒器數十事，約重百兩。殆曉，寂無追捕者，遂挈歸，謂其妻曰：「此物無脛而至，豈天賜我乎？」語未絶，閬左股上有物蠕動，見金色爛然，乃一蠶也。遂撥去之。未迴手，復在舊處，以足踐之，蟲隨足而碎，復在閬胸腹上矣。棄之于水，投之于火，刀傷斧斫，皆不能害，衾裯飲食之間，無所不在。閬甚惡之，遂訪友人之有識者，曰："吾子爲人所賣矣。此謂之金蠶，近至吾鄉，雖小而爲禍頗大，能入人腹中殘齧腸胃，復完然而出。"閬愈懼，乃以挈籠之事告之。其友曰："吾固知之矣。子能事之，即得暴富矣。此蟲日食蜀錦四寸，收取糞乾而屑之，置少許於飲食中，人食之者必死。蟲得所欲，日致他財以振之。"閬笑曰："吾豈爲此也！"友曰："固知子不爲也，然則奈何？"閬曰："復以此蟲并舊物置籠中棄之，則無患矣。"友人曰："凡人畜此蟲，久而致富，即以數倍之息，并原物以送之，謂之嫁金蠶，其蟲乃去。置于原物中送之，必不可遣。今子貧，豈有數倍之物乎？實爲子憂之。"閬乃仰天歎息曰："吾平生以清白自處，誓不失節，不幸今有此事。"遂歸家告其妻曰："今事之固不可，送之又不能，惟有死耳。若等好爲後事。"乃取其蟲擲于口中而吞之。舉家救之不及，妻子號慟，謂其必死。數日間，無所苦，飲啖如故。逾月亦無恙，竟以壽終。因白金之故，亦致小康。豈以至誠之感，不爲害乎？（《説郛》卷十四）

東坡大吴

蘇子瞻學士少時夢謁於公府，主人紫衣面赤而多髭，謂軾曰："君是大吴。"覺以告父、弟，皆不悟也。是時子瞻年十四歲。後十四年，舉賢良中選，詣御臺謝知試王綽，既入門，儼如夢中，視綽乃夢中人也。既坐，謂子瞻曰："君是大吴。"兄弟相顧而笑，因請其故。綽曰："前日賢良就試，綽與封彌，以大吴爲卷

號，是時意君爲第一，今則果然。」亦問其笑，乃以夢答，賓主大歡久之。（《分門古今類事》卷七）

雋宗〔遠〕神告

天聖四年，海州書表雋宗遠夢有神告之，來年狀元是王堯臣。宗遠寤，題於司房北壁。是年秋賦，開封府解榜到，見王之姓名，因指謂同列曰：「此是明年狀元。」洎省榜到，見王又預奏名，雋再題於壁。未幾殿試，王堯臣果魁多士。至和中，畢景儒仲詢之父知海州，親訪其事，備載之於《幕府燕閒録》。（同上卷八）

歐陽省元

歐陽文忠公舉進士，試尚書省爲第一人。與刁學士約飲於茶肆，近座有數僧私語，刁疑問之，衆指一僧能相，適方竊議二君。刁問文忠何如，僧曰：「此省元也。」刁曰：「作狀元耶？」曰：「不。」「第二？」曰：「不。」「第三？」曰：「不。」「第四、第五耶？」曰：「不。」故事，省試第一人御行不出第。刁曰：「然則如何？」曰：「當在第一甲，但不高爾。登科之後萬苦艱難，十年始改京官，自此以後當富貴，然有名無實。」刁勃然曰：「無文章耶？無德行耶？」曰：「非此之謂也，有富貴之名，無富貴之實，雖居大位，不得享其樂。」語已罷去。殊不以爲然。既而唱名，果在第一甲之末，爲西京留守推官三年。召試，文入高等，故事改官供職，而執政者不悦，止除館閣校勘。久之有後命，三年改官。尹師魯不喜數術，聞而笑之，曰：「六年後爲京官，狂僧妄言矣！」未幾貶夷陵，十年方爲太子中允，自是繼歷清要，遂參大政，遭劾貶黜，遷徙不常，而内苦死喪疾病皆如僧言。（同上卷十）

雲齋廣録

李獻民

李獻民，字彦文，延津人。《雲齋廣録》書前有政和辛卯（一一一一）自序，謂：「嘗接士大夫緒餘之論，得清新奇異之事頗多，今編而成集，用廣其傳，以資談讌。」蓋亦輯録成書，如王山《盈盈傳》出《筆匳録》，已見前。《郡齋讀書志》著録十卷，分九門。今存九卷，分六門，似非完本。《宋史·藝文志》作《雲齋新説》。《宋朝事實類苑》引有《雲齋新説》，《邵氏聞見後録》又引作《雲齋小書》。今存影宋鈔本或金刻本，未見。

嘉林居士

張平先生，江南人也。志傲羲皇，性樂水石。嘗誅茅構舍於廬山之下，或琴或酒，時歌時詠，惟意所適，可謂逍遥之人矣。彼冠蓋車馬，當世士流，亦罕到焉。一日，有客候之，稱嘉林居士盧甲。視其人，烏巾玄服，目圓而腰大，倨然長揖，略無卑折。平解榻與之坐，乃曰：「甲，朔方人也，世以卜筮爲業，萍梗於兹，已十年矣。嘗竊慕君之高義，延頸而願交者，固非一日也。此乃不避僭易之罪，以款從者。」平曰：「某逃跡山林，陸沉藪澤。春耕秋斂，足以糊口；冬裘夏葛，足以蔽身。志存物外，未嘗從顯者遊。不意足下親屈高步，以光弊廬，豈勝幸甚。」平因與論《易》，甲乃考隱推顯，原始見終，爻盡其變，象闡其幽，窮消長於剥復，辨去來於否泰，憂虞莫不極其理，悔吝莫不究其義。至於日月星辰之運，不待旋璣土圭之制，而後可知。與夫黄帝、老子之書，皆造其妙。平乃忽而自失，芒乎無色，徐謂之曰：「平山野鄙人，忽聞高論，實有開發。則足下之學，固以見矣。」嘉林居士復謂平曰：「吾之所藴，無事於學，孟子所謂良能良知者是也。以其性中所有，故不學而能，不慮而知，此吾所以爲物之靈。」平曰：「今朝廷廣開入仕之路，悉延百端之學，占小善者率以録，名一藝者無不庸。寸長小道，咸得自效。如公者，博聞遠見，何韜光晦跡而不求於進乎？」甲曰：「吾昔居北方之時，嘗得服氣長年之法。因避九江納錫之患，竄居民間，潛伏於老人床下，遂獲脱焉。每思事君立朝，則復懼其臣下，有如衞子之多言。故讀莊周書，見其曳尾於塗中之説，竊有取焉。吾不復云仕矣，將寄跡於江上編户之家，可使主人大富，唯恐其背德。又嘗蓄奇藥，凡人之瞶者，治之無不痊焉。以此居世，而又厭其勞苦。近者復起江湖之興，流連之遊，固可以全身遠害，終其天年矣。」平曰：「如公之術，能知吉凶，固足以衞身，何急急於避世乎？」曰：「吾之所謂知吉凶者，蓋能知於人而未能知己，此吾所以求隱也。」問答移時，甲乃告别，曰：「今與君幸有一日之雅也，君若有毛公之難，則必能濟君之險，以酬今日見遇之意。」平不解其旨，但謝之而已。遂相送至前溪，忽留行而不進，顧謂平曰：「吾於此住矣，子無嗤焉。」平始訝其言，則翻然入水，化爲一大龜，浮於溪面。平嗟異驚駭，久而方回。行數十步，反顧其龜，猶舉首而望平，有戀故人之意。平歸舍，復省其論情敍事，無非龜也。夫狐狸歷世之久，尚能變化爲殊色以惑人者多矣，況龜之爲物，又靈於狐

貍者哉。嘉林居士誠不謬焉。（卷四）

甘陵異事

供奉官宋潛，授河北路七州巡檢，公署在甘陵。將行，有故人趙當者，久貧，求依栖於門館，訓其子弟。潛欣然相許，遂同之任。既至，廳事西偏一位闃然，乃前政學序之所也。潛乃令趙生居之。越三宿，生欹枕間，有一美婦人綽立燈下，纖腰一搦，顔色動人，舉手唱曰：「郎行久不歸，妾心傷亦苦。低迷羅箔風，泣背西牕雨。」遂滅其燈，移就趙寢。生喜其容質豔麗，乃與之偶。良久，生乃詢其所從來。則曰：「妾，君之隣也。妾本東方人，不幸失身，流落至此，遂鬻身於彭城郎。妾在後房，獨承寵顧。郎少年好書，每至中夜，覽究經史，雖妻子不得在左右，惟妾侍焉。其或春宵命客，月夕邀賓，妾無不預席上。今郎觀光上國，歲久未還，寂寞一身，孤眠暗室，其誰知我。近聞君子至斯，無緣展見，適乘月暗，不免踰垣，輒造齋釁，私薦枕席。此誠多幸，願君密之，恐事露卽不得來也。」天未及曉，婦人辭去，約翌日再至。達旦，生乃起，教授子弟。至夜，生乃高燭危坐以俟之。婦人果來，又唱曰：「一自別來音信杳，相思瘦得肌膚小。秋夜迢迢更漏長，守盡寒燈天未曉。」遂與生卸衣就寢。久之，斜月尚明，寒鷄未唱，婦人辭去，又約再至。是夜生亦候焉。頃之，婦人自外而入，徐行而唱云：「世間誰有相思藥？無奈薄情棄後約。有時緩步出蘭房，傍人竟笑身如削。」乃褰幃就枕，又宿生館，因泣謂生曰：「妾之爲人，性靈而心通，非愚者也。唯恐溺於恩愛，惑於情慾，終必喪身。彼大本之樗，以臃腫而全；不才之木，以拳曲而壽，蓋其無知而不靈也。」言訖，歔欷不已。生曰：「兩意方濃，雙鴦正美，何遽言此也？願無他念，以盡今夕之歡。」婦人乃推枕相就，語笑和洽。玉漏未殘，婦人告去，乃撫生曰：「每至夜頭，郎留户以俟妾。」及曉，生乃起，訓導諸生，言辭舛錯，衆皆疑焉。抵暮，生乃促弟子還舍，設榻以待之。婦人俄至，又唱云：「獨倚柴扉翠黛顰，傷嗟良夜暫相親。如今且伴才郎宿，應爲才郎喪此身。」生聞之，意頗不樂，乃謂之曰：「汝何屢出不祥之語，使吾惑也？」婦人不答，乃與生就寢。更漏四鼓，婦人辭去。翌旦，生意緒恫惶，精神恍惚。諸生大怪之，乃以所疑，具告於父。宋度其有濫，乃曰：「俟晚吾必潛往觀焉。」入夜，宋乃私詣生所，映立牕外，窺見趙生挑燈排榻，若有所待。宋乃四望無人，忽於西北隅有一婦人飄然而至，直詣燈下，唱曰：「向晚臨鸞拂黛眉，紅粧妖豔照羅幃。不辭夜夜偷相訪，只恐傍人又得知。」婦人吹燈，復欲就寢。宋乃大呼，遽入，以手抱之，覺所抱之婦人甚細，命燭視之，乃一燈檠耳。尋取火令焚之，其怪遂絶。喪身之說，不其驗歟。趙被大疾，越明而卒。（同上）

西蜀異遇

宣德郎李褒，字聖與，於紹聖間調眉州丹稜縣令。下車日，布宣詔條，訪民利病。居數月，邑人大稱之。其公舍之後有花圃，圃之中築一亭，名曰「九思」。其子達道，每進修之暇，以此爲宴息之地。達道一日獨坐於其間，忽於花陰柳影之中，聞撫掌輕謳，其音韻清婉可愛。生遂潛往觀焉。見一女子，年十四五許，緩移蓮步，微嚲香鬟，臉瑩紅蓮，眉勻翠柳，真蓬島之仙子也。生復避於亭上，沉思久之。以謂娼家也，則標韻瀟洒，態有餘妍，固非風塵之列。以謂良家也，則行無侍姬，入無來徑，亦何由而至此。疑念之際，則女子者嶷然已至於亭下。生謂之曰：「娘子誰氏之家，而獨遊於此地？」曰：「妾，君之近隣也，姓宋，名媛，敍行第六。適因蘭堂睡起，選勝徐行，覩麗景和風，暖煙遲日，流鶯並語，紫燕交飛，妾乃春思蕩摇，幽情拂鬱，攀花折柳，誤踰短垣，入君之圃。不爲從者在兹，豈勝羞愧。」生曰：「汝必嚴親在堂，久出而不返，寧無怪耶？」曰：「妾幼失怙恃，繼亡兄嫂。今姊妹數人，唯妾爲長。」生復詢之曰：「汝還有所適否？」媛逡巡有赧色，乃謂生曰：「妾未嘗嫁也。然則君嘗娶乎？」生應之曰：「方議姻連，而未諧佳匹。」媛乃微笑，顧謂生曰：「如妾者，門閥卑微，容質鄙陋，還可以奉蘋蘩者乎？」生曰：「某孱弱之軀，幸無見戲。」媛曰：「第恐兔絲蔓短，不能上附長松，安敢厚説君子。」生竊自喜，遂與過亭之西，欲與之合。則曰：「寧當款曲，容妾歸舍，近晚復來於此，君無他往。」言訖而去。生候之，坐不安席，側身以待。頃之，紅日西下，碧雲暮合，鐘動盡□□□樓古木，而星斗燦然。生忽聞異香馥郁，乃拭目而望焉，則媛冉冉而至矣。生起迎之，謂媛曰：「子之來此，得無貽婢僕之疑乎？」媛曰：「無畏無畏。」乃相與攜手，入生之寢所。須臾，生備嘉肴旨酒，相與敍話，各盡所懷。至夜闌，衣卸薄羅，裀鋪市繡，芙蓉帳悄，雲雨聲低，曲盡人間之歡。及曉，媛乃辭去。自是晨隱而往，暮隱而來，宿於生之第者，幾一月矣。有日，生神疲意怠，乃隱几晝瞑於齋室。忽夢一人通柬，稱李二秀才候謁。生出迎之門，見其人風觀極麗，舉止甚偉。生與之坐，乃曰：「某常蒙尊丈見待殊厚，無以爲報。今知君爲妖所惑，故來拯君之難。」生曰：「何謂也？」客曰：「君嘗與會遇之女子，非人類也。還欲察其狀否？」生曰：「唯。」客乃敕左右使擒來。少頃，則媛爲一力士驅至矣。玉慘花愁，蘭柔柳困，羞容寂寞，粉淚闌干。客乃叱之，則媛化爲一大狐，狼狽而去。生起謝之，客乃出一符，留於几上，曰：「君當佩之，則可絶也。然有少懇，復得浼君。某弊廬近市，湫隘囂塵，不可以居。加之人民雜蹂，榱桷隳廢，還能爲我完之，使左右肅清，則君之惠也。」生曰：「蒙君見憐，脱此患難，豈敢背德，當卽圖之。」客乃告去，生欻而夢覺，涣然汗流，危坐而思，曉然無所忘。及於几上得符，生視之，乃《易》之坤卦也。生大惶恐，遂以其所遇之事，并夢中之語，具以告父。父驚異之，乃謂生曰：「見夢於汝者，自謂李二秀才，又稱尊丈見待，得非吾所事灌口神君者乎？」褒遽詣其祠，觀其殿陛廊宇，悉皆頹毁，命工葺焉。生乃佩其符而不敢暫捨。後常見媛，雖咫尺之間，卒不能相近。生亦不與之語，媛但揮涕而已。如是者旬日，生乘閒獨步後圃，於小徑傍得花牋一幅。生覽之，乃媛所作之詞也。詞寄《蝶戀花》：

「雲破蟾光穿曉户。攲枕淒涼，多少傷心處。唯有相思情最苦，檀郎咫尺千山阻。莫學飛花兼落絮。摇蕩春風，迤邐抛人去。結盡寸腸千萬縷，如今認得先辜負。」

生諷咏甚久，愛其才而復思其色。方躊躇之間，忽見媛映立於垂楊之下，鮮容美服，甚於曩昔。生乃仰天而歎曰：「人之所悦者，不過色也。今覩媛之色，可謂悦人也深矣，安顧其他哉！然則吾生之前，死之後，安知其不爲異類乎。媛不可捨也。」遂毁其符而再與之合。媛且喜且愧，乃謂生曰：「妾之醜惡，君已備悉。分甘委棄，望絶攀緣。豈意君子不以鄙陋見疎，猶能終始爲念。戴天履地，恩可忘乎。」因泣數行下。生遽止之曰：「第無見疑，吾終不負子矣。」遂相與如初，而繾綣之情，則又彌篤。如是者閲月，生容色枯悴，肌肉瘦削。父母恐其疾不起，遂召師巫禁治，終不能制。乃閉生於密室中，則媛不得而至焉。翌日，怪變大作，有羣猴數百，攀緣屋舍，百術不可止，但累累然懸於户牖之間。褒大以爲撓。一日，褒獨坐於書室中，忽於牕隙間有人擲書一通於坐側，褒急出視之，了無形迹，乃啓其封而觀之云：

「夔州進士孔昌宗，謹裁書投獻於李公閤下。某啓，欽服高義久矣，素以不獲一覩犀角爲恨，豈勝悵然。昌宗兗聖之後裔，徙居巴川，故今爲巴川人也。家素以儒爲業，衣冠世系，紆朱搢紳者多矣。曩昔以才調自高，風韻絶人，不幸爲妖物所媚，耽惑沉溺。歲月既久，則與之俱化，同爲醜類。竊聆閤下之子亦然，久而不去，亦將與之俱化矣。昌宗與之爲伉儷者，迺宋媛之妹也。姊妹朋濟，變爲妖麗以惑人者多矣。閤下之子，至於毁符除禁，蹈死而不悔，可不哀耶！又聞妖狐不獲所欲，爲厲現怪，沐猴纍纍，此易爲耳。可多畜鷹犬以禦之，則無患矣。足下以父子之相親，某與公人獸之殊途，哀君子之無辜，傷我生之異類，不敢不告也。狂斐，惟足下裁之。」

公覽畢，驚異甚久，乃用其言，多致鷹犬以懼之，而羣猴稍息。一夕，公夢人謂已曰：「我孔昌宗也，嘗爲書獻公，以泄羣狐之機。羣狐恚怒，乃殺我於西溪之側。且生不得齒於人倫，死不得終其正命，魂煢煢而無所歸焉。公豁達抱義，能濟人之難，周人之急，此吾所以有望於公也。某之遺骸，暴露原野，腐在草莽，公能閔而葬之，則荷德於九泉之下矣。」公許之而寤。及明，遍詣西溪，求其屍而弗得，因爲飯僧數十，持誦佛書以追薦焉。并作文以祭之，其辭曰：

「萬物盈於天地兮，莫知去來之因。謂大鈞之可度兮，曷變化之無垠。形非可以長久兮，造物與之而棲神。周旋上下無不知兮，乃獨棲此而不去者，蓋以吾之有身。孕陰陽而更寒暑兮，是未離乎死生之津。凡物隨緣而異觀兮，然自宇宙言之，不啻乎太山之與微塵。彼動植與飛走兮，忽然化而爲人。安知人之去世兮，不爲木石之類鳥獸之羣。睠兹理之固然兮，則又何戚而何欣。痛夫君之不幸兮，百年怨結而聲吞。捨大廈之處兮，伏丘原之荒榛。志儒服而規行兮，逐醜類而馳奔。今以余爲可訴兮，故投書而慇慇。觀其言之反復兮，知君平昔之能文。悵西溪之遺骸兮，數往來而不存。苟前形爲不足愛兮，奚事覆土而爲墳。惟佛果之妙兮，可以薦君之幽魂。君慎所往兮毋失門，秋天淒兮雲昏昏，君安在兮聞不聞？」

祭訖後數日，又現怪百端，鷹犬所不能制。公知其無可奈何，因縱達道，不復檢轄，怪遂寧息。媛既復得與達道相見，歡愛益甚，乃持繒綺毛罽之屬，以謝舅姑。褒始不欲受，復恐其怒而現怪，故不得已而留之。有日，達道母暴發心痛，幾致殞絶，徧召名醫，皆不能已。媛謂達道曰：「姑之病不足爲也。子可持此藥，急以湯煮之，令進少許，則可差也。」生受其藥發而視之，則見青木葉如錢許。生不之信而漫從之。因使其母服，不食頃而其疾立愈。一家盡驚，以爲媛通神矣。自是家屬稍稍與之親密而無疑忌焉。時抵暮春，生與媛同遊後圃，飲於荼蘪花下，盃盤間列，絲竹遞奏，放懷攄思，各極其歡。媛既醉，乃作詩一絶，詩云：

「緑軼盤紆成紺幄，屑玉紛紛迎面落。美人欲醉朱顏酡，青天任作劉伶幕。」

生大賞其才，因戲謂媛曰：「還可對屬否？」媛曰：「請。」於時欄有芍藥，方葩而未坼，然蝴蝶團飛，已集其上矣。生乃曰：「芍藥欄邊春蝶亂。」媛應聲曰：「海棠梢外曉鶯啼。」少選，生復曰：「垂楊夾道裊青絲。」媛復應聲曰：「嫩竹出欄抽碧玉。」生愈服其敏捷而律切也。於是謳吟諧謔，終日而罷。他時生有幹入眉州，乃與媛約曰：「我此行十日定歸，無見訝也。」生既抵州，賓朋故舊喜生之來，曲留二十日，方得返舍。媛謂生曰：「何愆期之甚也？」生曰：「朋友見留耳。」媛曰：「自君之行，閑窗晝永，芳閣無人，膏沐不施，鉛華不御，離恨之深，思君之切，因成《落花辭》一闋，用以見意。」辭寄《阮郎歸》：

「東風成陣送春歸，庭花高下飛。柔條繚繞入簾幃，斑斑裝舞衣。雲鬢亂，坐偷啼，郎來何負期？人生恰似這芳菲，芳菲能幾時？」

讀訖，生謝不敏焉。時邑中有鄉先生張其性者，就僧寺中下帷講學，後進多往從之。褒聞，乃遣生受業。媛每至夜，常潛往與生寢。其同輩悉知之，争來一見。而媛亦不之避，皆得與語。媛性慧敏，能迎合衆意，人人自以爲媛親己，而莫肯爲先生言者，以故媛常得與生會聚于彼。會有進士楊彪者，自輦下歸，聞生之遇，遂求謁達道，因欲見媛，媛乃許之。彪因起謂媛曰：「某自出京日，嘗致金縷花鈿，頗極工巧。山邑粗醜，念無足以稱者，欲奉左右，願得佳篇以易之。」媛欣然，乃命牋管，立成詩一首云：

「妙手裝成顔色新，東君别付一家春。勸君莫與情人戴，戴着搴簾惱殺人。」

楊歎服而去，媛後誕一子，已及晬矣。一夕，媛忽悲跪，哽咽不能語。生怪而問之，媛乃洒涕，默而不答。生再四叩之，徐謂生曰：「妾與君相遇，事非偶然。今冥數已盡，當與子别。」遂斂袂振衣而言曰：「古人謂女爲悦己者容，妾幸得附託君子，歡愛之私，始終無嫌，雖粉骨亡身而無恨矣。昔鵲巢之誓，間闊雖久，仍有後會之期；錦字之詩，哀怨雖深，終有再來之意。妾與君敍别之日甚邇，相見之期無涯。離魂片飛，愁腸寸斷，常爲恨别之人，永作銜冤之物。」言訖而翠黛頻蹙，珠淚滿襟。生亦爲之涕泣，又曰：「昔孔昌宗以無稽之言，見譏於舅姑，而舅姑終不以賤妾見疑，乃得與君奉枕席。歲再暮矣，情深義重，雖人間夫婦，亦所不及此。恨無以報德，豈肯賊人之命，傷人之生，使聞之者惡也。彼昌宗腐儒耳，庸詎知我耶。」又叮寧復謂生曰：「君方少年，可力學問，親師友，以榮宗族，以顯父母，則盡人子之道。願勿以妾爲意，餘冀自愛。」生曰：「後會復有相見之期乎？」媛乃援筆爲詩一絶，以示生云：

「二年衾枕偶多才，此去天涯更不回。欲話他時相見處，巫山嶂外白雲堆。」

敍話久之，乃各就枕。逵旦，生起晨省，復歸於室，則媛與其子俱不復見矣。生不勝感恨歎息，臨風對月，每想芳容豔態，竟絶粍焉。（卷五）

附録

程致仲爲予言：近歲，《雲齋小書》出丹稜李達道遇女妖事，不妄。致仲親見泥金鴛鸞出入雲氣中，黄色衣奇麗奪目，非人間之物，蓋妖所服，留以遺達道者。又歌曲多仙語，尚《小書》失載云。（《邵氏聞見後録》卷三十）

四和香

孫斂，字彥明，河朔人也。父守官於淮陽，斂住太學爲外舍生。乃於崇寧乙酉上元前一日請告出城西，省謁一親。其親乃貴戚，而族屬甚厚。其族之長，乃生之姑丈也。既至，接坐於堂上，備有酒，敍話甚久。時見綺羅珠翠，交雜於堂下，往往皆妙齡秀色。生亦不敢顧視。及酒罷，生告歸，乃取道於闤闠門，因遊啓聖禪刹，過法堂之後，軒窗四敞，竹檻相對。生乃憑欄而坐。久之，見一麗人，衣不尚彩，但淺紅淡碧而已，然而姿色殊絶，生目所未覩也。與一侍妾同行，徐止於生旁，乃憩於坐末，數眄生微笑，與其侍妾竊竊有語。生疑之，以爲所謂貴戚之家耳，然不欲問其故。乃起遊別殿，徘徊周覽，復憩於前竹軒之地。少頃，其麗人又至，似相親密。適會一鬻茶者過其側，姬乃呼茶以飲生。斂不敢措辭。茶徹，遂遽起，因遊伽藍，入東塔院。方行於廊上，後有一女使呼生甚急。生回視，乃啓聖麗人之侍妾也。言：「娘子在前殿奉候，令妾邀君子敍話。幸無見疑。」生驚喜交集，隨侍妾至前殿，麗人凝立於堦下，見生乃嫣然微笑曰：「適邂逅相遇，傾慕風采，雖不待援琴之挑，而已有竊香之志，君何避焉？」生對以「素非識面，實不謂有意於疎拙」。姬乃斂眉籌思，復謂生曰：「妾之微誠，已聞左右。然繾綣之情，未暇款曲。君可來日於崇夏寺西廂以南□上尋第二院老李師，則妾在彼矣。可與君相見，願無愆期。」生曰：「斂，河朔鄙人也，重辱垂顧，雖千里之遠，亦當從命。況咫尺之間，而敢愆期乎。願效尾生之信。」言訖，遂各別去。抵暮，生歸太學。是夜心意恍惚，坐以待旦。及曉，乃出齋，迤邐詣崇夏，訪老李師院，則姬之侍妾斜倚朱扉。見生至，則含笑入報曰：「郎至矣，至矣！」姬出以迎。相見，皆不勝其喜。生亦慰謝於李師。李師乃令一女童設飲饌於小閣中。師與姬邀生於席上，視其珍品異菓，皆殊方絶域所有，與其器皿什物，迥遠塵俗。酒行數四，互相勸勉，談笑熙熙，莫不盡其樂。至中夜酒闌，姬乃促生歸寢。至其寢所，則燭揺紅彩，麝裊清煙，帳掩流蘇，衾鋪繡鳳。生意愈惑，遂相與就枕，雲情雨意，不可具道。生問其居處姓氏，但笑而不答。叩之尤切，乃曰：「君他日當自知，願無相詰。」不久，寺鐘鳴曉，姬與生同起，乃謂生曰：「君能不以菲薄見外，如欲相見，請於皇建院前賣時菓張生處先達一信，則妾翌日至此，以俟車馬。君千萬無稀闊也。」曰：「敬聞命矣。」生乃辭去。後數日，生乃訪問皇建院前，果有張生者，遂令通耗。翌日，生至李師之院，則姬已至矣。又命生於小閣中，杯盤間列，水陸畢具，甚於前日。是夜，又同寢焉。爾後每令張生通耗，會遇於李師之院者，月内不下數四。敏累於張生處窮詰麗人姓氏，則托以他故而不言。生常以此爲不足。一日，生在太學與同舍聚話，忽有一老僕持一小盒子，言以遺生，用碧紗緘封，上書「香和」二字。生不解其旨，然已知其麗人所贈也。同舍共觀，或曰：「此四和香字耳。」啓封，乃四和香也。衆以謂敏有佳約，悉皆奪去。生私竊自喜，以謂麗人姓名因可得也，乃避衆竊問其僕曰：「誰遣汝送是香至此？」曰：「崇夏寺老李師也、他皆不知焉。」則麗人居處姓氏，生又不可得而知之。至六月間，生忽抱疾，容采憔悴，飲食頓減。同舍趣令歸侍下，生但佯諾之，而終不成行。同舍有與生素相善者，乃寓書與生之父，具道疾狀。父乃遣僕馬召生歸，生不得已而備行計焉。乃令張生預約麗人於水櫃街一祖宅内敍别。至期日，姬乘一小轎詣生所。生延入，飲食草略，意緒愁慘。生謂姬曰：「〔比〕（此）者家君召我歸侍下調攝，暫當睽闊，實非所願。」姬乃躊躇，顧謂生曰：「君此行固不可抑留。如不相忘，能於中秋日復至京輦，則可得相見。如或過期，則不得與郎再會矣。千萬自愛，以副卑願。」相與泣別久之而去。生後到淮陽，軀漸康愈。時將及中秋，恐負麗人之約，乃辭親欲赴太學參告。父母以爲敏未甚平復，故强留之，乃不遂其志，但鬱鬱而已。至重陽，父母方遣生成行。及抵都下，首詢皇建院張生處，求麗人之耗。則是年皇建院爲火焚，張生不知其所。敏亦未以爲怪，乃訪崇夏寺老李師。至其院，則無老李師焉。乃問其在院者，則云：「老李師非本寺中尼，稅此院居半年餘，今去已二旬矣。」生錯愕失措，盤桓於昔所聚小閣中，於壁間有留示故人詩一絶，乃麗人所題也。詩曰：

「雨滴梧桐韻轉淒，黄昏凝竚倚朱扉。相期已過中秋後，不見郎來淚濕衣。」

生覽訖，驚駭無地，以此熒惑，幾及周載，後亦無他焉。

評曰：孫敏之遇，竟不知其誰氏之家，亦不知其居處何地。暨敏之歸，謂過中秋之後，無復再會，及重陽敏方抵闕下，則張生失在，李師遽往，麗人之耗不復聞矣；何言之驗也。然則敏之所遇人耶？鬼耶？仙耶？此不可得而知也。豈不異哉！（卷六）

雙桃記

太原王氏，廪延人也，小字蕭娘，年未及笄，色已冠衆，眉掃春山之翠，目裁秋水之明，香體凝酥，垂螺綰黛，雖古名姝不足以擬其豔麗。有里巷李生者，世系頗著，不欲書其名，諱之也。生賦性不羈，丰姿茂美，氣宇擴清，辭章華麗，卓犖豪邁，非塵土中人。生嘗見蕭娘出入於門户間，固有意挑之而未敢。然私慕之情，已不自勝矣。時抵禁煙，夭桃灼灼，嫩柳盈盈，風日如芳酒之濃，郊原如錦繡之焕。寶鞍驕馬，絡繹道路，紛如也。生忽於路傍遇蕭娘領一青衣，緩步於途。生不勝其喜，乃以微言少露其意以感之。蕭乃微笑而言曰：「遽敢爾耶？」迫於羣目所視，不暇留行，故無他語，徒目成而已。自是之後，日夕於户牖間但相窺視，終未遂一語。然眷戀之情，魂飛神往矣。同里有一老嫗，嘗出入於蕭之館，生欲使之通慇懃，而未欲逕言。乃召嫗與語，多問其所闕，因厚賂之，以懷其心。至於再，至於三，嫗乃謂生曰：「妾本微賤，閭巷之貧婦也。每辱郎君賙其不給，雖粉骨碎身，將何以報？如可備驅策，雖赴湯蹈火，惟君命之。」乃邀嫗於密室中，因語及悦蕭之意，使之致繾綣焉。嫗曰：「蕭賦性持重，不妄笑語，豈敢直言其事乎。俟方便間，試爲郎君以言誘之，亦不可必也。」嫗乃辭去，遂往蕭之館。時蕭晝寢方興，雲鬟堆鴉，月眉斂黛，臨鸞無緒，若有所思。嫗適止其傍，謂蕭曰：「娘子數日來玉肌清減，得非天氣乍暖，飲食之間有愆調御乎？」蕭曰：「然。此一端耳。」因起，乃執嫗之臂曰：「爾可與有言乎？」嫗曰：「如有所託，當盡力以圖之。」蕭曰：「我前因禁煙，出遊西圃，偶於路隅邂逅李生，實有意於彼。彼以數言及我，我亦言賦之，迫以車馬往來，不遑款語。自此心常不釋，臨風對月，不覺失聲，其誰知我哉。今日之事，緣汝慎言人也，故我及之。」嫗曰：「知之久矣。彼李生者，亦嘗謂我言，而某以微賤，不敢具道。」蕭喜曰：「李生何言？」嫗曰：「李生自謂數日行止都乖，飲食俱廢，至有達旦而不瞑者。」蕭曰：「誠如是乎？

我亦如之。」乃祝媼曰：「我舍之西，短牆可踰。後三日，可令生來，我當伺於其側，少攄□花，以慰相慕之誠。幸爲我成之。如果能相遇，不敢忘德。」媼遂他往見生，李生曰：「事如之何？」媼曰：「諧矣。」生大喜，徐謂媼曰：「所期何處？」媼道其處。生乃潔容鮮服以俟。於時乃壬午季春之晦也。至期抵暮，街鼓聲遲，萬籟俱息，生乃潛往蕭舍之西，逾其短垣，則蕭已至矣。於是與生入一小室中。生以手擁抱之。嬌羞融洽，喜而復驚，翠羅微解，香玉乍倚，眉黛輕顰，花心已破。生以人間天上，無以易之。蕭曰：「我家君素嚴毅，不敢久留。若或見疑，則不得出矣。如再有便，當令媼報。」乃忽忽别去。爾後寢歷歲月，情慾所使，都無避忌，所不知者父母也。生嘗得一並蒂雙桃，並作詩以寄之。詩曰：

「可憐物態能儔匹，故念人生忍别離。爲寄佳人當愛惜，願同偕老亦如斯。」

蕭得之，不勝其喜。一日，生謂蕭曰：「我欲出妻而娶爾，可乎？」蕭曰：「不可。夫男子以無故而離其妻，則有缺士行；女子以有私而奪人之夫，則實愆婦德。顯則人非之，幽則鬼責之。此非所宜言，願君自持，無復及此。」生大服其説，而前意遂已。頃之，蕭乃斂眉歎息，徐謂生曰：「我同里有劉氏者，近通媒灼，欲以其子而娶我，我家君諾之矣。而阿母稍加防閑，不同曩日。又常令姊妹輩隨我，第恐自此後不復見郎矣。事當奈何？」言訖，不勝哽咽。生亦爲之泣下。久之，乃别去。自後雲天杳隔，邈無見期。然音問往來，亦所不絶。有日，媼款生傳蕭之意，言：「近日多與姊妹輩遊戲於郎所期之地，郎若不忘疇昔之情，入夜可潛依短牆之側，萬一無人在左右，當略與郎敍契闊之意，使郎知我情悰也。千萬千萬！」生乃抵暮，潛至其所，蕭固知生之在側也，乃謳寓情之曲，其辭激切，其聲哀怨，若不自勝。又多歎息以見其意，使生知其愁戚也。如是月餘，其姊妹輩未嘗少離其傍，故終不獲一語。生乃作《漁家傲》一闋以寄之。其辭曰：

「庭院黄昏人悄悄，兩情暗約誰知道。咫尺蓬山難一到，明月照，潛身只得聽言笑。特地嗟吁傳密耗，芳衷要使郎心表。此際歸來愁不少，縈懷抱，卿卿銷得人煩惱。」

蕭覽之，涕淚交頤，幾至暈絶。翌日，復令嫗以謝生曰：「妾後月當與劉氏之子成姻，迫以父母之命，不得與君子相見矣。□仰之心，痛入骨髓，花前月底，徒自感傷。郎千萬自愛，幸無以妾爲念而致憔悴也。」無何，秦晉之期至，蕭乃執嫗之手，喟然歎曰：「文君一寡婦也，慕相如之高義，卒往奔之，遂見棄於父母，取譏於後世，爲天下笑。此我之所不能也。緑珠一賤妾也，蒙石崇一顧，當趙王倫之亂，猶能效死於前，義不見辱，後世稱之。我縱不爲文君之奔，願效緑珠之死，以報李生遇我之厚也。」言訖，欷歔流涕，嫗遂以言解之。其鬱鬱之懷，終不可易。嫗具以此告生，生聞之，愈不樂，然不以謂蕭果如此也。翌日，劉氏遣其子親迎蕭於王氏之館。比至，則蕭已自縊於室中矣。嗚呼！人之有情，至於是耶！觀其始與李生亂，而終爲李生死，其志操有所不移也。使其不遇李生，以適劉氏之子，則爲貞婦也明矣。可不尚歟！（同上）

錢塘異夢

賢良司馬槱，陜州夏臺人也。好學博藝，爲世巨儒，而飄逸之材，尤爲過人。元祐中，應方正賢良科，君以第三人過閣中第。天下之士，莫不想望其風采。君衣錦還鄉，里人迎迓，充塞道路。翌日，君乃遍詣親戚故舊，至於閭巷屠沽之輩，莫不往謝。鄉人以此知其大度。第一日，在私第賜書閣下晝寢，乃夢一美人翠冠珠耳，玉佩羅裙，行步虛徐，顏色豔麗，徘徊閣下，頃謂君曰：「妾幼以姿色名冠天下，而身無所依，常以爲恨。久欲託附君子，未敢面問，餘俟他日。今輒有小詞一闋，寄《蝶戀花》，浼黷左右，爲君謳焉。」乃命板緩歌之。唱訖，復爲君曰：「君異日受王命守官之所，乃妾之居也。當得會遇，幸無相忘。」君欲與之語，遂飄然而去。君乃欻然而覺，嗟異久之。因省其詞，唯記其半，詞曰：

「妾本錢塘江上住。花落花開，不管流年度。燕子銜將春色去，紗窗幾陣黃梅雨。」

君愛其詞旨幽凄，乃續其後云：

「斜插犀梳雲半吐。檀板朱脣，唱徹黃金縷。望斷行雲無覓〈處〉〔趣〕，夢回明月生春浦。」

君後常以此夢爲念。及君赴闕調官，得餘杭幕客。挈舟東下，及過錢塘，因憶曩昔夢中美人自謂「妾本錢塘江上住」，今至於此，何所問耗。君意凄惻，乃爲詞以思之，詞寄《河傳》：

「銀河漾漾。正桐飛露井，寒生斗帳。芳草夢驚，人憶高唐惆悵。感離愁，甚情況？春風二月桃花浪。扁舟征棹，又過吳江上。人去雁回，千里風雲相望。倚江樓，倍悽愴。」

君謳之數四，意頗不懌。是夕君寢，復夢向之美人喜謂君曰：「自別之後，睽闊千里。春風秋月，徒積悲傷。然感君不以微賤見疏，每承思念，加以新詞見憶，足認君之於妾，亦以厚矣。則妾之於君，奉箕帚，薦枕席，安可辭也。」君曰：「昔獲相遇，不暇款曲，使我愁憤。今再辱過訪，幸無遽去，願接歡愛，以慰疇昔之心。」美人微笑曰：「此來妾亦願與郎爲偶，況時當諧矣，又何避焉。」乃相將就寢，雖高唐之遇，未易比也。及曉，乃留詩爲别。詩曰：

「長天書闊雁來盡，深院落花鶯更多。發策決(科)(利)君自爾，求田問舍我如何。」

君曰：「吾方以少年中第，始食王禄，將致身於公輔而後已。子何遽爲此詩，以勸吾之退也？」美人曰：「人之得失進退，壽夭貧富，莫不有命。君雖欲進，而奈命何。此非君所知。如妾與君遇，蓋亦有緣，豈偶然哉。」美人告去，君乃覺焉。及抵餘杭，每夕無間，夢中必來。君遂與僚屬言，具道其本末。衆謂之曰：「君公署之後有蘇小墓，君初夢之言，言幼以姿色名冠天下，又稱君守官之所，乃妾之居，得非是乎？」坐客或謂君曰：「此誠佳夢。吾雖願之，安可得也。」君爲之一笑。君後創一畫舫，頗極工巧，每與僚屬登舫，遊於江上。罇酒之間，吟詠景物，終日而罷。常令舟卒守之。一日昏後，舟卒行於江上，復至岸側，見一少年，衣緑袍，攜一美人同赴畫舫。卒遽往止之，則舫中火發，不可向邇。頃之，畫舫已没。卒急以報，比至公署，則君已暴亡矣。（卷七）

按：《四庫全書》本《類説》卷十八《雲齋廣錄》此後尚有一段，補錄于後：

其弟棫，字才叔，亦登第，善屬文，長於詩，哭兄詩有云「畫舸南遊遂不歸」，乃記畫船事也。此詩之作，因夢與才仲燕語如平生，既寤，遂賦詩以寫其悲悵之意。詩曰：「誰教作雁破羣飛，一舸南遊遂不歸。乍見音容悲且喜，不知魂夢是邪非。陟岡望遠心猶在，携幼還家意已違。淚眼重尋邱壑去，可堪猶采故山薇。」

按：司馬槱事，北宋時盛傳，曾見張耒文集，又見何薳《春渚紀聞》，文字略異。宋元小説有《錢塘佳夢》，見《醉翁談錄·小説開闢》。明刻《西廂記》卷首附有《錢塘夢》，蓋即出此。

附録

司馬槱，陝人，太師文正之姪也。制舉中第，調關中一幕官，待次里中。一日晝寐，恍惚間見一美婦人，衣裳甚古，入幌中，執版歌曰："家在錢塘江上住。花落花開，不管年華度。燕子又將春色去，紗窗一陣黄昏雨。"歌闋而去。槱因續成一曲："斜插犀梳雲半吐。檀板清歌，唱徹黄金縷。望斷雲行無去處，夢回明月生南浦。"後易杭州幕官。或云：其官舍下乃蘇小墓。而槱竟卒于官。（《張右史文集》卷四十七《書司馬槱事》）

司馬才仲初在洛下，晝寢，夢一美姝牽帷而歌曰："妾本錢塘江上住。花落花開，不管流年度。燕子銜將春色去，紗窗幾陣黄梅雨。"才仲愛其詞，因詢曲名，云是《黄金縷》，且曰後日相見於錢塘江上。及才仲以東坡先生薦，應制舉中等，遂爲錢塘幕官，其廨舍後，唐蘇小墓在焉。時秦少章爲錢塘尉，爲續其詞後云："斜插犀梳雲半吐。檀板輕籠，唱徹黄金縷。夢斷彩雲無覓處，夜涼明月生春渚。"不踰年而才仲得疾，所乘畫水輿艤泊河塘，柁工遽見才仲携一麗人登舟，即前聲喏。繼而火起舟尾，狼忙走報，家已慟哭矣。（《春渚紀聞》卷七《司馬才仲遇蘇小》）

無鬼論

進士黃肅，字敬之，臨右人也。素剛介，尤悍勇。然蹉跎場屋十餘年，志無少挫，常謂人曰：「吾不第則已，一旦使吾遇知音，必獲甲科，坐致青雲之上，以快恩讎。此大丈夫得志之秋也。吾今之貧賓暫耳。」生無妻子，久寓都下，厭其塵冗，遂謀居京之西八角店，以聚學爲業。一日，謂其弟子曰：「孔子不語怪力亂神，吾爲正人端士，誠不敢外聖人之教，亦未嘗談此。吾將著《無鬼論》以解天下之惑。」時抵清明，生徒皆散。生乘閑，乃濡毫運思，方欲下筆。忽有一人自户而入，舉止蒼惶。生驚視之，乃一村僕耳。生問其故，僕云：「某主人有二子方幼，知先生在此，欲令從學，故遣某奉召。」生曰：「主人姓氏爲誰？」僕曰：「王大夫也。此去其居數里而已，君無憚勞焉。」生念其二子欲從己學，遂具冠帶隨僕以往。果行數里，至一大莊，溝池環而竹木周布，場圃築於前，果園樹於後，葱葱鬱鬱，真幽勝之地也。僕乃止生於遲賓之館，曰：「俟某先入以報。」頃之，僕出曰：「大夫請見。」生入，視其人紫袍金帶，風觀甚偉。邀生就坐，生察其進退揖讓，雍容可觀。大夫曰：「某村居性懶，有倦出入，所以坐屈長者，豈勝惶懼。」生曰：「某連蹇寒儒，特辱見召，誠爲過幸。」須臾，命僕進茶，乃謂生曰：「某有二子，甚頑劣，欲遣就學，又憚其往來之遠。不罪率易，敢屈致從者於敝止，訓誨二子。不識尊意如何？所有費用，某雖貧家，當得盡力。必不致菲薄也。」生曰：「第恐學業荒蕪，才能疎略，不足以表率後來，爲人師範。如果不見棄，固所願也，敢不奉命。」大夫遂命二子出拜。生視二子皆垂髫，眉目俊爽，殆非凡類。二子復入，大夫曰：「從者可暫歸，來日甚吉，即得使人邀先生矣。」生辭出，大夫送之門。生由前徑而還，及抵其舍，則生恍然夢覺。生曰：「吾方著《無鬼論》，而遽有此夢，何其怪也。吾以謂夢邪，則所由之徑，所覩之人，明然在目。其間揖讓之儀，論議之事，皎然在懷。彼大夫云來日使人邀君就館，吾試俟之，當復如何。」翌日生起，至辰巳間，生乃正色危坐以待焉。良久，其僕果至，謂生曰：「大夫請先生就館。」生熟其僕，而私自念曰：「吾方正色危坐，略不瞑目，此非夢也。」乃隨僕而前，至其所，宛然昨日所詣之地也。生又疑爲夢，徘徊不進，瞪目回顧，野色明朗，嘉禾葱蒨，曉明非夢也。僕乃促入，大夫出迎曰：「越宿無恙乎？」遂引生入廳事東偏一小室中，陳設盃皿，間列海陸。命生就席，仍出二青衣以侑酒。生顧視青衣，皆殊色也。酒行數四，生意愈惑，但默而不語。大夫曰：「先生殊不語笑，席上無歡，何以終日？」乃命青衣一捧觴，一執板，以勸生酒。生不能辭，如是者再。大夫復令青衣求生爲詩，生不獲已，遂爲詩云：

「主人高義惜多才，時遣青衣勸巨盃。莫訝書生無語笑，只疑身是夢中來。」

大夫見詩，笑謂生曰：「君豈不知頓悟之後，浮生之事皆夢也，又何疑也。」再命青衣連勸至數盃。大夫徐謂生曰：「吾有一女，予素所鍾愛。今始笄矣，未有佳配，遴選雖衆，頗難其人，念無足以相稱者。竊覩足下儀容秀穎，德量淵深，學爲人師，行爲世表，真佳士也。如不鄙門閥卑微，世系寒落，使得親箕帚，侍巾櫛，則吾女可謂得夫矣。君其許乎？」生猶豫未有以應。大夫曰：「君豈非疑吾女子陋質，不堪爲配乎？」遽令二青衣扶女子者出。生瞥視之，鬐鬟峨峨，星眸瀲瀲。香腮瑩膩，芙蕖綽約於秋江；體態輕盈，雛燕翔飛於曉霧。婉媚横生，嬌羞可掬。立於座間，如不勝衣。生乃神盪魂逸，幾不自持。大夫曰：「某常奇此女，欲與貴人，而未□□付。非君多才多藝，吾寧肯令女子出乎。中饋之選，必不累君矣。如之何？」生曰：「敬奉教。」青衣乃復扶女子者入。大夫顧左右曰：「可召來家時媪來。令作媒。」頃之媪至，縞服練帨，垂白而傴，立於其前。大夫曰：「吾欲納壻，令子作媒可乎？」媪曰：「固所願也。」乃視生曰：「此非新郎乎？」大夫曰：「然。」媪遂入室，取一絳綃香囊，悉以蠷胎爲飾，窮極精巧，笑授生曰：「請以爲定。」大夫復謂生曰：「後三日宿直甚良，可就此吉日爲禮慶之期。」因以花牋贈生詩一首，其辭曰：

「忽忽席上莫相疑，百歲光陰能幾時。攜取香囊歸去後，吾家風誼亦當知。」

生未悟其旨，但遜謝而已。日暮酒闌，媪曰：「新郎請歸。後至日當遣騶從迎君就槽，幸是□□。」生辭出。大夫曰：「醉中不及攀送，希無訝也。」生亦被酒，及尋舊徑歸，豁然乃省，又其夢也。生大嗟異，而酒醬未散，香囊在懷。生□□日□始過午矣，因諷大夫詩曰：「攜取香囊歸去後，吾家風誼亦當知。」生乃歎而言曰：「吾常讀《左傳》，見晉狐突之遇申生，鄭伯有之殺帶、段，皆紀爲鬼之説，吾甚不取。以謂左氏豔而富，其失也誣，正爲此等事耳。今吾身自遇之，然後信其言爲不謬矣。」越三日，凌晨，生起盥漱，則已聞車馬喧闐，徒隸紛擾之聲。生心疑念之際，忽聞擊户之聲，生未敢應。一人大呼曰：「王大夫遣人來取新郎，請早備辦。恐日晚大夫見責。」連呼不已。生乃啓户，見僕從皆鮮衣美服，簪花□首，填塞門外，若錦繡焉。媒氏時媪前謂生曰：「時將至矣，可速行。」乃命左右控馬而前，狨鞍金勒，玉鐙繡韉，被褥華麗。生乃攝衣上馬，徒隸呵喝、道路供給之人，各執其物，擁衛而前。其去如飛，頃刻而至。生入户，見庭宇嚴潔，陳設文綉，倡優□□鶩列以俟。頃之，大夫命生就席，酒行樂作。至暮，一青衣出，請生□□行禮。生乃避席而起。二青衣者導引而前。至其室，則紋燭摇□□香囊碧，珠翠縱横，羅綺充仞。生意謂人間天上，無以過也。侍兒侍母，環列於前。結縭合巹，一如世俗之禮。於是鴛帳低紅，鸞衾重繡，如紋禽比翼，玉樹連枝。加以漏永更遲，衾香枕穩，雨意雲情，不可名狀。至曉，媼促生起謝姻屬，内外更相稱慶。大夫乃留生舍於其家。生以新婚之際，情意頗密，朝遊夕宴，未嘗暫捨。居月餘，大夫忽謂生曰：「某近承彌命，功忝汀南憲使。仍疾速起發，不敢稽留，朝暮成行。復以少事，義不得與子偕往。女子驕騃，難以留此，須當挈行。子可復歸，容吾到任，來歲清明日，遣兵卒令迓子，可乎？」生曰：「既承尊命，安敢違迕，當静居以俟。」大夫乃大會賓客，敍別于家。抵暮，賓客既散去，□□□□妻乃命青衣，復令具酒展別，愁容慘凄，芳辭愁抑，徐謂生曰：「妾以踈容陋質，幸得託附君子，終身之望足矣。今當有江□□□□□□經歲，佳時令節，枕冷衾孤，何以消遣？」言訖泣下。生亦□□□□□謂生曰：「妾居常女功之暇，尤喜讀書。至於歌詩，粗能髣髴。來日遂當隔闊，離情別恨，無以攄發，因成小詩一章，用以見意。辭鄙義拙，幸無見笑也。」乃出其詩以示生。其辭曰：

「人別忽忽□□□，須知後會不爲賒。黄斑用事當青毚，騂騎翩翩踏落花。」

生覽後不勝咽哽，因各就寢。拂旦，則大夫已具車馬，令送生之家。生乃與妻訣，并辭其大夫，復至其家。又悟其夢也。因以所遇之事，并其妻所贈之詩，以示友人何臯。臯嗟異久之，而皆莫曉其詩之意。及來歲清明，生忽暴亡。臯乃悟生妻之詩，皆隱肅死之年并其月日，無少差焉。初生之遇也，以紹聖之丁丑;及生之卒,以元符之戊寅。其詩曰「黄斑用事當青㲻」。蓋黄斑者,黄虎也。戊之色黄,寅之辰虎,則黄斑爲戊寅年也。青㲻者,青兔也。乙之色青,卯之辰兔,則青㲻爲乙卯月也,戊癸之年二月建乙卯故也。又曰「騂騎翩翩踏落花」。騂騎者,赤馬也。丙之色赤,午之辰馬,則騂騎爲丙午日也。生以其年二月二十七日告終,其日丙午,始得清明之節。翩翩踏落花,則長往之意也。一何異哉!臯字唐臣,河朔人,賦性敏慧,俶儻不拘,與生友善。具道本末,故予得而書之。(同上)

豐山廟

書生吕焕,西蜀人也,萍梗天下,五十年矣。一日遊滁州,過豐山,謁漢高祖廟,乃題其壁云:「野禽殫,走犬烹。敵國破,謀臣亡。蒯通之言,誠不謬矣。」是夕,生乃寢於逆旅,夢一力士謂生曰:「漢祖召子。」生辭以他事,不欲往。力士乃執生之臂,生力不能拒,因隨至廟中。見高祖負扆而坐,陛戟百重,禦衛甚嚴,叱謂生曰:「汝一書生,輒敢容易譏訕寡人。汝豈不知韓信教陳豨背漢,而信爲内應乎?豈朕以敵國之破而故誅謀臣也。汝之所題,不揣其本,而輕過朕,可乎?」生大有慚色。高祖曰:「汝腐儒寡聞。吾與項羽得失,應不得而知之。」生曰:「臣雖蹇淺,漢史亦嘗涉獵。至於陛下之得,項羽之失,粗能知之。」高祖曰:「汝能陳之則生,不能即死。」生乃頓首曰:「夫鴻門之會,范增數目項羽,示以玉玦,羽有不忍之心。增乃使項莊舞劍,意在陛下。張良知其事急,出召樊噲,因以誚羽,得與陛下間行,故得脱禍。此楚之一失也。陛下初入關,財物無所取,婦女無所幸,約法三章,以收民心。及羽入關,殺降王子嬰,燒其宫室，取其貨物美女，□君□□失望。此楚之二失也。韓信事楚，數以計干項羽，羽不用信。信乃歸漢，遂并三秦，燕趙齊魏爲信所取。此楚之三失也。項羽放逐義帝，天下怒之。後遭英布之難，陛下爲之縞素，以從民望。此楚之四失也。又陛下滎陽之困，命垂虎口，危在旦夕，用陳平之計，以黄金四萬，間楚君臣，而羽果疑之。故紀信詐以出降，以欺項羽，而陛下得出。此楚之五失也。項羽戰勝而不與人功，得地而不與人利，故人多怨而莫從。此楚之六失也。」高祖遽止生曰：「汝之所陳，皆項羽之失。吾之所得，卿能陳之乎？」生曰：「陛下隱約之時，則有雲氣之異，斷蛇之祥。及入關之後，五星聚於東井，此受命之符，昭然可見，則天命已歸矣。彼區區項羽，雖陸梁中原，而塗炭生靈，適足以爲陛下毆民耳，何能爲也。則大王所得，爰俟多云。」高祖喜，遂賜生卮酒。生飲訖，而復令力士送生出門，則欻然而覺。乃以其夢告其友人，余聞而異之，故爲好事者言。（同上）

華陽仙姻

上

蕭防字仲幾，世居南昌，本衣冠之裔。美風調，麗辭藻，博學强志，好黄老書，慕攝生理，然未之有得也。後以生事不振，投故人於新淦，舍於逆旅。旬餘，故人未遑延致。防疑其忘舊，圖歸甚速，其如匱乏，不能遽去，乃質衣以餬口。時同邸有女冠諸葛氏者，善《易》，以卜筮爲業。年未逾笄，姿色極麗。防數目逆，而未始接談。一夕，忽叩防扉曰：「竊聞公謀歸甚速，恐朝暮成行。某囊篋無他資，適有餘鏹半千，聊助道塗之費。」防喜而受之，意謂諸葛氏顧己悅而賂之也，因此感慕焉。防翌日告別於故人，故人謂防曰：「何去之遽也？容矚從者而後首途。」乃遷防於邸傍僧舍館之。自是與諸葛聲容，無片頃不相接。凡筮卦所得，不計多寡，悉以奉防。又經旬餘，氣語甚洽，防因以他語挑之。諸葛乃正色而言曰：「某家先世，自西晉居近侍之職，至今猶有食方伯之祿。某自西吳漂泊江外，鬻薄伎取資，唯以正潔自守，豈敢輒辱門閥，爲宗族羞。與君交遊，非結朝夕之好，願無及亂，卽旅身之幸也。」防曰：「前言戲之耳。非有他心，冀爲情照也。」忽一日謂防曰：「公歸有期，然故人所贈不貲，難逾五萬。」翌日，矚至，果不滿五十千。防乃理棹北歸。時以故人相餞，不得與諸葛相別，深以爲恨。防歸數月，忽夢諸葛執而言曰：「當日不得一別，迄今怏怏。願君無忘舊好，豈敢以睽阻爲恨。」防亦悽惻。因贈防詩一首，其辭曰：

「常嗟前會夢中身，今夕相逢豈是真。願得君心堅舊好，年周四十復相親。」

防既寤，吁悒不已。明年詔下，防預鄉薦，乃挈家之都下。是歲南宮不利，棲止侯門，以俟再戰。自此累舉不捷，蹭蹬迨三十餘年。食口嗷嗷，京師不能僑處，乃拂袖南歸。屆揚楚之間，因循萍寄，又七八載，遂抵儀真。因遊市肆，忽逢諸葛，相見愕然。各敍間闊，遞相歔欷，不勝悲喜。防始憶夢中之詩有四十年復相見之語，因問曰：「子何寓此？」諸葛曰：「知君遠來，故奉迎爾。」防大異之。復問所居何在，乃指一小坊曰：「此去數十步，循牆而東，卽某所居也。」防曰：「隔闊雲水，今四十年矣。願得就謁，少攄平昔之懷，可乎？」諸葛曰：「固所願也。然某適爲一士族見召，今日未暇，君來日相過，則幸矣。」乃別去。防詰旦攜醞一壺往焉，既入小坊，皆荒榛野蔓，人迹不到之地。躊躇欲返，忽於壞垣間見一舍，欹側將仆，支以數木，懸一牌曰「諸葛氏貨《易》卦」，宛然新淦所擒之牌也。防乃褰衣擇步，緩抵其舍。諸葛出迎，相揖而入。防視舍中，唯有土榻，弊蓆破薦相覆。諸葛衣著不甚鮮華，亦無膏澤之飾，然而翠眉緑髮，丹臉朱脣，光彩射人，芳香襲鼻，宛若神仙，頓異於前所見也。榻之東有茶鐺酒榼，陶器數事而已。乃與防偶坐於榻，徐謂防曰：「僦舍傾頹，家徒四壁，寢無幃帳，爨乏樵薪，衣服苟完，鉛華不御，兹皆嫠婦之所羞，甚乖故人之所望。雖蒙枉駕，必悔其來矣。」防曰：「某迹同萍梗，年俯桑榆，邂逅故人，敦敘契闊。事出望外，餘何足道哉。」防乃開醖同飲，因謂諸葛曰：「相別四十年，韶顔不謝，無異曩昔，豈非常餌丹藥乎？」諸葛曰：「吾父避永嘉之亂，隱於茅山。至天興中，有方外士教吾以默朝之道，漱嚥之方，力行有效，所以年齡雖邁，而華色不衰者以此。又安知丹藥之説乎。」防默計永嘉之年，即西晉懷帝之世，逮今淳化，已逾七百年矣，不知諸葛之甲子又幾年也。乃詰其端，但雜以他語，竟不之答。復問曰：「默朝之道何如？」諸葛曰：「去華室而樂茅廬，賤歡娱而貴寂寞，謹默沉静，不動不摇。《南華真經》曰：『慎汝内，閑汝外。』此其理也。」「漱嚥之方何如？」曰：「仰吸五氣，漱嚥入胃，自致五臟和適，顔色光華，則邪不勝正矣。《黄庭經》云：『漱嚥靈液災不干，體生光華氣香蘭。』此其理也。」防曰：「某幼爲科舉所迫，不知保身養命之術，應當骨化形消，沉爲下鬼。今聞玄旨，如剖棺布氣，生枯起朽。如能哀其沉迷，憐其淪喪，使得仰希萬一，則天地之賜，無以過矣。」諸葛曰：「某謬聞緒餘，不達奥妙。方且修爲，誠難傳□，公蕭史之遠孫也，夙注仙籍，生鍾道骨，壽當□□，何俟於某。況君前境中自當棄俗，因故害物命，致隔一塵。」防曰：「何謂一塵？」諸葛曰：「儒謂之壯，釋謂之刼，道謂之塵。」防曰：「世傳蕭史與弄玉爲夫婦升仙，事有之乎？」諸葛曰：「有之。」防曰：「仙家夫婦何如？」諸葛曰：「不生淫心而亂其匹也。」防曰：「子安知我爲蕭史之遠孫？」諸葛曰：「凡升仙之人，各有職任，以後世子孫賢不肖第其階品。蓋諸天皆有世系譜牒，常得其詳觀而備究之。由是而知之。」防曰：「蕭史後世之子孫，賢不肖可得聞乎？」諸葛曰：「既辱見詢，不能概舉。自歷代以來，或君或臣，或佛或老，好尚不同，可略道五七人矣。漢丞相蕭何，上爲蕭史十三代孫，下爲蕭望之八代祖。何小子延，避吕氏之禍，遯居蘭陵。由是蕭之苗裔，或居中原，或居江表。居江表者，則前梁蕭叔達，始以清淨得民，後屈一國之尊，爲寺家奴。居中原者，則後梁蕭詧，始以德望禪位，後荒於酒色，爲閹宦所廢。至唐，洛陽蕭曠，出於南齊鬱林王，始因遊蕩棄親，後隱於玉峰洞，至大和中以辟穀升仙。鍾陵蕭洞玄，出於後梁明帝，始以一獵破家，後師事馬湘，至開成中以煉丹得道。此四人或善於始，或善於終。若論其終始完具，則不若蕭望之。望之自少小性樂雲水，去慕清虛，起自布衣，參佐帝室，以忠正立朝，以孝義居家。外則矜孤恤貧，扶危拯弱；內則鳴天鼓，飲玉漿，蕩華池，固金鎖，行之累年，道業成就。至元帝時，閹尹用事，奪去政權。人勸其自裁，望之飲酖自殺。當時非不能依阿取容，恃祿固寵，蓋心厭濁世而乘釁委脱者也。比蕭何無社稷之功，亦一代之名臣也。」防曰：「望之果死否？」諸葛曰：「非真死也。道法之中，有尸解，有水解，有火解，其門實多。若嵇康、郭璞之受刃，乃劍解耳。李太白投江捉月，水解也。介子推抱木甘焚，火解也。望之飲酖自殺，尸解也。至唐末，又有蕭頃登進士第。至朱梁得天下，高祖重其器識，擢居近侍。未幾入相，經綸之才，有足稱道。後遇異人傳服氣法，棄家入少室山。頃於昭明太子爲二十八代孫，於公爲九代祖。此數人者，於仙籍人世，皆有功行可録，餘無足道。然某先人仲君，與公遠祖蕭真人有金石之契，與君相遇，豈偶然哉，由冥合也。不久當自知矣。」自開樽同飲，語論極洽，防之醞不覺告竭。諸葛曰：「某有百花醞一榼，願繼之以盡今日之歡。」乃於榻東取醴就席，懷中出二大葉，紺潤如玉，傾酒葉中，滿□數四，其甘香不可名狀。諸葛氏之色，轉加温麗，漸覺醺酣，如花欹玉側。防之情雖不能禁，然不敢正視。酒闌徹器，顧謂防曰：「君可歸舍，兒有東鄰之會，勢不得止。來日無惜再訪也。」防揖而出，行數步許，反視舍前，旌幢羅列，劍佩雍容，中有一女子，頂鳳髻，衣銖衣，綽約若諸葛氏，登羽車升虚而去。仍有珍禽異獸，飛躍前後，慶雲瑞彩，輝耀方隅。羽葆漸高，没於空碧。防大驚駭，復入舍中，果不見諸葛氏矣。防不勝悵然。翌日乃行，不逾仞，遂達南昌。防自飲百花醞之後，日覺髭髮青鬒，肌體紅潤，如三十許人。時皆疑其得道。

下

防次年再預鄉薦赴闕，又爲春官見黜。防頃刻無生意，忽聞有旨應治平元年兩經省下者，並令赴殿試。次日出榜曉喻，□者百餘人，防其數也。遂於牓尾登第。釋褐授許州長史，待次一年，調江寧府句容縣簿。竹書報妻子，令赴金陵相待。未及發，乃收家信，報妻子繼踵而亡。防不勝悲悼，乃獨之任。到官後，塵緣世事，俱不介懷，唯以訪幽尋勝爲心。縣境内有三茅宮、九錫亭、白鶴觀、玉晨觀、桃花塢、瑞芝館、碧奈澗、白李溪，皆仙跡顯著處，防遍遊之。唯有玉晨觀乃許真君上升之地，觀中塑九天真聖八洞神仙，殿宇峥嶸，樓閣歧嶷，頗極華麗。防遂齋戒而往，到觀中朝拜三十餘處，甚爲困乏，憩於道院。食頃，萬寧觀主召茶，仍具靴簡而往。到一齋廳，幽邃雅潔，不類凡俗。有一紫衣道士，龐眉巨唇，神氣超逸，相揖而坐。遽有一青童至，謂防曰：「東方大夫相召。」防問道士曰：「何人也？」道士不答。青童促曰：「此去稍遠，請速行。」防揖别而去，青童相引，出觀後門。見煙靄葱蒨，景色姸媚，與觀前甚殊。約行十餘里，至二大門，上有金書牌曰「華陽洞」。入門，又行百餘步，至一樓，名曰「排霄樓」。前東廡有瑶臺，西廡有玄圃。樓之北又至一門，名曰「蕊珠門」，內曰「蕊珠殿」，階陛崇峻，儀衞森嚴。右偏一室，名曰「明珠閣」。內有一人，紫袍金帶，屹立相竢。童指曰：「此東方大夫也。」防致恭而前，大夫勞之曰：「脩途之來，想亦勤動。」乃揖防就坐。觀其出入侍御，多參鸞駕鶴，頂冠佩劍。防不知其所以，乃問曰：「某塵世之人，大夫緣何相召？」大夫曰：「公豈不知漢有東方朔者乎？」防曰：「知之。」大夫曰：「某卽是也。今夕爲華陽洞主董侍御有姻事，命某爲贊引者。」防曰：「某何預焉？」朔曰：「公之遠祖蕭史真人，晉董侍御女雙成與公爲婦，所以相召。」防曰：「某前妻已死，不願再娶。況某凡朽之軀，安敢奉命。」朔曰：「匹偶之事繫天，豈可辭也。」防曰：「誠如此，卽乞暫還，少備羔雁幣帛之禮，復來可乎？」朔曰：「此禮過之久矣。」頃之，有一美人攜鮮服一篋出，曰：「請蕭郎易衣。」易畢，朔引至殿西隅一室中，見供帳如貴戚家焉。俄又一美人□曰：「吉期將至，請蕭郎成禮。」朔問：「禮堂儐相者已擇定否？」曰：「定矣。」朔曰：「試爲我詳言之。」美人曰：「扶侍者雲英夫人、巫山神女，秉扇者吴綵鸞、許飛瓊，執障者明星玉女、雲華夫人，接引者梁玉清、衞承莊，姮娥結縭，麻姑合巹，此其大略也。」朔謂防曰：「婚姻之禮，與人世不殊，請無懼也。」至中夜，有二美人，乃梁玉清、衛承莊也，夾引防而去。朔隨至蕊珠殿，謂防曰：「某只此相待。」北有一堂，名曰「雙景」，即禮堂也。堂之上下，花燭相照，爛如白日，金童玉女，拖雲曳霞，各相往來，莫知其數。防入禮堂，西向而立。少頃，徹障去扇，見一女子，年可十五六，頂雙鳳髻，衣綵綃衣，天姿掩靄，儀容絕世，與防相對而立。防竊覘之，乃諸葛氏也。防驚喜交集，不敢詰其所以。梁玉清致辭曰：「華陽玉女，聖世才郎。仙凡契合，如鳳如凰。今夕相偶，和鳴相鏘。壽等天地，慶衍無疆。」辭畢，男女交拜。女回身之帳，男接踵而往，姮娥麻姑擁入帳內，偶坐於床。姮娥結縭，麻姑進卺，交互三飲，乃撤卺解縭下帳而退。樂部奏《雙合鳳》曲，仙眷亞肩而立，屏息而竣。防曰：「昔新塗、儀真之遇，何必預言之？」雙成曰：「蓋以時之未至，不得與君爲偶。故託以諸葛爲氏，每得見郎，用慰思渴，而郎不知也。」須臾曲罷，一美人傳聲曰：「蕭真人遣胡奴賫禮物至，玄雲錦一百段，鳳紋綃五十疋，夜光珠二斛，葡萄酒百壺，以酬儐相者。」朔乃促防出立於堂下。俄自東偏有一人冠遠遊冠，衣鶴氅衣，出坐堂上。朔唱曰：「晉董侍御，即君之妻父也。」防鞠躬致辭曰：「俗世從宦，久食腥羶，愁慾之火，餤於胸中。今者得攀仙援，脱去塵緣，百生厚幸。」乃拜之。又一人至，頂七星冠，衣紫道袍，面如瑩玉。朔唱曰：「蕭真人，乃君之七十二代祖也。」防拜之。真人目之曰：「虛薄之人，得見遠孫娶婦，實爲門第之光。」復一女子至，年可十六七，頂雲霞冠，衣金翠衣。朔唱曰：「七十二代祖母弄玉夫人也。」防拜之，夫人慰勞甚勤。餘二十人皆辭而不肯出。朔引防至蕊珠殿，乃張筵之所也。几案罇俎，優伎□□□□煥仙宮就坐，董侍御主席，蕭真人次之。防與朔坐於東，□□□□穆王、漢武帝、大茅君、奉策使者、紫陽真人、費長房、□□□元文、張道陵、安期生外，有十餘客，皆不記。酒行樂作，曲奏《宴瑤池》。金石絲竹之音，振動天地；沉檀龍麝之氣，紛馥庭除。羣仙劇飲，言笑款洽。又有二美人，各執樂器。防問朔曰：「此誰氏也？」朔曰：「抱綠綺琴者蔡文姬，抱雲和瑟者湘靈妃。」乃奏《鳳吟鸞》曲。曲終，有女童召防曰：「雙成夫人請君暫起。」防避席，恍如夢覺。躊躇久之，已失蕊珠殿矣。但見深林茂草，飛禽噪集。行數里，復至玉晨觀，道衆謂防曰：「主簿何往，半月不返？」防但唯唯而已。尋歸縣署，僚屬窮叩，竟不少言。自此疎棄凡俗，無仕宦意。乃申陳乞歸大葬，幾兩月得請，促裝而去。方出境，有牧人持書遺防。啓緘，乃雙成書也，及黃金十斤。舉首，牧人已不見矣。防到里社，貨金備葬，餘鏹分惠貧親，託疾休官，遁入茅山。後幾半載，乃變服爲道士，詣玉晨觀求宿。翌日，題詩于壁。其詩曰：

「超俗離塵世所稀，華陽高宴衆焉知。桂宮露冷鶴歸早，琪樹風清鸞去遲。星斗夜明三尺劍，洞天秋静一枰碁。自從飛步朝元後，忘却鼇頭舊賦詩。」

適會句容縣尉徐起自外至，謂防曰：「豈非舊同事蕭公乎？寧忍不相認也。」防曰：「吾亦知汝來此。」遂握手敍舊，因説得道之由。飲宴通夕，留贈徐黃金百兩，美玉五斤而去。自後無有遇防者。（卷八）

泊宅编

方勺

方勺（一〇六六——？），字仁磐，婺州金華人。寓居烏程泊宅村，因號泊宅翁。曾于元豐六年（一〇八三）入太學。元祐中蘇軾知杭州，嘗薦送之。後任虔州管勾常平。《泊宅編》有十卷本、三卷本兩種，所載多元祐迄政和間朝野遺事。

*朱曉容

朱曉容者，嘗爲浮屠，以善相游公卿間。後因事返初，惟工相貴人。初，朱臨、姚闢久同學校，每試，姚多在朱上。馮京榜中，二人俱赴廷對。未唱名前數日，京師忽傳一小賦，乃朱殿試之作也。姚謂人曰：「果爾，縱不作魁，亦須在甲科。」自歎平時濫居其先，及至魚龍變化之地，便爾懸絶。因遍詣術士質之，亦訪容師，未見。殿唱日，禁門未開，或云曉容在茶肆中。姚走見之，容方與一白袍偶坐；指示姚曰：「狀元已在此。」偶坐者，馮當世也。姚力挽就鄰邸燈下視之，曰：「公第幾甲，朱第幾甲。」相次辨色，入聽臚傳，皆如師言。（卷四）

又

朱臨年四十以大理寺丞致仕，居吴興城西，取訓詞中「仰而高風」之語，作仰高亭於城上，杜門謝客。一日，曉容來謁，公欣然接之。是時，二子行中、久中秋賦不利，皆在侍下，公强使冠帶而出。容一見行中，驚起賀曰：「後舉狀元也。老僧自此不復更閲人，往杭州六和寺求一小室寄跡，待科詔下，乃西游耳。」公初未之信。後三年春，久中偶至六和，容叩伯仲行期，久中告之。師曰：「某是日亦當離杭矣。」是秋，二朱至京，舍開寶寺，容寓智海。相次行中預薦，明年省闈優等，唯殿試病作，不能執筆。是時，王氏之學士人多未得，行中獨記其《詩義》最詳，因信筆寫以荅所問，極不如意。卷上，日方午，遂經御覽，神宗愛之。行中日與同舍圍棋，每拈子欲下，必駡曰：「賊秃！」蓋恨容許之誤也。未唱名前數日，有士人通謁，行中方棋，遽使人却之。須臾，謁者又至，且曰：「願見朱先輩。」行中叱其僕曰：「此必省下欲出關者耳！」同舍曰：「事不可知，何惜一見。」行中乃出，延之坐，不暇寒温，揖行中起，附耳而語曰：「某乃梁御藥門客，御藥令奉報足下，卷子上已寘在魁等，他日幸相記。」行中唯唯而入，再執棋子，手顫不能自持。同舍覺而叩之，具述士人之言。行中念容，獨往智海。容聞其來，迎門握手曰：「非晚唱名，何爲來見老僧？必是得甚消息來。」行中曰：「久不相見，略來問訊爾。」師曰：「胡不實告我。馮當世未唱第時，氣象亦如此。」行中因道梁氏之事。師喜甚，爲命酒留款，且曰：「吾奉許固有素，只一人未見爾，當邀來同飲。」仍戒曰：「此人藍縷，不可倨見，亦不得發問，問即彼行矣。」燭至，師引寺廊一丐者入，見行中不甚爲禮，便據上座，相與飲酒斗餘，不交一談。師徐曰：「此子當唱第，先生能一留目否？」丐者曰：「爾云何？」師曰：「可冠多士否？」丐者擺頭曰：「第二人。」師躡行中足，使先起，密徵其説，但曰：「偶數多。」更無他語而散。明日飯罷，率行中寺庭閒步，出門遥見余行老亦入寺，師不覺拊髀驚歎，謂行中曰：「始吾見子，以謂天下之美盡此矣，不知乃有此人。」行中曰：「此常州小余也，某識之。」師曰：「子正怕此人。作夕聞偶多之説，今又睹此人，兹事可知也。」行中發解過省，皆占二數。及聽傳臚，行老果第一，行中次之。行中釋褐了，往謝師，師勞之曰：「子誠福人。今日日辰，以法推之，魁天下者官不至侍從。」其後行老止帶貼職領郡而已。行中名服，行老名中。（同上）

*張孝基

許昌士人張孝基，娶同里富人女。富人只一子，不肖，斥逐之。富人病且死，盡以家財付孝基。與治後事如禮。久之，其子丐於塗，孝基見之惻然，謂曰：「汝能灌園乎？」答曰：「如得灌園以就食，何幸。」孝基使灌園。其子稍自力，孝基怪之，復謂曰：「汝能管庫乎？」答曰：「得灌園已出望外，況管庫，又何幸也！」孝基使管庫。其子頗馴謹，無他過。孝基徐察之，知其能自新，不復有故態，遂以其父所委財産歸之。此似《法華》窮子之事。其子自此治家勵操，爲鄉閭善士。不數年，孝基卒，其友數輩遊嵩山，忽見旌幢騶御滿野，如守土大臣。竊視導車者乃孝基也，驚喜前揖，詢其所以致此。孝基曰：「吾以還財之事，上

帝命主此山。」言訖不見。（卷六）

按：本事又見《厚德錄》卷一。亦即《醒世恒言》卷十七《張孝基陳留認舅》所本。

搜神秘覽

章炳文

章炳文，字叔虎，京兆人。其先爲浦城人，蓋章衡之子。《搜神秘覽》卷中《預兆》篇云：「家府寶文未第時丁内艱，自吳門扶護先祖歸閩中，於浦城昭文鄉上相里卜地以葬。」章衡曾官寶文閣待制，故云。《搜神秘覽》三卷，《直齋書録解題》曾著録。書前有政和癸巳（一一一三）自序。現存南宋尹家書籍鋪刻本，在日本。有商務印書館《續古逸叢書》影印本。

前定紀

浙中有李秀才者，開小學以贍日用，常不滿十人。一夕卒，見一人獸首人形，若相追攝，行及數里，傍覩一大府，門懸金牌，題曰「糧料院」。獄卒摳衣而入，造于殿側。李公見一人冠服降階以相迎迓。孰〔睨〕（閲）之，乃昔兩浙轉運使段少連也。李與段公素有契分，段爲李曰：「此乃冥司，吾友何故至此也？」李遂泣告以：「家有老母，婚嫁未畢，平生知我愚直者，惟公耳。非公陰與爲地，則何敢望生。」段公目左右，頃持一文簿至，視久之，慘容報曰：「吾友之壽止於此矣。念子積慶流遠，世緒綿昌，薄可加五年，更增學生十人。」李又泣告。段公沉吟久之，又曰：「更加五年，更增學生十人。」遂厲聲曰：「不可，止矣。然無以贍行，奉贈驢一頭，金一笏。」復顧獄卒送還。忽然而覺，李甚異之。他日關學舍，壁中得金一鋌。又有道人跨一衞求宿于舍，翌日不知所在，獨存所跨之衞。自後學徒常及三十人，果終十年之壽。鬼神之理，雖質之而無私，吾於此事殊有所惑焉。（卷上）

王旻

西川費孝先，善軌革，世皆知名。有客人王旻，因售貨至成都，求爲卦。孝先曰：「教住莫住，教洗莫洗。一石穀，擣得三斗米。遇明卽活，遇闇卽死。」再三戒之，令誦此數言足矣。旻受乃行，塗中遇大雨，憩一屋下，路人盈塞，乃思曰：「教住莫住，得非此邪？」遂冒雨行，未幾屋顛仆，獨得免焉。旻之妻已私謁鄰比，欲講終身之好，俟旋歸，將致毒謀。旻既至，妻約其私人曰：「今夕但新沐者，乃夫也。」日欲晡，果呼旻洗沐，重易巾櫛。旻悟曰：「教洗莫洗，得非此邪？」堅不從。婦怒不省，自沐，夜半反被害。旻驚睨罔測，遂獨囚繫。官府拷訊，獄就，不能自辨。郡守錄伏牘，旻悲泣言曰：「死卽死矣，但孝先所言，終無驗耳。」左右以是語上達。翌旦，郡守命未得行法，呼旻問曰：「汝鄰比何人也？」曰：「康七。」遂遣人捕之。「殺汝妻者，必此人也。」已而果然。因謂寮佐曰：「一石穀擣得三斗米，非康七乎？」旻既辨雪，誠遇明卽活之效歟。（同上）

燕華仙

黄裳爲《燕華仙傳》，因書其大略曰：燕華仙人，女子之得道者也。太子中允王綸，昔爲海陵時，有處子未及笄，一日夢爲山中游。其山秀特，插立萬仞，煙雲縹渺之間，有華亭在其上。仰見二仙圍碁對坐，冠服靡麗粲爛，如世之畫女仙者。相望之際，怳然已造其坐側。一仙顧謂之曰：「汝見吾一筆塔乎？」遂出而示之，觀塔而寤。思復得見，且傳其塔，齋戒以自致焉。後兩日，再遇于夢中，與頃所見無以異也。仙復出塔，顧謂之曰：「汝能傳吾塔，則將與爾會矣。」乃諭處子以發筆處。及覺而思之，一筆而塔就。大功萬象，世之畫工，細窺其妙，不知其所以然而然，欲摸而去，不可得也。一日燕筆降于海陵之公宇，綸淨其室以待之。與處子語笑居處，如人問世，然獨處子聞見之耳。綸等不得其髣髴。綸求名字於仙，仙以清非命其名，以道明命其字。嘗言與綸有契，故來此爾。綸問而答，出其文篆，皆寓於處子而見焉。名篆八十四，名曲四十八，名書三十六七，答二，告十，賦歌行諷吟詞曲銘誥戒諭書頌一百二十有八，寄贈招勉，其詩在綸尤多。處子陰受其書篆，發於紙筆，如素所習者，奇怪險絶，皆非人巧所至。綸出百軸進上，餘藏其家。處子求筲金篆，仙曰：「姑俟筆至。」少頃，果有贈綸十筆者，發二筆爲蟲食其鋒，正筲金所用爾。字無小大巨細，例以一筆寫之，未嘗易也。或以禍福求之，皆默而不應。丁晉公之行，因有所請，仙言復還而已。處子問：「仙今幾千歲矣？」仙亦舉其問而應之。綸問仙：「處子可以歸乎，可以不歸乎？」仙亦舉其問而應之，終不爲之決。及其許嫁而仙往矣。凡昔之所傳，遂不復記。臨歸，弟夢燕華相導至大海邊，白石漫然，不可勝計。欲其渡海，處子不如其命，顧謂處子曰：「可於人世求碧仙洞玉霞經而讀之。」語已而覺。燕華之降，至此十年矣。處子之歸呂氏，後封萬年縣君，行六十四年而卒。

前此時復聞有音樂之聲，若相將者，然卒不得而遇也。（卷下）

按：《夢溪筆談》卷二十一記王綸家迎紫姑事，與此略異。已見前，可參看。

楊柔姬

予自真定還都下，道由邯鄲，因得柔姬所題壁曰：「妾家圃田，世族豪貴，門館幽邃，竟日閴然。時與伴侶有追隨調笑之歡，不知寒暑之催人。年始及笄，閑情漸生，遂託身於良人，因此遠適真定。離親去國之意，悵戀不已。而鎮陽風景，酷似吾鄉。有佳花幽圃，可以行樂於春時；有修竹小洞，可以迎涼於朱夏。魚稻果實，與夫醪酒之美，又足以供膳飲之具，而資燕笑之娛。不幸居未半紀，而良人傾亡，家宗無親，身將安託。由是飄然南歸，每臨當時留食寓宵之地，逝而復甦者數矣。鄉關千里，欲到未能。上無以副父母之望，中不得盡良人之情，哀哀此心，非可述矣。反視三鄉佛寺所題，此有甚於彼矣。因以拙句書之，亦不欲直見名氏，隱語以道焉。箕子狂、寬夫性、腹長空、麟之定。」詩曰：「憶昔鬟初合，離家千里征。鳳鞋金鐙穩，羅袖玉鞭輕。月下並肩語，花間把手行。歡娛將半紀，恩愛卜平生。豈謂中途誤，翻爲一夢驚。撫心嗟薄命，飲淚想當情。疋馬溪邊影，哀鴻枕上聲。重經舊遊處，幽恨寫難成。」杜儼仲觀爲之作歌曰：「君不見叢臺驛，圃田柔姬自題壁。柔姬姓楊族緒豪，朱碧輝空門館閴。春風女伴戲青樓，窈窕文章語笑柔。雲鬟初攏釵梁重，脈脈蘭心春思動。一朝選配少年郎，粉質飄流入鎮陽。鎮陽巖巖甲第好，風景髣髴同吾鄉。三春桃李照亭榭，六月竹洞薰風涼。四時佳景供清賞，翡翠屏風鴛枕兩。酒闌拂鏡匀桃花，良宵蠟燭燒紅紗。紅紗熒熒夜復曉，五歲歌吹時節少。良人一旦捐仙居，羅幌無光愁悄悄。寶鑑同心不忍看，回看前歡仙夢杳。良人之家無宗戚，千里鄉人獨南適。與郎曾宿此傳舍，門掩回廊宛如昔。並肩行處長莓苔，井上梧桐空自碧。無言看月立空堦，鏤金霑露鴛鴦鞋。鉛華不御見天質，珠淚淹浥芙蓉腮。一身有違父母託，九泉無路追多才。君不見三鄉寺，昔時弄玉嘗題字。今日柔姬歸故鄉，悲愁更過當時事。婦人無非亦無儀，賦筆雖留隱名氏。卒章飲恨令人哀，吟誦拂拂悲風來。想君題時翠眉促，彤管纖纖指如玉。行雲往矣無復尋，寂寂洞天三十六。噫噓嚱，楊柔姬，未亡人，何用歸。多情既如此，有色將安施。儻能節死同邃穴，猶勝風月長相思。」(同上)

神祥

蘇州百姓龔某者，素以正直自任，有三子一孫，家亦從容，怡怡自若。嘗夢一神人謂曰：「欲求爾所居後空地一段，啓建廟宇，以爲安存之所。」龔叱之。神曰：「當取爾長子矣。」後三日，長子卒。復見夢曰：「所求如何？若不從，再取爾次子矣。」龔亦不允。後三日(此上似有脱誤)，少子卒，復見夢曰：「三子皆卒矣，爾惟有一孫，願以土地與我。不然，當取爾孫，絶爾後嗣。」龔持意愈確，竟不許之。神乃降堦拜曰：「三子之卒，天數也，豈其所能爲。君之正直，誠可尚也。」乃去。(同上)

冷齋夜話

釋惠洪

惠洪(一〇七一——一一二八),一名德洪,字覺範,筠州人,俗姓喻氏,一説姓彭。工詩能文,與蘇軾、黄庭堅爲方外交。《冷齋夜話》,《郡齋讀書志》小説類著録六卷(袁州本),今本十卷,已非完本。是書雜記見聞,而論詩者居十之八。《直齋書録解題》謂其「所言多誕妄」,蓋指書中多小説家言。

采石渡鬼

歐陽文忠公慶曆末宿采石,舟人甫睡,潮至月黑,公方就寢,微聞呼聲曰:「去未?」舟尾有答者曰:「有參政船宿此,不可擅去,齋料幸爲携至。」五鼓,岸上朧朧馳驟聲,舟尾者呼曰:「齋料幸見還。」有且行且答者:「道場不清淨,無所得。」公異之,後遊金山,與長老瑞新語,新曰:「某夜建水陸,有施主携室至,忽乳一子。俄覺腥風滅燭,大衆恐。」使人問其時,公宿采石之夜。其後蔡州求退之鋭者,亦其前知然耶。時公自參知政事除蔡州,黄魯直熙寧初宿石塘寺;寺有鬼靈異,僧敬信之。一夕夢曰:「分寧黄刑部至。」僧曰:「侍郎乎?尚書乎?」曰:「侍郎也。」魯直南遷,已六十,親故憂其禍大,又南方瘴霧,非菜肚老人所宜。魯直笑曰:「宜州者,所以宜人也。且石塘鬼侍郎之言,豈欺我哉!」魯直竟没於宜州。較采石之鬼,

何愚智相去三十里，豈魯直癡絕，故欺之耶？（卷一）

夢迎五祖戒禪師

蘇子由初謫高安時，雲庵居洞山，時時相過。聰禪師者，蜀人，居聖壽寺。一夕雲庵夢同子由、聰出城迓五祖戒禪師。既覺，私怪之，以語子由，未卒，聰至。子由迎呼曰：「方與洞山老師說夢，子來亦欲同說夢乎？」聰曰：「夜來輒夢見吾三人者同迎五戒和尚。」子由拊手大笑曰：「世間果有同夢者，異哉！」良久，東坡書至，曰：「已次奉新，旦夕可相見。」〔三〕（二）人大喜，追筍輿而出城，至二十里建山寺，而東坡至。坐定，無可言，則各追繹向所夢以語坡。坡曰：「軾年八九歲時，嘗夢其身是僧，往來陝右。又先妣方孕時，夢一僧來託宿。記其頎然而眇一目。」雲庵驚曰：「戒陝右人，而失一目，暮年棄五祖來遊高安，終於大愚，逆數蓋五十年。」而東坡時年四十九矣。後東坡復以書抵雲庵，其略曰：「戒和尚不識人嫌，强顏復出，真可笑矣。既法契，可痛加磨礪，使還舊規，不勝幸甚。」自是常衣衲衣。（卷七）

按：此即《清平山堂話本·五戒禪師私紅蓮記》所本。

漫堂隨筆

吴幵

吴幵，字正仲，全椒人。紹聖丁丑（一〇九七）中宏詞科，靖康中官翰林承旨，與耿南仲力主割地之議。又爲金人往來傳道意旨，立張邦昌而事之。建炎後竄謫以死。傳有《優古堂詩話》一卷，多與《能改齋漫録》相同，卷末又載有楊萬里一條，時代遠不相及，當屬僞託。《漫堂隨筆》一卷，未見著録，亦無傳本，《説郛》收三條。

幼江王

王翁挺言錢景述子之堪云：其從兄死後，蘇云：『瞑目見其兄，問：『汝何因來？吾初爲幼江王門客，爲爾入問之。』出曰：『果誤也。』引入門，至其館，曰：『地獄可畏，如世所傳。吾無他善，但因大叔母欲讀誦《金剛經》，予求本寫予之，遂免罪苦，但未受生耳。大叔母所誦佛名困積，他日獲福報無量矣。』又指一閣極華麗，曰：『族叔某人寫《華嚴經》致之也。』弟答以某人盡未下筆寫。曰：『纔發心，閣已成矣。』俄頃見呵引一貴人入門，稱相公，就所下馬，視之乃吴居厚。王與之抗禮就坐，吏舉案牘滿前。王曰：『相公功過多，吏可舉一二大者問之。』吏舉某事：『相公所建議耶？或他人參之耶？』居厚曰：『某所爲也。』復舉之，答如前。卽見陰晦，黑風吹居厚起，少時不見，曰：『已墜無間地獄矣。』」（《説郛》卷六十四）

古今詩話

李頎

《宋史·藝文志》文史類有李頎《古今詩話録》七十卷，疑卽此書。有郭紹虞《宋詩話輯佚》本。多輯集小説舊聞，近似《本事詩》。李頎生平不詳。蘇軾有《李頎秀才善畫山以兩軸見寄仍有詩次韻答之》詩。李頎名見《畫繼》卷四，不知是否此人。

*至聰禪師

五代時有一僧號至聰禪師，祝融峰修行十年，自以爲戒行具足，無所誘掖也。夫何一日下山，於道中見一美人號紅蓮，一瞬而動，遂與合歡。至明，僧起沐浴，與婦人俱化。有頌曰：「有道山僧號至聰，十年不下祝融峰。腰間所積菩提水，瀉向紅蓮一葉中。」（《侍兒小名録拾遺》）

按：此事董弅（原作張邦幾，今據吳騫《拜經樓詩話》説）《侍兒小名録拾遺》所引，郭紹虞《宋詩話輯佚》未收。《清平山堂話本》之《五戒禪師私紅蓮記》，卽據此敷演。後人又改編爲玉通禪師紅蓮債事，與《月明和尚度柳翠》本事合而爲一。參看前《冷齋夜話·夢迎五祖戒禪師》條。

遯齋閒覽

陳正敏

《郡齋讀書志》著録十四卷，云：「皇朝陳正敏崇觀間撰。正敏自號遯翁，録其平昔所見聞分十門，爲小説一編，以備異日披閱。」《説郛》本署作范正敏，疑訛。（《類説》本《水蟲蟲》條云「陳正敏大醉」，似卽自述。）正敏官福州長溪縣令，餘不詳。原書失傳，《類説》節録九十七條。《説郛》所收尚自原本選録，僅四十四條，十門之名目藉此可見，曰：名賢、野逸、詩談、證誤、雜評、人事、諧噱、汎志、風土、動植。《厚德録》、《墨客揮犀》等書中亦引有佚文。

劉喜焚妻

德州軍士劉喜，有氣節。嘗出經年，妻與一富人子私通。夫歸，紿語妻曰：「汝之前事，我盡知之。吾不能默默受辱于人，又不忍間兩情之好。汝能令富人子以百金餉我，我則使汝詐爲得病而死者，載以凶器而送諸野，汝夜則潛往奔之。如是庶可以滅口。」妻以爲然，因進百金，托以病逝。夫乃納妻于棺，膠以大釘，遂縱火焚之。卽以身自訴于郡將張不疑，奇其節而釋其罪。（《説郛》卷三十二）

編竹橋救蟻

二宋丱角之年，同於黌舍肄業。有胡僧見而謂曰：「小宋他日當魁天下，大宋亦不失甲科。」後十餘年，春試罷，復遇僧於塵邸。僧執大宋手而驚曰：「公風神頓異昔時，能活數百萬命者。」大宋笑曰：「貧儒何力及是？」僧曰：「不然，肖翹之物皆命也。公試思之。」大宋俛思良久，乃笑而言曰：「旬日前，所居堂下有蟻穴，爲暴雨所侵，羣蟻繚繞穴傍。吾乃戲編竹爲橋以渡之，由是蟻命獲全。得非此乎？」僧曰：「是也。小宋今歲固當首捷，然公終不出小宋下。」二宋私相語曰：「妄也，一歲固無兩魁。」比唱第，小宋果中首選。時章憲太后當朝，謂不可以弟先兄。乃大宋爲第一，小宋爲第十。始信僧不妄。（《厚德録》卷一、《類説》卷四十七）

按：《厚德録》所引較《類説》本爲詳，今據以輯録。

郴連道中託宿

湖南之俗，好事妖神，殺人以祭之。凡得儒生爲上祀，餘人爲下。有儒生行郴（《類説》作柳）連道中，日將暮，遇耕者，問秀才欲何往，生告之故。耕者曰：「前有猛獸爲暴，不宜夜行。此村下有民居，可以託宿。」生信之，趣而前。始入一荒逕詰屈，行者甚少。忽見高門大第，主人出見客，甚喜，延入一室，供帳赫然，肴饌豐美。既夕，有婦人出問生所，闞其色甚妍。生戲一言挑之，欣然而就。生由是留連數日，婦人亦比夜而至，情意款昵，乃私謂生曰：「是家將謀殺子以祭鬼，宜早自爲計。我亦良家子，爲其所劫至此。所以遺妾侍君者，欲以綴君留耳。」生聞大駭，乃夜穴壁，與婦人同出。比明，行四十里，投近縣。縣遣吏卒捕之，盡得姦狀，前後被殺者數十人。前所見指途耕者，亦其黨也。於是一家盡抵極法。生用賞得官，遂與婦人偕老焉。（《墨客揮犀》卷二、《類説》卷四十七）

按：《墨客揮犀》載此，不注出處，而文字較詳。《墨客揮犀》爲兩宋間人采輯諸書而成。《直齋書錄解題》謂「不知名氏」，今本妄題爲彭乘撰。張文虎《舒藝室雜著》已考出其取自《遯齋閒覽》者十二條，然實不止此。

文酒清話

佚名

未見著録。前蘇聯科學院亞洲民族研究所列寧格勒分所藏有《新雕文酒清話》殘本，存卷五尾至卷九首，似爲金刻本，原出我國内蒙古之西夏黑城。僅見書影。曾慥《類説》節録此書，明天啓刻本訛作「大酒清話」。按書中《羊雪二詩》條，施顧注《東坡先生詩》卷十九及《瀛奎律髓》卷二十引作《文酒清話》；《賀四廂太保啓》、《假蝗蟲》等條，《事文類聚》别集卷二十引作《文酒清話》。可證卽爲一書。《碧雞漫志》、《詩林廣記》等亦引有佚文。所載多爲俳諧趣聞，蓋輯自舊著，而又有所增飾。

孫山得解

孫山末綴得解，有同試者託山探得失。山曰：「解名盡處是孫山，吾人更在孫山外。」山後以恩榜成名，作詩云：「盤古榜中同進士，伏羲手裏探花郎。」又云：「幸賴聖恩收拾了，這回含笑入黄泉。」（《類説》卷五十五）

附録

吴人孫山，滑稽才子也。赴舉他郡，鄉人託以子偕往。鄉人子失意，山綴榜末。先歸，鄉人問其

子得失。山曰：「解名盡處是孫山，賢郎更在孫山外。」（《過庭録》）

羊雪二詩

書生王勉吟羊詩云：「頭上兩條皂角，頰下一撮髭鬚。不知是何方聖者，髀臀裏行撒數珠。」又作雪詩云：「上天燒下豆稭灰，烏李須教做白梅。道士變成銀鬌簶，師姑化作玉茶槌。」（同上）

按：蘇軾《岐亭道上見梅花戲贈季常》詩云：「野店初嘗竹葉酒，江雲欲落豆稭灰。」即用此語。

皮歸相嘲

皮日休謁歸仁紹，託故不出，日休假其姓爲詩嘲曰：「硬骨頑形知幾秋，臭骸知是不風流。及知死後鑽令遍，衹爲當初不出頭。」仁紹復嘲曰：「幾片尖裁砌作毬，火中煉了水中揉。一包閑氣知常在，惹踢招拳卒未休。」（同上）

二書生賦詩

河朔書生與洛陽書生同飲賦詩。河朔生曰：「昔年曾向洛陽東，年年只是看花紅。今年不見花枝面，花在舊時紅處紅。」「洛陽」（河朔）生曰：「昔年曾向北京北，年年只是看蘿蔔。今年不見蘿蔔面，蘿在舊時蔔處蔔。」（同上）

春渚紀聞

何薳

何薳（一〇七七——一一四五），字子楚，浦城人，號韓青老農。《春渚紀聞》十卷，分雜記五卷、東坡事實一卷、詩詞事略一卷，雜書琴事附墨説一卷、記研一卷、記丹藥一卷。其雜記中多引仙鬼報應故事，但情節簡率，殊乏想象。如卷七《司馬才仲遇蘇小》一條，即遠遜《雲齋廣録》所載《錢塘異夢》之詳贍也（見前）。《四庫全書》列在雜家類。明人自好子曾取書中數事，編入《剪燈叢話》，則固以小説視之。

后土詞瀆慢

金陵邵衍，字仲昌，篤實好學，終老不倦。年八十二，以大觀四年五月十五日無疾而終。臨終時，一日顧謂其甥黄子文曰：「老子明日與甥訣矣。疇昔之夜，夢黄衣人召至一官居，侍衛嚴肅，據案而坐者冠服類王者，謂余曰：『世傳《后土詞》瀆慢太甚，汝亦藏本，何也？』即令黄衣人復引余過數城闕，止一殿庭。余傍視殿廡，金碧奪目，但寂不聞人語聲。須臾，簾間忽有呼邵衍者曰：『帝命汝爲圓真相，俾汝禁絶世所傳《后土詞》，當何以處之？』余對以傳者應死。呼者曰：『可也。仍即日莅職。』余拜命出門，足蹶而覺。所夢極明，予亦欲吾家與甥知此詞之不可復傳。誌之，誌之！」子文未之深信。翌日凌晨，往視之，衍謂子文曰：「甥更聽吾一頌。」即舉聲高唱曰：「雖然萬事了絶，何用逢人更説。今朝拂袖便行，要趁一輪明月。」言訖而終。子文，余姪壻也。余亦素與仲昌遊云。（卷二）

按：《后土詞》蓋即黄休復《茅亭客話》所謂《后土夫人變》，事見唐人《異聞集·韋安道》。

瓦缶冰花

宣義郎萬延之，錢塘南新人，劉輝榜中乙科釋褐，性素剛，不能屈曲州縣。中年拂衣而歸，徙居餘杭。行視苕霅陂澤可爲田者，即市之。遇歲連旱，田圍大成，歲收租入數盈萬斛，常語人曰：「吾以萬爲氏，至此至矣。」即營建大第，爲終老之計。家蓄一瓦缶，蓋初赴銓時，遇都下銅禁嚴甚，因以十錢市之，以代沃盥之用。時當凝寒，注湯頮面，既覆缶出水，而有餘水留缶，凝結成冰，視之桃花一枝也。衆人觀，異之，以爲偶然。明日用之，則又成開雙頭牡丹一枝。次日又成寒林滿缶，水村竹屋，斷鴻翹鷺，宛如圖畫遠近景者。自後以白金爲護，什襲而藏。遇凝寒時，即預約客張宴以賞之，未嘗有一同者，前後不能盡記，余與賞集數矣。最詭異者，上皇登極，而致仕官例遷一秩。萬遷宣德郎，誥下之日，適其始生之晨，親客畢集。是日復大寒，設缶當夕，既凝冰成象，則一山石上坐一老人，龜鶴在側，如所畫壽星之像。觀者莫不咨嗟歎異。以爲器出於陶，革於凡火，初非五行精氣所鍾，而變異若此，竟莫有能言其理者。然萬氏自得缶之後，雖復貲用饒給，其剥下益甚。後有誘其子結婚副車王晉卿家，費用幾二萬緡，而娶其孫女，奏補三班借職。延之死，三班亦繼入鬼録。餘資爲王氏席卷而歸。一子日就淪替，今至寄食於人。衆始悟萬氏之富，如冰花在玩，非堅久之祥也。後歸蔡京家云。（卷二）

按：《剪燈叢話》卷十收此篇，題作《瓦缶冰花記》。

隴州鸚歌

王景源云：有韓奉議者，爲隴州通守。家人得鸚歌，忽語家人曰：「鸚歌數日來，甚思量鄉地，若得放鸚歌一往，卽死生無忘也。」家人聞其語，甚憐之，卽謂之曰：「我放你甚易，此去隴州數千里外，你怎生歸得？」曰：「鸚歌亦自記得來時驛程道路，日中且去深林中藏身，以避鷹鷂之擊，夜則飛行求食以止饑渴爾。」家人卽啓籠及與解所繫緣線，且祝其好去。鸚歌亦低首答曰：「娘子濾更各自好將息，莫憶鸚歌也。」遂振翼望西而去。家人輩亦悵然者久之，謂必無遠達之理。至數月，舊任有經使何忠者，自隴州差至京師投下文字，始出州城，因憩一木下，忽聞木杪有呼急足者，忠愕然，謂是鬼物。呼之再三，不免仰首視之。卽有鸚歌且顧忠曰：「你記得我否？我便是韓通判家所養鸚歌也。你到京師，切記爲我傳語通判宅眷，鸚歌已歸到鄉地，甚快活，深謝見放也。」忠咨嗟而行，至都，遂至韓第問鸚歌所在，具言其所見。舉家驚異，且念其慧黠及能偵候何忠，傳達其言，爲可念者。或未以爲信。余曰：昔唐太宗時，林邑獻五色鸚鵡，新羅獻美女二人，魏鄭公以爲不宜受。太宗喜曰：「林邑鸚鵡，猶能自言苦寒思歸，況二女之遠別親戚乎？」并鸚鵡各付使者歸之。又明皇時太真妃得白鸚鵡，聰慧可愛，妃每有燕遊，必置之輦竿自隨。一日鸚鵡忽低首愁慘，太真呼問之，云：「鸚鵡夜夢甚惡，恐不免一死。」已而妃出後苑，有飛鷹就輦攫之而去。宫人多於金花紙上寫《心經》追薦之者。此又能通曉夢事，則其靈慧非止一鸚歌也。（卷五）

按：《剪燈叢話》卷八收此篇，題作《鸚歌傳》。

林靈素傳

耿延禧

耿延禧，南仲子，歷官中書舍人，並龍圖閣直學士、知宣州。建炎初落職與祠（附見《宋史·耿南仲傳》）。《林靈素傳》，《賓退録》引之明言延禧作，今歸之原主，而以趙與時語爲附録。

林靈素，初名靈噩，字歲昌。家世寒微，慕遠遊，至蜀從趙昇道人。數載，趙卒，得其書，祕藏之，由是善妖術，輔以五雷法。往來宿、亳、淮、泗間，乞食諸寺。政和三年，至京師，寓東太一宫。徽宗夢赴東華帝君召，遊神霄宫。覺而異之，敕道録徐知常訪神霄事跡。知常素不曉，告假。或告曰：「道堂有温州林道士，累言神霄，亦作《神霄詩》題壁間。」知常得之，大驚，以聞。召見，上問有何術。對曰：「臣上知天宫，中識人間，下知地府。」上視靈噩風貌如舊識，賜名靈素，號金門羽客，通真達靈元妙先生，賜金牌，無時入内。五年，築通真宫以居之。時宫禁多怪，命靈素治之，埋鐵簡長九尺于地，其怪遂絶。因建寶籙宫、太一西宫，建仁濟亭，施符水，開神霄寶籙壇。詔天下：天寧觀改爲神霄玉清萬壽宫，無觀者以寺充。仍設長生大帝君、青華大帝君像。上自稱教主道君皇帝。皆靈所建也。靈素被旨修道書，改正諸家醮儀，校讎丹經，删修注解。每遇初七日升座，座下皆宰執、百官、三衙、親王、中貴，士俗觀者如堵。

講説三洞道經，京師士民始知奉道矣。靈素爲幻不一，上每以「聰明神仙」呼之。御筆賜玉真教主、神霄凝神殿侍宸，立兩府班。上思明達后，欲見之。靈素復爲葉靜能致太真之術，上尤異之，謂靈素曰：「朕昔到青華帝君處，獲言『改除魔髠』，何謂也？」靈素遂縱言佛教害道，今雖不可滅，合與改正：將佛刹改爲宮觀，釋迦改爲天尊，菩薩改爲大士，羅漢改尊者，和尚改德士，皆留髮頂冠執簡。有旨依奏。皇太子上殿争之，令胡僧一立藏十二人，并五臺僧二人道堅等，與靈素鬭法。僧不勝，情願戴冠執簡。太子乞贖僧罪。有旨：胡僧放；道堅係中國人，送開封府刺面決配，于開寶寺前令衆。明年，京師大旱，命靈素祈雨，未應。蔡京奏其妄。上密召靈素曰：「朕諸事一聽卿，且與祈三日〔大〕（天）雨，以塞大臣之謗。」靈素請急召建昌軍南豐道士王文卿，乃神霄甲子之神，兼雨部，與之同告上帝。文卿既至，執簡敕水，果得雨三日。上喜，賜文卿亦充凝神殿侍宸。靈素眷益隆。忽京城傳吕洞賓訪靈素，遂捻土燒香，氣直至禁中。遣人探問，香氣自通真宮來。上亟乘小車到宮，見壁間有詩云：「捻土焚香事有因，世間宜假不宜真。太平無事張天覺，四海閒遊吕洞賓。」京城印行，繞街叫賣。太子亦買數本進。上大駭，推賞錢千緡，開封府捕之。有太學齋僕王青告首，是福州士人黄待聘令青賣。送大理寺勘招：待聘兄弟及外族爲僧行，不喜改道，故云。有旨斬馬行街。靈素知蔡京鄉人所爲，上表乞歸本貫，詔不允。通真有一室，靈素入静之所，常封鎖，雖駕來亦不入。京遣人廉得，有黄羅大帳、金龍朱紅椅桌、金龍香爐。京具奏：「請上親往，臣當從駕。」上幸通真宮，引京至，開鎖同入，無一物，粉壁明窗而已。京惶恐待罪。宣和元年三月，京師大水臨城，上令中貴同靈素登城治水。敕之，水勢不退。回奏：「臣非不能治水。一者事乃天道，二者水自太子而得，但令太子拜之，可信也。」遂遣太子登城，賜御香，設四拜，水退四丈。是夜水退盡。京城之民，皆仰太子聖德。靈素遂上表乞骸，不允。秋七月，全臺上言：「靈素妄改「改」字疑是「議」字之誤。遷都，妖惑聖聰，改除釋教，毁謗大臣。」靈素即持携衣被行出宫。十一月，與宫祠温州居住。二月，靈素一日携所上表見太守閭丘顎，乞與繳進，及與州官親黨訣别而卒。生前自卜墳于城南山，戒其隨行弟子皇城使張如晦，可掘穴深五尺，見龜蛇便下棺。既掘，不見龜蛇，而深不可視，葬焉。靖康初，遣使監温州伐墓，不知所踪，但見亂石縱横，强進，多死，遂已。（《賓退録》卷一）

附録

此耿延禧所作《靈素傳》也。靈素本末，世不知其全，故著之，不敢增易一字。今温州天慶宫有題銜云：大中大夫、冲和殿侍宸、金門羽客、通真達靈元妙先生、在京神霄玉清萬壽宫管轄、提舉通真宫林靈素。（同上）

按：《宣和遺事》中全取此傳，而又有鋪衍。

五總志

吴坰

吴坰，字子駿，永興人。紹興十三年（一一四三）七月爲樞密院編修官，八月除浙西提舉。《五總志》一卷，書前有建炎庚戌（一一三〇）自序。其書皆紀所聞見雜事，間亦考證舊説，取龜生五總，靈而知事之語，名之曰《五總志》。《遂初堂書目》小説類著録。《四庫全書》列在雜家類雜説之屬。

秦觀臨江仙詞

潭守宴客合江亭，時張才叔在坐，令歌妓悉歌《臨江仙》。有一妓獨唱兩句云：「微波渾不動，冷浸一天星。」才叔稱歎，索其全篇。妓以實語告之：「賤妾夜居商人船中，鄰舟一男子，遇月色明朗，即倚檣而歌，聲極凄怨。但以苦乏性靈，不能盡記，願助以一二同列，共往記之。」太守許焉。至夕，乃與同列飲酒以待，果一男子三歎而歌。有趙瓊者，傾耳墮淚曰：「此秦七聲度也。」趙善謳，少游南遷經從，一見而悦之。商人乃遣人問訊，即少游靈舟也。其詞曰：「瀟湘千里挼藍色，蘭橈昔日曾經。月明風静露華清。微波渾不動，冷浸一天星。獨倚危檣情悄悄，時聞飛瑟泠泠。仙音含盡古今情。曲終人不見，江上數峰青。」崇寧乙酉，張才叔過荆州，以語先子，乃相歎息曰：「少游了了，必不致沉滯戀此壞身，似有物爲之。然詞語超妙，非少游不能作，抑又可疑也。」

雞肋編

莊綽

莊綽，字季裕，泉州惠安人，著籍潁川。生活于南北宋之間，歷官襄陽、臨涇、潁昌、洪州、澧州、南雄州、鄂州、筠州等地。《雞肋編》三卷，多記當時軼聞舊事，始于元祐，止于紹興。

*淮陰節婦

余家故書，有呂縉叔夏卿文集，載《淮陰節婦傳》云：「婦年少美色，事姑甚謹。夫爲商，與里人共財出販，深相親好，至通家往來。其里人悦婦之美，因同江行，會傍無人，即排其夫水中。夫指水泡曰：『他日此當爲證。』既溺，里人大呼求救，得其尸，已死，即號慟，爲之制服如兄弟，厚爲棺斂，送終之禮甚備。録其行槖，一毫不私。至所販貨得利，亦均分著籍。既歸，盡舉以付其母，爲擇地卜葬。日至其家，奉其母如己親。若是者累年。婦以姑老，亦不忍去，皆感里人之恩。人亦喜其義也。姑以婦尚少，里人未娶，視之猶子，故以婦嫁之。夫婦尤歡睦，後有兒女數人。一日大雨，里人者獨坐檐下，視庭中積水竊笑。婦問其故，不肯告。愈疑之，叩之不已。里人以婦相歡，又有數子，待己必厚，故以誠語之曰：『吾以愛汝之故，害汝前夫，其死時指水泡爲證。今見水泡，竟何能爲。此其所以笑也。』婦亦笑而已。後伺里人之出，卽訴於官，鞫實其罪而行法焉。婦慟哭曰：「以吾之色而殺二夫，亦何以生爲！」遂赴淮而死。此書呂氏既無，而余家者亦散於兵火。姓氏皆不能記，故敍其大略而已。（卷下）

按：高文虎《蓼花洲閒錄》（《古今說海》本）亦載此傳，而注出《杜陽雜編》，顯誤。徐積《節孝先生文集》卷三《淮陰義婦》並序，卽敍此事，可爲參證。《夷堅志補》卷五《張客浮漚》條似又從此敷演而成，見後。

附錄

淮陰義婦，富商之妻李氏，有姿色。邑人有同商者見而悅之，因道殺其夫，厚爲棺殮，持其喪以歸，紿云溺死，且盡歸其財，無一毫之私焉。於是伺其除葬，謀爲婚媾。且自陳有義於其夫。義婦亦爲之感泣，遂許而嫁之。迺一日，家有大水，水有浮漚，其夫輒顧而笑。義婦問之，未應。遂固問之，恃已生二子，不虞其妻之讎己也，卽以實告之曰：「前夫之溺，我之所爲。已溺復出，勢將自救，我以篙刺之，遂得沉去。所刺之處，浮漚之狀，正如今日所見。」義婦默然，始悟其計，而復讎之心生矣。卽日俟其便，卽以其事奔告有司，卒正其獄，棄其讎子。夫讎既復，又自念以色累夫，以身事讎，二子，讎人之子也，義不可復生，卽縛其子赴淮投之于水，已而自投焉。蓋以謂不義而生，不若義而死也。故謂之義婦。或者以其生事二夫，不得謂之義。是大不然，是責於人者終無已也。東漢時蔡文姬者，喪夫之後，一爲胡婦，一再嫁之，其傳名爲烈婦。考其心迹，與義婦不同遠矣。嫁蓋其心出於感激，謂其人真有義於其夫也。既嫁之後，凡再生二子，閨房帷幄之好已固，於人情無毫髮可以累其心者。故能復讎殺子，又自殺其身，雪沉冤於既往，豁幽情之無窮，昭乎如白日之照九泉也。如此之義，是豈可不以爲義乎？故聞其風者，壯夫烈士爲之凜然，至於扼腕泣下也。而姦臣逆黨亦可以少自訕矣。故君子謂劉歆爲苟生，王儉、任昉、范雲之輩爲賣國，褚彦回之輩，何足道哉！蓋自魏晉而下，佐命之臣，教人持兵以殺其君者多矣，使義婦視之，以爲何物耶。惜乎，事不達於朝，節義不旌于里，哀哉！

酷賊姦讎既已除，銜冤抱恥正號呼。當時但痛君非命，今日方知妾累夫。捨義取生真鄙事，殺身沉子乃良圖。幾年汙辱無由雪，長使清淮滌此軀。

淮陰婦人何決烈，貌好如花心似鐵。殺身沉子須臾間，身雖已死名不滅。（《節孝先生文集》卷三《淮陰義婦》并序）

清尊録

廉布

廉布，字宣仲，山陽人，自號射澤老農。北宋末登進士，官至武學博士。布爲張邦昌壻，南渡後因廢棄終身。工畫山水林石（見《畫繼》卷三）。《清尊録》一書，未見著録，《説郛》收録十則，題廉布撰。元華石山人跋謂原書七十三則。王明清《揮麈後録》卷五《黄巢明馬兒李順皆能逃命于一時》條引及陸務觀《清尊録》，元人王東因考爲陸游撰。按書中「狄氏」條末稱「予在太學時親見」，與陸游生平不合。且所記多北宋東京故事，似作者見聞所及，當屬廉布不誤。

*興元假女

興元民有得勾闌遺小兒，育以爲子，數歲美姿眉。民夫婦計曰：「使女也，教之歌舞，獨不售千萬錢耶？」婦曰：「固可詐爲也。」因納深屋中，節其食飲，膚髮腰步皆飾治之。比年十二三，嫣然美女子也。攜至成都，教之新聲，又絶警慧。益閉之，不使人見，人以爲奇貨。里巷民求爲妻，不可。曰：「此女當歸之貴人。」於是女〔儈〕（僧）及貴遊好事者踵門，一覿面輒避去，猶得錢數千，謂之看錢。久之，有邛縣通判者來成都，一見心醉，要其父，必欲得之。與直至七十萬錢乃售。既成券，喜甚，置酒會客飲，使女歌侑酒，夜半客去，擁而致之房，男子也。大驚，遣人呼其父母，則遁去不知蹤跡。告官名捕之，亦久不獲。時張子公尹蜀云。（《説郛》卷十一）

狄氏

狄氏者，家故貴，以色名動京師。稍長，所嫁亦貴，明豔絶世。每燈夕及西池春遊，都城士女讙集，自諸王邸第及公侯戚里中貴人家，帟幕車馬相屬。雖歌姝舞姬，皆飾璫翠、佩珠犀，覽鏡顧影，人人自謂傾國。及狄氏至，靚妝卻扇，亭亭獨出。雖平時妒悍自衒者，皆羞伏，至相忿詆輒曰：「若美如狄夫人耶，乃敢凌我！」其名動一時如此。然狄氏資性貞淑，遇族遊羣飲，淡如也。有滕生者，因出遊觀之，駭慕喪魂魄，歸悒悒不聊。生訪狄氏所厚善者，或曰：「尼慧澄與之習。」生過尼，厚遺之，日日往。尼愧謝問故，生曰：「極知不可，幸萬分一耳，不然且死。」尼曰：「試言之。」生以狄氏告。尼笑曰：「大難大難，此豈可動耶！」具道其決不可狀。生曰：「然則有所好乎？」曰：「亦無有。唯旬日前屬我求珠璣頗急。」生大喜曰：「可也。」即索馬馳去，俄懷大珠二囊示尼曰：「直二萬緡，願以萬緡歸之。」尼曰：「其夫方使北，豈能遽辦如許償邪？」生亟言曰：「四五千緡，不則千緡、數百緡皆可。」又曰：「但可動，不願一錢也。」尼乃持詣狄氏，果大喜，玩不釋，問須直幾何。尼以萬緡告，狄氏驚曰：「是纔半直爾。然我未能辦，奈何？」尼因屏人曰：「不必錢，此一官欲祝事耳。」狄氏曰：「何事？」曰：「雪失官耳。夫人弟兄夫族，皆可爲也。」狄曰：「持去，我徐思之。」尼曰：「彼事急且投他人，可復得耶？姑留之，明旦來問報。」遂辭去，且以告生。生益厚餉之。尼明日復往，狄氏曰：「我爲營之良易。」尼曰：「事有難言者，二萬緡物付一禿媪，如客主不相問，使彼何以爲信？」狄氏曰：「奈何？」尼曰：「夫人以設齋來院中，使彼若邂逅者，可乎？」狄氏頻面摇手曰：「不可。」尼愠曰：「非有他，但欲言雪官事，使彼無疑耳。果不可，亦不相强也。」狄氏乃徐曰：「後二日，我亡兄忌，可往。然立語亟遣之。」尼曰：「固也。」尼歸及門，生已先在，詰之，具道本末。拜曰：「儀秦之辯，不加於此矣。」及期，尼爲齋具，而匿生小室中，具酒肴俟之。晡時，狄氏椽飾而至，屏從者，獨擕一小侍兒，見尼曰：「其人來乎？」曰：「未也。」唄祝畢，尼使童子主侍兒，引狄氏至小室，搴簾見生及飲具，大驚欲避去。生出拜，狄氏答拜。尼曰：「郎君欲以一巵爲夫人壽，願勿辭。」生固頎秀，狄氏頗心動，睇而笑曰：「有事第言之。」尼固挽使坐，生持酒勸之，狄氏不能卻，爲釂巵～即自持酒酬生。生因徙坐，擁狄氏曰：「我爲子且死，不意果得子。」擁之卽幃中，狄氏亦讙然恨相得之晚也。比夜散去，猶徘徊顧生，挈其手曰：「非今日，幾虚作一世人。夜當與子會。」自是夜輒開垣門召生，無闕夕。所以奉生者靡不至，惟恐毫髮不當其意也。數月，狄氏夫歸。生，小人也，陰計已得狄氏，不能棄重賄，伺其夫與客坐，遣僕入白曰：「某官嘗以珠直二萬緡賣第中，久未得直，且訟於官。」夫謬眙，入詰，狄氏語塞，曰：「然。」夫督取還之。生得珠後，遣尼謝狄氏曰：「我安得此，貸於親戚以動子耳。」狄氏雖恚甚，終不能忘生，夫出輒召與處。數年，夫覺，閑之嚴密，狄氏竟以念生病死。予在大學時親見之。（同上）

按：《拍案驚奇》卷六《酒下酒趙尼媪迷花，機中機賈秀才報怨》之入話，卽演此事。

王生

崇寧中，有王生者，貴家之子也，隨計至都下。嘗薄暮被酒至延秋坊，過一小宅，有女子甚美，獨立於門，徘徊徙倚，若有所待者。生方注目，忽有騶騎呵衞而至，下馬於此宅，女子亦避去。生匆匆遂行，初不暇問其何姓氏也。抵夜歸，復過其門，則寂然無人聲，循牆而東數十步，有隙地丈餘，蓋其宅後也。忽自内擲一瓦出，拾視之，有字云：「今夜於此相候。」生以牆上剥粉戲書瓦背云：「三更後宜出也。」復擲入焉。因稍遠十餘步伺之。少頃，一男子至，周視地上無所見，微歎而去。既而三鼓，月高霧合，生亦倦睡欲歸矣，忽牆門軋然而開，一女子先出，一老媪負笥從後。生遽就之，乃適所見立於門首者，熟視生，愕然曰：「非也。」回顧媪，媪亦曰：「非也。」將復入，生挽而劫之曰：「汝爲女子，而夜與人期至此。我執汝詣官，醜聲一出，辱汝門户。我邂逅遇汝，亦有前緣。不若從我去。」女泣而從之。生攜歸逆旅，匿小樓中。女自言：「曹氏，父早死，獨有己一女，母鍾愛之，爲擇所歸。女素悦姑之子某，欲嫁之，使乳媪達意於母。母意以某無官，勿從，遂私約相奔。牆下微歎而去者，當是也。」生既南宫不利，遷延數月無歸意。其父使人詢之，頗知有女子偕處，大怒，促生歸，扃之別室。女所齎甚厚，大半爲生費，所餘與媪坐食垂盡，使人訪其母，則以亡女故，抑鬱而死久矣。女不得已，與媪謀下汴訪生所在。時生侍父官閩中，女至廣陵，資盡不能進，遂隸樂籍，易姓名爲妓。生遊四方，亦不知女安否。數年自浙中召赴闕，過廣陵，女以娼侍燕識生。生亦訝其似女，屢目之。酒半，女捧觴勸，不覺雙淚墮酒中。生悽然曰：

「汝何以至此？」女以本末告，淚隨語零。生亦愧歎流涕，不終席辭疾而起。密召女，納爲側室。其後生子，仕至尚書郎，歷數郡。生表弟臨淮李從爲予言。（同上）

按：《拍案驚奇》卷十二《陶家翁大雨留賓，蔣震卿片言得婦》亦以此篇爲入話。

*大桶張氏

大桶張氏者，以財雄長京師。凡富人以錢委人，權其出入而取其半息，謂之行錢。富人視行錢，如部曲也。或過行錢之家，設特位置酒，婦人出勸，主人乃立侍。富人遜謝，强令坐再三，乃敢就位。張氏子年少，父母死，主家事，未娶，因祠州西灌口神歸，過其行錢孫助教家。孫置酒，酒數行，其未嫁女出勸，容色絕世。張目之曰：「我欲娶爲婦。」孫皇恐不可，且曰：「我公家奴也，奴爲郎主丈人，鄰里笑怪。」張曰：「不然，煩主少錢物耳，豈敢相僕隸也。」張固豪侈，奇衣飾，即取臂上古玉條脱與女，且曰：「擇日納幣也。」飲罷去，孫鄰里交來賀曰：「有女爲百萬主母矣。」其後張別議婚，孫念勢不敵，不敢往問期，而張亦恃醉戲言耳，非實有意也。逾年張婚他族，而孫女不肯嫁。其母曰：「張已娶矣。」女不對而私曰：「豈有信約如此，而別娶乎？」其父乃復因張與妻祝神回，并邀飲其家，而使女窺之。既去，曰：「汝見其有妻，可嫁矣。」女語塞，去房內蒙被，俄頃既死。父母哀慟，呼其鄰鄭三者告之，使治其喪。鄭以送喪爲業，世所謂仵作行者也。且曰：「小口死，勿停喪，即日穴壁出瘞之。」告鄭以致死之由。鄭辦喪具，見其臂古玉條脱，鄭心利之，迺曰：「某有一園在州西。」孫謝之曰：「良便。」且厚相酬。號泣不忍視，急揮去，即與親族往送其殯而歸。夜半月明，鄭發棺，欲取條脱。女蹶然起，顧見鄭曰：「我何故在此？」亦幼識鄭。鄭以言恐曰：「汝之父母怒汝不肯嫁而念張氏，若辱其門户，使我生埋汝於此，我實不忍，乃私發棺而汝果生。」女曰：「第送我還家。」鄭曰：「若歸必死，我亦得罪矣。」女不得已，聊從鄭，匿他處以爲妻，完其殯而徙居州東。鄭有母，亦喜其子之有婦，彼小人不暇究所從來也。積數年，女每語及張氏，猶忿恚，欲往質問前約者。鄭每勸阻防閑之。崇寧元年，聖端太妃上仙，鄭當從御翣至永安。將行，祝其母勿令婦出遊。居一日，鄭母晝睡，孫出僦馬，直詣張氏門，語其僕曰：「孫氏第幾女欲見某人。」其僕往通，張驚且怒，謂僕戲己，罵曰：「賤奴！誰教汝如此？」對曰：「實有之。」乃與其僕俱往視焉，孫氏望見張，跳踉而前，曳其衣且哭且罵。其僕以婦女不敢往解，張以爲鬼也，驚走。女持之益急，乃擘其手，手破流血，推仆地立死。僦馬者恐累己，往報鄭母。母訴之有司，因追鄭對獄，具狀。已而園陵復土，鄭發冢罪該流，值赦得原。而張實傷女而殺之，雖死罪也，雖奏獲貸，猶杖脊，竟憂畏死獄中。時吴〔栻〕（興）顧道尹京云。（同上）

按：《投轄録》亦載此事，題作《玉條脱》，見後。《萍洲可談》卷一云：「京師富人如大桶張家，至有三十餘縣主。」其家多與宗室聯姻，是以棄孫氏如遺，固不足怪。

女舞圖

佚名

《女舞圖》，撰人不詳，僅見王銍《補侍兒小名録》引及。觀其内容，疑出唐人記載，但未見前人著録，姑置王銍著作之前。

*程洛賓

程洛賓，長水人，爲京兆參軍李華所録。自安史亂常，分飛南北。華後爲江州牧，登庾樓，見中流沿棹，有鼓胡琴者，李喪色而言曰：「振絃者宛如故舊。」令問之，乃岳陽郡民王氏之舟。詢其操絃者，是所録侍人也。王氏尋令抱四絃而至。李轉加淒楚，問其姓，對云：「是隴西李氏，父曾爲京掾。自禄山之亂，父倉皇劍外，母程氏乃流落襄陽。父母俱有才學。所著篇章，常記心口。」因誦數篇，乃李公往年親制。泫然流涕，且問洛賓所在，投絃再拜，嗚咽而對曰：「已爲他室矣。」李歎曰：「是知父子之性，雖間而親；骨肉之情，不期而會。」便令歸宅，揖王君別求淑姬。齎幣詣洛賓，使回，洛賓寄詩曰：「魚雁回時寫報音，難憑〔剉〕（坐）蘗數年心。雖然情斷沙吒後，爭奈平生怨恨深。」（《補侍兒小名録》）

按：《全唐詩》卷八〇〇録此詩題作《歸李江州後寄別王氏》。

女仙圖

佚名

《女仙圖》，撰人不詳，僅見王銍《補侍兒小名録》引及。觀其故事，疑出唐人手筆，但未見前人著録，姑置王銍著作之前。明楊慎所輯《麗情集》，亦載《王霞卿》一條，文字略異，似出别本。

*王霞卿

王霞卿者，藍田人，才華清贍，節行尤高。進士鄭殷彝，旅於會稽，寓唐安寺樓，見粉壁間有題云：「瑯琊王氏霞卿，光啓三年，陽春二月，登於是閣，臨軒軫恨，覩物增悲。雖觀煥爛之華，但比淒涼之色。時有輕綃捧硯，小玉看題。」其詩曰：「春來引步强尋游，恨覩煙霄簇寺樓。舉目盡爲停待景，雙眉不覺自如鈎。」鄭子依韻繼之曰：「題詩仙子此曾游，應是尋春别鳳樓。賴得從來未相識，免教錦帳對銀鈎。」霞卿乃故邑宰韓嵩〔妾〕，自京師挈之任所。嵩緣遇暴寇而卒。鄭子怡然而往謁之。霞卿竟辭以疾不見，只令總角婢子輕綃持詩以贈之。詩曰：「君是煙霄折桂身，聖朝方切詔良臣。正堪西上投知己，何必留程見婦人。」鄭得詩，抱慚而去。（《補侍兒小名録》）

按：《全唐詩》卷七九九録此詩，文字略異。

默記

王銍

王銍，字性之，汝陰人。紹興初爲樞密院編修官。九年（一一三九）因議徽宗陵名觸犯秦檜，曾遭擯斥。十四年（一一四四）爲右宣教郎，新湖南安撫司參議官，以獻《祖宗八朝聖學通紀論》，詔遷一官（據《建炎以來繫年要録》）。著有《補侍兒小名録》等書。《默記》三卷，多載北宋朝野遺聞。《四庫全書》列入小説家。提要又謂：「銍熟於掌故，所言可據者居多。」有商務印書館校印本及中華書局版點校本。

*達奚盈盈傳

《達奚盈盈傳》，晏元獻家有之，蓋唐人所撰也。盈盈者，天寶中貴人之妾，姿豔冠絶一時。會貴人者病，同官之子爲千牛備身者，父遣往視之。因是以秘計相親盈盈，遂匿于其室甚久。千牛父失子，索之甚急。明皇聞之，詔大索京師，無所不至，而莫見其迹。因問近往處，其父言：「貴人病，嘗往問之。」詔且索貴人之室。盈盈謂千牛曰：「今勢不能自隱矣，出亦甚無害。」千牛懼得罪，盈盈因教曰：「第不可言在此，恐上問何往，但云所見人物如此，所見帘幕屏幃如此，所食物如此，勢不由己，則決無患矣。」既出，」明皇大怒。問之，對如盈盈言，上笑而不問。後數日，虢國夫人入內，明皇戲謂曰：「何久藏少年不出耶？」夫人亦大笑而已。爲人妾者，智術固可慮矣。又見天寶後掖庭戚屬莫不如此，國何以久安耶！此傳晏元獻手書，在其甥楊文仲家。其間敍婦人姿色及情好曲折甚詳，然大意若此。（卷下）

按：《隋唐演義》第八十回演述此事，以少年爲狀元秦國楨。《錦香亭》第三回又采用此情節，移植于書生鍾景期，謂眞係虢國夫人藏于私第。

蒨英

章申公在睦州，暮年有妾曰蒨英，有殊色，公寵嬖之。一日，其子援至所居烏龍寺僧房，有玉界尺在案上，乃公所愛。因究其所從，羣婢共言與僧通已久。公怒，令爲爨婢，布衣執爨而已，未嘗箠也。而罪羣婢不能防閑，縛而盡箠之。蒨英既執爨，請令十二縣君供過，乃援妻也。縛其僧，箠而送郡，其供出事目如牛腰，卽枷送獄。郡守方通親鞫而亟斷之，杖其背，廳事震動，而僧不動如山。蒨英執爨四十日，衣敝。申公思之，令援曰：「十二縣君不須出，令蒨英依舊伏侍。」蒨英卽着舊衣。」蒨英堅不肯着。呼至前，曰：「相公送至州縣則送之，蒨英不着好衣，不伏侍相公。蒨英寧死爾。」言訖，吞氣立死。（同上）

續清夜録

王　銍

《續清夜録》，《直齋書録解題》著録一卷。原書已佚，《説郛》及《永樂大典》引有佚文。

來歲狀元賦

祥符中西蜀有二(舉)人(學)同硯席，既得舉，貧甚，干索旁郡，乃能辦行。已迫歲，始發鄉里，懼引保後時，窮日夜以行。至劍門張惡子廟，號英顯王，其靈響震三川，過者必禱焉。二子過廟，已昏晚，大風雪，苦寒不可夜行。遂禱於神，各占其得失，且祈夢爲信，草草就廟廡下席地而寢。入夜風雪轉甚，忽見廟中燈燭如晝，然後肴俎甚盛，人物紛然往來。俄傳導自遠而至，聲振四山，皆岳瀆貴神也。既就席，賓主勸酬如世人。二子大懼，已無可奈何，潛起伏暗處觀焉。酒行，忽一神曰："帝命我儕作來歲狀元賦，當議題。"一神曰："以『鑄鼎象物』爲題。"既而諸神皆賦一韻，且各删潤雕改，商榷又久之遂畢，朗然誦之。曰："當召作狀元者魂魄授之。"二子默然，私相謂曰："此正爲吾二人發。"迨將曉，見神各起致别，傳呼出廟而去。視廟中寂然如故。二子素聰警，各盡記其賦，亟寫于書帙後，無一字忘，相與拜賜，鼓舞而去，倍道以行，笑語欣然，唯恐富貴之逼身也。至京適及引保，就試過省，益志氣洋溢，半驗矣。至御試，二子坐東西廊，御題出，果是《鑄鼎象物賦》，韻脚盡同。東廊者下筆，思廟中所書，懵然一字不能上口，問關過西廊問之。西廊者望見東廊者來，曰：「御題驗矣，我乃不能記，欲起問子，幸無隱也。」東廊者曰：「我正欲問〔子〕也。」于是二子交相疑曰：「臨利害之際，乃見平生。且此神賜，而獨私以自用，天其福爾耶！」各忿怒不得意，草草信筆而出。唱名，二子皆被黜，狀元乃徐奭也。既見印賣賦，二子比廟中所記者，無一字異也。二子歎息，始悟凡得失皆有假手者。遂皆罷筆入山，不復事筆硯。恨不能記其姓名云。（《説郛》卷三十《雋永録》引。《蓼花洲閒録》引作《雋永録》）

陶朱新録

馬純

馬純，字子約，自號樸樕翁，單州城武人。紹興中爲江西漕使，致仕後居越之陶朱鄉，搜輯見聞著是書，因名曰《陶朱新録》。書前有紹興壬戌（十二年，一一四二）孟夏自序云：「建炎初避地南渡，既而宦游不偶，以非材棄。」似當時已罷職閒居。《四庫全書總目》謂「隆興初以太中大夫致仕」，存疑待考。此書一卷，《遂初堂書目》小説類著録。《四庫全書》亦入小説家類。所載皆南宋雜事，頗多涉于怪異者。

*王將明

王將明作館職時，夢隨一道人行山間，長松夾徑，松根有故竈遺址。俄至一室，塵埃盈尺，壁上掛一柱杖僧笠。道人拂壁間塵，有詩云：「白髮高僧苦愛山，一缾一鉢老山間。只因窺井動一念，從此松根丹竈閒。」道人曰：「此汝昔所居也。」將明意欲留。曰：「未可。」遂覺。次日，館中曝書，偶取一小説，其間記婦人窺井生子事。話其夢于衆。

故相王甫爲館職時，夜夢至一山間，古松流水，杳然幽深，境色甚異，四無人跡，忽遇一道人引至一處，過松下，有廢丹竈。又入，有茅屋數間。道人開之，云：「公之所居也。」塵埃蓬勃，似久無人居者。壁間見題字云：「白髮高僧酷愛閒，一缾一鉢老山間。只因窺井生一念，從此松根丹竈閒。」恍然悟其前世所居。已失道人，遂回。天大雷雨，龍起雲中，意甚恐懼，遂寤。其婢亦魘於室中，呼之覺，問之，云適爲雷雨所驚。頗異之。來日館中曝書，偶覩架上小説，内載婦人窺井生男事云。孫仲益有《王太傅生日》詩云：「了了三生夢，松根冷煅爐。」用此事也。窺井事見《博物志》。（《西溪叢語》卷上）

按：《西溪叢語》所載較《陶朱新録》爲詳，但年代似略晚于馬純，録以備考。

*范氏女

河南監酒范伯言于予云：其先蜀人，同孟昶歸朝，過棧閣，一女墜閣道下。衆謂已死，迫行無如之何。後二十餘年，女之昆弟有宦于蜀者，過女墜處，聞人云：「近有女子時出獨行閣道上。」諸范意其妹也。秩滿代還，果與相遇。云：「初墜時爲所乘轎左右護藉之，至地偶得不死，食草木根苗，渴飲澗水，閒即兀坐，念何當得出。積思精專，久之，不覺隨念身已登棧道矣。自後意有所往，身輒飛至。」兄弟欲與之歸，云：「此間甚樂，不願歸也。」欲强邀之，忽望遠峰飛去，遂不見。

*郭行

郭行字思誠，不知何許人，自云舉進士不第，遂學道不食，唯飲酒。先祖馬默也知鄆之項城縣日，惠然見訪，素昧平生，一見如舊，乃云：「與祕丞前生同隱華山來。」時先祖官祕丞也。後郭死期年，有戍兵還自陝右，過華陰，見郭託附書并詩與先祖云：「汶上懽然喜再逢，爲言相憶白蓮峰。死生決定歸真性，歲月休教改舊容。漫把文章添野録，奈何官爵自天鍾。南山記得登臨處，閒却煙雲千萬重。」因發其墓，唯〔杖〕（杜）屨而已，書中云：「非晚復得相見。」先祖謂物故，頗恐，已而壽至八十一，康健無病，豈仙家所謂非晚，旦暮之謂也。先祖有《思郭真人》詩云：「郭也三峰秀，文章似性淳。汶陽初識面，謂我舊相親。題詩敍游隱，於今經幾春。有家歸未得，西望涕沾巾。」又《題華山圖》云：「華山南面五千仞，瀑布飛來自山頂。真人言我昔曾登，争奈今生都不省。華山北面始披圖，萬壑千峰一一殊。長記真人言向我，曾登山頂看寰區。」

*益都尉

從伯馬伯者，任青州益都尉，交代乃老舉人也。云：初在鄉里，庵居郊外，一夕有盜雨中穿窬入，乃謂之曰：「汝冒雨夜穴壁良苦，度汝必不得已也。」盜以實告曰：「我非素爲盜，我營卒也，博輸軍號，不敢歸，乃來相擾爾。」尉曰：「吾有絹二疋。」因取贈之，啓户出之。盜拜謝去。詰旦，又詣營爲請於軍校，得不治其罪，亦不言其爲盜也。次舉，知友勉就試，猶豫，卒又出燈下。尉曰：「何復來耶？」盜曰：「某自前年蒙秀才恩惠，自誓死生必相報。今不幸殁于軍前，知秀才欲赴舉，故來。」遂失所在。既而赴舉，試前盜以所試題送出，累場皆然，悉不謬，果獲薦。至南省，亦然。迨陛試，卒又形見曰：「内中某不敢入矣，秀才勉之。」已而登第，卒又出曰：「若遇益都尉，不可不受。有數人負命者在彼，至時某亦當至彼相助。」後果尉是邑，到官未幾，有告羣盜聚某村中，尉率衆往捕，會馬駿，尉與廳吏先至，羣盜皆就執，乃叱令遞相反縛畢，而部衆方至，盜驚曰：「向見馬後甲士百餘人，某故不敢動，所以束手也。」

猴求醫

僕妻姑之夫鄭參秉乂言：政和中監中山府甲仗庫，目擊一醫者爲市人執以爲盜，不承，忿争至府，醫者云：「去年以醫入山中行十餘里，越一嶺，嶺下山川奇秀，忽一猴挽驢不可却，竟與之入道左山溪中，無復徑路，行二十許里，見泉石清麗，復有猴千百爲羣，跳躑巖谷間。至一石室，有巨猴卧其中，如人長，察其有疾，且異其事，乃爲視脈，又内自謀曰：不過傷果實耳。既示之，猴首肯，似曉人事。遂以常用消化藥餌四五粒輒利者與之盈掬，飲以澗水。恐猴久必爲患，故多與藥，因欲殺之也。復令一猴送出，既歸，不敢再經其地，意猴必死，恐爲羣狙所讎。年餘，偶至山中，果一猴復來引驢，察無他意，遂與俱行。至前石室，病猴引其類自山而下，見之大喜，跳躍于前，衆猴争索藥，所攜悉分與之，至空笈。病猴乃以白金數十，匣衣兩袱贈之，令向猴導以歸。某鬻衣于市，遂遇市人見執，實非盜也。願從公皂行驗之。」帥異而許之。至挽驢山間，大呼曰：「猴，我愈爾疾，而反禍我！度爾必有靈，豈不能雪我耶？」俄一猴出，初不畏人，從吏與俱入府中。猴啁哳廳下，指畫若辯理者。帥大奇之，即以衣銀還醫者。猴亦奔而去。

劉三郎

密州高密縣劉三郎者，以商賈爲業，久之銷折〔殆〕（迨）盡。因夜過一橋，聞人呼其姓名曰：「汝善人也，我借汝錢本。」劉問：「君何人？」曰：「我守此錢久矣，未有人可付之。」又問：「他日當何奉還？」曰：「若遇東生來，即還。」他日於橋下果得錢萬緡。自此累鏹甚富。劉素有催生藥，每施人。一日自文登歸，道中有孕婦臨蓐，兩日不分娩，頗危困，與藥服之，立產男。翌日，其人謝劉甚勤，且以劉自文登來，乃字其子曰東來生。劉驚悟曰：「比者神人所告錢主也！」即以其錢十萬緡還之，具道其事。由是二家置屋居，如骨肉焉。

鐵圍山叢談

蔡絛

蔡絛(一〇九七——?),字約之,自號百衲居士,興化仙游人,官至徽猷閣待制。蔡京季子。宋欽宗即位後,蔡京被竄嶺南,絛亦被流放至白州。著有《鐵圍山叢談》、《西清詩話》等。書中述及南渡後史實,蓋作于高宗時。《直齋書録解題》作五卷,今本六卷。

*韓生

鐵城有寓士成君相如,酷愛道家流事。吾問之:「子有所睹耶?何迷而不復乎?」成君曰:「有也。我以少年時未識好惡,頃在桂林與一韓生者遊。韓生嗜酒,自云有道術,初不大聽重之也。一日相别,有自桂過昭平同行者二人,俱止桂林郊之伽藍。而韓生亦來,夜不睡,自抱一籃,持匏杓出就庭下。衆共往視之,卽見以杓酌取月光,作傾注入籃狀。争戲之曰:『子何爲乎?』韓生曰:『今夕月色難得,我懼他夕風雨,儻夜黑,留此待緩急爾。』衆笑焉。明日取視之,則空籃弊杓如故。衆益哂其妄。及舟行至昭平,共坐江亭上,各命僕厮辦治餚膳,多市酒期醉。適會天大風,俄日暮,風益急,燈燭不得張,坐上墨黑,不辨眉目矣。衆大悶,一客忽念前夕事,戲嬲韓生曰:『子所貯月光今安在?寧可用乎?』韓生爲撫掌如而對曰：『我幾忘之，微子不克發我意。』卽狼狽走，從舟中取籃杓而一揮，則月光瞭焉，見於梁棟間。如是連數十揮，一坐遂盡如秋天夜晴，月色瀲灎，則秋毫皆得睹，衆乃大呼痛飲達四鼓。韓生者又杓取而收之籃，夜乃黑如故。始知韓生果異人也。」成君又謂吾曰：「我時舟中與韓生款曲，輒數夕，亦屢邀我索授其爐火及存養法，然我不聽。及別去，不知所在。後聞從瓊筦陳通判覺者周流海上，數年，至陸川而殂。及舉棺，但空棺，知其尸解矣。我始悔不從之學，用是篤意於神仙事也。」吾既聞成君説，後又五載，適得識陳通判覺，盡以訊陳，而成君之言信。（卷五）

按：《雲自在龕叢書》本《三水小牘》逸文收此條，删去首尾，出《瑯琊代醉編》，似出僞託。

北窗炙輠

施德操

施德操，字彦執，學者稱持正先生，鹽官人。所著《孟子發題》，附見于張九成《横浦集》。《北窗炙輠（或加録字）》二卷，多記雜事逸聞。《四庫全書》列入小説家類，一卷。通行本多作二卷。

姜八郎

平江有富人，謂之姜八郎。後家事大落，索逋者如雁行立門外，勢大窘，乃謂其妻曰：「無他策，惟逃耳。顧難相挈以行。」乃僞作一休書遺之，曰：「吾今往投故人某於信州。汝無慼，事幸諧，卽返爾。」將逃，乃心念曰：「委債而逃，吾負人多矣。使吾事倘諧，他日還鄉，卽負千緡，當償二千緡，多寡（倍之）（進受）。」遂行。信州道中有逆旅媪，夜夢有羣羊甚富，有人欲驅之，一人呵之曰：「此姜八郎羊也，毋得驅逐。」遂恍然而覺。明日，姜適至其處問津，媪問其姓，曰姜；問其第幾，曰八。媪大驚，遂延入其家，所以館遇之甚厚。久之，乃謂姜曰：「媪有兒，不幸早死，有婦憐吾老，義不嫁，留以待我。我甚憐之，欲擇一贅壻，久未獲。覩子狀貌，終非寒薄者，顧欲以婦奉箕帚可乎？」姜辭以自有妻，不可。媪請之堅，姜亦以道途大困，不得已從之。其妻一日出擷菜，顧有白兔，逐不可得，欲返，兔卽止，又逐之，（又不可得，欲返；

免」又止。如是者屢，追逐之一山上，兔乃入一石穴中。妻探其穴，失兔所在，乃得一石，爛然照人，持歸以語其夫。姜視之曰：「此殆銀礦也。」治之，果得銀。姜遂攜其銀往尋其「故人」，竟無得而返。因思曰：「吾聞信州多銀坑，向之穴非銀坑乎？」遂與其妻往攻之，果銀坑也。其後竟以坑冶致大富。姜於是攜其妻與嫗復歸平江，迎其故妻以歸。召昔所凡負錢者，皆倍利償之。此亦怪矣！余思其後妻，憐其姑之老，義不嫁，此天下高節。而姜臨逃亦有倍償所負之誓，亦足以見其人矣。因緣會合，夫婦相際，天其以是報善人乎？（卷下）

*明道判案

明道知金華縣，有人借宅居者，偶發地得錢窖千餘緡。其主人至，曰：「吾所藏也。」客曰：「吾所藏也。」遂致訟，二人爭不已。明道問主人曰：「汝藏此錢幾何時？」曰：「久矣，自建宅時即藏此錢在地。」「汝借宅幾何時？」曰：「三年。」明道乃取其錢，盡以其錢文類之。明道既視其錢文，乃謂客曰：「此主人錢也。」客爭之曰：「某之錢。」明道曰：「汝尚敢妄言！汝借宅纔三年，吾遍閱其錢文，皆久遠年號，無近歲一錢，何謂汝所藏也！」其人遂服。（同上）

又

有富人于氏卒，惟一子。忽一日，有一醫蓦入其家，言：「吾汝父也。」其子驚問之。曰：「汝實吾子也，巽時乞汝與汝父。今吾老矣，汝當從吾歸。」其子不服，遂致訟。其醫具致其乞子於于氏辭。明道曰：「汝有何據？」曰：「有據。」曰：「何據？」曰：「某尚記一藥方簿，記其歲月也。」明道令取藥方至，則紙墨甚古，其後書曰：「某年月日，以第幾子與本縣于二翁。」明道留其方。明日，問其子曰：「汝年幾何？」曰幾何。曰：「汝父壽幾何？」曰幾何。明道以其子之言驗醫所書歲月合，乃謂醫曰：「汝詐也。」醫曰：「某安敢詐。」明道曰：「汝所記歲月，與其子之年，信合矣。此特得其（歲）〔生〕月（耳）〔年〕，然汝有一缺漏處，乃不覺。」醫曰：「某有何缺漏？」明道曰：「以汝云歲月考于氏之年，時于氏年三十四耳，何得謂之翁？」其醫語遂塞。（同上）

又

又有一富人，亦有一子，方孩無母。乃有一壻，將死屬其壻曰：「吾以子累君，幸君善撫之。它日吾子長，當使家資中分之。」乃出手澤付其壻。及其子長，不肯如父約。其壻乃以手澤訴於縣。明道乃密謂其子曰：「汝父智人也，不如是，汝之死久矣。惟其壻有半資之望，故汝保全得至今。雖如是，其人亦賢也。不然，方汝幼時，豈不能殺汝取全資耶？今豈當較其半也。」其子悟，遂中分之。（同上）

*魏公應

魏公應爲徽州司理，有二人以五更乙會甲家。乙如期往，甲至雞鳴往乙家，呼乙妻曰：「既相期五更，今雞鳴而未至，何也？」其妻驚曰：「去已久矣。」復回甲家，乙不至。遂至曉遍尋踪跡，於一竹叢中獲一屍，乃乙也。隨身有輕齎物皆不見。妻號慟謂甲曰：「汝殺吾夫也！」遂以甲訴於官，獄久不成。有一吏問曰：「乙與汝期，乙不至，汝過乙家，只合呼乙。汝捨乙不呼，乃呼其妻，是汝殺其夫也。」其人遂無語。一言之間獄遂成。（同上）

墨莊漫録

張邦基

張邦基，字子賢，淮海人，生活于南北宋之間。《墨莊漫録》十卷，有明鈔本及《稗海》本。其書多記雜事，亦頗及考證。《四庫全書》列之于雜家類。自跋云：「故予抄此集，如寓言寄意者，皆不敢載。聞之審、傳之的，方録焉。」然亦偶有「神怪茫昧」如作者所譏議者，蓋不免尤而效之也。兹獨取其近小説家言者。書成于紹興十八年（一一四八）之後。

侯恩

建炎改元冬，予閒居揚州里廬，因閲《太平廣記》，每過予兄子章家夜集，談記中異事以供笑語。時子章館客天長解養直剛中因言，頃聞一異事云：元符末年，渭州潘原縣民方耕田，有民自地間湧出，耕者見之，驚怛棄犁而走，則斥逐擊之，不得走。執耕者及縣，縣吏遇之，輒毆縣吏，吏皆散走。見縣令馬敦古，又毆令，令亦走。俄而仆於庭，奄然一土偶人也。視之，則歲所嘗奉土牛傍所謂勾芒神者。於是共舁出之。未幾復有至者，亦事皆同。日數十至，不能禦。官吏皇恐，令不敢復視事。居若干日，有物人類蓬首，黑而瘞肥。降令舍，莫知所從來，令罔測。乃曰：「爾無庸恐吾也，我爲爾食盡芒兒矣。爾恭事我。」乃汛洒廳事之東室居之。凡十餘人，其長者自稱天神，其次曰王褒、李貴，其餘有姓名(有)婦人二，曰雲英、月英。日謹伺候，供億其飲食。嘗闔〔户〕自竇中出入，有所須召，則其長者呼王褒、李貴而令焉。置吏門外爲傳呼，事之甚嚴。自是土怪不至。民亦以其無他，用止怪，頗安焉。令猶德之。久之，提點刑獄程棠行縣，問令所以，室中遽呼曰：「王褒爲我傳語提刑，適贈詩，不省已得乎？」置吏以告，棠起立曰：「某適至此，已晚，不敢見也。所賜詩者實未得。」吏去復至，曰：「詩在提刑汗衫上。」祖視之，果然，乃不敢復語，相與遽起。先是，渭州都巡檢侯恩，老矣，其爲人剛方不撓，好面折人，一州號爲木强，自聞見怪，獨心常易之。方棠巡按時，恩如州界，方奉迎，從至縣。恩以職事從在縣衙，獨踞胡床，坐廳事傍。俄有物自東隅來階下，兩手扳階基，手與階平，徐過恩坐。恩徒手搏得之，號掣不放，觸其體若冰石，有力能反曳人。恩素有力，一手捽其領，捩左手著胡牀，從之，卒不放。至所謂怪室者，兩足入户内，引恩手戛户頰，久乃放之。一縣大驚，令猶恐，失舉止，往來語曰：「都巡都巡，敗我事矣！」棠亦愈惶恐，徘徊夜中，不聞有聲，棠乃罷歸，宿於縣驛。明旦，棠盛服至，上謁，令洒掃設香案以俟。恩亦戎服待事，謁入不出，日高，稍稍摩户視之，闃其無人，室中凝塵尺餘，亦不見有人跡。令猶愕曰：「竟爲都巡所誤。禍至若何？」恩曰：「某已爲除害去之矣，何禍爲？」棠乃從令及恩入視之。壁間得細書一行云：「侯公正直，予等謹退。」自後怪遂兩絶。侯公者，開封人，字澤之。有子名傳，爲天長巡檢，常爲人言此，曰：「某是時侍親渭上，目所見也。」傳又曰：「今天長尉賈壇，時亦侍其父在焉。」解生聞此事於巡檢，後賈尉亦能言之。又得程棠、王褒、李貴之姓名不疑。尚有闕者，皆幼不記也。異哉！異哉！(卷二)

陳生

明州士人陳生，失其名，不知何年間，赴舉京師，家貧治行後時，乃於定海求附大賈之舟，欲航海至通州而西焉。時同行十餘舟。一日，正在大洋，忽遇暴風，巨浪如山，舟失措，俄視前後舟覆溺相繼也，獨相寄之舟，人力健捷，張篷隨風而去，欲葬魚腹者屢矣。凡東行數日，風方止。恍然迷津，不知涯涘，蓋非常日所經行也。俄聞鐘聲春容，指顧之際，見山川甚邇，乃急趨焉，果得浦溆，遂維矴近岸。陳生驚悸稍定，乃登岸，前有徑路，因跬步而前，左右皆佳木薈蔚，珍禽鳴弄。行十里許，見一精舍，金碧明煥，榜曰「天宫之院」，遂瞻禮而入，長廊幽闃，寂無諠譁。堂上一老人，據牀而坐，厖眉鶴髮，神觀清臞，方若環侍，左右皆白袍烏巾，約三百餘人，見客皆驚問其行止，告以飄風之事，惻然憫之。授館于一室，懸錦帳，乃饌客焉，器皿皆金玉，飲食精潔，蔬茹皆藥苗，極甘美而不識名。老人自言：「我輩皆中原人，自唐末巢寇之亂，避地至此，不知今幾甲子也。中原天子今誰氏？尚都長安否？」陳生爲言：「自李唐之後更五代，凡五十餘年，天下大定。今皇帝趙氏，國號宋，都于汴，海内承平，兵革不用，如唐虞之世也。」老人首肯嗟嘆之。又命二弟子相與游處。因問二人：「此何所也？老人謂誰？」曰：「我輩號處士，非神仙，皆人也。老人，唐丞相裴休也。弟子凡三等，每等一百人，皆授學於先生者。」復引登山觀覽，崎嶇而上，至於峻極，有一亭榜曰「笑秦」，意以秦始皇遣徐福求三山神藥爲可笑也。二人遥指一峯，突兀干霄，峯頂積雪皓白，曰：「此蓬萊島也。山脚有蛟龍蟠繞，故異物畏之，莫可干犯也。」陳生留彼久之。一日西望，浩然有歸思，口未言也。老人者微笑曰：「爾乃懷家耶？爾以夙契，得踐此地，豈易得也。而乃俗緣未盡，此別無復再來矣。然爾既得至此，吾當助爾舟楫，一至蓬萊，登覽勝境而後去。」遂使具舟，倏已至山下。時夜已瞑，見日輪晃耀，傍山而出，波聲先騰沸，洶湧澎湃，聲若雷霆。赤光勃鬱，洞貫太虛。頃之天明，見重樓複閣，翬飛雲外，〔殆〕（迨）非人力之所爲。但不見有人居之，惟瑞霧葱蘢而已。同來處士云：「近世嘗有人跡至此，羣仙厭之，故超然遠引鴻濛之外矣。惟呂洞賓一歲兩來，卧聽松風耳。」乃復至老人所。陳生求歸甚力。老人曰：「當送爾歸。」山中生人葠甚大，多如人形，陳生欲乞數本。老人曰：「此物爲鬼神所護惜，持歸經涉海洋，恐貽禍也。山中良金美玉，皆至寶也。任爾取之。」老人再三教告，皆修心養性、爲善遠惡之事。仍云：「世人慎勿卧而語言，爲害甚大。」又云：「《楞嚴經》乃諸佛心地之本，當循習之。」陳生再拜而辭，復令人導之登一舟。轉盼之久，已至明州海次矣。時元祐間也。比至里門，則妻子已死矣。皇皇無所之，方悔其歸，復欲求往，不可得也，遂爲人言之。後病而狂，未幾以死。惜哉！余在四明，見郡人有能言此事者，又聞舒信道嘗記之甚詳，求其本不獲，乃以所聞書之。

（卷三）

關注

宣和二年，睦寇方臘起幫源，浙西震恐，士大夫相與奔竄。關注子東在錢塘避地，携家於無錫之梁溪。明年臘就擒，離散之家悉還桑梓。子東以貧甚未能歸，乃僑寓於毗陵郡崇安寺古柏院中。一日，忽夢臨水有軒，主人延客，可年五十，儀觀甚偉，玄衣而美鬚髯，揖坐，使兩女子以銅盃酌酒，謂子東曰：「自來歌曲新聲，先奏天曹，然後散落人間。他日東南休兵，有樂府曰《太平樂》，汝先聽其聲。」遂使兩女子舞，主人抵掌而爲之節。已而恍然而覺，猶能記其五拍。子東因作詩記云：「玄衣仙子從雙鬟，緩節長歌一解顔。滿引銅盃效鯨吸，低回紅袖作弓彎。舞留月殿春風冷，樂奏鈞天曉夢還。行聽新聲《太平樂》，先傳五拍到人間。」後四年，子東始歸杭州，而先廬已焚於兵火，因寄家菩提寺。復夢前美鬚者腰一長笛，手披書册，舉以示子東，紙白如玉，小朱欄界間行以譜，有其聲而無其詞，笑謂子東曰：「將有待也。往時在梁溪，曾按《太平樂》，尚能記其聲否乎？」子東因爲之歌。美鬚者援腰間笛，復作一弄，亦私記其聲，蓋是重頭小令。已而遂覺。其後夢又至一處，榜曰「廣寒宫」。宫門夾兩池，水瑩淨無波，地無纖草。仰觀，巍峩若洞府然。門鑰不啓，或有告之者曰：「但曳鈴索，呼月姊，則門開矣。」子東從其言，試曳鈴索，果有應者。乃引至堂宇，見二仙子，皆眉目疏秀，端莊靚麗，冠青瑶冠，衣彩霞衣，似錦非錦，似綉非綉，因問引者曰：「此謂誰？」曰：「月姊也。」乃引子東升堂，皆再拜。月姊因問：「往時梁溪曾令奴鬟歌舞傳《太平樂》，尚能記否？又遣紫髯翁吹新聲，亦能記否？」子東曰：「悉記之。」因爲歌之。月姊喜見顔面，復出一紙書以示子東曰：「亦新詞也。」姊歌之，其聲宛轉，似樂府《昆明池》。子東因欲强記之，姊有難色。顧視手中紙化爲碧，字皆滅迹矣。因揖而退，乃覺，時已夜闌矣。獨記其一句云：「深誠杳隔無疑。」亦不知爲何等語也。前後三夢，多忘其聲。惟紫鬚翁笛聲尚在。乃倚其聲而爲之詞，名曰《桂花明》云：「縹緲神清開洞府，遇廣寒宫女。問我雙鬟梁溪舞。還記得，當時否？　碧玉詞章教仙語，爲按歌宫羽。

皓月滿窗人何處？聲未斷，瑶臺路。」子東嘗自爲予言。（卷四）

*縉雲英華

處州縉雲縣簿廳，舊爲武尉司，頃有一婦人，常現形與人接，姸麗閑婉，有殊色。其來也，異香芬馥，非世間之香。自稱曰英華，或曰緑華，前後官此者多爲所惑。建炎中，一武尉與之配合如伉儷，同僚皆預其宴集，慧辯可喜，與尉料理事家。自言：「我非妖媚，不害於人。」尉以郡檄部兵至揚州，時車駕駐淮南，英華亦隨而行。至揚州南門，不肯入，謂尉曰：「天子之所，門有守禦之神，我不可入。我從此而逝矣。然君之行，若復差往泗上，禍卽至矣。」遂慘别而去。尉至御營，果令所部兵往泗州交割。尉乃行，未幾而北兵至，遂不知存亡。獨小（史）得脱而歸，英華已先至邑久矣。其後有蔣敦書，字輝遠，永嘉人，爲邑簿。英華出如平時，其家母妻不安之而歸。輝遠獨在官所，英華時復出現。其來也，香先襲人。輝遠不少動心。一日，謂輝遠曰：「君索居於此，妾欲事巾櫛，可乎？而君介然不蒙眄顧，亦木心石腸之人也。」輝遠曰：「汝宜亟反，毋相接也。」因齋戒具章奏，欲祈天。是夕復至，曰：「君毋庸訴我，某無所舍，得一芘身之地，不復出矣。」輝遠曰：「汝果爾，吾爲汝立祠以祀，何如？」華感激而去，自是不復至。輝遠越數日亦忘之，時家有素絲數束，一旦其絲悉穿繫於窗牖，連絡不可解。輝遠因悟曰：「吾許汝立祠而逾約矣，卽爲汝謀之。」乃於廳事之偏室，塑像以祠香火。明日，其絲悉已成束，若不經手者。其怪遂絶。余舊聞斯事，後見彼州士人所説悉同，意其爲草木之妖也。（卷五）

按：英華事亦見《夷堅甲志》卷十二《縉雲鬼仙》、《夷堅乙志》卷二《蔣教授》、《夷堅丁志》卷十九《英華詩詞》等條。又見《耆舊續聞》卷七。可參看。

梅妃傳

佚名

《梅妃傳》，《遂初堂書目》雜傳類著録。《顧氏文房小説》本及舊鈔本《説郛》不題撰人。别本《説郛》卷三十八及《唐人説薈》等書題唐曹鄴撰，不知所據。傳本有無名氏跋，謂「得于萬卷朱遵度家，大中二年七月所書，字亦端好」。又云「惟葉少藴與予得之」。朱遵度卒于景德四年（一〇〇七），葉少藴（夢得）生于熙寧十年（一〇七七），卒于紹興十八年（一一四八），年代遠不相及，而題跋者與葉夢得同從朱家得此傳，事有可疑。但跋文謂得于「朱遵度家」，則得自朱氏子孫，亦未可知。跋中又謂「略加修潤而曲循舊語，懼没其實也」，似收藏者又加修改，已暗示本非唐人之作。然李綱《梅花賦》云：「又如梅妃，臨鏡嚴妝。」尤袤（一一二七——一一九四）《遂初堂書目》已著録此傳，則亦不至太晚。今取自《説郛》，而以《顧氏文房小説》本校補數字。

梅妃，姓江氏，莆田人，父仲遜，世爲醫。妃年九歲，能誦二《南》，語父曰：「我雖女子，期以此爲志。」父奇之，名之曰采蘋。開元中，高力士使閩粵，妃笄矣，見其少麗，選歸侍明皇，大見寵幸。長安大内、大明、興慶三宫，東都大内、上陽兩宫，幾四萬人，自得妃，視如塵土。宫中亦自以爲不及。妃能屬文，自比謝女，嘗淡妝雅服，而姿態明秀，筆不可描畫。性喜梅，所居欄檻，悉植數株，上榜曰梅亭。梅開賦賞，至夜分尚顧戀花下不能去。上以其所好，戲名曰梅妃。妃有《蕭蘭》、《梨園》、《梅花》、《鳳笛》、《玻盃》、《剪刀》、《綺窗》七賦。是時承平歲久，海内無事，上于兄弟間極友愛，日從燕閒，必妃侍側。上命破橙往賜諸王，至漢邸，潛以足躡妃履，妃登時退閣。上命連宣，報言：「適履珠脱綴，綴竟當來。」久之，上親往命妃。妃拽衣迓上，言胸腹疾作，不果前也，卒不至。其恃寵如此。後上與妃鬭茶，顧諸王戲曰：「此梅精也。吹白玉笛，作驚鴻舞，一座光輝。鬭茶今又勝我矣。」妃應聲曰：「草木之戲，誤勝陛下。設使調和四海，烹飪鼎鼐，萬乘自有心法，賤妾何能較勝負也。」上大喜。會太真楊氏入侍，寵愛日奪，上無疏意。而二人相嫉，避路而行。上以方之英、皇，議者謂廣狹不類，竊笑之。太真忌而智，妃性柔緩，亡以勝。後竟爲太真遷于上陽〔東〕宫。後上憶妃，夜遣小黄門滅燭，密以戲馬召妃至翠華西閣，敍舊愛，悲不自勝。繼而上失寤，侍御驚報曰：「妃子已屆閤前，當奈何？」上披衣，抱妃藏夾幙間。太真既至，問「梅精安在？」上曰：「在東宫。」太真曰：「乞宣至，今日同浴温泉。」上曰：「此女已放屏，無並往也。」太真語益堅，上顧左右不答。太真大怒曰：「肴核狼藉，御榻下有婦人遺舄，夜來何人侍陛下寢，懽醉至于日出不視朝？陛下可出見羣臣，妾止此閤以候駕回。」上愧甚，拽衾向屏復寢曰：「今日有疾，不可臨朝。」太真怒甚，徑歸私第。上頃覓妃所在，已爲小黄門送令步歸東宫。上怒斬之。遺舄并翠鈿命封賜妃。妃謂使者曰：「上棄我之深乎？」使曰：「上非棄妃，誠恐太真惡情耳。」妃笑曰：「恐憐我則動肥婢情，豈非棄也！」妃以千金壽高力士，求詞人擬司馬相如爲《長門賦》，欲邀上意。力士方奉太真，且畏其勢，報曰：

「無人解賦。」妃乃自作《樓東賦》，略曰：「玉鑑塵生，鳳奩香殄，懶蟬鬢之巧梳，閑縷衣之輕練。苦寂寞于蕙宮，但凝思乎蘭殿。信摽落之梅花，隔長門而不見。況乃花心颺恨，柳眼弄愁，暖風習習，春鳥啾啾。樓上黄昏兮聽鳳吹而回首，碧雲日暮兮對素月而凝眸。温泉不到，憶拾翠之舊遊；長門深閉，嗟青鸞之信修。憶昔太液清波，水光蕩浮，笙歌賞燕，陪從宸旒。奏舞鸞之妙曲，乘畫鷁之仙舟。君情繾綣，深敍綢繆。誓山海而常在，似日月而無休。奈何嫉色庸庸，妒氣沖沖，奪我之愛幸，斥我乎幽宮。思舊歡之莫得，想夢著乎朦朧。度花朝與月夕，羞懶對乎春風。欲相如之奏賦，奈世才之不工。屬愁吟之未盡，已響動乎疏鐘。空長歎而掩袂，躊躇步于樓東。」太真聞之，訴明皇曰：「江妃庸賤，以（庾）〔諛〕詞宣言怨望，願賜死。」上默然。會嶺表使歸，妃問左右：「何處驛使來？非梅使耶？」對曰：「庶邦貢楊妃果實使來。」妃悲咽泣下。上在花萼樓，會夷使至，命封珍珠一斛密賜妃。妃不受，以詩付使者曰：「爲我進御前也。」曰：「柳葉雙眉久不描，殘妝和淚溼紅綃。長門自是無梳洗，何必珍珠慰寂寥。」上覽詩，悵然不樂。令樂府以新聲度之，號《一斛珠》，曲名始此也。後禄山犯闕，上西幸，太真死。及東歸，尋妃所在，不可得。上悲，謂兵火之後，流落他處。詔有得之，官二秩，錢百萬。搜訪不知所在。上又命方士飛神御氣，潛經天地，亦不可得。有宦者進其畫真，上言似甚，但不活耳。題詩于上曰：「憶昔嬌妃在紫宸，鉛華不御得天真。霜綃雖似當時態，爭奈嬌波不顧人。」讀之泣下，命模像刊石。後上暑月晝寢，彷彿見妃隔竹間泣，含涕障袂，如花朦〔霧〕露狀。妃曰：「昔陛下蒙塵，妾死亂兵之手，哀妾者埋骨池東梅株傍。」上駭然流汗而寤。登時令往太液池發視之，不獲。上益不樂，忽悟温泉湯池側有梅十餘株，豈在是乎？上自命駕，令發視，纔數株，得屍，裹以錦絪，盛以酒槽，附土三尺許。上大慟，左右莫能仰視。視其所傷，脅下有刀痕。上自製文誄之，以妃禮易葬焉。

贊曰：明皇自爲潞州別駕，以豪偉聞，馳騁犬馬鄠杜之間，與俠少遊。用此起支庶，踐尊位，五十餘年，享天下之奉，窮奢極侈，子孫百數，其閱萬方美色衆矣，晚得楊氏，變易三綱，濁亂四海，身廢國辱，思之不少悔。是固有以中其心、滿其欲矣。江妃者，後先其間，以色爲所深嫉，則其當人主者，又可知矣。議者謂或覆宗，或非命，均其媢忌自取。殊不知明皇耄而忮忍，至一日殺三子，如輕斷螻蟻之命，奔竄而歸，受制昏逆，四顧嬪嬙，斬亡俱盡，窮獨苟活，天下哀之。《傳》曰「以其所不愛及其所愛」，蓋天所以酬之也。報復之理，毫忽不差，是豈特兩女子之罪哉！

漢興，尊《春秋》，諸儒持《公》《穀》角勝負，《左傳》獨隱而不宣，最後迺出。蓋古書歷久始傳者極衆。今世圖畫美人把梅者，號梅妃，泛言唐明皇時人，而莫詳所自也。蓋明皇失邦，咎歸楊氏，故詞人喜傳之。梅妃特嬪御擅美，顯晦不同，理應爾也。此傳得自萬卷朱遵度家，大中二年七月所書，字亦端好。其言時有涉俗者。惜乎史逸其說。略加修潤而曲循舊語，懼没其實也。惟葉少蘊與予得之。後世之傳，或在此本。又記其所從來如此。

按：成書于嘉定年間之《莆陽比事》「梅妃入侍」條節引本傳，注云：「此傳葉石林得之朱遵度家，乃大中二年七月所著云。」卽據此傳跋文。劉克莊《後村先生大全集》卷四十八有《梅妃》詩云：「簫能妻弄玉，琴可挑文君。吹徹寧哥笛，梅妃未必聞。」可見梅妃故事盛傳于福建地區。

李師師外傳

佚名

出《琳琅祕室叢書》，所據爲舊鈔本。原附《貴耳集》二則，今仍移録于後。《貴耳集》下卷序于淳祐六年（一二四六），所謂《李師師小傳》當出其前。《後村詩話》前集卷二云：「汴都角妓郜六、李師，多見前輩雜記。郜卽蔡奴也，元豐中命待詔崔白圖其貌入禁中。師師著名宣和間，入掖廷。頃見鄭左司子敬云，汪端明家有《李師師傳》，欲借鈔不果。」或卽此傳。汪端明蓋卽汪藻，卒于紹興二十四年（一一五四）。如藏其家，則年代甚早，但非劉克莊所能及。錢曾《讀書敏求記》卷四《文心雕龍》條謂，錢允治家藏多人間罕見之本，「有《李師師外傳》一卷，牧翁屢借不與」。黄廷鑑跋謂：「偶聞邑中蕭氏有此書，急假録一册。」卽今傳本所自。

李師師者，汴京東二廂永慶坊染局匠王寅之女也。寅妻既産女而卒，寅以菽漿代乳乳之，得不死，在襁褓未嘗啼。汴俗凡男女生，父母愛之，必爲捨身佛寺。寅憐其女，乃爲捨身寶光寺。女時方知孩笑，一老僧目之曰：「此何地，爾乃來耶？」女至是忽啼。僧爲摩其頂，啼乃止。寅竊喜曰：「是女真佛弟子。」爲佛弟子者，俗呼爲師，故名之曰師師。師師方四歲，寅犯罪繫獄死，師師無所歸，有倡籍李姥者收養之。

比長，色藝絶倫，遂名冠諸坊曲。徽宗宗下一本有皇字。帝卽位，好事奢華，而蔡京、章惇、王黼之徒，遂假紹述爲名，勸帝復行青苗諸法。長安中粉飾爲饒樂氣象，市肆酒税，日計萬緡，金玉繒帛，充溢府庫。於是童貫、朱勔輩復導以聲色狗馬宮室苑囿之樂。凡海内奇花異石，搜采殆徧。築離宮於汴城之北，名曰艮嶽。帝般樂其中，久而厭之，更思微行爲狎邪遊。内押班張迪者，帝所親倖之寺人也。未宮時爲長安狎客，往來諸坊曲，故與李姥善。爲帝言隴西氏色藝雙絶，帝艷心焉。翼日，命迪出内府紫茸二匹、霞氎二端、瑟瑟珠二顆、白金廿鎰，詭云大賈趙乙，願過廬一顧。姥利金幣，喜諾。暮夜，帝易服雜内寺四十餘人中，一本無中字。出東華門二里許，至鎮安坊。鎮安坊者，李姥所居之里也。帝麾止餘人，獨與迪翔步而入，堂戶卑庳。姥出迎，分庭抗禮，慰問周至。進以時果數種，中有香雪藕、水晶蘋婆，而鮮棗大如卵，皆大官所未供者。帝爲各嘗一枚。姥復欵洽良久，獨未見師師出拜，帝延佇以待。時迪已辭退，姥乃引帝至一小軒。棐几臨窗，縹緗數帙，窗外新篁，參差弄影。帝翛然兀坐，意興閒適，獨未見師師出侍。少頃，姥引帝到後堂，陳列鹿炙、雞酢、魚膾、羊簽等肴，飯以香子稻米，帝爲進一餐。姥侍旁欵語移時，而師師終未出見。帝方疑異，而姥忽復請浴，帝辭之。姥至帝前耳語曰：「兒性好潔，勿忤。」帝不得已，隨姥至一小樓下湢室中浴竟，姥復引帝坐後堂，肴核水陸，盃盞新潔，勸帝歡飲，而師師終未一見。良久，姥纔執燭引帝至房，帝搴帷而入，一燈熒然，亦絶無師師在。帝益異之，爲倚徙几榻間。又良久，見姥擁一姬珊珊而來，淡妝不施脂粉，衣絹素，無艷服，新浴方罷，嬌艷如出水芙蓉。見帝意似不屑，貌殊倨，不爲禮。姥與帝耳語曰：「兒性頗愎，勿怪。」帝於燈下凝睇物色之，幽姿逸韻，閃爍驚眸。問其年，不答。復强之，乃遷坐於他所。姥復附帝耳曰：「兒性好静坐，一本無坐字。唐突勿罪。」遂爲下帷而出。師師乃起，解玄絹褐襖，衣輕綈，捲右袂，援壁間琴，隱几端坐而鼓《平沙落鴈》之曲。輕攏慢撚，流韵淡遠。帝不覺爲之傾耳，遂忘倦。比曲三終，雞唱矣。帝亟披帷出，姥聞，亦起，爲進杏酥飲、棗餻、餺飥諸點品。帝飲杏酥盃許，旋起去。内侍從行者皆潛候於外，即擁衛還宫。時大觀三年八月十七日事也。姥私語師師曰：「趙人禮意不薄，汝何落落乃爾？」師師怒曰：「彼賈奴耳，我何爲者！」姥笑曰：「兒强項，可令御史裏行。」已而長安人言籍籍，皆知駕幸隴西氏。姥聞大恐，日夕惟涕泣，泣語師師曰：「洵是，夷吾族矣。」師師曰：「無恐，上肯顧我，豈忍殺我。且疇昔之夜，幸不見逼，上意必憐我。惟是我所竊自悼者，實命不猶，流落下賤，使不潔之名，上累至尊，此則死有餘辜耳。若夫天威震怒，横被誅戮，事起佚遊，上所深諱，必不至此，可無慮也。」次年正月，帝遣迪賜師師蛇跗琴。蛇跗琴者，琴古而漆黦，則有紋如蛇之跗，蓋大内珍藏寶器也。又賜白金五十兩。三月，帝復微行如隴西氏。師師仍淡妝素服，俯伏門階迎駕。帝喜，爲執其手令起。帝見其堂户忽華敞，前所御處，皆以蟠龍錦繡覆其上。又小軒改造傑閣，畫棟朱闌，都無幽趣。而李姥見帝至，亦匿避。一本二字倒。宣至，則體顫不能起，無復向時調寒送煖情態。帝意不悦，爲霽顔，以老娘呼之，諭以一家子無拘畏。姥拜謝，乃引帝至大樓。樓初成，師師伏地叩帝賜額。時樓前杏花盛放，帝爲書「醉杏樓」三字賜之。少頃置酒，師師侍側，姥匍匐傳樽爲帝壽。帝賜師師隅坐，命鼓所賜蛇跗琴，爲弄《梅花三疊》。帝銜杯飲聽，稱善者再。然帝見所供肴饌饌下一本有器皿二字。皆龍鳳形，或鏤或繪，悉如宫中式。因問之，知出自尚食房廚夫手，姥出金錢倩製者。帝亦不懌，諭姥今後悉如前，無矜張顯著。遂不終席，駕返。帝嘗御畫院，出詩句試諸畫工，中式者歲間得一二。是年九月，以「金勒馬嘶芳草地，玉樓人醉杏花天」名畫一幅賜隴西氏。又賜藕絲燈、煖雪燈、芳苡燈、火鳳銜珠燈各十盞，鸕鷀盃、琥珀盃、琉璃盞、鏤金偏提各十事，月團、鳳團、蒙頂等茶百斤，餅飥、寒具、銀餤餅數盒。又賜黃白金各千兩。時宮中已盛一本作共傳其事。鄭后聞而諫曰：「妓流下賤，不宜上接聖躬。且暮夜微行，亦恐事生叵測，願陛下自愛。」帝頷之。閱歲者再，不復出。然通問一本無通問二字。賞賜一本作賚。未嘗絕也。宣和二年，帝復幸隴西氏。見懸所賜畫於醉杏樓，觀玩久之。忽回顧見師師，戲語曰：「畫中人乃呼之竟出耶？」即日賜師師辟寒金鈿、暎月珠環、舞鸞青鏡、金虬香鼎。次日，又賜師師端谿鳳咮硯、李廷珪墨、玉管宣毫筆、剡谿綾紋紙。又賜李姥錢百千緡。迪私言於上曰：「帝幸隴西，必易服夜行，故不能常繼。今艮嶽離宮東偏有官地，袤延二三里，直接鎮安坊。若於此處爲潛道，帝駕往還殊便。」帝曰：「汝圖之。」於是迪等疏言離宮宿衛人向多露處，臣等願捐貲若干，於官地營室數百楹，廣築圍牆，以便宿衛。」帝可其奏。於是羽林巡軍等布列至鎮安坊止，而行人爲之屏迹矣。四年三月，帝始從潛道幸隴西，賜藏鬮雙陸等具。又賜片玉棊盤、碧白二色玉棊子、畫院宮扇、九折五花之簟、鱗文蓐一本作葍。葉之蓆、湘竹綺簾、五綵珊瑚鉤。是日，帝與師師雙陸不勝，圍棊又不勝，賜白金二千兩。嗣後師師生辰，又賜賜下一本有師師二字。珠鈿金條一本作䠷。脫各二事，璣琲一篋，毳錦數端，鷺毛繒翠羽緞百匹，白金千兩。後又以滅遼慶賀，大賚州郡，加恩宮一本作官府。乃賜師師紫綃絹幕、五綵流蘇，冰蠶神錦被，卻塵錦褥、麩金千兩。良醞則有桂露、流霞、香蜜等名。又賜李姥大府錢萬緡。計前後賜金銀錢、繒帛、器用、食物等，不下十萬。帝嘗於宮中集宮眷等讌坐，韋妃私問曰：「何物李家兒，陛下悅之如此？」帝曰：「無他，但令爾等百人，改艷妝，服玄素，令此娃雜處其中，迥然自別。其一種幽姿逸韻，要在色容之外耳。」無何，帝禪位，自號爲道君教主，退處太乙宮，佚遊之興於是衰矣。師師語姥曰：「吾母子嘻嘻，不知禍之將及。」姥曰：「然則奈何？」師師曰：「汝一本作母。第勿與知，唯我一本作兒。所欲。欲下一本有適可二字。」是一本無是字。時金人方啓釁，河北告急。師師乃集前後所賜金錢，呈牒開封尹，願入官，助河北餉。復賂迪等代請於上皇，願棄家爲女冠。上皇許之，賜北郭慈雲觀居之。未幾，金人破汴，主帥闥懶索師師，云：「金主知其名，必欲生得之。」乃索乃索一本作索之。累日不得。張邦昌等爲蹤迹之，以獻金營。師師罵曰：「吾以賤妓蒙皇帝眷，寧一死無他志。若輩高爵厚禄，朝廷何負於汝，乃事事爲斬滅宗社計！今又北面事醜虜，冀得一當，爲呈身之地。吾豈作若輩羔鴈贄耶？」乃脱金簪自刺其喉，不死；折而吞之，乃死。道君君下一本有皇字。帝在五國城，知師師死狀，猶不自禁其涕泣之汍瀾也。

論曰：李師師以娼妓下流，猥蒙異數，所謂處非其據矣。然觀其晚節，烈烈有俠士風，不可謂非庸中佼佼者也。道君奢侈無度，卒召北轅之禍，宜哉。

附録

道君北狩，在五國城，或在韓州，凡有小小凶吉喪祭節序，北人必有賜賚。一賜必要一謝表，北人集成一帙，刊在榷場中〔傳寫〕（博易）四五十年，士大夫皆有之，余曾見一本。更有《李師師

小傳》，同行於時。（《貴耳集》卷下）

道君幸李師師家，偶周邦彦先在焉。知道君至，遂匿於牀下。道君自攜新橙一顆，云：「江南初進來。」遂與師師謔語。邦彦悉聞之，隱括成《少年遊》云：「并刀如水，吴鹽勝雪，纖手破新橙。」後云：「（嚴）城上已三更，馬滑霜濃，不如休去，直是少人行。」李師師因歌此詞。道君問誰作，李師師奏云「周邦彦詞」。道君大怒，坐朝宣諭蔡京云：「開封府有監税周邦彦者，聞課額不登，如何京尹不案發來？」蔡京罔知所以，奏云：「容臣退朝呼京尹叩問，續得復奏。」京尹至，蔡以御前聖旨諭之。京尹云：「惟周邦彦課額增羨。」蔡云：「上意如此，只得遷就。」將上，得旨：「周邦彦職事廢弛，可日下押出國門。」隔一二日，道君復幸李師師家，不見李師師。問其家，知送周監税。道君方以邦彦出國門爲喜，既至，不遇。坐久，至更初，李始歸，愁眉淚睫，憔悴可掬。道君大怒云：「爾去那裏去？」李奏：「臣妾萬死，知周邦彦得罪，押出國門，略致一杯相别。不知官家來。」道君問：「曾有詞否？」李奏云：「有《蘭陵王》詞。」今「柳陰直」者是也。道君云：「唱一徧看。」李奏云：「容臣妾奉一杯，歌此詞爲官家壽。」曲終，道君大喜，復召爲大晟樂正。後官至大晟樂樂府待制。邦彦以詞行，當時皆稱美成詞，殊不知美成文筆，大有可觀，作《汴都賦》。如箋奏雜著，皆是傑作，可惜以詞掩其他文也。當時李師師家有二邦彦，一周美成，一李士美，皆爲道君狎客。士美因而爲宰相。吁！君臣遇合於倡優下賤之家，國之安危治亂，可想而知矣（同上）

睽車志

郭　彖

郭彖，字次象（《夷堅支志》引作伯象），歷陽人，由進士歷官知興國軍。南宋孝宗時人。是書記鬼神怪異之事，取《周易》「睽上六載鬼一車」之語，名曰《睽車志》。《直齋書録解題》著録五卷，今本則有六卷。《夷堅支志》丁集卷八《趙三翁》條謂張壽昌朋父爲作記，「載於《睽車志》末」，在今本第六卷末。

*劉堯舉

龍舒人劉觀，任平江許浦監酒。其子堯舉，字唐卿，因就嘉禾流寓試，僦舟以行。舟人有女，堯舉調之。舟人防閑甚嚴，無由得間。既引試，舟人以其重扃棘闈，無他慮也，日出市貿易。而試題適唐卿私課，既得意，出院甚早，比兩場皆然，遂得與舟女得諧私約。觀夫婦一夕夢黄衣二人馳至報榜，云郎君首薦。觀前欲視其榜，傍一人忽掣去，云劉堯舉近作欺心事，天符殿一舉矣。覺言其夢而協，頗驚異。俄而拆卷，堯舉以雜犯見黜，主文皆歎息其文。既歸，觀以夢語之，且詰其近作何事，匿不敢言。次舉果首薦於舒，然至今未第也。國博姚行可説。（卷一）

按：《夷堅丁志》亦載此事，較詳。《廣艷異編》卷八《投桃録》更詳加敷衍，似出明人手筆。

紹興十七年，京師人劉觀爲秀州許市巡檢，其子堯舉買舟趨郡，就流寓試。悅舟人女美，日夕肆微言以蠱之，女亦似有意。翁媪覺焉，防察不少懈。及到郡猶憩舟中，翁每出則媪止，媪每出則翁止，生束手不能施。試之日，出《垂拱而天下治賦》、《秋風生桂枝詩》，皆所素爲者，但賦韻不同，須加修潤，迨昏乃出。次日試論復然，既無所點竄，運筆一揮，未午而歸舟。舟人固以爲如昨日也，翁媪皆入市，獨女在。生逕造其所，遂合焉。是夕，生之父母同夢人持牓來，報秀才爲牓首。傍一人曰：「非也，郎君所爲事不義，天敕殿一舉矣。」覺而相語，皆驚異。生還家，父母責訊之，諱不言。已而乃以雜犯見牓。後舟人來，其事始露。又三年，從官淮西，果魁薦，然竟不第以死。（《夷堅丁志》卷十七《劉堯舉》）

*岳侯

岳侯死後，臨安西溪寨軍將子弟因請紫姑神，而岳侯降之，大書其名，衆已驚愕，請其花押，則宛然平日真迹也。復書一絶云：「經略中原二十秋，功多過少未全酬。丹心似石今誰愬，空有游魂遍九州。」丞相秦公聞而惡之，擒治其徒，流竄者數人，有死者。左司周濟美說。（同上）

*趙通判亡妻

閬中一士人居華亭，有趙通判者居烏程，約士人爲館，久未得往。士人偶閒步至嶽祠，見一婦人緩行，一僕持一小青蓋，且挈香合背子從其後，徧詣殿廡，拜而焚香。畢事而出，士人隨之行數十步。婦人回顧，問士人何姓。士人告之，因復問婦人姓氏，則不答，笑以所持扇示之，上有「二十七」三字。士人疑其娼家姓第，但怪無書姓者。未及詳語，婦人遽取僕所持銅絲香合以授士人，即前行去。復隨之一里許，入一寺中，人迹稠雜，忽失婦人所在。後數日，趙倅遣僕馬持書來迎，正二十七日書也，士人異之。既至書館，每以所得香合愛玩，常置几間。一婢常來書館視童稚輩，每諦視香合，酷似趙亡妻棺中舊物，入言之倅，取驗視，信然。因問士人所從得。初猶諱之，扣之再四，乃備言曩日所遇。倅問婦人服飾狀貌，乃其亡妻叢塗寺中也。悲惋久之，即議舉葬，啓殯視棺側有小竅，僅容指云。（卷二）

按：亦見《夷堅三志》辛集卷八，題爲《書廿七》。

*李大夫亡妾

汴河岸有賣粥嫗，日以所得錢置甁甑中，暮則數而緡之。閒得楮鏹二，驚疑其鬼也。自是每日如之，乃密自物色買粥者。有一婦人青衫素襦襠，日以二錢市粥，風雨不渝。乃别貯其錢，及暮視之，宛然楮鏹也。密隨所往，則北去一里所，闃無人境，婦人輒四顧，入叢薄間而滅。如是者一年，忽婦人來謂嫗曰：

「我久寄寓比鄰，今良人見迎，將别嫗去矣。」嫗問其故，曰：「吾固欲言，有以屬嫗。我李大夫妾也，舟行赴官至此，死於蓐間，藁葬而去。我既掩壙，而子隨生。我死無乳，故日市粥以活之，今已期歲。李今來發叢，若聞兒啼必驚怪，恐遂不舉此子。乞嫗爲道其故，俾取兒善視之。」以金釵爲贈而别。俄有大舟抵岸，問之，則李大夫也。徑往發叢，嫗因隨之。舉柩而兒果啼，李大夫駭懼，因爲言，且取釵示之。李諦視，信亡妾之物，乃發棺取兒養之。李知縣明仲説。（卷三）

馬絢娘

有士人寓迹三衢佛寺，忽有女子夜入其室。詢其所從來，輒云所居在近。詰其姓氏，即不答，且云：「相慕而來，何乃見疑？」士人惑之。自此比夜而至，第詰之，終不言。居月餘，士人復詰之，女子乃曰：「方將自陳，君宜勿訝。我實非人，然亦非鬼也。乃數政前郡倅馬公之第幾女，小字絢娘，死于公廨，叢塗於此，即君所居之鄰空室是也。然將還生，得接燕寢之久，今體已甦矣。君可具斤鍤，夜密發棺，我自於中相助。然棺既開，則不復能施力矣。當懵然如熟寐。君但逼耳連呼我小字及行第，當微開目，即擁致卧榻，飲之醇酒，放令安寢。既悟，即復生矣。君能相從，再生之日，君之賜也，誓終身奉箕帚。」士人如其言，果再生，且曰：「此不可居矣。」脱金握臂，俾士人辦裝，與俱遁去，轉徙湖湘間，數年，生二子。其後馬倅來衢遷葬此女，視殯有損，棺空無物。大驚，聞官，盡逮寺僧鞫之，莫知所以。馬亦疑若爲盜發取金帛，則不應失其屍。有一僧默念數歲前，士人鄰居久之，不告而去。物色訪之，得之湖湘間。士人先才然，復疑其有妻子，問其所娶，則云馬氏女也。因逮士人，問得妻之由。女曰：「可併以我書寄父，業已委身從人，惟父母勿念。」父得書，真其亡女筆札。遣老僕往視，女出與語，問家人良苦，無一遺誤。士人略述本末，而隱其發棺一事。馬亦惡其涉怪，不復終詰，亦忌見其女，第遣人問勞之而已。盧縣丞連德廣説二事。（卷四）

按：此爲《搜神後記·徐玄方女》、《廣異記·劉長史女》（《太平廣記》卷三八六）之後繼，又爲《杜麗娘記》之先驅。可見類此還魂故事，日出不窮。

*陳察推妻

李通判者，忘其名。一女既笄，遴擇佳壻，久未有可意者。一日，有陳察推者通謁，與李有舊，敍話甚款。因言近喪偶，且及期矣。言及歔欷流涕，且言家有二女，皆已及嫁，思念逝者，悲不自勝。李女自青瑣間窺之，竊謂侍婢曰：「是人篤於情義如此，決非輕薄者，得爲之配者，亦幸矣。」因再三詢其姓氏，每言輒及之。陳時年逾强仕，瘠黑而多髯，容狀塵垢，素好學，能詩，妙書札。李喜之，每歎曰：「使其年貌稍稱，吾女亦足壻矣。」女聞之，竊謂傳婢曰：「女子託身，惟擇所歸。年之長少，貌之美醜，豈論也哉。」由是家人頗識女意，謀議他姻，則默不樂。父母怪之曰：「豈宿緣耶？」乃遣媒通約。陳初固拒，以年長非偶，其議屢格，則女輒憂憤，或慍不食。父母憂之，固請，不得已乃委禽焉。女喜甚，既成婚，伉儷和鳴，撫陳之二女如己所生，謂陳曰：「女已長，婚對當及時，不宜緩也。」朝夕屢以爲言，且廣詢媒妁。

不半載而嫁其長女，傾資奉之。陳曰：「季女尚可二三年。」妻曰：「不然。」趣之尤力。陳辭曰：「縱得壻，今無以備匳具。」妻曰：「第求壻，吾爲營辦。」又數月，亦受幣，亟議嫁遣。陳曰：「奈何？」妻忽謂陳曰：「君昔貯金五十星於小罌中，埋床下，盍取用之。豈於己女而有吝耶？」陳大驚曰：「汝何從知之？」但笑而不言。蓋陳實嘗埋金，他人無知者。因取用之。不期年而二女皆出適，妻謂陳曰：「吾責已塞，今無餘事矣，當置酒相賀。」乃與陳對飲極量，歡甚，各大醉而寢。翌日醒覺，妻忽驚遽大叫曰：「此何所耶？」顧陳曰：「爾何人也？」陳大驚，疑其心疾。媵侍輩圍守，妻驚恐惶惑，問曰：「我何爲在此？」媵侍曰：「夫人成親一年，豈不省耶？」妻都不曉。俄其父母至，撫慰之，因歷言其本末。妻大慟曰：「父母生女，不爲擇配。此人醜老可惡，忍以我棄之耶？」不肯留，乃送其家。自言恍如夢覺，前事都不知之。陳亦悟埋金之事惟其亡妻知之，疑其繫念二女，而魂附李女以畢姻嫁也。後竟仳傩而改醮焉。異哉！王教授伯廣師德言。（卷五）

*紹興閶郎官

紹興間一郎官，不欲言其姓字，疏蕩不檢。一朝士與之善。朝士家有數妓，客至必出以侑酒。郎官者與一妓私相悅慕而未得間。一日，郎官折簡寄妓，與爲私約。朝士適見之，妓不敢隱，具言其故。朝士曰：「然則非爾之過。當爲爾輩爲一笑資，姑答簡與之，期以來夕，密會於西廂。且云主人者適有故之城外，越日乃歸，此機不可失。」郎官得簡，喜不自勝，如期赴之。妓已先待於會所，引入屏後曲房。妓先登榻垂幔，命郎官解衣而登。暨前褰幔，則妓已自榻後潛去。朝士者方偃卧榻上，瞠目視之。郎官羸露，惶遽欲走，則門已閉。朝士謾爲好辭詭之曰：「與公厚善，何爲如此？妓女鄙陋，不足奉君子之歡，已遣歸矣，惟公勿訝。」徐起復曰：「某家使令稍衆，不略相懲，彼將觀望，無所畏憚。」乃呼羣僕掖之於柱，以巨竹挺撻之二十，流血及髁，呼服謝罪。復謂曰：「與公素善，故不欲聞官。薄示庭訓，亦不洩於他人也。」乃遣出，亦不與衣，其人狼狽遁還。明日朝路，仍復相見如故云。虞德廣説。（同上）

*靳瑤妻

靳瑤者，丹陽牙校，嘗得譴避地維揚。與其妻偕謁后土祠，甫瞻禮間，妻遽得心痛，寖劇不省人，輿歸卽死。郡人素傳有五通神，依后土祠爲祟。瑤不勝哀憤，既歛，火化畢事，卽具羊酒詣神隍祠禱且訟。翌日暮歸，還經后土祠東空曠處，見婦人獨行，漸近，乃其妻也。相持悲慟。妻曰：「我感君掛念之恩，且有憾焉。君既訟於神，神俾我還。既被焚，乃無所依。君若不忘平生伉儷之情，當爲至懇，萬一再生。」瑤請其故，妻曰：「城南十五里外，有茅君者，有道術，君往求焉。」言訖而隱。瑤詰朝走城南訪茅君，果得於村巷中。茅簷荆扉，教授村童十數人。瑤前拜之，茅起遜謝，再四不已。茅問來意，瑤具陳其故。茅初笑曰：「此何等事而告我。」拒之甚力，繼之以怒，瑤懇益勤。茅默然良久，曰：「君真篤於伉儷者，姑以事狀來。」瑤已素備，卽探懷出狀。茅覽之，就其書几取筆連書數十字，類隸草，淡墨欹橫，茫然不可曉。語瑤曰：「持此北去十里所有林木神祠，扣扉當有應者，卽以授之。」瑤如其言。至則茂林陰翳，廟極邃深，森然可畏。勉扣其扉，有青衣童出，受書而入。俄頃復出，斬竹一根，囑瑤曰：「騎此，但閉目東行，當有所睹。」瑤跨行，去如馳馬，時竊開目，則竹止不行，所向皆荆棘；復閉目，則又迅馳。久之忽覺自止，開目乃見粉垣華居，若王侯居第。有人引瑤入，指東廡下小門，令瑤入觀。迴廊四合，中有婦女，或笄或丱，以百數，而妻在焉。近語瑤曰：「感君之力，今冥官許借體還生。城東有朱氏，年十八九，某日當死。我之精魄徑投其體，則再生矣。然彼身則朱氏女也，君當往求婚。冥數如此，必可再合也。」復遽曰：「君不宜久此。」送瑤廡門。瑤出，門亦隨閉，迴視殿堂，皆神物塑像。亟趨出門，所乘竹故在，倉猝復跨之，瞑目，覺去愈疾，如行三里所，忽若馬蹶墮地，驚顧乃在城濠側，已昏暗嚴鼓後矣。褰衣揭水，攀垝垣以入。至其日，訪城東朱氏，聞其女病甚，瑤固已疑，徊翔鄰近。至午後，聞其家哭聲甚哀。移頃，哭聲遽止。詢之，云女復蘇矣。瑤怪其事頗驗。暨復訪茅君，則室已虛矣。自是暇日輒一至城東密訪其鄰，皆云：「朱氏女自還魂，神識不復如舊，至不識其父母兄弟，但口時問靳瑤何在。」瑤因託媒氏通意。父母聞瑤姓名，已駭愕，遽入謂女曰：「靳瑤今來議汝姻矣。」女曰：「此我夫也。」自此口不言靳瑤。其家竟以歸之。他日，瑤從容訪以朱女及其故妻前事，皆懵然不省云。新廣州李司理箎說。(同上)

按：此篇情節全襲《玄怪錄》之《齊推女》或《齊饒州》故事，惟借屍一節不同耳。

夷堅志

洪邁

洪邁（一一二三——一二〇二），字景盧，號野處，鄱陽人。紹興十五年（一一四五）及第，曾知泉州、吉州，在朝歷起居郎、中書舍人兼侍讀、直學士院，進焕章閣學士、知紹興府，以端明殿學士致仕。《宋史》有傳。著有《容齋隨筆》等。《夷堅志》共四百二十卷，分初志、支志、三志、四志，每志又分十集，甲至癸各二十卷，支甲至支癸、三甲至三癸、四甲、四乙各十卷。元代即已散佚，《宋史·藝文志》著録一百四十卷。現有中華書局版何卓點校本，存二百零七卷。原本之校語仍予保留。

吴小員外

趙應之，南京宗室也。偕弟茂之在京師，與富人吴家小員外日日縱游。春時至金明池上，行小徑，得酒肆，花竹扶疏，器用羅陳，極蕭灑可愛，寂無人聲。當壚女年甚艾。三人駐留買酒，應之指女謂吴生曰：「呼此侑觴如何？」吴大喜，以言挑之，欣然而應，遂就坐。方舉杯，女望父母自外歸，亟起。三人興明鈔本作「酒」。既闌，皆捨去。時春已盡，不復再游，但思慕之心，形於夢寐。明年，相率尋舊游，至其處，則門户蕭然，當壚人已不見。復少憩索酒，詢其家曰：「去年過此，見一女子，今何在？」翁媼顰蹙曰：「正吾女也。去歲舉家上冢，是女獨留。吾未歸時，有輕薄三少年從之飲，吾薄責以未嫁而爲此態，何以適人，遂悒怏不數日而死。今屋之側有小丘，即其冢也。」三人不敢復問，促飲畢，言旋，沿道傷惋。日已暮，將及門，遇婦人羃首摇摇而前，呼曰：「我即去歲池上相見人也。員外得非往吾家訪我乎？我父母欲君絶望，詐言我死，設虚冢相紿。我亦一春尋君，幸而相值。今徙居城中委巷，一樓極寬潔，可同往否？」三人喜，下馬偕行。既至，則共飲。吴生留宿，往來逾三月，顔色益憔悴。其父責二趙曰：「汝向誘吾子何往？今病如是，萬一不起，當訴于有司。」兄弟相顧悚汗，心亦疑之。聞皇甫法師善治鬼，走謁之，邀同視吴生。皇甫纔望見，大驚曰：「鬼氣甚盛，祟深矣。宜急避諸西方三百里外，儻滿百二十日，必爲所死，不可治矣。」三人即命駕往西洛。每當食處，女必在房内，夜則據榻。到洛未幾，適滿十二旬，會訣葉本作「談」。酒樓，且愁且懼。會皇甫跨驢過其下，拜揖祈哀。皇甫爲結壇行法，以劍授吴曰：「子當死，今歸，試緊閉户，黄昏時有擊者，無問何人，即刃之。幸而中鬼，庶幾可活；不幸誤殺人，即償命。均爲一死，猶有脱理耳。」葉本作「吴」。如其言。及昏，果有擊户者，投之以劍，應手仆地。命燭視之，乃女也。流血滂沱，爲街卒所録，并二趙、皇甫師，皆縶囹圄。鞫不成，府遣吏審池上之家，父母告云已死。發冢驗視，但衣服如蜕，無復形體。遂得脱。江續之説。（甲志卷四）

按：《警世通言》卷三十《金明池吴清逢愛愛》，即演此事。

侯元功詞

侯中書元功蒙，密州人。自少游場屋，年三十有一，始得鄉貢。人以其年長貌倪，《苕溪漁隱叢話》作「寢」。不加敬。有輕薄子畫其形於紙鳶上，引線放之。蒙見而大笑，作《臨江仙》詞題其上曰：「未遇行藏誰肯信，如今方表名蹤。無端良匠畫形容，當風輕借力，一舉入高空。纔得吹噓身漸穩，只疑遠赴蟾宮。雨餘時候夕陽紅，幾人平地上，看我碧霄中。」蒙一舉登第，年五十餘，遂爲執政。（同上）

按：《紅樓夢》第七十回薛寶釵柳絮詞似即模擬侯蒙詞。

京師異婦人

宣和中，京師士人元夕出遊，至美美樓嚴校：疑誤，葉本作「二美樓」。下，觀者闐咽不可前。少駐步，見美婦人，舉措張皇，若有所失。問之，曰：「我逐隊觀燈，適遇人極隘，上四字葉本作「被人挨阻」。遂迷失侶，今無所歸矣。」葉本作「士」。以言誘之，欣然曰：「我在此稍久，上四字葉本作「不能歸」。必爲他人掠賣，不若與子歸。」上五字葉本作「幸君子憐之」。士人喜，即攜手還舍。如是半年，嬖寵殊甚，亦無有人蹤跡之者。一日，召所善友與飲，命婦人侍酒，甚款。後數日，友復來曰：「前夕所見之人，葉本作「婦」。安從得之？」曰：「吾以金買得之。」友曰：「不然，子宜實告我。前夕飲酒時，見每過燭後，色必變，意非人類，不可不察。」士人曰：「相處累月，焉有是事！」友不能强，乃曰：「葆真宮王文卿法師善符籙，試與子謁之。若有祟，渠必能言。不然，亦無傷也。」遂往。葉本作「遂同往謁」。王師一見，驚曰：「妖氣極濃，將不可治。葉本作「勢將難治」。此祟異絕，葉本作「絕異」。非尋常鬼魅比也。」歷指坐上它客曰：「異日皆當爲左證。」坐者盡恐。士人已先聞友言，不敢復隱，備告之。王師曰：「此物平時有何嗜好？」曰：「一錢篋極精巧，常佩於腰間，不以示人。」王卽朱書二符授之曰：「公歸，俟其寢，以一置其首，一置篋中。」士人歸，婦人已上三字作「其婦」。大罵曰：「託身於君許久，不能見信，乃令道士書符，以鬼待我，何故？」上二字葉本作「士」。初尚設辭諱，上三字葉本作「設辭以對」。婦人曰：「某僕爲我言，一符欲置吾首，一置篋中，何諱也？」士人不能辯，密訪僕，僕初不言，始葉本作「益」。疑之。迨夜伺其睡，則葉本作「婦」。張燈製衣，將葉本作「達」。旦不息。士人愈窘，復走謁王師，師喜曰：「渠不過能忍一夕，今夕必寢，第從吾戒。」是夜，果熟睡，葉本多一「乃」字。如教施符。天明，無所見，意謂已去。越二日，開封遣獄吏逮王師下獄曰：「某家婦人瘵疾三年，臨病革，忽大呼曰：『葆真宮王法師殺我。』遂死。家人爲之沐浴，見首上及腰間篋中皆有符，乃詣府投牒，云王以妖術取明鈔本作「殺」。其女。」王具述所以，卽追士人并向日坐上諸客，證之皆同。始得免。王師，建昌人。林亮功說，林與士人之友同齋。（甲志卷八）

林積陰德

林積，南劍人。少時入京師，至蔡州，息旅邸。覺牀第間物逆其背，揭席視之，見一布囊，中有錦囊，又其中則綿囊，實以北珠數百顆。明日，詢主人曰：「前夕明鈔本無「夕」字。何人宿此？」主人以告，乃巨商也。

林語之曰：「此吾故人，脱復至，幸令來上庠相訪。」又揭其名于室曰：「某年某月日劍浦林積假館。」葉本多「于此」二字。遂行。商人至京師，取珠欲貨，則無有。急沿故道處處物色之。至蔡邸，見榜即還，訪林於上庠。林具以告曰：「元珠具在，然不可但取，上句葉本作「然不宜私還」，明鈔本作「然不宜以私取」。可投牒府中，當悉以歸。」商如教。林詣府，盡以珠授商。府尹使中分之，商曰：「固所願。」林不受，曰：「使積欲之，前日已爲己有矣。」秋毫無所取。商不能强，以數百千就佛寺作大齋，爲林君祈福。林後登科，葉本多一「官」字。至中大夫。生子又，葉本作「乂」。字德新，爲吏部侍郎。（甲志卷十二）

按：《清平山堂話本》之《陰騭積善》即據此敷演。李元綱《厚德錄》卷四亦引此條。

舒民殺四虎

紹興二十五年，吴傅朋説除守安豐軍，自番陽遣一卒往呼吏士。行至舒州境，見村民穰穰，十百相聚，因弛擔觀之。其人曰：「吾村有婦人爲虎銜去，其夫不勝憤，獨攜刀往探虎穴，移時不反。今謀往救也。」久之，民負死妻歸，云：「初尋跡至穴，虎牝牡皆不在，有二子戲巖竇下，即殺之，而隱其中以俟。少頃，望牝者銜一人至，倒身入穴，不知人藏其中也。吾急持尾，斷其一足，虎棄所銜人，踉蹡而竄。徐出視之，果吾妻也，死矣。虎曳足行數十步，墮澗中。吾復入竇伺牡者，俄咆躍而至，亦以尾先入，又如前法殺之。妻冤已報，無憾矣。」乃邀鄰里往視，輿四虎以歸，分烹之。（甲志卷十四）

伊陽古瓶

張虞卿者，文定公齊賢裔孫。居西京伊陽縣小水鎮，得古瓦瓶於土中，色甚黑，頗愛之，置書室養花。方冬極寒，一夕忘去水，意爲凍裂。明日視上六字原闕，從葉本補。之，凡他物有水者皆凍，獨此瓶不然，異之。試注上二字原闕，從葉本補。以湯，終日不冷。張或與客出郊，置瓶於篋，傾水瀹茗，皆如新沸者。自是始知祕惜。後爲醉僕觸碎，視其中，與常陶器等，但夾底厚幾二寸，有鬼執火以燎，刻畫甚精，無人能識其爲何時物也。(甲志卷十五)

晁安宅妻

鄧州晁氏，大族也。相傳云：自漢以來居南陽，劉先主嘗從貸錢數萬緡，諸葛孔明作保立券，明鈔本多「令券」二字。猶存其家。建炎二年，鄧民明鈔本作「邑」。殘于胡兵，或俘或死。晁氏男女數百人，皆因以北，至汾州青灰山，爲紅巾邵伯邀擊，明鈔本多一「胡」字。盡失所掠而去。晁安宅之妻某氏，并其女及乳母，皆爲邵之黨王生所得。張丞相宣撫陝蜀，邵舉軍來降，王生爲右軍小將，與晁婦同處於閬中。閬有靈顯王廟，婦與乳嫗以月二日往焚香。嫗視道上一丐者病，葉本多一「目」字。以敝紙自蔽，形容甚悴。諦觀之，以告婦曰：「有丐者，絶類吾十一郎。」遣詢其鄉里姓行，明鈔本作「名」。果安宅也。婦色不動，令嫗持金釵與之，約十六日復會，且戒無易服。及期相見，又與金二兩，曰：「以其半詣宣撫司投牒，其半買舟置某所以待我。」安宅既通訴，宣撫下軍吏逮王生。會王出獵，婦攜己所有直數千緡，與嫗及女赴安宅舟，順流而下。王生家貲巨萬，一錢不取也。王晚歸不見其妻，而追牒又至，視室中之藏皆在，喟然曰：「素聞渠爲晁家婦，今往從其夫，理之常也。」了不以介明鈔本作「爲」。意。晁氏夫婦離而復合如初。婦人不忘故夫於丐中，求之古烈女可也，惜逸其姓氏。王雖武夫，蓋亦知義理可喜者。（同上）

解三娘

興州後軍統領趙豐，紹興二十七年春，以帥檄按兵諸郡，次果州，館于南充驛，命吏置榻中堂。驛人前白曰：「是堂有怪，夜必聞哭聲。常時賓客至此，多避不敢就，但舍于廳之西閤。」豐笑曰：「吾豈畏鬼者耶！」竟寢堂上。至夜，聞哭聲從外來，若有物明鈔本作「人」。直赴寢所。豐曰：「汝豈有冤欲言者乎？言之，吾爲汝直。否則亟去。」果去。頃之又來，羣從者皆聞履聲趾趾葉本作「跕跕」。然。明日，以語太守王中孚弗，王以爲妄也。是夕，赴郡宴，夜歸方酒酣，上二字明鈔本作「醉」。未得寐，倚胡牀以憩。一女子散髮在前立曰：「妾乃解通判女三娘者也，名蓮奴。本中原人，遭亂入蜀，失身於秦司茶馬葉本作「茶馬司」。李忞户部家，實居此館。李有女嫁郡守馬大夫之子紹京，以妾爲媵，不幸以姿貌見私於馬君。李氏告其父，杖妾至死，氣猶未絕，卽命掘大窖倒下妾屍瘞之。今三十年矣。幸將軍哀我，使得受生。」豐曰：「汝死許久，士大夫日日過此，何不早自直？」曰：「遺骸思葬，未嘗須臾忘。是間有神司守，不許數出。十年前，妾夜哭出訴，地神告曰：『後有趙將軍來此，是汝冤獲伸之時。』日夜望將軍至，故敢以請。」豐曰：「果如是，吾當念之。」女謝去。遣人隨視之，至堂外牆下，没不見。明日，召僧爲誦佛書，作薦事，上四字葉本作「經修薦」。遂行。晚至潼川之東關縣，止縣驛。女子復在前，已束髮爲高髻。豐曰：「吾既爲汝作佛事，何爲相逐？」曰：「將軍之賜固已大矣，但白骨尚在堂外牆下，非將軍誰爲出之？」豐曰：「吾爲客，又已去彼，豈能爲汝出力，胡不訴于郡守王郎中？」曰：「非不知也，蓋門有神明，詎容輒入！然妾之冤，非王郎中不能理，非將軍爲葉本多一「之」字。地，何以達於王郎中乎？妾骨不出，則妾不得生，使妾骨獲出而得生，在將軍一言宛轉上二字葉本作「轉移」。間耳。」豐又許之，再具其事，走介白王守。王乃訪昔時李户部所使從卒，獨有譚詠一人在，委詠訪其骨。詠率十數兵來牆下，發土求之，凡兩日，迷不得所在。詠致一巫母問之。巫自稱聖婆，口作鬼語，呼詠責曰：「汝當時手埋我，豈真忘所在耶？今發土處卽是，但尚淺耳。當□葉本作「時」，陸本同。倒下我，蓋以木床，木今尚在，若得木，骨卽隨之。頂骨最在下，千萬爲我必取。我不得頂骨不可生。」詠驚怖伏狀。又明日，果得屍。郡爲徙葬于高原。時紹京爲渠州鄰水尉，未幾，就調普州推官，見解氏來説當日事，紹京繼踵亦卒。關壽卿耆孫初赴教葉本無「教」字。官，適館于此，嘗爲作記。虞并甫爲渠州守，紹京正作尉云。（甲志卷十七）

按：李昌齡《樂善錄》卷四引關耆孫所作記文，較此簡略。

孟蜀宫人

陳甲，字元父，仙井仁壽人，爲成都守李西美璆館客，舍于治事堂東偏之雙竹齋。紹興二十一年四月，西美浣花回，得疾。旬日間，甲已寢，聞堂上婦人語笑聲，即起，映門窺觀。有女子十餘，皆韶艾好容色，而衣服結束頗與世俗異，或坐或立，或步庭中。甲猶疑其爲帥家人，以主人翁病輒出，但怪其多也。頃之，一人曰：「中夜無以爲樂，盍賦詩乎？」即口占曰：「晚雨廉纖梅子黄，晚雲卷雨月侵廊。樹陰把酒不成飲，識著無情更斷腸。」一人應聲答之曰：「舊時衣服盡雲霞，不到迎仙不是家。今日樓臺渾不識，祇因古木記宣華。」餘人方綴思。甲味其詩語，不類人，方悟爲鬼物，忽寂無所見。後以語蜀郡父老，皆云：「王氏有國時，嘗造宣華殿於摩訶池上，名見於《五代史》。孟氏因之。今郡堂乃其故址，賦詩之鬼，蓋宫妾云。」西美病遂不起。舊蜀郡日晡不擊鼓，擊之則聞婦人哭聲，數十爲羣者。相傳孟氏嘗用晡時殺宫人，以鼓聲爲節，故鬼聞之輒哭。承宣使孫渥以鈐轄攝帥事，爲文祭之，命擊鼓如儀，哭亦止，後復罷云。甲以紹興三十年登乙科。（同上）

毛烈陰獄

瀘州合江縣趙市村民毛烈，以不義起富。他人有善田宅，輒百計謀之，必得乃已。昌州人陳祈，與烈善。祈有弟三人，皆少，慮弟壯而析其産也，則悉舉田質于烈，累錢數千緡。其母死，但以見田分爲四。於是載錢詣毛氏，贖所質。烈受錢，有乾没心，約以他日取券，祈曰：「得一紙書爲證，足矣。」烈曰：「君與我待是耶？」祈信之。後數日往，則烈避不出，祈訟于縣。縣吏受烈賄，曰：「官用文書耳，上四字葉本作「要文券驗」。安得交易錢數千緡而無券者？吾且言之令。」令決獄，上二字葉本作「憲讞」。果如吏旨。祈以誣罔受杖，訴于州、于轉運使，皆不得直。乃具牲酒詛于社。夢與神遇，告之曰：「此非吾所能辦，盍往禱東嶽行宮，當如汝請。」上句葉本作「當得理明」，鈔本作「決當如請」。既至殿上，於幡帷蔽映之中，屑然若有言曰：「夜間來。」祈急趨出，迨夜，復入拜謁，置狀于几上。又聞有語曰：「出去。」遂退。時紹興四年四月二十日也。如是三日，烈在門内，黄衣人直入，捽其胸毆之，奔迸得脱，至家死。又三日，牙儈一僧死，一奴爲左者亦死。最後，祈亦死。少焉復蘇，謂家人曰：「吾往對毛張大事，原注：卽烈也。善守我七日至十日，勿斂也。」祈入陰府，追者引烈及僧參對，烈猶以無償錢券爲解。獄吏指其心曰：「所憑唯此耳，安用券？」取業鏡照之，睹烈夫婦並坐受祈錢狀。曰：「信矣。」葉本作「乎」。引入大庭下，兵衛甚盛。其上袞冕人，怒叱吏械烈。烈懼，乃首服。主者又曰：「縣令聽決不直，已黜官若干。吏受賕者，盡火其居，仍削壽之半。」烈遂赴獄，且行，葉本作「行且」。泣謂祈曰：「吾還無日，爲語吾妻，多作佛果救我。君元券在某櫝中。又吾平生以詐得人田，凡十有三契，皆在室中錢積下，幸呼十三家人併償之，以減罪。」主者又命引僧前，僧曰：「但見初質田時事，他不預知也。」與祈俱得釋。既出，經聚落屋室，大抵皆囹圄。送者指曰：「此治葉本作「乃」。殺降者、不孝者、巫祝淫祠葉本作「穢」。者、逋誑佛事上四字葉本作「誑瀆佛道」。者，其類甚衆。自周秦以來，貴賤華夷悉治，不擇葉本作「釋」。也。」又謂祈曰：「子來七日矣，可急歸。」遂抵其葉本無「其」字。家而寤。遣子視縣吏，則其廬焚矣。視其僧，荼毗已三日。往毛氏述其事，其子如父言，取券還之。是夕，僧來擊毛氏門，罵曰：「我坐汝父之故被逮，得還，而身已焚。將何以處我？」毛氏曰：「業已至此，惟有□爲作佛事耳。」僧曰：「我未合死，鬼録所不受，又不可爲人，雖得冥福，無用也。俟此世數盡，方別受生，今只守爾門，不可去矣。」自是，每夕必至。久之，其聲漸遠，曰：「以爾作福，我稍退舍，然終無生理也。」後數年，毛氏衰替始已。杜起莘說，時劉夷叔居瀘，爲作傳。（甲志卷十九）

按：《二刻拍案驚奇》卷十六《遲取券毛烈賴原錢，失還魂牙儈索剩命》即演此事。

俠婦人

董國〔度〕（慶），字元卿，饒州德興人。宣和六年登進士第，調萊州膠水縣主簿。會北邊動兵，留家於鄉，獨處官下。葉本作「所」，明鈔本作「丁」。中原陷，不得歸，棄官走村落，頗與逆旅主人相往來。憐其羈窮，爲買一妾，不知何許人也。性慧解，有姿色，見董貧，則以治生爲己任。罄家所有，買磨驢七八頭，麥數十斛，每得麵，自騎驢入城鬻之，至晚負錢以歸。率數日一出，如是三年，獲利愈益多，有明鈔本作「買」。田宅矣。董與母妻隔闊滋久，消息杳不通，居閑戚戚，意緒終不聊賴。妾數問故，董嬖愛已甚，不復隱，爲言：「我故南官也。一家皆處鄉里，身獨漂泊，茫無還期，每一深念，幾心折欲死。」妾曰：「如是，何不早告我？我有兄，喜爲人謀事，旦夕且至，請爲君籌之。」旬日，果有估客，長身而虬髯，騎大馬，驅車十餘乘過門。妾曰：「吾兄也。」出迎拜，使董相見，敍姻連，留飲至夜，妾始言前日事以屬客。是時虜下令：宋官亡命許自言，匿不自言而被首者死。董業已漏泄，又疑兩人欲圖己，大悔懼，乃抵葉本作「紿」。曰：「無之。」客奮髯怒且笑曰：「以女弟託質數年，相與如骨肉，故冒禁欲致君南歸，而見疑若此！脫中道有變，且累我，當取君告身與我以爲信，不然，天明縛君告官矣。」董益懼，自分必死，探囊中文書悉與之，終夕涕泣，一聽客。客去，明日控一馬來，曰：「行矣。」董呼妾與俱，妾曰：「適有故，須少留，明年當相尋。吾手製納葉本作「衲」。袍以贈君，君謹服之，惟吾兄馬首所向。若反國，兄或舉數十萬錢爲饋，宜勿取。如不可卻，則舉袍示之。彼嘗受我恩，今送君歸，未足以報德，當復護我去。萬一受其獻，則彼責塞，無復顧我矣。善守此袍，毋失去也！」董愕然，怪其語不倫，且慮鄰里覺，即揮涕上馬，疾馳到海上。有大舟臨解維，客麾董使登，揖而別。舟遽南行，略無資糧道路之備，葉本作「費」。茫不知所爲，而舟中人奉視葉本作「侍」。甚謹，具食食之，特不相問訊。纔達南岸，客已先在水濱。邀詣旗亭上，相勞苦，出黃金二十兩曰：「以是爲太夫人壽。」董憶妾別時語，力拒之。客曰：「赤手還國，欲與妻子餓死耶？」强留金而出。董追及，示以袍。客駭笑曰：「吾智果出彼下。吾事殊未了，明年當挈君麗人來。」徑去，不反顧。董至家，母妻與二子俱無恙。取袍示家人，俾縫綻處黃色隱然，拆視之，滿中皆箔金也。既詣闕自理，得添差宜興尉。踰年，客果以妾至。秦丞相與董有同陷虜之舊，爲追敘向來歲月，改京秩，幹辦諸軍審計。纔數月，卒。秦令其母汪氏哀訴於朝，自宣教郎特贈朝奉郎，而官其子仲堪者，葉本無「者」字。時紹興十年五月云。范至能說。（乙志卷一）

按：明宋濂有《義俠歌》詠其事，結尾情節略異，似別有所本。王世貞取此編入《劍俠傳》卷四。鄭之文據此演爲《旗亭記》傳奇。

附録

德興董國度，其字爲元卿。宣和舉進士，籍籍多文聲。初調膠水簿，其地近東溟。筮日别母妻，匹馬赴驛程。居官未一載，金人忽渝盟。中原相繼陷，無由遂歸耕。翀天乏羽翼，俯首走伶俜。流寓逆旅氏，更變姓與名。逆旅卹畸孤，買姬奉使令。姬性多黠慧，姿色更娉婷。惻然憐卿貧，孳孳學經營。鐫石作巨磑，市驢使旋縈。粉麥白如玉，貿易入南城。從此日優裕，寒谷化春坰。新居巧締構，高樓聳朱甍。陌阡接東西，秋風熟香秔。開尊醉花月，絃管雜匏笙。卿終不自懌，歎息或涕零。長跪敬問之，豈妾無異能。家事不牢落，胡爲日怦怦。卿曰爾不知，我實爲南氓。家有鶴髮親，無從問死生。念此心欲折，夢魂亦煢煢。姬言我伯氏，義俠天下稱。卿胡不早言，俾卿得歸寧。未幾有奇客，軒然過門庭。虬髯頳玉面，九尺長身形。高騎紫騮馬，好似漢灌嬰。下馬入門坐，氣象猶生獰。揖卿使卿拜，此乃妾之兄。呼童刺羊豕，開燕羅兕觥。酣飲直至夜，月影移前楹。姬起屬前事，鄭重語加精。是時金人令，南官不自鳴。便差縣官縛，藁街受極刑。卿因諱其說，踧踖弗能勝。客乃奮髯怒，責卿何不誠。我以女弟故，冒禁挾子征。卿胡反致疑，視我爲兇傖。急取告身來，庶幾足依憑。不然擒赴官，命與鬼録争。卿懼不敢喘，有言一一聽。客去甫一日，控馬來相迎。命姬欲共往，姬謂幸少停。卿先隨兄去，不必懷戰兢。妾有自製袍，贈卿意盈盈。兄或持金贈，示之辭弗承。倉黄别就道，有涕如懸纓。疾馳至大海，海舟在水横。

客令卿前登，迅速類建瓴。舟人敬且畏，一如事神明。未渴奉馬湩，未饑具羊羹。財方達南岸客已在旗亭。勺酒對卿飲，論言極崇纮。歷陳太夫人，年已近耄齡。赤手得返國，何以娛其情。黄金二伯兩，卿當置諸籯。卿謝不敢受，客竟委之行。卿追至門外，舉袍若懸旌。客駭且大笑，吾妹實豪英。吾事未能了，有懷當再傾。卿歸拜慈母，慈母惕然驚。意謂從天降，穩駕仙人軿。南北望已絶，音耗無由偵。今晨得再見，死草再發榮。喜極繼以泣，露雲爲冥冥。妻兒亦亡恙，一一列前庭。更闌共欷語，秋花上青燈。取袍當户着，袍縫爛然頳。箔金滿中貯，碎若剪鳳翎。踰年客果至，携姬重合并。鄉人競聚觀，皆曰見未曾。朝廷録卿官，添差尉宜興。卿妻曰余氏，悍妒仍驕矜。遇姬多亡狀，禁攝如凍蠅。甚或加箠掠，人諫了不懲。卿力弗能制，白晝若沉暝。姬因不告去，飄若風火升。吾聞古義俠，史册每足徵。受恩能盡死，義重身則輕。未必識書傳，文華耀晶熒。卿爲名進士，豈不讀聖經。奈何負恩義，犬豖羞爲朋。追述義俠歌，讀者當服膺。

（《列朝詩集》甲集十二宋濂《義俠歌》）

蔣教授

永嘉人蔣教授，紹興二年登科，得處州縉雲主簿，再調信州教授，還鄉待次。未至家百里，行山中，聞嶺上二人哭聲絶悲。至，則一叟挾雙鬟女子攔道哭。蔣悽然問其故，叟曰："從軍二十年，方得自便，不幸遇盜，挈我告身去。將往吏部料理，非五十萬錢不可辦。甚愛此女，今割愛鬻之，行有日矣，故哭不忍捨。」蔣曰：「以我囊中物與叟，少緩此計，何如？」卽舉餘裝贈之，纔直十萬。叟曰：「感君高義，然顧亡益也。」蔣曰：「叟果不見疑，當以女寄我歸，叟姑持此錢往臨安。事若不濟，還吾家取之。吾善視叟女，非敢以爲姬妾，勿憂也。」叟謝曰：「諾。」約明年暮春再相見，以女授蔣，拭淚而別。蔣下車載女，自策杖踵其後。將至家，置女外館，獨入見母妻。妻周氏迎謂曰：「聞有隨車人，今安在？」蔣以實告。妻曰：「然則美事也，其成之何害？」使人喚女歸。蔣母柯氏，愛之如己子，夜則與同寢處。女間至外舍與蔣戲，或相調謔。方初見時，猶常常女子，至是，顏色日艷，嫣然美好矣。一夕，醉不自持，遂留與亂，而叟亦絕不至。臨赴官，妻不肯往，曰：「自有麗人，何用我？」柯夫人亦曰：「汝受人託子，而一旦若是，前程事可知矣。吾老當死鄉里，不能隨汝也。」蔣力請不能得，竟獨與女之信州。居數月，薄晚呼女櫛髮，女把櫛揮涕不止。問之，不答。咄曰：「憶汝父邪？欲去邪？」女曰：「身非有所悲，悲主君耳。人壽不可料，今數且盡，願急作書報君夫人。」蔣怒，罵之曰：「小兒女子安得爲不祥語？」女曰：「事極矣，過頃刻便不可爲，吾言不敢妄。」顧廷下小史，令取筆札，女倉卒收櫛，秉筆强蔣使書。蔣怒且笑曰：「所書當云何？」曰：「但言得暴疾，以今日死。」蔣不得已，寫十數字，復問曰：「汝邪得知？」女忽變色厲聲曰：「君知縉雲有英華者乎？我是也。」拊掌而滅。蔣隨卽仆地死，耳鼻口眼皆血流。小史見一狐自室中穿牖升屋而去。人皆謂蔣爲義不終至此。或說蔣初赴縉雲，人語以英華事，蔣曰：「必殺之。」到官數日，行圃後隙地，得巨井，磻石覆之。意怪處其下，命發視，見大白蚓，長丈餘，粗若柱，引錐刺其首，蚓卽失去。及信州之死，疑是物云。唐信道蔣子禮說。（乙志卷二）

袁州獄

向待制子長久中，元符中爲袁州司理。考試南安軍，與新昌令黃某并別州鄭判官三人俱，畢事且還。鄭君有女弟，嫁爲宜春郡官妻，欲與向同如袁。而黃令者，前三年實爲袁理官，以故二人邀與偕往。黃不可，鄭强之，且笑曰：「公遽能忘情於煙花中人乎？」黃不得已，亦同塗，然意中殊不樂。逮至，又欲止城外，向力挽入官舍。坐定，向將入省二親，揖之就便室。黃如不聞，即其側葉本作「前」。呼之，瞪目不答。俄指向所用銅槃曰：「其價幾何？可輟買否？」向得其發言，頗喜。顧小史令持往所館，問之曰：「此常物爾，何遽爲？」葉本作「何遽言價」。曰：「將置吾棺中。」向始疑懼，引其手，使少憩，亦不動。亟招鄭君同視之，掖以就榻。少頃，發聲大呼，若痛不可忍，葉本多一「者」字。遂洞泄血利，穢滿一室，登榻復下，號叫通夕不少止。向與鄭同辭告曰：「君疾勢殊不佳，盍有以見屬？」黃頷首曰：「願見母妻。」向即日爲書，走駛步如新昌告其家。又語之曰：「君本不欲來，徒以吾二人故。今病如是，尊夫人脱未能來，而君或不起，是吾二人殺君也，何以自明？願君力疾告我所以不欲來及危惙如此之狀。」黃開目傾聽，忍痛言曰：「吾官于此時，宜春尉遣弓手三人買鷄豚于村墅，閲四十日不歸。三人之妻訴于郡，郡守與尉有舊好，令尉自爲計。尉紿白府曰：『部内有盜起，已得其根株窟穴所在。遣三人者往偵，恐其徒泄此謀，姑以買物爲名。久而不還，是殆斃於賊手，願合諸邑求盜吏卒共捕之。』守然其言。尉自將以往，留山間兩月，無以復命。適村民四輩耕于野，貌蠢甚，使從吏持錢二萬，招之與語，曰：『三弓手爲盜所殺，尉來逐捕，久不獲，不得歸。倩汝四人詐爲盜以應命，他日案成，名爲處斬，實不過受杖十數，卽釋汝。汝曹貧若此，今各得五千錢以與妻孥，且無性命之憂，何不可者？汝若至有司，如問汝殺人，但應曰有之，則飽食坐獄，計日脫歸矣。』四人許之，遂執縛詣縣。會縣令闕，司户攝其事。劾囚，服實如尉言。送府，吾適主治之，無異詞，乃具獄上憲臺。得報皆斬，既擇日赴市矣。吾視四人者皆無兇狀，意其或否，屏獄吏以情詰之，皆曰不冤。吾又摘語之曰：『汝等果爾，明日當斬首。身首一分，不可復續矣。』囚相顧泣下，曰：『初以爲死且復生，歸家得錢用，不知果死也。』始具言其故。吾大驚，悉挺葉本作「去」。明鈔本作「縱」。其縛。尉已伺知之，密白守曰：『獄掾受囚賂，導之上葉本作「生」。變。』明日吾入府白事，守盛怒，叱使下曰：『君治獄已竟，上諸外臺閱實矣。乃受賄賂，妄欲改變邪？』吾曰：『既得其冤，安敢不爲辨？』守無可明鈔本無「可」字。奈何，移獄于録曹，又移于縣，不能決。法當復申憲臺，别置獄。守曰：『如是，則一郡失入之罪衆葉本作「成」。矣。安有已論決而復變者？』悉取移獄辭焚之。但以付理院，使如初款。明鈔本作「擬」。吾引義固争，累十數日不得直，遂謁告。郡守令司户嘗攝邑者代吾事。臨欲殺囚，守復悔曰：『若黄司理不書獄，葉本作「判」。異時必訟我于朝矣。』明鈔本作「廷」。令同官相鐫葉本作「勸」。諭曰：『囚必死，君雖固執，亦無益。今强爲書名于牘尾，人人知事出郡將，葉本作「守」。君何罪焉？』吾黽俛書押，四人遂死。越二日，黄衣人持挺押二縣吏來追院中二吏，曰：『急取案。』吏方云云，黄衣以挺擊之，四吏俱入舍不出。吾自往視，舍門元未啓，望其中，案牘横陳，逡巡四吏皆暴卒。又數日，攝令死。尉用他賞改秩，已去官，亦死。而郡守中風不起，相去纔四十日。吾一日退食，見四囚拜于下曰：『某等枉死，訴于上帝，得請矣。欲逮公，吾疑有脱誤。懇曰：「所以知此冤而獲吐者，黄司理力也。今七人已死，足償微命，乞勿追竟。」帝曰：「使此人不書押，則汝四人不死。汝四人死，本於一押字。原情定罪，此人其首也。」某等哭拜天廷，凡四十九日，始許展三年。即揎上二字葉本作「却捲」。袴露膝，流血穿漏，葉本作「破」。日拜不已，至於此。』又曰：『大限若滿，當來此地相尋。』又拜而去。吾適入門，四囚已先在，云候伺已久，恐過期，且令亟取母妻與訣别，吾所以不欲來明鈔本多一「此」字。者，以此故爾。今復何言？」向曰：「鬼安在？」黄指曰：「皆拱立于此。」向與鄭設席焚香，具衣冠拜禱曰：「爾四人明靈若此，黄君將死，勢無脱理。既許其與母妻訣，何必加以重疾，令痛苦若此哉？」禱畢，黄喜曰：「鬼聽公矣！」痛即止，利不復作，然厭厭無生意。又旬日，告向曰：「吾母已來，幸爲我辦肩輿出迎。」向曰：「所遣卒猶未還，安得遽至？」曰：「四人者已來告。」遂出，果相遇于院門之外，褰簾一揖而絶。向樂平人，其子元伯侍郎説。（乙志卷六）

蔡侍郎

宣和七年，户部侍郎蔡居厚罷，知青州，以病不赴，歸金陵。疽發于背，命道士設醮，倩所親王生作青詞，少明鈔本作「不」。日而蔡卒。未幾，王生暴亡，三日復蘇，連呼曰：「請侍郎夫人來。」夫人至，王乃云：「初如夢中，有人相追逮，拒不肯往，其人就牀見執。回顧，身元在牀臥，自意已死，遂俱行。天色如濃陰大霧中，足常離地三尺許，約十數里，至公庭。主者問：『何以詭作青詞誑上蒼？』某方知所謂，拱對曰：『皆是蔡侍郎命意，某行文而已。』主者怒稍霽，押令退立。俄西邊小門開，獄卒護一囚，杻械聯貫立庭下。別有二人舁桶血，自頭澆之。因大叫，頓擘苦痛，如不堪忍者。細視之，乃侍郎也。主者退。復押入小門，回望某云：『汝今歸，便與吾妻説，速營功果救我，今秖是理會鄆州事。』」夫人慟哭曰：「侍郎去年帥鄆時，有梁山濼賊五百人受降，既而悉誅之，吾屢諫不聽也。今日及此，痛哉！」乃招路時中作黄籙醮，爲謝罪請命。（同上）

西内骨灰獄

政和四年，有旨修西内，命京西轉運司董其役。轉運使王某坐科擾，爲河南尹蔡安持劾罷，起徽猷閣待制宋君於服中，以爲都轉運使，免判常程文書，專以修宫室爲職。宋鋭於立事，數以語督同列曰：「速成之，醲賞可立得也。」轉運判官孫晛獨以役大不可成，戲答曰：「公聞狐壻虎之説乎？狐有女，擇壻，得虎焉。成禮之夕，儐者祝之曰：『願早生五男二女。』狐拱立曰：『五男二女非敢望，但早放卻臊命爲幸耳。』今日之事，正類此也。」宋不樂，晛即引疾罷去。凡宫城廣袤十六里，創立御廊四百四十間，殿宇丹漆之飾猥多，率以趣辦，需牛骨和灰，不能給。洛城外二十里，有千人冢數十丘，幹官韓生獻計曰：「是皆無主朽骴，發而焚之，其骨不可勝用矣，自王漕時已用此。」宋然之。管幹官成州刺史郭漣容、佐使臣彭玘十餘人，皆幸集事，舉無異詞。宋以功除顯謨閣學士，召爲殿中監而卒。宣和中，孫晛病死，至泰山府，外門榜曰「清夷之門」，獄吏捽以入，令供滅族狀。孫曰：「我何罪？」殿上厲聲曰：「發洛陽古冢以幸賞，乃汝也，安得諱？」孫請與諸人對。望兩囚荷鐵校立廡下，各有一卒持鐵扇障其面，時時揮之。扇上皆施釘，血流被體，引至前，乃宋王二君也。猶與相撑拄，孫歷舉狐虎之説，及所以去官狀，廷下人皆大笑。兩人屈服去，孫復甦。他日，韓生亦夢如孫所見者，供狀畢，將引退，仰而言曰：「某罪不勝誅，但先祖魏公有大勳勞於宗社，不應坐一孫而赤族。」主者凝思良久曰：「只供滅房狀。」乃如之。自是數月死。不一歲，妻子皆盡，今唯取同宗之子以繼云。予聞此事於臨川人吴虎臣曾，吴得之韓子蒼。予以國史院簡策參之，得其歲月官職如此。邵武李郁光祖云：「有朝士亦以是役進秩，後居鄧州，得異疾，疽生於臀，長寸許，中有骨焉，不可坐卧。醫以藥齕之，久而墜地，拳曲如小豬尾。數日，又如故，復以前法治之。如是歲餘，凡落三十六節，乃死。」王日嚴云：「宋君初與官屬議，或以爲不便。宋入宅思之，必欲行，自批一紙出付司，孔目官某慮異時爲人所訟，以所批黏入牘中。後數年，冥府攝對獄，見牛頭卒引一人從烈焰出，乃宋也。孔目訴曰：『事皆由待制，手筆尚存。』王者敕一卒往取，頃刻卽至，以示宋，宋引伏，孔目者乃得歸。明日，詣曹閱故牘，首尾千百番皆在，獨失宋批矣，遂以病自列去吏。歸而棄家，爲苦行道者。」（乙志卷七）

附録

余守許昌時，洛中方營西内甚急，宋昇以都轉運使主之。其屬有李實、韓溶二人最用事。宫室梁柱闌檻窗牖，皆用灰布。期既迫，竭洛陽内外豬羊牛骨不充用。韓溶建議，掘漏澤人骨以代。昇欣然從之。一日，李實暴疾死而還魂，具言：冥官初追，正以骨灰事，有數百人訟於庭。冥官問狀。實言：「此非我，蓋韓溶。」忽有吏趨而出，有頃復至，過實曰：「果然，君當還。」然宋都運亦不免。」既白冥官而下，所抱文字，風動其紙，略有「滅門」二字。後三日，溶有三子連死尚幼，其妻哭之哀，又三日亦死，已而溶亦死。昇時已入爲殿中監。未幾傳昇忽溺不止，經日下數石而斃。人始信幽冥之事有不可誣者。是時范德孺卒纔數月。其家語余，近有人之鄆州，夜過野中，見有屋百許間如官府，揭其牓曰「西證獄」。問其故，曰：「此范龍圖治西内事也。」家中亦有兆相符。會有屬吏往洛，余使覆其言於李實，亦然。甚哉，禍福可不畏乎！余素不樂言鬼神幽怪，特書此一事示兒子，以爲當官無所忌憚者之戒。（《巖下放言》卷下）

按：此條似即一事兩傳，稍有不同。葉夢得雖稱不樂言鬼神幽怪，而又書此以明「幽冥之事有不可誣者」，「以爲當官無所忌憚者之戒」，此志怪小說之尚有可取者也。

布張家

邢州富人張翁，本以接小商布貨爲業。一夕，閉茶肆訖，聞外有人呻痛聲，出視之，乃晝日市曹所杖殺死囚也。曰：「氣絶復蘇，得水尚可活。恐爲邏者所見，則復死矣。」張即牽入門，徐解縛，扶置卧榻上，設薦席令睡，與其妻謹視之，飼以粥餌，雖子婦弗及知。經兩月，脊瘡皆平，能行。張與路費，天未曉，親送之出城，亦未嘗問其鄉里姓名也。過十年久，有大客，乘馬從徒，齎布五千疋入市，大駔争迎之，客曰：「張牙人在乎？吾欲令貨。」衆嗤笑，爲呼張來，張辭曰：「家貲所有，不滿數萬錢。此大交易，願別擇豪長者。」客曰：「吾固欲煩翁，但訪好鋪户賖與之，以契約授我，待我還鄉，復來索錢未晚。」張勉如其言。居數日，客謂翁：「可具酒飲我，勿招他賓。」既至，邀其妻共飲，酒酣，起曰：「翁識我否？乃十年前牀下所養人也。平生爲寇劫，往來十餘郡，未嘗敗。獨至邢，一出而獲。荷翁再生之恩，既出門，即指天自誓云：『今日以往，不復殺人，但得一主好錢，持報張翁，更不作賊。』纔上太行，便遇一人獨行，劫之，正得千餘緡，遂作買客販賣。今於晉絳間有田宅，專以此布來償翁媼恩。元約復授翁，可悉取錢營生產業，吾不復來矣。」拜訣而去。張氏因此起富，貲至十千萬，邢人呼爲「布張家」。三事亦得之郟次南。（乙志卷七）

胡氏子

舒州人胡永孚說：其叔父頊爲蜀中倅，至官數日，季子適後圃，見牆隅小屋，垂箔若神祠，有老兵出拜曰：「前通判之女，年十八歲，未適人而死，葬此下。今去而官于某矣。」此句葉本作「今其父去官於某處矣」。問容貌何似，曰：「老兵無所識，聞諸倡言，自前後太守以至餘官，諸家所見婦人未有如此女之美者。」胡子方弱冠，未授室，聞之心動，指几上香火曰：「此亦太冷落。」明日，取熏爐花壺往爲供，私酹酒奠之，心摇摇然，冀幸得一見。自是日日往，精誠之極，發於夢寐，凡兩月餘。他日，又往焉，屋簾微動，若有人呼嘯聲。俄一女子袨服出，光麗動人。胡子心知所謂，徑前就之。女曰：「無用懼我，我乃室中人也。感子眷眷，是以一來。」胡驚喜欲狂，即與偕入室，夜分乃去。自是日以爲常，讀書上二字葉本作「課業」。盡廢。家人少見其面，亦不復窺園。唯精爽消鑠，飲食益葉本作「減」。損。父母竊憂之，密以扣宿直小兵，云：「夜與人切切笑語。」呼問子，子不敢諱，以實告。父母曰：「此鬼也，當爲汝治之。」子曰：「不然。相接以來，初頗爲疑，今有日矣，察其起居上下，言語動息，無少分不與人同者，安得爲鬼？」父母曰：「然則有何異？」曰：「但每設食時未嘗下箸，只飲酒啖果實而已。」父母曰：「俟其復至，使之食，吾當自觀之。」子反室而女至，命具食延葉本作「强」。之，至於再三，不可，曰：「常時來往無所礙，今食此，則身有所著，欲歸不得矣。」子又强之，不得已，一舉箸，父母從外入，女矍起，將避匿，而形不能隱，踧踖慙窘，泣拜謝罪。胡氏盡室環之，明鈔本作「視」。問其情狀，曰：「亦自不能覺，向者意欲來則來，欲去則去，不謂今若此。」又問曰：「既不能去，今爲人邪、鬼邪？」曰：「身在也，留則爲人矣。有如不信，請發瘞驗之。」如其言破冢，見柩有隙可容指，中空空然。胡氏皆大喜，曰：「冥數如此，是當爲吾家婦。」爲改館於外，擇謹厚婢服事，走介告其家，且納幣焉。女父遣長子與家人來視：「真吾女也！」遂成禮而去。後生男女數人。云今尚存，女姓趙氏。李德遠說，忘其州名及胡氏子名。（乙志卷九）

楊抽馬

楊望才，字希呂，蜀州江原葉本作「源」。人。自爲兒童，所見已異。嘗從同學生借錢，預言其笥中所攜數，啓之而信。既長，遂以術聞。蜀人目爲楊抽馬，原注：謂與人抽檢祿馬也。容狀醜怪，雙目如鬼，所言事絕奇。其居舍南大木蔽芾數丈，忽書揭於門曰：「明日午未間，行人不可過此，過則遇奇禍。」縣人皆相戒勿敢往。如期，木自拔葉本作「擢」。仆地，盈塞街中，而兩旁屋瓦略不損。然所爲上三字葉本作「其所言」。初乃類妖誕，每持縑帛賣于肆，若三丈，若四丈，主人審度之，償錢使去。既而驗之，財三四尺爾。或跨騾訪人，而託故暫出，繫騾其庭，行久不反，騾亦無聲。視之，剪紙所爲也。或詣郡告其妖，云：「每祠祀時，設爲位六，虛其東偏二位，而楊夫婦與相對。又一僧一道士坐其下。」左道惑衆，在法當死，坐是執送獄。獄史素畏信之，不敢加械杻，又慮逸去。楊知其意，謂曰：「無懼我，我當再被刑責，數已定，吾含笑受之。吾前日爲某事某事，法所不捨，蓋魔業使然。度此兩厄，則成道矣。」司理楊忱，夜葉本作「議」。定獄，楊言曰：「賢叔某有信來乎？殊可惜。」忱不答。暨出户，而成都人來，正報叔訃。他日，又謂忱曰：「明年君家有喜，名連望字者四人及第。」忱一女年十六七歲，暴得疾，更數醫不効，則又告之曰：「公女久病，醫葉本多一「者」字。陳生用某藥、李生用某藥，皆非是。此獨後庭朴樹内蛇葉本多一「爲」字。祟爾，急屏去藥，須我受杖了，爲按：此疑有脱誤。以符治之，女當平安，勿憂也。」忱歸語其妻，且疑且信。蓋常見小蛇延緣樹間，而所説易醫用藥，皆不妄。後楊受杖歸，書符遺忱，使掛于樹，女即洒然。明年，忱羣從兄弟類試，果四人中選，曰從望、民望、松望、泰望。先是，楊取倡女爲妻，一日，招兩杖葉本多一「卒」字。直至其居，與錢三萬，令用官大杖撻己及妻各二十明鈔本多一「六」字。下。兩人驚問故，曰：「吾夫婦當罹此禍，今先禳之。」皆不敢從而去。及獄成，與妻皆得杖，如所欲禳之數，而持杖者正其所招兩人。晚來成都，其門如市。士人問命，應時即答。或作賦一首，詩數十韻，長歌序引，信筆輒成。每類試，必先爲一詩示人，語祕不可曉。迨揭牓，則魁者葉本作「元」。姓名必委曲見於詩。或全牓百餘人，豫書而緘之，多空缺偏傍，不成全字，等級高下，無有葉本作「一」。不合。四川制置司求三十年前案牘不得，以告楊。楊曰：「在某室某匱第幾沓中。」如言而獲。眉山師琛造其家，鄉人在坐，新得一馬，黑體而白鼻。楊曰：「以此馬與我，君將不利。」客恚曰：「先生特有術，欲奪葉本作「賺」。吾馬。吾用錢百千，未能旬日，而可脅取乎？」楊曰：「欲爲君救此厄，而不吾信，命也。明年五月二十日，冤當明鈔本作「家」。督葉本作「有」。報。謹志之，勿視其芻秣，善護左肋。過此日或可再相見。」客愈怒，固不聽，亦忘其語。明年是日，親飼馬，馬忽跑躍，踶其左肋下，卽死。闞壽卿耆孫。爲果州教授，致書爲同僚詢休咎。僕未至，楊在室告其妻，令以飯犒闞教授僕。飯已具，僕方及門。又迎問之曰：「不問己事，而爲他人來，何也？」僕驚拜，殊不知所以然。葉本多一「楊」字。與華陽富家某氏子游甚暱，嘗貸錢二十千，富子靳不與。夜處外室，聞扣門聲，曰：「我乃東家女，夫壻使酒見逐，夜不可遠去，幸見容。」葉本多「一宿」二字。富子欣然延納，與共寢。慮父母上二字葉本作「人知」。覺，未曉，呼使起，杳不應。但聞血腥滿帳，挑燈照之，女身首斷爲三，鮮血橫流，如方被刑葉本作「殺」。者，駭悸幾絕。自念奇禍作，非楊君無以救，奔詣其家，排闥入告急。楊曰：「與君游久，緩急當同之。前日相從假貸，拒不我與。今急而求我，何故？」葉本作「也」。富子哀泣引咎。楊笑曰：「此易爾，無庸憂。持吾符歸置室中，亟閉户，切勿語人。」富子謝曰：「果蒙君力，當奉百萬以報。」曰：「何用許？葉本多一「錢」字。但當與我所需二萬錢。」此句葉本作「但貸我二萬足矣」。遂以符歸，惴惴竟夜。上二字葉本作「如戒」。遲明，潛入室，不見尸，一榻皎然，若未嘗有葉本無「有」字。漬汙者，不勝喜。卽日攜謝葉本無「謝」字。錢，且攜明鈔本作「具」。酒殽過楊所。上三字葉本作「往謝」。楊曰：「吾家亢隘不可飲，盍相與出郊乎？」遂行。訪酒家，命席對酌。視當壚婦，絶似前夕所偶者，唯顔色萎黄爲不類。婦亦頻屬目，類有所疑。呼問之，對曰：「兩日前，夢人召至一處，少年郎留連竟夕。暨睡醒，體中殊不佳，血下如注，幾一斗乃止。今猶奄奄短氣，平生未嘗感此疾也。」始悟所致蓋其魂云。虞丞相自荆襄召還，子公亮遣書扣所向，楊答曰：「得蘇不得蘇，半月去作同簽書。」虞公以謂簽書不帶同字已久，既而守蘇臺，到官十五日，召爲同簽書樞密院事。時錢處和先爲簽書，故加同字。如此類甚多，不勝載。（丙志卷三）

按：《二刻拍案驚奇》卷三十三《楊抽馬甘請杖，富家郎浪受驚》即據此敷演。

藍姐

紹興十二年，京東人王知軍者，寓居臨江新淦之青泥寺。寺去城邑遠，地迥多盜，而王以多貲聞。嘗與客飲，中夕乃散，夫婦皆醉眠。俄有盜入，幾三葉本作「二」。十輩，悉取諸子及羣婢縛之。婢呼曰：「主張家事獨藍姐一人，我輩何預也！」藍蓋王所嬖，即從衆中出應曰：「主家上二字葉本作「實然」。凡物皆在我手，諸君欲之非敢惜。但主公葉本作「父」。主母方熟睡，願勿相驚恐。」秉席間大燭，引盜入西偏一室，指床上篋笥曰：「此爲酒器，此爲綵葉本作「絲」。帛，此爲衣衾。」付以鑰，使稱意自取。盜拆被爲大複，上二字葉本作「包袱」。取器皿蹴踏置於中。燭盡，又繼之，大喜過望，凡留十刻許乃去。去良久，王老亦醒，藍始告其故，且悉解衆縛。明旦訴於縣，縣達於郡。王老戚戚成疾，藍姐密白曰：「官上二字葉本作「官人」。

何用憂？盜不難捕也。」王怒罵曰：「汝婦人何知！既盡以家貲與賊，乃言易捕，何邪？」對曰：「三葉本作「二」。十盜皆著白布袍，上二字葉本作「衣」。妾秉燭時，盡以炧葉本作「燭」。淚污其背，但以是驗之，其必敗。」王用其言以告逐捕者，不兩日，得七人於牛肆中，展轉求跡，不逸一人，所劫物皆在，初無所失。漢《張敞傳》所記偷長以赭汙羣偷裾而執之，此事與之暗合。婢妾忠於主人，正已不易得，至於遇難不慴怯，倉卒有奇智，雖編之《列女傳》不愧也。（丙志卷十三）

王八郎

唐州比陽富人王八郎，歲至江淮爲大賈，因與一倡綢繆，每歸家必憎惡上二字葉本作「不悅」。其妻，銳欲逐之。妻，智人也，生四女，已嫁三人，幼者甫數歲，度未可去，則巽辭答曰：「與爾爲婦二十餘歲，女嫁，有孫矣，今逐我安歸？」王生又出行，遂携倡來，寓近巷客館。妻在家稍質賣器物，悉所有藏篋中，屋內空空如窶人。王復歸見之，愈怒曰：「吾與汝不可復合，今日當決之。」妻始奮然曰：「果如是，非告於官不可。」即執夫袂，走詣縣，縣聽仳離而中分其貲產。王欲取幼女，妻訴曰：「夫無狀，棄婦嬖倡，此女若隨之，必流落矣。」縣宰義之，遂得女而出居於別村，買缾罌之屬列門首，若販鬻者。故夫它日過門，猶以舊恩意與之語曰：「此物獲利幾何？胡不改圖？」妻叱逐之曰：「既已決絕，便如路人，安得預我家事？」自是不復相聞。女年及笄，以嫁方城田氏，時所蓄積已盈十萬緡，田氏盡得之。王生但與倡處，既而客死於淮南。後數年，妻亦死。既殯，將改葬，女念其父之未歸骨，上三字葉本作「骨未歸」。遣人迎喪，欲與母合祔。各洗滌衣斂，共卧一榻上，守視者稍怠，則兩骸已東西相背矣。以爲偶然爾，泣而移置元處，少頃又如前。乃知夫婦之情，死生契闊，猶爲怨偶如此。然竟同穴焉。（丙志卷十四）

陶象子

嘉興令陶象，有子得疾甚異，形色語笑非復平日。象患之，聘謁巫祝，厭勝百方，終莫能治。會天竺辯才法師元淨適以事至秀，淨傳天台教，特善呪水，疾病者飲之輒愈，吴人尊事之。象素聞其名，卽詣謁，具狀告曰：「兒始得疾時，一女子自外來，相調笑，久之俱去，稍行至水濱，遺詩曰：『生爲木卯人，死作幽獨鬼。泉門長夜開，衾幃待君至。』自是屢來，且言曰：『仲冬之月，二七之間，月盈之夕，車馬來迎。』今去妖期逼矣，未知所處，願賜哀憐。」淨許諾，杖策從至其家，除地爲壇，設觀世音菩薩像，取楊枝霑水灑而呪之，三繞壇而去。是夜，兒寢安然。明日，淨結跏趺坐，引兒問曰：「汝居何地而來至此？」答曰：「會稽之東，卞山之陽，是吾之宅，古木蒼蒼。」又問：「姓誰氏？」答曰：「吴王山上無人處，幾度臨風學舞腰。」淨曰：「汝柳氏乎？」囅然而笑。淨曰：「汝無始以來，迷己逐物，爲物所縛，溺於淫邪，流浪千劫，不自解脱，入魔趣中，横生災害，延及亡辜。汝今當知，魔卽非魔，魔卽法界。我今爲汝宣説首楞嚴祕密神呪，汝當諦聽，痛自悔恨，訟既往過愆，返本來清淨覺性。」於是號泣，不復有云。是夜謂兒曰：「辯才之功，汝父之虔，無以加，吾將去矣。」後二日復來曰：「久與子游，情不能遽捨，願一舉觴爲别。」因相對引滿。既罷，作詩曰：「仲冬二七是良時，江下無緣與子期。今日臨歧一杯酒，共君千里遠相離。」遂去不復

見秦少游記此事。（丙志卷十六）

星宮金鑰

甲志載建昌某氏紫姑神事，同縣李氏亦奉之甚謹。一子未娶，每見美女子往來家間，遂與狎昵，時對席飲酒，烹羊擊鮮，莫知所從致。父母知而禁之，不可，乃閉諸空室。女子猶能來，經旬日，謂曰：「在此非樂處，盍一往吾家乎？」卽攜手出外，高馬文輿，導從已具。上二字葉本作「甚都」。促登車，障以帷幔，略無所睹。不移時，到一大城，瑶宫琣砌，葉本作「瑶臺玉砌」。佳麗列屋，氣候和淑，不能分晝夜。時時縱游它所，見珠毬甚多，上二字葉本作「錯雜」。粲絢五色，挂於椽間，問其名，曰：「此汝常時望見謂爲星者也。」留久之。一日，凭闌立，女曰：「今日世間正旦也。」生豁然省悟，私自悼曰：「我在此甚葉本作「固」。樂。當新歲節，不於父母前再拜上壽，得無詒親念乎！」女已知其意，悵然曰：「汝有思親之心，吾不可復留。汝宜亟還，亦宿緣止此爾。」命酌酒語别，取小襆納其懷，戒之曰：「但閉目斂手，任足所向。道上逢奇獸異鬼百靈祕怪從汝覓物，可探懷中者以一與之，切不得過此數，過則無繼矣。俟足踏地，則到人間，然後爲還家計。」生泣而訣。既行，覺耳旁如崩崖飛湍，響振河漢，天風吹衣，冷透肌骨。巨獸張口銜其袪，生憶女所戒，上二字葉本作「教」。與物卽去。俄又一物來，如是者殆百數。摸索所攜，只餘其一。忽聞市聲嘈嘈，足亦葉本作「已」。履地，開目問人，乃泗州也。空孑一身，茫不知爲計。啓襆視之，正存上二字葉本作「唯」。金鑰匙一箇，貨于市，得錢二十千。會綱舟南下，隨葉本作「附」。以歸。家人相見悲喜，曰上三字葉本作「悲

喜交集」。失之數月矣。李紹祖奉世説，其族人也。（丙志卷十八）

國香詩

建中靖國元年，山谷先生自黔中還，少留荊南，見里巷間一女子，以謂幽閑姝麗，目所未睹，惜其已適人，因作《水仙花》詩以寓意曰：「淤泥解出白蓮藕，糞壤能開黃玉花。可惜國香天不管，隨緣流落小民家。」命其客高子勉荷屬和。後數年，山谷下世。女在民家生二子，荊楚歲饑，貧不能自存，其夫鬻之於田氏爲侍兒。一日召客飲，子勉在焉。妾出侑觴，掩抑困悴，無復故態。坐間話昔日事，相與感歎。爲請於主人，采詩中語名之曰「國香」，以成山谷之志。政和三年，子勉客京師，與表弟汝陰王性之銍（原作「鉦」，今改）會，語及之。性之拊髀歎息曰：「可流諸篇詠，爲異時一段奇事。」子勉遂作長句，甚奇偉，其詞曰：「南溪太史還朝晚，息駕江陵頗從款。才毫曾詠水仙花，可惜國香天不管。將花托意爲羅敷，十七未有十五餘。宋玉門牆迂貴從，藍橋庭户怪貧居。十年目色遥成處，公更不來天上去。已嫁鄰姬窈窕姿，空傳墨客殷勤句。聞道離鸞別鵠悲，藁砧亡賴鬻蛾眉。桃花結子風吹後，巫峽行雲夢足時。田郎好事知渠久，酬贈明珠同石友。憔悴猶疑洛浦妃，風流固可章臺柳。寶髻犀梳金鳳翹，樽前初識董嬌饒。來遲杜牧應須恨，愁殺蘇州也合銷。御把水仙花説似，猛省西家黃學士。乃能知妾妾當時，悔不書空作黃字。王子初聞話此詳，索詩裁與漫淒涼。只今驅豆無方法，徒使田郎號國香。」性之用其韻，尤悲抑頓挫，曰：「百花零落悲春晚，不復園林門可款。待花結實春始歸，到頭只有東風管。楚宮女子春華敷，爲雨爲雲皆有餘。親逢一顧傾國色，不解迎入專城居。目成未到投梭處，後會難憑人已去。可憐天壤擅詩聲，不如崔護桃花句。坐令永抱埋玉悲，游子那知京兆眉？難堪別鶴分飛後，猶是驚鴻初見時。新懽密愛應長久，暫向華筵賞賓友。舞盡春風力不禁，困裏腰支一渦柳。坐上何人贈翠翹，蜀州風調尤情饒。歡濃酒暈上玉頰，香暖紅酥疑欲銷。佳人薄命古相似，先後乃逢天下士。但惜盈盈一水時，當年不寄相思字。宜州遺恨君能詳，瘴雲萬里空悲涼。無限風流等閑別，幾人鑒賞得黃香。」(同上)

按：《墨莊漫錄》卷十曾載此事，甚略。

孫五哥

鄭人孫愈，王氏甥也，年十八九歲時到外家，與舅女真真者凭闌相視，有嘉耦之約。歸而念之，會有來議婚對者，母扣其意，云：「如真真足矣。」母愛之甚，亟爲訪于兄，兄言：「吾數壻皆官人，而甥獨未仕。若能取鄉薦，當嫁以女。」愈本好讀書，由此益自勤苦。凡再試姑蘇，輒不利。女亦長大，勢不可復留，乃許嫁少保趙密之子。愈省兄愬于臨安，因赴飲舅氏，真真乘隙垂淚謂曰：「身已屬他人，與子事不諧矣。」愈不復留，卽還崑山故居。遇姪革於道，邀同舟，問之曰：「世俗所言相思病，有之否？我比日厭厭不聊賴，腸皆掣痛如寸截，必以此死。」革宛轉尉解，且誚之曰：「叔少年有慈親，而無端戀著如此，豈不爲姻黨所笑？」既至家，館革于外舍，愈宿母榻。半夜走出，呼革起曰：「恰寢未熟，聞人呼五哥，原注：「愈第五。」視之，則真真也。急下牀，茫無所睹，此何祥哉？」革留旬日，過臨安，適真真成禮於趙氏。次日合宴，恍然見人立其旁，驚曰：「五哥何以在此？」便得疾，踰月乃瘳。是時愈已病，羸瘠骨立，與母謁醫蘇城，及門，爲母言：「此病最忌噦逆及嘔血，若證候一見，定不可活。」語畢，忽作惡，吐鮮血數塊而死。方女有所見之夕，愈尚無恙，豈非魂魄已逝乎？後生妄想，不識好惡，此爲尤甚，故書以戒云。女今猶存。（丁志卷四）

太原意娘

京師人楊從善陷虜在雲中，以幹如燕山，飲于酒樓。見壁間留題，自稱「太原意娘」，又有小詞，皆尋憶良人之語。認其姓名字畫，蓋表兄韓師厚妻王氏也。自亂離睽隔不復相聞。細驗所書，墨尚溼，問酒家人，曰：「恰數婦女來共飲，其中一人索筆而書，去猶未遠。」楊便起，追躡及之。數人同行，其一衣紫佩金馬盂，嚴校：「盂」字疑誤。以帛擁項，見楊愕然，不敢公招陸本作「召」。喚，時時舉目使相送。陸本作「從」。逮夜，衆散，引楊到大宅門外，立語曰：「頃與良人避地至淮泗，爲虜所掠。其酋撒八太尉者欲相逼，我義不受辱，引刀自剄不殊。大酋之妻韓國夫人聞而憐我，亟命救療，且以自隨。蒼黃別良人，不知安往，似聞在江南爲官，每念念不能釋。此韓國宅也，適與女伴出遊，因感而書壁，不謂叔見之。乘間願再訪我，儻得良人音息幸見報。」楊恐宅內人出，不敢久留連，悵然告別。雖眷眷于懷，未敢復往。它日，但之酒樓瞻玩墨蹟，忽睹別壁新題字并悼亡一詞，正所謂韓師厚也。驚扣此爲誰，酒家曰：「南朝遣使通和在館，有四五人來買酒，此蓋其所書。」時法禁未立，奉使官屬尚得與外人相往來。楊急詣館，果見韓，把手悲喜，爲言意娘所在。韓駭曰：「憶遭掠時，親見其自刎死，那得生？」楊固執前說，邀與俱至向一宅，則闃無人居，荒草如織。逢牆外打線媪，試告焉。媪曰：「意娘實在此，然非生者。昨韓國夫人閔其節義，爲火骨以來，韓國亡，因隨葬此。」遂指示窆處。二人踰垣入，恍然見從廡下趣室中，皆驚懼。然業已至，卽隨之，乃韓國影堂，傍繪意娘像，衣貌悉曩所見。韓悲痛還館，具酒殽，作文祭酹，欲挈遺燼歸，拜而祝曰：「願往不願往，當以影響相告。」良久，出現曰：「勞君愛念，孤魂寓此，豈不願有歸？然從君而南，得常常善視我，庶慰冥漠；君如更娶妻，不復我顧，則不若不南之愈也。」韓感泣，誓不再娶。於是竊發冢，裹骨歸，至建康，備禮卜葬，每旬日輒往臨視。後數年，韓無以爲家，竟有所娶，而於故妻墓稍益疏。夢其來，怨恚甚切，曰：「我在彼甚安，君強攜我。今正違誓言。不忍獨寂寞，須屈君同此況味。」韓愧怖得病，知不可免，不數日卒。（丁志卷九）

按：《古今小説》卷二十四《楊思温燕山逢故人》卽演此事。參看後《鬼董》之張師厚條。

陝西劉生

紹興初，河南爲僞齊所據，樞密院遣使臣李忠往間諜。李本晉人，氣豪，好交結，人多識之。至京師，遇舊友田庠。庠，亡賴子也，知其南來，法當死，捕告之賞甚重，輒持之曰：「爾昔貸我錢三百貫，可見還。」李忿怒曰：「安有是？吾寧死耳。」陝西人劉生者聞其事，爲李言：「極知庠不義，然君在此如落穽中，奈何可較曲直？身與貨孰多？且敗大事，盍隨宜餌之。」李猶疑其爲庠遊說，然亦不得已，與其半。劉曰：「勿介意，會當復歸君。」李佯應曰：「幸甚。」庠得錢買物，將如晉絳，劉曰：「我亦欲到彼，偕行可乎？」即同塗。葉本作「行」。過河中府，少憩於河灘，兩人各攜一擔僕共坐沙上，四顧無人，劉問庠鄉里年甲，具答之。劉曰：「然則汝乃中國民，嘗食宋朝水土矣。」庠曰：「固然。」劉曰：「我亦宋遺民，不幸淪没僞土，常恨無以自效。朝廷每遣人探事，多采道聽塗説，不得實。幸有誠慤如李三者，吾曹當出力助成之，奈何反挾持以取葉本多一「其」字。貨？」庠諱曰：「是固葉本作「嘗」。負我。」劉曰：「吾素知此，且詢訪備至，甚得其詳。吾與汝無怨惡，但恐南方士大夫謂我北人皆似汝，敗傷我忠義之風耳。」遂運斤殺之。僕亦殺其僕，投尸于河，并其物復回京師，盡以付李，乃明鈔本作「而」。告之故。李欲奉半直以謝，劉笑曰：「我豈殺人以規利乎？」長揖而别。李南還説此，而失劉之名，爲可惜也。（同上）

蔡河秀才

鄉人董昌朝在京師同江東兩秀才自外學晚出遊，方三月開溝，亂石欄道，至坊曲轉街處，其一人迷路相失。兩人者元未嘗謁宿假，不敢躡尋，遂歸。經日始告于學官，訪之於所失處，無見也，乃移文開封府。府以付賊曹竇鑑，鑑到學，詢此士姓名，曰：「孫行中，字强甫，束帶著帽而出。」鑑呼其隸，使以物色究索。衆謂江東士人多好遊蔡河岸妓家，則做其結束，分往宿。月旦之夕，一隸在某妓館，妓用五更起赴衙參，約客使待己。妓去，客不復寐，見床内小板戾上烏紗帽存，取視之，金書「强甫」兩字宛然。客託故出門，遍告儕輩。伏于外，須妓歸，并嫗收縛送府。始自言：「向夕有孫秀才獨來買酒款曲，以其衣裘華絜而舉止生梗，又無伴侶，輒造意殺之，投尸于河。斥賣其物皆盡，只餘此帽，不虞題誌之明白，以速禍敗。寃魄彰露，何所逃死？」遂母子同伏誅。昌朝說。（丁志卷十一）

按：竇鑑實有其人，見《揮麈後錄》卷三。《宣和遺事》作竇監，任緝察皇城使。

王從事妻

紹興初，四方盜寇未定，汴人王從事挈妻妾來臨安調官，止抱劍營邸中。顧左右皆娼家，不爲便，乃出外僦民居。歸語妻曰：「我已得葉本作「尋」。某巷某家，甚寬潔，明當先護籠篋行，卻倩葉本作「倩」。轎取汝。」明日遂行。移時而轎至，妻亦往。久之，王復回舊邸訪覓，邸葉本無上三字。翁曰：「君去不數刻，遣車來，葉本作「有轎來」。君夫人登時去，妾隨之葉本作「行」。矣，得非失路耶？」王驚痛而反，竟失妻，不復可尋。後五年，爲衢州教授，赴西安宰宴集，羞鼈甚美，坐客皆大嚼，王食一臠，停箸悲涕。宰問故，曰：「憶亡妻在時，最能饌此，每治鼈裙，去黑皮必盡，切臠必方正。明鈔本作「正方」。今一何似也，所以泣。」因具言始末。宰亦悵然，託更衣入宅。既出，卽罷酒，曰：「一人向隅而泣，滿堂爲之不樂。教授既爾，吾曹何心樂飲哉？」客皆去。宰揖王入堂上，喚一婦人出，乃其妻也。相顧大慟欲絕。蓋昔年將徙舍之夕，姦人竊聞之，遂詐輿至女儈家而貨於宰，得錢三十萬。宰以爲側室，尋常初不使治庖厨，是日偶然耳。便呼車送諸葉本作「詣」。王氏。王拜而謝，願盡償元直。宰曰：「以同官妻爲妾，不能審詳，其過大矣。幸無男

女于此，尚敢言錢乎？」卒歸之。予頃聞錢塘俞倞話此，能道其姓名鄉里，今皆忘之。如西安宰之賢，不傳於世，尤可惜也。（同上）

《拍案驚奇》第二十七卷取此故事爲頭回。《石點頭》第十卷《王孺人離合團魚夢》即演此事。

漢陽石榴

紹興初，漢陽軍有寡婦事姑甚謹。姑無疾而卒，鄰家誣婦置毒，訴於官。婦不勝考掠，服其辜。臨出獄，獄卒以石榴花一枝簪其髻。行及市曹，顧行刑者曰：「爲我取此花插坡上石縫中。」既而祝曰：「我實不殺姑，天若監之，願使花成樹，我若有罪，則花即日萎死。」聞者皆憐之，乃就刑。明日，花已生新葉，遂成樹，高三尺許，至今每歲結實。（丁志卷十三）

呂使君宅

淳熙初，殿前司牧馬於吴郡平望，歸途次臨平，衆已止宿，後軍副將賀忠與四卒獨在後三里，至蔣灣，迷失道，詢於田父，曰：「可從左邊大路行。」方及半里，遇柏林中一大第，繫馬數匹，皆駔駿可愛。問閽者：「此誰之居？」曰：「前邕州呂使君，今已亡，但娘子守寡。」又問：「馬欲賣乎？」曰：「正訪主分付。」於是微賂之，使入報。良久，娘子者出，澹裝素裳，翛翛然有林下風致，年將四十，侍妾十數人。延坐瀹茗，扣所欲，以馬對，笑曰：「細事也。」俄而置酒張筵，歌舞雜奏。既罷，邀入房，將與寢昵。賀自以武夫朴野，非當與麗人偶，固辭。娘子嘆曰：「吾嫠居十年，又無子弟，只同羣婢苟活。今夕不期而會，豈非天乎？宜勿以爲慮。」遂留館，凡三宿始別，贐以五花驄及白金百兩，四卒各沾萬錢之賜。又云：「家姊在淨慈寺西畔住，倩寄一書。」握手眷眷而退。賀還日，違軍期，且獲罪，窘怖無計，奉馬獻之主帥，託以暴得疾，故遲歸。帥見馬，喜而不問，仍陞爲正將。後數日，持書至湖上，果於淨慈西松徑中至其姊宅，相見如姻親，仍約明日再集，亦留與亂，金珠幣帛，稛載以歸。自是每三四日一往。賀妻以獲財之故，一切勿問。嘗歡洽迨暮，外報呂令人來，姊失色，無以拒。妹至，三人鼎足共坐。令人者上三字呂本作「少間」。招賀入小閣，峻辭責之。賀拜而謝過，哀懇三夕呂本作「四」。乃釋。經半歲，賀妻亡，窀穸之費皆出於呂氏。乃憑媒妁納幣，正爲繼室。踰三年，賀亦亡。先有三子，一居廛市，一從軍，令人詣府投牒，分橐裝遺之，而乞身去姊家同處。明年寒食，賀子上父冢，因訪姊家。姊云：「妹已歸臨平矣。」又明年，復詣其處，宅舍俱不知所在，唯松林有兩古墳。賀子悲異，瞻敬而去。（支甲卷三）

寧行者

樂平明溪甯居院爲人家設水陸齋，招五十里外杉田院寧行者寫文疏，館之寢堂小室，村刹牢落，無他人伴處。時當暮春之末，將近黄昏，覺有婦女立窗下，意其比鄰淫奔夙與僧輩私狎者，出視之。一女子頂魚枕冠，語音儇利，容儀不似田家人，相視喜笑曰：「我只在下面百步内住，尋常每到此，一寺上下無不稔熟者。」寧居鄉疃，平生夢想無此境像，惟恐不得當，乃曲意延接，遂同入房，閉户張燈。寺童以酒一罌來餽，甯啟納之，女避伏床下。寧謂童曰：「文書甚多，過半夜始可了，吾至是時方敢飲。」乃留之而去。復閉户，女出坐對酌，胸次挂小鏡，寧取觀之，問何用，曰：「素愛此物，常以隨身。」所著衣皆新潔，而襞褶處不熨帖，俜俜露現。寧曰：「衣裳有土氣，何也？」曰：「久置箱篋，失于晒暴，故作蒸浥氣耳。」已而就枕，月色照燭如畫，女色態益妍，繾綣歡洽。寧終夕展轉不成寐，女熟睡鼾齁。將曉出門，寧送之，又指示其處曰：「此吾居也。汝若未行，當復來。」才別，而主僧相問訊，駭曰：「師哥燈下寫文書但費眼力，何得辭氣困憊如此。」寧唯唯，未以實告。僧顧壁間插玫瑰花一枝，大驚曰：「寺後舊有趙通判女墳，其前種玫瑰，當花開時，人過而折枝者必與女遇，或致禍。其來已久，今爾所見，是其鬼也，宜急歸勿留。」寧愧懼而反，然猶卧疾累日。後還俗爲書生，今在淮南。（支甲卷八）

按：元張壽卿《紅梨花》雜劇中假託鬼女以紅梨花爲贈，似卽取此結構。

海王三

甲志載泉州海客遇島上婦人事，今山陽海王三者亦似之。王之父賈泉南，航巨浸，爲風濤敗舟，同載數十人俱溺。王得一板自托，任其簸蕩，到一島嶼傍，遂陟岸行山間，幽花異木，珍禽怪獸，多中土所未識，而風氣和柔，不類蠻嶠，所至空曠，更無居人。王憩於大木下，莫知所届。忽見一女子至，問曰：「汝是甚處人？如何到此？」王以舟行遭溺告，女曰：「然則隨我去。」女容狀頗秀美，髮長委地，不梳掠，語言可通曉，舉體無絲縷樸樕蔽形。王不能測其爲人耶，爲異物耶，默念業已墮他境，一身無歸，亦將畢命豺虎，死可立待，不若姑聽之，乃從而下山。抵一洞，深杳潔邃，晃耀常如正晝，蓋其所處，但不設庖爨。女留與同居，朝暮飼以果實，戒使勿妄出。王雖無衣衾可换易，幸其地不甚覺寒暑，故葉本多一「亦」字。可度。歲餘，生一子。迨及周晬，女採果未還，王信步往水涯，適有客舟避風於岸隩，認其人，皆舊識也，急入洞抱兒至，徑登之。女繼來，度不可及，呼王姓名罵之，極口悲啼，撲地葉本多一「氣」字。幾絕。王從篷底舉手謝之，亦爲掩涕。此舟已張帆，乃得歸楚。兒既長，楚人目爲海王三，紹興間猶存。（支甲卷十）

按：甲志卷七《島上婦人》情節與此相似，而末尾殘缺，刻書者以本篇文字補之。故捨彼取此。

王彦太家

臨安人王彦太，家甚富，有華室，頤指如意。忽議航南海，營舶貨。舟楫既具，而以妻方氏妙年美色，不忍輕相捨。久之，始決行。歷歲弗反，音書斷絕。當春月，杭人日游湖山，方氏素廉静，獨不肯出，散步舍後小圃，舒豁幽悶。經呂本作「忽」。花陰中，逢少年，衣紅羅裳，戴甓金帽，肌如傅粉，容止儒緩，潛窺於密處，引所携彈弓欲彈之。方氏罵之曰：「我是良家，以夫出年多，杜門屏處。汝爲何等人，擅入吾後圃，且將挾彈擊我，一何無禮如是！」少年慚懼，擲弓拱手，揖而謝過。方正色叱之，恍然不見。方奔歸，呼告羣婢，覺神宇淆亂，力憊不支。迨夜半，少年直登堂。方趨走欲避，則伸臂挽其裾，長數呂本作「幾」。丈餘，羣婢盡力援奪不能勝，遂擁升榻，與款接。自是晚去暮來，無計可脱。心所欲物，未嘗言，不旋踵輒至。方念彥太〔原作「大」，今改〕。殊切，報于親故，招道士行五雷法，乃設醮，又擇僧二十輩，作瑜珈道場，皆爲長臂揺擊，莫克盡其技。後數月，少年慘慼語方曰：「汝良人自海道將歸矣，如至家，相見時切勿露吾事。苟違吾戒，必害汝！汝知吾神通否？雖水火刀兵，不能加毫末於我也。」未幾，王生果歸。方垂泣曰：「妾有彌天之罪，君當卽呂本作「寸」。斬我以謝諸親。」王驚問故，具言之。王曰：「是乃山精木魅，吾必殺之。」乃藏貯利劍，以俟其來。一夕，儼然而至，王拔刀襲逐，中其背，鏗鏗若金玉聲，化爲白光，熠煜亘數丈，衝虚去。其後聲滅響絶，王夫婦相待如初。（支乙卷一）

楊戩館客

楊戩貴盛時，嘗往鄭州上冢，挈家而西，其姬妾留京師者猶數十輩，中門大門，悉加扃鎖，但壁隙裝輪盤傳致食物，監護牢甚。有館客在外舍，一妾慕其風標，置梯踰屋取以入，恣其歡昵。將曉，送之去。次夕，復始前計。同列浸聞之，遂展轉延納，逮七八晝夜，賂監院奴，使勿言。客不勝困憊，而報戩且致，亟升至葉本無「至」字。屋，兩股無力，不能復下。戩還宅望見，訝其非所處，殆爲物所憑祟，遣扶以下，招道士噀治。因妄云：「爲鬼迷惑，了不自覺。」經旬良愈。戩固深照其姦，故葉本作「姑」。置酒敍慶，極口慰撫，客謂已秘其事弗泄矣。一日，召與共食葉本作「飲」。竟，令憩密室，則有數壯士挽執縛於卧榻上，持刃剖其陰，剥出雙臂，痛極暈絕。戢命以常法灌傅藥，此數士者，蓋素所用閹工也。後十餘日，僅能起坐，喚湯沃面，但見墮鬚在盆無數，日以益多，已而儼然成一宦者。自是主人持之益厚，常延入内(吕本作「寢」)。閤，與妻女(葉本作「妾」)同宴飲，蓋知其不必防閑，且以爲玩具也。客素與方務德相善，每休沐，輒出訪尋。是時半歲無聲跡，皆傳已死。偶出游相國寺，遇之于大悲閣下，視形模容色，疑爲鬼。客呼曰：「務德，何愬然無故人意？」乃前揖之。客握手流涕，道遭變本末，深自咎悔，云：「何顔復與士友接，特貪戀餘生，未忍死耳。」後不知所終。(支乙卷五)

按：《二刻拍案驚奇》卷三十四《任君用恣樂深閨，楊太尉戲宫館客》，即敷演此事。

合生詩詞

江浙間路岐伶女，有慧黠知文墨能於席上指物題詠應命輒成者，謂之合生；其滑稽含玩諷者，謂之喬合生。蓋京都遺風也。張安國守臨川，王宣子解廬陵郡印歸，次撫，安國置酒郡齋，招郡士陳漢卿參會。適散樂一妓言學作詩，漢卿語之曰：「大守呼爲五馬，今日兩州使君對席，遂成十馬。汝體此意做八句。」妓凝立良久，即高吟曰：「同是天邊侍從臣，江頭相遇轉情親。瑩如臨汝無瑕玉，暖作廬陵有脚春。五馬今朝成十馬，兩人前日壓千人。便看飛詔催歸去，共坐中書秉化鈞。」安國爲之嗟賞竟日，賞以萬錢。予守會稽，有歌宫調女子洪惠英正唱詞次，忽停鼓白曰：「惠英有述懷小曲，願容舉似。」乃歌曰：「梅花似雪，剛被雪來相挫折。雪裏梅花，無限精神總屬他。梅花無語，只有東君來作主。傳語東君，宜(葉本作「且」。與梅花做主人。」歌畢，再拜云：「梅者惠英自喻，非敢僭擬名花，姑以借意。雪者指無賴惡少也。」官奴因言其人到府一月，而遭惡子困擾者至四五，故情見乎詞。在流輩中誠不易得。（支乙卷六）

按：洪惠英詞爲後人改作馬瓊瓊詞，見《艷異編》之《西閣寄梅記》。

玉環書經

章濤從外祖鄭亨仲資政入蜀，過京西道間，入一僧寺，舍宇極蕪陋。其傍有一堂，奉觀音龕像，左右列《華嚴經》數函，多散亂不全整。龕下有抽替，試啓之，得小軸，乃朱書《金剛經》也。卷軸差不甚損，然已故暗，字畫勁楷可觀。展視其末，則云「玉環刺血爲皇帝書」。蓋楊太真遺跡，血色儼然，非朱書也。鄭之子取而寶藏之。（支景卷一）

王武功妻

京師人王武功，居𧁾栁葉本作「㑽」。巷，妻有美色。緣化僧過門，見而悦之，陰設挑致之策而未得便。會王生將赴官淮上，與妻坐簾内，一外僕頂合置前云：「聰大師傳語縣君，相别有日，無以表意，漫奉此送路。」語訖即去。王夫婦亟起葉本作「啓」。合，乃玉葉本作「肉」。〔繭〕（璽）百枚。剖其一，中藏小金牌，葉本多一「餅」字。重一錢，以爲誤也，復剖其他盡然。王作色叱妻曰：「我疑此髠朝夕往來於門，必有異，葉本作「故」。今果爾。」即訴於府縣。僧元無名字及所居處，已竄伏不可捕，獨王妻坐獄受訊，但泣涕呼天，不能答一語。王棄之而單車之任。妻因繫累月，府尹以曖昧不可竟，命録付外舍，窮無以食。僧聞而潛歸，密遣針婦說之曰：「汝今將何爲？且餓死矣，我引汝往某寺爲大衆縫紝度日，以俟武功回心轉意，若之何？」王妻勉從其言。既往，正入前僧之室，藏於地穽，姦污自如。久而稍聽其出入，遂伺隙告邏卒，執僧到官，伏其辜。妻亦悵恨以死。（支景卷三）

附録

宋福州趙某作江夏簿，任滿，寓邑寺。日久，僧厭之。簿每旦詣殿炷香，僧僞信與其妻，置爐下，簿見詰，妻不能明，訟離之。僧受杖歸俗爲商。簿赴臨安知録。妻與婢寓鄂州，賣酒自給。僧託媒問姻，越數年，生二子矣。值中秋對月飲樂，僧偶言故，妻伺其醉，并二子殺之，赴官首焉。官義之，免其罪。時簿再任和州知録，聞其事，復合焉。時理宗朝淳祐戊申年也。《夷堅志》。見徐𤊹《榕陰新檢》卷十二。按：《宋史》，洪文敏卒於淳熙初年，錢大昕已正其誤，並考訂當爲寧宗嘉泰二年，此爲理宗淳祐年事，必是刊本傳訛，或徐𤊹誤引亦未可知，存疑待考。（再補《義婦復仇》）

按：《清平山堂話本》之《簡帖和尚》卽據《王武功妻》敷演。《再補》之《義婦復仇》事亦類此，然疑非洪邁所作。

西湖庵尼

臨安某官，士人也。妻爲少年所慕，日日坐於對門茶肆，睥睨延頸，如癡如狂。嘗見一尼從其家出，徑隨以行，尼至西湖上，入庵寮，卽求見啜茶。自是數往。少年固多貲，用修建殿宇爲名，捐施錢帛，其數至千緡。尼訝其無因而前，扣其故，乃以情愫語之，尼欣然領略，約後三日來。於是作一齋目，列大官女婦封稱二十餘人，而詣某官宅邀其妻曰：「以殿宇鼎新，宜有勝會，諸客皆已在庵，請便升轎。」卽盛飾易服珥，攜兩婢偕行。迨至彼，元無一客。上二字明鈔本作「人」。尼持錢犒轎僕，遣歸，設酒連飲兩婢，婦人亦醉，引憩曲室就枕。移時始醒，則一男子卧於傍，駭問爲誰，既死矣。蓋所謂悦己少年者，先伏此室中，一旦如願，喜極暴卒。婦人不暇俟肩輿，呼婢徒步而返，良人適在外，不敢與言。兩婢不能忍口，頗泄一二。尼畏事宣露，瘞死者於榻下。越旬日，少年家宛轉訪其蹤，訴於錢塘。尼及婦人皆桎梏拷掠，婢僕童行牽連十餘輩。凡一年，鞫得其實，尼受徒刑，婦人乃獲免。（同上）

按：《清平山堂話本》之《戒指兒記》，似亦據此敷演。

吴法師

吕椿年幼子年三歲，以紹熙癸丑夏得瘈疾，父母憂之，醫禱備至。或言有吴法師者，符水極精，宜使治之，乃亟往邀請。復以百錢顧廛市一小兒，令附語。吴訶責詰問，敕神將縛其手，卽徐徐高舉手爲受繫之狀，繼令縛兩足，亦然。叱之曰：「汝是某鬼乎？」俛首曰：「是。」凡所扣數條，皆呫囁應喏。又曰：「吾不忍治汝，汝要某功德乎？」兒頷首謝曰：「幸甚。」旋叱使去，兒冥然仆地，少頃而起。法師退，吕氏詢小兒：「適間所見，尚能省憶否？」答曰：「我貪百錢之利，故一切從彼言。其執縛對答，皆我自爲之，仍以久立脚力疲盡，是以隨問掂頭，且欲事了後出外睡一覺耳。」衆相視大笑而罷，幼子亦自愈。（支景卷四）

班固入夢

乾道六年冬，吕德卿偕其友王季夷嵎、魏子正羔如、上官公禄仁往臨安，觀南郊，舍於黄氏客邸。王、魏俱夢一人，著漢衣冠，通名曰班固。既相見，質問西漢史疑難。臨去云：「明日暫過家間少款可乎？」覺而莫能曉。各道夢中事，大抵略同。適是日案閲五輅，四人同出嘉會門外茶肆中坐，見幅紙用緋帖尾云：「今晚講説《漢書》。」相與笑曰：「班孟堅豈非在此邪！」旋還到省門，皆覺微餒。入一食店，視其牌，則班家四色包子也。且笑且歎，因信一憩息一飲饌之微，亦顯於夢寐，萬事豈不前定乎！（支丁卷三）

朱四客

婺民朱四客，有女爲吴居甫侍妾。每歲必往視，常以一僕自隨。因往襄陽，過九江境，山嶺下逢一盗，軀幹甚偉，持長鎗，叱朱使住，而發其篋。朱亦健勇有智，因乘間自後引足蹴之，墜于岸下，且取其鎗以行。暮投旅邸，主媪見鎗扣之，遂話其事。媪愕然，如有所失。將就枕，所謂盗者，跛曳從外來，發聲長歎曰：「我今日出去，却輸了便宜，反遭一客困辱。」欲細述所以，媪摇手指之曰：「莫要説，他正在此宿。」

乃具飯餉厥夫，且將甘心焉。朱大懼，割壁而竄，與僕屏伏草間。盜秉火求索，至二更弗得，夫婦追躡于前途十數里。朱度其去已遠，遽出，焚所居之屋。未幾盜歸，倉皇運水救火，不暇復訪。朱遂爾得脫。（支丁卷四）

按：《水滸傳》中李逵遇李鬼故事，與此相似。

劉改之教授

劉過，字改之，襄陽人。雖爲書生，而貲産贍足。得一妾，愛之甚。淳熙甲午預秋薦，將赴省試。臨歧眷戀不忍行，在道賦《水仙子》一詞，每夜飲旅舍，輒使隨直小僕歌之。其語曰：「宿酒醺醺猶自醉，回顧頭來三十里。馬兒只管去如飛，騎一會，行一會，斷送殺人山共水。是則青衫深可喜，不道恩情拚得未。雪迷前路小橋横，住底是，去底是，思量我了思量你。」其詞鄙淺不工，姑以寫意而已。到建昌，游麻姑山，薄暮獨酌，屢歌此詞，思想之極，至於墮淚。二更後，一美女忽來前，執拍板曰：「願唱一曲勸酒。」即歌曰：「别酒未斟心先醉，忽聽陽關辭故里。揚鞭勒馬到皇都，三題盡，當際會，穩跳龍門三級水。天意令吾先送喜，不審君侯知得未？蔡邕博識爨桐聲，君背負，只此是，酒滿金杯來勸你。」蓋賡和元韻。劉以龍門之句喜甚，即令再誦，書之於紙，與之歡接。但不曉蔡邕背負之意。因留伴寢，始問爲何人？曰：「我本麻姑上仙之妹，緣度王方平蔡經不切，謫居此山，久不得回玉京。恰聞君新製雅麗，勉趁韻自媒，從此願陪後乘。」劉猶以辭卻之。然素深於情，長塗遠客，不能自制，遂與之偕東，而令乘小轎，相望於百步之間。迨入都城，僦委巷密室同處。果擢第，調金門教授以歸。過臨江，因游阜閤山，道士熊若水修謁，謂之曰：「欲有所言，得乎？」劉曰：「何不可者。」熊曰：「吾善符籙，竊疑隨車娘子，恐非人也，不審於何地得之？」劉具以告。曰：「是矣，是矣。俟兹夕與並枕時，吾於門外作法行持，呼教授緊抱同衾人，切勿令竄佚。」劉如所戒。喚僕秉燭排闥入，見擁一琴，頓悟昔日蔡邕之語。堅縛置于傍。及行，親自挈持，眠食不捨。及經麻姑，訪諸道流，乃云：「頃有趙知軍携古琴過此，寶惜甚至。因搏拊之際，誤觸墮砌下石上，損破不可治。乃埋之官廳西邊，斯其物也。」遽發瘞視之，匣空矣。劉舉琴置匣，命道衆焚香誦經，呪泣而焚之，且作小詩述懷。予案：劉當在詹騤榜中，而登科記不載。（支丁卷六）

陳靖寶

紹興甲子歲，河南邳徐間多有妖民，以左道惑衆，而陳靖寶者爲之魁傑。虜立賞格捕之甚峻。下邳樵夫蔡五采薪於野，勞悴飢困，衣食不能自給，嘗歎喟於道曰：「使我捉得陳靖寶，有官有錢，便做一箇快活漢。如今存濟不得，奈何？」念念弗已。逢一白衣人，荷擔，上繫葦席，從後呼曰：「蔡五，汝識彼人否？」答曰：「不識。」白衣曰：「汝不識，如何捉得他？我却識之，又知在一處，恨獨力不能勝耳。」蔡大喜，釋擔以問。白衣取葦席鋪於破垣之側，促坐共議所以躡捕之策。斯須起，便旋路東，回顧蔡，厲聲一喝。蔡爲席載起，騰入雲霄，遡空而飛，直去八百里，墮於益都府庭下。府帥震駭，謂爲巨妖，命武士執縛，荷械獄犴。窮訊所由，蔡不知置辭，但言正在下邳村下，欲砍柴，不覺身已忽然飛來，實是枉苦。府

移文下邳，卽其居訪逮鄰左，驗爲平民，始獲免。而靖竇竟亡命，疑白衣者是其人云。（支丁卷九）

按：《水滸傳》中羅眞人作法使李逵墮于薊州府，情節頗似此篇。

淮陰張生妻

楚民張生，居於淮陰磨盤之彎，家啓酒肆，頗爲贍足。紹興辛巳冬，虜騎南下，淮人率奔京口。張素病足，不能行，漂葉本作泊。駐揚州。已而顏亮至，張妻卓氏爲夷酋所掠，卽與之配。明鈔本作「昵」。卓告之曰：「我之夫在城中，蓄銀五鋌，必落他人手，不若同往取之。」酋喜，偕詣張處，逼奪之。張戟手恨罵。酋益喜，以爲卓氏慕己，凡是行鹵獲金珠，盡委之，相與如真夫婦。俄亮死軍回。卓痛飲酋酒，醉卧之次，拔刀刺其喉，悉囊其物，葉本作「席卷財物」。鞭馬復訪張。張話前事，責數，欲行決絶。卓出所攜付之曰：「當時不設此計，渠必不肯信付我。今日之獲，乃張本於逼銀耳。」於是聞者交稱焉。磨盤明鈔本多一「彎」字。在縣北，據淮泗之衝，形如磨之圓轉，因是得名。漢韓信故墟也，代生英豪，雖婦人女子，亦多剛清葉本作「勁」。立節。《徐仲車集》載淮陰一婦之夫，隕命盜手，而婦弗知。其後盜憑媒納幣，聘爲室，居三年，生二子矣。因乘舟過夫死處，盜以爲相從久，又有子，必不恨我，乃笑而告明鈔本多一「之」字。故。婦勃然走投保正，此句葉本作「遂投牒保伍告其事」。擒盜赴官。大慟語人曰：「妾少年嫁良人，爲盜死，幸早聞之，定不與俱生。呂本作「妾少年嫁良人，爲盜所殺，又不幸失身爲此盜之妻，其何以謝我良人」。兩雛皆賊種，不可留於人世。」俱擲諸洪波。俟盜伏辜，亦自沉而死。此二女志義相望於百年間云。葉本無「云」字，多「可嘉也

已」四字。（同上）

按：淮陰節婦事，參看《鷄肋編》引呂縉叔文集條。

劉元八郎

明州人夏主簿，與富民林氏共買撲官酒坊，它店從而沽拍，各隨數多寡，償認其課。歷年久，林負夏錢二千緡，督明鈔本多一「索」字。不可得，訴於州。吏受賄，轉其辭，翻以爲夏主簿所欠。林先令幹者八人，换易簿籍，以爲道地。夏抑屈不獲伸，遭囚繫掠治，因得疾。郡有劉元八郎者，素倜儻尚氣，爲之不平，宣言於衆曰：「吾鄉有此等明鈔本無「等」字。寃抑事，夏主簿陳理酒錢，却困坐囹圄，何用州縣爲哉？恨不使之指我爲證，我自能暢述情由，必使彼人受杖。」八人者浸浸聞其語，懼彰泄爲害，推兩人饒口舌者隔手邀劉，與飲於旗亭，摘語玆獄曰：「八郎何葉本多一「以」字，明鈔本作「必」字。管他人閑事，且喫酒。」酒罷，袖出官券二百千畀之，曰：「知八郎家貧，漫以爲助？」劉大怒駡曰：「爾輩起不義之心，與明鈔本作「興」。不義之獄，今又以不義之財污我。我寧餓死，不受汝一錢餌也。此段曲直虛實，定非陽間可了。使陰間無官司則已，若有之，渠須有理雪處。」呼問酒家人：上二字葉本作「保」。「今日所費若干？」曰：「爲錢千八百。」劉曰：「三人共飲，我當六百。」遽解衣質錢付之。已而夏病棘，葉本多一「昇」字。出獄而死。臨命葉本作「終」。戒其子曰：「我抱寃以歿。凡向來撲坊公帖并諸人負課契約，盡可納棺中，將力訴於地獄。」葉本作「下」。纔一月，八人相繼暴亡。又一月，劉在家忽覺頭涔涔顫眩，謂其妻曰：「眼前境界不好，必是夏主簿公事發，葉本無上三字。要我供證，勢必死。然明鈔本多一「自」字。料平生無他惡業，恐得反生，幸勿亟殮；以三日爲期，過期則一切由汝。」是日晚果死。越兩宿，矍然起坐曰：「比爲兩箇公吏追去，行百里，乃抵官府。遇緑袍官人從廊下房中出，視之，則夏主簿也。再三相謝曰：『煩勞八郎來，此處文書都明鈔本多一「明」字。了，只要略證明，切莫憂惱。』續見八人者，共着葉本作「負」。一連枷，長丈五六尺，而鑽八竅以受首。俄報王葉本多一「至」字。坐殿，葉本多一「上」字。吏引造廷下。王曰：『夏家事不須說，但樓上喫酒上四字葉本作「旗亭飲酒」。一節分明白我。』我供曰：『是兩人見招，飲酒五盃，買羹三味，與官會二百道，不曾敢接。』王顧左右嘆曰：『世上却有如此好人，真是可重。須議所以酬奬，試檢他壽算。』一吏走出，須臾而至曰：『合七十九歲。』王曰：『窮人不受錢，豈可不賞？與增一紀之壽。』勑元追者且引看地獄了却來。既見，大抵類人間而被囚禁者，上五字葉本作「牢獄」。皆本郡城内及屬縣人。有荷枷絣縛者，有訊決刑杖者，望我來，各各悲泣。更相道姓氏居止，屬我還世日，爲報本家。或云欠誰家錢，或云欠誰家租，明鈔本無此句。或云借誰家物，或云妄賴人田産。皆令妻兒骨肉，方便償還，以減冥罪。它或乞錢財，或求功課，我不忍注目而退，猶聞咨嗟嘆羨不已。再到殿前，王曰：『汝既見了，反生時一一說與世人，教知有陰司。』我拜辭去。既出門，送吏需錢，拒不與。詬曰：『兩三日服事你，如何略不陳謝，且與我十萬貫。』又拒之曰：『我自無飯喫，那得閑錢。』葉本多「與你」二字。吏遂捽脱頂髻，推葉本多一「我」字。仆地，於是獲甦。」摸其頭已禿，而一髻乃在枕畔。濟南王夷縣尉，時居四明，親見其說如此。淳熙中，劉年過八十而病。王往省問，甚憂之。劉曰：「縣尉不必慮，吾未死。」後果無恙，蓋屈指冥王所增之數也。至九十一歲乃

卒。王今爲饒州理掾。王司理說。（支戊卷五）

按：《二刻拍案驚奇》卷十六采此事爲頭回。

董漢州孫女

董漢葉本作「賓」，明本作「濱」。卿字仲巨，葉本作「臣」。饒州德興人，娶於同縣祝氏。紹興初爲漢州守，卒於官。其家不能遽歸，暫居於蜀道。長子元廣，亦娶於祝，既除服，調房州竹山令，妻生二按下文，當作「三」，葉本、呂本均同。女而死。元廣再娶一武人之室，秩滿，挈家東下。與蜀客呂使君原注：不欲名。方舟偕行，日夕還往，相與如骨肉。繼室微有姿色，性頗蕩。元廣到臨安亦死。呂陽示高義，攜其孥復西，遂據以爲外婦，蓄之郫縣。而三女不知存亡矣。祝次騫以兩世宗姻之故，痛惻不去心，屬囑鄉人制帥王恭簡公訪求之，杳不聞問。葉本作「杳無消息」。乾道初，祝知嘉州，就除利路運使，正與呂爲代。惡其人，不俟合符，先期解印去，歲葉本多一「在」字。丙戌。其子震亨東老攝四川總呂本多一「幹」字。屬受檄來成都，塗經綿右。葉本作「州」。吳仲廣待制爲綿守，開宴延之，倡優畢集。一妓立於户椽傍，此句葉本作「中一妓傍楹而立」。姿態恬雅，不類流輩。東老注目，詢隊魁曰：「彼何人？」曰：「官人喜之邪？」曰：「不然，吾以其不似汝曹，故疑異而問耳。」曰：「是薛倩也。」未暇應，吳適舉杯相屬，辭以不能飲。吳責隊魁，必使勸酧。魁笑曰：「若欲總幹飲盡，非薛倩不可。」吳亦解顔曰：「素識其人乎？」曰：「前者未嘗到大府，何由與此曹款接？但見其標格如野鶴在鷄羣，非箇中人，所以扣諸其長，無他意也。」吳即令侍席。因密詢之曰：「汝定不是風塵中物，葉本作「人」。安得在此？」始猶羞澀不語，久乃言：「明鈔本多一「我」字。本好人家兒女，祖父皆作官。不幸失身辱境，只是前生業債，今世補償，夫復何説！」東老矍然有感曰：「汝祖汝父，非漢州知州竹山知縣乎？」倩驚泣曰：「吾官如何得知？」東老曰：「汝母是原本作「汝」，黄校改爲「是」字，葉本作「姓」。祝乎？乃我姑也。吾聞汝母子流落，尋覓累年，葉本多「未嘗少置懷抱」六字。不意邂逅于此。」又歷道所從來，此句葉本作「又歷詢所由」。乃知昨爲繼母鬻於薛媪，得錢七十千，今在籍歲餘矣。語竟，不覺墮淚。一座傾駭，爭致問。東老曰：「其話甚長，茲未可以立談盡，他日當言之。」酒罷，歸館舍。翌日，倩偕其母來，吴守亦至，因備述本末，丐爲除籍。吴曰：「此易爾，事竟如何？」曰：「正有望於公。其人於震亨爲表妹，必嫁之。當以此行所得諸臺及諸郡餉賮爲資送費。今且托之於合人問。」上三字黄校疑誤，葉本、吕本均本「令人所」。吴笑曰：「天下義事，豈應一人獨擅。吾當以二十萬錢助之。」東老遂往成都，越一月復還，合所得爲五十萬，悉付倩。吴喜曰：「已爲擇一佳壻，即嫁之矣。」壻姓史，失其名，次年預鄉薦。又物色其兄弟所在，運使皆賙以生理，漢州之後，賴以不絶。（支戊卷九）

按：自好子《剪燈叢話》卷七收此篇，題作《董漢州女傳》。《二刻拍案驚奇》卷七《吕使君情媾宦家妻，吴太守義配儒門女》，即據此敷演。

鄂州南市女

鄂州南草市茶店僕彭先者，雖廛肆細民，而姿相白皙，若美男子。對門富人吴氏女，每於簾内窺覘而慕之，無由可通繾綣，積思成瘵疾。母憐而私扣之曰：「兒得非心中有所不愜乎？試言之。」對曰：「實然，怕爲爺娘羞，不敢説。」强之再三，乃以情告。母語其父。以門第太不等，將詒笑鄉曲，不肯聽。至於病篤，所親或知其事，勸吴翁使勉從之。吴呼彭僕諭意，謂必歡喜過望。彭時已議婚，鄙其女所爲，出辭峻卻，女遂死。即葬於百里外本家，喪中凶儀華盛，觀者歎詫。山下樵夫少年，料其壙柩瘞藏之物豐備，遂謀發冢。既啓棺，扶女尸坐起剥衣。女忽開目相視，肌體温軟，謂曰：「我賴爾力，幸得活，切勿害我。候黄昏抱歸爾家將息，若幸安好，便做你妻。」樵如其言，仍爲補治塋穴而去。及病愈，據以爲妻。布裳草履，無復昔日容態，然思彭生之念不暫忘。乾道五年春，紿樵云：「我去南市久，汝辦船載我一遊。假使我家見時，喜我死而復生，必不究問。」樵與俱行。纔入市，徑訪茶肆，登樓。適彭攜瓶上。女使樵下買酒，亟邀彭並膝，道再生緣由，欲與之合。彭既素鄙之，仍知其已死，批其頰曰：「死鬼爭敢白晝現行。」女泣而走。逐之，墜於樓下。視之，死矣。樵以酒至，執彭赴里保。吴氏聞而悉來，守尸悲哭。殊不曉所以生之故，并捕樵送府。遣縣尉詣墓審驗，空無一物。獄成，樵坐破棺見尸論死，彭得輕比。雲居寺僧了清，是時抄化到鄂，正睹其異。《清尊録》所書大桶張家女，微相類云。（支庚卷一）

按：《清尊録·大桶張氏》事，已見前。《醒世恒言》卷十四《鬧樊樓多情周勝仙》，似即本此。

花月新聞

己志書姜秀才劍仙事，以爲舒人。葉本多「少孤，奉母寓河北，嘗與同輩謁龍女廟，睹侍女捧鏡奩者」二十二字。今得淄川姜子箇廉夫手抄《花月新聞》一編，紀此段甚的，故復書之。貴於志異審實，不嫌復重，然葉本無以上二十字。大槩本末略同也。廉夫之祖寺丞未第時，肄業鄉校，嘗偕同舍生出游。入神祠，睹捧印女子，塑（原作「愬」，改從周本。）容端麗，有惑志焉。戲解手帕繫其臂爲定，才歸即被疾。同舍生謂其獲罪於神，使備牲酒往謝，於是力疾以行。奠享禮畢，諸人馳馬葉本無「馳馬」二字。先還，姜在後失道。日且暮，恍惚見白氣亘空，常當馬首。天將曉，始到家。妻孥相視，問訊勞苦。方就枕，葉本多一「忽」字。聞外間有呵殿聲，一女子絶色，自轎出，上堂拜姜母，啓云：「妾與郎君有嘉約，願得一至卧内。」上四字葉本作「一見」。姜欣然而起。妻將引避，女請曰：「吾久棄人間事，不可以我故間汝夫婦之情。」妻亦相拊接，驩如姊妹。女事姑甚謹。值端午節，一夕製綵絲百副，盡餉族黨。其人物花草，字畫點綴，歷歷可數。自是皆以仙婦呼之。居無何，白其姑，言新婦且葉本作「當」。有大厄，乞暫許它適避災。再拜而别，出門遂不見。姜氏盡室驚憂。少頃，一道士來，問姜曰：「君面色不祥，奇禍立至，何爲而然？」具以曲折告。道士令於淨室設榻，明日復來，使姜徑就榻堅卧，戒家人須正午乃開關。久之，寒氣逼人，刀劍戛擊之聲不絶，忽若一物墜榻下。日午啓鑰，道士已至，姜出迎。笑曰：「無慮矣。」令視所墜物，一髑髏如五斗大。出篋中藥一刀圭糝之，悉化爲水。姜問其怪，道士曰：「吾與女子皆劍仙。女先與一人綢繆，遽捨而從汝，以懷忿欲殺汝二人。吾亦相與有宿契，特出力救汝。今事幸獲濟，吾亦去矣。」才去，女即來，遂同室如初。罹姜母之喪，哀哭嘔血。姜妻繼亡，撫育其子如己出。靖康之變，不知所終。廉夫後寓鄱陽而卒。厥孫曰好古，至今爲饒人。此句葉本作「今在饒」。（支庚卷四）

按：《玉照新志》所載姜適條，蓋卽所謂姜秀才劍仙事，見後。《劍俠傳》及《艷異編》等均收此篇。

江渭逢二仙

紹興七年上元夜，建康士人江渭元亮偕一友出觀，游歷巷陌。迨于更闌，車馬稍闃，上四字葉本作「燈火漸稀車馬已寂」。見兩美人各跨小駟，侍妾五六輩肩隨，夾道提綵明鈔本作「絳」。紗籠，全如內「内」字明鈔本作「宮掖」。間吕本作「家」。裝束，頻目江。江追躡到閑坊，一妾來言：「仙子知君雅志，果欲相親，便過杜家園中。臨溪有樓閣，足可款晤。」江喜而往，不旋踵至彼，兩鬟持燈毬出迎。二士皆入，四人偶坐，展敍寒温。仙顧笑曰：「襲葉本作「躡」。我至此，勿問有緣無緣，且飲酒可也。」於是命葉本多「侍女」二字。設席，盃觴殽膳，一一整潔。仙滿酌勸客，葉本多一「客」字。酬之，皆引滿，至於三行，賓主意愜。一侍女曰：「天上月圓，人間月半，教人似月，正在今宵。不應留連飲葉本作「歌」。酒。歌曲止能動情，未暢真情；酌醴止能助興，未洽真興。與其徒然笑語，何似羅帳交歡？」兩仙大悦曰：「小姬解人意。」卽起，葉本多「各攜手」三字。同詣一閣，對設兩榻，香煙葉本作「靄」。如雲，各就寢。使妾揜帳，妾曰：「滅燭乎？」一曰：「好」一曰：「留。」久之，聞鷄聲，妾報曰：「東方且明，宜亟起。」倉皇著衣，就榻盥穨，相對傳觴，授以丹兩丸，曰：「服之可辟穀延年，別卜再會。」江與友遽趨出，一鬟曰：「未曉裏，且緩步徐行。」仙送至門，慘愴而別。二士自此不茹煙火，唯飡水果，殊喜爲得際上仙。三月，往茅山，與道士劉法師語，自詫奇遇。劉曰：「以吾觀之，二君精神索漠，有妖氣。若遇真仙，當不如此。我能奉葉本無「奉」字。爲去之。」始猶不可，劉開諭以死生之異，葉本作「説」，明鈔本作「意」。豁然而寤曰：「唯先生之命是聽。」劉命具香案，擇童子三四人立於傍，結印噓呵，令童視案面，曰：「一圓光影如日月。」曰：「是已。」令細窺光內，曰：「有吏兵。」劉勅吏追土地至，遣擒元夕杜家園祟物。才食頃，童云：「兩婦人脱去冠帔，伏地待罪。又有數婢側立。」劉勅通姓名，一云「張麗華」，一曰「孔貴嬪」，盡述向者本末。劉曰：「本合科罪，念其嘗列妃媛，生時遭刑，而於二君不致深害，祇責狀而釋之足矣。」葉本無「足矣」二字。二士謝去，復能飲饌如初。（支庚卷八）

溧陽狂僧

溧陽有風癡狂僧，而語人禍福立應。一民家娶三日，僧往賀曰：「我來賀婚，當與我酒。」主人沃之巨盃。又欲見新婦，其家難之。婦亦不肯出。請不已，乃令一見。僧熟視良久，近前擁持，齧其咽。婦叫呼，衆奪以歸。僧歎曰：「得我齊咬斷却也好。」再稱「難難」而去。無何，婦因與夫争言，以雙股繩自經於房梁，其一股斷。方悟僧先所云「難難」者，不可免也。（支庚卷九）

按：《濟顛語錄》中有類此情節。

蘇文定夢游仙

熙寧十年，蘇文定公在南京幕府。四月一日，以卧病方愈，忽忽不樂，因起獨步於庭。天清日高，乃命僕暴書。閑取《山海經》，隱几而讀，不覺假寐。夢薄游一所，樓觀巍然，金朱晶熒，叢以奇花香草，雜以丹霞紫煙。入其門，登其堂，門之牓曰「神府」，堂之牓曰「朝真」。自堂趨殿，殿名篆體難識。旋臨一閣，閣名甚高，不可辨。左碧池，右雕欄，中有一亭，几案酒殽悉備。九人聚坐其間，所披鶴氅或紫或白，其冠或鐵葉本作「金」。或鹿皮，或熊經鳥伸，或彈琴對弈。懽笑談話，視蘇公自若。蘇頗嫌其簡傲，拾自此至「有以招之」，凡四百四十字，原本佚去，今從葉本補。而出。俄聞招呼之聲，回明鈔本多一「首」字。顧之，一青鬟也。謂曰：「君何人而到此？奉靈君之命有請。」引詣庭中，一人云：「邀至與坐。」蘇辭不獲，輒廁其傍。其一蒼髯白髮者問曰：「子塵中人耶？」曰：「然。」曰：「何以至此？」曰：「信步而來。」其人笑曰：「非信步也。豈非心有所祈，意有所感而然歟？」蘇曰：「此爲何所？」曰：「金泉洞天也。」蘇曰：「孔孟之道，心有所祈；顔冉之學，意有所感。若夫神仙之事，了未嘗攖慮。而至於此者，真信步耳！」其人與之劇論儒老之同異，遂及長生。曰：「金丹之術百數，其要在神水華池；玉女之術百數，其要在還精采氣。馴致之久，則自能脱百骸，遺六腑，如蜩甲焉，蟬蜕焉。形貌有移，而神炁無改。若夫迷於煉石化金，惑於金籙玉檢，以求長生者，非吾所謂道也。」蘇曰：「世傳白日飛昇者，何邪？」曰：「其變靡常，其化無方，此又非所以語子也。」言畢，命酒同酌。有抵掌而歌者曰：「紅塵紛明鈔本、吕本均作「深」。處兮人間世，白雲深處兮神仙地。仙家春色兮憶萬年，蟠桃香煖兮雙明鈔本、吕本均作「珪」。鸞睡。北看瀛洲兮咫尺間，西顧方壺兮三百里。逍遥無爲兮古洞天，洞天不老兮無人至。」酒酣，蘇求退。其人曰：「盍不少留，以竟揮麈之樂乎？」蘇曰：「有生則不能無形；有形則不能無累。故物色之際，相仍明鈔本、吕本作「刃」。而不停。憂患之來，有進明鈔本、吕本均作「迷」。而無已。」其人曰：「子知有形而不知所以有形，知有累而不知所以有累，如影之隨形，響之應聲者，皆有以招之以上四百四十字，從葉本補。故也。」蘇謝曰：「謹受教。」良久，爲家人所驚，遂寤。乃作《夢仙記》。葉本作《游仙記》。或謂蘇公借夢以成文章，未必有實。上三字葉本作「實有」。予竊愛其語而書之。（支癸卷七）

按：蘇轍《游仙夢記》，見自好子《剪燈叢話》及《五朝小説》，蓋卽出此。文字已經洪邁改寫，因不再輯歸蘇轍。

長安李妹

李妹者，長安女倡也。家甚貧，年未笄，母以售於宗室四王宮，爲同州節度之妾，纔得錢十萬。王寵嬖專房。漸長，益美，善歌舞，能祗事王意。一日忤旨，命車載之戚里龍州刺史張侯別第。張嘗於宴席見其人，心動不能忍，乃私願得之，雖竭死無憚。既而獲焉，以爲籠中物，喜駭交抱，罄所蓄妓樂，張筵五六日不息。妹事之曲有禮節，大率如在王宮時。然每至調謔誘狎，輒莊色斂衽。餌以奇玩珍異，却而弗顧。張固狂淫者，必欲力制之。乘其理髮簷下，直前擁致之。妹大呼啜泣，走取其佩刀，將自刎，婢媵奪救得止。由是寖不合張意。張恥且怒，披酒挺刃，突入室逼之。妹猶自若，謂之曰：「婦人以容德事人，職主中饋。妹不幸幼出賤污，鬻身宮邸，委質妾御，不獲託久要於良家，罪實滋大。幸蒙同州憐愛，許侍巾履。同州性嚴忌，雖親子弟猶不得見妹之面。偶因微譴，暫託於君侯，則所以相待愈於愛子矣。不圖君侯乃欲持貨利見蠱，而又憑酒仗劍，威脅以死。欺天罔人，暴媟女子，此誠烈誼丈夫所不忍聞。妹寧以頸血污倓刀，願速斬妹頭送同州，雖死不憾。」遂膝行而前，拱手就刃。張羞愧流汗，掖之使起，曰：「我安敢如是？而今而後，有何面目復見同州哉？」自是不復與戲言。妹竟縊死。它日，張晝寢，見妹披髮而立曰：「爲妹報同州，已辨於地下矣。」張大懼，悒悶不食，數日而卒。初時張嘗爲王山談其節，故山爲作傳。亦見《筆奩録》。（三志己集卷一）

按：王山《筆奩録》之《盈盈傳》，已據《雲齋廣録》輯録于前。此篇雜有洪邁之語，故不復別出。

傅九林小姐

傅七郎者，蘄春人。其第二子曰傅九，年二十九歲，好狎遊，常爲倡家營辦生業，遂與散樂林小姐綢繆，約竊負而逃。林母防其女嚴緊，志不能遂。淳熙十六年九月，因夜宿，用幔帶兩條接連，共縊於室内。明日，母告官，驗實收葬。紹興三年春，吉州蘇客逢兩人於泰州酒肆，爲主家李氏當壚供役。蘇頃嘗識傅，問其去鄉之因，笑而不答。蘇買酒飲散。明日，再往尋之，主人言：「傅九郎夫妻在此相伴兩載，甚是諧和。昨晚偶一客來，似説其宿過，羞愧不食，到夜同竄去。今不復可詢所在也。」（三志己集卷四）

舒榷貨妾

淳熙十二年，孫紹遠稽仲自鄱陽守除提舉福建常平，將歸吳中。過建康，已與諸司別，而監榷貨務舒從義以故舊留飲。時當七夕，妻亦同坐，舒新買美妾，甚嬖之，妻頗嫌忌，思所以去之未能也。孫於席間秘稱獎歌舞之善，妻因言：「郎中幸顧眄此妾，能滿飲一巨觥，當輟以爲贈。」舒錯愕失措，而家居建陽，念孫方爲鄉部使者，勢難沮卻。既飲竟，命妾再拜侍側，席罷，送赴津亭，臨去，告之曰：「汝服事新主公，所有衣衫冠珥之屬，明日續以往。」孫登舟，夜向闌，明旦風順，舟師遽解纜掛帆。舒僕至無所及，遂追路抵丹陽。妾見僕泣曰：「我到此家，相待只如庖婢等，豈堪久駐！」僕還白，舒愴然，即告假于總卿，乘小舟而東，到平江相值，泊於孫舫之左。孫適出謁，妾望故主來，徑登其舟，悲敍所以。俄孫至，怒其不待我而擅去，遥加叱罵。妾躍入水，急拯之，冠履皆脱，衫袴沾濡如狗。孫令兩兵捽詣府，通謁太守丘宗卿，以爲請，丘慰解之曰：「妾無禮如此，俟君退，當痛撻之。」孫雖登車，只潛伏客次，丘喚杖將箠妾，妾顔情不怯撓，曰：「乞給一幅紙，使得供吐。」丘與之。妾自能書云：「本臨安人，父亦有小可名目，爲舒省幹以厚價買來，尚未一月，遣去孫郎中處，忽見故主，喜而出迎，正欲跨過船，不覺爲風吹開，以致墜水，念元無罪犯，何肯輕投死地？若以爲過，受杖不辭。」丘讀之，壯其言辨，但以付女儈家，而呼其父擇婿嫁之。此妾蹈死如歸，視官刑如談笑，固非籠中物也。舒初時求假三日，既留連不已，反遭劾罷歸云。耿曼老説。（三志辛集卷七）

杜默謁項王

和州士杜默，累舉不成名，性英儻不羈。因過烏江，入謁項王廟。時正被酒霑醉，才炷香拜訖，徑升偶坐，據神頸拊其首而慟，大聲語曰：「大王，有相虧者！英雄如大王，而不能得天下；文章如杜默，而進取不得官，好虧我。」語畢，又大慟，淚如迸泉。廟祝畏其必獲罪，强扶以下，掖之而出，猶回首長歎，不能自釋。祝秉燭檢視，神像垂淚亦未已。和州人周盛之説。（三志辛集卷八）

按：此條已見丁志卷十五，文字較遜，因捨彼取此。明沈自徵有《杜秀才痛哭霸亭秋》、清嵇永仁有《杜秀才痛哭泥神廟》、張韜有《杜秀才痛哭霸亭廟》雜劇，俱本此事。

義倡傳

義倡者，長沙人也，不知其姓氏。家世倡籍，善謳，尤喜秦少游樂府，得一篇，輒手筆口詠不置。久之，少游坐鉤黨南遷，道長沙，訪潭土風俗妓籍中可與言者，或言倡，遂往焉。少游初以潭去京數千里，其俗山獠夷陋，雖聞倡名，意甚易之。及見，觀其明鈔本「觀」作「倡」，無「其」字。姿容既美，而所居復瀟灑可人意，以爲非唯自湖外來所未有，明鈔本作「見」。雖京洛間亦不易得。坐語間，顧見几上文一編，就視之，目曰《秦學士詞》，因取竟閲，皆己平日所作者，環視明鈔本無上二字。無他文。少游竊怪之，故問曰：「秦學士何人也？若何自得其詞之多？」倡不知其少游也，即具道所以，少游曰：「能歌乎？」曰：「素所習也。」少游愈益怪，曰：「樂府名家，毋慮數百，若何獨愛此乎？不惟愛之，而又習之歌之，上十六字，明鈔本作「若何獨能此而愛之又習焉」。若素明鈔本作「誠」。愛秦學士者，明鈔本多一「耶」字。彼秦學士亦嘗遇若乎？」曰：「妾僻陋在此，彼秦學士，京師明鈔本作「邑」。貴人也，焉得至此！藉令至明鈔本作「來」。此，豈顧妾哉！」少游乃明鈔本作「復」。戲曰：「若愛秦學士，徒悦其詞爾，若使親見容貌，未必然也。」倡嘆曰：「嗟乎！使明鈔本多一「妾」字。

得見秦學士，雖爲之妾御，死復何恨！」少游察其語誠，因謂曰：「若欲見秦學士，即我是也，以朝命貶黜，因道而來此爾。」倡大驚，色若不懌者，稍稍引退，入謂母媪。有頃媪出，設位，坐少游於堂，倡冠帔立階下，北面拜。少游起且避，媪掖之坐以受。拜已，張具筵按「筵」字似當作「延」。飲，虛左席，示不敢抗。母子左右侍觴，酒一行，率歌少游一闋以侑之，卒飲甚懽，比夜乃罷。止少游宿，衾枕席褥，必躬設，夜分寢定，倡乃寢。先平明起，飾冠帔，奉沃匜，立帳外以待。少游感其意，爲留數日，倡不敢以燕惰見，愈加敬禮。將別，囑曰：「妾不肖之身，幸得侍左右，今學士以王命不可久明鈔本作「淹」。留，妾又不敢從行，明鈔本無「行」字。恐重以爲累，唯誓潔明鈔本多一「此」字。身以報，他日北歸，幸一過妾，妾願畢矣！」少游許之。明鈔本作「諾」。一別數年，少游竟死於藤。倡雖處風塵中，爲人婉娩有氣節，既與少游約，因閉門謝客，獨與媪處。官府有召，辭不獲，然後往。誓不以此身負少游也。一日，晝寢寤，驚泣曰：「自吾與秦學士別，未嘗見夢，今夢來別，非吉兆也，秦其死乎！」亟遣僕順途覘之。數日得報，秦果死矣！乃謂媪曰：「吾昔以此身許秦學士，今不可以死故背之。」遂衰服以赴，行數百里，遇於旅館，將入，門者禦焉，告之故而後入。臨其喪，拊棺繞之三週，舉聲一慟而絕。左右驚救，已死矣！湖南人至今傳之，以爲奇事。京口人鍾明葉本空一字，從明鈔本補。將之，常州校官，以聞於郡守李次山結，既爲作傳，又系贊曰：「倡慕少游之才，而卒踐其言，以身事之，而歸死焉，不以存亡間，可謂義倡矣！世之言倡者，徒曰下流不足道，嗚呼！今夫士之潔其身以許人，能不負其死而不愧於倡者，幾人哉！倡雖處賤而節義若此，然其處朝廷處鄉里處親識僚友之際，而士君子其稱者，乃有愧焉！則倡之義，豈可薄邪！詩曰：『采葑采菲，無以下體。』余聞李使君結言，其先大父往持節湖湘間，至長沙，聞倡之事而嘆異之，惜其姓氏之不傳云。」復書長句於後曰：「洞庭之南瀟湘浦，佳人娟娟隔秋渚。門前冠蓋但如雲，玉貌當年誰爲主？風流學士淮海英，解作多情斷腸句。流傳往往過湖嶺，未見誰知心已赴。舉首却在天一方，直明鈔本作「南」。北中原數千里。自憐容華能幾時，相見河清不可俟。北來遷客古藤州，度湘獨弔長沙傅。天涯流落行路難，暫解征鞍聊一顧。横波不作常人看，邂逅乃慰平生慕。蘭堂置酒羅餚珍，明燭燒膏爲延佇。清歌宛轉遶梁塵，博山空濛散烟霧。雕床斗帳芙蓉褥，上有鴛鴦合懽被。紅顏深夜承燕娛，玉笋清晨奉巾屨。匆匆不盡新知樂，惟有此身爲君許。但說恩情有重來，何期一别歲將暮。午枕孤眠魂夢驚，夢君來别如平生。與君已别復何别，此别無乃非吉徵！萬里海風掀雪浪，魂招不歸竟長往。效死君前君不知，向來宿約無期爽。君不見二妃追舜號蒼梧，恨染湘竹終不枯。無情湘水自東注，至今斑笋盈江隅。屈原《九歌》豈不好，前膠續絃千古無。我今試作《義倡傳》，尚使風期後來見！」（志補卷二）

按：洪邁《容齋四筆》卷九《辯秦少游義倡》自明《夷堅己志》之失，可知此篇本載于《己志》，今本從葉氏分類本輯出。此本小說，正不必以實録視之。元鮑天祐有《王妙妙死哭秦少游》雜劇，當演此事，已佚。清李玉《眉山秀》傳奇中以長沙妓爲文娟，與蘇小妹同嫁秦觀，更屬虛構。

附録

《夷堅己志》載潭州義倡事，謂秦少游南遷過潭，與之往來，後倡竟爲秦死；常州教授鍾將之得其說於李結次山，爲作傳。予反復思之，定無此事，當時失於審訂，然悔之不及矣。秦將赴杭倅時，有妾邊朝華，既而以妨其學道，割愛去之，未幾罹黨禍，豈復眷戀一倡女哉！予記國史所書温益知潭州，當紹聖中，逐臣在其巡内，若范忠宣、劉仲馮、韓川原伯、吕希純子進、吕陶元鈞，皆爲所侵困。鄒公南遷過潭，暮投宿村寺，益即時遣州都監將數卒夜出城，逼使登舟，竟凌風絶江去，幾於覆舟。以是觀之，豈肯容少游款昵累日？此不待辯而明，《己志》之失著矣。（《容齋四筆》卷九《辯秦少游義倡》）

曾魯公

曾宣靖魯公，布衣時游京師，舍於市。夜聞鄰人泣聲甚悲，朝過而問焉，曰：「君家有喪乎？何悲泣如此！」曰：「非也。」其人甚悽慘，欲言有慚色。公曰：「憂憤感於心，至於泣下，亦良苦矣！第言之，或遇仁心者，可以救解。上九字明鈔本作「或遇仁人動心」。不然，徒泣繼以血，無益也。」其人左右盼明鈔本作「顧」。視，欷歔久之，曰：「僕不能諱，頃者因某事負官錢若干，吏督迫，上二字明鈔本作「見督已急」。不償且獲罪，環視吾家，無所從出。謀於妻，以笄女鬻明鈔本多一「於」字。商人，得錢四十萬，今行有日矣！與父母訣而不忍焉，是以悲耳！」公曰：「幸勿與商人。吾欲取之。商人轉徙不常，又無義，將若女浪游江湖間，必無還理，一旦色衰愛弛，將視爲賤婢。吾江西士人也，讀書知義，倘得君女，當撫之如己出，視棄與商人相萬矣，可熟計之。」其人跪謝曰：「某平生未嘗有一日之雅，不意厚貺若此，雖不得一錢，亦願奉君子。然已書券受直，奈何？」上二字明鈔本作「不可追」。公曰：「但還其直，索券而焚之。彼不可，則曰訴於官，彼畏，必見聽矣！」遂出白金約四十萬，置其家，曰：「吾且登舟矣，後三日中以女來，吾待於水門之外。」公去而商至，葉本作「人」，從明鈔本改。用前説卻之，商果不敢葉本無「敢」字，從明鈔本補。争。及期，父母載女來訪所謂曾秀才者舟，不見，詢之旁舟人，言其已去三日矣！女後嫁爲士人妻。公行狀碑銘，皆載此事。公至宰相，年八十，及見其子入樞府，其曾孫又至宰相，蓋遺德所致云。（志補卷三）

張客浮漚

鄂岳之間居民張客，以步販紗絹爲業。其僕李二者，勤謹習事，且賦性忠朴。張年五十，而少妻不登其半，美而且蕩，李健壯，每與私通。淳熙中，主僕行商，過巴陵之西湖灣，壤地荒寂，旅邸絶少。正當曠野長岡，白晝急雨，望路左有叢祠，趨入少憩。李四顧無人，遽生凶念，持大磚擊張首，即悶仆，連呼乞命，視檐溜處，浮漚起滅，自料不可活，因言：「我被僕害命，只靠你它時做主，爲我伸冤。」李失笑，張遂死。李歸紿厥妻曰：「使主病明鈔本作「使主猝抱病」。死於村廟中，臨終遺囑，教你嫁我。」妻亦以遂己願，從之。凡三年，生二子，伉儷之情甚篤。嘗同食，值雨下，見水漚而笑，妻問之：「何笑也？」曰：「張公甚癡，被我打殺，卻指浮漚作證，不亦可笑乎！」上五字明鈔本作「不知如何解與人報冤」。妻聞愕然，陽若不介意，伺李出，奔告里保，捕赴官。訪尋埋骸，驗得實，不復敢拒。但云鬼擘我口，使自説出。竟伏重刑。（志補卷五）

按：吕夏卿有《淮陰節婦傳》，已見《雞肋編》選目。《夷堅支丁》有《淮陰張生妻》亦類此事，俱見前。元無名氏有《硃砂擔滴水浮漚記》雜劇，疑即本此故事。元楊奐有《陶九嫂》詩，詠九嫂殺賊復仇，則當時實有其事。明人又敷演爲《蝦蟆傳》，見《菽園雜記》。清人小説《生綃剪》第十八回《疾醜生貪姿害友，韓珠兒深智殉仇》，結構亦與此相似，而情節曲折過之。

附録

勿輕釵與笄，勿賤裙與襦。柘皋一女子，健勝百丈夫。家住廬州東，庫藏饒金珠。天陰夜抹漆，暴客萌覬覦。胠篋不足較，父兄罹刳屠。女年十五六，以色竟見驅。捕捉星火急，亡命洞庭湖。既爲陶家婦，九嫂從渠呼。寢息風浪中，四鄰惟菰蒲。琴瑟未免合，積久産二雛。春秋祭享絶，對面佯悲吁。向來郎鬢黑，漂泊生白須。身後乏寸土，奈我子母孤。干戈又換世，幸在昔廛區。何當決歸□，卒歲客相娱。聞語略不疑，意謂癡且愚。鋭然□輕舟，攜抱登長途。青氈復舊物，水陸多膏腴。女兒拜夫前，靈貺焉可誣。兒初有祕祝，欲答神□扶。給郎俟西祠，徑往公府趨。晝地訴首尾，曾不□錙銖。官長怒咆哮，頃刻就執俘。械杻滿蟣蝨，□□臨街衢。使女坐其旁，笑頰如施朱。自推二□□，□請加鑕鈇。官曰産爾腹，頗亦憐呱呱。女□□□種，不可謂不辜。環觀交感泣，猛烈今古無。□事鬼神畏，失機或斯須。甘露若訓注，反遭□□圖。政類竇桂娘，〔貌〕（兒）同心實殊。桂娘，建中時人，見杜牧言。隱忍寂寞濱，豈甘盜賊污。白玉投青泥，至寶終莫渝。此雠若不雪，何以見烏烏。一息傳萬口，南北通燕吴。夫願女爲婦，婦願女爲姑。緑林肝膽寒，低頭羞穿窬。佳人固不幸，能還誰爾拘。何事原巨先，遂使輕俠徒。見《前漢·原陟傳》。（楊奂《還山遺稿·陶九嫂》）

洪武中，京民史某與一友爲火計。史妻有美姿，友心圖之。嘗同商於外，史溺水死。其妻無子女，寡居，持服既終，其友求爲配，許之。居數年，與生二子。一日雨驟至，積潦満庭，一蝦蟆避水上階，其子戲之，杖抵之落水。後夫語妻云："史某死時，亦猶是耳。"妻問故，乃知後夫圖之也。翌日，俟其出，即殺其二子，走訴於朝。高皇賞其烈，乃置後夫於法而旌異之。好事者爲作《蝦蟆傳》以揚其善，今不傳。（陸容《菽園雜記》卷三）

湖州薑客

湖州小客，貨薑於永嘉，富人王生，酬直未定，强秤之。客語侵生，生怒，毆其背，仆户限死。生大窘，禱祈拯救，良久復蘇。飲以酒，仍具食，謝前過，取絹一疋遺之。還次渡口，舟子問何處得絹，具道所以，且曰："使我一跌不起，今作他鄉鬼矣！"時數里間有流尸，無主名，舟子因生心，從客買其絹，併丐筠籃。客既去，即運篙撑尸至其居，脱衫袴衣之，走叩王生門，倉皇告曰："午後有湖州客人過渡，云爲君家捶擊垂死，云有父母妻子在鄉里，浼我告官，呼骨肉直其寃，留絹與籃爲證，不旋踵氣絶。絹今在是，不敢不奉報。"王生震怖，盡室泣告，賂以錢二百千，舟子若不得已者，勉從其請。相與瘞尸深林中，翌日徙居，不知何所居。黠僕聞其故，數數干求，與者倦矣，而求者未厭，竟詣縣訴生。下獄，不勝拷掠，以病死。明年，藿客又至，訪其家，以爲鬼也，罵之曰：「向者汝邂逅仆絶，繼而無他，却使我家主死於非命，今尚來作祟邪！」客引袖怪嘆曰：「我去歲幾死，賴君家救活，蒙賜絹，賣與渡子，徑歸矣。今方賫少土儀，以報大德，何謂我死爲鬼乎！」王子哀慟，留客止泊，而執故僕訴寃，索捕舟子，得於天台窮壑中，遂皆斃於獄矣！乃吴子南説。（同上）

按：《拍案驚奇》卷十一《惡船家計賺假屍銀，狠僕人誤投眞命狀》，即據此鋪敍。

豐樂樓

臨安市民沈一，酒拍户也。居官巷，自開酒壚，又撲買錢塘門外豐樂樓庫，日往監沽，逼暮則還家。淳熙初，明鈔本多一「年」字。當春夏之交，來飲者多。一日，不克歸，就宿於庫。將明鈔本作「時」。二鼓，忽有大舫泊湖岸，貴公子五人，挾姬妾十數輩，徑詣樓下，唤酒僕，問何人在此，僕以沈告，客甚喜，招相見，多索酒，沈接續侍奉之。縱飲樓上，歌童舞女，絲管喧沸，不覺罄百樽。飲罷，夜已葉本作「以」，從明鈔本改。闌，償酒直，鄭重致謝。沈生貪而黠，見其各頂花帽，錦袍玉帶，容止飄然，不與世大夫類，知其爲五通神，即拱手前拜曰：「小人平生經紀，逐錐刀之末，僅足餬口。不謂天與之幸，尊神賜臨，真是夙生遭際，願乞小富貴，以榮終身。」客笑曰：「此殊不難，但不曉汝意問所欲何事？」對曰：「市井下劣，不過欲冀錢帛之賜爾！」客笑而頷首，呼一駛卒至，耳邊與語良久。卒去，少頃負一布囊來，以授沈，沈又拜而受。摸索其中，皆銀酒器也，慮持入城，或爲人詰問，不暇解囊，悉槌擊蹴踏，使不聞聲。俄耳鷄鳴，客領妾上馬，籠燭夾道，其去如飛。沈不復就枕，待旦，負持歸，妻尚未起，連聲夸語之曰：「速尋等秤來，我獲横財矣！」妻驚曰：「昨夜聞櫃中奇響，起視無所見，心方疑之，必此也！」啓鑰往視，則空空然。蓋逐日兩處所用，皆聚此中。神以其貪癡，故侮之耳。沈唤匠再團打，費工直數十千，且羞於徒輩，經旬不敢出，聞者傳以爲笑耳。（志補卷七）

按：陳纂《葆光録》有俊鬼子事，似即此事所本。《古今譚概》卷十八《臨安民》又據此删節。《二身拍案驚奇》卷三十六之頭回亦演此故事。

附録

有軍人早出，月色朗然，見一獨足者橋欄上卧。軍人少壯無懼，乃抱之。其鬼即云：「放我，當有相酬。」軍人曰：「得何物？」曰：「有銀盞一。」問居處，云：「少間送來。」軍人又貪進，遂捨之。其妻見一少年扣門，云：「賢夫令將盞歸。」授其妻而去。至晚軍人回，將盞示之，夫乃説今日之事。妻曰：「神靈物不可駐之。」令將貨之，易酒肉祭之。夫從其言。祭畢，夫曰：「適看其盞，有似家内樣，莫不偷我者將來否？」妻亦疑之，往取　果失之矣。夫妻愕然曰：「大是俊鬼子」（《葆光録》卷三）

吴約知縣

士大夫旅游都城，爲女色所惑，率墮姦惡計中。宣教郎吴約，字叔惠，道州人。以父左朝奉郎民瞻遺澤補官，再仕廣右，自韶州録曹赴吏部磨勘。家故饒財，葉本作「則」，從明鈔本改。且久在南方，多蓄珠翠香象奇貨，駿馬及鞍勒，可直千緡，悉携以自隨。待引見留滯，數出遨嬉，服御麗好，又與鄰近寓館諸客相習熟。有宗室趙監廟，挈家居百步間，志同道合，數以酒饌果蔬來致餉，吴亦答以南中珍異。趙邀至居舍，情均骨肉，時取其衣衾洗濯縫紉，細意熨帖，曲盡精致。周旋益久，令妻衞氏出相見，美色妙年，吴爲之心醉，遂同飲席，酒酣以往，笑狎謔浪，目成雲雨，忘形無間。趙殊不動容，唯恐賓之不我顧，如是者屢矣。一日，趙從吴假僕馬，欲往婺，吴立遣之。衞密使蒼頭持簡來，約未申前後詣彼，云機不可失。吴欣然而行，至，延入邃閣，張筵偶坐，極其歡適。衞葉本無「衞」字，從明鈔本補。善謳，且慧黠，唱酬應和，出人意表。及暮，遂留宿。將就枕，忽聞扣扉甚急，乃趙生歸。衞悚汗變色，命侍妾收撤觴豆，掃除殽核。方畢，趙從外來，吴欲竄去，而不得其門，衞目之，俾趨伏床下。衞見趙，問何以遽還，曰：「大風激浪如山，渡江不得，暫歸，拂曉即東矣！」索湯濯足，置盆於前，且洗且澆，須臾間，水流滿地。吴衣裳濟楚，慮爲所污，數展轉移避，窸窣有聲，趙秉燭照見之，叱使出，曰：「與君本非親舊，但念羈旅中，故相暖熱，今交游累月，何意所爲若是？吾妻係宗婦，豈得輒犯？明當執以告官。此釁由淫婦始，且先痛箠，然後斷之以法。」吴頓首謝愆。遂與衞併施束縛，坐于地上，鞭衞背數十。趙取酒獨酌，且飲且駡，以賤畜醜詆，衛不敢對，但悲泣咽，趙撫劍疾視，如將揮擊。夜過半，方熟睡，衛語吳曰：「今日之事，固我誤官人，亦是官人先有意向我，不謂隨手事敗！我前者用宗蔭，刑責所不加，儻坐奸論，只同常人。我委身受杖，不足道，將來猶可嫁與市井細民妻，疑有脱誤。奈官人何？」吳曰：「汝夫利吾財耳！」衛曰：「實然。」趙睡起，詬詈愈切，吳請輸金贖罪，嘻笑曰：「我忝爲天胄，顧葉本無「顧」字，從明鈔本補。以妻子易賄邪？」吳乞憐不已，願納百萬，弗應。增至三倍，仍並鞍馬服玩盡賂之，始肯解縛。使自狀其過，乃放歸。於是葉本無上二字，從明鈔本補。壯夫數輩，盡掇資裝去，同邸多爲不平。或謂曰：「彼豈真宗婦哉！蓋猾惡之徒，結娼女誘餌君，而君不悟也！」吳大悁悒，擬訟諸府縣。往視昨處，空無一迹，怨恨欲死，囊中枵然，幾無餬口之費。迨改秩，再任葉本作「往」，從明鈔本改。連州陽山縣歸，所喪既多，心志罔罔，而且貽里社姻友譏議，常如醉夢中，遂感疾沉綿，未赴官而卒。（志補卷八）

按：《二刻拍案驚奇》卷十四《趙縣君喬送黃柑，吳宣教乾償白鏹》即本此及以下《李將仕》二篇改編。傅一臣《賣情紮囤》雜劇即演此事。

李將仕

李生將仕者，吉州人。入粟得官，赴調臨安，舍于清河坊旅館。其相對小宅，有婦人常立簾下閱市，每聞其語音，見其雙足，着意窺覯，特未嘗一覿面貌。婦好歌「柳絲只解風前舞，誚繫惹那人不住」之詞，生擊節賞詠，以爲妙絶。會有持永嘉黃柑過門者，生呼而撲之，輸萬錢，愠形于色，曰：「壞了十千，而一葉本無「一」字，從明鈔本補。柑不得到口。」正嗟恨不釋，青衣童從外捧小盒至，云趙縣君奉獻。啓之，則黃柑也。生曰：「素不相識，何爲如是，且縣君何人？」曰：「卽街南所居趙大夫妻，適在簾間，聞官人有葉本多一「所」字，從明鈔本删。不得柑之嘆，偶藏此數顆，故以見意，愧不能多矣！」因扣趙君所在，曰：「往建康謁親舊，兩月未還。」生不覺情動，返室發篋，取色綵兩端致答。辭不受，至于再，始勉留之。由是數以佳饌爲餽，生輒倍酬土宜，且數飲此童，聲跡益洽。密賂童，欲一見，童曰：「是非所得專，當歸白之。」既而返命，約只於廳上相見。生欣躍而前，繼此造其居者四五。婦人姿態既佳，而持身甚正，了無一語及於鄙媟。生注戀不捨旦暮，向雖游娼家，亦止不往。一夕，童來告：「明日吾主母生朝，若致香幣爲壽，則於人情尤美。」生固非所惜，亟買縑帛果實，官壺遣送。及旦往賀，乃升堂會飲，晡時席罷，然於心終不愜。後日薄晚，童忽來邀致，前此所未得也，承命卽行，似有繾綣之興。少頃登床，未安席，驀聞門外馬嘶，從者雜沓，一妾奔入曰：「官人歸也！」婦失色惴惴，引生匿于內室。趙君已入房，詬罵曰：「我去能幾時，汝已辱門户如此！」揮鞭箠其妾。妾指示李生處，擒出縛之，而具牒將押赴廂。生泣告曰：「儻到公府，定爲一官累，荏苒雖久，幸不及亂，願納錢五百千自贖。」趙陽怒不可，又增至千緡。妻在傍立，勸曰：「此過自我，不敢飾辭，今此子就逮，必追我對鞫，我將不免，且重貽君羞，幸寬我！」諸僕皆受生餌，亦羅拜爲言。卒捐二千緡，乃解縛，使手書謝拜，而押回邸取賂，然後呼逆旅主人付之。生得脫自喜，獨酌數杯就睡，明望其店，空無人矣！予邑子徐正封亦參選，與生鄰室，目擊其事，所賫既罄，亟垂翅西歸。（同上）

王朝議

宣和中，吳人沈將仕調官京師。方壯年，携金千萬，肆意歡適。近邸鄭、李二生與之游，一飲一食，三子者必參會，周旋且半年，歌樓酒場，所之既倦，頗思逍遥野外。一日，約偕行，過一池，見數圉人浴馬，望三子之來，迎喏頗肅，沈驚異，以爲非所應得。鄭、李曰：「此吾故人王朝議使君之隸也。」去之而行，又數百步，李謂沈曰：「與其信步浪游，棲棲然無所歸宿，曷若跨王公之馬就謁之乎！翁常爲大郡，家資絶明鈔本作「甚」。豐，多姬侍，喜賓客，今老而抱疾，諸姬悉有離心，而防禁苛密，幸吾曹至，必傾倒承迎，一夕之懽可立得，君有意否乎？」鄭又侈言動之，沈大喜，即回池邊。李、鄭唤馬，圉人謹奉令，既乘，請所往，曰：「到汝使君宅。」遂聯鑣鞍轡，轉兩坊曲，得車門，門内宅宇華邃，李先入報，出曰：「主人聞有客，喜甚，但久病倦懶，不能具冠帶，願許便服相延。」已而翁出，容止固如士大夫，而衰態堪掬，揖坐東軒，命設席，杯柈果饌，咄嗟而辦，雖不腆飫，皆雅潔適口。小童酌酒過三行，翁嗽且喘，喉間痰聲如曳鋸，不可枝梧，起謝曰：「體中不佳，而上客倉卒惠顧，不獲盡主禮，奈何！」顧鄭生代居東道，曰：「幸隨意劇飲，僕姑小歇，煮藥併服，少定復出矣。」沈大失望，興緒亦闌珊，散步於外，將捨去，又未忍。忽聞堂中歡笑擲骰子聲，穴屏隙窺之，明燭高張，中置巨桉，美女七八人，環立聚博。李徑入攘袂。衆女曰：「李秀才，汝又來斷攪！」遂厠其間，且擲且笑。沈神志明鈔本作「魂」。摇蕩，頓足曰：「真神仙境界也，何由使我預此勝會乎？」鄭曰：「諸人皆王翁侍兒，翁方在寢，恐難與接對，非若我曹與之無間也。」沈禱曰：「吾隨身篋中，適有茶券子，善爲吾辭，倘得一餉樂，願畢矣！」鄭逡巡乃入，睢盱偵伺良久，介沈至局前，衆女咄曰：「何處兒郎，突然到此！」鄭曰：「吾友也，知今宵良會，故願拭目。」女曰：「汝得無與松子良誘我乎！」一姬取酒，滿酌與（葉本作「爲」，從明鈔本改。）沈，飲釂無餘，姬詫曰：「俊人也。」戒小鬟伺朝議睡覺亟報，乃共博。沈志得意逞，每采輒勝，須臾得千緡，諸姬釵珥首飾，爲之一空。鄭引其肘曰：「可止矣！」沈心不在賭，索酒無算，有姬最少艾，敗最多，慍而起，挾空樽至前曰：「只作孤注一決，此主人物也，幸而勝，固善，脱有不如意，明日當遭鞭箠，勢不得不然。」同席爭勸止，或責之，皆不聽。沈撚一擲，敗焉，傾樽倒物，蓋實以金釵珠琲，評其直三千緡。沈反其所贏，又去探腰間券，盡償之，尚有餘鏹。方擬再角勝負，（葉本無「負」字，從明鈔本補。）俄聞朝議大嗽，索唾壺急，衆女推客出，奔入房。三人趣詣元飲處，翁使人追謝，約後數日復相過。沈歸邸，卧不交睫，雞鳴而起，欲尋盟。拂旦，遣召二子，云已出，候至午，杳不至。遽走王氏宅審之，屋空無人，詢旁側居者，云素無王朝議。疇昔之夜，但惡少年數輩，偕平康諸妓飲博於此耳！始悟墮奸計，是時囊裝垂罄，鄭、李不復再見云。（同上）

按：《二刻拍案驚奇》卷八《沈將仕三千買笑錢，王朝議一夜迷魂陣》，即演此事。傅一臣又據之編爲《買笑局金》雜劇。

真珠族姬

宣和六年正月望日，京師宣德門張燈，貴近家皆設幄於門外，兩廡觀者億萬。一宗王家在東偏，有姻族居西，遣青衣邀其女真珠族姬者，曰：「若肯來，當遣兜轎至。」女年十七八歲，未適人，顏色明豔，服御麗好，聞呼喜甚，請母欲行，時日猶未暮。少頃，轎從西幄來，舁以去。又食頃，青衣復與一簥至，王家人語之曰：「族姬已去矣！」青衣駭曰：「方來相迎，安得有先我者。」於是知爲奸黠所欺，亟告於開封，散遣賊曹迹捕，其家立賞揭二百萬求訪，杳不可得。明年三月，都人春游，見破轎在野，有女子哭聲，無人肩輿，扣窗詢之，乃真珠也。走報其家，取以歸，霧鬢蓬鬠，不施朱粉，望父母，擲身大哭，久乃能言：「初上車按：「車」字疑誤。時，不復由正路，其行如飛。俄入一狹徑，漸進漸暗，車按：「車」字疑誤。止而出，乃是古神堂。鬼卒十餘輩，執兵杖夾立，坐者髯如戟，面闊尺餘，目光如炬，我懼而泣拜，而卽叱曰：『汝何人，敢奸吾靈宇！』便使明鈔本作「令」。人捽拽裸衣，用大杖撻二十，杖畢，痛不可忍，昏昏不知人。稍甦，乃在密室內，一媪拊我甚勤，爲洗瘡敷藥，將護一明鈔本作「三」。月，甫能起。先遭奸污，然後售於某家爲之妾，主人以色見寵。同列皆妬嫉，因同浴窺見瘢痕，語主人云我爲女時，嘗與人奸受杖矣。主人元知我行止，至是乃曰：『若果近上宗室女，何由犯官刑！』遂相棄，還付元牙儈家，猶念舊愛，不督餘雇直。儈家既先得金多，且畏終敗露，不敢再鬻，故乘未晚送于野，亦幸不死耳。」乃知向來神堂所見，皆葉本無「皆」字，從明鈔本補。羣賊詐爲之，前後爲惡如是者多矣。趙德莊說。（同上）

京師浴堂

宣和初，有官人參選，將詣吏部陳狀，而起時太早，道上行人尚希，省門未開，姑往茶邸少憩。邸之中則浴堂也，厮役兩三人，見其來失期，度其葉本有「謂」字，從明鈔本刪。必村野官員乍游京華者。時方冬月，此客着褐裘，容體肥腯，遂設計圖之。密擲皮條套其項，曳之入簾裏，頓于地，氣息垂絶，羣惡誇葉本無「誇」字，從明鈔本補。指曰：「休論衣服，只這身肉，直幾文錢。」以去曉尚遥，未即殺。少定，客以皮縛稍緩頓蘇，欲竄，恐致明鈔本無「致」字。迷路，遲疑間，忽聞大尹傳呼，乃急趨而出，連稱「殺人」。羣惡出不意，殊荒窘，然猶矯情自若，曰：「官人害心風耶！」俄而大尹至，訴于馬前，立遣賊曹收執，且悉發浴室之板驗視，得三尸，猶未冷，蓋昨夕所戕者。於是盡捕一家置于法。其膾人之肉，皆惡少年買去云。宣公説（明鈔本作先公）。（同上）

奉先寺

京師城南奉先寺，宫人葬處也。嘗因寒食祠事，庖人夜切肉，或自幕外引入手，攫食大臠者，舉刀砍之，即疾走，踰垣而去。取火燭視，瀝血満道，驚告同輩，相率白太官令章生云：「去歲亦以此時爲物攘祭肉，至密買以償，今又復然。以爲人耶，其去甚輕疾；以爲鬼耶，乃有血，深可怪，請物色追訪之。」乃盡呼集吏卒，秉炬尋血蹤以行，去寺後，入叢塚荒草中，一徑甚微，略有人迹，内一穴極蕪穢，至此絶迹。遂止，記識而返。明日祀畢，竟往究其實，鉏穴三四尺，則漸廣如窟室，傍穿地道，有裸而據案者，肌理粗惡，若異物然。細視乃婦人，正食庖中之肉，臂上傷痕猶濕。初疑鬼，未敢近，少定，知其無他，牽以出。室中列床几衣被，皆破敗無一堅好。詢其爲誰，曰：「我人也，姓某氏，家去寺遠。未嫁時，僧誘我至此室，夜由地道過其房，與僧共寢，曉則復還。凡十餘年，明鈔本多一「矣」字。僧忽絶不來，地道又塞，我念以按「以」字似當作「已」。離家，且不識路，無從可歸。既久，自能穴土而出，遍往比葉本作「此」，從明鈔本改。近人家竊食餬口，浸昏昧不省身世，夜則不覺身之去來，隨意便到；晝則伏藏，不復知如明鈔本無「如」字。幾何歲月也！」章以所言諭廂吏，求得其家，父母皆在，云失女二十年，定無存理，不欲來。家人强之至，則相視慟哭。與之入寺，時姦僧死已久，房爲其徒居，尚可憶。女家亦不復質究云。章族孫椿説。（志補卷九）

楊三娘子

青州人韋高，避靖康亂，南徙居明州。紹興初，詣臨安赴銓試，因事出崇新門，逢青衣前揖問曰：「君得非韋五官人字尚臣者乎？」高明鈔本多一「驚」字。曰：「是也，何以知吾字？」曰：「楊三娘子欲相見，憑達家書，適在簾間望見君，亟使我相邀，願移玉一往。」上七字明鈔本作「來領勿惜一往」。高之舅氏楊僉判，時寓新安，知其女三娘嫁李縣尉，而彼此流落，久不相聞，乃先叩其故。曰：「李尉死已三年，楊家原未知也，娘子用是欲寄聲甚切。」高惻然愍之，遂同往。至一小宅，三娘出拜，具訴孀居孤苦之狀，且言：「所以獨處自守，不爲骨肉羞者，東鄰桑大夫與西鄰王老娘之力也。二人皆山東人，拊我如父母，今當邀致之。」俄頃偕來，遂具酒共坐。桑翁兖州人，王媪單父人，皆年七十餘。日暮，高辭退，曰：「吾今出江下，訪新安客旅報舅家。」後日又過此，王媪詢高妻族，曰：「吾妻鄭氏，亡已久，家唯二老婢，見謀婚配，以貧未辦耳。」媪喜曰：「姑舅兄弟，通婚甚多，三娘子勢須適人，與其倩行媒，淹歲月，孰若就此成夫婦哉！今日之會，殆非偶然者。」高曰：「雖然，吾當白舅氏以俟命。」三娘愠曰：「五哥以妹爲醜惡，則在所不言。不然，則吾父母經年無音信，吾朝夕不能活，正使歸他人，亦無可奈，況於邂逅相遇得外兄乎。」桑翁亦贊襄，以爲不可失。高遂許諾。三娘自明鈔本多一「起」字。取縑帛之屬付王媪，備禮納采，是夕成嘉好。留六七日，高入市，遇有荷先牌過者，曰楊僉判宅二承務，視之，乃舅子也。相擕入酒肆，具以事告，具述不告而娶之罪。楊生駭曰：「三妹同李尉赴官，到此暴卒，李恐違限，急之任，姑藁葬崇新之野，以書報吾家。吾父使我來挈其柩，安得有此！」高猶疑未判，率楊詣其處，不見居室，但叢塚間傑然一木，標曰「李縣尉妻楊三娘子墓」，左曰「兗州桑大夫」，右曰「單州王老娘」，二子泣嘆良久。高曰：「諺云：『一日共事，千明鈔本作「百」。日相思。』吾七日之好，義均伉儷，豈以人鬼爲間哉！」爲之素服哭奠，與楊生同護其喪，行過嚴州，夢三娘立岸上相呼，高招使登舟，不肯，曰：「生平無過惡，便得託生，感君恩意之勤，今懇祈陰官，乞復女身，與君爲來生妻，以答大貺。」泣而别。高調定海尉、衡陽丞、容州普寧令，歷十七八年，謀娶婦，輒不偶。既至普寧二年，每見縣治側一民家女，及笄矣，貌絶妍，非流俗比，數數窺之，女亦出入無所避。遂遣人求婚，女家力拒之曰：「我細民，以賣酒爲活，女又野陋，不堪備妾侍，豈敢望此。」高意不自愜，宛轉開諭，且以語脅之，竟諧其約。洎解印，乃聘之以歸，女步趨容止，絶似三娘，初不以爲異也。後詢其年命，蓋嚴州得夢之次日，其爲楊氏後身無疑矣！高年長於妻幾三十歲。（志補卷十）

滿少卿

滿生少卿者，失其名，世爲淮南望族，生獨跅弛不羈，浪遊四方。至鄭圃依豪家，久之，覺主人倦客，聞知舊出鎮長安，往投謁，則已罷去。歸次中牟，適故人爲主簿，賙之不能足，又轉而西抵鳳翔，窮冬雪寒，饑臥寓舍，鄰叟焦大郎見而惻然，飯之，旬日不厭。生感幸過望，往拜之，大郎曰：「吾非有餘，哀君逆旅披猖，故量力相濟，非有他意也。」生又拜誓，異時或有進，不敢忘報。自是日詣其家，親昵無間，杯酒流宕，輒通其室女，既而事露，慚愧無所容。大郎叱責之曰：「吾與汝本不相知，過爲拯拔，何期所爲不義若此？豈士君子之行哉！業已爾，雖悔無及，吾女亦不爲無過，若能遂爲婚，吾亦不復言。」生叩頭謝罪，願從命。暨成婚，夫婦相得懽甚。居二年，中進士第，甫唱名，即歸，綠袍槐簡，跪於外舅前，鄉里爭持羊酒往賀，歆豔誇詫。生連夕燕飲，然後調官，將戒行，謂妻曰：「我得美官，便來取汝，并迎丈人俱東。」焦氏本市井人，謂生富貴可俯拾，便明鈔本作「浸」。不事生理，且厚賸厥壻，貲產半空。生至京，得東海尉，會宗人有在京者，與相遇，喜其成名，拉之還鄉。生深所不欲，託辭以拒，宗人罵曰：「書生登科名，可不歸展墳墓乎！」命僕負其囊裝先赴舟，生不得已而行。到家逾月，其叔父曰：「汝父母俱亡，壯而未娶，宜爲嗣續計，吾爲汝求宋都朱從簡大夫次女，今事諧矣。汝需次尚歲餘，先須畢姻，徐爲赴官計。」叔性嚴毅，歷顯官，且爲族長，生素敬畏，不敢違抗，但唯唯而已，心殊窘懼。數日，忽幡然改曰：「彼焦氏非以禮合，況門户寒微，豈真吾偶哉！異時來通消息，以理遣之足矣。」遂娶于朱。朱女美好，而裝奩甚富，生大愜適。凡焦氏女所遺香囊巾帕，悉焚棄之，常慮其來，而杳不聞問，如是幾二十年。累官鴻臚少卿，出知齊州，視印三日，偶攜家人子散步後堂，有兩青衣自別院右舍出，逢生輒趨避，生追視之，一婦人着冠帔褰幃出，乃焦氏也。生惶懼失措，焦泣泫然曰：「一別二十年，向來婉孌之情，略不相念，汝真忍人也！」生不暇扣其所從來，具以實告。焦氏曰：「吾知之久矣！吾父已死，兄弟不肖，鄉里無所依，千里相投，前一日方至此，爲閽者所拒，懇祈再三，僅得托足。今一身孤單，茫無棲泊，汝既有嘉耦，吾得備側室，竟此餘生，以奉事君子尊夫人足矣！前事不復校也。」語畢長慟，生歔語慰藉之，且畏彰聞于外，乃以語朱氏。朱素賢淑，欣然迎歸，待之如妹。越兩旬，生微醉，詣其室寢，明日，門不啟，家人趣起視事，則反扃其户，寂若無人。朱氏聞之，唤僕破壁而入，生已死牖下，口鼻流血，焦與青衣皆不見。是夕朱氏夢焦曰：「滿生受我家厚恩，而負心若此，自其去後，吾抱恨而死，我父相繼淪没，年移歲遷，方獲報怨，此已按此疑有脱誤。幽府伸訴逮證矣！」朱未及問而寤，但護喪柩南還。此事略類王魁，至今百餘年，人罕有知者。（志補卷十一）

按：此即《二刻拍案驚奇》卷十一《滿少卿飢附飽颺，焦文姬生讎死報》之本事。傳一臣《死生讎報》雜劇，亦即據此。

徐信妻

建炎三年，車駕駐建康，軍校徐信與妻子夜出明鈔本作「閱」。市，少憩茶肆傍。一人竊睨其妻，目不暫釋，若向有所囑者。信怪之，乃捨去，其人踵相躡，及門，依依不忍去。信問其故，拱手巽謝曰：「心有情實，將吐露于君，君不怒，乃敢言。願略移步至前坊靜處，庶可傾竭。」信從之。始言曰：「君妻非某州某縣某姓氏邪！」信愕然曰：「是也。」其人掩泣曰：「此吾妻也。吾家于鄭州，方娶一年，而值金戎之亂，流離奔竄，遂成乖張，豈意今在君室！」信亦爲之感愴，曰：「信，陳州人也，遭亂失妻，正與君等。偶至淮南一村店，逢婦人，敝衣蓬首，露坐地上，自言爲潰兵所掠，到此不能行，明鈔本作「以不能行見棄」。吾乃解衣饋食，留一二日，乃與之俱。初不知爲君故婦，今將奈何？」其人曰：「吾今已別娶，藉其貲以自給，勢無由復尋舊盟。倘使暫會一面，敍述悲苦，然後訣別，雖死不恨。」信固慷慨義士，即許之，約明日爲期，令偕新妻同至，庶於鄉里無嫌，其人懽拜而去。明日，上二字明鈔本作「如期」。夫婦登信門，信出迎，望見長慟，則客所攜，乃信妻也。四人相對悽明鈔本作「驚」。惋，拊心號咷，是日各復其故，明鈔本多一「後」字。通家往來如婚姻云。（同上）

按：《驚世通言》卷十二《范鰍兒雙鏡重圓》之入話，即敷演此事。

解洵娶婦

解潛與其弟洵，素相友愛。靖康建炎之際，潛積軍功帥荆南，洵獨陷北境，其妻歸母家，又爲潰兵所掠。數年後，洵間關得歸，見潛，相持悲慟。潛置酒勞苦而語之曰：「吾弟雖不幸流落，而兄蒙國恩，握兵權，每與虜及羣盜戰，奏功於朝，必爲弟竄名籍中，已至正使，告命皆在此。」即出畀之，洵再拜謝過望。因言：「頃自汴都過河朔，孤單羈困，或見憐，爲娶婦，奩裝豐厚，不暇深詳其出處，正無以爲活，殊用自慰。偶以重陽日把盞，起故妻之思，不覺墜淚，婦惻然曰：『君豈非欲歸本朝乎？玆事易辦也。』經旬日，來告曰：『川陸之計已具，惟命是從，我亦俱行，倘君夫人固存，自當改嫁，而分囊橐之半；明鈔本多「相與」二字。萬一捐館，當爲偕老。』遂登途，水宿山行，防閑營護，皆此婦力也。今在舟中，未敢輒參謁。」潛嗟異，遽命車招迎，見其眉宇秀整，言詞明慧，益加敬重。明鈔本作「愛」。時荆楚爲盜區，潛屯枝江縣，以天氣尚暑，別創一廬，令洵居止。且贈以四妾。洵始慮婦不容，欲辭之，婦明鈔本多「甚喜」二字。曰：「此正所需，得之誠大幸，當撫視如兒女，君何辭！」然洵武夫，壯年明鈔本多一「驟」字。獲媵妾，寖與婦少疎，明鈔本作「恩」。怏怏形於詞色。一夕，因酒間責洵曰：「汝不記昔年乞食趙魏時事乎？非我之力，已爲餓莩矣！一旦得志，便爾忘恩，明鈔本多「背德」二字。大丈夫如此，獨不愧於心邪！」洵方被酒，忽發怒，連奮拳毆其腦，婦嘻不動；又唾罵之，至詆爲死老魅，婦翩然起，燈燭陡暗，冷氣襲明鈔本作「拂」。人有聲，四妾恂而仆。少焉燈復明，洵已橫尸地上，喪其首，婦人並囊橐明鈔本多「中物」二字。皆不見。從卒走報潛，潛率明鈔本作「令」。壯勇三千按「千」字疑「十」字之誤。人出追捕，無所獲。此蓋古劍俠，事甚與董國度相類云。（志補卷十四）

按：董國度事，見前《俠婦人》篇。

季元衡妾

季元衡，南壽縉雲人。既登科，調台州教授，將往建康詣府尹，家有侍妾，忿主母不能容，常懷絶命之意。及是行，季以情告明鈔本作「禱」。妻曰：「吾去後，切勿加楚撻，明鈔本作「虐」。倘或不測，恐費經護，必不可蓄，俟歸日去之不難也。」妻曰：「君但安心而行，吾不爲此事。」時方僑寓他處，忘其地名。上四字明鈔本旁寫作「不記其地」。數日到建康，已解擔，聞耳畔啾唧聲，似其妾音，而不見形。問之，泣曰：「君纔出門，卽遭箠。勢迫不可生，已自經而死。」上二句明鈔本作「勢不可復生，自經死矣」。季爲之怨泣解謝。欲回車，念業已至；欲弗信，又不忍，姑遣僕兼程歸，扣其事，且爲家人作牒，經營上二字明鈔本作「經邑」，下句多「仍略疏」三字。葬埋之費。自是繼夕來，信宿，僕還云：「宅中全無事，某到時，侍人自持飯與我。」季曰：「然則妾鬼假托以惑爾？」是夕復至，季正色責之曰：「汝是何等妖厲，敢詐妄？此句明鈔本作「願敢然」。不亟去，吾將命道法繩汝矣！」此句明鈔本作「吾將精集道流，繩汝以法」。答曰：「我實非君妾，緣君初戒行日，疑心橫生，故我因乘間造僞。今但從君丐佛經數卷，薄奠楮幣明鈔本作「鏹」。之屬，當卽去也。」季許之曰：「若爾，當云與誰，且置之何所。」曰：「俟他日歸途到某處，設之道旁足矣，姓名不必問也。」遂别去。後旬日，府僚十餘人招季遊蔣山，季先至，坐三門外，又聞耳畔語。季怒曰：「吾不汝治罪，又許汝經饌，於汝厚矣，安得復來？」對曰：「感君恩厚，心不忘報。聞今日羣賢畢集，其中兩客，貴人也，故告君，君宜識之，異日當蒙其力。」問何人，曰：「江寧葉知縣及某官也。」曰：「汝何自知之？」曰：「庸賤下鬼，非能測造化，但逐日遊行，鬼與人雜，相逢車馬皆憧憧不相顧，唯此兩官人至，則神鬼皆趨避，上六字明鈔本作「則趨下田間避之」。見之數矣，是以卜其必貴也。」季頷之。復謝去，終不肯泄姓名。葉宰者，審言樞密也。其一失其名。張仲固堅云，得之於郡士張逢辰，與季爲友，聞季自述其詳如此。逢辰以淳熙辛丑擢第，當再扣之，庶不爽上二字明鈔本作「可概」。其實也。（志補卷十七）

按：《睽車志》卷二鎮江士人條情節與此相類而簡略，本書未錄。《異聞總錄》卷四收錄此篇而有刪節。《西湖二集》第十一卷《寄梅花鬼鬧西閣》，事本明人《西閣寄梅記》，而假託鬼鬧一節則似取自本篇。

蔡州小道人

蔡州有村童，能棋，里中無敵。父母將爲娶婦，力辭曰：「吾門户卑微，所取不過農家女，非所願也。兒當挾藝出遊，庶幾有美遇，以償平生之志。」遂著野人服，自稱小道人，適汴京。過太原真定，每密行棋覘視，自知無出其右者，奮然至燕。燕爲虜都，而棋國手乃一女子妙觀道人，童連日訪其肆，見有誤處，必指示。妙觀懼爲衆哂，戒他少年遮闌于外，不使入視。童憤憤，卽彼肆相對僦屋，標一牌曰「汝南小道人手談，奉饒天下最高手一先。」妙觀益不平，然揣其能出己上，未敢與校勝負。擇葉本無「擇」字，從明鈔本補。弟子之最者張生往試之，張受童一子，不可敵。連增至三，歸語妙觀曰：「客藝甚高，恐師亦須避席。」未幾，好事者聞之，欲鬭兩人，共率錢二百千，約某日會戰於僧舍。妙觀陰使人禱童曰：「法當三局兩勝，幸少下我，自約外奉五十千以酬。」童曰：「吾行囊元不乏錢，非所望，然切慕其顏色，能容我通衽席之歡乃可。」女不得已許之。及對局，童果兩敗，妙觀但酬錢而不從其請。上四字明鈔本作「不肯從寢」。適虜之宗王貴公子宴集，呼童弈戲，詢其與妙觀優劣。上二字明鈔本作「品格低昂」。童曰：「此女棋本劣，向者故下之耳。」於是亦呼至前，令賭百千。童探懷出金五兩曰：「可賭此。」妙觀以無金辭，童拱白座上曰：「如彼勝則得金，某勝乞得妻。」上二句明鈔本作「如此女勝，則得金與錢，某若幸勝，則欲乞此女爲妻」。坐客皆大笑，同聲贊之曰：「好！」妙觀慚窘失措，明鈔本多「色如死灰」四字。遂連敗。既退，復背約。童以詞訴于燕府，引諸王爲證，卒得女爲妻，竟如初志。（志補卷十九）

按：《二刻拍案驚奇》卷二《小道人一着饒天下，女棋童兩局注終身》，即本此篇。

投轄録

王明清

王明清（一一二七——？），字仲言，汝陰人。淳熙乙巳（一一八五）以朝請大夫主管台州崇道院，紹熙癸丑（一一九三）任寧國軍節度判官，次年任泰州通判，嘉泰二年（一二〇二）任浙西參議官。著有《揮麈録》二十卷、《玉照新志》五卷及《投轄録》一卷。《投轄録》有自序一篇，末題紹興己卯（一一五九）十月，在其著作中此爲最早。所記皆奇聞異事，人所樂聽。《四庫全書》本四十四事，缺五條，列入小説家雜事之屬，則因《揮麈録》、《玉照新志》而連書之耳。現據涵芬樓排印本選録，原附校語仍予保留。尚有誤字待校。

百寶念珠

慈聖曹后，嘉祐中幸相國寺燒香。后有百寶念珠，價直千萬，掛領間，登殿之次，忽不見。仁宗大怒，命盡繫從衛之人，大索都下。捕吏惶懼，物色不可得。因念寺前常有小兒數人，嬉戲自若，而不知其所從來，漫往問之。中一丫髻女子，年十二三，忽笑謂吏曰：「前日偶取之，忘記還去，今見掛寺塔之顛火庫本作「大」。珠上，當自往取之。」吏知其異人也，再拜以請。女子還，遂原本作「還」，從庫本改。入塔中，吏輩仰視，見第十三級窗中出一手與相輪等，觀者萬人，恐怖毛豎，須臾不見。而女子手提數珠而下，授吏。二字庫本作「以授吏輩」。復請曰：「中旨嚴急，願俱往以取信。」兒亦不辭，行數十步，庫本作「行才數步」。立化通衢。開封尹上其事，上嗟異久之。凡坐累者皆獲赦庫本作「舍」。云。

按：此與唐人康軿《劇談錄》卷上《潘將軍失珠》事相似，疑出蹈襲。

章丞相

章丞相初來京師，年少美丰姿，當日晚獨步禁街，覩車子數乘，輿衞甚都。《說郛》作「嚴」。最後者轅後一婦人，美而豔，揭簾目逆，原本作「送」，從《說郛》、庫本改。丞相因信步隨之。不覺至夕，婦人庫本有「者」字。以手招丞相，丞相二字庫本無。遂登車與之共載，至一甲第甚雄壯。婦人庫本有「者」字，無「遮」字。遮蔽丞相，雜衆人以入一院，《說郛》有「甚」字。深邃若久無人居者。少頃，《說郛》作「選」，庫本作「間」。前婦人始至，備酒饌之屬亦甚珍。丞相因問其所，婦人笑而不答。自是婦人引儕類輩庫本作「引其儕輩」。迭相往來，俱媚甚。三字《說郛》作「甚衆殊媚」，庫本作「俱姝甚」。詢之皆不顧而言它。每去則必以巨鎖扃之。如是累日夕，丞相體爲之弊，意「意」字從《說郛》、庫本補。甚彷徨。一姬年差長，忽發問曰：「此豈郎君《說郛》、庫本無「君」字。所遊之地，何爲而《說郛》、庫本無「而」字。至此耶？《說郛》無「耶」字。我之主翁行迹多不循道理，寵婢多而無嗣，《說郛》有「息」字。每鉤致少年之徒與羣妾合，久則斃之此地，凡數人矣。」丞相惶駭曰：「果爾，爲之奈何？」姬曰：「觀子之容非碌碌者，似必能免。主翁翌日入朝甚早，今夕原本作「日」，從庫本改。解我之衣以衣子，且不復鎖子門，俟至五鼓，則《說郛》、庫本無「則」字。吾當《說郛》作「將」。來呼子，子亟隨我登廳庫本作「聽」。事，我當以厮役之服披庫本作「被」。子，隨前騶以出，可以無患矣。爾後慎勿以語人，亦不可復繇此街，不然吾與若彼此皆禍不旋踵矣。」詰旦其姬二字《說郛》、庫本無。果來扣户，原本有「而」字，從庫本删。丞相乃用其術，得《說郛》、庫本無「得」字。免于其《說郛》、庫本無「其」字。難。後丞相既貴，猶以此事二字《說郛》、庫本無。語族中所厚原本有「而」字，從《說郛》、庫本删。善者云：「後得其主翁原本作「公」，從《說郛》、庫本改。之姓名，但不欲曉之于人耳。」李平仲云。

賈生

撫州賈氏子，正議大夫昌衡之孫，美風姿，讀書能作詩與長短句，怨抑悽斷，富與才情。又奉佛樂施，奉佛尤力，事交友馴謹而簡諒，人皆喜之。常與其友相約如京師觀燈，寓於州西賢寺教院妙空曰華嚴，舊所住也。監寺僧慈航，作黑布直裰五六領，皆綴以帛，〔書〕寺名爲某事丐錢。賈戲披之以爲笑，且曰：「今晚爲寺中教化。」夜果戲出丐錢，風度秀峙，詞辨橫出，士女競施，寺僧遣二力舁錢歸，幾不能舉。翌日其友戲之曰：「稱職哉！」賈曰：「都人美麗，不容傍窺。原本誤作「不窺容旁」，從庫本改。惟行者丐錢，得恣觀視，庫本無「視」字。雖邀逐而取焉，無害也。原本作「雖邀逐而丐爲害也」，從庫本改。此吾亦薄有利焉耳。」夜，賈固欲往，而寺僧「僧」字從庫本補。利其入，縱臾之，遂盡五夜。翌日其友睡未起，賈曰：「略出矣。」友欲與語，而賈已去，抵暮而還，袖中出黃柑兩枚，奇香數顆，分柑爇香，談笑無異也。又兩日，友約以歸。賈但以一書致家，自是抵春暮而猶在京師也。聞有人自京師來，說賈瘦瘠，又言携一婦人，但瘦瘠耳。即同歸，歸而瘦益甚，服藥不驗，舉止無少差誤，但不喜其舊妾，獨寢于宅後書菴中，爲少異也。問之，則曰：「病而絶此，自齋養耳。」瘦日甚，舉家不知所爲，老乳媪夜半後往候之，聞菴中切切有婦女家語。比曉，告其兄弟，乃知賈爲鬼物所病也。百方禁斷之，不能去。賈故自若，且曰：「我病在經絡臟腑，而禁呪何益哉？」五六月間，天寧寺作般若會，長老宗戒〔請〕（謂）賈之昆季與賈之友往。齋既罷，同遊納涼，寺之僧堂高廣，蔽以大殿，無西日，堂之前有風陰陰焉。並門長連床，〔一寓〕（且過）僧坐其上。戒老與客俱勿動，同此納涼，諸官皆道友也。」瀹茗剖瓜，均行而食之。從容戒老忽曰：「今歲賈宅幾官獨不在此，聞至，先語僧曰：「「兄弟久病，日來亦少瘥否？」其兄言其曲折，且曰：「知其爲鬼所困而不能治也。」長連牀上〔寓〕（有）僧忽曰：「審如此，我能治之。」衆競起問之，則天台僧道清也。僧取凈土斗許，念呪百餘遍，以授其兄，使候其來，以土圍之，連牆壁處穴穿敷土令相接，或置之牆上令遍。庫本作「過」。或以意原本作「惠」，從庫本改。想爲得，至哀鳴求免，即開菴中二字庫本無。土而使之去，愼勿至日出也。」如其言圍之。方四鼓，忽聞菴中忿厲聲達於外，至五鼓且哭且悔。賈兄問之，稱罪曰：「我京城之廟靈也，有封爵，暫不能自言，悦其風姿，不少忍，以至於此，明則醜惡俱露矣，伏願見憐。」曰：「復來乎？」曰：「我恃神力，以爲無如我何，原本作「我恃神力，以爲無則我如何來」，疑「以爲」二字下脱一字，今從庫本改。而「而」字從庫本增。不知遭此。今得免，當洗心省咎，豈敢再至。」曰：「神見何物而懼也？」曰：「身在鐵城中，高際天矣。」「欲自何方去？」曰：「西北。」即開土尺許，既泣且謝，肅然有冷風自西北而去。比明視之，則賈尚寢矣。亟往謝道清，施以二萬錢，不受。與之香數十兩，各取一片如指面許，插笠中，曰：「方往五靈臺山，檀越於文殊前燒結緣也。」問其呪，曰：「《觀世音菩薩羂索部》三十卷中《呪土法》，藏經具載。」即誦一遍。問：「何爲如〔此〕(何)靈？」曰：「但人心念不一，若念一，則靈爾。」又問：「賈生所遭何物也？」曰：「何必問哉！神耶，鬼耶，精魅耶，狐妖耶，此呪土皆可令去也。若愛欲纏縛，見造業而死，墮落其間，蓋頭下迎來者，非某《呪土法》所能了，諸官善思之。」聞者悚然。原本衍「陳」字，從庫本刪。即邀上堂，食畢揖辭，以腰原本缺一格，從庫本補「腰」字。抵柱，繫包戴笠而去。後原本有「由」字，從庫本刪。月餘，賈生亦漸安。其友問之，曰：「自初教化錢之夕，(與)一奇婦女施我百金，轉盼與我言。至第五夜意愈密，并得一錢篋，篋中有片紙書，約以城西張園之後小圃中相見。或有問者，第云表兄則善。此乃我翌旦獨往時也。既赴約至園，有小圃中，見從衛如郡府吏，呵止之，答以表兄，乃徑入宇內，與此婦人相見置酒，姿態絶出，神仙中恐無有也。且約翌日天清寺僧房款昵。自是惑之，朝暮往來，或相逐，亦與世人無異。比歸，更不念世間可樂者，相隨亦來鄉中。每人作法禁呪時亦不去，但以手畫圈相圍我，〔及渠〕(又拒)曰：『彼如我們何！』衣服飲食珍麗，顔色則世所未見，人間亦無有也。」噫，道清之言賢哉！人之爲賈病遇道清，亦奉佛施藥之報者也。賈生原本作「賈名」，下缺一字，從庫本改。字顯之，所謂友則同郡之許〔顗〕(顓)彥周是也。其後先太史於大藏中檢得《羂索經呪》，今亦藏之於家也。庫本無「亦」字「之」字「也」字。

玉條脱

大桶張氏者，以財雄長京師。凡富人以錢委人，權其子而〔取〕其半，謂之行錢。富人視行錢，如部曲也。或過行錢之家，其人設特位置酒，婦人出勸，主人反立侍，富人遜謝，強令坐再三，乃敢就賓位，其謹如此。張氏子年少，父母死，主家事，未娶，因祠州西灌口神歸，過其行錢孫助教家。孫置酒，張勉令坐。三字原本空缺一格，從庫本增。孫氏未嫁女出勸酒，其女方笄矣，容色絶世。張目之曰：「我欲娶爲婦。」孫惶恐曰：「不可。」張曰：「願必得之。」言益確。孫曰：「予公之家奴也。奴爲郎主丈人，鄰里笑怪。」張曰：「不然，我自欲之，蓋煩（其女）爲我主管少錢物耳，豈敢相僕隸也。且於皇法無礙。如我資產人才，爲公家之壻，不勞苦相阻也。」孫愈惶恐。張笑曰：「言已定矣，不可移易。」張固豪侈，奇衣飾物，即取臂上所帶古玉條脱，俾與其女帶之。且曰：「擇日作書納幣也。」飲罷而去。孫之鄰里交來賀曰：「行爲百萬財（王）主人之婦翁，女爲百萬財主之母矣。」其後張爲人所誘，别議其親。孫念勢不匹敵，不敢往問期，而張亦若相忘者。踰年，張就婚他族，而孫之女不肯嫁，其母密諭之曰：「張已别娶妻矣。」女不對而私自論曰：「豈有如此而别娶乎？」父乃復因張與妻祀神回，并邀飲其家而令女窺之。既去，曰：「汝適見其有妻，可以别嫁矣。」女語塞，去房内，以被蒙頭，少刻遂死。父母哀慟，呼其鄰鄭三者告之，使治喪。（鄭以送喪爲業，世所謂作作行者是也。）且曰：「小口死勿停喪，就今日穴壁出瘞之。」告鄭以致死之由，且語且哭。鄭辦喪具至，見其臂古玉條脱，時值數十萬錢，鄭心利之，乃曰：「某有一園在西。」孫謝之曰：「良善而便也，當厚相酬。」號慟不忍視，急揮去之，即與親族往送其殯而歸。鄭蓋利其獨瘞己園中也，半夜月明，鄭發棺欲取玉條脱，女壓然而起曰：「此何處也？」顧見鄭曰：「我何故在此？」女自幼亦識鄭面目。鄭乃畏其事彰，而以言恐之曰：「汝父怒汝不肯嫁而張氏爲念；若辱其門户，使我生埋汝于此。我實不忍，乃私發棺而汝果生。」女曰：「第送還父母家，「家」字從庫本補。勿郵其他。」鄭曰：二字從庫本補。「若送汝歸家，汝還定死，我亦得罪矣。」女乃久之曰：「惟汝所聽。」鄭卽匿之它處，以爲己妻，完其殯而徙居來州。鄭有母，亦喜其子之有婦，彼小人不暇問所從來也。積數年，無子，每言張氏，輒恨怒忿恚，如欲往扣問者。鄭每勸，「勸」字從庫本補。且防閑之甚至。崇寧元年，欽成上仙，治園陵。鄭差往永安，臨行告其母，勿令其婦出遊。居一日，鄭之母晝睡，孫氏女出，僦馬直詣張氏門，語其僕曰：「孫氏幾女欲見某人。」其僕往通之，張且驚且怒，以僕爲戲己，罵曰：「賊奴侮我耶！誰教原本誤作「敢」，從庫本改。汝如此？」其僕曰：「實有之。」張與其僕俱往視之，孫氏見張，跳踉而前，曳其衣。其僕以婦人女子，不敢往解。張認以爲鬼，驚避退走，而持之益急，乃擘其手，手且破，血流，推去之，仆地而死。僦馬者怪其不出，恐累于己，往報鄭家，推求得鄭母。曰：「我子婦也。」訴之有司，因追取鄭對獄，具伏。已而園陵復土，鄭之發塚等罪止于流，以赦得原。而張實傷而殺之，雖死罪也，雖奏獲貸，猶杖脊，竟憂畏死獄中。因果寃對，有如此哉！是時吳〔栻〕(拭)顧道尹京云。以上二事許彥周云。

又政和中，外祖空青原本誤作「稱」，從庫本改。先生曾公公袞原本誤作「卷」，庫本同。案：曾行字公袞，據改。攝守丹陽，屬邑丹徒縣主簿李某者，以漕檄往湖州境内方〔田〕(由)，郡中差二小二字原本空缺一格，從庫本補。吏徐璋、蔡禋者，以補驅使。既至境，休于郊外之觀音院。僧室之鄰有小房，扃鎖頗密。二吏竊窺之，有畫女子之像甚美，張于壁下，設供養之屬。二人私自謂曰：「吾遭逆旅，得有若彼者來爲一笑，何幸！」偶詢院中僧。云：「郡人張姓者，今爲明州象山令，此卽其長婦，死殯于房中地下，畫其像歲時祀之也。」是夕蔡禋者寐未熟，忽見女子搴幃而入，謂禋曰：「若嘗有意屬于我，故來奉子之周旋，幸勿以語人，及勿以怪而疑懼焉。」禋欣然領其意。自此與璋異榻，每夕即至，相與甚歡。如此者踰月，二吏以行囊告竭，告于主簿者。主簿曰：「璋善筆札，吾不可闕，禋可行也。」是夜婦女者來，語禋曰：「聞子欲歸，何也？」禋告以故。婦人曰：「吾有金釵遺子，可貨之，足以稍濟，幸無往也。」言畢于鬢間取釵與之。禋詣鋪中售之，得錢萬六千文以歸，紿謂璋曰：「我適入城遇親人，惠然見假，勿須言歸也。」璋嘿然，念我二人者同居里巷，豈有鄉人而己不識者，且聞禋夜若與女子竊語，他時事露，寧不自累。由此每夕伺之。一日天欲曉，果見婦人下自禋榻，璋急向前掩之，仆于地若初死狀，衣冠儼然。二吏大驚，詰問，亟以告。主簿者屬之庫本無「之」字。寺僧，謹視之，拘繫二吏于獄，詰問並無異詞。遂牒象山令，令其家人共發棺視之，已空矣。及往鋪索其金釵驗之，誠張死時所帶者也。二吏遂得釋，未幾還丹陽，皆以驚憂得疾，不久而殂。仲舅目覩，與張氏事相類，併録于此云。

按：大桶張氏事，已見前《清尊録》，文字略異。參看《夷堅支庚·鄂州南市女》條。

趙詵之

徽考朝有宗室詵之者，自南京來赴春試。暇日步郊外，過一尼院，極幽寂。見老尼持誦，獨行廊下，指西隅謂之曰：「此間有大佳處，往一觀否？」生從其言，但廢屋數間，蕪穢不治。有碑一所，甚高，亦復殘缺。生試以手撫之，碑忽洞開若門字。生試入視之，則皆非世所覩也。樓觀參差，萬門千户，世所謂玉宇金屋者，皆不足道。香風馥然，有婦人數十，皆國色也，見生迎拜甚恭。生恍然自失，引至登堂，若人間〔宮〕(空)殿，金璧羅列粲然，多所不識。有女子西向而坐，方二十餘，顏色之美，又大勝前所覩，羣婦人皆列侍焉。問生曰：「子豈非趙某乎？候子久矣。」生愈駭懼。遂命置酒合樂，妙舞更奏，服勤執事並男子，食前方丈，樂聲嘵嘹，真鈞天之奏也。至夜遂相與共寢，亦極歡洽。生詢其地，答曰：「但知非人間即已，何勞固問，且勿爲疑慮可也。」如是留幾旬浹，女子忽謂生曰：「外訪子甚急，引試亦復「復」字從庫本補。有日，子須亟歸，時幸「幸」字從庫本補。見思。」遂命酒作樂。酒罷，曰：「此中物雖多，悉非子所可携。玉環一，北珠直繫一，奉之以爲想思之資。環幸毋棄之，直繫可貨而用也。」衆人送出門，各皆吁嗟揮淚，生亦不自勝情。既出則身在相國寺三門下，怳如夢覺，但腰間古玉環與北珠直繫在焉。亟歸，即見同舍與諸僕驚喜曰：「試期甚邇，郎君前何往乎？如是之久耶？」生具以事告。入試罷，與二三子再訪「訪」字從庫本補。蘭若，曲廊殘碑，宛然無改如前，但扣之不復開矣，誦經之尼亦復無見，悵然而返。已而下第，貨其直繫得錢百餘萬。古玉環至今猶存。趙生自云。

猪嘴道人

宣和初，西京有道人來，行吟跌宕，或負擔賣杏桃梨杏之屬，不常厥居，往往能道人未來事，而無所希求。以其喙長，號曰猪嘴道人。居雒甚久，有賈邈、李瓛者，以家資豪侈，少年憑藉，好客喜事，屢招與飲，至斗酒不亂。一日，閑步郊外，因謂曰：「諸君得無餒乎？」懷中探紙裹小麥，拾庫本「拾」字作「十餘」二字。

於地，如種藝狀。頃之，卽擢（秀）（莠）駢實，因挽取以手摩麵，紛然而落。汲水和餠，復內懷中，頃取出，已焦熟矣。擲之地中，出火氣，然後可食。同行下逮僕隸，悉皆累日不飢。二子自此頗敬之。洛人素種桃花，時盛夏，置酒家圃水閣中，曰：「我能令小池盡開桃花，雜于荷葉中。」又探懷中取小礫土擲之。原本「時盛夏」以下十九字錯簡在此下，又多「雜於荷間」四字，從庫本改。酒未半，蓮跗冉冉擎桃，開花浮于水面，花葉映帶，深爲奇絕。鄉人親舊聞之，嗟駭競賞，幾旬而後謝。其餘奇異，悉皆此類。李之外姻有陳朝議原本作「儀」，從庫本改。者，自東南罷守，僦原本作「就」從庫本改。居于雒。陳故貴家，後房十餘人皆姝絕，而號越珍者尤出衆姬右。親舊未嘗得見，李嘗因春遊，邂逅相遇，與之目成，歸家神觀駘蕩，念慮不已。一日道人者來，謂之曰：「子之所志，我知之矣。盍從我遊乎？」因出城，古社壇庫本有「廢」字。屋中取一礫如指許，云：「子以此劃壁可也。」李如言試劃之，卽開去如一角門。纔入，卽有庫本無「有」字。曲房綉幌，不知何所。褰幃則越珍方晝原本衍「夜」字，從庫本删。寢原本有「寤」字，從庫本删。于中，李驚喜，撼之使覺。越珍亦欣然曰：「我前日見君，固知君之在念，然門宇深嚴，晝日何能至此？」李不告以實，但言間原本誤作「臧」，從庫本改。關之狀。越珍歎息曰：「有心之士哉！」從容小款，備極其歡狎。留信宿方出。因遵舊路，門闔劃原本空缺一格，從庫本補。然復合，社壁如故。早來方（兩）（雨）時頃矣。道人曰：「何遽相忘而不返耶？」因謂曰：「劃壁之礫在乎？」曰：「偶忘之矣。」因亟命李尋之，且曰：「子異日欲往，但持此礫，如前卽至。」自是李欲往卽至，締好甚密。將踰歲矣，後李醉，偶道其事于賈，賈且尤欲俱往。道人謂李曰：「吾與子緣亦盡矣，子之不自慎，我亦不能安。子其餞我。」「我」字從庫本補。飲庫本「飲」字作「置酒」二字。半，揖諸君「君」字從庫本補。

曰：「移庫本作「趣」。園中假山石來。庫本無「來」字。」叱之曰：「開門！」及開門，庫本無「門」字。望見樓臺屋宇，如人間然。道人三字庫本無。投身而入，石合如故。其後李往扣社壁，不復開矣。後李生以爲夢也，遣人物色，越珍道往來之迹，歷歷皆合。二字從庫本補。社壇距陳居各在一隅，相去數十里云。朱先生希真語。

按：《夷堅志補》卷十九亦載猪嘴道人事，文字略異，當出于《投轄録》之後。黄炎熙選鈔殘本《聊齋志異》又取《夷堅志補》之文羼入，或誤以爲蒲松齡作。

附録

洛陽李巘，少年豪邁，以財雄一鄉。常薄遊阡陌間，遇心愜目適，雖買一笑，擲錢百萬不靳。上三句明鈔本作「雖銷錢百萬，爲一笑費，非所靳」。宣和間，某太守自南郡解印還洛，家富明鈔本多一「盛」字。聲樂，列屋一寵姬，最姝秀夭麗。西都人家，伎妾以百數，名倡千人，莫能出其右。嘗以暮春明鈔本多「佳時」二字。遊名園，玩賞牡丹，偕侶相攜穿花徑。巘望見，兀兀如癡，寄目不暫瞬。姬亦窺其容狀，口雖笑叱，而心頗慕之。兩人遥相注意，俱不能上三字明鈔本作「懼不敢」。出言，悵悵而去。明日，又邂逅於別圃，度無由得狎，明鈔本多「歸而」二字。方寸憒亂，揺揺若風中懸旌。思得暫促膝，成須臾懽，罄百計不就。時有猪嘴道人者，售異術于廛市，能顛倒四時生物，人莫能識，巘獨厚遇。忽造門求醉，巘欣然接納，深思扣以其事，按：此句疑有脱誤。或能副所欲，乃設盛饌延款，具以誠告。客初難之，請至再四，乃笑曰：「姑試爲之。」巘拜曰：「果遂願，明鈔本作「果褱公恩」。不敢忘報。」

明日，招往城外社壇，明鈔本多「亭上」二字。四顧無人，拈一片瓦，呵祝移時，以付𧅧曰：「吾去矣，爾持此於庭明鈔本作「亭」。壁間上下劃之，當如願矣。善藏此瓦，每念至則懷以來。」𧅧謹受教劃壁，未幾，劃然中開，竦身而入，徑趨曲室內，斗帳畫屏，極爲華美。婦卧其中，宿酲未醒，見人驚起，曜顏微怒曰：「誰家兒郎，强暴至此？輒入明鈔本多一「人」字。房院，誰引汝來？」𧅧卻立凝笑，不敢言，熟視良久，蓋真所願慕者。婦人亦悟而笑。略道曩事，卽登榻共卧，相與極懽，既而曰：「太守且至，郎宜引避疾回，後會可期上二字明鈔本作「不難」。也。」遂循故道而出，壁合如初。瓦故在手，攜還家，珍秘于櫝。過三日，率一遊，每見愈款昵。經累月，杳無人知。會其密友賈生者，訝𧅧久不相過，意其有奇遇，潛伺所向，迹至社壇側。𧅧覺而捨去，賈隨詰問，不能隱，具以始末告之。明鈔本無「之」字。賈不信，曰：「果爾，吾豈不可往邪？如不吾同，當發其上二字明鈔本作「以」字。妖幻，首于官，且白某太守。」𧅧甚懼，曰：「今日已暮矣，明鈔本作「今已日暮，去亦不濟」。俟明日，同詣道人謀之。」拂旦往，道人不悦曰：「機已泄，恐不能神，當作別計。城西某家有園池之勝，能從吾飲乎？」皆曰：「幸甚！」卽具酒殽，偕往小飲。一亭前有大假山，道人酒酣，振衣起，舉手指劃山石，一峰中分。兩人就視，見樓臺山水，花木靚麗，漁舟從溪上來，碧桃紅杏明鈔本無「紅杏」二字。繽紛。明鈔本多「飄拂棨棹」四字。方注目間，道人登舟，其去如飛。賈引袖力挽，石縫遽合，傷其指。道人杳無蹤矣。它日，兩人復至社壇，用原瓦施之，已無所效，惘然怨悔而歸。後訪乳醫嘗出入太守家者，使密扣姬，云夢中恍惚與一男子燕私，今久不復然矣。（《夷堅志補》卷十九《猪嘴道人》）

曾元賓

温州平陽縣桂嶺里東溪人曾元賓者，三子，庫本作「有子三人」。長曰雄飛，次曰伊仲，季曰長翰。庫本作「良」，下同。紹興丁巳夏初，幼子長翰縱走山谷間，覩小青衣庫本有「者」字。容貌奇麗，夷然而前曰：「真仙欲邀君言原本作「年」，從庫本改。少事。」長翰恍惚若驚，從而往之，縈迂行數里，至一林下，異香馥郁，非塵俗比。俄有五女子，二從者擁蓋而出，珠珮盛飾，奇容豔粧，世所稀見，真神仙中人也。長翰愈驚其異，勉而問曰：「子爲誰乎？」曰：「吾五人者，乃蓬萊島之真仙也。一曰仁靜，字德俊；二曰仁粹，字德材；三曰仁嬌，字德懋；四曰仁玉，字德全；五曰仁姝，字德高。」顧二侍者曰：「此二人乃吾之嬪娥也，曰媚真，曰美真。吾于君家有宿緣，不遠萬里而來。君之昆季三人，久雖當貴，然未有不學而自成者也。吾等博學談古，無所不至，欲師授汝等昆仲，以未知汝家君可否耳。可以此言白父兄。三字原本作「及父母兄」四字，從庫本改。如其原本衍「有」字，從庫本删。可從，即於汝居之前山頂巔營屋三室，几案之屬亦可略備，吾當擇日自赴。原本誤作「是」，從庫本改。如不願從，亦無固必。」言訖辭謝，由故道而去。長翰彷徨不能自存，歸告父兄。元賓者欣躍謂衆子曰：「果吾家興焉。」如戒營室，累日而成。三子俟之，一日果至，命其室曰「山堂」。仁靜作詩戒三子曰：「東晉生華氣，儒生頗好閑。所居得山堂，楹檻稍虚寬。森羅對草樹，曉暮清陰寒。洒掃布几席，氣體巖可安。圖書雖非多，原本空缺一格，從庫本補。亦足侈覽觀。望令述事業，細大無不完。高出萬古表，遠窮四海端。于中苟得趣，自可忘寢餐。勉哉二三子，及時張羽翰。毋爲玩嬉戲，玩取一笑歡。壯年不重來，光景如流丸。」自後教導日新，規矩峻整，小有違犯，亦加棰楚。三人語人曰：「真仙雖日來夜去，某事不敢懈怠，無不知者。」它人罕見其形，但與人盃酌談笑，或有求文者，但展紙于案，惟聞墨筆削斵之聲，俄頃揮翰盈原本作「迴」，從庫本改。紙。一日友人張彦忠大夫不信而謁之，得詩曰：「秀仙溪分一石崖，等閑居此象蓬萊。舉眸盡是山林趣，何必東都原本空缺一格，從庫本補。長者來。」又曰：「特承臨訪索詩篇，無愧庫本作「鬼」。高談振坐前。細柳真風渾秀異，佇膺原本誤作「庸」，從庫本改。綸詔赴中天。」又曰：「曾統三軍執要權，妖氛掃盡復寧邊。鹽梅實是和羹手，共賀原本誤作「和」，從庫本改。中興億万年。」又曰：「忠心報國不辭難，竭盡英雄險阻間。孽寇生擒如拾芥，未饒三箭定天山。」又林小尹左司，乃元賓親家也，亦謁之，得詩與辭。其餘賦論策題，不可勝記。〈馬子〉（焉）約自永嘉過會稽，語先太史云，在郡所目覩。别後又録其甥郭湯求彦同所敍云爾。馳寄書中，且云事有不可勝言者。其後不聞。

按：杜光庭《神仙感遇傳》卷三有姚氏三子遇仙事（《太平廣記》卷六十五所引較詳），似爲本篇所資。

玉照新志

王明清

五卷。《寶顔堂秘笈》及《四庫全書》本作六卷。自序于慶元戊午（一一九八），謂得一玉照于鮑子正，又獲米南宫書玉照二字揭之寓舍，因以名其書。多談神怪及瑣事，亦間及朝野舊聞。此據《學津討原》本選録。

姜適

熙寧中，有太廟齋郎姜適者，淄川人，樞密遵之孫。嘗從開封府覓舉還鄉，途中有平輿數乘，每相先後，初亦不暇問之。既抵里中，乃徑趨其家。適出詢之，有婦人焉，顔色絶代，方二十餘，語適曰：「吾來爲汝家婦。」適曰：「吾納室久矣，豈容他人？」婦云：「使足下自有妻，我願妾御無悔。」反覆酬酢久之。適知其怪，然勢不容拒，遂以廊廡間空屋數楹處之，徐觀其變。婦者亦有使令，自置烟爨，烹炰飲食，無異常人。略無毫髮之擾，亦不與之講男女之好也。既無從詰其來歷，但合門畏懼而已。積是逾年，人情相與，亦頗稔熟。忽有道人直造舍，婦一見掩袂大哭。道人者語適云：「子倘不遇我，禍有不可言者。此婦人，劍仙也，始與其夫亦甚和鳴，終乃反目，婦易形外避。其夫訪於天下，今將迹至君家，來殺此婦，并及君焉。吾先知之，萬里來救君命。今夕必有異，子但閉目勿開，安以待之，可保無虞。」是夜三鼓後，忽窗中劃然有聲，見二劍自空飛入，適如其言，瞑目安坐。少焉，二劍盤旋於適頭之前後。天將曉矣，忽聞喝聲甚厲，云：「可啓觀。」卽早來之道人也。下視之，有人首一，血流滿地。道人曰：「可賀矣。」腰間瓢中取藥一捻布之，血化爲白水。人首與道人俱不見。次日，婦人亦辭謝而去。適自此神氣秀爽，不復以利名縈心，屏妻子，常往來鄠杜之間，以藥餌符水療人之疾，數見奇效，時人敬之。其後孫處恭安禮所言如此。安禮，君子人也，所言必不妄。明清近觀《熙豐起居注》云：元豐四年，慈聖光獻皇后上仙，裕陵追慕，至忘寢食。適詣闕上言，能使返魂。上亦信之，使試其術。且載其施行云：太廟齋郎姜適進狀，稱係虞部郎中正觀之子，光祿寺丞緯之姪，爲學道休官。有法，能致太皇太后復生。詔差御藥院李舜舉傳宣中書密院兩廳聚詢。本人稱限六十日內，當如其所陳，於京師城西金明池內修壇作醮。差御藥監及宣使賜淨衣一套。至期無驗，復詰之，云：太后方與仁宗凭玉闌干賞千樹梅花，無意復思人間。上以狂妄，除名送秀州編管。後不知所終。（卷一）

按：此與《夷堅支志》庚四《花月新聞》大同小異，見前。

＊張生雨中花詞

元符中，饒州舉子張生游太學，與東曲妓楊六者好甚密。會張生南宫不利歸，妓欲與之俱，而張不可，約半歲必再至，若渝盟一日，則任其從人。張偶以親之命，後約數月始至京師。首訪舊游，其鄰僦舍者迎謂曰：「君非饒州張君乎？六娘每恨君失約，日託我訪來期於學舍。其母痛折之，而念益切。前三日，母以歸洛陽富人張氏，遂偕去矣。臨發涕泣，多與我金錢，令候君來引觀故居畢，乃餽後人。」生入觀，則小樓奥室，歡館宛然，几榻猶設不動，知其初去如所言也。生大感愴，不能自持，跡其所向，百計不能知矣。作《雨中花》詞，盛傳於都下云。或云即知常之子子功燾也。其詞云：「事往人離，還似暮峽歸雲，隴上流泉。〔奈〕强分圓鏡，枉斷哀絃。曾記酒闌歌罷，難忘月底花前。舊攜手處，層樓朱户，觸目依然。從來懶向，繡幃羅帳，鎮交比翼文鴛。誰念我而今清夜，長是孤眠。入户不如飛絮，傍懷爭及爐烟。這回休也，一生心事，爲爾縈牽。」此得之廉宣仲布所記云。（同上）

按：《雨中花》詞，《緑窗新話》卷下《任昉以木刀詐妓》引《古今詞話》謂任昉作。又字子功（《宋史》作子公）之張燾乃政和八年進士，與元符中之饒州舉子恐非一人。

周美成瑞鶴仙詞

明清《揮麈餘話》記周美成《瑞鶴仙》事，近於故篋中得先人所叙，特爲詳備，今具載之。美成以待制提舉南京鴻慶宫，自杭徙居睦州，夢中作長短句《瑞鶴仙》一闋。既覺，猶能全記，了不詳其所謂也。未幾青溪賊方臘起，逮其鴟張，方還杭州舊居，而道路兵戈已滿，僅得脱死。始入錢塘門，但見杭人倉黄奔避，如蜂屯蟻沸，視落日半在鼓角樓簷間，即詞中所謂「斜陽映山落，斂餘暉猶戀孤城闌角」者應矣。當是時，天下承平日久，吴越享安閒之樂，而狂寇嘯聚，徑自睦州直擣蘇杭，聲言遂踞兩浙。浙人傳聞，内外嚮應，求死不暇。美成舊居既不可往，是日無處得食，飢甚。忽於稠人中有呼「待制何往」者，視之，鄉人之侍兒，素所識者也，且曰：「日昃未必食，能捨車過酒家乎？」美成從之。驚遽間連引數杯，散去，腹枵頓解，乃詞中所謂「凌波步弱。過短亭何用素約。有流鶯勸我重解繡鞍，緩引春酌」之句驗矣。飲罷，覺微醉，便耳目惶惑，不敢少留，逕出城北，江漲橋諸寺士女已盈滿，不能駐足，獨一小寺經閣，偶無人，遂宿其上，即詞中所謂「上馬誰扶，醉眠朱閣」又應矣。既見兩浙處處奔避，遂絶江居揚州。未及息肩，而傳聞方賊已盡據二浙，將涉江之淮泗。因自計方領南京鴻慶宮，有齋廳可居，乃挈家往焉，則詞中所謂「念西園已是花深無路，東風又惡」之語應矣。至鴻慶，未幾以疾卒，則「任流光過了，歸來洞天自樂」又應於身後矣。美成平生好作樂府，將死之際，夢中得句，而字字俱應，卒章又驗於身後，豈偶然哉！美成之守潁上，與僕相知。其至南京，又以此詞見寄，尚不知此詞之言，待其死乃盡驗如此。（卷二）

按：今本《清眞集》中此詞文字頗多差異。

張行簡

隆興初，有太學生張行簡者，臨安人也。嘗與同舍生遊西湖，俱大醉，委之而去。臥于大佛頭石像之陰，夜半月色如晝，酒亦少醒，有素衣婦人者至其所，云：「妾家距此不遠，可同歸少款否？」生領略之，至其舍，屋宇帷帳甚爲雅潔，亦有使令之屬，逢迎悉如意旨，遂寓止焉。由是流連數日，燕飲甚歡。情意既洽，遂至忘歸。婦曰：「君懷家否？往返當自若也。」自是生時造之，益以膠固。生曰：「吾家稍寬敞，可以偕往否？」婦曰：「此亦不憚，但有所碍而不可入禁城，奈何？」再三詢之，云：「君誠有意，可訪尋鵓梧丁二枚貼于錢塘門，卽無所懼矣。」生扣問爲何物。婦曰：「刑人之杖瘡膏藥靨也。」生爲經營得之。抱關者疑而問焉。生云：「有所厭勝而然耳。」已而婦果與之俱造其廬，亦無以異於常人。然自此多疾疢，日覺羸瘠。忽有道人至其門，見之云：「君之所遇，乃草木之妖。若不捨之，必有性命之虞。」生皇懼，詢之，曰：「此魅不敢過江，且亟往浙東避之卽免。」生從其言，挈囊登舟之際，婦人者踉跳戟手岸側而詈。既次會稽，偶有同齋生延佇以處。自是日向安寧，出入起居如常。積是三閱寒暑，或有勉其還家者，且曰：「歲月既久，魅必他往，不能爲祟，可無所慮焉。」生於是整棹西歸，方登石塘，婦已先在焉，喜氣可掬，遂與之同歸。不數月，生疾復作而死。竟不知爲何怪也。（卷四）

*左與言

左與言，天台之名士大夫也。其孫衷其樂章，求爲序其後云：政宣之際，文物鼎盛，異才坌出。天台左君與言，委羽之詩裔，飽經史而下筆有神，名重一時，學者之所敬仰。策名之後，籍甚宦途，屢彰美效，藹聞薦紳。著書立言，自托不朽。平日行事，蓋見之國子虞仲容所述誌碑詳矣。吟咏詩句，清新嫵麗；而樂府之詞，調高韻勝，好事者尤所争先快睹。豪右左戚，尊席一笑，增氣忘倦。承平之日，錢塘幕府樂籍有名姝張足女名濃者，色藝妙天下，君頗顧之。如「無所事，盈盈秋水，淡淡春山」與「一段離愁堪畫處，橫風斜雨搖衰柳」及「堆雲剪水，滴粉搓酥」，皆爲濃而作。當時都人有「曉風殘月柳三變，滴粉搓酥左與言」之對。其風流人物，可以想像。俶擾之後，濃委身於立勳大將家，易姓章，遂疏封大國。紹興中，君因覓官行闕，暇日訪西湖兩山間，忽逢車輿甚盛，中覩一麗人褰簾顧君而顰曰：「如今若把菱花照，猶恐相逢是夢中。」視之，乃濃也。君醒然悟入，即拂衣東渡，一意空門，不復以名利關心。老禪宿德，莫不降伏皈依。此殆與夫《僧史》所載樓子和尚公案，若合一契。君之孫文本，編次遺詞若干首，名曰《筠翁長短句》，欲以刻行，求余爲序。筠翁，君之自號，與言其字，字蓋析其名云。余既識之，服膺三歎，併爲書此一段奇事。（同上）

●邢仙翁

熙寧辛亥壬子〔間〕（聞），武侯李，忘其名，以供奉官爲衡州管界巡檢。一日，捕盜入九疑山，深歷岩洞，人跡罕到。忽瞻絕嶺，路窮不可上，徘徊民舍，遥見嶺中間有青烟一點，了然可辨，指以示村民。云：「居常見之，但不知爲何人所燎。樵夫牧子皆不能到也。」李侯識其處，歸以告同姓李君彦高者。李君業文，志未就，嘗以養生不死爲意。每聞有方士異人，必訪之，與游處者皆此類，恨未有得也。聞侯言，頗喜，即裹糧假侯所與同行從者一人往詣之。至其所，則獨尋路望青烟處，攀緣藤而上，嶮危備歷，忽得平地，有草堂三數間。叩門而入，見一老人燕坐其中，忽覩李君，驚相謂曰：「何爲至此？此非人跡可到也。」李揖前，叙以久慕仙道，聞所聞而來。老人笑揖，與之坐。李問老人姓名。曰：「我唐末人，因離亂避世隱，歷名山來此，亦三五十春秋矣。姓邢氏，名字不必問。吾亦不欲聞於世。」李意其爲邢和璞，問之，則曰：「非也。」因問李曰：「吾避世久不接人事。聞今國號宋，不知天子姓氏，傳代幾葉，年號爲何？」又指面前二小池，乃有竹筒作刻漏狀，曰：「從來甲子日辰，吾盡知之。今日乃何日，所不知者國姓年號耳。」李因盡告以熙寧天子姓號，傳序年月。仙老頷之而已。李又問：「仙翁居此既久，曾略下山乎？」曰：「從來此，凡三因取水到半山下，他時未嘗出也。」因叩以仙經道術要訣，則曰：「此當修養自到，難以口耳傳授。」但以修心治性，凡爲人倫慈愛忠孝事告之。李不得問，糧盡乃歸。又數日，卽爲五日糧，裹之而去，復至其所。其人笑喜問勞。李遂留五日，復叩之，則告以吐納鍊養之事。每坐語倦，則援琵鼓之，其聲韻非世間之音，李絶不能辨其曲操，但覺草堂中逡巡如驚雷怒濤之聲，既罷而餘韻不絶也。左右凡四窗，皆長，几上文史如世間書。李竊視之，皆墨字天篆古文，間以朱字，如刊正校讎者，李皆不能曉。五日糧盡，又歸。歸數日，又攜五日糧以往，仙翁復笑延之如故，漸無間矣。李復叩之，遂以內丹真訣語之。李所說如此，恐其別有得，亦不傳也。因謂李曰：「吾以天上校對天書，自有程課，不須復來，恐妨吾事。吾亦不久徙居他處矣。」李問以窗間道書，云：「此皆仙房所著天上書。凡係仙籍，皆與分校勘。此吾所校，已則歸之，別給他書也。」因贈李十二詩，臨行又書一絶，皆天篆古文，李初莫能識。其後竟不復往，莫知所之也。李得詩，凡與同志或吾徒中善隸篆者討尋，十八年，方盡識十三篇，遂以傳也。李今在衡汾湘間，頗有所得，但人無知者耳。羅君言如此。羅善篆，親授於李君天篆本摹之，許他時見贈。因默記十三篇，手錄示予云。此湘潭羅仲衡所記云。詩列于後。其題云詩贈晩學李君》：虛皇天詔下仙家，不久星横借客槎。壁上風雲三尺劍，林前龍虎一爐砂。行乘海嶼千年鶴，坐折壺中四季花。爲愛《陰符》問玄義，更隨驪海入烟霞。久掩山齋看古經，但矜猿鶴事高情。爐中且喜丹砂死，巖下近聞朱草生。堪鄙塵寰馳妄理，莫教流俗聽希聲。清溪有路無人識，獨弄滄浪一濯纓。詰曲川原幾里深，偶尋巖壑在前林。長懷萬古典墳樂，果稱幾年泉石心。將著道經延白日，偷收巖藥化黄金。山中欲訪逍遥客，爲報白雲深處尋。人稀境静絶塵埃，野客尋源或到來。怪石結成真洞府，亂山堆就假樓臺。久窮至理難期老，獨放真機學未該。得共山翁話虛寂，不妨巖下且徘徊。翠微堆裏隱雲烟，石擁藤蘿小洞天。常篆丹符驅木魅，每呼山鬼汲溪泉。養成玉座千年石，煉過河車九轉鉛。記得濳虛真伴侣，出門争贈買山錢。秋景澄清物象希，山家沉寂俗難齊。常聽嶺瀑連雲瀉，時有林猿隔岫啼。月黑笈明靈武動，夜寒囊破蹇驢嘶。收身已脱人間世，贏得烟蘿在處題。丹雄初伏櫃方靈，萬里蓬壺第一程。神室不封添夜火，金砂新浴煉真形。稚川篋裏藏丹訣，鴻寶方中檢藥名。既得仙人小龍虎，便尋根本到長生。旋滴巖頭石裏泉，研硃將點洞靈篇。只看壁外數千卷，勝走人間三百年。何事役心求妙友，便須窮理到真仙。竹關松逕逍遥境，雅使山翁恣意眠。眼前龍虎實紛紜，説破丹砂世莫聞。故脱衣冠尋舊隱，便將猿鶴入深雲。閒編野録前朝事，静校仙經古篆文。滿腹分明惟自識，塵寰誰認紫陽君。無言隱几閉松扃，萬古襟懷獨自靈。筆研特鋪三卷篆，彈冠嘗動一簪星。青童去擷南山朮，野客來尋北帝經。天道不須窺牖見，滿門山岳自青青。山家何物是知音，也勝人間枉用心。學就萬年龜喘息，習成千歲鶴呻吟。冲和久養通靈獸，關節常調不死禽。獨對翠微誰更問，鼎分三足伴光陰。世事功名不足論，好乘年少入真門。渾如一夢莊仙蝶，況是千年柱史孫。須向黄庭分内外，不教周易祕乾坤。他年陵谷還遷變，家住蓬瀛我尚存。外一絶云：日轉蓬窗影漸移，羅浮舊隱别多時。瀛州伴侣無消息，風撼巖前紫桂枝。（卷五）

揮麈録

王明清

《揮麈前録》四卷、《後録》十一卷、《三録》三卷、《餘話》二卷。《郡齋讀書志·附志》著録二十三卷，蓋傳本分合不同。有宋本、《津逮祕書》本及中華書局上海編輯所點校本。

李夫人盡獲羣賊

錢義妻德國夫人李氏，和文之孫女，早歲人物〔姝〕(妹)麗。建炎初，侍其姑秦魯大主避虜入淮，次真州，而爲巨寇張遇衝劫，骨肉散走，度大江，抵句容境上，復爲賊之潰黨十餘人所略。同時被虜儕類六十輩，姿色皆勝。驅之入村落闃無人跡之境，悉置一古廟中。每至未曉，則羣盗皆出，扃鎖甚固。至深夜乃歸，必攜金繒酒肉而來，蓋椎埋得之。逾旬無計可脱。一日午間，忽聞廟外有嗽咳之聲，諸婦出隙中窺之，一男子坐于石上，卽呼來隔扉與之語。男子云：「我荷檐于此，所謂貨囊者。」婦各以實告，且祈哀以求生路，許以厚圖報謝。其人復云：「此距巡檢司才十餘里，吾當亟往告之，以營救若等。今夕必濟，幸無怖也。何用報乎。」至夜，盗歸，醉飽而寢。忽聞鑼聲甚振，乃巡檢者領兵至矣，盡獲賊徒，無一人脱者。詢婦輩，各言門閥，皆名族貴家。於是遣人以禮津送其歸。夫人後享富貴者數十年。頃歲其

子儁道端英奉版輿過天台，夫人已老，親爲明清言之。（三録卷二）

按：《揮麈録》多記史實典故，惟此篇故事情節曲折詳盡，可與《警世通言》中之《趙太祖千里送京娘》、《萬秀娘仇報山亭兒》參看。

康倬詭易姓名

康倬字爲章，元祐名將識之子。少日不拘細行，游京師，生計既蕩折，遂偶一娼。始來卽詭其姓名曰李宣德，情意既洽，婦人者亦戀戀不忍捨。爲章謂曰：「吾既無室家，汝肯從我南下爲偕老之計乎？」娼大然之，橐中所有甚富，分其半以遺姥，指天誓曰，不相棄背。買舟出都門，沿汴行，裁數里，相與登岸，小酌旗亭，伺娼之醉，爲章解纜亟發。娼拗怒戟手於河滸，爲章勿顧也。娼既爲其所紿，倉黄還家。後數年，爲章再到京師，過其門，娼母子卽呼街卒録之，爲章略無憚色。時李孝壽尹開封，威令凜然。既至府，爲章自言：「平時未嘗至都下，無由識此曹。恐有貌相肖者，願試詢之。」尹以問娼，娼曰：「宣德郎李某也。」爲章遽云：「己卽右班殿直康倬也。」尹曰：「誠倬也，取文書來。」爲章探懷中取吏部告示文字以呈之。尹撫案大怒曰：「信知浩穰之地，姦欺之徒，何所不有。」命重杖娼之母子，令衆通衢。慰勞爲章而遣之。李尹自以謂益顯神明之政矣。爲章自此折節讀書，易文資，有名於世。後來事浸露，李尹聞之，嘗以語外祖曰：「僕爲京兆，而康爲章能作此奇事，可謂大膽矣。」與之，其子也。宏父舅云。（餘話卷二）

摭青雜説

佚名

《摭青雜説》，載于《説郛》卷三十七，不著撰人。宛委山堂本《説郛》題王明清撰，不詳所據。原注云二十四卷，未見傳本。所存五篇，今全録之。

陰兵

紹興辛巳冬，虜人南侵，朝廷遣大軍屯淮東以遏虜衝。虜勢漸逼，主將每遣小校將數隊四出遊奕候望。有何兼資者，領五十人至六合縣西望，見一隊軍馬自西北來，旗幟不類虜人，又不類官軍。兼資躊躇，未知所措。其人馬行速，已出兼資之後，號令下寨。兼資遂令所部隱身蘆荻林中。須臾，有一人傳令曰：「荻林中有人否？」一人應曰：「彼中乃生人，與吾不相關涉。」兼資聞有生人不相關之言，而知其爲鬼兵也，乃免胄出見守寨門官，因再拜曰：「某大宋劉太尉下踏白軍也，不知神兵自何道來？其所征討爲何事？」門者命報中軍。須臾，中軍傳令召兼資入。凡五門，始至軍中。一人廟坐，冠服如天神。一人西向，形貌英毅，髯鬚皆指天。一人面貌亦俊爽。餘二三人分坐于左右，皆金裝甲胄。兼資再拜，致詞未畢，忽西向者曰：「吾奉天符來助汝太尉，管取必勝。」兼資再拜致謝，因問曰：「今日幸遇神將將兵相助，敢請廟位神號。」廟坐者瞪視不言，西向者乃曰：「此天蓬神主事也，不與凡間通言，汝不必問。」兼資又再拜，就西向者問曰：「大王又何神也？」答曰：「某唐張巡也。」指對坐者曰：「此唐許遠也。」因徧指下坐者謂兼資曰：「此雷萬春也，此南霽雲也。」兼資少亦讀書，頗記張巡、許遠事，因再拜頂禮曰：「某曾讀《唐書》，見二大王忠義之節，每正冠斂容，羨其英特，豈期今日得瞻拜風采。然信史所載，豈皆實乎？」巡曰：「史有何疑？」兼資曰：「史言大王城守，凡食三萬餘人，不知果然否？」巡曰：「有之而實不然也。其所食者，皆已死之人，非殺生人也。」兼資又曰：「史言張大王殺愛妾，許大王殺愛奴以享士，不知果然否？」巡曰：「非殺也，妾見孤城危逼，勢不能保，欲學虞姬、綠珠效死于吾前，故自刎。許大王奴亦以憂悸暴死，遂烹以享士。蓋用術以堅士卒之心耳。」兼資顧見雷萬春面上止有一瘢，因再拜問曰：「史言將軍面著六箭，而止有一瘢，何也？」萬春曰：「當時實著六箭，而五著兜鍪，虜人相傳謂吾面著六箭不動，吾亦當之，庶揚名以威虜也。」須臾命酒，肴饌亦人間之物，惟天神者不食。良久，傳漏者報云：「天漸曉矣。」巡謂兼資曰：「汝歸語汝主，吾奉天符助兵。然此虜將悖逆，吾當斬其首以報上帝。」語訖，命人引兼資出。兼資出至狹林，呼其所部出，至張、許下寨之所，已不復有人矣。不半月，有皂角林之捷。未幾，虜主有龜山之禍。皆如其言。兼資後累功至正使，見今在京西，多與士大夫言之。

守節

建炎庚戌歲，建州兇賊范汝爲因飢荒嘯聚至十餘萬。是時朝廷以邊境多故，未遑致討，遂命本路官司姑務招安。汝爲聽命，遂領其徒出屯州城，名曰招安，但不殺人而已，其刦人財帛、掠人妻女，常自若也。州縣不能制。次年春，有呂忠翊，本關西人，得受福州稅監官。方之任，道過建州，爲賊徒所刦。呂監有女十七八歲，亦爲所掠。是時賊徒正盛，呂監不敢陳理，委之而去。汝爲有族子范希周，本士人，三入上舍，間在學校，曾試中上，亦陷在賊中，不能自脫。年二十五六歲，猶未娶。呂監之女，爲希周見其爲宦家女，又顏色清麗，性和柔，遂卜日合族，告祖備禮，册爲正室。是冬，朝廷命韓郡王統大軍討捕，呂氏謂希周曰：「妾聞正女不事二夫，君既告祖成婚，妾乃君家之婦也。孤城危迫，其勢必破，則君乃賊之親黨，必不能免，妾不忍見君之死。」引刀將自刎。希周救之曰：「我陷在賊中，雖非本心，無以自明，死有餘責。汝衣冠宦族兒女，虜刦在此，爲大不幸。大將軍士皆是北人，汝既是北人，或言語相合，宛轉尋着親戚骨肉，又是再生也。」呂氏曰：「果然，妾亦終身不嫁人。但恐爲軍人將校所虜，吾誓再不辱，惟一死耳。」希周曰：「我萬一漏網，得延殘年，亦終身不娶，以答汝今日之心。」先是，呂監與韓郡王有舊。韓過州郡，呂監爲提轄官，同到建州。十餘日城破，希周不知所之。呂氏見兵勢正盛，勢不能免，乃就一荒屋中自縊。呂監巡視次，適見之，使人解下，乃其女也。良久方蘇，具言其所以。父子相見，且悲且喜。事定，呂監隨韓帥歸臨安，將令其女改適。呂氏不肯，父駡曰：「今嫁士人，文官未可知，武官可必有也。縣君不肯做，尚戀戀爲逆賊之妻，不忍抛耶！」呂氏曰：「彼名雖曰賊，其實君子人也。彼是讀書人，但爲其宗人所逼，不得已而從之。他在賊中，常與人作方便。若有天理，其人必不死。兒今且奉道在家，作老女奉事二親，亦多少快活，何必嫁也。」紹興壬戌歲，呂監爲封州將領。一日，有廣州使臣賀承信以公牒到將領司，呂監延見于廳上。既去，呂氏謂呂監曰：「適來者何人也。」呂監曰：「廣州使臣。」呂氏曰：「言語步趨，宛類建州范氏子。」監笑曰：「汝范家子死于亂兵，骨已朽矣。彼自姓賀，自與你范家子了無半毫相惹。汝道世間只有一箇范家子耶？」呂氏爲父所沮，亦不敢復言。後半載，賀承信又以職事到封州將領司，事務繚繞，未得了畢，時復至呂監廳事。呂監時或延以酒食，情契欵熟。呂氏屢窺之，知其爲希周也，乃情懇其父，因飲酒熟問其鄉貫出身。賀羞愧，向呂監曰：「某建州人也，實姓范。宗人范汝爲者叛逆，某陷在賊中，既而大軍來討，城破，舉黃旂招安。某隨投降，恐以賊之宗族，一併誅夷，遂改姓賀，出就招安。後撥在岳承宣軍下，收楊么時某以南人便水，常前鋒，每戰某尤盡力，主將知之。賊平之後，遂特與某解由，初任和州指使，第二任合受監官，當以闕遠，遂只受此廣州指使。」呂監又問曰：「今孺人何姓？初娶再娶乎？」賀泣曰：「在賊中時虜得一官員女爲妻。是冬城破，夫妻各分散走逃，且約苟存性命，彼此無娶嫁。後來又在信州尋得老母，見今不曾娶，只有母子二人，一箇爨妾而已。」語訖，悲泣失聲。呂監感其恩義，亦爲泣下，引入堂中見其女。住數日事結，畢束奩具，令隨希周歸廣州。後一年，呂監解罷，迂道之廣州，待希周任滿，同赴臨安。呂得淮上州鈐，范得淮上監稅官。廣州有一兵官郝大夫，嘗與予說其事。

按：此即《警世通言》第十二卷《范鰍兒雙鏡重圓》本事。

鹽商厚德

項四郎，泰州鹽商也。嘗商販自荆湖歸，至太平州，中夜月明睡不着，聞有一物觸舡。項起視之，有似一人。遂命梢子急救之，乃一丫鬟女子也，十五六歲。問其所事，曰：「姓徐，本北人，醴州寄居。茲者父自辰倅解官，舉家赴臨安，至此江中，忽逢刦賊。某驚墮水中，附一踏道，漂流至此。父母想皆遭賊手矣。」項以其貴人家女，意欲留之爲子婦，遂令獨寢。比歸至家，以其意告厥妻。妻曰：「吾等商賈人家，止可娶農賈之家。彼驕貴家女，豈能攻苦食淡，緝麻織布，爲村俗人事邪？不如貨得百十千，别與兒男娶。」由是富家娼家，競來索買。項曰：「彼一家遭難，獨彼留得餘生。今我既不留爲子婦，寧陪些少結束，嫁一本分人，豈可更教他作倡女婢妾，一生無出倫耶？」其妻屢以爲言，至于喧争，項終不肯。項鄰里有一金官人，受得醴州安鄉尉，新喪妻，聞此女善能針綫，遂親見項求顧，項執前言不肯。金尉求之不已。女常呼項爲阿爹，因謂項曰：「兒受阿爹厚恩，死無以報。阿爹許嫁我好人，好人不知來歷，亦不肯娶我。今此官人，看來亦是一箇周旋底人，又是尉職，或能獲賊，便能報仇，兼差遣在醴州，亦可以到彼，知得家人存亡。」項曰：「汝自意如此，吾豈可固執。但去後或有不足處，不干我事。」女曰：「此兒甘心情願也。」遂許之，且戒金尉曰：「萬一不如意，須嫁事一好人，不要教他失所。」金尉笑曰：「吾與四郎爲隣居，豈不知某不他耶。」金尉問項所索，項曰：「吾始者更要陪些奩具嫁人，今與官人，既無結束，豈復需索也。」徐氏既歸金尉，金尉見其是女身，又宦家兒女，又凡事曉了，大稱所望。始名爲意奴，又改爲意姐，又以第行呼爲七娘。謂徐氏曰：「若得知汝家世分明，當册汝爲正室。縱無分明，亦不別娶也。」歲時往來項家如親戚。居二年，相挈赴安鄉任。初到官，即遣人問徐倅信息。居人曰：「有一徐官人，昨日辰州通判替下，舉家赴行在，至今不曾歸，不知得甚處差使也。」七娘意其父母必死，但悲哀號哭，不復思念。後一年，尉司獲一火刼盜，因推勘，乃問其前後，又曾在甚處刼掠甚人財物。内有二人招曰：「曾在太平州刼一徐通判舡。是時只有一梢子，脚上中槍，船中人皆走，舡尾去擔，方得一擔籠出上岸，忽聞鑼鳴聲，恐是官軍來，遂走散去，並不曾傷人。」七娘聞之，稍稍自安，但未有的耗。又一年，金尉權一邑事，有一過往徐將仕借脚夫。七娘自屏後窺之，甚類其兄。比去，乃與金尉説。金尉乃具晚食，召將仕，因問其父歷任經由。將仕曰：「某河北人，流寓在此，寄居數年。自辰倅罷，得鄂倅，見今在岳州寄居。」金尉又問：「罷辰倅赴臨安日，舟行乎？步行乎？」將仕曰：「舟行。」金尉又問曰：「舟行如何？想無風波之恐？」將仕曰：「不曾有風波之患，只在太平州遭一火刼賊，財物無甚大失，但一小妹落水死，累日尋尸不得。」因淚下。金尉乃引將仕入中堂，兄妹相持大哭。既而説雙親長幼皆無恙，又復相慰。當日將仕但聞商人收得，轉顧在金尉處，其詳悉未及契勘。次日，問金尉元直費幾金，當收贖以歸。金尉笑曰：「某與令妹有言約矣，況今有娠，豈可復令嫁他人。」七娘乃與阿兄説及項四郎高義賢者，當初如此如此。將仕泣曰：「彼商賈乃高見如此，士大夫色重禮輕，有不如也。父母生汝，不克有終，能終汝者項君也。」于是將仕發書告其父母，遂擇日告祖成婚。七娘畫項像爲生祠，終身奉事。

茶肆還金

京師樊樓畔有一小茶肆，甚瀟洒清潔，皆一品器皿，椅卓皆濟楚，故賣茶極盛。熙豐間，有一士人，邵武軍人李氏，在肆前遇一舊相知，引就茶肆，相叙濶別之懷。先有金數十兩，別爲袋子繫于肘腋間，以防水火盜賊之虞。時春月乍暖，士人因解卸衣服次，置此金于茶卓之上，未及收拾。舊知招往樊樓會飲，遂忘記攜出。飲極歡，夜深將滅燈火，方始省記。李以茶肆中往來者如織，必不可根究，遂息心，更不去詢問。後數年李復過此肆，因與同行者曰：「某往年在此曾失去一包金子，自謂狼狽凍餒，不能得回家。今日天與之幸，復能至此。」主人聞之，進相揖曰：「官人說甚麽事？」李曰：「某三四年前曾在盛肆喫茶，遺下一包金子。是時以相知招飲，夜深方覺，自知其不可尋，遂一向歸安于下處，更不曾拜稟。」主人徐徐思之曰：「官人彼時著毛衫，在裏邊坐乎？」李曰：「然。」又曰：「前面坐者著皂披襖乎？」李曰：「然。」主人曰：「此物是小人收得，彼時亦隨背趕來送還，而官人行速，于稠人廣衆中，不可辨認，遂爲收取。意官人明日必來取。某不曾爲開，覺得甚重，想是黃白之物也。官人但說得片數稱兩同，卽領去。」李曰：「果收得，吾當與你中分。」主人笑而不答。茶肆上有一小棚樓，主人捧小梯登樓。李隨至樓上，見其中收得人所遺失之物，如傘扇衣服器皿之屬甚多，各有標題曰某年某月某日某色人所遺下者，僧道婦人即曰僧道婦人，其雜色人則曰其人似商賈、似官員秀才、似公吏，不知者則曰不知其人。就樓角尋得一小袱，封結如故，上標曰某年月日一官人所遺下。遂相引下樓，集衆再問李片數稱兩。李曰計若干片，若干兩。主人開之，與李所言相符，卽舉以付李。李分一半與之，主人曰：「官人想亦讀書，何不知人如此。義利之分，古人所重。小人若重利輕義，則匿而不告，官人待如何？又不可以官法相加。所以然者，常恐有愧于心故也。」李既知其不受，但慚怍失言，加禮遜謝，請上樊樓飲酒，亦堅辭不往。時茶肆中五十餘人，皆以手加額，咨嗟歎息，謂世所罕見焉。識者謂伊尹之一介不取，楊震之畏四知，亦不過是。惜乎名不附于國史，附之亦卓行之流也。今邵武軍光澤縣烏州諸李，衣冠頗盛，乃士人之宗族子孫。高殿院之子元輔，乃李氏親，嘗與予具言其事。

夫妻復舊約

京師孝感坊，有邢知縣、單推官並門居。邢之妻，卽單之娣也。單有子名符郎，邢有女名春娘，年齒相上下，在襁褓中已議婚。宣和丙午夏，邢挈家赴鄧州順陽縣官。單亦舉家往揚州待推官闕。約官滿日歸成婚。是冬，戎寇大擾，邢夫妻皆遇害，春娘爲賊所虜，轉賣在金州倡家，名楊玉。春娘十歲時已能《語》、《孟》、《詩》、《書》，作小詞。至是，倡嫗教之樂色事藝，無不精絕。每公庭侍宴，能將舊詞更改，皆對景着模處。玉爲人體態容貌清秀，舉措閑雅，不恃口吻以相嘲謔，有良人風度。前後守倅皆重之。單推官渡江，累遷至郎官，與邢聲跡不相聞。紹興初，符郎受父蔭爲全（前後文均作金）州司户，是時一州官屬，惟司户年少。司户見楊玉，甚慕之。玉亦有意而未有因。司理與司户契分相投，將與之爲地，而畏太守嚴明，有所未敢。居二年，會新守至，與司理有舊，司户又每蒙前席。于是司理置酒請司户，只點楊玉一名祗候。酒半酣，司户佯醉嘔吐，偃息于書齋，司理令楊玉侍湯藥，因得一遇會，以遂所欲。司户褒美楊玉，謂其知書多才藝，因曰：「汝必是一個名公苗裔，但不可推究，果是何人？」玉羞愧曰：「妾本是官族，流落至此，非楊媪所生也。」司户因問其父是何官何姓，玉涕泣曰：「妾本姓邢，在京師孝感坊居住。幼年許與舅之子結婚。父授鄧州順陽縣知縣，不幸父母皆遭寇隕命。妾被人掠賣至此。」司户復問曰：「汝舅何姓何官？其子何名？」玉曰：「舅姓單，是時得揚州推官。其子名符郎，今不知存亡如何。」因大泣下。司户慰勞之曰：「汝即日鮮衣美食，時官皆愛重而不肯輕賤，有何不可？」玉曰：「妾聞女子生而願爲之有家，若卽嫁一小民，布裙短衾，啜菽飲水，亦是人家媳婦。今在此迎新送故，是何情緒？」司户心知其爲春娘也，然未有所處，而未敢言。後一日，司户置酒回司理，復招楊玉佐樽，遂不復與狎昵，因好言正問曰：「汝前日言爲小民婦，亦所甘心。我今喪偶無正室，汝肯嫁我乎？」玉曰：「豐衣足食，不用送往迎來，此亦妾所願也。但恐新孺人歸，不能相容。若見有孺人，妾自去稟知，一言決矣。」司户知其厭惡風塵，出于誠心，乃發書告其父。初靖康之亂，邢有弟號四承務，渡江歸臨安，與單往來。單時在省爲郎官，乃使四承務具狀，經朝廷徑送金州，乞歸良續舊婚。符既下，單又致書與太守。四承務自賫符并單書到金州，司户請司理召玉告之以實，且戒以勿泄。次日，司户自袖其父書并符見太守。太守曰：「此美事也，敢不如命。」既而至日中，文引不下，司户疑其有他變，密使人探之，見尉司正鋪排開宴。司户曰：「此老尚作少年態耶？然錯處非一拍，此亦何足惜也。」既而果召楊玉祗候，只通判二人。酒半席，太守謂玉曰：「汝今爲縣君矣，何以報我？」玉答曰：「妾一身皆判府之賜，所謂生死而骨肉也，何以報德？」太守乃抱持之，謂曰：「雖然，必有以報我。」通判起立，正色謂太守曰：「昔爲吾州弟子，今是司户孺人。君子進退當以禮。」太守踧踖謝曰：「老夫不能忘情，非府判之言，不知其爲過也。」乃令玉入宅堂，與諸女同處，却召司理、司户，四人同坐，飲至天明，極歡而罷。晨朝視事，下文引告翁媪。翁媪出其不意，號哭而來曰：「養女十餘年，用盡心力，今更不得别見。」春娘出，諭之曰：「吾夫妻相尋得著，亦是好事。我十年雖蒙汝恩養，所積金帛亦多，足爲汝養老之計。」媪猶號哭不已。太守叱之使出。既而太守使州司人從自宅堂擡出玉，與司户同歸衙。司理爲媒，四承務爲主，如法成婚。任將滿，春娘謂司户曰：「妾失身風塵，亦荷翁媪愛育，亦有義姊妹情分厚者，今既遠去，終身不相見，欲少具酒食，與之話别，如何？」司户曰：「汝諸事一州之人莫不聞知，又不可隱諱，此亦何害。」春娘遂置上禮，就會勝寺請翁媪及同列者十餘人會。飲酒酣，有李英者，本與春娘連居，其樂色皆春娘教之，常呼爲姊，情極相得，忽起持春娘手曰：「姊今超脱，出青雲之上，我沈淪糞土中，無有出期。」遂失聲慟哭。春娘亦哭。李英針綫妙絶，春娘曰：「我司户正少一針綫人，但吾妹平日與我一等人，今豈能爲我下耶？」英曰：「我在風塵中，常退姊一步，況今日有雲泥之隔，嫡庶之異，若得姊爲我方便，得脱此門路，也是一段陰德事。若司户左右要針綫人，姊得我爲之，則素相諳委，勝如生分人也。」春娘歸以語司户。司户不許，曰：「一之爲甚，其可再乎？」既而英屢使人來催，司户不得已，拚一失色，懇告太守。太守曰：「君欲一箭射雙鵰耶？敬當奉命，以贖前此通判所責之罪。」司户挈春娘歸，舅姑見之，相持大哭。既而問李英之事，遂責其子曰：「吾至親骨肉，流落失所，理當收拾。又更旁及外人，豈得已而不已耶？」司户皇恐，欲令其改嫁。其母見李氏小心婉順，遂留之。居一年，李氏生男，邢氏養爲己子。符郎名飛英，字騰實，罷金州幕職，歷令丞，每有不了辦公事，上司督責，聞有此事，以爲知義，往往多得解釋。紹興乙亥歲，自夔罷倅，奉祠寄居武陵。邢、李皆在側。每對士大夫具言其事，無有隱諱。人皆義之。

按：此即《古今小説》第十七《單符郎全州佳偶》本事。

海陵三仙傳

王禹錫

王禹錫，海陵人，生平不詳。曾爲王明清《揮麈後録》題跋，時在紹熙甲寅(一一九四)前後。《海陵三仙傳》，《宋史·藝文志》道家類著録，一卷。《古今説海》本不著撰人。《説海》説淵部别傳家所録多爲唐人小説，僅此篇及《林靈素傳》爲宋人作品。海陵三仙爲徐神翁守信、周處士恪及唐先生甘弼。兹録其唐先生一篇，以備神仙傳之一體。

唐先生

唐先生名甘弼，海陵人，爲郡小吏，廉恪無他伎。一日晨出，若有所遇者，忽裂巾毁屨，解衣濡水滌橋，裸裎褻語，見者遺嫚駡。家人以爲狂，圄於别室，悉毁卧具爲坎穽，寢處其間。歲餘，其母哀而縱之。冬夏一布襦，僅蔽膝，負敝衣於左肩，蓬首胡髯，垢面跣足。常以指按其頰，彷徉井閭中，人呼唐九郎。或發語干休咎，人始異之，稍就占訊，喜怒語默無不驗。凡飲食，或捐半於地，或委溝渠而食其餘。得炊餅，漬渠泥啗之。得酒或覆於几，又祭之地，復收飲，無少損也。所臨列肆，是日必大獲，競欲延致，有以禮招之而弗屑者。旗亭間以飲食爲博徒者，數負不自活，乞憐於先生，或與之錢以爲博資，則終日勝。酤釀欲成而敗，先生至甕下索飲。釀者曰：「是不佳，當別酌以獻。」不從，漉而飲之，香味俱變，未竟日而售。常寓宿王氏米肆高廡上，肆罵狂穢無所避。其家婦子羞惡，俟其他之，竊相與詛詈。先生不復往，數日無所貿易，頻悔謝，乃復。比舍火，延其屋，焮寢矣，獨堅卧不動，俄反風而火滅。人家非常所遊者，亦憚其來，其來也必有異。晨至蔣氏舍，排闥入婦寢，取溺器置衽席，衣衾淋漓，顧笑曰：「解了矣。」室中人頗怒。既而聞一婢自經，系絶得不死。建炎二年，忽持甓自擊其頰。俄裴淵潰卒至，摽掠無遺，乃悟打頰者隱語打刦耳。紹興元年，語人曰：「上元夜觀燈時，虜人陷城。」至上元日火，仙源宮屋五百楹，煨燼無餘矣。張榮來據城，聞其神異，執於酤肆，大雪中露坐，方數尺獨無雪，膚容不霑潤。乃積雪丈餘，穿洞穴，埋其中彌日，出之，怡然也。人問：「寇亂何時已邪？」曰：「直待見閻羅。」聞者憂之，謂不可逃死。無幾何，有裨將李貴過城下，號李閻羅，自是歲小休矣。四年，劉豫犯淮南，郡守趙康直問之。書曰：「十三日硬齊。」又問，書曰：「十三日軟齊。」蓋僞齊始肆猖獗，終大敗而去。七年冬十一月，大呼於市曰：「二十一日雪下，二十二日唐倒。」皆不測其意。至期大雪，明日往河西張氏舍求附火，潛抱薪自焚於隙屋。張覺之，體已灼爛，索寢衣披之，行至常所居米肆端坐，手撕燔肉以食，且以飼犬，須臾而逝。有田夫自斗門至，中途遇其西行，問先生安往。曰：「吾歸也。」入城，既自焚矣。住世六十餘歲，葬嚮林原。歲餘後，有鹺商見先生於江西，而蜀人亦見之於青城云。

昨夢録

康譽之

康譽之，字叔聞，號退軒老人，箕山人。紹興二十九年（一一五九）以「輒至行在，妄説事端」，送南康軍聽讀，因其兄與之依附秦檜而得咎也（見《建炎以來繫年要録》卷一八二，參考顧國瑞《昨夢録作者考辨》）。《昨夢録》五卷，未見著録，《説郛》卷二十一選録九則，《古今説海》等本悉同。《四庫全書》存目著録一卷，蓋亦節本。

*李倫

開封尹李倫，號李鐵面。命官有犯法當追究者，巧結形勢，竟不肯出。李憤之，以術羅致之，至，又不遜。李大怒，真決之。數日後，李方決府事，有展榜以見者。廳吏遽下，取以呈其榜曰：「臺院承差人某。」方閲視，二人遽升廳，懷中出一〔牘〕（櫝）云：「臺院奉聖旨推勘公事一項，數内一項，要開封尹李倫一名前來照鑑」云云。李即呼司廳，以職事付少尹，遂索馬，顧二人曰：「有少私事，得至家與室人言乎？」對曰：「無害。」李未入中門，覺有尾其後者，回顧則二人也。李不復入，但呼細君告之曰：「予平生違條礙法事，惟決某命官之失，汝等勿憂也。」開封府南向，御史臺北向，相去密邇。倫上馬，二人前導，乃宛轉繚繞由别路，自辰巳至申酉方至臺前。二人曰：「請索笏。」李秉笏。又大喝云：「從人散。」呵殿皆去。二人乃呼閽者云：「我勾人至矣。」以牘示閽吏，吏曰：「請大尹入。」時臺門已半掩，地設重限，李于是搢笏攀緣以入，足跌顛於限下。閽吏導李至第二重，閽吏相付授如前，既入，則曰：「請大尹赴臺院，自此東行小門樓是也。」時已昏黑矣，李入門，無人問焉。見燈數炬，不置之楣梁間而置之柱礎。廊之第一間則紫公裳被五木，捩其面向庭中。自是數門，或緑公裳者，皆如之。李既見，歎曰：「設吾有謀反大逆事，見此境界，皆不待加箠楚而自伏矣。」李方怪無公吏輩，有聲喏于庭下者，李遽還揖之，問之，卽承行吏人也。白李請行，吏前導，盤繞曲屈，不知幾許，至土庫側，有小洞門，自地高無五尺。吏去幞頭，匍匐以入，李亦如之。李又自歎：「入門可得出否？」既入，則供帳床榻裀褥甚都，有幞頭紫衫腰金者出揖。吏曰：「臺官恐大尹岑寂，此官特以伴大尹也。」後問之，乃監守李獄卒耳。吏告去。於是捶楚寃痛之聲四起，所不忍聞。既久，忽一卒持片紙書云：「臺院問李某因何到院。」李答以故。去又甚久，又一卒持片紙如前，問李出身以來有何公私過犯。李答並無過犯，惟前真決命官，是爲罪犯。去又甚久，再問李真決命官，依得祖宗是何條法。李答祖宗卽無真決命官條制。時已五鼓矣，承勘吏至，云：「大尹亦無甚苦事，莫飢否？」李謂自辰巳至是夜五鼓不食，平生未嘗如是忍飢。於是腰金者相對飲酒五杯，食亦如之。食畢，天欲明，捶楚之聲乃止。腰金者與吏請李歸，送至洞門，曰：「不敢遠送，請大尹徐步勿遽。」二人閤洞門，寂不見一人。李乃默記昨夕經由之所，至院門，又至中門。及出大門，則從人皆在，上馬呵殿以歸。後數日，李放罷。（《説郛》卷二十一）

中州宦者

建炎初，中州有仕宦者，踉蹌至新市，暫寓寺居，親舊絶無，牢落凄凉，斷其蹤跡，殊未有所向。寺僧忽相過存問勤厲，時時餽肴酒。仕宦者極感之，語次問其姓，則曰姓湯，而仕宦之妻亦姓湯。于是通譜係爲親戚，而致其周旋饋遺者愈厚。一日，告仕宦者曰：「聞金人且至，台眷盍早圖避地耶？」仕宦者曰：「某中州人，忽到異鄉，且未有措足之所，又安有避地可圖哉！」僧曰：「某山間有庵，血屬在焉，共處可乎？」于是欣然從之，卽日命舟以往。事已小定，僧云：「虜已去，駐蹕之地不遠，公當速往注授。」仕宦者告以闕乏，僧于是辦一舟，贈資二百緡使行。仕宦者曰：「吾師之德，于我至厚，何以爲報？」僧曰：「既爲親戚，義當爾也。」乃留其孥于庵中，僧爲酌别，飲大醉，遂行。翌日睡覺，時日已高，起視，乃泊舟太湖中，四旁十數里皆無居人。舟人語啐啐，過午，督之使行，良久始慢應曰：「今行矣。」既而取巨石磨斧。仕宦者罔知所措，叩其所以，則曰：「我等與官人無讎，故相假借，不忍下手。官當作書别家付我訖，自爲之所耳。」仕宦者惶惑顧望，未忍卽自引決。則曰：「今幸尚早，若至昏夜，恐官不得其死也。」仕宦者于是悲慟作家書畢，自沉焉。時内翰汪彦章守霅川，有赴郡自首者，鞫其情實，曰：僧納仕宦之妻，酬舟人者甚厚。舟人每以是持僧，須索百出，僧不能堪。一夕中夜往，將殺之，舟人適出，其妻自内窺，月明中見僧持斧也，乃告其夫。舟人以是自首。汪以謂僧固當死，而舟人受賂殺命官，情罪俱重，難以首從論，其刑惟均可也。又其妻請以亡夫告敕易度牒爲尼。二事奏皆可。汪命獄吏故緩其死，使皆備受慘

酷，數月，然後刑之。（同上）

*楊氏三兄弟

宣政間，楊可試、可弼、可輔兄弟讀書精通《易》數，明風角、雲祲、鳥占、孤虛之術，于兵書尤邃。三人皆名將也，自燕山回，語先人曰：「吾數載前在西京山中遇老人語甚款，頗相喜，勸予勿仕，隱可也。予問何地可隱，老人曰：『欲知之否？』乃引予入山，有大穴焉，老人先入，楊從之，穴漸小，扶服以入，約三四十步，即漸寬，又三四十步出穴，即田土雞犬陶冶，居民大聚落也。至一家，其人來迎，笑謂老人曰：『久不來矣。』老人謂曰：『此公欲來，能相容否？』對曰：『此中地闊而民居鮮少，常欲人來居而不可得，敢不容耶？』乃以酒相勸飲，酒味薄而醇，其香郁烈，人間所無，且殺雞爲黍，意極歡至，語楊曰：『速來居此，不幸天下亂，以一丸泥封穴口，則人何得而至。』又曰：『此間居民雖異姓，然皆信厚和睦，同氣不若也，故能同居。苟志趣不同，疑間爭奪，則皆不願其來。吾今觀子神氣骨相，非貴官即名士也。老人肯相引至此，則子必賢者矣。吾此間凡衣服、飲食、牛畜、絲纊、麻枲之屬，皆不私藏，與衆均之，故可同處。子果來，勿携金珠、錦繡、珍異等物，在此俱無用，且起爭端，徒手而來可也。』指一家曰：『彼來亦未久，有綺縠珠璣之屬，衆共焚之。所享者惟米薪魚肉蔬果，此不缺也，惟計口授地，以耕以蠶，不可取衣食于他人耳。』楊謝而從之，又戒曰：『子來或遲，則封穴矣。』迨暮與老人同出。今吾兄弟皆休官以往矣，公能相從否？」于是三楊自中山歸洛，乃盡捐囊箱所有，易絲與棉布絹先寄穴中人，後聞可試幅巾布袍賣卜，二弟築室山中不出，俟天下果擾攘，則共入穴。自是聲不相聞，先人遣人至築室之地訪之，則屋已易三主，三楊所向不可得而知也。及紹興和好之成，金人歸我三京，予至京師訪舊居，忽有人問：「此有康通判居否？」出一書相示，則楊手札也。書中致問吾家，意極殷勤。且云：「予居于此，飲食安寢，終日無一毫事，何必更求仙乎？公能來甚善。」予報以「先人没于辛亥歲，今居宜興，俟三京帖然，則奉老母以還。先生不忘先人，再能寄聲以付諸孤，則可訪先生于清净境中矣」。未幾金人渝盟，予顛頓還江南，自此不復通問。（同上）

樂善録

李昌齡

十卷，《直齋書録解題》著録云：「蜀人李昌齡伯崇撰。以《南中勸戒録》增廣之，多因果報應之事。」《宋史·藝文志》雜家類有李石《樂善録》十卷，疑即李昌齡之誤。《郡齋讀書志·附志》著録有漢嘉夾江隱者李昌齡所編《太上感應篇》八卷，蓋亦此人之作。《樂善録》宋刻本前有隆興二年（一一六四）何榮孫序，後有紹定二年（一二二九）趙汝燧跋，則南宋人所著也。《宋史》卷二八七有《李昌齡傳》，字天錫，北宋太宗時人，非此作者。書中所引故事多有出處，兹録孫洪一條，謂聞之外舅何雅州，似出李昌齡自撰。現存日本東洋文庫藏宋紹定刻本，涵芬樓據以影印。

·孫洪

侍郎孫公，初名洪。少時與一同舍生遊太學，相約無得隱家訊。一日，同舍生得書，祕不以示。孫詰之，生曰：「非敢隱也，第爺書中語，於公進取似不便。」孫曰：「何害，某正欲知所避就。」生出書示之。書云：「昨夢至一官府，恍若閲登科籍，汝與孫洪皆列名籍中。內孫洪名下有朱字云：『於某年月日，不合寫某離書，爲上天所譴，不得過省。』」孫閲書愕然。生曰：「豈公果有是事乎？」孫曰：「有之。曏者東上，在某州適見某翁媪相訴求離，某輕易爲寫離書，初無意。不謂上帝譴責乃爾。」生曰：「夢寐恍惚，亦何足信。如公高才碩學，俯拾無疑。」孫終怏怏。及就試，生果高中，而孫下第，方信前夢爲不誣也。生曰：「某西歸，當爲公合之，以契天心。」因問孫曩所遇睽離人姓字，尋跡其處。得之，夫婦俱未有偶。生爲具道一段因緣，置酒合之如初。乃馳書報孫。孫不勝感悦。其後孫以太學内舍生免省，歷躋膴仕，屢典大郡。所至有離婚之事，未嘗不宛轉調護。晚持從橐，侍經闈，連舉二丈夫子。亦同舍生有以全之，乃公祗畏天譴之功也。此事外舅何雅州親聆其説於公。今録之，使人〔知〕所畏避云。

（卷四）

信筆録

曾　撙

曾撙，字節夫，登隆興元年（一一六三）進士，曾爲安撫使司幹官（據《宋元學案》卷七一）。《信筆録》僅見《元一統志》引及。

紹興二十七八年，廣西憲臺屬官代巡按過此（按：指鐵圍山），向晚路迷，有人引至深谷，有官府拷訊罪囚一，衣紫、金帶，棄頭而立，旁有語者，此秦檜也。屬官進揖，則云「西窗事發，君歸爲言作大功德」。屬官忽得路而回。適滿秩過金陵，至檜家言之。檜妻王氏驚曰：「西窗即太師破柑處，議殺岳飛者也。」未幾王氏亦下世。（《永樂大典》卷二三四〇《元一統志》引）

按：秦檜西窗事發之説，僅見于此。東窗事犯之説，尚出其後。參看元人《錢塘遺事》及《湖海新聞夷堅續志》各條。

梁溪漫志

費　袞

費袞，字補之，無錫人。開禧元年（一二〇五）國子監發解進士。《梁溪漫志》十卷，《宋史·藝文志》小説類誤作一卷。前有紹熙三年（一一九二）自序，書中多記兩宋朝野史事，故國史實録院曾下牒徵取。《四庫全書》列入雜家類雜説之屬，提要謂：「末卷乃頗涉神怪，蓋雜家者流，不盡爲史事作也。」

俚語盜智

俚語謂盜雖小人，智過君子。此語固可鄙矣，然盜之姦詐，實有出人意表者，可誅也。高郵民尉九，疾足善走，日馳數百里，氣勢猛壯，非得樹不得止。爲盜寢淫傍郡，淮人皆苦之。其居高郵闤闠間，日則張食肆，夜則爲盜。一日晨起，方坐肆間，有道人來食湯餅，食已邀尉至閒處，呼爲師父，且拜之。尉訝之，曰：「何爲者？」道人曰：「某亦有薄技，然出師下遠甚。聞楚州城外有一富家，今願偕師行，庶憑藉有所獲。」尉許諾，使之先往。道人卽馳去。逮夜，尉張燈閉肆，怒其僕執事不謹，毆之。僕紛拏不服，乃呼邏者。廂官俱繫之，須翼日送郡。尉密謂邏曰：「吾與若厚，且家于此，必不竄。若姑縱吾歸，明當復至也。」遲許之，尉得釋，卽逾城馳二百里，至楚城外，鼕鼕方二鼓矣。道人果先在，相見喜甚。尉自屋窗入，約道人伺于外。既入其室，視所藏金珠錦綺，爛然溢目。卽以百縑擲出，道人分兩囊負之。斯須，尉復由屋窗出。道人思天下惟尉爲愈己，不如殺之，卽拔刃斷其首，隨墮地，視之，則紙所爲也。尉由他户復馳歸高郵就逮，天方辨色。道人負重行遲，爲追者所及，執送楚州獄，自列與尉同爲盜狀。州爲檄高郵，高郵報云：「是夕尉自與僕有訟，方繫有司，無從可爲盜也。」道人終始墮其計，卒自服辜。尉狡險萬端，有術以自將，屢爲穿窬，官卒不能捕。又有士夫調官都下，所居逆旅前張茗坊，與染肆相直。士無事，日凭茶几閱過者。一日，見數人往來其前數四，若睥睨染肆者，殊訝之。一夫忽前耳語曰：「某輩經紀人也，欲得此家所暴縑帛，告官人勿言。」士曰：「此何預吾事而肯饒舌耶。」其人拱謝而退。士私念，彼所染物皆高揭于通衢之前，白晝萬目共覩，彼若有術可竊，則真黠盜也。因諦觀之，但見其人時時經過，或左或右，漸久漸疏，薄暮則皆不見。士笑曰：「彼妄人，果紿我。」卽入房，將索飯，則其室蕩矣。（卷十）

葦航紀談

佚名

五卷，未見著録。《説郛》選録十一條。宛委山堂本《説郛》題蔣津撰，不詳所據。書中記及嘉泰年間事，又引楊萬里語，似得之親聞，蓋寧宗時人。

*漆匠章生

嘉泰間，内臣李侯大謙於行都九里松玉泉寺側建功德寺，役工數内漆匠章生者，乃天台人也。偶春夜出浴，回於途中遇一老嫗，挽入小門。暗中以手摸壁，隨嫗而行，但覺是布爲幕，轉經數曲，至一室中，使就物坐，此嫗乃去。繼有一尼攜燈而至，又見四壁皆青赤衣幃遮護，終不知何地。此尼又引經數曲，又至一室，燈燭帷帳，酒殽器皿，一一畢備，俱非中下人家所有之物。章生見之驚異，亦不敢問其所以，且疑且喜。尼師往，將頃復至，後有一婦人隨至，容質非常，惟不冠飾。章生畏懼，尼師逼使共坐，遂召前嫗，命酒殽數杯，此婦人更不一語。尼師云：「已晚矣。」章生但懇禱尼師：「匠者無錢。」尼師終不顧允，遂令就寢。尼師執燈扃户而去。章生屢詢所來及姓名，而斯人竟無一言，疑爲瘖疾。至鐘動，其尼復至，啓鑰，唤起章生出，令前嫗引出，亦捫布壁而行，覺至一門，非先來所經。此嫗令出街，可至役所。章生如夢寐中，行至一街，至晚即離所造之寺二里許，後循路歸。其董役者怪責不歸，及具語此，使徧訪之，終不得其元所入門域。衆皆〔謂〕（爲）遇鬼物，而有一木匠云：「此固寵借種耳。」（《説郛》卷七）

按：《西湖二集》第二十八卷《天台匠誤招樂趣》，即據此敷演。

鹿苑寺僧

朱無惑著《萍〔洲〕（州）可談》，載孫馮元規治杭州悟空寺僧徒以殺人爲糞之事。此仁宗朝事。中興後，紹興中臨安府崇新門外鹿苑寺，乃殿帥楊存中郡王特建，以處〔北〕（此）地流寓僧。一歲元宵，側近營婦連夜入寺觀燈，有殿司將官妻同一女觀燈，乃爲數僧引入房中，置酒盛饌，勸令其醉，遂留宿於幽室，遽殺其母而留其女。女不敢哀，及半年，三僧盡出，其房後窗外乃是野地，女因逼窗望之，見一卒在地打草，因呼近窗下，備語前事：「可急往某寨某將家報言，可速取我。」卒乃如其言往報之。將官即密告楊帥，遂遣人告報本寺，來日郡王自來齋，合寺僧行人力亦齋，本府自遣廚子排齋。至是伺其坐定，令每二卒擒下一僧，又令擒盡合寺僧行人力，盡縛之。即仰百十卒破其寺，果得其女，見父號慟。遂縛三人并主首，送所屬依法施行，而毁其寺，逐去諸髡。此亦悟空寺相類。況婦人遊寺院有何所益，而與之遊狎者，又可怪爾。（同上）

按：今本《萍洲可談》未見悟空寺僧事，蓋出佚文。《西湖遊覽志餘》卷二十五曾摘録本篇。

西塘集耆舊續聞

陳鵠

陳鵠，號西塘，南陽人，生平不詳。書中自記乙亥歲爲滁教，又嘗與陸子逸遊，當爲開禧以後人。《耆舊續聞》十卷，所記多南渡後遺老舊聞，間論詩文宗旨。《四庫全書》列入小説家雜事之屬。

*會稽士子詠斑竹簾詩

太傅公嘗守會稽，上元夕放燈特盛，士女駢闐。有一士人從貴宦幕外過，見其女樂甚都，注目久之，觀者狎至，觸墜其幕。貴宦者執其士以聞於府。公呼而責之曰：「爲士不克自檢，何耶？」對曰：「觀者皆然，竟自脱去，獨某居後，所以被辱。」公觀其應對不凡，必是佳士，因謂曰：「子能賦此斑竹簾詩，當釋子罪。」蓋用斑竹簾爲幕也。士子索筆，落紙立就。其詩曰：「春風慽慽動簾帷，繡户朱門鎮日垂。爲愛好花成片段，故教直節有參差。」又曰：「昔年珠淚裛虞姬，今日侯門作妓衣。世事乘除每如此，榮華到底是危機。」公覽詩，大奇之，延爲上客。子逸云。（卷一）

按：太傅指陸軫。羅燁《醉翁談錄》乙集卷一《憲臺王剛中花判》載連静女吟竹簾詩後二句與此士子第一首同。

附録

静女者，乃延平連氏，簪纓之後。早孤，喜讀書，母令入學。十歲涉獵經史，及笄，議婚不成。鄰居有陳彦臣，亦業儒，有執柯者，而母堅不許。自是兩情感動，而彦臣往來，時復相挑，静女愈屬意焉。因七夕乞巧之夜，静女輒以小紅牋題詩一首，賂鄰居之婦而通殷勤。詩曰：「牛郎織女本天仙，隔涉銀河路杳然。此夕猶能相會合，人間何事不團圓？」彦臣得詩，感念若不勝情，許以十五日夜來過。乃和詩一首，復託鄰婦以達其意。詩曰：「玉質冰肌姑射仙，風流雅態自天然。天心若與人心合，等待月圓人已圓。」静女接詩，喜而不寐。待到十五夜，千方萬計，欲媽媽之先睡，而候其來也。至一更許，挨門而入，歡意相通，自天而下，事諧雲雨，何異神仙。静女乃復填一詞以記。詞云：「朦朧月影，黯淡花陰，獨立等多時。只恐寃家誤約，又怕他側近人知。千回作念，萬般思憶，心下暗猜疑。驀地偷來厮見，抱着郎語顫聲低。輕移蓮步，暗褪羅裳，携手過廊西。已是更闌人静，粉郎恣意憐伊。霎時雲雨，半餉歡娱，依舊兩分飛。去也回眸告道：待等奴兜上鞋兒。」自後兩意懸懸，匪朝伊夕。至八月十五夜中秋，月色澄徹，桂子飄香，賞月宴罷，静女忽憶彦臣月圓之語，俟媽媽熟睡後，挨門而出，潛身夜竄。適值彦臣與朋舊賞月方歸，欲酣未酣，倚門獨立，驀地相通，情倍等美，非天作之合而何。携手相同歸，雖生死不顧也。媾歡畢，靜女索筆題詩於寢房之右云云。詩云：「來時嫌殺月兒明，緩步潛身暗裏行。到此衷腸多少恨，欲言猶怕有人聽。」至夜分，彥臣執手送歸。挨門而入，遂爲媽媽覺之。自後禁制稍嚴，而靜女含淚，亦不敢出入也。靜女既爲禁制，不許踰梱。忽一夕，彥臣伺其隙而潛往靜女之家，遂講好以敍前歡。彥臣問：「夜來曾有夢否？」靜女曰：「無。」彥臣曰：「何無情也？」靜女乃口占一詞，名《武陵春》：「人道有情須有夢，無夢豈無情？夜夜相思直到明，有夢怎生成？伊若忽然來夢裏，鄰笛又還驚。笛裏聲聲不忍聽，渾是斷腸聲。」二人忘情，不覺語言爲母氏所聞，遂親捉獲了，因解官囚之。王剛中，探花郎及第，不數年，出爲福建憲臺。出巡首到延平，擡獄引問彥臣、靜女因依。一直招認，並無逃隱。兩處合款，更無異辭，而又供狀語言成文。王剛中遂問靜女：「能吟此竹簾詩否？」靜女遂口占一詩。詩曰：「緑筠擘破條條直，紅綫經開眼眼奇。爲愛如花成片段，〔致〕（置）令直節有參差。」王剛中見其詩，甚爲稱賞。時值蛛絲網一胡蝶於簷頭，剛中指示彥臣云：「汝能吟此爲詩乎？」彥臣遂便吟詩。詩曰：「只因賦性太猖狂，遊遍名園竊盡香。今日誤投羅網裏，脱身惟仗探花郎。」當時剛中拍手稱賞，問：「汝願爲夫妻否？」答曰：「萬死一生，全賴化筆。」剛中即判云：「佳人才子兩相宜，〔致〕（置）福端由禍所基。永作夫妻諧汝願，不勞鑽穴隙相窺。」（羅燁《醉翁談録》乙集卷一《靜女私通陳彥臣》、《憲臺王剛中花判》）

按：此故事流傳甚廣，《緑窗新話》卷上《楊生私通孫玉娘》引《聞見錄》作楊曼卿、孫玉娘事；《堅瓠二集》卷二《王探花判》引《醒睡編》又作張松茂、金媚蘭事。文雖多用古語，而實爲話本之節要，于是可見古體小說與近體小說相通之迹。

●李英華附崔府君女

余聞英華之事舊矣，歲在庚辰，道出縉雲，訪其遺跡，得縉雲令林毅夫贈《英華詩集》一編，考其年代姓名，乃元豐二年一作三年夏五月，縣令開封李長卿女也。李有一女，慧性過人，聞誦詩書，皆默記之，姿度不凡。俄染癘疾而逝，殯於邑之仙巖寺三峰閣。李公滿罷，因舁以歸。宣和庚子，盜起嚴之青溪，所過焚燎無遺，惟三峰閣獨存，主簿以爲廨舍。每見女子態貌綽約，綵衣翩躚，嘯歌自得。命玉虚羽士奏詞，終莫能去。簿遂移於寺之浴堂故址，別創廨宇，遂無所見。代者濟南王傳慶長與弟傳及內表曹穎偕來，館曹於廳治之東。未幾，曹神氣恍惚，若有所憑。一夕，吏散，庭空月明，曹與女羅觴豆，獻酬歡洽。嚴更者黎明告於簿，簿驚愕，力扣曹。曹不可隱，具言有女子每夕扣扃而至，與語皆出塵氣象。詰其姓氏，曰：「開封李長卿女，秀萼其名，英華其字，父任邑令，隨侍而至。偶遇真人，授丹砂辟穀有年，身輕於羽，蓬萊雖遠，一念至則瞬息間耳。若青城、紫府、桃源、天台，吾遊息之所也。仙都窪尊，特僑寓爾。知子鰥居，故來相慰。」更唱迭和，殆無虛日。時長至節，傳慶休於中堂，空中聞笑語聲。王曰：「汝非英華耶？」挹而問焉，與曹之言無少異。自是形迹不祕，去來不時。窗壁題染，在在可録。王盡室見之，不以爲怪。有親陳觀察者，挽之從軍。將就道，英華情不忍釋，祖於黃龍之僧舍，與訣曰：「妾與子緣斷矣，念寓簿舍日，子嘗求我辟穀方，豈靳而不與者。但子宿緣寡淺，塵業未償，非仙擧之姿。他時當有兵難，妾豈能終爲子保。敬授靈香一瓣，有急請爇以告，當陰有所護。不然，亦無如之何也。」曹公勇爲朔方之行，不意獲譴麾下。追惟英華之言，欲取所遺香爇之，軍行無宿火，卒正法。英華詩百餘篇。其警句有《春日述懷》二絶云：「三月園林麗日長，落花無語送春忙。柳綿不解相思恨，也逐遊蜂過短牆。」「園林簇簇日暉暉，白蝶黄蜂自在飛。公子醉眠芳草岸，風移花片點春衣。一云落花片片點春衣。」又云：「醒酒清風摇竹去，催詩小雨過山來。」又：「緑髮照波秧正暖，黄雲卧隴麥初成。」非詩人所易到也。其詩無凄凉悲怨之詞，皆豔麗歡愉之語，殆亦鬼中之仙耶。若言曾生之遇尤異。余友人曾亨仲，少隨表兄陳夢良任岳之嘉魚尉。秩滿，移寓於崔府君祠下，館曾於東廡。忽一夕，聞窗外異香撲鼻，微吟云：「芳心欲割憑誰訴，惟有清風明月知。」次夜復吟，曾穴窗視之，彷彿有女子過廡下，但見雲鬢斜嚲，若懶妝之態。是夕，忽入與之遇。力扣其姓氏，不告。强絶之，乃云：「妾本府君之女。」又問其年若干，云：「年當二八時。」又問何故懶妝，云：「對妝慵覽鏡。」又問答我一似吟詩，云：「拈筆愛題詩。」一日，曾往祠下遍閲，無女子像貌，疑是寓居女。恐事覺，欲絶之。女曰：「君若見疑，可同往。」乃引至一大府，有童姬百輩，候迎於門。延至中堂，茶湯罷，登望月臺，羅列殽饌，酒果甚設，酬勸浹洽一作歡洽。臺旁有碑，記其歲月，云無爲子撰。曾問無爲子是何人，云：「即妾也。」酒罷已五鼓，曾攜果核歸，醉寢，其子侄至，取其果與之，無異人間者。又嘗吟云：「欲擇純良壻，須求才學兒。期君終遠大，富貴我皆知。」曾云：「何以知之？」云：「吾父掌人間善惡禍福各有簿，吾嘗竊視之。」曾遂扣以前程事，云：「遇難年即發。」自此每夕寢處如常，但神情頗瘁。其家疑爲妖魅所惑，力扣之，乃以實告。郡有孔法師，符法甚靈，乃密以狀告。孔爲具牒，令就城隍司投之，且云：「今夜若有影兆見報。」是夕，府君從窗外長歎而過，有數獄卒押其女隨後。女舉手指曾，數其負約。翌旦，孔咒符與飲。自此遂不至。八月，郡以祠爲漕試院，遂移寓南草市。女子復來，自後往來不可禁，唱和詩詞盈軸。其家視以爲常，亦不復怪。來春，曾欲試上庠，女泣別曰：「與君相從許久，苦留不住。先動必有災，前途宜自謹。」曾至黄池鎮，一夕被寇席捲而去，曾狼狽而歸。至中都，復丁母艱，始驗其言。後累舉遇雞年，皆不驗。後館於趙大資德老之門，至癸酉歲，果請浙漕薦，年幾七旬矣。女子之言異哉！余謂妖魅之惑人，未有久而不斃者。獨二子所遇，不能爲之害。曹果死於兵難。曾雖蹭蹬不第，年逾八旬，以壽終。余淳熙甲辰，初識曾於臨安羣庠，一日乘其醉扣之，曾悉以告，嘗爲作傳以紀其事矣。亨仲乃鄭鑑自明之内表，嘗以其事語於伯恭先生，士大夫間亦有聞之者。偶讀《李英華集》，某以其事正相類，因併録之。（卷七）

按：英華事已見《墨莊漫録》、《夷堅志》，見前。

貴耳集

张端義

張端義（一一七九——？），字正夫，號荃翁。鄭州人，居姑蘇。端平中應詔三上書，坐妄言，韶州安置，復謫居化州而卒。《貴耳集》三卷，第一卷成于淳祐元年（一二四一），第二卷成于四年，第三卷成于六年，各有自序。是書多記朝廷軼事，兼及詩話，亦有考證數條。《四庫全書》著録于雜家類雜説之屬。

*王排岸女孫

廬陵王排岸之女孫，眉目秀麗，能琴棋，弄翰墨，失身富家，常鬱鬱不樂，慕名勝而終焉。郡有朱淵，未第，其室寢廢，家事不治。經營一妾，頗難其人。鄰嫗云：「王排岸女孫歸久，試與官人謀之。」朱笑曰：「恐無此理。」行成以八百券爲質。一至其家，内外之事若素定。七月十一二日夜，夢入一宫，有二黄袍中坐，二姬左右，云：「汝去久，何未來耶？」見殿下有判官抱一簿，寫端平幾年吉州解試榜。王欲看，判官云：「汝手（濁）〔觸〕，未可看。」行三四里，過小池塘碧色，掬水濯手，一小金龍繞指不下，始得見簿。前三名某人某人，第三朱某，且云：「過省及第。」二姬堅欲留，黄袍云：「更展三年。」一姬捧玻璃碗，酒一勺，棗二枚。一姬就首上取金鳳釵插其首。黄袍以一詩絳囊置之胸間。寤也五鼓，歷歷與朱言之，相對驚詫。朱云試已，同往仰山炷香。纔至廟，與夢中所見更無少異，玻璃碗見在。後殿二姬如生，但一姬首無金鳳釵。祝者云：「七月十二三間失去。」還舍，越一夕揭曉，朱某第三名。次年過省登第。後三年，王一疾而卒，正符黄袍所展之數。其〔弟〕（第）夢王來云：「今爲仰山第三姬也。」朱爲南雄法曹，自作一傳以紀其本末。（卷中）

桯史

岳珂

岳珂（一一八三——一二四二），字肅之，號亦齋，又號倦翁。抗金名將岳飛之孫，官至户部侍郎、淮東總領制置使。著有《玉楮集》、《愧剡録》、《金陀粹編》等。《桯史》十五卷，載南、北宋雜事，可資考證。自《直齋書録解題》至《四庫全書》，均列小説家類。

南陔脱帽

神宗朝，王襄敏韶在京師，會元夕張燈，金吾弛夜，家人皆步出將帷觀焉。幼子寀第十三，方能言，珠帽襂服，馮肩以從。至宣德門，上方御樓，藾雲綵鼇，簫吹雷動，士女仰視，喧擁闐咽，轉盼已失所在，騶馭皆恇擾不知所爲。家人不復至帷次，狼狽歸，未敢白請捕。襄敏訝其反之亟，問知其爲南陔也，曰：「他子當遂訪，若吾十三，必能自歸。」怡然不復求。咸叵測。居旬日，内出犢車至第，有中大人下宣旨，抱南陔以出諸車，家人驚喜，迎拜天語。既定，問南陔以所之，乃知是夕也，姦人利其服裝，自襄敏第中已竊跡其後。既負而趨，南陔覺負己者之異也，亟納珠帽于懷。適内家車數乘將入東華，南陔過之，攀幰呼焉。中大人悦其韶秀，抱置之膝。翌早，擁至上閤，以爲宜男之祥。上問以誰氏，竦然對曰：「兒乃韶之幼子也。」具道所以，上顧以占對不凡，且歎其早惠，曰：「是有子矣。」令暫留，欽聖鞠視。密詔開封府捕賊以聞，既獲，盡戮之。乃命載以歸，且以具獄示襄敏，賜壓驚金犀錢果，直鉅萬。其機警見于幼年者已如此。南陔，寀自號，政和間有文聲，敢爲不詘，充其幼者也。余在南徐，與其孫遇游，傳其事。（卷一）

按：《二刻拍案驚奇》卷五《襄敏公元宵失子，十三郎五歲朝天》，即演此事。

汪革謡讖

淳熙辛丑，舒之宿松民汪革，以鐵冶之衆叛，比郡大震，詔發江、池大軍討之，既潰，又詔以三百萬名捕。其年，革遁入行都，廂吏執之以聞，遂下大理。獄具，梟于市。支黨流廣南。余嘗聞之番〔陽〕（昜）周國器元鼎，曰：革字信之，本嚴遂安人，其兄孚師中嘗登鄉書，以財豪鄉里，爲官榷坊酤，以捕私醖入民家，格鬭殺人，且因以掠敚，黥隸吉陽軍。壬午、癸未間，張魏公都督江、淮，孚逃歸，上書自詭，募亡命爲前鋒，雖弗效，猶以此脱黥籍，歸益治貲産，復致千金。革偶鬩牆不得志，獨荷一繖出，聞淮有耕冶可業，渡江至麻地，家焉。麻地去宿松三十里，有山可薪，革得之，稍招合流徙者，治炭其中，起鐵冶其居旁。又一在荆橋，使里人錢某秉德主焉，故吴越支裔也，貧不能家，妻美而艷，革私之。邑有酤坊在倉步白雲，革訟而擅其利，歲致官錢不什一。别邑望江有湖，地饒魚蒲，復佃爲永業。凡廣袤七十里，民之以漁至者數百户，咸得役使。革在淮仍以武斷稱，如居嚴時，出佩刀劍，盛騎從。環數郡邑官吏，有不愜志者，輒文致而訟其罪，或莫夜嘯烏合，毆擊瀕死，乃寘。於是爭敬畏之，願交驩奉頤旨。革亦能時低昂，折節與游，得其死力，聲焰赫然，自儔夷以下不論也。初江之統帥曰皇甫倜，以寬得衆，別聚忠義爲一軍，多致驍勇。繼之者劉光祖，頗矯前所爲，奏散遣其衆。太湖邑中有洪恭訓練，居邑南門倉巷口，舊爲軍校，先數年已去尺籍，家其間。軍士程某，二人素識之，往歸焉。恭無以容，又不欲逆其意，革之長子某，好騎射，輕財結客，遂以書薦之往，果喜，留之。一年而盡其技，革貲用適窘，謝以鐵鏹五十緡，二人不滿。問其所往，曰將如太湖，革因寄書以遺恭。革與恭好，有私幹，期以秋，以其便之，弗端，亶書紙尾曰：「迺事俟秋涼即得踐約。」二人既出，飲它肆，酣，相與咨怨，竊發緘窺之而未言。至太湖見恭，恭門有茗坊，延之坐，自入于室，取四縑將遺之。恭有妾曰小姐，躬蠶織勞，以恭之好施也，恪不予縑。屏後有詈言，二人聞之，怒。恭堅持縑出，不肯受，亦不投以書，徑歸九江。揚言于市，謂革有異謀，從我學弓馬兵陣，已約恭以秋叛，將連軍中爲應，我因逃歸。故使邏者聞之，意欲以籍手冀復收。光祖廉得之，恐，捕二人送後司，既無以脱，遂出其書爲證。光祖繳之上朝，有詔捕革。郡命宿松尉何姓，忘其名，素畏其豪，彎卒又咸辭不敢前，妄謂拒捕，幸其事之它屬以自解。時邑無令，有王某者以簿攝邑事，郡檄簿往説諭。革已聞之，頗爲備，飲簿以酒，烹鵝不熟而薦，意緒倉皇，簿覺有異，不敢言而出。行數里，解後，郡遣客將郭擇者至。擇與汪革交稔，故郡使繼簿將命，從以吏卒十餘人，簿下馬道革語，勸勿往，擇不可，曰：「太守以此事屬擇，今徒還，且得罪。」遂入，革復飲之。時天六月方暑，虐以酒，自巳至申，不得去。擇初謂革無他，既見，乃露刃列兩廂門下，憧憧往來，袒裼呼嘯，頗懼，亶孫辭匄去。革畢飲，字謂擇曰：「希顏吾故人，今事藉藉，革且不知所從始，雀鼠貪生，未敢出，有楮券四百，匄希顏爲我展限。」擇陽諾，方取楮，捕吏有王立者，亦以革之餉飲也，醉，聞其得錢，扣窗呼曰：「三省樞密院同奉聖旨，取謀反人，教練乃受錢展限耶？」革長子聞之，躍出縛擇，曰：「吾父與爾善，爾乃匿聖旨文書，給吾父死地。」戶闔，甲者興，王立先中二刀，仆，僞死。盡殲捕吏，鉤曳出寘牆下。將殺擇，探懷中，得所藏郡移，擇搏頰祈哀曰：「此非他人，乃何尉所爲，苟得尉辨正，死不恨。」革許之，分命二子往起炭山及二治之衆。炭山皆鄉農，不肯從，爭迸逸；惟治下多逋逃羣盜，實從之。夜起兵，部分行伍，使其腹心龔四八、董三、董四、錢四二及二子分將之，有衆五百餘。六日辛亥，遲明，蓐食趨邑。數人者故軍士，若將家子弟，亦有能文者，俠且武，平居以官人稱，革皆親下之。革有三馬，號惺惺騮、小驄騍、曰番婆子，駿甚，馭曰劉青，驍捷過人。革是日被白錦袍，屬櫜鞬，腰劍，總鵝梨旋風髻，道荆橋，秉德之妻闖于垣，匿，弗之見，乃過之。未至縣五里，錢四二有異心，因謂革曰：「今捕何尉，顧不足多煩兵，君以親騎入，大隊姑屯此可也。」革然其言，以三十騎先入郭門，問尉所在，則前一日以定民訟，舍村寺未歸。乃耀武郭中，復南出，劉青方鞚，忽顧革曰：「今雖不得尉，能質其家，尉且立來。」革曰：「良是。」反騎趨縣，尉廨在縣治，革將至，有長人衣白立門間，高與樓齊，其徒俱見之，人馬辟易，亟奔還。則錢四二者已與其衆潰逃略盡，惟龔、董守郭擇不去者，尚五六十人，計無所出，迺殺擇而還麻地。其居屋數百間，藏書甚富，穀粟山積，盡火之。幼孫千一甫十一歲，使乘惺惺騮，如無爲漕司，分析非敢反，特爲尉迫脅狀。遂殺二馬，挈其孥至望江，以五舟分載入天荒湖，泊葦間，與龔、董灑涕別去，曰：「各逃而生，毋以爲君累也。」其次子有婦張，實太湖河西花香鹽賈張四郎之女，有智數，嘗勸革就逮，弗從，至是與其子相泣，自溺于湖，時人哀之。王立既不死，負傷而逃，歸郡。郡聞革起聚民兵，會巡尉來捕，且驛書上言，詔發兩統帥偏裨撲滅，勿使熾。居十日，而兵大合，徒知其在湖，不敢近。視舟有煙火且聞伐鼓聲，稍久不出，使闖之，則無人焉。煙乃焫麻屑，爲詰曲如印盤，縛羊鼓上，使以蹄擊，革蓋東矣。革之至江口，刼二客舟，浮家至雁汊、采石，僞官歸峽者，謁征官而去，人莫之疑。舒軍既失革，朝廷益慮其北走胡，大設賞購。革乃匿其家于近郊故死友家，夜使宿弊窖，曰：「吾事明，家可歸師中兄。」遂入北關，遇城北廂官白某者于塗，白嘗爲同安監官，識革，方駭避，革曰：「聞官捕我急，請以爲君得。」束手詣闕，下天獄，獄吏訊其家所在，備楚毒，卒不言。從獄中上書言：「臣非反者，蹭蹬至此，蓋嘗投匭請得以兩淮兵，恢復中原，不假援助，臣志可見矣。不知訟臣反而捕者爲誰，請得以辨。」乃詔九江軍送二人，捕洪恭等雜驗，皆無反狀，書所言秋期乃它事，革亶坐手殺平人，論極典，從者末減。二人亦以首事妄言，杖脊竄千里。方其孫訴漕司時，遞押繫太湖，荷小校過棠梨市，國器嘗見之，惺惺騶棄野間，爲人取去。宿松人復擭之，以瘠死。革之壻曰毛翥，字時舉，第百一，居倉步，亦業儒，以不預謀，至今存。後其家果得免，依孚而居。後一年，事益弛，乃如宿松識故業，董四從。有總首詹怨之，捕送郡，郭擇家人逆諸門，搏擊之，至郡庭，首不髮矣。其捕董時，亦賞緡十，郡不復肯畀，薄其罪，僅編管撫州。革未敗，天下謠曰：「有箇秀才姓汪，騎箇驢兒過江。江又過不得，做盡萬千趨鏘。」又曰：「往在祁門下鄉，行第排來四八。」首尾皆同，凡十餘曲，舞者率侑以鼓吹，莫曉所謂。至是始驗。革第十二，以四合八，其應也。二人初言，蓋謂革將自廬起兵如江云。國器又言：革存時，每酒酣，多好自舞，亦不知兆止其身。宿松長人，或謂其邑之神，曰福應侯，威靈極著，革時亦欲縱火殺掠，使無所睹，邑幾殆。時守安慶者李，歲久，亦不知其爲何人也。（卷六）

按：《古今小説》第三十九卷《汪信之一死救全家》即演此事。

鶴林玉露

羅大經

羅大經，字景綸，廬陵人。生活于宋寧宗、理宗年間，寶慶二年（一二二六）登進士第，其後任容州法曹掾、撫州軍事推官等。（詳見《鶴林玉露》附録王瑞來《羅大經生平事跡考》）《鶴林玉露》有中華書局版十八卷本，分甲、乙、丙三編，較舊傳之十六卷本爲多。《四庫全書總目》謂「其書體例在詩話、語録之間」，亦偶有近小説者。

馮三元

馮京，字當世，鄂州咸寧人。其父商也，壯歲無子，將如京師，其妻授以白金數笏曰：「君未有子，可以此爲買妾之資。」及至京師，買一妾，立券償錢矣。問妾所自來，涕泣不肯言。固問之，乃言其父有官，因綱運欠折，鬻妾以爲賠償之計。遂惻然不忍犯，遣還其父，不索其錢。及歸，妻問買妾安在，具告以故。妻曰：「君用心如此，何患無子。」居數月，妻有娠，將誕，里中人皆夢鼓吹喧闐迎狀元，京乃生。家貧甚，讀書於灊山僧舍。僧有犬，京與共學者烹食之。僧訴之縣，縣令命作《偷狗賦》，援筆立成，警聯云：「團飯引來，喜掉續貂之尾；索綯牽去，驚回顧兔之頭。」令擊節，釋之，延之上座。明年遂作三元。有詩號

《瀛山集》，皆其未遇時之作。如「琴彈夜月龍魂冷，劍擊秋風鬼膽粗」；「吟氣老懷長劍古，醉胸横得太行寬」；「塵埃掉臂離長陌，琴酒和雲入舊山」；「豐年足酒容身易，世路無媒着脚難」：皆不凡。（乙編卷四）

按：南戲及明沈受先《馮京三元記》，均演此事。

韓璜廉按

紹興中，王鈇帥番禺，有狼藉聲。朝廷除司諫韓璜爲廣東提刑，令往廉按。憲治在韶陽，韓纔建臺，即行部詣番禺。王憂甚，寢食幾廢。有妾故錢塘娼也，問主公何憂，王告之故。妾曰：「不足憂也，璜即韓九，字叔夏，舊遊妾家，最好歡。須其來，强邀之飲，妾當有以敗其守。」已而韓至，王郊迎，不見，入城乃見，岸然不交一談。次日報謁，王宿治具於别館，茶罷，邀游郡圃，不許，固請，乃可。至别館，水陸畢陳，伎樂大作，韓踧踖不安。王麾去伎樂，陰命諸倡淡妝，詐作姬侍，迎入後堂劇飲。酒半，妾於簾内歌韓昔日所贈之詞，韓聞之心動，狂不自制，曰：「汝乃在此耶？」即欲見之，妾隔簾故邀其滿引，至再至三，終不肯出，韓心益急。妾曰：「司諫曩在妾家，最善舞，今日能爲妾舞一曲，即當出也。」韓醉甚，不知所以，即索舞衫，塗抹粉墨，踉蹡而起，忽跌於地。王亟命索轎，諸娼挾掖而登，歸船昏然酣寢。五更酒醒，覺衣衫拘絆，索燭覽鏡，羞愧無以自容。即解舟還臺，不敢復有所問。此聲流播，旋遭彈劾。王迄善罷。夫子曰：「棖也欲，焉得剛？」韓璜之謂矣。（乙編卷六）

按：參看前《玉壺清話》陶穀事。

蘄王夫人

韓蘄王之夫人，京口娼也。嘗五更入府伺候賀朔，忽於廟柱下見一虎蹲卧，鼻息齁齁然，驚駭亟走出，不敢言。已而人至者衆，往復視之，乃一卒也。因蹴之起，問其姓名，爲韓世忠。心異之，密告其母，謂此卒定非凡人。乃邀至其家，具酒食，至夜盡歡，深相結納，資以金帛，約爲夫婦。蘄王後立殊功，爲中興名將，遂封兩國夫人。蘄王嘗邀兀朮於黄天蕩，幾成擒矣，一夕鑿河遁去。夫人奏疏言世忠失機縱敵，乞加罪責，舉朝爲之動色。其明智英偉如此。（丙編卷二）

玉山知舉

淳熙中，王季海爲相，奏起汪玉山爲大宗伯知貢舉，且以書速其來。玉山將就道，有一布衣之友，平生極相得，屢黜於禮部，心甚念之。乃以書約其胥會于富陽一蕭寺，與之對榻，夜分密語之曰："某此行，或者典貢舉，當特相牢籠。省試程文《易》義冒子中，可用三『古』字，以此爲驗。"其人感喜。玉山既知舉，搜《易》卷中，果有冒子内用三"古"字者，遂竟批上，置之前列。及拆號，乃非其友人也，私竊怪之。數日，友人來見，玉山怒責之曰："此必足下輕名重利，售之他人，何相負乃如此！"友人指天誓日曰："某以暴疾幾死，不能就試，何敢漏泄於他人！"玉山終不釋然。未幾，以"古"字得者來謁，玉山因問之曰："老兄頭場冒子中用三『古』字，何也？」其人泯默久之，對曰：「茲事甚怪，先生既問，不敢不以實對。某之來就試也，假宿于富陽某寺中，與寺僧閒步廡下，見室中一棺，塵埃漫漶。僧曰：『此一官員女也，殯于此十年矣，杳無骨肉來問，又不敢自葬之。』因相與默然。是夕，夢一女子行廡下，謂某曰：『官人赴省試，妾有一語相告，此去頭場冒子中可用三「古」字，必登高科。但幸勿相忘，使妾朽骨早得入土。』既覺，甚怪之。遂用前言，果叨前列，近已往寺中葬其女矣。」玉山驚歎。此事馮此山可久爲余言，雖近於語怪，然亦不可不傳，足以祛人二蔽：一則功名富貴，信有定分。有則鬼神相之，無則雖典貢舉者欲相牢籠，至於場屋亦不能入，此豈人之智巧所能爲乎？一則人發一念、出一言，雖昏夜暗室，人所不知，而鬼神已知之矣。彼欲自欺於冥冥之中，而曰莫予云覯者，又惑之甚者也。（同上）

按：《石點頭》第七卷《感恩鬼三古傳題旨》即演此事。《西湖二集》第四卷《愚郡守玉殿生春》則據此而稍加增飾，曲折更多。

老卒回易

張循王之兄保，嘗怨循王不相援引。循王曰：「今以錢十萬緡、卒五千付兄，要使錢與人流轉不息，兄能之乎？」保默然久之，曰：「不能。」循王曰：「宜弟之不敢輕相援引也。」王嘗春日遊後圃，見一老卒臥日中，王蹴之曰：「何慵眠如是！」卒起聲喏，對曰：「無事可做，只能慵眠。」王曰：「汝會做甚事？」對曰：「諸事薄曉，如回易之類，亦粗能之。」王曰：「汝能回易，吾以萬緡付汝，何如？」對曰：「不足爲也。」王曰：「付汝五萬。」對曰：「亦不足爲也。」王曰：「汝需幾何？」對曰：「不能百萬，亦五十萬乃可耳。」王壯之，予五十萬，恣其所爲。其人乃造巨艦，極其華麗。市美女能歌舞音樂者百餘人，廣收綾錦奇玩、珍羞佳果及黄白之器，募紫衣吏軒昂閑雅若書司、客將者十數輩，卒徒百人。樂飲逾月，忽飄然浮海去。逾歲而歸，珠犀香藥之外，且得駿馬，獲利幾十倍。時諸將皆缺馬，惟循王得此馬，軍容獨壯。大喜，問其何以致此，曰：「到海外諸國，稱大宋回易使，謁戎王，餽以綾錦奇玩。爲具招其貴近，珍羞畢陳，女樂迭奏。其君臣大悦，以名馬易美女，且爲治舟載馬，以珠犀香藥易綾錦等物，餽遺甚厚，是以獲利如此。」王咨嗟褒賞，賜予優渥，問：「能再往乎？」對曰：「此戲幻也，再往則敗矣。願仍爲退卒老園中。」嗚呼！觀循王之兄與浮海之卒，其智愚相去奚翅三十里哉！彼卒者，頽然甘寢苔階花影之下，而其胸中之智，圓轉恢奇乃如此。則等而上之，若伊、吕、管、葛者，世亦豈盡無也哉！特莫能識其人，無繇試其藴耳。以一弊衣老卒，循王慨然捐五十萬緡畀之，不問其出入，此其意度之恢弘，固亦足以使之從容展布以盡其能矣。勾踐以四封之内外付種、蠡，漢高祖捐黄金四十萬斤於陳平，由此其推也，蓋不知其人而輕任之，與知其人而不能專任，皆不足以有功。觀其一往之後，辭不復再，又幾於知進退存亡者，異哉！（同上）

行都紀事

楊和甫

二卷，未見著録。《説郛》注云：「和甫字德温，延平人。」書中述及楊誠齋、朱晦庵，蓋南宋人。《説郛》收録十三條。宛委山堂本《説郛》及《五朝小説》題陳晦撰，不詳所據。

吹笛賊

閭丘編修泳自言：往年游宦湖湘間，舟行江上，有客子附舟尾，至暮吹笛可聽。閭丘正飲，甚賞音，命以酒勞之。未幾，忽聞有聲甚厲，且訝且徵，則皆不對。少頃，梢人遽進云：「某官且低聲，勿復問。舟尾横笛者，乃賊也，以此爲號而嘯其徒耳。適已撲殺矣。」須臾有一舟嘯呼直前，將謂已有應援，則無應之者。果詢之云：「吹笛舡安在？」舟人皆答云：「已過前去矣。」賊上前追。急投岸獲免。（《説郛》卷二十）

嘉興精嚴寺僧

嘉興精嚴寺，大刹也。僧造一殿，中塑大佛，詭言婦人無子者，惟祈禱于此，獨寢一宵，卽有子。殿門令其家自封鎖。蓋僧于房中穴地道直透佛腹，穿其頂而出，夜與婦人合。婦人驚問，則云：「我是佛。」州民無不墮其計，次日往往不敢言。有仕族之妻，亦往求嗣。中夜僧忽造前，既不能免，則嚙其鼻。僧去。翌日，其家遣人遍于寺中物色，見一僧卧病，以被韜面，揭而視之，鼻果有傷，掩捕聞官。時韓彥古子師爲郡將，流其僧而廢其寺。（同上）

按：後世類此故事甚多，《醒世恒言》第三十九卷《汪大尹火焚寶蓮寺》情節即從此衍化。

鬼董

佚名

《鬼董》，有《知不足齋叢書》本，五卷。又名《鬼董狐》，有《涵芬樓秘笈》排印本。原有泰定丙寅（一三二六）錢孚跋云：「《鬼董》五卷，得之昆陵楊道芳家。此祇鈔本。後有小序，零落不能詳，其可考者云『太學生沈』，又云『孝、光時人而闕解元之所傳也』。」《千頃堂書目》題闕漢卿撰，固出于誤解；有人認爲作者即「太學生沈」，亦缺乏確證。書中記事晚至紹定己丑（一二二九），似是宋末作品。但本書實非創作，而出于纂輯，如卷一第一篇「洛陽人牟穎」，見《太平廣記》卷三五二，出《瀟湘録》；卷五末篇「廬陵有賈人田達誠」，出自《稽神録》。書中有不少篇抄襲古書，又改頭換面，冒名頂替，如卷一第二篇「章翰」，出自《通幽録》，見《太平廣記》卷三五六，原作「哥舒翰」。茲取其爲宋人故事者，據《知不足齋叢書》本移録。

*王氏女

鉅鹿有王氏女，美容儀而家貧，同郡凌生納爲妾。凌妻極妒，嘗俟凌出，使婢縛王擲深谷中。王偶脱而逸去，入他郡爲女道士，作《妾薄命歎》千餘言。一夕見夢於淩，語所苦，且以詩授淩。淩覺而得其詩於褥前。後淩妻死，王乃得復返。予聞其事甚怪，惜不見其詩。客近有傳示予者，因録之：「畏畏尋坦路，淒風響枯枝。路本羊腸形，折轉多他岐。誤識爲直道，偶陷深蒺藜。密林蔽寒月，清光透妾肌。野鴉徹夜啼，矇鴟笑自悲。雄狐繞妾號，鼫鼠相追隨。獨近虎狼窟，啖吐安可期。妾心豈不懼，仰賴穹蒼垂。少年學彈箏，善鼓陽春詞。長年學吹笙，一吹雙鳳儀。中年罹家禍，衆口生嫌疑。主君不及察，逐妾江之碕。昔嘗致幽調，酣歡頗見奇。今忽厲顏色，中道成暌離。羣寵好肉食，妾獨甘苦薺。羣寵好羅綺，妾獨披素絲。羣寵好外交，妾獨嚴門楣。人情惡異己，璠璵摘瑕玼。主君豈不明，妾心洞無欺。彼忍弄盃毒，危機轉斯須。不解覆盃情，謂我争妍媸。捐棄長三年，剖心無所施。呼天天不言，呼地地不知。獨呼父與母，何用生我爲？羸羸溘草宿，父母呼孳孳。攜手問苦樂，白髮雙涕洟。訓妾毋改心，掣手忽失之。村雞已罷韻，林杪流朝曦。凝霜厚膚寸，輾轉寒且飢。飢尚乏糠粃，寒苦滅然萁。振衣恣所適，偶入班姬祠。配享古烈婦，異代同貞姿。吞聲禱元珓，□□相委蛇。老尼推眹兆，端貞諒所宜。神明保終竟，致志毋自衰。出門顧孤影，棣棣何所訾。寒波印宿眸，獨步清淮湄。偶逢驪山嫗，左右兩相揆。長跽叩休咎，爲我問靈蓍。白茅藉沙上，展册尋良規。上卦乃山岳，下卦乃澤陂。羲文命爲損，剛柔象爲時。周孔祈神教，示妾懲窒辭。左贈雙瑶簪，右贈雙瓊芝。元醞瀉腰壺，煙霞滿雙卮。一吸洗塵骨，再吸清宿脾。稽首願爲徒，冉冉不能追。極目望空際，俯首致遐思。兀然迷去住，深雲忽四馳。濛濛宿霧生，霏霏雨雪滋。踽踽不自憐，行行何所咨。遥遥玉宇寒，念念懸雙眉。浮浮覆載閒，鬱鬱何能支。慷慨復自寬，静一貴所持。凌晨拾杜若，薄暮搴江蘺。入溪攬薛芷，陟山采辛夷。滋菊以充佩，幽蘭以薦纕。薰蕙紉高髻，芳蓀結輕綦。芙蓉製裳裙，周旋亦襳褷。臨泉更洗心，湛湛無塵私。願登主君門，含血愬所罹。鄰母憫我冤，爲妾啼横頤。勸汝須鄭重，枉自獲忸怩。犨寵方治容，寧堪衆嚅唲。引領望危閣，霄漢千重基。十二玉欄杆，飛翬敞桷榱。佳氣鬱繚繞，雙雙峙文鴟。可仰不可即，斂抱空漣洏。宫牆不得入，況望薦黍粢。衣冠不得睹，況望執盃匜。聲響不得聞，況望徵熊羆。髣髴適四野，雊雉飛雄雌。嗷嗷亂烏鵲，狉狉狂鹿麋。緑煙走夜燐，明滅多妖魑。妾心不比石，石破心不劙。妾心不比鐵，鐵蝕心不移。氣嘘作長虹，虹消心不劘。淚落凝碧血，血盡心不漓。一心徑方寸，宇宙爲四維。四維今忽張，妾身獨蹈危。人生同百骸，苦樂何倍蓰。誰家擣衣裳，刀尺聞時梘。誰家贊中饋，滫瀡鳴金匙。誰家慶兒女，調笑聲嘻嘻。妾長抱窮愁，手足空纍纍。韞伏迴文巧，悽悽終對誰。中宵坐長歎，寒露滋淋漓。嘹嚦孤鴈聲，聲聲怨離披。聽聽裂肝腸，懊惱成真癡。知生有願果，知彫有碧椅。知方不知圓，大塊徒容伊。自恨恨無聊，抉面如刀劈。軀殼何所用，不如委幽逵。抱石臨深淵，馮夷拒且嗤。攀柯欲雉經，繘斷如人推。持刀忍自剸，刀折空復噫。人求生不得，我求死無資。天地誰云寬，無所容四肢。誰云日月明，往來不照私。雨露未沾潤，誰云澤浩瀰。黄壤委何日，墨墨徒行尸。撫膺發浩歎，仰首見南箕。箕畔列牛女，望望亦何其。天上懸幽恨，人間徒自痍。不寐對明蟾，吟哦《薄命詩》。字字皆自咎，句句皆自卑。篇篇相思淚，耿耿矢神祇。結束明依歸，處女乃吾師。危坐候大所，素楮鋪平墀。纖纖出玉臂，刺血忍號諦。搦管書血字，體勢追樊姬。大義關綱常，國家根平治。不比《長門賦》，首尾祈歡怡。持展跪天讀，神鬼皆於戲。讀罷卷作封，殷勤孰爲貽？仰登衡岳峯，俯臨湘水涯。尺鯉竟不至，賓鴻亦我詒。貿貿無所託，顧見雙黃鸝。嚶嚶畱好音，翼短無所裨。斂袵復吟哦，天風爲我吹。百蟲爲我奔，羣芳爲我萎。花落春復華，人老無回𪖙，抱膝一假寐， 夢入主君帷。宛爾素昔容，申申弄長髭。拜起泣且訴，問對良孜孜。主君頓然悟，引手强攜提。逐避忽振覺，依然身在兹。形影自相弔，懵懵如蹲鴟。枵然魄與魂，骨立如枯槠。盤盤習故武，兩腓如柔崎。施歸復偃卧，殘骸如囊皮。默默忽回想，人壽無百朞。五内忌百感，傷衷不可醫。梳洗整容態，亦自時礪砥。春襭忘憂花，百草時葳蕤。滴露揉麯糵，醖釀成珍醨。和以愛河水，漉以慈竹籭。貯以偕老甒，泛泛浮綠蟻。寄言獻主君，斥之爲村醨。長夜不自愛，摘蒲出瀾漪。結爲合歡扇，奇奇價不貲。寄言獻主君，拋擲供晨炊。初秋履峻石，石中含瑞琦。斵成雙連環，光爛羞琉璃。寄言獻主君，遥途阻逶迤。冬經不斷縷，端緒華□□。緯以歲寒線，製成同心褵。寄言獻主君，願言充纓緌。棄棄不復視，況望收窮羸。達心竟無由，進退惟險陝。安能坐待斃，四海聊猶夷。須女整飈馭，元女揚參旗。□女擎雲蓋，華女執霞麾。弄玉秉長策，青女妙執綏。白虎服右驂，左驂乃蒼螭。前驅奮丹鳥，後擁蛇與龜。靈旛雙招摇，發軔何蹝跜。駕言適東瀛，仙姝對奕棊。中有古麻姑，挾我坐以嬉。一枰未勝負，已爛樵斧柯。廻輪急西向，息駕崑崙崥。□登閬風苑，瑶臺皓參差。上坐西王母，温慰亦熙熙。顧呼董雙成，命取素所司。七弦妾對拊，哀音動寒飈。王母不忍聽，泣餽雙交梨。謝歸轉凤駕，丹丘遐且巇。靈妃署南宇，驚問來何遲。衷出古書册，云是《曹娥碑》。始稱節不變，終稱行無虧。檢卷對清誨，飛駕臨元池。北隅苦風色，姑射膚凝脂。攜我展畫甋，宛似秦山崖。卻憶秦山陰，雙鶴虛茅茨。收淚何所往，直到銀河泜。玉女正擲梭，鼓臂不知疲。離恨雖不言，宿淚雙凝頤。顧妾停機杼，指心盟不移 。再拜領瓊華，復度白銀漪。題曰廣寒都，宮殿相連漇。纖阿步鐵板，望舒笑喔咿。《羽衣霓裳曲》，再奏舞僛僛。姮娥憐妾誠，賜我不死劑。苾苾一刀圭，試嘗甘如飴。無路獻主君，長生敢自蘄。樂極罷觀聽，憶我塤與篪。乘風忽返駕，復履舊園籬。鄰母共相勞，周游諒多禧。顏色羨美好，靈慧失前蚩。聞之頗自慶，整衣獻所賫。到門門不開，拒我聲訑訑。衆犬吠狺狺，羣寵隔門闑。依依門外柳，青青牆上苔。搖搖路傍竹，灼灼籬邊葵。采采雙鴛鴦，池塘戲深蘼。相對皆有情，無情獨戾廖。長號欲奮去，此情終繫縻。薄鳩安鵲巢，屜魚潛鳧茈。彼升此顧沈，物理亦繆紕。古來妾薄命，顛連妾敢辭。主君明且哲，酌水分澠淄。妾味誠不凡，主君當自諳。但願主君心，權衡析毫釐。但願主君身，康寧延福禔。但願主君家，內外敦倫彝。主君衣衾溫，妾寒亦自恞。主君常醉飽，妾餒如噬臍。此心質神天，威光赫祁祁。雷霆司忠孝，善人終見眦。忠孝妾有違，龍火尸壇遺。妾情早鑒亮，妙運成和比。唯妾素所恥，巧媚如狐狸。長舌如鵜鴂，哺啜如鸕鷀。不意今之人，愛此如鶵鴯。徽舒以爲賢，虞姬逐鞭笞。西施侍枕席，共姜流三峗。世路此常態，端貞宜取疵。神明三尺臨，聽愬應訑訑。曾聞尹吉甫，疑蜂殺其兒。投杼踰危牆，曾母豈不慈。楚平放澤畔，容色成黑黧。汨羅終自沈，潔白隨流澌。近世岳將軍，一家遭斧鈹。父子君臣尚如此，賤妾之命如銖錙。又聞二叔煽流言，周公避東陲。三田生內睽，靈荆且自萎。張陳刎頸交，一旦身摧泜。王導痛伯仁，負之撫骸骴。兄弟朋友多若是，賤妾之軀如蜉蚍。五倫自古不除譏，此心但保無傾攲。再聞貝錦章，嫉讒投豺猗。莊姜不自惜，悲歌送戴嬀。有懷不敢盡，主君須細窺。一朝明妾心，萬死纏葛虆。太極象元爐，陰陽運神錘。默鍛人與物，雜然各相麗。初稟足脩短，讒人當自柢。忽憶終南山，秀拔無九嶷。上多靈異草，毛女羣相僖。辟世三千年，長髮飄鬖髿。顧追與之遊，微情尚羇羈。雙鵲忽遶鳴，顧袂垂蟢蜘。右耳聞天鐘，和薰䦨兩頄。撥火火屢笑，龜夢協休禕。情曲幸剖白，寵愛非所跂。望門泣謝主君義，《黄庭》一卷爲鎡錤。茹英披葉伴毛女，靈漿不竭玻瓈甀。馭風逐侶恣遨遊，羅浮匡廬返峨嵋。人遭逆境須自得，堅白從來誰磷緇。飄然長嘯去復去，清泉白石容乎而。」（卷一）

按：詩中引證「近世岳將軍，一家遭斧鉞」，當出南宋人手筆。

*張師厚

張師厚，太原人，娶同郡崔氏懿娘爲妻。琴瑟甚諧，生一子，甫期而卒。懿娘念之，因感疾而亦卒。師厚乃更娶白莊劉氏。劉已嫁喪夫，再醮師厚，性實殘刻而妒急。師厚嬖而畏之，爲所禁制如處女，不得浪出。師厚於故妻墓未能忘情，時一往。劉怨且怒，乘間挾健婦往，擊碎其祠堂，又迫師厚發取其骨，投之江。師厚歸，夜垂涕屏處。劉怒詬曰：「吾故夫美而俊，簪纓家也，爾何物，鷃弁爲人奴，乃污瀆我！爾猶悼亡，我獨不念舊耶！」遂大慟。俄而疾作，故夫憑焉，叫呼怒駡，以其背盟而醮也。師厚呼法者張雲老治之。懿娘亦現形於旁，曰：「余安崔氏，爾强以余歸，又棄言焉。又毀余祠，沈余骨，胡寧忍之。余不爾貸也。」師厚百拜祈哀，乃没。劉亦蘇。秋夕，劉强師厚出游，猶有所畏，呼雲老與之偕。白晝飲酣，艤舟龍灣，劉方曼聲而歌，波心忽砉然而分，一丈夫緑袍乘馬，出自水底。劉掩面曰：「法師救我，故夫來矣！」緑袍舒臂丈餘，挽劉入水。雲老法無所施，徒呼篙師赴救，及得之岸旁，氣已絶矣。師厚方驚慟，俄黑霧起於船中，有人蓬首被血而立，懿娘也。雲老拔劍罡步而前，劍墜於水。雲老徒手搏之，誤中師厚，相紛拏久之，傔人入視，則師厚殞於拳下矣。時羣奴皆目見之，故雲老止坐黥流云。《夷堅丁志》載太原意娘，正此一事，但以意娘爲王氏，師厚爲從善，又不及劉氏事。案此新奇而怪，全在再娶一節，而洪公不詳知，故復載之，以補《夷堅》之闕。（卷一）

按：《夷堅丁志》所載《太原意娘》事，已見前，可參看。《楊思温燕山逢故人》小説有再娶一節，正與此同，但不知孰爲先後。

•周浩

秦熺之客洛人周浩，卜居西湖。鄰邸有白衣少婦來寓，豔冶而慧，始見猶自匿，稍久目成心通。叩諸鄰，鄰曰：「汴人李氏，夫死，服將除，方謀再行。」浩厚致媒幣，室之。婦能先事中浩意，相得甚歡。歲餘，覲濤於江，見雙鬟女，美出妻右，心慕之。茶肆姥曰：「此女居六和塔，父母亡矣，獨與姨處，方願以樂藝鬻。」浩捐金數千，方獲焉。始至其家，妻妾順比如箎塤。後忽忿争，浩諭不可解，至相毆擊，兩怒方厲，黑烟蓬勃出自吻，蔽屋如墨。奇響一聲，烟銷室空，二豔俱失。遣人訪其姨，蕩然砂磧也。浩怪愕，不敢居其居，從傳法寺假僧房徙焉。元日四鼓，欲之秦氏賀，甫出門，陰氣砉然，籠燭隨滅，妻不知從何來，怒駡曰：「無行棄我逃釋，謂終不能近汝耶？」浩罔然不省其妖，隨謝之。婦曰：「我已徙居入城矣。」偕至小宅中，歡飲共宿。明日乃得之望仙橋下，半卧水中，喘息僅屬，掖歸療治，數日乃愈。浩益恐，遷館於秦氏。一夕，坐書室，有穴窗者，叱之，隨聲自隙入，妾也。鉛丹不施，雙鬢紛披，而態度愈明豔，倚浩嬌怨曰：「主母妒悍，正藉君主張，乃懦不能令，使我至此。且彼非人，乃死老魅，君何爲惑之？」浩亦迷罔不省，留共寢。妾挽出游，偕飲中瓦酒家，聞寺鐘而寤，身乃在後圃池中，污泥滿耳鼻。秦氏呼一道士制之，不驗。乃使四卒夜番守之，浩雖不得出，而二女問夜至，或憑浩言云云叫呼。熺厭之，使他客送往建康，道遇時中。時中曰：「是水族之怪也。鱉爲白衣，穴西湖；獺爲少女，窟於江。弗速拯，將死於溺矣。」爲檄江湖神，俾縶二物，曰：「法不許殺也。」初周浩在西京，困不自聊，有洛瀕一作瀨老翁，夜聞洛中溺鬼相謂，翌日欲取白衣士自代。其衣下穿而姓周。翁旦而待，日中而浩至，姓狀衣袂如鬼語，力挽駐之，乃脱。至此又復遇水魅云。（卷二）

*雅守金燭

秦檜專柄時，雅州守奉生日物甚富，爲椽燭百餘，範精金爲之心，而外灌花蠟，他物稱是。使衙前某與卒十輩，持走都下。至鄂州之三山，遇暴雨，休於道傍草舍。主人，書生也，窶甚，方冬猶絺葛，卧牛衣中，蹙然曰：「雨甚，日向暮，屋漏不可居，恐敗官物。去此荒徑里許，客舍甚整，盍往憩。」衆俾導以往，至則果有民居焉。其人姓魚氏，見客喜出迎，燂湯治飯，問所以來。婦側聞之，摘語其夫：「此持太師壽禮，必厚齎，可圖也。」夫曰：「吾寧能敵十夫哉？」婦解囊示之。蓋婦能貨藥，常爲娼尼蕩女輩殺子，故蓄毒甚多。遂取殺鼠藥和諸毒，併寘酒中而飲之。中夜藥發，皆昏然不知人，獨衙前者飲少，不能毒。魚運斤擊之，十卒併命。他物悉藏瘞，獨不知燭中有金，不甚惜，姑置榻下。會生納婦，以兩炬與之。生持歸，堅不可燃，刮視而金見，遂數數乞燭於魚。魚疑焉，取餘燭視之，始大悔懼，夜誘書生夫婦殺之。徙居漢陽爲米商。小人驟得志，買婢以居。妻曰：「致爾富，我之謀也。今疏我耶？我且告之。」魚內不樂。又〔嘗〕（家）持珠花與倡，倡始疑其惷而富，及得花，葉下有雅守姓名，以示他客。客告倡持告之郡，遂夫婦皆磔於市。檜方盛，四方賂獻山積，金不足道，又必窮索異寶，皆尚方所無。若雅守之金燭，又不足爲遼東豕，直芹萍耳。（卷二）

*陳淑

紹興初，北客陳監倉寓邵武軍，弃女曰淑，美而慧。富子劉生欲娶之，劉父母以陳窶而挾官，恐侵其資，不許。陳亡，女不能自存，嫁同巷民黃生。黃母以罪繫，家罄於吏，炊弗屬，使淑質衣於市。過劉氏肆，劉子見之喜，呼入飲之，還其衣，予之千錢。他日復來，又益予之，寖挑謔及亂。淑歸，視夫如讎，夫疑焉，偵而知其數過劉也，僞弗聞者，使淑厚要於劉，獲既審其實，然後詬淑曰：「我雖極貧，義不食汚，當執汝詣郡。」婦姦，法不得用廕免也。」淑恨怒，飲夫醉，殺而析其骸寘甕中。鄰有聞者，捕淑赴官。劉生知女爲己累，夜逸，邏者得之，黥隸澧州。淑坐殺夫支解入不道，以凌遲論。刑有日矣，獄卒謝德悅其貌，夜率同牢卒負而出諸垣，與俱竄至興國某山李氏邸舍中。李，盜橐也，察其必竊而逃者，率家人持兵給以追至。德恐，穴壁遁去。淑爲李生所得，詭言江州籍妓，不堪官役，故從尉曹射士。李妻悍，不以歸，寘諸酒肆中。李蓄毒殺人掠財，淑久亦益習爲之。謝德既脱去，爲醫，褐衣以藥游荆鄂，又三四年而返由故道，飲李氏酒肆。李生已忘其爲德，而淑懷德恩未替也，瞰無人焉，急走謂德：「僞醉卧於此，我復從君去。」德如其言。夜淑堇酒飲李及兩童婢，皆僵仆，呼德使就殺之，席捲肆中所有，與德西上適襄陽。李氏家人來見屍縱横，獨意李生視盜侣不謹，爲所怒戕，不知淑實爲之也。先是，劉生既配流於澧，以賄免，不敢歸，往襄陽依其舅崔觀察。崔亦盜巨擘，以俠雄一方，暮年革故態，多爲邸店自給。有邸在闤闠中，使劉生主之。德來適入其舍，劉大驚，密以叩淑，淑率言之。劉欲執告德，而恐淑并誅，乃僞善視之。月餘，攜德出城飲，以鐵擊其腦，推置檀溪中，復納淑而室之。亡何，劉父嘗得放停牒，呼使歸。崔以一赤馬一奴送。劉至興國，遣舅家奴去，乃迎淑，翦其髮，衣以緇衣，賂尼寺而匿之。劉未至興國十里，夜宿袁八店，袁窺見橐中物，殺之。劉父以子失歸期，走价質之崔。崔曰：「某日遣行，既累月矣。」劉父驚疑，自走襄陽訪之。崔之妻，其妹也，姑諱曰設齋尼寺中，挽使偕行。劉父見淑，大驚曰：「是吾鄉殺夫者，當極刑，累吾子使黥。今胡爲在是，其可乎！」乃械以陳邑，淑竟論死。嘻，異哉！（卷二）

*楊二官人

中瓦術者楊二官人，游摯璫門，依之爲課息，故以貲稱。一日有紫袍者，以千錢求筮，曰：「吾妹隸慈福宮，所儲不下萬緡，欲祈某璫取之，筮吉凶云何。」楊曰：「卦得《同人》之九三，其象健以明，有人同焉。然伏戎於莽，財雖有之，而必以詐，乃可得也。」自是屢不一占，占必千錢，間與楊共飲，嬉游相樂。又數日，言：「吾妹已出宮，囊中所攜金珠過萬，君語無毫髮差，可謂通神。」遺以錢幣三千，曰：「是猶未足爲君謝也。」居一二日，復邀出飲，語之曰：「吾妹欲求偶。彼囊中雖富，而年過四十，慮娶者難之。妹欲自見君，以媒爲託。」楊忻然許之。明日晡後，兩傔以金合至，其中皆名鯖異饌佳果，及髹器金卮，信如禁中物。婦人乘肩舁，金翠耀目，紫袍踵其後。楊呼妻女延之，盡出其家白金觴斝相酬酢。夜漸向闌，啓黃封酒，婦自歌以飲楊，及其家下至女奴，皆偏酌之。酒下咽，楊見其妻昏然而蹶。須臾，舉室闌干僵仆，方趣掖之，而已亦然。紫袍先命其妹升車，取布囊盡掩席間所有，及其妻女首飾，計所直已千餘緡。笑謂楊曰：「以詐得財，信而有證。然以相予之厚，樓上箱笈皆不發取，君自善視之。」方是時，楊心目了然，獨口不能言，身不能運耳。明日藥氣既消，皆無恙。楊平時以智巧自負，慮貽笑羣貂，不敢聲於賊曹，密與求盜輩跡其人，不復再見。（卷二）

*郝隨女

崇寧末年，大閹郝隨之女，爲鬼所魅。始見偉男子如將家，自稱舍人，來相挑謔，遂迷罔失常，號呼笑歌，聲及廣陌，或奮梃欲出，十餘人不能制。隨召京師名道士治之。一夕失女，偏城內外杳不可尋。月餘忽在閨中，灑然無恙。問所見，女曰：「始吾家呼法師來，舍人曰：『吾力出漢天師上，是何爲者！』既而見神兵四合，乃嘯呼其徒。至者千餘人，亦皆袛金執鋭，列陣相望。聞呼其名，蓋多近時戰死將校及赴市强囚也。鬼有韓將軍者，前白舍人曰：『彼軍雖不吾敵，然舍人本爲行樂計，是家一不得志，必再。天下之言法者何可勝計，舍人寧能盡勝之，柰何以此爲戰地耶。舍人當先以夫人歸，我力戰，必勝而後反。彼軍縱有脱者，已不知夫人處矣。』舍人撫其背曰：『得良偶，君之功也。』舍人先與女馳去。韓軍於郝之門，神兵憚韓在後，果不敢追。舍人偕女入一廢祠，旋化爲城郭，臺觀池籞，侈麗不可名。韓將軍以捷歸，獻俘受賞，如人間軍禮。居數日，舍人曰：『吾得美妻，不可不與姻鄰爲禮。』合肆筵召客，客至數人，有緑袍年少，方二十餘，美風度，遷坐近女，諦視之，曰：『郝太尉女耶？中貴人攸宮禁塗澤，固加於市人一等矣。』中飲舉酒酌舍人，大言曰：『吾與公爲兄弟，休戚無一不同，今暫易室可乎？』舍人艴然曰：『吾與公爲兄弟，世乃有以婦爲戲者耶？』緑袍曰：『吾誠欲之，何戲之有。不吾與，卽力争耳。』推案而起，寶玉杯盤，皆碎於地。舍人奮然逐之，緑袍戟手去。居一二日，聞金鼓聲徧山谷，甲騎數千，譟於城下。舍人帥師御之，交綏而退。緑袍爲七寨環城，矢石下如雨，韓將軍晝夜拒戰，互有勝負。如是者十餘日，舍人軍事良苦，無得歡悰。韓將軍曰：『賊糧且絶，不能久。請深壁毋戰，俟其饑疲而擊之。我以奇兵邀其後，蔑不勝矣。』會諜報德安公、祆廟石王等助賊兵而資以糧，兵來晝夜不絶。舍人謂女曰：『吾將家兵關西復來戰此，自邠州靈應以西，皆吾與也。欲偕行，恐飛戈流矢不可測。汝還郝氏，澄心正念，求能《楞嚴神咒》者而學之，百鬼不敢近。不然，瞰吾去，或能禍汝。』乃自燔其營，潰圍出，送女至閩而去。』女既得反，遂爲比丘尼。不知此曹鬼耶神〔耶〕，殊未可測也。（卷三）

樊生*

都民質庫樊生，與其徒李游湖上某寺閣，得女子履絶弓小，中有片紙曰：「妾擇對者也，有姻議者，可訪王老娘問之。」樊生少年，心方蕩，得之若狂，莫知其何人。他時過昇陽宮庫前，聞兩嫗踵其後相語笑，多道王老娘。伺其入茶肆，亦往焉。兩嫗謂瀹茶僕曰：「王老娘在乎？」曰：「在。」「爲我道欲見。」僕自後呼一嫗出，四五十矣。兩嫗迎語之曰：「陶小娘子遣我問親事何如。」王曰：「未得當人意者。且彼自以鞋約，得鞋者諧之。」樊大喜，伺兩嫗去，獨呼飲王嫗，言：「鞋乃我得之，陶今安在？嫗果能副吾事否？」嫗咤曰：「天合也。彼生二十有二年矣，張郡王之孿也。郡王死時方十七八，出求偶已四年矣，無當其意者，故不嫁至今。奩中所有萬緡，君少年而家富，契彼所欲。然必令一見乃可。」約以明日會某氏酒肆中。樊生如期往顧之，嫗走而先，四夫舁一轎，一女奴從其後，褰簾出揖，粲然麗人，目所未見。飲至暮，語寖褻狎。嫗以他故出，女遂與樊亂，不肯復去。樊生父甚嚴，以野合不敢攜女歸。有貯貨屋在後市街，女已知之，自呼車與女奴偕往。樊生不獲已，乃從之，相挽登樓。坐舁夫于門，守舍傭見其人衣紙衣，驚呼失聲，四夫皆没。樊生坐樓上，不知也。中夜樊歸，傭途送之，道所見，猶不之信。旦日，傭燀湯登樓，視婢乃一枯骸，女在牀，自腰以下中斷而異處。亟走報樊父，父往驗之，則蕩然空室，無復存者。鬼乃入其家，卽子舍，塗抹出拜舅姑，上續命物，真若新婦。樊惟一子，憂之，訪善法者。或言賣爊羸張生考召有驗。呼治之，女子無畏色，出語曰：「我良家子，方有姻議，而彼遽姦污我於酒肆中。若謂此誰之罪？今不居此，將安歸？」張爲之勸解久之，乃曰：「去易耳，然吾終不置此人。」遂爲旋風而滅。月餘，樊與李游嘉會門外，李以酒忤省史趙生，趙生欲苦之。樊與併遁，不敢由故道，乃登慈雲嶺繞入錢湖門，中嶺雨暴至，舍小人家。主人母白服出迎，曰：「顧六妻也。夫死未盈月。」日暝雨甚，主人母以榻處二客，曰：「昇陽宫前酒唯飲王老娘，今急乃投我。」李謂樊曰：「彼何自知之，得非亦鬼乎？」懼不敢寐，中夜聞扣門聲，呼顧六甚急，二生窺見皁衣卒自靈牀上曳老叟去，回語嫗：「善視二客，勿使去。」樊、李益恐，相攜自後户而逸，望荒邱中燈燭森列，緑袍人據案決事，鬼吏擁顧六翁媪在旁。又有麗女，鬼卒守之，腰腹中絶，以線縫綴而不甚相屬，蓋陶小娘子也。二生疾走里餘，聞宿舂聲，人家燈光自隙出，投之。扣主人姓名，曰：「雍三。鬻餻者，方擣粉耳。」爲言所遇之怪，雍笑而不答。喘未定，四夫與陶小娘子並王老娘、顧六等坌集，樊、李奮臂肆擊，力不勝而仆，羣鬼將甘心焉。俄而殿前司某統制趨衙，從卒百許人呵殿至，羣鬼皆捨去。統制聞草中呻吟，命下視之。見樊、李已昏不知人，數卒挾扶就湯肆噀治。門開，呼徼者送之歸。異時訪鬼所起，則陶小娘子信張氏之變，以外淫爲主所殺，中腰一劍而斷。王老娘居新門外，亦以姦被戕。顧六翁媪、雍三，皆嶺邊新瘞者也。此度是紹興末年事，余近聞之。（卷四）

按：此即話本《西山一窟鬼》所本。

裴端夫

温州人陳忘其名，知華亭縣，以裴端夫爲客。至之明日，午夜被酒，起坐紗幮中，庭下昏月朧朧，綠衣小童歷階而升，盡其等，展謁曰：「某官祗候。」端夫欲下牀攬衣，而其人已徑前矣。一緋衣，二綠衣，皆幞頭秉簡，當階旅揖而去，不吐一辭。端夫雖驚畏，然念爲人師，且適抵此，柰何張鬼事，閟不言。明日方篝燈，童復來云：「某官傳語，恐驚教授，不敢數進見，令小娘子來道萬福。」一丱女十餘歲，紅衣黃裳，珠琲滿頭，跪揖而去。自此朱綠者無復見，而童閒攜女來戲劇。端夫問女何人，曰：「緋衣爹爹，綠衣叔叔也。媽媽、姐姐、養娘、妳妳輩，三四十口，在宅堂後，避嫌不敢相見，都教傳語先生。」問何姓何官，女曰：「奴奴小孩兒，都不理會得。」月餘，端夫猶不以語陳君。他日陳招飲，女將一數歲兒，翳身屏後揶揄之。端夫顧笑，陳力扣詰，乃言其狀。陳怒，厲聲叱之，兒驚而啼，女頳怒曰：「我去説與爹爹。」未終飲，報爨婢發狂疾，陳與端夫偕入視之，婢攜巨柴出，欲擊人，厲聲謂陳曰：「汝不憂官失妻死，乃猶木强耶！」言皆成文。陳使數卒力制之，以縣印徧印其身，將曉乃定。明日復憑他婢，婢若爲人所縛，懸立虚空中，不食者兩日。陳徧召持法者治之，略無驗。端夫爲焚香講解之，婢乃曰：「爲先生故，且去。後駡我，血汝族。」陳以宅堂不可居，徙於倉中。未幾内子卒焉。又月餘，陳竟以臺劾罷。將行，童持謁謁端夫云：「某官辭。」朱綠衣復出揖，端夫欲延坐問，已無見矣。端夫恃爲鬼所敬，意必遠大。自華亭歸數年，乃客死京下。端夫趣尚頗高，能爲詩，終於布衣，可惜也。端夫自作傳示余甚詳，今獨記其梗概如

此。（卷五）

*周寶

十四弦，胡樂也，江南舊無之。淳熙間，木工周寶以小商販易安豐場，得其製于敵中，始以獻羣閹，遂盛行。寶有巧思，久商于淮，多與羣盜壯士相識。後歸事閹尹林御藥，委以腹心。淳熙十四年秋，他閹介術者來，林御藥以親舊、厮役命雜試之，言驗如指掌。至周寶，曰：「此囚也，不踰歲當以刑死。」林御藥信之，呼寶來，語之曰：「我出入禁省，事當畏謹，設不幸而中，寧不累我。汝姑歸治素業，遲歲月復來。」寶含恨去，久佚不能復勞，又驟貧，鬱鬱繞西湖而行，過赤山，見軍人取質衣于肆，爲緡錢十餘，所欠者六錢，而肆主必欲得之，相詬駡。寶爲之解紛，視篋中纔餘五錢，爲代償，而主者又必欲得一錢。寶亦大恨怒，傍人相與嘆訝曰：「此所謂閔一郎也，其人以不誼致富，虐取一方，人恨不膾其肉。」寶失聲曰：「使在淮上，爲壯士所虀粉久矣。浙民懦，容養惡奴至此。」傍有人曰：「寧知此無壯士！」蓋所謂李勝。勝善騎射，軍中號「李旗兒」，方客殿司統制吴曦家，教其子弟弓馬。相率草飲，勝謂寶：「此家不可容，君盍往淮濟結壯士掠之。」寶心躍如，即日行，渡江自建康至廬，見陸才告之故。才曰：「此輩轂下也，其可哉！」寶論説不已。才計寶恨怒，恐他日敗必汙己，乃以二十券與之，好謂曰：「二十四郎獨可販藥耳，然當往見林姑丈，問藥所自。」林姑丈者，安豐林青也，素爲盜橐，才實賣寶於青，而不肯明言之。寶至安豐，以事語青。青曰：「此有彭八、繆興國、王孝忠，皆健兒也，久不過北界，困悴無憀，我爲君率之以行。」既召之，三人皆曰：「非古三官人莫能集事，我一夫耳，無以爲也。」又兩日，得古訓于北盧塘。訓曰：「千里行劫，勢無違理。又在京輦，真探虎穴，虎子不得，必碎于虎口矣。」衆强之，訓拒益堅。興國與孝忠怒，拔刀曰：「始約爲兄弟，死生以之。今困于此，幸有機便，待此甦旦暮，兄復拒之，寧有兄弟情耶！我將自殺，以血濺兄長衣矣。」訓迫不得已，乃曰：「城内乎？城外乎？」寶曰：「城外也。」「去城幾何？」曰：「十里。」訓曰：「我聞赤山有攢宫，去此幾里乎？」曰：「亦十里。」「果爾，當以狀來。」寶書付之，乃皆南。訓與興國、孝忠自京口舟行，寶、林青、彭八自建康、宣城陸行，會于北關。寶先販藥時，嘗倩顧八船往來，多與之貲，使匿税。至是亦用之，謂曰：「我與數布客欲偕往淮南市藥，不欲晝行，夜分當集于舟。」又時商客雜沓，顧八不以爲怪也。俟我來，即疾出臨安界，必倍酬汝。」顧艤舟新橋以待。時十二月初，天大風雪，古訓先使寶扣赤山城西巡檢寨門呼之曰：「大理寺有所捕，事甚密，可以十卒待于門，不得妄出。事畢，當呼爾曹衛送入城。」訓臂弓挾四矢，立閔氏門。寶以斧抉扉而入。訓射著鄰户上使有聲，曰：「我步軍司人也，一軍苦統制虐，相率叛去，欲往浙東，無裹糧，匄於閔氏。事不預君，若有强起或喧呼者，我必盡屠之。」赤山之人素聞其統制虐，疑必軍變，勢不可敵，又素惡閔，皆閉户無出者。訓始與衆誓，毋殺人，毋姦汙女婦。既而林青縛閔生于木几上，寘刀其頸，累欲殺之，訓苦禁乃免。閔妻中官養女，素號有色，寶欲淫之。訓怒，拔刀將斬寶，寶憚訓而退。閔驚懼如癡醉人。天將明，邏者見門扉不完，呼其僕，則僕縶于竈下，家人皆扃閉樓上，方股栗不能言。旋解縛言于府，府以付使臣朱直卿。直卿與其儕言之，總轄杭世亨曰：「江南鼠偷皆無禮淫殺，此必淮人也。」直卿視盜所遺，得斧刃細竹縛爲火燧者半枚，寘篋中行以自隨。尹督之急，直卿惶惑無計。月餘，姻家蘇生邀與市飲，請出其物觀之，因曰：「前往某家紙鋪中，見周寶買寓錢，遺細竹一束，正此類耶？今獨收得之。」命取諸其家，視燧所遺無異也。直卿固知寶有母寓鹽橋賣竹篦人家，僞爲林御藥人往訪之，母以出告。上樓俟，飯頃，母歸而執之，曰：「寶安在？」曰：「寶昨過臨平訪周來吉，計明旦當還邸。」蓋周與寶有外親，周有姻會，故寶過之。而寶之邸在武林門外之陳酒家也。直卿與其儕商略，即之臨平捕寶。未至二十里餘，寶適旋，縛以獻府，拷訊再三，始述其事。于是械寶于獄，遣直卿輩往安豐捕諸寇。閲月而彭八、興國、孝忠皆就縛。既而寶等咸論棄市。術者之言，可謂精而審矣。獨古訓逸去，終莫能得。（卷五）

異聞

何光

何光，字履謙，四明人。文中記及嘉熙年間事，當爲宋末人。餘不詳。重編本《説郛》作何先。《異聞》三卷，未見著録。《説郛》收録三條。

兜離國

周宗謇，字本之，世家安吉之烏程。蚤歲以筆力自傭，游學旁郡，至天台，適報恩寺長老了清有同里之好，留憩蕭寺，時嘉熙丁酉仲夏也。嘗以是年八月六日，因事出城北歸，薄暮，足倦神憊，急呼童整榻布寢。恍惚間聞有車輪聲從簷外來，周亟起迎之。見一使者躍馬而至，車乘踵其後。周方愕視，使者遽前啓周曰：「大王奉召。」周且疑且辭。使者躍曰：「大王久欽令譽，覬覿光儀，故遣一介致卑詞，安車聘老，仄席待賢之意，不越于此。先輩其可戀守株之舊，循牆之避乎？」周謙士也，不覺汗背，請唯其命。于是乘車而往，使者前道。其行甚疾，路亦不惡。道旁略無人舍，約十里許，忽覩層閣複道，朱甍翠瓦，城堞突兀，草木葱蒨，揭扁額其上曰「兜離國」。入門數十步，使者曰：「宫闕不遠，請先輩下車。」周曰：「某山野草萊，終日書案，鳴珮曳履，夢想所不到，上國不以謭陋，賜之聘召，深恐步武蹤蹀，取戾朝儀。顧使者先有以教之。」使者徐應曰：「且安心。」但見綵衢紫陌，香塵滚滚，塗謳里詠，喜見顔色。周頗自安，私謂必樂地，得終老于此，不猶愈于粥魚齋鼓、荒涼蕭寺之居乎。頃刻間，已抵玉闕。道左一館，扁曰「延英」。使者揖周入，辭曰：「道路風塵，衣冠欹側，先輩少歇。」周與使者對揖而別。甫轉首，一丈夫金章紫綬立館右，小吏持銜狀前白。周視之，上題「昌化大夫知延英館事皇甫溱」。小吏揖客入，各敍起居竟，始欲解帶磅礴，俄報宮闈已啓。周整束冠裳，從知館而去。曉色猶暝，殘月耿耿，璇題間，玉闕聳峙，輪奐共奕，目不禁視。圭冕交錯，雜遝而進。遥望九陛上帷幙燦爛，座中設，百官以次左右行列。有報班齊者，王御正衙，宰弼敍聖躬萬福，王亦致答，餘各拜舞。忽聞呼周姓名。有二朱衣引周獨立殿下，傳王旨曰：「寡人濫承先緒，涼德是愧，持盈守成，自古所懼。樂得賢者，相與圖回。聞卿學術久富，意甚嘉之。」周曰：「臣疵賤餘生，不學無似。殿下誤加采録，使者親銜王命，勉臣此行，遂得瞻望清光，遭逢盛事。」王復曰：「寡人渴想名賢，得卿如醴泉甘露，尉悦可勝。勉爲少留，共扶國事。」周敍謝，方欲措詞，而吏報班退。卽有別吏持牒文授周曰：「周宗沓可特授文籍監丞，日赴堂却預議事。仍賜第一所。」俄有從吏數十，名姬不下十餘輩，擁周入一宅，華麗奇巧，服御光生。周入居其中，卽日視事。同僚各持銜狀互賀。自此曉則謁王，午則入都堂與議，一國之事皆參決焉。暮則回第。荏苒約半載，官況益美。忽一日，報相國木契子齡病。王召周而問曰：「子齡相國二十年矣，政事粗舉，倘一疾不起，何人可代？」周曰：「知臣莫若君。」王曰：「寡人得之矣。」翌日，子齡薨位。俄報右丞屈曲槩拜相國。槩性險愎，貪污罕倫，一聞敕下，人皆側目。周聞之驚甚，卽上疏諫王曰：「臣聞植治有堦，浚亂有源。自昔英君誼辟，不以治爲可喜，而常以亂爲憂。何則？治亂之分，自君子小人始。一君子之政，未足以勝百小人之姦；一小人之謀，深足以干千百君子之政。君子之用意也善，其爲政也明白洞達，其事可行，其言可覆。小人則異是，豺軀麒角，羊質虎皮，喜則摩足以相懽，怒則反目而相噬。此堯之所以誅四凶，成王之所以流管蔡。史臣直筆，不以四凶之罰爲甚，管蔡之譴爲過。蓋其人天怒神怨，摧折已晚。使尚佚其辜，將自速于禍矣。然則域姦穽惡，刻刻不忘，大治榮華，何慮其不至。譬如嘉穀，纖莠必除；譬彼長隄，寸罅必塞。所謂植治之階，浚亂之源，係乎人君用舍之頃，一穟不容間爾。殿下以神聖之姿，守太平之緒。首任棟梁，以付穹窿之寄；旁掇蘭茝，以贊熙洽之期。四民均安，百世允賴。今天不憖遺大老，故相國木契子齡，未就衰年，遽終奇恙。殿下更召耆俊，親試登庸，于進退間治亂由別。豈意私昵並緣，乘間竊寵，欲以一國之事付之佞人屈曲槃之手。槃何如其人也？蠱毒百端，狐媚萬狀，內藉宮掖之援，外肆溪壑之求。昔典户曹，攫金珠如瓦礫；嘗領郡寄，視版籍如蒙氈。上恩隆寬，獨爲涵覆，綴班宰府，叨逾已甚，素餐公餗，顏不知羞。相鼎暫虛，顧乃歸之掌握。此槃之平昔所顧望而不可得者，一旦而得之，將使吐胸中之陰蹤詭狀，蠹肘後之膚方末技，上以誤殿下，下以誤蒼生。宗社生靈，殆有不忍言之禍矣。且相國之位，非殿下所得私。一國之相位也，任之匪人，亂源立見。根本既仆，枝葉從之。敕下日，士爲癈書，商爲罷市。殿下聞乎？否乎？使其聞而不爲動心，則一國之事去矣！臣所以激激爲殿下告者，猶喜其未聞而趣爲反汗也。臣異國書生，早承眷遇，不恤肝腦，敢布腹心。惟殿下採擇，取進止。」書上，王拊案大怒曰：「狂生不識時宜，輒以右丞爲佞人，多見其不知量。」遣使者召對。時王御紫琳閣，周入，王怒色未霽，叱曰：「卿疏賤下士，何得輒譏吾大臣！貰爾一死，放卿東歸。」周對曰：「某斥退固宜，歸則何所？」王笑曰：「卿本世上人，何不思歸？」周因大悟，涕泣交下，願乞骸骨而歸。王曰：「卿雖爲狂悖，亦無甚過惡。後十八年，歲在班文，更當召卿。」顧宮媵取玉合三枚，署甲乙其上，賜之。且戒之曰：「卿歸日，首開其一。餘或遇難，次第啓視。」周再拜，泣謝而出。宫門有匹馬，一卒迎曰：「請監丞上馬。」周曰：「我欲回賜第取衣物。」卒曰：「奉朝旨不許。」周頗悒怏，匹馬趣行，出城門，見向使者迎訣曰：「不意監丞事業止此。」揖而退。遂指來途而返，路人皆叩馬而嘆曰：「忠臣去矣，如國事何！」亦有焚香酌水而送別者。少頃至臺城，過報恩寺門，周卽下馬入齋房，顧己身偃卧榻上。周驚曰：「吾其死矣！」忽有呼周姓名者，欲唯諾間，已驚悟，時約五鼓，孤燈猶照東壁，小豎鼻息如雷鳴。周恍然而起，視袖間玉合儼存。周啓其一，内有墨迹如鮮，題曰：「人生無百年，世事一如夢。可往衡山中峯尋五官子問之。」周歷歷盡記，染筆亟識其顛末。及曉訪了清言之，卽往衡嶽訪異人。了清堅留不可。周出所書以示之，呼童攜槖而去，迄今不知其存否。了清録其所書如此。（《説郛》卷三十八）

碧瀾堂

安吉碧瀾堂素有奇怪，郡士晁子芝嘗與客游眺于彼。迫暮，共見水面一好女子，衣服楚楚，手捧蓮葉，足履萍草而來。晁料其異物，急叱之。女子自若，且行且吟云：「水天日暮風無力，斷雲影裏蘆花色。折得荷花水上游，兩鬢瀟瀟釵玉直。」吟畢，由東岸而去。（同上）

閒窗括異志

魯應龍

魯應龍，自署東湖，蓋爲嘉興人。生平不詳。書中有稱「淳祐甲申余館于沈氏書塾」一條，然淳祐無甲申，疑爲甲辰或戊申之誤，不能確知。其書一卷，多志神怪，亦有采自古事者。《四庫全書》列入小説家存目。

三姑廟

華亭縣北七十里有澱湖山，上有三姑廟。每歲湖中羣蛟競鬬，水爲沸騰，獨不入廟中。神極靈異，寺僧藉其力以給齋粥，水陸尤感應。向年有漁舟艤湖口，忽見一婦人附舟，云欲到澱山寺。及抵岸，婦人直入寺去，舟中只遺一履。漁人執此履以往索渡錢，寺僧甚訝之，曰：「此必三姑顯靈。」因相隨至殿中，果見左足無履，坐傍百錢在焉。遂授漁人而去。《嘉禾百詠》云：「神居陰陽護，尋鬬捍洪波。莫慮蛟龍怒，年來畏叱呵。」

曾陟

三山曾先生陟，嘗寓館於陳氏，七載音信不通。夏月青衿俱歇，獨處一室。有道人自吴山來，謂之曰：「子思鄉之切，何不少稱歸？」陟曰：「水陸三千里，幾時得到？」道人剪紙爲馬，令合眼上馬，以水噀之。其疾如風。祝曰：「汝歸不可久留。」須臾到家，門户如舊。妻令人浴易新衣。陟曰：「我便去。」妻曰：「纔歸便去，何不念父母妻子乎？」陟便上馬而行，所騎馬足折，驚寤，乃身在書館中，隨身衣服皆新製者。道人亦不見，惟留一藥籃，中有一詩云：「一騎如龍送客歸，銀鬃緑耳步相隨。佳人未許輕分别，不是僊翁豈得知。」

暘谷漫録

洪　巽

洪巽，生平不詳。書中云「余以寶祐丁巳（一二五七）參閫寓江陵」，知爲宋末人。《暘谷漫録》，未見著録，《説郛》收六條。

廚娘

京都中下之户，不重生男。每生女則愛護如捧璧擎珠，甫長成則隨其姿質，教以藝業，用備士大夫採拾娛侍。名目不一，有所謂身邊人，本事人，供過人，針線人，堂前人，雜劇人，〔拆〕(折)洗人，琴童、棋童、廚娘，等級截乎不紊。就中廚娘最爲下色，然非極富貴家不可用。予以寶祐丁巳參閫寓江陵，嘗聞時官中有舉似其族人置廚娘事，首末甚悉，謾申之以發一笑。其族人名某者，奮身寒素，已歷二倅一守，然受用淡泊，不改儒家之風。偶奉祠居里，便嬖不足使令，飲饌且大粗率。守念昔留某官處晚膳，出京都廚娘調羹，極可口。適有便介如京，謾作承受人書，囑以物色，價不屑較。未幾承受人復書曰：「得之矣，其人年可二十餘，近回自府地，有容藝，能筭能書，旦夕遣以詣直。」不一旬月，果至。初憩五里頭時，遣脚夫先申狀來，乃其親筆也。字畫端楷，歷叙慶新，即日伏事左右，乞以回轎接取，庶成體面。辭甚委曲，殆非庸碌女子所可及。守一見，爲之破顔。及入門，容止循雅，紅衫翠裙，參侍左右乃退。守大過所望。〔少〕(小)選，親朋輩議舉杯爲賀。廚娘亦遽致使廚之請。守曰：「未可展會，明日且具常食五杯五分。」廚娘請食品菜品資次，守書以示之。食品第一爲羊頭簽，菜品第一爲葱齏，餘皆易辦者。廚娘謹奉旨，數舉筆硯，具物料，内羊頭簽五分，合用羊頭十箇。葱蒜五楪，合用葱五斤，他稱是。守因疑其妄，然未欲遽示以儉鄙，姑從之，而密覘其所用。翌旦，廚師告物料齊，廚娘發行奩，取鍋、銚、盂、勺、湯盤之屬，令小婢先捧以行，燁燦耀目，皆白金所爲，大約正該五七十兩。至如刀砧雜器，亦一一精緻。傍觀嘖嘖。廚娘更圍襖圍裙，銀索攀膊，掉臂而入，據坐胡床，徐起切抹批臠，慣熟條理，真有運斤成風之勢。其治羊頭也，漉置几上，剔留臉肉，餘悉擲之地。衆問其故，廚娘曰：「此皆非貴人之所食矣。」衆爲拾置他所，廚娘笑曰：「若輩真狗子也！」衆怒，無語以答。其治葱齏也，取葱〔輒〕(徹)微過湯沸，悉去鬚葉，視楪之大小分寸而裁截之，又除其外數重，取條心之似韭黄者，以淡酒醯浸漬，餘棄置了不惜。凡所供備，馨香脆美，濟楚細膩，難以盡其形容。食者舉筯無贏餘，相顧稱好。卽撤席，廚娘整襟再拜，曰：「此日試廚，幸中台意，照例支犒。」守方遲難，廚娘曰：「豈非待檢例耶？」探囊取數幅紙以呈，曰：「是昨在某官處所得支賜判單也。」守視之，其例每展會支賜或至千券數疋，嫁娶或至三二百千雙疋，無虚拘者。守破慳勉强，私切喟歎曰：「吾輩事力單薄，此等筵宴不宜常舉，此等廚娘不宜常用。」不兩月，託以他事善遣以還。其可笑如此。（《說郛》卷七十三）

齊東野語

周　密

周密(一二三二——一二九八),字公謹,號草窗,又號四水潛夫、弁陽老人。濟南人,流寓吳興。宋末曾任義烏令等,宋亡不仕。著名詞人。著有《武林舊事》、《癸辛雜識》、《浩然齋雅談》、《志雅堂雜鈔》等。《齊東野語》一書注重記録南宋舊事,可補史傳之遺。現存足本爲二十卷。《四庫全書》列之于雜家類。

放翁鍾情前室

陸務觀初娶唐氏,閎之女也,於其母夫人爲姑姪。伉儷相得,而弗獲於其姑。既出,而未忍絶之,則爲别館,時時往焉。姑知而掩之,雖先知挈去,然事不得隱,竟絶之,亦人倫之變也。唐後改適同郡宗子士程。嘗以春日出游,相遇於禹跡寺南之沈氏園。唐以語趙,遣致酒餚,翁悵然久之,爲賦《釵頭鳳》一詞,題園壁間云:「紅酥手,黄縢酒,滿城春色宫牆柳。東風惡,歡情薄。一懷愁緒,幾年離索。錯!錯!錯!　春如舊,人空瘦,淚痕紅浥鮫綃透。桃花落,閒池閣。山盟雖在,錦書難託。莫!莫!莫!」實紹興乙亥歲也。翁居鑑湖之三山,晚歲每入城,必登寺眺望,不能勝情。嘗賦二絶云:「夢斷香銷四十年，沈園柳老不飛綿。此身行作稽山土，猶吊遺踪一悵然。」又云：「城上斜陽畫角哀，沈園無復舊池臺。傷心橋下春波緑，曾是驚鴻照影來。」蓋慶元己未歲也。未久，唐氏死。至紹熙壬子歲，復有詩。序云：「禹跡寺南，有沈氏小園。四十年前，嘗題小詞一闋壁間。偶復一到，而園已三易主，讀之悵然。」詩云：「楓葉初丹槲葉黄，河陽愁鬢怯新霜。林亭感舊空回首，泉路憑誰説斷腸。壞壁醉題塵漠漠，斷雲幽夢事茫茫。年來妄念消除盡，回向蒲龕一炷香。」又至開禧乙丑歲暮，夜夢遊沈氏園，又兩絶句云：「路近城南已怕行，沈家園裏更傷情。香穿客袖梅花在，緑蘸寺橋春水生。」「城南小陌又逢春，只見梅花不見人。玉骨久成泉下土，墨痕猶鎖壁間塵。」沈園後屬許氏，又爲汪之道宅云。（卷一）

洪端明入冥

洪燾仲魯，忠文公咨夔次子也。嘉熙丁酉，居憂天目山，素有元章愛石之癖，而山中所産亦秀潤，不減太湖洞庭。村僕駱老者，專任搜抉之役。會族叔璞假畚臿鋤斧，將爲築室用。駱掌其事，擇刓鈍數事付之。璞怒其輕己，率其子檦共毆之至斃，是歲中元日也。洪公力與維持，泯其事。璞素豪獷，持一邑短長。邑令王衎，婺安人，惡其所爲，廉得之，遂收璞父子及血屬於獄。洪公亦以曾任調停，例追逮，良窘。時王實齋遂守吴，契家亟往求援。王爲宛轉趙憲崇揮，改送餘杭縣獄，具以主僕名分，因鬭而死，璞止從夏楚，檦僅編置贖銅而已。明年戊戌中元，洪公方奏厠，忽睹駱老在厠云：「近山雨後出數石，巉秀可愛，主人幸一觀之。」洪倉卒忘其死，往從其行，纔跬步間，覺此身已在檐楹間。稍至一土神廟，便有四力士自廟中出，挾之空行，其去甚駛。天昏昏如昧爽，足下風濤澎湃聲可恐，意非佳境。反顧駱曰：「既若此，何不告我？」駱曰：「勿恐，略至便可還也。」稍前，一河甚闊，方念無津梁可度，則身已達彼岸。又見數百人掩面趣右而去。自此冥行如深夜。忽曛黑中，一山橫前，有竅如月，數百人皆自此入，心方疑異，而身亦度竅矣。到此，足方履地。既前，復有一河，污濁特甚，僧尼道俗汩没其間，至此方悟爲入冥，心甚悲恐。稍前，頗有人居，蕭疏殊甚。又前，有宫室軒敞巍聳，四垂簾幕，庭下列緋緑人獄卒甚衆，儼如人間大官府，初無所謂阿旁牛頭也。右廡絶昏黑，隱隱見荷校箠楚者甚苦。其外小庭中，一黑蟒大與庭等，仰視一燈，悲鳴無度。洪所立左廡，則微明若欲曙時。微聞其傍喃喃若誦經聲。洪平日不喜此，方窘懼中，亦慢隨其聲誦之。庭中人忽起立怒視，而殿上簾盡捲。有緑衣者出，坐東向，緋衣者坐西向，最後金紫人居中。庭下緑衣吏抱文書而上，高唱云：「洪某枉法行財，罪當死。」洪懼甚，不覺身已立庭下，漫答云：「爲叔解紛，初非枉法。」金紫人怒曰：「此人間諱詞，安得至此！」洪曰：「死不辭，然有三説：璞，叔也，駱，僕也，不忍以僕故置叔於辟，一也；駱無子，妻貧老無以養，使璞資之終其身，二也；且駱妻自謂一經檢驗，永失人身，意自不欲，非强之和，三也。」金紫人始首肯云：「爲叔解紛，初非枉法，此説有理，可供狀來。」便有紙筆在前，直書其説以呈。金紫人怒方霽曰：「可與駱氏立後。」且命緑衣導之以回。轉盼間，駱之父母皆在焉。途中，因扣緑衣所見大蟒爲何物。厲聲答云：「此開邊喜殺之人也。」稍前，見數十百人持騾馬皮而來，又扣之，曰：「此受生回也。」又見獄吏持刀杖，驅百餘人自西而來。其中有洪氏族長爲僧者曰燁闍黎，亦在焉。方疑之，燁忽呼曰：「三十哥仲魯第行。安得在此？」爲所驅卒擊其首粉碎，回視之，仍復完矣。因扣緑衣云：「人間何事最善？」緑衣舉手加額曰：「善哉問！忠孝爲先，繼絶次之，戒殺又次之。」又問何罪最重。曰：「開邊好殺罪重，豪奪次之或謂其説尚多。」因問金紫者何人。拱手對曰：「商公飛卿。字翬仲，乾淳間從官。」復扣平生食禄，遂於袖中出大帙示之，已姓名下，其字如蟻，不能盡閲。後註云：「合參知政事。以某年、月、日姦室女某人，某日爲某事，降祕閣修撰、轉運副使。」洪悚然淚下曰：「奈何？」緑衣曰：「但力行好事。」且言：「某亦人間人，任知池州司户，溺死。陰間録其正直，得職於此。」稍前，至大溪，有橋如魚網，心疑其異，而身已度矣。又前，溪亦大，緑衣推墮之，恍然而寤，則死已三日矣。妻子環立於側，特以心微煖，口尚動，未就斂耳。後一歲，璞亦入冥，覺身墮鐵網中。見鄰院僧行昭立庭下，主者詰責曰：「汝爲僧，乃專以殺生爲事，何邪？」昭曰：「殺生乃屠者黄四，某不過與之庖饌耳。」亟問黄四，無異辭，乃訊二十而去。方窘懼間，忽傳呼都天判官決獄，視之，則忠文公也。璞號泣求救，公曰：「汝殺人，何所逃罪，然未應爾也。」恍然身已出網外而甦。後行昭以營橋立積木上敗足，呻吟痛楚者三歲而殂。璞亦未幾死。後洪公於庚申歲首以祕撰兩浙漕召，憶向所見，心甚恐，後亦無他，官至文昌端明殿學士。晚雖齟齬，然竟享上壽而終，豈非力行好事所致乎！此事洪公常入梓以示人。余向於先子侍旁，親聞伯魯尚書言甚詳。後會其猶子憲使起畏立，復詢顛末書之。（卷七）

吴季謙改秩

吴季謙愈，初爲鄂州邑尉，嘗獲劫盜。訊之，則昔年有某郡倅者，江行遇盜殺之。其妻有色，盜脅之曰：「汝能從我乎？」妻曰：「汝能從我，則我亦從汝，否則殺我。」盜問故，曰：「吾事夫者若干年，今至此，已矣，無可言者。僅有一兒纔數月，吾欲浮之江中。幸而有育之者，庶其我遺種，吾然後從汝無悔。」盜許之，乃以黑漆圓合盛此兒，藉以文褓，且置銀二片其旁，使隨流去。如是十餘年，一日盜至鄂，艤舟，挾其家至某寺設供。至一僧房，庋間黑合在焉。妻一見識之，驚絶幾仆，因曰：「吾疾作，姑小憩於此，毋撓我。」乘間密問僧，何從得此合，僧言：「某年月日得于水濱，有嬰兒白金在焉，吾收育之，爲求乳食。今在此，年長矣。」呼視之，酷肖其父。乃爲僧言始末，且言：「在某所，能爲我聞之有司，密捕之可以爲功受賞，吾寃亦釋矣。」僧爲報尉，一掩獲之。遂取其子以歸。季謙用是改秩。（卷八）

按：此即南戲《陳光蕊江流和尚》所本，《西遊記》雜劇第一本亦演此事。小説《唐三藏西遊釋厄傳》收有江流兒故事，似出舊本《西遊記》，而華陽洞天主人校本系統之《西遊記》則删去之。

宜興梅塚

嘉熙間，近屬有宰宜興者，縣齋之前，紅梅一樹，極美麗華粲，交陰半畝。花時，命客飲其下。一夕，酒散月明，獨步花影，忽見紅裳女子，輕妙綽約，瞥然過前，躡之，數十步而隱。自此怳然若有所遇，或酣歌晤言，或癡坐竟日，其家憂之。有老卒頗知其事，乘間白曰：「昔聞某知縣之女有殊色，及笄，未適而殂。其家遠在湖湘，因藁葬於此，樹梅以識之。疇昔之夜所夢見者，豈此乎？」遂命發之，其棺正蟠絡老梅根下，兩檣微蝕，一竅如錢，若蛇鼠出入者。啓而視之，顔貌如玉。妝飾衣衾，略不少損，真國色也。趙見，爲之惘然心醉。舁至密室，加以茵藉，而四體亦和柔，非尋常僵尸之比，於是每夕與之接焉。既而氣息惙然，瘦薾不可治文書。其家乃乘間穴壁取焚之，令遂屬疾而殂。亦云異哉！嘗見小説中所載寺僧盜婦人尸置夾壁中私之，後其家知狀，訟於官，每疑無此理。今此乃得之親舊目擊，始知其説不妄。然《通鑑》所載赤眉發呂后陵，汙辱其尸，有致死者。蓋自昔固有此異矣。（卷十八）

按：《剪燈叢話》、《緑窗女史》取此篇，題作《紅裳女子傳》，僞託鄭景璧撰。《永樂大典》卷二八〇九引《夷堅志》之《紅梅》條，亦即此事。

附録

宜興縣齋前紅梅一樹，交陰半畝。有趙令者，花時飲客，酒散月明，見紅裳女子，自此怳若有遇。老卒曰：「某令之女死葬於此，植樹識之。」令發視，棺正聯絡根下，兩和微蝕一竅如錢。啓視，貌如玉，真國色也。遂舁置密室，加以茵藉，而四體和柔，於是每夕與之接焉。已而惙然疲瘦，其家穴壁取焚之，令亦殂。（《永樂大典》卷二八〇九引《夷堅志·紅梅》）

台妓嚴蘂

天台營妓嚴蘂字幼芳，善琴弈歌舞、絲竹書畫，色藝冠一時。間作詩詞有新語，頗通古今，善逢迎。四方聞其名，有不遠千里而登門者。唐與正守台日，酒邊嘗命賦紅白桃花，即成《如夢令》云：「道是梨花不是，道是杏花不是。白白與紅紅，別是東風情味。曾記，曾記，人在武陵微醉。」又七夕，郡齋開宴，坐有謝元卿者，豪士也，夙聞其名，因命之賦詞，以己之姓爲韻。酒方行而已成《鵲橋仙》云：「碧梧初出，桂花纔吐，池上水花微謝。穿針人在合歡樓，正月露、玉盤高瀉。蛛忙鵲懶，耕慵織倦，空做古今佳話。人間剛道隔年期，指天上、方纔隔夜。」元卿爲之心醉，留其家半載，盡客囊橐饋贈之而歸。其後朱晦庵以使節行部至台，欲摭與正之罪，遂指其嘗與蘂爲濫。繫獄月餘，蘂雖備受箠楚，而一語不及唐，然猶不免受杖。移籍紹興，且復就越置獄鞫之，久不得其情。獄吏因好言誘之曰：「汝何不早認，亦不過杖罪。況已經斷，罪不重科，何爲受此辛苦邪？」蘂答云：「身爲賤妓，縱是與太守有濫，科亦不至死罪。然是非真僞，豈可妄言以汙士大夫，雖死不可誣也。」其辭既堅，於是再痛杖之，仍繫於獄。兩月之間，一再受杖，委頓幾死，然聲價愈騰，至徹阜陵之聽。未幾，朱公改除，而岳霖商卿爲憲，因賀朔之際，憐其病瘁，命之作詞自陳。蘂略不搆思，卽口占《卜算子》云：「不是愛風塵，似被前緣誤。花落花開自有時，總賴東君主。去也終須去，住也如何住。若得山花插滿頭，莫問奴歸處。」卽日判令從良。繼而宗室近屬，納爲小婦以終身焉。《夷堅志》亦嘗略載其事而不能詳，余蓋得之天台故家云。（卷二十）

按：《夷堅支志》庚集卷十《吳淑姬嚴蕊》略載其事。《二刻拍案驚奇》卷十二《硬勘案大儒爭閑氣，甘受刑俠女著芳名》即據此敷演。

癸辛雜識

周密

前集、後集各一卷，續集、別集各二卷。此書「瑣事雜言居十之九」，故《四庫全書》列之小説家。然記事之作不多。《王魁傳》一篇，已見前《摭遺》附録。

王小官人

建康緝捕使臣湯某者，於儕輩中著能聲，蓋羣盜巨擘也。一日有少年衣裳楚楚，背負小笈，投湯所居。湯遣詢誰何，則自通爲鄱沙王小官人，趨前致拜。湯亦素知其名，因使小憩，辭云：「觀察在此，不敢留。只今往和州，擬假一力，負至東陽鎮問渡。」湯疑有他，遂擇其徒駔黠者偕往，俾偵伺之。自離城闉，遇肆輒飲。已而大吐，幾不能步。同行者左負笈，右扶醉人，殊倦甚，恚曰：「湯觀察以其爲好手，不過一酒徒耳。」凡七十里，抵鎮邸，大吐投床，終夕索水，喧呶不少休。黎明，有騎馬扣門者，乃湯也。密扣同行，知夕來酒醉伏枕，亟造卧所。少年聞湯來，則亦扶頭强披衣，扣所以至。湯謾以他語答之。客笑曰：「得非疑某沿途有作過否？」因指同行爲證，且曰：「雖然，或有他故，願效區區。」湯囁嚅久之，曰：「不敢相疑，實以夜來總所有大酒樓，失銀器數百兩，總所移文制司，立限購捕嚴甚，少違則身受重譴矣。束手無措，用是冒急求策耳。」少年微笑曰：「若然，則關係甚大，恐妖異所爲，非人力所能措手，惟有祈哀所事香火，或可徼神物之庇耳。」湯哂其醉中語誕荒，不復詰，力邀同還。抵家，謾用其説，禱之聖堂，則所失器物皆粲然横陳床下矣。湯始大驚，以爲神，方欲出謝之，則其人已去矣。盜亦有道，其是之謂乎。（前集）

祖傑

温州樂清縣僧祖傑，自號斗崖，楊髡之黨也。無義之財極豐，遂結託北人，住永嘉之江心寺，大刹也。爲退居號春雨庵，華麗之甚。有寓民俞生充里正，不堪科役，投之爲僧，名如思。有三子，其二亦爲僧於雁蕩。本州總管者與之至密，託其訪尋美人。傑既得之，以其有色，遂留而蓄之。未幾有孕，衆口籍籍，遂令如思之長子在家者娶之爲妻，然亦時往尋盟。俞生者不堪鄰人嘲誚，遂挈其妻往玉環地名以避之。傑聞之，大怒，遂俾人伐其墳木以尋釁。俞訟於官，反受杖。遂訴之廉司。傑又遣人以弓刀置其家，而首其藏軍器。俞又受杖，遂訴之行省。傑復行賂，押下本縣，遂得甘心焉。復受杖，意將往北求直。傑知之，遣悍僕數十，擒其一家以來，二子爲僧者亦不免，用舟載之僻處，盡溺之，至刳婦人之孕以觀男女，於是其家無遺焉。雁蕩主首真藏叟者不平，越境擒二僧殺之，遂發其事於官。州縣皆受其賂，莫敢誰何。有印僧録者，素與傑有隙，詳知其事，遂挺身出告，官司則以不干己却之。既而遣印鈔二十錠，令寢其事，而印遂以賂首，於是官始疑焉。忽平江録事司移文至永嘉云：「據俞如思一家七人，經本司陳告事。」官司益疑，以爲其人未嘗死矣。然平江與永嘉無相干，而録事司無牒他州之理，益疑之。及遣人會問於平江，則元無此牒，此傑所爲，欲覆而彰耳。姑移文巡檢司追捕一行人。巡檢乃色目人也，夜夢數十人皆帶血訴泣，及曉而移文已至，爲之悚然。卽欲出門而傑之黨已至，把盞而賂之。甫開樽而瓶忽有聲如裂帛，巡檢恐而却之。及至地所，寂無一人。鄰里恐累而皆逃去，獨有一犬在焉。諸卒擬烹之，而犬無驚懼之狀，遂共逐之，至一破屋，嘷吠不止。屋山有草數束，試探之，則三子在焉，皆惡黨也。擒問，不待捶楚，皆一招卽伏辜。始設計招傑，凡兩月餘始到官，悍然不伏供對，蓋其中有僧普通及陳轎番者未出官，普已賫重貨入燕求援，以此未能成獄。凡數月，印僧日夕號訴不已，方自縣中取上州獄。是日解囚上州之際，陳轎番出覘，於是成擒，問之卽承。及引出對，則尚悍拒。及呼陳證之，傑面色如土。陳曰：「此事我已供了，奈何推托？」於是始伏，自書供招，極其詳悉，若有附而書者。其事雖得其情，已行申省，而受其賂者，尚玩視不忍行。旁觀不平，惟恐其漏網也，乃撰爲戲文，以廣其事。後衆言難掩，遂斃之於獄。越五日而赦至。夏若水時爲路官，其弟若木備言其事。（別集上）

剡玉小説

佚名

《剡玉小説》，未見著録，作者不詳。僅見《緑窗新話》引及。

金彦游春遇會娘

金彦與何俞出城西游春，見一庭院華麗，乃王太尉錦莊。貰酒坐閣子上，彦取二絃軋之，俞取簫管合奏。忽見亭上有一女子出曰：「妾亦好此樂。」令僕子取蜜煎勸酒。俞問姓氏，答曰：「姓李，名會娘。」二人次日復往，其女又出，二人請同坐飲酒，笑語諧謔。女屬意於彦，情緒正濃，忽報太翁至，女驚忙而去，自此兩情無緣會合。次年，清明又到，彦思錦莊之事，再尋舊約，信步出城，行入小路，忽聽粉牆間有人呼聲，熟視之，乃會娘也，引彦入花陰間，少敍衷情，雲雨纔罷，會娘請隨彦歸去。彦遂借一空宅居之，朝夕同歡。月餘，俞拉訪錦莊，忽遇老嫗哭云：「會娘因二客同飲，得疾而死久矣。」彦歸，詰會娘。答曰：「妾實非人也，爲郎君當時一顧之厚，遂有今日。郎君不以生死爲間，妾之願也。」（《緑窗新話》卷上）

按：此疑即《醉翁談錄》所列宋人話本《錦莊春游》事，與《夷堅甲志》之《吳小員外》亦頗相似。

緑窗新話

皇都風月主人

未見著録，僅有抄本流傳。皇都風月主人，生平不詳。羅燁《醉翁談録》曾舉及此書。書中節録舊文，皆出南宋以前，似爲宋人所纂。今以無出處者姑列《新話》名下，餘則各歸原著。已見前。

永娘配翠雲洞仙

劉永娘家以造花爲活，因積雪凍餒，母令買燒餅止飢，遇一婆婆覓餅，以與之。次日來謝，因出一小絹軸付永娘曰：「夜静可自展視，則隨意所欲。」永娘如其言，但見神光滿室，軸中畫樓閣，名之曰「翠雲之洞」。洞傍有五色雲，書曰「五雲車」。永娘意欲步雲，雲即隨起，至一所，燈火燦然，有青衣引入殿上，有一郎君對坐，其容迥别，曰：「此仙宫也，吾與小娘子有夫妻之分，故得至此。」須臾，婆婆引入宫内，遍觀樓臺，杯盤羅列。酒數行，一二三美人起，與永娘同郎講合巹之禮。飲罷，入洞房，成匹偶。及早，覺身已在其家。自是每興念，即到洞房。後遂仙去。（卷上）

按：此條未注出處。《平妖傳》（二十回本）第二回《胡永兒大雪買炊餅，聖姑姑傳授玄女法》情節與此相似，疑即據此舊傳話文敷演。

王尹判道士犯姦

開封吴氏，早年喪夫，其子尚幼。因命西山觀道士黄妙修設黄籙，投度亡夫。百日之内，妙修常在孝堂行持。吴氏妙年新寡，其春心難守。妙修揣其意，每於聲音間寓詞挑之。令吴氏擇吉日，以白絹爲橋，當空召請，能〔致〕（置）亡魂。吴氏感此言，時與妙修議論此事，情意狎昵，遂諧繾綣。妙修往來無間。其子劉達生，得知其用意，設計杜絶。吴氏忿怒訴府，論子不孝。王府尹曰："據汝所陳，一子當置重罪，能無悔乎？若果不悔，可買一棺來請屍。"吴氏欣然而出。府尹密使人覘之，隨所見聞報覆。須臾回報，言："吴氏笑謂道士曰：『事了矣，爲我買棺入府取兒屍。』道士欣然自得。"少頃，棺舁至府廷，府尹差人捉道士，送獄鞫勘，供招："只因達生拒姦之事，故妄訴不孝以除之。"吴氏所供亦同。府尹釋達生，重治道士於法。（同上）

按：此條蓋自《朝野僉載》、《隋唐嘉話》李傑故事演化而來，《拍案驚奇》第十七卷《西山觀設籙度亡魂，開封府備棺追活命》則又據此鋪演，惟府尹仍作李傑。

醉翁談録

佚名

《永樂大典》所引，不著撰人，不見于金盈之或羅燁《醉翁談録》，疑是别本。題下注「烟花奇遇」四字，似亦説話人之底本。

蘇小卿

蘇寺丞爲閶江知縣，有女字小卿，性格妖嬈，儀容儼雅，瑩玉肌香，宫腰難比。因遊賞於花園之間，星眸四顧，見一人卧於花陰之下，女叱問曰：「何人敢至於此？」對曰：「姓雙名漸，本郡吏也。少覽經書，長工詞賦，期躍禹門之三浪，待攀仙桂之一枝。柰家貧無以進身，暫爲本縣之廳吏。」女子悦其顔貌，默念曰：「荆山之玉，自帶纖瑕，世之常理。今生精神端麗，誠爲佳士，但未知其才學。」遂指廳壁山水賦詩，漸乃借意挑之曰：「澗邊芳草連天碧，山下錦濤無丈尺。鶯稀燕少蝶未知，蜜意尋芳與誰惜？我有春情方似織，萬緒千頭難求覓。富貴榮華不早來，眼前光景空拋擲。」女子見詩，心加愛慕，乃曰：「昔相如有援琴之挑，文君潜附轂相逐；韓壽孤吟於牕下，賈氏竊之以香囊。此乃憐其才貌。」嬌羞微笑曰：「爾能學否？」生曰：「一介末吏非匹耦，不敢當此。」女慚曰：「妾一言已出，反不見從。邇來詩涉淫辭，汝得何罪。」生不得已而諾之。亂紅深處，花爲屏障，尤雲殢雨，一霎懽情。生曰：「今日別後，再會何時？」女曰：「如今別後，可解職歸家，深心勵學，不忘勞苦，以俟搜賢取士。待折高枝，然後復令良媒求親，可矣。我乃它托不嫁，等待親音，更無忘也。」生方欲言，見侍婢數人走至園中，生乃遁去。遂遊遠郡，訪其先覺。苦志二載，功業一成。歸詢本縣公吏，云：「寺丞不禄，縣君挈家以往揚州，投於外祖。」生乃往揚州問其親音，有人云：「小卿母又告亡，小卿落於娼道。」生乃大慟。忽契友皇甫善、劉仲脩相訪云：「吾兄有不樂之意？」生以它托告之。劉曰：「一盃與君解悶。」遂三人同往妓陌之所。但見綵樓與翠閣相連，綉幕共珠簾對捲。劉引其青衣出請獻茶，應聲而趍。但見女子立於簾下，眉如柳葉，臉如桃花，玉削肌膚，百端嬌美。女子揖衆人，於小閤中坐茶了，衆方欲起，劉遂命酒開樽，四人共飲。酒妓行，女與衆人曰：「妾有少懇，仰干清聽，近蓄一歌妓，世間罕有，願求新詞，收爲家寶。得不見阻，深幸。」衆皆唯唯。酒再行之後，用青紗罩罩一女子，執板筵前佐樽，各滿引盃，令女子歌。女子再起曰：「衆中如有詩詞，願示片言。」漸乃先成其詞，衆不敢措手，衆賓大服。雙生詞曰：「碧紗低映秦娥面，咫尺暗香濃。瑶池秋晚，長天共恨，烟鎖芙蓉。夭桃再賞，流鶯聲巧，不待春工。樽前潛想，櫻桃破處，得似香紅？」女乃深謝。酒再行，且再勸之。漸於樽前顧盼，見女子容貌若小卿也。心悸魂飛，但忘所惜。其女子見漸面，默念之，依稀似雙郎也。心目皆眩，情魂俱失。數盃之後，女子不免問漸曰：「然平生未識高丰，敢問仙鄉姓氏。」漸暗喜曰：「乃閭江縣人也。漸姓雙，因訪親得至於斯。」女子亦曰：「妾先人前任閭江縣蘇寺丞也，因染疾不禄。妾隨母至揚州，母又厭世。不能自養，遂落於娼流，終不爲樂。」語畢，唏噓流涕，悲不自勝。是日筵散，各歸所邸。漸獨坐自念曰：「我當日共伊花間敘別，指山爲誓，永不別嫁。今已爲娼！」正歎之，忽有人彈户，漸開户，見一青衣曰：「適來筵娘子，別具小酌，專候官人。」漸與青衣同去。小卿再拭鈆粉，別搔鬢珥，出簾相引就坐，各敘間別。於小閤中具小酌，三盃之後，小卿與漸曰：「自別之後，父母繼亡，失身娼道，每自思君，空勞夢寐。今得自就合歡之志，我所願也。」是夜姻緣，再逢嬌態。次早，生辭，小卿曰：「是何言也！相別三載，今方得見，安可遽去。」生曰：「聞伊與司理院薛官人爲親，安可久住也？」女曰：「我宅中有一小室，爾且安止逐日，俟司理回宅，却共妾偕行。遣興吟詩，與郎繼和。」閑時促席飲樂。荏苒一春，美任歸京，官吏送至郵亭餞別，前至大江，泝流而上，漸觀江景寂寞，鬱鬱不樂。船因至鍾陵浦，夜泊豫章城下。是夜，萬里無雲，月色如畫，凝情似醉，亂思如癡。一派江聲，促成愁思；數點漁燈，燒斷離情。浩飲長歌，不能自遣。忽聞樓櫓呀啞，有一畫舸將近，亦係垂楊之下。蓬牕相對，漸出視之，但見彼舟中馬門裏，一佳人年約二十餘。對坐一人，必是其夫，約五十餘歲，形貌古怪。明燭舉酒，左右二青衣女子。佳人抱一琵琶，品弄仙音，漸熟視之，即小卿也。漸因見佳人，遂成心感，不敢傳言，遂自歌而挑之。歌云：「樂天當日潯陽渚，舟中曾遇商人婦。坐間因感琵琶聲，與託微言寫深訴。因念佳人難再得，故言何必曾相〔識〕（適）。今日相逢相識人，青衫拭淚應無極。我因從宦臨川去，豫章城下風帆〔駐〕（住）。續有翩翩畫舸來，斜陽共繫垂楊樹。綠窗相近未多時，紅簾半動聞私語。認得舟中是〔故人，從人來自韶陽路。柔情脈脈不得通，餘香冉冉時聞度。借問舟中是〕誰氏，長自廬江佳麗地。蘇小從來字小卿，桃葉桃根皆姊妹。十歲清歌已遏雲，十一朱顏如桃李，十二〔能〕(難)描新月眉，十三解綰烏雲髻。亂花深處偶相逢，一託深心許爲壻。翠鬟曾剪繫平生，暗斷〔金釵〕(平生)與盟誓，無何官難兩相忘，因病流落來天際。揚州一夢今何處？風月深情向誰訴？算來爭信不相逢，空感當時無限事。昔日風光曾作主，今日風光如陌路。腸斷江頭夜不眠，風帆明日東西去。」女子品弄之次，忽聽歌詠，熟認其音，乃雙郎也。女放琵琶而出視，見雙漸立於馬門之外，四目相交，各有餘情，皆眷眷而不敢奉認。女入舟中，再抱琵琶品弄，其聲悲噎，人不忍聞，遂乃歌以答之。歌曰小卿在舟中答雙生：「妾家本住廬江曲，私處蘭閨嬌不足。金翹未綰翠雲低，羅裙已束尖腰玉。回頭雙派秋水清，低眉兩點春山綠。妾之名兮世所聞，錢塘蘇小真仙屬。二三月兮春遲遲，鄰姬行樂相追隨。小竹青絲賞何處？笑言相指亂花溪。折花舉酒未成宴，倏然有客花前轉。青驄馬繫綠楊陰，低鬟便與迎相見。眼期心約情繚亂，與君一使柔腸斷。縱有西清松栢間，同心許結連枝願。幸得伊救我，妾身願以死以報君之德也。」漸曰：「此不可久住，恐被舟中人見。」令得力者押行李後進，二人易衣馳騎，先往京師，參選注授，顯擢歷任，得偕老焉。（《永樂大典》卷二四〇五引，據《永樂大典》卷三〇〇五《詩海繪章》引雙漸《豫章逢故人歌》校補）

按：雙漸小卿故事，宋代盛傳，張五牛曾編爲諸宮調，見《青樓集》。《水滸傳》第五十一回亦謂白秀英說唱《豫章城雙漸趕蘇卿》話本。金院本有《調雙漸》。元人又編爲雜劇，有王實甫《蘇小卿月夜販茶船》及紀君祥《信安王斷沒販茶船》兩本，明人又改編爲《茶船記》。均未見傳本。

鴛鴦燈傳

佚名

《歲時廣記》引《蕙畝拾英集》有《鴛鴦燈傳》，當爲宋人作品。此據羅燁《醉翁談録》輯録，似非原文。周守忠《姬侍類偶》中《彩雲守墓》一條，亦即此事，而結局不同，引作《東坡類應》。惟《説集》本錯字甚多，無可校正，附作參證而已。

京師貴官子張生，因元宵遊乾明寺據《太平廣記》云慈孝寺，忽於佛殿前拾得紅綃帕子，裹一香囊，異香芬馥。生愛賞久之，於帕子上有細書，字體柔軟，誠女子之書，熟視之，乃詩二於其上。其一曰：「囊裹真香誰見竊，鮫綃滴血染成紅。殷勤遺下輕綃意，好與才郎懷袖中。」其二曰：「金珠富貴吾家事，常渴佳期乃寂寥。偶用至誠求雅合，良媒未必勝紅綃。」又有小字書於詩尾云：「有情者若得此物，不相忘，而欲與妾一面者，請來年正月十五夜，於相藍後門，車前有雙鴛鴦燈者是也，可得相見矣。」生嘆賞久之，乃和其詩二首。其一曰：「濃麝應同瓊體膩，輕綃料比杏腮紅。雖然未近來春約，已勝襄王魂夢中。」其二曰：「自得佳人遺贈物，書窗終自獨無寥。未能得會真仙面，時賞香囊與絳綃。」歲月如流，忽又換新年，將届元宵。生思之，自十四日晚伺候於相藍之後。至夜，果見彫輪綉轂，翠蓋争飛，其中一車，呵衛甚衆，分明燈掛雙鴛。生驚喜，莫知所措，無計通〔音〕（君）。須臾，車中人揭簾，持鏡匀面。意者恐去年相約之人，未見奴面，故託以匀面，使人覩之。生凝顧，但見花容豔質，賽過姮娥，萬態千嬌，不能名狀。生牽役輕情，無計通意女郎。思念所約十五日，今且歸，明日復來。須臾，香車已失所在。生神迷恍惚，歸去不能成寐，坐以待旦。次晚，再候於故地。至夜，其車又來。生計獲萬端，不能通耗，因誦詩近車，或前或後。詩曰：「何人遺下一紅綃，暗遺吟懷意氣饒。勒馬住時金鐙脱，亞身親用寶燈挑。輕輕滴滴深深染，慢慢尋尋緊緊〔瞧〕。料想佳人初失却，幾回纖手摸裙腰。」詩畢，車中女子聞之驚喜，默念：「去年遺香囊之事諧矣。」遂啓簾，顧見張生脩眉俊目，骨秀神清，真風流之士。女子愈喜，怎奈車前侍衛甚衆，無計通音。忽有賣花者，女子叫令賣花。因使賣花者説與張生，喚來日可於此來相候。生會女意。次日，伺候於茶肆中。至晚，無消耗。直到三鼓初，俄有一青蓋舊車，更無人從，駐於昨夜所遇之地，車前掛以雙鴛鴦燈。生驚疑間，簾後覩昨夜相遇之女，乃一尼耳。車中一人云：「送師歸院。」尼轉面揮手，招生相近。生潛逐之，但驚疑昨日紅粧，今日尼也。隨至乾明寺，有老尼迎於門，云：「來何遲也！」尼入院，生亦隨之。過曲扉，入一小軒中，已張燈列筵，珍羞畢備。尼乃去包系則紺髮堆雲，脱僧衣而紅裳映目，千嬌隨眼轉，百媚笑中生。張生與女子對坐。酒行之後，女曰：「今夕相會，豈非夙契？」顧見去歲相約之媒。」因取紅綃香囊示之。女笑曰：「京輦人物繁華，獨君得之，豈非天契耶。」生曰：「當時得之，自料必貴家麗人所造。覩其上三篇，亦嘗賡和。」因舉之。女喜曰：「真我夫也！」於是擁生去就，如魚得水，極盡歡情。兩意方濃，鄰鷄報曉。生曰：「終歲密約，幸得歡會。敢問娘子誰氏之家？」女曰：「妾本貴家，稍親詩筆，不逢佳偶，每阻歡情，特使紅綃，欲求雅合。果是天從厚願，輒獻一盃，與郎爲壽。」生曰：「某幸與神仙配合，雖古之劉、阮，亦不過此。」於是二人交歡，飲一盃。生曰：「今日飲香醪，視麗色，平生幸甚。願知娘子族氏。」女曰：「乞賜箴管。」落筆即成一詩。其詩曰：「門前畫戟尋常設，堂上犀簪取次看。最是惱人情亂處，鳳凰樓上月華寒。」生讀訖，執女子手而言曰：「門排畫戟，堂列犀簪，家起鳳凰樓，伊果誰氏？」女曰：「妾乃節度使李公之偏室也。公性强暴，威德之名，聞於輦下，伊必知之。妾雖處富貴，奈公年老，誤妾芳年懽會，惟此爲恨。遂遺香囊，祝天求合，因得今日之遇。」生曰：「此别未卜何時再會？」女曰：「妾之此去，定當永訣，幽囚深院，無復再會，相思抱恨，有死無生，不若以死向君。願君無忘今日之語，妾亦感恩地下。」言訖，香腮裛淚，翠黛愁縈。生曰：「不意昨夜濃懽，變成今日離索。伊賦情如是，我非土木，豈能獨生。願與伊共死，庶免兩處離愁。」女曰：「子有此心，我之願也。生既不得同室，同死庶得同穴，」乃解衣帶作同心結，繫於梁上，「乞與郎共死」。老尼在旁曰：「是何言也！累刼修行，方得爲人，豈可輕生就死。你門若要百年偕老，但患無心耳。」女與郎問計於尼。尼曰：「但不得以富貴爲計，父母爲心，遠涉江湖，更名姓於千里之外，可得盡終世之懽矣。」生曰：「但願與伊共處平生，此外皆不介意。」女曰：「誠如是，我當備其財。」因告歸。「今夜三鼓後，子可來城北，待我於巨柳之下。我當握金珠數萬，從子往千里之外，以盡此生之樂。」生曰：「果然否？」女曰：「妾與子誓共死，性命尚拚却，況餘事乎？不宜以二心相待！」生如約，伺候柳下。二鼓已深，天色陰晦，忽見女子攜一綉囊，躡足而來。生迎之。女子執手而言：「非我兩個情堅，乃天助我，公方大醉困睡，我得承便而來。」生曰：「毋多言，恐覺而追之。」方欲速往，忽見一人，來勢如飛。女回視，乃李氏侍女彩雲也。彩雲曰：「妾恨娘子恩厚，不忍使娘子獨往，及恐太尉酒醒，問妾求娘子所往，承怒何能免禍，願與娘子同行。」於是三人潛宿通津近邸。次早，沿流而下，自汴涉淮，至蘇州居焉。日夕飲宴，結集豪俠，專務賭博。纔經三載，家道零替，生計蕭然，漸至困窶，廚絶庖爨，身衣百結，但朝夕共(坐)(生)破席而已。不免將彩雲轉雇他人，所得少米，以度朝夕。一日，生謂李氏曰：「我之父母，近聞知秀州，我欲一見，次第言之，迎爾歸去，作成家之道。」李氏曰：「子奔出已久，得罪父母，恐不見容。」生曰：「父子之情，必不至絶我。」李氏曰：「我恐子歸而絶我。」生曰：「你與我異體同心，況情義綿密，忍可相負？稍乖誠信，天地不容。但約半月，必得再回。」李氏曰：「子之身衣不蓋形，何面見尊親？」生曰：「事到此，無奈何！」李氏髮長委地，保之苦氣，密地剪一縷，貨於市，得衣數件與生，乃泣曰：「使子見父母，雖痛無恨。」生亦泣下，曰：「我痛入骨髓，將何以報？」李氏曰：「夫妻但願偕老，何必言報。」次日將行，李氏曰：「不果餞行。事濟與不濟，早垂見報。稍失期信，求我於枯魚之肆。」言訖哽噎，淚成行下。彩雲曰：「君之此去後，使我娘子將何以度朝夕？但願早回，以濟不足！」生亦悲恨而別。既到秀州，即居行首梁越英之店。明日，梁行首獻茶，行首請入他房內，生忻然而往。命茶訖，生曰：「此間郡守，某之父也。某別父數載，遊學京師，今特來一見。」越英曰：「賢尊方始去任，恰則未行，尚可往見。」越英見生口辨貌美，頗有愛戀之意。生歸房。次日，欲見使君，偶遇舊蒼頭，曰：「使君知小官人與乾明寺尼遠走江湖，常懷怒色，每言他日若歸，不許入門。使君震怒，無人敢犯。」生曰：「我方窮困，試爲我於娘處通一信息。」蒼頭諾之。去久方出，手攜白金數兩，與生曰：「夫人令將此物相惠。父方怒，不要進門，恐禍將及。」生得之，歸店中，自思此物除路費外，能有幾何。又思李氏懸望，恐失期約，不勝悲怨，遂大哭。越英聞之，問青衣曰：「誰人泣下？」青衣曰：「昨日張秀才。」越英令召生至，問所哭何事。生曰：「此來省侍慈父，已失今年科場之望。而父又不許入門，幸母氏見惠白金數兩，旅途無依，是以泣下。」越英曰：「大丈夫當存志節，留心向學，異時顯達，謝過嚴君，必能容納，何自苦若此？妾有裝奩，不啻數萬貫，願充爲下妾。異日功名成就，任選嘉姻，但願以侍妾見待足矣。」生沉思：「李氏雖有厚恩，我往見，共受飢餓，死亡可待。不若辜負李氏爲便。又況越英容貌聰慧，差勝李氏。」於是謂越英曰：「寒士苟不見棄，當願結髮偕老，何以婢妾自謙？」越英遂解真珠紅抹肚，親繫郎腰爲定。是日，詣府陳狀，許從良，立媒，備六禮而成親。日夕宴樂，情愛綢繆。李氏窮困尤甚，因謂彩雲曰：「生衣薄天寒，裹糧不足，必是困於道路，乃能過期不歸。」彩雲曰：「容我探問路人。」得知秀州張大夫已於某時去任矣。李氏曰：「此天之亡我夫妻！必是生既不見其親，中途頓挫，存亡未可知。我心轉不安，當與你同往秀州，問其端的。」彩雲曰：「娘子何以爲道路之費？」李氏曰：「但得尺布蔽體，丐於道路，得見其夫，雖死不悔。」彩雲泣下，李亦大慟。次日，稅舟抵秀，遂問子細，人曰：「兩旬前有一貧士，稱是知郡張大夫長子，遠來省親，見他舊蒼頭云，大夫震怒，不許入門，夫人得白金數兩與之，倉惶而去。」李氏大哭曰：「向者貧士，妾之良人也，既不得見其父母，不知何往。」因遣彩雲更探消息。忽至一巷，覩一宅，稍壯麗，門前掛斑竹簾兒，廳前歌舞，廳上會宴。彩雲感舊泣下，曰：「我秀才娘子向日常有此會，誰知今日窮困如此！」因拭淚，於簾下覷見一女子，對坐一郎君，貌似張官人，言笑自若。更熟認之，果然是也。遂問青衣：「此是誰家？」青衣曰：「此張解元宅，乃前知郡張大夫之長子。大夫以生狂蕩，不納於門，我娘子慕他才貌，遂成婚姻。常開芳宴，表夫妻相愛耳。」彩雲氣噎，奔告李氏。李氏與彩雲俱至，視之，果然。李氏突至堦下，越英驚問，李氏指生曰：「此我夫也。」遂罵張生：「辜恩負義，停妻娶妻，既爲士人，豈不識法？」越英當時謂生曰：「『君既有妻，復求奴姻，是君負心之過。」於是三人共爭，以彩雲爲證，遂告於包公待制之廳，各各供狀，果是張資之負心。遂將其繫於廳監，張資責娶李氏爲正室，其越英爲偏室。事見《太平廣記》。（《醉翁談録》壬集卷之一《紅綃密約張生負李氏娘》）

按：此謂「事見《太平廣記》」，顯出僞託，恐爲説話人敷演揑合之辭。原文不可得見，惟《姬侍類偶》所載「彩雲守墓」事，似出原本，可參看。

附録

節度使李公之偏室李氏，因遺紅綃香囊求合，張生姦通，遂竊金珠與張生私走至蘇州税居。日夕飲宴，無時暫息。生又結集本州豪傑少年，呼盧爲樂，又從畋獵，不修生計。三載經家道零替。李氏有一侍女彩雲。唯彩雲轉傭他人，所得錢米，李氏與生稍度朝夕。生往秀郡見父求貸。李氏見生無衣，剪髮鬻衣數件與生。生詣秀郡，至邸中見妓行首梁越英，曰：「此郡使君，即我父也。」越英曰：「賢尊已去任矣。」因此與越英爲夫婦，不歸。李氏遣妾彩雲往秀郡尋張生音耗。彩雲聞知張生與越英爲親，遂大罵，奔報李氏，與彩雲俱至越英家，見生與越英宴飲，李氏飲氣嘔血死。彩雲大慟，葬于郡南。彩雲丐食自給，守墓三年，不廢祀禮。其越英因張生命妓遊南園回，見李氏墓，彩雲備述其事。因此梁訟于公，遂與張生絶。張生乘怒入□家殺梁，棄市。（《姬侍類偶·彩雲守墓》，出《東坡類應》）

《蕙畝拾英集》：近世有《鴛鴦燈傳》，事意可取，第綴輯繁冗，出於閭閻，讀之使人絶倒。今一切略去，掇其大概而載之云：天聖二年元夕，有貴家出遊，停車慈孝寺側。頃而有一美婦人降車登殿，抽懷袖間，取紅綃帕裹一香囊，持於香上，默祝久之。出門登車，擲之於地。時有張生者，美丈夫，貴公子也，因遊，偶得之。持歸玩，見紅帕上有細字書三章，其一曰：「囊香著郎衣，輕綃著郎手；此意不及綃，共郎永長久。」其二曰：「囊裹真香誰見竊，絲紋滴血染成紅。殷勤遺下輕綃意，好付才郎懷袖中。」其三曰：「金珠富貴吾家事，常渴佳期乃寂寥。偶用至誠求雅合，良媒未必勝紅綃。」又章後細書云：「有情者得此物，如不相忘，願與妾面，請來年上元夜，於相藍後門相待，車前有鴛鴦燈者是也。」生嘆咏久之，作詩繼之。其一曰：「香來著吾懷，先想纖纖手。果遇贈香人，經年何恨久。」其二曰：「濃麝應同瓊體膩，輕綃料比杏腮紅。雖然未近來春約，也勝襄王魂夢中。」其三曰：「自得佳人遺贈物，書牕終日獨無寥。未能得會真仙面，時賞囊香與絳綃。」翌歲元宵，生如所約，認鴛鴦燈，果得之，因獲遇乾明寺。婦人乃貴人李公偏室，故皆不詳載其名也。（《歲時廣記》卷十二《約寵姬》）

按：明熊龍峯刻本《張生彩鸞燈傳》即以《鴛鴦燈傳》爲頭回故事，末云「兩情好合，偕老百年」，似與《醉翁談錄》相同，且不及梁越英事。《古今小說》卷二十三《張舜美元宵得麗女》與《張生彩鸞燈傳》略同。

談藪

瘦竹翁

瘦竹翁，原名待考。涵芬樓本《説郛》題龐元英撰。元英爲北宋龐籍之子，實非其人。明鈔本《説郛》及《培林堂書目》但題宋號瘦竹翁（據昌彼得《説郛考》）。蓋此書前爲《文昌雜録》，涉前而致誤，非原本所有也。《談藪》七卷，原書無傳，《説郛》凡録四十五條。《古今説海》等書所收更少。《四庫全書》存目所録亦爲節本。

*豐宅之

豐宅之赴南宫，偕數友小飲娼館。一娼美而豔，豐悦之，數調微詞，娼亦相和答，忽摘豐起曰：「君非豐運使郎君乎？」豐曰：「然。」曰：「君嘗于某年過江州，江州司理與君家有舊，置酒召君乎？」豐駭然曰：「汝何以知之？」娼曰：「且飲酒，他日爲君言。」復就坐，睇豐不暫舍。豐疑焉，飲罷與友别，復造其室，娼欣納之。因叩其故，娼悲泣曰：「某司理女也，先人到州，不幸病故，家貧無以歸葬，母氏鬻我于人，展轉至此數年矣。〔憶〕（噫）召時從屏間窺室風采，坐客何人，肴饌何物，歷數不遺。已而又慟哭，豐勉之曰：「事已然，無可奈何，吾當試與汝道地。」翌日，徑謁大尹張定叟，具道其事，且傾笈中錢得二十萬，願以贖此

女。張大奇之，立喚娼，奪以俾豐，復斥庫緡五百，盡貲之費，遂改嫁爲良人妻。（《說郛》卷三十一）

按：元仇遠《稗史》亦載此事，文略而情節小異，謂京尹爲王佐。

附録

豐有俊，字宅之，四明人，登第後遊青樓，偶見小娼，疑故人女，累目之。女亦悟，酒罷留宿，其娼羞縮良久乃入，曰：「豐官人認得妾否？」告之，果故人女。豐曰：「某所以留宿者，以坐間不敢問故爾。如此且各寢，明必有以處汝。」倡遂退。豐與京尹有契，明日以其事白尹，且云：「某囊僅有百千，欲從公更貸一二百千以嫁之。」尹嘉其誼，即取入府，厚奩具，擇良士嫁之。尹乃王佐宣子也。（《說郛》卷二十一《稗史》）

*樓鏞

樓叔韶鏞，初入太學，與同窗友厚善。休日，友語叔韶：「寂寂不自聊，吾欲至一處，求半日適，飲醇膳美，又有聲色之玩，但不可言。君性輕脫，或以利口敗吾事，能息聲則可偕往。」樓敬諾，要約數四，乃相率出城，買小舟，延緣葦間將十里，舍舟陟小坡，行道微高下，又二里，得精舍，門徑絶卑小，而松竹花卉楚楚然。友欵于門，即有小童應客。主人繼出，乃少年僧，姿狀秀美，進趨安詳，殊有富貴家氣象，揖客曰：「久別甚思欵接，都不見過，何也？」問樓爲誰，友曰：「吾親也。」遂偕坐欵語片刻許，僧忽回顧日影下庭西，笑曰：「日旰，二君餒乎？」便起推西邊小户入，華屋三間，窗几如拭，玩具皆珍奇，喚侍童進點心素膳三品，甘芳精好，不知何物所造。撤器，命推窗，平湖當前數十百頃，其外連山横陳，樓觀森列，夕陽反照，丹碧紫翠，互相發明，漁歌菱唱，隱隱在耳。騁望久之，僧取麈尾敲闌干數聲。俄時，小畫舫傍湖而來，二美人徑出登岸，靚妝麗色，王公家不過也。僧命具酌，指顧間觴豆羅陳，窮極水陸，左右執事童奴佼好，杯行，美人更起歌舞。僧與友謔浪調笑，歡意無間。樓神思惝恍，正容危坐，噤不敢吐一語。伺僧暫起，掣友臂扣所以。友愠曰：「子但飲食縱觀，何用知如許（而）。」觴十餘巡，夜已艾，僧復引客至小閤中，卧具皆備，曰：「姑憩此。」遂去。壁外即僧榻，試穴隙窺，則徑擁二姬就寢。友醉甚，大鼾，樓獨彷徨不寐，起如廁，一童執燭，密詢之：「此爲何地？」童笑曰：「官人是親戚，何須問。」樓反室，展轉通宵，時側耳審聽，但聞鼻息齁齁而已。將曉，僧已至客寢問安否。盥櫛畢，引入一院，製作尤邃巧，簾幙蔽虧，庭下奇花盛開，香氣蓊勃，小山藂竹，位置愜當。回思夜來境界，已迷不能憶。迨具食，則器用張陳一新，食品加精，獨二姬竟不復出。食罷各去，僧送出門，鄭重而別，由它徑絶湖而歸。樓惘惘累日，疑所到非人間，數問友，但笑不言，亦許尋舊遊。而樓用它故亟歸鄉，其後出處參商，訖不克再諧。（《説郛》卷三十二）

*京師士人

京師士人出遊，迫暮過人家，缺牆似可越。被酒，試踰以入，則一大園，花木繁茂，徑路交互，不覺深入。

天漸暝，望紅紗籠燭而來，驚惶尋歸路，迷不能識，亟入道左小亭。亭中氈下有一穴，試窺之，先有壯士伏其中，見人驚奔而去。士人就隱焉。已而燭漸近，乃婦人十餘，靚妝麗服。俄趨亭上，競舉氈，見生驚曰：「又不是那一箇。」婦熟視曰：「也得，也得。」執其手以行，生不敢問，引入洞房曲室，羣飲交戲，五鼓乃散。士人憊倦不能行，婦貯以巨篋，舁而縋之牆外。天將曉，懼爲人所見，强起扶持而歸。他日迹其所遇，乃蔡太師花園也。（同上）

按：參看《投轄錄》之《章丞相》條，疑即一事異傳。《二刻拍案驚奇》卷三十四《任君用恣樂深閨，楊太尉戲宮館客》即演此爲入話。

諸史

沈　徵

沈徵，霅人，生平不詳。《諸史》二卷，《説郛》僅選録八條。别本題沈俶撰，不詳所據，以《説郛》年代最早，從之。《四庫全書》列小説家存目。

楊忠

四明戴獻可者，疏財尚氣，喜從賢士大夫游處，而家世雄于財，凡賓客見過，必延欵。士聞風而歸者，皆若平生歡也。獻可死，止一子伯簡，年十八九，未歷世故，暴承家業之富，用度無藝。里中惡少因得與交狎邪，不數歲破家，止有昌國縣魚鹽竹木之利尚存，舊僕楊忠主之，自獻可無恙時，出納無一毫欺。伯簡家業既蕩，獨楊忠所掌，猶可賴爲衣食資，遂往焉。楊忠哭盡哀，日與婦共事之，籍其資財之簿以獻。伯簡大喜，謂我固有之物，仍復妄爲。其游從輩聞之，又欲誘其破蕩。楊忠哭諫，不顧。一日，伯簡與其徒會飲呼蒱，楊忠挺刃而前，執其尤者，捽首頓之地，數曰：「我事主人三十餘年，郎君年少，爾輩誘爲不善，家産掃地，幸我保有此别業，汝必欲之靡有孑遺邪！我斷汝首，告官請死，報我主人于地下。」又大叱，令伏地受刃。其人哀號伏罪，請自今不敢復至。楊忠噤咽良久，收刃卻立曰：「爾畏死紿我邪？」其人號曰：「委不敢復至。」忠曰：「如此貸爾命。倘或見欺，必屠裂爾軀而後已。」遂出束帛曰：「可負此亟去！」其人疾走。忠遂揮涕謝伯簡曰：「老奴驚犯郎君，郎君自今改前所爲，但聽老奴盡心力役，不三二年舊業可復。不然而再與此輩遊，老奴當焚貲自沉于海，不忍見郎君餓死，以貽主人門户羞也。」伯簡慚泣，自是謝絶不遑，修謹自守，一聽楊忠所爲。果三年盡復田宅。楊忠事之彌謹。吁，楊忠其賢矣哉！真不負其名矣。其視幸主人禍敗從而取之者，孰非楊忠之罪人乎？雖然，求之楊忠儔類中固無有也，求之士大夫，當國家危亂，有能植侮屏姦、不負其主人付託于存亡可欺之際若楊忠者，予恐千萬人不一遇焉。悲夫！（《説郛》卷二十三）

·我來也

京城闤闠之區，竊盜極多，踪跡詭秘，未易跟緝。趙師睪尚書尹臨安日，有賊每于人家作竊，必以粉書「我來也」三字于門壁，雖緝捕甚嚴，久而不獲。我來也之名，鬨傳京邑，不曰捉賊，但云捉我來也。一日，所屬解一賊至，謂此即我來也，亟送獄鞫勘，乃略不承服，且無贓物可證，未能竟此獄。其人在京禁，忽密謂守卒曰：「我固嘗爲賊，卻不是我來也。今亦自知無脱理，但乞好好相看，我有白金若干，藏於寶叔塔上某層某處，可往取之。」卒思塔上乃人跡往來之衝，意其相侮。曰：「毋疑，但往此寺作少緣事，點塔燈一夕，盤旋終夜，便可得矣。」卒從其計，得金，大喜。次早入獄，密以酒肉與賊。越數日，又謂卒曰：「我有器物一甕，置侍郎橋某處水內，可復取之。」卒曰：「彼處人閙，何以取？」賊曰：「令汝家人，以籮貯衣裳橋下洗濯，潛掇甕入籮，覆以衣，舁歸可也。」卒從其言，所得愈豐。次日復勞以酒食。卒雖甚喜，而莫知賊意。一夜至二更，賊低語謂卒曰：「我欲略出，四更盡即來，決不累汝。」卒曰：「不可。」賊曰：「我固不至累汝。設使我不復來，汝失囚，不過配罪，而得我遺儘可爲生。苟不見從，卻恐悔吝有甚于此。」卒無奈，遂縱之去。卒坐以伺，正憂惱間，聞簷瓦聲，已躍而下。卒喜，復桎梏之。甫旦，啓獄户，聞某門張府有詞云：「昨夜三更被盜失物，其賊于府門上寫『我來也』三字。」師睪撫〔案〕（按）曰：「幾誤斷此獄，宜乎其不承認也。」止以不合夜行，杖而出諸境。獄卒回，妻曰：「半夜後聞扣門，恐是汝歸，亟起開門，但見一人以二布囊擲户内而去，遂藏之。」卒取視，則皆黄白器也，乃悟張府所盜之物，又以賂卒。賊竟逃命。雖以趙尹之嚴，而莫測其姦，可謂黠矣。卒乃以疾辭役，享從容之樂終身，沒後子不能守，悉蕩焉，始與人言。（同上）

絶倒録

朱暉

朱暉，字養晦，宋錢塘人。生平不詳。《絶倒録》一卷，未見著録。《説郛》選録三條，皆諧謔故事。

養脾丸

李生者，居餘杭門外，善貨殖，日賣養脾丸于市。嘗揭巨榜于前曰：「不使丁香、木香合，則天誅地滅。」家畜二婢，以事炮製。李一夜飲醉而溺死于河，其家勿知也，但怪連日勿歸，遣親信四方尋求，略無蹤跡。洎官驗視，或有報其家者，亟前詣之，已腐敗，僅能辨認，欲求免洗滌，已不及矣。遂藁葬于叢冢間，立木牌于壙云：「發藥李郎中之墓。」或有題于牌後曰：「賣藥李郎中，昂藏辨不窮。一朝天賜報，溺死運河東。」未幾家計蕭然，其妻遣去二婢，尋去所居，攜一子以事人。或有問于妻曰：「爾夫修合不苟，天當佑之，何反報之酷耶？」他日，後夫醉之以酒，叩之，妻云：「向所遣去二婢，先夫專委之修合，一名木香，一名丁香，其實不用二藥也，故受斯報云。」（《説郛》卷四十四）

善謔集

天和子

天和子，宋代人，姓名不可考。《善謔集》一卷，《説郛》選録八條。

*魏明

南唐魏明好吟詩，動即數百言，而氣格卑下。嘗袖以謁韓熙載，熙載佯辭以目暗，且置几上。明曰：「然則某自誦之可乎？」曰：「適耳忽聵。」明慚而去。（《説郛》卷六十五）

*馮謐

南唐馮謐嘗對諸閣老言及玄宗賜賀知章鏡湖事，因曰：「他日賜後湖足矣。」鉉答曰：「主上尊賢下士，豈愛一湖，所乏者賀知章爾。」謐大慚。（同上）

疑仙傳

隱夫玉簡

《疑仙傳》三卷，舊題宋隱夫玉簡撰，「玉」一作「王」。《崇文總目》道書類著録一卷，不注撰人。書中《朱子真》一條，謂「及鑾輿將幸蜀，山下忽失其子真家。穎服此藥，果得二百餘歲矣」，似爲宋人所撰。或謂尚撰于五代。時代不明，姑附于宋人之後。

張鬱

張鬱者，燕人也，客於京洛，多與京洛豪貴子弟遊，狂歌醉舞近十載。忽因獨步沿洛川，鬱既覩是時也，風景恬和，花卉芬馥，幽鳥翔集於喬木，佳魚踴躍於長波，因高吟曰：「浮生如夢能幾何，浮生復更憂患多。無人與我長生術，洛川春日且狂歌。」吟纔罷，忽舉目見一翠幄臨水，絃管清亮。鬱驚歎曰：「是何人之遊春也？」言未絶，有一女郎自幄中而出，緩步水濱，獨吟獨歎。鬱性放蕩，不可羈束，不覺徑至女郎前，問之曰：「是何神仙之女，下陽臺耶？來蓬瀛耶？獨吟而又獨歎耶？」女郎駭然變色，良久乃斂容而言曰：「兒自獨吟獨歎，何少年疏狂不拘之甚也？安得容易來問？」鬱曰：「我天地間不羈之流也。少耽詩酒，適披麗質詠歎，固願聞一言耳。」女郎微笑，指翠幄而言曰：「可同詣此也。」鬱因同至翠幄内。女郎乃命張綺席，復舉絃管，與鬱談笑，共酌芳樽。及日之夕也，女郎曰：「人世信短促耶，春未足，秋又來，纔紅顏，遽白髮。設或知人世之不可居，而好道〔者之〕（之者）實可與言也。」鬱低頭不對。女郎乃歌曰：「〔彩〕（形）雲入帝鄉，白鶴又徊翔。久留深不可，蓬島路遐長。」又歌曰：「空愛長生術，不是長生人。今日洛川別，可惜洞中春。」俄與鬱別，乘洛波而去。鬱大驚，亦疑是水仙矣。（卷上）

負琴生

負琴生者，遊長安數年，日在酒肆乞酒飲之。常負一琴，人不問即不語，人亦以爲狂。或臨水，或月下，卽援琴撫弄，必悽切感人。李太白聞焉，就酒肆攜手同出坰野，臨水竹藉草，命之對飲，因請撫琴。生乃作一調弄，太白不覺愴然。生乃謂太白曰：「人間絲竹之音，盡樂於人心，唯琴之音（而）傷人心。我本謂爾不傷心，不知爾亦傷心耶。足知爾放曠拔俗，是身也，非心之放曠拔俗也。」太白本疑是異人，復聞此語，乃拜而問之曰：「丈者奚落魄之甚也。心落魄也？身落魄也？」生曰：「我心不落魄，身亦不落魄。但世人以此爲落魄，故我有落魄之迹。」太白曰：「丈者知世人惡此落魄，何不知而改之？」生曰：「我惡之，卽當改之；世人惡之，我奚改耶。」太白又曰：「丈者負此琴，祇欲自撫之以樂也？欲人樂之也？」生曰：「我此琴古琴也，負之者，我自好古之音也，又孰欲人之樂也。我琴中之音雅而純，直而哀，知音（之）者聞之卽爲樂，不知音者聞之但傷耳。亦猶君之爲文也，輕浮若蝶舞花飄，豔冶如處子佳人。王孫公子以爲麗詞，達士卽不以爲文也。」太白曰：「我之文卽輕浮豔冶不足覩，我之風骨氣概豈不肯仙才耶？」生曰：「君骨凡肉異，非眞仙也，止一貴人耳。（況復）（復況）體穢氣卑，亦貴不久。但愛惜其身，無以虛名爲累。」言罷，與太白同醉而回。明日，太白復欲引之於酒肆共飮，不復見。後數日，太白於長安南大樹下見之，方忻喜，欲就問之，忽然而滅。（同上）

東方玄

東方玄者，荆州人也，結一茅廬於南山下居之，與其妻范氏俱好道。忽因一道流過於山中，玄與妻俱請至茅廬中。玄乃削竹爲脯，汲水爲酒，以禮待道流。道流甚驚之。范氏又叱一竹枝爲一大飛禽，乘之而飛。俄頃間復至，攜一棋局來，謂道流曰：「我欲與玄對棋。」道流大怪，因問曰：「何處去取此棋局耶？」范氏曰：「我往南海邊女伴家取此棋局來。」道流曰：「女伴何人也？」范氏曰：「此女伴亦有小術，往往來與我戲。吾師能暫伺之，卽當至矣。」道流因又問玄曰：「此皆何術也？君與妻何得此事？」玄曰：「我昔偶娶得此范氏爲妻，傳我以其術，卽終不知此范氏始自何傳之也。」道流方與玄語，空中有絲竹之聲。須臾，見一女子容質佳麗，自空而下，笑謂范氏曰：「何又招他俗流也？」范氏曰：「此道流過於山前，我偶命之，不似東方玄也。」其女子曰：「何未對棋也？」玄乃曰：「女伴但自去遊戲，我且與此道流談論。」其女子卽便于面前以手畫地，變爲一大池，周回皆長松翠竹，隈其岸卽芰荷芬郁，中有一畫舸，其女子卽自登之，范氏遂以一隻屐投於池中，又變爲一畫舸，各自游泳，仍自鼓櫂而歌。其歌聲清切，甚傷感人。道流乃泣下而歎曰：「我學道來五十餘年，遊山訪藥，未嘗敢怠，終不遇人。豈知此女郎皆有此神仙之事耶！」

女子與范氏見之，俱出晝舸而登岸，似有不悦之色。相顧良久，其女子乃叱其池，其池與松竹芰荷及晝舸皆應聲不見。便仍與范氏俱各乘一竹，昇空而去。玄笑謂道流曰：「吾師且歸，勿久住此。」道流乃謝而去之。及來年，道流又過此，因訪焉。山下人皆曰：「東方玄已移家入遠山也。」（卷中）

吹笙女

吹笙女者，常遊漢水邊，容貌美麗，年約十七八，著碧衣。手常捧一笙，或淩晨薄暮，即自吹之，聲調感人。但維一小艇於漢水，人或就之，即遽入小艇而去。在漢水邊數年，或去之，經歲而返，或月餘而復來。水邊人呼爲吹笙女。天寶初，王懿者，放蕩之子也。自長安聞，專往訪焉。及至水邊，數日不睹，乃悵恨而歎曰：「我於長安中聞有神仙之女吹笙於此水，故遠來，欲一覿玉容，少聽鳳笙。不期水邊寂寂，杳無人迹。何今日不出蓬島而暫來此耶？」方欲盡興而回，俄見此女獨乘小艇，吹笙自遠而至。俄又出小艇，遊於水邊。懿乃漸前進而言曰：「神仙女數年此遊，何待也？」吹笙女回顧懿，微笑而言曰：「待君也。」懿因謂之曰：「我常多憂患，不喜人間，欲遊物外，又不知爾數年待我也。」吹笙女曰：「人間何足戀。少年樂未極，已老矣，老又有終。争如他仙家僻在蓬萊，處金銀宮闕之内，駕鶴乘鸞以自嬉遊，息芝田，會瑶池，而又本不老，亦無終，何憂患之能關慮也。」懿因戲之曰：「爾能容我爲一攜笙奴乎？」吹笙女笑曰：「君猶未省爲老奴已多年也。」吹笙女即命懿同入小艇去之。後經數日，吹笙女與懿復同來此水邊遊，水邊人有見之者。懿謂人曰：「寄語長安中少年，我今被吹笙女攜挈而遠遊，不復遊長安也。」

言訖，與吹笙女復共入小艇，吹笙而去。自後不復來，故不知所之也。（卷下）

姚基

姚基者，魏人也，性奢逸不拘，少好道。因遊洞庭，逢一道人，謂之曰：「爾奢逸不自檢束，又好神仙之道，何也？」基拜而言曰：「我好奢逸者身，好道者心。我終求奢逸之事以樂我身，亦求神仙之道以副我心。」道人曰：「我今俱授之與爾，爾當俱勿授人。」基再拜之。道人因袖中取一小玉匣，内有書一卷，以授基曰：「讀此盡得之也。」基因跪受以讀，見九轉神丹之法，復有燒金之術。基問道人曰：「神丹服之得道，信有之；變銅鐵爲金，有之耶？」道人曰：「銅鐵皆可爲金者，亦猶人之賢與不肖皆可爲仙。况銅鐵純一之物也。君但鍊藥服餌以燒金焉。」基因復魏以居，鍊藥燒金，數年間家大富，仍却老而少。每至花時月夜，即以旨酒佳殽，命賓侶狂歌醉舞，或選幽景以出遊，即乘駿駟，以女妓絃管後隨，盡興而方返。至於家人，亦被輕煖，厭百味矣。後忽因出遊，復遇昔洞庭之道人，基遽拜而問之曰：「吾師何久不來耶？」道人曰：「爾之奢逸未息，故不來。適過此，偶覿君之面。」基曰：「我奢逸，不見吾師來，因未息。」道人曰：「今當息之。」基笑而與道人俱至家，廣陳錦繡，出珍寶，命酒〈肴〉（有）絲竹，盡其懽醉。明日，道人與基皆不知所在，家人無以求尋焉。（卷下）

焚椒録

王鼎

王鼎（？——一一〇六），字虛中，涿州人。遼道宗清寧五年（一〇五九。一說八年）進士，累遷翰林學士，陞觀書殿學士。以怨望奪官流鎮州，後復職。《遼史》有傳。《焚椒録》一卷，《四庫全書》列入雜史類存目。首有大安五年（一〇八九）自序。

懿德皇后蕭氏，爲北面官南院樞密使惠之少女。母耶律氏夢月墜懷，已復東升，光輝照爛，不可仰視，漸升中天，忽爲天狗所食，驚寤而后生，時重熙九年五月己未也。母以語惠，惠曰：「此女必大貴而不得令終。且五日生女，古人所忌，命已定矣，將復奈何！」后幼能誦《詩》，旁及經子。及長，姿容端麗，爲蕭氏稱首，皆以觀音目之，因小字觀音。二十二年，今上在青宮，進封燕趙國王，慕后賢淑，聘納爲妃。后婉順，善承上意，復能歌詩，而彈箏、琵琶尤爲當時第一。由是愛幸，遂傾後宮。及上卽位，以清寧元年十二月戊子册爲皇后。后方出閤升坐，扇開簾捲，忽有白練一段自空吹至后褥位前，上有「三十六」（三）字。后問：「此何也？」左右曰：「此天書，命可敦領三十六宮也。」后大喜，宮中爲語曰：「孤穩壓帕女古鞾，菩薩喚作（耨）〔耕〕斡麽。」蓋〔言〕以玉飾首，以金飾足，以觀音作皇后也。二年八月，上獵秋山，后率妃嬪從行在所至伏虎林，上命后賦詩。后應聲曰：「威風萬里壓南邦，東去能翻鴨綠江。靈怪大千俱破膽，那教猛虎不投降。」上大喜，出示羣臣曰：「皇后可謂女中才子。」次日，上親御弓矢射獵，有虎突林而出。上曰：「朕射得此虎，可謂不愧后詩。」一發而殪，羣臣皆呼萬歲。是歲十一月，羣臣上皇帝尊號曰天祐皇帝，后曰懿德皇后。三年秋，上作《君臣同志華夷同風》詩，后應制屬和曰：「虞廷開盛軌，王會合奇琛。到處承天意，皆同捧日心。文章通鹿蠡，聲教薄雞林。大寓看交泰，應知無古今。」明年，后生皇子濬。皇大叔重元妃入賀，每顧影自矜，流目送媚。后語之曰：「貴家婦宜以莊臨下，何必如此。」妃銜之，歸罵重元曰：「汝是聖宗兒，豈虎斯不若，使教坊奴得以可敦加吾。汝若有志，當除此帳，笞撻此婢。」于是重元父子合定叛謀，于九年七月駕幸灤水，聚兵作逆。須臾軍潰，父子伏誅。而討平此亂，則知北樞密院事趙王耶律乙辛與有功焉。尋進南院樞密使，威權震灼，傾動一時。惟后家不肯相下，乙辛每爲怏怏。及咸雍初，皇子濬册爲皇太子，益復蓄奸爲圖后計矣。后常慕唐徐賢妃行事，每于當御之夕，進諫得失。國俗君臣尚獵，故有四時捺鉢。上既擅聖藻，而尤長弓馬，往往以國服先驅，所乘馬號飛電，瞬息百里，常馳入深林邃谷，扈從求之不得。后患之，乃上疏諫曰：「妾聞穆王遠駕，周德用衰；太康佚豫，夏社幾屋。此游佃之往戒，帝王之龜鑑也。頃見駕幸秋山，不閑六御，特以單騎從禽，深入不測。此雖威神所屆，萬靈自爲擁護。倘有絕羣之獸，果如東方所言，則溝中之豕，必敗簡子之駕矣。妾雖愚闇，竊爲社稷憂之。惟陛下尊老氏馳騁之戒，用漢文吉行之旨，不以其言爲牝雞之晨而納之。」上雖嘉納，心頗厭遠，故咸雍之末，遂〔稀〕（希）幸御。后因作詞曰《回心院》，被之管絃，以寓望幸之意。曰：「埽深殿，閉久金鋪暗。游絲絡網塵作堆，積歲青苔厚階面。埽深殿，待君宴。拂象牀，憑夢借高唐。敲壞半邊知妾臥，恰當天處少輝光。拂象牀，待君王。換香枕，一半無雲錦。爲是秋來轉展更，多有雙雙淚痕滲。換香枕，待君寢。鋪翠被，羞殺鴛鴦對。猶憶當時叫合歡，而今獨覆相思塊。鋪翠被，待君睡。裝繡帳，金鈎未敢上。解却四角夜光珠，不教照見愁模樣。裝繡帳，待君貺。疊錦茵，重重空自陳。只願身當〔白〕（出）玉體，不願伊當薄命人。疊錦茵，待君臨。展瑶席，花笑三韓碧。笑妾新鋪玉一床，從來婦歡不終夕。展瑶席，待君息。剔銀燈，須知一樣明。偏是君來生彩暈，對妾故作青熒熒。剔銀燈，待君行。爇熏爐，能將孤悶蘇。若道妾身多穢賤，自沾御香香徹膚。爇熏爐，待君娱。張鳴箏，恰恰語嬌鶯。一從彈作房中曲，常和窗前風雨聲。張鳴箏，待君聽。」時諸伶無能奏演此曲者，獨伶官趙惟一能之。而宫婢單登，故重元家婢，亦善箏及琵琶，每與惟一争能，怨后不知己。后乃召登與對彈四旦二十八調，皆不及后，單媿耻拜服。于時上常召登彈箏，后諫曰：「此叛家婢女中獨無豫讓乎？安得輕近御前。」因遣直外别院。登深怨嫉之，而登妹清子，嫁爲教坊朱頂鶴妻，方爲耶律乙辛所暱。登每向清子誣后與惟一淫通。乙辛俱知之，欲乘此害后，以爲不足證實，更命他人作《十香》淫詞，用爲誣案。云：「青絲七尺長，挽出内家裝。不知眠枕上，倍覺緑雲香。紅綃一幅强，輕闌白玉光。試開胷探取，尤比顫酥香。芙蓉失新艷，蓮花落故妝。兩般總堪比，可似粉腮香。蝤蠐那足並，長須學鳳凰。昨宵歡臂上，應惹領邊香。和羹好滋味，送語出宫商。定知郎口内，含有煖甘香。非關兼酒氣，不是口脂芳。却疑花解語，風送過來香。既摘上林蕊，還親御苑桑。歸來便携手，纖纖春笋香。鳳鞾抛合縫，羅襪卸輕霜。誰將煖白玉，雕出軟鈎香。解帶色已戰，觸手心愈忙。那識羅裙内，消魂别有香。咳唾千花釀，肌膚百和裝。元非噉沉水，生得滿身香。」乙辛陰屬清子，使登乞后手書。登時雖外直，常得見后。后善書，登紿后曰：「此宋國忒里蹇所作，更得御書，使稱二絶。」后讀而喜之，卽爲手書一紙。紙尾復書己所作《懷古》詩一絶云：「宫中只數趙家妝，敗雨殘雲誤漢王。惟有知情一片月，曾窺飛燕入昭陽。」登得后手書，持出與清子云：「老婢淫案已得。況可汗性忌，早晚見其白練掛粉脰也。」乙辛已得書，遂搆詞命登與朱頂鶴赴北院陳首，伶官趙惟一私侍懿德皇后，有《十香》淫詞爲證。乙辛乃密奏上曰：「太康元年十月二十三日，據外直别院宫婢單登及教坊朱頂鶴陳首：本坊伶官趙惟一向要結本坊入内承直高長命，以彈箏、琵琶得召入内，沐上恩寵。乃輒干冒禁典，謀侍懿德皇后御前。忽于咸雍六年九月，駕幸木葉山，惟一公稱有懿德皇后旨，召入彈箏。于時皇后以御製《回心院》曲十首，付惟一入調。自辰至酉，調成。皇后向簾下目之，遂隔簾與惟一對彈。及昏，命燭，傳命惟一去官服，著緑巾金抹額、窄袖紫羅衫、珠帶、烏鞾，皇后亦著紫金百鳳衫、杏黄金縷裙，上戴百寶花髻，下穿紅鳳花鞾，召惟一更入内帳，對彈琵琶。命酒對飲，或飲或彈，至院鼓三下，敕内侍出帳。登時當直帳，不復聞帳内彈飲，但聞笑聲，登亦心動，密從帳外聽之。聞后言曰：『可封有用郎君。』惟一低聲言曰：『奴具雖健，小蛇耳，自不敵可汗真龍。』后曰：『小猛蛇却賽真懶龍。』此後但聞惺惺若小兒夢中啼而已。院鼓四下，后唤登揭帳，曰：『惟一醉不起，可爲我叫醒。』登叫惟一百通，始爲醒狀，乃起拜辭，后賜金帛一篋，謝恩而出。其後駕還，雖時召見，不敢入帳。后深懷思，因作《十香詞》賜惟一。惟一持出誇示同官朱頂鶴，朱頂鶴遂手奪其詞，使婦清子問登。登懼事發連坐，乘暇泣諫。后怒痛笞，遂斥外直。但朱頂鶴與登共悉此事，使含忍不言，一朝敗壞，安免株坐。故敢首陳，乞爲轉奏，以正刑誅。臣惟皇帝以至德統天，化及無外。寡妻匹婦，莫不刑于。今宮帳深密，忽有異言。其有關治化，良非渺小。故不忍隱諱，輒據詞并手書《十香詞》一紙，密奏以聞。」上覽奏，大怒，卽召后對詰。后痛哭轉辨曰：「妾托體國家，已造婦人之極。況誕育儲貳，近且生孫，兒女滿前，何忍更作淫奔失行之人乎？」上出《十香詞》曰：「此非汝作手書，更復何辭？」后曰：「此宋國忒里蹇所作，妾卽從單登得而書賜之耳。且國家無親蠶事，妾作那得有親桑語。」上曰：「詩正不妨以無爲有，如詞中合縫靽，亦非汝所著，爲宋國服邪？」上怒甚，因以鐵骨朶擊后，后幾至殞。卽下其事，使參知政事張孝傑與乙辛窮治之。乙辛乃繫械惟一、長命等訊鞫，加以釘灼、盪錯等刑，皆爲誣服。獄成將奏，樞密副使蕭惟信馳語乙辛、孝傑曰：「懿德賢明端重，化行宮帳，且誕育儲君，爲國大本，此天下母也。而可以叛家仇婢一語動搖之乎？公等身爲大臣，方當燭照奸宄，洗雪冤誣，烹滅此輩，以報國家，以正國體，奈何欣然以爲得其情也？公等幸更爲思之。」不聽，遂具獄上之。上猶未決，指後《懷古》一詩曰：「此是皇后罵飛燕也，如何更作十詞？」孝傑進曰：「此正皇后懷趙惟一耳。」上曰：「何以見之？」孝傑曰：「『宮中只數趙家妝，惟有知情一片月』，是以二句中包含趙惟一三字也。」上意遂決，卽日族誅惟一，併斬長命，敕后自盡。時皇太子及齊國諸公主，咸被髮流涕，乞代母死。上曰：「朕親臨天下，臣妾億兆，而不能防閑一婦，更何施眉目覥然南面乎？」后乞更面可汗一言而死，不許。后乃望帝所而拜，作絶命詞曰：「嗟薄祐兮多幸，羌作儷兮皇家。承昊穹兮下覆，近日月兮分華。托後鈞兮凝位，忽前星兮啓耀。雖釁槼兮茀牀，庶無罪兮宗廟。欲貫魚兮上進，乘陽德兮天飛。豈禍生兮無朕，蒙穢惡兮宮闈。將剖心兮自陳，冀迴照兮白日。寧庶女兮多慚，遏飛霜兮下擊。顧子女兮哀頓，對左右兮摧傷。共西曜兮將墜，忽吾去兮椒房。呼天地兮慘悴，恨今古兮安極。知吾生兮必死，又焉愛兮旦夕。」遂閉宮以白練自經。　上怒猶未解，命裸后屍以葦席裹還其家。　春秋三十有六，正符白練之語，　聞者莫不寃之。　皇太子投地大叫曰：「殺吾母者耶律乙辛也。　他日不門誅此賊，不爲人子！」乙辛遂謀害太子無虛日矣。嗟嗟！　自古國家之禍，未嘗不起于纖纖也。鼎觀懿德之變，固皆成于乙辛。然其始也，由于伶官得入宮帳，其次則叛家之婢，使得近左右，此禍之所由生也。　第乙辛凶慘無匹，固無論；而孝傑以儒業起家，必明于大義者，使如惟信直言，毅然諍之，后必不死。　后不死則太子可保無恙，　而上亦何慚于少恩骨肉哉。乃亦昧心同聲，自保禄位，　卒使母后儲君與諸老成，一旦皆死于非辜，　此史册所書未有之禍也。　二人者，可謂罪通于天者乎。　然懿德所以取禍者有三，曰好音樂與能詩善書耳。　假令不作《回心院》，則十香詞》安得誣出后手乎？　至于《懷古》一詩，則天實爲之，而月食飛練，先命之矣。

附録

鼎于咸太之際，方侍禁近，會有懿德皇后之變，一時南北面官，悉以異説赴權，互爲證足。遂使懿德蒙被淫醜，不可湔浣。嗟嗟，大黑蔽天，白日不照，其能户説以相白乎？鼎婦乳媪之女蒙哥，爲耶律乙辛寵婢，知其奸構最詳，而蕭司徒復爲鼎道其始末，更有加于媪者。因相與執手，嘆其冤誣，至爲涕淫淫下也。觀變已來，忽復數載，頃以待罪可敦城，去鄉數千里，視日如歲，觸景興懷，舊感來集，乃直書其事，用竢後之良史。若夫少海翻波，變爲險陸，則有司徒公之實録在。大安五年春三月前觀書殿學士臣王鼎謹序。（《焚椒録序》）

續夷堅志

元好問

元好問（一一九〇——一二五七），字裕之，號遺山。太原秀容人，金代文學家。興定五年（一二二一）進士，仕至行尚書省左司員外郎，金亡不仕，以著作自任。《金史》有傳。著有《遺山集》、《中州集》等。《續夷堅志》四卷（一作二卷），人謂「皆耳聞目見之事」，而以懲勸爲旨，故多志神怪。

包女得嫁

世俗傳包希文以正直主東岳速報司，山野小民無不知者。庚子秋，太安界南征兵掠一婦還，云是希文孫女，頗有姿色。倡家欲高價買之，婦守死不行。主家利其財，捶楚備至，婦遂病。鄰里嗟惜而不能救。里中一女巫，私謂人云：「我能脱此婦，令適良人。」即詣主家，閉目吁氣，屈伸良久，作神降之態。少之，瞋目咄咤，呼主人者出，大罵之。主人具香火俛伏請罪，問何所觸尊神。巫又大罵云：「我速報司也，汝何敢以我孫女爲倡？限汝十日，不嫁之良家，吾滅汝門矣。」主家百拜謝，不數日嫁之。（卷一）

京娘墓

都轉運使王宗元老之父礎，任平山令，元老年二十許，初就舉選，肄業縣廨之後園。一日晚，步花石間，與一女子遇，問其姓名，云：「我前任楊令女。」元老悅其稚秀，微言挑之，女不怒而笑，因與之合。他日寒食，元老爲友招，擊丸於園西隙地。僕有指京娘墓窩場者，元老因問京娘爲誰，同輩言：「前令楊公幼女，字曰京娘，方笄而死，葬此。」元老聞楊令之女，心始疑之，歸坐書舍。少頃女至，嬌啼宛轉，將進復止，謂元老曰：「君已知我，復何言也。幽明異路，亦難久處，今試期在邇，君必登科。中間小有齟齬，至如有疾，亦當力疾而往，當見君遼陽道中。」言訖而去。元老尋病，父母不欲令就舉。月餘小愈，元老鋭意請行，以車載之。途次遼河淀，霖雨泥淖，車不能進，同行者鞭馬就道，車獨行數里而軸折。元老憂，不知所爲。忽有田夫，腰斤斧負軸而來，問之，匠者也，元老歎曰：「此地前後二百里無民居，今與匠者值，非陰相耶？」治軸訖將行，俄見一車，車中人卽京娘也。元老驚喜曰：「爾亦至此乎？」京娘曰：「君不記遼陽道中相見之語乎？知君有難，故來相慰耳。」元老問：「我前途所至，可得知否？」京娘卽登車，第言尚書珍重而已。元老不數日達上京，擢第。明昌中爲運使，車駕享太室，攝禮部尚書，數日而薨。（同上）

天魔祟

泰和末，雷景滂任壽州防禦判官，弟希顔亦到官。有官妓香香，爲魔所祟，神志怳惚，或睡數日不起。希顔謂其同列者，言有一婦人爲天魔所著，挈上浮圖顛，凡婦意所欲，無不立致。一日，見布幔車過塔下，婦謂魔言：「車中貴人妻，汝取其釵來。」魔去，良久乃至，無所得。婦問故，曰：「彼福人，有神護之，望而不得前。」婦又問：「彼以貴人妻，故有神護也？」曰：「不緣貴人，但其不食牛肉故耳。」婦即發願：「我若脱此祟，不但我終身不食牛肉，誓盡此生勸人不食。」言未竟，魔大罵而去，遂不復至。婦大呼求救，其家以繩挽之而下，竟得全活。阿香能不食牛肉，發願神佛前，祟宜不能近。同列以其言告香，香即發願；後十餘日，靚妝袨服持酒來謝，云：「得學士所教，今爲平人矣。」（同上）

戴十妻梁氏

戴十，不知何許人，亂後居洛陽東南左家莊，以傭爲業。癸卯秋八月，一通事牧馬豆田中，戴逐出之。通事怒，以馬策亂捶而死。妻梁氏，舁尸詣營中訴之。通事乃貴家奴，主人所倚，因以牛二頭、白金一笏就梁贖罪，且説之曰：「汝夫死亦天命，兩子皆幼，得錢可以自養，就令殺此人，於死者何益？」梁氏曰：「吾夫無罪而死，豈可言利？但得此奴償死，我母子乞食亦甘分。」衆不可奪，謂梁氏曰：「汝寧欲自殺此人耶？」梁氏曰：「有何不敢？」因取刀欲自斫之。衆懼此婦憤恨通事，不令即死，乃殺之。梁氏掬血飲之，攜二子去。洛陽翟志忠云。（同上）

天賜夫人

廣甯閭山公廟靈應甚著，又其象設獰惡，林木蔽映，人白晝入其中，皆恐怖毛竪。旁近言，靜夜時聞訊掠聲，故過者或迂路避之。參知政事梁公肅家此鄉之捧馬嶺，作舉子時，與諸生結夏課，談及鬼神事，歷數時人之膽勇者，梁公都不之許，因自言：「我能以昏暮或陰晦之際，入閭山廟巡廊廡一周。」諸生從臾之曰：「能往，何以取信？」梁公曰：「我當就周行處以物畫之，用是爲驗。」明日晚，約偕往，諸生待於廟門外，奮袖徑去。畫至廟之東隅，摸索有一人倚壁而立，梁公意其爲鬼，負之出。諸生迎問何所見，梁公笑曰：「我負一鬼至矣，可取火照之。」及火至，見是一美婦，衣裝絶與世俗不同。欲問詰之，則氣息奄奄，狀若昏醉。諸生真謂鬼物，環立守之。良久開目，見人環繞，驚怖不自禁，問此爲何地，諸生爲言其處及廟中得之者，且詰其爲人爲鬼，何所從來。婦言：「我揚州大族某氏女，以吉日迎往壻家。在輿中忽爲大風所飄，神識散亂，不知何以至此。」諸生喜曰：「梁生未受室，神物乃從揚州送一妻至，誠有冥數存乎其間，可因而成之。」梁公乃攜婦歸。尋擢第，不十數年，致身通顯。婦舉數子，故時人有天賜夫人之目，至於傳達宮禁。梁公以大定二十年節度彰德，相下耆舊仍有及見之者。兵亂後，梁氏尚多，問其家世，多天賜諸孫行云。（卷二）

八月十五雙星會，佳兒佳婦好昏對。玉波冷浸芙蓉城，花月摇光照金翠。黑風當筵滅紅燭，一朵仙桃降天外。梁家有子是新郎，芈氏忽從鍾建背。負來燈下鷩鬼物，雲鬟攲斜倒冠佩。四肢紅玉軟無力，夢斷春闈半酣醉。須臾擧目視傍人，衣服不同言語異。自説成都五千里，恍惚不知來此際。玉容寂寞小山顰，俯首無言兩行淚。甘心與作梁家婦，詔起高門榜天賜。幾年夫壻作相公，滿眼兒孫盡朝貴。須知伉儷有緣分，富者莫求貧莫棄。望夫山頭更賦《白頭吟》，要作夫妻豈天意。君看符氏與薄姬，關繫數朝天子事。（郝經《陵川文集》卷八《天賜夫人詞》）

宫婢玉真

大定中，廣寧士人李惟清元直者，與鬼婦故宋宫人玉真遇，玉真有《楊柳枝》詞云：「已謝芳華更不留，幾經秋。故宫臺榭只荒邱。忍回頭。塞外風霜家萬里，望中愁。楚魂湘血恨悠悠，此生休。」一詩云：「皓齒明眸掩路塵，落花流水幾經春。人間天上歸無處，且作陽臺夢裏人。」又一詩云：「自憐華色鏡中衰，輕棄前歡已自宜。不恨相逢情不盡，直須白鼠望歸期。」李生後以庚子夏六月暴心痛死，遼東人爲作傳，以東都行記，文多不載。（卷三）

張孝通冤報

大定末，武清人趙士詮商販西京，每過白登，多宿張孝通家，其妻私焉。孝通知，陰圖之。一日，乘士詮醉，與其子定國縊殺之，投屍野中。士詮久不歸，子來白登訪之。孝通先與店户白忠友有仇，私告趙子云：「汝父去向，白忠友宜知之。」趙子訴官，官繫忠友訊掠，不勝苦楚，雖已誣服，而獄終不決。明昌初，白妻訴於朝，朝差賈公守謙往廉之。賈密訪縣人，人有言一異事云：張孝通及其子驅一騾往某處，憩於道旁樹下，騾逐草而逸，定國怒鞭之，騾忽人語云：「你殺趙客，更來打我。」父子相顧失色。他日，孝通婦汲水飲騾，騾又語云：「你殺人，却冤白家。」孝通父子恐語泄，謀殺之以滅口，而縣人無不知者。賈公以是歸報，朝廷隨差刑部員外孫某馳驛至縣，收孝通父子，一問即承，人知神理之不可誣也。賈公仕至右丞。（卷四）

王生冤報

定襄邱村王胡，以陶瓦爲業，明昌辛亥歲歉，與其子王生者，就食山東。一日，有强寇九人，爲尉司根捕急，避死無所，就此家藏匿，以情告云：「我輩金貝不貲，但此身得免，願與君父子平分之。」王因匿盜窯中，滿室坏瓦，尉司兵隨過，無所見而去。胡父子心不自安，且利其財，乘夜發火，不移時，燼九人死，即攜金貝還鄉。數年，殖産甚豐，出鄉豪之上。泰和中，王生禮五臺，將及與善鎮，恍惚中有所見，驚怖墮馬，遂爲物所憑，扶舁至其家。生口作鬼語，瞋目怒駡云：「尉司追我輩已得脱，中分貨財，足以致富，便發惡心，都將我燒死。尋之數年，乃今見汝，償命即休。」時或持刃，逢人亂斫。其家無奈，召道士何吉卿驅逐之。何至作法，鬼復憑語辨訴。何知冤對，非法籙可制，教以作黃籙超度，或可解脱。胡陳狀齋壇，吐露情實，人始知其致富之由。大建一祠，日夕祈禱，生未幾竟死。紫微劉尊師説。（同上）

嬌紅記

宋遠

宋遠，號梅洞，涂川（江西清江）人。元初與滕賓、周景、蕭列、劉將孫邂逅古洪，題樟鎮華光閣誌別，賦《意難忘》詞一闋，見《元草堂詩餘》（據《全金元詞》）。《元詩選》癸集之甲録其詩二首。《嬌紅記》（一作《嬌紅傳》），明丘汝乘爲劉兑（東生）作《嬌紅記雜劇序》云：「元清江宋梅洞嘗著《嬌紅記》一編，事俱而文深，非人莫能讀。」今據之定爲宋作。《百川書志》卷六著録《嬌紅記》二卷，云：「元儒邵庵虞伯生編輯，閩南三山明人趙元暉集覽。」託名虞集「編輯」，後人又訛爲盧伯生撰。《剪燈叢話》、《緑窗女史》又改題李詡撰。元王實甫、湯式、金文質均有《嬌紅記》雜劇，邾經有《死葬鴛鴦冢》雜劇，今不傳，僅存明初劉兑之作。孟稱舜亦有《嬌紅記》傳奇，存。則傳記文之作在元初，自屬可信。《嬌紅記》有明建安鄭雲竹刊本（林秀一教授所藏），未見（據日本伊藤漱平日譯本引）。鄭振鐸編《世界文庫》第三卷排印本，據《花陣綺言》及《國色天香》、《燕居筆記》、《繡谷春容》校刊，今據以轉録，並加覆核。鄭本校勘記略而不取。

申純字厚卿，祖汴人也。生於洛陽，而隨父寓居於成都。八歲通六經，十歲能屬文。天資卓越，傑出世表，風情接物，不減于斯。故賢士大夫多推譽焉。宣和間，薦而不第，歸鬱鬱不自勝。嘗登山臨水以豁懷抱，食息未嘗忘。家居月餘，因適鄰郡母舅王通判家。即日命僕起行，信宿而至。但見門枕碧流，目斷千里，波濤洶湧，景物粲然，明滅遠山，特起望外，因賦詞一闋，以寫山川之勝。詞曰：

錦城西，一區華屋，天開多少佳趣！當門緑水朝千里，何況碧山無數？堪愛處，有瀟湘新篁，松檜森前路。深沉院宇。見簾幙低垂，絲簧迭奏，鎮日歌金縷。村落人閭里，一水拖藍，兩山排翠。晝長人静重門閉，又過芳郊别地。小生平昔依慕幽意誰爲主？詩朋酒侣。向此地嬉遊，尋花問柳，須是有奇遇。〔右調《摸魚兒》〕

生既至，因入謁舅。舅見之，盡禮。遂引生至中堂，命妗出見。生進拜，就位。舅舅詢問，生答應愈恭。舅有一子名善父，年七歲，一名舍。舅因呼善父出拜，再命侍女飛紅呼嬌娘出見。良久，飛紅附耳語妗，以嬌娘未梳粧爲言。妗因怒曰：「三哥，家人也，出見何害？」生聞之，因曰：「百一姐無他故，姑俟日後請相見。」妗因笑曰：「適方出浴未理粧，故欲少俟。三哥一家人，何事鉛粉耶？」又令他侍女促之。頃刻嬌自左掖出拜。雙髮綰緑，色奪圖畫中人，朱粉未施而天然殊瑩。生起見之，不覺自失。叙禮畢，嬌因立妗右。生熟視，愈覺絶色，目摇心蕩，不自禁制。妗語曰：「三哥遠來勞苦，宜就舍少息。」因室之於堂之東，去堂三十餘步。生歸館後，功名之心頓釋，日夕惟思慕嬌娘而已，恨不能吐盡心事，素語浹洽，故常意屬焉。舅妗皆以生久不相見，款留備至，生亦自幸其相留，冀得乘間致衷曲于嬌娘也。平嘗出入舅家，周旋堂廡，雖終日得與遊從，未嘗敢一妄言相及。生因察其動静，見嬌言笑舉止常有疑猜不足之狀，生知其賦〈情〉特甚也，求所以導情達意之便而未能得。一夕，嬌晚繡紅窗下，依窗視荼蘼花，久不移目。生輕步躡其後，嬌不知也，因浩然長嘆。生知其有所思，因低聲問曰：「爾何於此仰視長嘆也？將有思乎？將有約乎？」嬌不答，良久乃曰：「兄何自來？此日晚矣，春寒迫人，兄覺之乎？」生知嬌以他辭相拒，因應曰：「春寒固也。」嬌正視逡巡引去。生獨歸室無聊，乃賦一詞，書于壁以寓意焉。

庭院深沉，遲遲日上荼蘼架。芳叢瀟灑，粧點春無價。玉體香肌，好手應難畫！還驚訝，春心蕩也，誰共游蜂話？右調《點絳唇》

自後日間聚會，或共飲宴，或同歌笑，申生言稍涉邪，嬌則凝眸正色，若將不可犯。生雖慕其美麗，然其不相領略，以謂嬌年幼情簡，不諳世事，因不介意。一日舅有他甥至，舅妗亦留之。至晚，舅開宴，申生預坐。酒至半，妗起酌酒，勸他甥，舅將酣，嬌時陪立妗後，贊之，令溢觴。酒至生，生力辭。妗曰：「子素能飲，獨不能爲我開懷乎？」生辭以失志功名且病，今已醉甚，不能復加。妗未答，嬌因參言其後曰：「三兄動容，似不任酒力矣，姑止此。」妗因輟瓶授觴，生再拜而飲，因喜不自勝。既畢，妗退步酌酒勸舅。申生之前燭燼長而暗，嬌因促步至燭前，以手彈燭，送目語生曰：「非妾則兄醉甚矣。」生謝曰：「此恩當銘肺腑。」嬌微笑曰：「此非恩乎？」生曰：「意重於此矣。」語未畢，妗因索水滌觴，嬌乃引去。自此生復留意。一夕嬌獨坐于堂側惜花軒內，生偶至坐側，見嬌凭欄無語，徒倚沉吟。時花檻中有牡丹數本，欲開未開，生因吟二絕以戲之，詩曰：

亂惹祥烟倚粉牆，絳羅輕捲映朝陽。芳心一點千重束，肯念凭欄人斷腸？

又

嬌姿艷質不勝春，何意無言恨轉深？惆悵東君不相顧，空餘一片惜花心。

生援筆寫此二詩以示，嬌巡簷展誦，傾環低面，欲言不言。正疑思間，忽聽流鶯睍睆，如道人意中事。生又揮毫作詞一章以贈之，詞名《喜遷鶯》。

園林過雨，問滿目媚景，是誰爲主？翠柳舒眉，黄鸝調舌，鎮日恣狂歌舞。金衣公子，何事牽惹萬千愁緒？芳草地，有香車寶馬，駢闐幾許。原無據，行樂處。好景良辰，休把空辜負！一種春風，幾多描畫，聽綿蠻簧語。又向暗巢偷眼，欲啄花心無路。知牆外待放伊飛，向傍人低訴。

嬌覽之未畢，忽聞妗語聲。嬌乃攜此詞，并前二詩，藏之袖間，徐步趨歸室中。生惆悵久之，歸室殆無以爲懷，因作一絶題于堂西之緑窗上。

日影侵堦睡正醒，篆香如縷午風平。玉簫吹盡《霓裳》調，誰識鸞聲與鳳聲？

後二日，生侍舅他出，嬌因至生卧室。見東窗有《點絳唇》詞一首，西窗有詩一絶，躊躇玩味，不忍舍去。知生之屬意有在，乃濡筆和其西窗之韻，以寄意焉。

春愁壓夢苦難醒，日迥風高漏正平。魂斷不堪初起處，落花枝上曉鶯聲。

生歸，見嬌所和詩，頗得之心，踰於平常，朝夕惟求間便以感動嬌娘。然嬌或對或否，或相親昵，或相違背。生不測其意，莫得而圖之。一日，舅妗開宴，自午至暮。酒散，舅妗起歸舍。生獨危坐堂中，欲即外舍。俄而嬌至筵所，抽左髻錮釵，勻博山裏餘香。生因曰：「夜分人寢矣，安用此？」嬌曰：「香貴長存，安可以夜深棄之。」生又繼之曰：「篆灰有心足矣。」嬌不答，乃行近堂堦，開簾仰視，月色如晝，因呼侍女小蕙畫月以記夜漏之深淺。乃顧生曰：「月已至此，夜幾許？」生亦起下堦瞻望星漢，曰：「織女將斜河，夜深矣。」因曰：「月白風清，　如此良夜何？」嬌曰：「東坡鍾情何厚也！」生曰：「奇美特異者，　情有甚於此，焉可以此誚東坡也？」嬌曰：「兄出此言，應彼此苦衆矣，於我何獨無之！」生曰：「然則實有也，　不然則佳句所謂『壓夢』者，果何物而苦難醒乎？」言情頗狎。嬌因促步下堦逼生曰：「兄謂織女斜河，何在也？」生見嬌娘驟近，恍然自失，未及卽對，俄聞户内妗問：「嬌娘寢未？」嬌乃遁去。次日生追憶昨夕之事，自疑有得，然每思遇事多參商，愈不自足。乃作一詞以紀月夜之事，詞名《減字木蘭花》。

春宵陪宴，歌罷酒闌人正倦。危坐中堂，倏見仙娥出洞房。　博山香燼，素手重添銀漏永。　織女斜河，月白風清良夜何？

次日晨起，生入揖妗，既出，遇嬌于堂西小閣中。嬌時對鏡畫眉未終。生近前謂之曰：「蘭煤燈燼，卽燭花也？」嬌曰：「燈花耳，妾用意積久，近方得之。」生曰：「若是，則願以半丐我書家信。」嬌遂肯，令生分其半。生舉手分煤，油污其指，因謂嬌曰：「子宜分以遺我，何重勞客耶？」嬌曰：「既許君矣，寧惜此？」遂以指決煤之半以贈生，因牽生衣拭其指污處曰：「緣兄得此，可作無事人耶？」生笑曰：「敢不留以爲贄？」嬌因變色曰：「妾無他意，君何戲我？」生見嬌色變，恐妗知之，因趨出，珍藏所分之煤于笥中。因作一詞以記之，詞名《西江月》。

試問蘭煤燈燼，佳人積久方成。殷勤一半付多情，油污不堪自整。　妾手分來的的，郎衣拭處輕輕。爲言留取表深誠，此約又還未定！

自後生心摇蕩特甚，不能頃刻少捨，伏枕對燭，夜腸九曲，思欲履危道以實嬌心而未獲。一日暮春小寒，嬌方擁爐獨坐，生自外折梨花一枝入來。嬌不起，亦顧生。生乃擲花于地。嬌驚視，徐起，以手拾花，詢生曰：「兄何棄擲此花也？」生曰：「花淚盈暈，知其意何在？故棄之。」嬌曰：「東皇故自有主，夜屏一枝以供玩好足矣，兄何索之深也？」生曰：「已荷重諾，無悔！」嬌笑曰：「將何諾？」生曰：「試思之！」嬌不答，因謂生曰：「風差勁，可坐此共火。」生欣然卽席，與嬌共坐，相去僅尺餘。嬌因撫生背曰：「兄衣厚否？恐寒威相凌逼也。」生恍然曰：「能念我寒，而不念我斷腸耶？」嬌笑曰：「何事斷腸？妾當爲兄謀之。」生曰：「無戲言，我自遇子之後，魂飛魄散，不能着體。夜更苦長，竟夕不寐，汝方以爲戲，足見子之心也。予每見子言語態度非無情者，及予言深情〔切〕（味），則子變色以拒，果不解世事而爲是怙嬌哉？諒孱繆之跡不足以當雅意，深藏固閉，將有售也。今日一言之後，余將西騎矣，子無苦戲我！」嬌因慨然良久曰：「君疑妾矣，妾敢無言。妾知兄心舊矣，豈敢固自鄭重以要君也。第恐不能終始，其如後患何？妾自數月以來，諸事不復措意。寢夢不安，飲食俱廢，君所不得知也。」因長吁曰：「君疑甚矣，異日之事君任之，果不濟，當以死謝君！」生曰：「子果有志，〔何〕（則）以策我！」嬌未及答，俄然舅自外至，生因起出迎舅，嬌亦反室，不可再語。生乃作一詞以紀其事，詞名《石州引》。

懊恨東君，催趲去程，春意牢落。梨花粉泪溶溶，知是爲誰輕別？銜寒向晚，特地折取歸來，佳人無語從地擲。暫見却驚猜，忍使芳塵歇！收拾道明窗靜几，瓶裏一枝，便添風月。因念多才，値此嚴寒時節。近漸消減，料有萬斛春愁，芭蕉未展丁香結。甚日把山盟，向枕前說？

又越兩日，生凌晨起，攬衣向堂西緑窗下而立，背面視井簷。不知此時嬌亦起，在隔窗內理粧矣。生因讀坡詩曰：「爲報鄰雞果驚覺，更容殘夢到江南。」嬌聞之，自窗內呼生曰：「君有鄉閭之念乎？」生因隔窗語嬌曰：「衷腸斷盡，無由道意，人得歸矣。」嬌曰：「君果誕妾耶？妾未嘗慢君，何有委罪之深也？」生因笑曰：「予豈無意，第被子苦久矣。然則若何深之？」嬌曰：「今日間人衆無可容計，東軒抵妾寢室，軒西便門達熙春堂，透荼〔蘼〕（莓）架。君寢室外有小窗，今夕若晴霽，君自寢所踰外窗度荼蘼架，至熙春堂下。此地人罕花密，當與君合聚。」生聞之欣然自得，唯俟日暮得諧所願。至晚，不覺暴雨大作，花陰浸潤，不復可期。生悵恨不已，因作一詞，援筆書之，以寫怏怏之懷！詞名《玉樓春》。

曉窗寂寂驚相遇，欲把芳心深意訴。低眉斂翠不勝春，嬌轉櫻唇紅半吐。匆匆已約歡娛處，可恨無情連夜雨。枕孤衾冷不成眠，挑盡殘燈天未曙。

生晨起，會嬌于姈所。因共至中堂，以夜來所綴詞示之。嬌低笑曰：「好事多磨，理固然也。然妾既許君矣，當別圖之。」是日生侍舅從鄰家飲，至暮醉歸。且思嬌早間別圖之言，疑嬌之不復至也，又沉醉睡熟。嬌步至窗外，低聲喚生者數次，生不能知。嬌悵恨而回，大疑生之誕己也，直欲要以盟誓。生剪縷髮，書盟言於片紙付嬌。嬌亦剪髮設盟，以復于生。雖是極意慕戀，然終於無便可乘。一日生收家書，以從父晉納粟補閬州武職，以生便弓馬，取生歸侍行。嬌眷戀之極，作詩送行，詩曰：

緑葉陰濃花漸稀，聲聲杜宇勸春歸。相如千里悠悠去，不道文君淚濕衣！

生得詩，和韻以復嬌。詩曰：

堂幄重幃舞蝶稀，相如只恐燕先歸。文君爲我堅心待，且莫輕拋金縷衣！

生終以嬌娘「緑葉陰濃」之語爲疑。又成一詞以示嬌，詞名《小梁州》。

〔惜花長是替花愁〕〔展花長是惜花秋〕，每日到西樓。如今何況拋離去也，關山千里，目斷三秋，謾回頭！　慇懃分付東園柳，好爲管長條！只恐重來緑成陰也，青梅如豆。辜負涼州，恨悠悠！

嬌知生之疑己，作詞以復之，名《卜算子》。

君去有歸期，千里須回首。休道三年緑葉陰，五載花依舊。　莫怨好音遲，兩下堅心守。三隻骰兒十九窩，没裏須教有。

嬌情不已，復吟一絶以繼之，詩曰：

臨別殷勤私語長，云云去後早還鄉！小樓記取梅花約，目斷江山幾夕陽。

自後，生從父以他故不果行。生歸舅家，行住坐卧飲食起居無非爲嬌。興念數日，無便可乘與嬌一語，至於飲食俱廢，以致沉思成病。因托求醫。舅妗爲之皇皇，醫卜踵至。但云生功名失意，勞思所致，終不能知生之心。數日病小愈。一日舅出外報謁，生因强步至外廂。方佇立，俄而嬌至生後。生駭然。嬌曰：「左右皆發落，得便故來問兄之病。」生回顧無人，因前牽嬌衣欲與語。嬌曰：「此廣庭也，十目所在，宜即兄室。」生與之俱反。忽值雙燕争泥墜前，嬌因舍生趨視。俄舅之侍女湘娥突至嬌前，嬌大駭。

生乃引去。至暮復會中堂。嬌謂生曰：「非燕墜，則湘娥見妾在君室矣，豈非天乎！」生然其言，而悒怏之心見於顔色。乃作詞一闋以自釋，詞名《擷芳詞》。

（日如）（嬌面）年，風輕扇，文園多病尋芳倦。春衫窄，庭院（闃）（閒）。獨步廻廊，體嬌無力。如花面，親曾見，千方百計尋方便。（藍）（盟）橋隔，暮雲碧。燕兒墜也，又無消息。

一日晚，嬌尋便至生室，謂生曰：「向日熙春堂之約，妾嘗思之，夜深園静，非安寢之地。自前日之路觀之，足以達妾寢所。每夕侍妾寢者二人，今夕當以計遣去，小慧不足畏也。兄至夜分時來，妾開窗以待。」生曰：「固善也，不亦危乎？」嬌變色曰：「事至此，君畏何？人生如白駒過隙，復有鍾情如吾二人者乎？事敗，當以死繼之。」生曰：「若然，余何恨。」是夜，生於夜半乃踰外窗，遶堂後數百步至荼蘼架側。又求門不得，生（頗）（頻）恐。久之，尋路得至熙春堂。堂廣夜深，寂無人聲，生大恐，因疾趨入，見嬌方開窗倚几而坐。上衣紅綃，下繫白練，舉首而瞻明月，重有憂者，不知生之已至也。生因扶窗而入。嬌忽見生，且驚且喜，曰：「君何不告？駭我甚矣！」生乃與嬌並坐窗下。時正夜分，月色如晝，生視嬌體態豔媚，肌瑩無瑕，飄飄然不啻姮娥之下臨人間也。嬌謂生曰：「夜漏過半，幸會難逢，可就枕矣。」欣然與嬌同攜素手，共入羅帳之中。解衣並枕間，嬌曰：「妾年幼殊不諳世事，枕席之上，望兄見憐。」生曰：「不待多言。」兩情既合，嬌乃嬌啼嫩語，體若不勝。雨態雲蹤，交頸之鴛鴦，和鳴之鸞鳳，無以踰者。一餉歡娛，而嬌娘千金之身自兹失矣！歡娛之際，不覺血漬生衣，嬌乃剪其袖而收之曰：「留此爲他日之驗。」生笑而從之。有頃，雞聲催曉，虬漏將闌，嬌令生歸室。因視生曰：「此後日間相遇，幸無以前言爲戲，攪他人之耳目長也。」因口占一詞以贈生，詞名《菩薩蠻》。

夜深偷展紗窗綠，小桃枝上留鶯宿。花嫩不禁揉，春風卒未休。千金身已破，脈脈愁無那。特地囑檀郎，人前口謹防！

生亦口占《菩薩蠻》詞以復之云：

綠窗深貯傾城色，燈花送喜秋波溢。一笑入羅幃，春心不自持。雨雲情亂散，弱體羞還顫。從此問雲英，何須上玉京。

嬌得生所和之詞，謝曰：「妾女子也，情牽事感，殊乖禮法，幸垂明鑒，稍爲秘之。妾之托君，亦無憾矣！」自後生夜必至嬌室，凡月餘，無自知者。豈期私欲所迷，俱無避忌。舅之侍女曰飛紅，曰湘娥，皆有所覺，所不知者嬌之父母而已。嬌亦厚禮紅，使紅等緘口。第飛紅輩雖覺之，而未知所因。一日，生之父母慮生在外日久，作書遣僕催歸。生得父母書，不得已起行。是夜不及與嬌娘訣別。次日晨起入謁舅妗，告歸。舅妗見生父書來，不敢强留，命侍女治酒酌别，時嬌娘在妗後，亦偷淚送行。生自抵家之後，朝夕惟嬌娘是念，乃遣媒人往舅妗家求婚，以諧秦晉之約。敬修書一封，私達嬌娘。書曰：

表兄申純，頓首拜啓瑩卿小娘子粧次：前日〔佳〕(進)遇，倏爾旬餘。魂飛杳杳，每形清夜。松竹之盟，常存記憶。面想起居，動履多福。純無攸之迹，得自托於蘭蕙之傍，爲幸大矣！幽會未終，白雲在念，自抵家中，無一夕不夢想洛浦之風煙也！家事經書，非惟不復措念，縱亦勉强；不知所以爲懷。有親朋見憐，於舅妗大人前致一言，天啓其衷，俾續秦晉再世之盟，未審舅妗雅意若何？

倘不棄庸陋，則張生之於鶯鶯，烏足道哉！茲因媒氏有行，喜不自制，臨此以布腹心，幸相與謀之！便風以俟佳音。家居無聊，偶思佳麗分別之言，綴有詩詞，惟子面陳，亦所見此情之拳拳耳。新霜在候，更宜善加保衛，不宣。

生寫書畢，緘封私付媒氏，父母不知也。媒既得書，卽日前往舅王通判之家，〔既〕（計）見舅妗，且以申生父母告之。舅爲之開宴。次日，媒申前請，舅曰：「三哥才俊洒落，加以歷練老成，老夫得此佳壻，深所願也。但朝廷立法，内兄弟不許成婚，似不可違。前辱三哥惠訪，留住數月，甚能爲老拙分憂，老夫亦有願婚之意，而於條有礙，以此不敢形言。」媒氏再三宛轉，終不能得。至晚，再置酒款媒，舅命妗主席。嬌時侍立妗側，知親議之不諧也，心上悒怏，但不敢形之言語耳。酒散，媒氏左右顧視無人，欲〔致〕（置）生書於嬌。適嬌至媒前剔燭，媒因私語嬌曰：「子非厚卿之情人耶？厚卿有書令我私致於子。」嬌竦然微言應曰：「然。」淚隨言下，媒爲之改顔，遂以身畔取書授嬌，嬌收置袖中，未敢展視。妗起，嬌亦隨妗入室。次早，媒再請於舅，且以言迫之。舅怒曰：「此無不可，第以法制甚嚴，欲致老夫罪戾也。爾勿復言！此決不可。」媒知其不就，因告歸。舅又命妗酌酒與媒爲别，嬌因侍立，私語媒曰：「離合緣契，迺天之爲也。三兄無事宜來。妾年且長，歲月有限，無以姻事不諧爲念也。」因出手書，令媒持歸，以復於生。媒既歸，道其舅不允之由，遂以嬌書與生，生展視之乃〔新〕（一）詩二絶，嬌所製也，詩曰：

雲重月難見，風狂雨不成。〔尺〕（天）書從寄意，傾淚若爲情。

又

目斷芳千里，情分役寸心。藉君憐舊日，莫絶羽鱗音。

生覽誦數遍，殊不勝情，每對花玩月，不覺泪下。初生與成都府角妓丁憐憐者極相厚善。憐敏慧殊俊，嘗得帥府顧盼。生方妙年秀麗，憐憐一見傾慕。生自秋還鄉里，憐憐屢遣人招生，生托故不往。至是生之友人陳仲游，亦豪家子也，見生每置恨於臨風對月之間，因拉生至成都舒懷，遂同至憐憐之家。生既入，憐憐不勝欣喜，盃酒話款曲，生但面壁，略不致意。憐怪之，委曲詢生，生終不言。憐意其礙於仲游也，乃留之竟夕，令其女名伴姐侍仲游寢，而自薦於生。生不得已，因與其寢。枕邊切切語生所以不見答之故。生乃自道與嬌娘相遇之時。憐問曰：「嬌娘誰家女也？」生曰：「新任眉州王通判之女也。」憐又問：「其質若何？」生曰：「美麗清絶，西施妃子殆相千百，而丰韵過之。」憐因沉思良久曰：「既名嬌娘，又且美麗若此，豈非小字瑩卿者乎？」生愕然曰：「爾何由知之？」憐曰：「向者帥府幼子將求婚，酷好美麗，不以門第高下爲念，但欲殊色。常捐數千緡，命畫工於近地十郡，求問伺隙繪人家美女以獻。凡得九人，此其一也。色瑩肌白，眼長而媚，愛作合蟬鬟，常有憂怨不足之狀。常至帥府内室見之，因記其姓字，果然是否？」生曰：「子如親見其人，即是此女。」憐曰：「宜子之視我若土壤，子之所遇，真天上人也！妾常入視，停目不能去，第恨不見其身。今後至彼，願求舊鞋丐我。」生諾之。明日遂與陳仲游同歸。抵家後，生因追念憐憐「天上人」之語，慨然賦詩一絶，詩曰：

自入仙源路已深，桃花與我是知心。紛紛浪蕊迷蜂蝶，得似高山遇賞音。

生因悵恨再期杳杳，傷感成疾，因卧累日。父母驚異，因令人詢問生得病之由，生乃托以夢寐絶怪，將不能免，必須求善能驅役鬼神者作法禳之。父乃命良巫祈祝。生密使人厚賂巫者，令巫者向父母言：「此爲鬼物所侵，必當遠遁，方可苟安，如其不然，生死未判。」父母聞巫言，大驚懼，以爲誠然，於是議令生往舅家以避此難，擇日起行。先期之二日，令人取覆舅家。舅妗許之。嬌時在父母傍，聞生有來期，喜慰特甚。人回報，生亦欣快，隨覺病差愈。父母以爲得計。及期生戒行，病亦稍安。於時鶯囀簧聲，百花競發，園林錦綉，奪目争妍。生至舅居，及門遇嬌〔于〕（以）秀溪亭，兩情四目，不能暫叙寒暄。申生欲入謁舅妗，嬌止之曰：「今日隣家王寺丞邀往天寧玩賞牡丹，至夜方歸，姑止此少息，徐徐而入可也。」乃與嬌並坐亭上。嬌因謂生曰：「君養攝不如平時，何故今復來此，何幹也？」生疑其言，乃曰：「日月未久，何故忘乎？自相離之後，坐不安席，味不適口，寢不着枕，行不重足，何止夜月屋梁之思。中間請命嚴君，冀諸媒妁，而天不從人，竟辜宿望，春花秋月，風臺雪榭，無一而非牽情惹恨之處。百計重來，以踐舊約，今子乃有『復來何幹』之辭，予失計甚矣。」嬌愧謝曰：「君心果金石不踰，妾何以謝君。」因以與歡洽，移時同步入室。生至其舊館，窗几依然。向時所書詩曲，左顧右盼，濡染如新。生悵然自失，復作一詞以記之，詞名《鷓鴣天》。

甥館睽違已隔年，重來窗几尚依然。仙房長擁瑞雲煙，浮世空驚日月遷。濃淡筆，短長篇，舊吟新誦萬愁牽。春風與我渾相識，時遣流鶯奏管絃。

至晚舅妗歸，生拜謁甚恭。舅問生曰：「聞三哥有微恙，想二豎子遁矣！」生謝曰：「唯舅舅憐其微恙，庶得逃免，再造之賜，没齒不忘！」舅妗勞免之，生就室。自後與嬌情意周洽，逾於平昔。住數月，情意益厚。生因意丁憐憐之言，求舊鞋於嬌。嬌力詢生曰：「安用弊履爲哉？」生不以實告，嬌不許。舅之侍女飛紅者，顔色雖美，而遠出嬌下。唯雙彎與嬌無大小之别，其寫染詩詞，與嬌相埒，嬌不在側，亦佳麗也。以妗〔性〕(惟)妬，未嘗獲寵於舅，常時出入左右，生間與之語。嬌則清麗瘦怯，持重少言，佇視動輒移目。每相遇，生不問，嬌亦不答。戲狎一笑，則使人魂魄俱喪。飛紅尤喜諧浪，善應對，快談論，生雖不與語，亦必求事以與生言。嬌每見之，則有不足之意。及生再至，紅益與之親狎，嬌疑焉。生久求嬌鞋不獲。一日嬌晝寢，生偶至其側，因竊鞋趨出，方及寓室，以他事去，未曾收拾。飛紅適尾生後，見生遺鞋，紅乃疑嬌所與者，因收之。生罔知所以。及歸室索鞋，無有也，因怏怏於懷，遂作一詞以自紀，詞名《青玉案》。

尖尖曲曲，緊把紅綃蹙。朶朶金蓮奪目，襯出雙鈎紅玉。華堂春睡深沉，拈來綰動春心。早被六丁收拾，蘆花明月難尋。

及暮，嬌問生索鞋。生曰：「此誠我盜去，然隨已失之，諒子得之矣，何苦索我耶？」嬌乃止。蓋飛紅拾歸，已分付嬌也。然嬌以此愈疑生私通於紅矣。一日見飛紅與生戲於窗外捉蝴蝶，因大怒，詬紅，紅頗憾之，欲以拾鞋事聞〔妗〕(嬌)，未有間也。後遇望日，衆出賀舅妗，嬌在焉。因語嬌所遺之鞋，揚言謂生曰：「此郎子前日所遺之鞋也。」嬌變色，亟以他事語舅妗。會舅妗應接他語，不聞。嬌因大疑生使紅發其私，乃大怨望，自後非於堂中相遇，不復求便以見生。女工諸事略不措意，怨隙之心，行住坐卧皆是也。生亦無以自明。一日，生不意中漫於後園縱步。適於花下見鸞牋一幅，上題詞一首。生取而視之，詞名《青玉案》。

花低鶯踏紅英亂，春思重頓成愁懶。楊花夢散楚雲收，平空惹起情無限。傷心漸覺成縈絆，奈愁緒寸心難管。深誠無計寄天涯，幾回欲問梁間燕。

生披味良久，意謂嬌詞，而疑其字畫頗不類嬌所書。因攜歸置於室中書案之上，欲詢嬌而未果。抵暮，西窗下有金籠養能言鸚鵡一隻，甚馴。嬌過其側，戲以紅豆擲之，鸚鵡忽言曰：「嬌娘子，如何打我也！」生聞之，亟出室招嬌。嬌不至，生再挽之方來。嬌入生室，正疑思不言，忽見案上花牋，因取視之，良久目申生，不語移時。生曰：「子何時所作也？」嬌不答。生又曰：「何故不言？」嬌亦不應。生力窮之。嬌曰：「此飛紅詞也，君自彼得之，何必詐妾？」生力辯，嬌並無言，徘徊良久，長吁竟拂衣起去。生留之不可。自爾相會愈踈。嬌終日熟寢，間一二日方才與生一見，見亦不交一言。凡月餘，生不能直其事。一夕徑造嬌室，左右寂然，唯見案上有五言絶句一章：

灰篆香難炷，風〔花〕（月）影易移；徘徊無限意，空作斷腸詩。

生察詩，知嬌之爲己，且疑心之深也。乘間語嬌曰：「再合以來，荷子厚意，視前時有加焉。邇日形似之間，不能不爲子所棄，何今昔異志乎？」嬌初不言，生再詰之，嬌潸然涕曰：「妾自遇君之後，常恐日力不足。今者君棄妾耳，妾何敢棄君耶？君意既自有主，妾何敢〔妄〕（忘）望矣。」生曰：「苟有二心，有如此〔日〕（意）。」因指天自誓，以明無他事。且曰：「子何疑之甚也？」嬌曰：「君偶遺鞋，飛紅得之；飛紅偶遺詞，君且得之。天下偶然之事何多之甚耶？妾不敢怨君，幸愛新人，無以妾爲念也。」生仰天太息曰：「有是哉！吾怪邇日見子若有憂者，人之情態豈難識哉。子若不信前誓，當剪髮大誓於神明之前。」嬌乃笑曰：「君果然否？」生曰：「何害！」嬌曰：「若然，後園東池，正望明靈大王之祠，此神聰明正直，叩之無不響應。君能同妾對祠大誓，則甚幸也。」生曰：「如命。想明靈大王亦知我心之無他也。」嬌乃約以次早與生俱遊後園，臨東池畔，遥望大王之祠。兩人異口同聲，拜手設誓。其詞累千百不能備載。誓畢，攜手而歸，恩情有加焉。生賦一詞，備述心間之事，以謝之。詞名《〔碧〕（逼）牡丹》。

一片芳心被春拘管，重尋〔雲雨〕（□翼）盟約。説與從前，不是我情薄。都緣燕透晴絲，風拈花蕋，便成執着。密愛堪憐處，幾多寂寞。此心只有上天知，終不成輕狂做作。縱滿眼閑花媚柳，也無情摸索。後園同步，遥告神明，地久天長，更誰托？從今再與團圓，莫把是非斷却！

自後嬌與生情好深篤，飲食起居無不留意。生自此亦不復與飛紅一語。紅察之，因大憾。生因縱步至後園牡丹叢畔，忽遇嬌先已在彼，遽擁抱之，必欲求會。嬌却之，言曰：「醜陋之質，固不敢辭於君，但慮雲雨初交，歡會方密，妾於情狀俱昏迷矣，能保人之不至？若有所覺，妾無容身之地矣。」生聞其言，興已稍闌。遂與之攜手而過别圃，不覺飛紅亦自後潛至。見嬌與生並行，因促步抵舍語妗曰：「天氣晴暄可人，後圃牡丹盛開，能一觀否？」其實欲妗一行，襲敗嬌之蹤跡也。妗可其請，遽命紅侍行。至園中，瞥見生與嬌並行於花亭畔，左右俱無人。妗因大疑，因呼嬌，生乃狼狽反室，惆悵不已。知爲飛紅所賣，故致爲妗所覺，無以自釋。强作一詞，寫其悒怏云。詞名《漁家傲》。

情若連環終不解，無端招引傍人怪。好事多磨成又敗。應難捱，相看冷眼誰偢睬？鎮日愁眉斂翠黛，闌干倚遍無聊賴。但願五湖明月在。且寧忍耐，終須還了鴛鴦債。

越二日，生自知其跡不寧，乃告歸。舅妗(則)亦不知留。嬌夜出，潛與生別曰：「天乎！得非命與！相會未幾，而有是事，妾獨奈何哉！兄歸善自消遣，求便再來，毋以疑間，遂成永棄，使他人得計也。」因泣下沾襟，生亦掩泣而別。嬌又以一詞授之，且曰：「兄歸時展視之，即如妾之在側矣。」言終而去。詞名《一剪梅》。

荳蔻梢頭春意闌，風滿前山，雨滿前山。杜鵑啼血五更殘，花不禁寒，人不禁寒。　離合悲歡事幾般，離有悲歡，合有悲歡。別時容易見時難，怕唱《陽關》，莫唱《陽關》。

申生與嬌娘分袂相別，次早遂歸。既達侍下，父母以生久在外，妨廢經史，間歲功名之會，又復在眼前，遂令生以書齋坐臥，溫習舊業。生與其兄綸雖朝夕共學，而思嬌之念無時不然。夜與兄共榻而寢，悵恨之辭或形於夢寐，恨不能御風縮地，一與嬌會。春盡夏終，轉眼又是初秋天氣，雁杳魚沉，絕無消息。至七月中旬，舅以眉州隸倅及催任期，道經申生之門，因留宿於生家者累日。此時舅挈家以行，妗嬌寓生家，相隨不離跬步。兼飛紅湘娥諸侍女雜然左右，生與嬌欲一言有不可得。居三日，舅命戒行，車馬喧闐，送者絡繹於道。妗與嬌各登車，諸侍女相隨先後，申生亦乘馬相送。闖其便，曳簾挽車，與嬌語舊。嬌娘泪下如雨，不能答，徐曰：「遇君之後，一日爲別，不能堪處，況今動是三年，遠及千里，一旦思君之切，安保其再能見君乎？但恐妾垂首瞑目，骨化形銷：君將眠花卧柳，棄舊憐新。妾枕邊恩愛，他人有之矣。」生曰：「明靈大王在彼，吾誓不爲也。」嬌曰：「若然，妾荷君之恩，死且不朽。」乃占詩一首贈生：

欲語狂夫促去忙，臨岐分袂轉情傷。不堪千里三年別，恨説仙家日月長。

嬌於袖中又出香珮一枚，上有金鎖團鳳，以珍珠百粒約爲同心結，贈生曰：「覩物思人可也，得暇可求便一來，毋以地遠爲辭。」言未畢，軒車催動，霧隱前山，曉月半沉，目送不及。生別舅妗辭回，悽然歸於書室，閑消春日，無不泪零。晨窗夕燈，學業幾廢。間爲詞章，無非寄與嬌紅之語，他不暇及。一日賦一曲以示兄綸，皆陳其意於言辭之外，未嘗斥言也，其詞曰：

春風情性，奈少年棄負竊香名譽。記得當初綉窗私語，便傾心素。雨〔濕〕花陰，月移簾影，幾許良宵遇。亂紅飛盡，桃源從此迷路。因念好景難留，光陰易失，算行雲何處？三峽詞源，誰爲我寫出斷腸詩句？目極歸鴻，秋娘聲價，應念司空否？甚時覓箇彩鸞，同跨歸去！右調《念奴嬌》

兄見其詞，撫生肩背曰：「厚卿！以弟之才，當取青紫如拾草芥，以顯二親。夫何流連光景？此詞固佳，察弟之心，必有所主。秋期在邇，且移此筆力鏖戰文場可也。」生但無言。蓋生詞微寓與嬌相會之始末，至「亂紅飛盡」之句，則直指飛紅媒孽之事。思恨之極，作爲此詞，其兄不知也。申生既以《念奴嬌》詞示其兄，因感兄相勉功名之意，又加舉問，雖不能忘情於嬌，而槐黄在目，幸而有兄相與講明，亦懼父母之督責也。及至八月，與兄俱就秋試畢，即欲言歸。兄綸謂曰：「三年燈火辛勤，快以此舉。揭榜在目，何不少俟？」生曰：「兄學業高遠，危中必矣。劣弟荒唐孱陋，孫山之外，不言可知。不欲久此，榜揭後無面目回鄉也。」兄再四挽留，生不得已，從之。踰數日，秋闈拆號，生與兄綸俱在高選。兄弟聯捧捷而歸。父母甚喜，鄉人賀客填門，有爲詞以慶之者，詞云：

徐卿二子文章妙，秋風來應興賢詔。雙雙折取桂枝歸，鄉閭自此增榮耀。浪桃三月春來遶，番身並跳龍門曉。綠衣共立綵萊衣，那更是雙親年少。（右調《步蟾宮》）

生與兄又同赴府縣謝辭畢，即日回家，治辦行李，同上春官。次年春試，又與兄同及第。兄綸授綿州綿山縣主簿。生以弓箭升甲，授洋州司户。兄弟歸家，侍次，於時官舍親朋畢賀，有爲詞以賀生者，詞曰：

入手功名如拾芥，文章得力須知。蟾宮丹桂折高枝，姮娥愛年少，博换綠羅衣。初筮民曹姑小試，駸駸相及瓜時。雙親未老十年期，飛黄騰踏去，身到鳳凰池。右調《臨江仙》

時有賣登科録於眉州者，舅因閲之，見生兄弟皆及第，因大喜。歸謂妗曰：「二哥三哥兄弟皆及第，吾家宅相得人矣。但恨相去千里，不能親賀。」遂遣人致書爲慶，〔且〕（耳）詢問：「二甥榮授何官？如瓜期未及，能一來款我，以慰老夫欣喜之心否？」生得書與兄謀曰：「舅有命召，兄宜以行。」綸曰：「父母在，焉可遠游，委以家事？然舅妗所命，亦不可違。長孫克家，弟固當往。」於是生欣然領命，即日治行，詣舅任所。既至，舅見之且賀且謝。須臾妗、嬌出見，且曰：「別後喜聞吾甥兄弟俱擢危科，預有榮華。」生謙謝再三。又問：「二哥何以不來？」生答兄弟不可俱出之意，舅妗等問勞盡禮。妗終以生前疑似之故，館生於廳事之東邊，去堂甚遠。生亦遠嫌，非呼召則不入，縱或一至堂廡，未嘗與嬌款狎。偶然相遇，左右森立，但彼此佇視，不能出一言。生殊無聊，住十餘日，欲告歸，然終念遠來未嘗與嬌一語，悶悶不樂。

徘徊久之，乃作詞寓《相思會》以述懷。

脈脈惜春心，無言耿思憶。夜永如年，誰道藍橋咫尺。緣分淺，何似舊日莫相識！試問取，柳千絲，愁怎織？　菱花頻照，兩鬢爲誰雪積？幾番會面，見了又無信息。空追前事，把兩泪偷滴，且看下稍如何是得？

一日，生晨起入謁妗，妗未起，生因忽遇嬌於堂側，時且早，左右皆未起。嬌亟促步前語生曰：「妾别兄久矣，思念之心未嘗少息。喜審近取高第，但恨命薄一葉，不能執箕箒以觀富貴，爲大恨耳。兄能不棄，不以地遠來臨，妾何以得此！妾與飛紅有隙，君所知也，今妗以年尊多病，不暇他顧，而飛紅方用事；跬步動容，無所求其便。兄至此已十日矣，妾不能與兄一叙疇昔者，坐此故也。妾每見兄必清晨入謁，凡七日晨起以俟兄至，而兄每日必晚。今非兄早至，妾安能與兄一語也。」生曰：「我見事變如此，終日死坐，孤苦之態，不能備言。方欲於一二日間圖爲歸計，緣未及與子一語，故未忍去。今既若此，我雖在此〔千〕歲何益也。予將歸矣。」嬌曰：「妾以今日之故，屈事飛紅，尚未得其歡心。自今以往，當愈屈意事之，萬一得回其意，則可與兄復如昔日。兄果能少留月餘否？」因出袖中黄金二十兩與生曰：「恐兄到此或有用度，衣服有不堪者，宜令左右以工直將來，當與兄修治也。」生乃曰：「若果有可謀，雖僻處鬼室千日，亦何害。」頃之人漸衆，生遂出，愈無聊賴，時遶窗吟咏以寫懷抱。有二詩云：

庭院深深寂不譁，午風吹夢到天涯。出牆新竹呈霜節，匝地垂楊滾雪花。覓句閑來消永日，遣愁聊復酌流霞。狂蜂全不知人意，早向窗前報晚衙。

其二

簟展湘紋〔浪〕〔亂〕欲生，幽人自感夢難成！倚床剩覺添風味，閉户何妨待月明。擬倩蛙聲傳密意，難將螢火照離情。遥憐織女佳期近，時看銀河幾曲横。

生在舅家自秋及冬，歲將暮矣，慕戀之心，終無以自遣。每以明燭倚床，獨坐夜半，方就枕。所居室東邊有修竹數竿，竹外有亭，前任州官有子婦美而少，因得暴疾，遂至不起，殯於亭中。經歲後移歸鄉里，然精誠常在亭中，每爲妖祟，以迷少年。生不知其詳。一夕方掩關而坐，將及二更許，忽聞窗外步履聲。生意其兵吏夜起，不以怪。頃之叩窗甚急，生出視，妖變嬌娘，獨立窗下曰：「君何不懼，候君久矣。」生不知妖，欣然擁之入室曰：「子何以得此來？」答曰：「舅妗熟寢，無有知者，故來。」因就枕，將旦，告去，囑生曰：「此後妾必夜至，兄無幹不必至中堂。或入偶相遇，不必以言相問，恐人有所覺也。妾或與君語，幸無見答以狎斜之言。妾必有爲，君宜引去不對，則人將謂君無心於妾，庶可釋疑也。」生曰：「子若夜必一至吾室，吾人何幹？」言訖遂去，自後妖夜必至，凡月餘，人莫之知。生常經數日方一入中堂，左右問之，以他事對。或遇嬌，則遠望引避。常獨吟一詞以自喜。

天賦多嬌，蕙蘭心性風標，憐才不減文簫。怕芸窗花館，虚度良宵。密相攔就，長待燭暗香銷。向人前減迹，休把言語輕挑。問誰知證，唯有明月相邀。從今管取雲雨，暮暮朝朝。〔右調《于飛樂》〕

嬌自生再至，屈已以事飛紅。平日玩好珍奇，紅一開口，則舉而贈之。錦繡綾羅，金銀珠翠，唯紅所欲，呼之爲「紅娘子」。紅見嬌之待己厚也，漸釋前憾，與嬌稔密，嬌結之愈至。時小慧年已長，見嬌屈意事紅，語嬌曰：「娘子通判女，貴人也。飛紅通判妾，賤人也。奈何以貴下賤？此小慧日久所不能平者。」嬌因嘆曰：「我之遇申生，爾所知也。紅與我有隙，屢窘敗我。今生遠來已久，我不能與之一叙間闊者，蓋梗于此耳。苟不屈己以結紅心，或者與生胥會，能保其無語乎？我不自愛而屈事之者，爲生設也。」因吟詩一絶，詩曰：

雨勒春寒花信遲，癡雲〔礙〕月夜光微。披雲閤雨憑誰力？花月開圓且待時。

吟畢，因泣下。小慧曰：「娘子芳年秀麗，稟性聰明，立身鄭重，向時遊玩花園，與湘娥並行，娥不相讓，先登樓梯，娘子怒以告夫人，夫人不治，凡不食者兩日。其負氣有如此者。前年罷官西歸，驛舍床帳不備，重以綉茵，周以羅幃，猶思其不潔，焚檀爇麝，夜半方寢，其愛身有如此者。娘子善歌，衆所共知，親族聚會，申請顧聞，再四終不肯出一聲，其重言有如此者。今既委千金之軀於申生，若棄弊屣。而又下事飛紅，喪盡名節。此妾之所以大不曉者！况娘子詩詞清麗，文章華贍，名聞於時久矣。當今少年才子，或願一見而不可得，苟求婚姻，豈不能得一申生也？又兼申生一第之後，視娘子頗似無情，今雖在此，呼之而不來，問之而不對，諒必有他意也。娘子何自苦執如此？」嬌曰：「爾勿復言，天下復有鍾情如申生者乎？以生之才美，必不負我，必得而後已。」慧知嬌眷戀申生之心如鐵石，乃亦諂事飛紅。紅後感嬌之結己備至，盡釋前憾。喟然謂嬌曰：「娘子近日以來，憔悴特甚，若重有所思者，何不與紅一言？

紅受娘子之恩厚矣，苟有效力，當以死報。」嬌但流涕不言。紅乃叩之。曰：「我之遇申生，爾所知也，他何言。」紅曰：「此易事爾，〔夫人〕（妗）年尊，終日於小樓看經。堂室之事，娘子主之，果有所圖，一唯命而已。」嬌鄭重謝之，自此紅常與嬌爲地，求以見生。然生每夜遇妖之後，以爲真嬌之來，累十日餘不入中堂。加以精神昏倦，終日思睡。嬌以眷戀之極，常日自作詩賦，存留與生視。又偶成情思嗟嘆詩八首：

情思蕭條

情緣心曲兩難忘，夢隔巫山蝶思荒。春事懶隨花片薄，愁懷偏勝柳絲長。釧鬆瘦削腸堪斷，珠泪闌珊意倍傷。人自蕭條春自好，少年空爾惜流芳。

綠窗寫怨

曉窗睡起翠娥顰，天霽晴霞曙色新。錦字謾題機上恨，黄鸝爲喚樹頭春。每憐芳草愁花悴，偏覺幽魂入夢頻。翠袖未殘空染淚，閨幃寂寂暗傷神。

蘭室感懷

一點芳心冷似灰，蘭幃寂静鎖塵埃。幾時閨思多慳澀，昨夜燈花又浪開。夢裏佳期成慘淡，鏡中顔色苦疑猜。芙蓉帳小銀屏暗，一段春愁帶雨來。

繡幄顰眉

春山幽恨含愁思，不慰閑情只自知。寥落肯容成獨夢，凄凉偏是蹙雙眉。那知淺笑輕顰態，不記如凝似醉時。對面相看只如此，知他欲負此生期。

塵榻空懸

曉起西窗一半開，輕移蓮步下芳堦。流鶯有恨空啼樹，塵榻無情自鎖埃。薄倖動成經歲別，光陰枉負少年懷。每朝對鏡人何在？輸了愁顏泪滿腮。

珠簾不捲

咫尺天涯一望間，重簾十二擁朱欄。斷腸芳草連天碧，作惡東風特地寒。籠裏飛禽堪再復，盆中覆水恐收難。落花舞片春如許，下却珠簾不忍看。

空悲弱質

屈指光陰又隔春，朱顏枉負一生身。情牽相喚鶯聲細，腸斷無端草色新。霧帳銀床初破睡，舞衫歌扇總生塵。幾回惆悵空悲嘆，祇爲無情薄倖人。

眷戀多情

瘦盡紅芳綠正肥，枕中春夢不多時。好將此日思前日，莫道佳期負後期。鎮日閑愁魂去遠，殘春孤恨坐來遲。憑誰寄與多情道，憔悴闌珊怨落暉。

嬌娘吟畢，付與紅覩曰：「我別申生動經一載之餘，今咫尺天涯，對面如此，我何以堪。」言已忽仆於地，紅扶之而起，良久方甦。紅見嬌失意，懼妗有疑，乃誑妗曰：「嬌娘子多苦寒疾。」妗信之，故嬌雖憔悴不豫也。紅一夕至嬌所，嬌方掩淚獨坐，殊不勝情。紅因曰：「娘子如此，而申生如彼，此豈有人心者？妾近見申生屢以私情告之，往往不顧。且其神思昏迷，況彼所居之地，名娼艷女甚多，想少年不能自持，他有所暱，宜乎寡情於娘子。」因舉古詞一首，以釋嬌娘之懷。詞云：

兩川自古繁華地，正芳菲景明媚。園林錦綉粧成，雜遝香車寶騎。絃管聲中，綺羅叢裏，盈盈多少佳麗。才子逞疏狂，不惜千金醉。　彼此相看總留意，浮雲浪雨尤滯。羨甚楚館秦樓，長是偎紅倚翠。濯足江頭，惡風番雨，無情落花流水。誰念鳳幃人，閒却鴛鴦被。右調《晝夜樂》

飛紅又曰：「娘子何多自苦，古人詞語必不虛設，試一索之，便可知生之所爲矣。」嬌見生之相棄甚也，因紅語亦疑之。至晚遂令小慧及飛紅房下小侍女蘭蘭，夜出伺生出處。慧與蘭同至生室前，見窗内燈明。慧因穴窗細視，見生與一女子對坐，顏色態度與嬌娘無異，因私相嘆駭。歸室則見嬌與紅並坐於室。慧曰：「娘子適至生室乎？」嬌曰：「我與飛紅同遣爾去，我二人坐此未嘗動耳，安得妄言。」慧、蘭同聲曰：「適申生與一女子相對而坐，絶似娘子。若此，則彼爲何人也？」嬌、紅大駭，良久紅曰：「舊聞此地多鬼魅，諒必此類惑之，宜其待娘子㦎然也。」因欲與慧、蘭等再出視之，時夜深門守甚嚴，不復可出，遂止。明晨嬌詐以妗命召生入，生不出。再四召之，方來。小慧前導，至後室，見嬌獨坐，生徬徨欲去。嬌卽前挽生袖曰：「君勿去，將有事語君。」生不得已乃坐，嬌曰：「兄近日何相棄妾之甚，妾之待兄亦至矣，若是豈平昔所望於兄者？」生不答，嬌又曰：「兄每夕所遇者何人？」生曰：「無之。」嬌曰：「不必隱諱。」生猶謂詐己，乃左右顧盼，切切曰：「子令我勿言，何窘我也？」嬌曰：「妾有何事令君勿言？」生大駭，因曰：「左右有人乎？」嬌曰：「無之。」嬌又曰：「妾自别君之後，迄今將兩歲矣。兄此來妾無便得與君款密，何嘗囑君勿言。」生曰：「子何反復也？子自前月以來，每夜必至我室，囑我勿言，懼飛紅之生釁也。子今乃有是說，何故？」嬌曰：「妾實未嘗一出，君之室所居窮僻，久聞其多怪，諒必鬼物化妾之形以惑君。妾自屈事飛紅之後，已得其歡心，日夕使人召兄，兄不至，縱一來與兄談話，兄又不答。日夕不知所謂，將謂兄有異心。夜來使小慧、蘭蘭伺兄出處，見一女子形狀如妾，與兄對坐，此非鬼而何？故今日召兄實之耳。君不信則召紅證之。」乃潛使人呼紅。紅至，謂生曰：「郎君何棄娘子也！」因道昨夕之事。生駭然汗下浹背，罔知所出，乃謝曰：「非子眷眷不忘，則我將死於鬼手矣。第恨兩月以來負子恩愛之勤，其何以爲報？」因大恐，不敢出息其室，至暮猶在中堂。紅乃與嬌謀，止以生爲鬼所惑告妗。妗疑之曰：「安有是理？」紅欲實其言，至一更許，令生且出室。生懼不敢去，紅曰：「第往彼，妾將有爲也。」因戒生曰：「今夜二更妾與妗來觀，如彼來，妾與妗遠望。恐見其類嬌，則生疑矣。如索君，君亦勿言似娘子也。」生勉强許之。至二更初，鬼果來。生雖與之對坐，心驚股栗。未定（間）（然），紅、妗已至窗前。果見一婦人。妗欲細視，紅懼其事發露，因大撫窗趨入，鬼果不見。生初聞嬌之言，且信且疑，及紅撫窗，鬼頓不見，生方大悟。妗因詢生曰：「適爲何人？」生愧謝曰：「不知其何鬼也，願妗救我！」於是妗與紅謀移生入中堂。舅知之，廣求明師符水以與生飲，生復卧病屢日，亦尋苟安。自爾生起居皆自宅內，嬌亦不爲向日相棄介意，歡愛如平日。或至生室連夕，妗亦不知也。生追思鬼惑之事，深得嬌紅之救己，乃作一詞以謝之。

　　從前事，今日始知空。冷落巫山十二峯，朝雲暮雨竟無踪，一覺大槐宫。花月地，天意巧爲容。

不必尋常三五夜，清輝香影隔簾櫳，春在畫堂中。〔右調《望江南》〕

又兩月餘，妗以病死。嬌哀毀殊甚，幾不堪處。生見舅家事紛紜，乘間告歸。嬌因謂生曰：「昔日之別，不謂復有今日，幸忻再會，奈何罹此禍變，哀毀之中，不暇與兄款曲，暫歸宜再來也。」因長嘆曰：「數年之間，送兄者屢矣，知相別後能念妾動心否乎？」生無言，但掩淚爲別。明日辭舅歸，至家中，父母聞妗之亡，皆驚〔慟〕（動）嗟泣。明年六月舅美任回，再過生門，迎宿留住數日。自妗之死，飛紅專寵於舅，因宛轉爲嬌謀。因語舅曰：「夫人不幸仙逝，善父年少，家事無人主持，何不拉三哥同歸經理，且瓜期未及也。」舅欣然之，欲拉生去。生父不欲，生聞之，心切意喜，因乘間囑紅俾舅再三拉之。舅如言，力與生父言之，父不得已，乃令生行。遂同到舅家，住兩月。舅卽爲再調任計，謂生曰：「家中事緒繁多，小兒幼失所恃，三哥不妨在此相與維持，俟有美赴之期，當竭力助行。」生諾之，舅遂行。生厚賂舅之左右，莫不歡悅。生因與嬌絕無間隔。院宇深沉，簾幙掩映，玉枕相挨，鸞鳳並翼，或時朱欄共倚，舉盞飛觴，嬉笑嘔吟，曲盡人間之樂。踰半載，舅以舉員未足，再調利州倅以歸。左右得生之路，加以事大體重，無敢言及之者。唯於舅前，爲生延譽。舅歸之後，見生經理其家，事事有倫，知生之才，能幹有餘，又妙年高第，前程未可量，遂悔昔背親之謀。閒使紅委屈問生。一夕生方與嬌閑坐，紅趨入拜賀曰：「郎君娘子，平昔之願諧矣，敢不賀！」嬌詢之，紅曰：「舅又有結好之意，使妾審訂郎君，懼郎君之不從也。」嬌曰：「天果不違人耶？」因大喜，明燈達旦，忘寐。生賦《內家嬌》詞以相慶云：

燈花何太喜，多情事，天意想從人。念子秀蘭房，才高柳絮；我登仕版，世忝簪紳。堪誇處一雙兩好，彼此正青春。夙世姻緣，今生契合；昔時秦晉，重締姻親。慇懃謝紅葉，傳來佳耗，意密情真。記東池畔，要誓神明。料得從今臨風對月，消除舊恨，慘雨愁雲。管取團圓到底，不負深盟。

是夕紅反命于舅曰：「生意無不可也。」遂拉媒遣之生家，生父亦允許。且曰：「此固所願也。」遂擇日遣聘畢。有丁憐憐者自申生別後，又一入帥府。至西書院，所畫美人猶在壁上。帥子坐其旁，憐憐仰視久之。帥子問曰：「天下果有如此婦人乎？」憐憐曰：「有之。」因指嬌像曰：「聞此女以入畫者，未能模寫其一二，足極小，眉極修，詞章翰墨，無以出其右。以此女實之，想其他皆然。」帥子喜曰：「我將來求婚此女。」憐曰：「無用也，聞此女久有外遇，恐非〈全〉（金）身。」帥子曰：「得婦如此，幸已甚矣，此不足問。」〈憐〉（其）悔失言，力解不得。帥子遂令親信懇告其父，求婚於王。王時倅眉州未回，故無言及此者。逮王再調，歸家待次日，帥遂遣媒求婚。王初拒之，再四逼以威勢，賂以貨財，不得已，遂許之。嬌夜持帥書至生室告曰：「前日姻約復敗矣。帥子求婚，家君迫於權要，許之矣。兄何以爲計？」曰：「事在他日，當徐圖之。」嬌自是見生愈密，然一相遇，則悽慘不樂。殆平生善歌，每作哀怨之音，則聞者動容，或至流涕，雖與生相遇甚厚，未嘗對坐一歌。生或潛聽，嬌覺之則又中輟，生每以爲嫌。至是，生不請自歌，詞云：

世間萬事轉頭空，何物似情濃？新情共把愁眉展，怎知道新恨重封。媒妁無憑，佳期又誤，何處問流紅？欲歌先咽意冲冲，從此各西東。愁人最怕到黃昏，窗兒外，疎雨泣梧桐。仔細思量，不如

桃李，猶解嫁東風。右調《一叢花》

歌未終，獨黯然，淚下如雨。生平生嗜好有不能致者，嬌廣用金玉，售以遺生。一夕家宴罷，至就寢。生被酒未能卧，嬌秉燭侍側坐。從容問曰：「邇來眷我何益厚也？」嬌曰：「始者妾謂可托終身於君，今既不如所願，事兄有日矣。雖殞此身，何足以謝！」生遂感慟。居數日，嬌忽卧病，不得與生會者近二月。一日舅出謁，生厚賂左右，欲一見嬌。左右扶嬌至生室之側，生迎與相見，嗚咽不自勝。良久嬌乃曰：「樂極生悲，俗語不誣。妾疾必難扶持，生願既不諧，死亦從兄，在所不恤也。」語畢，倚生之懷，似無所主，左右驚扶而入，久之方醒。生亦自此悶悶，作事顛倒，言語無實，目前所爲，旋踵而忘，舅甚怪之。秋八月帥子納幣促親期，舅許之。嬌病少瘳，因他事怒小婢綠英。英懷恨，乘間以嬌平日所爲告舅。舅大怒，審實於紅，將治之。紅紿曰：「娘子讀書知義禮，豈不知失身之爲大辱。且重厚少言，愛身若珠玉，擇地而行，待時而動，大人所知也。況申生功名到手，舉動不妄，堂廡之間，不命之人不敢入，未嘗與嬌一語戲狎，倘有是事，妾豈不知。或者之言未宜深信，且親期在邇，不宜自爲此不美也。」舅方寵任飛紅，信其言不復問，止加防閑。生度勢不可留，乃告嬌曰：「今日之事，舅知之矣，行計不可緩也。子親期去此止兩月，勉事新君，我與子從此決矣。」因以詞一首寓《好事近》與嬌爲别，詞云：

一自識伊來，便許綰同心結。天意竟辜人願，成幾番虛設。佳期近也，想新懽，遺我空懸絕。莫忘花陰深處，與西窗明月。

嬌覽詞怒曰：「兄丈夫也，堂堂五尺之軀，乃不能謀一婦人。事已至此，更委之他人，君其忍乎！妾身不可再辱，既以與君，則君之身也。」因掩面大慟。生方悟感，去留未決。俄得家書報父有疾，令僕馬促回。生使人候嬌，不得已入謁舅，告別。舅時坐中堂，嬌聞之出立舅後，兩目佇視，不能出半語。舅曰：「子歸後，府君無恙宜再來。嬌娘親禮在卽，家事紛紜，愼無執幹者。」生辭曰：「令愛親期已近，純歸侍亦須累月，又瓜期將及，動是數年，重會未可知也。舅宜善自愛攝！」因以一詩謝之。

自愧駑駘不可鞭，渭陽視我子猶然。他時家事無纖力，數載恩情有二天。望切白雲催去路，悔憑紅葉欠前緣。悠悠後會知何日？願保全軀職九遷。

生因再拜，舅曰：「嬌娘在近出室，子來期未定，未必相會。」因呼出別生。嬌聞語，洒淚不能止，懼舅見之，不敢前，背面遁去，再四呼之不至。生遂別舅而歸。嬌自生去，日夜悲泣，未嘗覽鏡。芳容頓改，幽艷暗消，楊柳迷烟，梨花帶雨。或見梁燕雙飛，征鴻獨叫，則悽慘不自勝也。近半月病愈甚，將不能起。紅乃潛書促生來，使與爲決。生得書，以無故不敢告父母，乃夜遁，潛至嬌之門，住兩日，舅亦不知也。生時艤舟岸下，繫待，一見嬌後，卽歸。蓋慮父母知之，必獲重責。明日舅送舊守出于郊外，時紅乃與嬌私出，卽上生舟，嬌執生手大慟曰：「郎不來矣，恨無以報兄。不幸迫於父母之命，不能終身以相從。兄今青雲萬里，厚擇佳配，共享榮貴，妾不敢望也。妾向時與兄擁爐，謂『事不濟當以死謝』，妾敢背此言耶？兄氣質弱薄，常多病，善攝養，毋以妾爲念！」因出斷袖還生曰：「謝兄厚恩，復思此景，其可再得乎？」相哭愈慟，紅亦泪下。久之，紅懼有他故，乃語嬌曰：「舅將至矣，宜速登岸！」嬌含泪口占一詞以贈生云：

郎今去也拋奴去，恨共離舟留不住。扶病別江頭，沾襟泪〔雨流〕（如雨）。路遠終須別，一寸腸千結。此會再難逢，相逢只夢中。右調《菩薩蠻》

又吟一絕爲別云：

合懽帶上真珠結，箇箇團圓又無缺。當時把向堂中看，豈意今爲千古別？

生得嬌詩詞，揖別歸舟而去。紅扶嬌登岸，但見舟人撥棹，蘋浪番風，彩鷁急飛，征鴻易斷，目力有盡，江山無窮。生歸，枕席上無不流涕。嬌之佳期已逼，乃托感疾佯狂，蓬頭垢面，以求退親。父迫之，嬌引刀自截，左右救之，得不殞。因絕食數日不能起。紅委曲開諭之曰：「娘子平生俊雅，豈不諳曉世事？帥家富貴極矣，子弟端方秀拔，殆過申生，娘子不自開釋，保身自重，何苦如是。且聞媒者之言，彼之欲得娘子甚如飢渴，其他皆所不問，娘子何自棄也。況申生歸後，亦已議親貴族，彼蓋亦絕念於此矣。」因圖帥子之貌以獻曰：「得婿如是，亦無負矣。」嬌曰：「美則美，而非我所及。事止此矣，吾志不易也。」紅又詐爲嬌舊遺生香珮，下結以破環隻釵，謂生遣遺嬌。因言已結他姻之意，以相絕。嬌見之泣下：「相從數年，申生之心事我豈不知者？彼聞我有他故，特爲此以開釋我耳。」因取香珮細認，覺其虛真，因曰：「我因知申生不如是也。我始以不正遇申生，終又背而之他，則我之淫蕩甚矣！既不克其始，又不有其終，人謂我何？紅娘子愛我厚矣，幸毋多言。我固不愛一身以謝申生也。」遂不復言。舅聞而亦憐之，但因事已成矣，無可奈何。遣紅輩百端爲之開釋，終莫能悟。嬌遂吟詩二首，寄與申生別云：

如此鍾情世所稀，吁嗟好事到頭非。汪汪兩眼西風淚，猶向陽臺作雨飛。

其二

月有陰晴與圓缺，人有悲歡與會別。擁爐細語鬼神知，拚把紅顏爲君絶。

間隔數日，嬌娘竟以憂卒。生接得寄來詩章，方曉，而嬌之訃音隨至。茫然自失，對景傷懷，獨坐則以手書空，咄咄若與人語。因賦一詞，以吊嬌娘，詞曰：

合下相逢，千金麗質，憐才便肯分付。自念潘安容貌，無此奇遇。梨花擲處還驚起，因共我擁爐低語。拚今生兩兩同心，不怕傍人間阻。此事憑誰處？對明神爲誓，死也相許。徒思行雲信斷，聽簫歸去，月明誰伴孤鸞舞？細思之泪流如雨。便因喪命，甘從地下，和伊一處。〔右調《憶瑶姬》〕

生兄綸見此詞尾句，知其語不祥，因再三寬慰。生悼痛無已，殆不能堪。又於壁間題詩一絶，以别父母，詩曰：

寶翁德（劭）（召）如椿古，蔡母年高與鶴齊。生育恩深俱未報，此身先死奈虞兮！

又題詩一絶，以别兄，詩曰：

當年風雅藹雙鸞，擬共翺翔萬里天。今日雁行分散去，誰憐隻影叫蒼烟。

生題詩畢，索嬌向所贈香羅帕，自縊於室窗間。爲家人所覺，救免。兄綸與生之素識皆來勸解之，且曰：「大丈夫志在四方，弟年少高科，青雲足下，而甘死兒女子手中耶？況天下多美婦人，何必如是？」生色變氣逆，不能即對，徐曰：「佳人難再得。」因回顧二親曰：「二哥才學俱優，妙年取功名，且及瓜期，前程萬里。顯親揚名，光吾門户，承繼宗祧，一夔足矣。惟大人割不忍之恩！」又顧兄綸曰：「雙親年高，賴兄侍養。純不孝，不能酧罔極之恩，惟兄念之！」自是神思昏迷，不思飲食，日漸尫羸，竟奄奄不起。父母大慟，卽日馳書告舅。舅得書，飛紅輩聞之，舉家號泣。舅呼紅痛責之曰：「往時問汝，汝何不實告我，因使今日以至於此，皆汝之咎！」紅不能對，因伏地請罪。久之，舅意稍解，乃曰：「事已如此，不可及矣。兩違親議，亦老夫之罪也。」因痛自悔。又謂紅曰：「申生丰儀如許，文才又如許，正所謂『我見汝猶憐，況老奴乎』。二人生前之願，老夫既已違之矣，與死後之姻緣可也。」紅曰：「然則如之何？」舅沉吟半晌曰：「我今復書，舉嬌娘之柩以歸於生家，得合葬焉，使没者知，其快於九泉之下必矣。」紅曰：「大人此舉，誠爲美也。」於是復書以言告於生之父母，生父許焉。越月得吉日，戒嚴，遂舁嬌柩，以歸生家。舅遣書白悔責，且謝兩背姻盟之非，仍遣飛紅弔慰，營辦喪事。又月餘詢謀僉同，乃合葬於濯錦江邊。所謂穀則異室，死則同穴者，此也。人之年少而遭此禍，蓋爲父母者不爲之察其心，而觀其志也。豈不哀哉！豈不痛哉！葬畢，飛紅告歸。抵舍之明日，因與小慧過嬌寢所，恍惚見嬌與生在室相對笑語。嬌謂紅曰：「喪事謝汝遠來營辦，吾二人死無憾矣！我自去世卽歸仙道，見住碧瑶之宫，相距蓬萊不遠咫尺，朝飲暮宴，天上之樂，不減人間，所願足矣。惟是親恩未報，弟年尚幼，一家之事賴汝支吾，善事家君，無以爲我念。明年寒食祭掃新墳，汝能爲我一來，彼時又得相會也。」語未終，紅且驚且喜，愴惶告舅，舅復與往寢所物色之，〔則〕（言）無所有矣。惟見壁間留詞一闋，詞云：

蓮閨愛絶，長向碧瑶深處歇。華表來歸，風物依然人事非。月光如水，偏照鴛鴦新冢裏。黄鶴

催班，此去何時得再還？右調《減字木蘭花》

舅見此詞，不覺哀悼。所留字跡半濃半淡，尋亦滅去。舅與紅輩，皆驚異嗟嘆而已。越明年清明節近，舅追思紅見嬌之事，呼僕命騎往詣墳所，灑酒奠位際，唯見雙鴛鴦飛翔上下，捕之不得，逐之不去，祭奠之畢，倐然不見。後人故名爲「鴛鴦冢」云。嗚呼！男女居室，人之大倫。一雙兩美，情之至願。矧申生之與嬌娘，乃内兄弟之親，已有瓜葛之好。玉鏡之臺，温嶠已下；母黨之重，蘇妹猶云。其父泥於執一不通，未諳男女所願，蠢爾凡庸，無足爲道。申生學問有餘，識見未至，病入膏肓，蠹生骨髓。自乎丁憐憐所言之日，帥子求親之隙，故知之審矣。兄弟科第聯登，聲名顯要。相期諧老，必先以此事謀之於嬌娘，然後以其實事告於二家之父母，則玉鏡之臺可下也，母黨之重可成也。兩意一情，必全千金之軀；惡死投生，不作九泉之客。舍此不務，留連光景，貪於私樂。數載之間，惶惶不暇，卒至窮迫而死，誠可哀也！事雖有不然，而理不得以不然。死之一字，嬌娘斷斷言之曰：「以死謝君。」曰：「事敗當以死繼之。」非苟存之，實允之。視彼世之偷生免死者，真隔天淵矣！節義大閑，萬古不易，予始雖爲二子恨，終實爲二子喜。故於首序，亦切切爲之致嘆焉！噫，死生亦大矣，豈不痛哉！知幾君子，要當謀之於始也！復有挽詩一首以弔之：

厚卿天下士，弱冠已登科。夏日輝珠玉，春風醉綺羅。三生做〔杜牧〕（杜瑟），一死爲嬌娥。濯錦〔江邊墓〕（兩頭暮），行人感嘆多！

春夢録

鄭禧

鄭禧，字天趣，溫州人。進士及第，黃巖州同知。《春夢録》一卷，未見著録，初見陶宗儀《說郛》。前有延祐戊午（一三一八）自序；後有嘉子述後序，今亦列爲附録。《艷異編》所載略有删節，據以參校。

城之西有吳氏女，生長儒家，才色俱麗，琴棋詩書，靡不究通，大夫士類稱之。其父早世，治命宜以爲儒家室。女亦自負不凡。予今年客于洪府，一日媒嫗來言，其家久擇婿，難其人，洪仲明公子戲欲與予求之。予辭云已娶。不期媒嫗欲求予詩詞達于女氏，予戲賦《木蘭花慢》一闋。翌日女和前詞，附媒嫗至，乃曰：「吳氏女見此詞，喜稱文士之美，但母氏謂官人已娶而不可。」然女獨憐（予）〔子〕之才，更唱迭和，獨令乳母來觀，且述女喜之意，欲雖居貳室，亦不辭也。囑予托相知之深者，求啓母歸予。然予在城之日淺，相知者少，漫囑意山長吳槐坡者往說其母，終亦不然。有周氏子，懼予之成事，挾財以媚母氏。母乃失于從周，遂納其定禮。女號泣曰：「父臨終，命歸儒士。周子不學無術，但能琵琶耳。我誓不從周氏。」因佯狂擲冠于地，母怒毆之，發憤成疾，病且篤。母乃大悔，懼逆其意，即以定禮付媒嫗以歸于周。

然女病竟無起色，因以書遺予曰：「妾之病爲郎也。若此生不救，抱恨于地下，料郎之情豈能忘乎？」臨終又泣謂青衣名梅萼者曰：「我愛鄭郎，生也爲鄭郎，死也爲鄭郎。我死之後，汝可以鄭詩詞書翰密藏棺中，以成我意。」未幾果卒。嗚呼！文君之于相如，自昔所難，而况夫婦之間，多才相配，世之尤難者乎！夫以女之才如是，而憐予之才又如是。齊眉相好，唱和百年，豈非天下之至樂者乎？而况其家本豐殖復有貲財者哉？乃厄母命之不從，發憤成病，抱恨而死。嗟夫！紅顏勝人多薄命，亘古如斯，而况才色之兼全者乎！驚綵雲之易散，痛黄壤之相遺，亦重予之臨風相悒怏耳，恨何言也！抑予非悦其色也，愛其才也；非徒愛其才也，感其心也。今具録往來詞翰于後，覽者亦必助予之悽愴也。延祐戊午，永嘉鄭禧天趣序。

丁巳歲二月二十六日，予寄《木蘭花慢》云：「恃生平豪氣，沖星斗，渺雲煙。記楚水湘山，吴雲越月，頻入詩篇。皎潔劍光零亂，算幾番沉醉樂花前。〔閒〕種仙人瑶草，故家五色雲邊。芙蓉金闕正需賢，詔下九重天。念滿腹琅玕，盈襟書傳，人正韶年。蟾宫近傳芳信，姮娥嬌豔待詩仙。領取天香第一，縱横禮樂三千。」翌日女氏和云：「愛風流俊雅，看筆下，掃雲烟。正困倚書窗，慵拈針綫，懶詠詩篇。紅葉未知誰寄，慢躊躇無語小欄前。燕子知人有意，雙雙飛度花邊。殷勤一笑問英賢，夫乃婦之天。恐薛媛圖形，楚材興歎，唤醒當年。疊疊滿枝梅子，料今生無分共坡仙。贏得鮫綃帕上，啼痕萬萬千千。」二月二十九日，女密令乳母來觀。三月一日再賦前腔云：「望斜楊裊翠，簾試捲，小紅樓。想鸞佩敲瓊，鸞粧沁粉，越樣風流。吟懷自憐豪健，灑雲牋醉裏度春愁。有唱還應有和，纖纖玉映銀鈎。犀心一點暗相投；

好事莫悠悠。便有約尋芳，蜂媒纔到，蝶使重遊。梅花故園憔悴，揖東風讓與杏梢頭。況是梅花無語，杏花好好相留。」女氏再和云：「看紅牋寫恨，人醉倚，夕陽樓。正故里梅花，纔傳春信，先認儒流。此生料應緣淺，綺窗下雨怨共雲愁。如今杏花嬌豔，珠簾嬾下銀鈎。絲蘿喬樹欲依投，此景兩悠悠。恐鶯老花殘，翠嫣紅減，辜負春遊。蜂媒問人情思，總無言應只自低頭。夢斷東風路遠，柔情猶爲遲留。」予觀所和兩詞，其才情標致，豈易得哉！此予所以深不能忘也。再賦詩三首：「銀牋寫恨奈情何，料得情深斂翠蛾。須信梅花貪結子，東風着意杏花多。翠袖籠香倚畫樓，柔情猶爲我遲留。何時共箇鴛鴦字，吟到東風淚欲流。兩才相遇古來難，重寫芳情仔細看。莫待後時空自悔，不如及早舞雙鸞。」吳氏和云：「慈親未識意如何，不肯令君畫翠蛾。自是杏花開較晚，梅花占得舊情多。殘紅片片入書樓，獨倚危闌覺久留。可惜才高招不得，紅絲雙繫別風流。今生緣分料應難，接得新詩不忍看。漫説胸襟有才思，却無韓壽與紅鸞。」詩尾又繫以語云：「屢蒙佳什，珍藏篋笥。福淺緣慳，不成好事。母命伯言，不期違背。一片真情，翻成虛意。勤讀詩書，要圖名利。故里梅花，依然夫婿。數語贈君，盈盈垂淚。」予復作儷語以寄遺恨，因達于女氏云：「切以詩書相遇，罕見于夫婦之間；詞翰先投，乃接于聲氣之表。字含玉潤，情染蘭香。恨故里之梅花，纔傳春信；比芳園之杏蕊，無奈風潺。復令乳母來觀，預遣女媒通好。謂先君已定，猶遺在耳之言；矧才子如斯，不忝齊眉之願。倘得百年而偕老，雖居貳室而不辭。妙語難忘，芳心可掬。既窈窕之慨然許鄭，何聖善之必欲從周。事既相違，分亦何淺。幕底阻牽于紅綫，石上空磨于玉簪。誰令庸暴之男，強投雁幣；痛失文章之婿，怒擲蟬冠。脉脉春愁，盈盈妝淚。念欲挾文君而夜遁，終不忍爲；竟遲杜牧之春遊，實成深恨。猶勸詩書之勤讀，極知恩愛之逾深。嗟伉儷之無緣，徒唱酬之相與。此日落花流水去，遥想芳塵；他時折桂月中歸，必貽後悔。兹憑四六，用表再三。願深思賢父之言，庶免抱終身之恨。難期面敍，幸冀心融。」又續以詩云：「畫梁雙燕舞嬌塵，只見新詩不見人。夜夜相思飛蝶夢，東風着意杏花春。風流才思古難全，若得相逢不偶然。有約緑楊門外過，珠簾半捲露嬋娟。」吴氏答書云：「鍾天地之秀氣，偉矣儒人；含閨閫之芳情，孤哉幼女。兩才相遇，方圓結于紅絲；一語敗盟，又空成于畫餅。詩詞寄恨，蜂蝶傳情。先人之遺訓昭昭，曾已告〔約〕（母）；慈母之嚴命切切，乃不諒人。鄭郎將故里之梅花憔悴，周子戀芳園之杏蕊嬌羞。齊眉之好已休，衆口之辭不叶。龜占來告，雁幣輒修。經史未得聞，琵琶奚足聽。鴛鴦枕上，夜夜相思；蝴蝶夢中，時時相會。深沉院宇，無跡可求；寂寞簾櫳，有緣終遇。雖後死幼玉，也尋柳氏；奈今生文君，未識相如。謹此申酬，伏祈炳照。」併和前詩二首云：「才高豈有困泥塵，雁塔名香第一人。却笑此生緣分淺，可憐辜負兩青春。琴棋書畫藝皆全，一段風流出自然。院宇深沉簾不捲，想君難得見嬋娟。」是日吴氏又寄繡領至，工夫精巧。云：「此是十年工夫所繡者若此。」予復作詩云：「領中垂繡蹙雙鸞，幼小工夫此最難。久上羅襦香欲褪，多情拆寄鄭郎看。落花時序易消魂，忍看雲牋沁粉痕。近日懨懨香玉瘦，可憐和泪倚重門。繡綫慵拈夢乍醒，風流誰畫柳眉青。琵琶聲裏昭君怨，莫向他時不忍聽。嫩柳嬌依道韞家，東風何事苦驚鴉。流鶯欲住頻回首，盡日愁腸惱落花。」吴氏答書云：「某早忽洪妳至，欲遺一書，奈家事冗人多，竟勿克。午間再辱雲翰，披味怳如會晤之爲快。中間此事，苦爲母氏所阻。奴佯疾佯狂，此數日周子稍緩其事。但兩受淩辱被打，氣積成疾，不離枕席，亦是因君耳。恐天不假之壽，萬一抱恨而歸，亦爲君耳。如天從人願，因緣有在，此事尚可成就。中間多感十一安人恩意。如三五日病可，却至洪府相謝，亦可一見。輿言至此，悲涕漣漣。先生千金之軀，不可因賤妾而成疾。但以堅心爲念，好事亦不在忽忙。衷腸非筆可盡，切祈尊照。」又詩二絶云：「淚珠滴滴溼香羅，病裏芳肌瘦減多。怪得夜來春夢淺，不知今日定如何。青衣扶起髻雲偏，病裏情懷最可憐。已自懨懨無氣力，强擡纖手寫雲牋。」吳氏臨終答書云：「哀哉！古人云『春蠶到死絲方盡，蠟燭成灰淚始乾』，誠哉是言也。一自女媒通好之後，妬情之輩登奴門者多。其説不一，有云先生貧者，有云子多者，有云妻妬行者，奴聞之若風過耳，但以真心而待。況兼母與伯以奴之身色才藝俱全，豈可爲人次妻。而周舍挾財以媚母氏，遂以一紅一書爲定。奴乃涕泣不從，兩被淩辱，以致成病。而相思之情，又何可勝言。念欲竊香相隨，奈千方百計不可，而此病逾篤。昨日兩辱佳音，且喜且泣。母氏而今已作噬臍之悔，有通容處，但奴魂飛不定，神亂不常，雖師巫醫卜，無所不至，而病略不減。先生自宜將息，不可因賤妾失寐忘餐。以郎之才，不患無好色之妻；以奴之命，其恐不見有才之郎。若此生不救，抱恨于地下，料郎之情豈能忘乎？然妾之死，無身後之累，郎若成疾，則故里梅花，青青梅子，將靠之誰乎？倘得病安，必見（有日）（□□）。臨終哽咽，不知下筆處。奴扶憊拜上。」吳氏既終，以文寄祭云：「嗚呼！崑山玉樹，閬苑瓊花。豈人間之凡植，夐獨冠于仙葩。儲芳而豔，吐日春華。祥雲爲蓋，皎月爲家。俄（驪）驚（驂）爲怪雨，蹔遺綵于塵沙。啼玉鸞而自惜，愁翠鳳而空嗟。嗚呼哀哉！玉容如在，瓊佩何之？生也何待，死也何爲？染夫容而爲色，裁錦繡以爲詩。琴彈綠綺兮冰雪爲絲，畫鉛粉澤兮煙霞爲姿。牙籤縹帙兮融融奥旨，紋楸玉子兮了了玄機。閨房之秀，誰其似之？謝家柳絮，詎足方斯？予也惜年冉冉，負志奇奇。投鯨竿兮學海之驚濤，透翠衣兮詞苑之葳蕤。鷁風孤退，鵬雲自垂。楚山古木，湘水蕪祠。泣娥英兮愁牽翠衣，弔靈均兮空抱瓊芝。昭昭從返，渺渺遐思。抱英懷之未擢，忽窈窕之〔相〕(用)知。始之以女媒而通好，申之以乳母而傳書。是耶非耶？物理茫茫。色可得而有兮，才孰儷而孤芳。形不可得而見兮，心殷殷而愈彰。迨大夢之初覺，予亦攬泣而成章。興言路阻，莫莫一觴。千秋萬古，遺恨空傷。」又《悼亡吟》二首云：「詩寫青牋幾往來，佳人何自苦憐才。傷心春與花俱盡，啼殺流鶯喚不回。相見愁無奈，相思自有緣。死生俱夢幻，來往只詩篇。玉珮驚沉水，瑶琴愴斷絃。傷心數行淚，盡日落花前。」予召箕仙，留得一詞云：「緣慘雙鸞，香魂猶自多迷戀。芳心密語在身邊，如見詩人面。又是柔腸未斷，奈天不從人願。瓊消玉減夢魂空，有幾多愁怨。」四月朔予再調《木蘭花慢》云：「任東風老去，吹不斷，淚盈盈。記春淺春深，春寒春暖，春雨春晴。都來殺詩人興，更落花無定挽春情。芳草猶迷舞蝶，綠楊空語流鶯。玄霜着意擣初成，回首失雲英。但如醉如癡，如狂如舞，如夢如驚。香魂至今迷戀，問真仙消息最分明。後夜相逢何處，清風明月蓬瀛。」是日再召箕仙，一道童降筆，詞曰：「今日瑶池大會，羣神不肯來臨。真筆傳語鄭郎君，記得相嘲妬行。好箇木蘭花慢，休題相契分明。君還要問那香魂，正在仙宫聽命。」吳氏之母痛憶之甚，亦死。一子年長不慧，移居鄉村，真可惜哉！予又作哀文云：「嗚呼！茫茫九泉，愛莫起之。靈之音容，忽其遠矣。中心藏之，何日忘之，靈之心其可忘乎！蛜蝛在室，蠨蛸在户，靈之家蕩然矣。天長地久，恨無絶期，靈之恨其可絕乎！使靈之至此者，誰之咎歟？母氏之無明見，伯氏之無理言也。當是時，二老果無允予之意，姑徐徐數日而異其圖擇婿，誰得而間之。矧先君之治命若斯之昭昭者乎！龜占未吉，雁幣輒修，其靈之死在此而不在彼也。靈之容固不可得而見之矣，靈之心與予相悲映者，果無幽明之隔也耶？予嘗過靈之家，但見門掩夕暉兮，草沿階而春色(憐)〔鄰〕人，疑爲我之(來兮)〔求弓空〕，彷彿乎靈之魂獨在也。吾想靈飄霞珮于太清兮，擬羣仙于瑤池。逶迤而不忍去兮，欲與予而追隨。予因知靈之同心兮，雖同往而何辭。忽返睨乎故鄉兮，念衆雛之無依。靈書勉予以自愛兮，何既死而忽遺。緊母氏之念而死兮，諒雖悔而曷追。予于義未可以死兮，則亦付修短之有期。嗚呼！疇昔之夜，忽有擁予髻而泣者，非靈也耶？恍一夢之驚覺，空伏枕之漣漪。愴予懷之鬱結，重抑憤之哀詞。母知天知，有知無知，吾獨自知爾。嗚呼哀哉！」友人閱此女詞，情事可傷，作詩悼之云：「結髮姻緣豈偶然，如何契闊便登仙。可憐一點真才思，辜負韶華二十年。磊落襟懷亞淑真，琴棋書畫更超倫。恨哉周鄭翻成怨，底不當初早嫁人。女子文章天下少，男兒才學豈應無。滿懷空有詩書料，負箇卿卿旦夕呼。不見佳人亦可傷，傷他非命爲才郎。杏花夢斷東風曉，空把新詩寫數行。」黄子侑敏讀之有感云：「春樓珠箔捲東風，幾度倫彈淚粉紅。豔質豈期黄壤隔，香魂應逐綵雲空。解將遺事留身後，盡忘前言在耳中。杏蕊梅花俱一夢，悠悠深恨鎖幽宮。」汪庭村子才云：「犀心泥穎屢通津，未識嫦娥一面新。興盡故園梅已謝，情留村塢杏初春。將身輕許志雖失，在耳不忘言可遵。生死幽冥千古恨，臨風披閱爲傷神。」徐子文天賚和黄韻云：「杏花初破去春風，未識芳心一點紅。詞翰往來傳意切，死生夢幻轉頭空。奈知分淺鴛幃裏，期許名魁雁塔中。杳杳幽魂何處覓，直牽消息報仙宫。」王君清和黄、汪韻云：「落花一掃夜來風，枉駕相思寄斷紅。梅信自聞魚水遠，杏香塵逐燕泥空。情懷琴瑟千春恨，怨入琵琶一夢中。門掩滿庭詩思遠，教人惆悵館娃宫。仙景無由一問津，但吟佳句覺清新。不知中道夢中夢，如坐上陽春上春。空想彩鸞緣有分，可憐司馬意難遵。白頭老去吟猶苦，對爾忘形似有神。」（《說郛》卷四十二）

附録

嘉子述後序：嘉子述者，不欲知其姓氏，故作此名。

昔者孔子繫《周易》，其辭有曰：「言行，君子之樞機也。樞機之發，吉凶榮辱之主也。」是以子張問行，孔子則以言忠信、行篤敬者答之；其學干禄也，孔子又以言寡尤、行寡悔者告之。蓋一言一行，實惟君子立身之大節，可不慎歟。今衛陽鄭天趣，讀聖人書，將以爲禄生也。其未遇時，常館于洪氏舍，而城之西吴氏女，與之有文學之好。天趣乃以其往來詩詞書翰，編爲《春夢録》，以示于人，且自爲之序，言其女之心甘爲貳室。然痴小女子不能持其志而輕身以許人，固多有之矣，天趣以爲得之如俯拾地芥。吁，其愚之不可及也夫！今觀其初達女詞，則有「嫦娥嬌豔待詩仙」之語，實所以挑之也。而女氏則以薛媛圖形寄楚材事而和之，有云「料今生無分共坡仙」，亦可謂〔止〕（心）乎禮義者矣。鄭子當于此時，灰心可也，乃復懷睠睠，既有「梅花故園憔悴。杏花好好相留」之詞，及「不如趁早舞雙鸞」之句，心跡顯然，而謂之樂而不淫，可乎？女答之，則曰「恐君難得見嬋娟」，蓋已有絶之之意矣。于是天趣復有儷語以貽之，有夫婦之稱，齊眉之好，又曰「念欲挾文君而夜遁，終不忍爲」，既念之矣，其心果不忍爲之乎？特欲爲之而不能耳。且如子女動心拂性，亂其所爲，違母之命，持不嫁凡子之説，以至殞其軀而勿悔，實天趣導之也。其罪容可隱乎！且序又曰：「況其家本豐殖而有資財者乎。」吁！此一言足以見其貪戀顧惜之心，而惑之甚者也。雖然，又曰：「非予悦其色也，愛其才也；非徒愛其才也，感其心也。」愚獨以爲非徒愛其才也，實貪其財也；非感其心也，實慕其色也。文中子曰：「一夫一婦，庶人之職也。」今天趣有妻在室，有子在家，而猶寓人門館，苟慕妻子則可已，何以少艾爲？而況鍾于情，形于言，言之不足，又從而詠歌之者乎？然聽其言也，則有踰東家牆而摟其處子之心，欲其言不寡尤也，難矣！言之忠信者，如是乎？觀其行也，蓋欲淫于新昏，而棄其舊室也。要其行不寡悔也，難矣！行之篤敬，奚取焉？然吴氏母之不從，正也；其女之不思，可哀也哉！女子情固不足取，惜乎！天趣學而優則仕者也，顧其言行若斯，士君子立身之大節已虧，宜乎不容于堯舜之世。《詩》云：「女也不爽，士貳其行。士也罔極，二三其德。」鄭子、吴姬皆有矣。噫！《春夢》一録，非所以爲榮，實所以爲辱。迨其前程之識，未知果天趣之筆。若果天趣之筆，想不得不助其悽愴也。遂復爲儷語以斷其後，雖曰刺時，亦以自難之也。非徒能言之，亦允蹈之也。其詞云：「蓋聞有德者先須正己，無瑕者可以律人。事宜變通，時有可否。爰觀鄭子，錯愛吴姬。才美雖可誇，名教未足數。廣文先生官獨冷，斐然成章；深閨少女嬌復痴，喜而不寐。有唱還應有和，多才又遇多能。公子得之于辭昏，既慎其始；佳人自嗟于薄命，鮮克有終。胡爲戀杏蕊之嬌羞，而欲棄梅花之憔悴。雙鸞舞鏡，豈能樂爾妻孥；一雁傳書，安得便爲夫婦。毋乃養小以失大，未免棄舊而憐新。爲之也難，言之非怍。彼美人之多情無定，寧不動心；而先君之治命足遵，亦有立志。嬋娟難見，珠簾故懶上于銀鉤；信悼不特，羅襦乃拆寄于繡領。苟甘心于貳室，實屈己于偏房。不出正兮，豈能諧于琴瑟。祇自辱兮，未之思耳。然女子之嫁也，故母氏而命之。若曰無緣，或云非偶。周鄭等耳，亦何親而何疏；秦晉負之，當別卜而別選。章臺柳當時攀折，遂負倉庚之好音；洛陽花是處芬芳，竟與鴛鴦而同夢。既失自生之慈愛，空能守死之遺言。女不爽而死無名，士罔極而貳其行。暗求鳳也，鄭亦不能無罪焉；強委禽兮，周當分受其責也。傷中道人倫之廢，嘆前程事業可知。慕文章而論其才，斯人之過也；哀窈窕不淫其色，夫我乃行之。昔幼卿結髮以求新，月如有約；若倩女離魂而赴婿，雲本無心。夫居鰥者尚不忍爲，而得偶者何須多愛。縱橫禮樂三千字，因此作虛名；寂寞金釵十二行，付之于定分。故雖獲乘軒之寵鶴，然終愧釣渭之非熊。嘆龍虎榜之方登，奈鳳凰池之遽奪。若是彼夫之患得，似非君子之所爲。春事悠悠，總是綠楊風後絮；秋陽皜皜，依然丹桂月中花。常擬閒人是貴人，空嗟好事成虛事。古既有《春秋》之作，今何無月旦之評。饒舌以言餂，寧甘得罪于鄭；如心而爲恕，悻然歸怨于周。倘或反身而求，庶幾克己復禮。彼丈夫也，我丈夫也，吾何畏彼哉；舜何人哉，予何人哉，有爲者亦若是。不及小子之狂簡，聊布箴規；尚賴達人之大觀，特加斥正。」（同上）

工獄

宋本

宋本（一二八一——一三三四），字誠夫，大都人。至治元年（一三二一）進士第一，授翰林修撰。官終集賢殿學士兼國子祭酒。《元史》有傳。著有《至治集》四十卷，未見傳本。《工獄》一篇，蓋爲紀實之文，情事曲折，極似後世小說結構，惟描摹稍簡，猶古文家之筆耳。

京師小木局，木工數百人，官什伍其人，置長分領之。一工與其長爭，長曲不下，工遂絶不往來。半歲，衆工謂口語非大嫌，醵酒肉强工造長居和解之。乃歡如初，暮醉散去。工婦淫，素與所私者謀戕良人，不得間。是日以其醉於讎而返也，殺之。倉卒藏屍無所，室有土榻，榻中空，蓋寒則以措火者，乃啓榻甎置屍空中。空陿，劃爲四五，始容焉。復甎故所。明日，婦往長家哭曰：「吾夫昨不歸，必而殺之。」訟諸警巡院，院以長仇也，逮至，搒掠不勝毒，自誣服。婦發喪成服，召比尼修佛事，哭盡哀。院〔詰〕（語）長屍處，曰棄壕中。責伍作二人索之壕，勿得。伍作本治喪者，民不得良死而訟者主之，是故常也。刑部御史、京尹交促具獄甚急，二人者期十日得屍，不得，笞。既乃竟不得，笞。期七日，又不得；期五日，期三日，四被笞，終不得，而期益近。二人歎惋，循壕相語，笞無已時，因謀别殺人應命。暮坐水傍，一翁騎驢渡橋，掎角擠墮水中，縱驢去。懼狀不類，不敢輒出。又數受笞，涉旬餘，度翁爛不可識，舉以聞。院召婦審視，婦撫而大號曰：「是矣，吾夫死乃爾若耶！」取夫衣招魂壕上，脫笄珥具棺葬之。獄遂成。院當長死，案上未報可。騎驢翁之族，物色翁不得。一人負驢皮道中過，宛然其所畜，奪而披視，皮血未燥。執愬於邑，亦以鞫訊憯酷，自誣劫翁驢，翁拒而殺之，屍藏某地。求之不見，輒更曰某地。辭數更，卒不見。負皮者瘐死獄中。歲餘，前長奏下，縛出狴犴，衆工隨而譟若雷，雖皆憤其冤，而不能爲之明。環視無可柰何，長竟斬。衆工愈哀歎不置，徧訪其事無所得，不知爲計，乃聚議，裒交鈔百定，處處置衢路，有得某工死狀者，酬以是。亦寂然無應者。初，婦每修佛事，則丐者坌至求供飯。一故偷常從丐往乞，一日偷將盜它人家，尚早不可，既熟婦門户，乃闇中依其垣屋以須。迫鐘時，忽醉者踉蹌而入，酗而怒婦，詈之拳之且蹴之，婦不敢出聲。醉者睡，婦微諄燭下曰：「緣而殺吾夫，體骸異處土榻下二歲餘矣，榻坑不可火，又不敢墁治。吾夫尚不知腐盡以否。今乃虐我！」歎息飲泣。偷立牖外，悉得之，默自賀曰：「奚偷爲！」明發入局中，號於衆：「吾已得某工死狀，速付我錢。」衆以其故偷，不肯，曰：「必暴著乃可。」遂書合分支與，偷且俾衆遥隨我往。偷陽被酒入婦舍挑之。婦大駡：「丐敢爾！」鄰居皆不平偷，將毆之，偷遽去土榻席，扳甎作欲擊鬬狀，則屍見矣。衆工突入，償偷購，反接婦送官。婦吐實，醉者則所私也。官復窮壕中死人何從來，伍作款擠何物騎驢翁墮水，伍作誅。婦洎所私者磔于市。先主長死吏皆廢終身。官知水中翁卽鄉瘐死者事，然以發之，則吏又有得罪者數人，遂寢，負皮者冤竟不白。此延祐初事也，校官文謙甫以語宋子。宋子曰：工之死，當坐者婦與所私者止耳，乃牽聯殺四五人，此事變之般也。解仇而伏毆刀，逃笞而得刃；伍作殺而工婦窆，負皮道中而死桎梏，赴盗而獲購，此又轇轕而不可知者也，悲夫！（《元文類》卷四十五）

錢塘遺事

劉一清

劉一清，元杭州人，生平不詳，似爲宋之遺民。《錢塘遺事》十卷，多記南宋雜事。大抵采録宋人小説而成，有逕襲自《鶴林玉露》等書者。《四庫全書》列入雜史類，實與小説家雜事之屬各書初無二致。

東窗事發

秦檜欲殺岳飛，於東窗下謀其妻王夫人。〔夫人〕曰：「擒虎易，放虎難。」其意遂决。後檜遊西湖，舟中得疾。見一人披髮厲聲曰：「汝誤國害民，我已訴于天，得請于帝矣。」檜遂死。未幾，子熺亦死。夫人思之，設醮，方士伏章見熺荷鐵枷，因問秦太師所在，熺曰：「吾父見在酆都。」方士如其言而往，果見檜與万俟卨俱荷鉄枷，備受諸苦。檜曰：「可煩傳語夫人，東窗事發矣！」（卷二）

賈相之虐

賈似道居西湖之上，嘗倚樓望湖，諸姬皆從。適有二人道妝羽扇，乘小舟由湖登岸，一姬曰：「美哉二少年！」似道曰：「爾願事之，當令納聘。」姬笑而無言。逾時，令人持一合，喚諸姬至前，曰：「適爲某姬受聘。」啟視之，則姬之頭也。諸姬皆战慄。初，似道于浙西行公田，民受其害，有人題詩曰：「襄陽累載困孤城，豢養湖山不出征。不識咽喉形勢地，公田枉自害生靈。」至乙亥罷相，公田國事俱休矣。（卷五）

山房隨筆

蔣正子

蔣正子，字平仲，生平不詳。一作蔣子正，不知孰是。書中杜善甫條有「予分教溧陽」語，知嘗爲溧陽教官；又有「穆陵在御」一條，知爲宋人入元者。《山房隨筆》一卷，所記多宋末元初事。《稗海》等所收均非足本，繆荃孫刻《藕香零拾》本有補遺一卷，與《説郛》略同，而文字互有脱訛。今參取之。

陳詵*

湘人陳詵，登第授岳陽教官。夜踰牆與妓江柳狎，頗爲人所知。時孟之經守岳，聞其故。一日公燕，江柳不侍，呼至杖之，文其眉鬢間以陳詵二字，仍押隸辰州伏法。妓及其父母詣學宫咎詵云，自岳去辰八百里，且求資糧。陳且泣且悔，罄其所有及質衣物，得千緡，以六百贈柳，餘付監押吏卒，令善視。且以詞餞别云：「鬢邊一點似飛鴉，休把翠鈿遮。二年三載，千攔百就，今日天涯。　楊花又逐東風去，隨分入人家。要不思量，除非酒醒，休照菱花。」柳將行，會陸雲西以荆湖制司幹官沿檄至岳，與陳有故。將至，陳先出迎，以情告陸。陸即取空名制幹劄，填陳姓名，檄入制幕。既而孟迎陸入，即開宴。

陸曰：「聞籍中有江柳者善謳，誰是也？」孟即呼至，柳以花鈿隱眉間所文。飲間，陸戲語孟曰：「能以柳見予否？」孟曰：「唯命。」陸笑曰：「君尚不能容一陳教官，豈能與我！」孟因敍詵之過，陸歎慨。既而終席，陸呼柳問其事，柳出詵送別詞，陸大嗟賞，而再登席，陸舉詞示孟，且誚之曰：「君試目此作，可謂不知人矣。今制司檄詵入幕，將若之何？」孟求解於陸，并召詵同宴。明日剡薦詵，且除柳名以畀之。陸遂將詵如江陵，薦之閫公賈秋壑，俾充幕僚。詵不獨洗一時之辱，且有倖進之喜。至今巴陵傳爲佳話矣。（《説郛》卷二十七）

附録

楊誠齋帥某處，有教授狎一官妓。誠齋怒，黥妓之面，押往謝辭教授，是欲愧之。教授延入，酌酒爲别，賦《眼兒媚》：「鬢邊一點似飛鴉，莫把翠鈿遮。三年兩載，千撋百就，今日天涯。楊花又逐東風去，隨分落誰家。若還忘得，除非睡起，不照菱花。」楊誠齋得詞，方知教官是文士，即舉妓送之。（《貴耳集》卷下）

按：《山房隨筆》所記故事及詞與《貴耳集》相同，而人名各異，似在流傳中有所增飾，或蔣正子加以敷衍。明孟稱舜曾據以寫作《陳教授泣賦眼兒媚》雜劇。《最娱情》三集上欄所選古今小説有《陳詵》一篇，未見。

鄭虎臣

秋壑在朝，有術者言：「平章不利姓鄭之人。」因此每有此姓爲官者，多困抑之。武學生鄭虎臣登科，輒以罪配之，後遇赦得還。秋壑喪師，陳靜觀諸公欲置之死地，遂尋其平日極仇者爲押送官。虎臣遂請身爲之，仍假以武功大夫押其行。虎臣一路凌辱，求死不能，至漳州木綿庵，病篤泄瀉，踞虎子欲絶。虎臣知其服腦子求死，乃云：「好教祇恁地死。」遂趯數下而殂。

又

庚申，履齋吴相循州安置，以秋壑賈相私憾之故。未幾，除承節郎劉宗申知循州，劉江湖游士，專以口舌嚇逼當路要人，貨賄官爵。士大夫畏其口，姑厚餽彌縫之，其得官亦由此。守循之際，廟堂意責之以黄祖之事。宗申至郡，所以捃摭履齋者無不至。其隨行吏僕以次病死，或謂置毒循州貢院井中，故飲此水者皆患足軟而卒。履齋終不免。秋壑後亦遭鄭虎臣之辱。其時趙介如守漳，賈門下客也，宴虎臣于公舍，秋壑亦與焉。介如欲容似道，似道不可，以讓虎臣，口稱天使唯謹。虎臣不讓，似道側坐于下。介如察虎臣有殺賈意，命館人訪鄭，且以辭挑之。于時似道衣服飲食，皆爲鄭減抑。介如作綿衣等餽之，見其行李輜重，令截寄其處，俟得命放回日就取之。其館人語鄭云：「天使今日押練使至此，度必無生理，曷若令速殞，免受許多苦惱。」鄭卽云：「便是這物事受得許多苦，欲其死而不死。」未幾告殂，趙往哭，鄭不許。趙固争，鄭怒云：「〔汝欲〕檢我耶？」趙答云：「汝也〔宜〕（直）得一檢。」然末如之何。趙經紀棺殮，且致祭，其辭云：「嗚呼！履齋死循，死于宗申；先生死閩，死于虎臣。」嗚呼云云，祇此四句，然哀激之悃，無往不復之微意，悉寓其中。〔季一山閑爲郡學正，爲予道之。〕（同上）

按：趙弼《效顰集》卷下《木綿庵記》，與此不同頗多。《古今小説》第二十二卷《木綿庵鄭虎臣報寃》末段大體本此敷演。

稗史

仇遠

仇遠(一二四七——一三二六),字仁近,一曰仁父,號山村民,錢塘人。元初爲溧陽教授,著有《金淵集》、《山村遺集》。《稗史》僅見錢大昕《補元史藝文志》著録,原書無傳,《説郛》録志忠、志孝、志善、志惡、志政、志賢、志言、志疾、志異、志詼、志雜十一篇,文三十四條。

*鐘神

戴帥初云:至元丙子,北兵入杭,廟朝爲墟。有金姓者,世爲伶官,流離無所歸。一日道遇左丞范文虎,向爲宋殿帥時熟其伶人,憐之,謂金曰:「來日公宴,汝來獻伎,不愁貧賤也。」如期往爲優戲云:「某寺有鐘,奴不敢擊者數日,主僧問其故,乃言鐘樓有巨神,怖不敢登也。主僧亟往視之,神卽跪伏投拜。主僧曰:『汝何神也?』答曰:『鐘神。』主僧曰:『既是鐘神,如何投拜?』」衆皆大笑,范爲之不懌。其人亦不顧,卒以不遇。識者莫不多之。嗟夫!凡人當其困苦之中,忽得所遇,不低首下心以順承其意,諂貌諛詞以務悦其心,求救無窮,惟恐失之。伶金以亡國之餘,瀕危隣死,乃至譏于所欲活之人以快其憤,亦賢矣哉!(《説郛》卷二十一)

嫁婢

臨安府江下陳宫幹，家饒于財，偶買一粗婢，不以爲意。一日浴，令其揩背，若不用力然。顧之，則見以一手拭淚。陳疑之，遂令且去。浴罷，與妻言其事。妻呼之不至，尋至後閤，見其婢猶垂淚，問其故，曰：「妾本官宦家女。妾父性暴，居官時令一婢揩浴，誤以指爪傷背，重加之責。妾今乃獲此報。」言訖，涕淚俱下。妻還白之，卽令其婢講家人禮，厚貲遣嫁之。（同上）

研北雜志

陸友

陸友，字友仁，一字宅之，自號研北生。平江人。善爲詩歌，工八分隸楷。虞集、柯九思薦之于元文宗，未及用而南歸。著有《墨史》等書。《研北雜志》二卷，前有元統二年（一三三四）二月自序，云：「元統元年冬還自京師，索居吴下，無與晤言，因追記所欲言者，命小子録藏焉。」自署「平江陸友仁」，友仁或爲其名。同時尚有字輔之之陸友仁，不知是否一人。此書《四庫全書》著録于雜家類，所記皆軼聞瑣事，惟「暢師文」一條敘事曲折詳悉，後人亦視爲小説。

*暢師文

暢師文字純父，雒陽人，好奇尚怪。盧處道摯任陝西廉訪副使日，純父僉司事，同按部鞏昌□，一日，總帥汪公言於盧公曰：「吾意欲邀兩公至家小飲，而僉司性頗不常，不敢造次。公試覘之。」按事之暇，盧從容語之曰：「總帥公連姻帝室，家世勛伐如此。吾察其意，似欲屈我輩一至其家者。或可一報謁否？」是時憲綱猶得相往復也。純父欣然曰：「何不可之有！彼帥府雖水亦當飲。汪公今時重臣，相好有素。使其設具見招，固當一往也。且不當緩，明日卽可矣。」汪卽張具以俟。翼日，聯騎而往。茶罷命酒，賓主歡然，無不引滿。至所謂正飯者，主人親置之案，且持筯侑食。純父忽頤使其童瀉羹於地，羅籠餅其側。主人命再供。既至，又復如前，遥推案上馬而去。舉坐不樂而罷。盧後問之故，乃作色曰：「獨不見其犬乎？或寢或訛，列於庭下，是不以犬見待，且必以犬見噬也。吾故飼之而出耳。」及歸，郡官例送至第一驛。行次見水清澈，廼駐馬曰：「此水可濯吾足，諸公請先往。」汪不獲已，留知事者以俟之。洗畢，呼知事者取靴來。其人固已不堪矣，勉爲之前，手奉靴以進。乃取靴反向以扣其面，曰：「汝聞吾靴！」知事乃卽奪靴投流中，躍馬疾馳至驛，泣訴之，皆爲絶倒。使人別持靴與之。後處道赴湖南憲，舟次郢州驛，夜與劉致時中坐白雲樓上，更闌燭盡，無可晤語。盧曰：「純父分司，去此未久，必有佳話。」因呼驛貳姬生者，沃之酒，問之。姬廼曰：「其未至也，聞爲性不可測，供頓百需，莫不極其嚴潔。既至，首視廚室，怒曰：『誰爲此者？』館人曰：『典史。』攝之前，跽而嫚駡之。衆莫曉所謂。俾別爲之。典史者曰：『相公不與吏輩同饔，爨當別甓小竈。』且示以釜之大小，薪之長短，各有其度。衆莫曉所謂。良久，其童從旁言奔去，持鍋負薪與泥甓偕至。仍命典史躬自塗塈之。既畢，復怒，捽典史跽之，曰：『吾固知汝不克供職，行且決罷汝矣！』衆亦莫曉所謂。其童又言曰：『釜煬有煤未去也。』令館人脱釜覆之地，以手拭煤，塗典史之面而叱出之。一日，作餛飩八枚，召知府畢食之。其法每枚用肉四兩，名爲滿楪紅。知府不能半其一，彼則享已盡矣。時所供醨頗醯。知府云：『敝舍有佳者，當令姬副使送膳夫所。』少頃，知府遣姬以盌盛醯至，問曰：『何物也？』姬應之曰：『知府送酢。』卽令跪階下飲之至盡，曰：『爲我謝知府。』出而哇之。」二公因相顧大笑。處道曰：「純父有潔疾，與人飲，必欲至盡。以巾拭爵，乾而授之則喜。尚有餘瀝，必怪之，自飲亦然。食物多手自製，水惟飲前桶，薪必以尺，葱必以寸。喜盥手，日不知其幾，而浣足亦必以再濯也。性疑忌。夫人之面，家童罕見之。出必鑰其户，溷置寢室中。每畜涕滿口以漱其齒，久而後嚥，喉中有聲，見者輒欲嘔，而彼守之終身。與人語，輒示以臆，或以手指喻而不言。惟其童能知之。有馬卒頗慧，其童語之曰：『凡公有指令，不可問，當爲言之。』忽一日，呼之前，以食指立置其鼻，復以右手如擊物狀，數點而止。退而請於其童，廼曰：『令汝呼釘馬脚色回鶻耳。』已而果然。又一日持鈔一貫，以兩手作一小規，復開兩手尺許，動其喙如噍物者。其童曰：『此欲食豬大臟耳。』其先夫人貴家女，衾褥甚盛。方睡未起，以水沃其頂至踵；方食，以灰投食器中。遂感氣疾，喪明而歿。」其爲侍講日，時中與文矩子方過其居，偵其濯足，聞客至，輒洗迎笑而出曰：「佳客至，正有佳味。」於卧内取四大桃置案上，以二桃洗於濯足水中。子方與時中各持一顆去，曰：「公洗者其自享之，無以二桃污三士也。」乃大笑而別。或謂其書似米元章。時中曰：「不唯其書似元章，其風有甚於元章者矣。」（卷上）

按：自好子《剪燈叢話》卷十二取此，題作《暢純父傳》。

山居新話

楊瑀

楊瑀（一二八五——一三六一），字元誠，杭州人。天曆中備宿衛，署廣成局副使，以功超授奉議大夫、太史院判官。告歸後，至正十五年（一三五五）復起爲建德路總管，升浙東道宣慰使、都元帥。（據楊維楨《楊公神道碑》）《山居新話》，《四庫全書》小説家類著録作《山居新語》，四卷。《知不足齋叢書》本不分卷。書末有至正庚子（一三六〇）自跋。其書皆記所見聞，有助于考史，惟簡率不文，多嫌瑣碎。

聶以道

聶以道，江西人，爲□□縣尹。有一賣菜人，早往市中買菜，半途忽拾鈔一束。時天尚未明，遂藏身僻處，待曙檢視之，計一十五定，内有五貫者，乃取一張，買肉二貫、米三貫，置之擔中，不復買菜而歸。其母見無菜，乃叩之，對曰：「早於半途拾得此物，遂買米肉而回。」母怒曰：「是欺我也！縱有遺失者，不過一二張而已，豈有遺一束之理？得非盜乎！爾果拾得，可送還之。」訓誨再三，其子不從。母曰：「若不然，我訴之官。」子曰：「拾得之物，送還何人？」母曰：「爾於何處拾得，當往原處候之。伺有失主來尋，還之可也。」又曰：「吾家一世未嘗有錢買許多米肉，一時驟獲，必有禍事。」其子遂擕往其處，果有尋物者至。其賣菜者本村夫，竟不詰其鈔數，止云失錢在此，付還與之。傍觀者皆令分賞。失主靳之，乃曰：「我失去三十定，今尚欠其半，如何可賞。」既稱鈔數相懸，爭鬧不已。遂聞之官。聶尹覆問拾得者，其詞頗實，因暗喚其母復審之，亦同。乃令二人各具結罪文狀。失者實失去三十定，賣菜者實拾得十五定。聶尹乃曰：「如此，則所拾之者非是所失之鈔。此十五定乃天賜賢母養老。」給付母子令去。喻失者曰：「爾所失三十定，當在別處，可自尋之。」因叱出。聞者莫不稱善。

北軒筆記

陳世隆

陳世隆，元人。《四庫全書》本書前有小傳稱：「世隆字彦高，錢塘人，宋末書賈陳思之從孫，順帝至正中館嘉興陶氏，没於兵。所著詩文皆不傳。」《北軒筆記》一卷，所論史事爲多，《四庫全書》列入雜家類雜説之屬。惟僧静如事，《提要》謂「體雜小説，未免爲例不純」。今獨取之。

*僧静如

南陽僧静如得一古硯，置案頭把玩間，忽堂下一甲士，長三四寸，升階依案宣言曰：「吾君欲觀漁於端溪，僧其避之。」隨有漁人六七輩，長如甲士，撒網於硯池。一將軍長五寸許，與左右三十餘，升硯指揮。頃時網起，獲魚數頭，遽命厨人促膳。將軍指僧謂左右曰：「此亦可烹以益魚席。」静如怒而大喝，即滅無有。俄有甲士擁之以去。倏忽入一宫，見前將軍坐而怒曰：「何物大膽，乃敢驚余，其置之死！」於時宫中火起，僧因得逸，聞有謂之者曰：「助汝金以快爾心。」又曰：「爾胡不爲宋郊？」僧夢覺，身卧堂下土穴旁。於是命徒持鋤開穴，得一蟻冢。思：助金，鋤也。又感郊渡蟻事，遂掩而不毁焉。

平江紀事

高德基

高德基，元末平江人，曾任建德路總管。《平江紀事》一卷，所載皆吳郡古跡，《四庫全書》著録于地理類雜記之屬，提要云：「其體不全爲地志，亦不全爲小説，例頗不純，無類可隸。」書中記楊彦采遇女鬼彈唱西施故事，實爲元人傳奇。《艷異編》（四十卷本）卷三十九收録本篇，題作《蓮塘二姬》，實只一女。《剪燈叢話》、《緑窗女史》又題作元人徐觀撰《蓮塘二姬傳》。

*蓮塘歌姬

致和改元七月之望，士人楊彦采、陸升之，載酒出遊蓮塘。舟回日夕，夜泊横橋下。月色明霽，酒各半醒。聞鄰船有琵琶聲，意其歌姬舟也，躡而窺之，見燈下一姬，自弄絃索。二人徑往見之，詢其所由。答曰：「妾大都樂籍供奉女也。從人來遊江南，值彼往雲間收布，妾獨處此候之，尚未回也。」二人命取舟中餕餘肴核，就燈下同酌。姬舉止閑雅，姿色娟麗。二人情動於中，稍挑謔之，姬亦不以爲嫌。求其歌以侑觴，則曰：「妾竟夕冒風，喉咽失音，不能奉命。」二人强之，姬曰：「近日遊訪西子陳跡，得古歌數首，敢奉清塵，不訝爲荷。」凡一歌，侑飲一觴。歌曰：

「風動荷花水殿香，姑蘇臺上宴吴王。西施醉舞嬌無力，笑倚東窗白玉牀。」

再歌曰：

「吴王舊國水烟空，香徑無人蘭葉紅。春色似憐歌舞地，年年先發館娃宫。」

又曰：

「館娃宫外似蘇臺，鬱鬱芊芊草不開。無風自偃君知否，西子裙裾拂過來。」

又曰：

「半夜娃宫作戰場，血腥猶雜宴時香。西施不及燒殘燭，猶爲君王泣數行。」

又曰：

「春入長洲草又生，鷓鴣飛起少人行。年深不辨娃宫處，夜夜蘇臺空月明。」

又曰：

「幾多雲樹倚青冥，越焰燒來一片平。此地最應沾恨血，至今春草不匀生。」

又曰：

「舊苑荒臺楊柳新，菱歌清唱不勝春。只今惟有西江月，曾照吴王宫裏人。」

彦采曰：「歌韻悠柔，含悲聳愴，應云美矣。第西施乃亡人家國妖艷之流，不足道也。願更他曲，以滌塵抱，何幸如之。」姬更歌曰：

「家國興亡來有以，吴人何苦怨西施。西施若解亡吴國，越國亡來又是誰？」

彦采曰：「此言固是，然古人陳言，素所厭聞者。大都才人，四山五岳精靈間氣之所聚會，有何新聲，傾耳一聽。」又歌曰：

「家是紅蘿亭上仙，謫來塵世已多年。君心既逐東流水，錯把無緣當有緣。」

歌竟，掀蓬攬衣，躍入水中。彦采大驚，汗背而覺，一夢境也。尋升之共語，醉眠脚後，不能寤也。翌日，事傳吴下。

按：所唱古歌即陳羽《吴城覽古》、李白《蘇臺覽古》、羅隱《西施》等詩。

湖海新聞夷堅續志

佚名

元佚名撰。黄虞稷《千頃堂書目》卷十二小説類有吴元復《續夷堅志》二十卷，附注云：「字以謙，鄱陽人，宋德祐中進士，入元不仕。一作四卷。」或卽此書。舊本有署款作「江陰薛證汝節刊」，薛證似爲刻書者。分前後二集十七門。前集或作二卷，或作十卷，或作十二卷；後集亦多少不一。有中華書局版金心點校本，最爲完備。此書出于纂輯，多録自唐宋小説，兹只取其宋以後之作。

母子重見

信州富室趙氏，居家養母。娶妻一年，母偶往候親戚，夜有刼賊殺趙，刼其財，擄其妻。官捕寇不獲。其母寡居二十年，鄉稱曰趙安人。宋咸淳，建昌軍葉茂卿赴省，暮至其鄉，一老人曰：「前途店遠，此有趙安人家可寄宿。」茂卿過其家，叩閽人爲一宿之託。安人見其面貌類亡兒，納之。令老僕請入内廳，待之以酒饌，意甚勤，渠但只垂淚不止。茂卿意疑爲鬼，然不敢言，食畢，出宿。天明，安人又具早食相延，苦留數日。臨別，安人以芝楮三十束爲贈，祝之曰：「回途千萬見過。」諸僕亦皆有饋贈，葉喜出望外。至古杭，中省殿第四甲進士出身，授撫州樂安主簿。歸，遂買匹段等物，回途再訪，送與安人。甚喜，留數日，相與如一家。因閒步後花園，見供養畫真一軸，問曰：「此爲何人？」安人曰：「此吾亡兒也，年十九歲爲寇所殺，媳婦爲寇所擄，今不知存亡。」不覺淚如雨下。葉又問：「媳婦何姓？」曰：「姓魏。」某年某月日生，身體之長短，面貌之何似，歷歷言之，且言媳婦孕五月而失。葉聞之，附於心，驚曰：「吾母卽是已！」遂泣別而歸。葉回建昌，歸拜其父葉仲二，開宴款客月餘。葉以趙安人之言告其母魏氏，母掩其口曰：「汝休説，若謂此人，知必見殺，其似此必殺多人矣！」後葉簿參州，首以斯事稟復於太守。守差都監請葉仲二筵席，葉至，押赴司理院勘問是實，斬首於市。并爲申朝，改正姓趙，以其母同歸信州趙安人家。二十年間姑婦存亡之別，再得團欒，以至祖母與孫相慶，天也。（前集卷一人倫門）

遇貴陞遷

宋孝宗時，蜀士許志仁在臨安袁家湯店止泊，覓差遣，淹某年餘，囊篋殆盡。每見士大夫則鞠躬相揖，人皆憫其窮困，或予以三券五券，惟藉此自給。一夕，孝宗與曾參政從龍微行，入袁店喫湯，志仁揖之甚恭。孝宗心念此人何敬我如此，故遺下一扇與之，志仁卽以扇趕逐奉還，又如法一揖。孝宗問：「公何處人？在此何爲？」志仁言：「某蜀人，在此待差遣，不覺日久，困窮甚矣。」孝宗又問年月日時，又適與上合。孝宗曰：「曾參政欠閬州太守黃金二十兩，明日以書薦汝去彼處受差辟，汝可移此金作果囊歸。」志仁大感。孝宗復以志仁命在瓦子裏與人算，星翁云：「此是主上命。」孝宗曰：「此蜀中一許文命。」星翁曰：「若果然，則目下亦遇大貴超昇。」孝宗歸，明日御筆批令志仁交閬州知州事，前任官改除利州西路提刑，並以金二十兩予之，令曾參政密封與之。志仁不之知，攜歸見閬州守拆，守拆開，方知是主上御筆而謝恩。因知遇貴有命。（前集卷一人倫門）

假母欺騙

景定年間，有二少年謀爲騙人之策，忽在野外見一乞嫗，趨而拜拜疑衍。曰：「爾吾母也，吾爲爾子，尋十餘年方得母，甚喜。」衣之以華衣。嫗怪之，然自思爲乞丐，一旦得此過望。二少年事之極至，復買一粗婢供使令之職，僱人舁過新淦，賃客館以居，所攜籠匳凡五六槖。告之人曰：「吾兄弟早年失母，連年寫經告佛，求之四方，今始得之，天也。」於是朝夕竭力爲甘旨之俸，人皆稱美之。新淦富屋皮家每歎曰：「此二人真孝也。」二人與皮往來稍密，一日告之曰：「吾欲假君之廬以奉吾母，吾將商於真、揚，求什一之利以生活。」皮欣然從之，仍爲假貸三百緡，鬻買貨物而去。皮見其有母與籠篋留其家，舉以與之。二人者以其母托皮，叮嚀之至，約半年歸。及歸，財利數倍，隨以三百緡本息酬皮，皮喜。又留半年，復與皮氏及諸有力者借二千緡再去。衆見其慣於經商，且每日相與之情，具如其數借之。忽一去年餘不歸，並無音信，衆始有疑心，遂告之官，欲發其籠篋所寄之物。官詰嫗，嫗曰：「吾丐者也，非其母也，邂逅野外，强我使來。」婢曰：「彼買我者也，實不知彼爲何人。」將其籠篋開視之，並皆塼石，官無所加罪，衆但懊恨而已。（前集卷一人事門）

欺君誤國

宋秦檜爲京太學生時，號「秦長脚」。一日睡於窗下，有異人來，指檜語其同舍郎曰：「他日此人誤國害民，天下同受其禍，諸君亦有死其手者。」後檜自北歸，獨居相位一十九年，蒙蔽朝廷，無所不至。先是金人擁徽宗、欽宗北狩，慘不忍言。岳飛與其子岳雲誓復故疆，迎還二帝。金人屢衄，望風畏服，呼爲「岳爺爺」。又飛兵有紀律，高宗嘗御書「精忠岳飛」四字旗賜飛，令行師建之。初，檜雖居相位，實佩兩國相印，陰受金人兀朮約主和，上未悟其姦。至是兀朮又遺書於檜曰：「爾朝夕以和請，而岳飛方爲河北圖，且殺吾女壻，此仇不可以不報，必殺飛乃可。」檜力沮恢復，乞詔飛班師。檜又與張俊謀，使其部曲王俊妄告張憲，謀還飛兵柄，矯詔逮飛父子下棘寺，遣万俟卨鍛鍊之，拷掠無全膚，飛終無服辭。一日，檜於東廂綺窗下畫灰密謀，其妻王夫人贊成之曰：「擒虎易，放虎難。」飛遂死獄中，張憲、岳雲戮於市，徙流兩家妻孥，貲產皆没官。金人聞之，酌酒相慶曰：「莫予毒也。」後檜挈家遊西湖，舟中得暴疾，昏悶之際，見一人披髮瞋目厲聲責曰：「汝誤國害民，殺害忠良，罪大惡極，我已訴於天，得請於帝矣，汝當受鐵杖於太祖皇帝殿下。」檜自此怏怏不懌以死，王夫人朝夕思之。未幾其子秦熺亦死，方士伏章見熺荷鐵枷，因而問：「秦太師何在？」熺泣曰：「吾父見在酆都。」方士如其言而往，果見檜與万俟卨俱荷鐵枷，備受諸苦。檜囑方士曰：「可煩傳與夫人，東窗事發矣！」卨在鐵籠下與檜爭辨殺岳飛事。至理宗朝，有考試官歸自荆湖，暴死旅舍，其僕未敢殮也，官忽甦曰：「適爲看陰間趙方斷秦檜爲臣不忠欺君誤國

事，檜受鐵杖押往某處受報矣。」吁！明責幽誅之報若此，可畏哉！（前集卷二警戒門）

按：此條似爲東窗事犯故事最早最詳之記載。元張昱《詠何立事》詩序謂入陰司見秦檜者爲何立。孔學詩、金仁傑俱有《東窗事犯》雜劇。今存者爲孔作，題目正名作「何宗立勾西山行者，地藏王證東窗事犯」。參看前《信筆錄》、《錢塘遺事》。

附録

《詠何立事》：宋押衙官何立，秦太師差往東南第一峰，恍惚引至陰司，見太師對岳飛事，令歸告夫人：「東窗事犯矣。」復命後，卽棄官學道，蜕骨今在蘇州玄妙觀，爲蓑衣仙。舊作衙官身姓何，陰司歸後記仙魔。視身已是閒軀殼，一領蓑衣也是多。（張昱《可閒老人集》卷二）

按：《獨醒雜志》卷四記岳飛部下何宗元棄官入山事，疑卽何宗立故事所本。何蓑衣見《夷堅志補》卷十二《蓑衣先生》、《桯史》卷三《姑蘇二異人》等，未見有入陰司事。

芭蕉精

安成彭元功築庵山中，使一奴守之。一日暮時，有婦人求宿，自稱土名小水人，奴固〔拒〕（把）之不得，婦人徑入奴卧室中，不肯去。奴推之，婦人云：「只見船泊岸，不見岸泊船，何無情如此？」因近奴身，自解下裙。奴以爲怪物，遂與〔各〕（相）榻而寢。夜中又登奴榻，奴舉而擲之，輕如一葉。奴懼，起取佛經執之。婦人笑云：「經雖從佛口出，佛豈真在經！汝謂我誠畏經耶？」天將明，庵有神鐘，起擊之，婦人云：「莫打！莫打！打得人心碎。」取頭上牙梳掠頭畢，遂去。奴趁出門觀所向，入松林間，因忽不見。蓋林中芭蕉叢生故也。奴歸，見壁有五言詩，意婦人芭蕉精也。詩曰：「妾住小水邊，君住青山下。青年不可再，白石坐成夜。只見船泊岸，不見岸泊船。豈能深谷裏，風雨誤芳年。薄情君抛棄，咫尺萬里遠。一夜月空明，芭蕉心不展。解下緑羅裙，無情對有情。那知妾身重，只道妾身輕。經從佛口出，佛不在經裏。卽在妾心頭，妾身隔萬里。月色照羅衣，永夜不能寐。莫打五更鐘，打得人心碎。」（後集卷二精怪門）

追攝江神

宋嘉祐年間，蔡端明襄赴泉州太守任，隨從迓吏百餘人，開過洛陽渡，舟覆人溺。開藩之始，首差承局追攝江神，承局不往，斬之。再差第二人，辭不能往，又置之刑。改差第三人，其人思之，與其不去而身首異處，孰若自溺于江。於是領命，歸別妻子，具酒殽禱於江滸而後投江。江水裂開，直到神所，具述追攝之事。神語之曰：「汝先回。」約三更後自來稟過。承局辭歸，以神語回覆知州。至中夜，端明盡屏左右，明燭席坐以俟。至期烈風一陣，見江神來前，判官抱簿隨後，蔡詰之曰：「汝爲江神，不能守職，使一舟之人盡葬魚腹，汝之罪也。」神令判官檢簿，該載其年月某日某人等，計若干名，當同時死水。〔逐〕（遂）一點對名目，與已溺死之人名目無少差。神又曰：「凡溺於水死者，皆水府注定，非神不職而致死於非命。」言訖而退。後蔡守遂化州民累陛於淵，釃水爲四十八道梁室以行，其長三千六百尺，廣丈有五尺，皆石板爲之，名洛陽橋。有陳君舉詩詠之，末聯曰：「緗圖已幸天顏照，應得元豐史筆褒。」蓋元豐初王運使嘗進畫本，天子嘉賞久之。（補遺治道門）

按：明代有佚名《四美記》、清代有李玉《洛陽橋記》，俱演此故事。參看《泊宅編》卷二萬安渡事。

江湖紀聞

郭霄鳳

郭霄鳳，字雲翼，生平不詳。《新刊分類江湖紀聞》十卷(《千頃堂書目》著録十六卷)，又有後集若干卷。現存元刊殘本及鈔本。

秦檜陰獄

嘉泰甲子年，衡州某老儒，從州學赴晚食回，中途暴亡。舁歸，殮七日而心間微温，且候其子遠館未歸，故未蓋棺。忽甦，啓衾出棺，若甚倦狀。家人駭且喜，羅立問故，並無一語，但索飯後，命輿往万俟音目其丞相府。閽者入告，皆已聞其死，異之。館客出肅，老儒必欲見主人，面陳心事。主人出，老儒屏左右曰：「昨於某處遇兩人，舁草轎急呼曰：『丞相請。』强使登輿，跋涉高深，至一大門下，有黄頭力士引之入殿下，傍聽事中一人出揖，乃万俟丞相卨音屑也。某曰：『此何所？公何事在此？』曰：『在此置獄勘問秦檜殺岳飛公事。當殺岳飛時，秦檜曾惠親札，今不復認，故在此未得解釋。此書今在某樓某笈某沓文字内，無緣得來。鄉人謹重者惟君，故邀至此，煩歸語吾家，急取之，就城隍廟焚化。』某諾。命黄頭力士復引某出，仍命草輿舁歸，及門而甦。」其家如其言得書，就城隍建水陸一中焚之。(卷八)

疫鬼不入善門

太平州梢人泊舟沙渚，中夜聞人語曰：「何尚不至？」密窺舟隙，見一舟泊蘆叢中，十數人紅黄抹額，相聚飲食。須臾，一白衣老乘馬至，曰：「此間惟陳少卿家可往。」曰：「奈關大王何？」曰：「關大王去矣。」「何故遽去？」曰：「負人錢千二，且悖其母。」梢人驚恐間，忽皆不見。且見蘆叢中草船一隻，乃病家送疫鬼者。詢陳少卿家，果病矣。往告其鄰，云：「陳元祀關王甚謹，近因開解庫，多取人利錢千二。悖其母。」皆然。（卷九）

李屠爲寇報

潭州湘陰縣李屠，有田數頃。妻博通經史，自教其子應龍讀書，李屠常咄咄。應龍年十七請舉，明年赴省，不與果費。妻密與少錢，挑包獨行。三日，至某村，日暮無旅店，遂横入小路，冀有人家可以止宿。行未幾，見一大宅，問爲鄭通判家，遂入求宿。門人不納，再三懇請，有老門子曰：「天色已晚，果難它往。但官人不在家，待入覆過大安人，令就門子房内暫宿。」安人曰：「既是赴省官人，請入書齋宿。」且令辦飯待之。應龍甚幸。既而老門子出曰：「老安人請喫茶。」應龍怪而不敢違。大安人詳問姓名，盛設酒餚，終坐諦視，口中常作咄咄怪聲。應龍莫曉。酒罷出齋，幃帳甚整。次早，送關子一千貫，囑曰：「回途千萬再來。」應龍候榜於京，中第，殿試在甲科，授澧州教授。回途復至大安人家，款延數日，曰：「官人酷似亡兒。吾兒仕至廣州通判，任滿罷歸，全家爲寇所殺。惟老身在家免死耳。吾家薄有田産，雖立宗人子爲後，今見官人，如再見吾兒，令人不能捨。若能來此，當分家産一半相與。」應龍辭有父母。曰：「君父母可俱來。」應龍諾之。大安人再四言之，以至痛哭而别。應龍到家，李屠偶出，亟以告之母。母垂淚曰：「是卽汝祖母也。汝父全家爲寇所殺，惟留我在。時汝在我腹中五月餘矣，今日之父，卽寇也。」應龍大感痛，往告制置胡石壁穎，大駭，密遣人取大安人來。仍以應龍新除，并請其父母會宴。母至，入宅堂見大安人，相對大哭且喜。以李屠付獄推勘，具得其情，籍其家而戮之。令其母子與大安人俱歸，仍申朝爲應龍改姓。時宋理宗時也。（卷十）

異聞總録

佚名

四卷。不著撰人姓名，書中記事至至元、大德，則元以後人所纂也。此書亦纂輯成説，多出唐宋小説，而不注出處。其中如「臨安倡女儀」一條，顯出洪邁手筆，餘尚有《夷堅志》佚文可輯，然不可確考。今取其宋以後之作，不妨視爲宋元小説之選本。

*胡天俊

潭州有清淨覺地，宋咸淳間游士胡天俊寓焉。月照撫琴梅樹下，遥見美女欲前且却。胡作意三弄，女迤邐近前，胡迎揖之。女曰：「聲雖和，哀怨多，有所欲不能直遂耳。」胡執其手曰：「舉世無知音，今夕相逢，豈天假真緣耶？」女斂衽而去，曰：「後夜月明，當赴子約。」翌日，朋友拉入城遊飲，忘歸者兩宿。大悔失期，亟歸，於樹下得一白羅帕，上題詩，詩云：「蕭蕭風起月痕斜，露重雲環壓玉珈。望斷行雲凝立久，手彈珠淚滿梅花。」胡悵然而寢。明日以帕示人，趙冰壺駭曰：「吾亡妾杭人喬氏，名望仙，貴妃姪女也。去年暴亡，殯梅樹後。正其筆跡也。」以酒酹之，且成詩云：「王孫自恨負佳期，夜醉長沙偶忘歸。應想芳魂踏殘月，瀼瀼露濕去時衣。」（卷一）

*郭銀匠

宋時袁州瀘蕭市之東，有銀匠姓郭，年三十餘，隻身獨處。市西有把賣媪，常詣郭買賣釵鐶之屬。媪女年十五六，一夕奔郭曰：「願爲君妻。」郭駭之。女曰：「妾慕君久矣，適得一計脱身，君無疑也。」問故，曰：「適佯死，母殮我於棺中。妾啓棺而出，復掩之。母將空棺瘞之矣，不復我索也。」郭置之密室，不令出入。月餘，母偶闞郭亡，窺其室，見女所殮紅履在焉，推户取之，呼告鄰里曰：「郭某盜開女墳！」郭歸，鄰告之故，大駭。女曰：「母卒至，亟避之，忘收履焉。我姑避之，君勿慮也。」女去，郭遂逃往潭州，早行十數里，女亦追至，同至潭州。久之囊竭，女曰：「妾善歌宫調，當有賞音。」遂開場於平里坊下。歌聲遏雲，觀者如堵，日數百券。豪門争延致之，日擲與金釵等。年餘，所積累萬。一日有髽角道人，身長九尺，撫郭背曰：「千萬人觀此鬼傀儡。」郭悟，挽之僻處，拜求濟度。道人令祝之東嶽廟。郭詣廟拜，至二更，見急走枷鎖女至東嶽後宫，忽仆地，則一死屍，乃知鬼投女屍也。遂傾資修廟以贖女罪，厚禮焚殯之。夜夢女感謝泣别而去。（同上）

按：此事與宋人話本《碾玉觀音》有相似處，且地亦在潭州，然志怪小説中女鬼私奔故事甚多，未必即爲話本所取材。

*賈知微

賈知微寓舟洞庭，因吟《懷古》詩云：「極目烟波是九嶷，吟魂愁見暮鴻〔飛〕（肥）。二妃有恨君知否，何事經旬去不歸？」卽岳陽，因賦詩曰：「湖平天遣草如雲，偶泊巴陵舊水濱。可惜仙娥差用意，張碩不是有才人。」俄見蓮舟，有數女郎鼓瑟而下，生目送之。舟通西岸，卽曾城夫人京兆君宅。生趨堂，見備筵饌，有三女郎：一稱曾城夫人，一稱湘君夫人，一稱湘夫人。酒行，各請吟詩。生曰：「偶棹扁舟泛渺茫，不期有幸跡仙鄉。玉堂久照星辰聚，雪扇雙開日月長。豈只恩憐爲上客，又容歡笑宴中堂。預愁明發分飛去，衣上人聞有異香。」湘君曰：「南望蒼梧慘玉容，九嶷山色五重重。須知暮雨朝雲處，不獨陽臺十二峰。」湘夫人曰：「夜唱蓮歌入洞庭，採蓮人旅著青蘋。長歌一棹空歸去，莫把蓮花讓主人。」京兆君曰：「一解征鴻下蓼汀，便隨仙馭返曾城。傷心遠別張生去，翻得人間薄倖名。」詩畢，二湘夫人別去；京兆君邀生止宿。明日以秋羅帕裹定年丹五十粒贈生。生既受，吟詩謝曰：「丹是曾城定年藥，帕爲織女秋雲羅。勸拳致贈東行客，以表相思恩愛多。」乃拜別去。離岸百步，回視，夫人宅已失矣。（卷二）

按：此事蓋出《麗情集》，《紺珠集》所引《秋雲羅帕》及《類說》引《黄陵廟詩》，俱簡略過甚。惟此本較爲完整，然亦未必全貌。曾城夫人卽杜蘭香，相傳晉曹毗有《杜蘭香傳》，亦見《搜神記》卷一。湘君、湘夫人在《雲溪友議》中已爲人肆意褻瀆矣，參看前《燈下閒談》之《湘妃神會》篇。

附録

開寶中，賈知微遇曾城夫人杜蘭香及舜二妃于巴陵，二妃誦李羣玉《黄陵廟詩》曰："黄陵廟前青草春，黄陵女兒茜裙新。輕舟短棹唱歌去，水遠天長愁殺人。"賈與夫人别，命青衣以秋雲羅帕覆定命丹五十粒，曰："此羅是織女繰玉蠶繭織成，遇雷雨，密收之。其仙丹每歲但服一粒，則保一年。"後大雷雨，見篋問一物，如雲烟騰空而去。（《類説》卷二十九《麗情集·黄陵廟詩》）

*吴城小龍女

舊傳荆州江亭柱間有詞曰："簾卷曲闌獨倚，山展暮天無際。淚眼不曾晴，家在吴頭楚尾。數點雪花亂委，撲漉沙鷗驚起。詩句欲成時，没入蒼烟叢裏。"黄魯直讀之悽然曰："似爲余發也。不知何人所作，筆勢類女子，又『淚眼不曾晴』之句，疑爲鬼耳。"是夕夢女子曰："我家豫章吴城山，附客舟至此，墮水死，不得歸，登江亭有感而作。不意公能識之。"魯直驚寤曰："此必吴城小龍女輩也。"時建中靖國元年云。乾道六年，吴明可帥守豫章，其子登科，同年生清江朱景文，因緣來見，得攝新建尉。適府中葺吴城龍王廟，命之董役，頗極嚴緻。及更塑偶像，朱指壁間所繪神女容相謂工曰："必肖此乃佳。"凡三四易，然後明麗艷冶如之。朱甚喜，復憶荆州詞，以謂語意憤抑悽惋，殆非龍宫嫺雅出塵態度，爲賦《玉樓春》一闋書於壁曰："玉階瓊室冰壺帳，〔窣〕(寧)地水晶簾不上。兒家住處隔紅塵，雲氣悠揚風淡蕩。有時閒把蘭舟放。霧鬢烟鬟乘翠浪。夜深滿載月明歸，畫破琉璃千萬丈。"既而夜夢旌幢羽葆，儀衛甚盛，擁一輜軿，有美女子居其中，傳言龍女來謁。下車相見，宴飲寢昵，如經一日夜，言談瀟洒，風儀穆然。將行，謂朱曰：「君當不記疇昔事矣。君前身本南海廣利王幼子，因行遊江湖爲我家壻，妾實得奉箕帚。今君雖以宿緣來生朱氏，然吴城之念，正爾不忘，故得禄多在豫章之分，須君官南海，陽禄且盡，此時當復諧佳偶。知君所作《玉樓春》詞，破前人之誤，甚以爲感。非君憶舊遊，亦無因知我家如此其熟也。」言畢，愴别而去。既覺，乃亟作文記其事。特未悟南海之説，但云豈非他日或以言事貶竄至彼邪。爾後每夕外入，常聞室内笑語聲。久而病瘠，家人疑其有祟，挽使罷歸。明年，又以事來，吴公已去，後帥龔實之留攝酒官。俄以家難去，服闋，調袁州分宜主簿。頃次家居，縣之士子昔從爲學，聞其歸鄉，相率來謁，因話邑中風土，偶及主簿廨前有南海王廟，朱怳然自失。明日抱疾，遂不起。元未嘗得至官，凡兩攝職於豫章，所謂多得禄者，如是而已。蓋初治像及撰詞時，方寸墜妄境。故自絶其命。神女之夢契，殆必黠鬼託以爲姦者歟。樂平人楊振者，爲臨江司户，説其事甚詳。（卷四）

按：前段黄魯直夢龍女事，《詩人玉屑》卷二十一引作《冷齋夜話》，而今本無之。

輟耕録

陶宗儀

陶宗儀（一三一六——一四〇三），字九成，號南村，台州路黄巖州人。省試不第，遂棄科舉，務古學。明洪武六年（一三七三）應薦赴京，朝廷將授之以官，託疾辭歸。輯有《説郛》、《書史會要》等。《明史》有傳。《輟耕録》三十卷，有至正丙午（一三六六）孫作序，書當成于其前，故列爲元代作品。

妻賢致貴

程公鵬舉，在宋季被虜於興元板橋張萬户爲奴，張以虜到宦家女某氏妻之。既婚之三日，卽竊謂其夫曰：「觀君之才貌，非久在人後者，何不爲去計，而甘心於此乎？」夫疑其試己也，訴於張，張命箠之。越三日，復告曰：「君若去，必可成大器，否則終爲人奴耳。」夫愈疑之，又訴于張。張命出之，遂粥於市人家。妻臨行，以所穿繡鞵一易程一履，泣而曰：「期執此相見矣。」程感悟，奔歸宋，時年十七八，以廕補入官。迨國朝統一海宇，程爲陝西行省參知政事。自與妻别，已三十餘年，義其爲人，未嘗再娶。至是，遣人携向之鞵履，往興元訪求之。市家云：「此婦到吾家，執作甚勤，遇夜未嘗解衣以寢。每紡績達旦，毅然莫可犯。吾妻異之，視如己女。將半載，以所成布匹償元粥鏹物，乞身爲尼。吾妻施貲以成其志。見居城南某庵中。」所遣人卽往尋，見，以曝衣爲由，故遺鞵履在地。尼見之，詢其所從來。曰：「吾主翁程參政使尋其偶耳。」尼出鞵履示之，合。亟拜曰：「主母也。」尼曰：「鞵履復全，吾之願畢矣。歸見程相公與夫人，爲道致意。」竟不再出。告以參政未嘗娶，終不出。旋報程，移文本省，遣使檄興元路，路官爲具禮委幕屬李克復防護其車輿至陝西，重爲夫婦焉。（卷四）

按：明沈鯨及陸采均有《分鞋記》傳奇，董應翰又作《易鞋記》傳奇，俱演此故事。《醒世恒言》卷十九《白玉孃忍苦成夫》，亦據此敷演。

奇遇

揭曼碩先生未達時，多游湖湘間。一日，泊舟江涘。夜二鼓，攬衣露坐，仰視明月如晝。忽中流一櫂漸近舟側，中有素妝女子斂袵而起，容儀甚清雅。先生問曰：「汝何人？」答曰：「妾商婦也，良人久不歸，聞君遠來，故相迎耳。」因與談論，皆世外恍惚事。且云：「妾與君有夙緣，非同人間之淫奔者，幸勿見却。」先生深異之。迨曉，戀戀不忍去，臨别謂先生曰：「君大富貴人也，亦宜自重。」因留詩曰：「盤塘江上是奴家，郎若閒時來喫茶。黄土作牆茅蓋屋，庭前一樹紫荆花。」明日，舟阻風，上岸沽酒，問其地，卽盤塘鎮。行數步，見一水仙祠，牆垣皆黄土，中庭紫荆分然。及登殿，所設像與夜中女子無異。余往聞先生之姪孫立禮説及此，亦一奇事也。今先生官至翰林侍講學士，可知神女之言不誣矣。（同上）

按：田藝蘅《留青日札》卷二《水仙詩考》謂，丘大祐《吳興絶唱》亦紀此水仙詩，數字不同，以爲張天雨所作。《聊齋誌異·王桂庵》篇（鑄雪齋鈔本卷十二）王桂庵念及詩中「門前一樹馬纓花」之句，似即本此水仙詩。《全唐五代詞》卷八據孫致彌《詞鵠初編》以此詩爲唐五代人之《竹枝》詞，不詳所據，恐不足信。清人徐漢蒼詠此事作《八寶妝》詞，全本《輟耕錄》所載，見《全清詞鈔》卷十九（九二二頁）。

勘釘

姚忠肅公，至元二十年癸未爲遼東按察使。武平縣民劉義訟其嫂與其所私同殺其兄成，縣尹丁欽以成屍無傷，憂懣不食。妻韓問之，欽語其故。韓曰：「恐頂顖有釘，塗其迹耳。」驗之果然。獄定上讞，公召欽，諦詢之，欽因矜其妻之能。公曰：「若妻處子邪？」曰：「再醮。」令有司開其夫棺，毒與成類，並正其辜。欽悸卒。**時比公爲宋包孝肅公拯云。**（卷五）

按：姚忠肅名天福，勘釘案亦見虞集《姚忠肅公神道碑》（載《稷山縣志》）及《新元史》本傳。然勘釘事早見于陳壽《益部耆舊傳》嚴遵事及《酉陽雜俎》韓滉事，元人又有《包待制雙勘釘》雜劇（已佚），後世都屬之包公案。

貞烈墓

千夫長李某戍天台縣日，一部卒妻郭氏有令姿，見之者無不嘖嘖稱賞，李心慕焉。去縣七八十里，有私盜出沒處，李分兵往戍，卒遂在行。既而日至卒家，百計調之，郭氏毅然莫犯。經半載，夫歸，具以白，爲屬所轄，罔敢誰何。一日，李過卒門，卒邀入，治茶，忽憶得前事，怒形於色，亟轉身持刃出。而李幸脫走，訴于縣。縣捕繫，窮竟。案議：持刃殺本部官，罪死，桎梏囹圄中。從而邑之惡少年與官之吏胥皁隸輩，無有不起覬覦之心者。郭氏躬餽食於卒外，閉户業績紡，以資衣食，人不敢一至其家。久之，府檄調黃巖州一獄卒葉其姓者至，尤有意於郭氏，乃顧視其卒，日飲食之，情若手足。卒感激入骨髓。忽傳有五府官出。五府之官，所以斬決罪囚者。葉報卒知，且謂曰：「汝或可活，我與爲義兄弟。萬一不保，汝之妻尚少，汝之子若女纔八九歲耳，奚以依？顧我尚未娶，寧肯俾爲我室乎？若然，我之視汝子女，猶我子女也。」卒喜諾。葉遂令郭氏私見卒。卒謂曰：「我死有日，此葉押獄性柔善，未有妻，汝可嫁之。」郭曰：「汝之死，以我之色，我又能貳適以求生乎？」既歸，持二幼痛泣而言曰：「汝爺行且死，娘死亦在旦夕。我兒無所怙恃，終必死於飢寒。我今賣汝與人，娘豈忍哉，蓋勢不容已，將復柰何！汝在他人家，非若父母膝下比，毋仍如是嬌癡爲也。天苟有知，使汝成立，歲時能以卮酒奠父母，則是我有後矣。」其子女頗聰慧，解母語意，抱母而號，引裾不肯釋手。遂携二兒出市，召人與之。行路亦爲之墮淚。邑人有憐之者，納其子女，贈錢三十緡。郭氏以三之一具酒饌，携至獄門，謂葉曰：「顧與夫一再見。」葉聽入，哽咽不能語。既而曰：「君擾押獄多矣，可用此少禮答之。又有錢若干，可收取自給。我去一富家執作，爲口食計，恐旬日不及看君故也。」相別，垂泣而出，走至仙人渡溪水中，危坐而死。此處水極險惡，竟不爲衝激倒仆。人有見者，報之縣，縣官往驗視，得實，皆驚異失色。爲具棺斂，就葬於死所之側山下。又爲申達上司，仍表其墓曰「貞烈郭氏之墓」，大書刻石墓上。至正丙戌，朝廷遣奉使宣撫循行列郡，廉得其事，原卒之情，釋之。人遂付還子女。終身誓不再娶。（卷十二）

按：明人沈鯨采此事改編爲《雙珠記》，頗多增飾，僅取郭氏一姓氏而已。

雋永録

佚名

《雋永録》，見陶宗儀《説郛》，不題撰人，原注三卷，僅録六條。所記爲宋元雜事，似雜抄諸書而成。宛委山堂本《説郛》改題《詩話雋永》，署元俞正己撰，不詳所據。

白紙詩

士人郭暉，因寄安問，誤封一白紙去，細君得之，乃寄一絶云：「碧紗窗下啓緘封，盡紙從頭徹尾空。應是仙郎懷别恨，憶人全在不言中。」（《説郛》卷三十）

按：《清平山堂話本·簡帖和尚》載此詩作宇文綬妻王氏所寫，文字稍有不同。《醉翁談録》乙集卷二又作吳仁叔妻王氏詩。《宋詩紀事》卷八十七引作葉夢得《巖下放言》，今本《巖下放言》無此條。葉廷琯謂原作《崖下放言》，實與全書筆墨不類。

女紅餘志

龍　輔

龍輔，常陽之妻。《女紅餘志》亦作《龍輔女紅餘志》，《千頃堂書目》卷十二作常陽《女紅餘志》，列在元代。書前有武康常陽序云：「余細君龍氏，性夷淡令淑，兼善屬文。外父爲蘭陵守元度公後裔，多異書，細君女紅中饋之暇，輒細閱之，擇其當意者編成四十卷，時置之几頭，命曰《女紅餘志》。今年屬余游宦京師，細君精差其最佳者手録之，僅四十之一。」今本二卷，多爲雜記典故，附以詩選。

香丸夫人

貞觀時，有書生幼時貧賤，嘗爲人傭作。一日至二鼓歸，其母以餛飩一盂食之。有鄰人陳姓者，乘酣嬉笑而來，側目視其食。食亡，復嬉笑而去。生頗不平之。又嘗有共傭作者，與生不相能。一夕伺於道觀前，欲毆生。生覺逃去。已而爲人傭書，其家奴誣生盜其浄巾中金，又有奴匿其主緊要文書害生，生不能白，主怒杖之。人由是多謗生無行者。生悲憤歸，取先人業肄之。業稍就，不慮貧苦矣。生一日閒步經觀音里，有一婦人，姿甚美，生心動，屢回顧看之。有惡少年數人於路相謂此婦有邪行，語語有實據。生聞賤之，不復有相顧意。生後與妻坐燭下，偶及此事，妻曰：「此吾異姓之從女弟也。妾徒以君貧故，不敢與之往來。聞其獨與一侍兒居此里，立身最高潔，親戚俱畏敬之，豈宜有此。何等惡少年汙衊之也！」生聞之大怒，欲爲報之。翌日，婦命侍兒來曰：「主母感郎君恩，雖未行，最感之。卽爲郎君死無恨。幸與郎君有夙緣，後日可一見於某所。第未可嚮邇，盡歡有日也。」生如期往，果得望見，各以目逆之。翼日，侍兒復至，曰：「主母治杯醴，屈郎君少坐。」及至，酒饌甚盛。几席間所陳器，皆人間所無。獨命生坐中堂。飲半，侍兒負一革囊至，曰：「主母所命也。」啓視，則人頭數個，顏色未變，乃向侮害生者也。生驚，欲避去。侍兒曰：「郎君請無驚，必不相累，主母固預命以藥物待之矣。」懷中出少藥，白色有光，用小指甲每頭彈斷處粟米許，頭漸縮小，至於如李子大。侍兒食之，吐核亦李也。侍兒又曰：「主母惡惡少年，無須臾忘，亦要假手于郎君。」生愧謝弗能。婦人又命侍兒進一香丸，曰：「不勞君舉腕，君第掃潔室，夜坐，焚此香於爐。香烟所至，君急隨之，卽得志矣。有所獲，須將納於革囊歸，勿畏也。」生如指焚香，隨烟而往，初不覺有牆壁礙，行處皆有光，亦不類闇夜。每至一處，烟裊裊繞惡少年頸，三繞而頭自落。或獨宿一室，或妻子共床寢，或初就枕，侍者執巾若麈尾如意圍繞未敢退，悉不覺不知。生悉以頭納革囊中，若夢中，殊無畏意。於是烟復裊裊而旋，生復隨之而返，到家未三鼓也。烟甫收，火已寒矣。探之，其香變成金色，圓若彈，倏然飛去，鏗有聲。生恐婦復須此物，無以復命。正惶急，侍兒不由門户，忽爾在前，取頭彈藥，食之如前。生告曰：「香丸飛去，不可覓，奈何？復須否？」侍兒曰：「得之久矣。主母傳話郎君，此畏闕也。此闕一過，無所不可爲。姑了天下事，共作神仙

也。」後生與婦俱徙去，不知所之。（卷上）

按：亦見《廣艷異編》卷十三，題作《香丸誌》。

俠嫗

修容嘗言：幼時其母好善，屬里中盜大起，闔門惶駭，忽一老嫗至曰：「汝家從來多陰德，盜雖亂，吾能匿汝，無得駭也。」袖中出黑綾二尺，裂作條子，每人令繫一條於臂，曰：「不必備飲食，第隨我行耳。家中一切無所損。」修容母子隨至一道院，老嫗指一神像曰：「是神慈悲，好行善行，汝等可潛其左耳。」於是教修容母子閉目，負之而入。神像亦不大，母子處之，如一間屋中。老嫗朝夕來視。神像耳孔僅容指，凡飲食至，耳孔輒大。一日盜突入院中，兵器羅列甚利。修容從耳孔中窺之，甚寒心。一夕，老嫗持一人頭示修容曰：「渠魁已斬，餘無足慮。」修容問：「何不早行之？」曰：「雖係盜亂，亦天數然，吾小術耳，何敢違天。今天命我斬則斬耳。」於是用法如前，負而出。歸至家，修容拜以爲師，誓修苦行以報德。老嫗曰：「汝仙骨尚微，無徒勞也。」於是教修容作萬壽妝，歌《連還曲》。後不知所往。修容歸於元璀也。（同上）

按：亦見《廣艷異編》卷十三。

緑窗紀事

佚名

《寶文堂書目》子雜類著録。見明抄本《説集》第十六册，不著作者，觀其内容，似爲元人所撰。題目兩兩對偶，與《姬侍類偶》相同，疑亦纂輯舊説。其中《潘黄奇遇》、《張羅良緣》兩篇爲著名故事。惟《説集》本似經删節，文字頗多脱訛，今據明刻本《艷異編》補録，以存全貌，然或有明人增飾，亦未可知。

潘黄奇遇

嘉熙丁酉，福建潘用中隨父候差于京邸。潘喜笛，每父出，必于邸樓憑欄吹之。隔牆一樓，相距二丈許，畫欄綺窗，朱簾翠幕。一女子聞笛聲，垂簾窺望。久之，或揭簾露半面。潘問主人，知爲黄氏女孫也。若是月餘，潘與太學彭上舍聯輿出郊，值黄府十數轎乘春遊歸，路窄，過時相挨。其第五輪乃其女孫也。轎窗皆半推，四目相視，不遠尺餘。潘神思飛揚，若有所失，作詩云：

「誰教窄路却相逢，脈脈靈犀一點通。最恨無情芳草路，匿蘭含蕙各西東。」

暮歸吹笛，時月明，見女捲簾憑欄，潘大誦前詩數過。適父歸，遂寢。黄府館賓晏仲舉，建寧人也。潘明往訪，邀歸邸樓，縱飲横笛，見女復垂簾，因問曰：「對望誰家樓也？」晏曰：「卽吾館寓。所窺主人女孫，幼從吾父學，聰明俊爽，且工詩詞。」潘愈動念。晏去，女復揭簾半露。潘醉狂，取胡桃擲去，女用帕子裹桃，復擲來。帕子上有詩云：

「闌干閒倚日偏長，短笛無情苦斷腸。安得身輕如燕子，隨風容易到君旁。」

潘亦用帕子題詩，裹胡桃復擲去，云：

「一曲臨風值萬金，奈何難買玉人心。君如解得相如意，比似金徽更恨深。」

女子復以帕子題詩，裹胡桃擲來，擲不及樓，墜于簷下。潘亟下樓取之，爲店婦所拾矣。潘以情告，懇求得之。帕上詩云：

「自從聞笛苦匆匆，魄散魂飛似夢中。最恨粉牆高幾許，蓬萊弱水隔千重。」

遂令店婦往道殷勤。女厚遺婦，至囑勿洩，且曰：若諧，當厚酬婦。未幾，潘父遷去，與鄉人同邸，潘惚惚不樂，厭厭成疾。父爲問藥，凡更數十醫，展轉兩月不愈。一日，語彭上舍曰：「吾其殆哉，吾病非藥石所能愈。」乃告以故，曰：「卽某日交遊所遇者也。」彭告之父，父憂之。既而店婦訪至潘寓，曰：「自官人遷後，女病垂死。母于枕中得帕子，究明知其故。今願以女適君，何如？」潘不敢諾。未幾，晏仲舉至，具道父母真意。適彭亦至，遂語潘父，竟諧伉儷，斂具巨萬焉。前詩喧傳都下，達于禁中，理宗以爲奇遇。時潘與黄皆年十六也。（《艷異編》卷二十一）

按：自好子《剪燈叢話》卷一以此爲《桃帕傳》，題宋王右撰。《西湖二集》第十二卷《吹鳳簫女誘東牆》即演此事。明人汪廷訥曾據此編爲《投桃記》傳奇。

張羅良緣

浙東張忠父與羅仁卿鄰居，張宦族而貧，羅崛興而富。宋端平間，兩家同日生産，張生子名幼謙，羅生女名惜惜。稍長，羅女寄學于張。人常戲曰：「同日生者，合爲夫婦。」張子羅女，私以爲然。密立券約，誓必偕老，兩家父母罔知也。年十數歲，嘗私合于齋東石榴樹下，自後無間。明年，羅女不復來學。張子雖屢至羅門，閨院深邃，終不見女。至冬，張子書詞名《一剪梅》云：

「同年同日又同窗，不似鸞凰，誰似鸞凰。石榴樹下事匆忙，驚散鴛鴦，拆散鴛鴦。一年不到讀書堂，教不思量，怎不思量。朝朝暮暮只燒香，有分成雙，願早成雙。」

伺其婢，連日不至，又成詩云：

「昔人一别恨悠悠，猶託梅花寄隴頭。咫尺花開君不見，有人獨自對花愁。」

一日，婢至，與之云：「齋前梅花已開，可託折梅花遞回信來。」去無報音。明年，隨父忠父館寓越州太守齋，兩年方歸。羅女遣婢餽箋，箧中有金錢十枚，相思子一粒。張大喜，語婢欲得一會期。且復書一詩云：

「一朝不見似三秋，真個三秋愁不愁？金錢難買尊前笑，一粒相思死不休。」

嘗擲金錢爲戲，母見詰之，云得之羅女。母覺其意，遣里嫗問婚，羅父母以其貧不許，曰：「若會及第做宫則可。」明年，張又隨父同越州太守候差于京。又兩年方歸，而羅女受里富室辛氏聘矣。張大恨，作詞名《長相思》云：

「天有神，地有神。海誓山盟字字真，如今墨尚新。過一春，又一春。不解金錢變作銀，如何忘却人？」

遣里嫗密送與女。女言：「受聘乃父母意。但得君來會面，寧與君俱死，永不願與他人俱生也。」羅屋後牆內，有山茶數株，可以攀緣及牆。約張候于牆外，中夜令婢登牆，用竹梯置牆外以度。凡伺候三夕而失期。賦詩云：

「山茶花樹隔東風，何啻雲山萬萬重。銷金帳暖貪春夢，人在月明風露中。」

復遣里嫗遞去。女言三夕不寐，無間可乘，約以今夕燈燭後爲期。至期，果有竹梯在牆外，遂登牆緣樹而下。女延入室，登閣，極其繾綣。遂訂後期，以樓西明三燈爲約。如至牆外止一燈，不可候也。自後無夕不至，或一二夕，或三四夕，明三燈，則牆外亦有竹梯矣。月餘，又隨父館寓湖北帥廳。先數夕相與泣別，女遺金帛甚厚，曰：「幸未即嫁，則君北歸尚有會期。否則君其索我于井中，結來世姻矣。」其年，張赴湖北，留寓試畢歸里，則女亦擬是冬出適，聞張歸，即遣婢訂約今夕，且書《卜算子》詞一闋云：

「幸得那人歸，怎便教來也。一日相思十二辰，直是情難舍。本是好姻緣，又怕姻緣假。若是教隨別個人，相見黄泉下。」

張如約至。女喜且怨曰：「幸有期會了，曷又往湖北去，乃不務早歸。從今若無夜不會，亦只兩月餘矣。當與君極歡，雖死無恨。君少年才俊，前程未可量，妾不敢以世俗兒女態邀君俱死也。」相對泣下久之。張索筆和其《卜算子》云：

「去時不由人，歸怎由人也。羅帶同心結到成，底事教拚捨？　心是十分真，情没些兒假。若道歸遲打棹篦，甘受三千下。」

自是遂無夜不至。半月餘，爲羅父母所覺，執送有司。女投井不果，令人日夕隨之。張到官，歷歷具實供答。辛憐其才，欲貸其罪，而辛氏有巨貲，必欲究竟。張母遺信報其父，父懇湖北帥關節本郡太守。未幾，湖北帥寓試揭曉，張作《周易》魁，旗鈴就圄中報捷。辛大喜，延至公廳賀之，送歸拜母。申州請旨，邑方逮女出官，中途而返。太守得湖帥使書，而本縣申文亦至。辛氏以本縣擅釋張子，赴州陳訴。太守曉辛曰：「羅氏不廉女也，天下多美婦人，汝焉用泥是爲？當令羅氏還爾聘財。」辛辭塞。太守命吏取辛情願休妻狀，行移本縣，追理聘財。密書與宰，令爲張羅了此一段姻緣。宰具札招羅仁卿公廳相見，即賀其得佳壻，盛禮特宴，具道守意。羅歸，招張來贅。張明年登科，仕至倅。夫婦偕老焉。（同上）

按：《拍案驚奇》卷二十九《通閨闥堅心燈火，鬧囹圄捷報旗鈴》即本此故事。戲曲有元人之《羅惜惜》、明王元壽之《石榴花》、清黄振之《石榴記》，俱據此敷演，僅黄作尚存。

姚月華小傳

佚名

《姚月華小傳》，宋以前未見著録，見于明刻本《廣艷異編》及《續艷異編》。《瑯嬛記》屢引此傳。辛文房《唐才子傳》以姚月華爲唐人，當據《才調集》。今姑屬之元人作品。《全唐詩》卷八〇〇收姚月華詩尚有三首爲本篇所不載者，一首爲白居易詩，一首爲張籍詩。

姚氏女月華，少失母，忽夢月輪墜於妝臺，覺而大悟，自幼聰慧，組織饋饎，不習而能，獨未嘗讀書，自此搦管，便有所得。其所爲古文詞妙絶。當時隨父寓於揚子江。時端午，江上有龍舟之戲，月華出看。近舟有書生楊達，見其素腕褰簾，結五色絲跳脱，鬢鬟如漆，玉鳳斜簪，巧笑美盼，容色艷冶。達神魂飛蕩，然非敢望也。每日懷思，因製曲序其邂逅，名曰《泛龍舟》。一日，月華見達《昭君怨》詩，愛其「匣中縱有菱花鏡，羞向單于照舊顔」句，情不能已，遂私命侍兒乞其舊稿，且寄詩一紙，題曰《古怨》云：「江水悠悠春草緑，對此思君淚相續。羞將幽恨向東風，理盡瑶琴不成曲。」楊出於非望，樂不可言，立綴艷體詩以致其情。自後遂各以尺牘往來。月華每得達書有密語，皆伏讀數過，燒灰入醇酎飲之，謂之款中散。一日，達飲於姚氏，酒酣假寐。月華私命侍兒送合歡竹鈿枕、温凉草文席，皆其香閣中物也。達雖心蕩，亦無可奈何，遂悵然而歸。次日，月華以石華遺達云：「出丹洞玉池，異於他處，色如水晶，清明而瑩，久服延年。」達以詩謝之曰：「青袿仙女隔蓬萊，珠樹金窗向曉開。燕子羽毛非廣袖，殷勤也帶石花來。」然月華雖工於組織，亦巧於丹青，凡花卉羽毛，世所鮮及。筆札之暇，聊復自娱，人不可得而見也。一日，正揮毫畫芙蓉匹鳥圖。忽侍兒持達箋至，上云「奉送不律隃麋」。一女侍在側，問曰：「不律隃麋何也？」曰：「楚謂之聿，吴謂之不律，燕謂之弗，皆筆名也。漢人有墨，名曰隃麋。」遂受之，答以所畫芙蓉圖，達見其約略濃淡，生態逼真，喜不自持，覓銀光紙裁書謝之。其大略云：「連枝欲長，忽阻山蹊；比翼將翔，遽乖雲路。思結章臺垂柳，心馳普救啼鶯。幸傳尺素之丹青，豈任寸心之銘刻。江湖恍在案，波浪倏翻窗。植寫斷腸，飛揮交頸。繭紙發其枝榦，兔管借之羽毛。雌戲苹川，雄依苔石，色與露花同照爛，翼將風葉共低昂。明鏡曉開，苦憶文君之面；疏螢夜度，遥思織女之機。所冀吾人獲同斯畫，越溪吴水之上，常得雙開；漢樹秦草之間，永教對舞。」月華讀之，稱賞不已，以灑海剌二尺贈達曰：「爲郎作履，凡履霜雪則應履而解，乃西蕃物也」。又貽詩曰：「金刀剪紫絨，與郎作輕履。願化雙仙鳧，飛來入閨裏。」蓋達與月華雖文翰相通，而終未一覿，至是見詩，心醉若狂，乃賂女侍而得一會焉。臨别謂月華曰：「少日即來。」不覺爽約。及至，姚不即見。楊戲書一句調之曰：「女姚雖美，只如半朵桃花。」姚正怒，索筆對曰：「人信爲高，莫費一翻言説。」楊愈奇之，遂至往來無間。凡久會謂之大會，暫會謂之小會。又大會謂之鶼鶼會，小會謂之白鷁會。而歡洽正濃，忽其父有江右之遷，已買舟於水畔矣。彼此倉皇，無計可緩，遂怏怏而别。月華至舟，雙眉雲鎖，兩頰花愁，而飲食懨懨減矣。乃效徐淑體綴成一詞，而猶多悲怨；以寄達曰：「妾生兮不辰，盛年兮逢屯。寒暑兮心結，夙夜兮眉顰。循環兮不息，如彼兮車輪。車輪兮可歇，妾心兮焉伸。雜沓兮無緒，如彼兮絲棼。絲棼兮可理，妾心兮焉分。空閨兮岑寂，妝閣兮生塵。萱草兮徒樹，茲憂兮豈泯。幸逢兮君子，許結兮殷勤。分香兮剪髮，贈玉兮共珍。指天兮結誓，願爲兮一身。所遭兮多舛，玉體兮難親。損餐兮減寢，帶緩兮羅裙。菱鑑兮慵啓，博山兮焉熏。整襪兮欲舉，塞路兮荆榛。逢人兮欲語，鞈匝兮頑嚚。煩冤兮憑胸，何時兮可論。願君兮見察，妾死兮何瞋。」達讀之，嗚咽不勝，幾絶者數四。後達復至其舊院，惟見雙燕斜飛，落英満地而已。遂亦整裝向江右蹤跡之，而竟無可查焉。嘗爲友道及之，猶嗚咽泣下云。（《廣艷異編》卷八）

附録

與君形影分吴越，玉枕經年對離别。登臺北望烟雨深，回身泣向寥天月。（《才調集》卷十姚月華《古怨》）

紫竹小傳

佚名

《紫竹小傳》，作者不詳。載于《廣艷異編》、《續艷異編》等書，似爲明人所作。題爲元人伊世珍編之《瑯嬛記》亦屢引本傳。姑附元代之末。

大觀中，有紫竹者，工詞，善於調謔，恒謂天下無其偶。一日，手李後主集。其父玄伯問曰：「後主詞中何處最佳？」答曰：「『問君能有幾多愁，恰似一江春水向東流』耳。」玄伯默然。嘗遊於野，有秀才方喬，樂至人也。一與紫竹遇，欲覩其狀，更不可見，晝夜思之，面貌恍惚，中心拂鬱。每入闤闠，見賣美人圖者，輒取視，冀其有相似者。或狹邪妓館，無不留意。用計萬端，竟無其人。終日悲慕，幾成痼疾。有寄情詩曰：「眉如遠岫首如螓，但得相思不相親。若使畫工圖軟障，何妨百日唤真真。」一日，遇一道士持一錦囊，内有古鏡，謂喬曰：「子之用心，誠通神明。吾有此純陽古鏡，藏之久矣，今以奉贈。此鏡一觸至陰之氣，留影不散。子之所遇少女，至陰獨鍾，試使人照之，即得其貌矣。然後令畫工圖之，所留之影同此女，一得陽精，影即散去。他物盡然。」又戒喬：「不可照日，一照即飛入日宫，散爲陽氣矣。」鏡背有篆書云：「火府百鍊純陽寶鏡。」喬試之，果然。遂以白玉盤螭匣盛斯鏡而達意焉。紫竹欣然而受。

(「而達」以下《情史》卷三《紫竹》作：「囑嫗往售，紫竹顧鏡，影遂留焉。怪以問嫗，嫗云：『此鏡得之方生，宜還詢之。』生爲解説，因以鏡獻。使嫗婉致狂慕之意。」似出別本。)遂得以詩詞往來。長夏，喬讀書於種梅館，懷思紫竹，至於忘食。忽紫竹遺以書，其大略云：「欲結赤繩，應須素節。泣珠成淚，久比鮫人；流火爲期，聊同織女。春風鴛帳裏，不妨雁語驚寒；暮雨雀屏中，一任雞聲唱曉。」喬答之詞，亦多瑰麗。柬尾附以《玉樓春》詞曰：「綠陰撲地鶯聲近，柳絮如綿烟草襯。雙鬟玉面碧窗人，一紙銀鈎春鳥信。佳期遠卜清秋夜，梧樹梢頭明月挂。天公若解此情深，今歲何須三月夏。」自此音問兩絶，而想像難真。紫竹因覓銀光紙序其悲愁眷戀之意，復綴以《卜算子》詞曰：「繡閣鎖重門，携手終非易。牆外憑他花影摇，那得疑郎至。合眼想郎君，別久難相似。昨夜如何綉枕邊，夢見分明是。」遂約於望雲門暫會，因於牆陰之下，閒履蒼苔，鞋底盡濕，而方不至。俄聞人語，遂歸繡閫，獨倚畫屏，不勝悵恨，作《踏沙行》一闋云：「醉柳迷鶯，懶風慰草，約郎暫會閒門道。粉牆陰下待郎來，蘚痕印得鞋痕小。花日移陰，簾香失裊，望郎不到心如擣。避人愁入倚屏山，斷魂還向牆陰繞。」紫竹既歸，方喬始至，四顧徬徨，憾惋而去。遂以尺牘，故相譏調。紫竹爲《菩薩蠻》詞，雜以戲語以解之曰：「約郎共會西廂下，嬌羞竟負從前話。不道一睽違，佳期難再期。郎君知我愧，故把書相詆。寄語不須慌，見時須打郎。」喬復爲詞戲答云：「秋風只擬同衾枕，春歸依舊成孤寢。爽約不思量，翻言要打郎。鴛鴦如共耍，玉手何辭打。若再負佳期，還應我打伊。」紫竹遂投誓書於喬，因寄《踏沙行》一闋云：「筆鋭金針，墨濃螺黛，盟言寫就囊兒袋。玉屏一縷獸爐烟，蘭房深處深深拜。芳意無窮，花牋難載，簾前細祝風吹帶。兩情願得似堤邊，一江綠水年年在。」後因復尋舊約，遂得諧繾綣之私。自此兩情相得益甚。紫竹常目喬爲重寶，尺牘之間，往往呼之。時紫竹有南蕃桃花片，重數錢，色如桃花，而明瑩如榴肉，市之得百金，因戲以詞寄喬曰：「與郎眷戀何時了，愛郎不異珍和寶。一寶百金償，算來何用郎。　戲郎郎莫恨，珍寶何須論。若要買郎心，憑他萬萬金。」喬爲之撫掌，但蹉跎時景，忽復青陽。其父稍有所聞，遂召喬以紫竹妻之焉。然往來詩詞甚多，不能畢録。猶有一詞云：「晨鶯不住啼，故喚愁人起。無力曉妝慵，閒弄荷錢水。欲呼女伴來，鬭草花陰裏。嬌極不成狂，更向屏山倚。」又云：「思郎無見期，獨坐離情慘。門户約花關，花落輕風颭。　生怕是黄昏，庭竹和烟黯。斂翠恨無涯，强把蘭釭點。」觀此，其風調可想矣。（《廣艷異編》卷八）

引用書目以本書引用先後爲序

燈下閒談　佚名撰　適園叢書本　商務印書館排印本

祕書省續編到四庫闕書目　觀古堂刻本

文獻通考　元馬端臨撰　商務印書館影印武英殿刻本

直齋書録解題　宋陳振孫撰　上海古籍出版社排印本

鐵琴銅劍樓藏書目録　清瞿鏞撰　清刻本

説郛　元陶宗儀編　涵芬樓排印張宗祥校本

説郛　明陶珽重編　宛委山堂本

劍俠傳　明王世貞編　古今逸史本

情史　明詹詹外史編　春風文藝出版社排印本

緑珠傳　宋樂史撰　琳琅祕室叢書本

宋史　元脱脱等撰　中華書局排印本

郡齋讀書志　宋晁公武撰　商務印書館影印袁州本　王先謙校刻衢州本

續談助　宋晁載之編　粤雅堂叢書本

楊太真外傳　宋樂史撰　説郛本　顧氏文房小説本
冷齋夜話　宋釋惠洪撰　中華書局排印本
洛陽縉紳舊聞記　宋張齊賢撰　知不足齋叢書本
江淮異人録　宋吴淑撰　知不足齋叢書本
新編分門古今類事　宋宋某撰　中華書局排印本
類説　宋曾慥編　文學古籍刊行社影印明天順刻本
折獄龜鑑　宋鄭克撰　守山閣叢書本
崇文總目　宋王堯臣等撰　粤雅堂叢書本
續資治通鑑長編　宋李燾撰　中華書局排印本
揮麈録　宋王明清撰　四部叢刊續編影宋鈔本
焦氏筆乘　明焦竑撰　粤雅堂叢書本
青瑣高議　宋劉斧撰　上海古籍出版社排印本
永樂大典　明姚廣孝等編　中華書局影印本
太平廣記　宋李昉等編　中華書局排印本
唐語林　宋王讜編　中華書局排印周勳初校證本
葆光録　宋陳纂撰　顧氏文房小説本

澠水燕談録　宋王闢之撰　中華書局排印本
麈史　宋王得臣撰　上海古籍出版社排印本
默記　宋王銍撰　中華書局排印本
詩話總龜　宋阮閲編　人民文學出版社排印本
東坡志林　宋蘇軾撰　中華書局排印本
苕溪漁隱叢話　宋胡仔撰　人民文學出版社排印本
樂善録　宋李昌齡編　續古逸叢書影印宋紹定刻本
紺珠集　宋朱勝非編　明天順刻本
緑窗新話　宋皇都風月主人編　古典文學出版社排印本
白居易集　中華書局排印本
唐詩紀事　宋計有功撰　四部叢刊初編影印明嘉靖刻本
醉翁談録　宋羅燁撰　古典文學出版社排印本
警世通言　明馮夢龍編　上海古籍出版社影印明兼善堂本
録鬼簿　元鍾嗣成撰　中華書局上海編輯所影印天一閣鈔本　古典文學出版社排印本
歲時廣記　宋陳元靚撰　十萬卷樓叢書本
隆平集　宋曾鞏撰　清康熙刻本

江南野史　宋龍袞撰　豫章叢書本
友會談叢　宋上官融撰　十萬卷樓叢書本
范文正公文集　宋范仲淹撰　四部叢刊初編影印明刻本
宋朝事實類苑　宋江少虞編　上海古籍出版社排印本
侍兒小名録拾遺　宋董弅撰　稗海本
山谷集注　宋任淵注　四部備要本
片玉集　宋陳元龍注　四部備要本
節孝先生集　宋徐積撰　明刻本
茅亭客話　宋黄休復撰　琳琅秘室叢書本
四庫全書總目　清永瑢等撰　中華書局影印本
北夢瑣言　宋孫光憲撰　上海古籍出版社排印本
括異志　宋張師正撰　四部叢刊續編影印明鈔本
避暑録話　宋葉夢得撰　葉氏觀古堂刻本
玉壺清話　宋釋文瑩撰　中華書局排印本
邵氏聞見後録　宋邵博撰　中華書局排印本
鐵圍山叢談　宋蔡絛撰　中華書局排印本

清波雜志　宋周煇撰　四部叢刊續編影印宋刻本

東軒筆録　宋魏泰撰　中華書局排印本

醒世恒言　明馮夢龍編　上海古籍出版社影印明葉敬池刻本

涑水紀聞　宋司馬光撰　聚珍版叢書本　中華書局排印本

釵釧記　明月榭主人撰　古本戲曲叢刊二集影印康熙間鈔本

自警篇　宋趙善璙撰　歷代小史本

拍案驚奇　明凌濛初撰　上海古籍出版社影印尚友堂本

邵氏聞見録　宋邵伯温撰　中華書局排印本

湘山野録　宋釋文瑩撰　中華書局排印本

南唐近事　宋鄭文寶撰　寶顔堂祕笈本

雲巢編　宋沈遼撰　四部叢刊三編影印明刻沈氏三先生集本

西溪叢語　宋姚寬撰　涵芬樓秘笈影印明刻本

夢溪筆談　宋沈括撰　中華書局排印胡道静校注本

剪燈叢話　明自好子編　明刻本（北京圖書館藏）

五朝小説大觀　佚名編　掃葉山房石印本

緑窗女史　明秦淮寓客編　明刻本

蘇軾文集　中華書局排印孔凡禮校輯本
雲溪友議　唐范攄撰　四部叢刊續編影印明刻本
補侍兒小名録　宋王銍撰　稗海本
注東坡先生詩　宋施元之顧禧注　藝文印書館影印宋景定本
後山詩注　宋任淵注　四部叢刊初編影印高麗活字本
清平山堂話本　明洪楩編　文學古籍刊行社影印明刻本
古今小説　明馮夢龍編　上海古籍出版社影印明天許齋本
湖海新聞夷堅續志　元佚名編　中華書局排印本
大唐西域記　唐釋玄奘撰　中華書局排印季羡林等校注本
寶文堂書目　明晁瑮撰　古典文學出版社排印本
能改齋漫録　宋吴曾撰　上海古籍出版社排印本
杜工部草堂詩話　宋蔡夢弼編　古逸叢書影印宋本
夷堅志　宋洪邁撰　中華書局排印本
蜀中名勝記　明曹學佺撰　粤雅堂叢書本
雲齋廣録　宋李獻民編　中央書店排印本
齊東野語　宋周密撰　中華書局排印本

最娛情　清來鳳館主人編　清刻本（中華書局藏殘帙）
杜工部草堂詩箋　宋魯訔、蔡夢弼撰　古逸叢書影印宋本
明皇雜録　唐鄭處誨撰　上海古籍出版社排印開元天寶遺事十種本
樊川文集夾注　宋佚名注　高麗刻本（北京圖書館藏）
墨莊漫録　宋張邦基撰　四部叢刊三編影印明鈔本
香艷叢書　清蟲天子輯　國學扶輪社排印本
集注分類東坡詩　宋王十朋注　四部叢刊初編影印宋刻本
萍洲可談　宋朱彧撰　守山閣叢書本
玉照新志　宋王明清撰　學津討原本
雲麓漫鈔　宋趙彦衛撰　涉聞梓舊本
艾子　宋蘇軾撰　顧氏文房小説本
龍川別志　宋蘇轍撰　中華書局排印本
續世説　宋孔平仲撰　宛委別藏本
張右史文集　宋張耒撰　四部叢刊初編影印舊鈔本
春渚紀聞　宋何薳撰　中華書局排印本
西廂記　元王實甫撰　商務印書館影印明弘治岳氏刻本

泊宅編　宋方勺撰　中華書局排印本
厚德録　宋李元綱編　稗海本
搜神秘覽　宋章炳文撰　續古逸叢書影印宋刻本
墨客揮犀　宋佚名撰　稗海本
舒藝室雜著　清張文虎撰　舒藝室全集本
瀛奎律髓　元方回撰　清刻本
事文類聚　宋祝穆編　明德壽堂刻本
過庭録　宋范公偁撰　稗海本
賓退録　宋趙與時撰　上海古籍出版社排印本
五總志　宋吴坰撰　知不足齋叢書本
雞肋編　宋莊綽撰　中華書局排印本
畫繼　宋鄧椿撰　學津討原本
建炎以來繫年要録　宋李心傳撰　中華書局排印本
隋唐演義　清褚人穫撰　中華書局上海編輯所排印本
蓼花洲閒録　題宋高文虎編　稗海本
陶朱新録　宋馬純撰　墨海金壺本

三水小牘　五代皇甫枚撰　中華書局上海編輯所排印本
北窗炙輠　宋施德操撰　姚覲元鈔本
西塘集耆舊續聞　宋陳鵠撰　知不足齋叢書本
梅妃傳　佚名撰　顧氏文房小説本
莆陽比事　宋李俊甫撰　宛委别藏本
後村先生大全集　宋劉克莊撰　四部叢刊初編影印賜硯堂鈔本
李師師外傳　佚名撰　琳琅秘室叢書本
貴耳集　宋張端義撰　津逮祕書本
後村詩話　宋劉克莊撰　中華書局排印本
讀書敏求記　清錢曾撰　海山仙館叢書本
睽車志　宋郭彖撰　稗海本
搜神後記　佚名撰　中華書局排印本
燕居筆記　明何大掄編(?)　明刻本
玄怪録　唐牛僧孺撰　中華書局排印本
紅樓夢　清曹霑撰　人民文學出版社排印本
列朝詩集　清錢謙益編　清刻本

旗亭記　明鄭之文撰　古本戲曲叢刊二集影印明繼志齋刻本
巖下放言　宋葉夢得撰　石林遺書本
石點頭　明天然癡叟撰　古典文學出版社排印本
元曲選　明臧懋循編　四部備要排印本
水滸傳　元施耐庵撰　人民文學出版社排印全傳本
錢塘湖隱濟顛語録　明沈孟柈撰　明隆慶刻本
盛明雜劇　明沈泰編　董氏誦芬室重刻本
清人雜劇　鄭振鐸編　石印本
容齋隨筆　宋洪邁撰　上海古籍出版社排印本
眉山秀　明李玉撰　古本戲曲叢刊三集影印清刻本
還山遺稿　元楊奂撰　適園叢書本
生綃剪　清谷口生等撰　清刻本
菽園雜記　明陸容撰　中華書局排印本
古今談概　明馮夢龍撰　文學古籍刊行社影印明葉昆池刻本
拍案驚奇　初、二刻　王古魯注釋　上海古籍出版社排印本
異聞總録　元佚名編　稗海本

西湖二集　明周楫撰　浙江人民出版社排印本

投轄録　宋王明清撰　涵芬樓排印本

劇談録　唐康軿撰　貴池唐人集本

聊齋志異　清蒲松齡撰　中華書局上海編輯所排印本

神仙感遇傳　五代杜光庭撰　道藏本

清真集　宋周邦彦撰　中華書局版吴則虞校點本

海陵三仙傳　宋王禹錫撰　古今説海本

宋元學案　清黄宗羲全祖望撰　中華書局排印本

梁溪漫志　宋費衮撰　知不足齋叢書本

桯史　宋岳珂撰　中華書局排印本

鶴林玉露　宋羅大經撰　中華書局排印本

三元記　明沈受先撰　古本戲曲叢刊初編影印汲古閣刻本

鬼董　宋佚名撰　知不足齋叢書本

千頃堂書目　明黄虞稷撰　適園叢書本

閒窗括異志　宋魯應龍撰　稗海本

西遊記雜劇　明楊暹撰　古本戲曲叢刊初編影印日本鉛印本

唐三藏西遊傳　明朱鼎臣編　古本小說叢刊影印明刻本
癸辛雜識　宋周密撰　中華書局排印本
平妖傳　元羅貫中撰　北京大學出版社排印本
朝野僉載　唐張鷟撰　中華書局排印本
隋唐嘉話　唐劉餗撰　中華書局排印本
青樓集　元夏伯和撰　明抄説集本
姬侍類偶　宋周守忠撰　明抄説集本
張生彩鸞燈傳　佚名撰　熊龍峰四種小説本
疑仙傳　宋隱夫玉簡撰　琳琅秘室叢書本
焚椒録　遼王鼎撰　津逮秘書本
續夷堅志　金元好問撰　中華書局排印本
陵川文集　金郝經撰　清刻本
嬌紅記　元宋遠撰　鄭振鐸編世界文庫本
嬌紅記解説　日本伊藤漱平撰　日本平凡社版嬌紅記日譯本
元詩選癸集　清顧嗣立編　清席氏掃葉山房刻本
金童玉女嬌紅記　明劉兑撰　日本九皋會影印明刻本

節義鴛鴦塚嬌紅記　明孟稱舜撰　古本戲曲叢刊二集影印明崇禎刻本
元文類　元蘇天爵編　四部叢刊初編影印元刻本
錢塘遺事　元劉一清撰　上海古籍出版社影印掃葉山房本
山房隨筆　元蔣正子撰　藕香零拾本
眼兒媚　明孟稱舜撰　柳枝集本
效顰集　明趙弼撰　古典文學出版社排印本
研北雜志　元陸友撰　寶顔堂秘笈本
平江紀事　元高德基撰　墨海金壺本
山居新話　元楊瑀撰　知不足齋叢書本
北軒筆記　元陳世隆撰　學海類編本
可閒老人集　元張昱撰　四庫全書本
獨醒雜志　宋曾敏行撰　知不足齋叢書本
四美記　明佚名撰　古本戲曲叢刊二集影印文林閣刻本
江湖紀聞　元郭霄鳳撰　元刻本(殘)
異聞總録　元佚名撰　稗海本
詩人玉屑　宋魏慶之撰　古典文學出版社排印本

輟耕録　元陶宗儀撰　元刻本
易鞋記　明沈鯨撰　古本戲曲叢刊初編影印明文林閣本
留青日札　明田藝蘅撰　上海古籍出版社影印明刻本
全唐五代詞　張璋　黄畬編　上海古籍出版社排印本
全清詞鈔　葉恭綽編　中華書局排印本
新元史　柯劭忞撰　開明書店二十五史本
酉陽雜俎　唐段成式撰　中華書局排印本
雙珠記　明沈鯨撰　古本戲曲叢刊初編影印汲古閣刻本
女紅餘志　元龍輔撰　古今説部叢書本
緑窗紀事　佚名撰　明抄説集本
艷異編　題明王世貞編　明刻四十卷本　又四十五卷本
廣艷異編　明吴大震編　天一出版社影印明刻本
續艷異編　題明王世貞編　明刻本
瑯嬛記　題元伊世珍輯　津逮秘書本
唐才子傳　元辛文房撰　中華書局版傅璇琮等校箋本
才調集　蜀韋縠編　四部叢刊初編影印述古堂鈔本

程毅中 等編

古體小説鈔

中

明代卷

中華書局

目録

剪燈新話

瞿　佑

瞿佑(一三四七——一四三三),字宗吉,號存齋。淮安山陽(今江蘇淮安)人,祖輩徙居浙江鄞縣,後移家錢塘(今浙江杭州)。洪武間由貢士薦授仁和訓導,歷任錢塘、臨安、宜陽縣學訓導。建文二年(一四〇〇)授國子監助教兼修國史。永樂初任周王府右長史,六年(一四〇八)因失職獲罪,下錦衣獄。十一年謫戍保安。宣德初,以英國公張輔奏請召還,遂爲張府西賓。宣德三年(一四二九)南歸,八年卒,年八十七。著有《香臺集》、《樂府遺音》、《詠物詩》、《存齋遺稿》、《歸田詩話》等。《剪燈新話》四卷,前有洪武十一年(一三七八)自序。永樂十九年(一四二一)重校本,有瞿佑後序。原書二十一篇,附録《秋香亭記》一卷,《百川書志》著録。正統七年(一四四二),國子監祭酒李時勉曾奏請禁毁《剪燈新話》等書,故流傳不廣。今存正德六年楊氏清江書堂刻本及嘉靖刻本等多種,通行者爲民國六年董康誦芬室刻本,都有舛誤,近人周夷校注本較好。

金鳳釵記

大德中,揚州富人吴防禦,居春風樓側,與宦族崔君爲鄰,交契甚厚。崔有子曰興哥,防禦有女曰興娘,俱在襁褓。崔君因求女爲興哥婦，防禦許之，以金鳳釵一隻爲約。既而崔君遊宦遠方，凡一十五載，並無一字相聞。女處閨闈，年十九矣。其母謂防禦曰：「崔家郎君一去十五載，不通音耗，興娘長成矣，不可執守前言，令其挫失時節也。」防禦曰：「吾已許吾故人矣，況成約已定，吾豈食言者也！」女亦望生不至，因而感疾，沉綿枕席，半歲而終。父母哭之慟。臨斂，母持金鳳釵撫尸而泣曰：「此汝夫家物也，今汝已矣，吾留此安用！」遂簪於其髻而殯焉。殯之兩月，而崔生至。防禦延接之，訪問其故，則曰：「父爲宣德府理官而卒，母亦先逝數年矣，今已服除，故不遠千里而至此。」防禦下淚曰：「興娘薄命，爲念君故得疾，於兩月前飲恨而終，今已殯之矣。」因引生入室，至其靈几前，焚楮錢以告之，舉家號慟。防禦謂生曰：「郎君父母既殁，道途又遠，今既來此，可便於吾家宿食。故人之子，即吾子也，勿以興娘殁故，自同外人。」即令搬挈行李，於門側小齋安泊。將及半月，時值清明，防禦以女新殁之故，舉家上冢。興娘有妹曰慶娘，年十七矣，是日亦同往。惟留生在家看守。至暮而歸，天已曛黑，生於門左迎接，有轎二乘，前轎已入，後轎至生前，似有物墮地，鏗然作聲。生俟其過，急往拾之，乃金鳳釵一隻也。欲納還於內，則中門已闔，不可得而入矣。遂還小齋，明燭獨坐，自念婚事不成，隻身孤苦，寄迹人門，亦非久計，長歎數聲。方欲就枕，忽聞剝啄扣門聲，問之不答，斯須復扣，如是者三度。起視之，一美姝立於門外，見户開，遽搴裙而入。生大驚，女低容斂氣，向生細語曰：「郎不識妾耶？妾即興娘之妹慶娘也。向者投釵轎下，郎拾得否？」即挽生就寢。生以其父待之厚，辭曰：「不敢。」拒之甚確，至於再三。女忽頩爾怒曰：「吾父以子姪之禮待汝，置汝門下，汝乃於深夜誘我至此，將欲何爲？我將訴之於父，訟汝於官，必不捨汝矣。」生懼，不得已而從焉。至曉乃去。自是暮隱而入，朝隱而出，往來於門側小齋，凡及一月有半。一夕，謂生曰：「妾處深閨，君居外館，今日之事，幸而無人知覺。誠恐好事多魔，佳期易阻，一旦聲跡彰露，親庭罪責，閉籠而鎖鸚鵡，打鴨而驚鴛鴦，在妾固所甘心，於君誠恐累德。莫若先事而發，懷璧而逃，或晦迹深村，或藏蹤異郡，庶得優游偕老，不致暌離也。」生頗然其計，曰：「卿言亦自有理，吾方思之。」因自念零丁孤苦，素乏親知，雖欲逃亡，竟將焉往。嘗聞父言，有舊僕金榮者，信義人也，居鎮江呂城，以耕種爲業。今往投之，庶不我拒。至明夜五鼓，與女輕裝而出，買船過瓜州，奔丹陽，訪於村氓，果有金榮者，家甚殷富，見爲本村保正。生大喜，直造其門，至則初不相識也，生言其父姓名爵里及己乳名，方始記認，則設位而哭其主，捧生而拜於座，曰：「此吾家郎君也。」生具告以故，乃虛正堂而處之，事之如事舊主，衣食之需，供給甚至。生處榮家，將及一年。女告生曰：「始也懼父母之責，故與君爲卓氏之逃，蓋出於不獲已也。今則舊穀既没，新穀既登，歲月如流，已及期矣。且愛子之心，人皆有之，今而自歸，喜於再見，必不我罪。況父母生之，恩莫大焉，豈有終絶之理。盍往見之乎？」生從其言，與之渡江入城。將及其家，謂生曰：「妾逃竄一年，今遽與君同往，或恐逢彼之怒。君宜先往覘之，妾艤舟於此俟。」臨行，復呼生回，以金鳳釵授之，曰：「如或疑拒，當出此以示之可也。」生至門，防禦聞之，欣然出見，反致謝曰：「日昨顧待不周，致君不安其所，而有他適，老夫之罪也。幸勿見怪。」生拜伏在地，不敢仰視，但稱死罪，口不絶聲。防禦曰：「有何罪過，遽出此言？願賜開陳，釋我疑慮。」生乃作而言曰：「曩者房帷事密，兒女情多，負不義之名，犯私通之律，不告而娶，竊負而逃，竄伏村墟，遷延歲月，音容久阻，書問莫傳。情雖篤於夫妻，恩敢忘於父母。今則謹携令愛，同此歸寧。伏望察其深情，恕其重罪，使得終能偕老，永遂于飛。大人有溺愛之恩，小子有宜家之樂。是所望也，惟冀憫焉。」防禦聞之，驚曰：「吾女卧病在牀，今及一歲，饘粥不進，轉側需人，豈有是事耶？」生謂其恐爲門户之辱，故飾詞以拒之，乃曰：「目今慶娘在於舟中，可令人舁取之來。」防禦雖不信，然且令家僮馳往視之，至則無所見。方詰怒崔生，責其妖妄，生於袖中出金鳳釵以進。防禦見，始大驚曰：「此吾亡女興娘殉葬之物也，胡爲而至此哉？」疑惑之際，慶娘忽於牀上欻然而起，直至堂前，拜其父曰：「興娘不幸，早辭嚴侍，遠棄荒郊，然與崔家郎君緣分未斷，今之來此，意亦無他，特欲以愛妹慶娘續其婚耳。如所請肯從，則病患當即痊除；不用妾言，命盡此矣。」舉家驚駭，視其身則慶娘，而言詞舉止則興娘也。父詰之曰：「汝既死矣，安得復於人世爲此亂惑也？」對曰：「妾之死也，冥司以妾無罪，不復拘禁，得隸后土夫人帳下，掌傳牋奏。妾以世緣未盡，故特給假一年，來與崔郎了此一段因緣爾。」父聞其語切，乃許之。即斂容拜謝，又與崔生執手歔欷爲别，且曰：「父母許我矣，汝好作嬌客，慎毋以新人而忘故人也。」言訖，慟哭而仆於地，視之死矣。急以湯藥灌之，移時乃甦，疾病已去，行動如常。問其前事，並不知之，殆如夢覺。遂涓吉續崔生之婚。生感興娘之情，以釵貨於市，得鈔二十錠，盡買香燭楮幣，賫詣瓊花觀，命道士建醮三晝夜以報之。復見夢於生曰：「蒙君薦拔，尚有餘情，雖隔幽明，實深感佩。小妹柔和，宜善視之。」生驚悼而覺，從此遂絶。嗚呼異哉！（卷一）

按：《拍案驚奇》第二十三卷《大姊魂遊完宿願，小妹病起續前緣》，即據此改編。沈璟《墜釵記》

（一作《一種情》）傳奇亦演此故事。

翠翠傳

翠翠，姓劉氏，淮安民家女也。生而穎悟，能通詩書，父母不奪其志，就令入學。同學有金氏子者，名定，與之同歲，亦聰明俊雅。諸生戲之曰：「同歲者當爲夫婦。」二人亦私以此自許。金生贈翠翠詩曰：

「十二闌干七寶臺，春風到處艷陽開，東園桃樹西園柳，何不移教一處栽？」

翠翠和曰：

「平生每恨祝英臺，懷抱何爲不肯開？我願東君勤用意，早移花樹向陽栽。」

已而翠翠年長，不復至學。年及十六，父母爲其議親，輒悲泣不食。以情問之，初不肯言，久乃曰：「必西家金定，妾已許之矣，若不相從，有死而已，誓不登他門也。」父母不得已，聽焉。然而劉富而金貧，其子雖聰俊，門户甚不敵。及媒氏至其家，果以貧辭，慚愧不敢當。媒氏曰：「劉家小娘子，必欲得金生，父母亦許之矣，若以貧辭，是負其誠志，而失此一好因緣也。今當語之曰：『寒家有子，粗知詩禮，貴宅見求，敢不從命。但生自蓬蓽，安于貧賤久矣，若責其聘問之儀，婚娶之禮，終恐無從而致。』彼以愛女之故，當不較也。」其家從之。媒氏復命，父母果曰：「婚姻論財，夷虜之道，吾知擇婿而已，不計其他。但彼不足而我有餘，我女到彼，必不能堪，莫若贅之入門可矣。」媒氏傳命再往，其家幸甚。遂涓日結親，凡幣帛之類，羔雁之屬，皆女家自備。過門交拜，二人相見，喜可知矣。是夕，翠翠于枕上作《臨江仙》一闋贈生曰：

「曾向書齋同筆硯，故人今作新人。洞房花燭十分春。汗沾蝴蝶粉，身惹麝香塵。殢雨尤雲渾未慣，枕邊眉黛羞顰。輕憐痛惜莫嫌頻。願郎從此始，日近日相親。」

邀生繼和。生遂次韻曰：

「記得書齋同講習，新人不是他人。扁舟來訪武陵春。仙居鄰紫府，人世隔紅塵。誓海盟山心已許，幾番淺笑輕顰。向人猶自語頻頻。意中無別意，親後有誰親？」

二人相得之樂，雖孔翠之在赤霄，鴛鴦之游綠水，未足喻也。未及一載，張士誠兄弟起兵高郵，盡陷沿淮諸郡，女爲其部將李將軍者所擄。至正末，士誠闢土益廣，跨江南北，奄有浙西，乃通款元朝，願奉正朔，道途始通，行旅無阻。生于是辭別內、外父母，求訪其妻，誓不見則不復還。行至平江，則聞李將軍見爲紹興守禦；及至紹興，則又調兵屯安豐矣；復至安豐，則回湖州駐扎矣。生來往江淮，備經險阻，星霜屢移，囊橐又竭，然此心終不少懈。草行露宿，丐乞于人，僅而得達湖州，則李將軍方貴重用事，威焰赫奕。生佇立門墻，躊躇窺俟，將進而未能，欲言而不敢。閽者怪而問焉。生曰：「僕淮安人也，喪亂以來，聞有一妹在于貴府，是以不遠千里，至此欲求一見耳。」閽者曰：「然則汝何姓名？汝妹年貌若干？願得詳言，以審其實。」生曰：「僕姓劉，名金定，妹名翠翠，識字能文。當失去之時，年始十七，以歲月計之，今則二十有四矣。」閽者聞之，曰：「府中果有劉氏者，淮安人，其齒如汝所言，識字善爲詩，性又通慧，本使寵之專房。汝信不妄，吾將告于內，汝且止此以待。」遂奔趨入告。須臾復出，領生入見。將軍坐于廳上，生再拜而起，具述厥由。將軍，武人也，信之不疑，即命內竪告于翠翠曰：「汝兄自鄉中來此，當出見之。」翠翠承命而出，以兄妹之禮見于廳前，動問父母外，不能措一辭，但相對悲咽而已。將軍曰：「汝既遠來，道途跋涉，心力疲困，可且于吾門下休息，吾當徐爲之所。」即出新衣一襲，令服之，并以帷帳衾席之屬，設于門西小齋，令生處焉。翌日，謂生曰：「汝妹能識字，汝亦通書否？」生曰：「僕在鄉中，以儒爲業，以書爲本，凡經史子集，涉獵盡矣，蓋素所習也，又何疑焉。」將軍喜曰：「吾自少失學，乘亂倔起，方嚮用于時，趨從者衆，賓客盈門，無人延款，書啓堆案，無人裁答。汝便處吾門下，足充一記室矣。」生聰敏者也，性既溫和，才又秀發，處于其門，益自檢束，承上接下，咸得其歡，代書回簡，曲盡其意。將軍大以爲得人，待之甚厚。然生本爲求妻而來，自廳前一見之後，不可再得，閨閣深邃，內外隔絶，但欲一達其意，而終無便可乘。荏苒數月，時及授衣，西風夕起，白露爲霜，獨處空齋，終夜不寐，乃成一詩曰：

「好花移入玉闌干，春色無緣得再看。樂處豈知愁處苦，別時雖易見時難。何年塞上重歸馬？此夜庭中獨舞鸞。霧閣雲窗深幾許，可憐辜負月團圓。」

詩成，書于片紙，折布裘之領而縫之，以百錢納于小竪而告曰：「天氣已寒，吾衣甚薄，乞持入付吾妹，令浣濯而縫紝之，將以禦寒耳。」小竪如言持入。翠翠解其意，折衣而詩見，大加傷感，吞聲而泣，別爲一詩，亦縫于內以付生。詩曰：

「一自鄉關動戰鋒，舊愁新恨幾重重。腸雖已斷情難斷，生不相從死亦從。長使德言藏破鏡，終教子建賦游龍。綠珠碧玉心中事，今日誰知也到儂！」

生得詩，知其以死許之，無復致望，愈加抑鬱，遂感沉痼。翠翠請于將軍，始得一至牀前問候，而生病已亟矣。翠翠以臂扶生而起，生引首側視，凝淚滿眶，長吁一聲，奄然命盡。將軍憐之，葬于道場山麓。翠翠送殯而歸，是夜得疾，不復飲藥，展轉衾席，將及兩月。一旦，告于將軍曰：「妾棄家相從，已得八載。流離外境，舉目無親，止有一兄，今又死矣。妾病必不起，乞埋骨兄側，黃泉之下，庶有依托，免于他鄉作孤魂也。」言盡而卒。將軍不違其志，竟附葬于生之墳左，宛然東西二丘焉。洪武初，張氏既滅，翠翠家有一舊僕，以商販爲業，路經湖州，過道場山下，見朱門華屋，槐柳掩映，翠翠與金生方憑肩而立。遽呼之入，訪問父母存歿，及鄉井舊事，僕曰：「娘子與郎安得在此？」翠翠曰：「始因兵亂，我爲李將軍所擄，郎君遠來尋訪，將軍不阻，以我歸焉，因遂僑居于此耳。」僕曰：「予今還淮安，娘子可修一書以報父母也。」翠翠留之宿，飯吴興之香糯，羹苕溪之鮮鯽，以烏程酒出飲之。明旦，遂修啓以上父母曰：

「伏以父生母育，難酬罔極之恩；夫唱婦隨，夙著三從之義。在人倫而已定，何時事之多艱！曩者漢日將頽，楚氛甚惡，倒持太阿之柄，擅弄潢池之兵。封豕長蛇，互相吞併；雄蜂雌蝶，各自逃生。不能玉碎于亂離，乃至瓦全于倉卒。驅馳戰馬，隨逐征鞍。望高天而八翼莫飛，思故國而三魂屢散。良辰易邁，傷青鸞之伴木鷄；怨偶爲仇，懼烏鴉之打丹鳳。雖應酬而爲樂，終感激而生悲。

夜月杜鵑之啼，春風蝴蝶之夢。時移事往，苦盡甘來。今則楊素覽鏡而歸妻，王敦開閤而放妓，蓬島踐當時之約，瀟湘有故人之逢。自憐賦命之屯，不恨尋春之晚。章臺之柳，雖已折于他人；玄都之花，尚不改于前度。將謂瓶沉而簪折，豈期璧返而珠還。殆同玉簫女兩世因緣，難比紅拂妓一時配合。天與其便，事非偶然。煎鸞膠而續斷絃，重諧繾綣；托魚腹而傳尺素，謹致丁寧。未奉甘旨，先此申覆。」

父母得之，甚喜。其父即賃舟與僕自淮徂浙，逕奔吴興，至道場山下疇昔留宿之處，則荒烟野草，狐兔之跡交道，前所見屋宇，乃東西兩墳耳。方疑訝間，適有野僧扶錫而過，叩而問焉。則曰：「此故李將軍所葬金生與翠娘之墳耳，豈有人居乎？」大驚。取其書而視之，則白紙一幅也。時李將軍爲國朝所戮，無從詰問其詳。父哭于墳下曰：「汝以書賺我，令我千里至此，本欲與我一見也。今我至此，而汝藏踪秘跡，匿影潛形，我與汝生爲父子，死何間焉；汝如有靈，毋吝一見，以釋我疑慮也。」是夜，宿于墳。以三更後，翠翠與金生拜跪于前，悲號宛轉。父泣而撫問之，乃具述其始末曰：「往者，禍起蕭墻，兵興屬郡。不能效竇氏女之烈，乃致爲沙吒利之驅。忍耻偷生，離鄉去國。恨以蕙蘭之弱質，配兹駔儈之下材。惟知奪石家買笑之姬，豈暇憐息國不言之婦。叫九閽而無路，度一日如三秋。良人不棄舊恩，特勤遠訪。托兄妹之名，而僅獲一見；隔伉儷之情，而終遂不通。彼感疾而先殂，妾含冤而繼殞。欲求祔葬，幸得同歸。大略如斯，微言莫盡。」父曰：「我之來此，本欲取汝還家以奉我耳。今汝已矣，將取汝骨遷于先壠，亦不虚行一遭也。」復泣而言曰：「妾生而不幸，不得視膳庭闈；殁且無緣，不得首丘壟。然而地道尚静，神理宜安，若更遷移，反成勞擾。况溪山秀麗，卉木榮華，既已安焉，非所願也。」因抱持其父而大哭。父遂驚覺，乃一夢也。明日，以牲酒奠于墳下，與僕返棹而歸。至今過者，指爲金翠墓云。（卷三）

按：《二刻拍案驚奇》第六卷《李將軍錯認舅，劉氏女詭從夫》即據此改編。葉憲祖《金翠寒衣記》雜劇、袁聲《領頭書》傳奇（已佚），均演其事。

綠衣人傳

天水趙源，早喪父母，未有妻室。延祐間遊學至於錢塘，僑居西湖葛嶺之上，其側即宋賈秋壑舊宅也。源獨居無聊，嘗日晚徙倚門外，見一女子從東來，綠衣雙鬟，年可十五六，雖不盛妝濃飾，而姿色過人，源注目久之。明日出門，又見，如此凡數度，日晚輒來。源戲問之曰：「家居何處，暮暮來此？」女笑而拜曰：「兒家與君爲鄰，君自不識耳。」源試挑之，女欣然而應，因遂留宿，甚相親昵。明旦辭去，夜則復來。如此凡月餘，情愛甚至。源問其姓氏居址，女曰：「君但得美婦而已，何用强知。」問之不已，則曰：「兒常衣綠，但呼我爲綠衣人可矣。」終不告以居址所在。源意其爲巨室妾媵，夜出私奔，或恐事蹟彰聞，故不肯言耳，信之不疑，寵念轉密。一夕，源被酒，戲指其衣曰：「此真可謂綠兮衣兮，綠衣黄裳者也。」女有慚色，數夕不至。及再來，源叩之。乃曰：「本欲相與偕老，奈何以婢妾待之，令人忸怩而不安。故數日不敢侍君之側。然君已知矣，今不復隱，請得備言之。兒與君，舊相識也，今非至情相感，莫能及此。」源問其故，女慘然曰：「得無相難乎？兒實非今世人，亦非有禍于君者，蓋冥數當然，夙緣未盡耳。」源大驚曰：「願聞其詳。」女曰：「兒故宋秋壑平章之侍女也。本臨安良家子，少善弈棋，年十五，以棋童入侍，每秋壑朝回，宴坐半閒堂，必召兒侍弈，備見寵愛。是時君爲其家蒼頭，職主煎茶，每因供進茶甌，得至後堂。君時年少，美姿容，兒見而慕之，嘗以繡羅錢篋，乘暗投君。君亦以瑇瑁脂盒爲贈。彼此雖各有意，而内外嚴密，莫能得其便。後爲同輩所覺，讒于秋壑，遂與君同賜死于西湖斷橋之下。君今已再世爲人，而兒猶在鬼籙，得非命歟？」言訖，嗚咽泣下。源亦爲之動容。久之，乃曰：「審若是，則吾與汝乃再世因緣也，當更加親愛，以償疇昔之願。」自是遂留宿源舍，不復更去。源素不善弈，教之弈，盡傳其妙，凡平日以棋稱者，皆不能敵也。每説秋壑舊事，其所目擊者，歷歷甚詳。嘗言：秋壑一日倚樓閒望，諸姬皆侍，適二人烏巾素服，乘小舟由湖登岸。一姬曰：「美哉二少年！」秋壑曰：「汝願事之耶？當令納聘。」姬笑而無言。逾時，令人捧一盒，呼諸姬至前曰：「適爲某姬納聘。」啓視之，則姬之首也，諸姬皆戰慄而退。又嘗販鹽數百艘至都市貨之，太學有詩曰：

「昨夜江頭湧碧波，滿船都載相公鹺，雖然要作調羹用，未必調羹用許多。」

秋壑聞之，遂以士人付獄，論以誹謗罪。又嘗于浙西行公田法，民受其苦，或題詩于路左云：

「襄陽累歲困孤城，豢養湖山不出征。不識咽喉形勢地，公田枉自害蒼生。」

秋壑見之，捕得，遭遠竄。又嘗齋雲水千人，其數已足。末有一道士，衣裾藍縷，至門求齋，主者以數足，不肯引入。道士堅求不去，不得已于門側齋焉。齋罷，覆其鉢于案而去，衆悉力舉之，不動。啓于秋壑，自往舉之，乃有詩二句云：「得好休時便好休，收花結子在漳州。」始知真仙降臨而不識也。然終不喻漳州之意。嗟乎，孰知有漳州木綿庵之厄也！又嘗有梢人泊舟蘇隄，時方盛暑，卧于舟尾，終夜不寐，見三人長不盈尺，集于沙際，一曰：「張公至矣，如之奈何？」一曰：「賈平章非仁者，决不相恕。」一曰：「我則已矣，公等及見其敗也。」相與哭入水中。次日，漁者張公獲一鼈，徑二尺餘，納之府第，不三年而禍作。蓋物亦先知數而不可逃也。源曰：「吾今日與汝相遇，抑豈非數乎？」女曰：「是誠不妄矣。」源曰：「汝之精氣，能久存于世耶？」女曰：「數至則散矣。」源曰：「然則何時？」女曰：「三年耳。」源固未之信。及期，卧病不起。源爲之迎醫，女不欲，曰：「曩固已與君言矣，因緣之契，夫婦之情，盡于此矣。」即以手握源臂而與之訣曰：「兒以幽陰之質，得事君子，荷蒙不棄，周旋許時。往者一念之私，俱陷不測之禍。然而海枯石爛，此恨難消；地老天荒，此情不泯。今幸得續前生之好，踐往世之盟，三載于兹，志願已足，請從此辭，毋更以爲念也。」言訖，面壁而卧，呼之不應矣。源大傷慟，爲治棺槨而斂之。將葬，怪其柩甚輕，啓而視之，惟衣衾釵珥在耳。乃虚葬于北山之麓。源感其情，不復再娶，投靈隱寺出家爲僧，終其身云。（卷四）

按：周朝俊《紅梅記》傳奇中曾取材于本篇。

秋香亭記

瞿　佑

至正間，有商生者，隨父宦游姑蘇，僑居烏鵲橋，其鄰則弘農楊氏第也。楊氏乃延祐大詩人浦城公之裔。浦城娶于商，其孫女名采采，與生中表兄妹也。浦城已殁，商氏尚存。生少年，氣禀清淑，性質温粹，與采采俱在童丱。商氏，即生之祖姑也。每讀書之暇，與采采共戲于庭，爲商氏所鍾愛，嘗撫生指采采謂曰：「汝宜益加進修，吾孫女誓不適他族，當令事汝，以續二姓之親，永以爲好也。」女父母樂聞此言，即欲歸之，而生嚴親以生年幼，恐其怠于學業，請俟他日。生、女因商氏之言，倍相憐愛。數歲，遇中秋月夕，家人會飲沾醉，遂同游于生宅秋香亭上，有二桂樹，垂蔭婆娑，花方盛開，月色團圓，香氣穠馥，生、女私于其下語心焉。是後，女年稍長，不復過宅，每歲節伏臘，僅以兄妹禮見于中堂而已。閨閣深邃，莫能致其情。後一歲，亭前桂花始開，女以折花爲名，以碧瑶牋書絶句二首，令侍婢秀香持以授生，屬生繼和。詩曰：

「秋香亭上桂花芳，幾度風吹到繡房。自恨人生不如樹，朝朝腸斷屋西墻。

秋香亭上桂花舒，用意慇懃種兩株。願得他年如此樹，錦裁步障護明珠。」

生得之，驚喜，遂口占二首，書以奉答，付婢持去。詩曰：

「深盟密約兩情勞，猶有餘香在舊袍。記得去年携手處，秋香亭上月輪高。

高栽翠柳隔芳園，牢織金籠貯彩鴛。忽有書來傳好語，秋香亭上鵲聲喧。」

生始慕其色而已，不知其才之若是也，既見二詩，大喜欲狂。但翹首企足，以待結褵之期，不計其他也。女後以多情致疾，恐生不知其眷戀之情，乃以吴綾帕題絶句于上，令婢持以贈生。詩曰：

「羅帕薰香病裏頭，眼波嬌溜滿眶秋，風流不與愁相約，纔到風流便有愁。」

生感歎再三，未及酬和。適高郵張氏兵起，三吴擾亂，生父挈家南歸臨安，展轉會稽、四明以避亂；女家亦北徙金陵。音耗不通者十載。吴元年，國朝混一，道路始通。時生父已殁，獨奉母居錢塘故址，遣舊使老蒼頭往金陵物色之，則女以甲辰年適太原王氏，有子矣。蒼頭回報，生雖悵然絶望，然終欲一致款曲于女，以導達其情。遂市蓊綵花二盒，紫綿脂百餅，遣蒼頭賫往遺之。恨其負約，不復致書，但以蒼頭己意，托交親之故，求一見以覘其情。王氏亦金陵巨室，開綵帛鋪于市，適女垂簾獨立，見蒼頭趦趄于門，遽呼之曰：「得非商兄家舊人耶？」即命之入，詢問動静，顔色慘怛。蒼頭以二物進，女怪其無書，具述生意以告。女吁嗟抑塞，不能致辭，以酒饌待之。約其明日再來叙話。蒼頭如命而往，女剪烏絲欄，修簡遺生曰：

「伏承來使，具述前因。天不成全，事多間阻。蓋自前朝失政，列郡受兵，大傷小亡，弱肉强食，薦遭禍亂，十載于此。偶獲生存，一身非故，東西奔竄，左右逃逋。祖母辭堂，先君捐館；避終風之狂暴，慮行露之沾濡。欲終守前盟，則鱗鴻永絶；欲徑行小諒，則溝瀆莫知。不幸委身從人，延命度日，顧伶俜之弱質，值屯蹇之衰年。往往對景關情，逢時起恨。雖應酬之際，勉爲笑懽；而岑寂之中，不勝傷感。追思舊事，如在昨朝。華翰銘心，佳音屬耳。半衾未煖，幽夢難通；一枕才欹，驚魂又散。視容光之減舊，知憔悴之因郎。悵後會之無由，歎今生之虚度。豈意高明不棄，撫念過深，加沛澤以滂施，回餘光以返照，采葑菲之下體，記蘿蔦之微踪。復致耀首之華，膏脣之飾，衰容頓改，厚惠何施。雖荷恩私，愈增慚愧！而況邇來形銷體削，食減心煩，知來日之無多，念此身之如寄。兄若見之，亦當賤惡而棄去，尚何矜恤之有焉。倘恩情未盡，當結伉儷于來生，續婚姻于後世耳！臨楮嗚咽，悲不能禁，復制五十六字，上瀆清覽。苟或察其辭而恕其意，使篋扇懷恩，綈袍戀德，則雖死之日，猶生之年也。詩云：

好因緣是惡因緣，只怨干戈不怨天。兩世玉簫猶再合，何時金鏡得重圓？彩鸞舞後腸空斷，青雀飛來信不傳。安得神靈如倩女，芳魂容易到君邊！」

生得書，雖無復致望，猶和其韻以自遣云：

「秋香亭上舊因緣，長記中秋半夜天。鴛枕沁紅妝淚濕，鳳衫凝碧唾花圓。斷絃無復鸞膠續，舊盒空勞蝶使傳。惟有當時端正月，清光能照兩人邊。」

并其書藏巾笥中，每一覽之，輒寢食俱廢者累日，蓋終不能忘情焉耳。生之友山陽瞿佑備知其詳，既以理諭之，復制《滿庭芳》一闋以著其事。詞曰：

「月老難憑，星期易阻，御溝紅葉堪燒。辛勤種玉，擬弄鳳凰簫。可惜國香無主，零落盡露蕊烟條。

尋春晚，綠陰青子，鶗鴂已無聊。藍橋雖不遠，世無磨勒，誰盜紅綃？悵歡踪永隔，離恨難消！回首秋香亭上，雙桂老，落葉飄飄。相思債，還他未了，腸斷可憐宵！」

仍記其始末，以附于古今傳奇之後。使多情者覽之，則章臺柳折，佳人之恨無窮；仗義者聞之，則茅山藥成，俠士之心有在。又安知其終如此而已也！（《剪燈新話》附録）

西閣寄梅記

佚名

《西閣寄梅記》，載于《艷異編》卷三十二，不著撰人。秦淮寓客《綠窗女史》、自好子《剪燈叢話》等題瞿佑撰，實不可信。《古今圖書集成》亦從之。作者無考，姑附于瞿佑《剪燈新話》之後。

朱端朝，字廷之，宋南渡後，肄業上庠，與妓女馬瓊瓊者善。久之，情愛稠密。端朝文華富贍，瓊瓊識其非白屋久居之人，遂傾心焉，凡百資用，皆悉力給之。屢以終身爲托。端朝雖口從，而心不之許，蓋以其妻性嚴，非薄倖也。值秋試，端朝獲捷，瓊瓊喜而勞之。端朝乃益淬勵，省業春闈，揭報果復中優等。及對策，失之太激，遂置下甲，初注授南昌尉。瓊瓊力致懇曰：「妾風塵卑賤，荷君不棄，今幸榮登仕版，行將雲泥隔絶，無復奉承枕席。妾之一身，終淪溺矣，誠可憐憫！欲望君與謀脱籍，永執箕帚，雖君内政謹嚴，妾當委曲遵奉，無敢唐突。萬一脱此業緣，受賜于君，實非淺淺。且妾之箱篋稍充，若與力圖，去籍猶不甚難。」端朝曰：「去籍之謀固易，但恐不能使家人無妒。吾計之亦久矣。盛意既濃，沮之則近無情，從之則虞有辱，奈何？然既出汝心，當徐爲調護，使其柔順，庶得相安，否則計無所措也。」一夕，端朝因間謂其妻曰：「我久居學舍，雖近得一官，家貧急于干禄，豈得待數年之闕？且所得官，實出妓子馬瓊瓊之賜。今彼欲傾箱篋,求託于我。彼亦小心,能迎合人意,誠能脱彼于風塵,亦仁人之恩也。」其妻曰:「君意既决,亦復何辭。」端朝喜謂瓊瓊曰:「初畏不從,吾試叩之,乃忻然相許。」端朝于是宛轉求脱,而瓊瓊花籍亦得除去,遂運橐與端朝俱歸。既至,妻妾怡然。端朝得瓊瓊之所携,家遂稍豐。因辟一區爲二閣,以東、西名,東閣以居其妻,令瓊瓊處于西閣。闋期既滿,迓吏前至。端朝以路遠俸薄,不欲携累,乃單騎赴任。將行,置酒相别,因囑曰:「凡有家信,二閣合書一緘;吾覆亦如之。」端朝既至南昌,半載方得家人消息,而止東閣一書。端朝亦不介意。既裁覆,西閣亦不及見,索之,頗遭忌嫉。乃密遣一僕,厚給裹足,授以書,囑之曰:「勿令孺人知之。」書至,端朝發閲,無一字,乃所畫梅雪扇面而已。反復觀玩,後寫一《减字木蘭花》詞云:

「雪梅妒色,雪把梅花相抑勒。梅性温柔,雪壓梅花怎起頭? 芳心欲破,全仗東君來作主。傳語東君,早與梅花作主人。」

端朝自是坐卧不安,日夜思欲休官。蓋以僥倖一官,皆瓊瓊之力,不忘本也。尋竟托疾棄歸。既至家,妻妾出迎,怪其未及盡考,忽作歸計,叩之不答。既而設酒,會二閣而言曰:「我羈縻千里,所望家人和順,使我少安。昨見西閣所寄梅扇詞,讀之使人不遑寢食,吾安得不歸哉!」東閣乃曰:「君今已仕,試與判此孰是。」端朝曰:「此非口舌可盡,可取紙筆書之。」遂作《浣溪沙》一闋云:

「梅正開時雪正狂,兩般幽韻孰優長? 且宜持酒細端詳。 梅比雪花輸一白,雪如梅蕊少些香,天公非是不思量。」

自後二閣歡會如初，而端朝亦不復仕矣。

按：洪邁《夷堅支志》乙集卷六《合生詩詞》記洪惠英作述懷小曲云：「梅花似雪，剛被雪來相挫折。雪裏梅花，無限精神總屬他。　梅花無語，只有東君來作主。傳語東君，宜與梅花做主人。」此即馬瓊瓊《減字木蘭花》詞所本。明末周清原《西湖二集》第十一卷《寄梅花鬼鬧西閣》，即據本篇敷演而成。

夢遊仙記

林鴻

林鴻，字子羽，福清（在今福建）人。洪武初以人才薦，授將樂縣訓導，歷禮部精膳司員外郎。性脱落，不善仕，年未四十自免歸。有詩名，稱閩中十才子之冠。《明史》卷二八六《文苑》有傳。著有《鳴盛集》。《夢遊仙記》作于洪武辛酉（十四年，一三八一），載于抄本《鳴盛集》附録（北京大學圖書館藏）。《廣艷異編》卷十二題作《瑶華洞天記》，《榕陰新檢》卷八題作《仙女憐才》（注出《鳴盛集》），均有删改，以第三人稱叙事。此據本集輯録，而以二本校補。

辛酉之歲，十月既望，林子羽〔與〕客遊玉華洞。酒既酣，藉草而卧，夢入一〔莎〕（沙）徑，行可百步許，見一華表，朱榜金書曰「瑶華洞天」。予意是必真仙之居，因縱而入。見宫殿一所，金碧熒煌，制度閎麗，兩觀迥絶，而門扃閉，不可得入。乃沉吟一絶云：「翠微臺殿濕紅雲，五粒高松寄鶴群。銀鑰已扃苔蘚合，不知何處遇茅君。」乃沿西墉而行。墉外有流水一帶，夾岸植奇花美竹。水極清，可鑒毛髮，又多白石青蒲。有一女奴，青衣紺裳，雙鬟翠〔蛾〕（娥），據石磯而澣。予方諦視，女奴輟澣斂衣，拜曰：「子非林郎耶？妾之女郎待子久矣，幸毋惜一往顧，妾當爲子通刺。」予驚愕唯唯。女奴從一便門而入，少頃出曰：「女郎請，（女郎請）妾請肅客。」予踵其武而入，路經後苑，奇卉異木，皆人世所無。過泠然御風之館，道華蕚葆光之樓，至怡情亭。亭西偏有天葩軒，軒中瑪瑙石几一，上有紫雲端硯一方，兔毫二枝，玄圭一笏，宣和灑金粉箋數幅，集書一册，顔曰「霞光集」。女奴曰：「子姑止此。」予拱俟。斯須，女奴掖一女，年可二八，冠翠雲之冠，衣霞綃之衣，姿容端麗，精彩炫燿，向予再拜。予答禮已，延坐於西席，女坐東席。女奴以白玉甌饋茶，味極清芬。茶罷，予因前席請曰：「塵凡下士，厠跡瑶宫，敢問真仙姓字。」女子俛首良久，乃曰：「妾之嚴父瑶華洞主葆素真君，董其姓，處默其字。妾乃第三女，小字芸香也。嚴君階列地仙，職司文衡，凡文〔人〕才子詩文佳者，皆録於《霞光集》，以備上帝觀覽。妾嘗閲《霞光集》，見君之詩載於録者數十餘首。其『一鳥鏡天净，萬花潭雨香』與『擻雨古壇暝，禮星寒殿開』之句，尤爲嚴君之所稱賞，是以知君姓字。頃者，嚴君巡視武夷洞天未歸，既荷見遇，願求雅作。」乃令女奴研墨捧筆以俟。予謙讓殊久，乃揮翰書曰：「白玉仙源隔紫霞，人間有路入瑶華。絳囊倘示餐松訣，長向天壇掃落花。」女子覽詩笑曰：「佳則佳矣，然子方以文章宦達，揚名於世，辟穀之事，俟時至方可議矣。」乃援筆而和，若不構思而詩立就，曰：「天葩芳艷絢雲霞，自愧才非蕚緑華。待得塵緣收拾盡，鳳笙同奏碧桃花。」予覽畢，因末句有「鳳笙同奏碧桃花」之句，因戲之曰：「既蒙接遇，蒹葭之質，願倚玉樹，未審雅意何似？」女子正色曰：「妾與君雖有冥合之數，然君塵凡之氣，未伐毛洗髓，安足議〔此〕！况詩發於性情而止乎禮義，君何見侮之深耶？」鴻方愧謝，忽聞鐃吹之音。閽者報曰：「真君歸矣。」女子辭謝而逝。予返出户，猶墜萬仞之淵而覺。〔視向〕（向視）諸客，猶枕藉未起。予默識其事而不敢洩。既罷會，夜宿邑庠之耕禮軒，追賦是事云：「赤欄烏道掛雲烟，㾓入瑶華小洞天。塵念一萌仙境閉，桃花流水自年年。」翌日避客，獨遊仙跡，履夢中所行之徑，宛然如故，但阻一潭，深不可測，旁皆石壁巉岩，陡不可攀緣。潭中有赬鯉數尾沉浮自若。予固竊念曰：「古人尺素因魚而傳，得非天假其便耶？」乃製一首投之于淵，曰：「曾入瑶華洞裏來，天葩軒檻絶纖埃。玉笙未奏青鸞曲，山下碧桃空自開。」忽有雙魚銜箋而入，如炊黍久，見一蠟箋上浮，有詩云：「天葩小院敞銀屏，鵲散天河逗客星。欲識别來幽思苦，晚峰長想畫眉青。」予覽畢，精神恍惚如失。尋所得蠟箋，乃一黄葉，字亦尋滅，緩步怏怏而歸。邑庠文學王蓬居怪予神思不懌，再四詰問，予乃道其事。蓬居駭然曰：「予聞玉華洞乃閩中洞天之一，神仙之道，理或有之。惜乎塵緣未絶，不能乘鸞駕鶴，高飛遠舉耳。」予拉蓬居復尋前徑，了無所得，惟見荆榛縱横，巨蟒當道，不可得而前，乃悵怏而返。遂摭其事，俾好事者題詠云。

剪燈餘話

李昌祺

李昌祺(一三七六——一四五二),名禎,以字行,廬陵(今江西吉安)人。永樂二年(一四〇四)進士,選庶吉士,預修《永樂大典》,擢禮部郎中,遷廣西、河南布政使,救灾恤貧,廉潔寬厚。正統四年(一四三九)致仕,景泰二年卒。《明史》卷一六一有傳。著有《運甓漫稿》等。《剪燈餘話》五卷(《百川書志》作四卷),有永樂十八年序,作于坐事被謫時期,自序説是「負譴無聊,姑假此以自遣」。李昌祺死後因著有此書而不得以鄉賢入祀學宫(見《聽雨紀談》及《列朝詩集小傳》)。瞿佑《剪燈新話》被禁燬,《餘話》亦少流傳。如《千頃堂書目》即摒而不録。現存明刻本,多與《剪燈新話》合刊并行。

瓊奴傳

瓊奴,姓王氏,字潤貞,常山人。二歲而父殁,母童氏携瓊奴適富人沈必貴,沈無子,愛之過己生。年十四,雅善歌辭,兼通音律,德、言、容、功,四者咸備,遠近争求納聘焉。時同里有徐從道、劉均玉者,請婚尤切。徐本華胄而清貧,劉實白屋而暴富。徐之子名苕郎,劉之子名漢老,皆儀容秀整,且與瓊奴同年。必貴欲許劉，則鄙其閥閱之卑微；欲許徐，則慮其家道之窮迫。猶豫遲疑，莫之能定。一日，謀于族人之有識者，彼爲之畫策曰：「但求佳婿，勿論其他。」必貴曰：「然則何以知其佳乎？」曰：「易耳！子盛爲酒食，特召二生，仍請前輩之善藻鑒者，使潛窺之。一則觀器量之如何，二則試詞翰之能否，擇其善者而從焉，于選婿乎何有！」必貴深然之。至二月花晨，開筵會客，凡鄉里之號名勝者，咸集于庭。均玉、從道，亦各携其子而至。漢老雖人物整然，雍容應對，而登降揖讓，未免矜持；茗郎則眉目清新，言談儒雅，衣冠樸素，舉止自如。席中有耕雲者，沈之族長也，號知人，一見二生，已默識其優劣矣，乃颺言于衆曰：「宗姪必貴，有女及笄，徐、劉二公，欲求締好，兩門子弟，人物并佳，但未審姻緣果在誰耳？」必貴起對曰：「此事尊長主之，則善矣。」耕雲曰：「古人有射屏、牽絲、設席等事，皆所以擇婿也，吾則異于是。」因呼二生至前，指壁間所挂「惜花春起早」、「愛月夜眠遲」、「掬水月在手」、「弄花香滿衣」四畫曰：「二郎少攄妙思，試爲詠之，中目、奪衣，在此一舉。」奈何漢老生居富室，懶事詩書，聞命睢盱，久而不就。茗郎從容染翰，頃刻而成，呈上，耕雲嘖嘖稱賞。其詩曰：

「胭脂曉破湘桃萼，露重荼蘼香雪落，媚紫濃遮刺繡窗，嬌紅斜映鞦韆索。轆轤驚夢起身來，梳雲未暇臨妝臺，笑呼侍女秉明燭，先照海棠開未開。」

右惜花春起早

「香肩半嚲金釵卸，寂寂重門鎖深夜，素魄初離碧海壖，清光已透朱簾罅。徘徊不語倚闌干，參横斗落風露寒，小娃低語喚歸寢，猶過薔薇架後看。」

右愛月夜眠遲

「銀塘水滿蟾光吐，嫦娥夜入馮夷府，蕩漾明珠若可捫，分明兔穎如堪數。美人自挹濯春葱，忽訝冰輪在掌中，女伴臨流笑相語，指尖擎出廣寒宫。」

右掬水月在手

「鈴聲響處東風急，紅紫叢邊久凝立，素手攀條恐刺傷，金蓮怯步嫌苔濕。幽芳擷罷掩蘭堂，馥郁馨香滿繡房，蜂蝶紛紛入窗户，飛來飛去繞羅裳。」

右弄花香滿衣

均玉見漢老一辭莫措，大以爲耻，父子竟不終席而逸矣。于是四座合詞，皆以苕郎爲好。而苕郎之婚議，亦自此而成，不出月餘，已擇日送聘矣。既而必貴以愛婿之故，欲其數相往還，遂招置館中，讀書進學。偶童氏小恙，苕郎入問疾，而瓊奴正侍母湯藥，不虞苕之至也，迴避弗及，乃相見于母榻前。苕郎盼之，姿色絶世。出而私喜，封紅箋一幅，使婢送與瓊奴。拆之，空紙也。瓊奴笑成一絶，以答苕曰：

「茜色霞牋照面頳，玉郎何事太多情？風流不是無佳句，兩字相思寫不成。」

苕郎持歸，以誇于漢老。漢老正恨其奪己之配，以白均玉。均玉不咎子之無學，反切齒徐、沈入骨，恨之，即誣以事，俱不得白。徐闔室役遼陽，沈全家戍嶺表。訣别之際，黯然魂消，觀者莫不爲之下淚。遂散去，南北不相聞。已而必貴傾殂，家事零落，惟童氏母女在，蕭然茅店，賣酒路傍。雖患難之中，瓊奴無復昔時容態，而青年粹質，終異常人。有吴指揮者悦之，欲娶以爲妾，童氏以許人辭。吴知其故，遣媒謂曰：「徐郎遼海從戍，死生未卜，縱饒無恙，又安能至此而成姻乎？與其癡守空營，蹉跎歲月，盍不歸我貴家，任汝母女受用，亦不虛度一生也。」瓊奴堅然不肯。吴又使媒嫗傳言，且壓以官府，童氏懼，與瓊奴謀曰：「一從苕去，五閱星霜，地角天涯，魚沈雁杳，真所謂君處北海，寡人處南海，風馬牛之不相及也。汝之身事，終恐荒唐，矧又父遽淪亡，他鄉流落，權門側目，欲强委禽，吾孤兒寡婦，其何術以拒之？」瓊奴泣曰：「徐門遭禍，本自兒身，脱别從人，背之不義。且人之異于禽獸者，以其有誠信也。棄舊好而結新歡，是忘誠信；苟忘誠信，殆犬彘之不若。兒有死而已，其肯爲之乎？」因賦《滿庭芳》一闋以自誓云：

「綵鳳群分，文鴛侶散，紅雲路隔天台。舊時院落，畫棟積塵埃。謾有玉京離燕，向東風似訴悲哀。主人去，捲簾恩重，空屋亦歸來。　涇陽憔悴女，不逢柳毅，書信難裁。嘆金釵脱股，寶鏡離台。萬里遼陽郎去也，甚日重回？丁香樹，含花到死，肯傍别人開？」

是夜，自縊于房中，母覺而救解，良久方甦。吴指揮者聞之，怒，使麾下碎其釀器，逐去他居，欲折困之。時有老驛使杜君，亦常山人，必貴存日相與善，憐童氏孤苦，假以驛廊一間而安焉。一日，客有戎服者三四人，投驛中。杜君問所從來？其人曰：「吾儕遼東某衛總小旗，差往南海取軍，暫此假宿耳。」值童氏偶立簾下，中一少年，特淳謹，不類武卒，數往還相視，而淒慘之色可掬。童氏心動，即出問之：「爾誰耶？」對曰：「苕，姓徐，浙江常山人，幼時父嘗聘同里沈必貴女，與苕爲婚，未成親而兩家緣事，沈謫南海，苕戍東遼，不相聞者數載矣。適因入驛，見媽媽狀貌酷與苕外母相類，故不覺感愴，非有他也。」

童氏復問：「沈家今在何處？厥女何名？」曰：「女名瓊奴，字潤貞，開親時年方十四，以今計之，當十九矣。第忘其所寓州郡，難以尋覓耳。」童氏入語瓊奴，瓊奴曰：「若然，天也！」明日，召使至室中，細問之，果苕郎也，今改名子蘭矣，尚未娶。童氏大哭曰：「吾即汝丈母，汝丈人已死，吾母女流落于此，出萬死以得再生，不圖今日再能相見。」遂白于杜君及苕之同伴，衆口嗟嘆，以爲前緣。杜君乃率錢備禮，與苕畢姻。合卺之夕，喜不塞悲，瓊奴訴其衷懷，不任悽斷。因誦杜少陵《羌村》詩：「夜闌更秉燭，相對如夢寐。」此句殆爲今日設也。苕撫之諄切，曰：「第毋傷感，且盡綢繆，姑候來年，挈爾同歸遼東，則魚水歡情，永永相保矣。」既而苕同伴有丁總旗者，忠厚人也，謂苕曰：「君方燕爾，莫便拋離，勾軍之行，不必渠往，我輩當分詣各府投文，君善撫室，且此相待。公事完日，相與歸遼。」苕置酒餞別，諸人起程。不料吴指揮者緝知，以逃軍爲名，捕苕于獄，杖殺之，藏屍于窖内。亟令媒恐童氏曰：「彼已死矣，可絶念矣，吾將擇日舁轎來迎汝女，若又不從，定加毒手。」媒求諾反命，瓊奴使母諾之。媒去，語母曰：「兒不死，必爲狂暴所辱，將俟夜引決矣！」母亦無如之何。是晚，忽監察御史傅公到驛，瓊奴仰天呼曰：「吾夫之冤雪矣。」乃具狀以告，傅公即抗章以聞。又兩月得請，就命鞫問，而求屍未得，政讞訊間，羊角風自廳前而起。公祝之曰：「逝魄有知，導吾以往。」言訖，風即旋轉，前引馬首，徑奔窖前，吹開炭灰，而屍見矣。公委官檢驗，傷痕宛然，吴遂伏辜。公命州官葬苕于郭外，瓊奴哭送，自沉于塚側池中，因命葬焉。公言諸朝，下禮部，旌其塚曰「賢義婦之墓」。童氏亦官給衣廪，優養終身焉。（卷三）

按：《包龍圖判百家公案》第六十九回《旋風鬼來證冤枉》似即本此。

芙蓉屏記

至正辛卯，真州有崔生名英者，家極富。以父蔭，補浙江温州永嘉尉，携妻王氏赴任。道經蘇州之圌山，泊舟少憩，買紙錢牲酒，賽于神廟。既畢，與妻小飲舟中。舟人見其飲器皆金銀，遽起惡念。是夜，沉英水中，并婢僕殺之。謂王氏曰：「爾知所以不死者乎？我次子尚未有室，今與人撑船往杭州，一兩月歸來，與汝成親，汝即吾家人，第安心無恐。」言訖，席卷其所有，而以新婦呼王氏。王氏佯應之，勉爲經理，曲盡慇懃。舟人私喜得婦，漸稔熟，不復防閑。將月餘，值中秋節，舟人盛設酒肴，雄飲痛醉。王氏伺其睡熟，輕身上岸，行二三里，忽迷路，四面皆水鄉，惟蘆葦菰蒲，一望無際；且生自良家，雙彎纖細，不任跋涉之苦，又恐追尋至，于是盡力狂奔。久之，東方漸白，遥望林中有屋宇，急往投之。至則門猶未啓，鐘梵之聲隱然，少頃開關，乃一尼院。王氏徑入，院主問所以來故，王氏未敢以實對，紿之曰：「妾真州人，阿舅宦游江浙，挈家偕行，抵任而良人歿矣。孀居數年，舅以嫁永嘉崔尉爲次妻，正室悍戾難事，箠辱萬端。近者解官，舟次于此，因中秋賞月，命妾取金杯酌酒，不料失手墜于江，必欲置之死地，遂逃生至此。」尼曰：「娘子既不敢歸舟，家鄉又遠，欲别求匹配，卒乏良媒，孤苦一身，將何所托？」王惟涕泣而已。尼又曰：「老身有一言相勸，未審尊意如何？」王曰：「若吾師有以見處，即死無憾！」尼曰：「此間僻在荒濱，人跡不到，茭葑之與鄰，鷗鷺之與友，幸得一二同袍，皆五十以上，侍者數人，又皆淳謹。娘子雖年芳貌美，奈命蹇時乖，盍若捨愛離癡，悟身爲幻，被緇削髮，就此出家，禪榻佛燈，晨餐暮粥，聊隨緣以度歲月，豈不勝于爲人寵妾，受今世之苦惱，而結來世之仇讎乎？」王拜謝曰：「是所志也。」遂落髮于佛前，立法名慧圓。王讀書識字，寫染俱通，不期月間，悉究内典，大爲院主所禮待，凡事之巨細，非王主張，莫敢輒自行者。而復寬和柔善，人皆愛之。每日于白衣大士前禮百餘拜，密訴心曲，雖隆寒盛暑弗替。既罷，即身居奥室，人罕見其面。歲餘，忽有人至院隨喜，留齋而去。明日，持畫芙蓉一軸來施，老尼張于素屏。王過見之，識爲英筆，因詢所自。院主曰：「近日檀越布施。」王問：「檀越何姓名？今住甚處？以何爲生？」曰：「同縣顧阿秀，兄弟以操舟爲業，年來如意，人頗道其劫掠江湖間，未知誠然否？」王又問：「亦嘗往來此中乎？」曰：「少到耳。」即默識之。乃援筆題于屏上曰：

「少日風流張敞筆，寫生不數黄筌。芙蓉畫出最鮮妍，豈知嬌艷色，翻抱死生冤！粉繪淒涼疑幻質，只今流落誰憐！素屏寂寞伴枯禪。今生緣已斷，願結再生緣。」

其詞蓋《臨江仙》也。尼皆不曉其所謂。一日，忽在城有郭慶春者，以他事至院，見畫與題，悦其精致，買歸爲清玩。適御史大夫高公納麟退居姑蘇，多募書畫，慶春以屏獻之，公置于内館，而未暇問其詳。偶外間忽有人賣草書四幅，公取觀之，字格類懷素而清勁不俗。公問：「誰寫？」其人對：「是某學書。」公視其貌，非庸碌者，即詢其鄉里姓名，則蹙頞對曰：「英姓崔，字俊臣，世居真州，以父蔭補永嘉尉，挈累赴官，不自慎重，爲舟人所圖，沉英水中，家財妻妾，不復顧矣。幸幼時習水，潛泅波間，度既遠，遂登岸投民家，而舉體沾濕，了無一錢在身。賴主翁善良，易以裳衣，待以酒食，贈以盤纏，遣之曰：『既遭寇劫，理合聞官，不敢奉留，恐相連累。』英遂問路出城，陳告于平江路，今聽候一年，杳無音耗，惟賣字以度日，非敢謂善書也，不意惡札，上徹鈞覽。」公聞其語，深憫之，曰：「子既如斯，付之無柰！且留我西塾，訓諸孫寫字，不亦可乎？」英幸甚。公延入内館，與飲。英忽見屏間芙蓉，泫然垂淚。公怪問之。曰：「此舟中失物之一，英手筆也。何得在此？」又誦其詞，復曰：「英妻所作。」公曰：「何以辨識？」曰：「識其字畫。且其詞意有在，真拙婦所作無疑。」公曰：「若然，當爲子任捕盜之責。子姑秘之。」乃館英于門下。明日，密召慶春問之。慶春云：「買自尼院。」公即使宛轉詰尼，得于何人，誰所題詠。數日報云：「同縣顧阿秀捨，院尼慧圓題。」公遣人説院主曰：「夫人喜誦佛經，無人作伴，聞慧圓了悟，今禮爲師，願勿却也。」院主不許。而慧圓聞之，深願一出，或者可以藉此復讎，尼不能拒。公命舁至，使夫人與之同寢處。暇日，問其家世之詳。王飲泣，以實告，且白題芙蓉事，曰：「盜不遠矣，惟夫人轉以告公，脱得罪人，洗刷前耻，以下報夫君，則公之賜大矣。」而未知其夫之故在也。夫人以語公，且云其讀書貞淑，决非小家女。公知爲英妻無疑，屬夫人善視之，略不與英言。公廉得顧居址出没之跡，然未敢輕動。惟使夫人陰勸王蓄髪，返初服。又半年，進士薛理溥化爲監察御史，按郡。溥化，高公舊日屬吏，知其敏手也，具語溥化，掩捕之，敕牒及家財尚在，惟不見王氏下落。窮訊之，則曰：「誠欲留以配次男，不復防備，不期當年八月中秋逃去，莫知所往矣。」溥化遂置之于極典，而以原臟給英。英將辭公赴任，公曰：「待與足下作媒，娶而後去，非晚也。」英謝曰：「糟糠之妻，同貧賤久矣，今不幸流落他方，存亡未卜，且單身到彼，遲以歲月，萬一天地垂憐，若其尚在，或冀伉儷之重諧耳。

感公恩德，乃死不忘，别娶之言，非所願也。」公悽然曰：「足下高誼如此，天必有以相佑，吾安敢苦逼。但容奉餞，然後起程。」翌日，開宴，路官及郡中名士畢集。公舉杯告衆曰：「老夫今日爲崔縣尉了今生緣。」客莫喻。公使呼慧圓出，則英故妻也。夫婦相持大慟，不意復得相見于此。公備道其始末，且出芙蓉屏示客，方知公所云「了今生緣」，乃英妻詞中句，而慧圓則英妻改字也。滿座爲之掩泣，嘆公之盛德爲不可及。公贈英奴婢各一，資遣就道。英任滿，重過吴門，而公薨矣。夫婦號哭，如喪其親，就墓下建水陸齋三晝夜以報而後去。王氏因此長齋念觀音不輟。真之才士陸仲暘，作《畫芙蓉屏歌》以紀其事，因録以警世云：

「畫芙蓉，妾忍題屏風！屏間血淚如花紅。敗葉枯梢兩蕭索，斷縑遺墨俱零落。去水奔流隔死生，孤身隻影成飄泊。成飄泊，殘骸向誰託？泉下游魂竟不歸，圖中艷姿渾似昨。渾似昨，妾心傷，那禁秋雨復秋霜！寧肯江湖逐舟子，甘從寶地禮醫王。醫王本慈憫，慈憫憐群品，逝魄願提撕，煢嫠賴將引。芙蓉顔色嬌，夫婿手親描，花萎因折蒂，榦死爲傷苗，蕊乾心尚苦，根朽恨難消。但道章臺泣韓翃，豈期甲帳遇文簫。芙蓉良有意，芙蓉不可棄。幸得寶月再團圓，相親相愛莫相捐。誰能聽我芙蓉篇？人間夫婦休反目，看此芙蓉真可憐。」（卷四）

按：《拍案驚奇》第二十七卷《顧阿秀喜捨檀那物，崔俊臣巧會芙蓉屏》即據此篇敷演。《南詞叙録》著録有《芙蓉屏記》戲文，明葉憲祖有《芙蓉屏》雜劇，清王環有《芙蓉屏》傳奇，俱演此事，均佚。

賈雲華還魂記

魏鵬，字寓言，其先鉅鹿人。九世祖飛卿，宋高宗朝，仕至御史中丞，以論秦檜誤國，貶襄陽令，死葬白馬山，子孫遂留居焉。宗族蕃衍，富擬封君，迨元朝尤盛。鵬父巫臣，延祐初參政江浙行省，生鵬于公廨，而父卒。母鄖國蕭夫人携鵬暨二兄鸑、鶱，扶櫬歸襄陽。魏生五歲通五經，七歲能屬文，肌膚瑩然，眉目如畫，鄉里以神童稱之。至正間，累舉不偶，深置恨焉，嘗曰：「大丈夫當唾手以取功名，而一第乃不可得耶！」因撫几長嘆。蕭夫人聞之，恐其悒鬱成疾，遂命之曰：「錢塘，汝父桐鄉也，凡此時名師夙儒，多前日門生故吏，汝往請業，庶或有成。矧東南大藩，山水奇勝，可以開豁心胸，吟詠情性，汝其行哉，毋事一室。」乃于懷中出書一緘，付之曰：「到彼讀書之暇，當往訪故賈平章鈞眷邢國莫夫人，以此呈之，議汝姻事。吾自有說，慎勿妄開也。」生退，私啓其封，始知己未生時，母氏與彼有指腹之約，不勝忻喜，促駕而行。鄖國書詞，附録于左：

「懿恭斂衽再拜，奉書邢國太夫人几前：懿恭闊別十五年，遠隔數千里，各天一所，杳不相聞。緬想穹祇叶相，茵鼎善調，喜溢門闌，福臻閨閫，健羡何可勝言！如懿恭者，既失所天，苟存貞節，一家長幼，處此粗安，無足爲太夫人道。第念先平章與先夫參政，官雖僚友，情則弟兄。妾荷太夫人視同娣妹，始因有妊，各發誓言，夫人嘗舉漢光武、賈復故事，指妾腹而言曰：「生子耶，我女嫁之；生女耶，我子娶之。」厥後神啓其衷，天作之配，慶門誕瓦，寒舍得雄。不幸未期，夫君薨逝，妾提挈諸孤，扶柩歸殯，山遥水遠，無地相逢。今者，幼兒已冠，賢女諒亦及笄，苟未訂盟，願如夙誓。故敢冒昧貢書，布兹悃款，仍令此子親齎奉聞。倘到階庭，希垂顧眄。竚聆金諾，拱俟報音。會晤未期，臨緘於悒！不具。」

生奉命，翌旦戒行。踰兩月，抵杭，僦居于北關門邊嫗家。嫗善延納，生頗安之。越數日，舍館既定，乃漸出游，訪問故人，無一在者。惟見湖山佳麗，清景滿前，車馬喧闐，笙歌盈耳。生乃賦《滿庭芳》詞一闋，以紀其勝，因題于寓舍紙窗之上。詞曰：

「天下雄藩，浙江名郡，自來惟説錢塘。水清山秀，人物異尋常。多少朱門甲第，鬧叢裏，争沸絲簧。少年客，謾携緑綺，到處鼓求凰。　徘徊應自笑，功名未就，紅葉誰將？且不須惆悵，柳嫩花芳。聞道藍橋路近，願今生一飲瓊漿。那時節，雲英覷了，歡喜殺裴航。」

偶邊嫗見之，問曰：「斯作郎君所綴乎？」生未答。嫗曰：「郎君豈以老婦爲不知音也耶？大凡樂府蘊藉爲先，此詞雖佳，尚欠嫵媚，歐、晏、秦、黄，殆不如是。」生聞之，乃大驚，因致謝曰：「淺陋之言，獻笑多矣。」因諏嫗出處，方知爲達睦丞相寵姬，丞相薨，出嫁民家，今老矣，通詩書，曉音律，喜笑談，善刺繡，多往來達官家，爲女子師，皆呼爲邊孺人。生曰：「然則丞相正與先公大參及賈平章爲同輩人矣。」嫗駭曰：「郎君豈魏參政子乎？」生曰：「然。」嫗曰：「真韓子所謂稱其家兒者也。」因出盃款生，生乃得備詢參政舊日僚寀，嫗曰：「俱無矣，惟賈氏一門在此耳。」生曰：「老母有書奉達于彼，敢託爲之先容。」嫗許諾。生又問：「平章棄禄數年，今有誰在？生事若何？」嫗曰：「平章一子名麟，字靈昭。一女名娉娉，字雲華，母夢孔雀銜牡丹蕊置懷中而生，語顔色則若桃花之映春水，論態度則若流雲之迎曉日；十指削纖纖之玉，雙鬢綰嫋嫋之絲。填詞度曲，李易安難繼後塵；織錦繡圖，蘇若蘭詎容獨步。邢國鍾愛之，俾從余講學，余自以爲弗如也。且夫人勤勵，治産有方。珠履玳簪，不減昔時之豐盛；鐘鳴鼎食，宛如向日之繁華。」生聞之，知其必指腹之人也，急欲一往。會嫗病目，弗能前，遂止。夫人訝嫗久不來，乃遣婢春鴻往嫗家問焉。時嫗目愈，欲生偕行，值生偶出，嫗乃先隨鴻往，詣夫人謝，且道魏生母寄書事。邢國駭愕，曰：「正爾念之，今焉至此，亟爲我召來，勿緩也！」春鴻承命，復至請生，生便同行。既及門，鴻先入。俄而二青衣導生至重堂，即東階少立。邢國服命服出，坐堂中。生再拜。夫人曰：「魏郎幾時來耶？」生曰：「數日耳。」命坐于西棖前鈿椅上。茶罷，夫人曰：「記得别時，尚在襁褓，今長成若是矣！」慰勞甚至，且問蕭夫人暨鸞、鶯安否，生答以幸俱無恙。夫人爲生道舊，如在目前，但不及指腹誓姻之説。生疑之，乃顧隨來老僕青山解囊，取母書投上。夫人拆封，觀畢，納諸袖中，亦不發言。頃間，一童子出，娟娟如瓊瑶。夫人命拜生。生答拜。夫人曰：「小兒子也，當教之，乃答禮耶？」復命侍妾秋蟾曰：「召娉娉來。」須臾，邊嫗領二丫鬟擁一女子，從繡幙後冉冉而至，面生前展拜。生逡巡欲起避。夫人曰：「無妨！小女子也。」拜畢，退立于夫人座右。邊嫗亦侍座于隅。生竊窺娉娉，真傾國色也，雖西施、洛神，未可優劣。生見後，魂神飛越，色動心馳，恐夫人覺之，即起辭出。夫人曰：「先平章視先參政猶骨肉，尊堂亦視老身如娣妹，自二父云亡，兩家闊别，魚沉雁杳，音耗不聞，本謂此生，無復再見，豈意餘年，得睹英妙，老懷喜慰，何可勝言！郎君乃爾寡情耶？」生揖返席，不敢復辭。邢國目娉入，意若使治具然。于時開宴，水陸畢陳。夫人親酌飲生，生跪受而飲。既而命麟與娉娉更勸迭進，娉酒至，生辭以：「乍出遠方，久疏麴蘗，今不勝盃酌矣。」娉娉捧盃再拜。生欲熟視之，固辭不敢先飲。夫人曰：「郎君年長于汝，自今以後，既是通家，當爲兄妹，汝宜跪勸。」娉遂跪。生蒼皇遽接，一吸而盡。娉娉收盃，至夫人前，瀝餘酒于案曰：「兄飲未釂，更告一盃可乎？」夫人笑曰：「才爲兄妹，便鍾友愛之情，郎君豈得戛然乎？」邊嫗亦從傍更相勸，生乃盡飲。夫人復讓邊嫗曰：「郎君既舍汝家，乃不早以見告，當滿進一觥。」嫗笑而飲。宴罷，告歸。夫人曰：「郎君毋還邸中，只在寒舍安下。」生略辭。夫人曰：「貧家寂寥，願勿嫌也。」即呼家僕脱歡，小蒼頭宜童，引生于前堂外東廂房止宿。生入門，但見屏幃牀褥，書几盥盆，筆硯琴棋，靡一不備，嫗家行李，亦已在焉。生既得定居，復遇絶色，且驚且喜，睡不能成，因賦《風入松》一詞，乘醉書于粉壁之上。詞云：

「碧城十二瞰湖邊，山水更清妍。此邦自古繁華地，風光好，終日歌絃。蘇小宅邊桃李，坡公堤上人烟。　綺窗羅幙鎖嬋娟，咫尺遠如天。紅娘不寄張生信，西廂事，只恐虚傳。怎及青銅明鏡，鑄來便得團圓！」

是夕，娉娉返室，亦厚屬生，因呼侍女朱櫻曰：「魏兄卧否？」櫻曰：「弗知也。」娉語之曰：「汝往廂房詗之。」去良久，反命云：「郎君微吟燭下，若有深思，既而取筆，題數行于壁間，妾諦視之，乃《風入松》詞也。」娉曰：「汝記憶乎？」櫻曰：「已記之矣。」遂口占一過。娉便濡毫，展雙鸞霞箋，次其韻，頃刻而就，封緘付櫻曰：「明晨汝奉湯與郎君盥面時，以此授之。」櫻收于囊。次日黎明，如教而往。生盥沃竟，櫻出緘畀生曰：「娉小娘致意郎君，有書奉達。」生慌忙取視之，乃和生所賦壁間《風入松》，詞云：

「玉人家在漢江邊，才貌及春妍。天教分付風流態，好才調，會管能弦。文采胸中星斗，詞華筆底雲烟。　藍田新鋸璧娟娟，日暖絢晴天。廣寒宮闕應須到，霓裳曲，一笑親傳。好向嫦娥借問，冰輪怎不教圓？」

生讀之數過，不忍釋手，知娉之賦情特甚也，遂珍藏于書笈中。方欲細詢娉性情，而夫人已遣宜童召生矣。生偕童入，夫人見生來，迎謂生曰：「郎君奉命萱堂，遠來游學，不可虛度光陰，玩時廢日。此中有大儒何先生者，及門之士，常數百人，郎君如從之游，必有進益。贄見之禮，吾已辦矣。」食罷，請行。生睹娉後，萬念俱灰，不求聞達，惟雲華是念，不虞夫人之逼令就學也，黽勉應承，然亦不數數往也。因念夫人雖甚見愛，而挂口不及姻事，且令與娉認爲兄妹，蓋有可疑，而無從質問。乃潛往伍相祠祈夢，得神報云：「灑雪堂中人再世，月中方得見嫦娥。」既覺，莫曉所謂，但私識之。一日，偶與朋友游西湖，娉伺生不在，携侍姬蘭苕，潛至其室，遍閱簡牘，見有《嬌紅記》一册，笑謂苕曰：「郎君觀此書，得無壞心術乎？」因戲題絶句二首于生卧屏上。詩曰：

「净几明窗絶點塵，聖賢長日與相親。文房瀟灑無餘物，惟有牙籤伴玉人。

花柳芳菲二月時，名園剩有牡丹枝。風流杜牧還知否？莫恨尋春去較遲。」

抵暮，生歸，見詩，知爲娉作，深悔一出，不得相見。乃賡其韻，用趙松雪體行楷，書于花箋以答娉。詩曰：

「冰肌玉骨出風塵，隔水盈盈不可親，留下數聯珠與玉，憑將分付有情人。

小桃才到試花時，不放深紅便滿枝，只爲易開還易謝，東君有意故教遲。」

寫畢，無便寄去。躊躇間，忽春鴻來，謂生曰：「夫人聞郎君西湖歸，懼爲酒困，遣妾持武夷小龍團茶奉飲。」生喜甚，即啜一甌。因移身逼鴻坐，笑語鴻曰：「娉娉既視我爲兄，汝何惜暫爲吾婦？」鴻變色曰：「夫人理家嚴肅，婢妾只任使令，豈敢薦枕于君，以汙清德？」生曰：「東園桃李片時春也，何害？」遂與鴻狎。且謂鴻曰：「吾有一簡奉娉娉，能爲我持去否？」鴻曰：「敢不承命，當亟遞去。」鴻入，遇娉茶堂中，即以與之。娉急置于懷，囑鴻勿泄。返室觀之，乃和其絶句二首。讀罷，嘆曰：「清楚流麗，類其爲人。」言未已，聞夫人呼曰：「有客。」娉趨出，乃外兄莫有壬也，自藁城來省。邢國因設宴待之，生亦與坐。夫人以久別有壬，且悲且喜，姑姪歡酬，不覺至醉，兼之有壬遠來，驅馳鞍馬，困憊不任酒，急欲休息，苦告夫人。夫人乃令脱歡扶掖至禮賓堂之南小齋内歇卧。生亦隨出，獨立于重堂。無何，夫人亦眩暈思卧，乃先就榻。惟娉率諸婢收拾器皿，鎖閉門户。朱櫻持燭，伴娉出重堂巡邏，見生孤立，驚曰：「兄未寢乎？何此延竚？」生告以「渴甚求漿，弗能得」。娉即令櫻入厨中取茶。因代櫻執燭，置案上，燭爲風爍，蠟液淚流，娉以金剪剪之曰：「汝亦風流乎？」生曰：「子不聞李義山詩云：『春蠶到死絲方盡，蠟燭成灰淚始乾。』」娉曰：「義山浪子耳，何眷戀之深耶？」生曰：「人同此心、心同此欲，烏可以此病義山乎？」娉曰：「然則兄亦義山之流亞乎？」生曰：「風情幽思，自謂過之。」娉曰：「若兄之言，真風流藴藉之士也。但佳句云勞心者，果勞何事？不知商隱亦有是乎？」生曰：「室邇人遐故也。」

娉不答，指壁上琴曰：「兄善是耶？」生曰：「幼耽此技，小姐聞亦能之。」娉曰：「謾寄指耳，敢言能乎？」俄朱櫻捧茶至，娉起遞與生。生謝曰：「何煩鄭重？」娉曰：「愛親敬兄，禮宜如是。」生將促席與言，娉遽斂身曰：「今夕夜深，兄宜返室，來宵有便，當詣聽琴，幸無他往也。」遂道萬福而退。次日，夫人中酒不能起。薄暮，娉偷至厢房。生正懸望，竚俟階前，陡見娉來，喜心翻倒，即擁娉入。坐定，生拂几焚香，解錦囊出天風環珮琴，請娉彈。娉羞澀固辭。生于是轉軫調絃，鼓《關雎》一曲以感動之。娉曰：「吟猱綽注，一一皆精，但惜取聲太巧，下指略輕耳！」生甚服其言，必欲觀娉之指法，請之不已。娉乃命朱櫻取琴，放己前琅玕石卓上，操《雉朝飛》一調以答生。生曰：「佳哉指法，但此曲未免淫艷之聲多。」娉曰：「無妻之人，其詞哀苦，其聲凄怨，何淫艷之有？」生曰：「自非牧犢子妻，安能造此妙乎？」娉無言，惟微哂而已。是夕，談話稍款，言情頗深。值夫人睡覺，呼娉索人參湯，娉惶恐走去。生茫然自失，魂魄俱喪，面若死灰，大失所望。因枕上賦《如夢令》一詞自悼。詞云：

「明月好風良夜，夢到楚王臺下，雲薄雨難成，佳會又成虚話。誤也，誤也，青著眼兒乾罷！」

平旦，生起，整衣冠，趨夫人閣，問安否。出至重堂，轉從堂後，循曲巷，欲造娉室，迷路而回，至清凝閣前，少憩。時娉政坐閣中，低鬟束雙鬟，著綉鞋。生即屏身户外，窺于隙間，爲娉小婢福福見之，報與娉。娉大憤，將起白夫人。生惶恐，告娉曰：「向于夫人處問安，路迷至此，兄妹之情，寧忍見窘？」娉曰：「男子無故不入中堂，况可直造人家閨閤乎？今且恕兄，後勿再至。」生連揖不已。娉曰：「聊恐兄耳，毋勞深謝。」因指閣前臨清小瓦盆養瑞香一株，命福福云：「送去兄卧房中，爲幽人之伴。」生曰：

「得此一株，當貯諸金屋。」娉笑而頷之。福遂捧花送生出。生知福乃娉之親隨，即探囊中金數星與之，冀其傳遞簡帖，潛通殷勤。福拜而受之，自此得其用矣。然生自離家之後，兩月有餘，寒食初過，清明又到，夫人備酒殽，召鄰曲及邊嫗，并拉生出郭掃墳，惟娉娉以小疾新愈，不得偕行。生覘知娉不去，乃佯出。夫人留之。生曰：「適何先生遣人見呼，不敢不去，弗及拜平章神道，意甚缺然。」夫人曰：「先生召無諾，宜速往也。」生去，夫人亦登輿，舉家畢從，惟留福福及小女使蘭苕伴娉。生度夫人行遠，徐徐而歸，至重堂，門閉不得入，徘徊廡下。福福聞人履聲，謂是客至，啓門問之，乃生也。生急持福裾，問娉所在，欲見之。福曰：「小姐敏慧聰明，知書識禮，持身謹慎，不離閨房，貞靜幽嫻，凜不可犯，妾安敢冒昧導君，唐突西子！」生曰：「吾之遇汝，自謂有緣，雖張珙之紅娘，不啻過也。今汝乃有是言，予之缺望甚矣！」福沉吟半餉曰：「彼雖以禮自持，然幽情頗切，吾嘗見其臨鏡自照，回顧妾曰：『我何如月中之嫦娥也？』妾覆之曰：『不已夸乎？』彼乃曰：『姮娥雖貌美，叵耐只孤眠！』由是觀之，可以情亂也。」生曰：「爲今之計，將若之何？」福曰：「妾有吴綾手帕，郎君試爲情詩，染其上，我當持與之觀。郎君輕步躡妾後窺之，彼若動心，事諧必矣。」生欣然握管，題以付之。詩曰：

「鮫綃原自出龍宫，長在佳人玉手中，留待洞房花燭夜，海棠枝上拭新紅。」

福袖帕入，生尾福後，至柏汎堂，娉方倚檻，玩庭前新柳，曰：「綠陰如許矣！」因誦稼軒詞云：「莫去倚危闌，斜陽政在烟柳斷腸處。」生遽前，撫其背曰：「斷腸何所爲乎？」娉驚曰：「狂生又至此耶？」生曰：「韓壽竊香，相如滌器，狂者固如是乎？」娉乃命福取茶，福佯墮手帕于地，娉拾而觀之，見詩，怒曰：「此必兄所爲，小妮子何敢無忌憚如是？吾將持以白夫人。」生愧謝再三，繼之以跪。娉因回顏一莞，收置懷中曰：「毋多言，姑此共坐，少叙半餉之歡，倘老母來歸，則無及矣。」生大喜，就坐。娉呼福出佳肴薦酒，親持金荷葉杯，酌以勸生。生辭不飲。娉固勸。生謝曰：「此意良已勤，政昔人所謂，雖吃〔饐〕（椎）子亦醉，不煩酒。」略飲數杯，因命撤去，娉從之。生乃促席與娉聯坐，語娉曰：「我奉命慈親，爲此姻事，艱難水陸，千里遠來，今夫人了無一語道及前盟，必有他謀，事恐中變，命爲兄妹，其意可知。子復漠然，路人相視，殊無聊賴，久擬賦歸，但以未與子言，故遲遲不決耳。今幸相逢，難期再會，予之心事，子既知之，諧與不諧，明以見告，毋徒使我爲《周南》留滯之客也。」娉聞之，撫髀嘆曰：「余豈木石之人哉！兄之此言，豈知我者！妾自遇兄來，忘餐廢事，心動神疲，夜寐夙興，惟君子是念。顧以葑菲，得侍房帷，偕老百年，乃深幸也。第恐天不與人方便，不能善始令終，張珙、申純，足爲明鑒。兄如不棄菅蒯，妾可永執箕箒，毋輕一舉，當計萬全。」生曰：「若待六禮告成，則予墓草宿矣。子其憐之，毋吝今夕！」娉未及對，而蘭苕報夫人回矣。生倉忙趨出。是日，三月丙午也。丁未清晨，生入謁，夫人曰：「昨因祭掃，就過湖上諸寺一行，佳景滿前，令人應接不暇，所惜者，寓言不在耳。」生唯唯而退。至中堂側門，與娉相遇，侍妾森然，前遮後擁，彼此注視，莫交一言。生歸室悶悶，因誦崔顥《黄鶴樓》詩云：「日暮鄉關何處是？烟波江上使人愁。」適娉經窗外，聞之，因穴窗呼生曰：「男兒何懷土之切乎？」生曰：「事屬參差，終不能就，處此無益，莫若歸去。」娉曰：「少頃，當令福福詣君。」言訖而去。早飯罷，福果來，謂生曰：「娉小娘有簡奉君。」生拆而觀之，乃詩一首云：

「春光九十恐無多，如此良宵莫浪過，寄語風流攀桂客，直教今夕見姮娥。」

讀畢，生喜不自制，顒顒然視日之斜，汲汲然望夜之至。豈期向午，生之友人金在鎔來，拉生過平康。生以他事拒之，金固不許，不得已，乃與同行。至彼，妓有秀梅者，頗曉詩詞，素慕才俊，見生灑落，勸以巨觥，金又與轟飲，生意不在酒，爲二人所困，痛醉而歸，展紫絲褥，臥于房前石欄杆側地上。迨暮月明，夫人睡熟，娉乘便赴約，不意生酣寢，酒氣逼人，呼之不應，乃悵然行于階下，徐入生室，取宣毫，寫絶句一首于生練裙上，投筆而去。詩曰：

「暮雨朝雲少定踪，空勞神女下巫峰，襄王自是無情者，醉臥月明花影中。」

五更天明，生酒亦醒，起步花陰，但見落紅沾袖，墜露濕衣，追省娉期，滂然流淚。政郁郁間，忽風吹生衣裾，裾翻字見，生舉視之，乃七言絶句，娉所染也。因大悵恨，失此良會，爲人所誤，深負娉期。因剪下裙幅，裝潢成軸，懸于壁間，仍賡原韻，緘以寄娉。詩曰：

「飄飄浪迹與萍踪，誤入蓬萊第幾峰，凡骨未仙塵俗在，罡風吹落醉鄉中。」

詩後復有一詞，名《憶秦娥》云：

「春蕭索，可憐更負佳人約！佳人約，今番准定，莫教違却。　世間雖有相思藥，應知難療身如削。身如削，盈盈珠淚，夜深偷落。」

一日，忽聞夫人喚春鴻云：「平章忌辰在邇，合照常規。汝可往西鄰靖恭姚長者家，問幾時建金山佛會，亦欲附薦平章，以徼冥福。」鴻少選返命云：「只在此月二十五日爲始，適廟忌辰，凡三晝夜，若欲與薦善功，必須先嚴齋戒，至日，請詣法筵，炷香禮佛，竣事方歸。」至期，夫人分付娉家事畢，乃往姚宅。娉與生俱送及門，因得同行入内，經過生卧房前，生苦邀入，欲賦高唐。娉懇辭曰：「蒲柳賤軀，敢自吝惜。但今白晝，僕妾衆多，若交接之頃，雲雨方濃，妾于此時，如醉如夢，能保無他慮乎？莫若少待今宵，兄宜親即妾所，妾當明燭啓門，焚香迎候。」生深然之。至暮，娉戒諸奴僕曰：「夫人偶不在家，汝等各宜早歇，男僕不許擅入中門，女僕亦須不離内寢，毋得輒便私相往來。」衆皆拱聽，莫敢不遵。人既定，生乃尋向路，由柏汎堂後轉，過横樓西，適有兩巷相聯，莫知何者可達，狐疑未決。忽風送好香一炷，逆鼻而來，生心喜曰：「娉不遠矣！」徑趨右巷，巷窮，果得娉寢。但見綠窗半啓，絳燭高燒。娉上服紫羅衫，下著翠文裙，自拈生龍腦于金雀尾爐中焚之，香烟縹緲，燭影晶熒。驟得見娉，疑與仙遇。娉笑曰：「鉅卿，信人也。」出户迎生，延入室内，室中安墨漆羅鈿屏風牀，紅羅圈金雜綵綉帳，牀左有一殷紅矮几，几上盛繡鞋二雙，彎彎如蓮瓣，仍以錦帕覆之。右有銅絲梅花籠，懸收香鳥一只，餘外無長物。房前寬闊僅丈許，東壁挂《二喬并肩圖》，西壁挂《美人梳頭歌》，壁下二犀皮桌相對，一放筆硯文房具，一放妝奩梳掠具，小花瓶插海棠一枝，花箋數番，玉鎮紙一枚。對房則藕絲吊窗，窗下作船軒，軒外繚以粉墻，墻内叠石爲台，台上牡丹數本，四傍佳花異草，叢錯相間，距台二尺許，磚甃一方池，池中金魚數十尾，護階草籠罩其上。生未暇遍觀，即携娉就寢。娉乃取白絨軟帕付生曰：「兄詩驗矣，可謂海棠枝上拭新紅也。」生笑爲娉解衣，共入帳中。娉低聲告生曰：「妾幼處深閨，未諳情事，媾歡之際，第恐弗勝，兄若見憐，不爲已甚。」生曰：「姑且試之，庶幾他日見慣。」豈期娉之身體纖柔，腰肢顫掉，花心才折，桃浪已翻，羞赧呻吟，如不堪處。而生蜂鎖蝶戀，未肯即休，直至興闌，將過夜半。生起，持帕剪燭觀之，乃與娉使藏焉，留爲後日之驗。娉曰：「賤妾陋軀，爲兄所破，静言思之，有靦面目。伉儷之約，兄善圖之，毋使妾爲章臺之柳則幸矣。不然，當墜樓赴水，以死謝兄，斷不能學流俗之人，背盟他適，以負所天。」生曰：「我爲男子，豈不能謀一婦人？況有夙緣，不必過爲之慮。」乃于枕上口占《唐多令》一闋以贈娉。詞云：

「深院鎖幽芳，三星照洞房，驀然間得效鸞凰。燭下訴情猶未了，開繡帳，解衣裳。　新柳未舒黄，枝柔那耐霜？耳畔低聲頻付囑：偕老事，好商量。」

娉亦依韻和以酬生：

「少小惜紅芳，文君在繡房，馬相如賦就求凰。此夕偶諧雲雨事，桃浪起，濕衣裳。　從此褪蜂黄，芙蓉愁見霜。海誓山盟休忘却，兩下裏，細思量。」

自此，往來頻數，無夕不歡，雖連理之柯，比翼之鳥，奚以過也。何期光陰易逝，樂極悲來，夏暑將殘，秋風又動，忽收蕭夫人及二兄書，取生回，應鄉試。生得書悒怏，不遣娉知，然言動之間，屢有嗟歎之意。娉察之，生不獲隱，出母書示之，彼此流涕。未數日，二兄又遣一僕海仙，馳書奉邢國夫人，使促生早還。夫人啓緘，讀畢，令人召生至，以母書示之，且謂生曰：「尊夫人相念至深，二令兄促歸亦急，且欲同應秋科，實人間美事。老身雖不忍遽舍郎君，然母命兄書，安可違越，所願桂枝高折，早占鼇頭，側耳捷音，與有榮耀。瓜期未及，恭候再來。」遂備辦行裝，送生上路。娉時侍夫人座側，聞知此言，淚落如注，即起入内。其夜，伺夫人睡静，乃潛出別生，相視飲泣。遂謂生曰：「正爾歡娱，乃有遠別！天耶人耶！何至此極也！」生曰：「我爲母兄所逼，且只暫歸，三兩月間，再圖相見，子第寬心，保攝眠食，勿爲無益之悲，徒損傾城之貌。」娉掩涕曰：「兄途中謹慎，早早到家，有便再來，勿爲長往。妾醜陋之身，乃兄所有，倘念么麽，不我遐棄，雖死之日，猶生之年。」乃面生再拜曰：「只此別兄，明日不能出矣。」生亦哽咽，目送娉退。次早，娉又遣福福叩門，持手簡，送鴉青紵絲成鞋一雙，綾襪一緉贈生。簡曰：

「薄命妾娉再拜，白寓言兄前：娉薄命，不得奉侍左右，爲久計。今馬首欲東，無可相贈，手制粗鞋一雙，綾襪一緉，聊表微意，庶步武所至，猶妾之在足下也。悠悠心事，書不盡言，伏楮緘辭，涕淚交下！不具。」

生覽畢，惟墮淚而已，遂收拾鎖于書笈。既登途，凡道中風晨月夕，水色山光，睹景懷人，只增悲惋。及抵家，已迫槐黄矣。遂偕二兄往就試，鸞、鶱失利，惟鵬領高薦而歸。賀客填門，雜遝數月。迨冬末，同年促上禮闈，生方欲托病不赴，圖爲杭游，以踐夙約，而母與二兄之弗容，府尹、縣侯之敦遣，不獲已，黽勉而行，期在下第，庶得即歸。詎意青錢萬選萬中，會闈揭曉，名次群英，廷試又在甲榜，擢應奉翰林文字，才名日起，籍甚當時。虞、揭諸公，皆加愛重。生雖居清要，而心念雲華，未嘗暫舍，因求外補。明年正月，得江浙儒學副提舉，正愜所願，遂不歸襄漢，徑赴錢塘。需次待闕，首具袍笏，詣賈氏，拜夫人。夫人見生來，喜色溢面，勞之曰：「具審金榜題名，文台列職，平生之願，一旦盡酬。第恨靈昭年幼，未歷江湖，老病孱軀，不能遠涉，無由造賀，作慶尊堂爲愧耳！」生謝曰：「末學荒疏，謬登科目，續貂之誚，有愧于中。然自別門下，兩載光陰，令女賢郎，安否何似？輒敢請見，少慰下懷！」夫人曰：「小兒讀書郡學，半月一回。魏女在家，尋當上謁。」遂命秋蟾召娉。須臾出見，流眄掠生，悲喜交集。夫人置酒，邊嫗亦來。邢國舉盃致賀，生畢飲。復命娉曰：「魏兄高第顯官，人間盛事！汝既在妹列，豈可無一盃致賀乎？」娉再拜領命，乃酌酒勸生。生復酬娉。母女極歡而罷。既暮，辭出。夫人曰：「幸未上官，免尋邸舍，吾家舊寓，謹以相延。」生且謝且辭，退就寢室，風物依然，一榻如故。因賦律詩一首，題于壁以紀重來。詩曰：

「不到仙家兩載餘，竹窗幽户尚如初。梁懸徐孺前時榻，壁寫崔生昔日書。花柳謾爲新態度，江山不改舊規模。未知當日桓温幕，還有風流此客無？」

次日，生出謁。夫人慮生寓所器物不備，或乏人使令，乃呼娉侍行，過彼點檢。及至，凡百所需，悉已完具，宜童復專供役，蓋娉已宿戒之矣，而夫人弗知也。周視間，忽見生壁上新題，讀之數過，稱賞弗已，且顧娉曰：「才子！才子！」又云：「此人器量弘深，學問該博，聰明敏捷，少有比倫，不出十年，須當遠到，提舉未足以掩也。女子識之。」夫人素有藻鑒，慎許可。娉見母譽生如此，愈加愛重。由是夜往晨回，傾情倒意，雖接翼之鸞鳳，交頸之鴛鴦，未足以喻其和協也。無何，情愛所迷，殊無顧忌，朝歡暮樂，婢妾皆知，所未覺者，惟邢國一人而已。或日，春鴻與蘭苕于清凝閣前閒坐，分食泉州鳳餅香茶，娉偶過見之，默然不樂。私念此茶夫人物也，惟己嘗竊數餅與生，計必生私二人，自彼而得，因詰問之。鴻、苕不能隱，以生與爲對。娉大恨恚，妬念頓生，乃捃摭他事，白于夫人，俱遭痛撻。鴻輩銜恨，謀發娉私，乃鬮娉與生于後園池上重陰亭前弈棋，急趨白夫人云：「圃中池蓮，有一花並蒂，紅白二色，開已一日，請往觀之，恐久則謝矣。」夫人喜曰：「此禎祥兆也！」如其請。生與娉不虞其至，方拊掌大笑曰：「雲華姐又輸一局矣，敢請子之金釧爲賭資，可乎？」言未已，忽風撼敗桃一枚，墜局中，娉驚訝，舉首視之，遥見二人侍夫人來，知其故意相襲也，急目生，使入天林洞避去，而博戲之具，收拾弗及。乃佯趨走，迎語夫人曰：「兒多時不到園中，適因繡倦，與福福携楸枰來此，以消長日。忽見並頭蓮花，紅白二色相向，真嘉瑞也。正擬報知膝下，而娘娘來矣。」鴻、茗雖善其支吾，然未敢面斥，惟相目冷笑而已。幸夫人眼昏，莫辨其爲生也。夫人曰：「蓮花雙蒂者常有之，但一紅一白，爲難得耳。適聞春鴻言如此，將欲呼汝同觀，不意汝已先在此矣。然人家處子，不離閨房，偶或出游，擁蔽其面。今汝不使我知，輒行至此，雖無人見，亦且不宜。况汝讀書識禮，豈不知博弈之爲非，當痛以自懲，後勿爾。」然夫人只知其與福福手彈，不料其與生對壘也。遂同至亭間，徘徊瞻企。夫人命春鴻曰：「佳哉花也！可召魏郎君來此同玩。」鴻將啓齒，娉恐其有言，潛躡其足。鴻會意，乃紿夫人曰：「有此佳花，而酒殽未備，不若明旦于此開宴，召之賞玩，亦未爲晚。」夫人點頭曰：「春鴻言是也。」遂回。詰朝，果于亭上設席，且于郡學呼麟回，同生賞花。酒半，夫人目麟曰：「吾聞人家興替，見于花卉，蓋草木得氣之先，且瑞應之來，必不虚也。汝今秋文戰，或者得捷，雙蓮之瑞，其在是乎！宜賦一詩，以觀汝志氣。魏提舉如不相棄，亦請唾珠玉，以重斯芳。」麟與生奉命，一揮而就，以呈夫人。夫人覽而嘆曰：「提舉絶妙好詞！吾兒結意，亦自可取。」因付娉曰：「汝觀而藏之，留爲汝弟秋科張本。」二詩云：

「若耶溪里萬紅芳，那似君家并蒂祥？韓虢醉醒殊態度，英皇濃淡各梳妝。徒勞畫史丹青手，謾費詞人錦綉腸。向夜酒闌明月下，只疑神女伴仙郎。」

右鵬詩

「亭亭翠蓋蔭娟嬈，一種風流兩樣嬌。飛燕洗妝迎合德，彩鸞微醉倚文簫。若教解語應相妬，縱自無情也是妖。寄語品題高著眼，直須留作百花標。」

右麟詩

娉讀之，微莞，將收之袖中。生乃請于夫人曰：「小姐也不可無佳制。」夫人命娉曰：「汝試爲之，請教提舉。」娉對曰：「好語皆爲兄所道，尚何言哉？然亦不敢不勉强。」遂口占《聲聲慢》一闋。詞云：「太華峰頭，若耶溪上，秋波蕩漾嬋娟。翠蓋陰中，佳人並著香肩。深盃怎禁頻勸傳？玉容霞臉争妍。真個是，善才龍女，不染塵緣。　共説風流態度，似鳳台蕭史，夫婦同仙。描畫丹青，生綃難寫清聯。鴛鴦也知相妬，却愛來，比翼花邊。心更苦，委淤泥絲又暗牽。」生傾聽之餘，自愧弗及，因出席揖之曰：「風流俊媚，的是當家，真可謂才調女相如也！」娉斂繡巾拜謝曰：「不敢當！不敢當！」酒散月明，夫人酣寢。娉出就生，具告以昨日圍棋之故，且吐舌曰：「非桃墜則夫人見矣，奈何！奈何！」生曰：「此天也！然非子之臨機應變，則罅隙呈露，吾二人安得復合耶？危哉！危哉！」娉曰：「夫人以妾昨過園中，微賜呵譴，今不敢再至矣。所恨前時遠别，今幸相遭，復被匪人百端間阻，當爲兄屈己下之，冀回其意。兄且忍耐，勿自憂煎。然此亦由兄私之之過也！《論語》

曰：『惟女人與小人爲難養也！近之則不遜，遠之則怨。』不可不加之意也。」蓋微諷生寵春鴻、蘭苕事以箴之。生慚悚交并，莫知爲對。娉自此深居簡出，杳不相聞。生亦踧踖不安，若有芒刺在背，凡遇内集，多却不來。娉雖謬爲斂迹，而益重幽思，故于鴻、苕，特加禮待，但其所欲，舉以贈焉。爾後二人俱圄娉術中，夙怨冰釋，翻爲之用，第生未知耳。踽踽月餘，無聊特甚。正憂悶中，忽福福送新蓮數房來，且報鴻、苕釋憾，早晚可以相見。生聞之，手舞脚蹈，不任歡情，因以蜀箋寫所賦夏景閨情十首，爲小引于前，以答娉。其詞曰：

「孤館無聊，睡起塊坐，不見賢淑，豈止鄙吝復生而已哉！謾成《閨思》十首奉寄，一則以見此情之拳拳，一則時自省覽，猶佳麗之在側也。

香閨曉起淚痕多，卷理青絲髮一緺。十八雲鬟梳掠遍，更將鸞鏡照秋波。
侍女新傾盥面湯，輕攘雪腕立牙牀。都將隔宿殘脂粉，洗在金盆徹底香。
紅綿拭鏡照窗紗，畫就雙蛾八字斜。蓮步輕移何處去？階前笑折石榴花。
深院無人刺繡慵，閒階自理鳳仙叢。銀盆細搗青青葉，染得春葱指甲紅。
薰風無路入珠簾，三尺冰綃怕汗粘。低唤小鬟扃綉户，雙彎自濯玉纖纖。
愛唱紅蓮白藕詞，玲瓏七竅逗冰姿。只緣味好令人羨，花未開時已有絲。
雪爲容貌玉爲神，不遣風塵涴此身。顧影自憐還自歎，新妝好好爲何人？
月滿鴻溝信有期，暫抛殘錦下鳴機。後園紅藕花深處，密地偷來自浣衣。

明月嬋娟照畫堂，深深再拜訴衷腸。怕人不敢高聲語，盡在慇懃一炷香。

闊幅羅裙六葉裁，好懷知爲阿誰開？温生不帶風流性，辜負當年玉鏡台。」

詩後，復寫一詞，名《青玉案》：

「合歡花下曾相見，猶記把毫題綵扇。自別佳人冰雪面，朝思暮想，倚門挨户，無慮千來遍。靈犀一點懸春綫，殘夢驚回梁上燕！惆悵佳期成又變！雲箋都是蠅頭字，難寫張生怨！」

書畢，付福齎去。娉得之，啓誦。而鴻、苕偶來，問曰：「小姐所詠詩，誰人之作？乃爾俊麗耶！」娉汪然流淚曰：「久有心事，思與渠輩談之，屢欲吐辭，復囁嚅而止。」鴻等同聲應曰：「某輩賤流，受小姐厚愛多矣！但可爲地，當盡力以報。」娉曰：「此魏生詩也。吾之遇彼，渠輩頗詳。爰自爾日重陰之游，幾于狼狽，若爲夫人見之，我無措身之地，賴汝調護，遂得無他。今不見生者，一月矣，非惟我念之深，生亦思我尤切。彼此隔越，誰與爲謀？」二人起謝曰：「今夫人受戒，日坐佛閣，誦内典，家政悉小姐所權，苟有欲爲，疇敢喘息？若有異議，某等任之。脫不踐言，鬼神臨鑒！」娉曰：「若然，吾何恨。」是夕，始復就生，相與如故矣。或偎紅倚翠，盡雲雨之歡；或舉白弄琴，極從容之樂。不覺流光奄冉，七夕又臨。娉請于夫人，于内堂結綵樓乞巧，瓜果羅列，殽羞備陳。夫人謂娉曰：「久不見汝作詩詞，今夕天上佳期，人間良夜，或詩或詞，隨汝所爲。吾當召魏生來，與汝講論，庶有新益。」娉唯命。于時生至。夫人曰：「世謂今宵天孫賜巧，小女輩未能免俗，謾設瓜果之筵。亦嘗命之賦小詩，以紀佳節，竟未知曾就否？」娉即前應曰：「適奉命，綴得七言絶句二首。」遂出諸袖間，墨痕猶濕。夫人接看畢，遞與生曰：「小女拙詩，提舉無吝見教。」生讀竟曰：「宋若華姊妹之儔，誠不易得也！鵬雖不敏，當亦效顰，第恐白雪陽春，難爲屬和耳！」娉詩曰：

「梧桐枝上月明多，瓜果樓前艷綺羅。不向人間賜人巧，却從天上渡天河。

斜彈香雲倚翠屏，紗衣先覺露華零。誰云天上無離合？看取牽牛織女星。」

鵬和詩曰：

「流雲不動鵲飛多，微步香塵滿襪羅。若道神仙無配偶，怎教織女渡銀河？

娟娟新月照圍屏，井上梧桐一葉零。今夕不知何夕也，雙星錯道是三星。」

詎意好事多乖，會難離易。次早，生收家問，報母訃音，竟不及榮上提舉之任，而丁憂之行逼矣。夫人乃召邊嫗告之曰：「吾有一切己事相托，未審能爲我周全乎？」嫗避席曰：「願聞何事？苟可用情，當爲極力。」夫人曰：「娉娉年長，欲覓一快婿。斧柯之任，相屬如何？」嫗笑曰：「老拙久懷此意，但未敢形言。今夫人門下，自有其人，而欲他謀，徒費齒頰，真所謂道在邇而求諸遠也。」夫人曰：「得非謂魏生乎？佳則佳矣，然有説焉：生少年高擢，歘歷仕途，若以歸之，勢必携去。吾止有此一息，時刻不面，尚且念之，若嫁他鄉，寧死不忍！正爲向者生來時，乃母惠書及此，且舉昔日指腹之言，我欲答書，深思而止，是以對生亦絶口不曾道及者，非背盟也。今蕭夫人棄養，生又得官，他日當自有佳人，求爲匹配，醜女不足以奉箕箒也。吾不欲面談，煩嫗委曲達及，使之他圖。我若不明言，彼又膠于前語，如之何其不兩誤耶！」嫗如教喻生。生曰：「余久知之，彼則遲疑未判，今言若此，明説不諧。況寒門重罹荼毒，行色匆匆，隕越之餘，寧暇爲計？雖然，此先堂意也，煩嫗善爲我辭夫人。豈不聞聖人有言：『自古皆有死，民無信不立。』既奉初言，息壤在彼，天地鬼神，昭布森列，豈可以吾母既亡，背盟棄好？且閭閻下賤，尚不食言，曾謂小君，而可失信？嫗若以義責之，庶或可允。萬一秦晉能諧，當奉千金爲壽。」嫗曰：「我哀王孫而緩頰，豈望報哉？」遂去，備以言反復勸于夫人。夫人曰：「嫗雖巧爲説客如蘇、張，其如吾不聽何！」嫗見如此，不敢復言。退而告生。生忍淚曰：「死生契闊，從此始矣！」乃促裝，亟爲歸計。娉聞之，與春鴻、秋蟬輩，伺夫人困睡，潛于柏汎堂設宴，召生入，爲别。生至相持，魂飛魄喪，嗚咽不自勝。鴻等亦哽塞，不能仰視。娉乃舉盃于生前，拜曰：「兄行，不來矣！平昔與兄，一日不握手，此恨何堪。矧今守制三年，仳離千里，不諧伉儷，從此途人。惟兄節哀順變，保攝金玉之軀。服闋上官，别議佳偶，宗祧爲重，勿久鰥居。妾命薄春冰，身輕秋葉，雲泥異路，濁水清塵。然既委身于君子，豈再托體于他人。以死爲期，言猶在耳，行當畢命窮泉，寄骸空木。長恨悠悠，曷其有極！平時兄屢命我歌，每每忸怩而止，今死生永訣，豈可復辭？我試謳之，兄其側耳。政唐人所謂『一聲河滿子，雙泪落君前』也。」乃歌《踏莎行》一闋云：

「隨水落花，離絃飛箭，今生無處能相見。長江縱使向西流，也應不盡千年怨！　盟誓無憑，情緣無便，願魂化作銜泥燕。一年一度一歸來，孤雌獨入郎庭院。」

歌訖，大慟數聲，驀然仆地，左右扶掖，良久乃甦，竟夕不成歡而罷。來早，娉乃破所照匣中鸞鏡，斷所彈琴上冰絃，並前時手帕，遺福福持去付生，爲相思紀念。福福艴然曰：「小姐賦禀温柔，幽嫻貞静，其性不可及，一也。天姿美艷，絶世無雙，其貌不可及，二也。歌詞流麗，翰墨清新，其才調不可及，三也。諳曉音律，善措言辭，其聰明不可及，四也。至于考究經史，評論古今，纚纚然如貫珠，灑灑然若霏雪。下至女事，更不在言。矧又爲薊公之孫，平章之女，母有邢國之賢，弟有令尹之貴，四德俱備，一族同推，行配高門，豈無佳婿？顧乃踰墻鑽穴，輕棄此身，戀戀魏生，甘心委質，流而爲崔鶯鶯、王嬌娜淫奔之女，以辱祖宗。且生纍然衰絰，五内崩摧，以此與之，毋乃不可！誠所謂既不能以禮自處，又不能以禮處人，妾實耻之，無面目將去也。」娉吁氣長嘆曰：「爾自事吾，小心謹慎，我亦憐汝，不啻己生。來往十年，未嘗暫舍，然尚不知我心，猶有此論，則紛紛外議，無怪其然。與其負謗而生，莫若捐軀而死。」乃取白練，將自縊，福遽止之，急足遞去。生收置行李中，入辭夫人。夫人贈白金五十兩，生固却不受。夫人曰：「知不成禮，聊見微情。想讀禮之餘，剩有閒暇，毋惜惠音，以慰老朽。」生跪曰：「數年門下，深荷恩慈，豈特待我如賓，真乃視余猶子，死生肉骨，鏤膽銘肝。方獲微官，冀圖少報，不幸禍延先妣，遺棄諸孤，守制東還，遠違懿範，素心曷已，黄髪是期！」俯首階庭，不勝沾灑。夫人亦感愴，使鴻呼娉出别，促之至再，堅不肯來。生亦不苦請，蓋不忍與之見也。遂行。其年秋，麟果中浙江鄉試，夫人喜動顔色，曰：「雙蓮之祥驗矣。」遂改重陰亭爲瑞蓮亭。明年，赴春官，亦得捷，授陝西之咸寧尹，乃挈家偕行。娉自離生後，柳悴花憔，香消玉減，終日不食，達旦不眠，咄咄書空，盈盈滴淚。兼之道途頓撼，陸路艱難，抵縣浹旬，息將垂絶。夫人憂損特甚，莫曉其致病之由。研問家人，鴻等始略言其概。夫人懊恨違盟，勢已無及，但百端寬喻，使之勉進湯藥而已。又月許，將屬纊之先一日，沐浴梳飾，具衣帨如常時，于母前拜曰：「兒不幸！疾疢彌留，死在朝夕，母恩未報，飲恨黃泉。賴有靈昭，可爲終養，願夫人割不可忍之恩，勿以女子自苦也。」又語麟曰：「吾弟聰明才智，早掇巍科，步武青雲，前程遠大，家門有幸，父母有光。但願早尋佳偶，以養夫人。姊命薄年促，不及見賢弟聳壑昂霄，徒以死相累耳！我歿後，千萬勿焚，謀一抔之土以權殯。俟賢弟解官，北歸幽州，携骨還葬，則志願永畢。」返室，撫福福曰：「我將溘先朝露，只在朝夕。汝善事夫人，勿以我爲念。」又有手書囑春鴻曰：「爲我以是寄謝魏生，俾知我爲泉下客矣。」鴻謹藏而慰之曰：「小姐平生穎悟，通達過人，雖在女流，深知道理。亦嘗賤焦仲卿伉儷之傷生，鄙荀奉倩夫妻之滅性，豈今日忘之，而自蹈其覆轍乎？且生一去，遽絶音徽，雖在制中，諒亦謀配。今紅葉頻來，紛紜旁午，天下多奇男子、美丈夫，以小姐才貌配之，孰所不願？何必魏生，然後快意？況夫人垂暮，愛女只小姐一人，萬一果致淪亡，尊懷何以堪處？竊爲小姐不取也！惟小姐不以人廢言，曲聽鄙語，翻然省悟，以理自遣，則非春鴻之幸，亦非小姐之幸，實夫人之大幸也。」娉曰：「嘻！爾過矣！吾豈世間癡淫女子，不知命者之流乎？吾之與生，蓋不偶也。彼此在母，先已締盟，厥後二家，果生男女，斯言斯誓，不爽毫釐，則天意人事，斷可知矣。豈料萱親鍾愛，不果命以歸生，雖出恩慈，不免負約。且女子事人，惟一而已，苟圖他顧，則人盡夫也，鬼神其謂我何？《詩》曰：『穀則異室，死則同穴。』吾之心事，生實知之。春鴻雖厚我念我，然君子愛人以德，不可以姑息也。」言訖，淚落如雨。鴻亦慘慘而出。至晚竟逝。麟以漆棺殮之，殯于開元寺僧舍，期任滿載歸瘞焉。無何，縣有劇盜，遁于襄陽，官遣胥吏康鏵者往彼捕之，春鴻乃出娉緘白麟，俾因鏵寄去與魏生。麟拆覽之，乃集唐人詩成七言絶句十首，與生爲訣之詞也。麟以白母。夫人曰：「人已逝矣，勿違其意。」遂命寄去。其詩曰：

「兩行清淚語前流，千里佳期一夕休。倚柱尋思倍惆悵，寂寥燈下不勝愁！

相見時難別亦難，寒潮惟帶夕陽還。鈿蟬金鴈皆零落，離別烟波傷玉顔。

倚闌無語倍傷情，鄉思撩人撥不平。寂寞閒庭春又晚，杏花零落過清明。

自從消瘦減容光，雲雨巫山枉斷腸。獨宿孤房淚如雨，秋宵只爲一人長。

紗窗日落漸黄昏，春夢無心只似雲。萬里關山音信斷，將身何處更逢君？

一身憔悴對花眠，零落殘魂倍黯然。人面不知何處去，悠悠生死別經年。

真成薄命久尋思，宛轉蛾眉能幾時？漢水楚雲千萬里，留君不住益凄其。

魂歸冥漠魄歸泉，却恨青娥誤少年。三尺孤墳何處是？每逢寒食一潸然。

物换星移幾度秋，鳥落花啼水空流。人間何事堪惆悵？貴賤同歸土一坵。

一封書寄數行啼，莫動哀吟易慘悽。古往今來只如此，幾多紅粉委黄泥。」

生家居苫塊，度日如年，追念舊歡，遽成陳迹，然猶不知娉之死也。因賦《摸魚兒》一闋憶之。詞曰：

「記當年浪游江海，湖山佳處頻到。緋桃紅杏春光媚，駿馬驕嘶馳道。親曾造，拜第一仙人，聽鼓朝飛操。風流音耗，縱水隔蓬壺，浪翻銀漢，青鳥解相報。　徒自悼，憶刹那人情好，萬千心事難告。天涯回首成陳迹，還想綠依紅靠。空灑淚，嘆暑往寒來，綠鬢愁成皓。何時偎抱？把月下鸞簫，花閒鳳管，細寫斷腸套。」

詞成，蓋略述與娉相遇顛末，方擬謀人寄去，忽康鏵自陝來，得娉凶問，并所集古句絶詩，讀之哀怨，悶而復甦。乃于峴山墮淚碑傍，爲位以哭，酹酒以祭，且出娉前時所贈破鏡斷弦，仰天誓曰：「子既爲我捐生，我又何忍相負？惟當終身不娶，少慰芳魂。」祭文就録于左云：

「維大元至正十二年月日，鉅鹿魏鵬，顓以清酌殽羞之奠，遥祭于故賈氏雲華小娘子之靈。嗚呼！天地既判，即分陰陽。夫婦攸合，人道之常。從一而殞，是謂貞良。二三其德，是曰淫荒。昔我參政，暨先平章。僚友之好，金蘭其芳。施及壽母，與余先堂。義若姊妹，閨門頡頏。適同有娠，天啓厥祥。指腹爲誓，好音琅琅。乃生君我，二父繼亡。君留浙水，我返荆襄。彼此闊別，各居一方。日月流邁，踰十五霜。千里跋涉，訪君錢塘。佩服慈訓，初言是將。冀遂曩約，得諧姬姜。因緣淺薄，遂墮荒唐。一斥不復，竟成參商。嗚呼！君爲我死，我爲君傷。天高地厚，莫訴衷腸！玉容花貌，宛在目傍。斷弦裂鏡，零落無光。人非物是，徒有涕滂。悄悄寒夜，隆隆朝陽。佳人何在？令德難忘。曷以招子？誰爲巫陽？曷以慰子？鰥居空房。庶幾斯語，聞于泉鄉。峴山鬱鬱，漢水湯湯。山傾水竭，此恨未央！嗚呼小姐！來舉余觴。尚饗！」

未久，生服滿赴都，陞除陝西儒學正提舉，階奉議大夫。而麟尹咸寧，瓜期尚未及代，復得相見，升堂拜母，而夫人益老矣。見生，祇加悲悔。舊僕若脱歡輩，亦有物故者，惟春鴻諸姬，一一無恙。生詢知殯宫所在，即往痛哭，以手叩墓門曰：「雲華，魏寓言在此。想子平生精靈未散，豈不能爲華山畿乎？」生是夕宿公署，似夢非夢，彷彿見娉來曰：「天果從人願乎？」生忘其死也，遽擁抱之。娉曰：「兄勿見持，當有奉告。」生方悟其鬼也，因問之曰：「子已謝世，今安得來耶？」娉曰：「妾死後，冥司以我無過，命入金華宫，掌箋奏之任。今冥君感子不娶之言，以爲義高劉庭式。且曰：『不可使先參政盛德無後。』將命我還魂，而屋舍已壞，今議假他屍，尚未有便，數在冬末，方可遂懷，彼時復得相聚也。」語畢，倏然飛去。生驚覺，但見淡月侵簾，冷風拂面，四顧凄然，泣數行下。遂成《疏簾淡月》詞一闋以弔娉。詞云：

「西湖皓月，從前歲别來，幾回圓缺？何處凄然，怕近暮秋時節！花顔一去成終古，灑西風，淚流如血。美人何在？忍看殘鏡！忍看殘玦！　忽今夕，分明夢裏，陡然相見，手携肩接。微啓朱脣，耳畔低聲兒説：冥君許我返魂，也教同心羅帶重結。醒來驚怪，還疑又信，枕寒燈滅。」

生到任，不覺雪花飄粉，梅蕊舒瓊，兔走烏飛，又當臘月。有長安丞宋子璧者，一室女，年及笄，忽暴卒，已三日，復甦，不認其父母，曰：「我賈平章女雲華，今咸寧縣尹賈麟姊也。死已二年，數當還魂。今假汝女之屍，其實非汝女也。」父母訝其聲音不類，言語不倫，正疑怪間，女即徑入賈尹宅，如素曾到者。見夫人及尹，道還魂甚詳。夫人與麟察之：聲音語笑，娉也；舉止態度，娉也。然尚未信。須臾，入其寢室，呼春鴻諸婢妾名字，索其存日遺物，絲髮皆不謬，始深信之。蓋咸寧與長安，俱西安在城屬縣，廨宇相鄰。宋丞亦聞賈尹到任時，其姊氏亡故，然還魂之事，世所罕有，乃與其妻陳氏同詣賈宅取回。女子堅不肯出，且詬罵曰：「何爲妄認他人家女爲女耶？」宋夫婦無計，遂嘆息而返。夫人曰：「此天作之合也。」乃報魏生。生亦以夢中見娉事告賈母子。夫人忻怍難言，于是命媒妁，通慇懃，再締前盟，重行吉禮。生執雁帛往親迎焉。夫人暨春鴻、蘭茗等俱往送。娉花燭之夕，真處子也。枕上與生話舊，一事不遺。翌日，設宴于提舉公廨後堂，宋丞一門，亦與禮席，因詢丞：「女何名？」乃知呼爲月娥。又得之老門子云：「廨宇後堂，舊有扁名灑雪，蓋取李太白詩『清風灑蘭雪』之義，爲前任提舉取去，今無矣。」遂悟伍相廟夢中神云者，上句言成婚之地，下句言其妻之名。生遍以告座人，知神言之驗，喧傳闔中，莫不嘆異。有賦《永遇樂》詞以慶生者，因録于此：

「傾國名姝，出塵才子，真個佳麗。魚水因緣，鸞鳳契合，事如人意。貝闕烟花，龍宫風月，謾托傳書柳毅。想傳奇又添一段，勾欄里做《還魂記》。稀稀罕罕，奇奇怪怪，凑得完完備備。夢叶神言，婚諧腹偶，兩姓非容易。牙牀兒上，繡衾兒里，渾似牡丹雙蒂。問這番怎如前度，一般滋味？」

生後與娥産三子，皆列顯官。生仕至大禧宗禋院使、兵部尚書，年八十三方死。娥亦封鄱國夫人，壽七十九而殁，與生合葬焉。生與娥平昔吟詠賡和之作，多至千餘篇，題曰《唱隨集》，酸齋貫雲石爲序于其前，生夫婦自序于其後，載于别録，此不著云。（卷五）

按：《西湖二集》第二十七卷《灑雪堂巧結良緣》即據此改編。《南詞叙録》著録有無名氏《賈雲華還魂記》戲文（或即沈祚作），明沈祚有《指腹記》、謝天瑞有《分釵記》、梅孝己有《灑雪堂》傳奇，均演此事，僅梅作尚存。

效顰集

趙弼

趙弼，字輔之，號雪航，蜀南平人（治所在今四川巴縣東南）。永樂初以明經授翰林院儒學教諭，家于漢陽（見《千頃堂書目》卷五）。《效顰集》中多記蜀中人事，如《蜀三忠傳》、《新繁胡大尹傳》、《青城隱者記》等。弼自述于洪武己卯（一三九九）曾游學閩浙（見《夢游番陽彭蠡傳》），書前自署爲漢陽縣儒學教諭，書後有宣德戊申（一四二八）自序，謂效法洪景盧、瞿宗吉，編述傳記二十六篇（實爲二十五篇），因題爲《效顰集》。此書《百川書志》卷六小史部著録，謂：「凡二十五篇，言寓勸戒，事關名教，有嚴正之風，無淫放之失，更兼諸子所長。文華讓瞿，大意迥高一步。」《四庫全書》列入小説家類存目。上海市文物保管委員會、南京圖書館藏有明宣德刻本。

三賢傳

山東孔允，字可信，僑居於蜀，粗知書史。一日因商販至左綿，早行甚久，道路偏僻，無旅舍假炊。行至日暮，未嘗見一往來者。可信飢疲至甚，與其僕二人憩於道側松陰下，忽一羽衣老叟杖藜而來。可信問曰：「此間有旅店乎？」叟笑曰：「此林藪中安有旅店。」可信曰：「然則吾將何宿？」叟曰：「吾之弊廬去此不遠，亦可少駐從者。如不見鄙，幸爲枉駕一顧。」遂與之同行數里，又入一小徑，乃有茅屋三間，四壁蕭然，牀榻俱無。可信席地而坐，因告叟曰：「僕餒甚矣，敢求一飯。」叟許諾，入室，少焉捧白飯一盂、肉醢一盤而出。可信大喜過望。食畢問曰：「敢問丈人尊姓字。」叟笑曰：「山林野老，豈有姓字。」又問曰：「令嗣幾人？」叟曰：「家室尚無，焉有子也。」因談山林出産之物，既而復言歷代隱居高潔之士，聽其議論，亹亹不倦。須臾至晚，童子數人秉燭從外而入，謂叟曰：「三賢至矣。」叟遽起邀迎，可信避側室窺之。少焉，三賢携手談笑而入。一人紫袍金帶，姿貌清偉；一人丰姿閑雅，緋衣幞頭；一人龐眉皓髮，深衣儒冠。從者數人羅列左右，侍立甚肅。可信駭怖，自念深山之中焉有此金紫之人，是必神也，乃趨出迎拜。紫衣頤指可信曰：「此何人？」叟未及答，可信跽而告曰：「僕山東布韋，寓居錦里，因商販於左綿，迷其故途，無所止宿。荷老丈見憐，邀款於此，獲覯神官光霽，不勝欣幸。」三人皆笑曰：「是亦有緣者矣。」叟謂可信曰：「子不識三賢耶？紫袍者，司馬公長卿也；緋袍者，王公子淵也；深衣者，揚公子雲也。」生大駭，皆拜禮畢。於是設席於地，三賢坐於上，叟與可信東西相對而坐。童子設酒肴蔬果於前，品饌精異，非人間所有。酒行數巡，叟舉觴而囑曰：「今日之會，皆衣冠也，不可只作凡語。請各賦一律，自言其志，須用一『難』字爲韻。詩不成者，則以巨觥浮之。」長卿先吟曰：

「題柱昇仙墨未乾，歸來駟馬簇金鞍。銜宣遠檄巴夷服，作賦凌雲漢主看。渴病已隨天地老，英名遐著古今難。酒酣猶記臨邛事，綠綺橫來膝上彈。」

次子淵吟曰：

「笑揮五色玉琅玕，披露胸中一寸丹。聖主治隆良未易，賢臣輔道亦爲難。碧雞他日馳芳譽，金馬何年設祭壇。惟有舊時雙劍在，龍光夜射斗牛寒。」

次子雲吟曰：

「居隱岷陽分自安，漢成累聘到金鑾。承明待詔心終赤，天禄脩書事已難。訓纂雄文揚宇宙，太玄奥旨障波瀾。憑君莫訝生前事，只把甘泉四賦看。」

次羽衣老叟吟曰：

「蕭蕭華髮老黄冠，鍊就身元九轉丹。鳧舄乘風朝紫府，鳳笙吹月下瑶壇。自知蓬島脩真易，誰信酆都出世難。説與傍人渾未識，榮華撚指夢邯鄲。」

可信素澀於吟作，沉思久之未成。叟謂曰：「但能誦舊作亦可，何必刻意苦思而撰新也。」可信因記馬甫題墨池懷古一律，即吟曰：

「滌盡玄香筆未乾，草玄成藁字將漫。豈期寂寞終投閣，却恨模稜不徙官。有論美新生可愧，無心背漢死何難。紫陽書法真良史，地下聞之膽亦寒。」揚雄洗墨池在四川成都縣前。

諸公聞之，皆相顧大笑。惟子雲愀然不懌，目長卿怒曰：「是皆爾曹蔑裂，陰假彼而譏我也。」長卿曰：「吾輩與此生素昧平生，今宵邂逅於此，偶吟是詩，不知何人所作，安可歸咎於我。」可信見二公失和，避席告曰：「僕樗櫟之材，早失邯鄲之步，今聞四公佳什，强欲效顰續貂。奈襪線之材，不足以爲垂紳之用，竊誦馬伯章之作以塞責，不意見怒於大賢也。」子雲怒曰：「何物老馬亦敢爾！」長卿曰：「伯章可謂有董狐之遺筆矣。」子雲愈怒，攘袂厲聲曰：「人非堯舜，安能每事盡善。今者訐人之短，子獨無過舉乎？」長卿笑曰：「吾布衣西行，題昇仙橋柱云：『不乘駟馬車，不復過此橋。』後果奉使迴蜀，太守以下郊迎，縣令負弩矢先驅。嘗著《〔子〕（紫）虚賦》，武帝讀而善之。楊得意薦吾，召見於建章宫。吾奏《大人賦》，飄飄然有凌雲之氣，逮今士林孰不景慕之。吾行止若此，有何愧哉？」子雲曰：「子與臨邛令王吉宴於富人卓王孫家，以緑綺琴彈鳳求凰歌以挑其女，遂與夜奔，豈非刁姦之事乎？既至成都，家徒四壁，乃令厥妻當壚，子着犢鼻褌滌器於市，豈不肖酒家之臧獲乎？既爲文園令，貪文君之色以成肺證，焦渴而殞，豈智者之事乎？爲事若此，烏得無咎？」長卿笑曰：「男女歸室，人之大倫。舜不告而娶，爲無後也。文君以知音而遇我，我以知音而娶之。夫婦之道，古今之常，奚足怪焉。曾子敝裘耕於魯，梁鴻傭春於人，至今以爲賢，吾沽酒滌器，所謂素貧賤行乎貧賤也，胡爲恥焉？顔子聖門高弟，三十而亡，豈德行不足而致是乎？由夫命數之有定耳。子所言咸小節之事，至夫失節之大者，則吾無愧也。請聞子之進止。」子雲曰：「曩者吾隱居岷山之陽，成帝徵吾待召承明之庭，吾奏《甘泉》《河東》《長楊》《校獵》四賦。以經莫大於《易》，吾作《太玄》；傳莫大於《論語》，吾作《法言》；史篇莫善於《蒼頡》，吾作《訓纂》；箴莫善於《虞》，吾作《九箴》；賦莫深於《離騷》，吾作《反騷》。著文十餘萬言，其閑辭崇議，幽玄微妙，大者含元氣，纖者入無倫，千古之下，孰不一倡而三歎也！吾之文章顯於後世若此，又何慊乎？」長卿歎曰：「吁！子徒執其末而未操其本也。夫文者，德之華，行之表也。德行之不足，而名能文者，亦僞耳。且文者，所以明乎道也，是故聖王出而扶世導民之經有所傳，六經作而民生日用之道有所寓。自天地奠位，民物賦形，而充塞兩間之用者，皆是道之寓也。孔子删《詩》《書》，定《禮》《樂》，贊《周易》，脩《春秋》，然後二帝三王之道焕然如日月之麗中天，〔千〕（子）萬世之後不可一日而無也。子著《太玄》以擬《太易》，《中説》以擬《論語》，譬如小兒斂容危坐，以效老成，拜伏跪起，以效賓主，其氣象甚不侔矣。子之學無聖人萬分之一，欲效聖人之作，猶小兒之效老成，不知其量之甚也。子於成帝之世，以奏賦爲郎，給事黄門，與王莽、劉秀並列。哀帝之朝，又與董賢同官。莽賢爲三公，權傾人主，所薦莫不拔擢，而子三世不從官，乃作《解嘲》之文以自釋。及莽篡逆，子乃阿媚苟諂，作《法言》，卒章盛稱莽之功德可比伊周，又作《劇秦美新》之文以頌莽。子欲以文章擬於六經，正猶蜣蜋之丸置於夜光之櫝，人見之必唾詈擲於履下也。且夫君子之學，所以學爲忠與孝也。苟失忠孝之道，萬事瓦解，雖有文章之美，烏足道哉！子食漢禄三世，而一旦棄之如敝屣，鞠躬稽顙以事莽賊，向日所學聖人之道而安在耶？吾聞南山有獸，名曰猓然，其爲物也，青目黑翅，衆中有一長，他皆奉令。有急則同類相率而赴，衆族而悲，雖殺之，無一逃避者，必偕死而後已。夫獸尚愛其類，而不忍貪生，矧爲人臣，忘君父之恩而忍死乎？如是言之，則一猓然，子不逮矣。」子雲怒曰：「吾歷漢三世，不徙一官，莽拜吾大夫，其劉秀、董賢之徒皆爲大臣，莽誅之無遺類，惟吾以功名老死牖下，新室崇待之心亦至矣。」長卿曰：「詎不聞諸蟨與蛩蛩、駏驉乎，蟨待（疑應作得）甘草，必齧以遺蛩蛩、駏驉。二獸見人至，必負蟨以走。二獸之心非愛蟨也，〔爲〕（烏）得其甘草以食也。蟨非愛二獸也，爲其假足而走也。初莽謀篡漢，子頌其功德可比伊周；既篡，又作《美新》之文以驕其志，猶蟨以甘草而遺蛩駏也。莽拜子大夫，厚之以禄，猶蛩駏假之以足也，何足齒哉！」言既，子雲面色如土，低首長歎，竟無一言，乃拂袖而起。叟勤留再三，終莫迴意，不辭坐而趨出。二公獨坐於上，叟命童子洗盞再酌，酒行數巡。已而銀河漸没，星斗依稀，雞聲喔喔，東方白矣，二公辭謝而去。明日，可信告别，叟送出林藪之外，指示大路，可信再拜而别。至家數日，復訪之，惟見荆棘叢叢，乃一荒涼之地，其茅屋老叟，皆不知所在矣。（卷中）

鍾離叟嫗傳

熙寧九年冬十月，荆公王安石以其子王雱死，悲慟甚切，力辭解機務。神宗亦厭其所爲，乃以使相判江寧府。安石既退，欲居金陵，携其親吏江居，偕僮僕數十人，駕舟由黄河泝流而往。囑居等曰：「凡於宿食之處有問吾爲誰者，第言遊客耳，慎勿泄吾名以駭民。脱有知吾者，必汝曹以要求之故泄之，吾咎汝曹弗貸。」居應曰：「謹遵鈞命。苟或途中有言相公者，僕輩何以處之？」公曰：「亦聽其言之美惡也。言吾善者不可爲悦，言吾惡者不可爲怒，惟和色温言待之而已。」衆皆曰諾。翌日牽舟而行，凡二十餘日，乃達鍾離。公曰：「此去金陵近矣，久居舟中，俾人情思鬱鬱。汝曹拏舟由瓜步維揚而來，吾與江居數子自陸路而去，訪濠梁莊叟故宅，聊以豁吾懷抱也。」於是捨舟登輿而進，行五十餘里。居告曰：「今日中矣，此有官舍可以止宿。」公笑曰：「嚮者叮囑爾輩，勿令人知我，今若宿驛，正猶掩耳盜鈴也。前尋村居之僻静者，吾將憩焉。」促輿夫又行十里許，乃至一村，竹籬茅屋，柴扉晝掩。公喜曰：「於此可宿矣。」江居言於主人曰：「某等遊客，欲暫假館舍一宿。」一老叟扶筇而出，言曰：「官人不鄙荒陋，幸少息從者。」乃延公入宅坐焉。公視堊壁間有大書律詩二首云：

「五葉明良致太平，相君何事苦紛更？既言堯舜宜爲法，當效伊周輔治平。排逐舊臣居散地，儘爲新法誤蒼生。翻思安樂窩中老，先識天津杜宇聲。

文章謾説自天成，曲學偏邪識者輕。强辨鶉刑非直道，誤餐魚餌豈真情。姦謀已遂生前志，固執空遺死後名。自見亡兒陰受梏，始知天理報分明。」

公閲畢，慘然不懌，謂叟曰：「此詩何人所作？」叟曰：「往來遊客書之，不知其姓名也。」公俛首自思，辨鶉刑、餐魚餌二事，人頗有知者，惟亡兒陰受梏事，吾妻尚不知，胡爲書之於此。蓋王雱死後，公嘗見雱荷巨校如重囚，悲哀求救。故此詩言之，甚傷公心。因問叟曰：「老丈年幾何？」叟曰：「吾年八衰矣。」「令嗣幾人？」叟泣曰：「四子俱亡，與老妻獨居於此。」公曰：「四子何爲皆亡？」叟曰：「十年以來，苦爲新法所害。諸子應門，或歿於官，或喪於途。吾幸年耄，苟若少壯，死亦久矣。」公曰：「何爲而若是耶？」叟曰：「官人視壁間詩當知矣。自朝廷用王安石爲相，變易祖宗制度，專以聚斂爲急，引用滅裂小人。始立青苗法以虐吾農，繼立保甲、助役、保馬、均輸等法，紛紜不一。使者日迫于官，吏卒嗷號於門。民苦箠掠，棄産業携妻子而亡者日以數十。吾村百有餘家，今存者止八九家矣。吾家男女一十有六，今存者止四矣。」言既，悲不自勝。公亦爲之改容，徐曰：「新法所以便爾民，何爲如此？」叟曰：「非便民，實爲民害也。且以保甲上番法言之，民家每一丁教閲於場，又以一丁昕夕供送。雖曰五日一教，其爲保正者日聚於場，得賂則釋之，否則拘之，以致農時皆廢，多由凍餒而死。」言既，問公曰：

「王安石今何在？」公紿曰：「見相於朝，輔弼天子。」叟唾地大罵曰：「此等姦邪尚不誅夷，猶爲相乎！朝廷奚爲不相韓、富、司馬、范、趙諸君子，而猶用此小人乎？」左右胥視皆失色。江居叱叟曰：「老人不可亂言，此語聞於王丞相，獲罪非輕也。」叟矍然而怒曰：「吾年幾九十，奚畏死哉？若見此姦臣，必手刃刳其心而食之，雖罪烹鼎鑊亦無憾矣。」吏卒皆吐舌縮項，罔知所爲。公容色大變，振衣而起，謂江居曰：「日色尚早，可兼行數程。」乃與叟別。叟笑曰：「老拙詈王安石，何預官人事，而乃遽去此乎？」公俛首不答，登輿急去。又及十餘里，至一村莊，門外茅屋數間。公曰：「姑宿於此。」乃命江居言於主人，一老嫗弊衣蓬首，貿貿而出，指草舍曰：「此中潔浄可宿。」公降輿入室，視窗間亦有詩二律云：

「初知鄞邑未陞時，僞行虚名衆所推。蘇老辨姦先有識，吕丞劾奏已前知。斥除賢正專威柄，引進輕浮起禍基。最恨邪言三不足，千年流毒臭聲遺。安石言天變不足畏，祖宗不足法，人言不足恤。

生已沽名衒氣豪，死猶虚僞惑兒曹。既無好語遺吴國，却有浮辭誑葉濤。四野逃亡空白屋，千年嗔恨説青苗。想因過此如親見，一夜愁添鬢雪毛。」

公閲之大不樂，因自念曰：「彼叟村中題之如此，此嫗村中又書如此。其後律次聯，尤不解其意。言吴國者非吾妻乎？葉濤者非吾友乎？」欲去，天色已暮，乃磬折憑窗而坐，其愁容可掬。少焉老嫗偕二婢携豕食至門外，瀉於木器中，呼其豕曰：「囉囉，王安石來食也。」一婢呼雞曰：「喌喌，音祝，呼雞聲。王安石來食也。」江居與左右僮僕皆大驚訝，公愈不樂，因問嫗曰：「老嫗奚爲呼豕雞之名如此？」嫗曰：「官人不知耶？王安石者，今之丞相也。自彼執政以來，立新法以擾民。妾家婦女三人，亦出免役助役等錢。錢既出矣，差徭如故。老妾以桑麻爲業，蠶未成眠，已假客之絲錢矣；麻未臨機，已貸客之布錢矣。桑麻弗遂攸用，畜犬豕雞鴨以售之。吏胥里保旦暮而來，徵迫役錢，或烹食之，或生取之，第得一視而已。故此間民庶咸呼犬豕雞鴨爲王安石者，欲擬其人如異類也。」公聞，面色如土。江居叱嫗退。公長吁嘆曰：「嗚呼！吾以新法爲民利，焉知民怨恨若此。」乃和衣偃卧，不能成寐，拊膺頓足，私自憤曰：「吾爲天下怨惡，皆惠卿誤我也。」吞聲而泣。比及天曙，鬚髮盡白，兩目皆腫。從者覩公之容，無不驚異，知公憂恚之所致也。乃促裝起行。江居叩輿告曰：「相公施美政於天下，愚民無知，顧以爲怨。今宵惟宿置郵中，不可再止村舍，恐鄙俚之徒，又有瀆於鈞顏也。」公不言，頷之而已。良久，至一郵亭，公命早炊，下舁升亭而坐，壁間亦有三絕云：

「祖宗制度至詳明，百載黔黎樂太平。白眼無端偏固執，紛紛變亂拂人情。李承之以安石眼多白似王敦。

富韓司馬總孤忠，懇諫良言耳過風。只把惠卿心腹待，不知殺羿是逢蒙。

高談道德口懸河，變法誰知有許多。他日命衰時敗後，人非鬼責柰愁何。」

公閱畢，艴然曰：「何物狂夫，謗吾若此！」傍一老卒應曰：「非但此郵亭有此詩，處處皆有題也。」公怒曰：「斯言何爲而作？」驛卒曰：「因王安石立新法以害民，所以民恨於骨髓。近聞安石辭相判江陵府，必經此路，常有村氓數百持白梃伺其來。」公曰：「伺其來，欲拜謁乎？」卒笑曰：「讎怨之人，奚拜謁焉，特欲殺而噉之耳。」公大駭，不俟炊熟，趣駕併程而去。至金陵，憂恚成疾，三日不食，昏悶極矣。語其妻吳國夫人曰：「夫婦之情偶合耳，不須他念，强爲善而已。」時葉濤問疾，執濤手曰：「君聰明，宜博讀佛書，慎勿徒勞作世間言語。安石生來多枉費力，作閒文字，深自悔責。」吳國勉之曰：「君未宜出此言。」公曰：「生死無常，吾恐時至不能發言，故今敘此耳。」本傳實録。因思向日老嫗村中「既無好語遺吳國，却有浮辭詆葉濤」之句，撫髀嘆曰：「事皆前定，豈偶然哉！」書其句者，非鬼即神也。不然，何以知吾未來偶耳之事耶？吾爲神鬼誚讓如此，焉能久於世乎。」又一月，公疾革，譫言，見人輒自詈曰：「我上負於君，下負於民，罪固不容誅也。九泉之下，何面目見唐子方諸公乎？」言既，嘔血數升而死。時元豐七年夏四月也。（卷中）

按：此篇與《警世通言》第四卷《拗相公飲恨半山堂》情節相同，似出同一祖本。惟篇末謂王安石死于「元豐七年夏四月」，顯違史實，則為《拗相公》所無。篇中有原注「本傳實録」四字，不詳所據。

續東窗事犯傳

錦城士人胡生名迪，性志倜儻，涉獵經書，好善惡惡，出於天性。一日自酌小軒之中，飲至半酣，啓囊探書而讀，偶得《秦檜東窗傳》，觀未竟，不覺赫然大怒，氣湧如山，擲書於地，拍案高吟曰：

「長脚邪臣長舌妻，按《秦檜傳》，檜布衣，嘗與同窗數人戲於廡下，偶一異人至，問諸生曰：「此長脚者何人，他日雖貴，其奸邪殘忍必爲國家之患，諸公亦有受其害者。」故學中呼秦長脚云。忍將忠孝苦謀夷。爲殺岳飛父子也。天曹默默緣無報，地府冥冥定有私。黄閣主和千載恨，言檜爲相，專主和也。青衣行酒兩君悲。徽宗、欽宗北狩，金人以二帝爲庶人，使著青衣行酒，如晉懷愍者。愚生若得閻羅做，剥此姦回萬劫皮。」朗吟數遍，已而就寢。俄見皂衣二人，至前揖曰：「閻君命僕等相召，君宜速行。」生尚醉，不知閻君爲誰，問曰：「閻君何人？吾素昧平生，今而見召，何也？」皂衣笑曰：「君至則知，不勞詳問。」强挽生行，及十餘里，乃荒郊之地，烟雨霏微，如深秋之時。前有城郭，而居人亦稠密，往來貿易者如市廛之狀。既而入城，則有殿宇峥嶸，朱門高敞，題曰「曜靈之府」。門外守者甚嚴，皂衣者令一人爲伴，一人入白之，少焉出曰：「閻君召子。」生大駭愕，罔知所以，乃趨入門。殿上王者衮衣冕旒，類人間祠廟中繪塑神像，左右列神吏六人，緑袍皂履，高幞廣帶，各執文簿。階下侍立五十餘衆，有牛首馬面，長喙朱髮者，狰獰可畏。生稽顙階下。王問曰：「子胡迪耶？」生曰：「然。」王怒曰：「子爲儒流，讀書習禮，何爲怨天怒地，謗鬼侮神乎？」生答曰：「賤子後進之流，蚤習先聖先賢之道，安貧守分，循理脩身，未嘗敢怨天尤人，而矧乃侮神謗鬼也。」王曰：「然則『天曹默默緣無報，地府冥冥定有私』之句，孰爲之耶？」生方悟爲怒秦檜之作，再拜謝曰：「賤子酒酣，罔能持性。偶讀姦臣之傳，致吟忿憾之詩。顒望神君，特垂寬宥。」王呼吏以紙筆令生供款，讓曰：「爾好掉筆頭，議論古今人之臧否。若所供有理，則增壽放還；脱辭意舛訛，則送風刀之獄也。」生謝過再四，援筆而供曰：

「伏以混沌未分，亦無生而無死；陰陽既判，方有鬼以有神。爲桑門傳因果之經，知地獄設輪迴之報。善者福而惡者禍，理所當然；直之升而屈之沉，亦非謬矣。蓋賢愚之異類，若幽顯之殊途。是乎不得其平則鳴，匪沽名而弔譽；敢忘非法不道之戒，故罹罪以招愆。出於自然，本乎天性。

切念某幼讀父書，蚤有功名之志；長承師訓，慚無經緯之才。非惟弄月管之毫，擬欲插天門之翼。每夙興而夜寐，常窮理以脩身。讀孔聖之微言，思舉直而措枉；觀王珪之確論，想激濁以揚清。立忠貞欲效松筠，肯衰老甘同蒲柳。天高地厚，深知半世之行藏；日居月諸，洞見一心之妙用。惟尊賢而似寶，第見惡以如讎。每憐岳飛父子之冤，欲追求而死諍；暨睹秦檜夫妻之惡，便欲得而生呑。因東窗贊擒虎之言，致北狩失迴鑾之望。傷忠臣被屠劉而殘滅，恨賊子受棺槨以全終。天道無知，神明安在？俾姦回生於有幸，令賢哲死於無辜。謗鬼侮神，豈比滑稽之士；好賢惡佞，實非迂闊之儒。是皆至正之心，焉有偏私之意。飲三杯之狂藥，賦八句之鄙吟。雖冒大聰，誠爲小過。斯言至矣，惟神鑒之。」

王覽畢笑曰：「腐儒倔强乃耳。雖然，好善惡惡，固君子之所尚也。至夫『若得閻羅做』，其毀孰甚焉。汝若爲閻羅，將吾置於何地？」生曰：「昔者韓擒虎云：『生爲上柱國，死作閻羅王。』又寇萊公、江丞相亦嘗爲是任，明載簡册，班班可考。以此徵之，冥君皆世間正人君子之爲也。僕固不敢希韓、寇、江三公之萬一，而公正之心，頗有三公之毫末耳。」王曰：「若然，冥官有代，而舊者何之？」生曰：「新者既臨，舊官必生人道而爲王公大人矣。」王顧左右曰：「此人所言深有玄理，惟其狂直若此，苟不令見之，恐終不信善惡之報，而視幽明之道如風聲水月，無所忌憚矣。」即呼綠衣吏，以一白簡書云：「右仰普掠獄冥官，即啓狴牢，領此儒生，徧視泉扃報應，毋得違錯。」既而吏引生之西廊，過殿後三里許，有石垣高數仞，以生鐵爲門，題曰「普掠之獄」。吏叩門呼之，少焉夜叉數輩突出，如有擒生之狀。吏叱曰：「此儒生也，無罪，閻君令視善惡之報。」以白簡示之，夜叉謝生曰：「吾輩以爲罪鬼入獄，不知公爲書生也，幸勿見怪。」乃啓關揖生而入。其中廣袤五十餘里，日光慘淡，冷風蕭然。四維門牌皆牓名額，東曰風雷之獄，南曰火車之獄，西曰金剛之獄，北曰溟泠之獄。男女荷鐵枷者千餘人。又至一小門，則見男子二十餘人，皆被髮裸體，以巨釘釘其手足於鐵牀之上，項荷鐵枷，舉身皆刀杖痕，膿血腥穢不可近。傍一婦人裳而無衣，罩於鐵籠中，一夜叉以沸湯澆之。綠衣吏指下者三人謂生曰：「此秦檜父子與万俟卨，此婦人即檜之妻王氏也。其他數人，乃章惇、蔡京父子、王黼、朱勔、耿南仲、吴(幵)(拜)、莫儔、范瓊、丁大全、賈似道，偕其同姦黨惡之徒。王遣吾施陰刑，令君觀之。」即呼鬼卒五十餘衆，驅檜等至風雷之獄，縛於銅柱，一卒以鞭扣其環，即有風刀亂至，繞刺其身，檜等體如篩底。良久，震雷一聲，擊其身如虀粉，血流凝地。少焉惡風盤旋，吹其骨肉，復爲人形。吏謂生曰：「此震擊者陰雷也，吹者業風也。」又呼獄卒驅至金剛之獄，縛檜等於鐵牀之上，牛頭者長哨數聲，黑風飄揚，飛戈衝突，碎其肢體。久之，吏呵曰：「已矣。」牛頭復哨一聲，黑風乃止，飛戈亦息。又驅至火車之獄，一夜叉以鐵撾驅檜等登車，以巨扇拂之，車運如飛，烈焰大作，且焚且碾，頃刻皆爲煨燼。獄卒以水灑之，復成人形。又至溟泠之獄，夜叉以長矛貫檜等沉於寒冰中，霜刃亂斫，骨肉皆碎。良久，以鐵鈎挽而出之，仍驅於舊所，以釘釘手足於銅柱，用沸油淋之。飢則食以鐵丸，渴則飲以銅汁。吏曰：「此曹凡三日則徧歷諸獄，受諸苦楚。三年之後，變爲牛羊犬豕，生於凡世，使人烹剥而食其肉。其妻亦爲牝豕，與人育雛，食人不潔，亦不免刀烹之苦。今此衆已爲畜類於世五十餘次矣。」生問曰：「其罪有限乎？」吏曰：「萬劫而無已，豈有限焉。」復引至西北一鐵門，題曰「姦回之獄」，荷桎梏百餘人，舉身插刃，渾若蝟形。上有鐵鳥十餘如鵶鴉之狀，往來啄其面背，下有毒蛇嚙其身足，血流盈地，有巨犬三五食之。生曰：「此曹何人？」吏歷歷指示生曰：「前梏者漢之張湯、竇憲、梁冀、董卓、彭寵及十常侍也。次則三國時鍾會、孫綝，晉之王敦、蘇峻、桓溫、桓玄，南北時沈攸之、侯景、孔範、爾朱榮，隋之楊素、楊玄感、宇文述也。又次則唐之李林甫、盧杞、史思明、安祿山、李希烈、李輔國、仇士良、王守澄、田令孜，宋之呂惠卿、黃潛善、苗傅、韓侂胄也。曩者貴爲將相列卿，妬害忠良，欺枉人主，濁亂海内，今受此報，歷萬劫而不原也。」復至東壁，男女以千數，皆裸身跣足，或烹剥刳心，或挫燒舂磨，哀痛之聲，徹聞數里。吏曰：「是皆在生爲官爲吏，貪污虐民，不孝於親，不友兄弟，悖負師長，奸淫背夫，爲盜爲賊，不仁不義者皆受此報。」生見之大喜，歎曰：「今日始出吾不平之氣也。」吏笑携生之手偕出，仍至曜靈殿，再拜叩首，謝曰：「可謂天地無私，鬼神明察，善惡不能逃其責也。」王曰：「爾既見之，心已坦然。更煩爲吾作一判文，以梟秦檜父子夫妻之過。」即命吏以紙筆給之。生辭謝弗獲，爲之判曰：

「嘗謂軒轅得六相而助理萬機，則神明應至；虞舜有五臣以揆持百事，而内外平成。苟非懷經天緯地之才，曷敢受調鼎持衡之任。今照姦臣秦檜，斗筲之器，閭閻小人。雖居宰輔之名，實乃匹夫之輩。麞頭鼠目，伺主意以逢迎；羊質虎皮，阿邪情而諂諛。豈有論道經邦之志，全無扶危拯溺之心。久占都堂，懷姦謀而肆爲僭分；閉塞賢路，固寵渥而妬忌賢良。殘傷猶剽掠之徒，貪鄙勝穿窬之盜。既忝職居師保，而叨任處公臺，惟知黄閣之榮華，罔竭赤心之左右。欺君枉上，擅行予奪之權；嫉善妬能，專起竄誅之典。姦宄逾其莽操，兇頑尤勝斯高。以梟獍爲心，蝎蛇成性。忠臣義士，盡陷於羅網之中；賊子亂臣，咸置於岩廊之上。視本朝如弊甑，通敵國若宗親。鴟鳶啄架臂之人，猰犬吠豢牢之主。姦心迷暗，受詭胡兀术之私盟；兇行荒殘，害賢將岳飛之正命。悍妻王氏，不言豹隱而言放虎之難；愚子秦熺，只顧狼貪不顧迴鸞之幸。一家同情而稔惡，萬民共怒以含冤。雖僥倖免乎陽誅，其業報還教陰受。數其罪狀，書千張繭紙不能盡其詳；察此愆非，歷萬劫畜生不足償其責。合行牓示，幽顯通知。」

生呈稾上。王覽之大喜，贊曰：「讜正之士也。」生因告曰：「姦回受報，僕已目擊，信不誣矣。其他忠臣義士在於何所，願希一見，以釋鄙懷，不勝感幸。」王俛首而思，良久乃曰：「諸公皆生人中爲王公大人，享受天禄三十餘次矣。壽滿天年，仍還原所。子既求見，吾請躬導之。」於是登輿而前，俾從者舁生於後。行五里許，但見瓊樓玉殿，碧瓦參差，朱牌金字，題曰「忠賢天爵之府」。既入，有仙童數百，皆衣紫綃之衣，懸丹霞玉佩，執彩幢絳節，持羽葆花旌，雲氣繽紛，天花飛舞，鸞嘯鳳唱，仙樂鏗鏘，異香馥郁，襲人不散。殿上坐者百餘人，皆冠通天之冠，衣雲錦之裳，躡珠霓之履，玉珂瓊佩，光彩射人。絳綃玉女五百餘人，或執五明之扇，或捧八寶之盂，圜侍左右。見王至，悉降階迎迓。賓主禮畢，分東西而坐。彩女數人，執瑪瑙之壺，捧玻瓈之盞，薦龍睛之果，傾鳳髓之茶，世罕聞見。茶既畢，王乃道生所見之故。命生致拜，諸公皆答之盡禮，同聲贊曰：「先生可謂仁者能好人、能惡人矣。」乃具席命生坐於右。生謙退再三，不敢當賓禮。王曰：「諸公以子斯文，故待之厚，何用苦辭。」生乃揖謝而坐。王謂生曰：「座上皆歷代忠良之臣，節義之士，在陽則流芳百世，身逝則陰享天恩。每遇明君治世，則生爲王侯將相，黼黻朝廷，功施社稷，以輔雍熙之治也。」言既，命朱衣二吏送生還，謂曰：「子生壽七十有二，今復延一紀，食肉躍馬五十一年。」生大悦，再拜而謝。及辭諸公而出，行十餘里，天色漸明，朱衣指謂生曰：「日出處即汝家也。」生挽二吏衣，延歸謝之，二吏堅却不允。再三挽留，不覺失手而仆，即展臂而寤，時漏下五鼓矣。（卷中）

按：《古今小説》第三十二卷《遊酆都胡母迪吟詩》情節與此相似，但胡迪作胡母迪。

青城隱者記

華陽士人李有，字若無，涉獵書史，工於詩詞，而樂山水之趣。一日，引一家僮，負琴劍，携酒肴，遊於青城山。觀其峰巒磐礴，秀拔天表，嘆玩不足。時值仲春，羣芳競艷，百卉争妍，燕語鶯啼，樵歌牧唱。生喜而言曰：「山水之佳，足以洗塵俗之胸襟，開幽棲之懷抱，吾當於此飽烟霞而飫風月矣。」乃坐松陰之下，横焦尾之琴，鼓《猗蘭》之操，命童子具酒肴，坐〔磐〕（盤）石之上，自歌自酌。久而半酣，乃拂袖而起。家僮後隨，散步緩行。因其景物牽情，不能自已，而乃乘興登崇崗，度邃壑。迨十里餘，迴首視之，第見淡烟荒草，林木森然，忘其歸路矣。正疑慮間，忽聞林外語聲，趨往問之，見一老叟，龐眉皓髮，衣冠甚偉，左手扶筇，右携一兒，行於溪側。生揖而進曰：「僕李姓名有，世居華陽。因聞福地清幽勝妙，故遊覽於此，睹景忘情，不覺失其歸路。日色將曛，進退無所。冀丈人不以鄙棄，願假一宿，幸垂金諾。」叟曰：「吾居此歲久，未嘗見一外人。此間山窮水盡之處，子既不以老夫側微之辱，幸爲枉駕一顧耳。」生大悦，隨叟行。及五里許，則見雲寒翠嶂，煙鎖琪林，岩檜鋪青，泉聲漱玉，真若神仙之境。復轉一逕，則川平地廣，茅屋參差，雞犬聲喧，桑麻掩映，居有百餘家。叟延生入宅，叙賓主禮畢，揖生上坐，以瓦甌獻茶，味甚香美。生起而問曰：「敢問丈人尊族出於何氏，何年棲遲於此？願聆其詳。」叟曰：「山林野夫，焉有姓字，僭呼青城隱者。孟蜀廣政中，叨受太常典禮，後因宋遣王全斌下蜀，吾携妻子避兵於此，其諸比鄰亦皆同時來者也。初於此處披榛誅茅，創立居第，耕田而食，鑿井而飲，男婚女嫁，已見雲仍。但見梅開菊綻，寒暑往來，不知是何年，是何代也。」生大駭，謂曰：「宋自太祖下蜀，歷至徽欽二帝，遭金虜之寇，中原失守。高宗南渡中興，歷孝、光、寧、理、度五君，至幼主德祐二年，歸於大元，宋祚已終。元自世祖至順宗，天命歸於聖朝，國號大明，四海混同，萬方一軌，今臨洪武庚戌萬年之歲也。」叟曰：「審如此，宋至元，元至今幾何年歟？」生曰：「宋太祖建隆庚申開基，傳一十六帝，至幼主德祐乙亥，凡三百一十六年，鼎移於元。元自世祖中統庚申平一，傳一十帝，至順宗至正丁未凡九十年，歸命大明，至今四百一十四年矣。」叟垂泣嘆曰：「吾歸山野，不知年華遄邁，已過三朝矣。憶曩時之事猶昨日，静言思之，良可傷感。」生因請問孟蜀興廢之故。叟具述曰：「後唐明宗長興四年二月，以孟知祥爲蜀王。至閔帝應順元年，知祥稱帝，建元明德，以趙季良爲司空平章事。是年四月，唐潞王從珂立，改元清泰。七月知祥卒，其子仁贊立，更名昶。晉天福三年改元廣政。宋太祖乾德三年正月，遣王全斌等下蜀，昶降，與其母李氏至大梁。封昶開府儀同三司檢校太保兼中書令，數日卒，追封楚王。

昶卒，其母不哭，舉酒酹地曰：『汝不能死社稷，貪生至今日。吾所以不忍死者，爲汝在也。汝既死，吾安用生。』因不食數日亦卒。計孟氏據蜀二世，凡四十一年而亡。」言既，垂淚而言曰：「吾居山林，第聞猿啼虎嘯之聲。今日獲聆吾子雋永之論，使人懷抱豁然。」已而天暮，生乃就宿。明日烹雞置酒，與生對酌，因呼一媪出見，謂曰：「此老荆布也，曩爲孟氏宫人，後主所賜，迨今尚記宫壼之事。」酒行數巡。叟自製《醉蓬萊》一闋以侑觴，其詞曰：

「憶兔走烏飛，龍争虎戰，許多時候。走狗良弓，儘忘生桃闋。被甲朝眠，啣枚夜進，萬死功成就。地老天荒，英雄安在，惟有青山依舊。　退隱林泉，竹籬茅舍，木枕藤牀，自甘卑陋。麵麥雕胡，薿薿連雲茂。女織男耕，桑麻滿圃，不用青蚨售。酒釀松花，羹烹葵菽，自歌還自壽。」

歌罷，媪與生談蜀後主之妃張太華、花蕊夫人，顔色才思，極其詳細。乃言廣政初，後主與太華同輦遊青城山，宿九天丈人觀中，月餘不返。李廷珪諫曰：「大梁之人窺國釁久矣，陛下遨遊累旬，不思社稷之重，臣恐一旦劍門有警，將何以扞禦。且青城山乃九天丈人之福地也，今陛下久駐鸞輿，嬪姬數百居宿於此，豈無穢瀆。雖云醮祀祈福，實爲招讟。」主不聽，又數日雷雨大作，若失白晝。主大駭怖，急呼道士誦經禱祈，而太華已被震殞矣。主及嬪御之人無不哀悼，乃以紅錦龍褥裹其屍，瘞於觀前白楊樹下。翌日，急趣迴鑾，悲痛無已。復數年，鍊師李若沖，因晚霽閒步觀側，忽見白楊樹下一美人，翠眉雪肌，仙姿窈窕。吟曰：

「一別鸞輿今幾年，白楊風起不成眠。常思往日椒房寵，淚滴衣襟損翠鈿。」

詩畢，放聲而泣。若沖問曰：「子人耶鬼耶？何事至此？」美人斂衽而前，再拜曰：「妾蜀主之妃張太華也，因陪大家遊此，宿於琳宮，被雷震而死。迨今魂滯幽陰，未獲出離。伏望鍊師哀憐，乞賜薦拔，俾早出冥途，妾當結草。」若沖曰：「今年秋中元令節，吾設黄籙大齋。既知汝名，吾當爲汝奠長生金簡，誦生神玉章，以此功德度汝往生。」美人聞之，再拜而謝，倏然不見。至期，若沖果依前盟。醮畢，夜夢美人謝曰：「妾荷鍊師薦悼之恩，已受生於人世矣。壁間鄙句一絶，幸希電覽。」明日若沖視之，果有黄土書一絶云：

「符吏匆匆叩夜扃，便隨金簡出幽冥。蒙師薦拔恩非淺，領得生神九卷經。」

主聞之，厚賜若沖。是後惟花蕊夫人寵冠後宮。乃營重光殿、太虚閣、會真宮，凌波亭，皆用金玉翠珠爲飾，瑪瑙爲階，光彩耀日。宮嬪五千人皆妙年絶色，無過三旬者。後主自製詞章，教之歌舞。花蕊夫人亦賦宮詞百首。皆紀其宮中富貴之景。又曰：「向使後主不極奢靡，不荒遊宴，尊賢用能，時使薄斂，縱然宋之兵甲精强，未必王全斌以五萬衆六十六日而能取全蜀之地也。蓋由當時兵民已困，財力已殫，人多含怨，欲其速亡耳。」言既，叟嘆曰：「姑置舊事，且開懷飲酒。」乃呼童子洗爵再酌。至夜分，生大醉而寢。明日告歸，叟賦七言歌一篇以餞生行。其歌曰：

「成都八月秋風起，爛熳芙蓉照江水。紅芳萬樹奪春容，錦繡連城四十里。重光寶殿會真宮，金碧嵯峨霄漢中。鳳管紫簫吹翠閣，龍涎香篆騰珠櫳。百官班退烟雲曉，姝姬接駕争妍姣。非惟御宴羅八珍，便器猶能粧七寶。孟昶以七寶飾便器。神仙境界青城山，美人同輦遥躋攀。豈憶阿香轟霹靂，可憐荒草埋花顏。遨遊累歲無時歇，宋已興師惡人説。一朝輿櫬詣軍門，降卒三千盡流血。蹇余幸得歸林泉，女有桑麻男有田。自甘淡泊老丘壑，豈希名像圖凌烟。烏飛兔走光陰速，白日同年俱白骨。翻思故主恩遇隆，謾對斜陽拊膺哭。棲遲此地足優游，花開葉落知春秋。烟霞態度琴三弄，風月襟懷酒一甌。荷君不棄臨蓬蓽，蓬蓽生輝意何極。莫嫌村酒味茅柴，盡我薄情須飲𨣑。音密，盡也。明日送君雪澗濱，我行綠野君紅塵。若到人間如遇問，彷彿上古無懷民。」叟遂送生出於谷口，再拜而別。至家數日，憶叟嫗必非常人，乃具酒肴，尋舊路訪焉。至則荆棘叢叢，不可復得，但見蒼崖翠壁，白石青松，老樹生風，寒猿長嘯而已。生惆悵久之，無聊而歸。因追思世事，乃有泉石煙霞之志，遂棄家入青城山脩道，不知所終。（卷下）

奇見異聞筆坡叢脞

雷　燮

雷燮，建安人，生平不詳。《奇見異聞筆坡叢脞》，《百川書志》小史類著録二卷，《千頃堂書目》小説類著録一卷。現存明弘治甲子(十七年，一五〇四)書林梅軒刻本，無目録序跋，首頁題「新刊奇見異聞筆坡叢脞卷之一」，而未見卷二。卷一共收二十四篇，多叙元末明初故事，似作于明初。

雪崖和尚東遊記

封丘之寺有僧性空，號雪崖和尚，善針灸，多愈痼疾。周遊四方，抄題造梵宇，建橋梁，修甃道路，濟人利物，事跡亦多。其誦經作善，清修苦行，人尤信其能事也。或日，因修七星橋乏資，干謁檀那施主，遍歷州郡募緣，東遊至灤山，忽入人家〔求〕(未)施。其門户半開半闔，扣詢四静，了無人音，意必空居也。僧出，叩他鄰而去。及日中，鄰者訝之，造觀焉，但見其主人身首異處，倚伏案間，流血滿地，其妻又逃去。乃大驚，衆陳于官，捕殺人者不可得，比鄰逮繫數十人，有司鞫問屢日，不能訏其情。乃言于衆曰：「人不獨居，居必有鄰。雞犬相聞如此其近也，朝夕相見如此其常也，簷楣相望如此其稠密也，安有殺人而不知者哉！縱曰不知，必知其日何人往來其家，何人出入，皆不知耶？」中有一人應曰：「是日其家惟見一僧出，殺人者或此僧也。」有司曰：「是矣！」乃捕僧至，鞭笞苦楚，即誣服抵死。詰其刃則無有，惟一抄題疏簿在焉。其抄化衣鉢餘貲，皆爲吏胥所漁矣。有司覽其疏序云：

「切以巨川難爲徒涉，舟楫頻危；棧道欲濟不通，橋梁斯〔建〕。自古功成於十月，于今名應乎七星。在王政亦所當爲，□人心□□至願。載同行旅之利，爰興梓匠之功。奈非一人之力能成，一家之産克濟。若不恭修短疏，遍謁高門，何以倡率衆心，共成盛事。顧性空寄跡浮屠，行乞道路，不敢違三寶之教，允有度十方之心。伏願長者大與，惟廣相周之義；仁人君子，全體不忍之心。共起慈悲，大行方便。博施尺寸，仰德澤之無邊；喜助錙銖，建事功之不小。告成不日，終古同休。士莫問津，必無疐後跋前之患；人不病涉，何有深揭淺厲之譏。不煩濟渡乘車，一任授書進履。笑秦皇故事，鞭石何功；慕司馬高風，題柱可復。大患不已，多福有歸。疏語既陳，良心已動。凡有興作，正及斯時。某年月日募緣僧性空雪崖謹題。」

有司覽畢，詰僧于庭曰：「蠹我大猷，以聾瞽一世；攻彼異教，以誘惑四方。奸淫靡所不爲，法律有所不守，皆此輩也。今又設此誑妄之言，託此繕修之舉。因緣得計，潛入人家，竊取其財而殺人，私誘其妻而失節。由我作孽，在人何尤。揆天理有所難容，論國法有所不宥。致之大辟，誰曰不然。」僧莫能辯，獄成，將棄市矣。其監司復讞之，僧但言前生負此人死，他無可言。監司亦獨疑其夫死而妻不出，殺人而不得刃，白于御史，復拘繫鄰保按問之，曰：「何時見僧出死者家？」皆曰：「未日中。」又問：「此僧於何處獲之？」皆云：「城中。」御史諭曰：「日既未中，萬户千門盡啓，市聲讙雜，安得入人家殺人，無一知者乎？既欲殺人，必畏人知，何待末日中出，爲汝等見之乎？既已殺人，必當遠避，何淹留城中，爲汝等獲之乎？必非此僧殺人，他人殺之明矣。」御史議是，但獄已成，不可變也。他日僧出獄，御史問如前，僧惟叩首無言。問之再三，則曰：「但願速死，再托生人世，此蓋夙世冤業，非今日所能免也，無復可言。」臨刑，御史憐之，亦無可奈何。面縛北市，僧惟叫佛呼天曰：「神天證盟，何人殺人，使僧枉死！」觀者莫不流涕。忽一少年，於人叢中奮然躍出，告御史曰：「殺人者，某也，何實禍於僧。殺一不幸，銜冤無盡，吾偷生不如就死也。」御史遂收之憲府，究問其詳。曰：「某鑷工也，過死者家，其妻見而悦之，自言彼夫學庖丁術，某日爲人解牛，宿其家。復約吾夜往。及期而往，夜未半而夫來歸，謂妻曰：『今日病矣！』乃置刀案上，隱而卧。吾恐，潛匿於樓，指其妻，使促其夫就寢，吾將逃焉。妻誤以案上牛刀殺之矣。無如之何，乃亡命出外數年，意其事無徵久，或可熄，奈何以此僧抵法，死何冤哉！蓋吾已通其妻，誤殺其夫，又誤此僧之死，罪孰甚焉。與其負愧偷生，不若安心就死也。」御史曰：「然則殺人者其妻也，汝固有罪，得不死。」與僧偕釋之。乃按妻以死。後好事者爲僧作《東遊録》，有述善惡之報，冤惡之誤，囹圄之苦，數千言，垂戒後人，此不載云。

南谷曰：浮屠氏乃夷狄之一法，其徒滅類毁形，無父無君，遊食取禍，固不足恤。而抵法冤死，亦自可悲。爲少年者舍生伏罪，觀死如歸，亦人之所尤難者也。世之士大夫，苟趨利禄而忘君父，忍心害理，負罪無窮，亦大有愧於斯人者矣。

池蛙雪冤録

羅汀者，滁州人，家貧，妻何氏甚賢，有智識，姿色絶美，事母鄒氏年老。汀作麵食店，日給以爲養供，極甘〔脆〕（脱）。何亦親操井臼，滌器當壚，不以爲恥。時有元丞相脱脱家人陳威，專事險作，怙勢妄行，悍惡人也，過〔滁〕（滌），見何而悦之，百計不可得，乃入其店食麵，徐謂汀曰：「汝治生此計，給身有餘，養家不足，曷不爲長久之道乎？吾家雖〔不〕（否）富，亦頗有數緡。汝能棄家出外，同吾往販，當獲大利，豈不勝於苟柸圈中餘瀝耶？」汀善，以告其妻。何曰：「斯言甚無謂，家貧親老，不宜遠遊。況其人鷙惡，不可與交，恐貽尊門大累，當甘言怡色謝絶之。」妻因泣諫，弗聽。涓吉治裝，偕行出外。時元運寖微，值西北方大亂，威乃收汀，格殺之。汀佯死，遂沉之于江，躍而起者數四。閲三年，絶無消息。母在家病篤，思汀切，其死生兩地不知也。何躬扶持，進湯藥，敬事不怠，且佯言曰：「某客挾書來，汀在某州，某日當歸。」開慰萬千，以寬其意，不幸七日逝矣。何哭泣極哀，殯送之宜，塚壙之營，悉出貸於人以畢之，朝夕惟懸望夫歸也。忽陳至，謂何云：「汝夫命蹇，出外未及二年，乃得重疾，客死于石州。以遭兵亂，不能歸葬，已瘞之。吾萬死求生，備經險阻，始見今日。」復以經營貲財還之，曰：「此汝亡夫所有也。」何即墮淚大哭，疑其所害，而不敢發，但呼天號泣而已。時值亂離，夫死姑亡，何獨一身，零丁不能自存。幾半年，威見其愁困孤苦，索〔居〕（古）無聊〔甚〕（其）矣，乃令媒妁求何爲妾，何固拒不之許。他日，威再三撫喻之曰：「汝夫已没，下無一息，衣食無賴，況日下海内擾亂，死生不保，堅守〔孀〕（霜）

居，徒自苦耳。縱全節義，誰則知之。」何曰：「吾事羅氏，自結髮迄今二十餘年，不幸不能保終，豈可以死生易心，存亡改節乎？有死無二，不忍背之。」威迫以勢力，終不從。至正壬辰，郭子興破濠州，遂入滁州，何被擄，部下將欲愛寵之。何不從，乃傷生之不辰也，家之滅亡也，夫之物故也，身之被擄也，故憂鬱怨恨而作悲笳六拍：

「我生之時兮何不良，嫁與夫君兮不下堂。供甘旨兮常在舅姑之傍，中道險惡兮逢虎狼。只今長恨兮守空房，憶我良人兮情何以堪。嗚呼！一拍兮哀正長，心腸碎絶兮不可當。

右一拍

我丁季世兮艱苦多，英雄蜂起兮逞干戈。四海魚肉兮流血滂沱，思我至親兮夢來過。家破人亡兮揮淚成河。嗚呼！二拍兮長悲歌，上天下地兮其如我何！

右二拍

世路險兮何多歧，風波惡兮心目俱迷。誰知中歲兮苦别離，大厦顛覆兮非一木支。骨肉棄捐兮杳不可知，天有眼兮獨不見我遭慘凄。人有知兮獨不棄我傷且悲。吁嗟！三拍兮欲何爲，雙目涸兮寸心摧。

右三拍

故家多事兮魂神震驚，中原無主兮兵革相尋。末世狼戾兮人懷殺心，我不逢時兮值王道之不平。懷我憂鬱兮不能爲心。噫嘻！四拍兮招彼陰靈，捫天招地兮害盡我情。

右四拍

身無主兮歸無家，甘啜清苦兮不慕芳華。珠沉璧碎兮志可嘉，此生無意在人世兮心無他。見我良人兮不能得，怨明月兮羞落花。長吁！五拍兮哀愈加，海枯石爛兮其無涯。

右五拍

豺虎逼人兮藏身絶蹤，奈何天降禍殃兮自不能容。□自誓兮固從一而終，憶我良人兮哀何窮。欲相見兮只夢中。嗚呼！六拍兮曲雖終，此恨綿綿兮與天地同。

右六拍」

其人知何不可犯，欲舍之。威聞，致厚賂納爲妾。何雖爲陳所奪，常思羅氏，嘗作詩云：

「悠悠世事日沉浮，蹤跡飄然不繫舟。痛醉難消千古恨，狂吟終抱一生愁。追隨佳會真成枉，提起鍾情總未休。朝去暮來雲雨惡，相思只在此心頭。」

國朝平定天下，陳携何卜居于涿州，生二子。一夕，夢與汀會，情意如平時，云：「汝可遊園亭，汝見池蛙，即我矣，吾冤可雪也。」何覺，莫曉所謂，心識之。忽日，威戲謂何曰：「汝與吾情好，吾家歡樂如此，其憶爾夫羅氏否？」何陽言曰：「彼既已亡，恩愛絶矣，於我何有。」後因共遊園亭，撫闌閒玩，臨水觀魚，偶見一蛙墮池中，躍數次不得起。威醉中不覺失笑，何憶夢中言，怪問之，不答，惟笑不已。問之再四，乃曰：「必不見猜，言亦何忌。我初愛子不可得，自出奇謀，以利誘汀出外，沉之于江，實同今日之蛙，躍而不能起也，故不覺失笑。」何聞言，大怒，欲陳于官。威懼，縶縛之，曰：「吾戲汝耳，再敢妄言，必殺之。」何即詭曰：「吾亦戲言恐君耳，縱使誠然，彼死已久而無迹，君寵愛我久而有子，方在亂離中，不得托身於君，肝腦塗地必矣。妾之生也，君之賜也，奚有乎他。況大丈夫爲兒女子所動乎。」威以爲然，待之如故。又期年，何聞御史按部，私自告天曰：「吾夫之冤雪矣！」乃夜殺其二子，曰：「彼既忍於吾夫，吾何不忍於其子？」即逃往赴愬焉。御史收威下獄，處以極刑。其家産半籍于官，半給何自養，何不受，曰：「妾寡居，不能守節，臨難不能自盡，忘夫事讎，辱身害理，天下罪人也。復何面目自立於人世哉！」乃招魂設位，哭其夫，具禮祭奠，告已雪冤。何自殺。人皆嘆異，好義者收其屍瘞之，乃於懷中得其所作贊焉。自贊曰：

「夫出不幸，妾終相隨。曰節曰義，庶幾匪虧。曰讎已復，曰冤已雪。甘心瞑目，貞貞烈烈。千載而下，以愧不潔。」

南谷曰：君子謂何氏遭夫婦之變，始雖不能守死，而卒能雪冤，其志固可悲也。然此皆胡元亂世之事，亦可覘世變矣。

按：此事類似宋吕夏卿《淮陰節婦傳》（莊綽《雞肋編》卷下引）及《夷堅志補》卷五《張客浮漚》等所記，已見宋元卷。

花影集

陶輔

陶輔（一四四一——一五二三之後），字廷弼，號夕川老人，又號安理齋、海萍道人，鳳陽（在今安徽）人，以應天衛指揮致仕。著有《桑榆漫志》、《四端通俗詩詞》、《詠物詩》、《夕川愚特》等。《花影集》四卷，二十篇，《百川書志》小史類著録。卷首有正德丙子（十一年，一五一六）張孟敬序、嘉靖癸未（二年，一五二三）作者引言，撰于八十三歲時。自謂倣《剪燈新話》、《剪燈餘話》、《效顰集》而作。日本早稻田大學圖書館藏有高麗翻刻本。

劉方三義傳

宣德初，河西務之蒙村者，邊河爲市，舟楫聚泊之所也。居人近數百家，其間有劉叟者，號稱長者，開酒肆於其間。茅屋數間，薄田十餘畝，衣食粗足，然止叟媪二人，年各六旬餘，無他弟男之依。是年有京衛老軍方其姓者，携一子，年約十二三，宿於叟店。及夕，方偶得中風，至曉則頹然不起，其子悲號近絶者數肆。叟媪亦爲之墮泣，遂容養疾於家，凡百粥飲湯藥，叟媪皆爲〔辦〕（辨）給。不半月，則老軍死矣。其子跪告於叟媪曰：念兒亡父本某衛軍，於某年母已先故，與父欲投原籍，求少盤費，爲辦母喪。

不料皇天弗祐，父更路亡，遺兒一身，囊無半錢之資。欲望大恩借數尺之土，暫掩父骸，兒願終身爲奴，以償此德。如不見允，則投身此河，永爲不孝之鬼矣。」言既放聲大慟。叟媪撫然流涕曰：「噫！是何言歟？汝黄口兒尚知孝道，予豈不知義者哉。」遂爲辦棺衾之具，葬於屋後之地，仍表之曰某衛軍士方某之墓。謂其子曰：「予欲令汝歸家。唤汝親故搬取二喪。恐汝幼弱不能自達，汝可暫住予家，待有熟識之人方可。」兒復跪泣指心而誓曰：「兒雖幼，豈不知恩。且亡父病時，深蒙不嫌病穢，湯藥依時，及至身死，棺衾葬具，所費不資，雖至親骨肉未必如此。況兒生長京師，親故鄉曲一人不識，有恩不報，欲安歸乎。且聞老丈夫婦亦無子姪，兒雖不才，倘蒙不棄，收充一奴，以供朝暮。萬一義丈二位百年，某豈不堪爲拜掃之人乎？然後赴京取回先母遺骨，同我故父葬於義丈墓道之側。則兒之負恩不孝之罪塞矣。」叟媪聞之，且悲且喜，曰：「真天賜之嗣也。」因不没其姓，名之曰劉方，恩養備至。方亦孝謹出常，勤業家事，不捨晝夜，常若不及者。是後，時值秋風大作，上游飄一敗船，泊於門前岸下。船人呼號，死溺狼藉，爲居人挽救，得達岸者纔十數人。内一少年約未二旬，氣息將絶，而手尚堅持一竹箱不捨。傍一少婦撫抱號叫不已。人或問其然，答曰：「此人吾夫也，此箱中吾舅姑之骨也。」時方從觀在側，歸道所以於父母，悲咽不能成語。曰：「此人之厄正如兒向日之苦。」叟媪聞之，奔赴扶携二溺歸家，更以燥衣，哺以暖食，不遺日而甦矣。其人告曰：「奇姓劉氏，山東張湫人也。此婦奇妻李氏也。二年之前從父三考京師，不幸遇時疫，未易月父母俱没。餘予夫婦，無力奉柩還鄉，只得火化爲櫬，謀此歸計。豈料不孝惡極，又遭此禍。過蒙老丈相濟，實再生之父母也。」然李氏孕有六甲，遇此驚溺，内損無任，不及辦葬，胎已墮矣。於是叟媪及方嘆憐不已，急爲灑掃暖室，朝夕爲辦粥飲。不數日，李亦殞矣。叟媪爲治棺具，亦葬於屋後之地，深爲劉奇解慰。勸令暫住於家，與方同其寢食。議待便船，使謀歸計，凡經數十，皆以骨殖在船，多遭衝擊之患爲辭，久不果事。況奇於救溺之時，爲鈎挽所傷數處，潰瘡甚發。不能履者數月。然奇素博學能文，見方聰敏出常，乘暇教以讀書作課。而方一誦即解，不旬月，凡經書詞翰，無不精妙。一日奇瘡少愈，告於叟媪曰：「奇疾雖痊，然一貧如此，思無他術。欲先負父歸。再負母去。義丈之恩，容奇喪完別爲報答。」叟曰：「噫！路遠孤行，況子幼弱，非佳圖也。吾有一蹇，久蓄無用，贈子馱歸二親，豈不代勞遂事乎。」奇堅却不敢受。一日忽失奇所在，叟等惋嘆累日，亦無如之何。居頃叟得重疾，纏綿數月，而方衣不解帶，憂勞骨立。忽奇到來，一家驚喜。叟謂奇曰：「曩者失待，子何責之深，不告而去耶？」奇跪而泣告曰：「奇蒙再生之恩，未報萬一。及聞贈驢之言，出此拙算，意欲潛歸別謀濟事。不料至家，因前年黄河泛溢。鄉曲遠近，一望洪波。居人蕩盡，人畜田廬漂溺無遺，極目白砂，蒿蓬百里。隻身無依，徬徨累月，進退計窮，寄食人店。静思亡親之櫬，〔縱〕（總）歸何所安厝？義丈之恩雖宏，何時得報？莫若仍歸恩府，求尺寸之壤，葬久暴之喪。假便成仁，致身塞罪。以此生爲終身之質，奉宅上薪水之勞。未審義丈能從願否？」叟曰：「噫，異哉！予何幸，累感孝子〔同來〕（來同）乎？」遂爲奇備道劉方之本末，奇亦驚悚，叟復曰：「若信然，爾奇爲兄，爾方爲弟，同乃心，共乃義，守此薄産，足以業生矣。」於是奇、方再拜受教。二人互相推愛，極力養親，甘旨極一時之味，温凊盡冬夏之勤。又一年，叟卒於前，媪歿於後。二子備盡人子之情，哀毁不堪，淚盡繼血。將葬，兄弟謀定兆域，遂迎方之母骨於都下，共築一塋，列三墳如連珠。二子同廬其次，不釋杖者三年。閭里感化，遠邇稱聞。及服除，兄弟勤業，生意驟勝。不數年，富甲一鄉，人以爲孝義所致。一夕兄弟夜酌窗下，酒將半，話及生平，因痛二人出處之危，悲三父没身之恨，驚合義之奇異，喜成家之遂願，相〔視〕(示)悲惋，淚不自止。奇曰：「此皆予二人微誠感格，實蒙天相。然予今年二十有二，弟亦一十有九，俱未議婚。況人之壽夭莫期，萬一不諱，則三宗之祀淪矣。若乘時各求良配，或有所出，豈不休哉？」方愀然不答，良久徐曰：「兄忘之乎？初義父臨終時，弟與兄有誓，願各不娶，今何更發此言？」奇曰：「不然，初因父母垂没，六喪大舉，家道貧薄，所以省輕藉重也。今則孝敬已伸，義恩已報，家資復充。況不孝有三，無後爲大，決不可膠柱也。」而方展轉百辭，欲足守前誓，奇亦無如之何。一日，奇於知厚處話及兹事，其友曰：「我得之矣，令弟意謂彼與賢契立家在先，恐欲先娶爾。」奇曰：「吾弟端仁，决無此心。君既爲謀，試一驗之。」遂密令二媒私見於方曰：「某家有女，年正與二官人同，良淑工容，絶於一時，實佳配也。某等敬議此婚，待别有年齒長者，然後再議大官人之婚未晚。」方勃然作色曰：「何物老嫗，欲離間吾昆弟耶！急去，勿令吾責也。」二媒愧赧而去，密告於奇。奇等百方思度，終莫得其主意。是後奇因睹梁燕之勞，題一詩於壁，以探方意。其詩曰：

「營巢燕，雙雙雄。朝暮辛勤巢始成。若不尋雌繼㲉卵，巢成畢竟巢還空。」

一日，方偶見其詩，笑誦數四，授筆亦題一篇於後，其詩曰：

「營巢燕，雙雙飛。天設雌雄事久期。雌兮得雄願已足，雄兮將雌胡不知。」

奇見而驚疑，不知所主，急謀於諸友曰：「予弟爲人，形質柔弱，語音纖麗，有婦人之態。況與予數年同榻，未嘗露其足，雖盛暑亦不袒坐。及欲議婚，彼各皆不聽，而詩中詞旨如此，恐有木蘭之隱乎？」衆曰：「噫，是矣。君當以實問之，何害？」奇垂涕曰：「予以恩義之重，情如同生，安忍問之。」衆曰：「彼若實爲女子，與君成配，正所謂恩義之重，得其所矣。」奇終以愧爲辭。衆以酒醉之，使深夜而歸。將寢，奇乘酒謂方曰：「我想弟和燕子詩甚佳，然復能和乎？」方承命笑而和曰：

「營巢燕，聲呷呷。莫使青年空歲月。可憐和氏忠且純，何事楚君終不納？」

奇曰：「若然，弟實爲木蘭，胡不明言？」方但傾首而已。奇復曰：「既不成兄弟，當爲兄妹乎？而或爲夫婦乎？」又不答，惟含泣而已。問之再肆，方徐曰：「若兄妹之，妾理應適人。妾父母之墳，永爲寄托之柩矣。妾初因母喪，同父還鄉，恐不便於途，故爲男（扮）（辨）。既因父没，妾不改形者，欲求致身之所，以安父母之柩。幸義父無兒，得斯遺産，與兄遭遇，復是仁人。此非人謀，實蒙天合。倘兄不棄賤陋，使三家之後永續，三義之名不朽矣。」奇驚喜不已，遂揖方就寢。方曰：「非禮也，須待明日，祀告三墳，爲妾辦粧物，昭會親鄰乃可。」二人遂拱坐待旦，依議而行。是後浸成巨族，子孫滿堂，世號爲劉方三義家云。（卷一）

按：本篇曾選入《燕居筆記》等書。《醒世恒言》第十卷《劉小官雌雄兄弟》即據此敷演。明人取之為戲曲者有葉憲祖《三義成姻》雜劇，王元壽《題燕記》、范文若《雌雄旦》、黄中正《雙燕記》、佚名《彩燕詩》（又改名《風雪緣》）傳奇。今僅存葉憲祖之作，題作《三義記》，藏于日本内閣文庫。

心堅金石傳

元至元間，松江府學有庠生李彦直者，小字玉郎，年方二十，爲人俊雅，賦性温粹。學問才藝冠絶一學，路府上下官僚，鄉曲老少，無不稱重。其學之後圃，有樓三級，高入雲表，扁曰「會景」。登之者，遠則四面江山，近則一城坊市，舉目皆盡。圃墻皆鄰小巷，皆官妓之居，蜂脾鱗次，圜列週際。而彦直凡遇夏月，則讀書樓上。一日新秋雨霽，墻外歌咽之音，絲竹之韻，爲輕風遞送，斷續悠揚，如天籟之飄飄，如清商之灑灑。彦直不勝清興，遂約同儕飲於樓上。一友忽笑曰：「正所謂祇聞其聲，不見其形。」彦直曰：「若見其形，則不賞其聲，反不清矣。」衆皆稱其確論。一友曰：「此論返復趣深，真佳題也。各當有賦，如詩不成，罰以金谷酒數。」於是彦直先吟曰：

「凉颷淅瀝天隅起，窗蕉雨歇清聲止。灝氣乘風掃碧空，炎蒸忽入秋光裏。閒登快閣一憑闌，江山浩渺雙眸寬。俯臨坊市人寰小，仰攀牛斗天風寒。暫存視聽一凝思，瀟瀟一派仙音至。絃繁管急雜宫商，聲回調歇迷腔子。獨坐無言心自評，不是尋常風月情。峽猿塞雁聲哀切，别有其中一段清。初疑天籟搏簷馬，又似秋砧和漏打。碎擊冰壺向月傾，亂剪琉璃鬥風灑。狂生對此襟懷開，邀友分題共舉盃。莫爲巫山雲雨隔，清歌時度人間來。俏者聞聲情已見，村者相逢若相戀。村俏由來趣不同，豈在聞聲與見面。」

吟畢，衆友傳翫間，忽膳夫走報曰：「玉堂先生來也。」彦直急懷其詩，整衣而迎，捧之登樓。先生見席，笑曰：「庾亮有言：老子婆娑，清興不淺。」遂續坐而飲。彦直惟恐諸友舉其所爲，假以更衣，將詩揉捻成團，於墻上抛出，復坐而飲，歡暢至暮而散。不意投詩之處，乃故角妓張嫗所居也。嫗止一女年十七，名麗容，生而眉如黛染，又名翠眉娘。靈慧纖巧，不但樂藝女工，至於書畫詩文，冠絶時輩，真一郡之國色也。然留心伉儷，不染風塵。人或揮金至百，而不能一睹其面。家後構一小樓，與會景相對，扁曰「對景」，乃女之擇閒之所也。其彦直投詩之時，直麗容正坐樓上，忽見紙團投下，遂命小鬟拾取而觀之，且驚且羡，顛倒歌詠，不能去手。曰：「此詩斷非常人所能，必李玉郎筆跡無疑也。况彼尚未議婚，天若見憐，吾願諧矣。」至次日，遂用越羅一方，逐韻和題其上，復從原處投回。適彦直經其處得之，且讀且笑曰：「予聞名妓有張翠眉者。操志不常，才貌異衆，予心每每期之，未暇其便。觀其寫作，必其人也。」其詩曰：

「新凉睡美慵晨起，鄰家夜宴歌初止。起來無力近粧臺，一朵芙蓉冰鏡裏。重重花影上雕闌，體瘦翻嫌舞袖寬。閒覓曉蛩芳砌下，金蓮似怯碧苔寒。太湖獨倚含幽思，玉團忽爾從天至。龍蛇飛動潑烟雲，篇篇盡是相思字。顛來倒去用心評，方信多情識有情。不是玉郎傳密契，他人争有這般清。自小門前無繫馬，梨花夜雨何嘗打。一任〔漁〕（魚）舟泛武陵，落紅肯向東流灑。半方羅帕卷還開，留取當年捧玉盃。每見隔墻花影動，何時得見玉人來？名實常聞如久見，姻緣未合心先戀。詩情本自致幽情，人心料得如人面。」

彦直閲畢，遂登太湖石而望焉。適麗容獨坐樓上，彼此一見，魂志飄蕩，不敢〔措〕（錯）辭者良久。彦直曰：「觀卿儀範，得非張翠眉乎(?)」麗容微笑而答曰：「然。且妾以佳作詳之，若以君爲李玉郎，恐君無所逃也。」相視大笑。麗容曰：「妾久聞君之才行，多擇伉儷，百不一成者，何也？」彦直曰：「若有如卿之才貌，又何敢言擇耶。」乃各述心事，誓爲夫婦而别。彦直歸家，以實告於父母。父曰：「彼倡也。然以改節可尚，終不可入士夫之門奉先嗣後也。」遂不見允。彦直轉浼親知，於父母處百方推道，終不容諾。將及一年，而彦直學業頓廢，精神漸耗，如醉如癡。其麗容亦爲之憔悴，誓死決不他適。其父亦不得已，而遣媒具六禮而聘之。事將有期，直本路參政阿魯台任滿赴京，時伯顔爲右丞相，獨秉大權。凡官之任滿者，必以白金萬兩爲獻，若少不及，則痛遭退黜。然阿魯台居官九載，罄囊合橐，十不及一。計無所出，謀諸佐吏，或曰：「右相貨財山積，其心已厭，所重者子女珍玩耳。若於各府選買才色官妓二三，不過數百銀，加以粧飾，又不過數百。若得而獻之，右相必納。」阿魯台大喜，遂令佐吏假右相之命，公選於各府，得二人，而麗容居其第一焉。而彦直父子奔走上下，謀之萬端，家産蕩盡，終莫能脱。一日，拘其母女登舟啓行，麗容知其不免，而以片紙寄詩一絶於彦直曰：

「死别生離莫怨天，此身已許入黄泉。願郎珍重休懸望，擬待來生續此緣。」

自是不復飲食。張嫗泣曰：「汝死(固)(故)是節義，我必遭其毒害。」麗容爲之少食。舟既行，而彦直徒步追隨，哀動路人。凡遇舟之宿止，號哭終夜，伏寢水次。如此將及兩月，而舟抵臨清。而彦直星行露宿三千餘里，足胼膚裂，無復人形。麗容於板隙窺見，一痛而絶，張嫗救灌良久方甦。苦浼舟夫往答彦直曰：「妾所以不死者，母未脱耳。母脱即死。郎可歸家，勿勞自苦。(縱)(總)郎因妾致死，無益於事，徒增妾苦。」彦直聞之，仰天大慟，投身於地，一仆而死矣。舟夫憐之，共爲坎土，埋於岸側。是夜，麗容自縊於舟中矣。阿魯台怒曰：「我以美衣玉食，致汝於極貴之地，而乃顧戀寒賤，自棄厥生。」遂令舟夫剥去衣粧，投屍岸〔上〕（下）焚之。火畢，其心宛然無改。舟夫以足踏之，忽出一小人物如指大，以水洗視，其色如金，其堅如石，衣冠眉髮，纖悉皆具，脱然一李彦直也，但不能言動耳。舟夫持報阿魯台。台驚曰：「噫，異哉！此乃精誠堅恪，情感氣化，不然烏得有此！」嘆玩不已。衆曰：「此心如此，彼心恐亦如此。請發李彦直之屍焚之。」阿魯台允，令焚之，果然心亦不灰，其中亦有小人物，與前形色精堅相等，然粧束容貌則一張麗容也。阿魯台喜曰：「予雖致二人於非命，所得此稀世之寶。若以獻於右相，雖照乘之珠，不足道也。」遂盛以異錦之囊，函以香木之匣，題曰「心堅金石之寶」。於是給張嫗白銀一錠，聽與二人治喪，並同來之女，各資路費遣歸。於是阿魯台兼程而進，不日至京上謁右相，奉上其函，備述本末。右相大喜，啓函視之，則非前物，乃敗血一團，臭穢不可近。右相大怒，召法官謂曰：「彼奪人之妻，各致死地，自知罪大，故以穢物魘我，意在逃刑。」遂下之獄。法官訊畢，上報曰：「男女之私，情堅志恪，而始終不諧。所以一念感結，成形如此。既得合爲一處，情遂氣伸。復還舊物，理或有之。」右相不允，終置阿魯台於法。嗚呼！〔官顯陷害，故將阿魯台爲之驗乎〕。（卷二）

按：本篇收入《繡谷春容》、《燕居筆記》等書，或題作《李玉郎張麗娘傳》。明無名氏《霞箋記》即演此事。《百家公案》第五回亦取此。又演爲小説《情樓迷史》。

四塊玉傳

繆以文者，淮陰之佳士也，幼而聰穎勤學。既長才貌絶倫，任俠使氣。家世富饒，但爲聲妓所溺，遂不留志於功名。時永樂萬歲之元，因與同流十許人，各携重貨往陜右生理。星行露宿，備及辛苦，月有二旬乃達彼矣，遂居旅館。其同伴中有賈其姓者，及鄒其姓者，與以文最相親昵。雖飲食必同，居宿必共。然二子亦能吟詠。時值新秋，其三子雖在旅間，而倜儻吟弄之志略不少怠。以文曰：「此間漢唐所都，山川秀麗，幸而得暇，欲與二兄挾榼一遊，可乎？」。賈、鄒曰：「諾。」翌日携酒肴，從童僕，緩轡從容，且遊且詠，雖駐蹕、嵯峨之山，澧、渭、灞、滻之水，細柳、長平之坂，昆明、太液之池，明光、含元之宫殿，褒姒、柏梁之臺觀，其他苑囿陵墓，寺觀祠廟，遊賞將遍。每遇故宫廢址，未嘗不發於吟吊。其以文之洪詞，二友之璧和，惜乎得悉筆，幸録其一二云耳。

題温泉云：

「長安西望暮雲愁，宫枕空山草木秋。泉水溶溶渾似舊，更無人露玉鷄頭。」

影娥池：

「斷雲横樹古臺荒。人去千年事渺茫。惟有舊時池上月，爲誰清夜静涵光？」

褒姒臺：

「一灣野水抱沙流，臺畔閒雲任去留。當日但期開一笑，那堪終古笑無休。」

阿房宮：

「遺惡秦兒苦運危，函關再破勢崩雷。可憐六國生民血，盡作咸陽一炬灰。」

其三子往來必經同昌門，於門外白馬寺爲中食之所。其住持不知何許人，號和光上人，年逾耳順，甚有清規，又能援接逢迎，騷人詩客多與交狎。以文等往來既熟，遂相契厚。是後值中秋節，和光自念二三君子，俱在客邸，遇此佳辰，不無有孤雲之望耶。遂備瓜果之酌，命行童竟往招焉。三子欣然而赴，至彼，和光笑而迎曰：「山僧有幸，何吾子之不我棄也。」至暮，移席於臨流亭畔，所設雖不豐厚，齊楚可愛。四人圍坐而飲。少間，東山月上，水天一碧，河漢介空，萬籟俱寂。和光曰：「吾儕文士也，不可同俗子之會，須各吟一章，以較勝負。如詩不成，浮以巨觥，亦足以賞心歟？」衆曰：「唯命。」和光又曰：「作詩故佳，但短章促句，不能暢幽述景。今者宜爲古詞，以先吟者爲韻，衆續而和之。」衆曰：「善。」又曰：「主人致酒客致令，以文先生當立題意。」以文沉思久之，曰：「水亭夜宴《滿庭芳》，和上人爲東，當啓也。」於是和光推讓不獲而吟曰：

「幻體如漚，浮生若夢，風燈石火誰憐？一塵無翳，萬慮盡須捐。得悟真空不二，莫教色相拘牽。獨卧白雲山岫裏，蒼翠古岩邊。水滿磯頭，雲屯洞口，紛紛花雨龕前。曹溪不遠，別有定中天。方得騰身性海，瑶空寶月如鈿。惟見梅開知臘去，誰管是何年。」

賈生續曰：

「一帶青山，半林黃葉，三秋佳景宜憐。蒼苔翠老，庭樹帶霜捐。碧漢露華初重，澄空月魄霞牽。

共賞芳筵清夜永，亭子蓼花邊。契合三生，醉談千古，不須紅袖樽前。青山倒影，清鑑净涵天。喜煞吾師好士，競賡險韻分鈿。問道別來重會日，約在二三年。」

鄒生賡曰：

「萍梗相逢，斯文雅會，難期易別堪憐。上人洪什，珠玉笑相捐。繞岸溪光碧湛，沿堤風柳青牽。古寺原頭紅樹裏，流水小亭邊。風月襟懷，林泉氣味，塵埃悔殺從前。花陰滿地，皓月正當天。水荇巧分翠縷，金波晴漾荷鈿。此地勝遊難再也，風景自年年。」

以文和曰：

「客底心情，水亭佳趣，姮娥有意相憐。青春難再，歲月莫輕捐。可惜無花白醉。教人忽忽相牽。暗想前朝佳麗質，多少古叢邊。唐室楊妃，漢家飛燕。芳魂疑似從前。晴宵良夜，清恨抱中天。零落翠翹金鴈，塵埋珊珮珠鈿。幽隧漆燈空自照，玉匣夜如年。」

吟畢，哄然一笑。賈生執二巨觥，斟滿於和光、以文前曰：「二公之詩雖佳，其中似有可論者。和公之作，失水亭夜宴之格；以文之詞，失之淫放。不可不浮之。」鄒生曰：「當。」以文曰：「予不能飲。」遂下堤奔去，良久不返。和光命行童曰：「汝可告以文先生，但歸坐，吾不復勸酒矣。」其行童遠近尋請不見，衆皆驚訝。隨命僧徒，或持炬燭，或持火把。周遍十餘里間並無踪跡。賈、鄒大痛曰：「欲意落於岩則山平，溺於水則河淺，山野空原亦無村舍，其爲魑魅所攝耶？虎狼所啖耶？」和光曰：「貧僧處此四十餘年，未嘗有魍魎虎狼之害。」至曉，問於漁樵則不知。訪於耕牧亦不見。或告諸官，或榜諸市，叩諸佛，禱諸聖，將及旬月，並無影響，雖本處居人亦以爲異。後及一年，鄒、賈買賣事畢欲回，對衆泣曰：「吾儕三人同來，以文獨不知所鄉。不無失此良友，亦恐至家遭其告累耶？」衆慰解曰：「予輩共備酒肴，再至白馬寺。一則與二兄釋悶，再加留意一尋可也。」至期由舊路而往，將及便橋，遥見沙際有二人席地而飲。衆疑曰：「此山野之處，有此金綺之人，又無從者，得無爲妖魅？」少近視之，則一男子一婦人也，再近則以文同一美人也。以文見衆至，急起與美人携手而逝。衆友大呼而逐之，不半里遂及焉。其女赧甚，遂自没於河，衆急挽救不及矣，皆驚愕不知所爲。賈、鄒執以文手且泣曰：「子爲如此事而不使我知，幾迫人至死地。今又累人婦女投溺，如何是好？」以文低首長吁，竟無一語。衆曰：「到寺度之。」至寺，衆告和光以前事。和光曰：「以文所爲〔已〕（以）無可改，勿相迫責。但言誰氏婦女，緣何相從？」以文俛首不答。衆解譬良久，則曰：「向者吾於水亭被酒，披襟捫腹，乘月沿流而東。將里許，側顧水左桂花一株，下有盤石，吾遂坐於石上，仰瞻天宇，俯對清流。露華澄寂，桂香襲人，雖仙境不若也。遂將前詞朗吟數遍，偶見一姝拜於前曰：『妾本寺東鄰賀宅侍兒紅牙也，妾之女郎知公避酒，令妾敬請過臨寒寓一茶。萬冀勿托，幸幸』。況予久離家室，一旦聞女郎見招之言，不料可否，欣然即往。其女導前，屈折幽徑，陰林蔭翳，約里許至彼矣。華屋粉墻，朱門掩映，其女郎候於門左。迎予笑曰：『水亭之作，何相憐之至耶？』遂携予手入焉。越庭閣數重，皆極華麗，最後一小軒，乃女郎所居也。予〔意〕（憶）貴室，無故而入，似有難色。女曰：『無傷也。』命茶畢，女曰：『妾本比鄉巴氏女也，名玉玉。幼時潔白，尊執又號妾爲四塊玉。少習音律，爲此富人賀郎之妻。不料賀郎輕情重利，遠商交廣，將越五霜，捐妾與紅牙二人守此空宅。況當青年，負此良夜，豈不有孤鸞之憶乎？久窺君於鄰寺，故含恥以相邀。倘不見鄙，實腐穢之有憑，鬱情之得遂。』予曰：『某故幸矣，柰二友何？』玉玉曰：『和光與妾夫最善，若二友知之，妾事敗矣。』予遂從之。少間，設奇肴異饌，命侍兒紅牙，歌以侑樽。於是紅牙理喉演拍，將發停雲之聲，玉玉笑而目之曰：『對新人不可歌舊曲。』謂予曰：『妾雖不敏，勉欲足貂。僭用夫子前韻，亦作《滿庭芳》以自況。仰承夫子，幸勿以見嗤耶？』於是玉玉白，令紅牙歌曰：

『愁鎖蛾眉，倦開海眼，絲絲腸斷誰憐？春秋空度，珠淚暗中捐。倚遍欒山玉品，難忘翠結絨牽。慚愧雙環塵土蝕，風月玉樓邊。斜軃髭頭，横偎郎袂，停停每對樽前。梁州一曲，雲葉遏遥天。彩縷雙蟠金鳳，紅牙笑拾花鈿。薄倖賀郎何在也？孤枕度〔芳〕（方）年。』

歌畢，觥籌交雜，盃斝疊酬。已而月沉西浦，畫燭再更，遂宿於彼矣。次早予欲暫回，玉玉曰：『妾已令人店中打聽，諸公事畢，自當奉别，焉敢久屈君子，仰誤歸期乎。』予不合苟聽斯言，久違諸契。」賈曰：「若然，其居安在？」以文曰：「即寺東鄰也。」和光曰：「噫，寺之週迴林木荒凉，皆廢陵古塚，烏得有此富室？其爲妖不誣矣。不煩外論，但希以文導吾儕達彼，真僞自見矣。」以文窮迫，不免前行。出寺東行里許，指一古墓之側一小塚曰：「此是也。」和光笑曰：「吾得之矣！此大墓者，乃唐玄宗樂官賀懷知之墓也。此小塚人傳爲琵琶塚也。以文言比鄉巴氏，又名四塊玉者，以四玉字加於比巴之上，豈非琵琶乎？彼所和詞中又皆琵琶情狀也。言嫁賀郎者，實懷知之遺物也。」以文視其所處，聞其所論，魂魄俱失，憂怖之色，擁萃於面。和光曰：「無傷，無傷，既得其詳，安知非發福之美歟？」遂命諸弟子發之，啓土纔一尺，得一石函，銘其蓋曰：「天寶御賜。」啓視，果有百香攢成，七寶粧嵌琵琶一面，紅牙縷金板六扇，煥然如新，異香襲人，光彩奪目，背有金泥小篆琵琶頌一章，首尾一百三十五韻。頌曰：

「天寶四載西羌平，遠夷懷化舒忠誠。殷勤不憚萬里程，重譯十土勞遠伻。梯山航海來神京，春官柔禮司賓迎。紋騮之載奇錦帡，鱗駝之負黃金籯。山呼萬歲朝天閎，五雲高處列霓旌。麾幢羽葆絡朱瓔，彤庭大啓天顏頳。歌謡齊賀聲嚶嚶，紋身編髮如狙猩。陳階列陛獻土籯，斯足用表蕃臣盟。珍奇詭異不可名，黄琮紫貝同天璜。白圭碧璞雜丹珩，其中一物由爲精。偉哉製造規模宏，玳瑁匣瑣(銀)(艮)緘盛。冰紈擁襯雲錦綳，異香馥郁百寶成。光華閃灼奪人睛，云是胡樂形狰獰。名曰琵琶價連城，背圓杆直休奓弸。雲光霞影紋楸枰，胚胎自是崑崙樫。紫檀槽内沉香桁，紋犀牙品珊瑚楨。匙頭偃仰曲鳳脛，蛾眉海眼雙瞠瞠。四軸均布如飛蜻，樂山巧琢玄石瑛。拂手壁碾澄寒泓，春秋雙挽蟠鵰鸚。鵝項曲折玉芝莖，彩絨結帶芳香衡。鵾鷄之絃白且瑩，直列首尾如星檜。潤於寒玉潔於冰，明如秋水净如瓊。壓盡秦樓鴈柱箏，不數章臺鸞侶笙。梨園弟子睹如盲，談奇辨異爭喧鍧。咨嗟吮呷不能評，其年暑退斗建庚。黎元富庶百物贏，好雨初斂風日晴。聖皇賜宴開迎英，千官陪位餐大烹。禮設八座迎公卿，太官尚食進杏餳。司虞薦臘貢鹿麖，割鮮炙脯炮巨牲。陳觴列俎排鼎鐺，簪貂執玉曳珂珵。拱手鵠立丹陛楹，鳳吹嘈雜腔迴縈。龍鍾喧吼聲雄鍠，紫駝之峰調玉羹。赤虬之脯和芥青，(銀絲)(艮系)之膾斫鯉鯖。金盤之味呈蝦蟶，商瓶周鬲間漢罍。瓊漿玉液皆滿盈，玻璃洸漾飛大觥。珊瑚灼爍燃長檠，怯聞凡樂聲囂訇。勑令出此異域謨，教坊空多不敢偵。絃是鵾觔如鐵勍，塵埃肉指豈堪攖。就中惟有賀司伶，向前竟奏心無怦。勇然取向胸前横，當御鵠立來獨呈。調絃轉軸聲軯軯，新腔纔起拍早榜。偃手一掃風雨驚，四顧衆樂如秋蛍。大如巨海吼長鯨，小如幽谷遷嬌鶯，急如怒濤古壑砰，緩如春澗泉溋溋，高如霄漢雷電轟，低如暗穴蜂羽翃，巧如老樹啼蒼鶊，凄如夜雨滴寒更，猛如兩陣嚴鼓鉦，清如仙境天球鳴，近如殿角風摇錚，遠如砧杵聲東叮，輕如一點琉璃琤，繁如萬斛珍珠傾。翻然轉作霓裳聲，滿空花雨飄雲霙。悠悠天際待雲輕，紛紛彩棟塵落甍。其他衆樂不敢賡，聲慚韻怯圖薨薨。金石空多若枳橙，頗容湘瑟爲弟兄。幸逢盛世海宇清，幸遭聖德日月明。萬國歌頌康衢氓，巍巍成化遍八紘。溶溶德澤滋群生，四夷歸化不煩征。奎星耿耿休戈兵，北狄入覲趨幽并。西羌歸化越河涇，東蕃獻貢涉滄瀛。南蠻納土來楚荆，罷却清風細柳營。閒却奔電汗血騂，官衙寂静無訟爭。市里貨易均平衡，萬民安業樂鋤耕。黎庶殷富過田彭，此樂遠至應休貞，兆我大唐昌且榮。堪隨天仗助郊祊，堪隨朝晏解春酲。可與聖主却微惸，可與聖主釋閒情。宜在西苑駕前行，宜在東閣花邊擎。願祝吾皇壽彭鏗，願祝吾皇壽彭鏗。千年萬載昭佳禎，千年萬載昭佳禎。」

其後題曰：「天寶某年秋仲望後一日，開國男、太子洗馬、東阿公某」云云。惜乎微被土花所蝕，失其姓名。遂携歸寺，衆皆傳玩，喜異不能去手。話間，有賈胡數人突入寺曰：「吾輩遠睹此中有異寶氣，如果有之，乞爲見貨。雖價萬金而不惜也。」和光等遂將琵琶示之，而給曰：「此吾寺世傳之寶，如果能貨之，公價白金百錠。」胡無異言，如數酬之。衆曰：「以文遇此奇禍，理同再生，當以此金入寺，以資冥福。」和光却之不能，遂從納焉。是後以文等各歸家，亦無他恙焉。（卷三）

丐叟歌詩

李自然者，臨清縣民家子也，七歲而孤，爲晏公廟道士任某撫養以爲弟子。既長，聰敏變通，甚爲居人知愛。時運河初開，而臨清設兩閘以節水利，公私船隻往來住泊，買賣騈集，商賈輻輳，旅館市肆，鱗次蜂脾，遊妓居娼逐食者衆。而自然私一歌妓日久，情款甚厚，暗將其師資産盜費垂盡，皆不知也。一日因醉與一游手爭毆，被訟於官，其師始知，一氣而没。自然亦因宿娼之愆，展轉囚禁，經歲方已。然追牒爲民，不得復其原業。無所依歸，遂與前妓明爲夫婦，於下閘口賃房賣米餅度日。自然自念貧乏，夫婦勤苦生理，不捨晝夜，不半載自餅鋪而爲食店，自食店而開槽坊。生理日增，財本日盛，十數年中家業赫然，南莊東野，前店後宅，遂成巨富。止生一子，取名曰當，甫七歲，其母因疾而逝。自然未免再娶，雖得其宜，而自然念己幼孤，恐子爲繼母凌苦，百方防忌，子母之間〔反〕（返）各疑避。是後李當既長，自然爲擇豪門爲配。一自新婦入門，母子更加不睦，而李當恣意非爲。其母絶言不告，亦□禁戒。所以至於敗壞，實自然處不得其道也。初尚不知，後雖知之，亦無如之何。不一二年，其李當或縱酒宿娼，遊放賭博，無所不至。家業費耗，行藏極濫，或爲賊盜攀指，或遭凶徒染累，或爲人命干連，或作詎奸保證，或禁囹圄，或奔逃避匿。而自然只得爲其營救，賂上買下。補欠償逋，不及數年，産業一空，衣食往往缺用。而李當狂肆無施，亦頗守分。止餘舊宅一區，尚直銀數百。而自然有妻弟劉某者，謂自然曰：「君今年老，別無生計，慮恐日後漸至難爲。吾於兩淮有鹽若干，年久未支，今欲往賣。近觀賢甥頓非前行，可將此宅變易，〔暨〕（槩）予同往，必得厚利。」而李當亦自奮勵，父子同議，罄易家產，與劉某擇日而去。而自然夫婦，同新婦借房親家暫居。將二年杳無音耗，一日忽有人自淮而來，言劉某已死於途，兩家財本盡爲李當所掌，仍前不肖，任意非爲。自然欲去而不能，欲托人而不得。未半年，老妻兒婦相繼物故，孤身獨處，人情久厭，資用不敷，東移西處，人皆不顧。遂復栖身於晏公廟之□厨。故人親知供餉不至，未免行丐於市。而自然素受安富，一旦行此，多爲人憎，饑寒頓切。同儕有一老叟能歌詩，所丐頗足，自然慕其能，懇求其教。其叟不吝遂教之，而自然本出道流，頗解詩書之語，一授而成頌。詩曰：

「緣何貧賤生勤儉，只因窘迫難賙贍。飄泊饑寒苦不勝，伏勞悴力將誰怨。或傭或藝仰人資，但能溫飽無他念。晝夜營營不惜身，省衣節食得餘羨。輳添小本作營生，買多賣少奔西東。四時八節冒寒暑，一百二十行肆中。經紀誠實人信服，日月可過衣食充。老少有依財足用，人道盡而天理通。緣何勤儉生富足，彼因貧困先勞碌。粗茶淡飯守尋常，朝謀夜算思積蓄。幾乎經理產業成，妻榮子貴遂心欲。中鹽製貨夥計行，全家穩坐享天福。買鄰辟地廣庭軒，連阡跨陌開園田。先治僕妾次車馬，繕修造作經連年。婦娶權門沽勢力，女歸豪貴不論錢。勢利兩全根已固，有錢難買子孫賢。緣何富貴生驕奢，只因生長出豪華。挣錢人死財無主，賢郎別是一人家。放慾肆情恣所好，捐財如土門矜誇。舊夥間疑更世業，虛花聽信改生涯。孀居老母遊庵寺，喪父小郎串拘肆。遊庵頻煩起是非，拘肆久遠壞家事。狂奴欺主發悖言，濫妾通人喪前志。狗黨狐朋晝夜隨，賭錢喫酒無不至。緣何驕奢生貧賤。只因放肆身家陷。五七年來產業空。器皿用盡賣釵釧。當東買西胡倒騰，三不值二常改變。田園初賣尚可爲，巧語花言怪人勸。倒宅換屋被人扶，般來般去片瓦無。衣食不供奴僕散，炎涼遷變故人疏。房錢不繼遭人逐，母病妻亡寄體孤。向晚無投誰見恤，求依更鋪是良圖。」

自然既能成誦，異日於人煙市肆之間。高聲朗誦，更於句下加以解說。一時居人哄然叢聽，咨嗟稱賞，所惠錢米，成負而歸，儘足數日之用。盡而復出，每每如是，深以爲幸。一日又出，正歌詩間，忽於衆中有一道人歌曰：

「四序推遷氣迭更，人間成敗理同明。春回大地群芳茂，夏到炎蒸萬物成。秋動金風諸品遂，冬寒閉塞運回貞。乾坤終始俱同理，莫把興衰浪自驚。」

自然聽畢，徑前揖問其由。道人笑曰：「君非任高士之徒李自然乎？何不識我耶？三十年前，予嘗在晏公廟與君同處數旬，今何忘之？」自然驚喜，遂相與握手，請入茶肆，叙以久別之情，訴以本身終始之事，且悲且喜。道人曰：「賢契不必認俗太過也，適間聞君歌中之意，其責盡歸人子，不能繼述前業，於理最當。若以君事比之，似大不同。今君尚存，罪將誰歸？」自然太息曰：「僕雖未死，寒家之敗，實由豚犬所致。吾歌之詩，言雖少異，理實同然。」道人撫掌大笑曰：「君守道不終，於理不明，宜也。又歌俗誕之詩，誘人自愚，而入於悖理，深可嘆也！」自然悚立，請聞其説。道人曰：「予之前詩，其道備矣。且如四時之運，春發生而夏長養，秋成實而冬收藏。人少如春，人壯如夏，人老如秋，人死如冬。又如人家之成敗，勤儉春也，富貴夏也，驕奢秋也，貧賤冬也。豈但四時代謝，人之生死，至於國之興亡，世之治亂，未嘗有能外乎此者。一飲一啄，皆因前定。萬物虧成，氣理使然。君今專責人事，豈不謬哉！」説由未畢，但見賣茶之叟勃然作色，忿起向前奪其茶盞，大喝連罵：「俗夫，急去急去，穢吾茶肆矣！」道人笑視良久，不言而出。茶叟復曰：「二子且止，予本不當與爾較言，柰何知愚不教，又非仁者之心，爾當(恪)〔格〕聽。夫天者陽也，地者陰也，兼陰陽而有妙合而成者，人也。所謂上帝臨汝，降中於心，可以動天地、感鬼神，天不言而人言之，地不爲而人爲之。上古聖人仰觀天文，俯察地理，中建人極，所以八卦演而九疇叙，四方正而五官設，天人合而三才位矣。汝謂四時但依氣運自然，不關人事。且如春不耕種則莽然蒿艾，禾不生矣；夏不耘耨則草卉叢雜，谷不實矣；秋不收斂則風霜散敗，廪無蓄矣；冬不藏蓄則用度乏繼，民無恃矣。是果專於氣運乎？亦將從於人事乎？又汝謂人生一世，少壯老死亦氣運之自然。若人幼而不學則壯而無所資，壯而不行則修齊治平無所恃，老不加順時調護則無以享期頤之壽，病不用砭艾之方則命歸於夭折矣。此又果專於氣運乎？亦從於人事乎？汝又謂家之成敗皆自循環，勤儉富貴驕奢貧賤亦氣運之自然。若勤儉不興非望，富貴長懼盈滿，貧賤每存安分，是果專聽於氣運乎？亦將從於人事乎？至於國之興亡，世之治亂，更有説焉。且以周自公劉積德累仁，至於文王三分天下有其二，謳歌訶訟歸之，而臣節不易者，非取之也，人歸之也。武王吊民，諸侯不期而會者八百。非求之也，天與之也。德敷則人歸，人歸則天與，根既固而本必大，源已深而流自遠矣。享世八百，豈不宜哉！漢有天下也，因秦滅六國，怨結九服，漢祖將順群讎，共雪衆恥，雖有霸羽並驅，能聽董老一言而得鹿，爲民除暴，代世洗冤，享年四百，又豈過也？唐除衆厭之主，收已殘之功。宋消協治之奸，定久亂之世。是皆取無懷怨之民，撫有樂生之衆，雖不敢比德於周，然不失取之以正。君無飾情誑衆之爲，臣省避嫌含疑之諱，治平理坦，民和天順，其各享國三百有餘，豈不休哉！其餘篡竊相習，割據競勝。或因勢而禦下自尊，或貪功而協上推戴，或乘機僭號，或假便盜名，雖居人主之位，常懷狙詐之心。爲君者忍心負德，爲臣者顧後瞻前，奪含悲戀故之民，率抱忿屈從之衆，開端乎莽、操，繼惡於懿、温，苟幸有二傳三傳，若非子殺其父，定遭臣弑其君，兵起房帷，怨興骨肉，有朝爲天子之尊，暮求匹夫無地者，得志惡甚虎狼，失馭屠如犬豕，惹劇賊窺時，引蠻夷伺隙，瀆亂民彝，畏干神器，可勝嘆哉！汝但知興亡治亂關乎氣運，而不知氣運合變，實係乎人。聖賢之治，體衆心而合之於天；小人之爲，肆己欲而巧變於事。心即天，天即理，人行速而天行緩，人事昭而天理默。善惡陰陽，互爲體用。善不與福期而福自生，惡不與禍會而禍自至。興亡治亂，於斯判矣。何乃執偏强論，以惑後愚乎？且爾先負其師，今日可逃子負其父。此皆理合氣同，惡積禍會，又將誰怨耶？」二人聞訖，汗流浹背，俯伏受教，不敢仰視。既別，明早各携香帛，欲求未明之理，則茶叟徙居，不知所向矣。（卷四）

按：《金瓶梅詞話》第九十三回叙陳經濟投奔晏公廟拜任道士為師一節，與本篇開端部分相似，因録此以供研究。晏公名戍仔，見《三教源流搜神大全》卷七、《隆慶臨江府志》卷八。《西洋記》

第九十八回有晏公自叙出身事跡。

中山狼傳

馬中錫

馬中錫（一四四六—一五一二），字天禄，號東田，故城（在今河北）人。成化十一年（一四七五）進士，歷官陝西督學副使、右副都御史、巡撫宣府、遼東。正德六年（一五一一），爲右都御史提督軍務，奉命征討劉六、劉七起義軍，主張招撫，不成，以「縱賊」獲罪，死獄中。《明史》卷一八七有傳。著有《東田文集》、《東田漫稿》。《中山狼傳》，載于《東田文集》（十五卷本）卷五及《明文英華》等，亦見林希元《林次崖先生集》，待考。《五朝小説》作宋謝良撰，不可信；《合刻三志》作唐姚合撰，更爲僞託。《古今説海》及《合刻三志》等本，較此略簡。

趙簡子大獵於中山，虞人道前，鷹犬羅後，捷禽鷙獸，應弦而倒者，不可勝數。有狼當道，人立而啼，簡子唾手登車，援烏號之弓，挾肅慎之矢，一發飲羽，狼失聲而逋。簡子怒，驅車逐之，驚塵蔽天，足音鳴雷，十步之外，不辨人馬。時墨者東郭先生，將北適中山以干仕，策蹇驢，囊圖書，夙行失道，望塵驚悸。狼奄至，引首顧曰：「先生豈有志於濟物哉？昔毛寶放龜而得渡，隋侯救蛇而獲珠，龜蛇固弗靈於狼也。今日之事，何不使我得早處囊中，以苟延殘喘乎？異時倘得脱穎而出，先生之恩，生死而肉骨也。

敢不努力，以效龜蛇之誠。」先生曰：「嘻！私汝狼，以犯世卿，忤權貴，禍且不測，敢望報乎？然墨之道，兼愛爲本，吾終當有以活汝。脱有禍，固所不辭也。」乃出圖書，空囊橐，徐徐焉實狼其中。前虞跋胡，後恐疐尾，三納之而未克，徘徊容與，追者益近。狼請曰：「事急矣，先生果將揖遜救焚溺，而鳴鸞避寇盜邪？惟先生速圖。」乃跼蹐四足，引繩而束縛之，下首至尾，曲脊掩胡，蝟縮蠖屈，蛇盤龜息，以聽命先生。先生如其指，内狼於囊，遂括囊口，肩舉驢上，引避道左，以待趙人之過。已而簡子至，求狼弗得，盛怒，拔劍斬轅端示先生，罵曰：「敢諱狼方向者，有如此轅！」先生伏質就地，匍匐以進，跽而言曰：「鄙人不慧，將有志於世，奔走遐方，自迷正途，又安能發狼蹤，以指示夫子之鷹犬也？然嘗聞之，大道以多歧亡羊。夫羊一童子可制之，如是其馴也，尚以多歧而亡。狼非羊比，而中山之歧，可以亡羊者何限，乃區區循大道以求之，不幾於守株緣木乎？況田獵，虞人之所事也，君請問諸皮冠，行道之人何罪哉？且鄙人雖愚，獨不知夫狼乎，性貪而狠，黨豺爲虐，君能除之，固當窺左足以效微勞，又肯諱之而不言哉！」簡子默然，回車就道。先生亦驅驢兼程而進。良久，羽旄之影漸没，車馬之音不聞，狼度簡子之去已遠，而作聲囊中曰：「先生可留意矣，出我囊，解我縛，拔矢我臂，我將逝矣。」先生舉手出狼，狼咆哮謂先生曰：「適爲虞人逐，其來甚速，幸先生生我。我餒甚，餒不得食，亦終必亡而已。與其飢死道路，爲羣獸食，毋寧斃於虞人，以俎豆於貴家。先生既墨者，摩頂放踵，思一利天下，又何吝一軀啖我而全微命乎？」遂鼓吻奮爪以向先生。先生倉卒以手搏之，且搏且却，引蔽驢後，便旋而走，狼終不得有加於先生，先生亦極力拒，彼此俱倦，隔驢喘息。先生曰：「狼負我！狼負我！」狼曰：「吾非固欲負汝，天生汝輩，固需吾輩食也。」相持既久，日晷漸移，先生竊念：天色向晚，狼復羣至，吾死矣夫！因紿狼曰：「民俗事疑，必詢三老。第行矣，求三老而問之，苟謂我當食即食，不可即已。」狼大喜，即與偕行。踰時，道無人行，狼饞甚，望老木僵立路側，謂先生曰：「可問是老。」先生曰：「草木無知，叩焉何益！」狼曰：「第問之，彼當有言矣。」先生不得已，揖老木，具述始末，問曰：「若然，狼當食我邪？」木中轟轟有聲，謂先生曰：「我杏也，往年老圃種我時，費一核耳。踰年華，再踰年實，三年拱把，十年合抱，至於今二十年矣。老圃食我，老圃之妻子食我，外至賓客，下至於僕，皆食我。又復鬻實於市，以規利於我。其有功於老圃甚巨。今老矣，不得斂華就實，賈老圃怒，伐我條枚，芟我枝葉，且將售我工師之肆，取直焉。噫！樗朽之材，桑榆之景，求免於斧鉞之誅而不可得。汝何德於狼，乃覬免乎？是固當食汝。」言下，狼復鼓吻奮爪以向先生。先生曰：「狼爽盟矣！矢詢三老，今值一杏，何遽見迫耶？」復與偕行。狼愈急，望見老牸曝日敗垣中，謂先生曰：「可問是老。」先生曰：「曏者草本無知，謬言害事。今牛禽獸耳，更何問爲？」狼曰：「第問之，不問將咥汝。」先生不得已，揖老牸，再述始末以問。牛皺眉瞪目，舐鼻張口，向先生曰：「老杏之言不謬矣。老牸繭栗少年時，筋力頗健，老農賣一刀以易我，使我貳羣牛事南畝。既壯，羣牛日以老憊，凡事我都之。彼將馳驅，我伏田車，擇便途以急奔趨。彼將躬耕，我脱輻衡，走郊坰以闢榛荆。老農視我，猶左右手，衣食仰我而給，婚姻仰我而畢，賦稅仰我而輸，倉庾仰我而實。我亦自諒，可得帷席之敝如馬狗也。往年家儲無儋石，今麥秋多十斛矣；往年窮居無顧藉，今掉臂行村社矣；往年塵卮罌，涸脣吻，盛酒瓦盆，半生未接，今醖黍稷，據尊罍，驕妻妾矣；往年衣裋褐，侶木石，手不知揖，心不知學，今侍兔園册，戴笠子，腰韋帶，衣寬博矣。一絲一粟，皆我力也。顧欺我老弱，逐我郊野，酸風射眸，寒日弔影，瘦骨如山，老淚如雨，涎垂而不可收，足攣而不可舉。皮毛具亡，瘡痍未瘥。老農之妻妬且悍，朝夕進説曰：『牛之一身，無廢物也，肉可脯，皮可鞟，骨角且切磋爲器。』指大兒曰：『汝受業庖丁之門有年矣，胡不礪刃硎以待？』跡是觀之，是將不利於我，我不知死所矣。夫我有功，彼無情，乃若是，行將蒙禍。汝何德於狼，覬幸免乎？」言下，狼又鼓吻奮爪以向先生。先生曰：「毋欲速！」遥望老子扶藜而來，鬚眉皓然，衣冠閒雅，蓋有道者也。先生且喜且愕，舍狼而前，拜跪啼泣，致辭曰：「乞丈人一言而生。」丈人問故，先生曰：「是狼爲虞人所窘，求救於我，我實生之。今反欲咥我，力求不免，我又當死之。欲少延於片時，誓定是於三老。初逢老杏，强我問之，草木無知，幾殺我。次逢老牸，强我問之，禽獸無知，又幾殺我。今逢丈人，豈天之未喪斯文也，敢乞一言而生。」因頓首杖下，俯伏聽命。丈人聞之，欷歔再三，以杖叩狼曰：「汝誤矣！夫人有恩而背之，不祥莫大焉。儒謂受人恩而不忍背者，其爲子必孝。又謂虎狼之父子，今汝背恩如是，則併父子亦無矣。」乃厲聲曰：「狼速去！不然，將杖殺汝。」狼曰：「丈人知其一，未知其二。請愬之，願丈人垂聽。初，先生救我時，束縛我足，閉我囊中，壓以詩書，我鞠躬不敢息。又蔓詞以説簡子，其意蓋將死我於囊，而獨竊其利也。是安可不咥！」丈人顧先生曰：「果如是，是羿亦有罪焉。」先生不平，具狀其囊狼憐惜之意，狼亦巧辯不已以求勝。丈人曰：「是皆不足以執信也。試再囊之，吾觀其狀，果困苦否。」狼欣然從之，信足先生。先生復縛寘囊中，肩舉驢上，而狼未知之也。丈人附耳謂先生曰：「有匕首否？」先生曰：「有。」於是出匕，丈人目先生使引匕刺狼。先生曰：「不害狼乎？」丈人笑曰：「禽獸負恩如是，而猶不忍殺，子固仁者，然愚亦甚矣！從井以救人，解衣以活友，於彼計則得，其如就死地何！先生其此類乎？仁陷於愚，固君子之所不與也。」言已大笑，先生亦笑，遂舉手助先生操刃，共殪狼，棄道上而去。

按：王九思《中山狼》院本、康海《中山狼》雜劇，俱演此故事。又有汪廷訥《中山救狼》、陳與郊《中山狼》雜劇，未見傳本。《中山狼傳》，明清人多謂為諷刺李夢陽負義不救康海而作，然而疑竇頗多，難以論定。今附録其較早之載籍資料數則于後，以便參考。

附録

李空同與韓貫道草疏，極爲切直。劉瑾切齒，必欲置之于死，賴康滸西營救而脱。後滸西得罪，空同議論稍過嚴刻，馬中錫作《中山狼傳》以詆之。（何良俊《四友齋叢説》卷十五）

《中山狼傳》，馬左都中錫撰，刺李空同悖康對山脱劉瑾之害耳。刻者雜之唐宋稗官諸傳之列，讀者豈能了其意之所屬哉？（李詡《戒庵老人漫筆》卷八《中山狼傳》）

康對山海卒，吕柟爲墓表，謂慶陽李獻吉詞賦追漢魏，自謂一時豪也。嘗犯宦官劉瑾，繫獄幾死，李後著文，令他人擅其美。李名士也，猶且不識，况其他乎！至許宗魯爲傳，盡削之。而張治道爲行狀則甚詳。（中略）黄泰泉佐作《董大理傳》則云：「予在史館閲實録，見謝給事彈章，會吕仲木至，問德涵何如人，曰：『直節人也，致孝於親，且篤交義，嘗拯獻吉于死獄。然性度高邁，侃侃面斥人短，坐是致怨。』比在留都，馬伯循爲余言獻吉下獄時，瑾欲殺之，急乃書片紙出，謂『德涵救我』。家人往告康，康即上馬馳至瑾門，門者不爲通，嘑曰：『我天下魁人也，汝公乃我鄉里。』瑾素聞康名，常冀一見而不可得，聞之，即攝衣迎康，康遽上坐，瑾留飲，康談笑睨瑾曰：『自古三秦豪傑有幾？』瑾愕然曰：『請先生見教。』康曰：『昔桓温問王猛三秦豪傑何以不至，猛捫其蝨而談世務。三秦豪傑舍猛其誰何？温闇若此哉！』瑾面發赤，疑其譏己，因問曰：『於今三秦豪傑有幾？』康默屈指曰：『三人爾。昔王三原秉銓衡，進賢退不肖，今則有密勿親信秉大鈞者。』意蓋指瑾也。瑾轉發喜色，因復問曰：『尚有一人，其先生乎？無謂王猛在前而吾不識。』康曰：『公何謬稱海也，此一人乃今之李白也，海何能爲役？』瑾固問之，則曰：『海不敢道，昔曹操憎禰衡，假手黄祖殺之，姦雄小智也。李白醉，使高力士脱靴，可謂輕傲力士，力士脱靴而不辭，容物大度也。』瑾俯首思曰：『先生豈謂李夢陽也？此人罪當誅。』康即起出，曰：『海不敢道者，此也。』瑾謝曰：『敬聞命矣。』明日即赦出之。其後獻吉反嫉害德涵，優伶至爲《中山狼》雜劇以刺獻吉，然德涵未嘗讎獻吉也。由此觀之，黨耶？非耶？大理之冤，可類推已。」佐之辭婉而文，應旂爲二君飾獎，而所語太巃易，行狀似有所本，然以張尚書爲關中三傑，則非也。當獻吉下獄時，張綵尚爲文選郎中，轉僉都御史，何得言尚書？又一小説謂海言：「公事事以高皇帝制度爲法，李夢陽能法高皇帝爲詩，奈何殺之？」其説之不同如此。大抵以康公嘗救李公而不詳其事，争以文筆傳飾之耳。《中山狼傳》撰自馬左都中錫，而雜劇則出王太史九思，以爲譏獻吉，理有之。董少卿名恬，坐劉瑾敗，論罷。（王世貞《弇山堂别集》卷二十九《史乘考誤》十）

祝子志怪録

祝允明

祝允明(一四六〇——一五二六),字希哲,號枝山,長洲(在今江蘇蘇州)人。弘治五年(一四九二)舉人,後任廣東興寧知縣,遷應天府通判,因病辭官。《明史》卷二八六有傳。著有《祝子志怪録》五卷、《野記》四卷、《猥談》一卷、《前聞記》一卷及詩文集等。《千頃堂書目》卷十二著録祝允明《語怪編》四十卷,注云:「一名《支山志怪録》,自一編至四編,每編十卷。」現存《祝子志怪録》僅五卷,書前有己酉(弘治二年,一四八九)自序,又有萬曆壬子(一六一二)錢允治序,蓋爲其後人所編印。《四庫全書總目》題作《志怪録》,列入小説家類存目。另有《語怪》一書,見後。

柏妖

景泰間,石亨總兵西征,振旅而旋。舟次綏德河中,天氣晦暝,亨獨處舟中,扣舷而歌,忽聞一女子溯流啼哭,連呼救人者三。亨命軍士拯之。女泣曰:「妾柏姓,小字永華,初許同里尹氏。邇年伊家衰替,父母逼妾改適。妾苦不從,故赴水爾。」亨詰曰:「汝尚何歸?」女曰:「願爲公相箕帚妾爾。」亨納之。裁剪補綴,烹飪燔熯,妙絶無議。亨甚嬖幸,凡親厚者輒令永華出見之。是年冬,兵部尚書于公謙至其第，亨欲誇寵于公，令永華出見，永華殊有難色。督行者相踵於路，永華竟不出，于公辭歸。亨大怒，欲拔劍斬之，永華趨匿壁中，語曰：「妾本非人也，實一古柏，久竊日月精華，是成祟爾。自古邪不勝正，今于公社稷之器，安敢出見。獨不聞武三思愛妾不見狄梁公之事乎？妾於此將永別矣。」言罷杳然。（卷二）

按：此篇構思出于唐袁郊《甘澤謡》之《素娥》篇，而《分門古今類事》卷二所引之《甘澤謡》又作綺娘故事，情節差異甚多。侯甸《西樵野記》卷五《桂花著異》亦即此事，而以柏妖為桂妖，名桂芳華。文字略異。《艷異編》（四十五卷本）卷四十亦取之。《古今清談萬選》卷四《綏德梅華》又以桂妖為梅妖，改名梅芳華（見後）。《幽怪詩譚》卷六《媚戲介胄》，亦即《綏德梅華》，實出一源。祝允明年代最早，因録此。惟談遷《棗林雜俎》義集《天台山仙女》一條又有異説，謂梅妖所惑者為宋王介甫，不知何本。今附録于後。

附録

天台山桃源洞，千山萬山，人烟斷絶。其間古桃樹年深化爲精魅，常迷人。宋王介甫夜坐，梅月照軒窗，讀《易》。忽有一姝，容顏姝麗，見介甫，自言知《易》，遂相與談論，盡窮妙理，實能發人所未發，介甫喜甚。問得報司馬君實來訪，介甫出迎至軒中，彼姝即隱身不出。及司馬出，彼姝復來。介甫怪而問之，對云：「妾乃此梅，花月之妖。君實正人，妾不敢見。」介甫爽然。（《棗林雜

俎》義集）

法僧遺祟

湖州郡學倪昇，成化丁酉假讀一僧舍，壁間忽闢雙扉，昇訝之曰：「人邪鬼邪？」叩之漠無人踪，諦視之，一女子態貌整秀，衣飾黯淡，真神仙中人也。昇不能制，竊謂曰：「僕素無紅葉之約，而乃有綠綺之奔，竟不識有是緣乎？」女聞之，怫然曰：「爾謂紅葉之約，以韓翠屏比妾可也；謂綠綺之奔，以卓文君比妾，不亦謬哉！」昇謝罪。是夕，遂款一宿。女囑曰：「以君文學之士，千金之軀一旦喪於今夕，慎勿洩露，終當爲箕帚妾耳。」乃賦二律云：「窗掩蟬紗怯晚風，碧梧垂影路西東。自憐燕谷無春到，誰信藍橋有路通。良玉杯擎鸚鵡綠，精金帶束荔枝紅。鴛鴦帳裏空驚起，羞對青銅兩鬢蓬。」又云：「夢斷行雲會晤難，翠壺銀箭漏初殘。鴛鴦倦繡香猶在，雀扇題書墨未乾。滿院落花春事晚，繞庭芳草雨聲寒。掌中幾字迴文錦，安得郎君一笑看。」自是日夕相與，經旬不返。父竊室視之，見其子或語或笑，或起或拜不一，始知其爲妖眩也。速請昭慶禪師名覺初者，夜方仗劍危坐其室，見一女子哀祈曰：「氏本宋末某樞密使之女，緣私忿而歿，魂魄未散，是成祟爾，顒冀宥之。」師即揮劍，墜至一地没。旦啓土丈餘，一棺中女子面色如生，其顙有泚，亟投諸火，穢氣入人臟腑，竟不可逼。（卷二）

按：此篇亦見《西樵野記》卷三。《艷異編》卷四十五亦收之。

語怪

祝允明

《語怪編》，《千頃堂書目》著録四十卷，即《支山志怪録》。今存一卷，已非原本，見《續説郛》等書。

桃園女鬼

嚴州東門外有桃園，叢葬處也。園中種桃，四繚周墉。弘治中，有一少年，元夕觀燈而歸。行經園傍，偶舉首見一少女，倚墻頭，露半體，容色絶美，俯視少年，略不隱避。少年略一顧，亦不爲意，舍之行。前遇一人偕行，少年乃衛兵餘丁，其人亦同輩也，且行且縱話。其人問少年：「婚乎？」曰：「未。」曰：「今幾歲？」曰：「十九矣。」又告以時日八字。久之至歧路，同輩别而他之。少年獨行，夜漸深，行人亦稀，稍聞後有步履聲，回視即墻頭女也，正相逐而來。少年驚問之，女言：「我平日政自識爾，爾自忘之。今日見爾獨歸，故特相從，且將同歸爾家，謀一宵之歡。爾何以驚爲？」少年曰：「汝何自知吾？」女因道其小名生誕、家事之詳，皆不謬，蓋適尾其同輩行，得之自其口出也。少年聞之信，便已迷惑。偕行至家，其家有翁嫗，居一室，子獨寢一房。始出時，自鑰其户，逮歸不唤翁嫗，自啓其寢，則女已在室中坐矣，亦不寤其何以先在也。燈下諦玩之，殊倍媚嫣，新粧濃艷，衣飾亦極鮮華，皆綺羅盛服也。

翁媪已寢，子將往爨室取飲食。女言：「無須往，我已挈之來矣。」即從案上取一盒子，啓之，中有熟鷄魚肉之類及温酒，取而共飲食之，其殽胾猶熱也。啖已就寢，女解衣，内外皆嶄然新製。乃與之合，猶處子爾。將黎明，自去，少年固不知其何人也。迨夜復至，與之飲食寢合如昨。既而無夕不至。稍久之，密鄰聞其語笑聲，潛窺見之，語翁媪云：「而子必誘致良家子與居，後竟當露，禍及二老，奈何？」翁媪因候夜同往而覘之，果見女在。翁媪愛子甚，不驚之。明日，呼子語之故，戒諭之曰：「吾不忍聞於官，令汝獲罪。汝宜速拒絶之。不然，與其惜汝而累吾二老人，當忍情執以聞矣。」子不敢諱，備述前因，然雖心欲絶之，而牽戀不忍，且彼亦徑自至，無由可斷。女知之，殊不畏避。翁媪無如之何，復謀諸鄰。鄰勸翁首諸官，翁從之。展轉達於郡守李君，守召子來，不俟訊鞫，即自承伏云云，然不知其姓屬居址也。守思之，殆是妖祟，非人也。不下刑筆，教其子，令以長線綴其衣，明日驗之。子受教歸，比夜入室，女已先在，迎謂曰：「汝何忍欲綴吾衣邪？袖中鍼線，速與我。」子不能奪，即付之。翌日復於守。守曰：「今夕當以剪刀斷其裾。」予之剪歸，女復迎接怒曰：「奈何又欲剪吾衣裾！速付剪來，吾姑貸汝。」子亟予之，又復於守。守怒，立命民兵數人往擒之。兵將近其家，女已在室知之。時方晴皎，忽大雨作，衆不可前，乃返命於守。守益怒，命一健邑丞帥兵數十往以取之。女亦在室，丞兵將至，忽大雷電，雨翻盆而下，雷火轟掣，殊不能進，亦回返以告守。曰：「然則任之。」呼子問曰：「女之姿貌果何似？衣裳何綵色？」子具言如是如是，其外内裳袂，一一皆是紵絲，悉新裁製也。每寢解衣，堆積甚多，而前後只此，終未嘗更易一件。其間一青比甲，密著其體，不甚解脱；即脱之，與一柳黄袴同置衾畔，不暫舍也。守曰：「爾去，此後第接之如常時，吾自有所處。」子去，時通判某在座，守顧判曰：「吾有一語，欲語公，恐公怒耳。」判曰：「何如？」守沉吟久之，曰：「此人所遇之女，殆或是公愛息小姐者乎？」判大怒，言：「公何見侮之甚，吾縱不肖，公同寅也，吾家有此等事邪！公亦何乖繆如是？」守但笑謂言：「公試歸問諸夫人。」判愈怒，幾欲罵之，遽起入內，急呼妻罵守，言吾爲老畜所辱，乃敢道此語云云。妻扣其詳，判言老畜先問後生，聞其言女容貌衣飾如此，乃顧謂我云爾。妻驚曰：「君姑勿怒，或者果是吾家大姐乎？」蓋判有長女，未笄而殞，攢諸桃園中，其容色衣飾良是也。判意少解，出語守，吾妻云云，「其當是吾女耶？」守曰：「固有之。且幽明異途，公何以怒爲？第願公勿恤之，任吾裁治可耳。」判亦姑應之。既而無所施設，女來如故。又久之，有巡鹽御史按部，事竣而去。郡集弓兵二百輩護行，守與羣僚皆送之野。御史去，守返，兵當散去，守命勿散，從吾行，且迂道從東門以歸。至桃園，守駐車，麾兵悉入園，即命發判女冢，視之，女棺之前，有一竅如指大，四圍瑩滑，若有物久出入者。即斲棺視女貌如生，因舉而焚之。蓋守知女鬼已能神，故寢其事，乘其不知而忽舉，鬼果不能禦也。守恐鬼氣侵子深，或復來纏殢，召入郡中，令守郡帑，與同役者直宿，三月無恙，乃釋之。其怪遂絶。後子亦竟無他，事在弘治中也。

野記

祝允明

《野記》四卷，書前有辛未年（正德六年，一五一一）自序。《歷代小史》本與清同治刻本文字略有差異。

＊京師校尉

洪武中，京師有校尉與鄰婦通。一晨，校瞰夫出，即入門登牀。夫復歸，校伏牀下。婦問夫曰：「何故復回？」夫曰：「見天寒，思爾熟寢，足露衾外，恐傷冷，來添被耳。」乃加覆而去。校忽念彼愛妻至此，乃忍負之，即取佩刀殺之而去。有賣菜翁常供蔬婦家，至是入門見無人，即出。鄰人執以聞官，翁不能明，誣伏，獄成將棄市。校出呼曰：「某人妻是我殺之，柰何要他人償命乎？」遂白監決者，欲面奏。監者引見，校奏曰：「此婦實與臣通，其日臣聞其夫語云云，因念此婦忍負其夫，臣在牀下一時義氣發作，就殺之。臣不敢欺，願賜臣死。」上歎曰：「殺一不義，生一無辜，可嘉也。」即釋之。（卷三）

按：此即沈亞之《馮燕傳》故事結構，類此者歷代皆有。本篇亦見于馬生龍《鳳凰臺記事》，或在祝允明之前。陸容《菽園雜記》卷三先載此事，互有異同，如以被殺者為校尉之妻。今附録于後。《型世言》第五回《淫婦背夫遭誅，俠士蒙恩得宥》敷演耿埴故事，亦與此近似。

附録

洪武中，京城一校尉之妻有美姿，日倚門自衒。有少年眷之，因與目成。日暮，少年入其家，匿之牀下。五夜，促其夫入直，行不二三步，復還，以衣覆其妻，擁塞得所而去。少年聞之，既與狎，且問云：「汝夫愛汝若是乎？」婦言其夫平昔相愛之詳。明發别去，復以暮期。及期，少年挾利刃以入，一接後，絶婦吭而去。家人莫知其故。報其夫，歸乃摭拾素有讎者一二人訟於官。一人不勝鍛錬，輒自誣服。少年不忍其寃，自首伏罪云：「吾見其夫篤愛若是，而此婦負之，是以殺之。」法司具狀上請。上云：「能殺不義，此義人也。」遂赦之。（《菽園雜記》卷三）

*丁四官人

近歲陝西丁四官人事，亦相類。某氏有婦，與小姑春月在圃中作鞦韆戲。圃前矮垣，外臨官道，有美少年走馬墻外，駐而寓目。二女瞥見之，皆興感慕，因問侍婢：「識此郎否？」婢令人物色之，報云：「丁四官人也。」此郎故不知，少年自去。明日鄰嫗來與二女周旋〔久〕之，頗言：「小娘昨見丁四官人乎？」女以爲得其情，頰發赬。嫗曰：「無庸諱，我此來正爲丁郎耳。郎昨睹芳儀，固深顧注。」二女稍問郎蹤跡，嫗盛稱其美。嫗見小姑有動意，入其寢，識其户而去。入夜，女滅燭不寐若有所伺。宵深，忽一郎踰垣而入，暗中即闖女房。女詭何之，小語曰：「我丁四官人也。」女默然，攜手入就寢，未明而逝，初不睹其面也。是夕復至，亦在暗中相處。荏苒數月。一日，女以事適外家，且久未返。兄嫂遷寢其室，亦滅燭而寐。郎來見扃户，毁窗而入，遽登牀，捫女得駢首枕上，即取所佩刀斷雙頭而去。詰旦，家人入視，見之，不審何故，直以爲盗聞于官，緝捕無狀。後至一上官録之，因沈思良久，謂翁媪曰：「若子婦故居此室邪？」翁媪言：「故爲女室，斯夕偶暫宿耳。」上官命召女至，訊之，即承與丁通。逮丁至詗之，愕然無答。女言前事，丁亦惘然，曰：「是日從墻外偶駐，雖見鞦韆事，初無謀念。小玩而過，其後事略不知也，顧安得〔繆〕（終）妄若此。」官猶以爲詐，問：「識之乎？」女言：「每來輒在暗中，終不及旦，固不識也。」官更沈慮，因逮媪掠之，嫗乃不能諱。初，二女偶語時，蔣媪伏鄰壁聞之，因宛轉以屬其子耳。捕子至，即具服，言久與女私甚密。是夜見其閉户，疑有它也，入襲之，果與男子並寢，遂戕之耳。不知其非女也。」於是各正其辟。此與前事又甚似，傳者亦以爲審確。（卷四）

*徐達

嘉定有少年曰徐達，巧黠而亡賴。聞一家將嫁女，借持櫛具去，爲女開面，即復謀爲婚筵茶酒。嘉會日達相事未終，輒不辭而去。約二惡少共竊女，昏時二少避後墉外，達復入供事。至入更，女獨在室，突入，急負之奔至後垣，開門授二少。復閉門入，公出前門而去，乃趨，同挾女去如飛。女羞怕遽不能呼唤，俄而其家失婦，訝惑，一黠奴謂家長，茶酒素亡賴，數睥睨新人，殊似有姦態。兩度不辭而去，可疑也。女父母亦言開面事。二家奴僕咸曰：「渠非末技業人，直造奸耳。」因俱入後巷追之。巷甚永而無旁歧，二少見勢逼，棄女而逸。達獨持之行，無計脱去，適道旁有井，遂擠女其中。衆既追〔及〕（返），達就執，訊之不伏。待旦上官于縣，始吐實。與往檢覓，果得屍，然而男子也。達亦自怪，逮二少，對同達。舅姑或謂事由父母，又逮之，及妁人兩家鄰，交訊皆無可言。官不能決，榜召屍屬，亦終無認者。乃獨繫達少，數拷掠，竟無狀。居歲餘，官方引問達，適開封某縣解至三囚，一男一女。達回首見之，大駭號叫：「久昧女所在，此真是也，鬼邪？」官召前問之，始得其實。方女入井智不死，大呼求救，而追人得達，喧嘩擁回，不聞井中聲也。將曙，纔有二男子井傍過，即開封人同賈於松而歸，聞聲趨視，因以甲下井肩女，〔乙〕（二）以布接出之。既出，乙視女，忽念甲貲厚，因而戕之，有誰知者。顧獨得美婦，兼其貲，非計邪？遂下之石，甲斃焉，即所〔出〕疑尸也。〔乙〕（已）問女得故，曰：「若當從我逝矣。我開封富家，若幸爲我妾，而勿道實於我家人。不然，若爲人女婦而外逸，尚可返復女婦乎？」女懼從之。至乙家，甲家來問乙甲耗，乙言分手於蘇州。女如乙戒，而乙婦極悍，毒女百端，女絶不能當。一日乙出，女謀諸鄰媪，媪言：「若故無罪，特從誘脅來，何苦忍如是。」因導之奔訴於官。於是逮乙與女，解來審驗耳。令聞之，大歎息，因請正乙誅，而論達少如法，還婦於先夫焉。（卷四）

按：《二刻拍案驚奇》卷二十五《徐茶酒乘鬧劫新人，鄭蕊珠鳴冤完舊案》即本此敷演。

*蔣霆

蔣霆，餘杭人，素佻浪。與二客同賈江南，返經諸暨村中，行漸暮，不逢居人，迤邐微雨作，三人疾步而前。俄林間有一莊宅，三人大幸，立門下，雙扉一闔一半扃。霆遽推門，二人止之。霆曰：「何傷乎，此吾婦翁家。」二人又止之。既久雨甚，門啓，主人出，乃龐眉翁也。揖客入，且曰：「適聞有云云者，誰邪？」霆面發赤，二客不敢對。翁曰：「二君請入，少周旋，此郎既云爾，乃吾子行，非賓友之禮，何得預，伺於外可也。」語既，徑肅二人入，户復闔。二客登堂暄涼後，翁又曰：「途道間無狀如此，豈周身之道乎？」二客敬謝，翁不之顧。少頃，進酒食，竟不邀霆。二客又不敢請。霆栖栖獨倚雨簷，良不堪也，然又不可獨去。迨夜雨止，月出朧明，霆聞内稍寂，似已寢，去住未決，忽聞内附檻小語云：「姑勿去。」霆以爲客語，漫應之。少選，又來語云：「有少物將出，可取之。」霆又唯唯，念必二君耳，既安享啗嚼，又攘其賄乎。然而，姑伺之。須臾，墻上投物出，視之二襆也，中實以女飾飲器黄白錢布。霆急負而趨，少遠其門，又久之，聞墻上踰出二人，霆謂客耳，不復近，先行去數十步，踰者遥尾之。霆又念二士及，當均賄焉。乃止，啓檢黄金重貨，别裹之，援襆以行。尾者亦不敢近。冥行半夜不相覿，將黎明，二人乃疾逐之，及霆視之，二女子也。睨霆亦皆驚，欲退。霆劫持之曰：「何去乎？急從吾行，不然鳴於爾家。」女不敢言，即從之。霆挽與偕逝。天明入一館，密扣之。女曰：「我主人翁女也，幼許嫁某。今其人瞽矣，我不願歸。嘗屬意於一姻家郎，期今夕竊負而逃。我伺之不至，忽聞父入内，喧言門前客妄語云爾。我料爲私郎必矣，急收并小貲貨，引此青衣爲伴，擲襆踰墻以從郎，慮爲人覺，故不近，今業如此，則且柰何哉！然而既兩失之，即應終附君耳，餘固不容計矣。」霆欣然，不待二友，徑携之還家，給家人以娶之途。婦入門，甚賢能，爲霆生一子。已而思其父母不置，謂霆曰：「始吾不欲從瞽夫，故冒禮顛沛至此。今則思親不能一刻忘，殆病矣，柰何？然父母愛我甚，脱使之知，當亦不多譴，君决圖之。」霆因謀於一友，其人報當爲君效委曲。乃至翁所，爲商人貿易者，事竟，翁款客，縱譚客邑中事。客言：「二三年前餘杭有一商而歸，道里間以片言得一婦，仙邑人也，翁寧知之乎？」翁曰：「知其姓邪？」曰：「聞之，陶氏也。」翁矍然曰：「得非吾女乎？」客復説其名歲容貌了悉。翁曰：「真吾女矣。」客曰：「欲見之與？」翁曰：「固也。」翁妻王媪屏後奔出，哭告客：「吾夫婦生只此女，自失之，殆無以爲生，客誠能見吾女，傾半産謝客耳。」客曰：「翁媪固欲見乃女，得無難若婿乎？」翁曰：「苟見之，慶幸不遑，尚何忤情爲？」客曰：「然則請丈人偕行矣。」翁與俱去，既相見，相持大慟，載之以歸。母女哭絶，分此生無復聞形迹，誰復知有今日哉！婿叩頭謝罪，共述往語。翁曰：「天使子爲此言，直前定也，何咎之有？」遂大召族里，宴會成禮，厚貲遺歸之，復禮客爲媒，遺貺甚夥云。事在成化間。（卷四）

按：《拍案驚奇》卷十二《陶家翁大雨留賓，蔣震卿片言得婦》即據此演繹。

西樵野記

侯甸

侯甸，吴郡（今江蘇蘇州）人。生平不詳。《西樵野記》，《千頃堂書目》、《明史·藝文志》小説類著録，十卷。《四庫全書總目》小説家類存目作四卷。現存明鈔本十卷，北京圖書館藏本存前五卷，北京大學圖書館藏本存後五卷，正可配補，但並非一本。書後有嘉靖庚子（一五四〇）侯甸自序，謂：「余少嘗從枝山、南濠二先生門下，其清談怪語，聽之靡靡忘倦。余故凡得於見聞者輒隨筆識之，自國朝迄今一百七十七事，名曰《野記》。」另有《類編古今名賢彙語》本不分卷，僅存一百四十餘條，書前自序亦與鈔本略有不同。書中卷三《法僧遺祟》、《桃花仕女》兩篇，曾見於《祝子志怪録》，卷五《桂花著異》之情節亦與《祝子志怪録》之《柏妖》相同，惟改柏妖爲桂花之精，疑爲因襲祝著者。但今本《祝子志怪録》爲祝氏後人所輯，或有舛誤，亦未可知。

桃花仕女

紹興上舍葛棠，狂士也，博學能文，每下筆千餘言，未嘗就稿，恒慕陶潛、李白之爲人，事輒效之。景泰辛未，築一亭於圃，編其亭曰風月平分，旦夕浩歌縱酒以自適焉。亭後張一桃花仕女古畫。棠對之戲曰：「誠得是女捧觴，豈吝千金。」夜飲半酣，見一美姬進曰：「久識上舍詞章之士，日間重辱垂念。茲特歌以侑觴。」棠略不計其真僞，曰：「吾欲一杯一詠。」姬乃連詠百絶，如云：「梳成鬆髻出簾遲，折得桃花三兩枝。欲插上頭還住手，遍從人問可相宜。」「慵慵欹枕捲紗衾，玉腕斜籠一串金。夢里自家搔鬢髮，索郎抽落鳳凰簪。」「家住東吴白石磯，門前流水浣羅衣。朝來繫着木蘭棹，閒看鴛鴦作隊飛。」「石頭城外是江灘，灘上行舟多少難。潮信有時還又至，郎舟一去幾時還。」「潯陽南上不通潮，却算遊程歲月遥。明月斷魂清靄靄，玉人何處教吹簫。」「山桃花開紅更紅，朝朝愁雨又愁風。花開花謝難相見，懊恨無邊總是空。」「西湖葉落緑盈盈，露重霧多蕩漾輕。倒折荷枝絲不斷，露珠易散似郎情。」「芙蓉肌肉緑雲鬟，幾許幽情話欲難。聞説春來倍惆悵，莫教長袖倚闌干。」餘皆忘之矣。棠沉醉而卧，曉間視畫上，忽不見仕女，少焉復在。棠大異，即碎裂之。（卷三）

按：本篇亦見《祝子志怪録》卷二，但不載其詩，因取此。文字略異，如「景泰辛未」《志怪録》作「天順間」。《艷異編》卷四十亦收此篇。《剪燈叢話》卷六僞託青門沈仕撰。

南樓美人

城中一少年劉天麒，年十六，嘗中秋夕獨卧小樓，窗忽自啓，視之，一美人靚妝縞服，肌體嬌膩，真絶色也。天麒恍惚，不敢爲語。已而攬其袪，遂莞爾納之。天麒曰：「敢請姓氏，終當倩媒以求聘耳。」美人曰：「妾上失父母，終鮮兄弟，何倩媒聘乎？汝知今夕南樓故事，只呼南樓美人便已。」相與甚嘉。天曙，美人越鄰家臺榭而去。自是每夜翩翩而至，情愛殊切。一日，天麒偶露其事於某。某曰：「此妖也。子獲禍深矣！」迨夜，美人讓曰：「妾見君青年無偶，故犯律失身奉君，何洩我樞機，致人有禍君之説。」乃悻悻而去。將歲杳然。天麒深忿前言，每臨衾拭淚而已。至明歲秋夕，嘗憶前事，樓中朗吟蘇子瞻《前赤壁賦》云：「桂棹兮蘭槳，擊空明兮泝流光。渺渺兮予懷，望美人兮天一方。」歌未罷，忽美人仍越臺榭而至，曰：「妾見君朝夕憂憶，是又爲馮婦也。」卧及半夜，美人潸然泣曰：「風情有限，世事難遺，聞君新婚已逼，今將永别，不爾不直分愛於佳配，〔抑〕（柳）將不利於吾君。」天麒稍悟，猶豫間美人不見矣。後天麒婚後，更無他異。（卷七）

按：《艷異編》卷四十五亦收此篇。《剪燈叢話》卷六妄題元楊維楨撰。

遼陽海神傳

蔡　羽

蔡羽，字九逵，吴縣（在今江蘇）人。自號林屋山人。其學邃于《易》，爲程文以應有司，閲四十年不售，以國子生授南京翰林院孔目。自視甚高，爲文法先秦兩漢。與文徵明齊名。著有《林屋》《南館》二集。《明史》卷二八七有傳。《遼陽海神傳》，載于《古今説海》説淵部。據本文謂作于嘉靖丙申（一五三六）。

程宰士賢者，徽人也。正德初元，與兄某挾重貲商於遼陽，數年，所向失利，輾轉耗盡。徽俗，商者率數歲一歸。其妻孥宗黨，全視所獲多少爲賢不肖而愛憎焉。程兄弟既皆落寞，羞慚慘沮，鄉井無望，遂受傭他商，爲之掌計以餬口。二人聯屋而居，抑鬱憤懣，殆不聊生。至戊寅秋，又數年矣，遼陽天氣早寒，一夕風雨暴作，程已擁衾就枕，苦寒思家，攬衣起坐，悲歌浩歎，恨不速死。時燈燭已滅，又無月光，忽盡室明朗，殆同白晝。室中什物，毫髮可數。方疑惑間，又覺異香氤氳，莫知所自。風雨息聲，寒威頓失。程益錯愕不知所爲，亟啓户出視，則風雨晦寒如故。閉户入室，即别一境界矣。疑鬼物所幻，高聲呼怪，冀兄聞之。兄寢室纔隔一土壁，連呼數十，寂然不應。愈惶急無計，遂引衾冪首，向壁而卧。少頃，又聞空中車馬喧鬧，管弦金石之音，自東南來，初猶甚遠，須臾已入室矣。回眸竊視，則三美人，皆朱顔緑鬢，明眸皓齒，約年二十許，冠帔盛飾，若世所圖畫后妃之狀。遍體上下，金翠珠玉，光豔互發，莫可測識。容色風度，奪目驚心，真天人也。前後左右，侍女數百，亦皆韶麗，或提爐，或揮扇，或張蓋，或帶劍，或持節，或捧器幣，或秉花燭，或挾圖書，或列寶玩，或荷旌幢，或擁衾褥，或執巾帨，或奉盤匜，或擎如意，或舉殽核，或陳屏障，或布几筵，或奏音樂。雖紛紜雜沓，而行列整齊，不少錯亂。室纔方丈，數百人各執其事，周旋進退，綽然有餘，不見其隘。門窗皆扃，不知何自而入。俄頃，冠帔者一人前逼牀，撫程微笑曰：「果熟寢耶？吾非禍人者，與子有夙緣，故來相就。何疑若是？且吾已至此，必無去理，子便高呼終夕，兄必不聞，徒自苦耳。速起，速起！」程私計此物靈變若斯，非仙則鬼，果欲禍我，雖卧不起，其可逭乎。且彼已有夙緣語，亦或無害，遂推枕下榻，匍匐前拜曰：「下界愚夫，不知真仙降臨，有失虔迓，誠合萬死，伏乞哀憐。」美人引手掖程起，慰令無懼。遂與南面同坐，其二人者東西相向，皆言：「今夕之會，數非偶爾，慎勿自生疑阻。」遂命侍女行酒進饌，品物皆生平目所未睹。纔一舉筯，珍美異常，心胸頓爽。俄以紅玉蓮花卮進酒，卮亦絶大，約容酒升許。程素少飲，固辭不勝。美人笑曰：「郎懼醉耶？此非人間麴糵所醖，奈何概以狂藥見疑。」遂自舉卮奉程。程不得已，爲之一吸，酒凝厚如餳，而爽滑異甚，略不黏齒，其甘香清洌，醴泉甘露弗及也，不覺一卮俱盡。美人又笑曰：「郎已信吾未？」遂連酌數卮，精神愈開，略無醉意。酒每一行，必八音齊奏，聲調清和，令人有超凡遺世之想。酒闌，東西二美人起曰：「夜已向深，郎夫婦可就寢矣。」遂爲褰帷拂枕而去。其餘侍女，亦皆隨散，凡百器物，瞥然不見。門亦尚扃，又不知何自而出。獨留同坐美人，相與解衣登榻，則帷褥衾枕，皆極珍奇，非向之故物矣。程雖駭異，殊亦心動。美人徐解髮綰髻，黑光可鑑，殆長丈餘。肌膚滑瑩，凝脂不若。側身就程，豐若有餘，柔若無骨。程於斯時神魂飄越，莫知所爲矣。已而交會綣合，丹流浹藉，若喜若驚，若遠若近，嬌怯宛轉，殆弗能勝，真處子也。程既喜出望外，美人亦眷程殊厚，因謂：「世間花月之妖，飛走之怪，往往害人，所以見惡。吾非若比，郎慎勿疑。雖不能有大益於郎，亦可致郎身體康勝，資用稍足。儻有患難，亦可周旋，但不宜漏泄耳。自今而後，遂當恒奉枕席，不敢有廢。兄雖至親，亦慎勿言。言則大禍踵至，吾亦不能爲子謀矣。」程聞言甚喜，合掌自誓云：「某本凡賤，猥蒙真仙厚德，恨碎骨粉身，不能爲報。伏承法旨，敢不銘心。儻違初言，九殞無悔。」誓畢，美人挾程項謂曰：「吾非仙也，實海神也，與子有夙緣甚久，故相就耳。」須臾，鄰舍鷄鳴至再，美人攬衣起曰：「吾今去矣，夜當復來，郎宜自愛。」言畢，昨夕二美人及諸侍女齊到，各致賀詞，盥洗嚴妝，捧擁而出。美人執程手，囑令勿泄，丁寧數四，去復回顧，不忍暫舍。愛厚之意，不可言狀。程益傾喜發狂，不能自禁。轉盼間已失所在，諦觀門扉猶昨夕所扃也。回視室中，則土炕布衾，荊筐蘆席，依然如舊，向之瑰異無有矣。程茫然自失曰：「豈其夢耶？」然念飲食笑語交合誓盟之類，皆歷歷明甚，非夢境也，且惑且喜。頃之，曙色辨物，出就兄室。兄大駭曰：「汝今晨神彩發越，頓異昨日，何也？」程恐見疑，謬言：「年來失志，鄉井無期，昨夕暴寒，愁思殊切，展轉悲歎，竟夕不寢，兄必聞之，有何快心而神彩發越耶？」兄言：「吾亦苦寒，思家不寢，静聽汝室，始終闃然，何嘗聞有悲歎聲耶？」已而商夥羣至，見程容色，皆大駭異，言與兄合。程但唯唯，謙晦而已。然程亦自覺神思精明，肌體膩潤，倍加於前，心竊喜之，惟恐其不復至也。是日頻視晷影，恨不速移，纔至日晡，託言腹痛，入室扃扉，虔想以伺。及街鼓初動，則室中忽然復明，宛如昨夕。俄頃雙爐前導，美人至矣。侍女數人耳，儀從不復疇昔之盛，彼二人者亦不復來。美人笑曰：「郎果有心若是，但當終始如一耳。」即命侍女行酒薦饌，珍腆如昨，歡謔諧笑，則有加焉。須臾，徹席就寢，侍女復散，顧視牀褥，又錦繡重疊矣，然不見其鋪設也。程私念吾且詐跌牀下，試其所爲，方欲轉身，則室中全襯錦裀，地無寸隙矣。是夕綢繆好合，愈加親狎。晨雞再鳴，復起妝沐而去。自後人定即來，雞鳴即起，率以爲常，殆無虚夕。雖言語喧鬧，音樂迭奏，兄室甚邇，終不聞知，莫知其何術也。程每心有所慕，即舉目便是，極其神速。一夕偶思鮮荔枝，即有帶葉百餘顆，香味色皆絶珍美。他夕又念楊梅，即有白色一枝，長三四尺，約二百餘顆，甘美異常，葉殊鮮嫩。食餘忽不見。時已深冬，不知何自而得，況二物皆非北地所産也。又夕言及鸚鵡，程言聞有白者，恨未之見。轉盼間，已見數鸚鵡飛舞於前，白者五色者相半，或誦佛經，或歌詩賦，皆漢音也。一日市有大賈售寶石二顆，所謂硬紅者，色若桃花，大於拇指，價索百金。程偶見之，是夜言及。美人撫掌曰：「夏蟲不可語冰，信哉！」言絶，即異寶滿室，珊瑚有高丈許者，明珠有如鵝卵者，五色寶石有如栲栳者，光豔爍目，不可正視。轉睫間又忽空室矣。是後相狎既久，言及往年貿易耗折事，不覺嗟歎。美人又撫掌曰：「方爾歡適，便以俗事嬰心，何不洒脱若是耶？雖然，郎本業也，亦無足異。」言絶即金銀滿前，從地及棟，莫知其數。指謂程曰：「子欲是乎？」程歆豔之極，欲有所取。美人引筯挾食前肉一臠，擲程而問曰：「此肉可黏君面否？」程言：「此是他肉，何可黏吾面也！」美人笑指金銀：「此是他物，何可爲君有耶？君欲取之，亦無不可。但非分之物，不足爲福，適取禍耳。吾安忍禍君也。君欲此物，可自經營，吾當相助耳。」時己卯初夏，有販藥材者，諸藥已盡，獨餘黄蘗大黄各千餘斤不售，殆欲委之而去。美人謂程：「是可居也，不久大售矣。」程有傭直銀十餘兩，遂盡易而歸。其兄謂弟失心病瘋，詬罵不已。數日疫癘盛作，二藥他肆盡缺，即時踴貴，果得五百餘金。又有荆商販綵緞者，途間遭濕熱蒸，發斑過半，日夕涕泣。美人謂程是亦可居也。遂以五百金獲四百餘疋，兄又頓足不已，謂弟福薄，得此非分之財，隨亦喪去，爲之悲泣。商夥中無不相咎竊笑者。月餘，逆藩宸濠反於江西，朝廷急調遼兵南討，師期促甚，戎裝衣幟，限在朝夕。帛價騰踴，程所居者遂三倍而售。庚辰秋，有蘇人販布三萬餘者，已售什八矣，尚存粗者什二。忽聞母死，急欲奔喪，美人又謂程是亦可居也。程往商價，蘇人獲利已厚，歸計又急，止取原直而去，蓋以千金易六千餘匹云。明年辛巳三月武宗崩，天下服喪。遼既絶遠，布非土産，價遂頓高，又獲利三倍。如是屢屢，不能悉記。四五年間展轉數萬，殆過昔年所喪十倍矣。宸濠之變也，人心危駭，流言屢至。或謂據南都即位矣，或謂兵渡淮矣，或謂過臨清近德州矣，一日數端，莫知誠僞。程心念鄉邑，殊不能安，私叩美人。美人哂曰：「真天子自在湖湘間，彼何爲者，止作死耳。行且就擒矣，何以慮爲？」時七月下旬也。月餘報至，逆徒果以是月二十六日兵敗。程初聞真天子在湖湘之説，恐江南復遭他變，愈疑懼。美人摇首曰：「無事，無事，國家慶祚靈長，天下方享太平之福，近在一二年耳。」更叩其詳。曰：「期已近矣，何必豫知。」再期，今上中興，海宇於變，悉如美人之言。其明驗之大者如此，餘細弗録。他夕，程問：「天堂地獄因果報應之説，有諸？」曰：「作善降之百祥，作不善降之百殃。心所感召，各以類應，物理自然。若謂冥冥之中，必有主者，銖銖兩兩而較其重輕，以行誅賞，爲神祇者不亦勞乎？」「輪回之説，有諸？」曰：「釋以爲有，誣也；儒以爲無，亦誣也。人有真元完固者，形骸雖斃，而靈性猶存，投胎奪舍，間亦有之，千億中之一二也。」「人死而爲厲，有諸？」曰：「精神未散，無所依歸，往往憑物爲厲，所謂游魂爲變耳。」「人間祭祀，鬼神歆饗，有諸？」曰：「精誠所至，一氣感通，自然來格。非鬼而祭，徒自諂耳。所謂神不歆非類，民不祀非族也。」「人有化爲異類者，何也？」曰：「人之心術，既與禽獸無異，積之至久，外貌猶人，而五内先化，一旦改形，無足深訝。」「異類亦有化人者，何也？」曰：「是與人化異類同一理耳。」「人有爲神仙者，何也？」曰：「異類猶有化人者，况人與仙本一階耳，又何足異？」「雷神巧異，往往有迹，何也？」曰：「陽能變化，理所自然。人得幾何，而智巧若是。况雷實至陽，其爲神變，何足怪乎？」「龍能變化，大小不常，何也？」曰：「龍亦至陽，故能曲伸變化，無足問也。」「蜃氣能爲山川城郭樓臺人物之形，何也？」曰：「天地精明之氣，游變無常。兩間所有，時或示現，此可驗天地生物之機，所謂在天成象，在地成形也。蜃何能爲？」程平生所疑，皆爲剖析，詞旨明婉，如指諸掌。又夕，問美人：「姓氏爲何？」曰：「吾既海神，有何姓氏。多則天下人皆吾同姓，否則一姓亦無也。」「有父母親戚乎？」曰：「既無姓氏，豈有親戚。多則天下人盡吾同胞，少則全無瓜葛也。」「年幾何矣？」曰：「既無所生，有何年歲。多則千歲不止，少則一歲全無。」言多此類。迨嘉靖甲申，首尾七年，每夜必至。氣候悉如江南二三月，琪花寶樹，仙音法曲，變幻無常，耳目應接不暇。有時或自吹簫鼓琴，浩歌擊筑，必高徹雲表，非復人世之音。蓋凡可以娛程者無不至也。兩情繾綣，愈久愈固。一夕程忽念及鄉井，謂美人曰：「僕離家二十年矣，向因耗折，不敢言旋。今蒙大造，豐饒過望，欲暫與兄歸省墳墓，一見妻子，便當復來，永奉歡好。期在周歲，幸可否之。」美人欷歔嘆曰：「數年之好，果盡此乎？郎宜自愛，勉圖後福。」言訖，悲不自勝。程大駭曰：「某告假歸省，必當速來，以圖後會，何敢有負恩私。而夫人乃遽棄捐若是耶？」美人泣曰：「大數當然，非關彼此。郎適所言，自是數當永訣耳。」言猶未已，前者同來二美人及諸侍女儀從，一時皆集。簫韶迭奏，會燕如初。美人自起酌酒勸程，追叙往昔，每出一言，必汎瀾哽咽。程亦爲之長慟，自悔失言。兩情依依，至於子夜。諸女前啓：「大數已終，法駕備矣。速請登途，無庸自戚。」美人猶執程手泣曰：「子有三大難，近矣，時宜警省，至期吾自相援。過此以後，終身清吉，永無悔吝。壽至九九，當候子於蓬萊三島，以續前盟。子亦自宜宅心清净，力行善事，以副吾望。身雖與子相遠，子之動作，吾必知之。萬一墮落，自干天律，吾亦無如之何也。後會迢遥，勉之！勉之！」丁寧頻復，至於十數。程斯時神志俱喪，一辭莫措，但雪涕耳。既而鄰鷄羣唱，促行愈急，乃執手泣訣而去。猶復回盼再四，方忽寂然。於時蟋蟀悲鳴，孤燈半滅，頃刻之間，恍如隔世。亟啓户出觀，但曙星東升，銀河西轉，悲風蕭颯，鐵馬叮噹而已。情發於中，不覺哀慟。纔號一聲，兄即驚呼問故，蓋不復昔之若聾矣。兄既細詰不已，度弗能隱，乃具述會合始末，及所以豐裕之由。兄始駭悟，相與南望瞻拜。至明而城之内外傳皆遍矣。程由是終日鬱鬱，若居伉儷之喪。遂束裝南歸，伴兄先部貨賄，自潞河入舟，而自以輕騎由京師出居庸至大同，省其從父。流連累日，未發。

忽夕夢美人催去甚急，曰：「禍將至矣，猶盤桓耶！」程憶前言，即晨告别，而從父殷勤留餞。抵暮出城，時已曛黑，乃寓宿旅館。是夜三鼓，又夢美人連催速發，云：「大難將至，稍遲不得脱矣！」程驚起，策騎東奔四五里，忽聞炮聲連發。回望城外，則火炬四出，照天如晝矣。蓋叛軍殺都御史張文錦，脅城内外壯丁同逆也。及抵居庸，夜宿關外。又夢美人連促過關，云：「稍遲必有狴犴憂矣。」程又驚起叩關，候門啓先入。行數里而宣府檄至，凡自大同入關者，非公差吏人，皆桎梏下獄詰驗，恐有姦細入京也。是夜與程偕宿者無一得免，有禁至半年者，有瘐死於獄者。程入舟爲兄備言得脱之故，感念不已。及過高郵湖，天雲驟黑，狂風怒號，舟掀蕩如簸。須臾二桅皆折，柁零落如粉，傾在瞬息矣。忽聞異香滿舟，風即頓息。俄而黑雰四散，中有彩雲一片，正當舟上，則美人在焉。自腰以上毫髮分明，以下則霞光擁蔽，莫可辨也。程悲感之極，涕泗交下，遥瞻稽首。美人亦於雲端舉手答禮，容色猶戀戀如故也。舟人皆不之見。良久而隱，從是遂絶矣。戊子初夏，余在京師聞其事，猶疑信間。適某僉憲、某總戎自遼入京，言之詳甚，然猶未聞大同以後事。今年丙申在南院，客有言程來遊雨花臺者，遂令邀與偕至，詢其始末。程故儒家子，少嘗讀書，其言歷歷，具有源委。且年已六衷，容色僅如四十許人，足徵其遇異人無疑，而昔聞不謬也。作《遼陽海神傳》。

按：《二刻拍案驚奇》第三十七卷《疊居奇程客得助，三救厄海神顯靈》即據此敷演。

高坡異纂

楊儀

楊儀，字夢羽，號五川，常熟人。明嘉靖丙戌（一五二六）進士，授工部主事，轉禮兵二部郎中，官至山東按察司副使。辭官歸後，日以讀書著述爲事。構萬卷樓，聚書其中，多宋元本。著有《金姬傳》及《南宫集》等。又有《螭頭密語》，《四庫全書總目》謂疑出僞託。《高坡異纂》三卷，《四庫全書》著録于小説家類存目，提要謂「小説之妄誕，未有如斯之甚者」。自序云：「高坡者，京邸之里名；異纂者，瑣屑諛談，不足于立言云耳。」所記多傳聞怪異之事。

*唐文

唐文，字儀卿，上世華州人，徙居河東。文少從父宦城陽，城陽君初無子，晚獨生文。然性質魯鈍，日課讀唐人五言詩二十字。師口授數十百過，令自誦即茫然不能舉一辭。城陽君怒，日撻之，不能進。乙卯歲，延庠生章敬教之。敬患文魯鈍，托以秋將大比，請入定林寺温習故業。定林寺者，去城陽西十五里山中古寺也，前有大樹巨圍陰蔽數十畝，蓋勝境也。城陽君遣文從行。是秋敬下第，九月未望一日再至寺，文以父命邀敬還。初文之從章讀書寺中也，寺故有梓潼像，頗著靈異，士子多來祈請。文旦暮焚香拜禮，乞稍慧，以全父子之愛。是日早食畢，文獨出，坐樹西石牀上，見有美女子從樹東來，意甚閒靜。文問之，女曰：「予文曲輔星之精，子之配也。」文不省。女又曰：「今世人所共見七星旁，各有一小星。文曲旁小星，即吾也。子即文曲星之精，往者歲在戊申，紫微初御世，土氣掩斗，故子蒙塵下謫，今蓋八載矣。凡貴星有謫者，法當聰慧，大魁天下，位極人臣，子孫滿前，出入殿陛者多至五六十年，少亦不下三四十年。但子于下謫時，值牛女交會之夕，潛窺天漢中戲狎之象，又愆期五百九十刻，被訴於天帝。天帝大怒，減福之半，故暫令子魯鈍，不出三四年，復本性矣。」文亦不省，謂女子曰：「何物二人，能令吾不慧，傷吾父子，吾且必報之矣。」女子笑曰：「子真所謂下愚者！彼天神耳，子今下謫塵世，將奈彼何哉！雖然，無庸報也。疇昔之事，有犯塵緣，亦終與子會矣。方子潛窺時，天孫誤以子爲牽牛，攬子衣渡河。天帝知而醜之，亦謫塵中。天孫謫時，執牽牛手不忍別，帝又大怒，以爲牽牛戀天孫，批其頰，傷左眉中，血流被體，併謫牽牛矣。特貫索躔牛女度，當緩十六年乃發。又牽牛法不得同行，後天孫一載耳。」文曰：「然則汝爲少婦，行空山中，將何爲？」女曰：「吾不見子久，請於天帝，即得下從子矣。然山中秋氣早肅，得無寒乎？」口中吐五色雲，手捧雲掣拽之，成錦帨，長丈餘，輝光燦爛，覆文身，視之目眩。忽女子上樹杪，文驚異，呼寺中人出，共觀之，已不見女子，惟見彩雲南飛，隱隱如聞音樂之聲。章備記其事，及爲長歌刻石寺中。已上皆敬文。後事長歌石已毁，不能復記。先大夫遵穀府君爲莒守日，猶及見其抄本。以下並得之土民相傳。文後果大開悟，文名傾海内。年二十三。前夫人錢氏死，明年再娶于清河張氏，少文七歲。問其生，即見神女時也，心異之。又五年而發解，又十年而登進士，以使事携家屬入吴。其冬北還至毘陵，冰合，舟不能進，乃舍舟陸行。道中見一童子稱牛郎，願自鬻，文遂携之以北。牛郎事文甚謹，文撫之殊厚，若其子，易其名曰壽安。久之，自言有家禍，請暫歸省。文曰：「而縣尹武元功，吾同年友也，吾爲若致書與尹，尹當有以處汝矣。」遂發書遣歸。文夫人在毘陵，爲文置一妾，名玉英，甚慧麗。冰解，偕行至京，文亦寵之。先是元功爲尹，政令嚴肅，部中有胡氏子名朝者，負官緡亡去，親戚皆逮繫。事連其婦兄成進，進曰：「吾妹尚未有行，朝自甲申夏竄，歷五年矣，奈何事及我！」辨於縣尹，遂判牒付進，許其妹别嫁。朝歸，以書進尹，尹初欲脱朝罪，或説尹曰：「朝妻公已判别嫁矣，若脱朝，朝必求故妻於進，是公吐權貴而食牒辭也。有二失焉。」尹以爲然，遂正朝罪，流陜州。文之再入朝也，又使山東，將行時，微聞其妾有夫。囑夫人使訪其親戚還之。文行，適夫人母死，弟幼，莫恃以爲葬，遂携妾還河東。思還妾，計無由求妾親戚，欲得南士人嫁之。時朝既流關内，間遊河東，唐公僮僕中無識朝者，朝亦無由見夫人，獨媒氏知朝與妾同鄉里，卒嫁與之。歡會之夕，各道鄉邑父母姓名，妾即進妹，朝前所聘妻未行者也。相向悲泣，明日俱至夫人家陳謝，願服勤至死。文歸，因詰壽安者，即朝，其生以乙丑，牛爲丑神，故小字牛郎。妻又果先牛郎一年生。朝之初竄時，父怒甚，以斧傷右眉間，痕固在焉。乃私嘆天人之際雖若玄穆，而兆命不渝。章敬石記，悉有徵焉。文諱言其事，使山東時自毁其石，故時罕傳焉。（卷中）

*娟娟傳

木生字元經，少有俊才。時康陵朝以鄉薦入太學，與龔司諫謹有場屋之舊，屢欲以生才藝上聞。生曰：「人各有時，若錐處囊中，穎當自脱，甯待援手他人乎？倘果薦上，元經惟有被髮入山耳。」司諫不能强，生亦謝去，携琴遨遊齊魯間，攬結諸英俊，或眺覽名山水，往來兩都，時人莫能窺其際也。嘗登泰山觀日出，夜宿秦觀峰，夢有老婦携一女子，相見甚歡，如有平生之分。既又遺一詩扇，展誦未終，忽曉鐘鳴，驚悟而起。其所夢經行道路第宅，歷歷皆能記憶。明年將入都，道出武清，散步柳陰中，過一溪橋。道旁有遺扇在草中，收視之，上有詩云：「烟中芍藥朦朧睡，雨底梨花淺淡粧。小院月昏人定後，隔墻遥辨麝蘭香。」彷彿是夢中所見者，珍襲藏之。行未幾，遥見一女郎從二女侍遊樹下，迤邐將近，生趨避之。時爲三月既望，新雨初霽，微風扇煖。女郎徐邀二侍，穿别徑結伴而去。生竚立轉盼，但覺帶袂飄舉，環珮鏘然，百步之外，異香襲道，綽約若神仙中人。遂以所佩錯刀削樹爲白，題一絶句曰：「隔江遥望緑楊斜，聯袂女郎歌落花。風定細聲聽不見，茜裙紅入那人家。」倚徙彌望，乃行前至野店中，問諸村民。或曰：「此去里許，有田將軍園林，豈即其家眷屬乎？」生明日又往樹下，竟日無所遇，惟見溪水中落花流出。復題一絶句，續書於樹曰：「異鳥嬌花不奈愁，湘簾初捲月沉鉤，人間三月無紅葉，却放桃花逐水流。」自後不復相聞。然前所得遺扇，每遇良辰勝會，未嘗不出入懷袖，把玩諷詠，愛如珙璧。壬午，聖人嗣統，數載間文恬武熙，天下無事，思得賢士與之共興禮樂。司諫時已歷通顯，嘗因燕對奏上曰：「臣所知有木元經者，才合春卿，名收賈董，陛下必欲更定禮樂，非其人不可。」上遂命收入選部。時朝廷將大營建，隸名工曹。曹長師丹心善生，每事暇，輒邀生同遊。當春牡丹盛放，且所司有器皿廠，約生明日會廠中，同出土橋諸名園賞之。生至期達旦，偶以他事後期，廠中皆上供御器，非主者至不得入，生因勒馬以俟。道旁有井，馬渴，絶銜奔水，生恐下馬，馬逸。左右皆前逐馬，生就立井旁民舍。其家以貴客在門，召一鄰翁至，延生入。初經重屋，僅庇風日，似一中下民居。再(啓)(起)一關，則高堂藻飾，別一景象。又西過曲徑，越小院，其中樓臺闌楯，金碧耀輝，恍非人世。生稍憩，便欲辭出。翁曰：「内人乃老夫寡妹，年亦逾五旬矣。幸暫留，伺馬至行，無傷也。」生起揮扇逍遥，歷覽畫壁。翁從旁見其扇，進曰：「此扇何從得之？」生曰：「吾十年前過武清所得，道旁遺棄也。」翁借觀，遽持入内。頃之，出告生曰：「天下事萍梗遭逢，固有出於偶然者矣。適見扇頭詩，疑爲吾甥女手筆，入示吾妹，固非誤也。」生初入其室廬，皆若夢中故所經行者，心固已異之矣。及聞翁言，愈疑之。再引入一曲室，幃幄鮮麗，金玉爛然，至其几榻整潔，琴瑟静好，莫能名狀。須臾，一老婦出拜，自言：「姓錢氏，先夫田忠義，官至上輕車都尉，往歲扈從西征，爲流矢所中，輿疾歸武清。小女娟娟，時年十四，隨侍湯藥，偶遺此扇，不意乃入君子之手。今夫亡三載矣，睹物興懷，不覺遂生傷感，然當時溪樹上有二絶句，不知何人所書，小女因尋扇再至其地，經覽而歸，至今吟哦不絶於口。」生請誦之，即其舊題也。老婦因請命娟娟出見，傳呼良久，不至。母自入謂女曰：「客即樹上題詩人也。」娟娟强起，嚴服靚粧，與母相携而出。至則玉姿芳潤，内美難徵，儼然秦觀峰夢中所見也。生又以夢告母，共相嗟異。久之，馬至。珍重辭謝而去，明日鄰翁以娟母命來曰：「未亡人有二女，其少先行矣。娟最愛，將賴以終未亡人身，然幽贊以神，明協以人，未亡人尚敢吝其愛女乎。請以弱女爲君子侍。」生辭之。翁申母命曰：「先將軍無遺育，弱息僅存，使君子不以下體是遺，家雖亡，得婿公瑾，亡人且無憾矣。」生乃請卜之，得《解》之九二。卜者曰：「田獲三狐，姓著占辭，事無不濟。但三狐得矢，恐不能永終貞吉耳。」生猶豫未決，翁致三命曰：「吾聞古之君子，處大事必假於夢卜。夢生於心，卜決於人。今婚媾及事矣，乃不內決於心，而顧取決於人耶？」終不得辭。卒以其年四月戊寅成禮。娟娟妙解音律，通貫經史，凡諸戲博雜藝，靡不精曉。情好甚篤。未閱月，大工皇木至潞河，生將督運南行，勢不能留，室內又少親幹，乃鎖院而去。母先亦暫至武清，遣人問娟娟，從門隙中附詩於母，寄生曰：「聞郎夜上木蘭舟，不數歸期祇數愁。半幅御羅題錦字，隔墻裹贈玉搔頭。」是夕生適自潞還，娟出迎。生曰：「方從馬上得詩，未有以復。」即口占贈娟曰：「碧窗無主月纖纖，桂形扶疏玉漏嚴。秋浦芙蓉倚叢葉，半粧斜映水晶簷。」生他日偶得鄉人書，獨坐深思。娟以詩解之曰：「碧玉杯中琥珀光，燈前把勸阮家郎。不須更憶人間世，千樹桃花即故鄉。」其冬十月，生以太夫人憂去職。河冰既合，娟適病，不能偕行。生存亡抱恨，計無所出，邀母與娟同居，約以冰解來迎，相與悲（咽）（姻）而別。明年春，娟病轉劇，遣翁子錢郎以詩寄生曰：「楚天風雨遶陽臺，百種名花次第開。誰遣一番寒食信，合歡廊下長莓苔。」生遣使往迎，比至，則不起匝月矣。辛卯冬，生再入都，過母家，見娟娟畫像，題詩其上曰：「人生補過羨張郎，已恨花殘月滅光。枕上遊仙何遲速，洞中烏兔太匆忙。秦娘似比當時瘦，李衛懨多舊日狂。梅影橫斜啼鳥散，繞天

黄葉倚繩牀。」時多傳誦焉。（卷下）

按：《廣艷異編》卷十、《續艷異編》卷五引此作《娟娟傳》。

庚巳編

陸粲

陸粲（一四九四—一五五一），字子餘，一字浚明，長洲（在今江蘇蘇州）人。嘉靖五年（一五二六）進士，選翰林庶吉士，授工科給事中。後以抗疏劾張璁、桂萼謫貴州都勻驛丞，稍遷永新令。以念母乞歸，里居凡十八年。著有《陸子餘集》及《春秋胡氏傳辨疑》等。《明史》卷二〇六有傳。《庚巳編》十卷，或作四卷，係陸粲早年所撰。多記異聞傳説，文字簡約，猶存六朝志怪遺風。惟《洞簫記》一篇，叙事詳盡，頗有傳奇色彩。

洞簫記

徐鏊字朝揖，長洲人，家東城下。爲人美豐儀，好修飾，而尤善音律。雖居廛陌，雅有士人風度。弘治辛酉，年十九矣。其舅氏張鎮者，富人也，延鏊主解庫，以堂東小廂爲之卧室。是歲七夕，月明如晝，鏊吹簫以自娱，入二鼓，擁衾榻上，嗚嗚未伏。忽聞異香酷烈，雙扉無故自開，有巨犬突入，項綴金鈴，繞室一周而去。鏊方訝之，聞庭中人語切切，有女郎携梅花燈循階而上，分兩行，凡十六輩。最後一美人，年可十八九，瑶冠鳳履，文犀帶，著方錦紗袍，袖廣幾二尺，若世所圖宮粧之狀，而玉色瑩然，與月光交映，真天人也。諸侍女服飾略同，而形製差小，其貌亦非尋常所見。入門，各出籠中紅燭，插銀臺上，一室朗然，四壁頓覺宏敞。鏊股栗不知所爲。美人徐步就榻坐，引手入衾，撫鏊體殆遍。良久趨出，不交一言。諸侍女導從而去，香燭一時俱滅。鏊驚怪，志意惶惑者累日。越三夕，月色愈明，鏊將寢，又覺香氣非常，心念昨者佳麗，得無又至乎？逡巡間，侍女復擁美人來室中，羅設酒肴，若几席椸架之屬，不見有携之者，而無不畢具。美人南鄉坐，顧盼左右，光彩燁如也。使侍女唤鏊，鏊整衣冠起揖之，美人顧使坐其右。侍女捧玉盃進酒，酒味醇冽異常，而肴極精腆，水陸諸品，不可名狀。美人謂鏊曰：「卿莫疑訝，身非相禍者。與卿夙緣，應得諧合，雖不能大有補益，然能令卿資用無乏，飲食常可得，遠味珍錯，繒素絁錦，亦復都有，世間可欲之物，卿要即不難致，但憂卿福薄耳。」復親酌勸鏊，稍前促坐歡笑，辭致温婉。鏊唯唯不能出一言，飲食而已。美人曰：「昨聽得簫聲，知卿興致非淺，身亦薄曉絲竹，願一聞之。」顧侍女取簫授鏊，吹罷，美人繼奏一曲，音調清越，鏊不能解也。且笑曰：「秦家女兒纔吹得世間下俚調，如何解引得鳳凰來？令渠簫生在，應不羞爲徐郎作奴。」逡巡遂去。越明夕，又至，飲酒闌，侍女報曰：「夜向深矣。」因拂榻促眠，美人低回微笑，良久，乃相携登榻。帳幃裀藉，窮極瑰麗，非復鏊向時所眠也。鏊心念：「我試詐跌入地，覯其何爲。」念方起，榻下已徧鋪錦褥，殆無隙地。美人解衣，獨着紅綃裹肚一事，相與就枕交會，已而流丹浹藉，宛轉恇怯難勝。鏊于斯時，情志飛蕩，顛倒若狂矣，然竟莫能一言。天且明，美人先起揭帳，侍女十餘奉匜沃盥。良久，粧訖言别，謂鏊曰：「感時追運，偎得相從，良非容易。從兹之後，歡好當復無間，卿舉一念，身即却來，但憂卿此心，還易翻覆耳。

且多言可畏，身此來，誠不欲令世間俗子輩得知，須卿牢爲秘密。」已而遂去。鏊恍然自失，徘徊凝睇者久之。晝出，人覺其衣上香酷洌異常，多怪之者。自是每一舉念，則香驟發，美人輒來，來則携酒相與歡宴，頻頻向鏊説天上事及諸仙人變化，其言奇妙，非世所聞。鏊心欲質問其居止所向，而相見輒吶于辭，乃書小札問之，終不答，曰：「卿得好婦，適意便足，何煩窮問！」間自言：「吾從九江來，聞蘇杭名郡多勝景，故爾暫遊，此世中處處是吾家耳。」美人雖柔和自喜，而御下極嚴，諸侍女在左右，惴惴跪拜惟謹，使事鏊必如事己。一人以湯進，微偃蹇，輒摘其耳，使跪謝乃已。鏊時有所須，應心而至。一日出行，見道傍柑子，意甚欲之。及夕，美人袖出數百顆遺焉。市物有不得者，必爲委曲多方致之。鏊有佳布數端，或剪六尺藏焉，鏊方勤覓，美人來，語其處，令收之。解庫中失金首飾，美人指令于城西黄牛坊錢肆中尋之，盜者以易錢若干去矣。詰朝往訪焉，物宛然在，徑取以歸，主人者徒瞪目視而已。鏊嘗與人有争，稍不勝，其人或無故僵仆，或以他事横被折辱，美人輒告云：「奴輩無禮，已爲卿報之矣。」如此往還數月，外間或微聞之。有愛鏊者疑其妖，勸使勿近，美人已知之，見鏊曰：「癡奴妄言，世寧有妖如我者乎？」鏊嘗以事出，微疾病邸中，美人欻來坐于旁，時時會合如常。其眠處人甚多，了不覺也。數戒鏊曰：「勿輕向人道，恐不爲卿福。」而鏊不能忍口，時復宣洩，傳聞浸廣，或潛相窺伺，美人始愠。會鏊母聞其事，使召鏊歸，謀爲娶妻以絶之，鏊不能違。美人一夕見曰：「郎有外心矣，吾不敢復相從。」遂絶不復來。鏊雖念之，終莫能致也。至十一月望後，一日，鏊夜夢四卒來呼，過所居蕭家巷，立土地祠外，一卒入呼土神，神出，方巾白袍老人也，同行曰：「夫人召。」鏊隨之出胥門，履水而渡，到大第院，墻裏外喬木數百章，蔽翳天日。歷三重門，門盡朱漆獸環，金浮漚釘，有人守之。進到堂下，堂可高八九仞，陛數十重，下有鶴屈頸卧焉。綵繡朱碧，上下焕映。小青衣遥見鏊，奔入報云：「薄情郎來矣。」堂内女兒捧香者、調鸚鵡者、弄琵琶者、歌者、舞者，不知幾輩，更迭從窗隙看鏊。亦有舊識相呼者、微誶罵者。俄聞佩聲泠然，香烟如雲，堂内遞相報云：「夫人來。」老人牽鏊使跪，窺簾中有大金地爐燃獸炭，美人擁爐坐，自提筯挾火，時時長嘆云：「我曾道渠無福，果不錯。」少時，聞呼捲簾，美人見鏊，數之曰：「卿大負心，昔語卿云何，而輒背之！今日相見愧未？」因欷歔泣下曰：「與卿本期始終，何圖乃爾。」諸姬左右侍者或進曰：「夫人無自苦，箇兒郎無義，便當殺却，何復云云。」頤指羣卒以大杖擊鏊，至八十，鏊呼曰：「夫人，吾誠負心，念嘗蒙顧覆，情分不薄，彼洞簫猶在，何無香火情耶！」美人因呼停杖，曰：「實欲殺卿，感念疇昔，今貰卿死。」鏊起匍匐拜謝，因放出。老人仍送還，登橋失足，遂覺。兩股創甚，卧不能起。又五六夕，復見美人來，將鏊責之如前，云：「卿自無福，非關身事。」既去創即差。後詣胥門，蹤蹟其境，杳不可得，竟莫測爲何等人也。予少聞鏊事，嘗面質之，得其首末如此。爲之叙次，作《洞簫記》（卷二）

蔣生

蔣生者，名焕，吴人也，少年美姿容，而性質温雅。弘治辛酉，以縣學生領鄉薦，會試北上，道出臨清，日暮憩止道旁民家，愛其門户瀟灑。延竚移時，堂中有女郎，映方窗悄悄獨立，睹生風儀，注目情動，呼青衣邀入中堂。女郎更衣出拜，韶顏稚齒，殆若天仙，生一見爲之心醉。逡巡設酒肴，延坐，談謔稍狎，抵夜同入小閣，遂偕繾綣。時其父適以他往，經三日歸，爲家人所白，翁聞之怒甚，將執焉。既而沉思久之，顧生曰：「汝良家子，俊士也，吾一女素鍾愛，今一旦至此，已無可奈何。雖甘心于子，不足贖吾恥，顧吾女猶未有家，子能爲吾婿乎？不則吾將執汝送縣官矣。」生唯唯從命，遂偕伉儷，留連越旬。俄迫試期，遂辭行登途，臨別相顧，悽斷雨泣，升車而去。抵京入試，下第，還到翁家。翁哭而迎曰：「自子行邁，吾女朝夕悲思，因而成疾，今死矣。」引示以女櫬，生〔潸然泣下〕（悚然汗下），仆地欲絶，是夕設祭號慟。辭翁登舟，女已先在矣。從此舟行月餘，常覺其在旁，抵家已復在室中。自是動息不離，至啜茶亦于杯中見之。生迷罔憔悴，遂成瘵疾。家人研問，始具述其事。疾益甚，乃徙城中寓所，女復隨至，不久竟死，時年二十有三而已。予姊之夫于生有親，能道其事。（卷三）

冶城客論

陸　采

陸采（一四九七—一五三七），字子玄，號天池山人，長洲（在今江蘇蘇州）人。少爲校官弟子，不屑守章句。性豪蕩不羈，困於場屋。著有戲曲《明珠記》、《南西厢記》及詩文集《天池山人小稿》等。曾編纂《續齊諧記》及唐人小説爲《虞初志》八卷。《冶城客論》，《四庫全書總目》著録一卷，列入存目，提要云：「是編乃其肄業南雍時記所聞見，大抵妖異不根之言。」今存《金陵秘笈》本，不分卷，亦無序跋，似非原本。

顔鬼子

南京浦口守禦指揮顔生者，弘治初轄漕入京，阻風於高郵湖。有漁舟過之，呼市其魚。睹舟尾一女子絶艷，年可十七八，雖衣珥不完，而其足纖甚。顔心動，呼漁翁問之。翁曰：「某幼女也，母亡無依，因與偕出。」命女登船舷再拜。顔以二帕酬之。既去，思之不置，命旗甲往探之：「汝肯舍此女爲吾主侍人乎？」翁曰：「小女陋，恐不足辱大貴人，其誰敢拒。」反命，顔大喜，即以二十金爲聘，翁送女入舟，歡飲而去。其女賦性婉順，舟中人交慶以顔之得其妾也。抵京竣事，挈之歸，其母若妻又悦而厚待之。

歲餘生一子，其夫人尋卒，以女爲正室，姻族號爲賢婦。女每朝粧，必閉門塞竇，絶不令人見。一日，顏未明而出，女叱其婢將兒出外：「吾欲梳頭。」婢疑而窺之，見女兩手取其頭置膝上梳粧，粧畢復置於項，却復故態而坐。婢驚走曰：「大家，夫人鬼也！」其母不信，叱駡其婢。婢言不敢妄也，乃拉其母同觀，果如所見。母密以告顏，且曰：「此妖物，盍謹避之？」顏大不樂，曰：「母嫌吾妻，正言誚讓可矣，奈何發此不根之詞。」母曰：「非也，汝當目睹。」明旦，顏佯稱他出，潛歸伏閣外而覘焉。果見此女手取其頭置案上簪花，即大呼排户以入。女倉皇遽入牀下而隱，視其首，人髑髏也。急取其子驗之，無他異。後一年，復以漕事過高郵，覓漁翁，已不可。復問之同儕，云：「初此女拊板隨流而至，自云覆舟。翁留之而託云己女也。」後正德中，顏生過其地，忽大風晝晦，有頃而霽，遂得疾，歸卒於家。人復疑其爲祟所致云。其子今襲父官，人目之曰顏鬼子。

鴛鴦記

鄭卿者，閩產也，丰容雅麗，性度温然，長者戲呼爲璧人。年十六，小試與薦，當入郡泮爲弟子員。其父以其少也，不任迎送，且妨講習，命遊下邑爲莆田學生。其婦翁謝君携之謁教官而投贄焉。去家百里，當就旅次，謝君謂卿曰：「此有大姓施翁，予之故人也，不相聞三歲矣。盍假館乎？」卿曰：「善。」同詣其門，有童子出，肅問主翁安在，答曰：「死矣，有二子，然皆徵租於莊，掌事者一官娘也。」謝君曰：「爲我白女郎，我故而翁友謝秀才也，求寓貴門，不出三日，幸毋辭。」童子去，頃之出曰：「一官娘傳語，一官不在，惟秀才自便。愧筍牀塵室，不足辱上客，如何？」謝君乃就堂之東廂，弛裝居之。童子出茶設食，食亦精好。坐間聞屏後珮聲鏘然，窺其簾，若女子往來者，而不敢言。飲畢就寢。明晨同謁主師，質雉而請業焉。師具雞黍，謝君恃其舊交也，不覺酩酊，不能歸。師留宿，而卿再三辭，乃命一僕送歸施氏。甫入室而夕飧至矣，已而果餌茗藥之餽不絶，豐而且潔。詰旦謝君歸，話主婦之有禮也，出囊中鴛鴦餅二十枚，令童子分遺二女郎，珍重其詞以達之。鴛鴦餅者，閩之佳品也。二女郎虔謝。謝君復呼卿步造學宫，謁東西二齋。二齋之師又留謝君盡醉，命卿獨歸。啓其扃，則几上有鴛鴦餅一枚。卿訝其無因而至，取視之，中折擘之，則有緋箋一匕，題七字其上云：「此一鴛鴦贈與君。」卿不覺心動，候童子奉茶果至，詰之曰：「比來食物，出誰之命？」答曰：「一官娘，年甫十九，歸吾一官九月矣，治家甚嚴。」卿曰：「吾囊中乏書，欲假女郎一本以破永夜，如何？」童子入，返報曰：「請秀才自擇。」乃導卿入中堂，貯書滿架，漫取《周易》一帙而出。又語童子曰：「女郎是賢主人，何惜一面。」良久返命曰：「一官娘傳語郎君，去郎中房遠近？」卿曰：「我固郎中之子也。」屏中應聲云：「然則一家人爾，見却何妨。」語訖，珮聲倏入。靜聽之，聞扃閉窗户，鑰鎖有聲。良久，異香滿堂，女郎隨香而見，淡粧素衣，不施粉黛。月華滿庭，與庭梅相照映，恍若玉樹之在瓊林也。卿時未授室，心膽摇摇，神爽如醉，惟恐其不須臾留也。温凉畢，延卿上座，問：「尊翁無恙？」且曰：「先君范公，與尊翁同官工部，妾時小年，望見尊夫人，獨不睹郎君，何也？」卿曰：「家君工部之年，小子留學桑梓，弗克侍養。」女郎笑曰：「豈意今夕，得睹光儀。」卿曰：「家君既忝僚友，僕與女郎合稱姊弟。」便呼女郎爲一姊，且謝館穀之勤。女郎顧婢子出茶。茶訖，設酒小厢中，邀卿入坐。女郎奉觴爲壽，卿亦取觴答，流目盼之，女郎垂首而已。卿即席，又取果核以贈，女郎亦命小婢以盤肴答，而辭色愈温。卿復前交勸數盃，兩意酣洽，相與細話家事，遂及談謔。卿曰：「二郎何往？」女曰：「出宿於郊。」卿曰：「誰與同處？」女笑曰：「江梅如友，孤月伴人，未論岑寂。」因調□「奴婚未，妻頗好否？」卿曰：「即謝秀才之女也，貌本尋常，安敢望女郎仙姿。」女郎曰：「子豈念若人乎？」卿曰：「中心藏之。」女郎曰：「胡爲而來哉？」卿曰：「我能爲符立致其來。」女郎起染毫授卿，卿截小碧箋，漫書兩三字焚之，曰：「吾妻至矣。」問：「安在？」卿便指女郎云：「汝即其人也。」女郎大笑，命婢子速斂酒具。卿走滅燭，抱持之。女郎逡巡却避，曰：「毋然，妾非蕩女也。」卿長跪求哀，女郎乃掖卿起曰：「妾非衒玉者，特以郎之丰度，一見觸情。昨者往來屏後，已馳心於君子之側矣。幸毋以因緣易偶，視同倡賤。」卿自誓曰：「僕本庸夫，猥蒙嘉愛，没齒之感，誓以周旋，安敢妄有他心。□□賈午香聞，非煙禍起，慮不能免尊丈夫之手耳。」女郎曰：「妾雖小年，御下頗刻，閨門之内，畏若猛獸。吾夫亦甚誠樸，委心相信，保無他虞，勿勞憂結也。向不見我扃鑰諸門乎？家人悉屏，惟此小婢知之。」卿便前解其衣，女郎低回良久，乃始就枕。肌理穠郁，宛若凝膏醇□，而婉孌嬌柔之態，流人心髓，又不可以詞筆宣揚也。雞鳴，小婢促起，女郎持卿而泣。卿問之，曰：「此日言歸，悲無後約。」卿曰：「勿憂，吾但稱疾，謝公先我而歸，便可旬日款曲。」女郎抆淚叮嚀而去。卿堅卧不起，高春而謝君到，要與俱歸。卿託云：「風射頭痛，倦不能同。」謝乃留一僮侍之，申敬主人而去。向夕，女郎密引卿入曲房，極盡繾綣之樂。其夫亦未返。盤桓兩旬，心情可知也。已而父母憂念，

〔遣〕(遺)使促歸。女郎酌酒與卿别，把臂訂盟誓於生死，以刻絲手巾爲贈。卿亦取金鈿合子、細茶餅答之，約以初春再覿，灑涕而别。卿但倚蓬悲吟，目斷關山而已。謝君密詢小童，微聞其事，乃身往施氏，仍謁一郎而求寓焉。數日無由可達，乃僞作卿手書，託小童以予女郎。女郎素識卿筆，直以示其夫云：「而父平生交此佳友，無故假鄭生之書以相戲弄。且鄭端人也，詎肯爲此。汝必殺謝翁乃快。」於是一郎厲刃待之，知者以告，謝君宵遁。而卿往來其家，凡數年，登薦乃疏。今卿舉進士爲某官，予兄親聞其面述甚悉。

按：《四庫全書總目》云：「卷末《鴛鴦記》一篇，述施氏婦閨閤幽會之事，淫媟萬狀，如身歷目睹。此同時士大夫家也，誰見之而誰言之乎？尤有乖名教矣。」然作為小説，較同時之《風流十傳》等，尚為雅馴，亦可見當時風氣如此。

今古奇聞記

沈愷

沈愷，字舜臣，號鳳峰，華亭（今上海松江縣）人。嘉靖八年（一五二九）進士，官至湖廣布政使右參政。著有《夜燈管測》二卷、《環溪集》二十六卷，未見。惟《盛明百家詩》收其《沈鳳峰集》。《今古奇聞記》一篇，據《明文海》轉録。

鄭孟良，不知其自所出，在漢隱於勾漏龍門之間，爲交南人，積高貲，累致巨萬。有子曰茂卿，少負英氣，學儒弗成，去學劍，又弗成，乃棄去學賈。一日，喟然曰：「嗟乎！男兒生而志四方，奚必塊坐一室如病手足耶？」孟良與之金千斤，西遊蜀，時年才茂齡未室，曰：「兒去不得重息歸，終不爲汝娶。」茂卿前跪曰：「敬唯。」入成都，見錦城妍麗，即靡靡不自禁，日與他少年遊。他少年轉相結納，飾裘馬，貯歌舞，燕會絲絃鼎沸，金泉隨手輒盡。納婦曰李氏，日煦煦戀好，遂無意較十一取息利。以故貲日落。謀南歸，李請與俱，茂卿曰：「父言在耳，奈何！」時李妊且三月，茂卿曰：「萬一生男，無委溝壑足矣。無以我爲念。」李執其手泣曰：「妾既以身委君，一惟命。得若君言，將百歲是賴，何敢以妾所愛後夫君所愛。」乃出紫玉簪爲識。歸至瞿塘，舟薄于石，俄而中溺。漁者憐而出之，歸見其父，乃其氣索然。父舉其囊，訝曰：「槁葉若是乎？蜀川其敗汝哉！子無川行。」越一年，又與金千斤，東遊齊。齊故饒裕，又時時與豪俠鬥雞走馬，獵狐兔爲樂。性亦慷慨，樂濟人急。有告急者，倒囊以應，無不滿意去。又娶一婦曰胡氏，煦煦戀好如初。客久金盡，謀歸，謂胡曰：「吾欲汝俱，奈父命何！吾歸三年不來，汝必更適，然善待後人矣。」時胡且娠，指其懷泣曰：「吾負汝，吾負汝！」曰：「妾既辱奉君子巾幘，君死妾死，此言何入吾耳。行矣，善自保愛。」乃出水犀合爲別。及次荆門，遇盜，僅以身免，歸則鶉縷百結，非復勾漏時鄭生矣。父見而驚曰：「吾兒憔悴至此乎！即貲積山丘，吾終不願汝賈也。」父坐是怏怏死。茂卿幾不欲生，曰：「兒不孝，重傷吾父心，至有今日。」自是斷魚肉，絕腥葷，絕口不道陶白事，且矢不再室。或勸之曰：「汝年茂未嗣，不于此時爲今圖，恐日就衰暮，鄭氏宗祧謂君若何？」茂卿喟然曰：「吾父以不肖之故不以天年終，此身亦已多矣，敢妄生他念！」乃作《離鸞引》以見志。然追惟胡李別時狀及檢故所遺，多記憶不忘，言至泣數行下，曰：「吾魂魄終相結也。」聞李在蜀日貧，茹荼履葛，猶烈烈不隨時。有少年者竊慕之，托姑挑之曰：「芳蘭早凋，信有時乎。汝不于繁華時取妍，一旦西風枯落，人其謂何若？」不爲動，侮訌日至，度不能免，竊詣密室自經。鄰嫗索之復甦。嫗慰之曰：「汝生方十有九年，奈何輕死？」曰：「嗟乎，爾謂百年永乎？嬰孩白首均死爾。」終不爲動。既而生子曰繼芳，惻然歎曰：「百年賴此一息，萬一蹉跌，何以爲解？」乃拮据匍匐，日望底立。及長，夜燈侍膝，數數道往古，陳鑒戒，曰：「題柱棄繻何人耶？」繼芳用是厲志烈烈，輒以古人功伐自期，譽彰彰聞矣。胡在齊，雖形影相將，履潔無他女子習，屏飾謝華，瀟然縞裳。俗故好遊，歲時華美列行，胡又終日闔扉，足不越閾。

有王姓者，豪于財，聞其賢美，以張氏爲先容，曰：「得果所願，珠寶珍奇惟所欲，願以百金爲聘。」張善狡，自匿其金，佯謂王曰：「胡見金色動，意有所受。」期至彼迎，胡氏不知其先所爲，唾而罵之曰：「人而獸耶！」聞者嘖嘖吐舌去。居無何，有子曰餘美。餘美生而慧，胡氏居常含熊丸，鑿鑿道孤苦事，且曰：「兒無父矣，何弗自立？」餘美用是亦早夜兢兢砥名行，風動齊魯間。當是時，漢徵賢良，共七人，繼芳、餘美，一時並與。繼芳爲城陽内史，餘美（膠西中尉。又十年，繼芳以他事遷交州刺史，餘美）亦佐交州，一時同赴郡國，城堞臺觀，人物闐咽，輪轂交輝，草木動色。母李氏見之，獨息息不樂，食飲不下咽。繼芳跪問故，李泣曰：「天下有無父兒耶！」李泣，繼芳亦泣。又請故，曰：「汝父故交産，客遊蜀耳。與余不通問死生，三十餘年矣。子官兹土，不念所從，顧馳高車，策駟馬，樂耶？」繼芳聞言，蘇蘇隕涕，時夕陽西下，指而拊心歎曰：「不見吾父，有若此日。」輒繪所似，遍索巖谷間，浹旬乃見若父，至則形容枯槁，髮毿毿皤矣。李且信且疑，令繼芳延至郡閣，大張供燕，列燭置膳。酒半，具問顛末，縷縷無一事爽。先是，李留門屏間，聽甚悉，出玉簪合焉，契之，乃相持哭。餘美同官舍，母胡氏聞之，亦瞿然心惻，謂餘美曰：「汝父若交産，我心更切也，無乃即其人耶？」令餘美具問如胡，皆縷縷合。及出水犀合，果然，率又相持哭。于是合兩家爲一，而繼芳、餘美率又肫肫相礪砥，勸忠繩孝，引義納軌，並起爲漢名臣云。

野史氏云：嗟乎！今之言睽合者，夫豈少也！未有一朝而獲二子，不出户庭而遇二妻，自有史册以來，蓋未前聞。其事甚奇，茂卿始雖無良，卒能悔悟而果于不娶。向使茂卿歸而娶，或不能有感于二婦。二婦去而矢志厲節不若是其果，或不能振育其二子。天經人紀，畢萃于家，雖造物有不可曉者，余益灑然異矣！（《明文海》卷三四四）

湯表背

程可中

程可中，字仲權，明休寧（今屬安徽）人。有《程仲權詩文集》，未見。本篇輯自《明文海》。

分宜當國，其家督少司空操予奪之柄，又精賞鑒，故天下之珍瑶寶玩、晉唐墨蹟畫片畢集，惟以裝潢收藏無其人爲憾。時姑蘇王廷尉某，故太傅文貞公孫也，以廕累爲冏卿，出入分宜門，與司空有兄弟稱云，屬冏卿購其人。冏卿遂以所知湯表背薦，極贊其能。司空爲致二百金爲秣馬費，至則相得驩甚。嘗居旁侍食，見寵用，往來二家門下，足恭問對恒稱主。二人亦以其能而不伐也，親信之。冏卿私喜以能置心腹權要左右，而湯小人也，瞰知冏卿家藏文貞紫金盤，重踰鎰，中盛漢玉杯，希世珍也，密以告司空。司空屬湯求旃。冏卿心念此吾先世重寶，愛踰于命，乃謬對曰：「功名富貴，相公之恩，司徒之慫恿也，誠何敢吝。司空幸與我大中丞理漕務，我即舉以爲壽。」功令，無以廕得開府者，冏卿特藉是爲解耳。司空曰：「冏卿姑舍是，吾請吾父晉君奉常大廷尉少司空，出理河政，是事權等中丞而秩階有加。」冏卿許諾。適求得璞中玉如羔肪，百金購滇良工，日夜琢成杯，與家所藏者無毫髮異，并其盤以獻。司空喜甚，一歲三擢至奉常。一日，湯來謁，冏卿與之粲，〔失〕（矢）口曰：「湯君故人，吾有人乎司空之側，杯吾太傅舊物，即償十五城弗易，誠何有于空銜！」湯驚曰：「安得有是言，在司空所者非邪？」冏卿語之故，且呼：「杯來，吾與湯君勞。」湯久欲傾冏卿，而己獨當分宜盼睞。翼日告司空曰：「冏卿蔑主，其博美官者贗也。昨暮飲，奴見之，其良十倍。」司空嗔忿，奮袖起，湯曰：「冏卿不攜家，篋笥具在卧内。主旦日往拜，將訐僕十人搜其室，真杯得矣。」司空然之。晨往，冏卿有老家幹從隙中遠望見司空意弗善，曰：「必以杯來。」急内杯懷中，跳短垣外避。司空入，坐未竟，起執冏卿手曰：「奉常官三品，乃不如一酒觥，寧忍以贗相紿！」冏卿曰：「向言相公恩出司空，析骸刳胃，不足稱報，其敢以要領嘗斧資。且杯絲縷如出鬼工，豈世間（俗）工所能。下官無家，櫝篋具在，請檢之。」檢之，得他杯十二，皆下品也。冏卿起謝曰：「人嫉我蒙恩厚耳，幸司空無入小人之言。」而猶不虞湯之構也。司空愧，歸大責湯，湯無以自白。他日又過冏卿，冏卿曰：「昨履虎尾幾不免，而杯幸在。杯來，吾與湯君再釂。」湯退，家幹曰：「郎君慢藏，安知昨日之危，不自湯致？奴且慮明日及禍。」冏卿頓足悟曰：「是已是已！將奈何？」曰：「奴黎明懷杯潛歸，嗣圖解官歸耳。」詰旦，家幹甫出城而司空嗾緹騎百人來搜，又不得。司空慚失舊驪，又疑湯小人爲構，狐疑于心，終不可解。而冏卿亦思有以報湯矣。微偵其所爲，會會稽人持唐宋人畫三卷，湯以百五十緡市之，而因鬻司空八百緡。冏卿密召鬻畫者曰：「若取卷來，吾倍值酬若，即不肯，若佯以刃破額，彼必懼矣。」鬻者如指往，湯入告司空，司空亦不甘心棄八百緡也。冏卿獲卷，乃大張具，請司空枉其宅，曰：「湯奴背恩，構吾二人。其始入也，自我之疏。偶獲三軸，聊以贖罪。」司空驚起，曰：「卷奚自？爲值不貲，何以得此？」冏卿曰：「浙人宦家子，欲薄宦京師，無階，將售此爲羔雁，幾爲無賴所奪。奮欲自剄，始出諸虎口。我以九十緡得之，不足當司空寓目也。」司空曰：「湯奴狡若是，當令獒吮其肝。是嘗入我皮，誘乃公八百緡，猶以爲不足而來告贖，不虞才九十緡也。」冏卿曰：「湯憑恃威靈，向下官索三千緡，未予，銜我，遂以杯爲釁端，賴司空仁察，幸完首領，湯橐中蓄已不〔貲〕(訾)，皆恃司空聲名恫愒横索，恐不利于相公。」司空不懌，罷酒去，且呼緹騎圍之，籍其橐銀八萬五千兩，他物稱是，拷掠湯無完膚，遠戍密雲。時湯來京師未及期，今詬薦人者曰：「無若吳門湯表背也！」(《明文海》卷四二八)

按：此即李玉《一捧雪》本事。但《萬曆野獲編》等書則指為偽畫《清明上河圖》致禍，進圖者即王忬(思質)。傳聞異辭，亦不足怪。本篇以姑蘇王文恪(鏊)為王文貞，又以其孫影射太倉人王忬，移花接木，顯出虛構。而描摹細切，較諸家記載尤富于傳奇性。

附録

嚴分宜勢熾時，以諸珍寶盈溢，遂及書畫骨董雅事。時鄢懋卿以總鹺使江淮，胡宗憲、趙文華以督兵使吳越，各奉承意旨，蒐取古玩不遺餘力。時傳聞有《清明上河圖》手卷，宋張擇端畫，在故相王文恪冑君家。其家鉅萬，難以阿堵動，乃託蘇人湯臣者往圖之。湯以善裝潢知名，客嚴門下，亦與婁江王思質中丞往還，乃説王購之。王時鎮薊門，即命湯善價求市。既不可得，遂屬蘇人黄彪摹真本應命，黄亦畫家高手也。嚴氏既得此卷，珍爲異寶，用以爲諸畫壓卷，置酒會諸貴人賞玩之。有妒王中丞者知其事，直發爲贋本。嚴世蕃大慚怒，頓恨中丞，謂有意紿之。禍本自此成。或云即湯姓怨弇州伯仲，自露始末。不知然否。（沈德符《萬曆野獲編》補遺卷二《僞畫致禍》）

湯裱褙善鑒古，人以古玩賂嚴世蕃，必先賄之。世蕃令辨其真僞，其得賄者必曰真也。吳中一都御史，偶得唐張擇端《清明上河圖》臨本，饋世蕃，而賄不及湯，湯直言其僞，世蕃大怒。後御史竟陷大辟，而湯則先以誆騙遣戍矣。余聞之先人曰：《清明上河圖》皆寸馬豆人，中有四人樗蒲，五子皆六，而一子猶旋轉，其人張口呼六。湯裱褙曰：「汴人呼六當撮口，而今張口，是操閩音也。」以是識其僞。此與東坡所説略同，疑好事者傅會之。近有《一捧雪》傳奇，亦此類也，特甚世蕃之惡耳。（徐樹丕《識小録》卷二）

會仙女誌

鄺琥

鄺琥（一五二四——？），字仲玉，會稽（今浙江紹興）人。以貢生官績溪主簿。著有《和蘇集》。《會仙女誌》，嘉靖壬子（三十一年，一五五二）自序稱會稽玄陽仙史，於嘉靖癸卯（一五四三）「獨處玄陽洞天，忽遇仙女」，顯爲託言。有《寶顔堂秘笈》本。此篇模擬《天問》，實爲小説之别體，録之以備一格。

玄陽仙史年甫弱冠，讀《易》於玄陽洞天。幽遠深邃，超脱俗緣。斂神抱一，精思鈎玄。嘉靖辛卯秋，天光如洗，月色穿簾。異香滿室，紫氣騰煙。啓户而視，有女郎年可十六七，膚體柔脂，髻垂鬢玄。器度雅飭，舉止端嚴。縞衣素裳，緩步周旋。行將漸近，掩户凝神静坐，頃刻門叩有聲。仙史曰：「子爲誰仙？」女曰：「予處子也。」曰：「子其處子而淫奔者邪？抑魑魅而爲鬼物也耶？」曰：「予乃天府英靈，會自蓬瀛。與子夙緣，願執櫛巾。」曰：「士之躭兮，猶可説也。女之躭兮，不可説也。子先於吾，必見放於尼父；暮夜淫奔，終見賤於國人。予聘陳氏子而未娶，是亦處子也。以處子而納淫奔，國人將以賤子者賤我矣。子速返駕，毋貽貳羞。」曰：「輕浮年少，違棄綱常。穿花弄柳，竊玉偷香。挑樓窺覷，鑽穴踰墻。子見予之色而勿慕，知子非凡近而可與言者也。予將與子談子午之窟，洩天地之秘，闡陰陽之精。子毋疑予爲淫奔鬼物也。願子學展禽而見納，毋學魯男子而拒深。」曰：「子能談玄論，洩玄秘，此予之所樂聞也，恐吾子之未能。」曰：「請子姑試之可乎？」予乃秉燭啓鑰，請就外館，東西列坐，啜茗細論。叩其所藴，義理精明，意其非塵寰中物也。乃斂容啓手曰：「子稱天府英靈，會自蓬瀛，意者其仙女耶？」曰：「然。」曰：「子誠仙女矣，仙女果何所自乎？」曰：「天體輕清，不滅不生。星宿精英，有濁有清。濁殞爲石，清殞鍾靈。故鍾于禽獸，爲鳳爲麟；鍾于草木，爲芝爲椿；鍾于母孕，産育賢聖。爲睿智，爲聰明，在地爲人，在天爲星。説乘箕尾，班班可徵。吾生有自，微子孰論。」曰：「星化爲人，自古及今，不知其幾？願悉數焉。」曰：「仙女下謫，混凡蒙塵。紀載書中，預識吾心。角姬織女，孝配董永。少室仙妹，求配封生。江妃逢鄭，解佩江濱。藍橋裴子，道遇玄英。推餘類見，莫能悉陳。」曰：「董遇仙姬，織以濟貧。予亦貧士，子能織乎？」曰：「陰陽契合，類聚羣分。角姬織女，量配董農。予諳文義，知子文雄。因才求配，終身願從。道充爲富，利莫爾營。織以助子，匪予所聞。」曰：「子謫仙靈異，天載必明。予以天問，子盍爲我對焉。」曰：「諾。」於是起而問之。

問曰：「三才之道，天地與人，何五行構精，男女始成？」曰：「太初無始，溟涬鴻濛。混沌不鑿，兩儀未分。變易而有，太極虚中。天開子位，地闢丑宫。人生寅候，三才統同。五行顯布，萬物化宏。周朱圖旨，子莫信從。」

問曰：「天地相去，幾千萬里？東西何缺？數何可紀？」曰：「天之高也，不可階升。去地之遠，孰陟而明。測晷度景，渺茫杳冥。二億餘萬，莫得其真。四維步數，子莫信深。」

問曰：「天爲卵白，地爲卵黄。天何也外？地何中藏？」曰：「天開地闢，黄白初分。肇判太始，卵喻乃明。天清上蓋，地濁下承。天包乎地，天反下凝。天凝地下，愈濁匪清。蓋天至論，考核宜精。」

問曰：「天體上蓋，覆物輕清。一氣貫徹，西北何傾？」曰：「一氣上浮，磅礴渾淪。天道左旋，倏忽變更。東西南北，舊位難仍。翹首仰視，盡屬青晴。何西何北，孰虧孰盈。誰能到景，西北見傾。人言弗信，子惟信心。」

問曰：「天體渾淪，疑無罅漏。鍊石補天，敢以玄叩？」曰：「輕清上浮，一氣渾融。原無罅漏，何俟補工。上有隙補，無階可通。天位未定，溟涬鴻濛。女媧鍊石，五色始分。東木青補，南火色紅。北水補黑，黄色補中。金補白色，五方不同。補明天道，大哉帝功。」

問曰：「天體上蓋，地體下凝。日月何依，旅轉周行？」曰：「維日與月，陰陽之精，一氣旋轉，晝夜無停。譬之血氣，循環一身。空虚無倚，上下運行。豈必依附，强天下凝。」

問曰：「莫大日月，懸象著明。月光何德，死而復生？」曰：「維月之魄，假日之光。著明于上，人自下觀，譬之銀丸，各見一方。凌空倒景，察見毫芒。陰精皎潔，弦朔無傷。知子博覽，沈言是藏。」

問曰：「日維陽精，烏何三足？月死復育，兔何在腹？」曰：「人生百歲，能復幾時。光陰迅速，兔走烏飛。附會勦説，兔搗烏棲。四足屬偶，三足屬奇。月非三窟，顧兔何居。」

問曰：「羿妻姮娥，亦與人同。竊何靈藥，能奔月宮？」曰：「月秉陰精，姮娥陰靈。懸象無人，寓言斯名。竊何靈藥，羿妻能奔。霜娥何怨，獨宿何嗔。商隱鄙俚，願子勿聽。」

問曰：「月中丹桂，靈根何栽？靈隱結子，佳種何來？」曰：「秋桂吐色，文戰奮揚。雄才高捷，桂花高攀。如登天府，峻極維艱。蟾宮丹桂，擬之名彰。靈隱附會，桂子芬芳。栽種結實，其味辛香。徐子至論，已破荒唐。」

問曰：「月中黑白，交映參差。山河之影，何破羣疑？」曰：「日月之象，精蘊白黑。黑白著明，鑑貌辨色。目鮮黑瞳，易稱多白。多白之睛，耗眩昏塞。即目觀象，至理斯識。山河之影，未受成式。段生鄙妄，胡破羣惑。」

問曰：「日月交蝕，時或晦明。春秋不載，子盍悉陳？」曰：「天有九道，黄道居中。日月同度，參差會逢。參差月晦，會逢日濛。日居月上，月蔽日魄。月越常度，日晦月宮。隨其所犯，淺深不同。當蝕不蝕，曆算未工。」

問曰：「帝堯元祀，日何十出？羿何能射，獨存其一？」曰：「帝堯盛世，載紀不虛。子摯亂政，災異虐餘。日光磨盪，酷烈莫支。眩如十日，稼殺無遺。命羿救獲，射日驅馳。如楊劍止，如魯戈揮。淮南繆妄，以啓羣疑。」

問曰：「麗空列星，廣博無垠。五方殊位，何象何名？」曰：「萬象之精，上爲列星。元氣之英，無象無名。歌稱重耀，傳聞夜明。何斗何箕，何虚何參。觀象玩占，强名其名。東匪長庚，西匪啓明。五方殊位，隨人所稱。」

問曰：「北斗七星，一行七豕。管輅白衣，言何所指？」曰：「太公鈎璜，以神水德。漢高斬蛇，托言帝泣。北斗何神，松下餔食。廢園一甕，杖奴胡得。二子設言，欲神其術。豈王姥之辜，七日當赦；趙顔之壽，哭而可益。」

問曰：「織女牽牛，天載二星。時逢七夕，相會何情？」曰：「紀星之狀，維詩可詳。大東箕斗，南北繞環。維箕生簸，維斗生漿。然且不可，况駕河梁。梭子軛頭，二星名彰。所織何錦，所耘何疆。男女通好，言尤妄誕。」

問曰：「張騫乘槎，何以升天？織女機石，何以相傳？」曰：「張騫漢臣，出使西域。乘槎天遊，好事浪述。天無仙女，何機何織。杼柚其空，有何機石。賣卜君平，豈能獨識。張騫本傳，並不載入。華誌博物，奇事莫及。幻妄不經，子勿沉溺。」

問曰：「雷從何起？雷有何神？何以激殺？何以司刑？」曰：「雷在地中，萬物未生。陰陽相搏，衝擊而成。譬之火炮，其理甚明。火擊于内，爆之爲聲。火光閃爍，目眩生神。物遇戕損，天匪有心。鼓動萬物，權豈司刑。」

問曰：「雷火焚熾，斧屑遺棄，何所措設？何所秉製？」曰：「雷電猛熾，擊觸勢烈，如滚器投井，反成堅冰。雷非地鼓，寧語斧屑。天聲雄迅，神化相夾。騰灼鳴空，近彈沉濁。遂成渣滓，屑形不滅。如龍升馳，雪塊遺結。其名令滯，反觀斧屑。」

問曰：「莫靈於龍，何以施雨？附氣轉化，何能吸水？」曰：「陰陽和暢，雲氣薰蒸。霖雨下降，龍以從雲。江海龍窟，天無龍精。神龍變化，在天飛騰。雲騰致雨，雨非龍成。」

問曰：「山川興雲，氣結而成。於龍何究，於雨何生？」曰：「山以藏氣，川以積氣。天地啓闢，一氣爲主。非特山川，爲雲爲雨。有川有水，水者雨母，龍之俯化仰伸，降而爲雨，子還母也，氣積以舒。有山有雲，雲者雨翼，龍之俯鬱仰蒸，遍而爲雨，夫應婦也，氣藏以舒。山本上升，升者爲雲，雲從氣上，龍之勢引。川本下降，降者爲水，水從氣下，龍之勢沸。是故上下不阻於間體，兩儀遂至於渥化。」

問曰：「冬雪六出，五出陽春。天産花樹，燕女何憑？」曰：「雨雪霏霏，冬寒冱凝。隆冬陰盛，六出乃成。逢春五出，陽氣漸生。陰陽推遷，六五變更。燕華君論，援天自神。詭女仙謫，贋而匪真。」

問曰：「九道何列，九天何名？十端何紀？八柱何承？」曰：「天無九道，交錯雜陳。定爲五色，强名其名。九天八柱，意義相因。王逸謬註，八山何承。十端舛錯，穿鑿五行。繁露繁冗，支離不經。」

問曰：「曾據虞帝之玉琯，獻致西王；周穆之八駿，馳觴會母；黃帝之鼎湖，羽化羣工；靈王之飛輦，雲歌妙宛；漢武之玉函銀橋，曲寫霓裳；淮南之八童九老，雲犬霄雞。是何怪也？怪果仙乎？仙果帝王乎？」曰：「大旨抱鬱，龍雲赴會。茅食九畡，經脩累葉。體齊紅雲，玉案業引。玄天洞樞，樂徹天鈞。味品鳳脂，作威洪範，專命乾綱。故祖龍鞭石，見海鬼之相投；而武王欲春，致火速以報應。幻化相齊，天權莫測。」

天問不能屈，仙史復起而言曰：「天對玄奧，子真能洩玄秘，談玄論，予願樂聞者已聞命矣。子能賦《仙女賦》乎？」仙女遂援筆而賦之。賦曰：

「維莧府之靈，列宿之英。資陰陽以成性，資變化以成形。衣雲裳而披霞錦，能知來而藏往。餐石髓而飲玉液，亦含炃而內朗。若夫朝遊北海，暮宿丹丘。朱顏映日，雲鬢凝秋。忽凌霄而起遠，乍排空而出幽。恨晚遇之不偶，如夜光之暗投。足方進而將退，心欲去而復留。幸啓扉以列坐，共啜茗而凝眸。同董姬之相濟，豈江妃之嬉遊。意乞巧於北牖，弗自賦其東樓。然離易會難，聚或成散。居無定所，習無常玩。神思端莊，貞一無亂。情罔溺於房帷，道先登于畔岸。與爾談子午之窟，而軼唐宋；洩陰陽之秘，而駕秦漢。搜理義而益精，闡人文而愈煥。異仰青藜之光輝，豈躭角枕之燦爛。起昏昧於陰霾，如太陽之始旦。爾毋偏拗自恃，得人是資。顧君子之有道，摽梅求其庶士；同處女之有待，葛覃恐其失時。循禮不售，韜光祈晦。隨拒納而行止，候昏明而進退。委賤軀兮懷望，任人情兮推遷。慚田生靈丹之蘊彩，陋雲容寒灰之起烟。非人心而苟合，實天意而曲全。須知蜉蝣之夕，當羨龜鶴之年。人非盡歸於黃土，吾已實得乎先天。終超仙而脫俗，勿得魚而忘筌。若乃葛洪有妻，王母有婿。爾何拂清風而獨遠，昇白雲而高致。毋狗己以自悔，盍因人而成事。物有感而情偕，迹或均而行異。始未明其取舍，今宜識其旨意。子尚不知仙女之爲樂，予又安知塵緣之爲利。於是徘徊房露，惆悵陽阿。惜紆軫其何托，愬浩月而長歌。歌曰：孅人遇兮真情闕，對面千里兮虚明月。臨風浩歎兮將焉歇？歌響未終，餘景就畢。悽慘變容，慅慅如失。又歌曰：明月既没兮露欲晞，時不再兮吾將安依。佳期可待兮心弗違。」

仙史曰：「善。子復能代我歌仙史歌乎？」仙女又援筆而歌之。歌曰：

「我生之辰木入斗，烏啼東井命壁守。壁爲文章斗得歲，許我文章播人口。三齡能言學誦詩，四齡指字識某某。五齡琢句對虚實，聯青驪黄媲奇偶。客來當座賦短章，四韻不待八叉手。九齡六經已畢讀，掩卷背誦無掣肘。丰儀翩翩秋天鶴，顔色濯濯春月柳。鄉閭每辱師長愛，學校恥與兒曹友。支分縷析辯異同，務植佳禾去狼莠。揮毫直欲五色爛，倚馬未肯一字苟。龍蛇擬將赤手縛，富貴自可拾芥取。文場馳驟竟一蹶，謷鬣局促俯其首。歸來焚香長夜坐，盥櫛不暇面塵垢。淬鋒砭礪期再榮，狐豕隳突羣兒吼。豈惟文運遭九七，無乃厝數厄陽九。自慚定亂匪鉛槧，效卜父子鬻田畝。白下歸來生計拙，塗抹破硯掃敝箒。橐資空乏衣破裂，無以補綴謀諸婦。婦言别久簪珥空，借舊乞鄰無不有。高堂姑老兒女幼，日羞魚蝦買黎藕。思無完帛御姑寒，那得吴綿與君厚。我聞愧赧雙臉赤，洒淚出門心欲剖。病軀有僕不得將，藥食扶持賴親友。自喜筋力尚康强，鬚鬢垂雲志未朽。老逢諸侯遠聘徵，白壁玄纁賁林藪。經綸欲試不强辭，儒服長揖坐談久。青鎖漏前傳午滴，紫幞爐熏散春牖。時番玉檢題鸞鳳，復賜銀箋篆蚪斗。清平不向玉關行，手持玉簡金揩走。有生豫定非强求，東井文章决傳後。盡將得失付忘言，浩歌長醉一尊酒。」歌畢向前而揖曰：「予與爾有夙緣，子勿能却，予勿能離，願化爲清風一襲，入於陳氏子之軀，終身爲子執箕箒，子竊以爲何如？」曰：「子之所談玄也，子之歌賦善也。今子所論，不亦幻誕而不經耶？」曰：「昔籛鏗之母，感陽宿之精，腹孕六子，剖脇始生。吾以處子之精，而入處子之身，不過美儀容，益智慧，倍遐齡而已。子何足怪乎？」忽見清風四起，遂不知其所往。翼辰，外母以女染奇疾，驚怖，召予面會永訣。予省視之，見病中容貌，體態言談，與夜遇仙女無異，心竊怪之，惟慰以無恙而回。踰月病瘳，是年孟冬五日，議昏，邑尹晉江行吾張公、學師安福湖山尹夫子與聞其事，錫以鼓樂綵帳，輿從厚儀，行古奠雁禮，親迎于歸。歸後，德行文藝，漸進未艾，咸陳氏子内助之力也。陳氏子名千金，字辛妹，别號房室仙姬。

韋十一娘傳

胡汝嘉

胡汝嘉，字懋禮，一字沁南，號秋宇，南京鷹揚衛人。嘉靖三十二年（一五五三）進士，官翰林編修，以言忤政府，出爲藩參。著有《蒨園集》、《沁南稿》、《紅線記》雜劇等。顧起元《客座贅語》卷八《秋宇先生著述》云：「先生文雅風流，不操常律。所著小説書數種，多奇艷，間有閨閣之靡，人所不忍言。如《蘭芽》等傳者，今皆秘不傳。所著《女俠韋十一娘傳》，記程德瑜云云，託以詬當事者也。」僅見《韋十一娘傳》，載朝鮮活字本《删補文苑楂橘》卷一。

程德瑜者，字元玉，徽賈人也。然性簡默端重，有長者風。嘗行貨川陜間，即得利將歸，過文階道中，飲於逆旅，時有一婦人跨驢而至，年可三十許，頗有色，而貌甚武，亦投店飯。店中人無不屬目，程獨端坐不瞬。飯既畢，將行，婦忽舉其袖憮然曰：「適無所携，而已饕主人飯，奈何？」衆皆訕侮之，而店主堅求其值。程遽起，以錢酬之，曰：「此〔娘〕（良）子豈乏此數文，而君必困之耶！」語畢欲行，婦前再拜曰：「公誠長者，請公姓名，當倍酬公耳。」程答曰：「錢不足酬，姓名亦不足問也。」婦曰：「少間有小驚恐，妾將有以報公，故問公。公幸勿隱。如欲知妾姓氏，則韋十一娘者是也。」程極訝其言不倫，漫道姓名而去。婦曰：「余於城西探一親，少頃亦當東耳。」策驢而去，其行如飛。程且行且疑，第以婦人語不足憑，又彼一飯之資尚不能措，即有驚恐，又安能相報也。與其僕驅而前，甫三四里，道遇一人荷笠負笈，衣體塵暗，似遠行者，與程并道，或前或後。程試問之曰：「此前當何所抵？」其人曰：「此去六十里爲楊松鎮，鎮有旅舖可棲泊，近則不可得也。」程曰：「日暮可得達乎？」其人視日影曰：「我可耳，君不可達也。」程曰：「我騎爾步，何反不相及？」其人笑曰：「此南有支徑，可二十餘里，直達河水灣，又二十餘里即鎮耳。公官道迂迴，故不相及。」程曰：「果有支徑，即相指示，抵鎮當以酒食奉勞，可乎？」其人欣然而前。程驅而從之，果得一徑，初入稍平坦，里許漸磽确，有山陡絶，繞岡而行，密林如幄，仰不見天。程惶懼，詥其人，答曰：「前此即平路矣。」又度一丘，則轉崎嶇。程悔，欲回馬，忽其人呼嘯數聲，即有紅巾數輩湧出，程知不可脱，遽前揖曰：「寶鏹恣君取之，惟鞍馬衣裝，留爲歸途之費耳。」盗果取其鏹而去。劻勷中僕馬俱失所在，程悵悵莫知所適從，登高望之，杳無踪跡。忽樹葉窣窣有聲，回視之，見一女子瞥然而至。視其貌甚姝而體特輕便，方欲問之，遽前致詞曰：「兒韋十一娘弟子青霞也，知公驚恐，特此奉慰，復約會前岡之側。」程頓悟曩語，稍安，隨女子行半里許，則韋在焉，迎語程曰：「公大驚恐，不早相接，妾之罪也。然寶鏹已取却，僕與馬當即至也。」程唯唯。韋曰：「公不可前，小菴不遠，能過一飯否？失此處，亦無可寄宿也。」程從之，過二岡，即見一山陡絶，四無連屬，高峰入雲。韋以手指之曰：「此是也。」引程攀蘿附木而登，每陡絶處，韋與青霞扶掖而上，數步一休，喘呵不已，而韋與女子則無異平地。每上望若將入雲靄中，比中回視，則雲靄又在下矣。如此行數里許，方得石磴，磴百級乃有平土，則茅堂在焉。堂甚雅潔，揖程坐升榻上，更命一女曰縹雲具茶果、松醪、山蔌飲程，皆甘芳可愛。酒罷命飯，意甚勤渠。程乃請曰：「曩不自戒，狼狽在途，非藉夫人威力，不能出諸泥塗。然不知夫人以何術能制諸鼠輩也？」韋曰：「吾劍俠也，適於市肆見公脩雅，故相敬。然視公面氣滯，知有憂虞，故爲乏錢以相試耳。」程頗通文，讀史鑒，因問之曰：「劍術始於唐，至宋而絶，故自元迄國朝，竟無聞者。夫人自何而學之？」韋曰：「劍不始於唐，亦不絶於宋。自黄帝受符於玄女，而此術遂興。風后習之，因破蚩尤。帝以術神奇，恐人妄用，又上帝之戒甚嚴，以是不敢宣言，而口授一二誠篤者。故其傳未嘗絶，而亦未嘗廣也。其後張良募之以擊秦皇，梁王遣之以刺袁盎，公孫述之殺來、岑，李師道之傷武元衡，皆此術也。此術既絶，唐之藩鎮有相倣效，延致奇異，而一時罔利之人皆爲之用，故獨見稱耳。而不知實犯大戒，諸人旋亦就禍，無怪也。爾時先師復申前戒，大抵不得妄傳人、妄殺人，不得爲不義使而戕善人，不得殺人而居其名。此最戒之大者也。故元昊所遣不敢賊韓魏公，苗、劉所遣不敢刺張德遠，蓋猶有畏心，顧前戒耳。」程曰：「史稱黄帝與蚩尤戰，不言有術，張良遺力士，亦不言術；梁主、公孫述、李師道所遣盜耳，亦何術之有？」韋曰：「公誤矣，此正所謂不敢居其名者也。蚩尤生象異形，且有奇術，豈戰陣可得。始皇擁萬乘，僕從之盛可知，且秦法甚嚴，固無敢擊之，亦未有擊之而得脱者。至如袁盎官近侍，來、岑爲大帥，武相位臺衡，而或取之萬衆之中，直戕之輦轂之下，非有神術，何以臻此。且武相之死，取其顱骨去，何其暇裕哉！此在史傳，公不詳玩之耳。」程曰：「史固有之，如太史公所傳刺客，豈非其人乎？至荆軻則病其劍術疏，豈諸人固有得也？」韋又曰：「史遷非也。秦誠無道，天所命也，縱有劍術，將安施乎？李聶諸人，血氣雄耳，此而謂之術，則凡世之拚死殺人而以身殉之者，孰非術哉？」程曰：「崑崙摩勒如何？」曰：「是特粗淺者耳。聶隱娘、紅線，斯至妙者也。摩勒以形用，但能歷險阻試矯健耳。隱娘輩以神用，其機玄妙，鬼神莫窺，鍼孔可度，皮郛可藏，倏忽千里，往來無迹，豈得無術。」程曰：「吾觀虬髯函讎人首而食之也，是術之所施，固在讎乎？」韋曰：「不然。虬髯之事，寓言耳。雖讎亦有曲直，若我誠負，則亦不敢也。」「然則子之所讎孰爲最？」曰：「世之爲守令而虐使小民，貪其賄又戕其命者；世之爲監司而張大威權，悦奉己而害正直者；將帥殖貨，不勤戎務，而因僨國事者；宰相樹私黨、去異己，而使賢不肖倒置者：此皆吾術所必誅者也。若夫舞文之吏，武斷之豪，則有刑宰主之；忤逆之子，負心之徒，則有雷部司之。我不與也。」程曰：「殺之之狀如何？何我未前聞也。」韋笑曰：「豈可令君知也。凡此之輩，重者或徑取其首領及其妻子，次者或入其咽，斷其喉，或傷其心，使其家但知其爲暴卒而不得其由。或以術攝其魂，使之侘傺失志而歿；或以術迷其家，使之醜穢迭出，憤鬱而死。其時未至者，但假之神異夢寐，以驚懼之而已。」程曰：「劍可試乎？」曰：「大者不可妄用，且恐怖公，小者可也。」乃呼二女子至曰：「程公欲觀劍，可試爲之，即此懸崖旋製可也。」女曰：「諾。」韋即出二丸子向空擲之，數丈而墜。女即躍登枝梢，以手承之，不差毫髮，接而拂之，皆霜刃也。其枝樛曲倒懸，下臨絶壑，窅不可測。程觀之神奪體粟，毛髮森竪，而韋談笑自若。二女運劍爲彼此擊刺之狀，初猶可辨，久之則但如白練飛遶而已。食頃乃下，氣不噓，色不變。程歎曰：「真神人也！」時已昏黑，乃就升榻，上施衾褥，命程卧，仍加以鹿裘。韋與二女作禮而退，宿其石室中。時方八月，程擁裘覆衾，猶覺涼涼，蓋其居高寒故也。未明，韋已興，盥櫛畢，程亦與韋出拜相慰勞。早饍畢，命青霞操弓矢下山求野鮮饌，無所得。復命縹雲，坐談未久，縹雲攜雉兔各一至。韋甚喜，命庖治供酌。程曰：「雉兔固不易得乎？山中何乏此？」曰：「山中誠不乏此，彼潛藏難求耳。」程笑曰：「子之神術，無求不獲，何有雉兔。」韋曰：「公何謬也！吾術固可用以傷物命以充口腹乎？不惟神理莫容，亦不得小用之如此也。固當挾弓矢盡人力取之耳。」程深歎服。既而酒至數行，程請曰：「夫人家世亦可聞乎？」韋踧踖沉吟曰：「事多可愧。然公長者，言之固無妨耳。妾故長安人，父母貧，携妾取寓平涼，以藝營食。父亡獨與母居。又二年，以妾嫁同里鄭氏子，而母亦適人。鄭子挑達無度，喜俠遊，不事産業，數諫之，輒至反目。因棄余，與其徒之塞上立功，竟無復耗。而伯氏不良，屢以言挑我，我峻拒之，他日强即我，我提牀頭劍刺之，不殊而走。我自念不得於夫，又傷其兄，雖釁不自我，亦何顔立其家。先是有趙道姑者，有神術，自幼愛我，謂可傳其道，制於父母未遂也。次日潛往投之。道姑欣然接納，曰：『此地不可居，吾山中有別業。』即携我登一峰，較此更峻，既上則團瓢止焉。教我以術，至暮則徑下山去，而留我獨宿。戒之曰：『無得飲酒及外淫也。』余意深山中二事皆非所當有，心不然之，遂宿其牀。至更次，有男子踰垣而入，貌絶美。余遽驚起，問之不答，叱之不退，其人遽前將擁抱我，我不從。彼求益堅，抽劍欲擊之，其人亦出劍相刺，劍極精，我方初學，不逮也，乃擲劍哀求之曰：『妾命薄，久已安，誠不忍及亂，且師有明戒，不敢犯也。』其人不聽，力欲加我以劍，我引頸受之，曰：『死即死耳，吾志不可奪也。』其人却劍而笑曰：『可以知子之心矣。』諦視之，非男子，即道姑也。因是謂我心堅，遂盡授其術。術成而遠遊，遂居此山耳。」程聽之，愈加欽重。日將午，辭韋行。韋出藥一囊授之，曰：「每歲服一丸，可一年無疾。」乃送程下山，至大道而别。程行數里，則群盜舉貨及僕馬候矣。程命分半與之，不可；舉一金贈之，不可。問其故，曰：「韋家娘子有命，雖千里不敢違也。違則必知之，吾不敢以性命博君貨。」程乃歎惜，束裝而行，遂不相聞。又十餘年，程復出蜀，行棧道中，有少婦從士人行，數日程，程亦若素相識者，忽呼曰：「程丈固無恙乎？獨不憶青霞耶？」程方悟，乃與霞及士人相見。霞顧士人曰：「此即吾師所重程丈也。」揖程於樹下相慰，而霞言其師尚如故，别程後數年，師命嫁此士人，縹雲亦已從人。師亦復有弟子，今我輩但歲時省之耳。問其所之，云：「有少公事。」意甚倉卒，遂别去。後數日傳聞蜀中某官暴卒，程心疑霞之爲，然某人者，好詭激飾名，陰擠人而奪之位耳。是後更不復相聞矣。

王秋英傳

韓夢雲

《王秋英傳》，載《廣艷異編》卷三十二、《續艷異編》卷十三。《榕陰新檢》卷十五題作《秋英冥孕》，出自《萬鳥啼春集》。按：《徐氏紅雨樓書目》小説類著録《萬鳥啼春》一卷，韓夢雲撰，似即作者自叙幽期故事。今據之姑定爲韓作。《榕陰新檢》編者徐𤊹（一五七〇——一六四二），字惟起，一字興公，閩縣人，以布衣終，博聞多識，善草隸書。《明史》卷二八六《文苑》有傳。著作甚多，有《徐氏筆精》、《鰲峰詩集》、《紅雨樓書目》等。梅鼎祚《才鬼記》卷十三《王秋英》條與此略異，篇末云「夢雲兄彙次爲《萬鳥啼春録》」，似又託名其兄所爲。

韓夢雲，福清諸生也。嘉靖甲子，授經於邑之藍田，道過石湖山，見遺骸焉，哀而掩之。其夜宿於藍田書舍，忽聞異香滿室。頃之，一童子入門投刺曰：「娘子奉謁。」夢雲愕然，則麗人已立燈下，斂衽而拜曰：「妾萬里之纍也，委身草莽，二百年於兹矣。君子厚德，惠及骼胔，静言感念，銜結焉忘。偶作小圖，用伸寸報。」遂出袖中彩障一軸以遺之，題其標曰：「萬鳥啼春。」夢雲磬折拜受，因詢其家世。麗人曰：「妾楚人也，姓王氏，名秋英，澹容其別號也。父曰德育，元至正間以兵曹郎參軍入閩。妾從父之任，見執强寇，至石湖山，不忍受污，投崖而死。曩者車騎臨況，躡踵相從，此亦夙世因緣，非偶爾也。」因與夢雲共談，言如懸河。夢雲曰：「卿能詩乎？」曰：「惟先生命。」於是啓齒微吟曰：「咄咄復咄咄，二百年來滯閩越。回頭往事付空華，淚逐西風寒刺骨。當時恨不早見幾，扁舟一葉隴襄歸。海上風煙驀地起，一家骨肉隨流水，渺渺殘魂寄碧岑，花開花落古猶今。相逢此日無它物，贈爾平生一片心。」夢雲擊賞久之，遂申伉儷之私。枕上作《滿江紅》一闋曰：「偶度銀河，霎時間雲收雨歇。枉做了叢莽溪頭，一場轟烈。江山風雨百年心，家國存亡千里月。愧今宵勾引蔓藤，又添凄切。煙花址，應難雪。雲雨債，何時滅。只爲塵緣把白瑜玷缺。高唐夢裡情如海，望帝山中淚成血。羞睹着嫦娥長自在，瓊瑶闕。」比曉起，謂夢雲曰：「妾以感遇之故，失身於君，惟君始之，〔惟君〕終之，君之惠也。不者曲且在君，妾何敢言。」遂飄然而去。自是數日一至，則究校經籍，揚榷古今，意灑如也。是歲之冬，夢雲歸自藍田，獨坐於其家之小樓。秋英遣向者之童子遺以詩曰：「朔風振撼似瀟湘，滿樹歸鴉噪夕陽。不見王孫停駟馬，惟聞牧豎唤牛羊。荒山野水悲長夜，懶鬢疏容怯凍霜。漠漠陰雲愁黯黯，幾時相對一爐香。」夢雲乃以除夕設主於樓，薦以酒饌。其夜秋英盛妝飾而至，與夢雲燕飲，酒酣凭〔夢〕雲肩作《臨江仙》一闋曰：「燈火滿城鳴竹爆，家家收拾殘年。春陽初轉動朱絃。金爐香幾縷，裊裊散輕煙。人事天時又一歲，迎春送臘開筵。多情杯酒更烹鮮。殷勤斟玉斝，相對淚潸然。」明年寒食，夢雲復携雞黍過秋英墳上。少頃，秋英至，設席藉草，謳唱相和。夢雲以巨觥酌秋英曰：「今日之樂，千古一時，可無片詞以紀盛事？」於是秋英乃作《瀟湘逢故人慢》一闋曰：「春光將暮，見嫩柳拖煙，嬌花帶霧。頃刻間子規啼，蝴蝶舞。遍南北山頭，紙灰綠酹。奠一丘黃土。嗟海角飄零，湘陰淒楚。無主泉扃，也能得有情風雨。把堂上深恩，閨中遺事，鑽火留餳，都付却，落花飛絮。又何心挈罍提壺，鬭草踏青載路。雞黍。畫角聲吹落梅花，又帶離愁歸去。」因謂夢雲曰：「妾懷君之子，今將免身矣。當產君家，食以生人乳少許，乃可育於人間也。」遂與夢雲並轡同歸。夢雲妻子皆安之。客有問及澹容前身者，以詩答之曰：「地老天荒一化人，寒煙衰草度芳晨。冥冥渺渺無生死，豈有前身與後身。」其二曰：「煢煢瘦魄濯寒流，偶爲塵緣世外遊。莫道此生原不滅，生生滅滅一浮漚。」後月餘，產一丈夫子，時乙丑年四月十八日也。夢雲妻聞之，大喜，偏覓人乳以食之。於是里人求觀者如堵矣。秋英乃謂夢雲曰：「神奇之事，愚者駭焉。兒育於君，恐招物議。妾當歸楚，寄兒於楚人，後十八年，圖與相見未晚也。」乃作留別詩曰：「兩年驩會夢魂中，聚散人間似轉蓬。歲月無情催去燕，關河有信寄來鴻。劍沉延浦光終合，瑟鼓湘靈調自工。它日扁舟尋舊約，夕陽疏影楚雲東。」遂將兒擘瓦升屋而去。忽一日遺夢雲以詩曰：「處處青山叫子規，家家乳燕銜芹泥。獨憐知己千山外，遥望白雲雙眼迷。」是後每歲巧夕，一過小樓。嘗作《滿江紅》一闋曰：「蓐暑誰收。秋聲報梧桐一葉。又聽得蛩泣階除，雁啼沙磧。清光玉宇本無塵，無奈妬雲遮素魄。意難忘、倏忽馭飈輪，尋舊約。　柳風疏，歡情折。芙露冷，離愁結。這滴滴丁丁，不堪苦咽。夢魂河漢隔年期，骨肉關山千里別。兩關情極目楚山雲，龍江月。」迨至萬曆壬午，遺書夢雲，招之入楚，曰：「兒寄湘陰黃朱橋，今弱冠矣，君得無意乎？妾請爲鄉道。暇間賦得《長相思》二篇請教。」其詞曰：「長相思，相思長，獨鶴高飛九迴翔。楚天嘹唳驚胡霜，側身東望淚沾裳。思君間阻天一方，欲往從之河無梁，臨流欲遡川無航，江東渭北恨參商，安得共此明月光？長相思，相思長。」其二曰：「長相思，相思長，寒蛩唧唧九迴腸。中夜爲君起徬徨，期君不至倚胡牀。衰草滄淚漫隴襄，願言載道歷盤塘。扁舟一葉過武昌，身隨鴻雁度衡陽，無令戚戚滯湖湘。長相思，相思長。」是年夢雲不果行。明年乃行，自洪塘買舟。秋英已先至矣。與之同寢處，它人莫見也。及至湘陰，果有黄朱橋者，湘陰豪宗也，有三子，曰鶴算、鶴齡、鶴鳴。鶴算得之神女，叩門授兒，忽不見，以白布裹兒也，而題以血書曰：「血書尺帛裹呱兒，抱送君家好護持。乙丑之年辛巳月，甲申日主丑初時。閩生楚長人非幻，陽氣陰胎事亦奇。莫道螟蛉難似我，恩深還有報恩期。」末書：「十八年後，閩有韓夢雲來。此其子也。」及夢雲至，相視愕然。夢雲具道其詳，朱橋大駭。鶴算持父哭，幾不自勝。是時鶴算已婚易氏女，不能從父之閩。夢雲遂留之二十日而别。秋英乃從夢雲入閩。閩士大夫及當道諸公往來玉融，卜事求詩者，踵相接也。萬曆癸巳年，秋英謂夢雲曰：「妾以冥數得侍巾櫛，不自韜斂，籍籍人間。今者賓客如雲，答之則事涉漏洩，不答咎且歸君。然亦塵緣已盡，吾將從此逝矣。」夢雲及妻子聞之，驚愕挽留，秋英亦揮涕而别。於是合家皆號慟，爲之舉喪，今遂寂然。（《廣艷異編》卷三十二）

按：本事又見王同軌《耳談類增》卷二十三，情節略異，人名作王玉英、韓慶雲，《情史》卷十六即據之。《列朝詩集》閏集則作王秋英，似從本篇。《二刻拍案驚奇》卷三十《瘞遺骸王玉英配夫》仍據《耳談》鋪演。

福清茂才韓生慶雲，授徒於長樂之藍田石尤嶺間，見嶺下遺骸，傷之，歸具畚鍤，自爲瘞埋。是夜，有人剥啄籬外，啓户，見端麗女子曰：「妾王玉英也，家世湘潭，宋德祐間父爲閩守，將兵禦胡元，戰死，妾不肯辱虜，與其家死嶺下。歲久，骸骨偶出，蒙公覆掩，恩最深重，來相報耳。妾非人也，理有冥合，君其勿疑。」遂與合。而亡何，七月七日子生，慶雲母亦微知其事，急欲見孫，因欲抱歸，女戒曰：「兒受陽氣尚淺，未可令人遽見。」忽母來登樓，女已抱子從窗牖逸去。噉兒果尚棄在地，始猶謂蓮子，察之乃蜂房也。抱兒歸湘潭，無主者，乃故棄之河旁，書生辰於衣帶間，仍書曰：「十八年後當來歸。」湘潭有黄公者，富而無子，拾之，稍長，清癯敏慧異常兒，名曰鶴齡。公旋又生一子曰鶴算。二子共習制業，頗有聲，已而其弟已授室，獨鶴齡泥衣帶中語，未決。然已捐金四十兩，委禽于其里易氏矣。先是，女郎歸楚，嘗以二竹筴與生，令擊筴則女即至。凡有疾痛禍害，得女一語，即獲庇祐。後以人言，疑女爲妖，又誣生失行，淫主人女，褫去章服。故女來漸疏，相期惟一歲一來，來必七月七夕。久之，女謂生曰：「兒生已符衣帶之期，可不來視之乎？」生遂抵湘潭，僞作星家語謁黄公。公出二子年甲，生指鶴齡者曰：「此非公子，即浪得，當歸矣。」黄公色動，問所自來。生曰：「我即棄兒父，故來試公。儻不寒盟，有衣帶語在。」公曰：「固也，我已有子，不死溝壑。若公還珠，可忘阿保？他且勿論，頃者委禽之資，當爲計耳。」因問兒所在。曰：「應試長沙去也。」生即往就視。一見，兩皆感動，若不勝情。其弟及家奴皆大訢，禁不令與語。生自忖，貧既不能償金，又婚未易就。以咨女，亦莫爲計。遂棄之歸。始來浮湘，屢經險，女皆在舟中陰爲衛，又爲經紀其資斧。至兒不得，疾歸，女亦恚恨，若有待耳。抵閩，人皆驚詫。蓋始皆謂生必死狐媚，今不然。又謂見兒，知非祟也。女能詩，長篇短咏，筆落數千言，皆臻理致。其《咏某貞婦》詩曰：「芳心未可輕《行露》，高節何須怨《凱風》。」其《憶生》詩三絶句曰：「洞裏仙人路不遥，洞庭烟雨〔晝〕（畫）瀟瀟。莫教吹笛城頭閣，尚有消魂烏鵲橋。」「莫訝鴛鴦會有緣，桃花結子已千年。塵心不釋藍橋路，信是蓬萊有謫仙。」「朝暮雲驂閩楚關，青鸞信不斷塵寰。乍逢仙侣抛桃打，笑我清波照霧鬟。」諸篇爲人所誦。生始命賦「萬鳥鳴春」，即成四律，今即以名集，計十餘卷。閩莊静甫談。（《耳談類增》卷二十三）

銀河織女傳

華玉溟

現存乾隆十五年(一七五〇)鈔本，卷首題「十七世祖玉溟府君撰」，傳後記「乾隆庚午二十三世孫二泉沐手謹録」。封底有朱筆題「趙浜華繁沚堂四四三房大房二十三世孫厚珍藏」。此本當爲華氏家傳，玉溟不知何許人，生平無考。傳叙嘉靖丙寅年(四十五年，一五六六)事，文中又謂「今上龍飛，改元詔下」，實指隆慶元年(一五六七)，似即作于是時。

武陵有少子者，儒家兒也，嘉靖丙寅，既有室二年矣。無何，於仲冬之七夕夢一美姝，駕鶴纏雲，冉冉從天而下，其年可二八，其形如瓊英膩雲，其髮黑光可鑑，其飾多珠纓瑶釵，玉絲花翠羽鳳，其衣遍身皆緋霞金縷，綠緣鸞文，其玉佩參錯五色，刀劍魚鳥龍虎花草等形俱備，其儀度窈窕綽約，徊翔瞻盼，從容閑雅，大抵埽盡胭粉嬝娜之態，而天然質器，自不可及。前執少子手，謂曰：「君誠妾所仰。君之婦，妾之身也，職當揚道，帝父使妾偕君朝。」少子俯首謝。因邀共跨鶴憑空而升，俯視漫漫無所見。前麗人數百，分班導引；後隨者不計，或執羽扇，或撑繡蓋，或抱玉琴，或捧符書，或秉鳳節，或挾金劍，或持銀仗，或頂寶盤，或托香匣。紅頰翠眉，綵衣繡裳，丰神標格，桃柳弗若。皆乘青鸞，翼翼齊飛。約行十里許，抵一金門，額曰「玉闕」。真吏跪而迎之，因下鶴，同御七香繡玉輦，輦前七綵鳳飛引。四望寶宇嵯峨，馨風馥郁，靈禽異獸，翔鳴馴擾，奇木怪草，滋秀芳華，真天境也。久之，又抵一金門，額曰「大所」。靈官曰：「帝御殿矣。」因下輦，乘綵鸞，去去殊疾。頃間又抵一金門，額曰「帝宮」，侍衛羅列，官吏接摩，見美姝至，或鞠躬，或屈膝，莫敢仰視。入正陽、元陽、聚陽三門，乃舍鸞携手而趨，由東少微闕而進，歷過勤民樓、清平閣、公明閣、集鳳樓、九靈閣、長春閣、重玄樓、飛瓊閣、遶虹閣、白玉樓、常寧閣、永升閣、五雲樓、受章司、謄章司、太清殿、照遠東樓、照遠西樓、上清殿、儀制司、樂舞司、布敕司、布德司、玉清殿。殿上金花燦爛，遥睹一王者向離垂拱。美姝曰：「帝父也。」至玉殿下，兩麗人捧裾上殿，餘班立丹墀。少子拜稽手，俯伏待命。忽聞宣詔，略曰：「卿爲牛宿，卿婦爲女宿，朕之佳婿佳兒。朕向憫凡界慢褻罡區，特降兩人塵遊闡化，共甦愚頑。今賜卿名玉卿，加封玉宮蕊府外殿玉虚文宰、金安獻丞、日晶月朋帝坦、仙羽檢點漫天正教。卿婦仍玉宮蕊府内殿、天地無雙、古今有一、玉節義貞、金英明德、日晶月朋帝媛、才貌仙娥。」少子頓首謝，美姝下殿引出，復乘綵鸞而西，經都水司、都雷司，司各有仙靈，羣拜道左。俄見麗人一隊出迎，則已至蕊府矣。府之前有橋，形若二鵲，二喙相接，尾各披岸，銀河如練，清碧漣漪。夾岸奇葩寶樹，絡繹不絶，策鸞過之，越臨江門、玄精門、垂雲樓、凝暉樓、玉梯樓、花蕊外殿，至内殿而鸞止。棟宇簾箔，壯麗奪目；鼓吹笙歌，和暢悦耳。奴娣侍御，嬈艷馳心，萬香捧簇，應接不暇，椅案皆五彩寶妝。兩人相對坐。美姝曰：「此郎故地也，猶認否？」少子曰「忘之矣。」美姝曰：「妾能使郎認之。」東北幕内二麗人拱瓊漿二大巵出，各取一巵，其漿如膏，飲之甘香清洌，齒無粘滯，神思爽然，倏覺心動，恍惚若己舊居。因起，遍遊紫霞閣、翠雲樓、莞然亭、冷冷闕、鎖泉室、琵琶橋、九華軒、聚寶樓、撒珠殿、一釣百魚臺、戲龍池、取心所、迎風樓、有瓊閣、剪玉樓、淡烟亭、弄玉池、灑露館、燕燕臺、鶯鶯堤、鴛鴦水、玉帶橋、霸天樓、滌海流、吹笙橋、翔鸞屏、潤妝高處、瓀鏫樓、雙和館、羣玉閣、浩浩泉、旋風百等臺、披秋橋、瀉赤磯、目遠樓、倚虹徑、集靈閣、綵鳳樓、珊瑚修竹欄，欄外萬花如錦，花間有收春亭、直香殿、半刻萬年真鑑樓、玉蓮洞、投釵井、閑閑處、笒臺、唱和臺。臺上複道，曲折迢遞，南接紀賢樓、會符樓。兩樓在外殿之北，東西相望，下樓即内殿矣。於是入百花雲房，帳幃華靡，珠璣纓絡，牙牀繪地，錦裀重疊，蓋卧室也。南窗寶案亦有赤玉璽一，少子異之。美姝曰：「吁！郎昔佩之，今閒久矣。每獨坐無聊，見此如對郎也。」因指繡幔曰：「豈有意乎？」少子笑而即焉。美姝曰：「與郎夙世夫婦，終有此日，此非其時，姑試之耳。誠不宜以色事郎。」因横玉琴撫之。其制小，其絃五，撥剌挑剔，音悽調冷。少子潸然淚下。美姝起，徐拭之，蹙額言曰：「湘妃寫恨，蔡琰傳悲，妾亦焉能自持，奈期何也！」遂嗚咽沾巾。俄麗人進曰：「凡漏五鼓矣。」美姝拂涕曰：「天將曙，郎請先歸。妾當于巳刻親降傳情，然尚未得相面，須假桃乩書之。」少子唯唯，步至橋中，戀戀良久始別。美姝駕綵鸞而北，少子駕白鶴而西，時引導追隨者則綠衣童也。遂由故道還，夢醒，未幾東窗漸紅，神思飛越，如有所失。乃起，覓桃枝作乩，至巳焚香，兩手自扶即運動，草書詩數章，且云：「妾銀河織女也，牛郎被遣，孤眠二十年矣。今擬整續斷絃，是用昨宵引郎暫歸。若欲妾相面，其在歲暮始春乎。願郎無便言之他人，永有嘉福。」少子揖曰：「區區庸流，一旦夢識仙儀，醒來殊不放下。得早見顏色，尤見錯愛真篤也。」則又書云：「郎之至意，妾固同之。但緣定于斯，豈能以私意俾早。妾所爲郎慰者，朝降乩、夕通夢耳。」嗣自想念甫起，扶乩可立致。每夜熟寐，未嘗不在夢魂中也。及立春之前日，有附乩書云：「九天玉華使者，今遞蕊府玉緘，恭報原文。」書畢，少子問内殿何在，答曰：「已整姻裝，明宵駕臨也。」此後繼得數柬。翼日，少子從兄伯子入城，風逆且烈，中途舟幾覆，驚艤岸左。忽有附耳曰：「第趣行，風即間矣。」時舟人堅不肯行，少子强之再三，始行。甫解維而逆者順、烈者緩矣。遂獲抵城。是夕宿舟中，卧處去兄步許。少子方疑兄在，必誤佳期，而耳邊有語，乃言人静須至也。遂攬衣正冠坐候。及譙鼓二下，忽見金光翼翼飛至，四周五六尺地，皎如白晝。已而異香芬然，少子方舉手拭目，乃聞玉佩丁東，則四麗人擁美姝在前矣。舟中槅户皆閉如故，竟不知從何處入也。少子驚喜，爲之跪迎。美姝揖曰：「今夕始得再侍巾櫛，請與郎行凡間合巹禮。」因共坐席上。兩麗人進繡玉蟠桃卮一雙，卮中紅醪甚熱，次第分飲，乾，興而交拜。拜罷復坐，則帳褥衾枕，錦繡瓊瑶，一如往昔夢中所有，初不知何人鋪設也。笙歌管弦，悠揚繚繞，亦不知何所吹弄也。美姝顧左右曰：「爾等傳令使者率外班姑去，有召即至。」麗人輩瞥然不見，亦不知從何出也。已而樂音寂然，麗人亦不復入。美姝徐曰：「良宵寒勝，妾將解衣送暖，第有約能從則可。」少子曰：「惟命。」美姝曰：「非妾不情，但佳期須在秋初，欲郎無固犯。」少子以爲既卧可强也，乃陽諾之。入衾共枕，肌膚瑩滑，馥馥有香，肢體輕柔，綿綿無骨。少子强之，即隱不見。意念空濃，可奈何哉！惟唱和幽吟，連宵徹旦，而其兄竟若罔聞。東方漸明，金光漸滅，美姝先起披衣，珠翠滿頭，整整不亂，謂少子曰：「妾止此矣，郎意太勤，亦宜暫睡。」少子從之，覺則美姝莞爾，而素衾布褥皆我舊物矣。時其兄已晨餐，少子遂起。美姝行立必偕，終日未嘗少遠，而其兄不見也。占誦戲謔，未嘗少避，而其兄不聞也。四麗人更迭至前，薦果皆異常，美姝分食少子，用是不飽火食。兄及僕人咸怪其減餐，而不知其然。如是者凡七日夜，所得詩句不可勝紀。然少子猶未言歸也。美姝則促之返舟，而曰：「妾從此別，遇七再來省郎，月必三見矣。」少子泣。美姝曰：「妾豈薄情者流，日後須知之。」因留《犀玉操》一章，引袖拭少子涕，遂不見。少子薄暮抵舍，胸中惶惑昏亂，如狂如癡，入更始定，即若心花開者，不假思索，自然成詩，紀之以筆，一章盡一章隨出，流水行雲，莫能喻也。更身邊髣髴異香，旋繞不散，遂大自異。然猶以美姝別去，淚眼浹洽，雖時獲耳邊消息，而勞思渴慕，滿面愁色，人多謂爲涉祟。及七果得面晤，因而怡然。嗣是每逢其期，風雨不替，來必從數麗人，香圍佩響，即衆中無聞見者，而少子容體亦漸肥白，反昔之過矣。一日，美姝謂少子曰：「古稱遇仙者一洩天機即去，皆妄誕也。姻緣所係，於人之知否何與哉！苟有叩者，言之無害。」少子由是稍稍道之所親，而其來如故。然聞者以爲誣，即信者亦以爲妖也。夏夜少子方卧，美姝手持百寶桂泉丹，有光如火，語少子曰：「郎凡胎也，請易骨。」乃以丹入少子口，甫入成漿，香美無匹。既下咽，骨髓皆寒。少頃痛甚，已而漸愈。美姝撫之，徐曰：「郎無憂，經七日强健矣。」因和衣共卧，及旦遂去。甫三日夜半復至，又持前丹食之。留一麗人伴少子體而挈其神，共乘綵鸞，徑趨蕊府。方坐，則日月兩宫驂九華鳳輿繼至，引導追隨，倍于美姝。一皆冠帶大吏，一皆綵衣雙鬟，各五飛蓋，蓋皆五色簷，五色參錯，視少子加三，視美姝加二，是有等焉。而簷之第一則均翠羽繒者，玄州上青天之色。日宫秀顔，夭夭長鬚，飄飄版巾，法服俱翠綃金縷，巾前後各垂十二旒，玉帶玉佩，光澤鏗鏘。月宫佳姿妙態，一如美姝，所殊特裳衣金翠及容體稍偉耳。既入殿，坐皆南向。美姝引少子拜如禮，詔賜坐。少子西向，美姝東向，衆麗人設四卓，中堂列果品百盤，盤皆五綵寶妝，果品俱生平未識者。金赤圓方，色樣有之，惟中一盤乃五綵蟠桃，大如茶甌。帝命取嘗，少子食半枚，味絶甘美，以畏懾不能盡。日宫曰：「佳婿此來，待留七日，懼驚人，以時易之。」又曰：「卿下世，惟寡私多公，朕常令佳兒語卿，慎勿爲天家羞。」月宫但微笑無一言。少子避席，頓首謝訖。兩宫皆起，驂輿而出，美姝同少子送至橋外，復入。少頃，美姝笑而言曰：「諸侍女中多善詩詞者，請使各以所長獻，可乎？」少子曰：「不敢請耳，固所願也。」美姝遂以命之。丹鸚獻詩曰：「二十年前海島家，飛來香殿竊靈芽，主君自愛紅塵卧，不記丹鸚會奏笳。」綠燕獻詩云：「春風池上紅雲起，玉手雙雙碧泉洗。捉得龍魚奉主君，主君下箸奴心喜。」輕雲獻詞云：「憶昔郎君别鳳堤，三千采女盡沾衣。兩度歸來復得見。滿宫歡笑，争看郎君面。郎君面顔只如初，春風秋露凡心多。凡心未了，塵緣未斷。可憐妝鏡，釵横鬢亂。此去緘書附便鴻，記取輕雲另草封。草封不寫寒温語，爲言何日，使奴重相與。」紫英獻詞云：「銀河一帶，萬古流天界，似白玉横青黛。嫩柳垂條蘸碧波，明花委片鋪靈派。笙鼓宫中，雲霞橋外，他鄉遊子，多少清平債？星海畫船如可買，及早歸來自在。」飛陽獻詩云：「白玉樓頭雲影低，文壺山上綵鸞啼。金門半掩香風静，杏蕊全開血色肥。留不住時兼主客，得相依處恨分離，凡心一點憑誰洗？手捧銀錢落錦衣。」丹鸚又獻詩云：「玄州妙道總虚無，一點明珠見赤烏。搗破雷函天地轉，挑開月擔斗星疏，三江夜静潛龍出，七島雲迷窟鳥孤。無限分中真旨趣，春風來往是金梭。」餘待次欲獻詩者未艾也，而少子將評騭前題，遂止之，顧謂美姝曰：「適得諸篇，綠燕愛我，輕雲念我，紫英以早歸爲願，飛陽爲分離爲恨，雅意俱識之矣，其最上者丹鸚乎？初詠奏笳，諷忘舊也；卒賦妙道，誨輔正也；温柔敦厚，莫是過也；貞順莊嚴，氣象殊也。其最上者丹鸚乎？」美姝笑曰：「然。」丹鸚俯首掩面而入，復捧瓊漿二卮而出。飲既盡，則簾外已報時午矣。少子曰：「子來午去，兩宮命也，請遂辭。」美姝笑曰：「郎以妾無雲雨交，不深念耳。」少子因口占絶句一章答之曰：「擬欲相隨玉海頭，塵心猶是快凡遊。雖然顏色傾千國，不比荆王夢裏秋。」則又笑曰：「詩正佳，惜非妾意。」因呼鳳馭並駕遲行，橋南分手，反顧再三，情甚重也。少子還家，即如夢醒，偏身流汗，問是午時否，家人僉曰：「是矣。」先是家人見旦不起，唤之不應，咸大驚怖，至是咸喜，褰幃問故，少子具道所以，浪傳于外，人始異之。有欲試其神否者，多不明言所欲而概舉條件問，少子憑心自動，得詩授之，類能晰其隱微；然或間值一二少謬，人即嗤之。少子惡之，遂絶不爲，爲亦大謬，以語美姝。美姝笑曰：「晰人隱微，豈君子之利哉！温嶠然犀，有明〔鑒〕（監）矣。妾故偶爾見靈，又偶爾示愚，冀君子明暗適宜，兹區區志也。」季夏，少子狎之甚，美姝固拒，不得已，乃曰：「君向者譽丹鸚詩，渠亦有徼恩心，今宵當遣侍夢中，以售君愛。」時丹鸚在側，約年旬五，端妙絶世。少子目之，赧然而逝。美姝因賦長歌爲叙疇昔。至夜，少子甫伏枕，丹鸚已入夢矣。斂態低鬟，丰姿艷冶，愈足動人。遂諧繾綣，則處子也。歡洽良久，不甚言笑，而情誼藹然，愛厚殊極。已而留詩一章曰：「得侍陽臺翠羽淪，微軀何處答君恩。乘雲歸去銀河闊，欲寄菱花自寫真。」吟畢遂起。少子曰：「明再來否？」不答，泣數行去。少子初不解其旨，而來宵竟杳然，乃懇美姝，則曰：「帝親召還矣。」少子悲甚。美姝正色曰：「秋光在邇，郎何戀婢而遺妾乎？」少子收淚謝之。未幾，梧葉晴飛，蛩聲寒度，巧夕已屆，少子方浴罷乘涼，二麗人前曰：「蕊殿有約，入更邀至故宮，幸毋却也。」少子喜而諾之。既就枕，美姝復相挈神遊，衣少子翠霞金縷袍，袍以金綠爲緣，帓巾如日宮，而旒止九，玉帶玉佩，雲襪雲履，無不華靡。各御七香繡輦，即有大道，接屋脊而去，輦行未嘗憑空。少子導從皆童子，先行；美姝導從皆麗人，繼後。奏笙歌者甚衆，不復同曩時矣。少子顧左右曰：「此道何名？」對曰：「錦塘也。」少子曰：「往日何不由此道？」對曰：「此道頗迢遞，御車非此則不達耳。」行約三十里許，始入玉闕，已而至蕊府。甫升殿，垂簾，簾外報曰：「使臣傳詔。」美姝使四麗人捧進。少子觀之，則緋箋金文，中有「今夕良緣，有關夙昔，惟佳婿成之」之句。少子因駕鶴疾詣帝宮，玉殿下叩首謝恩。既返，諸麗人遂列果品如前，更進紅醪二卮，謳好鳳之曲曰：「一雙好鳳初翱翔，和音濟濟復洋洋，今宵騎得歸故鄉。繡幕重來風露涼，世間恩愛多鏗鏘。盡看銀河把眼張，怎如羅帳會鴛鴦。玉肌香，膠膠漆漆郎與娘。三時雖是不久長，明年後年樂未央，千秋萬古無離傷。」又歌鬥花之曲曰：「凡園桃李開鮮花，天園桃李開瓊花。鮮花春短花亦謝，瓊花春長花亦遐。凡園天園孰好看？共道不如蕊殿娃。蕊殿娃，真奇葩，容顏如玉鬢如霞。今宵嫁作河灣婦，紅綃錦帳度年華。巫山十二陽臺上，楚王神女聽琵琶。」雜以絲竹金革，換羽移商，含宮吐徵，雅調和音，雍雍若也。遂携手入百花雲房。少子笑曰：「予茲得爲入幕之賓矣。」美姝曰：「然則妾將爲入幕之主乎？」因下帷解衣，幽聚纔合，赤露橫流，嬌冶羞融，弱怯宛轉，微拒微戚，如弗得勝。畫徧瓊山，佳情無數。少子神迷思奪，私念丹鸚須多讓也。留連未已，不忍披衣。美姝曰：「欲見丹鸚乎？」即呼之至。因命撫琴，鼓《歸來操》，又鼓《鸞和操》，聲律節奏，縹緲奇妍，令人有飛揚之意，而凡漏五鼓，已有報者。美姝曰：「由明秋以迄千萬秋，斯自在也，郎毋訝其疏。」丹鸚投琴進衣，遂各披衣下榻，復手授香丸一，垂涕款別，夢醒則窗猶未白也。而細憶前事，悲喜交集。午刻，忽二童子入室，傳美姝口授之辭曰：「金樽共盡，已締素秋之歡；玉版同書，將要盈缶之愛。莫謂天凡千里隔，遂令姻好一時休。心當既于海枯，誓更生于血滴。小子如此，夫君若何？」少子領之，答曰：「鄙人之意，正在久要。誠懼俗夫，難堪仙配。乃蒙令旨，枉囑再三。生死不忘，謹當如命。」二童子拜謝，躡雲而去。嗣是則恒夢同遊勝地，而不復入銀河。雖間夢及，亦無復爲情矣。惟一月三見，有頻無缺。歲既一週，月度數圓，忽一日愠見曰：「妾侍君子，自期永終，不意君子對客有語及相遇事者，君子輒汗顏，得非以魑魅疑耶！妾將永矣辭去，而緣不可盡也，奈何！願君子自愛。」言訖，兩淚交下，四麗人擁之登雲，猶于雲間灑淚及少子衣，久而後滅。既數日，復遣丹鸚賫授《玉洞仙玄》一卷，且曰：「中君致語，妾身在天宮，心在君側。此心不泯，始終以之，幸毋遐棄。」少子舉水酹地曰：「丹誠可滴，玉質長看。」丹鸚繼曰：「苟左前盟，有如斯水，是在主君耳。」少子曰：「佳人此行，善爲我辭。某雖微，當以不忘報也。」丹鸚慘然曰：「主君云云，豈謂終返故宮，將于丹鸚私厚乎？丹鸚薦寢之日，內家既有詩矣，願主君勿復爲言。」少子謝之，因邀留句。丹鸚曰：「受命速來，何以句爲？」固邀，乃口占一章云：「心如玉山，目如銀河。山間紫石，河水金波。石不可變，波不可枯。變者枯者，其世情乎？世情則然，主君匪徒。主君主君，聽此真歌。」歌罷馳去，自是遂疏矣。當泣別舟中時，江之南尚未聞世宗皇帝大行也，而所留操已入隆慶帝字，少子未及審其故。迨今上龍飛，改元詔下，乃知正朔亦有預定者乎？初遇兩三月間，隨少子所在，異香時時充湧，同坐者皆聞之，至于臥內，雖他出，室人亦屢聞之，或隨散，或經時不散。美姝又教少子書篆療病，一二知者取去焚之輒驗。未幾微有所試，弗悟。美姝嗟歎不輟，奏于帝，有旨停元階左授玉霄閑史，蓋又百日，始接詔曰：「佳兒言，玉卿近已能悔過，可進都天御史，候行成日，更議元階。」然不復以香篆取信于人矣。平日相晤，惟正言相規，每以去私行公諄諄戒勉，曰：「去私則無罪，行公則有德，天必祐之。福則實受，禍則潛消，彼八字彼五星，末之累矣。」又曰：「夫人一離母腹，其壽夭貴賤貧富賢愚之數已彰彰在天，營謀雖巧，何益之有，且以營謀得者，亦其數當爾也。蓋八字五星，命耳。命則猶可挽回，數之所係，至大至嚴，包乎命不盡乎命。命宜福而卒以惡失之，命宜禍而卒以善反之，莫非數之統管，人何能庸力哉！」又曰：「財利得失，分毫有定。定于得，雖失尋得；定于失，雖得尋失。必須任其自來，勿庸心于計較。」又曰：「孝弟忠信禮義廉恥仁恕剛明，此等項皆立身之大綱，郎幸毋忽之。」又曰：「神仙非得之修煉者，惡滅于己，善及于人，一身都是正氣。正氣不以死生爲聚散，故賢者數盡則尸解，爲神爲仙。可笑古今所傳仙訣，必用遺落世事，雖父母妻子，莫致吾情。果如是，天獄注名者也，媒孽神仙，誤矣誤矣。」又曰：「凡間倘有道士，能驅雷役龍，必天星謫下立功者也。昔如張白莫等，往往皆是，安事坐煉工夫暨符咒罡訣旗劍印令哉！彼世之學道者，偶或以此得效，乃帝父憐憫愚頑，見其哀祈誠請，一副之耳，何可常也！不然，其必無罪有德，注名仙籍而漫天受敕，扶之濟世者乎？」又曰：「坐煉工夫，所以養心也，所以表誠也。去存想而務靜默，是可爲也已。此又好道者所宜知。」又曰：「事鬼神者，必假紙錢紙錠，豈謂火之可以成真歟？矧何地無財，而幽顧取足于人，兹何説也？」又曰：「妾非淫奔，實牽夙契。夫婦之情，不得不然。幸毋相賤。」又曰：「郎勿疑妾非織女，天上人間，理勢一也。妾在天宫，猶世尊之公主。假令民間一女子，自稱某公主，求爲人妻。世尊聞之，公主聞之，污其令名，抑誰舍之，夫何疑于天上？且人間上下遼絶，其聞之也尚遲歲月；天境相傳，則雷迅風烈，頃刻可至。妾果他種，安得與郎周旋許時哉！」又曰：「昔傳太原郭翰事，此乃翰好名，假此以簧鼓愚人耳。妾嘗覽其傳，翰有『牽郎何在，乃敢獨行』之問，女有『陰陽變化，關渠何事』之答。郎以人情斷之，真妄立見矣。夫有妻而任私人，有夫而夫外人，塵世少有心者且不爲，况玄都乎？况帝子乎？妾惡翰甚。帝親謂若無大罪，乃罰爲猴一世，併其妻女皆以奸淫貽笑鄉里。郎毋惑之。」又曰：「姚氏三子之説，其誣益明。以天孫而不能興人之才，益人之智。孔邱、吕望，凡夫也，奚反藉焉？妾每展卷及此，笑不自禁。大抵唐人好爲異説，惟冀一新觀聽耳。然猶未便指實，姑以減紀稱之。」又曰：「妾號織女者，府西有絲綸坊，坊中采女百數，皆織百花雲錦繒，事隸蕊府，每往稽程，故云爾也。」又曰：「佳期必待七夕，亦多深意。妾自有夫四載乃始生，又百載而贅郎。帝親計此夫婦無窮年，須防厭弛，故限以一歲一夕。然天上一歲，不若人間久遠如是，特五分之一耳。」又曰：「郎家有妾分氣，其善遇之。郎愛彼即愛妾也。」又曰：「郎名利吉凶，妾非不知。但言名利，是浮郎志也；言吉凶，是炫郎心也。矧數已定，夫何言哉！惟望好爲以應之。」又曰：「天道待人，顛倒不測，然其中自有機關。郎切以怨天爲戒。」又曰：「郎亦合行道法，時未至行未全也。時至行全，妾當佐之。」議論間辭旨微婉，義理平直，不疾不徐，不執不流，類如此。其稱少子曰才郎，曰阮郎，曰玉郎，曰仙郎，曰蕊郎，曰采郎，曰侍郎，曰玉京郎，曰百花郎，曰才子，曰夫子，曰夫君，曰夫婿，曰卿，曰子，曰君，嘗贈少子玉川號，又時曰玉川羽人，迭出不一，其自稱亦然，曰奴，曰舊人，曰女流，曰薄命，其音甚細，其笑未嘗有聲，其妙處非人所能揣擬也。所留詩賦詞柬，皆清雋可愛。少子彙寫成編，美姝箋請于帝，有詔賜名《情義丹紗》，又自爲序三首具在。

君子曰：怪與神，宣父所不言也，乃武陵少子事，其信然耶？亦怪也，神也，不足傳矣。抑又聞氣化反覆，陰或得以干陽。吾將使觀風者思回陽之道也焉，則玆傳也，可傳也，作《銀河織女傳》。

雙卿筆記

佚名

《雙卿筆記》，作者不詳，載于《國色天香》卷五，與《龍會蘭池録》、《劉生覓蓮記》等並録，即所謂「詩文小説」者流。文字淺俗，或稱之爲「文言話本」。此篇構思尚新巧，較爲雅潔，録之以備明代小説之一體。

平江吴邑有華姓者，諱國文，字應奎。厥父曰衮，係進士出身，官授提學僉事，主試執法，不受私謁，宦族子弟。頗多考黜，遂被暗論，致仕謝絶賓客，杜門課子。國文年方十五，狀貌魁梧，天姿敏捷，萬言日誦，古今墳典，無不歷覽。舉業之外，尤善詩賦。會有司彙考，生即首拔，一邑之中，聲價持重。生父先年聘鄰邑同年知府張大業之女與生爲妻。張無男嗣，止生二女，貌若仙姬，愛惜如玉，遍尋姆訓，日夕閨中教之，故不特巧於刺繡，凡琴棋音律，詩畫詞賦，無不漁獵。長名曰端，字正卿，年十八，配生。次名曰從，字順卿。年十六，配同邑鄉官趙姓者之子。是歲生父母遺禮，命生親迎。既娶，以新婦方歸，着生暫處西廳書館肄業。不意端與生伉儷之後，溺于私愛，小覷功名。居北有名園一所，乃衮宦遊憩之地，創有凉亭，雕欄畫棟，極其華麗。壁間懸大家名筆，几上列稀世奇珍。佳聯掇畫，耳目繁華，大額標題，古今墳典，誠人間之蓬島，凡世之廣寒也。生每與端遊玩其間，或題咏，或琴棋，留連光景，取樂不一。一日，蓮花盛開，二人在亭並肩行賞，忽見鴛鴦一對戲於蓮池，端引生袂謂曰：「昔人有謂蓮花似六郎，識者譏其阿譽太過。今觀此鳥雙雙，絶類妾與君也。不識稱謂之際，當曰鴛鴦之似妾與君乎？妾與君似鴛鴦乎？」生曰：「予與君似鴛鴦也。」端曰：「何以辯之？反以人而不如鳥乎？」生即誦古詩一絶以答之云：

「江島濛濛烟霧微，綠蕪深處刷毛衣。渡頭驚起一雙去，飛上文君舊錦機。」

以是詩觀之，此鳥雖微，然生有定偶，不惟其無事而雙雙同遊，雖不幸而舟人驚逐，雌雄或失，終不易配，是其德尤有可嘉者。若夫吾人或先貧而見棄于妻，或後貴而遂忘乎婦，以此論之，殆不如也。」端曰：「或棄或忘，此買臣、百里奚夫婦之薄倖態耳，此奚足齒。但所謂鴛鴦之永不相違者，妾與君當以之自效也。」因歸庭索筆調生曰：「請各題數語，以爲鴛鴦之叙，可乎？」生曰：「卿如有意，予奚靳焉。」乃首綴《一剪梅》詞曰：

「菡萏初開雨乍晴，香滿孤亭，綠滿孤亭。一雙鸂鶒泛波輕。時掠浮萍，共掠浮萍。」

端傍視，因曰：「君詞白雪陽春，固難爲和。但各自爲題，猶不足以表一體之情。君如不以白璧青蠅之玷爲嫌，妾請終之，共成一詞，何如？」生笑曰：「得卿和之，豈不益增紙價耶。」欣然授筆，端續題曰：

「人傳夙世是韓憑。生也多情，死也多情。共君挽柳結同心。從此深盟，莫負深盟。」

書成二人交玩，如出一手，喜不自勝，相與款狎亭中。不〔意〕（之）文宗欲定科舉，文書已到。生父聞知，即往西廳尋生。及至其門，門已闔矣，然猶意其在内也，歸令母唤之，夫婦俱不在室。衮大駭，因以端侍妾月梅者捵之，方知生端頻往園中遊玩，父震怒不已。月梅匆匆至亭報知，生端惶懼潛回，父已抱氣就寢。生往卧内侍立久之，竟不得一語。蓋衮雖止生一子，然治家甚嚴。生素性至孝，見父忿怒之深，恐傷致疾，乃跪而言曰：「兹因北園蓮茂，竊往一觀，罪當譴責。但大人春秋高大，暫息震怒，以養天年。不肖明日自當就學於外，以其無負義方之訓也。」父亦不答。時生母亦往責新婦，方出，見生戰戰不寧，乃〔爲〕（謂）之解曰：「此子年殊未及，故蹈此失。今姑宥之，俟其赴考取捷，以贖前罪。」父乃起而責之曰：「夫人子之道，立身揚名，幹蠱克家，乃足爲孝。吾嘗奉旨試士，見宦家子弟藉父兄財勢，未考之時，淫蕩日月，一遇試期，無不落魄，此吾所深痛者。今汝不體父心，溺於荒怠，何以自振？汝母之言，固秀才事也。然此不足爲重，欲解父憂，必俟來秋寸進則已。不然，任汝所之，勿復我見。」生唯唯而退。至夜歸室，惆悵不已。端至，亦不與言。端恐其怨己也，乃肅容斂衽而言曰：「今者，妾不執婦道，受譴固宜。貽咎於君，此心甚愧。但往者難諫，來猶可追。」遂取筆立成一詞以示自責之意，曰：

「雕欄畔，戲鴛鴦，綵筆題詩句短長。欲冀百年長聚首，誰知今日作君殃。裙釵須乏丈夫剛，改過從兹不敢忘。不敢忘，蘋蘩中饋，慰我東牀。」

題訖，置之於几。生覽畢，見端俛首倚席有無聊之狀，乃以手挽之曰：「予非怨卿，卿何引愆之深也。」然端平昔人前言笑不苟，是時見侍妾月梅在傍，心甚羞澀。但欲解生之憂，故不敢拒。於是紿月梅曰：「官人醉矣，汝且就睡，或有喚汝，當即起。」梅去。端徐撫生背曰：「然則既非恨妾，殆恨親乎？」生曰：「親焉敢恨也，實自悔失言矣。」端詢其故。生曰：「向者欲慰大人之怒，乃以明日出外就學爲對。今思欲踐其言，則失愛於子，欲堅執不去，則重觸乎父。是以適間不與子言者，正思此無以爲計，而縈悶於懷，本他無所恨也。卿能與我謀之，則此心之憂釋矣。」端曰：「君言謬矣！妾與君今日之事過也，非大人之事過也。大人之責宜也。君向者之對正也。妾方欲改過不暇，容敢他有所謀乎。」生見端詞嚴義正，乃曰：「卿之所言，皆大義所在，固當嘉納矣。但未見子有相慰之情。設使明日遽别，豈真無一節之可言乎？」端乃辟耳對曰：「一節之事，妾不敢自愛，他則無所可謀也。」生佯如不喻其意，乃與之戲曰：「卿所謂不敢自愛者，果何事也？」端赧然不答。生故逼之，端笑曰：「巾櫛之事矣。」生曰：「静夜無事盥沐。何用巾櫛？」端語窮，生持問益堅，端曰：「此事君不言而喻，如何苦以其難言羞人耶？」答問之際，不覺獵喜生，兩相洽浹。華乃滅燈，與端就寢。次日生往西廳檢點書籍，令家僮搬往學中。乃入中堂，告辭父母。父亦竟不出見，但令母與生曰：「今後必須有喚，方可回來，不然，不如勿出也。」生領諾，默默而往。至學，與諸友講論作課。忽經一月，文宗到郡，諸友皆慕生才識，接次相邀。生以父嚴不敢歸家，惟着僕回取行李合用之物，與友登程。乃致詩一首，令僕付端辭别。詩曰：

「自别芳卿一月餘，瀟瀟風雨動愁思。空懷玉珥魂應斷，隔别金釵體更癯。思寄雨雲嫌鴈少，夢遊巫峽怕雞呼。今朝欲上功名路，總把離情共紙疏。」

端得生詩，知其憶己之切，正欲摛思一詞以慰之。奈生父促僕，匆匆不能即就，乃尋劍一口、酒一罇，并書古風一首以爲勉。詩曰：

「丈夫非無淚，不灑別離間。仗劍對罇酒，恥爲遊子顔。蝮蛇一螫手，壯士疾解腕。所志在功名，離別何足嘆。」

僕至，以端詩呈生，衆友覺之，意其必有私語也，相與奪之。及開緘，止古詩一首而已。衆友相謂曰：「此語雖非出自胸臆，然引用實當，觀此則其所作可知矣。誠不愧爲華兄之敵偶也。」或疑曰：「中間必有緣故。」復探生袖，因得其與端詩稿，諸友相與傳觀，鼓掌笑謔久之，然後啓行。及抵郡，則生之姨夫趙姓者，亦在候考店舍相近，日夕相見，而趙子禮生亦厚。又數日，文宗出示會考，生與趙同入棘闈試畢，本道對面揭曉發放。華生已考第一。其姨夫趙者，因溺于飲博，學業荒疏，已被考黜，抱氣奔歸。時生與諸友在郡縣送文宗，適有術士，開帳道前談相，士庶羅列，稱驗者萬口如一。諸友謂生曰：「在此列者，惟兄無不如意，曷往卜之？」生曰：「術士之言，多出欺誑，不足深信。縱果如其言，亦無益于事。」内一友云：「兄事弟已知矣，只爲怕娘子，恐他于稠人之中，説出根脚。」生曰：「非也。」又一友云：「觀前日所寄之詩，則華兄娘子，必不如此，彼特吝財耳。」生笑曰：「二者均非所忌，諸兄特過疑耳。」友曰：「兄欲釋二者之疑，必屈一相。」生曰：「何傷乎！」諸友即擁生入帳中，曰：「此相公害羞，我等强他來相，汝可試爲評之。」術士見生容貌異常，熟視久之，乃曰：「解元尊相，文齊福齊，不知欲隨何處講起。」生曰：「目前足矣。」相者乃以富貴榮盛之事，按相細陳。諸友曰：「此事我等俱會相了。只看得招妻得子何如？」相者曰：「妻皆賢，子亦有。」生詰之曰：「賢則賢，有則有，乃若皆賢亦有之言，相書載于何篇？」相者笑而答曰：「此乃尊相之小疵，故未敢先告。解元問及，不得不言。所謂皆賢者，應招兩房也。曰亦有者，應次房得之也。」生終不以爲然。正欲辨之，比文宗起馬，生令從者以錢償之，奔送出城。文宗既去，本日生與諸友言旋，及至邑，復往學中，乃令家僮先報於母，示以歸省之意。母言於父，父曰：「今日若子事業畢耶？任汝主之。」母不知父亦有與歸之意，乃謂其不與歸。端聞之，製詩一律，着僕付生，以堅其志。詩曰：

「聞君已奪錦標回，萬叠愁眉漸掃開。字挾風霜知富學，篇連月露見雄才。廣寒有路終須到，丹桂期扳豈藉媒。寄語多情新宋玉，明秋捷報擬重來。」

僕以端詩與生，並述母言。生將端詩數四吟咏，以丹砂飛書，朝夕觀之，以自策勵，歸寧之志亦不復萌。忽有客自生岳父之邑至者，生往拜，詢以外家動履。客因以趙子失志捐館告之。生傷悼不已，辭客歸齋，思小姨雖未入趙門，然考中接見趙子，相禮甚恭，若不舉吊，似爲情薄。因以此意禀於父母。父曰：「此厚道也，況外家久欠問安，一往即回可也。」生得命，乃回，與端備禮而往。端修書一紙，臨行付生曰：「數字煩君帶與阿妹順卿，以慰其拂鬱之心。」生曰：「男女授受不親，況彼我尤當避嫌，何以得達。」端曰：「妾在家時，更有使女香蘭者。君今去，妾父母必遣備君使令，令彼達之得矣。」生乃以書收袖，别端而行。將近，生令僕先行報知。張夫婦大喜，遂出門延生而入。至庭，生叙禮畢，張夫婦慰勞再三，生亦申叙間闊。頃間酒至，生起揖就席。席間所談皆二氏家事。惟吊喪一節，生以嫌疑，欲俟張道及，然後舉也。殊不知此子在日不肖，父母惡之，鄉人賤之，張正悔與爲婚，一旦而死，舉家□快。

以此之故，所以席間不道。時張夫婦俱在席。惟從與諸侍妾在内。從爲人淑慎端重，不窺不觀，無故不出中堂。前者生新至時，諸侍妾咸曰：「大娘子新官人在外，今其坐正對窗櫺，娘子曷往觀之。」從叱之曰：「彼丈夫也，我女子也，何以看爲。」續後因童僕往來，屢稱生才學，爲一時珍重，又與端相敬如賓，而彼趙氏者，衆皆鄙之，心恒鬱鬱。今趙已死，華生復至，乃謂香蘭曰：「人言汝娘子姊夫，恁般温雅，果信然否。」因與蘭立於窗後潛視，見生才貌舉動，俱如人言。又見父母特加敬禮，喟然嘆曰：「阿姊何修得此！予今後所擇，若更如前，誓不歸矣。」言罷不覺有所感觸，唏噓之聲，竟聞于席。然張夫婦年大，耳不及聞，生思此必小姨，因見已而憶趙子也，不覺勃然之色，見於其面，遂托醉求退。而張亦以婿途中勞倦，即促飯徹席。已而果命香蘭曰：「此汝娘子官人，早晚盥沐，汝當奉巾櫛。」因就令執燭導生寢。生至寢所，乃取端書付蘭曰：「汝既大娘子侍妾，可將此書奉與二娘子，千萬不可失落。」蘭接生書即歸。未看封皮，不知寄自端，以爲出于生也，心中疑惑，慌至從房。從正燃燈悶坐，見蘭至，問曰：「何事行急？」蘭低語曰：「一事甚好笑。」從曰：「何事？」曰：「華官人初到，與娘子又未相見。適問妾因照他寢所，乃以一書着妾付與娘子，不知所言何事。」從厲聲曰：「何有此舉！快將出去。」蘭忙將書藏袖内，趨出房門，不覺其書失落在地。蘭去，被從撿之，乃私開就燈燭之，則端書也。正看間，蘭尋書復至，從以手指蘭曰：「這賤人，險些被你誤驚一場，此汝娘子之書，何妄言如此。」蘭曰：「妾實不知，然恰喜大娘子所寄。若寄自官人，娘子開看，豈復還乎？」從聽其言。亦難以對，且佯答曰：「將阿姊書看何如。」

「女兄端書奉賢妹順卿粧次：叙别于歸，數更蓂莢。思親之念未嘗忘，而日省無自；有家之願雖已遂，然婦道未終。但幸主蘋蘩於中饋，大人無責備之心；侍巾櫛於帷房，君子有刮目之顧。區區之心，竊自慰也。夫何魚躍淵中，吾心克遂得天之私願；詎意鴉鳴樹杪，若郎遽有棄世之訃音。令人聞之，食不下咽。然而欲慰悲傷，當求所幸於不幸；要舒鬱結，宜舍難求於可求。吾聞趙子立志卑污，每稱羞于奴僕；素行薄劣，恒致惡于鄉間。彼身雖逝，喜温嶠未下鏡臺，無累大德；爾年正青，幸伯牙能彈流水，豈乏知音。切宜善自遣排，以圖後膺天眷。莫爲無益之悲，致損生香之玉。予也，心遠地偏，無由面會，今因檀郎赴弔，敬付寸楮，以慰汝懷，不宣。」

從讀至「鴉鳴樹杪，若郎遽有棄世之訃音」，不覺長吁數聲，墮淚濕紙。又見「喜温嶠未下鏡臺，無累大德」，乃曰：「阿姊何不寫此在前，免人煩惱。」香蘭曰：「且更看後面何如。」二人看畢，乃知生專爲舉吊而來。從因謂蘭曰：「汝明早奉水，何不與華姑夫説知，叫他不必提起吊喪之事，那人雖死，我相公嫌他，不如只説敬來問安，豈不更美。」蘭退，口雖不言，心下自忖，向者之書須誤説，而彼竟問之，今又教他勿舉吊喪之事，其喜生之心，已動于窗後之一觀矣。次早生起着衣時，香蘭在窗外潛知生已起，奉水盥生。生因問曰：「書已達否？」蘭想起昨夜錯誤之事，乃帶笑答曰：「已達矣。」生意蘭笑己，固問之。蘭曰：「昨者妾錯認書是官人的，俺娘子驚而怒焉。及開封方知是大娘子的，所以可笑。」生拆之曰：「汝誤説有之，汝娘子識字，封外明寫大娘子所寄，何待開封方知。」蘭曰：「彼時因妾失落在地，娘子拾得，欲背妾開看，未及詳觀護封，所以錯認。」生聽其言，默然良久，因復問曰：「汝娘子那時更有言否？」蘭乃述其令勿往吊之事，生深感之，曰：「若非汝娘子示知，今日正欲親詣往吊，未免竟犯此嫌。汝回見娘子，多多替我申謝。」時生既不赴吊，張又固留，乃先命僕歸。張夫婦詢知生因與端觀蓮被責，出外讀書，不與回家。考試後，學中諸友又各移回，惟生一人在彼，甚是寂寥。張即遣人與生僕同至生家，禀以留生讀書之意。衮喜曰：「遠於妻子。」欣然應允。時生不知。越數日又辭歸，張夫婦曰：「賢婿欲歸之急者，只爲讀書。老夫舍後有一小閣，略堪容膝，賢婿不棄，此地寂静，亦好用功。」生曰：「國文忝在半子，荷惓惓恩愛，喜生望外，但恐家君不容耳。」張因告以父母亦允之意。生思歸家，亦不得與端相會，不如在此，免似學中寂寥，乃遂拜諾。本日即館生于後閣。其閣門有二，一開于張之屋左，以通賓客遊玩，一自中堂而入，要經從刺綉窗下而達。當日張即令生由從出入，以避外人交接。生至閣，文房畢具。張有門生數人，皆有才望，時令與生作課。居一月餘，生工程無缺，但以久别於端，心恒悶悶，乃作《長相思》詞一首以自遣。詞曰：

「坐相思，立相思，望斷雲山倍慘吁。此情孰與舒？才可如，貌可如。更使温柔都已具，堅貞不似渠。」

生製成，欲留以寄端。乃以片紙書之粘于書厨之内。忽蘭至，曰：「老夫人今日壽辰，開宴堂中，請官人一同慶賞。」生得命即出，經過窗前，聞蘭花馥馥。生曰：「何處花氣襲人？」蘭以手指窗。生趨視之。見一女子在内，手撚花枝。生知是小姨，慌道不敢詳視。及至堂，殽饌潔備，正將登席。張夫婦入屏後間語，又唤蘭數聲方出。生疑議己之未遣禮也，其色甚慚，乃曰：「今者岳母華誕，小婿缺禮，負愧殊深。」張慌慰之曰：「適間愚夫婦他無所言，因次小女與賢婿前未相見，今日汝岳母賤生，遣蘭喚小女出拜，以成一家之樂耳。」生色少定。少頃蘭與從至，母令與生叙禮。禮畢就坐，生側目之，艷質與端無異，而粧點尤勝。女亦覰生，各相默羡。酒至半酣，生起爲壽。次當及從，張曰：「姊夫客也，汝當奉酒。」二人酬酢之際，推讓不飲。母曰：「毋讓，各飲二盃。」生一飲舉回。時從方舉盃未釂，蘭與侍妾在傍代酌，私相語曰：「外人來見，只説是一對夫妻。」從聞之，禁笑不住，將酒少噴于盞托，顔甚愧。生覺之，令蘭再酌己酒飲之，以掩其事。從竟只飲一盃，心甚德之。張夫婦不知其意，以生有酒力，乃與生更相酬奉，席罷，生醉往閣就寢。次早蘭以生昨醉，奉水去遲。過從窗下，從在内呼曰：「何往？」蘭因顧焉，見從几上新寄蘭花二串。蘭指曰：「何用許多？」從曰：「汝試猜之。」蘭曰：「欲以一串與老夫人。」從曰：「非也。」曰：「欲與老相公乎？」從曰：「相公素不好此。」蘭思昨日生過此，曾問此花，意其必與生也，乃曰：「吾知之矣。」從曰：「果誰？」蘭曰：「莫非華姊夫乎？」從曰：「是固是矣，但汝將去，不必説是我的。」蘭肯首即行。至閣，生已起久，候水不至，因思若非岳母壽辰，小姨無由得見，乃作詩一律以紀其美。詩曰：

「飛瓊昨日下瑶樓，爲是蟠桃點壽籌。玉臉暈融嬌欲脆，柳腰嬝娜衹成羞。捧盃謾露纖纖笋，啓語微開細細榴。不是愚生曾預席，安信江東有二喬。」

生正將詩敲推，聽窗外有履聲，生出視，見蘭手執蘭花，問曰：「何以得此？」蘭曰：「妾正爲往外庭天井摘此，所以奉水來遲。」生以爲然。及接至手，見其串花者乃銀線，因謂曰：「此物非汝所有，何欺我也？」蘭以從欲避嫌直告。生曰：「以花與我者，推愛之情也，令汝勿言者，守己之正也。一舉而兩得矣。」遂作《點絳唇》一首以頌之：

「楚畹謝庭，風露陪香人所羡。姮娥特獻，尤令心留戀。　厚情罕有，銀線連行串，還堪眷。避嫌一節，珍重恒無倦。」

蘭見生寫畢，正將近前觀其題者何語，生即藏于匣内。蘭不得見，乃出，謂從曰：「方纔蘭花因穿以銀線，華官人即知是娘子的矣。感嘆不已，立製一詞。妾欲近視，即已收之，此必爲娘子作也。」從悔曰：「彼處士子頻來，倘有不美之句，被人撿之，豈不自貽穢名乎？」心甚怏怏。蘭曰：「吾聞與他來往作文者，已具書後日相請，但不知果否。若果，我與娘子往閣，開他書厨一看，便見明白。」從深然之。二人商確方已，從母忽至房中，見從悶坐，曰：「吾兒何不理些針指？」從曰：「數日不快，故慵懶矣。」母復顧窗壁，見新畫一美人對鏡内題詩云：

「畫工何事動人愁？偏把姮娥獨自描。無那想思頻照面，祇今顔色減嬌羞。」

母覽畢。思「畫工何事動人愁」之句，爲從怨己之不與議婚也。遂謂從曰：「前者人來與汝議親，以趙子新亡，故未言及。今事已定，近又四五門相求，皆名門貴族。此事久遠，未可輕許。今數家姓名，俱言於汝，任汝自擇，何如？」從不答。母又曰：「此正事，直言無妨。」從隱几不應。蘭因附耳謂母曰：「老夫人且退，侍妾問之，彼必不諱。」母退，至夜蘭詢從曰：「今日老夫人謂娘子自擇之事，何不主之？」從曰：「此事吾亦不能自决。」蘭舉其最富盛者以示之，從曰：「安知異時不貧賤乎？」蘭曰：「娘子若如此，則日月易擲，更待何時。今夜月明如晝，不如與娘子拜告卜之。如祝者納焉。」從然其言。至更時，從與蘭備香案，臨月拜禱曰：「如所願者，乞先報以一陰一陽，而以聖終之。」祝罷，乃以五姓逐一拜問，無一如願。從沉吟半晌，近案再拜，心祝卜之。連擲三筶。皆如所祝。從乃長吁數聲，擲筶于地曰：「若是，則吾當皓首閨門矣，卜之何益。」蘭曰：「妾觀娘子這回所卜之筶，皆如所祝，但不知屬那一家耳。何故出此不利之言？」從曰：「汝何不察，此第六卜矣，不在五者之内。且卜以決疑，今事在不疑，尚何卜乎？」蘭曰：「但得如此。雖彼未在内，娘子有意，委曲亦可成之，果何患乎？」從曰：「彼已娶矣。」蘭知其所指者在華，亦不復問。忽聞房中侍妾有逐妾之聲。恐母醒知覺，遂與蘭歸房内。過二日，生果以友請赴席。蘭與從潛往閣中，開生書齋房門并書厨，見其有思端之詞一首，内有「堅貞不似渠」之句，從曰：「世言無好人三字者，非有德者之言也。貞烈之女代不乏人，華姊夫何小視天下。而遂謂皆不似阿姊乎。」乃以筆塗去「不」字，註一「亦」字于傍。再尋之，又得其題壽席之詩，並送蘭花之詞，遂懷之於袖。因思蘭日夕與生相近，生不知私之，反過望于己，乃以筆題壁間而所畫黄鶯弔屏云：

「本是迎春鳥，誰描入畫屏？羽翎雖可愛，不會向人鳴。」

從題畢，與蘭遁回。比生回房，正欲就枕，見弔屏上新題墨跡未乾，起視之，乃有「不會向人鳴」之句，心甚疑。及看書厨，所作詩詞未見，而欲寄端之詞已改矣。華細思曰：「此必香蘭日前因不與看，故今盜去，而所改所題之意，皆欲有私于己，而爲毛遂之自薦也。」時香蘭年方十六，性極乖巧，能逢迎人意，且有殊色。生屢欲私之，恐其不諳人事而有所失。及其見詩，慾心大熾，以筆書于粉牌曰：「莫言不是鳴春鳥，陽臺雲雨今番按。」時岳母見生帶醉而回，令蘭奉香茶，生見蘭至，曰：「吾正念汝，汝今至矣。」蘭視其顔色，知其發言之意，正欲趨出，生以手闔門而阻之，欲與之狎。蘭不允，生以一手抱之於牀，一手自解下衣。蘭輾轉不得開，即拽斷之。蘭自度難免，因曰：「以官人貴體而欲私一賤妾，妾不敢以僞相拒。但妾實不堪，雖欲勉從，心甚戰懼，幸爲護持可也。」生初雖然之，然夫婦久别，今又被酒，將蘭手壓於背，但見峰頭雨密，洞口雲濃，金鎗試動，穿營破壘。蘭齒齧其唇，神魂飄蕩，久之方言曰：「官人唯知取己之樂，而不肯憐人，幾乎不復生矣。」生撫之曰：「吾觀汝詩并所改之字，則今日之事，正樂人之樂耳，何以憐爲。」蘭曰：「妾有何詩？」生指弔屏示之。蘭曰：「所題所改，皆吾二娘子午前至此爲之，并厨内詩詞亦彼袖去，與妾何干。」生更欲問從有何言語，不意從見蘭久于閣，意其必私于生，乃詐以母令，令侍妾往叫，蘭忙趨出。從曰：「汝出何遲？」蘭倉卒無對。又見其兩鬢蓬鬆，從詰之曰：「汝與華官人做得好事？」蘭不認。從曰：「我已親見，尚爲我諱！」蘭恐其白于夫人，事難終隱，只得直告。自後從一見蘭，即以此笑之。蘭思無以抵對。亦欲誘之于生，以塞其口。一日因送水盥生，生見蘭至，更欲狎之。蘭曰：「妾今傷弓之鳥，不敢奉命。但更有一好事。官人圖之，則必可得。」生曰：「無乃二娘子乎？」曰：「然。」生曰：「吾觀汝娘子。端重嚴厲，有難以非禮犯者。且深閨固門，日夕侍女相伴，是所謂探海求珠，不亦難乎？汝特效陳平美人之計，以解高帝白登之圍矣。」蘭曰：「不然，妾觀娘子，有意于官人者五。」生曰：「何以證之？」蘭曰：「官人初至而稱嘆痛哭，一也。誤遞其書，始雖怒而終開之，二也。酒席聞妾等似夫妻之言即笑，三也。官人問蘭花而即饋之，四也。月夜卜婚，惟六卜許之，乃怒而擲筶于地，及問其故，曰：『彼已娶矣。』他雖未明言是官人，然大意不言可知矣。此五有意于官人也。以是觀之，又何難哉！」生初雖亦有慕從之心，然思是小姨，一萌隨即遏絶。及今聞六卜，惟許于己。且向者有相士必招兩房之言，遂决意圖之。因撫蘭背曰：「是固是矣，何以教我？」蘭曰：「老相公與夫人擇日要往城外觀中還願，若去必至晚方回。官人假寫一書與妾，待老相公等去後，妾自外持入，云是會友相請。官人于黄鶯弔屏詩末著娘子之名於下，潛居别窗。妾以言賺之，必與妾來看。那時妾出，官人亦效前番而行，不亦可乎？」生手舞足蹈，喜之如狂，即寫書付蘭，乃作《西江月》一首：

「淑女情牽意絆，才郎心醉神馳。聞言六卜更稀奇，料應蒼天有意。　欲效帝妻二女，須煩紅葉維持。他時若得遂雙飛，管取殷勤謝你。」

蘭去，生行住坐卧，皆意于從。至期，從父母果出。蘭謂從曰：「前者娘子所題弔屏，何故將自己名字亦書在上？」從曰：「未也。」蘭曰：「妾看得明白，若非娘子，必華官人添起的。」從不信。蘭曰：「如不信，今日華官人去飲酒，我與娘子親往一觀，即見真假。」從恐蘭賣己，先令侍妾先往閣中觀看。不知蘭亦料從疑，預先與生商確，將外閣門反閉，示以生由外門而出。侍妾回曰：「閣内寂無一人，華官人已開大門去矣。」從因疑釋，與蘭同往。蘭開書房門，詐驚訝曰：「娘子少坐，妾外房門失閉，一去即來。」從以爲實，正欲以筆塗去吊屏名字，生見蘭去，潛出牢拴其門，突入書房，將門緊闔。從乃失措，跌卧于地，生忙扶之，謂曰：「前荷玉步光臨，有失迎迓，今敬謹候得遇，此天意也，無用惶恐。」從羞澀無地，以扇掩面，惟欲啓户趨出。生再四阻之，從呼蘭不應，罵曰：「賤妾誤我，何以生爲！」生復近前慰之，從即向壁而立，其嬌容媚態，種種動人。生亦效前番香蘭故事强之，番覆之際，如鷸蚌之相持。久之，從力不能支，被生鬆開紐扣，衣幾脱。從厲聲曰：「妾千金之軀，非若香蘭之婢比也。君忘親義如强寇，欲一槩以污之，妾力不能拒矣。妾出，即當以死繼之。」言罷，僵卧於席，不復以手捍蔽。生慘然感觸，少抑其興，謂從曰：「娘子顧愛之心，見之吟咏，生已知之久矣。今又何故又拒之深也？」從因泣而告曰：「君乃有室之人耳，豈不能爲人長慮耶？」生曰：「長慮之事，子無感帨尨吠之拒，小生自有完璧之計。」從曰：「君未讀將仲子之詩乎？其曰：『畏我父母。』『畏我諸兄』者，果何謂也？」生曰：「予觀令姊，非妬嫉之婦。生若懇之，彼必從命。」從曰：「縱家姊能從，姊妹豈可同事一人乎？且二氏父母，將何辭以達之也？事不能諧，妾思之熟矣，君能以義自處，憐妾之命而不污之，此德銘刻不忘也。」生曰：「堯曾以二女妻舜，以此論之，亦姊妹同事一人矣，何嫌之有？」從曰：「彼有父母之命，可也。」生曰：「倘得其命何如？」從不得已，曰：「若此，庶乎其可矣。」生見從語漸狎，復欲要之。從曰：「君尚不體妾心耶？君果有父母之命，吾寧爲君他日之妾，今日死亦不允矣。」生曰：「恐汝非季布之諾也。」從因解所珮香囊投之几，曰：「願以此爲質。妾若負心，君以此示人，妾能自立乎？但恐鐵杵磨針，成之難耳。」生知其心堅實，即送出閤。從至閤門之外，思前日香蘭出遲，己既次發而笑之，今自留連許久，雖無所私，其跡實似，恐見蘭無以爲言，趦趄難進。生不知，以爲更欲有所語己，正欲近之。從見之，恐益露其情，促步歸房。生怏怏回齋，時蘭等偶以户外喧嚷出視，未見從面，從心少慰。但以生向者趨至，己即不顧而回，恐生疑己無心于彼，而敗其踪跡，乃書一紙，令蘭達之。

「失節婦張氏從斂衽百拜奉新解元應奎華先生大人文几

妾愧生長閨門，叨蒙姆訓，常欲以婦道自修，期不負于古之列女。故庭闈之外，無故不敢輕出。近者足下下臨蓬蓽，義忝眷屬，或有所奉而不令者，蓋推手足之愛己及之，非欲有私于足下也。及聞足下興之吟咏，妾甚悔之。欲達之父母，則恐累大德，不得已犯行露之戒，欲去其所題之跡。今不幸偶有所遇，而致君之戲，此固知香蘭引誘之罪，而長與足下，豈得爲無過哉！但君之過如淡雲之翳月，雲去可以復明；若妾今雖未受君辱，然整冠李下，納履瓜園，婢妾之疑，雖蘇張更生不能復白。其過如玉壺已缺，雖善補者亦不能令其無瑕矣。彼時倉卒，若得父母之命，當執箕帚于左右。妾歸終夜思之，必不可得，今後不必以此爲懷。所冀者，乞賜哀憐，勿以妾之失節者，輕議于人。妾當閨閫終身以爲君報也。興言至此，不勝悲傷，仁人君子，幸垂鑒諒。」

生覽畢，深自怨悔，廢寢忘餐，自思不能成此，誤女終身。乃作書欲告知于端，令端代謀，書令蘭寄之。從知與蘭私開，內有二啓，其一叙其久別之情曰：

「書奉正卿娘子粧次：久違芳容，心切仰慕，寤寐之見，無夜無之。特以大人未有召命，不得即整歸鞭，心恒慊慊而已。所喜者令椿萱施恩同猶子，馴僕妾勤侍若家僮，數度日月，亦不覺也。乃若賢卿獨守空房，有懸衾篋枕之勞，無調琴鼓瑟之樂。生實累之，生實知之，惟在原情，勿致深怨可也。秋闈在邇，會晤有期，無窮中悃，統俟面悉。」

其一□□己與從□事。欲令端謀之。從見之大驚曰：「何此子之不密也！」乃手碎其書。蘭慌止之曰：「彼令妾寄，今碎之，將何以復？」從語之曰：「彼感于予，向者之書，不得已欲委曲求之阿姊。然不知阿姊雖允，亦無益于事，倘不允而觸其怒則是披簑救火，反甚其患也。令予立于何地耶？不如予自修一書，書内略涉與華視毗之辭，與彼信同封去，彼必致疑。以此餂之，或可得其怒與不怒之心，而亦不至於自顯其跡矣。」蘭曰：「善，請急爲之。」從乃修書曰：

「曩正想間，忽蒙雲翰飛集。啓緘三復，字字慰我徬徨。但此子不肖，自貽伊戚，不足惜也。所憂者，椿萱日暮，莫續箕裘，家務紛紜，無與爲理，不識阿姊亦曾慮及此否也？姊夫駐足後院，動履亨嘉，學業大進。早晚所需，妹令侍妾奉之，不必罣意。秋闈歸試，奪鰲之後，更當頻遣往來，以慰父母之心。彼爲人極其敦篤，吾姊不必嫌疑也。今因鴻便，聊此奉達，以表下懷，不宣。」

從寫至「早晚所需，妹令侍妾奉之」之處乃僞寫「妹親自奉之」，然後用淡墨塗去「親自」二字，乃註「令侍妾」三字施者，以啓其致疑之端。再將二信同函封去。端自生別後，日勤女工，或謂之曰：「娘子富貴兼全，無求不得，無欲不遂，何自勞如此？」端曰：「古人云：『人勞則思，思則善心生；逸則心蕩，蕩則未有不流于淫者。』吾之所爲分耳，何勞之足云。」端之爲人，其貞重如此。及得生與從書，見其同緘，又見從書所改「親自」二字，心果大疑，乃復書與生曰：

「君歸程在即，他言不贅。但所封貴札，緣何與舍妹同封？且舍妹書中所改字跡，甚是可疑。妾非有所忌而云然，蓋彼係處子，一有所失，終身之玷，累君之德亦大矣。事若如疑，急宜善處，事若方萌，即當遏絶。慎之，慎之！」

生得端書，開視之，乃有同封改字之説，不知所謂。蘭因告以從改書以寄之故，生大喜，以爲得端之心，事可成矣，令蘭以端書所謂「妾非有忌而云然」并「事若如疑，急宜善處」之語，報之于從。從曰：「此奚足取，特觸彼之怒耳。汝與華官人説知。此事必計出萬全，然後可舉而圖之。苟使勉强曲成，使惡名昭著，予朝聞夕死矣。彼不日亦當赴試，最忌者，醉中之語，感嘆之筆，他無所言也。若夫不得正娶，而終不他適者，予正將以此自贖前過，于彼何尤，于我何惜。」華聞其言，愈增感慕。數日後，衮果走价，促生赴科。張夫婦厚具贐禮送行。生歸，端細詢前事，生備述始末之由。端大慟。生百喻之。端曰：「寔妾令君帶書一節誤之。」生舉從卜並前相者必招兩房之言告之，以爲事出不偶。端曰：「縱如此，汝必能如吾妹之所言，使娶之有名而無形跡，然後可也。」生曰：「予有一謀，能使吾父母之聽，但不知汝父母之心矣。」端曰：「汝試言之。」生曰：「予父母所憂者，惟在吾之子息。吾若多賂命相之士，令彼傳言，必娶偏房方能招子。那時可圖。」端曰：「君年尚幼，彼縱與娶，亦在從緩。」生曰：「更令術者以夭促告之。」端乃徐曰：「君之所言，似有可行者。君試急謀之。君計若行，妾父母之事，妾當任之矣。」于是生一便治裝往試，一見術士，即厚賂之。及至科比，又高中，捷書飛報。父母與端知生詞林戰捷，舉家懽忭，大治筵宴，厚酬來使。及生回，賀客既散，術士盈門，言生之相命者，皆不足其壽數，且云急娶偏房，方能招子。生又托病，不欲會試。父果大懼，恐生夭折，自欲納妾。生母曰：「汝年高大不可。今諸術士皆言國文必娶偏房，方能招子，不如令彼納之。」衮曰：「恐兒婦不允。」生母曰：「吾試與言之。」端初聞姑言，詐爲不豫之色，及姑再三喻之，乃曰：「若然，必媳與擇，然後可也。」姑許之。端乃與生謀往父母之家。端至，父母大悦，謂曰：「汝郎發科，吾欲親賀，爲路途不便，所以只遣禮來，心恒歉歉。今日何不與彼同來？」女長吁數聲。父母曰：「吾聞汝與郎有琴瑟之和，故令同來。今看汝長吁，無乃近有何言？」端以從在傍，且初到，但曰：「待明日言之。」端前者因從所寄之信，終疑其與生先有所私，每懷不足從之心。及問香蘭，始知從確有所守。乃嘆曰：「幸有此計可施，不然，令彼有終天之恨矣。」因令蘭默相贊成。時從猶不知端來之意，至夜二人同寢，端舉以語之。從聽罷，潸然淚下。蘭在傍曰：「今謀已萬全，無罅隙之可議。妾以爲娘子聞此，當有不寐之喜耳，何乃悲慘之深乎？」從拭目言曰：「策固然矣，當以予一人之失，貽累于衆，且縱得諸父母之聽，亦非其本意。予所以苟養性命而不即死者，恐此心不白，愈起羣疑，惡名萬世。故不得已而圖此，萬萬不幸也。不幸之事，誰則喜之！」端亦爲之感泣。更闌方寢。次日，父母復問端長吁之故，端告以生納妾之事。張曰：「彼年尚幼，何有此舉？汝不必憂，吾當阻之。」端曰：「不可，此非郎之意，乃舅姑卜郎之命，必娶偏房，方能招子，故有是舉。今勢已成，則不能阻。不孝有三，無後爲大，又不當阻。」張曰：「然則何以處之？」端欲言囁嚅。父母曰：「何難于言也？」端曰：「恐不見聽，故不敢言。」父母曰：「汝但言之，無不汝納。」端曰：「他無所言，但恐彼納妾之後，時馳歲去，端色既衰，彼婦生子，郎心少變，所求不得，動相掣肘，不免白首之嘆。端細視此郎，前程萬里，福澤優長，阿妹幸未納親，欲令父母以妹妻之，使端無後日之憂，二氏有綿綿之好，不亦長便乎？」張曰：「吾家豈有作妾之女！」端曰：「姊妹之間，有何彼此。」張不答，端見父不聽，掩哭入內。張見端如此，雖不彼聽，心亦甚憂。蘭因曰：「娘子初至，何不權且許之，與他閒樂幾時。待他回日，又作區處。」張曰：「此事豈可兒戲！」蘭曰：「既然如此，妾觀二娘子，數時諸宦家相求，彼皆欲卜之，不肯輕許。豈肯與人作妾乎？何不令他自與他說，那時他見二娘子不允，自不能啓口，而亦不得怨老相公與夫人矣。」張夫婦曰：「此說較可。」因令蘭喚端謂曰：「吾兒不須憂悶，我二人俱依汝說，汝更要自與汝妹商量。他若不允，我二人亦難强之。」端僞曰：「此事他知，決不肯從，只在父母決之。」張曰：「此彼事也，任彼主之。」因喚從出謂曰：「汝姊欲説汝作妾，可否汝自裁之。」從語端曰：「事係終身，不敢輕議。自彼人喪後，人來議親，妹誓不問妻妾，惟如卜者，即納之。阿姊之言，亦惟卜之而已。」父母以前卜許多皆未準，這次豈即如卜，亦贊言令卜之。是夜端、從、蘭三人同居房中，詐言所卜已吉，從已許之，報知與張。張笑曰：「吾特寬汝之憂，卜豈能定乎？此事斷然不可。」端思無由得父之聽，乃與從卧幽房中，令香蘭詐言其數日絶食，肌膚消瘦。母心惶懼，苦勸于張，張亦重生才德，思欲許之，又嫌爲妾，將欲不許，恐女生變。二者交戰胸中，狐疑莫決。生作會諸友，亦聞其事，乃相率詣張，陰與贊成，且曰：「堯以二女妻舜，後世稱傳，皆云盛事，孰得以此而少之。」張曰：「諸賢之言，固有然者，但此舉實出小女，非吾婿意也。一旦舉此，知者謂小女執性，委曲爲之，不知者將以老夫爲趨炎之輩矣。今必俟彼自有悃求之誠，然後再作定議也。」諸友退，乃密修書寄生，備述張有允意，但得遣人造求，可諧其事。生以友書呈于父母，詐言以爲不可。衮曰：「此汝岳父盛意，子若却之是不恭矣，可即遣媒妁往來，不宜遲滯。」生乃復書轉浼諸友，婉爲作伐，諸友復造于張，述生遠浼之意。張疑其詐，覺有難色。諸友乃出生書示之。張細認字跡，果婿所寄，又見書中言辭懇曲，不得已乃曰：「小婿若有此舉，又承諸賢過諭，禮當從命。但我單生二女，不宜俱令遠離。況且春試在即，要待小婿上京應試，連捷回來，那時送小女于歸未遲。」友即以張言語生。生知岳父親事已成，欣然稟于父母，連夜抵京，三場試罷，復登甲第，賜入翰林。生思若在翰林，無由完聚，乃以親老爲名，上表辭官。天子覽奏，嘉其克孝，准與終養。及回，父母備禮，俟生親迎張。生粧資畢具，府縣聞知，各具禮儀，金皷衛送，觀者如簇，莫不賞羨。惟從眉峰鎖納，默默無聊而已。端知其意，于夜乃置酒静室，共叙疇昔，以解其悶。席間端曰：「此夜雖已完聚，但揆厥所由，實我寄書一節，以啓其釁。」因作《西江月》一首以自責曰：

「女是無瑕之璧，男爲有室之人。今朝不幸締姻盟，此過深當于病。　記云内外必謹，輙書授受不親。無端特令寄佳音。以致針將線引。」

從曰：「實妹不合私饋蘭花，以致如此，與阿姊何與？」亦作詩一首以自責曰：

「杜宇啼春徹悶懷，南窗倚處見蘭開。青芬擬共松筠老，紫莖甘同桃李偕。聽羡欲投君所好，追思反作妾懸媒。幾回惆悵愁無奈，懶向人前把首擡。」

生曰：「二卿之言，固有然也。然以閉門拒嫠婦者處之，豈有此失。此實予之不德，而貽累于卿也。」遂作《長相思詞》一首。以謝之。詞曰：

「感芳卿，謝芳卿。重見姮娥與女英，二德實難禁。　相也靈，卜也靈。姻緣已締舊時盟，還疑夙世情。」

又詩一首以爲慰云：

「配合都來宿世緣，前非滌却總休言。稱名未正心雖愧，屬意惟堅人自憐。莫把微瑕尋破綻，且臨皓魄賞團圓。靈臺一點原無恙，任與詩人作話傳。」

是夜完聚之後，倏忽間又經數載，天子改元，舊職俱起叙用。生與端、從同歷任所，二十餘年，官至顯宦，大小褒封。致政歸田，端後果無所出，惟從生一子，事端曲盡其孝。夫婦各享遐齡。時無以知其事者，惟蘭備得其詳。逮後事人，以語其夫，始揚于外。予得與聞，以筆記之，不揣愚陋，少加敷演，以傳其美，遂名之曰《雙卿筆記》云。

古杭紅梅記

佚名

《古杭紅梅記》，佚名撰，載于《國色天香》、《繡谷春容》、《燕居筆記》等書，亦爲文言通俗小説，但與《風流十傳》所收諸篇又略有差别。其事荒誕離奇，似采自民間傳説，惟開端一節，尚沿襲自劉斧《摭遺》之《紅梅傳》(已見本書宋元卷)，或可覘見宋代舊傳故事之影響。

唐貞觀時，諫議大夫王瑞，字子玉，乃骨鯁臣也，出爲唐安郡刺史之任。有二子，長名鵬，次名鶚，皆隨焉。鶚頗有素志，處州治中紅梅閣下，置學館讀書。閣前有紅梅一株，香色殊異，結實如彈，味佳美，真奇果也。郡守見而愛護之，每年結實時，守登成以數標記，防竊食者，留以供燕賞、饋送，祇待賓客。是以紅梅畔門鎖不開，若遇燕賞，方得開門。忽一朝，閣上有人倚欄，笑聲喧譁。門吏回報，恐是宅眷之人，又不聞聲音，遂立閣前看視，則封鎖不開。驚詫而回，急報刺史，開鎖看之，杳然無人。止見壁上有詩一首，墨跡未乾。其詩曰：

「南枝向暖北枝寒，一種春風有兩般。
憑仗高樓莫吹笛，大家留取倚闌干。」

郡守見之，嗟嘆良久，乃曰：「其詩清婉，無凡俗氣，此必神仙所題。」遂以青紗籠罩之。或遇宴賞，郡中士夫争先快睹，皆稱盛事。自此門禁甚嚴。忽一日，設宴。王鶚與先生李浩然登閣。是時，紅梅未有消息。鶚倚欄曰：「顧〔壁〕（盼）上詩意清絶，是誰爲之？然未有佳效。」浩然曰：「何也？」鶚曰：「我觀其首句『南枝向暖北枝寒』，今小春十月，安得南枝向暖之狀貌也？」遂以手指紅梅而言之曰：「何不便開花，以實前詩？」以手指處，紅梅遂開，清氣襲人，瑩白奪目，頓覺身在仙境也。鶚驚駭。浩然曰：「非爲怪異，乃百花之魁也。」以詩贈鶚：

「南北枝頭雪正凝，因君一指便霞蒸。
從知造化先呈瑞，來歲巍科必首登。」

王鶚告先生曰：「蒙賜佳章，斯望不淺，未敢續貂，伏惟請益云爾：

移植揚州久秘神，孤根一指便回春。
姑仙應解尋芳意，先發南枝贈故人。」

浩然嘆曰：「覽此詩，前程未可量也。」久之，同下樓，秉燭，各回書院。夜至半，鶚獨坐於書帷之中，焚香誦讀。鶚性孤潔，止留一小童相隨，不覺城樓更鼓已三鼕矣。將解衣就寢，忽聞有人聲，鶚問：「是誰？」乃是一女子之聲，應曰：「妾乃門者之女，燈下刺繡鴛鴦宿蓮池，蓮池繡未完，鴛鴦繡未了，適值雨驟風顛，銀缸吹滅，輒至書帷，告乞燈火。念奴至此已立多時，見君氣吐虹霓，胸蟠星斗，書聲越三唱之絲桐，咳唾傾囊中之珠玉，治唐虞而駕秦漢，師孔孟而友曾顏。奴亦樂道喜聞，不敢問斷君之書思也。候君就寢，乃敢扣窗，輒欲借燈，不阻乃幸。」王鶚聞其吐詞美麗清雅，頗有文士之風，疑非門者之女也。女子曰：「奴生長於斯，況前守於此置有學館，奴供洒掃，接見賢豪，剽竊辭章，暗閱經史，日就月將，亦心通焉。餐麝柏而香之美也，無足爲怪。」王鶚曰：「才學如此，想必能詩。」女子曰：「略曉平仄。」鶚曰：「請燈爲題。」乃呈一詩云：

「無情風雨撲銀釭，乞火端來扣玉窗。
恨隔疏欞一片紙，却將鸞鳳不成雙。」

詩畢，女子復吟一絶以答鶚云：

「聞君未覩意何濃，才子佳人不易逢。
只爲乞燈當午夜，便勞宋玉詠高峰。」

王鶚聞之，神思摇蕩。見女子有憐才之心，而鶚有願得之意。但恨窗前阻隔，莫盡衷腸，遂作一詩以見其意，云：

「驀聞詩句最鍾情，便欲尋芳與結盟。
可奈書窗燈影隔，惜花空自夢瑶英。」

女子曰：「君既有惜花芳心，何爲教人獨立於窗外乎？」乃吟一詩云：

「獨立更深體覺寒，隔窗詩和見才難。
合歡既肯將花惜，對面何如冷眼看？」

王鶚高舉手，持燈於窗隙之間照之。見女子玉容媚雪，花貌生春，衣雲袖以飄飄，頂霞冠而燦爍，神仙之艷質，絶代之佳人也。王鶚曰：「人耶？鬼耶？故來相戲爾。吾乃朝臣子弟，廊廟才人，恪守不談鄙陋之言，佩服不私暗室之女。一失士行，萬瓦俱裂，名教之罪人也。適來賦詩之根源，非汝借燈，特是戲謔之言，原非本情。我心如石，不可轉也，淫戲非所願聞。汝宜速回，無貽後悔。」女子答曰：「奴亦非人非鬼，乃上界謫降仙子也。適爲蓬萊上客，驂鸞輿而遊三島，駕鶴馭以訪十洲。經過蜀郡，乃於雲際聞君絃誦，特竚以聽。隔窗外而見郎神氣清爽，玉樹瓊枝，骨格孤高，原非塵埃中人。妾爲宿緣仙契，固非偶然，願奉箕箒之下塵，以和鸞鳳之仙侣爾。亦如弄玉之於蕭史，瓊姬之於子高，上元夫人之慕封秀士也。妾言已出，君且勿疑。」王鶚曰：「此非仙侣之言也。我聞神仙居溟溟之洞，處虚無之鄉，登太極之門，住蓬萊之島，同天地之壽，餐日月之光，世界崩壞，此身不害。吾今見汝以絲帛之服飾身，以淫亂之言惑人，色念不消，心花猶在，何得爲神仙乎？」女子答曰：「君言非道理之言也。妾聞天地之大，豈偶然哉？日月交光，陰陽相薄。上至天仙眷屬，不異人寰；下至草木昆蟲，豈無配偶？嬰兒少女，存大道之玄機；乾覆坤載，作萬物之父母。而以獨陽不成，孤陰不生。郎是儒生，窮理多聞。廉耻四維，固不可不張；大道玄門，亦不可不度。妾雖仙侣，降謫凡世，與君夙契姻緣，今當際遇，布露丹誠，無用多疑。永夜良宵，敢告予諾。」鶚曰：「既是流品，與鶚有緣，奈嚴君在堂，家法整肅，何况爲人之子，不告而娶，禮歟？」女曰：「禮固然也，男女之情，雖父母亦有不可間斷。郎與先生李浩然閣上之詩，則妾所願也。君指首句誰爲之，無有佳效，妾領君言，故發南枝，滿春色於花間，寄芳心於言外。君寓意作詩以挑之曰：『姑仙應解尋芳意，先發南枝贈故人。』妾本仙質上品，南宮仙屬，我見君詩，已見先有情矣。是時，妾在閣上，爲先生李浩然在傍，不敢求見。今夕私遇，豈偶然哉？君如肯點頭領妾之意，妾亦降志以侍君子。妾有大藥，可駐君顔；妾有大道，可增君壽。同日與君入蓬萊，居長生館，坐龍車而遊三島，駕鶴馭以訪十洲，食王母千歲之桃，飲麻姑瓊液之酒，享物外逍遥之樂，結上天無盡之緣。過隙白駒，乃人間之光景；黄粱槐國，實昨夜之悲歡。生死輪迴，立而可待。利禄如蠅頭蝸角，郎且勿貪；仙家有鳳舞龍吟，君宜静聽。比時取舍，可自裁之。」鶚曰：「天道甚遠，吾不能知。今日相逢，誓不及亂。鶚有素志，平生不敢犯慎獨之戒，且好德不好色也。」遂滅燈擁衾而坐。仙子推門，不得入，乃扣窗再囑曰：「君已無情見拒，奴亦暫且告别，他日再來。」抱恨而去。鶚通宵不寐，書窗漸明，方下榻，起視案上，乃有詩一絶，云：

「儘道多情反薄情，南枝空自吐芳英。
蕭生若有神仙骨，好共乘鸞上玉京。」

鶚只疑此是妖，恐爲所惑，不足介意。次夜，又聞東閣有大歌紅梅曲者，徐徐而來。細聽其聲，乃昨夜女子之聲。鶚乃滅燈就寢，其詞乃《減字木蘭花》曲也：

「清香露吐，玉骨冰肌天〔□〕賦。素質玲瓏，微抹臙脂一點紅。迥然幽獨，不比人間凡草木。移種蓬山，解使傍人取次看。」

曲罷，繼詩一絶，云：

「一謫人間已有年，暫拋仙侶結塵緣。
多情却被無情惱，回首瀛洲意惘然。」

詩罷，復來扣窗。王鶚不應。女子曰：「人非草木，特甚無情；一失機心，終身之恨。」徘徊窗下，往往嗟嘆。又曰：「郎心匪石不移，妾意繁花撩亂。君非弄玉之品，亦非封侯之徒。」怒罵而去。不覺鷄聲報曉，樓角初殘，則聽窗前，杳然無跡。鶚乃整衣下榻，又見案上一幅花箋，觀字字如鳳舞龍蟠，翰墨瀟灑。其詩曰：

「誰道仙家不嫁人，請看弄玉與雲英。
料君未有封侯相，敢問君王乞愛卿。」

鶚見詩意謂昔雲英弄玉之事，又聞昨夜怒罵云「君非封侯之徒」，而欲求神仙配偶之意，情思相感，昔已有之，今何不然？乃思劉晨、阮肇天台之遊，慕陽臺宋玉之事，獨行獨坐，如醉如癡。窗前絶絃誦之聲，梅下注相思之淚。焚香静坐，遐想緬懷，欲一再睹仙子，不可得也。乃吟一絶以惆悵，云：

「當年惜拒意中人，此日相思枉效顰。
咫尺桃源迷去路，落花流水謾尋春。」

又於紅梅閣下題一絶，云：

「南枝曾爲我先開，一别音容迥不來。
盡日相思魂夢斷，雨雲朝暮繞陽臺。」

又於閣上眺望，徙倚闌干以吟風，笑詠桃花而卧月。自此寢食日廢，念兹在兹。而先生李浩然知其王鶚染紅〔梅〕妖媚也，多方勸諭，勉之以詩，云：

「書中有女玉顔新，感事尋梅太損神。
恐有花妖偏媚眼，好呈綵服慰雙親。」

王鶚終不聽，自此嗟嘆悲泣，略無情緒。時繞梅邊，如有所待，或見怪異。致被父母懷疑於心，恐有他事，遂移王鶚寢於中堂，千金求醫，多方療治。旬餘稍妥，飲食漸進，舉止如常。忽一日，鶚又獨步紅梅閣下，惆悵不已。特見梅花自開，芳枝鬬艷，寒蟬噪於疏影，清風襲夫暗香。忽憶壁上之詩，依前誦「南枝曾爲我先開」之句，今物在人非，不覺淚下，遂望南枝，別作一絶，云：

「風流業債告人難，女貌郎才好合歡。
今日花開人不見，幾回腸斷淚闌干。」

詩畢，又作《减字木蘭花》詞一闋，云：

「素英初吐，無限遊蜂來不去。別有春風，敢對群花間淺紅。　憑誰遣興？寫向花牋全無定。白玉搔頭，淡碧霓裳人倚樓。」

作罷，見樹上有一幅花箋，遂用梅枝挑下。乃一詩，云：

「知君清夢慕瑶芳，我亦思君懶下牀。
只恐臨軒人不顧，令人道是野鴛鴦。」

王鶚看罷，詩意謂定約今宵歡會，乃下閣復歸書院，喜不自勝。預設綺席，薰降真香，排列酒餚，以候仙子之至。遇夜，果來。鶚乃燃燭，肅敬迎之書帷中，叙間闊之情，分賓而坐。仙子笑謂鶚曰：「前日相拒，非君無情。今日相會，莫非良緣？」王鶚答曰：「恨無仙骨，多有夙愆。初時拂逆仙顔，深爲冒犯。自愧沉淪業海，以至仙凡迥隔，恐萬劫難逢。豈期再睹玉顔，從此再無相負。」仙子曰：「妾初瞻仰之時，知君素有仙〔分〕（方），偶會期願可諧，盡在天上人間。唯君神契，妾意是思。今睹憶念，果金石不移。味其詩詞，又心口相應。與子偕老，地久天長。」鶚再拜，賦詩云：

「敢將凡質伴仙儔，同坐雲車玩十洲。
今日幸諧鸞鳳侣，桑田變海此生休。」

仙子曰：「初見君顔，緣尚未偶，今日知君情意堅確，信是天緣，非人所能合也，妾敢固辭哉？妾有仙家酒餚，長春美醖，千歲松醪，瑶池蟠桃，天苑仙果，玉麟白兔之脯，龍肝鳳髓之饈，願奉君前，唯情所願。」乃將碧玉簪敲身上所繫佩玉數聲，俄有青衣二童子各持金卮玉斝、嘉殽美饈，羅列於前，果非人世間所有之物，自是仙家異色品味也。鶚因問曰：「仙子名籍，屬何洞天？」仙子曰：「妾乃是南宫仙品也。每至三元日，降下凡間，隨意遊賞。見郎君精神爽異，才思孤高，契妾宿心，願諧仙侣。正謂在天願爲比翼鳥，入地共成連理枝。每携手以同行，長並肩而私語。天地有盡，此誓無窮。」遂解衣就寢。仙凡胥慶，始覺人間玉繩遄轉，銀漏急催，却已城烏啼曉，扶桑鷄唱，歡情未厭，離思復牽矣。仙子晨興，急整霞珮，忙穿繡履，乃别鶚曰：「妾獲倚書幃，〔已〕（之）諧素望，後期未卜。」離情繾綣，不忍别去。許以七夕復會，遂與分袂，命駕雲車。行間，又謂鶚曰：「君欲知妾之名姓否？妾乃張氏，小字笑桃，籍在瓊樓，別有名號。君宜記之。」言訖出户，望東北角騰空而去。後至七夕之夜，王鶚瞻候，果至。鶚笑而迎之，遂携手至書幃，再叙舊歡，仙子言曰：「妾暫賦《式微》之章，君忽戀人間之喜，故來見辭。」鶚曰：「何棄我速乎？」仙子曰：「奴赴此期，恐負私約耳。若失大信，將何面目以見我仙侶？須是暫別，何用增悲。既謝留别，難爲割捨。妾欲與君同赴華胥之約，可乎？」鶚曰：「凡庸下質，夢不到於仙宫，既許同遊，願尾車塵之後。」仙子遂以手携王鶚之手，同行碧落之中。鶚神思恍惚，見侍從數人，體貌嚴麗。忽見二隻白鶴從空而來，請仙子、王鶚乘之，向空而去。至雲端，見瓊樓鶴遶，碧殿鸞翔，奇花開春，鳴禽和日，真仙之境也。俄有一青衣玉女來，迎入仙府。有命：「置宴於碧〔霞〕（落）殿。兹者承勞仙眷遠來，筵中已添座位，用敢奉邀，幸望惠然。」鶚曰：「主人情重。」遂同往至碧霞殿。主席者乃房傑仙子也，不施鉛粉，自有仙姿。主席者先爲笑桃叙間闊之情，次及鶚。鶚曰：「吾乃詩書寒儒，簪纓孺子，不期庸質，誤入洞天。既獲瞻承，曷勝榮幸！」主席者答曰：「妾姓房，名傑。今日之會，喜遇嘉賓，愧無倒〔屣〕（履）之迎，幸有投轄之飲。」又令左右青衣，往玉英館請諸仙主座。須臾，仙女十數輩皆來，被霞佩露，艷質奇容，前揖主席，次與笑桃叙久别之懷。乃與王鶚相揖，排列而坐，開樽酬酢。酒已三行，主席者曰：「我輩前列仙品，各有仙局所拘，每以邂逅爲期，豈料有此佳會！乃蒙君子不鄙而訪臨，决匪人爲，實惟天幸。然所居之館名集英，又有玉英之館，以衆仙女所居。合座仙女，名曰柳梅卿、宋梅莊、王蘭素、韓婉清、李渭瓊、樊梅英等。今日筵中之酒，其品有三：初一曰透天醖，可駐人顔；次二曰碧玉漿，令人智慧；次三日白梅香，令人增壽。今酒已三行，吾輩各舉前日閣上所題之詩。」曰：

「南枝向暖北枝寒，一種春風有兩般。
憑仗高樓莫吹笛，大家留取倚闌干。」

房傑曰：「果是出塵之句，實符今日之仙會也。傑敢續貂。」乃和其韻：

「朔風晴雪鬬嚴寒，南北枝頭總一般。
向煖讓人先去折，耐寒有令不須干。」

合座稱賞，曰：「傑舊日佳章，予不能及。今日之詩，幸逢敵手，願和以示鶚。」曰：

「冰肌玉骨不知寒，酌酒探花態萬般。
吹徹鳳簫還起舞，參横月落滿闌干。」

衆仙稱賀，才調清雅，一座盡歡。鶚已中酒，群仙姊妹俱起舞於前，殷勤相勸。鶚又强飲，乃至大醉。群仙曰：「華胥僻陋，謝君訪臨，此會千載一遇，願得佳章，用光此席。」鶚曰：「僕雖不才，唯命是從。」乃作詩一絶，云：

「喜隨鶴駕會群真，濟濟仙才盡出倫。
相慶佳期觴詠處，不知誰是惜花人？」

仙女看詩，相顧而笑曰：「謝君佳作，甚有餘味。」酒已罷，乃隨衆仙登閣玩賞，見紅梅盛發，大勝於前。衆仙覓詩，鶚又賦云：

「誤入華胥喜結盟，倚欄還欲賞梅英。

題詩聊索仙娥笑，誰道無情却有情」。

衆仙見詩，皆含笑相謝。惟笑桃改容謂鶚曰：「何酒後把心不定，亂發狂言乎？」遂投筆硯於前。鶚曰：「詩本性情，誠酒後狂妄也。」諸仙勸笑桃，令鶚再作，以解其愠。鶚遂奉命，仍以紅梅爲詩，寓前日持贈故人之意，云：

「玉骨冰肌别様春，淡粧濃抹總宜真。

箇中誰辨逋仙句？折取南枝贈故人。」

笑桃見詩，且喜且怒，顰眉蹙面，謂鶚曰：「君詩清絶，始見郎君，奈何末句『折取南枝』，似乎詩讖。恐妾與君佳會不久。」鶚曰：「仙緣奇遇，正望情如膠漆，生則與子同處，死則與子同穴，何怒如此，乃遂生離？」笑桃曰：「郎是梅樹，妾猶花也，折以贈人，可乎？」次又謂鶚曰：「生死離合，自有定數，亦非人所能爲。果應『折取南枝』，使妾之心進無所望，退無所守，雖欲再與君遇，不可得矣！」遂放聲大哭。玉顔聲嬌，坐客聞之，莫不流涕。鶚曰：「醉後詩詞，有何足憑？仙子之言，果爲詩讖，豈折南枝係仙子身命之所在耶？」鶚乃再賦一詩，以解其怒，云：

「春風勾引上瑶池，共賞瓊芳醉玉巵。

寄與花神須愛護，冰壺留浸向南枝。」

群仙怒曰：「碧霞之殿，華胥之仙館也。南宫之仙，我之姊妹也。爲君有仙骨，故以身相托，遊居以華胥，飲君以瓊液。蓬苑之仙花，可〔得〕（爲）輕易折以與人？狂生之〔言〕（喜），飲酒之過量也。」遂令衆仙推鶚。鶚乃驚醒，身已在紅梅閣下矣。時，畫角催曉，玉龍東駕，天外清風徐引，梅邊香氣襲人。鶚心緒恍惚不堪，起造紅梅閣上，即見仙宮所賦之詩，皆題壁上，墨跡未乾。復望閣下，紅梅花開滿枝，唇輕點絳，面瑩凝酥。稍南一枝，獨出群花之外。鶚曰：「夜來所言折取南枝，此身墜於閣下。情人何在？不得同歸！」遂大怒，欲折之。其枝稍高，手不能及，便下閣，呼一吏令折取。其花忽墮數片於閣前，次第排成一韻：

「昨夜蓬山共賞春，惜香憐玉最相親。
東風好與花爲主，可折南枝贈別人。」

王鶚看詩未畢，其吏將南枝已折矣。鶚將花枝持歸書院，以瓶貯之，痛惜流涕。是夜，聞人叩窗，鶚料是笑桃之來也，乃出迎之。見笑桃蹙眉皺黛，臉褪紅消，舉止無聊，語言失序。鶚驚謂曰：「仙子何爲苦惱狼藉如此耶？」笑桃曰：「爲君壞我南枝，今妾何計歸故國邪（在）？侍女分離，妾欲以侍情郎，有堂君在上，必不相容。進退無路，去止兩難。」王鶚曰：「既無歸路，正契僕情。幸諧同衾共枕之樂，安得有再來忽去之理？」笑桃曰：「兩人同心，誓不殊改。豈不知桑中之奔，爲女子之耻，不告而娶，爲男子之非乎？」鶚曰：「父母雖嚴，心常愛我，以我懇告，必相憐憫。倘得允從，與子偕老，實所願也。」仙子曰：「若諧素願，與子相偶，不惟大有益於君，令君取富貴如反掌爾。」鶚曰：「願得成雙，何言富貴乎！」鶚遂入閣拜夫人。夫人曰：「何謂也？」鶚曰：「兒有犯理之事，冒罪懇祈。數日前遇仙女，已許鶚爲配偶，其緣已諧。既無損於身，且有益於兒，爲天上之仙儔，非圖人間之富貴。伏願容許，以伴讀書，而亦可進取，誓不别娶。」夫人驚曰：「兒想被妖精之所惑，故來發此狂言，果是神仙，豈容染此凡俗？汝且遠之，勿以介意。久則奪爾神氣，壞爾形質，死在須臾，墮入鬼録。父母養爾成器，襲箕裘之業，唯不知汝心何爲如此也！」夫人告于諫議，諫議曰：「我有法術，能治妖祟。從鶚之言，請試之。乃備大禮以迎新婦，大會賓客，先求有道仙官書靈符，候新婦至，和降真香、沉香而焚之。果是神仙，何所畏懼？若是妖邪，豈敢進前！」遂擇日與鶚納婦，〔盡〕（書）請群僚，云：「新婦幼小，養在宅中，今日長成，宜其家室，故請同僚同光此席。」衆官各備禮相送，諫議辭不受賀。乃集衆官僚屬。酒已三行，及燒斬邪符篆，焚降真香，令新婦出。笑桃同鶚拜於席間，了無所懼。新婦乃頂玲瓏鳳冠，攝玎璫玉珮，長衫大袖，淡飾雅粧，繡履踏雲，紈扇擁月，侍女扶持，相參禮拜，從容中度，殊無失節。合屬官僚皆稱賀諫議曰：「新婦新郎，真神仙中人也。」須臾，左右侍從捧玳瑁盤，進百花鮫綃兩端，〔上〕（生）奉翁姑；遺梅腦一盒，以奉衆賓。香味襲人，非凡間之物。郡中士夫百姓，皆歡忻鼓舞。宴罷賓客，諫議謂夫人曰：「我家三世奉善，誓不殺生，處事正平，傳家清白，以慈祥接下，天遣仙女以配吾兒，果無疑矣。」自是養親以孝，勉夫以學，出言有文，治家有則。當年朝廷選士，鶚以進身爲重，晝夜攻書，忘餐廢寢。笑桃謂鶚曰：「何苦如此？」鶚曰：「進取之法，以苦爲先。正揚名以顯父母之時，苟不勞心，實爲虚度此生矣。」笑桃曰：「我爲君先擬題目，令君得預備應試，可乎？」王鶚曰：「試官不識何人，子却先知題目，亦不妄耶？」笑桃遂懷中取出三場題目示鶚。鶚曰：「子戲我乎？」笑桃曰：「君勿見疑。」鶚遂日夜於窗下按題研究主意，操筆品題。數日間，思索近就。笑桃謂君曰：「文雖佳美，願爲君賦之。」略不停思，一筆而就。引古援今，立意造辭，皆出人意表。鶚驚異之，嘆曰：「真奇絕塵世！」遂熟記焉。試期之日，鶚別父母及笑桃而行，笑桃謂之曰：「前程在邇，切勿猖狂。」鶚到東京，領試題，皆笑桃所擬者。就便上卷，並無塗抹改易。主考咸稱文章老健，必有神助之者。稱爲奇才，大魁天下。鶚既得意，泥金之報，殆無虚日。忽御筆詔授眉州僉判。鶚歸辭父母親戚，携笑桃之任。適眉州太守已替，新太守未來，遂權郡印。忽一日，有守門吏報云：「有一秀才，姓巴名潛，言與權郡有親，故來相訪。」遂至廳上，乃見其人頂平目深，高唇長舌，鬢捲髮長，其容貌雖粗俗之常人，其言語乃文章之秀士，一進一退，燦然有禮。王鶚曰：「素昧平生，有何姻眷？」秀士曰：「潛本巴郡人，寄居眉州三峰山下讀書，積有年矣。爲汝夫人有親，故至於此。一日權州到任，失於探問，不得講探親之禮，幸恕狂率。請略告夫人。」鶚遂入宅，謂笑桃曰：「有一秀才，姓巴名潛，言與夫人有親。」笑桃聞之，情思不樂，謂鶚曰：「彼乃妖精，急以劍擊之。」秀士見鶚急來，有殺氣，指鶚謂曰：「汝妻是我妻，未蒙見還，反欲害我。」便下階走。鶚急遣人追之，不知所在。鶚謂笑桃曰：「彼何故有此事？」笑桃謂鶚曰：「君相遇情好，恕妾之始末，不可不諭。妾乃上界仙花，一枝紅梅也。身已列於仙品。時西王母邀上帝，設宴，令仙中群花盡開，以候上帝之觀玩。時妾適因群仙宴，酒醉未醒，有違勅旨，遂得罪，令人便將妾自天門推下，墮落三峰山下。妾既推下，殘命不甦。久之，遂依根於石上，附體於岩前。迎春再發，以候赦而復歸仙苑。不意所居之地有一巨穴，中有巴蛇。此畜壽年千歲，乃聚土石之怪、花木之妖於洞，恣逞其欲。妾亦被脅入洞中，欲效歡娛。妾乃花仙，誓死不從。此畜愛妾容貌，又且畏天行誅，監妾於後洞。一日，此畜歸巴中看親，妾乃乘間走出洞門，復歸三峰山下。斯時，太守張仕遠適來此山，見此紅梅一株，香色殊異，乃移妾栽向閣之東。栽近月餘，巴蛇歸穴，探知其事，欲謀害張仕遠以奪妾。張公乃正直之人，常有鬼神擁護，無可奈何。一日，張公解任，除唐安郡守，愛妾此花，携之入蜀，栽於唐安郡東閣内。張公解任之時，則妾已得地，本固根深，不容轉移。於是，久住於蜀。妾遇君時，有姊妹數人，雖群花之仙，非品格之仙也。而妾乃居南宫，君舊折我南枝，曾爲墮(落)。自此南宫既壞，我無可依。配君數年，男女已長，妾亦塵緣將盡，復居仙苑，異時爲天上人也。」鶚聞之，乃思前日詩意折花之讖，勸勉笑桃，幸無介意。後數日，群僚請太守衆官合宅家眷聚往三峰山下遊賞。笑桃聞邀同往，不肯前去。王鶚强之。至三峰山下，妓女列宴，笙歌滿地，遊人歡悦，車馬駢闐。至暮，忽一陣狂風，吹沙拔木，天地昏暗，雷奔雨驟，人皆驚避。乃見一大蛇，從穴中而出。官吏奔走，鶚亦上馬，令左右衛護宅眷已歸。須臾，有一騎吏馳至宅内，急報太守：「有一大蛇，形如白練，捧了宜人轎子入穴。」鶚舉身内撲，哭不勝悲。次日，令人往三峰山下尋覓踪跡，惟有紅履在地上。鶚曰：「此乃孽畜所害。」計無所施，乃急修書以報父母。

一日，郡中有一先生，衣鹿皮衣，來郡衙求謁。門吏不肯通報，先生叱門吏，直至廳前。先生揖云：「知權州有不足之事，貧道故來解之。」鶚曰：「我之不足，君安解之？」對曰：「巴蛇害人性命，何不殺之？」遂請至階，及坐，問：「先生有何術可以禦之？」曰：「來日與君同往三峰山下。」乃以壯士百人，直至穴前。先生畫地爲壇，叩齒百遍，望天門吸氣，吹入穴中。須臾，穴内如雷聲，其蛇乃挺身從穴中而出，身長五丈餘，赤目鐵鱗，一見先生，欲張口吞之。先生大叫一聲，震動山谷，其蛇乃盤繞。先生取下瓢，傾火數點。須臾，火起十餘丈，旋繞大蛇於火中燒死，白骨如雪。先生乃取火丹入瓢。鶚曰：「感荷先生大恩，今孽畜燒死，以報其讎。欲得宜人屍骸歸葬，吾願足矣。」先生遂與鶚領軍士入洞中，行至一里餘，見洞中峥嶸，珠簾半捲。先生將入其門，見仙洞高明，花亭池沼，絶無鳥跡，惟亂花深處乃有群女出焉。笑桃亦在其列。鶚見笑桃，喚曰：「王鶚來尋宜人。」笑桃答曰：「妾在此無恙。」鶚遂與笑桃并衆人出穴，一同拜謝先生。先生曰：「今日之事，滿吾願也。吾非凡人，乃三峰山下萬歲大王。爲孽畜居穴中，累被他害，終不能報，遂往名山拜求神仙，欲覓方術，蒙仙師授我火丹之訣。」言罷，只見大虎踴躍，大叫於三峰山下，先生忽然不見。王鶚乃與笑桃並輪歸州，郡僚宴賀。未及半年，忽有吏報云：「家有書至。」鶚開視之，其中云：「汝早歸，畢陳氏姻事。」時，笑桃在傍，見書泣曰：「妾不負君，君何負我？」鶚曰：「我前日修書奉父母，宜人已被害，而敬以達之父母，蓋深痛惜之也。不意父母念我遠宦，爲結陳侍郎家婚姻，不知宜人復爲先生救出。今當再修書以報父母知之，可以速退陳侍郎家婚姻也。」笑桃曰：「不可。前日報妾已死，今日報妾復生，若退陳姓親事，則必問其事之由，既説巴蛇所驅，人必疑巴蛇所生，子女之辱，當何言哉？有何面目歸見翁姑？妾已隨君有年，子女俱已長成，世緣已盡。妾所居南宫之地，今復修成，妾當歸矣。君宜念妾所生子女，宜加保護，無以妾爲念。君若不棄，異日紅梅閣畔，再叙舊歡。」言訖淚下。王鶚、子女相抱而泣，不勝其悲。笑桃辭王鶚，下階，衣不曳地，望空而去。鶚追不及，抱子女哀哭，晝夜不絶。郡中聞者，皆爲哽咽。鶚愁腸如結，離恨如絲，携子女以入房，痛鸞鳳之拆伴。遂將郡印帖與僚屬，乃携子女還家，以搆陳氏之好。鶚雖再娶，而意不滿於懷，遂囑托朝宰，改任向蜀。未幾，詔授唐安郡尹。鶚喜，趣裝，携子女之任。未及半月，早到唐安。騎從擁後，旌旗導前，竹馬迎來。受賀方畢，遂載酒殽，並携子女，直詣紅梅閣上，敘舊日之情。花艷重妍，鶚乃指梅謂子女曰：「母當時臨別約我來也。區區既到，何得無情？」子女號哭，鶚亦傷心，乃題詩於壁以記，云：

「宦遊何幸入皇都，高閣紅梅尚未枯。
臨別贈言今驗〔矣〕（記），南枝留浸向冰壺。」

鶚乃畫一軸《紅梅仙子》永爲奉祀。伏願男登高第，女嫁名家，地久天長，流傳萬古。（《國色天香》卷八、《繡谷春容》卷十）

附録

小説《摭遺》云：「古静州知州王鶚子讀書于義陽山，忽一女子前，自稱爲張笑桃，題紅梅詩于壁，墨迹未乾，遂不見人，疑爲梅仙。」以山屬平梁，故志于此。詩云：「南枝向暖北枝寒，一種春風有兩般。頻上高樓莫吹笛，大家留取倚欄杆。」按恩陽即義陽也，詳見通釋。（曹學佺《蜀中名勝記》卷二十五）

按：《摭遺·紅梅傳》佚文已見本書宋元卷，而《蜀中名勝記》引文有王鶚子、張笑桃之名，似所見為别本。故事發生于唐安及眉州，均在蜀中，而本篇題作《古杭紅梅記》，頗為費解。《摭遺》佚文稱「古静州知州王鶚子讀書于義陽山」，曹學佺謂恩陽即義陽，故列于巴州恩陽縣下。

十八娘外傳

徐熥

《十八娘外傳》，清曾衍東《小豆棚》卷五引作幔亭羽客撰。徐𤊹《榕陰新檢》卷十五題作《荔枝假夢》，出《幔亭集》。按《幔亭集》爲明徐熥所著，但今所見《四庫全書》本《幔亭集》不載此傳及詞，蓋已删去。徐熥，字惟和，閩縣（在今福建福州市）人。萬曆十六年（一五八八）舉人。卒年四十（見《福州府志》）。《明史》卷二八六《文苑傳》附見其弟徐𤊹之後。著有《幔亭集》二十卷，今本十五卷。《十八娘外傳》，收入《廣艷異編》卷十二，題作《扶離佳會録》。三本互有短長，《小豆棚》所載文字最詳，今據以轉録，而以二本參校之。

明皇既幸蜀，失貴妃於馬嵬。十八娘亦歸里中，居晉安城東報國院，至德三載無疾而終，遂就院旁之隙地瘞焉。萬曆中有東海生者，閩人也，一日出游東郊，少憩於報國院。晝長假寐，夢至一所，朱户紅樓，丹檻紫閣，極其壯麗。徘徊間，〔俄見〕一雙髻侍兒，紅裙翠袖，揖生而進曰：「奉十八娘命，敬邀郎君。」生從之入，未及百步，香氣襲人。行至一室，扁曰「扶離别館」。少頃，見緑紗侍兒導一女郎，年可十八九，衣絳綃衣，顏色殊絶，冉冉而至。生進曰：「偶因休暇，駕言出游，既昧平生，敢逢勝果。」女郎曰：

「妾開元皇帝侍兒也，以江采蘋之薦，得幸於上。今歸於閩，似與郎君有夙緣，故相屈耳。」因出金鍾，貯瓊液以酌生。生飲之，甘如醍醐醴酪。酒酣，姬容色轉麗，因歌《菩薩蠻》一闋曰：「妾身本是瑯琊種，當年曾被君王寵。艷態門紅粧，人稱十八娘。絳綃籠玉質，纖手金盤擘。驛路起塵埃，驪山一騎來。」生聞之，愈加歎賞，因請聞開元遺事。姬曰：「妾憶在宫中時，正月十五夜，上御長春殿，張靈光宴，白鷺囀花，黄龍吐水。遣妾撒閩中錦丸於地，令宫人競拾之，多者賞以紅圈，披綠暈衫。又一日，上幸長生殿，奏新曲，未有名，值妾爲貴妃稱觴，上大悦，遂以妾名其樂。左右歡呼，聲動山谷。此皆妾之受寵當時，不聞人間者。」生聞之，愈驚駭。既而侍兒報江、周、陳三姬至。江衣綠，周衣紅，陳衣紫，種種妖麗。三姬曰：「聞吾姊今日有佳賓，故來相賀。」三姬各集古詩二章。江吟曰：「百般紅紫門芳菲，昌黎隔水殘霞見畫衣。曹唐別有玉杯承露冷，紅粧飛騎向前歸。武元衡野人相贈滿筠籠，杜甫時似開元天寶中。杜牧之火樹風來翻絳艷，白傅樹頭樹底覓殘紅。王建」周詩曰：「紅樹枝頭日月長，一枝濃艷露凝香。菱花〕（凌晨）並作新妝面，昌黎玉碗盛來琥珀光。李白」綠蘿陰下到山莊，丹粉經年染石牀。」飽食不須愁内熱，王維已分甜雪飲瓊漿。司空曙」陳姬吟曰：「何處橫釵帶小枝，秦韜玉可憐妖冶正當時。白傅曾緣玉貌君王寵，劉得仁莫比潘家大谷梨。崔興宗可愛深紅愛淺紅，杜甫離離朱實綠叢中。周元範不知多少開元〔事〕（寺），譚用之香氣潛來紫陌風。袁不約」三姬吟畢，十八娘亦集古二首云：「遥指紅樓是妾家，李白瓊枝日出曬紅紗。白傅摘時正帶凌晨露，白傅應服朝來一片霞。秦系曉漱瓊膏冰齒寒，包信一生長對水晶盤。李義山香隨翠籠擎初到，昌黎長得君王帶笑看。李白」四姬吟就，十八娘出紅綉鞋一雙贈生，且囑曰：「願君以此傳之人間。」既而江姬出麝囊一函，周姬出真珠一顆，陳姬出紫瓊一枚爲贈。生（遽）（遽）然驚覺，惟見荔枝垂熟，繁星離離。詢其旁，果有十八娘塚云。因賦詩曰：「驪山一騎紅塵起，七日能行數千里。丹荔飛來色正新，金盤滿注華清水。花外遥聞百步香，寒冰一片剖羅囊。長生殿上連枝進，太液池頭半醉嘗。樂工初製梨園曲，小部音聲聽不足。佳名新賜荔枝香，左右歡呼動山谷。一聲鼙鼓震漁陽，西幸鑾輿道路長。蛾眉宛轉含情死，馬上君王掩面傷。炎方仍進青絲籠，垂涕還思當日寵。丹實猶然貢上方，朱顔久已歸荒塚。妃子妖魂去渺茫，千秋何處識紅妝。夢中細説前朝事，不及王家十八娘。」（《小豆棚》卷五、《榕陰新檢》卷十五、《廣艷異編》卷十二）

按：宋蔡襄《荔枝譜》第七云：「十八娘荔枝，色深紅而細長，時人以少女比之。俚傳閩王王氏有女第十八娘，好噉此品，因而得名。其冢在城東報國院。冢旁今猶有此樹云。」蘇軾《減字木蘭花（西湖食荔支）》云：「骨細肌香，恰是當年十八娘。」即用此典。徐𤊹又據之敷演為傳奇小説。

鴛渚志餘雪窗談異

釣鴛湖客

釣鴛湖客，姓名及生平不詳。《鴛渚志餘雪窗談異》，未見著録。惟《千頃堂書目》子部小説類有《鴛渚百家談異録》八卷，未知與此書有無關係。書分上下二帙，目録有三十篇，已佚二篇，存二十八篇，多爲嘉興地區軼事異聞，富于地方色彩。作者當爲嘉興人，鴛湖即嘉興南湖也。書中《天王冥會録》記及萬曆三年（一五七五）事。《德政感禽録》評語云：「自楊侯（繼宗）至今僅百年耳。」作者蓋生活于萬曆年間。本書久已湮没無聞，僅大連圖書館藏有明刻本。書中少數篇章，曾收入《國色天香》、《萬錦情林》、《燕居筆記》及《情史類略》等。

東坡三過記

府治西二十餘里，有寺曰本覺，即古檇李地，故檇李亭猶存。寺僧文長老者，通禪持戒，博學攻詩文，多與達人墨子相賓主。堂前種竹數竿，蓄鶴一隻。遇月明風清，則倚竹調鶴，嗽茗孤吟，真不愧於清修者也。時蘇文忠公軾守杭，有事於潤，道過檇李，泊舟尋訪，將以證所聞何如耳。及見，款揖之外，不發起居一語，默然澄神，怡然自得，若不知有公之在前也。東坡因喜，賦詩一律。

「萬里家山一夢中，吴音漸已變兒童。每逢蜀叟談終日，便覺〔峨〕（蛾）眉翠掃空。師已忘言真有道，吾除搜句百無功。明年採藥天台去，更欲題詩滿浙東。」

文長老一見東坡，遂知爲剛明勁正之器，一毫私不可干者。敬和一詩，以寓酬勉之意。

「身滿華嚴法界中，香厨底事感天童。那知本覺從何覺，纔悟真空自不空。若有相時原説夢，到無言處却收功。一勾月出星三點，汝向西來我向東。」

東坡見詩，益大敬異。因謂文曰：「久慕禪宗，已申快睹。但後期難再，不識何以教之？」文微哂曰：「公性素明，豈容復贅，惟一言相勵，使不負斯來耳。」東坡：「請一言者何？」文曰：「頡頏翔鳴，物莫我攖，不足爲之榮；覊窮窘局，動與禍觸，不足爲之辱。浩浩乎雲無心，皎皎乎月常新，庶幾乎一代之偉人。」東坡深〔頷〕（額）其言，相笑而別。後六年，蘇公自徐移湖，再過醉李，因長老之言，復造焉。時則小門半掩，松竹蕭然。庭間孤鶴見公至，則點頭張羽，飛舞長鳴，似拜告狀者三。東坡異曰：「汝亦識故人耶？」及訪侍者，方知文已卧疾於牀，不能出迓，而鶴若爲之代啓也。蘇略與語，復賦一詩以記。

「愁聞巴叟卧荒村，來打三更月下門。往事過年如昨日，此身未死得重論。老非懷土情相得，病不開堂道益尊。惟有孤棲舊時鶴，舉頭見客似長言。」

吟畢而別。又十年，自翰林學士累章請郡，除知杭州。旨下日，東坡私賀曰：「錢塘佳勝區也，湖上清風，山間明月，復可在吾襟握中矣，能不喜哉。且文公曠別十年，此行當使一面，又一幸也。」及舟近醉李，心復念之，推窗豁目，忽見文長老已杖錫徐來，笑相謂曰：「相公別來無恙乎？」東坡維舟執手，且笑且談，但語多凄慘無聊，非復向日之比。及抵其門，一擊而進。東坡意其點茶留款，先所事也，不意獨坐移時，久待不出。始怪而呼之，則有一僧趨禮而應。東坡因問曰：「文長老待客，何所見而〔迎〕（近），又何所見而避？」僧曰：「文師脱化塵寰，經五秋矣，安得又有長老迎避於公耶。」東坡默然良久而悟，不言所以，又賦一詩。

「初驚鶴瘦不可識，漸作雲歸無處尋。三過〔門〕（問）間老病死，一彈指頃去來今。存亡見慣渾無淚，鄉曲難忘尚有心。欲向錢塘吊圓澤，葛洪川畔待秋深。」

書訖而去，後無所聞，人但知蘇之三過於文，而不知文實有以致蘇也。後人因聞風仰慕，乃作東坡館、三過堂，以寄遐思。今本覺東坡館址，毀圮莫辨，而三過堂亦存虚名。是下之人不能奮然興起奉聞於莅土者，豈急於他而不暇及歟？（上帙）

按：宋僧居簡《北磵集》卷二有《三過堂記》，謂其後本覺寺住山元澄作堂，名曰三過，即取蘇詩之語。本篇即演其事。蘇軾詩載《蘇軾詩集》卷十一，題為《過永樂文長老已卒》。

妖柳傳

熙寧間，福人陶家，以令至秀州。携子希侃游學。希侃美豐姿，尚詼謔，涉山水而怡情，侶花酒以適意。長吟獨咏，慕景興懷，慨然有超天下志，而功名事不足係齒也。一日，道經會稽，泊舟山下。時微風棲林，淡月漾水，希侃不能成寐，起未數步，而山鐘野笛，又飄然交送於耳。正欲〔拈韻賦詩，而〕（假律一賦獨得)香氣已忽忽入息矣。凝盼間，一娉婷參前。陶生驚謂曰：「夢耶？祟耶？」妖曰：「羨君高懷，特伴幽獨。」生問其居址遠近，妖答曰：「門崖壁石，顧在咫尺。青山我主人，茭葑我鄰比也。」生曰：「獨居荒寂，得無至此一遺乎？」妖曰：「非也。送月迎風，何居之獨？啼鶯語燕，何荒之寂？日飄揺於烟水之鄉，無所鬱也，又何假於一遺乎？」陶因微笑，牽妖袖並坐月中，引身私之，妖亦不拒。因問生曰：「操帆徒涉，碌碌何之？使得久留，當堅永約。」生曰：「此中願耳。奈家尊赴宦，且屬意鄙身，固難〔舍〕（合）也。」妖憮然唏吁，曰：「君猶未知乎？青苗梗法，荆棘當途，政殆者有投林之想矣，君乃欲爲風中之樹耶？」生曰：「拙哉子言，將使我埋光丘壑乎？」妖曰：「徙木南門者，孰與種梅孤山之爲逸？看花長安者，何如摘菊籬下〔之〕爲高？孰謂丘壑非賢者事哉？」生曰：「是固然，但君子疾泯泯耳。」妖笑曰：「王庭三槐，竇家五桂，不可謂不芬馥也。今未幾而雨露凄凉，凋殘相繼。甚者將軍之大樹，斧斤及之矣，何赫赫足〔云〕？」生曰：「苟能遺芳，是亦可也，何必較身後之遇。」妖曰：「不〔然〕也，顧所處何如耳。茹芝四老子，采薇二餓夫，自身以後，其來不知幾許時矣，而商山、首陽之秀號，至今與霜松雪竹同清。未聞榮前而悴後者，何耶？」生又曰：「聖於清者，不足論矣。若中人以上，而身無一遇，如虚生何？」妖曰：「此又不可强也。誠以吾輩言之，有步生蓮花者，有妝飛梅萼者，寵愛何其殷也！有蒸梨見逐者，有啖棗求去者，疏斥何其甚也！謂是其色弗若歟？非然也。夫婦女且爾，而况丈夫乎。故天苟遇我，則廟楝堂梁；天不我遇，則塗檮泥櫟。遇不遇，命也，君謂由人乎哉！不然，渭之釣叟，傅之築〔傭〕（傳），苟非商周拔茅而物色，則一竿一版，朽爛濱巖之下，老死無聞矣。故曰遇又不可强也。」

生勃然曰：「信如子言，甘與庸庸者伍，何以自別歟？」妖曰：「豈有異哉！杏園一宴，桃李春宫，雖與臣草莽、友蓬蒿者不若。及其南柯夢後，衰草荒榛，寒烟暮雨，同一丘耳，孰分梧檟之與樲棘乎？」生曰：「世之急功名者何限，而子獨以忤衆者願我，何也？」妖曰：「妾非願君，欲悟君耳。正以此輩爲可鄙也。垂涎富貴者，不啻望梅之渴；妄想功名者，孰無夢松之思。攘攘營營，爭枝匝樹，雖忙逐槐塵而不惜，禍甘桃實而莫知，〔彼〕將謂可根深蒂固也。豈知桑榆之景易窮，草頭之露易涸。華茂未幾，枯槁隨至。方將宴笑堂中，而長夜之室，人已爲我築矣。悲思此景，願將何屬乎？」生曰：「人孰無死也，必欲高潔以逃之，不幾於固耶？」妖曰：「死固難免，但當理值此死耳。苟徒朝求井上之李，暮拔園中之葵，勞苦迎合，驅馳世途，憂憤迭興，驚疑靡一，遑遑然無俄頃之舒眉坦腹。人而至此，縱廟柏成龍、雷陽感竹，終無益也，而況未必得此者乎。若夫託赤松以遨遊，隱橘中以行樂，餐菊英，紉蘭佩，逍遥於塢之北、溪之南，與木石通情，猿鶴同夢。雖片月浮雲，不足以喻其閒；飛花流水，莫能以狀其適。天地至樂，斯人久享歷焉，誠所謂時可當日，而日可猶年者，亦將與恒人論歲月乎。以此評死，果孰值孰負耶？」生喜曰：「不期一話，足開心胸。子殆非山家者歟，而何其典達也？」妖復低容促膝曰：「章臺〔灞橋〕，舊裔日微；漢禁隨隄，風光非昔。灞陵之門户，問者疏而隨者少也。行行種種，無非攀愁送恨之情，故特僑寓以避此耳。」生歎曰：「然。才容兼妙，無怪乎不屑事人也。」妖又太息曰：「張君一别，腰緊眉粗，眠卧含情，春秋虚度。連理之樂，殆不可復望於今矣！」生曰：「然則有兄弟否？」妖曰：「紫荆伐後，其豆相煎者多也，念本連枝者誰歟？」生曰：「既爾孤獨，曷求一友乎？」妖曰：「金蘭契絶，勢利成風，負荆人遥，青松落色。當今之世，而欲所求乎友，非賣則擠矣！」生曰：「若然，則人可絶乎？吾恐不如是之甚也。」妖曰：「殆有甚焉。朝廷鮮勝任之良幹，郡縣乏敷惠之甘棠。趙家喬木，爲庸材輩寒而蠹也數矣。又且放王吕之牛羊，株連善類，顛僕之禍，行將切於本根也。一木豈能支哉！」生曰：「子誠熟識世故者。然今兹之處，樂耶？憂耶？」妖曰：「方其淒風寒雨，杏褪桃殘，山路蕭條，愁雲十里，苔荒蘚敗，情颺魂銷，不可謂無憂也。及其芳洲晴暖，一簇翠烟，畫舫玉驄，酒旗摇映。又或送夕陽，挂新月，暮蟬數咽，野鳥一鳴，萬縷春光，心怡意適，殆不知造物之有盡也。夫誰曰不樂乎？」生笑曰：「樂則樂矣，第少一知心也，奈何？」妖亦笑曰：「安排青眼窺人多矣，無如吾君，是以不辭李下私嫌，竟赴桑間密約，且惓惓爲君道也。」生挽其手曰：「咀嚼卿言，不覺俗心頓破，但不能置此身耳。」妖曰：「是不難。即當潛名澗壑，俯結松蘿，寄迹雲霞，永聯絲木。襟披楊柳之風，步款梧桐之月。山樵泉飲，快一塵於無驚；鶴伴鷗賓，洗星淄於不染。上蹤莘野之孤犁，春田清靄；下續桐江之一綫，秋水寒潭。拄杖穿花，一無留念；携壺藉草，百不關情。惟夢繞乎松杉，據弄牀頭之笛；（且）（日）心飛於蘭桂，移彈石上之琴。誠可謂神仙中人，不特與竹林而較勝；風塵外物，直將與桃源而争芳者也。何必喘慕紫薇之臺閣，肩挨黄棘之門墻，纆鎖情懷，桎梏手足，以自取辱哉！」生見其言詞流發，博洽多聞，艷冶括目，婀娜醉心，意必仙種也，感慕益切。復取舟中行褥，鋪松陰之下，欲求再會。交接間，極盡情事。起與生别，雞三唱矣。生因請其姓，妖答曰：

「不必牽衣問阿嬌，幽情久已屬長條。吴王山下無人處，幾度臨風夜舞腰。」

生溺於欲，竟不詳其意而散。明日，象欲發泊，生意逗延不進。夜果復來，生乃匿之舟中，欲與之任。妖艴然不許，曰：「妾奉蒲姿於君者，實欲與君開緑野之堂，結白蓮之社，采武安之藥、種邵平之瓜，泠淡巖雲湖水中也。顧可自蹈危枝，爲人振落剪拂，甚哉，妾所不願也已。」生情不能舍，哀哀懇乞，約以送至家尊，即當與俱此山。請之再四，乃從。及抵秀年餘，希侃忽遘異疾，不可救療。會元浄法師過秀，令象亟詣告之。師乃除地爲壇，設觀音像，取楊柳灑水咒之，結跏趺坐，引妖問曰：「汝居何地而來至此？」妖答曰：「會稽之東，汴山之陽，是我之宅，古木蒼蒼。」師曰：「噫！兒蓋柳也。吾嘗聞是兒返性矣，不道其復爲幻也！」妖乃輾然笑曰：「陶君有緣，兒將教以不死之術，非祟也。」師不能窘，爲宣《楞嚴祕密神咒》，令痛自悔恨，毋爲物邪所轉。於是號泣請去。復謂陶生：「久與子遊，何忍遽舍，願觴爲别。」即相對引滿，作詩泣曰：

「仲冬二七是良時，江上多緣與子期。今日臨歧一杯酒，共君千里遠相思。」

遂去，不復見。生疾亦尋愈。方知其妖柳也，故所論議，皆花木之事，然鑿鑿造理者也。因悟其言，改名希靖，不求仕進，歸家享年壽云。

評曰：「上士尚道德，中士尚節義，下士尚功名，然則功名亦士之一途也，而可少哉。但嗜禄取尤，戀位胎禍者，往往苦不知止。此妖柳所以反覆百端，極闡情弊，悟陶生以及天下併功名而欲去之也。故不論得志與否，能雨窗醉燭之下，試讀一過，真可以起溺藥迷。奈何白髮烏紗、癯顔玉珮者，猶乃不知娱身之計，躬理鹽魚，親執簿鑰，朝夕爲錙銖所役。豈知回頭一顧，殘年幾何，不惟有愧於妖柳，

且愧陶生多矣。（同上）

按：此據秦觀《録龍井辯才事》改寫，又見《夷堅丙志》卷十六《陶彖子》。

招提琴精記

鄧州人金生，名鶴雲。美風調，樂琴書，爲時輩所稱許。宋嘉熙間，薄遊秀州，館一富家。其卧室貼近招提寺，夜聞隔墻有歌聲，乍遠乍近，或高或低，初雖疑之，自後無夜不聞，遂不以爲意。一夕，月明風細，人静更深，不覺歌聲起自窗外，窺之，則一女子，約年十七八，風鬟露鬢，綽約多姿。料是主家妾媵，夜出私奔，不敢啓户。側耳聽其歌曰：

「音音音，你負心，你真負心，孤負我到如今。記得當時，低低唱，淺淺斟，一曲值千金。如今寂寞古墻陰，秋風荒草白雲深，斷橋流水何處尋。凄凄切切，冷冷清清，教奴怎禁。」

女子歌竟，敲户言曰：「聞君倜儻俊才，故冒禁以相就，今乃閉户不納，苦效魯男子行耶？」鶴雲聞言，不能自抑，纔啓户，女子擁至榻前矣。鶴雲曰：「如此良夜，更會佳人，奈何燭滅樽虚，不能爲一款曲也？」女子曰：「得抱衾裯，以薦枕席，期在歲月，何必泥於今宵，况醉翁之意不在酒乎。」乃解衣共入帳中，罄盡繾綣之樂。迨隔窗雞唱，鄰寺鐘鳴，女子攬衣起曰：「奴回也。」鶴雲囑之再至。女子曰：「弗多言，管不教郎獨宿。」遂悄悄而去。次夜鶴雲具酒殽以待，女子果迤邐而來，相與並坐，酣暢，女子仍歌昨夕之詞。鶴雲曰：「對新人，不宜歌舊曲；逢樂地，詎可道憂情。」因賡前韻而歌之曰：

「音音音，知有心，知伊有心，勾引我到於今。最堪斯夕，燈前耦，花下斟。一笑勝千金。俄然雲雨弄春陰。玉山齊倒絳帷深，須知此樂更何尋。來徑月白，去會風清，興益難禁。」

女子聞歌，起而謝曰：「君之斯咏，可謂轉舊爲新，翻憂就樂也。」彼此歡情，頓濃於昨。自是無夕不會，荏苒半載，鮮有知者。忽一夕，女子至而泣下，鶴雲怪問。始則隱忍，既則大慟。鶴雲慰之良久，乃收淚言曰：「奴本曹刺史之女，幸得仙術，優游洞天，但凡心未除，遭此謫降。感君夙契，久奉歡娱，詎料數盡今宵。君前程遠大，金陵之會，夾山之從，殆有日耳。幸惟善保始終。」雲亦不勝悽愴。至四鼓，贈女子以金。别去未幾，大雨翻盆，霹靂一聲，窗外古墻悉震傾矣。鶴雲神魂飄蕩，明日遂不復留此。二年後，富家築墻，於基下掘一石匣，獲琴與金，竟莫曉其故。時聞鶴雲宰金陵，念其好琴，使人携獻。鶴雲見琴光彩〔奪目〕，知非凡材，欣然受之，置於石牀。遠而望之，則前女子；就而撫之，則依然琴也。方悟女子爲琴精，且驚且喜。適有峽州之遷。鶴雲得重疾，臨死命家人以琴從葬。琴精之言，胥驗之矣。人有定數，物可先知，豈不信哉！

評曰：器久則物可怪，琴久則聲益佳，未聞以古琴爲精也。鶴雲好之專，所以佳物自致。故聚會終宵，吟咏之外，於鶴雲無所祟也，豈非遇之幸乎。不然，何天雷震頂，而匣質依然完具；金陵復會，而夾山猶且相從。數耶？命耶？偶耶？記以精名，姑仍其舊。（同上）

按：本篇據元郭霄鳳《江湖紀聞》卷一《琴聲哀怨》改寫。《江湖紀聞》一時無從録出，今據《琴書大全》所引附録于後。又曾選入《國色天香》等書。《堅瓠四集》卷一《古琴化女》録此詞作蘇東坡事，不詳所據。

附録

宋嘉熙丁酉，鄧州金鶴雲以琴棋書畫，寓嘉興府富家，與招提寺相近。每夜聞女子歌曰：「音音音音，你負心，你真負心。孤負我到如今。記得年時，低低唱，淺淺斟。一曲直千金。如今寂寞古墻陰。秋風荒草白雲深，斷橋流水何處尋。凄凄切切，冷冷清清，教奴怎禁。」月餘，識其辭甚習，偶忘形，亦從而歌之。一夕，歌聲甚近，窺之，一女子，年約十七八，姿態綽約，迤邐行來，遂亟閉户。女子復歌而去。明夜就枕，將滅燈，歌聲又近，直前推户入室，至榻前。金問：「爾誰家人？何夜深至此？」女登榻，但歌不已，且歌且卧，牽裳啓股而求合。金亦動念，遂不復拒。歡罷，女子潸然曰：「妾曹刺史家人，棄妾于此。妾遇異人授妾至道，可以爲仙。但凡心未除，累遭降謫。今方别後，未卜會期。君前程甚遠，夾山之會，君其慎之。」金亦悲愴，泣下惜别，探囊中百金爲意。女不受，强繫其衣，送之出户。女收淚，復歌而去。金明日方悟爲妖祟，神思不懌。告主人（以）（已）故，皆不能曉。其後招提修寺，鑿土爲隄，於墻下得石匣，藏一古琴，繫百金焉。寺乃唐光啓中刺史曹珪捨宅爲寺也。金後爲縣令，卒於峽州，遂符夾山之説。（蔣克謙《琴書大全》卷十七雜録引《江湖紀聞》）

大士誅邪記

洪武間，鹽官會骸山中有一老〔道〕（魅），緇服蒼顔，幅巾繩履，居嘗恂恂，詼謔則秀發如瀉。雖不事生業，而日能醉歌山麓間，歌畢長舞。或跳水，或緣枝，宛轉盤旋，驚魚飛燕，莫能過也。又且知書善詠，嘗與登遊文士相賡和焉。山居熟識者，雖以道人呼之，而心甚疑議，然卒莫能根究其實也。一日大醉，索酒肆中筆硯，題風花雪月四詞於石壁，閱者稱賞。後見墨蹟漸深，磨涅不能去，人又怪之。詞併録左：

「風嫋嫋，風嫋嫋。冬嶺泣孤〔松〕，春郊摇弱草。〔收〕雲〔月〕色明，捲霧天光早。清秋暗送桂香來，極夏頻將炎氣掃。風嫋嫋，野花亂落令人老。

花艷艷，花艷艷，妖嬈巧似妝，鎖碎渾如剪。露凝色更鮮，風送香嘗遠。一枝〔獨〕（燭）茂逞冰肌，萬朵争妍含醉臉。花艷艷，上林富貴真堪羨。

雪飄飄，雪飄飄。翠玉封梅萼，青鹽壓竹梢。洒空飛絮浪，積檻聳銀橋。千山渾〔駭〕（骸）鋪鉛粉，萬木依稀掛素袍。雪飄飄，長途遊子恨迢遥。

月娟娟，月娟娟，乍缺鉤横野，方圓鏡掛天。斜移花影亂，低映水紋連。詩人舉盞搜佳句，美女推窗遲夜眠。月娟娟，清光千古照無偏。」

離山里許，有大姓仇氏者，夫妻四十無嗣，乃刻慈悲大士像，供禮於家，朝夕香花，欲求如願。仍年於二月十九則齋戒虔虔，躬往天竺而禱。如是者三越歲，果妊，得育一女孩。及週，名爲夜珠，取掌上珠意也。時年十九，父母已六十餘矣，端慧多能，工容兼妙，夫妻望之甚重，必得佳婿。倚托殘年，故荏苒以待也。詎料爲老魅所知，不求媒妁，自薦於其門。父母大怒，逐之使出。老魅從容不動曰：「吾丈誤矣，久聞選擇東牀，不過爲老計耳。僕能孝養吾丈於百歲前，禮祭吾丈於百歲後，是亦足以任所重矣，酬所托矣。此不爲佳，何爲佳乎？」大姓復叱曰：「不思雞鳳薰蕕，甚非偶類，而乃冒慚妄語，狎侮傷人，非病狂則爽心者，奚足與較。」復呼壯力，持杖逐之。老魅行且進曰：「今則去矣，後雖追悔，何門求見我哉？」大姓復指詈曰：「視汝罪骨已枯，棺塚待之方急，人形鬼質，求汝奚爲？行將見汝爲犬鴉所飽，則有之矣。」老魅掀髯長笑而退。越兩日，夜珠倚窗繡鞋，忽見巨蝶一雙飛至，紅翅黃身，翠鬚紫足，如流霞飛火，旋繞夜珠左右而不舍，似若採戀其香者。夜珠喜異，輕以袖羅撲之，撲不能得，笑呼女奴，徐相追逐，直至後園牡丹花側，二蝶漸大如鷹，扶挾夜珠從空踰垣飛去。女奴駭報大姓，大姓驚走號呼，莫可挽救。時夜珠雖心知墮術，而此身則無主也。履荆〔榛〕（蓁），踐險阻，方至巑岏山窟中，一洞甚小，僅可容頭。洞邊老魅拱立，伸把珠手，不覺轟然有聲，洞忽開裂，而身已進内，回視其門，則抱合不可啓矣。洞中寬敞如堂，人面猴形者二十餘，皆承應老魅所役。傍有一房，精潔頗類僧室，几窗間且置筆硯書史，竹牀石磴，擺列兩行。又有美婦閨鬟八九人，或坐或立。牀前特設一席，無烹炙味，香花酒果而已。老魅因謂衆曰：「試與新人成禮。」遂牽珠衣。夜珠且恐且怒，却之甚嚴。老魅喝猴形者四五輩，揪按並坐。老魅喜，頻自行酒，頃之大醉。一婦一鬟，扶伴中牀而寢。夜珠雖蹲踞磴下，苦不成瘵。明起，老魅見珠悲泣，撫其肩慰之曰：「家園咫尺，勝會方新，何乃不趁少年，徒爲自苦。若欲執迷，則石爛河枯，此中不可復出，不如從事之爲得也。」夜珠聞言，觸壁欲盡，老魅私使衆美勸之。珠遂不食水果，欲自餓死。奈處及旬，一毫無恙。因見老魅秋收田間稻花，貯之石櫃，日則炊花合餘，則玉粒滿釜。又能以水盛甕，用米一撮，仍將紙封其口，藏於松灰間。不間二三日，開封取吸，湛然香醪也。或天雨不出，則剪紙爲戲。有蝶者、鳳者、犬者、燕者、狐狸者、猿猱蛇鼠者，囑之使去，往某家取某物來，則刻銜至，用後復使還之。其桃梅〔榛〕(蓁)等果，日輪猴形者二人供辦，然皆帶葉懸枝，非貨殖市中物也。數者皆怪異，又不知何法。一日老魅方出，衆美亦歎息謂珠曰：「吾輩豈山妖野偶乎，但今生不幸，爲彼術致此中，撇父母，棄糟糠，雖朝暮憂思，竟成無益。所以忍恥偷生，譬作豕羊牛馬以自解耳。事勢如斯，爾吾力且奈何？不若稍寬一二，待命於天，苟彼罪惡有終，或可披雲再世。」言畢，各各淚下如雨。忽傳老魅至，俱掩拭而散。是夜珠遭擷之後，大姓思望雖殷，無所用力，但日夕於慈悲大士前哭祝而已。一日，會骸嶺上忽旛竿直豎，竿末掛一物莫識。好事者航梯而至其所，但見巑岏中一洞甚大，婦女十餘人，倚卧不一，如醉迷之狀。其老猴數十，皆身首異處，泉血交流。竿上之物，則一骷髏高綴耳。好事者驚異，急報其令長官。令長差兵捕收勘，方知皆良家婦女，爲妖所誤。出示召領間，而大姓喜躍奔探，女果在內。及視旛竿，上識天竺大士殿前木也，年月猶存。一旦徙至於此，非神力詎可能乎？因悟大姓感神之誠，同還者皆來拜謝。於是協資建廟山頂，奉像其中，香火不絕。其石壁書詞，又且拂滅如洗。人遂知道人即老妖云。

評曰：審老魅四作清麗，則幻於猴有年矣。苟能果食水飲，嘯月眠雲，則洞中之日月，何其長耶！顧乃淫欲自縱，用妖術於不善，割人夫妻之情，離人母子之愛，天肯容乎？而況大士又以慈悲爲道者，肯不救乎？世之貪不知足者，夫亦猴其心歟，行亦有猴其禍也。噫！可以止矣。（下帙）

按：此篇收入《廣艷異編》卷二十七。即《拍案驚奇》卷二十四《鹽官邑老魔魅色，會骸山大士誅邪》所本。

説聽

陸延枝

陸延枝，字胥屏，長洲（在今江蘇蘇州）人。陸粲之子。《説聽》四卷，《千頃堂書目》卷十二小説類著録。有《烟霞小説》本。又有《説庫》等本，僅二卷，不足。書後有萬曆辛卯（一五九一）延枝甥王禹聲跋。

*周八尺

周八尺兩臂庬長八尺，故得名。漁于閶門城壕，忽一夜有青衣散髮者從木簰下起，謂周曰：「某溺死於此有年矣，君肯遺一飯并紙錢，當有以報。」周如其所須。鬼飯訖，囊紙灰錢，問何用。云：「當錢使。」詰朝於某處張網，則獲魚若干。」果然。是後鬼嘗起簰下，得所須則豫告捕魚處及獲魚數，無爽。又説下塘兩周秀才，甲科貴人也。一夕欣然有喜色，曰：「明日午時替身來矣。」爲鵝矢污襦，濯諸水濱。」周訊之，云：「家有八十老母，賣是以供朝夕。」遂去。其夜鬼對周云：「彼有耄親，吾故舍之。某月某夕有婦人來，吾可取而代也。」至期方基某氏婦，與夫争競投水，家人奔救，得免。周叩其故，曰：「此婦有娠，何忍害其兩命耶。」久之，鬼來告别云：「吾本下鬼，以再次放生之仁，見録於上帝，勑我爲無錫北門土地，從此逝矣。某日廟中塑像成，衆共賽社，即吾到任之期也。君可不來相賀乎？」周問己之生業，曰：「毋栖栖於此，無錫東門乃爾發跡之地也。」是後無復影響。周如期携麸酒至廟，果像成建會，男女雜遝，見此鬼冠帶而出，與之對飲傾壺而别，他人不見也。此景泰末事。及天順甲申，兩周秀才瑄、觀同舉進士，周到無錫東門，傭於寡婦之家，遂與爲偶，經營産業，漸致殷富，與婦生一子焉。鬼之言悉驗。（卷二）

按：清人志怪小説中類此溺鬼待替故事頗多，如《聊齋志異》卷一《王六郎》、《夜雨秋燈續録》卷六《祝大哥》，似即本此而鋪衍者。

*蘇城丐

余少聞蔣氏姑言：蘇城有少婦張氏歸寧，使青衣挈首飾一箱隨後，中途如厠遺却，既行始覺。返覓，則有丐者守之，即以授還，曰：「命窮至此，奈何又攘無故之財乎？」婢殊喜，以一釵爲謝。丐笑麾之曰：「不取多金，乃獨愛一釵耶？」婢曰：「兒倘失金，何以見主母，必投死所矣。遇君得之，是賜我金而生吾死也。縱君不望報，敢望大德乎？吾家某巷，今後每日卓午，俟君到門，當分口食以食君。」丐者曰：「爾身在内，何由得見？」婢曰：「門前有長竹，第摇之，則知君來矣。」如言往，婢出食之。久而家衆皆知，聞於主翁，疑有外情，鞫之吐實。翁義之，召丐畜於家，後以婢配焉。美哉乞丐，飢寒迫身，而爲士君子之行，不尤難乎！吾故録之，以爲好義者勸。惜逸其姓名耳。（卷三）

按：此即清宣鼎《夜雨秋燈録·青天白日》所本。

*錢外郎

常熟之直塘，今屬太倉。有錢外郎者，險人也，家居武斷鄉曲。其里中有婦，曰趙重陽，色美。錢心慕之，且以其夫貧可餌。一旦召語曰：「聞爾有幹局者，何乃坐守困窮。吾貸爾錢販布，如何？」夫幸甚，即以貲易布，使商於臨清。錢遂與婦通。豫居貨以待夫歸。歸一二日，輒具舟遣之，如是者數矣。里人皆知之，而夫了不覺。一日在客邸，與同伴争詈，爲發其事。夫忍恥歸，錢又如前遣之。既行，至木梳巷，潮落不能去，復暫到家。錢方擁趙暢飲，見之愕然。夫慚且怒，然憚錢之强不敢發，旋回舟中。錢陰與趙計，夜遣人詐爲盗殺之，而以被盗聞官。夫之族人，知而發其謀。縣令楊子器，逮兩人鞫之，不承。姑繫之獄。自是數月亢旱。桑通判民懌謂子器曰：「君知所以不雨乎？坐趙重陽獄未决耳。君能雪此冤，雨今至矣。」子器大悟，立加嚴刑，始款服。少時大雨如注，闔縣歡呼，以爲神。錢遂訴之上官，移獄於府。居歲餘，有劫盗十餘人入獄，錢享以酒殽，從容誘之曰：「吾知爾輩不過一死，能爲我認劫殺商人事，於爾罪無所加，而可以脱我，當厚給爾。」盗許之。及被訊時，具款首，一如錢指。錢乃援盗詞以辨，太守新蔡曹公鳳召子器詰之，子器力言其故，曰：「彼直巧爲營脱耳。」於是計不行。錢又訴於朝，下南京三法司提問。錢已賂要津爲内援，竟以盗詞爲據，錢與趙皆幸免。方出都門，少憩，是日天色晴明，忽疾雷一聲，兩人皆震死。一時哄傳以爲奇事。由此觀之，天道甚邇，可謂茫茫乎？（卷三）

覓燈因話

邵景詹

邵景詹，號自好子，生平事跡不詳。《覓燈因話》二卷，著于萬曆二十年（一五九二）。《千頃堂書目》卷十二曾著録。自好子尚編有《剪燈叢話》十二卷，疑亦邵景詹所爲。

姚公子傳

浙東有姚公子，不必指其里氏。父拜尚書，妻亦宦族，家累鉅萬，周匝百里内，田圃、池塘、山林、川藪，皆姚氏世業也。公子自倚富强，不事生産，酷好射獵，交游匪人。客有談詩書、習科舉者，見之則面頳頭重，手足無措；有計盈縮、圖居積者，則笑以爲樸樕小人，不足指數。惟矯猛猿捷之輩，滑稽桀黠之雄，則日與之逐犬放鷹，伐狐擊兔。市井無賴少年，因而呼引羅致之門下者數十百人。此數十百人之家，皆待公子以舉火，公子不吝也。或麾千金，使易駿馬；或傾百斛，使買良弓；或與之數道并馳，尅時期會，而後至者罰；或與之分隊角勝，計獲獻功，而多禽者賞；或秉燭夜圍而無厭，或浹旬長往而忘歸。至若蹂躪稼穡，燬傷柴木，則必估值而倍酬之。曰：「人生行樂耳，吝嗇何爲？」間有舉先尚書聚斂掊克之術以諫者，公子未發口，群少年共嗾之曰：「彼田舍翁，氣量淺陋，何足爲公子道耶？」公子頷之。一日，出獵稍遠，糧運不繼，雖囊有餘錢，而野無邸店。正飢窘中，忽有數人迎拜道左，曰：「某等小人，難遇公子至此，謹備瓜果酒餚，以獻從者。」公子與群少年拍手大笑，以爲神助，乃下馬直抵其室，恣意饕餮。少年曰：「此輩不可不報。」公子乃酬以三倍。其人大獲所願，乃拜伏送于馬首。公子復喜曰：「此輩非但解事，兼有禮數。」急命後騎傾囊勞之。由是此風既倡，人皆效尤，公子東馳則西人已爲之飭饌，南狩則北人已爲之戒厨。士有餘糧，獸有餘食，雖旬日之久，而不煩饋運。一呼百諾，顧盼生輝，此送彼迎，尊榮莫並。公子大喜，雖竭力報答，猶自歉然。諸少年各欲染指其中，齊聲力贊，以爲此輩乃小人，今不勞督率，而供糧大備，奉承公子，過于君王矣。不有重賞，其何以慰？公子是之。然而公子數年之間，囊空橐罄，止有世業存焉。諸少年相與進言曰：「公子田連阡陌，地占半州，足迹所不能到者，不知其幾。然大率皆有勢之時，小民投獻，官府賂遺，非用價乎買者也。即有以價得之，亦不過債負盤折，因其户絶人窮，收其磽田瘠地，所值又能幾何？故今荒蕪者多，墾辟者少，錢糧督促，租課蕭條，以公子視之，直土泥耳。如以荒蕪之土泥，爲償賚之資費，小民得之，寸土如金，是以泥沙同金用也，奚不可者？」公子大以爲得策，于是所至輒立賣券爲賞。諸人故難之，群少年以好言慰勉，公子踟躇，惟恐其人不受也。凡肥饒之産，奸民欲得之，則必先賂少年。少年故令公子受其酒食，或飾歌妓爲妻女，故調公子。公子或識之，亦不問也。將去，則群少年一人運筆，一人屈指，一人查籍，寫券已成，令公子押字，多寡美惡之間，公子不得主張焉。既而，公子曰：「吾倦矣。豈能執筆簽判，習書生之勞哉！」群少年乃鏤版刷印，備載由語及圖籍年月，後附七言八句詩一首，則公子所作也。詩曰：

「千年田土八百翁，何須苦苦較雌雄？古今富貴知誰在，唐宋山河總是空。去時却似來時易，無他還與有他同。若人笑我亡先業，我笑他人在夢中。」

每日晨出，先印數十本，臨時則填註數目而已。然而游獵無度，賞賜無算，加以少年之侵漁，及日用之豪侈，不踰數年，産業蕩盡，先人之丘壠不守，妻子之居室無存。向日少年，皆華衣鮮食，肥馬高車，出遇公子，漸不相識。諸嘗匍匐迎謁道傍者，氣概反加其上，見公子飢寒，掉臂不顧，且相與目哂之。公子計無所出，思鬻其妻，而憚于妻之翁，不敢啓口。乃翁固達者，深識其情，先令人許之，已而陰迎其女，養之別室，詐令人爲豪族，以厚財爲聘，與之約曰：「爾妻價不及此，聞其賢能，故不惜厚聘。然一入豪門，終身不得相見。」公子大喜過望，亦甘心焉。妻去未數月，而聘金又盡，左顧右盼，孑然無依，將自賣其身，而苦無主者。妻翁又以厚價，詐令莊客收之，亦與之約曰：「爾本貴人，故重其值，但輸券之後，當唯命是從，不得違忤。」公子自念：己富盛時，家徒數百，皆游蕩飽暖而已，殊無所苦。乃允諾，隨之而去。至則主人旦令之采薪，暮督之舂穀，勞筋苦力，時刻不堪。數日，遂逃去，與乞兒爲伍。自作長歌，丐食于市。歌曰：

「人道流光疾似梭，我説光陰兩樣過。昔日繁華人慕我，一年一度易蹉跎！可憐今日我無錢，一時一刻如長年！我也曾輕裘肥馬載高軒，指麾萬衆驅山泉。一聲圍合魑魅驚，百姓邀迎如神明。今日啊！黄金散盡誰復矜？朋友離盟獵狗烹。晝無饘粥夜無眠，學得街頭唱哩蓮。一生兩截誰能堪？不怨爹娘不怨天！蚤知到此遭坎坷，悔教當年結妖魔。而今無計可奈何，慇懃勸人休似我。」

妻翁知其在市中也，故令乞兒百般侮之，稍不順意，嚇之曰：「吾將訴爾主人。」則抱頭鼠竄而逸，不敢回顧。以是東西流轉，莫能容身，凍暖憂愁，備嘗艱苦。翁乃令其女築環堵之室，于大門之傍，器具衾裯，稍稍略備。故又令人說公子曰：「爾本大家，乃爲乞兒所侮，爾非畏乞兒，畏主人也。爾主朝夕尋訪，幸不相遇，遇則幽禁牢獄中，死無日矣。爾之故妻，今爲豪家主母，門庭赫奕，不異曩時。吾盍與爾言，求爲門役，但有啓閉之勞，無樵舂之苦，終享安佚之樂，無飢寒之慮，豈不愈于旦夕死溝壑乎？」公子涕泗乞憐，拜伏泥途中曰：「如此，則再生父母也。」于是引至妻之別室。公子見一舍清凈，器服整潔，喜不自勝，如入仙境。乃戒之曰：「爾主母家富，故待僕役皆修整，然勢尊望重，羞睹爾顔，爾誓不可竊入中堂，且不宜暫出門外，儻爲爾主人所獲，受禍不淺矣！」于是公子謹守戒言，雖飽食暖衣，不無弋獵之想，而內憂外懼，甚嚴出入之防。竟不知妻之未嫁，終其身不敢一面，老死于斗室云。（卷一）

按：《二刻拍案驚奇》第二十二卷《癡公子狠使臊脾錢，賢丈人智賺回頭婿》，即據此敷演。

徐比部燕山叢録

徐昌祚

徐昌祚，字伯昌，明常熟人。萬曆間任太僕寺丞、刑部司官，著有《律例釋注》（見李叔春《燕山叢録序》）。《燕山叢録》，《四庫全書》小説家類存目著録，二十二卷。現存鈔本，題作《新刻徐比部燕山叢録》，分敦行、奇節、吏道、兵革、技術、仙釋、神鬼、妖邪、怪異、奇聞、果報、科試、天文、地理、古跡、器物、禽獸、草木、古墓、駁疑、山谷，凡二十一類，各一卷。卷二十二爲附録《長安里語》，已佚。書前有萬曆壬寅（一六〇二）李叔春序。此書輯録州縣方志所載異聞雜説，均極簡略，多爲明朝京畿之事，亦有前代舊聞傳説。今録其一則以見例。

*偷瓜案

吴縣劉纓爲滕縣令，民婦携兩兒過鄰家瓜園，鄰家自摘瓜，誣爲婦所盗，執以送官。纓見所盗瓜多，知其爲誣，佯怒曰：「爾盗彼瓜，當以一兒償之。」令告者將兒及瓜去。其人先抱兒，遂不能取瓜。纓乃詰之曰：「爾壯男子也，抱兒則不能取瓜矣。彼一婦人耳，既抱兒，安能復盗若瓜，又如是之多耶？」告者叩頭服罪，杖而遣之。（卷三吏道類）

按：此即民間故事《張飛審瓜》所本。《耳談類增》卷六《葉公斷瓜》條亦同此結構，惟審案者為葉露新。

耳談類增

王同軌

王同軌，字行父，黄岡（今屬湖北）人。以貢生除江寧縣令，遷南太僕主簿。《耳談類增》，初名《耳談》，一名《賞心粹語》，十五卷，刻于萬曆丁酉（二十五年，一五九七），《四庫全書》小説家類存目曾著録。後增益爲《耳談類增》五十四卷（《千頃堂書目》作五十六卷），有萬曆癸卯（三十一年，一六〇三）自序及張文光等人序，存金陵唐氏世德堂刻本。又有五卷本《耳談》傳世。蓋屢經覆刻，有所增訂。此書纂集異聞，分叢德、良讞、精技、奇合、重生等篇，不盡爲志怪述異。文末注明所説之人，多爲作者耳聞所得，但亦有出自前代傳説故事者。與明代擬話本小説關係較爲密切。

林公大合決獄

蜀中一小家婦，自母家獨行歸，避雨一野寺中。寺僧延入，而婦有姿貌，師徒皆欲淫之。乃婦意常在其徒，師怒殺婦，埋園中。次日，母于婦家互尋不得，交相仇，以訟于官。時閩人林公大合爲都司，斷事攝邑，不能決而疑必有故。適有一門子得罪當譴，公曰：「汝故以得罪逋出，遍踐村市，但探出此事，當宥汝。」久之，門子入此寺，僧師徒以是美男，皆與狎昵。有小沙彌語洩，而沙彌亦不甚悉。入以白公。公曰：「是矣！」翌日過寺中焚香，頻仰首向天自應曰：「臣知道了。」衆僧中獨一僧色變，公即令縛之，曰：「上天已語我，殺某家婦者汝也。」一訊吐實，瘞尸出其園中，殺二僧，而二家疑解。至今其邑人稱之。顧朗哉談。（卷六）

按：此事與《海剛峰先生居官公案傳》第二回情節略同，亦出其前。《拍案驚奇》第二十六卷《奪風情村婦捐軀，假天語幕僚斷獄》，亦即本此。

娶婦得郎

毘陵人有女且于歸，而婿病劇。婿家貧，利女匳具，故强迎女視婿。女家難之，而又迫于欲却不能，因計其子年貌甚類娣，遂飾子往。故稱未成禮，不宜見尊親，常蔽其面。婿家不知，以婿之妹伴嫂宿于別室，是夜婚合。越三日，女家迎女歸，妹自陳嫂是男子，已爲我婿矣。婿家大恚，訟於御史臺。朱公節曰：「渠不宜以男往，爾奈何以女就之乎？殆是天緣，聽其自配。」後婿病亦愈，女竟得歸。一嫁女而得婦，一娶婦而得郎。虛往實還，網魚得鰥矣。陶駕部考其姓名，令美曲者爲雜劇，盛行于杭越之間。（卷八）

按：宋元以來，類似故事極多。如《醉翁談録》丙集卷一《因兄姊得成夫婦》即為較早之記載。此云令美曲者為雜劇，疑指沈璟之《四異記》，已佚。《醒世恒言》第八卷《喬太守亂點鴛鴦譜》同此結構，又出其後。

武騎尉金三

崑山舟師楊姓者，雅與金姓者善。金姓者死，有子曰金三，年十七八，窶甚，將行乞。楊見而憐之，因招入舟收養之。既久，楊夫婦以其力勤也，愛之甚。楊無子，有一女，年亦相若，因以妻三。歲餘，産一女，踰晬盤，病死。三哭之哀，成疾，日漸尫羸，阽危。楊夫婦始悔恨，罵詈不絶。一日江行，泊孤島下，楊謂三：「舟中乏薪，不得炊，可登岸拾枯枝爲爨。」三力疾去，則棄三掛帆行矣。三得枯枝，至泊〔所〕，失舟，知楊賣己也，慟哭，欲赴江死。既又念島中或逢人，冀可救援。轉入林，行至一所，見戈戟森森，列衛在焉，爲之駭愕。徐偵之，無所聞。漸就，闃寂無人，僅有八大篋，封識完存，竟不知爲何。蓋盜所劫財，暫置此地。三乃匿戈戟溝中，再臨江濱。適有他舟經其處，三招之來，曰：「我有行李，待伴不至，可附我去。」舟中許諾，悉携八大篋入舟。行抵儀真，問居停主人家，密啓篋視，皆金珠也。即其地售得如干，服食起居非故矣。既收童僕，復將買妾。一日，行過河下，楊舟適在，三識之，楊不知也。三乃使人雇其舟，云往湖襄賈，輜重纍纍，舳艫充牣。先是，楊棄三時，女晝夜啼哭，不欲生。父母强之更納婿，女不從。至是，三登舟，舟人莫敢仰視。女竊視之，驚語母曰：「客狀甚似吾婿！」母詈之曰：「見金夫不有躬耶？若三不知死所矣！」女遂不敢言。三顧女，佯謂舟人曰：「何不向船尾取破氈笠戴之？」蓋三窶時初登楊舟，有是言也。於是妻覺之，出見，相與抱哭，歡如平生。而楊夫婦羅拜請罪，悔過無已。三亦不之較，尋同歸三家焉。未幾，會劇寇劉六、劉七叛入吳，三出金帛募士，從郡別駕胡公

直搗狼山之穴，縛其巨魁，討平之。功授武騎尉，妻亦從封云。姑蘇顧朗哉談。（卷八）

按：此即《警世通言》第二十二卷《宋小官團圓破氈笠》本事。

徽富人某

徽富人某悦一小家婦，欲娶之，而厚餌其夫以金。夫以語婦，婦不從。然心利其金，卜夜爲具招之，故自匿而令婦主觴。及某入，則血流滿地，婦被殺矣，驚懼反走。夫歸，以爲某也，訟于郡。鞫之，某曰：「相悦有之，即不從，尚可緩圖，何至殺之？」婦又失其頭，莫測其故。郡但下某及其夫於獄，密察于其里人。里人皆不省，獨一老人曰：「異哉！向時叫夜僧于殺人次夜遂無聲，可疑也。」某急出金募人察叫夜僧所在，歲餘，果于旁郡識之。因以一人着死婦衣，居林中，候僧過，作婦呼曰：「和尚還我頭！和尚還我頭！」僧驚，遽曰：「頭在汝宅上三家鋪架上。」衆出縛僧抵郡，曰：「向其家門夜啓，欲入盜物，見婦盛妝泣牀前，欲與淫，知不可，遂奮殺而携其頭出，掛上三家鋪架上，本出偶然。」拘某家人至，曰：「誠有之，當時懼禍，即移又上數家門首掛樹上。」拘其人至，曰：「誠有之，當時懼禍，即埋置己園中。」郡尉往園中掘婦頭，得之，然一髯男子。再掘而婦頭始出。問男子頭從何來，曰：「此十年前斬其仇頭，距婦頭丈餘，不知何由先婦人頭出。若稍近，亦不言矣。」于是郡以僧及此人抵二死者命。潘庚生談其里中事。（卷三十二）

按：馮夢龍《智囊補》卷十《徽商獄》轉録此篇，略有删節。《二刻拍案驚奇》第二十八卷《程朝奉單遇無頭婦，王通判雙雪不明冤》似即據此敷演。清人小説亦有類此者，如《清稗類鈔》獄訟類《遊僧利金殺婦案》即與此結構相似。

鍾馗顯靈

高郵李毛保母爲五通所據，屢除治不能，然所欲無不立致，家漸殷潤。一日欲得金首飾，五通曰：「向見姑蘇有爲守徐公者，與家姬飲後圃春香亭。姬所帶首飾頗珍異，往可得也。」數日，跛蹇而返，曰：「姬首飾已得，過堂側西小樓，遇黑臉醜惡鬍子擊我一簡，傷左股，驚懼，投所竊於井而逋，爲汝幾喪我命。」毛保聞之，欲察五通所懼，因假賣卜抵徐守家。其家果以失首飾爲問，曰：「某婢某奴盜乎？」毛保布卦成，便曰：「物在井，急索便得。」其家撈取，果得焉，大詫以爲神。婢奴德之尤甚，延逅西小樓，見所供鍾馗像，正如五通所言，故紿之曰：「惡神不宜以鎮宅，可移祀廟中，宅安矣。」其家許之，即攜歸置己堂中。五通避不敢入，遥屬耳於保母曰：「此神正向擊我鐵簡者，汝忘我以汝故竊物得禍，又向所遺無算，而反毒治我，汝禍不遠。」因去不復至。吴貞甫談。（卷四十七）

按：此事又見錢希言《獪園》卷十二《五郎神》之五。亦見于明安正堂劉雙松所刻《鍾馗全傳》第四卷《簡擊五通》，不知孰為先後。

剪桐載筆

王象晉

王象晉，字藎臣，一說字子進，山東新城人。萬曆三十二年(一六〇四)進士，官至浙江右布政使。著有《羣芳譜》、《清寤齋欣賞編》等。《剪桐載筆》一卷，《四庫全書》小說家類存目著録，實爲雜著集。有毛晉刻本。分傳、賦、解、說、記五類。是書因奉使册封途中所作，故取義於剪桐。

丹客記

堪輿熊生見龍爲予言：一縉紳家甚富，嗜爐火，屢被欺不置也。家亦漸耗，妻子苦相諫，因戒閽人勿通方外士，而心實未灰，臨街設一牖以便外觀。一日午後，見一道士持銀一珠與對門賣餠家，飄然去。呼詢之，云道士自昧爽坐店門外，閉目不語。某心異之，至午乞齋，餽以茶一壺、餠十枚，食盡，命取水銀一錢及炭火來。與之，道士於衣下取杏核一枚，穵空，入水銀，加藥少許，投火内，須臾成一銀珠，取相付，遂去。索觀之，銀色甚佳，鎔之不少毫厘。心爲動，令僕遍索，得於城隍廟閣室中，面壁坐。縉紳躬往延之，立其後良久，始起，與揖，邀之書室，具酒餚甚虔。言及爐火，輒云不知。案上銅香筯一雙，道士取以爇香，時玩弄之。食畢求去，留之宿，約翼早。次早延之，又約近午。至期果來，縉紳執禮益恭，求益懇。道士云：「此事非可輕易，公必欲觀，當爲小試。」因令僕取炭十餘斤，水一盂，火一爐。既至，悉屏諸人，於室内掘一坎，取銅筯稱之，拭以囊中藥，筯白如雪，置坎内加炭。因言：「此等術造化所忌，不得已爲公試。然不可不虔，公宜焚香一拜天地。」拜罷，火已熾，筯與火一色，熄以水，稱之，依然故物也，而質則銀，鎔之，紋銀也。縉紳大喜，謂真仙在目前矣，堅乞其術。要之設誓立券，縉紳焚香設重誓，付以券，願終身不相負。道士曰：「公心既誠，真可教，第此事不可令多人見，須静室乃可。」周視無當意者。至宅後園中，樹木陰翳，一亭巍然。道士曰：「可矣！公真箇中人，當爲大做，令子孫世世稱陶朱也。非數百金爲母不可。」遂於亭中安爐置鼎，縉紳親持三百金同入鼎加火，日往視火候，飲食與共，暇則相與闡玄理或談生平宦途中事，意甚浹。已而漸暑，爲製葛衣。一日，道士曰：「某孤雲野鶴，性疏宕，今久坐漸鬱，何處可少豁心目也？」曰：「園後即城，登城四遠皆目中矣。」於是道士科頭跣足，衣短葛，四體無纖毫障，偕一僕遊城上，日以爲常，間獨往，縉紳以相與厚，不疑也。一日，忽不返。候數日，竟不返。開爐視之，三百金化爲烏有矣。大怒，倒爐碎鼎，毁其亭作馬廐。次年春，閽人報故人子求見，出視之，一少年可二十許，身被械，偕婦人，又一男子執文牒隨其後。詢之，云南京人，姓某，乳名某，於某年月日生，父某任某官，母某氏。縉紳聞言大驚，所云某官，與縉紳爲生死交，而此人乳名即縉紳所命也。亟問何以至此。涕泣云：「父在日時念老伯交誼，恨不縮地一會。不幸父殁，尋喪母，隻身伶仃，爲羣不逞所誘，醉後誤殞一人，官司欲擬大辟，傾家營幹，僅得遣戍，而先業蕩然矣。婦即某之結髮，今爲軍妻。此一人，長解也。行至此地，身無一錢。倘念先人舊誼，少濟數金，使得至戍所，幸甚。」縉紳聞言爲墮淚，留住宅中。此人感甚，因言身犯罪，不可令人知，曷於人迹不到處暫休息，當亟行，恐誤期限也。歷數處，行至園，欲宿亭内。以不潔告。此人曰：「先君在日，雅好花卉，家有一園頗相仿，先君日夕遊焉。見此園如見先君，是以不忍捨。」縉紳爲掃除，令息其中，日延與語，同飲食。夫人亦時召其婦與飲食。縉紳之子見婦少而多姿，乘間挑之，欣然相允。遂匿之書室，不令至園中。已而其人忽不見。亭中銅香筯一雙，帖一緘，不言姓名，但謝昨歲相待之厚云：銀未携去，埋亭中，今來取者其子也。所談某官家世及其乳名，皆得之縉紳所自言。又言：「世間燒煉者術多贋，前銀筯乃造以相紿者，所以遲至午，筯未就也。今銅筯公故物。從今可絶意此道，勿再爲人紿耳。」亟召長解詢之，自言身係樂户，婦人妓也。問以來人，云：「不知爲何許人，初入門用頗奢，漸與妓密，謂其父爲公點金萬億，有契券，假此行徑可得數百金，當均分，不知乃爲所紿。」問妓，得之其子書室中，遣之不去，云：「與公子約偕死，不則願死公前。」縉紳大窘，不得已，給廿餘金始行。縉紳懊悔甚，痛笞其子。從此絶口不談爐火之事。

負情儂傳

宋懋澄

宋懋澄（一五六九——一六二〇），字幼清，號稚源，一作自源，華亭人，萬曆壬子（一六一二）舉人。吴偉業《宋幼清墓志銘》謂其「爲人落拓有壯節，好奇計，足跡遍天下，散財結客，嘗欲一旦赴國家之急，以就功名」。志未遂而病卒。著有《九籥集》、《九籥别集》，集中有傳類及稗類，實爲小説。《負情儂傳》，又見《删補文苑楂橘》卷一，《情種》、《亘史》、《情史》等亦引之。本集題下原注云：「王仲雍《懊恨曲》曰：『常恨負情儂，郎今果行許。』作《負情儂傳》。」

萬曆間，浙東李生，系某藩臬子，入貲遊北雍，與教坊女郎杜十娘情好最殷。往來經年，李貲告匱，女郎母頗以生頻來爲厭，然而兩人交益歡。女姿態爲平康絶代，兼以管絃歌舞妙出一時，長安少年所藉以代花月者也。母苦留連，始以言辭挑怒，李恭謹如初。已而聲色競嚴，女益不堪，誓以身歸李生。母自揣女非己出，而故事教坊落籍，非數百金不可，且熟知李囊無一錢，思有以困之，令愧不辨，庶日忘日去，乃戟掌詬女曰：「汝能聳郎君措三百金畀老身，東西南北，惟汝所之。」女即慨然曰：「李郎雖落魄旅邸，辦三百金不難，顧金不易聚，倘金具而母負約，奈何？」母策李郎窮途，侮之，指燭中花笑曰：「李郎若攜金以入，婢子可隨郎君而出，燭之生花，讖郎之得女也。」遂相與要言而散。女至夜半，悲啼謂李生曰：「郎君遊貲，固不足謀妾身，然亦有意於交親中得緩急乎？」李驚喜曰：「唯唯，向非無心，第未敢言耳。」明日故爲束裝狀，遍辭親知，多方乞貸。親知咸以生沉湎狹斜，積有日月，忽欲南轅，半疑涉妄；且李生之父，怒生飄零，作書絶其歸路，今若貸之，非惟無所徼德，且索負無從，皆援引支吾。生因循經月，空手來見，女中夜嘆曰：「郎君果不能辦一錢耶？妾褥中有碎金百五十兩，向緣線裹絮中，明日令平頭密持去，以次付媽，外此非妾所辦，奈何？」生驚喜，珍重持褥而去，因出褥中金語親知，親知憫杜之有心，毅然各斂金付生，僅得百兩。生泣謂女：「吾道窮矣，顧安所措五十金乎？」女雀躍曰：「毋憂，明旦妾從鄰家姊妹中謀之。」至期果得五十金，合金而進，媽欲負約，女悲啼向媽曰：「母曩責郎君三百金，金具而母食言，郎持金去，女從此死矣。」母懼人金俱亡，乃曰：「如約，第自頂至踵，寸珥尺素，非汝有也。」女忻然從命，明日，禿髻布衣，從生出門，過院中諸姊妹作別，諸姊妹咸感激泣下曰：「十娘爲一時風流領袖，今從郎君藍縷出院門，豈非姊妹羞乎？」於是人各贈以所攜，須臾之間，簪珥衣履，煥然一新矣。諸姊妹復謂曰：「郎君與姊，千里間關，而行李曾無約束。」復合贈以一箱。箱中之盈虚，生不能知，女亦若爲不知也者。日暮，諸姊妹各相與揮淚而别，女郎就生逆旅，四壁蕭然，生但兩目瞪視几案而已。女脱左膊生絹，擲朱提二十兩，曰：「持此爲舟車資。」明日，生辦輿馬出崇文門，至潞河，附奉使船，抵船而金已盡，女復露右臂生綃，出三十金曰：「此可以謀食矣。」生頻承不測，快幸遭逢，於時自秋涉冬，嗤來鴻之寡儔，詘遊魚之乏比，誓白頭則皎露爲霜，指赤心則丹楓交炙，喜可知也。

行及瓜洲，舍使者艅艎，別賃小舟，明日欲渡。是夜，璧月盈江，練飛鏡寫，生謂女曰：「自出都門，便埋頭項，今夕專舟，復何顧忌！且江南水月，何如塞北風煙，顧作此寂寂乎？」女亦以久淹形迹，悲關山之迢遞，感江月之交流，乃與生携手月中，趺坐船首，生興發執卮，倩女清歌，少酬江月。女宛轉微吟，忽焉入調，烏啼猿咽，不足以喻其悲也。有鄰舟少年者，積鹽維揚，歲暮將歸新安，年僅二十左右，青樓中推爲輕薄祭酒，酒酣聞曲，神情欲飛，而音響已寂，遂通宵不寐。黎明而風雪阻渡，新安人物色生舟，知中有尤物，乃貂帽復絢，弄形顧影，微有所窺，因叩舷而歌。生推蓬四顧，雪色森然。新安人呼生綢繆，即邀生上岸，至酒肆論心，酒酣微叩公子，昨夜清歌爲誰。生具以實對。復問：「公子渡江，即歸故鄉乎？」生慘然告以難歸之故，麗人將邀我於吳越山水之間。杯酒纏綿，無端盡吐情實。新安人愀然謂公子：「旅靡蕪而挾桃李，不聞明珠委路，有力交爭乎？且江南之人，最工輕薄，情之所鍾，不敢愛死，即鄙心時時萌之，況麗人之才，素行不測，焉知不借君以爲梯航，而密踐他約於前途，則震澤之烟波，錢塘之風浪，魚腹鯨齒，乃公子之一抔三尺也。抑愚聞之，父與色孰親，歡與害孰切，願公子之熟思也。」生始愁眉曰：「然則奈何？」曰：「愚有至計，甚便於公子，然而顧公子不能行也。」公子曰：「爲計奈何？」客曰：「公子誠能割厭餘之愛，僕雖不敏，願上千金爲公子壽。得千金則可以歸報尊君，舍麗人則可以道路無恐，幸公子熟思之。」生既飄零有年，携形挈影，雖鴛樹之詛，生死靡他，而燕幕之棲，進退惟谷。瓶藩狐濟，既猜月而疑雲；燕喙龍漦，更悲魂而啼夢。乃低首沉思，辭以歸而謀諸婦，遂與新安人携手下船，各歸舟次。女挑燈俟生小飲，生目動齒澀，終不出辭，相與擁被而寢。至夜半，生悲啼不已，女急起坐抱持之曰：「妾與郎君處情境幾三年，行數千里，未嘗哀痛，今日渡江，正當爲百年歡笑，忽作此面向人，妾所不解。抑聲有離音，何也？」生言隨涕興，悲因情重，既吐顛末，涕泣如前。女始解抱謂李生曰：「誰爲足下畫此策者，乃大英雄也，郎得千金，可覲二親，妾得從人，無累行李。發乎情，止乎禮義，賢哉，其兩得之矣！顧金安在？」生對以「未審卿意云何，金尚在是人篋内」。女曰：「明蚤亟過諾之。然千金重事也，須金入足下篋中，妾始至是人舟内。」時夜已過半，即請起爲艷粧，曰：「今日之妝，迎新送舊者也，不可不工。」計妝畢而天亦就曙矣，新安人已刺船李生舟前，得女郎信，大喜，曰：「請麗卿妝臺爲信。」女忻然謂李生畀之，即索新安人聘貲過船，衡之無爽。於是女郎起身自舟中，據舷謂新安人曰：「頃所携妝臺中有李郎路引，可速檢還。」新安人急如命。女郎使李生抽某一箱來，皆集鳳翠霓，悉投水中，約值數百金，李生與輕薄子及兩船人始競大咤。又指生抽一箱，悉翠羽明璫，玉簫金管也，值幾千金，又投之江。復令生抽出某革囊，盡古玉紫金之玩，世所罕有，其價蓋不貲云，亦投之。最後惎生抽一匣出，則夜明之珠盈把，舟中人一一大駭，喧聲驚集市人，女郎又投之江。李生不覺大悔，抱女郎慟哭止之，雖新安人亦來勸解。女郎推生於側，而啐詈新安人曰：「汝聞歌蕩情，遂代鶯弄舌，不顧神天，剪綆落瓶，使妾將骨殷血碧。自恨弱質，不能抽刀向傖。乃復貪財，强〔求〕（來）縈抱，何異狂犬，方事趨風，更欲争骨。妾死有靈，當訴之明神，不日奪汝人面。且妾藏〔形〕（辰）詒影，託諸姊妹，藴藏奇貨，將資李郎歸見父母也，今畜我不卒，而故暴揚之者，欲人知李郎眶中無瞳耳。妾爲李郎澀眼幾枯，翕魂屢散，事幸粗成，不念携手，而倏溺笙簧，畏行多露，一朝棄捐，輕於殘汁，顧乃梦此殘膏，欲收覆水，妾更何顔而聽其挽鼻！今生已矣，東海沙明，西華黍壘，此恨糾纏，寧有盡耶！」於是舟中岸上，觀者無不流涕，詈李生爲負心人，而女郎已持明珠赴江水不起矣。當是時，目擊之人，皆欲争毆新安人及李生，李生暨新安人各鼓〔枻〕（船）分道逃去，不知所之。噫！若女郎亦何愧子政所稱烈女哉！雖深閨之秀，其貞奚以加焉！○宋幼清曰：余自庚子秋聞其事於友人，歲暮多暇，援筆叙事，至「妝畢而已就曙矣」，時夜將分，困憊就寢，夢被髮而其音婦人者謂余曰：「妾自恨不識人，羞令人間知有此事。近幸冥司見憐，令妾稍司風波，間豫人間禍福，若郎君爲妾傳奇，妾將使君病作。」明日果然，幾十日而間，因棄置篋中。丁未携家南歸，舟中檢笥稿，見此事尚存，不忍湮没，急捉筆足之，惟恐其復祟，使我更捧腹也，既書之紙尾，以紀其異，復寄語女郎：傳已成矣，它日過瓜洲，幸勿作惡風波相虐，倘不見諒，渡江後必當復作，寧肯折筆同盲人乎！時丁未秋七月二日，去庚子蓋八年矣。舟行衛河道中，距滄州約百餘里，不數日而女奴露桃忽墮河死。（《九籥集》卷五）

按：《警世通言》第三十二卷《杜十娘怒沉百寶箱》即演此事。《九籥集》卷九有《祭女奴墮水文》及《再祭女奴露桃文》，蓋女奴墮河實有其事，而夢見女鬼似出附會。

劉東山

宋懋澄

劉東山，世宗時三輔捉盜人，住河間交河縣，發矢未嘗空落，自號連珠箭。年三十餘，苦厭此業，歲暮，將驢馬若干頭，到京師轉買，得百金，事完，至順成門顧騾歸，遇一親近，道入京所以。其人謂東山：「近日羣盜出没良、鄭間，卿挾重資，奈何獨來獨往？」東山鬚眉開動，脣齒奮揚，舉右手拇指笑曰：「二十年張弓追討，今番收拾，定不辱寞。」其人自愧失言，珍重别去。明日東金腰間，騎健騾，肩上掛弓，繫刀衣外，於跗注中藏矢二十簇。未至良鄉，有一騎奔馳南下，遇東山而按轡，乃二十左右顧影少年也，黄衫氈笠，長弓短刀，箭房中新矢數十餘，白馬輕蹄，恨人緊轡，噴嘶不已。東山轉盼之際，少年舉手曰：「造次行途，願道姓氏。」既叙形迹，自言：「本良家子，爲賈京師三年矣，欲歸臨淄婚娶，猝幸遇卿，某直至河間分路。」東山視其腰纏，若有重物，且語動温謹，非惟喜其巧捷，而客況當不寂然，晚遂同下旅中。明日，出涿州，少年問先輩平生捕賊幾何，東山意少年易欺，語間益輕盜賊爲無能也。笑語良久，因借弓把持，張弓如引帶，東山始驚愕，借少年弓過馬，重約二十觔，極力開張，至於赤面，終不能如初八夜月，乃大駭異，問少年神力，何至於此。曰：「某力殊不神，顧卿弓不勁耳。」東山嘆咤至再，少年極意謙恭。至明日日西，過雄縣，少年忽策騎前驅不見，東山始惶懼，私念彼若不良，我與之敵，勢無生理。行一二鋪，遥見向少年在百步外，正弓挾矢，向東山曰：「多聞手中無敵，今日請聽箭風。」言未已，左右耳根但聞肅肅如小鳥前後飛過。又引箭曰：「東山曉事人，腰間騾馬錢一借。」於是東山下鞍，解腰間囊，膝行至馬前獻金乞命。少年受金，叱曰：「去，乃公有事，不得同兒子前行。」轉馬面北，惟見黄塵而已。東山撫膺惆悵，空手歸交河，收合餘燼，夫妻賣酒於村郊，手絶弓矢，亦不敢向人言此事。過三年，冬日，有壯士十一人，人騎駿馬，身衣短衣，各帶弓矢刀劍，入肆中解鞍沽酒，中一未冠人，身長七尺，帶馬持器，謂同輩曰：「第十八向對門住。」皆應諾曰：「少住便來周旋。」是人既出，十人向鑪傾酒，盡六七壜，雞豚牛羊肉，噉數十斤殆盡，更於皮囊中，取鹿蹄野雉及燒兔等，呼主人同酌。東山初下席，視北面左手人，乃往時馬上少年也，益生疑懼，自思産薄，何以應其復求，面向酒盃，不敢出聲。諸人競來勸酒，既坐定，往時少年擲氈笠，呼東山曰：「别來無恙，想念頗煩。」東山失聲，不覺下膝。少年持其手曰：「莫作莫作，昔年諸兄弟於順成門聞卿自譽，令某途間輕薄，今當十倍酬卿。」然河間負約，魂夢之間，時與卿並轡任丘路也。」言畢，出千金案上，勸令收進。東山此時，如將醉將夢，欲辭不敢，與妻同舁而入，既已安頓，復殺牲開酒，請十人過宿流連，皆曰：「當請問十八兄。」即過對門，與未冠者道主人意，未冠人云：「醉飽熟睡，莫負慇懃，少有動静，兩刀有血喫也。」十人更到肆中劇醉，携酒對門樓上，十八兄自飲，計酒肉略當五人，復出銀笊籬，舉火烘煎餅自啗，夜中獨出，離明重到對門，終不至東山家，亦不與十人言笑。東山微叩十八兄是何人，衆客大笑，直高咏曰：「楊柳桃花相間出，不知若個是春風。」至三日而别。曾見瑯瑘王司馬親述此事。（《九籥别集》卷二）

按：《拍案驚奇》第三卷《劉東山誇技順城門》即據此敷演。清李漁《秦淮健兒傳》情節與此相似，疑即一事異傳。

珠衫

宋懋澄

楚中賈人某者，年二十二三，妻甚美。其人客粵，家近市樓居，婦人嘗當窗垂簾臨外，忽見美男子貌類其夫，乃啓簾潛眄，是人當其視，謂有好於己，日攝之。婦人發赤下簾。男子新安人，客二年矣，舉體若狂，意欲達誠而苦無自，思曾與市東鬻珠老媪相識，乃因鬻珠而告之。媪曰：「老婦未嘗與娘子會面，雅命所不敢承。」其人出白金百兩，黄金數錠，置案上揖而跪曰：「旦夕死矣，案上二色，敬爲姥壽，事成謝當倍此。」媪驚喜諾曰：「郎君第俟旅中，因此階進，期在合歡，勿計歲月也。」其人慇懃而返。媪因選囊中大珠，並簪珥之珍異者，明旦至新安人肆中。肆户正當娘子樓前，媪佯與新安人交易良久，於日中照弄珠色，把插搔頭，市人競觀喧笑，聲徹婦所。婦登樓竊窺，即命侍兒招媪，媪抗新安人金曰：「不賣不賣，阿郎好纏人，如爾價，老婦賣多時也。」收貨入笥，便過樓與婦作禮曰：「老婦久同里曲，知娘子饒此。此數物是老眼中奇，樓下人高下不情，想未有女郎者。老身適有他事，煩爲收拾，少間徐來等論。」匆匆下樓，過數日不至。一日，雨中媪來，曰：「老身愛女有事，數日奔走負期，今日雨中，請觀一切纓絡，爍却窮睛。」婦人出篋中種種奇妙，老媪宣嘆不一，形容既畢，婦綜核媪貨，酬之有方。媪喜曰：「如尊意所衡，餘魄無感。」婦復請遲價之半，以俟夫歸。媪曰：「鄰居復相疑邪？」婦既喜價輕，復幸半賒，留之飲酌。媪機穎巧捷，彼此惟恨相知之晚。明日，媪携酌過，傾倒極歡。自此婦日不能無媪矣。媪自言老身家雜，此間大幽，請携臥作伴，爲鬱金侍兒。婦喜曰：「妾不敢邀，謹拭流蘇以待。」是夕，媪遂移宿，兩牀相向，嗽語相聞，轉動傴側。侍兒別寢一房，媪携榼挈壺，靡夕不至，宵言褻句，蕩雨沉烟。新安人數問媪期，輒曰：「未，未。」及至秋月，過謂媪曰：「初謀柳下，條葉未黄，約及垂陰，子已成實，過此漸禿，行將白雪侵枝矣。」媪曰：「今夕隨老身入，須着精神，成敗係此，不然，虚費半年也。」因授之計。媪每夜黑至婦家，是夕陰與新安人同入，而伏之寢門之外，媪與婦酌於房，兩聲甚戚，笑劇加殷。媪强侍兒酒，侍兒不勝，醉卧他所。適有飛蛾嗡嗡梁上，婦仰視之，媪即以扇撲燈曰：「唉，燈滅，老身自出點燈。」因携其人入寢，復佯笑曰：「忘携燭去。」則暗置其人於己牀上，下帳蔽之。火至，其人以被蒙頭，媪與婦復酌許久，各已微酣，語言無禁，解衣登牀。媪自言少時初婚情狀，因問娘子如此否，婦大笑不答，媪復以淫語挑之，良久，媪知其情已蕩，乃曰：「老身更有最關情者，須自至枕上言。」乃挾其人上婦牀，婦以爲媪也，啓被撫其身曰：「姥體滑如是。」其人不言，婦已神狂，聽其輕薄而已。是此之後，恩踰夫婦，奄逾夏初，新安人結伴欲返，流涕謂婦曰：「別後煩思，乞一物以當會面。」婦人開箱檢珠衫一件，自提領袖，爲其人服之，曰：「道路苦熱，極生清凉，幸爲君裹衣，如妾得近體也。」其人受之，極歡而起。計此人所贈珠玉，已千金矣，明日別去，相約明年共載他往。新安人自慶極遇，於路視衣，輒生涕泗，雖秋極不勝，未嘗離去左右。是年爲事所梗，明年復客粤，因携珠衫而往，旅次適與楚人同館，相得頗歡，戲道生平隱事。新安人自言曾於君鄉遇一婦如此，蓋楚人外氏故客粤中，主人皆外氏舊交，故楚人假外氏姓名作客，新安人無自物色也。楚人内驚，佯不信，曰：「亦有證乎？」新安人出珠衣泣曰：「歡所贈也，君歸囊之便，幸作書郵。」楚人辭曰：「僕之中表，不敢得罪。」新安人亦悔失言，收衣謝過。楚人貨盡歸家，謂婦曰：「適經汝門，汝母病甚，渴欲見汝，我已覓轎門前，便當速去。」復授一簡書曰：「此料理後事語，至家與阿父相聞，我初歸，不及便來。」婦人至母家，視母顏色初無恙，因大驚。發函視之，則離婚書也，闔門憒慟，不知所出。婦人父至婿家請故，婿曰：「第還珠衫，則復相見。」父歸述婿語，婦人内慚欲死。父母不詳其事，姑慰解之。期年有吴中進士宦粤，過楚擇妾，媒以婦對。進士出五十金致之，婦家告前婿，婿檢婦人房中大小十六厢，皆金帛寶珠，封畀妻去，聞者莫不驚嗟。居期年，楚人復客粤，因繼室於粤，携室將歸，與主人算貨，不直主人翁，就勢披之，翁仆地暴死。二子訟之官，官即進士也，夜深張燈檢狀。妾侍於傍，見前夫名氏，哭曰：「是妾舅氏，今遭不幸，願憐箕箒，丐以生還。」官曰：「獄將成矣。」婦人長跪請死，官曰：「起，徐當處分。」明日欲出，復泣曰：「事若不諧，生勿得見矣。」官出視事，謂二子曰：「若父傷未形，須刷骨一驗，適欲見官他縣，尸可移置漏澤園，俟還時爲汝商檢。」二子家累千金，恥白父骨，且年踰耳順，扑損難稽，若欲罪楚人，必虧父體，叩頭言父死狀甚張，無煩剔剜。官曰：「不見傷痕，何以律罪？」二子懇請如前，官曰：「我有一言，足雪若憾，若能聽否？」二子咸請唯命。官曰：「令楚人服斬衰，呼若父爲父，葬祭責其經紀，執紼躄踴，一隨若行，若父快否？」二子叩頭曰：「如命。」舉問楚人，楚人喜於拯死，亦頓首如命。事畢，官乃召楚人與妾相見，男女合抱，痛哭踰情，官察其有異，曰：「若非舅甥，當以實告。」同辭對曰：「前夫前婦。」官垂淚謂楚人曰：「我不忍見若狀，可便携歸。」出前所携十六廂還婦，且護之出境。或曰：新安人客粤，遭盜劫盡，負債不得還，愁忿病劇，乃召其妻至粤就家。妻至，會夫已物故，楚人所置後室，即新安人妻也。廢人曰：「若此，則天道太近，世無非理人矣。」（《九籥别集》卷二）

按：《古今小説》第一卷《蔣興哥重會珍珠衫》即演此篇。《情史》卷十六《珍珠衫》全録本文，而末云：「小説有《珍珠衫記》，姓名俱未的。」似指話本。

烏山幽會記

徐　燉

《烏山幽會記》，載《廣艷異編》卷十，《續艷異編》卷十。《榕陰新檢》卷十五題作《烏山幽會》，出《竹窗雜録》。按：《重纂福建通志》卷六十七考《竹窗雜録》爲徐𤊹自著。本篇《榕陰新檢》所引文字較詳，因據之輯録，而校以二本。亦見《情史》卷十三，題作《張璧娘》，略有删削。徐𤊹生平見前《王秋英傳》解題。

林生子真，讀書烏石山房。往返里巷間，有一姝素服澹粧，倚門露半面，曰：「徐徐行者，誰氏郎君耶？」林愕然大驚，且口噤，猝無可語，行道之人復沓至，目招而過之。陽顧侍兒言它事，侍兒心〔知〕微指，志其居，歸，令覆往通殷勤。因訪鄰嫗，知爲張璧娘。張璧娘者，良家女也，于歸半歲，夫亡。璧娘光麗豔逸，妖美絶倫。里中少年聞其新寡，競委幣焉。張皆不受，獨竊從户窺林，心悦而好之，恐不得當也。張所居後即山，山上折而數十武，即林讀書處。張即期以旦日踏青來會。當是時，載酒遊者趾相錯也。張出，適與諸遊者會，諸遊者薄而觀之，林亦混焉。各自引嫌，不交一語而歸。林鬱鬱不自得，乃賦詩云：「秋波頻轉瞥檀郎，脉脉低回暗斷腸。只爲傍人羞不語，縞衣縹緲但聞香。」張所居粧樓之上，又有複閣，枕山麓，甚祕。先是林遣侍兒至張所，張陰教置之。是夕，張使侍婢引林匿複閣中。夜静，張篝燈至，遂爲長夜之樂。平明，林從山麓而出。如是者累月。而張亦時詣林讀書山房，〔謔浪綢繆，無所不至。〕無何，林移家臨汀，就父公署。臨别之夕，不復自言其情，但與張極歡痛飲而已。明日，登車徑去。久之，張始知林去遠，忽忽若有亡。又以林去時不爲一言，輕薄背負，乃至於此，感想懊恨，遂成沉疴。陳幼孺聞其事，遂爲詩代張以寄林云：「黄消鵝子翠消鴉，簟拂層波帳九華。裙帛褪來腰束素，釧金鬆盡臂纏紗。牀前弱態眠新柳，枕上迴鬟壓落花。不信登墻人似玉，斷腸空盼宋東家。」林得詩，始知張病，〔惟日歛泣而已〕。因臨汀王相如入會城者，附書於張，且與爲約，而張於數日前死矣。王生歸言狀，林失聲投地，幾不自勝，作悼亡詞四首云：「有客何來自越城，聞君去伴董雙成。相期總在瑤池會，不向人間哭一聲。」「去歲飲君金屈巵，桃花人面兩相宜。於今花在人何處，腸斷魂銷是此時。」「潘岳何須賦悼亡，人間無驗返魂香。更憐三載窮途淚，猶灑秋風一萬行。」「共知月缺有時圓，雨落無由得上天，昔是生離今死别，〔悠悠〕（乾坤）此會定何年。」明年，林自臨汀歸閩，逡巡過張所居，塵網妝樓，燕鳴故壘，而張埋玉西郊矣。林自是不復讀書舊館，因賦感舊詩二首：「落梅到地夜無聲，㡘挂空階碎月明。徙倚朱闌人不見，雙懸清淚聽寒更。」「梅花歷亂奈愁何，夢裏朱樓掩淚過。記得去年今夜月，美人吹入笛聲多。」璧娘素善音，尤善吹簫，往者詣山房，常倚梅花吹簫云。

按：《列朝詩集小傳》閏集載張璧娘事，即據本篇，似實有其人。文中陳幼孺，名薦夫，亦見《列朝詩集小傳》。

申屠氏

陳鳴鶴

《申屠氏》，載于《廣艷異編》卷十三，不著撰人。《榕陰新檢》卷三題作《女俠報仇》，出《晉安逸志》。按《晉安逸志》，《徐氏紅雨樓書目》各省雜志類著録，三卷。作者陳鳴鶴，字汝翔，閩縣人，萬曆間秀才，鄉試不第，與徐熥、徐𤊹、謝肇淛爲詩友。著有《閩中考》、《東越文苑傳》、《泡庵詩集》等（據《列朝詩集小傳》、《紅雨樓書目》、同治《重纂福建通志》）。《晉安逸志》，未見傳本，僅見《榕陰新檢》屢引其書，所引文字與他書互有異同，或出徐𤊹删改，標題亦爲新創，似不盡爲原文。本篇《廣艷異編》所引文字較詳，即據以録出，而校以《榕陰新檢》。《宋稗類鈔》誤以此爲宋人作品，收入貞烈門。

申屠氏，宋時長樂人，美而豔，申屠虔之女也。少名以糞，既長，慕孟光之爲人，更名希光。十歲能屬文，讀書一過輒能成誦。其兄漁釣海上，作詩送之曰：「生計持竿二十年，茫茫此去水連天。往來洒灑臨江廟，晝夜燈明過海船。霧裏鳴螺分港釣，浪中抛纜枕霜眠。莫辭一棹風波險，平地風波更可憐」。其父常欲奇此女，不妄許人。年二十，侯官有董昌，以秀才異等爲學官弟子。虔既見之學宫，遂以希光予昌。希光臨行，作留别詩曰：「女伴門前望，風帆不可留。岸鳴蕉葉雨，江醉蓼花秋。百歲身爲累，孤雲世共浮。淚隨流水去，一夜到閩州。」入門絶不復吟，食貧作苦，晏如也。居久之，當靖康二年，郡中大豪方六一者，虎而冠者也。聞希光美，心悦而好之。乃使人〔陰〕誣昌〔陰〕重罪，罪至族。六一復陽爲居間，得輕比，獨昌報殺，妻子幸毋死。因使侍者通殷勤，强委禽焉。希光具知其謀，謬許之，密寄其孤於昌之友人。乃求利匕首，懷之以往，謂六一曰：「妾自分身首異處矣，賴君高誼，生死而骨肉之。妾之餘〔生〕，君之身也，敢不奉承君命。但亡人未歸淺土，心竊傷之。惟君哀憐，既克葬，乃成禮。」六一大喜，立使人以禮葬之。於是希光僞爲色喜，〔盛〕裝入室。六一既至，即以匕首刺之帳中，六一立死。因復殺其侍者二人，至夜中詐謂六一卒病委篤，以次呼其家人。家人皆愕，卒起不意，先後奔入，希光皆殺之，盡滅其宗。因斬六一頭，置囊中，馳至董昌葬所，以其頭祭之。明旦，悉召山下人告之曰：「吾以此下報董君，吾死不愧魂魄矣。」遂以衣帶自縊而終。

按：《石點頭》第十二卷《侯官縣烈女殲仇》即據此敷演。

王華

陳鳴鶴

《王華》，載《廣豔異編》卷二十二。《榕陰新檢》卷九題作《寶劍成精》，出《晉安逸志》，因屬陳作。

王華，柴周時閩縣人，慕張華之爲人，故名華。家累巨萬，性躭奇喜事。適世亂民貧，凡人家有書畫古器，無不以貲致之。間有不可致者，至忘寢食，殫思慮，繼之以泣，必得乃已。嘗從一奴宿於蓮花峰塚舍，奴往隔村沽酒未返，忽聞扣門聲急，華自起開門，見一鬼三頭六角，藍面赤髮，目若電光。華笑曰：「鬼頭何多？」鬼曰：「未若先生心多。」華了無懼意，因與握手登堂，談往昔事，鑿鑿可聽。華乘間詢其姓名，鬼但吟詩曰：「身是雲臺第一功，横行海内兩雌雄。却嫌文叔無英武，血染滹沱江未紅。」因自請於華曰：「身是楚人，漢光武時爲破姦將軍，與婦莫氏助帝取天下。大小凡數百餘戰，吾夫婦未嘗不在行間。及天下既定，遂與客渡江南，展轉流落於此。嘗欲擇主而事，無可吾意者。竊聞先生好古，是以莫夜求謁。今見先生膽略，真吾主也，請得終身事之。」華曰：「幸甚。」遂與同宿。比曉，乃一寶劍，耿耿有光，驗之，干將也。始知破姦將軍之意。莫氏者，莫邪也。華大喜，出入嘗佩之。一日入山，有虎當道，劍飛斬之。及華死，劍在匣中作牛吼者經日，有頃，雷雨大作，化爲龍而去。

太曼生傳

陳鳴鶴

《太曼生傳》，載《廣艷異編》卷十、《續艷異編》卷五。《榕陰新檢》卷十五題作《花樓吟詠》，出《晉安逸志》，文字較詳，故據之移録，而校以《廣艷異編》。

太曼生者，東海人，世有聞人。生居閩中，幼從父宦遊四方，熟玩經史，且工詞賦。年十九，自吉州還閩，僦寓城東，惡其喧雜妨誦習，乃賃别業於委巷中。屋僅數椽，而主人之園圃近焉。草樹扶疏，花柳間植，有濠濮間想。生常散步園中，吟詠自適。一日，偶值雙鬟導一女郎，年可十〔六〕七，後園采花，不知生之先在也。生逡巡避之，女見生風神俊爽，氣度閒適，且聞生善詞翰，情亦不能自禁，遂却步歸。異香縹緲，真若仙姬之臨洛浦也。生自是神爽飛越，讀書之念頓廢。越旬餘，復於園内遇向者雙鬟，因詢之曰：「君家女郎識字乎？」鬟曰：「女郎日夕手一編不輟，豈不識字！某常見女郎喜抄唐人詩，不但工刺繡而已。」生曰：「吾有一詩，汝能爲吾致之乎？」鬟曰：「郎君善詩，女稔知之，某敢不爲郎君作致書郵乎。」生遂賦一絶云：「春園花事鬭芳菲，萬綠叢中見茜衣。自愧含毫非子建，水邊能賦洛中妃。」女得詩，見其詞翰雙美，再三吟詠，遂次韻以答之云：「小園芳草綠菲菲，粉蝶聯翩展畫衣。自愧一雙蓮步闊，隔花人莫笑潘妃。」自此槐黄期逼，生就省試，家人促歸，不敢通問。秋後放榜，生鬱鬱不第，復攜書於别業，女恒遣雙鬟慰勞之。生由此定情焉，遂贈生玉玦半規、紫羅香囊一枚。生賦詩云：「數聲殘漏滿簾霜，青鳥啣箋事渺茫。剖贈半規蒼玉玦，分將百合紫羅囊。空傳垂手尊前舞，新結愁眉鏡裡粧。一枕遊仙終是夢，桃花春色誤劉郎。」時生已約婚，而女亦受采。女常居花樓之下，所著有《花樓吟》一卷，祕而不傳，惟生得一再睹焉。其寄生詩甚多。有云：「重門深鎖斷人行，花影參差月影清。獨坐小樓長倚恨，隔墻空聽讀書聲。」踰年，生就婚，女亦適人，蹤跡遂絶焉。然詩札往來，歲猶一二至。越數載，生得舉賓薦，戒行有日，女寄書以通殷勤。生賦《柳稍青》一闋别之：「鶯語聲吞，蛾眉黛蹙，總是銷魂。銀燭光沉，蘭閨夜永，月滿離樽。羅衣空濕啼痕。腸斷處秋風暮猿。潞水寒冰，燕山殘雪，誰與温存？」生故多情，而俳詞艷語半爲女發也。又隔數歲，女因念生得瘵疾，卧〔牀〕日久，思一見生。生乃託爲醫者視脉而進。女見生，咽不能語，揮涕如永訣狀，遂〔不交一言而〕出。是夕，女一慟而絶。生哭之〔以〕詩曰：「玉殞珠沈思悄然，明中流淚暗相憐。常圖蛺蝶花樓下，記刺鴛鴦繡幕前。祇有夢魂能結雨，更無心膽似非煙。朱顔皓齒歸黄土，脉脉空尋再世緣。」不數日而生亦卒。〔「再世緣」若爲之讖焉。〕

晁采外傳

佚名

《晁采外傳》，載《廣艷異編》卷八、《續艷異編》卷四。《情史》卷三所收，删削甚多。

大曆中，有晁采者，小字試鶯，女子中之有文而能言者也。與母獨居，深嫻翰墨，豐姿豔體，映帶一時。有尼常出入其家，言采美麗爲天下冠，不施丹鉛而眉目如畫，不佩芳芷而體恒有香，不簪珠翠而鬟鬢自冶。嘗見其夏月着單衫子，右手攀竹枝，左手持蘭花扇按膝上，注目水中遊魚，低諷竹枝小詞，若黄鶯學囀，真神仙中人也。性愛看雲，其尤愛者，赤黑色也，故其室名曰窺雲室，其館名曰期雲館。一日，蘭花始發，其母命目之。采即應聲曰：「隱於谷裏，顯於澧潯。貴比於白玉，重匹於黄金。既入燕姬之夢，還鳴宋玉之琴。」其敏慧若此。少與鄰生文茂筆札周旋，每自誓言，當爲伉儷。及長而散去，猶時時托侍女通殷勤。茂嘗春日寄以詩曰：「美人心共石頭堅，翹首佳期空黯然。安得千金遺侍者，一燒鵲腦繡房前。」其二曰：「曉來扶病鏡臺前，無力梳頭任髻偏。消瘦渾如江上柳，東風日日起還眠。」其三曰：「旭日曈曈破曉霾，遥知妝罷下芳階。那能飛作桐花鳳，一集佳人白玉釵。」其四曰：「孤燈纔滅已三更，窗雨無聲鷄又鳴。此夜相思不成夢，空懷〔一〕（二）夢到天明。」采得詩，因遣侍兒以青蓮子十枚寄茂，且曰：「吾憐子也。」茂曰：「何以不去心？」侍者曰：「正欲使君知其心苦耳。」茂持啗未竟，墜一子於盆水中，有喜鵲過，惡汙其上。茂遂棄之。明蚤，有並蒂花開於水面，如梅英大。茂因喜曰：「吾事濟矣！」取置几頭，數日始謝，房亦漸長，剖之各得實五枚，如所來數。茂即書其異，托侍女以報采。采持閲大喜，曰：「並蒂之諧，此其徵矣。」因以朝鮮繭紙作鯉魚函，兩面俱畫鱗甲，腹下令可以藏書。遂寄茂以詩曰：「花箋製葉寄郎邊，的的尋魚爲妾傳。並蒂已看靈鵲報，倩郎早覓買花船。」荏苒至秋，屢通音問，而歡好無由，偶值其母有姻席之行，采即遣人報茂。茂喜極，乘月至門，遂酬夙願焉。晨起整衣，兩不忍別。采因自剪鬢髮，持以贈茂。且曰：「好藏青鬢，早締白頭也。」茂歸，藏於枕畔。蘭香芳烈，馥馥動人。因以詩寄之曰：「几上金猊静不焚，匡牀愁卧對斜曛。犀梳金鏡人何處，半枕蘭香空綠雲。」綢繆之後，又復無機可乘。時值杪秋，金風淅栗。采無聊之極，因遣侍兒以詩寄茂曰：「珍簟生凉夜漏餘，夢中恍惚覺來初。魂離不得空成病，面見無由浪寄書。窗外江村鐘響絶，枕邊梧葉雨聲疏。此時最是思君處，腸斷寒猿定不如。」茂答曰：「忽見西風起洞房，盧家何處鬱金香？文君未奔先成渴，顓頊初逢已自傷。懷夢欲尋愁落葉，忘憂將種恐飛霜。惟應分付青天月，共聽牀頭漏漸長。」自兹以後，間闊彌深。采抱鬱中懷，遂凋素質。母察其異，苦詢侍兒。侍兒因微露其情。母嘆曰：「才子佳人，自應有此。然古多不偶，吾今當爲成之。」因托斧柯，以采歸茂。定情之夕，更邕幽懷，若比目之逝青波，文禽之遊綠水也。如此經年，並肩倚膝。試期逼迫，茂欲買棹長安。將行，茂因問曰：「吾捨汝而遠行，天涯俄頃，得無悲乎？」晁采慘然動容曰：「君豈知也！竊聞分手，那禦傷心。江上斜陽，政當春日；峽中行雨，已阻朝雲。況蘭葉之當辭，屬文無之將贈。望長亭而跳脱緩，對離觴而腰綵寬。撫鴛枕於連宵，預湔粉淚；望魚書於他日，寧事蘭膏。幸踐刀環之期，毋貽機錦之怨」。又口占詩曰：「夫君遠別妾心愁，踏翠江邊送畫舟。欲待相看遲此別，只愁紅日向西流。」采家畜一白鶴，名素素。一日雨中，忽憶其夫，試謂鶴曰：「昔王母青鸞，紹蘭紫燕，皆能寄書達遠，汝獨不能乎？」鶴延頸向采，若受命狀。采即援筆直書二絶，繫於其足，竟致其夫。詩曰：「窗前細雨日啾啾，妾在閨中獨自愁。何事玉郎久離別？忘憂總對豈忘憂。」又曰：「春風送雨過窗東，忽憶良人在客中。安得妾身今似雨，也隨風去與郎同。」采痛夫遠離，解足下青絲白雲履一韝寄之，曰：「如妾踵君而行也。」履下冥木出於采手，極爲精巧，至京，遇博物君子窺見之，曰：「此謂白雲青舄，王母御之會穆王於赤水之上者也。故中國傳其制，天子赤舄，凡舄色皆象裳。婦人之舄，飾以白雲，口綴雙珠。」越兩月，茂得雋歸，試問采曰：「此履於古有制乎？」對曰：「此西王母御以降赤水者。」茂因益敬重焉。一日偶病消渴，生贈以武夷茶一函。采謝曰：「猥辱來貺，不惟損疾，勉我良深。第岸本不移，豈能止舟行之惑；日仍有度，寧可解雲駛之疑。請諷匪石之言，永結斷金之好。睹物心悲，力書不盡。」生以書示所知，都不解其指。一客在旁曰：「茶名不遷，意在勉其一志，故有此答耳。」其博物皆類此。采與茂賡和甚多，而其最豔者《子夜歌》十八首，因附於後云。其一曰：「儂既剪雲鬟，郎亦分絲髮。覓向無人處，綰作同心結。」其二曰：「夜夜不成寐，擁被啼終夕。郎不信儂時，但看枕上跡。」其三曰：「何時得成匹？離恨不復牽。金針刺菡萏，夜夜得見蓮。」其四曰：「相逢逐涼候，黄花忽復香。顰眉臘月露，愁殺未成霜。」其五曰：

「明窗弄玉指，指甲如水晶。剪之特寄郎，聊當携手行。」其六曰：「寄語閨中娘，顔色不常好。含笑對棘實，歡娱須是棗。」其七曰：「良會終有時，歡郎莫得怒。薑蘗喂春蠶，要綿須辛苦。」其八曰：「醉夢幸逢郎，無奈烏啞啞。中山如有酒，敢惜千金價。」其九曰：「信使無虚日，玉醖寄盈觥。一年一日雨，底事太多晴。」其十曰：「繡房擬會郎，四窗日離離。手自施屏障，恐有女伴窺。」其十一曰：「相思百餘日，相見苦無期。褰裳摘藕花，要蓮敢恨池。」其十二曰：「金盆盥素手，焚香誦普門。來生何所願，與郎爲一身。」其十三曰：「花池多芳水，玉杯挹贈郎。避人藏袖裏，濕却素羅裳。」其十四曰：「感郎金鍼贈，欲報物俱輕。一雙連素縷，與郎聊定情。」其十五曰：「寒風響枯木，通夕不得卧。早起遣問郎，昨宵何以過？」其十六曰：「得郎日嗣音，令人不可睹。熊膽磨作墨，書來字字苦。」其十七曰：「輕巾手自製，顔色爛含桃。先懷儂袖裏，然後約郎腰。」其十八曰：「儂贈緑絲衣，郎遺玉鈎子。郎欲繫儂心，儂思着郎體。」

按：《全唐詩》卷八百收晁采詩，全出于此。又以文茂詩附載其下，但漏收「几上金猊静不焚」一首。

綵舟記

佚　名

《綵舟記》，載《廣艷異編》卷八、《續艷異編》卷四。《情史》卷三《江情》節録此篇，而篇末注云「小説曰《綵舟記》」。

福州守吴君者，江右人，有女未笄，甚敏慧，玉色穠麗。父母鍾愛之，携以自隨。秩滿還朝，候風於淮安之版鍤。鄰舟有太原江商者，亦携一子，其名曰情，生十六年矣，雅態可繪，敏辨無雙。其讀書處正與女窗相對。女數從隙中窺之，情亦流盼，而無緣致殷勤。偶侍婢有濯錦船舷者，情贈以果餌，問小娘子許適誰氏。婢曰：「未也。」情曰：「讀書乎？」曰：「能。」情乃書難字一紙，託云：「偶不識此，爲我求教。」女郎得之，微哂，一一細註其下，且曰：「豈有秀才而不識字者。」婢還以告。情知其可動，爲詩以達之曰：「空腹清吟託裊煙，樊姬春思滿江船。相逢何必藍橋路，休負滄波好月天。」女得詩，愠曰：「與爾暫相萍水，那得以豔句撩人！」欲白父笞其婢，婢再三懇，乃笑曰：「吾爲詩罵之。」乃緘小碧箋以酬曰：「自是芳情不戀春，春光何事慘閨人。淮流清浸天邊月，比〔似〕（以）郎心向我親。」生得詩大喜，即令婢返命，期以今宵啓窗虔候。女微哂曰：「我閨幃幼怯，何緣輕出。郎君豈無足者耶？」生解其意，候人定躡足登其舟。女憑欄待月，見生躍然，携肘入舟，喜極不能言，惟嫌解衣之遲而已。女羞澀嬌憚，噤不能暢情，撫弄久之方洽。其婉孌膠密之態，雖吳生妙染，不能模寫萬一也。既而體慵神蕩，各有南柯之適。風便月明，兩舟解纜，東西殊途，頃刻百里。江翁晨起，覓其子不得，以爲必登溷墜死淮流，返舟求屍，茫如捕影，但臨淵號慟而去。天明，情披衣欲出，已失父舟所在。女惶迫無計，藏之船旁榻下。日則分餉羹食，夜則出就枕席。如此三日，生躭於美色，殊不念父之離邈也。其嫂怪小姑不出，又饌兼兩人，伺夜窺覘，見姑與少男子切切私語。白其母，母恚不信，身潛往視，果然。以告吳君，吳君搜其艙，得情榻下，拽其髮以出，怒目齸齜，礪刃其頸，欲下者數四。情忽仰首求哀，容態動人。吳君停刃叱曰：「爾爲何人？何以至此」？生具述姓名，且曰：「家本晉人，閥閱亦不薄。昨者猖狂，實亦賢女所招，罪俱合死，不敢逃命。」吳君熟視久之，曰：「吾女已爲爾所汙，義無更適之理。爾宜爲吾婿，吾爲爾婚。」情拜泣幸甚。吳君乃命情潛足罣舵上，呼人求援，若遭溺而幸免者，庶不爲舟人所覺。生如戒，吳君令篙者掖之，佯曰：「此吾友人子也。」易其衣冠，撫字如子。抵濟州，假巨室華居，召儐相，大講合婚之儀。舟人悉與宴，了不知所由。既自京師返旆，延名士以訓之，學業大進。又遣使詣太原，訪求其父。父喜，賫珍聘至楚，留宴累月乃別。情二十三領鄉薦，明年登進士第，與女歸拜翁姑、會親里。携家之官。初爲南京禮部主事，後至某郡太守，膺翬翟之封，有子凡若干人。遐邇傳播，以爲奇遇云。（《廣艷異編》卷八）

按：《醒世恒言》卷二十八《吳衙内鄰舟赴約》即敷演本篇，而以江情改作吳彦，以吳女改為賀秀娥，增飾頗多。汪廷訥《彩舟記》演江生、吴女事，與此記同。

並蒂蓮花記

佚名

《並蒂蓮花記》，載《廣艷異編》卷九。亦見《情史類略》卷十一，題作《並蒂蓮》。

揚州有張姓者，富冠郡邑。家有一女，小字麗春，年十有七歲，美姿容，善詩賦，人咸稱之。遠近締姻者，其門如市。張翁不之許，嘗曰：「相女配夫，古之道也。吾惟得佳婿，貧富有不較焉。」同里曹姓者，家雖貧窶，一子聰俊，名璧，尤工於文詞，年方十六，未有室也。張固垂意於彼，彼以貧富自量不敢啓齒。張一日開塾於家，令人招生過塾讀書。生果負笈而至。麗春於花下窺之，見生儀容清雅，主止端詳，竊念曰：「必得此郎，平生願足矣。」張亦暗喜。尋命生宿於西軒静室以便肄業。時值菊節，張拉師出外登高暢飲，生兀坐書齋，不勝岑寂，乃長吟一絶以遺悶云：「時值重陽令節邊，滿城風雨寂寥天。可憐不帶登高興，孤負黄花又一年。」麗春潛聽，情不能已，乃於窗外踵韻繼吟之曰：「月光空照兩人邊，安得團圓共一天？可惜風流人未會，錯教烏兔送青年。」生聽其詩，趨出相見。麗春亦不迴避，彼此交會，其禮甚恭。麗春笑曰：「子知家君館轂之意乎？東牀之選，其在兹矣。子宜鄭重，妾亦忍死以待，不爲他人婦也。」生曰：「第恐大齊之非偶，而爲《春秋》之所譏耳。」麗春曰：「人定者勝天，又何疑焉。」正叙話間，侍婢報曰：「家主回矣。」遂各散去。翌日，麗春命侍兒蘭香持彩箋作詞一闋以寄生，詞名《清朝幔》云：「翠幕香凝，羅幃夢杳，深閨翡翠衾寒。可是一春憔悴，倦倚欄干。最怪好花無主，狂蜂浪蝶幾翩翻。傷情處，枝頭杜宇，血淚成丹。　蕩游絲，舞飛絮，奈芳心牽引，更有多般。嘆香銷玉減，愁鎖朱顔。顒望赤繩繫足，定應合浦珠還。洞房内紅摇花燭，魚水同歡。」生得詞，喜不自勝，審知女有相從之意，乃吟詩一律，書以復之，云：「曲欄深處遇嬌姿，一日相思十二時。自是琴中逢卓女，何須畫裏見崔徽。繩牽絲幕應留意，腹坦東牀定有期。昨夜嫦娥降消息，廣寒已許折高枝。」麗春得詩，衷情悒怏，第恐失此才郎也。一夕，生明燭獨坐，如有所失，忽聞剥啄叩門聲。生啓視之，乃麗春也，延入寢室，揖遜而坐。麗春曰：「子讀何書？」生曰：「《孟子》。」麗春曰：「孟子義利之辨，其説甚詳，無非欲人之趨於正道也。」生曰：「既欲人趨於正道，何以曰逾東家墻而摟其處子則得妻，不摟則不得妻乎？」麗春曰：「此設譬之詞耳。苟不待父母之命，媒妁之言，鑽穴隙相窺，踰墻相從，寧有是禮哉！」生曰：「食色，天性也，人所不免耳。」麗春袖中出花箋一幅，上書詩四絶，笑曰：「妾效唐人作迴文《四時詞》，請君爲我改教之。」其一：「花枝幾朵紅垂檻，柳樹千絲緑遶堤。鵶鬟兩蟠烏裊裊，徑苔行步印香泥。」其二：「高梁畫棟棲雙燕，葉展荷錢小疊青。腰細褪裙羅帶緩，銷魂暗淚滴圍屏。」其三：「明月晚天清皎皎，凜霜晴露冷悠悠。情傷暗想閒長夜，淚血垂胸鎖恨愁。」其四：「天冷雪花香墮指，日寒霜粉凍凝腮。懸懸意想空吁氣，夜月閒庭一樹梅。」生誦畢，深贊其妙，將欲賡咏，麗遽曰：「不必和也，家君新構别墅，已狀四景，士夫題咏甚富，但無作迴文者。敢請不吝珠玉，光輝蓬蓽，是所願也。」生按題揮筆，亦作迴文體四絶云。其一：「東西岸草迷煙淡，近遠汀花逐水流。虹跨短橋横曲徑，石粼粼砌路悠悠。」其二：「墻矮築軒當緑野，樹高連屋近青山。香清散處殘紅落，酒興詩懷遣日閒。」其三：「溪曲繞村流水碧，小橋斜傍竹居清。啼烏月落霜天曉，岸泊閒舟兩葉輕。」其四：「歧路曲盤蛇裊裊，亂山群舞鳳層層。枝封雪蕊梅依屋，獨坐閒窗夜伴燈」。麗春誦之，嘆曰：「下筆立成，才高七步也！」時漏下二鼓，生懇欲求合。麗春正色曰：「夫婦，人倫之大綱，豈真苟合邪？所謂歸妹愆期，遲歸有待，君姑俟之，終有結褵之會耳。」遂各歸寢。張公倩媒，擇日下聘，贅生入門，花燭洞房，鸞交鳳友，其樂可知矣。已而與生交會，極盡綢繆。麗春謂生曰：「曩夕之會，非逆君情，第以妾非桑間之婦，君非棄金之夫，終爲鶉奔之誚耳。今日名正言順，其樂豈不宏長乎哉？」生曰：「高見也。」自此兩情愈密，歡愛□深。咸淳末，海寇犯揚州，官軍敗績，城遂陷。賊衆大掠，市肆一空。殆至張宅，家人奔竄。生女卧榻適臨大池，倉卒無避，恐致辱身，乃相摟共溺池中而死。踰年，其中忽生並蒂蓮花，紅香可愛，人争以爲異，觀之者如歸市。士大夫題咏甚多，録其尤者於左：「佳人才子是前緣，不作天仙作水仙。白骨不埋黄壤土，清魂長浸碧波天。生前曾結同心帶，死後仍開並蒂蓮。千古風流千古恨，恩情不斷藕絲牽。」詩詞成帙，名之曰《並蒂蓮集》，至今傳誦不絶。

玉虛洞記

佚名

《玉虛洞記》，載《廣艷異編》卷十二。

宋丞相馮公京，久疾方痊，羸瘦尤甚，思欲静坐，遂杖策後園中，有茅菴一所，名「容膝菴。」公遂悉屏侍妾，自焚龍涎，瞑目默坐。覺肢體舒暢，徐徐開目，見青衣小童拱立於右。公曰：「婢僕皆去，爾何獨存？」小童曰：「相公久病新愈，恐有所遊，小童職爲參從，故不敢捨去。」公伏枕日久，方欲閒遊，忽聞斯言，遂乘輿離榻，步至容膝菴外。小童啓曰：「路逕不平，恐勞尊重，請登羊車，緩遊園圃。」公喜小童惠黠如此，遂從其請。俄而小童挽羊車一乘至前，簾垂斑竹，輪斲香檀，帶繫鮫綃，欄雕美玉。公欣然登車而坐。小童揮鞭前馭，疾若飄風。公怪車行太速，遂俯首前觀，見駕車之獸，文成五色，光彩射人。公大驚，方欲詢問，車已漸入青霄，行翠雲深處。食頃車止，公下車四顧，身獨在萬山之間，唯見山川秀麗，林麓清佳，出没萬壑煙霞，高下千峰花木。忽聞清磬一聲，響於林杪。公舉目仰視，見松陰竹影，間有飛簷畫棟。遂穿雲踏石，歷險登危，尋徑而往。但聞流水松風，聲喧於步履之下。漸林麓兩分，峰巒四合。行至一處，溪深水漫，風軟雲閒，下枕清流，有朱門碧瓦。門懸白玉牌，牌金書「金光第一洞」五字。公見洞門，知非人世，惕然不敢進步，遂憩於磐石之上。坐〔猶〕（尤）未定，忽聞大聲起於洞中，松竹低偃，瓦礫飛揚，見一巨獸自洞奔出。公倉皇欲避，忽聞振錫之聲，猛獸似爲人驅，竄伏亭下。公驚異未定，見一胡僧自洞而來，雙眉垂雪，碧眼橫波，將至洞門，橫錫揖公曰：「小獸無知，驚恐丞相。貧僧即金光洞主也。粗茗相邀，丈室閒話。」公細視僧貌，如舊相識，但倉卒中不能記憶，遂相逐而去。至丈室中，啜茶罷，方欲款問其詳。洞主起立，謂公曰：「敝洞荒凉，無可大觀，欲邀相公遍遊諸洞。」遂相逐而去。俄至一處，飛泉千丈，注入清溪，白石爲橋，斑竹夾徑，於巔峰之下，見洞門用玻瓈爲牌，金書「玉虛尊者之洞」。公謂洞主曰：「洞中景物，料想不凡。若得一觀，此心足矣。」洞主曰：「所以相邀遠來，正欲遊此耳。」遂排扉而入。公本謂洞中景物可賞，既至其中，則絳燭光消，仙扃晝掩，蛛網遍生虛室，寶鈎低壓重簾。遂旖旎移蹤，漸至後院。忽見行童憑案誦經。公呼而問曰：「此洞何獨無僧？」行童聞語，掩經而言曰：「玉虛尊者，遊戲人間，今五十六年，更三十載方回此洞。緣主者未歸，是故無人相接。」洞主曰：「此不必問，後當自知。此洞高出群峰，下視千里，請公登樓，款歇而歸。」遂相隨登樓。至其上，見碧瓦甃地，金獸守扃，飾異寶於虛簷，纏玉虬於巨棟。犀軸仙書，堆積架上。洞主指樓外雲山謂公曰：「此堪寓目，何不憑欄？」公遂憑欄凝望，忽遥見一處有翠煙掩映，絳霧氤氳，美木交枝，清陰接影，下有波光泊岸，翠色逼人，日影下照，如萬頃琉璃。公駐目細視久之，問洞主曰：「此何處也？」洞主愕然驚曰：「此地即雙摩訶池，五十年前相公皆曾遊賞，今何不記？」公聞此語，遂復回思，終不記憶。〔此下似有脱文。按《拍案驚奇》此處有馮京之語云：「京心爲事奪，壯歲舊遊，悉皆不記。不知幾時曾到此處，隱隱已如夢寐。人生勞役，至于如此。對景思之，令人傷感。」正與下文銜接。」洞主曰：「相公儒者，何用感傷？豈不知人之生也，寄身於太虛之中，移形換殼，如夢一場。方其夢時，固何足問；及其覺也，又何足悲。自古皆以浮生比夢，相公今日何獨感傷？」公聞言貼然敬伏，方欲就坐款話，忽見虛簷日轉，晚色相催。公意欲歸，遂告洞主曰：「此別之後，未知何日再會？」洞主曰：「是何言也？非久當與相公同爲道友，豈無相見之期。」公曰：「京病既愈，旦夕朝參，職事相縈，恐無暇日。」洞主曰：「浮世三十年，光陰能有幾。瞬息未終，相公復居此洞，豈無再會之期。」公聞此語，謂洞主曰：「京雖不才，而位窮一品。他日若荷君恩，放歸田野，豈更剪髮披緇，坐此洞中爲衲僧也？」洞主但笑而不答。公曰：「吾師相笑，豈京之言誤也？」洞主曰：「公不知身外有身，夢中作夢，是以貧僧失笑。」公曰：「吾師言身外有身，豈非除此色身之外，别有身乎？」洞主曰：「貧僧豈虛語人也。」公曰：「既非虛語，當施何術，可見身外之身？」洞主曰：「欲見何難。」遂以手指壁間畫一圓圈，以氣吹之，謂公曰：「請公觀此景界。」公遂近壁細視之，圓圈之內，瑩潔朗然，如挂明鏡。遂駐目細看，其中見有風軒水榭，月塢花畦，小橋跨曲水銀塘，垂柳鎖綠窗朱户。花木深處，有茅菴一所，半開竹牖，低下疏簾，菴内有一人，叠足瞑目，靠蒲團坐禪牀上。洞主拊公之背曰：「容膝菴中，豈不記也？」公於是頓省，坐禪牀者乃公之前身，不覺失聲言曰：「當時不曉身外身，今日方知夢是夢。」公因此頓悟無上菩提，喜不自勝。方欲參問心源，印證覺省，回顧金光洞主，已失所在。遍視精舍伽藍，皆無踪跡。遂俄然而醒，覺茶味微甘，松風在耳。公自算其壽，正五十六歲。自後每與客對，常稱老僧。後果歷三十年而終，蓋歸於玉虛洞矣。

按：此篇似從《孫公談圃》衍出。《醉翁談録》甲集卷一《小説開闢》神仙類有《金光洞》話本，疑即演此故事。《拍案驚奇》卷二十八《金光洞主談舊跡，玉虛尊者悟前身》即據此改寫。

附録

馮大參京，嘗病傷寒，已死，家人哭之。已而忽甦，云：「適往五臺山見昔爲僧時室内之物皆在，有言我俗緣未盡，故遣歸。」因作文記之，屬其子他日勿載墓誌中。（《孫公談圃》卷中）

阮文雄

佚名

《阮文雄》，載《廣艷異編》卷二十一、《續艷異編》卷九。又見《幽怪詩談》卷二，題作《遺音動聽》。《情史》卷二十一又改題《琴瑟琵琶》。

静江有阮姓名文雄者，家積饒裕，性恢廓，躭嗜山水佳趣。紹定己丑秋，莊舍當租課時，阮生乘機圖遊賞之樂，乃携一二蒼頭，棹一葉小航，沿水濱而輕棹，發時則白蘋紅蓼，敗菱殘荷，晴嵐聳翠籠雲，遠樹含青挂日，聽鳴禽，觀躍鯉，凡景屬意會，罔不收賞，停衍飄颻。舟至七里灣，不覺天色已暝矣。四顧寂無人居，俄而前有樓閣，作歸然狀，即命僕移舟近之。舟甫艤定，忽聞樓上啞然有聲。生竊視之，乃三美人倚欄嚬笑，生一見不能定情，遂於舟中朗聲吟曰：「愁倚溪樓望，還因見月明。月明如有約，偏照别離情。」美人聞之，樓上吟曰：「細草春來綠，閒花雨後紅。思君不能見，惆悵畫樓東。」生愈添悒怏，惜不能效馮虚之御風也。已而美人以紅絨繩墜於舟中，生乃攀援而上。美人笑曰：「郎君將爲梁上君子乎？」生笑曰：「將效昔人之折齒也。」遂諧衾枕歡笑，周且復始，情覺倍濃。一美人曰：「守媒妁之六禮而許字者，人之道也；保太和之元氣而待時者，物之情也。妾輩非山雞野鶩之能馴，路柳墻花之可折。蓋因時感興，物既能然，睹景傷情，人奚免此。故寧違三尺之法，以恣六慾之私。君倘不嫌噬膚之易合，而守金柅之至堅，毋鄙緩緩之態，得遂源源而來，則妾輩夕死可矣。」一美人曰：「窈窕淑女，君子好逑。今日之樂是矣，可無詩乎？」僉謂諾諾。美人乃先吟曰：「嶧陽自古重南金，制作陰陽用意深。靈籟一天孤鶴唳，寒濤千頃老龍吟。奏揚淳厚羲農俗，蕩滌邪淫鄭衛音。慨想子期歸去後，無人能識伯牙心。」一美人吟曰：「雲和一曲古今留，五十絃中逸思稠。流水清泠湘浦晚，悲風瀟瑟洞庭秋。驚聞瑞鶴沖霄舞，静聽嘉魚出澗游。曾記湘靈佳句在，數峰江上步高秋。」末後一美人吟曰：「龍首雲頭巧製成，螳螂爲様抱輕清。玉纖忽綴一聲響，銀漢驚傳萬籟鳴。似訴昭君來虜塞，如言都尉憶神京。征人歸思頻聞處，暗恨幽愁鬱鬱生。」未幾夜色將闌，晨光欲散。美人急扶生起曰：「郎君速行，毋令外人覺也。」生倉皇歸舟，命僕整頓裝束，思爲久留計。忽回首一望，樓閣美人杳無存矣。生大驚異，乃即其處訪之，但見一古塚纍然，傍有穴隙，爲狐兔門户，見内有琴瑟琵琶，取歸而貨之，得重價。

翻經臺記

佚名

《翻經臺記》，載《廣艷異編》卷二十三、《續艷異編》卷十九。

潤州單于忠訪友於江州，寓南門外，時季夏望，乘酒興步月數里，至一臺邊。臺上有五女子，色富麗，與清瘦四女子交嗤，皆曰：「人來也，吾等當去。」一富麗者曰：「異鄉人也，無避焉。」忠意必豪門姬妾，遠視不敢登。清瘦者麾忠上，各爲禮，將欲告以相嗤之意。忽又一人來，貌骨堅剛，謂忠曰：「君何來？」忠恐其疑，乃曰：「乘興月遊，非有心冒突也。」斯人笑曰：「人生何處不相逢，奚嫌之有。」邀相席地而坐，推忠居首。斯人次之，女子各以爲序。忠問富麗者姓，女曰：「吾姊妹五人何氏。」問清瘦者，女曰：「吾姊妹四人符氏。」及斯人，乃曰：「吾姓石名平。適聞諸女相嗤，予特來分解耳，敢問何也？」忠亦曰：「未知諸美人出何名門，因何事相競耶？」清瘦者曰：「予等共適一門，一人姓謝。彼五人恭逢盛時，予四人身當厄運，彼以榮華，誚我淒涼。殊不知物各有時，泰極者必否，否極者必泰，此造化一定之理。彼但知其盛，不知衰漸至，爾其將來之我也。但見我衰，不知我盛可待，我其既往之爾也。蠢爾丫鬟，不識乘除之數，妄爲非誚，是以不平耳。不意一時見笑於君子。」富麗者默然。內一女子拂綠綃，移玉履，舞而歌曰：「妾生長兮水中央，薰風吹兮漣漪香。粉臉嬌兮羞楚娃，纖腰脆兮愧王嬙。珠璣狼藉兮雨露，文章燦爛兮鴛鴦。弓鞋兮潘妃誇金，剡溪兮越女墮粧。清風來兮翠桁，明月上兮雕梁。歌悠揚兮驚姮娥，舞婆娑兮響瑲瑲。笑彼兮剥霜暴日，委顔兮灰死草黄。齊無鹽兮形質，買臣妻兮行藏。我歌兮丹鳳鳴，我舞兮碧鸞翔。廣寒兮燦燦輝綵，蘭榭兮拍拍春陽。」繼而清瘦中一女，整素鬟，拖碧袖，亦舞而歌曰：「八月來兮風氣凉，天地廓兮羅空囊。群菲卸兮趁東流，惟孤芳兮開秋江。遞清芬兮輕漾颸，弄媚影兮斜飛陽。臨湘流兮倚臺粧，承玉露兮沐容光。清操兮彷彿臞仙，嬌姿兮出類花王。適我兮得意盛時，正爾兮失所悲傷。竪枯桔兮禦殘蓼，依破蓋兮摇寒塘。富貴兮渾如春夢，矜詡兮倏爾徬徨。天道兮消息自然，物理兮盛衰靡常。嘆么麽兮罔識化機，得融和兮頓肆輕狂。」餘韻未絶，車聲軋軋，皆驚曰：「家有人來，各宜散去。」忠慮其家人見以致禍，不顧而走，至寓，麗譙已三更矣。愛其詞新，記而録之。明日再往，孤臺悄然，題曰「翻經臺」。忠思《一統志》言謝靈運作翻經臺於江州，是也。臺邊有小池，荷花五柄，池北溪畔，芙蓉四株。忠始悟富麗女子五人姓何者，荷也；清瘦女子四人姓符者，芙蓉也。荷及時向榮，芙蓉失時未茂，花神各相識笑耳。比至一頽亭中，見有石桌，鎸圍棋局，乃知石平者枰也。覓土人問之，臺池果謝靈運所創。昨夜乘車而過者，靈運之流裔謝大郎云。

菊異

佚名

《菊異》，載《廣艷異編》卷二十三、《續艷異編》卷十九。又見《幽怪詩談》卷二，題作《菊瓣争秋》，文字稍異，戴君恩改作戴君賜。亦見《情史》卷二十一，有删節。

和州之含山别墅，四望寥廓，草木蕃盛，春花秋鳥，自度歲華，人亦罕到之者。洪熙間，有士人戴君恩者，適它所路迷，偶過其地，叠叠朱門，重重綺閣，煙雲縹緲，望之若畫圖然。君恩爲驚訝，謂不當有此華屋也。佇立久之，忽見門内出二美人，一衣黄，一衣素，笑迎於君恩前，曰：「郎君，才人也，請垂一顧，可乎？」君恩悦其人，從之。於是美人前導，君恩後隨，歷重門，登崇階，乃至中堂，叙禮延坐。羅以佳果，飲以醇醪，情意頗濃，而君恩時半酣，乃散步於中堂，四壁見壁間挂黄白菊二幅，花蕊清麗，筆端秋色盈盈。君恩大悦，即顧謂美人曰：「壁間畫菊甚工，不可不贈以句。當各吟短律，何如？」於是黄衣美人先吟黄菊曰：「芳叢燁燁殿秋光，嫣倚西風學道妝。一自義熙人采後，冷煙疏雨幾重陽？」君恩吟曰：「平生霜露最能禁，彭澤陶潛舊賞音。蝴蝶不知秋已暮，尚穿籬落戀殘金。」白衣美人吟白菊曰：「嫩寒籬落數枝開，露粉吹香入酒杯。却笑陶家狂老子，良花錯認白衣來。」君恩吟曰：「冷香庭院曉霜濃，粉蝶飛來不見踪。寂寞有誰知晚節，秋風江上玉芙蓉。」三人吟畢，撫掌大笑，彼此俱忘情矣。君恩乃從容言曰：「娘子獨守孤幃，寧無睹物傷情之感乎？」美人笑曰：「萬物之中，惟人最靈，吾豈匏瓜也哉，焉能繫而不食。其睹物傷情之感，寧能免乎。既見君子，我心則降，永偕琴瑟，復奚疑哉！」是夕，二美人與君恩共薦枕席，情愛尤加。美人戲曰：「紅葉傳情，非衒玉而求售。」君恩答曰：「素琴感興，非踰墻而相從。」翌日，君恩辭歸，美人泣曰：「恩情未足，衾枕未温，安忍棄妾而遠去乎？」君恩曰：「固不忍舍，其如家人之屬目懸切耳。去而復來，庶幾兩全而無害矣。」於是黄衣美人出金掩鬢以贈別，白衣美人出銀鳳釵二股以贈別，僉曰：「好賞二物，聊見此衷。伏乞睹物思人，不忘妾於旦暮，可也。」黄衣美人泣吟曰：「山自青青水自流。臨歧話別不勝愁。含陽門外千條柳，難繫檀郎欲去舟。」白衣美人亦泣吟曰：「爲道郎君赴遠行，匆匆不盡別離情。眼前落葉紅如許，總是愁人淚染成。」君恩欷歔不及成韻慰答，三人各含淚而別。君恩歸第，時切眷注，或成夢寐，或形咏嘆，私心喜不自禁矣。迨明年，復有故它往，道經別墅，君恩謂可再見美人，訪之則不知所在。君恩驚以爲神，急取掩鬢、鳳釵視之，皆菊之黄白瓣也。

蔣生

佚名

《蔣生》，載《廣艷異編》卷三十。《耳談》卷七《大別狐妖》亦記其事，而情節略異。《情史》卷十二取之，題作《大別狐》。

天順甲申歲，浙人盧金、蔣〔生〕常往來湖湘間，販賣物貨，變易麻豆。其年船抵湖廣之漢陽，因觀觀音閣館驛一帶，江水衝塌，灣泊不便，乃館於洗馬口舒家店，發賣貨物。店東馬姓者，一女年十八，美姿容，勤女工，自幼不喜言笑。漢陽衛府及武昌求聘者紛紛，父母因無子，未許嫁。蔣生見而悦之，其女不知人私視。是時盧生年五十，蔣生年十九，年幼飄逸，能詩。一日朗吟曰：「丹桂花開月有光，不能採摘只聞香。高唐無夢巫山杳，孤館蕭蕭空斷腸。」是夕天欲雨，忽聞扣門聲，蔣生執燭開門，乃見日間對窗下之女，低聲謂之曰：「適見閣下有顧盼意，是以背父母私就君子，莫棄醜陋，願效文君。」蔣喜不自勝，乃附耳謂曰：「盧叔方睡，慎勿高言。」遂就寢。天五鼓，女告歸，低囑生曰：「我父母年雖老而性嚴，汝日間見我不可嬉戲，只如往日，可保終始。」於是蔣生日攻書史，目不外視，其家女本不知，倚窗刺繡如常。蔣思夜間相囑之言，以爲真有此情，愈加持重。東鄰皆喜其少年謹厚。是後夜夜往來，蔣生漸無精采，茶飯減進。盧生問病之根由，但以思父母爲對。服藥求神，一無應驗。一日，盧諭以鬼神不測之言，蔣生病篤，亦自恐，又見馬家之女，所見不似乎有情，乃道其詳。盧曰：「謬矣！馬家門壁高，父母嚴，女不生翅，從何而出？」又問之曰：「今夕來否？」蔣曰：「來。」盧曰：「來則依我行。」乃以粗布裹芝蔴二升，語生曰：「來則以此物與之。」蔣曰：「與此何用？」盧曰：「汝但依此行，管教病愈。」是夕，女果來，蔣生始疑懼，將前物以贈女，謂之曰：「我病着題目了，汝且回。」女亦感傷涕泗不肯去。蔣懼，呼盧，女恐盧識，拭淚而去。次早，盧教蔣生步芝蔴撒止何地。蔣生依所教而行，至大別山後一石洞邊，見一狐人首畜身，鼾睡正濃。生叫云：「被你坑陷殺我耶！」其物醒而負愧，乃謂生曰：「今日被你識我了，我必有以相報。」乃入洞取草三束授生曰：「汝將一束煎湯自洗，其病即愈；一束撒在馬家屋上，其家女即生癩風，人不堪近，醫不能救。汝令人求之自醫，將此第三束草煎湯洗之，則復如舊，與君偕老無恙。故此相報耳。君其返，勿以我之故告同舍郎。我與郎君共枕席十三餘月，乃宿緣，不偶然，夫妻情意，不可相忘。」言訖，泣下如雨。生亦念其舊，不忍加害，乃與之別。至館，盧問何所見，匿不言，唯唯而已。其夜生以草水洗之，不二日疾果瘳。乃暗以次束草撒馬家房上，其女果生癩，皮癢膿出。時天炎熱，穢氣觸人，醫術不能瘳，父母不能近，求其速死而不得，欲投之於江而不忍，蔣生乃浼漢陽所軍户王媽媽爲媒求之。其家以生爲戲言，亦戲之曰：「要便擡去。」於是蔣生以白金二錠爲聘禮，其家不受。至次日，蔣生塞鼻自背過街，行者皆掩鼻。其夜生煎湯以洗之，一二三日間瘡口漸愈，四五日後瘡殼剝落，七八日起牀行履，未及半月，言笑容顏如舊。父母合家驚悔，乃欲設宴延生結納。生亦欲償聘禮，女拒之，以父母情薄不捨財救己。乙酉歲，徙居漢口滕古源家，買舟約盧生回杭，後不知所終。

按：《二刻拍案驚奇》卷二十九《贈芝蔴識破假形，擷草藥巧諧真偶》即據此敷演。《型世言》第三十八回《妖狐巧合良緣，蔣郎終諧伉儷》亦演此事，而細節稍異。《幽怪詩談》卷五《狐惑書生》，結構與此類似。《聊齋志異》卷七之《阿繡》又采此構思而加以增飾。

游會稽山記

佚名

《游會稽山記》，載《廣艷異編》卷三十二、《續艷異編》卷十三，《燕居筆記》等書亦收之。《情史》卷二十題作《花麗春》。

天順年間，有鄒生者名師孟，字宗魯，慶元縣人。年二十二，丰姿貌美，善會吟咏，博學才高。素聞杭州有山水之勝、西湖之景，遂乃令僕携琴囊書劍以往觀之。凡遇勝跡名山，琳宫梵宇，無不登臨遊之。又聞會稽山以爲天下第一奇觀，遂策馬往遊，愛其秀麗，下馬步行，進不知止。頃間，斜陽歸嶺，飛鳥争巢，天色將晡，退不及還。正踟蹰間，忽然叢林之内，燈燭熒煌，漏光盈户，生意爲莊農所居，乃隨其光疾趁投宿。至彼則門户嵬峨，街衢整潔，蒼松翠竹，交雜左右，乃一巨室也。俄有一青衣童子自内而出，鄒生近前而揖曰：「失路至此，欲假一宿，未知尊意如何？」青衣入報，出復命曰：「主母已允，請先生入内相見。」生隨之而進，只見疊榭重樓，麝蘭馥郁。引至中堂，但見一少年美人，盛妝危坐，其顔色如花，見生降榻祗迎。生女相見禮畢，分賓主而坐。青衣遂捧茶至。茶畢，美人啓唇致問，鄒生實告鄉貫姓名。美人即呼侍妾設酒以待。但見殽醴馨香，迥異塵俗。傍立二美姬，身衣錦繡，手執檀香拍板，歌《天仙子》詞一闋以侑酒。詞曰：「金屋銀屏疇昔景，唱徹雞人眠未醒。故宫花落夜如年，塵掩鏡，笙歌静。往日繁華都是夢。　天上曉星先破暝，明滅孤燈隨隻影。翠眉雲鬢麝蘭塵，空歎省，成悲哽。無數落紅堆滿徑。」歌訖，美人遽止之，曰：「勿歌此曲，徒增傷感。」生起坐致問曰：「仙娃高姓？閥閱何郡？郎君何人？」美人顰蹙曰：「妾本姓花，名唤麗春，臨安府人也。僑居於此二百餘年。先夫趙禖，表字咸淳，與妾爲夫婦十年而卒。妾今寡居，誓若有人能咏四季宫詞者，以稱妾意，不論其門户高下，即與成婚。杳無其人，不知先生能之乎？」生曰：「但恐鄙陋，有污清聽。」遂濡筆而吟四絶云。其一曰：「花開禁苑日初晴，深鎖長門白晝清。側倚銀屏春睡醒，緑楊枝上一聲鶯。」其二：「鎖窗倦倚鬢雲斜。粉汗凝香濕絳紗。宫禁日長人不到，笑將金剪剪榴花。」其三：「桂葉清香滿鳳樓，細腰消瘦不禁愁。朱門深閉金環冷，獨步瑶階看女牛。」其四：「金爐添炭燭摇紅，碎剪瓊瑶亂舞風。紫禁孤眠長夜冷，自將錦被傍薰籠。」下筆立成四景宫詞，不加點綴。美人曰：「咏出宫詞，若身處其地者，真佳作也。妾今芳年無主，形影相弔，幸遇君子，才華出衆。妾不違誓，願托終身。君亦不可異心，妾身更無外慕，從兹偕老，永效于飛。」生起致謝。已而夜静酒闌，彼此忘懷，笑語歡謔，挨肩携手，淫情各熾，遂入室解衣就寢。雲情雨意，兩相歡合，口送丁香，極盡綢繆。美人就枕上吟詩一律。詩曰：「幽閉深宫幾度秋，妝臺塵鎖不勝愁。故園冷落凌波襪，塵世經添海屋籌。陰伉儷諧陽伉儷，新風流是舊風流。追思向日繁華地，盡付湘江水上漚。」自是生與美人情好日密，每日令生居於宅内，不容出外，將及一年矣。忽日美人對生語曰：「燈前對酌，盡此之歡。」涔然淚下如雨。生曰：「深蒙不棄，俯賜玉成，雖六禮之未行，諒一言而已定。仙娥何故發悲？」美人曰：「本欲與君共期偕老，不料上天降罰，禍起蕭墻。今夕盡此一歡，明朝永別，君宜速避，不然禍且及君。」生固問之，美人終不肯言，但悲咽流涕而已。生以温言撫慰，復相歡狎。美人長歎，吟詩一律。詩曰：「倚玉偎香甫一年，團圓却又不團圓。怎消此夜將離恨，難續前生未了緣。艷質罄成蘭蕙土，風流盡化綺羅烟。誰知大數明朝盡，人定如何可勝天。」迨次日黎明，美人急促生行。生再三留意，不勝悲愴。行未數里，忽然玄雲蔽空，若失白晝。生急避林中。少頃，雷雨交作，霹靂一聲，火光遍天。已而雲散雨收，生復往其處視之，則華屋美人，不知所在，只見傍邊有一古墓，被雷所震，枯骨交加，骷髏震碎，中流鮮血。生大恐懼，急尋舊路回至寓所，詢問諸人。鄉人言曰：「此處聞有花麗春者，乃宋度宗之嬪妃，其墓亦在此山之側。」生因憶其言，所謂姓趙名禥，即度宗之諱名，而咸淳乃其紀年，又况宋之陵寢俱在此山。而自宋咸淳年間至我朝天順年間，實二百餘年，其怪即此無疑矣。急治裝具回至慶元縣，備以前事白之於人，衆皆驚異。生感其異情，不復再娶，後修煉出家，遊雲夢各省，將家業廢盡，遂入天台山，再不復返，不知所終矣。（《廣艷異編》卷三十二）

按：此與《剪燈新話》之《滕穆醉遊聚景園記》相似，俱有摹擬唐人《周秦行紀》之迹。《西湖二集》卷二十二《宿宫嬪情殢新人》即據本篇敷演。

古今清談萬選

佚名

《古今清談萬選》，佚名輯，現存明刻本，題「金陵周近泉繡梓」。前有泰華山人引言，書于大有堂。泰華山人似即周近泉。王重民《中國善本書提要》以書中《曇陽仙師》記及曇陽之化去，考爲纂刻于萬曆八年（一五八〇）之後。周近泉大有堂曾刻有《新頒大明律例注釋招擬指南》（萬曆十九年）、《皇明寶訓》（萬曆三十八年）《歷朝尺牘大全》（萬曆三十九年）等書，此書約刻于萬曆年間。原書四卷，前兩卷《人品靈異》，後兩卷《物彙精凝》，均爲靈怪題材。書中故事，多見于《廣艷異編》等書，亦爲輯録前人作品而有所修改，往往插增詩歌。考其本事，如《虢州仙女》出自李復言《續玄怪録·楊敬真》，《洛中袁氏》出自裴鉶《傳奇·孫恪》，《張生冥會》、《吴生仙訪》、《貝瓊遇舊》、《倪生雪夜》等出自釣鴛湖客《鴛渚志餘雪窗談異》，《配合倪昇》、《綏德梅華》（已經改寫）出自祝允明《祝子志怪録》。所收小説，蓋全出于纂輯。今取其初見本書者，統列《古今清談萬選》書名之下。

明妃寫怨

漢明妃者，王嬙也，受譖入胡虜廷，因琵琶寫怨，後卒葬其地，塚青草焉。至金大定癸未，上京内族完顔守義，文雅士也，有故出行。見明妃塚，有感于心，因拱手嘆之曰：「烈哉！烈哉！奸臣誤爾哉！葬身漠北，飲千載之痛，恨哉！」既去，亦付之往事而已。至暮乃歸，道途復過妃塚，但舉目視之，見一華居，巋然獨立。畫棟雕梁，非人間之庶府；朱簾翠幕，擬天上之仙居。守義且驚且疑，未及詳細，乃見一美人，幽香襲襲，體態盈盈，自内而出曰：「公子，暫屈拜茶，可乎？」守義未及致辭，美人復有請，不得已而隨之進。至中堂，賓主而坐，而茶，而繼之以酒。美人起謝曰：「日間辱蒙□盼，兼致不平之詞。妾雖九泉，草木同腐，且感之不忘也。」守義方欲叩問其姓氏，及日間之語。美人遽起曰：「妾請自叙衷情，公子幸勿驚訝，妾非今世陽人也，即大漢朝明妃王嬙昭君也。自賊臣讒譖，俾妾和番，迨辭帝而出，帝閲妾容而悔之，然業已遣矣，悔之何及。妾至虜廷，日抱琵琶而寫怨，悒鬱而亡，至于今日，猶作望鄉之鬼，廼吟七言四句一律以自嘆云。」詩曰：「萬里黄雲塞草枯，琵琶無語月明孤。玉關回望將軍寨，錦帳氍毹夜博盧。」吟已，淚數行下。守義亦爲之動容，更口占短律以答之曰：「琵琶寫怨怨如何？古道佳人命薄多。荒塚已知青草色，夢魂曾到漢宫麽？」慰諭者再四。明妃又曰：「公子在堂，不可虚度清宵。」于是呼侍婢玉環者，命之舞以侑觴。玉環請歌《胡笳十八拍》，明妃曰：「《胡笳十八拍》曲雖清麗，但對今人歌昔曲，君子謂之悖。」乃自製《燕歌行》，教之歌曰：「欃槍夜射飛狐北，虜騎千群來寇賊。驚沙走莽黄入天，笳鼓連營慘秋色。大將排營列漢官，雕戈畫戟指揮間。旆摇大棘城邊月，箭滿連祁雨後山。戍卒年深皆着土，慣識軍情（耐）（吋）風雨。□酬報國慷慨心，肯學當年渾脱舞！八月飛（雪）（需）百草□，殷樫幾樹暮鴉歸。南山射虎風鳴鏑，大澤呼鷹雪打圍。桓桓驍勇從戎久。競取功名惟恐後。横槊長歌孟德詩，請纓生係番王首。從來大小百戰餘，鐵券丹書尚何有？牙旗虎影凍翻風，匣劍虹光夜冲斗。披堅執鋭亂紛紛，咆哮横行策異勳。君不見田單能用命，援桴一鼓奮三軍。」歌竟酒闌，天漸曙矣。守義辭謝而出，回首則華屋不知所在焉。（卷二）

詩動秦邦

大原秦邦，字本固，生而穎異，少業孔孟，負豪邁，有膽略。嘗築室於城西北隅七里許，讀書其間。亦好舞劍，每以劍自隨。堂中古畫一幅，中繪一婦人形，世傳爲羽人過此而相贈云。邦勤學，夜分不寐。時宣德辛亥九月良夜，漏甫再下，覺神倦，將欲就寢，忽見一美人自外而至，立於燈下，素衣淡裝，舉動嫵媚而微有嬉笑容，緩步進曰：「妾姓泥氏，字繪素，本鄉人也。念妾既以粉素爲先，不尚華彩之飾，賴松溪士之成肉血，感毛中書之作胚胎，既具人形，必知動履。先生不以槁木死灰爲嫌，賤妾須以握雨携雲相待。」邦聆其言，心知其爲妖怪，而亦不之震怖。未及答阻，婦人復曰：「妾有《竹枝詞》十首，敢獻於文士之前，得一郢正，可乎？」遂朗誦焉。其一曰：「家住東吴白石磯，門前流水浣羅衣。朝來係着木蘭棹，閒看鴛鴦作隊飛。」其二曰：「石頭城外是江灘，灘上行舟逆水難。潮信有時還又至，郎舟一去幾時還？」其三曰：「郎爲功名走九州，妾愁日夜在心頭。無因得似白鷗鳥，隨着郎舟到處遊。」其四曰：「勸郎切莫上巫峰，勸郎切莫走臨邛。臨邛少婦解留客，巫頂峰高雲雨濃。」其五曰：「山桃花開紅更紅，朝朝愁雨又愁風。花開花謝難相見，懊恨無邊愁殺儂。」其六曰：「蜀江西來一帶長，江水無波鏡面光。長恨人心不如水，等閒好惡最難量。」其七曰：「西湖荷葉綠盈盈，露重風多蕩漾輕。荷葉團團比儂意，露珠不定似郎情。」其八曰：「勸郎水底莫鋪綿，勸郎石上莫栽蓮。水底鋪綿綿易爛，石上栽蓮根不堅。」其九曰：「油壁尋芳柳卒蛾，春衫半臂試輕羅。海棠花嬌香不露，怕甚狂蜂浪蝶多。」其十曰：「燈花昨夜燦銀釭，鵲聲今日噪紗窗。可中三日郎相見，重繡麒麟錦帶雙。」吟訖，趨邦前，將扼腕調褻之。邦神色自若，不少爲動，但按劍疾視，厲聲叱曰：「何物妖魅，敢侮正人迺爾？苟不疾行，吾當斬首。」美人曰：「君將爲柳下惠乎？君將爲魯男子乎？能爲柳下惠，請容駐片時，無負冥夜相投之初意；若爲魯男子，則清議自公，又何拒妾嚴憚之若是耶？」邦大怒，提劍逐之，環座而走，逐之益急。美人乃無所自容，疾趨壁上而不見其形影矣。邦悟其所繪婦人能爲妖怪，遂毀其像而焚之，怪亦因之以不見矣。（卷二）

孔惑景春

臨安徐景春，富室徐大川之子也。年約二十餘，丰姿魁偉，綽約有聲，善吟詠，美風調，經營之計頗練，而山水之興亦高。時當暮春，春服既成，陽春惠我以佳境，大塊假我以良辰。景春乃命僕攜酒出遊西湖之上，南北兩山，足跡殆將遍焉。少頃，日落西山，月生東海，興盡言旋，信步而歸。至漏水橋側，俄見美人，隨一青衣而行，雲鬢霧髮，嫋嫋婷婷，望之殆神仙中人也。景春顧盼間，神魂飄散，嗟嘆久之。美人行且吟曰：「路入桃源小洞天，亂紅飛處有嬋娟。襄王曾赴高唐夢，始信陽臺雲雨仙。」吟成，嘆曰：「湖山如故，風景不殊，時移世换，令人空抱黍離之悲。」生趨前揖之，曰：「娘子何以孤行，果獨得其景趣乎？」美人曰：「妾與女輩同行，踏青遊玩，士女雜沓，偶爾失群，乃欲取路而回，迷踪失徑耳。」景春扣其姓氏居址，美人曰：「姓孔，小字淑芳，湖市宦家之女也。家事零替，父母早亡，既寡兄弟，又鮮族黨。止妾一身，獨與玉梅僑居西湖之側。」生稱送之。美人笑曰：「君子能顧盼乎？敝居特咫尺耳。」於是生女並肩而行，極其歡□，遥至女室，設肴酒對酌西窗下，相與論詩曰：「唐人喜作廻文，近時罕見。」景春曰：「玉人柔情幽思，談笑爲之。若予輩荒鈍，無復措辭。」美人笑曰：「請一題。」景春曰：「四時題可也。」美人即賦詩曰：「花朵幾枝柔傍砌，柳絲萬縷細摇風。霞明千嶺西斜日，月上孤村一樹松。」右春「瓊回翠簟冰人冷，齒沁清泉夏井寒。香篆裊風青縷縷，紙窗明月白團團。」右夏「蘆雪覆汀秋水白，柳風凋樹晚山蒼。孤燈客夢驚空館，獨鴈征書寄遠鄉。」右秋「天凍雨寒朝閉户，雪飛風冷夜關城。堆紅獸炭圍爐煖，淺碧茶甌注茗清。」右冬景春嘆其敏妙，即濡毫和曰：「芳樹吐花紅過雨，入簾飛絮白驚風。黄添曉色青舒柳，粉落晴香雪覆松。」和春「瓜浮甕水凉消暑，藕疊盤冰翠嚼寒。斜石近階穿筍密，小池舒葉出荷團。」和夏「殘日絢紅霜葉赤，薄煙籠樹晚林蒼。鸞書可恨羞封淚，蝶夢驚愁怕念鄉。」和秋「風捲雪蓬寒罷釣，月輝霜柝冷敲城。濃香酒泛霞杯滿，淡影梅横紙帳清。」和冬美人亦稱善，徘徊久之，遂薦枕蓆之歡，共效于飛之樂。而其僕乃先歸焉。父母恐其或醉倒，或投楚館，命僕四出尋覓不得。翌晨，鄰人林世傑過新河壩上，墳塋之側，見景春俯伏于地，知其爲鬼所欺也，急救回家。父母喜甚。墳中有亡女孔淑芳之碑在焉。（卷二）

按：本篇故事與熊龍峰刻本小説《孔淑芳雙魚扇墜傳》略同，似出近體小説之後。田汝成《西湖遊覽志餘》卷二十《熙朝樂事》曾謂：「若《紅蓮》、《柳翠》、《濟顛》、《雷峰塔》、《雙魚扇墜》等記，皆杭州異事，或近世所擬作者也。」同書卷二十六《幽怪傳疑》，又摘載其事，或另有古體小説為本篇所本。

附録

弘治間，旬宣街有少年子徐景春者，春日遊湖，至斷橋，時日迫暮矣，路逢一美人與一小鬟同行。景春悦之，前揖而問曰：「娘子何故至此？」答曰：「妾頃與親戚同遊玉泉，士子雜還，遂失羣，惘惘索途耳。」景春曰：「娘子貴宅何所？」答曰：「湖墅宦族孔氏二姐也。」景春遂送之以往，及門，强景春入，曰：「家無至親，郎君不棄，暫寄一宿，何如？」景春大喜，遂入宿焉。備極繾綣，以雙魚扇墜爲贈。明日，鄰人張世傑者，見景春卧冢間，扶之歸。其父訪之，乃孔氏女淑芳之墓也，告于官，發之，其祟絶焉。（《西湖遊覽志餘》卷二十六《幽怪傳疑》）

旅魂張客

餘干縣鄉民有張客者，因行販入邑，寓旅舍。夜甫更盡時，碧天雲杳，皎月無塵，樹影横窗亂，梅香入夢清。張以孤宿，始繾綣不成寐，繼而神思恍惚似寐，而心則醒然。乃夢一婦人鮮衣華飾，求薦寢席，朗朗有聲。既覺，其婦人宛然在傍，到明始辭去。次夕方合户，燈猶未滅，又立于前，復共卧。張問其所從來。婦曰：「我鄰家女子也，去此舍甚邇，知君貴客，故敢相從。」因行吟曰：「東鄰少女碧玉梭，雪縷鳳機成素羅。雨意雲情肯輕許，縱然折齒將如何。」張意甚悦，亦短吟曰：「翠袖紅裙窈窕娘，□□衾擁麝蘭香。高唐有夢巫山近，孤館誰云只斷腸。」彼此情濃，遂經旬日，外人覺之，疑焉。或告曰：「此地有娼家女，曾縊死，屢晝見形。君所與交，意者爲彼所惑。」張秘不肯言，自後夜與婦狎，亦不畏懼。一夕婦復來，張委曲扣之，婦略無諱色，應聲曰：「是也，我故娼女，與客楊生素厚，取我貲貨二百斤，約以禮娶我，而三年不如盟。我怏怏成疾，投〔繯〕（環）而死。今此旅店，實吾故居，吾是以尚眷戀不忍捨去。且楊生，君鄉人也，君識之否？」張曰：「識之，聞其娶妻貨殖，家計日饒裕。」婦人悵然，因吟曰：「人生住世兮，連理並頭奇。何處空題葉，誰家謾結縭？漆膠當自固，衽席只余知。愼勿萌嫌隙，空教惜別離。」張亦隨答曰：「邂逅遇仙姬，神清貌復奇。芝蘭同臭味，松柏共襟期。永作閨房樂，長陪楮墨嬉。太山如作礪，地久與天齊。」韻成良久，婦曰：「我當以終始託爾矣。昔嘗埋白金五十兩於牀下，人莫知之，可取以助費。」張發地得金，如言不誣。婦人於是雖晝亦出。一日，婦低語曰：「久留此無益，能挈我歸乎？」張爲首肯。婦曰：「可作一牌，上書某人神位，藏之笥篋中。遇所至，啓笥篋微呼，即出相見。」張悉從之。去旅舍，取道而還。人咸謂張鬼氣已深，必殞于道路。張殊不以爲疑，日日經行，無不共處。及抵家，敬于壁間設牌位事之。妻初意其爲神，瞻仰不怠。未幾，見一婦人出，與張語，妻大驚，詰夫曰：「彼何人也？莫非盗良家子乎？幸毋賈禍。」張以實對，妻始定。同室凡五日，婦求往州市督債,張許之。達城南且渡,婦曰:「甚愧謝爾,柰相從不久何!」張泣下,莫曉所云。入城門亦如常。及彼呼之再三,不可見。乃訪楊客居,見其慌擾殊甚。問鄰者,鄰答曰:「楊生素無疾,適七竅流血而死。」張駭怖,遽歸,竟無復遇。(卷二)

按:本篇故事采自宋洪邁《夷堅丁志》卷十五《張客奇遇》,參見附録。

附録

餘干鄉民張客,因行販入邑,寓旅舍,夢婦人鮮衣華飾求薦寢。迨夢覺,宛然在旁,到明始辭去。次夕方闔户,燈猶未滅,又立於前,復共卧,自述所從來曰:「我鄰家子也,無多言。」經旬日,張意頗忽忽。主人疑焉,告曰:「此地昔有縊死者,得非爲所惑否?」張祕不肯言。須其來,具以問之,略無羞諱色,曰:「是也。」張與之狎,弗畏懼,委曲扣其實。曰:「我故倡女,與客楊生素厚。楊取我貲貨二百千,約以禮昏我,而三年不如盟。我悒悒成瘵疾,求生不能,家人漸見厭,不勝憤,投繯而死。家持所居售人,今爲邸店。此室實吾故棲,尚眷戀不忍捨。楊客與爾同鄉人,亦識之否?」張曰:「識之。聞移饒州市門,娶妻開邸,生事絶如意。」婦人嗟喟良久,曰:「我當以始終託子,憶埋白金五十兩於牀下,人莫之知,可取以助費。」張發地得金,如言不誣。婦人自是正晝亦出。他日,低語曰:「久留此無益,幸能挈我歸乎?」張曰:「諾。」令書一牌,曰「廿二娘位」,緘于篋,遇所至,啓緘微呼,便出相見。張悉從之,結束告去。邸人謂張鬼氣已深,必殞於道路。張殊不以爲疑，日日經行，無不共處。既到家，徐於壁間開位牌。妻謂其所事神，方瞻仰次，婦人遂出。妻詰夫曰：「彼何人斯？勿盜良家子累我！」張盡以實對。妻貪所得，亦不問。同室凡五日，又求往州中督債，張許之。達城南，正渡江，婦人出曰：「甚愧謝爾，奈相從不久何？」張泣下，莫曉所云。入城門，亦如常。及就店，呼之再三不可見。乃亟訪楊客店，則荒擾殊甚。鄰人曰：「楊元無疾。適七竅流血而死。」張駭怖遽歸，竟無復遇。臨川吴彦周舊就館於張鄉里，能談其異，但未暇質究也。（《夷堅丁志》卷十五《張客奇遇》）

按：《耳談》卷十《穆小瓊》故事與此類似，《醉醒石》第十三回據之敷演。

燈神夜話

嘉興張翼者，字南翔，簞瓢晏如，篤學好古，博極群家言。雖負魁天下志，而時恒不逮。至元秋，方夜讀書，忽燈花一穗，飛落書間。張急拂去，再三復至，若燭蛾之投焰者。張自念曰：「是矣，是矣！爾之與我相助有年，今不得一展文光而猶羈身齋館，寒宵冷落，中心灰者幾矣，無怪其有是也。吾當作詩謝之，何勞激我爲耶？」遂作詩云：「一點長明意獨親，幾年伴我夜論文。寒窗細焰和烟展，破壁香膏帶雨焚。揭罷殘編神獨對，乞將新火手先分。時來光彩成消漫，争若隨漁泛水雲。」二曰：「半世相知不厭貧，寒幃燦燦引孤吟。占花浪喜無真意，戀主空憐有熱心。一味虀鹽燒已徹，幾宵鐘鼓聽殊深。清光猶可資勤讀，何必勞勞鑿壁尋？」三曰：「照劍鳴琴亂拂屏，儒家風味爾知真。梅窗閃爍雨初歇，竹户微茫月正新。學薄未酬吹杖老，時窮番感聚螢人。可憐懶伴笙歌席，只戀咿唔聲裏春。」三律既成，將敲四韻，神思頗倦，方欲假枕于肱，寄夢于蝶。忽一女子從燈後展（？）出，綽約多姿，爲像恍惚。張起而叱曰：「何方妖孽，敢唐突君子乎！」美人啓首答曰：「妾與君有故，已非一夕之雅。今君苦吟，榮及鄙拙，故來側聽，何訝之深也？」張復謂曰：「幽居僻寂，性復疏庸，荆識無因，胡得妄言行詐？」美人撫掌笑曰：「君忘之乎？親昵日久，而一旦自諱，誠亦異矣。」張倉皇不能憶，姑應曰：「既爾，子知我何爲者？」美人顰踞而言曰：「噫吁嗟哉！熟君之行久矣，今言若此，似以所執自誇，豈知功名兩字，魔人魅耳。君之業，君之累也，於我何多？」張益念惑，竊念空齋中，且當暮夜，有此美人，必祟也。陰挾利劍以俟，且謂之曰：「請詳其實，可乎？果當理則爾，否將有說。」美人從容言曰：「今之操〔觚〕（瓢）之士，孰不欲梯雲霄，紆青紫哉，但其文衡在有司，窮達由人命，所以壯年勤苦，迄老無成者恒多。求其朱衣暗點，于百中能幾人也？我嘗習見誤儒冠者，懸鶉敝履，席户繩牀，食不當飢，衣不勝冷，仰無所給，俯莫能周，嗟怨啼號之聲，牽心逼耳，舍之無所事事，安之難以自存，進退不能，志力俱困，英雄束手，告乞無門。古人謂飢來一字不堪煮，可哀也已！間有寄食富貴，教授生徒者，書館如囚，無繩自鎖。仰主人之意以爲屈伸，揣弟子之情以行喜怒，勤惰關心，出入難便。成矣則父當其榮，廢矣則師任其咎。至若炎窗早起，雪案無眠，小帳棲神，寒燈吊影。鳥啼花落，徒增萬斛之愁；水綠山青，誰遣一林之興？家園萬里，僅憑夢寐以相通；風雨半窗，徒爾吁嗟而自惜。勞苦淒凉，心嘗身歷。嗚呼！此雖重有所得，猶不足以自償，而況館禄有常，卒難以供家給之費。古人謂滿腹文章不療貧，可哀也已！又有年富學優，選列上等者，大言侈服，傲貌輕人，獵譽射名，奇才自負。奈何棘圍屢厄，薦外孫山；點額年還，伴人登第。由是時焉漸失，事焉漸改，志衰氣阻，故態盡消。一旦寒暑且迫其肌膚，衣食又撓其念慮，伶仃淹蹇，愁病交侵。傭作則礙乎衣冠，盜賊則奪乎廉恥，壯心磨滅，風望成空。此時譏笑任人，途窮身老，日將待瘠溝中。古人謂富貴不來年少去，悲夫！君又不見余生乎？美少年也，父性偏愛，課督甚嚴，晝夜勤劬，致成癆瘵，學未竟而先亡，悔悼無及。君又不見許生乎？力學人也，家儲貧〔寠〕（屢），玉粒桂薪，每告空乏，書札充几，何救飢寒。其當艱迫無措，時則與妻子向隅對泣；以致憂忿攢心，抱鬱而死，遺孤及寡，至今凍餒無依。君又不見馮生乎？富家子也，因文師歲校，名第失意，掩淚頓足，嘔血數口，歸家日吐不止。巫醫滿堂，百計罔效，病亟之夕，取平日筆硯文章，悉焚于前，召其子指示曰：『此奪命物也，汝其慎之！』言訖而逝。之三子者，未足死也，而儒卒死之。君業類三子，妾將謂君虞之不暇，君足誇耶？不惟是，又有功成名就，挽銅章，立當路，赫赫然逃三子外累矣，謂可以榮矣。一旦有忤君者，則死于朝；有犯事者，則死于獄，有冒風霜、涉險害者，則死于官。此其死時，豈愛身不若三子哉！求爲田舍翁不可得耳。是赫赫與陸沉同也。儒又可恃耶？故與其執筆而飢寒，孰若操鉏而飽煖；與其明經而取禍，孰若就藝而遺安？況人以百年爲期，七十則古稀矣，今君春秋過半，機會且未逢，寒氈猶戀，縱有所遇，妾恐此身不能有待矣。嗚呼悲哉！以有窮之歲月，博難望之功名，以不足之精神，易未來之富貴，竊爲君不取也。且功名富貴，傀儡一場，過眼成空，徒令人老。試觀今日丘中之骨，俱是當年鬬智之人。君試思之，何不自愛而自苦耶？」張聽訖，大怒曰：「丈夫家反爲妖女子所數！」密揮劍砍之，美人應手連燈傾滅，呼童秉燭而逝。但見几上之燈，斬爲兩截矣。張因悟曰：「此燈祖父所傳，幾二百年，物久能化，固如此夫！」因備記之。（卷三）

按：《鴛湖志餘雪窗談異》卷下目録有《妖燈夜話録》一篇，缺佚不存。此篇疑即采自《鴛湖志餘雪窗談異》，録之以考佚文。

綏德梅華

景泰初，石總兵諱亨，西征振旅而還。舟次綏德官河，維時息兵休士，捲甲偃旗，從容停駐，而不知日之西、天之暝矣。亨獨坐舟中，無可對譚論者，因扣舷朗吟二律。其一曰：「大明一統承平日，海宇蒼生敢不毛。天馬銜花開苜〔蓿〕（粟），野人獻酒熟葡萄。九重雨過江山潤，萬里雲收日月高。稽首犬戎應恐後，西行大將捲征袍。」其二懷古曰：「上吞巴漢控瀟湘，怒似連山净鏡光。已識縫囊真戲劇，應知投箠更荒唐。千秋釣舸歌明月，萬里沙鷗弄夕陽。花蠡清塵何寂寞，好風惟屬往來商。」吟罷，有自得狀。忽見一女子溯流啼哭而來，連呼救人者三。亨亟命軍士拯之，視其顏色窈窕非常態，問其故。女泣曰：「妾姓梅氏，芳華其名也。原許字同里之尹家，邇年伊家凌替，父母厭其貧，逼妾改字。妾不從，父母怒而箠撻甚至，弗克自存活，是故赴水。幸蒙公相〔憐〕（鄰）而救之，此蓋生死而骨肉也。」亨詰之曰：「汝欲歸寧乎？將爲吾之側室乎？」女曰：「歸寧非所願也，願爲公相箕帚妾。」亨大悦，易以新服，載之後車而還。迨至石府中，以至恭事夫人，以至誠待媵妾，處童僕以恩，延賓客以禮。凡公私筵宴，大小饔飧，中饋之事，悉以任之，無不中節。亨甚嬖愛之，內外競稱其能且賢，咸思一見其容色。即王孫公子，達官貴人，至其第者，亨輒令出見。芳華唯唯如命。人愈贊美，而亨愈寵幸。是年冬，兵部尚書太子少保于公諱謙偶至亨第，亨欲誇耀于公，爲設盛宴，因令芳華濃飾出見。芳華聞命，獨異于昔者，頓覺有難色。亨固命之，不從。亨命侍婢輩督催之。督催者絡繹于道，芳華竟不出。于公乃辭歸。亨負慚沮，復自召之，芳華亦執不出。亨不得已，送于公歸。既退，大怒，責之曰：「汝于吾府中，凡往來尊貴，所見者多矣，何至于公而獨不肯見耶？」芳華惟泣而已，不出一言。亨武人也，怒甚，拔劍斫之。芳華遂走入壁中，言曰：「妾聞邪不勝正，僞不得亂真。妾非世人，乃梅花之精，偶竊日月之精華，故成人類于大塊。今于公棟梁之材，社稷之器，正人君子，神人所欽，妾安敢見之？君不聞唐之愛妾不見狄梁公之事乎？妾亦于此永別而。」乃長吟一詩曰：「老幹槎牙傍水涯，年年先占百花魁。冰稍得煖知春早，雪色凌寒破臘開。疏影夜隨明月轉，暗香時逐好風來。到頭結實歸廊廟，始信調羹有大材。」女自是不復見矣。（卷四）

按：此篇情節似即取自《祝子志怪録·柏妖》（見前）或《西樵野記·桂花著異》，但詩則出自擬作，亦不知作者為誰。《包龍圖判百家公案》第四回《止狄青家之花妖》，據此改編，以于謙為包拯，以石亨為狄青，顯出此後。

輪迴醒世

佚名

《輪迴醒世》，佚名撰，書前有秣陵也閒居士序，現存聚奎樓刻本。按題分「廉慈貪酷、嗣息配偶鰥寡孤獨、慷慨慳吝、悲歡離合」等十八部，每部一卷。以善惡報應爲對比，意主勸懲。篇題下注明故事年代，最晚爲萬曆時，大約編刻於萬曆年間或稍晚。兹選其卷六貞淫部一篇，以見一斑。

重義身鰥

晉中秀士翁昇，娶潘氏，色甚姣。鄰友湯之聘乃富監也，常抵翁家，屋宇淺促，潘氏每爲所窺，心甚戀之。因與昇善，凡百加禮，周其不給，體諒之情，踰于手足。值昇遊學外郡，其家中薪水米穀，皆取足于湯處，且令老嫗服役。柰潘氏貞烈，語言舉動之間，毫不可犯。之聘自思平日用情，止爲潘氏，今若此心機空費，欲得潘氏到手，除非謀害翁昇。躊躇無策，值廣捕獲一夥强盜，被官府敲打，已死大半，止留二人，尚未絶氣。之聘進監與言曰：「汝二人可想活乎？」盜曰：「我縱欲生，奈官府欲我死何？」之聘曰：「汝二人欲活無難。」盜叩首曰：「望指一條生路。」之聘曰：「依我一言，當出汝罪。」盜曰：「敢不惟命。」之聘曰：「我有不共之仇，名翁昇，儒學生員，欲陷無計。汝二人可扯攀同夥，以害其命。我將千金遍覓分上，出汝二人。」盜曰：「奈何無贓實。」之聘曰：「汝所盜贓物，有餘存否？」盜曰：「止有紬衣二件，在某寺中佛座下，未經招稱。」之聘曰：「計得矣。明日審鞫，可稱與翁昇同盜，分贓物與彼。」之聘竟往某寺佛座下取了紬衣，着老嫗暗藏潘氏箱中。次日邑令審二盜，招稱與翁昇同夥，即差捕拘到翁昇，茫然不知所對。二盜口稱同盜分贓，翁昇雖係秀才，因强盜重情，不待申請，即便加刑。書生難經苦楚，只得權時招認。必得真贓，方可入罪。二盜隨即開出所分紬帳共若干，首飾若干，紬衣若干。翁昇平白遭誣，無以答應。邑令不容分辨，即差人往翁家搜檢。箱中得之聘所藏紬衣二件，其顔色花樣，與帳上所開紬服相對。贓物現在，且喚失主認過，不用推敲，竟判審單，供作死罪，而後申詳。翁昇入獄，之聘備銀米進謁，把臂而哭，極言冤枉，且曰：「有劣弟在，兄與嫂兩處日費，弟當照管。」語畢，含淚而别。是夜請禁子抵家，豐款而厚賂焉。令將二盜謀死，二子如其所囑，竟爾下手。之聘私幸曰：「計萬全矣。」周恤翁昇，更十分加厚。倏忽已二年，一日之聘與昇白談云：「兄與二盜同夥，誰人不稱冤枉。奈二盜已死，贓物作證，即有百口，從何分辯，多管老於獄中矣。如尊嫂青年何？」昇曰：「我入獄兩載，受用老弟柴米無數，老弟故放來生之帳，愚兄難忘。今日之恩，久欲將拙室出身，得價以償老弟耳。」之聘曰：「些需相濟，豈責報効。念小弟老大無兒，别處尚且補助，况吾兄係異姓手足。縱贈些微，豈敢言恩。」昇曰：「釜中之魚，死在旦暮。拙室眼見是他人妻妾。况老弟無嗣，必須納寵，即以拙室歸于老弟，勝落于他人手也。」之聘曰：「切不可如此說，令人酸心。」之聘辭歸，意潘氏在所必得，將銀米與潘氏，着他親送監中。潘氏見夫，極道湯家厚待，夫妻交口而誦。昇與妻曰：「你我受彼大恩，汝可思報之乎？」妻曰：「女流無以報，惟願銜恩而已。」昇曰：「我無辜陷獄，二載有餘，一應衣食，皆彼所周。與其圖報於來生，何如少酬於今日。我自分超豁無期，難捱歲月，久欲將汝出脱，得身價以償湯宅。又恐所配非人，誤汝終身。適值湯家有納寵之意，你既失身事人，何如事此恩主，得此靠傍，我亦九泉瞑目。」潘氏口口以死節相慰。昇曰：「縱死節流芳，不敵盗名遺臭。汝若從我之言，歸于湯宅，以後周我衣食，受亦有名，施亦不倦。倘活得一年半載，皆汝所延也。倘執迷不久，誓此一別，尋個自盡，不復見汝面。」呼天大慟，再不與言。潘氏不得已，回言曰：「此身既已屬君。當任君所爲。」昇轉身謝曰：「賢哉！賢哉！我實出於無奈。爲丈夫的豈忍以妻屬人，正所謂事到頭來不自由耳。」遂出一紙，寫就賣契，封固付妻。詒妻有字付湯家，可遞去。潘氏執此紙轉遞之聘，得此賣契，入監見翁昇曰：「兄何作此割恩之事？」昇曰：「非割恩，乃報恩也。」之聘故意不可。昇曰：「老弟見我粘擾太多，頗覺厭煩，不受賣契，是絶我後路耳。予復何言，有死而已。」之聘曰：「快自保重，吾當勉强從之。」回家擇日，接潘氏過門，潘氏不得已而歸焉。潘氏色德才稱三絶，嫡氏王氏，自分不如，遂不得與之争寵。家務出入，盡屬潘氏執掌。潘氏得主錢穀，周恤翁昇，更加倍焉。歸湯門三載，生子週歲。一夕，之聘與潘氏相洽之頃，乃曰：「我初徃翁家，見汝之日，即便落魂。此時私心計曰：『倘得與我啓唇一話，便死甘心。』豈知今日同衾枕也。」潘氏曰：「亦夙緣耳。」之聘曰：「非夙緣，看手段還錢也。」潘氏知有他故，再三審問，不吐真情。潘氏留心，每夕雖與之聘同寢，不與和諧。之聘强之，潘氏曰：「若要仍前和好，除非説出當年手段。」之聘半含半吐，説不分明。潘曰：「歸君三載，生子一歲，與君肉連骨接。君縱有機謀，不利於翁昇，亦是我命當發跡，撇饑寒而歸飽暖，正皇天假手於君，結果我終身耳。君何必諱。」之聘得此一番説話，從頭到腦，遂説一迴。潘氏假意忻幸，且誦其通神手段，毫不介意。越三日，潘氏假言往母家，且曰：「即日回來，君不須隨去。」清晨携子乘肩輿而往，道經縣門，潘氏抱子，竟謁邑令。未及寫狀，惟憑口訴説，湯之聘貪身姿色，與夫交好，見身難犯，遂囑盜陷害，仍囑禁子謀盜，禁子尚在，可證。月謀歲計，使夫翁昇妻請爲妾。指所抱之子曰：「此子隨之聘而生，彼既陷我夫，我豈恤彼子！」出刀先刃其子，而後自刎。邑令與吏書堂役，無不膽碎心寒，即於監中取出翁昇。邑令述潘氏所云陷害之故，翁昇抱屍打滚，好不慘傷。即拘湯之聘與禁子，夾打招認，將二人抵命，超豁翁昇。申文至學院，復昇前程。是歲應試，即便登拜聯捷。潘氏殺身救命，翁昇刻刻鏤骨，誓不再娶。初任推官，行取入道，點學院，入京堂。十數年内，以沉香刻潘氏形像，每任帶行。食必與共，寢必與共，寧斬千載宗祧，不負一時恩義。壽至六旬，臨終之時，見潘氏相邀同往。及見閻羅，翁昇恭然請曰：「不識後學有何罪孽，奪我妻，斬我後也？」閻羅曰：「巴縣汪德妻田氏，是何人主婚，使彼生離也？」翁昇低首忖曰：「知罪矣，以後學之罪，波及妻子，既使失身，復使自刎，不太毒乎！」閻羅曰：「潘氏遭磨受折，非君所累，亦彼自致。路村李二娘，因奸謀夫，未經市戮。李二娘乃潘氏前身，罰今生受一刀之痛。」潘氏俛首無言。閻羅曰：「君仗義而潘氏伏節，當有保奏。可聽旨于天門外。」昇與潘氏出殿門，昇死而復甦，對家人説明此事而後目瞑。

按：本篇故事與宋吕夏卿《淮陰節婦傳》（見本書宋元卷）有相似之處，元郭霄鳳《江湖紀聞》前集人倫門《義婦報仇》亦同此情節（據黄霖所述），《包龍圖判百家公案》第五十三回《義婦為前夫報仇》又據以鋪演。惟翁昇陷獄不死及終身不娶，則頗有新意，近似清代盛傳之粟毓美冤案（見趙季瑩《塗説》等書），彈詞《八蝶香紫扇》又演為浦霖事（見《小説考證》續編卷四）。

小青傳

戔戔居士

戔戔居士，姓名不詳，或云姓譚。錢謙益《列朝詩集小傳》閏集羽素蘭傳云：「又有所謂小青者，本無其人，邑子譚生造傳及詩，與朋儕爲戲，曰：『小青者，離「情」字正書「心」旁似「小」字也。』或言姓鍾，合之成鍾情字也。」周亮工《書影》卷四云，《小青傳》實見支小白（如增）刻以貽人，「或譚生爲之，小白梓之耶，抑竟出小白手也？鄭超宗謂陳元朋（翼飛）所改傳，勝小白舊傳，殊不然。」《小青傳》，有崇禎四年（一六三一）霄賓老人抄本，藏天一閣（據路工《訪書見聞録》），未見。現存各本，詳略不同。支如增、陳翼飛兩改本，俱見《媚幽閣文娱》。明刻《緑窗女史》本年代較早，不載詩詞，而篇末有酒友劉無夢竊書遺稿一段，或爲原著。《情史類略》卷十四及《虞初新志》卷一兩本詳載詩詞，但首尾與《緑窗女史》本不同，文字亦有差異，疑亦出原本。今據《緑窗女史》本移録，而以《虞初新志》本附録於後。

序曰：古來士女，恒流落不偶，若姬能無傷，爲立傳。

小青者，虎林某生姬也，家廣陵，與生同姓，故諱之，僅以小青字云。姬夙根穎異，十歲遇一老尼，授《心經》，一再過了了，覆之不失一字。尼曰：「是兒蚤慧福薄，願乞作弟子。即不爾，無令識字，可三十年活耳。」家人以爲妄，嗤之。母本女塾師，隨就學，所遊多名閨，遂得精涉諸技，妙解聲律。江都故佳麗地，或諸閨彥雲集，茗戰手語，衆偶紛然，姬隨變酬答，悉出意表，人人惟恐失姬。雖素閑儀則，而風期逸豔，綽約自好，其天性也。年十六歸生，生，豪公子也，性嘈唼，憨跳不韻。婦更奇妬，姬曲意下之，終不解。一日，隨遊天竺，婦問曰：「吾聞西方佛無量，而世多專禮大士者何？」姬曰：「以其慈悲耳。」婦知諷己，笑曰：「吾當慈悲汝。」乃徙之孤山別業，誡曰：「非吾命而郎至，不得入；非吾命而郎手札至，亦不得入。」姬自念彼置我閒地，必密伺短長，借莫須有事魚肉我，以故深自斂戢。婦或出遊，呼與同舟，遇兩堤間馳驅挾彈遊冶少年，諸女伴指點謔躍，倏東倏西，姬淡然凝坐而已。婦之戚屬某夫人者，才而賢，嘗就姬學奕，絕愛憐之。因數取巨觴觴婦。瞯婦已醉，徐語姬曰：「船有樓，汝伴我一登。」比登樓，遠眺久之，撫姬背曰：「好光景可惜，無自苦，章臺柳亦倚紅樓盼韓郎走馬，而子作蒲團空觀耶？」姬曰：「賈平章劍鋒可畏也。」夫人笑曰：「子誤矣，平章劍鈍，女平章乃利害耳！」居頃之，顧左右寂無人，從容諷曰：「子才韻色色無雙，豈當墮羅刹國中。吾雖非女俠，力能脱子火坑。頃言章臺事，子非會心人耶？天下豈少韓君平。且彼視子去，拔一眼中釘耳。縱能容子，子遂向黨將軍帳下作羔酒侍兒乎？」姬謝曰：「夫人休矣，吾幼夢手折一花，隨風片片著水，命止此矣。夙業未了，又生他想，彼冥曹姻緣簿，非吾如意珠，徒供羣口畫描耳。」夫人嘆曰：「子言亦是，吾不子强。雖然，好自愛，彼或好言飲食汝，乃更可慮。即旦夕所須，第告我。」相顧泣下沾衣，恐他婢竊聽，徐拭淚還坐，尋別去。

夫人每向宗戚語之，聞者酸鼻云。姬自是幽憤悽怨，俱托之詩或小詞，而夫人後亦從宦遠方，無與同調者，遂鬱鬱感疾，歲餘益深。婦命醫來，仍遣婢以藥至。姬佯感謝，婢出，擲藥牀頭。笑曰：「吾固不願生，亦當以净體皈依，作劉安鷄犬，豈汝一杯鴆能斷送乎！」然病益不支，水粒俱絶，日飲梨汁一小盞許，益明妝冶服，擁襆欹坐，或呼琵琶婦唱盲詞自遣，雖數暈數醒，終不蓬首偃卧也。忽一日語老嫗曰：「可傳語冤業郎，覓一良畫師來。」師至，命寫照。寫畢，攬鏡熟視曰：「得吾形似矣，未盡吾神也，姑置之。」又易一圖，曰：「神是矣，而風態未流動也。若見我而目端手莊，太矜持故也。姑置之。」命捉筆於旁而自與嫗指顧語笑，或扇茶鐺，或檢書，或自整衣褶，或代調丹碧諸色，縱其想會。須臾圖成，果極妖纖之致。笑曰：「可矣。」師去，取圖供榻前，焚香設梨酒奠之曰：「小青，小青，此中豈有此緣分耶？」撫几淚潸潸如雨，一慟而絶，時年十八耳。日向暮，生始踉蹌來，披帷見容光藻逸，衣態鮮好，如生前無病時，忽長號頓足，嘔血升餘。徐檢得詩一卷，遺像一幅，又一緘寄某夫人，啓視之，叙致惋痛，後書一絶句，今載集中。生痛呼曰：「吾負汝！吾負汝！」婦聞恚甚，趣索圖，乃匿第三圖，僞以第一圖進，立焚之。又索詩，詩至亦焚之。及再檢草稿，業散失盡，而姬臨卒時取花鈿數事，贈嫗之小女，襯以二紙，正其詩稿，得九絶句，一古詩，一詞，併所寄某夫人者，共十二篇耳。余酒友劉無夢，素滑稽，生甚狎之，嘗隨生過别業，於姬卧處拾殘箋數寸許，乃《南鄉子》詞而不全，僅得三句云：「數盡懨懨深夜雨，無多，也只得一半工夫。」李易安集中無此情話也。劉又竊書遺稿示余。余讀其詩，雖悽惋不失氣骨，使與楊太史夫人唱和，殆難伯仲，憾全稿不傳。要之經寸珊瑚，更自可憐惜耳。聞第二圖藏姬家，余竭力購得之，娟娟楚楚如秋海棠花，其衣裏朱外翠，秀艷有文士韻，然尚是副本，即姬所謂神已是而風態未流動者，未知第三圖更復何如。嫗嘗言，姬喜看書，書少，就郎取不得，悉從某夫人借觀。間作小畫，畫一扇，甚自愛，郎聞之，苦索不與。又言姬好與影語，或斜陽花際，烟空水清，輒臨池自照，對影絮絮如問答，婢輩窺之，則不復爾。但微見眉痕慘然，似有泣意。余覽集中第四絶，〔知〕（如）此語非妄也。余向欲刊其詩，因與生有微戚，未敢著，第録諸詩識其顛末藏之，以俟稗官採擇。或他日名媛傳中，又添一段佳話。然姬詩有「挑燈閒看牡丹亭」之句，似非無爲語。天下女子有情信有如杜麗娘者乎？惜不令湯若士見之耳。嗟乎！世之負才零落，躑躅泥犁中，顧影自憐，若忽若失，如小青者，可勝道哉！

戔戔居士書。

附録

小青者，虎林某生姬也，家廣陵，與生同姓，故諱之，僅以小青字云。姬夙根穎異，十歲遇一老尼授《心經》，一再過了了，覆之不失一字。尼曰：「是兒蚤慧福薄，願乞作弟子。即不爾，無令識字，可三十年活爾。」家人以爲妄，嗤之。母本女塾師，隨就學，所遊多名閨，遂得精涉諸技，妙解聲律。江都固佳麗地，或諸閨彦雲集，茗戰手語，衆偶紛然，姬隨變酬答，悉出意表，人人唯恐失姬。雖素嫻儀則，而風期異豔，綽約自好，其天性也。年十六歸生，生，豪公子也，性嘈唼，憨跳不韻。婦更奇妒，姬曲意下之，終不解。一日，隨遊天竺，婦問曰：「吾聞西方佛無量，而世多專禮大士者何？」姬曰：「以其慈悲耳。」婦知諷己，笑曰：「吾當慈悲汝。」乃徙之孤山別業，誡曰：「非吾命而郎至，不得入；非吾命而郎手札至，亦不得入。」姬自念彼置我閒地，必密伺短長，借莫須有事魚肉我，以故深自斂戢。婦或出遊，呼與同舟，遇兩堤之馳騎挾彈遊冶少年，諸女伴指點譃躍，倏東倏西，姬澹然凝坐而已。婦之戚屬某夫人者，才而賢，常就姬學弈，絕愛憐之，因數取巨觴觴婦。瞷婦已醉，徐語姬曰：「船有樓，汝伴我一登。」比登樓，遠眺久之，撫姬背曰：「好光景可惜，毋自苦，章臺柳亦倚紅樓盼韓郎走馬，而子作蒲團空觀耶？」姬曰：「賈平章劍鋒可畏也。」夫人笑曰：「子誤矣，平章劍鈍，女平章乃利害耳。」頃之，從容諷曰：「子既嫻儀則，又多技能，而風流綽約復爾，豈當墮羅刹國中。吾雖非女俠，力能脱子火坑。頃言章臺柳，子非會心人耶？天下豈少韓君乎？且彼縱善遇子，子終向黨將軍帳下作羔酒侍兒乎？」姬曰：「夫人休矣，妾幼夢手折一花，隨風片片著水，命止此矣。夙業未了，又生他想，彼冥曹姻緣簿，非吾如意珠，再辱奚爲，徒供羣口畫描耳。」夫人歎曰：「子言亦是，吾不子强。雖然，子亦宜自愛。彼或好言飲食汝，乃更可慮。即旦夕所須，第告我，無害。」因相顧泣下霑衣，徐拭淚還座，尋別去。夫人每向宗戚語及之，無不咨嗟歎息云。姬自後幽憤悽惻，俱托之詩或小詞，而夫人後亦旋宦遠方，姬益寥闃，遂感疾。婦命醫來，仍遣婢捧藥至，姬佯感謝，婢出，擲藥牀頭，歎曰：「吾即不願生，亦當以净體皈依，作劉安雞犬，豈以一盃鴆斷送耶！」然病益不支，水粒俱絶，日飲梨汁盞許，益明妝冶服，擁襆欹坐。或呼琵琶婦唱盲詞以遣，雖數暈數醒，終不蓬首偃卧也。忽一日，語老嫗曰：「可傳語冤業郎，覓一良畫師來。」師至，命寫照。寫畢，攬鏡熟視曰：「得吾形似矣，未盡吾神也。姑置之。」又易一圖，曰：「神是矣，而風態未流動也。若見我而目端手莊，太矜持故也。姑置之。」命捉筆於旁，而自與嫗指顧語笑，或扇茶鐺，簡圖書，或代調丹碧諸色，縱其想會。久之，復命寫圖。圖成，極妖纖之致，笑曰：「可矣。」師去，即取圖供榻前，爇名香，設梨酒奠之，曰：「小青小青，此中豈有汝緣分耶？」撫几而泣，淚雨潸潸下，一慟而絶，時萬曆壬子歲也，年纔十八耳。哀哉！人美於玉，命薄於雲，瓊蕊優曇，人間一現，欲求如杜麗娘牡丹亭畔重生，安可得哉！日向暮，生始踉蹌來，披帷見容光藻逸，衣袂鮮好，如生前無病時。忽長號頓足，嘔血升餘，徐簡得詩一卷，遺像一幅，又一緘寄某夫人，啓視之，叙致惋痛，後書一絶句。生痛呼曰：「吾負汝，吾負汝！」婦聞恚甚，趨索圖，乃匿第三圖，僞以第一圖進，立焚之。又索詩，詩至亦焚之。廣陵散從兹絶矣。悲夫！楚焰誠烈，何不以紀信誑之，則罪不在婦，又在生耳。及再簡草稿，業散失盡，而姬臨卒時取花鈿數事贈嫗之小女，襯以二紙，正其詩稿，得九絶句，一古詩，一詞，併所寄某夫人者，共十二篇。古詩云：「雪意閣雲雲不流，舊雲正壓新雲頭。米顛顛筆落窗外，松嵐秀處當我樓。垂簾只愁好景少，捲簾又怕風繚繞。簾捲簾垂底事難，不情不緒誰能曉。爐烟漸瘦翦聲小，又是孤鴻唳悄悄。」絶句云：「稽首慈雲大士前，莫生西土莫生天。願爲一滴楊枝水，灑作人間並蒂蓮。春衫血淚點輕紗，吹入林逋處士家。嶺上梅花三百樹，一時應變杜鵑花。新粧竟與畫圖爭，知在昭陽第幾名。瘦影自臨秋水照，卿須憐我我憐卿。西陵芳草騎轔轔，內使傳來喚踏春。盃酒自澆蘇小墓，可知妾是意中人？冷雨幽窗不可聽，挑燈閒看《牡丹亭》。人間亦有癡於我，豈獨傷心是小青。何處雙禽集畫闌，朱朱翠翠似青鸞。如今幾個憐文彩，也向秋風鬬羽翰。脉脉溶溶灧灧波，芙蓉睡醒欲如何。妾映鏡中花映水，不知秋思落誰多。盈盈金谷女班頭，一曲驪珠衆伎收。直得樓前身一死，季倫原是解風流。鄉心不畏兩峰高，昨夜慈親入夢遥。見説浙江潮有信，浙潮爭似廣陵潮。」其《天仙子》詞云：「文姬遠嫁昭君塞，小青又續風流債。也虧一陣黑罡風，火輪下，抽身快。單單別別清涼界。原不是鴛鴦一派，休算做相思一概。自思自解自商量，心可在？魂可在？著衫又撚裙雙帶。」與某夫人書云：「玄玄叩首瀝血，致啓夫人台座下：關頭祖帳，迴隔人天，官舍良辰，當非寂度。馳情感往，瞻睇慈雲，分燠噓寒，如依膝下。糜身百體，未足云酬。娣娣姨姨無恙。猶憶南樓元夜，看燈諧謔，姨指畫屏中一憑欄女曰：『是妖嬈兒，倚風獨盼，恍惚有思，當是阿青。』妾亦笑指一姬曰：『此執拂狡鬟，偷近郎側，將無似娣？』於時角彩尋歡，纏綿徹曙，寧復知風流雲散，遂有今日乎？往者仙槎北渡，斷梗南樓，狺語哮聲，日焉三至。漸乃微詞含吐，亦如尊旨云云。竊揆鄙衷，未見其可。夫屠肆菩心，餓狸悲鼠，此直供其換馬，不即辱以當壚。去則弱絮風中，住則幽蘭霜裏。蘭因絮果，現業誰深。若使祝髮空門，洗粧浣慮，而豔思綺語，觸緒紛來。正恐蓮性雖胎，荷絲難殺，又未易言此也。乃至遠笛哀秋，孤燈聽雨，雨殘笛歇，謖謖松聲。羅衣壓肌，鏡無乾影，晨淚鏡潮，夕淚鏡汐，今兹雞骨，殆復難支。痰灼肺然，見粒而嘔。錯情易意，悦憎不馴。老母娣弟，天涯問絶。嗟乎！未知生樂，焉知死悲，憾促歡淹，無乃非達。妾少受天穎，機警靈速，豐兹嗇彼，理詎能雙。然而神爽有期，故未應寂寂也。至其淪忽，亦非自今。結褵以來，有宵靡旦，夜臺滋味，諒不殊斯。何必紫玉成煙，白花飛蝶，乃謂之死哉！或軒車南返，駐節維揚，老母惠存，如妾之受。阿秦可念，幸終垂憫。疇昔珍贈，悉令見殉。寶鈿綉衣，福星所賜，可以超輪消劫耳。然小六娘竟先期相俟，不憂無伴。附呈一絶，亦是鳥語鳴哀。其詩集小像，托陳媪好藏，覓便馳寄。身不自保，何有於零膏冷翠乎？他時放船堤下，探梅山中，開我西閣門，坐我綠陰牀，髣生平於響像，見空幃之寂颺，是耶非耶，其人斯在。嗟乎夫人，明冥異路，永從此辭，玉腕朱顔，行就塵土。興思及此，慟也何如！玄玄叩首叩首上。」後附絶句云：「百結迴腸寫淚痕，重來惟有舊朱門。夕陽一片桃花影，知是亭亭倩女魂。」生之戚某，集而刻之，名曰《焚餘》。

張山來曰：紅顔薄命，千古傷心，讀至送鴆焚詩處，恨不粉妒婦之骨以飼狗也。又曰：小青事，或謂原無其人，合小青二字乃情字耳。及讀吴□《紫雲歌》，其小序云：「馮紫雲，爲維揚小青女弟，歸會稽馬髦伯。」則又似實有其人矣。即此傳亦不知誰氏手筆，吾友殷日戒髣髴憶爲支小白作，未知是否。姑闕疑焉。（張潮《虞初新志》卷一）

又有所謂小青者，本無其人，邑子譚生造傳及詩，與朋儕爲戲，曰：「小青者，離『情』字正書『心』旁似『小』字也。」或言姓鍾，合之成鍾情字也。其傳及詩俱不佳，流傳日廣，演爲傳奇，至有以孤

山訪小青墓爲詩題者。俗語不實，流爲丹青，良可爲噴飯也。以事出虞山，故附著于此。（錢謙益《列朝詩集小傳》閏集羽素蘭傳）

丙寅年予在秣陵，見支小白如增以所刻《小青傳》遍貽同人。鍾陵支長卿語余曰：實無其人，家小白戲爲之。儷青妃白，寓意耳。後王勝時語予：小青之夫馮某，尚在虎林。則又實有其人矣。近虞山云：小青本無其人，其邑子譚生造傳及詩，與朋儕爲戲，曰：「小青者，離『情』字正書『心』旁似『小』字也。」或言姓鍾，合言成鍾情字也。予意當時或有其人，以夫在，故諱其姓字，影響言之。其詩文或亦有一二流傳者，衆爲緣飾之耳。但虞山云傳出譚生手，而余實見小白持以貽人，或譚生爲之，小白梓之耶，抑竟出小白手也？鄭超宗謂陳元朋所改傳，勝小白舊傳，殊不然。虎林徐野君譜爲《春波影》，荆溪吴石渠譜爲《療妒羹》，詞皆縟麗可觀。即無其事，文人游戲爲之，亦何不可。惟是過孤山者必訪小青墓，若過虎丘必灑酒真娘者，則大可噴飯矣。吾弟靖公曰：不知當時果有揚子雲否。竝真娘墓吾亦疑之。（周亮工《書影》卷四）

小青詩盛傳于世，近有辯之者謂實無其人，蓋析「情」字爲小青耳。予至武陵，詢之陸麗京圻。曰：「此故馮具區之子雲將妾也。所謂某夫人者，錢塘進士楊廷槐元蔭妻也。楊與馮親舊，夫人雅諳文史，故相憐愛，頻借書與讀。嘗欲爲作計，令脱身他歸。小青不可。及夫人從官北去，小青鬱無可語，遺書爲訣。書中云云，皆實録也。小青以命薄甘死，寧作霜中蘭，不肯作風中絮，豈徒以才色重哉！」客問：「小青固能詩，恐未免文人潤色？」陸曰：「西湖上正少此捉刀

人。」（施閏章《蠖齋詩話·小青》）

《聞見卮言》載：馮千秋，浙中名士也。崇禎乙亥拔貢，頗以詩文擅長。家素封，因無子，買妾維揚，得小青，可謂佳人才子，兩相遇合。後以妻之妒，置之别業，似亦處之得當。不意小青才雋而年殀，時人詩傳傳奇，歌咏贊歎，遂使人人有一小青在其意中。或以爲小青無其人，寓言情字耳。而吴石渠炳之《療妒羹》，朱介人京藩之《風流院》，易千秋爲馮二官人馮致虚，直等之池同、顔麻子之流。以千秋之才，因小青而反没，不亦冤哉！（褚人穫《堅瓠三集》卷二《馮千秋》）

按：演小青事為戲曲者，傳奇有朱京藩《風流院》、吴炳《療妒羹》，雜劇有徐士俊《小青娘情死春波影》、胡士奇《小青傳》（已佚）。徐震《女才子書》之《小青》則據此改寫為通俗小説，又有增飾。古吴墨浪子《西湖佳話》第十四卷《梅嶼恨迹》亦據此篇敷演。曾衍東《小豆棚》卷九《小青》則虛構圖畫中小青與馮生再世相偶故事。

幽怪詩譚

碧山卧樵

《幽怪詩譚》，六卷，題西湖碧山卧樵纂輯，栩庵居士評閲。書前有崇禎己巳（二年，一六二九）聽石居士序。編者姓名、事迹無考。書中多爲靈怪故事，而每篇必綴以詩歌，故名「幽怪詩譚」。所收小説，多見于《廣艷異編》、《古今清談萬選》等書，顯出輯集而非創作；或襲自前人，而又有删改，如卷一《科斗郎君》即《玄怪録》之《來君綽》篇。今録其僅見本書或文字較詳者，以俟博考。

戰場古跡

地節三年，邳州茂才項奇出郊訪故，抵暮歸至中道，月色微明，人跡罕有。但覺陰風颯颯，愁霧濛濛，約行十餘里，絶無人居，荆榛滿目，形影蕭條。正在恍忽中，偶見三老相携而至，形容各别，衣飾異常，揖奇謂曰：「子來何暮也？」奇曰：「因出訪友，晷短話長，故逗遛在此。」三叟與奇聯袂而坐，曰：「今夕何夕，見此佳客，正欲請教，愼勿閉吝。竊聞古今興廢治亂之由，自軒轅涿鹿興師，迨後戰攻相尋，何代無之。得失去從，子必有以辨之矣。」奇曰：「兵凶戰危，談何容易。然天生五材，疇能去兵。雖有聖主，忘戰必殆。况有文事，必有武備。是故樽俎折衝，不戰而屈人兵者，上也；量敵而後進，審勢而後戰，知己知彼，百戰百克者，次也；窮兵黷武，轉戰千里，伏尸流血，暴骸盈場，直其下耳。蓋兵猶火也，不戢則自焚。項羽身親七十二戰，未嘗敗北，而陰陵失道，自刎烏江。苻堅恃億萬之衆，投鞭斷流，而淝水之敗，風聲鶴唳，草木皆兵。可見强不足恃，衆不足多，勇不足賴。自古兵驕者敗，兵忿者亡，兵貪者辱。湯地七十里而王者，脩德也；智伯有地千里而亡者，窮武也。古之善用兵者，如櫛髮耨苗，所去者少，而所利者多。若殺無罪之民，贍一人之欲，禍莫大焉。」三叟鼓掌稱快曰：「吾輩向逐狼烟，驅馳行陣，今久掩塵土，雄心已銷。請言昔日之行藏可乎？」奇曰：「固所願也。」一叟吟曰：

「何年大匠鑄蒼虬，流落人間不計秋。破虜必歸良將手，致君先斬佞臣頭。寒光出匣明霜雪，紫氣冲天射斗牛。今日太平無用處，請君攜向五湖遊。」

奇曰：「佳什！真所謂干將莫邪，光芒萬丈，令人不可迫視矣。」因復對一叟曰：「翁作願聞。」此一叟吟曰：

「燕角麟膠楚木堅，國家惟用助兵權。箭頭飛處如星急，弦勢開來似月圓。虎隊驚回胡塞上，烏號墜落鼎湖邊。而今白首閒驄馬，高卧扶桑老樹巔。」

奇復稱善久之。末一叟吟曰：

「皂纛高張畫戟中，圖開八陣總元戎。勢翻鵰鶚飛秋塞，影動龍蛇捲朔風。千里指揮兵隊肅，一時摇曳將心雄。太平收斂渾無用，胡羯於今掃地空。」

奇聽畢，贊曰：「三翁可謂聯璧，令我不覺技癢。」三叟請曰：「願聞子之詩。」奇乃作《燕歌行》一闋，因以贊三叟云：

「黃榆白葦連塞北，眼底穹廬皆虜屬。屯空殺氣連雲飛，壯士相看失顔色。元戎奉詔玉門關，錦帳牙旗壘陣間。獨把一麾專節鉞，儔能三箭定天山。單于生長樂邊土，繞帳牛羊牧秋雨。閒中聚唱涼州詞，醉後起爲胡旋舞。魚龍川頭古樹腓，紇干山前飛鳥稀。紫髯胡兒眼雙碧，大腹匈奴腰十圍。徐君遠戍邊庭久，況復東海簪纓後。伐敵能諳虎豹韜，功名應位麒麟首。憤時氣節人不知，唾手功名今未有。秋清長劍倚南天，夜半孤城臨北斗。莫言白眼衆紛紛，佇看高垂竹帛勳。君不見鄭侯知國士，登壇終拜大將軍。」

天明，三叟一時駭散，俱没入泥中。奇發之，得寶劍一口，雕弓一張，旌旗則已朽爛矣。因詢之故老，乃古戰場也，不覺惘然。（卷二）

按：本篇亦見《古今清談萬選》卷三，題作《三老奇逢》，當出一源。此本文字較詳，因據之輯録。

狐惑書生

江夏書生桂馥，字葆之，儀容俊雅，不讓城北徐公；學問淵涵，庶幾洛陽年少。倜儻負俗，豪邁不羈，弱冠未婚，志在歸娶。有舅氏狄宗傑，家在武昌，向因宦遊京國，音問久疏。天聖二年，狄解官歸籍，以書召馥，乃别父母往焉。比至，舅妗大喜，寒暄叙畢，開宴相款。舅無子，有女曰湘娥，年將及笄，尚未字人。舅令侍兒春燕往呼之曰：「兄妹間别多年，豈可不出一見。」少頃，環珮鏗鏘，麝蘭馥郁，徐徐而來，與馥見禮，坐於妗側。馥視之，雲〔鬟〕（環）半嚲，翠黛斜舒，真國色也。宴罷，留宿於後園襲芬樓下，極其精潔，四圍遍植奇花翠竹，中有臺榭數處，壘石爲山，引水爲池，足供遊賞。馥雖閒步涉覽，而一段幽情，已逐湘娥去矣。是晚獨抱孤衾，撫枕忘寐。翌早謁舅妗畢，復往後園，踟躕彳亍，欲會湘娥而無計。適春燕送茶至，曰：「小姐恐郎君思漿，特烹苦茗，用以解渴。」馥謝曰：「僕非盧仝，熱腸更甚。蒙小姐沃我瓊漿，感深五内矣。但不識小姐亦出遊此乎？」春燕曰：「今日聞相公治酒荷亭，小姐或出，未可知也。」馥聞甚喜，徘徊半晌。正盼望間，見僮僕携酒餚至，已而舅妗同湘娥俱來，邀馥飲於漪秀亭上。時秋已將半，池傍芙蓉盛開。舅曰：「素聞賢甥長於歌咏，今芙蓉鬬艷，不減春容，可無留題以紀其勝？」馥不能辭，索管濡毫，書一《行香子》詞云：

「如此紅粧，不見春光，向菊前蓮後纔芳。雁來時節，寒沁羅裳。正一番風、一番雨、一番霜。參差江上，寂寞横塘，强相依暮柳成行。吴宫院冷，隋苑池荒。奈月濛濛、雲杳杳、水茫茫。」

書畢，呈與舅妗，極加稱賞。酒闌各散。馥實鍾情於湘娥，而湘娥亦頻著目焉。是晚，馥獨步於花亭，中心怏怏。忽見花陰深處似有人行，急往視之，則湘娥在焉。馥驚喜，揖曰：「吾妹何尚未寢耶？」娥曰：「憐兄獨宿，恐露冷侵膚，特解輕綃助以遮體耳。」乃即於身上解付與馥。馥曰：「日間已蒙賜茗解吻，今又辱贈衣禦寒。解衣推食之恩，何日報耶？」娥曰：「妾與君兄妹至情，何言報乎？」語遂款謔，相與同至寢所，與生拂拭衾枕。馥此時雖不能禁情，猶恐礙於禮法，不敢妄動，女反以言挑之。馥曰：「自睹芳容，實切契慕，第慮中表難與爲婚耳。」女曰：「兄不聞玉鏡臺故事，獨不能作太真老奴乎？」馥先已興不能遏，一聞此言，遂亟闔其扉。女亦歡然解衣就枕，相與共寢。生雖未婚，而貪花之興方濃；女實未嫁，而破瓜之期適逢。輕開玉股，拚含蕊之投芬；高啓金蓮，恣遊蜂之迭採。含苞之花既破，千金之體遂虧。女曰：「妾違禁令，與兄苟合，實慕兄才華，願結百年之好耳，非貪一夕之歡也。但此事聞之父母，斷不相從。妾有一計，兄歸之日，可艤舟相待。至暮，妾必來奔，俟歸家後，徐遣冰人議婚，則挾以不得不從之勢，予兩人之願〔諧〕（偕）矣。」馥頷之。天未明，女先披衣而去。早起盥漱畢，馥進見舅妗，即日告歸。舅曰：「睽違既久，今得相聚，正圖朝夕，乃席未暇暖，何言去乎？」馥詒以堂考在即，不久復來。舅以赴試士子事也，遂設席送別。臨歧囑之再三，曰：「俟後當常來以慰我寂寥也。」馥辭出，泊舟河滸，盼望玉人。黄昏後，湘娥果至，遂相與隱於舟中，歡愛無比。次日揚帆而行，見江岸隱隱芙蓉。女曰：「兄之製作極佳，妾願效顰一律，可乎？」馥甚喜之。女吟曰：

「綠容丹臉水仙容，如與花王行輩同。富貴不淫三月裏，繁華偏開九秋中。根株肯歷風霜候，顔色皆因造化工。疑是曲江開宴賞，玉人沉醉綺羅叢。」

吟畢，馥大喜曰：「妹有如是才，即班姬謝韞無以過也。」及舟抵家，以娥拜見於父母，微言其事。父母雖默以不告爲嗔，然礙於新婦，亦不與之深較。不得已，巡逡月餘，乃修書遣媒，詣狄通問，且謝過焉。狄驚駭曰：「予女無故失去輕綃，驚疑成病。今懨懨伏枕，尚無起色，安有淫奔之事乎？」亟以書復之。生父母不勝惶怖，備詢其故。新婦始嘆曰：「噫，數止此矣！妾實非湘娥，亦非禍君者，與君有夙緣，故借輕綃以偕繾綣耳。今冥數已終，妾當永別。湘娥實君之佳耦也，君當以輕綃歸之，則沈疴立起矣。」

言訖，裂衣化狐，凌空而去。衆各驚異。越數日，馥賫輕綃，並備彩繒書禮，復抵舅家，備陳遇妖之故。舅即命侍女取綃付女。湘娥得綃，痼疾全愈。馥出父書禮求婚，舅妗亦愛馥俊才，竟委禽焉。（卷五）

按：此與《蔣生》篇結構相似，已見前。

塞北悲愴

吳元年冬十月，元主避兵北去，塞北稍寧。大名張銓，偶往經塞北之地，時兵火殘毀之後，一望無際，惟見黄沙極目，白骨盈郊，飛鳥潛踪，行人絶跡。銓正行之間，天色漸暝，前不近村，後不鄰店。中心惴惴，遥見一叢林，委身憩於其下。俄焉，月光微照，悲風颯颯，寒露侵膚，凄凉萬狀。忽聞啾啾長嘯聲自遠而來，銓驚惶無措，意此時安得有人，非鬼即妖也。又無趨避處，急攀援上樹而窺之。見一人先入，數人繼至，或無其首者，或失其臂者，或跛其足者，或掩其面而走者，皆鮮血淋漓，狀貌獰惡。羣鬼就地而坐，或笑或哭，或語或默，設酒於地，將欲會飲。一鬼奔入曰：「全、賈二防禦至矣！」羣鬼趨出迎之。見二人皂衣鎧甲，丰姿雄偉，席地而坐，羣鬼揖而侍立，不敢妄動。一人曰：「吾受國恩不能一報。今國已亡，徒爲塞上之塵，不亦傷乎！」一人曰：「人臣事君，有死而已，其他非敢望也。且盡今日之歡，勿追思往事，徒增傷感。」羣鬼酌巵酒以進，觥籌交錯，極其歡謔。一人撫髀而歌曰：

「峨峨兮山青，片片兮雲生。慘疏烟兮古道，澹斜日兮邊城。邊城兮多山，崎嶇兮行難。枳花兮秋晚，槲葉兮風寒。饑猿兮號林，絡緯兮凄吟。憶鄉關兮何處，重回〔首〕（者）兮傷心。」

一人攘臂而歌曰：

「關山秋月揚清光，塞上征夫望故鄉。故鄉千里音塵絶，幾回見月傷離别。枕戈夜卧草頭霜，彎弓晨走林間雪。愁雲茫茫塞草寒，月輪斜挂白狼山。一聲羌笛西風急，多少征人念未還。」

歌已再歌，泫然泣下。一人忿然曰：「大丈夫死即死耳，何故效楚囚相對泣耶？」悲歌慷慨之情，溢於言表。未幾，天光微曙，二人拂衣而起，羣鬼隨之，哄然而散，不知所之。銓急下樹，舉身流汗，星馳電走，在途得疾，藥不能療。隨召術士治之，云「鬼氣所侵」，禳解方愈。自後人物繁庶，其鬼始絶。（卷五）

按：此篇似脱胎于《剪燈新話》卷一《華亭逢故人記》。

芳園蓮燈

宋嘉祐間，長安有士人高士端者，偶出西城門踏青，貪玩忘返，日且西下，覓主投宿，絶無居民。且行且覓，忽有大宅臨街，雙門半啓，扁曰「擷芳園」，乃豪家别業也。生側身而進，境界開豁，林木蓊鬱，堂宇聯絡不盡。中有高臺，朱欄彎環，可以眺月。旁横一閣，名曰「起秀」，〔面〕（而）臨大溪，一望縹緲。生素豪宕有膽。遂止其中，倚檻看月，吟詩二首云：

「夜色淡于烟，岸沙紛似雪。山停一片雲，松露半邊月。疏鐘來遠寺，輕籟發幽泬。坐久神骨清，寞寞墜楸葉。」

其二曰：

「輕颸蕩林皋，淡月映坱莽。夜静虚無人，滌慮罷塵想。遠樹突兀立，依稀來魍魎。胸中本無物，悠然有奇賞。」

題畢，忽聞笑語聲，見數女郎提雙蓮燈引二美人，一錦衣，一翠衣，迤邐而至。相與登〔臺〕（喜），嬉戲自若。錦衣者曰：「此中有佳客，可邀一話，何如？」翠衣者曰：「諾。」隨命侍兒邀生。生倉皇隨行，向美人鄭重，且曰：「出其東門，有女如雲。」一姬答曰：「玄機布席，顛倒賓客。」一姬繼曰：「明月清風，良宵會同。」衆共笑，因各分席而坐。生因進曰：「夫人誰氏宅眷？得無居停主乎？」錦衣者曰：「非也，妾霍家小玉也。」因指翠衣者曰：「此即韓郎章臺柳也。」生驚訝曰：「二夫人無恙乎？然則韓、李兩君何居？」美人曰：「上帝以此輩夙禀靈秀，不入鬼録，生作文章宗伯，死爲地下散仙。今日偶杜少陵、李青蓮、劉文房、白香山、蘇子瞻、石曼卿等會遊青城，所以妾得至此。」時女侍進酒果，三人對月而飲。小玉歌曰：

「自是椒房玉葉枝，偶從窺隙寄相思。紫簫拾得黄金殿，羞向君虞薄倖吹。」

柳姬歌曰：

「客舍青青贈别離，莫教烟鎖落長堤。征人袍上沾香絮，猶恨章臺泣路歧。」

生亦歌曰：

「丹鳥流輝花送春，碧天如洗月蒼蒼。當時最愛蒲且子，一箭能教落兩鶬。」

小玉笑曰：「君遺空矢，那得連鶬？」生曰：「卿既張侯，定能中鵠。」柳姬曰：「夜光至前，虚勞相眄。」

生曰：「逸兔在野，逐獲何妨。」言談正洽，侍兒進曰：「望舒妬人，壁月西下，奈何？」于是柳姬對生曰：「君平將回，妾請先辭。」小玉曰：「李十郎性忌懻，且葛溪鐵可畏也，亦請辭。」二美人共擊筯歌曰：

「舉世無大覺，流浪浮漚中。盡趨空裏色，那識色中空。」

又歌曰：

「幽陽淡遠林，良晤翻成悲。破衫可再縫，逝波無還期。」

遂起別生，仍引雙蓮燈徐步下臺而去。生惆悵不已。是夜獨宿閣上，明日馳歸，話其事。（卷六）

廢宅聯詩

萬曆壬子秋日，有中州老僧，寓宿某貴人廢宅中。一燈熒熒，明月在壁，冷風淒清，轉側不能寐。時青猿已熟睡矣，因念右丞「孤客親僮僕」之語，不覺愴然起坐。俄聞户外歡聲，遂披襟起窺，見振綺閣前，敗石臺上，蓬翟蒙茸，有二人在焉。其一白面偉軀，衣綠羅衫，烏角巾，曳飛雲履，其一瘦肌微髯，衣紫襴衫，白袷巾，曳五朵履，顧瞻徘徊于月下。時有童子攜罇櫑餚榼至。二人藉草對坐，叵羅遞飲。緑衣者忽慨然曰：「風景不殊，舉目有黍離之感，奈何？」歔欷低回，若不勝情者。紫衣者笑謂曰：「當此良宵，吾儕自當行樂，何至作楚囚對泣耶？莫若即景聯句，以當悲悰，消此良夜，何如？」緑衣者首肯，遂舉觴吟曰：

「自惜峥嵘第，嗟今没草萊。」

紫衣者繼曰：

「危樓猶窈窕，廢閣尚崔嵬。椒面雙鐶落，螭頭四壁頹。綠衣雀飛鴛瓦墮，蟲蝕翠簷隤。紫衣藻井青紅剥，摶風雨露摧。綠衣塵封養馬廄，蕪殁看花臺。紫衣月榭隨傾側，風軒任閉開。綠衣庭荒埋棨戟，砌圮上莓苔。紫衣柱朽餘春帖，梅敧尚榜魁。綠衣蜘蛛逗烏匼，芣苢惹黄埃。紫衣竈冷梁鴻釜，堂虚文舉杯。綠衣空齋延魍魎，暗室走台駘。紫衣逕上亂生竹，墻隅雜吐梅。綠衣涔潭喧吠蛤，敗楚卧神虺。紫衣簫斷銀牀冷，梁空賀燕猜。綠衣孌童窺鬬雀，遊女拾枯荄。紫衣躑躅棲羊彘，騰驤牧衛騋。綠衣梧杉秋瑟瑟，榕桂晚挼挼。紫衣日落鳥飛集，宵沉鼯嘯哀。綠衣鬼燐生野焰，豹脚聚殷雷。紫衣故老思行馬，枝孫鬻廢材。綠衣榆飄錢尚積，蓉發錦猶堆。紫衣盛氣幾年事，悲悰一日歸。綠衣最憐護門草，猶傍守宫槐。紫衣」

二人聯畢，抵掌起歌，歡笑自若。時兔魄將沉，曙光欲朗。僧罔知所出，啓關就坐，恍惚而滅。遂茫然失措，不敢復寢，逡巡而出，竟不知何怪也。（卷六）

按：此篇結構似承襲唐李玫《纂異記》之《韋鮑生妓》、《許生》（《太平廣記》卷三四九、三五〇引》）。

北窗志異

佚名

《北窗志異》，作者不詳。《宋史·藝文志》小説類有無名氏《北窗記異》一卷，恐非此書。《黄損》一篇，載于《情史類略》卷九，似據《燈下閒談·神仙雪冤》之劉損故事而增益之（已見宋元卷）。

黄損

秀士黄損者，丰姿韶秀，早有雋譽。家世閥閲，至生旁落。生有玉馬墜，色澤温栗，鏤刻精工，生自幼佩帶。一日遊市中，遇老叟鶴髮朱標，大類有道者。生與談竟日，語多玄解。向生乞取玉墜，生亦無所吝惜，解授。老人不謝而去。荆襄守帥慕生才名，聘爲記室。生應其聘，行至江渚，見一舟泊岸，篷窗雅潔，朱欄油幕。訊之，乃賈于蜀者，道出荆襄。生求附舟，主人欣然諾焉。抵暮，生方解衣假寐，忽聞箏聲凄惋，大似薛瓊瓊。瓊瓊，狹邪女，箏得郝善素遺法，爲當時第一手，此生素所狎昵者也，入宫供奉矣。生急披衣起，從窗中窺伺，見幼女，年未及笄，衣杏紅輕綃，雲鬟半彈，燃蘭膏，焚鳳腦，纖手撫箏。而嬌艷之容，婉媚之態，非目所睹。少選，箏聲闃寂，蘭銷篆滅。生視之，神魂俱蕩，情不自持，挑燈成一詞云：「生平無所願，願作樂中箏。得近佳人纖手指，呀羅裙上放嬌聲。便死也爲榮。」遂展轉不寐。

早起伺之，女理妝甫畢，容更鮮妍，以金盆潔手，玉腕蘭芽，香氣芬馥，撲出窗櫺。生恐舟人知之，不敢久視，乘間以前詞書名字，從門隙中投入。女拾詞閱之，嘆賞良久，曰：「豈意庚子山復見今日耶！」遂啓半窗窺生，見生丰姿皎然，乃曰：「生平耻爲販夫婦，若與此生偕伉儷，願畢矣！」自是啓朱户，露半體，頻以目挑。畏父在舟，倏啓倏閉，終不通一語。亭午，主人出舟理楫，女隔窗招生密語曰：「夜無先寢，妾有一言。」生喜不自勝，惟恨陽烏不速墜也。至夜，新月微明，輕風徐拂，女開半户，謂生曰：「君室中有婦乎？」生曰：「未也。」女曰：「妾賈人女，小字玉娥，幼喜弄柔翰。承示佳詞，逸思新美，君一片有心人也。願得從伯鸞，齊眉德曜足矣。倘不如願，有相從地下耳。慕君才華，不羞自獻。君異日富貴，萬勿相忘。」生曰：「卿家雅意，陽侯河伯，實聞此言。所不如盟者，無能濟河。」女曰：「舟子在前，嚴父在側，難以盡言。某月某日，舟至涪州，父偕舟人往賽水神，日晡方返。君來當爲決策，勿以紆道失期，使妾望眼空穿也。」生曰：「敬如約。」生欲執其手，女謹避不可犯。其父呼女，女急掩門就寢。生恍惚如在柯蟻夢中，五夜目不交睫。次日，舟泊荆江，群從促行，生徘徊不忍去。促之再三，始簡裝登岸，復佇立顧望。女亦從窗中以目送生，粉黛淫淫，有淚痕矣。生唏噓哽咽。頃之，輕舟挂帆，迅速如飛，生益不勝情。入謁守帥，心摇摇如懸旌，帥屢叩之，不能舉詞，惟辭帥：「欲往謁故友，數日復來。」帥曰：「軍務倥偬，急需借箸，且無他往。」命使潔幸舍，治供具，館生。生逡巡就旅舍，俾守甚嚴，生度不得出，恐失前期，逾垣逸走。沿途問訊，間關險阻，如期抵涪州。客舟雲集，見一水涯，綠陰拂岸，女舟孤泊其下。女獨倚篷窗，如有所待。見生至，喜動顏色，招之曰：「郎君可謂信士矣！」囑生水急，紲纜登舟，生以手解維欲登，水勢洶涌，力不能持，舟逐水漂漾，瞬息順流去若飛電。生自岸叫呼，女從舟哭泣，生沿河渚狂走十餘里，望舟若滅若没，不復見矣。晚，女父至，覓舟不得。或謂纜斷，舟隨水去多時矣。女父急覓舟，追尋無迹，涕泗而回故里。適瓊瓊之假母薛媪者，以瓊瓊供奉内庭，隨之長安，行抵漢水，見舟覆中流，急命長年紲起。舟中一幼女，有殊色，氣息奄奄，媪負以紵絮，調以蘇合，逾日方蘇。詰其姓氏，曰：「妾裴姓，玉娥小字也。隨父入蜀，至涪州，父偕舟人賽神，妾獨居舟中，纜解漂没至此。」媪曰：「字人無也？」女言：「與生訂盟矣。」出其詞爲信。媪素契重生，乃善視女，携入長安。謂之曰：「黄生，吾素所向慕也。歲當試士，生必入長安。爲女偵訪，宿盟可諧也。」女銜謝不已。自此，女修容不整，扃户深藏，刺繡自給。思生之面，寢食俱廢，或夢呼生名而不覺也。一日，有胡僧直抵其室募化，女見僧有異狀，女跪膜拜曰：「弟子墮落火坑，有宿緣未了，望師指迷津。」僧曰：「汝誠念皈依，但汝有塵劫，我授汝玉墜，佩之可解，勿輕離衣裾。」授女而出。女心竊異之，未敢泄于媪也。然生遍訪女，杳然無踪，若醉若狂，功名無復置念。窮途資盡，每望門投止。適至荒林，見古刹，生入投宿。有老僧趺坐入定，生以五體投地。僧曰：「先生欲了生死耶？」生曰：「否，否！舊與一女子有約涪州，爲天吴漂没。師聖僧也，敢以叩問。」僧曰：「老僧心若死灰，豈知兒女子事！速去，毋溷我。」生固求，僧以杖驅之使出，生禮拜益堅。僧曰：「姑俟君試後，徐爲訪求，當有報命。」生曰：「富貴吾所自有也，佳人難再得。願慈悲憐憫，速爲指示。」僧曰：「大丈夫致身青雲，亢宗顯親，乃其事也。迷念欲海，非夫矣。」迫之再三，復出數金，以助行裝。生不得已，一宿戒行，終戀不能舍。勉强應制，得通籍，授金部郎。時吕用之柄政，斂怨中外，生疏其不法，吕免官就第。生少年高第，長安議婚者踵至，悉爲謝却，蓋不忍背女初盟也。吕閒居遍覓姬妾，聞薛媪有女佳麗，以五百緡爲聘，隨遣婢僕數十人劫之歸第。吕見女姿容，喜曰：「我得此女，不數石家綠珠矣。」女布素縞衣，雲鬢不理。吕出綦組紈綺，命易妝飾，女啼泣不已，擲之于地。吕令諸婢擁女入曲房，諸客賀吕得尤物，置酒高會。有牧夫狂呼曰：「一白馬突至厩爭櫪，嚙傷群馬。」白馬從堂奔入内室，吕命索之，則寂無所見。衆咸駭異，因而罷酒。吕入女寢室，叱去諸婢，好言慰之曰：「女從我，何患不生富貴乎？」女曰：「妾本闤闠女子，裙布椎作，固所甘之，無願富貴也。相公後房玉立，豈少一女子耶？羅敷自有夫，如苦相迫，願以頸血濺相公衣。此志不可奪也！」吕自爲解衣，女力拒不得脱。忽有白馬長丈餘，從牀笫騰躍，向吕蹄嚙。吕釋女環室而走，急呼女侍入。馬嚙女侍，傷數人倒地。吕驚惶趨出寢所，馬遂不見。吕曰：「此妖孽也。」然貪戀女姿，不忍驅去，亦不敢復入女室矣。惟遍求禳遣。有胡僧自言能禳妖，吕延僧入。僧曰：「此上帝玉馬，爲祟女家，非人力所能遣也。兆不利于主人。」吕曰：「將奈之何？」僧曰：「移之他人可代也。」吕曰：「誰爲我代耶？」僧良久曰：「長安貴人，相公有素所仇恨者，贈以此女，彼當之矣。」吕恨生刺己，思得甘心。乃曰：「得其人矣。」以金帛酬僧。僧不受，拂衣而出。吕呼薛媪至曰：「我欲以爾女贈故人，爾當偕往。」媪曰：「故人爲誰？」吕曰：「金部郎黄損也。」媪聞之私喜，入謂女曰：「相公欲以汝贈故人，汝願酬矣。」女曰：「所不即死者，意黄郎入長安，了此宿盟耳。蕭郎從此自路人矣，我九原死骨，奈何驅之若東西水也！」媪曰：「黄郎爲金部郎，相公以汝不利于主，故欲以贈之。此胡僧之力也。女當急去！」吕乃以後房奩飾悉以贈女。先令長鬚持刺投生，生力拒不允。適薛媪至，生曰：「此薛家媪也，何因至此？」媪曰：「相公欲以我女充下陳，故與偕來。」生曰：「媪女已供奉内庭矣。」媪曰：「昔在漢水中復得一女。」遂出其詞示生。生曰：「是贈裴玉娥者。媪女豈玉娥耶？」媪曰：「香車及于門矣。」生趨迎入，相抱嗚咽。生曰：「今日之會，夢耶？真耶？」女出玉馬謂生曰：「非此物，妾爲泉下人矣。」生曰：「此吾幼時所贈老叟者，何從得之？」女言是胡僧所贈，方知離而復合，皆胡僧之力。胡僧真神人，玉馬真神物也。乃設香燭供玉馬而拜之，馬忽在案上躍起，長丈餘，直入雲際。前時老叟于空中跨去，不知所適。（《情史類略》卷九）

按：黄損詞，即《麗情集》所載崔懷寶為薛瓊瓊作。本篇為《醒世恒言》第三十二卷《黄秀才徼靈玉馬墜》所本。明王元壽《玉馬墜》（已佚）、清路術淳《玉馬珮》、劉方《天馬媒》傳奇，均演其事。

情史類略

詹詹外史

《情史類略》，又名《情天寶鑑》，簡稱《情史》，題詹詹外史輯。書前有龍子猶序，或即馮夢龍所纂。馮夢龍（一五七四——一六四六），字猶龍，又字子猶，號龍子猶、墨憨齋主人，長洲（在今江蘇蘇州）人。崇禎三年（一六三〇）以貢生任丹徒縣訓導，七年任福建壽寧知縣。明亡後，順治三年憂憤而死。著有戲曲《雙雄記》等，編有《古今小說》、《警世通言》、《醒世恒言》、《古今談概》、《智囊補》及《山歌》、《挂枝兒》等。《情史類略》二十四卷，有明清刻本多種。此書分類輯録前人著作，間或説明出處，大多可以考出來源。現鈔録其出處不明者兩條，亦未必出于編者自撰。

吴江錢生

萬曆初，吴江下鄉有富人子顔生，喪父，未娶。洞庭西山高翁女，有美名。顔聞而慕之，使請婚焉。高方妙選佳婿，必欲覿面。而顔貌甚寢，乃飾其同窗表弟錢生以往。高翁大喜，婣議遂成。顔自以爲得計。及娶，而高以太湖之隔，必欲親迎，且欲誇示佳婿于親鄰也。顔慮有中變，與媒議，復浼錢往。既達，高翁大會賓客。酒半，而狂風大作，舟不能發。高翁恐誤吉期，欲權就其家成禮，錢堅辭之。及明日，風愈狂，兼雪。衆賓俱來慫恿，錢不得已而從焉。私語其僕曰：「吾以成若主人之事，神明在上，誓不相負。」僕唯唯，亦未之信也。合巹之三日，風稍緩。高猶固留，錢不可，高夫婦乃具舫自送。僕者棹小舟，疾歸報信。顔見風雪連宵，固已氣憤。及聞錢權作新郎，大怒。俟錢登岸，不交一語，口手并發。高翁聞而駭焉，解之不能，乃堅叩于旁之人，盡得其實。于是訟之縣官。錢生訴云：「衣食于表兄，唯命是聽。雖三宵同卧，未嘗解衣。」官使穩婆驗之，固處子也。顔大悔，願終其婚，而高翁以爲一女無兩番花燭之理。官乃斷歸錢而責媒，錢竟與高女爲夫婦。錢貧儒，賴婦成家焉。（卷二）

按：原有附識云：「小説有《錯占鳳凰儔》，顔生名俊，錢生名青，高翁名贊，媒為尤辰。……沈伯明為作傳奇。」似即指《醒世恒言》第七卷《錢秀才錯占鳳凰儔》而言，蓋據民間小説改寫者。沈自晉有《望湖亭》傳奇演此事，亦在其前。

玉堂春

河南王舜卿，父爲顯宦，致政歸。生留都下，支領給賜，因與妓玉堂春姓蘇者狎。創屋宇，置器飾，不一載，所費罄盡。鴇嘖有繁言。生不得已出院，流落都下，寓某廟中。廊間有賣果者見之曰：「公子乃在此耶！玉堂春爲公子誓不接客，命我訪公子所在。今幸無他往。」乃走報蘇。蘇誑其母，往廟酬願。見生，抱泣曰：「君，名家公子，一旦至此，妾罪何言。然胡不歸？」生曰：「路遥費多，欲歸不得。」妓與之金曰：「以此置衣飾，再至我家，當徐區畫。」生盛服僕從，復往。鴇大喜，相待有加。設宴，夜闌，生席卷所有而歸。鴇知之，撻妓幾死，因剪髮跣足，斥爲庖婢。未幾，山西商聞名求見，知其事，愈賢之，以百金爲贖身。逾年髮長，顏色如故，攜歸爲妾。初商婦皮氏，以夫出，鄰有監生，挽嫗與通。及夫娶妓，皮知之。夜飲，置毒酒中。妓逡巡未飲，夫代飲之，遂死。監生欲娶皮，乃唆皮告官云：「妓毒殺夫。」妓曰：「酒爲皮置。」皮曰：「夫始紿爲正室，不甘爲次，故殺夫，冀改嫁。」監生陰爲左右，妓遂成獄。生歸，父怒斥之。遂矢志讀書，登甲科，後擢御史，按山西録囚。潛訪得監生鄰嫗事，逮以來，不伏。因潛匿一胥于庭下櫃中。監生、皮氏與嫗，俱受刑于櫃側。官僞退，吏胥散。嫗年老，不堪受刑，私謂皮曰：「爾殺人累我。我止得監生五金及兩匹布，安能爲若受刑？」二人懇曰：「姆再忍須臾，我罪得脱，當重報。」櫃中胥聞此言，即大聲曰：「三人已盡招矣。」官出胥爲證，俱伏法。王令鄉人僞爲妓兄，領回籍，陰置别邸，爲側室。

生非妓，終將落魄天涯；妓非生，終將含冤地獄。彼此相成，率爲夫婦。好事者撰爲《金釧記》。生爲王瑚，妓爲陳林春，商爲周鏜，奸夫莫有良。其轉折稍異。

情史氏曰：夫人一宵之遇，亦必有緣焉湊之，況夫婦乎！嫫母可爲西子，緣在不問好醜也。瓦礫可爲金玉，緣在不問良賤也。或百求而不獲，或無心而自至，或久揆而復合，或欲割而終聯。緣定于天，情亦陰受其轉而不知矣。吁，雖至無情，不能强緣之斷；雖至多情，不能强緣之合。誠知緣不可强也。多情者，固不必取盈；而無情者，亦胡爲甘自菲薄耶！

按：玉堂春為明代著名故事。《海剛峰先生居官公案傳》第二十九回《妒妾成獄》情節與此略同，而以斷案者為海瑞。《最娱情》所收《玉堂春》(殘)，亦與此相近。《警世通言》第二十四卷《玉堂春落難逢夫》則鋪演甚詳，原注云：「與舊刻《王公子奮志記》不同。」可知其前尚有《王公子奮志記》之作。《情史》所收，猶為玉堂春故事之早期形態，似亦輯自舊本。

後記

明代是古體小説相對衰微的時期。由于近體小説的蓬勃發展，古體小説不免相形見絀，但是多少也受到了一種新的推動。明代古體小説中年代最早也是影響最大的是瞿佑的《剪燈新話》，問世之後，相繼而出的有李昌祺《剪燈餘話》、邵景詹《覓燈因話》，還有已經失傳的丘燧《剪燈奇録》、周人龍《挑燈集異》、陳鍾盛《剪燈紀訓》、無名氏《剪燈續録》等。另外，還有雖無「燈」字而實爲模擬之作的如趙弼《效顰集》、雷燮《奇見異聞筆坡叢脞》、陶輔《花影集》、釣鴛湖客《鴛渚志餘雪窗談異》等，乃至《風流十傳》和《燕居筆記》等書裏所收的明代新傳奇體小説，都可以看出《剪燈新話》的影響。甚至日本、朝鮮、越南也都有摹仿《剪燈新話》的作品。

這一類新傳奇體小説的主要特徵之一是穿插了大量的詩詞歌賦，作者以此來顯露才華，給作品增添一點文采。這種文風在宋代已開其端，而到了明代則更踵事增華，流于繁冗泛濫，而日趨淺俗鄙俚。孫楷第先生曾把這類作品稱之爲「詩文小説」。他説：「凡此等文字皆演以文言，多羼入詩詞。其甚者連篇累牘，觸目皆是，幾若以詩爲骨幹，而第以散文聯絡之者。……余嘗考此等格範，蓋由瞿佑、李昌祺啓之。」(《日本東京所見中國小説書目》卷六《風流十傳》條)近來有人又稱這類小説爲「文言話本」，更注意于它是傳奇體和話本體相融合的産物。這一類小説的通病是題材狹隘，情節荒唐，尤其如《風流十傳》所收的某些作品，宣揚漁色縱欲，那就從通俗而走向庸俗，更是傳奇小説的末流了。這裏只選録了一篇《雙卿筆記》和一篇《古杭紅梅記》，以存明代小説的一體。

明代出現了不少古體小説的選集，代表作是王世貞的《艷異編》及吴大震的《廣艷異編》。小説的題材可以「艷」和「異」兩個字來概括，「艷」就是以才子佳人爲主角的言情小説，「異」就是以神仙鬼怪爲主角的志怪小説。或者二者兼而有之。其中有些較好的明人作品，就可以説是清代《聊齋志異》系列的先驅了。單純摹擬六朝志怪而作的小説也有不少。作品最多的是祝允明，據《千頃堂書目》的著録，有《語怪編》四十卷，但現存的只有《祝子志怪録》五卷，還有《語怪》一卷、《猥談》一卷，恐怕都是後人輯録的。類似的作品如楊儀的《高坡異纂》、陸粲的《庚巳編》等，真正具有文學性的小説不多，更少新意。這裏只選録少數幾篇以示例。

按照本書原來的設想，還應該收得更寬一些。但由於目前的條件所限，只能在引書和選目上都盡量壓縮，就各種類型的作品酌選一兩篇，聊以見明代古體小説概貌的一斑。這類小説的傳本不多，有些已是罕見的孤本、珍本，如《奇見異聞筆坡叢脞》、《西樵野記》、《耳談類增》和《銀河織女傳》等。在借閲和鈔録時曾得到北京圖書館善本部和古籍部同志的支持。特別要感謝日本學者波多野太郎教授，替我從早稻田大學圖書館訪求得《花影集》的複印本，韓國的朴在淵教授惠贈《删補文苑楂橘》的影印本，使保存在域外的孤本得以重返故國。我請薛洪勣同志提供了部分選目和資料，本卷的編成實際上包含了他的一份勞績，理當借重他共同署名。不過全稿未經他覆閲審訂，如有疏失遺誤，只能由我負責。謹此説明。

程毅中

一九九二年十二月

可能是由于本書宋元卷的滯銷,這部書稿在出版部門沉睡了好幾年,至今纔見到校樣。然而塞翁失馬,安知非福。近日有幸見到了鈔本《鳴盛集》、影印本《榕陰新檢》和複印本的《輪迴醒世》等書,從而得以在校樣上補了《夢遊仙記》、《重義身鰥》兩篇,訂補了幾篇作品的解題,並調整了次序,多少有一點改進。我願與讀者共享奇書明目的樂趣。二〇〇〇年十一月程毅中附記。

引用書目已見宋元卷者從略

剪燈新話　明瞿佑撰　明清江堂刻本、董氏誦芬室刻本、古典文學出版社版周夷校注本
百川書志　明高儒撰　古典文學出版社排印本
一種情　明沈璟撰　《古本戲曲叢刊》初集影印本
紅梅記　明周朝俊撰　《古本戲曲叢刊》初集影印本
鳴盛集　明林鴻撰　舊抄本（北京大學圖書館藏）
剪燈餘話　明李昌祺撰　明清江堂刻本、董氏誦芬室刻本、古典文學出版社版周夷校注本
包龍圖判百家公案　明安遇時編集　明與耕堂刻本
南詞叙録　明徐渭撰　中國戲劇出版社《中國古典戲曲論著集成》本
灑雪堂　明梅孝己撰《古本戲曲叢刊》二集影印本
奇見異聞筆坡叢脞　明雷燮撰　明弘治十七年刻本
千頃堂書目　清黄虞稷撰　上海古籍出版社排印本
花影集　明陶輔撰　朝鮮刻本
燕居筆記　明何大掄編　明刻本

繡谷春容　明起北赤子輯　明刻本
霞箋記　明佚名撰　中華書局版《六十種曲》本
金瓶梅詞話　明蘭陵笑笑生撰　人民文學出版社影印本
東田文集　明馬中錫撰　清康熙刻本
明史　清張廷玉等撰　中華書局版校點本
明文英華　清顧有孝編　清刻本
合刻三志　明冰華居士輯　明刻本
四友齋叢説　明何良俊撰　中華書局排印本
戒庵老人漫筆　明李詡撰　中華書局排印本
弇山堂别集　明王世貞撰　中華書局排印本
祝子志怪録　明祝允明撰　明刻本
西樵野記　明侯甸撰　明抄本、明刻《類編古今名賢彙語》本
古今清談萬選　明佚名輯　明周近泉刻本
幽怪詩談　明西湖碧山卧樵輯　明崇禎刻本、舊抄本
野記　明祝允明撰　《歷代小史》本、清刻本
菽園雜記　明陸容撰　中華書局排印本

型世言　明陸人龍撰　臺灣影印明刻本

續説郛　題陶珽編　上海古籍出版社影印《説郛三種》本

高坡異纂　明楊儀撰　《説庫》本

庚巳編　明陸粲撰　中華書局排印本

冶城客論　明陸采撰　《金陵秘笈》本

明文海　清黄宗羲編　《四庫全書》本、中華書局影印本

一捧雪　清李玉撰　《古本戲曲叢刊》三集影印本

萬曆野獲編　明沈德符撰　中華書局排印本

識小録　清徐樹丕撰　《涵芬樓秘笈》本

盛明百家詩　明俞憲編　明刻本

會女仙誌　明酈琥撰　《寶顔堂祕笈》本

删補文苑楂橘　朝鮮佚名輯　朝鮮刻本

銀河織女傳　明華玉淇撰　清乾隆抄本

國色天香　明吴敬所編　臺灣天一出版社影印明刻本

小豆棚　清曾衍東撰　申報館排印本

幔亭集　明徐熥撰　《四庫全書》本

福建通志　清陳壽祺等纂　清同治刻本
榕陰新檢　明徐𤊹編　《四庫存目叢書》影印明萬曆刻本
鴛渚志餘雪窗談異　明鈞鴛湖客撰　明刻本
琴書大全　明蔣克謙輯　中華書局版《琴曲集成》第五册
北磵集　宋僧居簡撰　《四庫全書》本
蘇軾詩集　中華書局版孔凡禮點校本
堅瓠集　清褚人穫撰　《筆記小説大觀》本
説聽　明陸延枝撰　《烟霞小説》本
夜雨秋燈録　清宣鼎撰　上海古籍出版社排印本
覓燈因話　明邵景詹撰　古典文學出版社版周夷校注本
徐比部燕山叢録　明徐昌祚撰　舊抄本
耳談類增　明王同軌撰　明萬曆刻本
耳談　明王同軌撰　明萬曆刻本
海剛峰先生居官公案傳　明李春芳撰　明萬曆刻本
剪桐載筆　明王象晉撰　明毛鳳苞刻本
九籥集　明宋懋澄撰　王利器校輯　中國社會科學出版社排印本

彩舟記　明汪廷訥撰　《古本戲曲叢刊》二集影印本
列朝詩集小傳　清錢謙益撰　上海古籍出版社排印本
孫公談圃　宋劉延世撰　《百川學海》本
宋稗類鈔　清李宗孔(今題潘永因)編　清刻本
西湖遊覽志餘　明田汝成撰　中華書局上海編輯所一九五八年排印本
輪迴醒世　明佚名撰　明刻本
書影　清周亮工撰　上海古籍出版社排印本
虞初新志　清張潮輯　開明書店排印本
蠖齋詩話　清施閏章撰　上海古籍出版社《清詩話》本
風流院　明朱京藩撰　《古本戲曲叢刊》二集影印本
療妒羹　明吴炳撰　《古本戲曲叢刊》三集影印本
女才子書　清徐震撰　春風文藝出版社排印本
西湖佳話　清古吴墨浪子輯　古典文學出版社排印本

古體小説鈔

下

清代卷

程毅中 等編

中華書局

目録

補張靈崔瑩合傳

黄周星

黄周星(一六一一——一六八〇),字九烟,號笑蒼子、笑蒼道人。上元(今江蘇南京)人。崇禎十三年(一六四〇)進士,官户部主事,入清後隱遁不仕,貧困以終。著有《圃庵詩集》、《芻狗齋集》、《夏爲堂集》及傳奇《人天樂》、雜劇《試官述懷》、《惜花報》等。又曾與汪淇(象旭)合評《西遊證道書》。《補張靈崔瑩合傳》收入其《夏爲堂别集》,又見《虞初新志》。

余少時閲唐解元六如集,有云:六如嘗與祝枝山、張夢晉大雪中效乞兒唱蓮花,得錢沽酒,痛飲野寺中。曰:「此樂惜不令太白見之。」心竊異焉,然不知夢晉爲何許人也。頃閲稗乘中有一編曰《十美圖》,乃詳載張夢晉、崔素瓊事。不覺驚喜叫跳,已而潸然雨泣。此真古今來才子佳人之軼事也,不可以不傳,遂爲之傳曰:

夢晉,名靈,蓋正德時吴縣人也。生而姿容俊奕,才調無雙,工詩善畫,性風流豪放,不可一世。家故赤貧,而靈獨蚤慧,當舞勺時,父命靈出應童子試,輒以冠軍補弟子員。靈心顧不樂,以爲才人何苦爲章縫束縛,遂絶意不欲復應試,日縱酒高吟。不肯妄交人,人亦不敢輕與交,惟與唐解元六如作忘年友。

靈既年長，不娶。六如試叩之，靈笑曰：「君豈有中意人足當吾耦者耶？」六如曰：「無之。但自古才子宜配佳人，吾聊以此探君耳。」靈曰：「固然，今豈有其人哉？求之數千年中，可當才子佳人者，惟李太白與崔鶯鶯耳。吾唯不才，然自謫仙而外，似不敢多讓。若雙文，惜下嫁鄭恒，正未知果識張君瑞否？」六如曰：「謹受教。吾自今請爲君訪之，期得雙文以報命，可乎？」遂大笑别去。一日，靈獨坐讀《劉伶傳》，命童子進酒，屢讀屢叫絶，輒拍案浮一大白。久之，童子跽進曰：「酒罄矣，今日唐解元與祝京兆讌集虎丘，公何不挾此編一往索醉耶？」靈大喜，即行。然不欲爲不速客，乃屏棄衣冠，科跣雙髻，衣鶉結，左持《劉伶傳》，右持木杖，謳吟道情詞，行乞而前。抵虎丘，見貴游蟻聚，綺席喧闐。靈每過一處，輒執書向客曰：「劉伶告飲。」客見其美丈夫，不類丐者，競以酒饌貽之。有數賈人，方酌酒賦詩。靈至前，請屬和，賈人笑之。其詩中有蒼官、青十、朴握、伊尼四事，因指以問靈。靈曰：「松竹兔鹿，誰不知耶！」賈人始駭，令賡詩，靈即立揮百絶而去。遥見六如及祝京兆枝山數輩，共集可中亭，亦趨前執書告飲。六如早已知爲靈，見其佯狂遊戲，戒座客陽爲不識者以觀之。語靈曰：「爾丐子持書行乞，想能賦詩。試題悟石軒一絶句，如佳，即賜爾卮酒，否則當叩爾脛。」靈曰：「易耳。」童子遂進毫楮，靈即書云：「勝跡天成説虎丘，可中亭畔足酣遊。吟詩豈讓生公法，頑石如何不點頭？」遂並毫楮擲地曰：「佳哉，擲地金聲也！」六如覽之，大笑，因呼與共飲。時觀者如堵，莫不相顧驚怪。靈既醉，即拂衣起，仍執書向悟石軒長揖曰：「劉伶謝飲。」遂不别座客徑去。六如謂枝山曰：「今日我輩此舉，不減晉人風流。宜寫一幀爲《張靈行乞圖》，吾任繪事而公題跋之，亦千秋佳話也。」即舐筆伸紙，俄頃圖成，枝山題數語其後。座客爭傳玩歎賞。忽一翁縞衣素冠，前揖曰：「二公即唐解元祝京兆耶？僕企慕有年，何幸識韓。」六如遜謝，徐叩之，則南昌明經崔文博，以海虞廣文告歸者也。翁得圖諦觀，不忍釋手，因訊適行乞者爲誰。六如曰：「敝里才子張靈也。」翁曰：「誠然，此固非真才子不能。」即向六如乞此圖歸。將返舟，見舟已移泊它所，呼之始至。蓋翁有女素瓊者，名瑩，才貌俱絶世，以新喪母，隨翁扶櫬歸。先艤舟岸側時，聞人聲喧沸，乍啓檻窺之，則見一丐者，狀貌殊不俗。丐者亦熟視檻中，忽登舟長跪，自陳張靈求見，屢遣不去。良久，有一童子入舟，强挽之，始去。故瑩命移舟避之。崔翁乃出圖示瑩，且備述其故。瑩始知行乞者爲張靈，歎曰：「此乃真風流才子也。」取圖藏笥中。翁擬以明日往謁唐祝二君，因訪靈，忽抱疴數日不起，爲榜人所促，遽返豫章。靈既於舟次見瑩，以爲絶代佳人，世難再得，遂日走虎丘偵之，久之杳然。屬鄞人方誌來校士，誌既深惡古文詞，而又聞靈跅弛不羈，竟褫其諸生。靈聞乃大喜曰：「吾正苦章縫束縛，今幸免矣，顧一褫何慮再褫。且彼能褫吾諸生之名，亦能褫吾才子之名乎？」遂往過六如家。見車騎填門，胥尉盈座，則江右寧藩宸濠遣使來迎者也。六如擬赴其招。靈曰：「甚善，吾正有厚望於君。吾曩者虎丘所遇之佳人，即豫章人也，乞君爲我多方訪之，冀得當以報我。此開天闢地第一喫緊事也，幸無忽忘。」六如曰：「諾。」即偕藩使過豫章。時宸濠久蓄異謀，其招致六如，一博好賢虛譽，一慕六如詩畫兼長，欲倩其作《十美圖》，獻之九重。其時宫中已覓得九人，尚虛其一。六如請先寫之，遂爲寫九美，而各綴七絶一章於後。九美者，廣陵湯之謁（字雨君，善畫），姑蘇木桂（文舟，善琴），嘉禾朱家淑（文孺，善書），金陵錢韶（鳳生，善歌），江陵熊御（小馮，善舞），荆溪杜若（芳洲（善箏），洛陽花萼（末芳，善笙），錢唐柳春陽（絮才，善瑟），公安薛幼端（端清，善簫）也。圖詠既成，進之濠。濠大悦，乃盛設特讌六如，而別一殿僚季生副之。季生者，憸人也。酒次，請觀《九美圖》，因進曰：「十美歉一，殊屬缺陷。某願舉一人以充其數。詰朝，請持圖來獻。」比持圖以獻，即崔瑩也。濠見之曰：「此真國色矣！」即屬季生往説之。先是崔翁家居時，瑩才名噪甚，求姻者踵至。翁度非瑩匹，悉拒不納。既從虎丘得張靈，遂雅屬意靈，不意疾作遽歸。思復往吳中，託六如主其事。適季生旋里喪耦，熟聞瑩名，預遣女畫師潛繪其容，而求姻於翁。翁謀諸瑩，瑩固不許。於是〔季〕生銜之，因假手於濠以洩私忿。時濠威〔殊〕張甚，翁再三力辭，不得。瑩窘激欲自裁，翁復多〔方護〕之。瑩歎曰：「命也。已矣，夫復何言！」乃取笥中《行〔乞圖》，自題〕詩其上云：「才子風流第一人，願隨行乞樂清貧。入宮祇恐無紅葉，臨別題詩當會真。」舉以授翁曰：「願持此復張郎，俾知世間有情癡女子如崔素瓊者，亦不虛其爲一生才子也。」遂慟哭入宮。濠得之喜甚，復倩六如圖詠，以爲十美之冠。而六如先已取季生所獻者，摹得一紙藏之。瑩既知六如在宮中，乘間密致一緘，以述己意。六如得緘，乃大驚惋，始知此女即靈所託訪者。今事既不諧，復爲繪圖進獻，豈非千古罪人，將來何面目見良友。因急詣崔翁，索得《行乞圖》返宮，將相機維挽，不意十美已即日就道。六如悔恨無已，又見濠逆〔迹〕（節）漸著，急欲辭歸，苦爲濠羈縻，乃發狂，號呼顛擲，溲穢狼籍。濠久之不能堪，仍遣使送歸，杜門月餘乃起。過張靈時，靈已頹然卧病矣。蓋靈自別六如後，邑邑亡憀，日縱酒狂呼，或歌或哭。一日中秋，獨走虎丘，千人石畔，見優伶演劇，靈佇視良久，忽大叫曰：「爾等所演不佳。待吾演王子晉吹笙跨鶴，遂控一童子於地，而跨其背，攫伶人笙吹之，命童子作鶴飛。捶之不起，童子怒，掀靈於地。靈起曰：「鶴不肯飛，吾今既不得爲天仙，惟當作水仙耳。」遂躍入劍池中。衆急救之出，則面額俱損，且傷股，不能行。人送歸其家，自此委頓枕席，日日在醉夢中。至是忽聞六如至，乃從榻間躍起，急叩豫章佳人狀。六如出所摹素瓊圖示之，靈一見，詫爲天人，急捧置案間，頂禮跪拜，自陳才子張靈拜謁云云。已聞瑩已入宫，乃撫圖痛哭。六如復出瑩所題《行乞圖》示之。靈讀罷，益痛哭，大呼佳人崔素瓊，隨踣地嘔血不止。家人擁至榻間，病愈甚，三日後，邀六如與訣曰：「已矣唐君，吾今真死矣。死後，乞以此圖殉葬。」索筆書片紙云：「張靈，字夢晉，風流放誕人也，以情死。」遂擲筆而逝。六如哭之慟，乃葬靈於玄墓山之麓，而以圖殉焉。檢其生平文草，先已自焚，惟收其詩草及《行乞圖》以歸。時瑩已率十美抵都，因駕幸榆林，久之，未得進御。而宸濠已舉兵反，爲王守仁所敗，旋即就擒。駕還時，以十美爲逆藩所獻，悉遣歸母家，聽其適人。於是瑩仍得返豫章，值崔翁已捐館舍，有老僕崔恩殯之。瑩哀痛至甚，然煢孑無依。葬父已畢，遂挈裝徑抵吴門，命崔恩邀六如相見於舟次。瑩首訊張靈近狀。六如愴然收涕曰：「辱姊鍾情遠顧，奈此君福薄，今已爲情鬼矣。」瑩聞之，嗚咽失聲，詢知靈葬於玄墓，約明日同往祭之。六如明日果攜靈詩草及《行乞圖》至，與瑩各挐舟抵靈墓所。瑩衣縗絰，伏地拜哭甚哀，已乃懸《行乞圖》於墓前，陳設祭儀，坐石臺上，徐取靈詩草讀之。每讀一章，輒酹酒一巵，大呼張靈才子，一呼一哭，哭罷又讀，往復不休。六如不忍聞，掩淚歸舟。而崔恩佇立已久，勸慰無從，亦起去，徘徊丘壟間。及返，則瑩已自經於臺畔。恩大驚，走告六如。六如趨視，見瑩已死，歎息跪拜曰：「大難！大難！我唐寅今日得見奇人奇事矣。」

遂具棺衾，將易服斂之。而瑩通體衫襦，皆細綴嚴密無少隙，知其矢死已久。六如因取詩草及《行乞圖》，並置棺中爲殉。啓靈壙與瑩同穴，而植碑題其上云：「明才子張夢晉佳人崔素瓊合葬之墓。」時傾城士人閧傳感歎，無貴賤賢愚，爭來弔誄，絡繹喧闐，雲蒸雨集，哀聲動地，殆莫知其由也。六如既合葬靈瑩，檢瑩所遺槖中裝，爲置墓田，營丙舍，命崔恩居之，以供春秋奠掃之役。嗚呼！才子佳人，一旦至此，庶乎靈瑩之事畢，而六如之事亦畢矣。而六如於明年仲春，躬詣墓所拜奠，夜宿丙舍傍，輾轉不寐，啓窗縱目，則萬樹梅花，一天明月，不知身在人世。六如悵然歎曰：「夢晉一生狂放，淪落不偶，今得與崔美人合葬此間，消受香光，亦差可不負矣。但將來未知誰葬我唐寅耳？」不覺欷歔泣下。忽遥聞有人朗吟云：「花滿山中高士卧，月明林下美人來。」六如急起入林迎揖，則張靈也。六如訝曰：「君死已久，安得來此吟高季迪詩？」靈笑曰：「君以我爲真死耶？死者形，不死者性。吾既爲一世才子，死後豈若他人泯没耶。今乘此花滿山中高士偃卧時來造訪耳。」復舉手前指曰：「此非月明林下美人來乎？」六如回顧，有美人姗姗來前，則崔瑩也。於是兩人攜手整襟，向六如拜謝合葬之德。六如方扶掖之，忽又聞有人大呼曰：「我高季迪梅花詩，乃千古絶唱。何物張靈，妄稱才子，改雪爲花，定須飽我老拳。」六如轉瞬之間，靈瑩俱失所在。其人直前呼曰：「當捶此改詩之賊才子！」捽六如欲毆之。六如驚寤，則半窗明月，闃其無人。六如憮然，始信真才子與真佳人，蓋死而不死也。因匡坐梅窗下，作《張靈崔瑩合傳》，以紀其事。然今日六如集中，固未嘗見此傳也。余又安得而不亟補之哉！

畸史氏曰：嗟乎！蓋吾閲《十美圖編》，而後知世間真有才子佳人也。從來稗官家言，大抵真贋參半。若夢晉之名，既章章於六如集中，但素瓊之事，無從考證。雖然，有其事何必無其人，且安知非作者有爲而發乎！獨怪夢晉之才，目空千古，而其尚論才子佳人，則耑以太白與鶯鶯當之。夫太白誠天上仙才，不可有二。若千古佳人，自當以文君爲第一。而夢晉顧舍彼取此，厥後果遇素瓊，毋乃思崔得崔，適符其讖耶？至於張以情死，崔以情殉，初非有一詞半縷之成約，而慷慨從容，等泰山於鴻毛，徒以才色相憐之故。推此志也，凜凜生氣，日月争光，又遠出琴心犢鼻之上矣。而或者猶追恨於夢晉之蚤死，以爲夢晉若不死，則素瓊遺歸之日，正崔張好合之年，後此或白頭唱和，蘭玉盈階，未可知也。噫！此固庸庸蚩蚩者之厚福也，何有於才子佳人哉！

按：錢維喬《乞食圖》、佚名《十美圖》傳奇、劉清韻《鴛鴦夢》雜劇及彈詞《何必西厢》均演此事。

過墟志

墅西逸叟

《過墟志》上下二卷，題墅西逸叟撰。作者姓名不詳。有康熙丙辰（十五年，一六七六）序，詳見附録。收入《紀載彙編》。有《申報館叢書》等本。孟森曾加以考證，謂多與史實不合。《墨餘録》卷五收録此篇，有所删改，題作《孀姝殊遇》。《香艷叢書》本改題《過墟志感》。

任陽爲虞邑之極東南境。地窪民貧，而黄氏獨以資財雄鄉里，居大橋，世謂之大橋黄家。余及見者曰黄亮功，自伊父積資起家，不置田産，專以權子母爲業，蓋見中原多故，增餉增役累也。亮仍家法，尤樂不疲，歲囤粟以千計，豆麥花布稱是。崇禎間，吴中水旱頻仍，米價騰貴，亮邀取重利。朱提成錠，窖藏之；青蚨成貫，櫃藏之。零星者，必鎔成錠，積成貫，概貯藏而乃快。爰是積資鉅萬，而家益富。亮爲人陰柔，外若温厚無稜角，中實機深多詐。性尤吝，處置家事，節縮若寒士，屑屑謀朝夕。其父嘗令亮循輸粟例，爲護身符。亮蹙頞曰：「爹直欲兒作枵腹監生耶？」每用一錢，輒沉吟良久，得已，仍貯之囊，其素性也。家多權量，式同而用異，視出入而盈縮之。未嘗用銀錢，凡與人貿易，盡以折色昂其價，但有厘毫利即喜。邑中牙儈陳氏婦喪夫，欲他適，亮聞其挾重貲，欲娶之。父曰：「嫠也，里中請婚者多，何必是？」亮曰：「彼以賄遷，是足欲也。」遂娶之。得貲五百金；已而變其房產，又得四百金。陳善操家，勤紡織，亮得其佽助，家業日熾，已二十餘年，終嫌其貌不揚，心常怏怏，間加惡聲。陳有弟，歲時或備果榼來視姊。亮疑曰：「是欲希我津貼也。」因語陳曰：「汝弟至戚，時來視汝，意固善，但我昨至左廂，見其與某婢戲，此何理也！吾家範素謹，而容此輕薄子乎？」陳心知其誣，而微會其意，遂屬弟勿再至。自是親串中無一人告貸于黃者。後陳病瘵死，亮薄葬之，蓋吝己財而陋彼貌也。時亮年四十餘。謀繼娶。於是有議姻劉氏一事，而造物變置之巧機伏矣。劉氏者，亦居任陽，去黃三里而近，世業儒。家雖落，名楣也。其伯曰賡虞，邑諸生，守正不阿，端人也。其仲曰肇周，狡黠嗜利，險人也。有季妹，生之夕，其母見紫氣繞室，經時不散。六歲母死，即自粧束，能修容。父教之書，過目了了，捉筆作楷，秀雅可人。學爲筆札，亦朗朗成章。十歲父又死，倚兩嫂以居，雖處女而摒擋家政如健夫持門户也。性高抗，不肯作伈伈俔俔態，遇難處事，一言立斷，動中情理，兩兄亦善視之。甫垂髫，嬌艷驚人，面方正，潔白如脂，微紅勻碧，若含露桃花，鳳目曼耳，眉疏秀而長，額光可鑑。方頷微橢，通體長短停勻，襪履不盈四寸，蹀躞容與，真國色也。亮之父執曰郁士英者，繩劉於亮。亮心艷之。謂郁曰：「果字我，禮金多寡不計，事成當厚以報媒者。」郁乃言之於劉仲。仲曰：「吾兄素迂闊，萬無從意。此事我能曲成，但我非媒妁，而杯酒不沾唇，得無於心不甘乎？」郁述之於亮，欲以二百金爲聘，四十金爲仲壽。仲大喜，乘間言於伯曰：「三〔秀〕（季）（小字）妹行年十四矣，凡求婚者，非生庚不合，即卜兆不從。意者良緣自有在焉。頃郁髯來云，黃某與譙，偶語及內助事，問吾妹可乎不可。」伯默然，頃又言於伯曰：「事固有不可執者，憶吾母彌留時，執妹手顧吾父及吾兄弟而言曰：『此女吾所愛，俟其長，務擇家事勝吾家者嫁之，無與寒士。寒士能自奮青雲爲妻孥福者，世有幾人？但願其安享素封，不至朝夕碌碌井臼傍，吾目瞑矣。』今吾母雖終，言猶在耳。吾兄弟豈忍忘於心？前所云黄某者，積資數萬，倉庾如櫛，棟宇連雲，欲得妹爲内主。母若在，必諾無疑也。」伯作色曰：「不然！吾〔母〕若在，一聞是言，必唾其面。彼之先，陳氏奴也，本性王，背主而逃，易王爲黄，居於崑之石浦。至彼祖曰元甫者復歸虞，家塘市，元母爲邑勢宦乳媼，宦田三千畝在吾鄉，以媼故，委元課租。元恃主威，禾未登場，輒駕帳船叫囂鄉里，鷄犬不安，農人苦之。衆議畝出斗粟勞之，名曰脚步錢。元於主人正槁外，復蝕其十之三，詭言農欠以充己橐，遂以殷實起家。彼之積資累萬者，非由躬稼穡，親服賈，勤苦中得，乃敲人骨，吸人髓，斂怨兩世而積也。彼父洪，尤凶暴，恃其拳勇，酗酒漁色，鄉人目爲黄二傷司，謂觸之禍立至也。常悦一佃女，假其父錢而不責償，閲三年權其子母，已逾倍蓰，乃攫其女爲妾。不久而愛弛，轉鬻於粤商，得白鏹二十金，有成言矣，女聞而縊，莫敢誰何。此固鄉里中所共知共聞，莫能掩其醜惡者也。洪雖富甲塘市，而市之衣冠中人從未與接一揖交一談，洪自知不容於士類，乃大營宅地於吾鄉，爲夜郎自大計。没主田數畝爲基址，高閈厚垣，樓房盤亘，其廳亭壯麗，擬嚴文靖相國家規制，役佃民爲傭作，經年落成，一鄉苦之。至今過其地、望其居者，莫不切齒寒心，比之郿塢。勢宦死，子弟皆紈絝，不問生産，田皆四分五裂，盡授他姓。洪欺其無主，昂其價，侵匿其半，所獲復不貲。自是始不與課租事，鮮衣華履，出入隨童僕，爲鄉里中鉅富翁，席必首座，稱必丈人行，識者見而恥之。廢紳某欲醵千金謀復官，遣門客致洪。適同會者皆邑中鉅老，聞之譁然，乃還洪銀，擯弗與同列。吾同學友汝南周氏，作《醜奴兒令》一闋譏之，有『何物催頭，持了精鏐，便想烏紗隊裏遊』句，一時傳笑，以爲美談。此又合邑中所共見共聞，莫能掩其醜惡者也。今亮之爲人，比之祖父，稍爲斂跡，然計升斗，權分毫，刻剥窮民，專圖利己，祖孫父子，是真一氣。虎兒狼種，豈我族類！若貪其富而降我門楣，與彼婚媾，何以見先人于地下？昔王源嫁女於富陽滿氏（東海王源嫁女于滿氏，沈約作彈章奏之。事見《昭明文選》），貽臭千古，奈何踵其故轍哉！況妹年十四，彼已四十有餘。獨不爲妹計乎？《易》曰：『見金夫不有躬。』無乃爲鄉黨所笑！」仲知言不能入，爲之意索者累日。亮偵知事不諧，屢邀郁與謀，往返數四，仲亦無以應。無何，伯應幕徵往山左，中途寄仲書，言：「至維揚，見婚嫁者絡繹道路，詢其故，緣訛傳朝廷遣中使至江浙採民間女。此信至吳中，亦必擾擾，然訛言耳，萬無此事，不可輕信。妹終身事，慎勿因此輕率與人。」仲得書大喜，曰：「四十金入吾囊中矣！」因招郁，令謂黄曰：「姻事吾能主之，須無食前言乃可。」黄即諾，擇日納采，乃縮其二百之數而半之，復折其二；縮其四十之數而半之，復折其四。且命郁剖而中分之曰柯儀，固總函也。仲愠甚，心知爲亮所賣，而口不敢言。先是仲得兄書，詭答云：「兄書未到，吾邑已盛傳中使採女之事，里人不擇人而婚嫁者不下數百家。司里忽來家索錢不遂，竟將妹年貌登册，欲告之官，不得已仍諾黄請矣。此貧家女爲富翁妻，未爲不得其所，然此番作合，非由人謀，亦無我責也。」伯得書，撫膺頓足，浩然長歎，復作書寄仲，痛加誚讓。書未至，而黄已委禽，且蒞婚期矣。婚之夕，亮頭眩暈者三，踉蹌不能成禮。廟見日，木主先傾倒仆地，家人咸驚異。而亮一見劉貌心醉，迷迷然若陳思之遇宓妃於夢寐間也。

逾年生一女，劉愛之甚，曰：「此吾掌上珍。」因名珍。珍五六歲間，劉延熊耳山人爲推五行。熊耳山人善談星，所言極驗，人争致之，號半仙。而山人行蹤詭祕，時姓趙，時姓吕，或言其初從流賊，爲賊推成敗奇驗。既而亡命江湖，至是挾術遊虞山，劉聞，以重禮延之座，抱珍於膝，坐簾内聽之。山人推之，稱好者再，是能富夫貴夫，一生無蹇運。劉喜，乃以己生庚令推。山人沈吟良久，拍案大叫曰：「安所得是命而給我哉！女人而坐台垣，有執政王家氣象，惜犯披蔴、貪狼兩煞，然福星坐照，彼兩煞特爲之用耳。鄉村婦安得有是，必紿我也。」問：「命中有子否？」曰：「有二，且生而即貴。」劉大喜。已而推亮，則摇首曰：「苦命耳，腰纏十萬，不能享用一錢，如病膈人，馨香滋味，羅列滿前，欲啖即嘔，非苦何？」問：「何時得子？」又摇首曰：「命中無之。」爾時舉坐闃然，謂其言何背謬若是。而劉聞命中無子，一言心動，猶以爲己命或宜有，而亮素性鍥刻，爲無子相也，於是有母養祿、産意，蓄而未露。有張媪者，乳劉者也，寡而無子，依劉以居，劉以爲心腹，私與語曰：「癡老子，不知何了局，年將半百，止一女，但兀兀持籌握算度朝夕，竟不思身後倚託者爲誰。」媪曰：「俗有引子之説，謂先取他姓子養爲己子，爲之兆而引之，往往如所願，是亦何不可爲者。」劉頷之，而向所蓄意於是益決。時亮一切家政，皆聽命於劉。某處窖金若干，某櫃積錢若干，皆委之劉。米粟出入，契券存發，及日記册簿，皆經劉手。劉才固敏，遇事無不咄嗟立辦。亮奉之如神明。劉櫛嘗爲捉髮，湢浴嘗爲拭體，又嘗坐劉牀畔，爲劉剪爪。劉寢而起，爲之傳襪納履，而劉嘗傭奴其夫，呼爲老牛，少不當意，輒批其頰。亮笑而受之，微曰：「好言之，何怒爲？」以故凡劉意所欲，無不傾聽任指揮。一日，亮從近里收債歸，見劉擁珍坐燈下，乃撥撩其耳上金環，戲曰：「珍且入塾矣，而汝不復孕，何也？」劉叱之，正色曰：「火燒頭尚作此狂態。吾適有言，欲唤醒汝，俟少間言也。」乃入房閉寢門，於枕畔覼縷移時。次日，亮夫婦早起，命庖治盛饌，邀二劉讌會。時伯已回家，五六年足未嘗一至黄所。劉恐伯之固却也，私遣張媪致書曰：「兄固愛妹，妹豈不知。但妹既歸此家，凡此家前事，姑含忍之。兄妹自有天倫，義固無可絶也。今聊具杯酒，爲戚里一申款洽。兄來，則妹愈有光，否則置顔無地矣。」伯不得已，偕仲往，姑與亮相見，語間輒呼亮字，而仲則如其所應稱。宴既畢，伯入辭，劉若爲無意也者，謂伯曰：「珍將就學，苦無伴，兄第三子金印官來此依我，與珍同塾，可乎？」伯曰：「嬰孩不能離母，且徐之。」仲聞遽曰：「吾兒七舍可來也。」劉默未有以應。而仲即於明日攜其子七舍至，依劉以居。劉之爲亮謀也，意在伯之子，以其弱不好弄，且因是爲修好地。仲則其素所心鄙，絶無撫其子意。亮見伯落落難合，而仲突梯易籠絡。劉因七至，意大拂，而亮反慫恿之。七生而騃，性暴戾，比長與珍戲，珍怒白之劉，劉撻之。自是宿之外舍，食不令同席，時來時去，一任其意。而七遂與羣惡少遊。無何，劉珍字於直塘錢氏，籍婁東，徙於虞，富而能仁，鄉里稱之。夫人陸，好善，年五十，所生一子，温文厚重。錢翁課子嚴，必俟入士籍，乃與婚娶，故弱冠而未聘室。時吾虞初隸新朝，邑中作粧點太平景象。夏之五月，盛爲競渡之會，錢氏子侍其母往觀，而鄰舫則劉與珍。兩家通問，知爲近里眷屬，各過舫款語良久。錢母歸語翁曰：「劉固倩麗，異表耀人目，艷於少艾，但少涉輕露。其女則嫻雅淑婉也。」於是從翁遣人請爲婚，而劉亦以親見錢氏子，知爲佳婿，遂諾之。七忽作艷言曰：「姑以珍字我，故撫我于家。今乃背約奪我妻，别以字人，將焉置我？」劉聞怒甚，邀兩兄呼七至而痛笞之，且詰之：「珍字汝何據？」七無辭。既而謂仲曰：「七不過激我爲其娶妻耳，然直言何害，乃出此橫語。」爰以百金爲七娶妻，復置莊房一所，令居之。且以己所得奩田三十畝畀之，曰：「劉産仍歸劉氏，吾無取若家毫末也。」七好博，日與羣邪狎，未逾年而田産盡賣，妻無所歸，溺死。仲惡其無賴，屏弗子，寄身博場。錢氏子游婁庠，翁謀娶婦，擇吉遣媒往，而劉不允，曰：「吾女穉，隔簾且羞見人，奈何楚楚與彼家上下相見，無已，則令婿來贅乃可。」亮恐婿來，而縻酒食也；又恐其久居於此，食指漸繁，而苦於供給也；且恐其覷見我多藏，而尅損其萬一也：遂主娶不主贅。劉愠，爲之不妝不食，服祖服，坐於牀，呼亮至，詈之曰：「汝知珍爲我性命，乃必取之懷中，而逼之遠去。設是心者，狗彘不食其餘。」亮恐，急扶之起，好言曰：「汝欲贅則贅耳，何自苦爲？」劉始下牀治家事，而錢氏子得贅於黄焉。劉令張媪設卧具於珍寢所之罘罳，凡夜間有所聞，輒報之。婚次日，早起入劉寢所，至牀前耳語，劉訝曰：「燈下嚴粧獨坐，珍竟未之寢耶？何孩氣乃爾。」又次日，媪復耳語如前，劉蹙眉曰：「苦我兒。」又次日，媪復耳語久之，劉喜形於色曰：「伉儷固宜如是。」自是以珍故，於婿特愛之甚，凡衣服之需，盤餐之奉，惟恐不獲當意於錢，致不獲當意於珍。既彌月，錢翁迎其子歸，從師課讀。劉謂珍曰：「時肩（錢生字）未來，無寢處新室也。」於是遷珍於己寢之左，令張媪作伴。時七爲敗類，苦飢寒，敝衣破帽，蹣跚牆垣間，頻向劉索衣食。一日忽又至，適珍坐寢所束足，七窺之良久，珍起見之，厲其色，不交一語。七乃戲曰：「珍姊，向者我問爾幾時招婿，輒怒罵我。前日白面書生何人耶？」珍不答。又曰：「姊夫未歸，而姊獨寢，得毋寂寞？」珍又不答，而從劉於曝麥場。是夜珍就寢，聞牀下簌簌有聲，急呼有賊。亮持梃至，見賊之足於牀下，痛擊其脛。賊大號，視之則七也。劉忿極，引翦刀搠其股，血流盈地。亮縛其手足，閉之室。劉擁珍曰：「驚我兒！」珍泣，劉亦泣。天明珍起，失其小履，劉於七懷中搜得之，撻之無算。須臾仲至，欲投之河。劉縱之歸家，仲乃鋃鐺困之。仲之妻有舐犢愛，復陰脱之，而七仍與諸惡少爲伍，且聚謀欲甘心於劉有日矣。時亮已六十有餘，嗜利益甚，見奴婢衆，慮其坐食，乃多畜雞豕，每奴委豕幾口，婢雞幾隻，日課其利。彘子若干，售錢若干緡；雞蛋若干，售錢若干緡。凡諸自奉，益加裁損，但菽乳一方，日爲常味而已。歲丁亥十月，亮早起，手持一簿，欲劉登記，蓋隔宵曾與鄉民權子母錢，斷斷爭之不已，如其欲乃已。至是早起，欲登諸簿，及寢門，忽仆地不起。劉驚，急與珍扶至寢處，手若有所指，而口不能言其處，須臾形神離矣。亮死，鄉里中無一弔唁者。（卷上）

亮死，劉於倉卒悲哀之時，瞥見七突入緯帳中，憑棺呼爹，似爲號泣狀，既而呼劉曰：「娘取衰來。」劉心知其意，遽作色曰：「死者無子，安用斬衰？」七曰：「吾固子也。」劉乃厲聲曰：「死者姓黃，汝乃姓劉，何涉？」七曰：「幼撫我，長授我室，兼畀房屋，獨忘之乎？」劉曰：「如是則待汝不薄矣，汝復欲何爲？」七曰：「欲分遺貲耳。」劉曰：「有之，今分汝！」乃令僕婦中之有力者，捽而扶之。七卧地輾轉號呼，口出惡言。劉愈忿，取臼杵痛擊之，曰：「此吾初次分汝貲也。」七不勝楚，負痛而走，大呼曰：「吾必有以報吾仇！」劉於是有戒心，呼童僕至前，各給鉦一具，戒之曰：「每暮夜分布四野，伺有所聞，輒相應。」未幾果有盜四人，自簷而下，劉急令媪啓小門，於宅後鳴鉦，四野鉦聲齊起，而盜驚逸，家人咸相慶。劉曰：「未也，更備之。」乃坎室側之行道轉處爲阱，穴其壁數處，貯石灰於裏間，而以風車承其後。

越數日，盗十餘人，艤舟於宅後之水門，夜半潛入圍牆中，始各執炬，斬後垣門而入。將近内寢，前道者遇坎而陷，餘盗方倉皇失措，俄聞壁穴中石灰亂颺，目不能開，乃各棄械而竄。視陷阱者則七也，墨其面，率惡黨劫姑家。劉曰：「吾固知此獸所爲，俟其父至，共鳴之官耳。」珍諫母曰：「事大罪非輕，恐傷舅氏心，縱之若何？」劉乃縱之逃，自是里中二十餘日，不見七縱影。劉連被七驚，慮七相仇不已，心常悶悶，百計沈思。忽言：「吾且安死者。」乃葬亮於（虞）泖湖之祖塋。（虞）祭畢，謂其婿錢生曰：「此處不可居，吾欲倚汝終身矣。」於是先舉什器之粗重者，傭二百餘人運至直塘，五日始盡。先遣珍歸，手持一册付珍曰：「凡汝房内箱櫃，是汝故物，今汝隨身攜挈，未開册。此册所開列者，白米百二十囊，黄米二百囊，每囊元寶二。又大衣箱十餘隻，每箱衣服下貯銀若干；中衣箱十餘隻，每箱衣服下貯銀若干；櫃二十有七，貯錢皆滿，中有某某字號者亦銀也。以上諸件，皆緊要列諸册。我發汝收，悉（收漏）〔照〕此册，可無疏（漏）。」至四日而銀錢衣服等物，亦已運盡。劉乃殺雞宰豕，遍召鄉里貧農得二百餘人，飫以酒肉，呼至前，舉其積年債券，盡爲燒之，曰：「吾欲爲死者資冥福也。」衆大喜。復開倉廩，人給米二斗，麥半之，棉花五斤，菽五升。衆益大喜，不覺羅拜，皆曰：「黄母施恩於我等，並爲窮人折券。向償債，凡經渠手，每不苛刻。今復行此大度事，將何以報？」劉曰：「吾非望報，欲煩爾等者，有米二千餘石，能爲我運至直塘，醇酒肥肉，儘汝飽酗也。」衆皆如命，經四日而運畢。時值歲飢，鄉間富家囤米者，往往爲窮民攘奪，劉反用窮民力，竟無攘者。凡黄三世蓄積，不下數十萬，一朝盡輸他姓，造物變置之機，亦巧矣哉！已而錢生來邀劉至其居，行有日矣，視曆乃不宜遷徙，遲三日乃吉。越兩日，夜半而難作。李總戎成棟者，於宏光時降新朝，所過城邑，輒爲殘破，掠婦女十餘艘過嘉定。鄉民焚其艘，婦女死者半。及羅店鎮，誓必掠取吴中美姝以償。繼破松江，擇大宅，多畜姬妾於其中而居之。旋奉命征粤（時永曆方僭號粤中），則囑其弟奉母居守，而令心腹將帥、旗兵千人保松江，實爲室家計也。七之黨有爲守將標下汛卒者，當七爲盜而逃，即走之松江。謂汛卒曰：「得營兵百人，銀錢米粟，可捆載而至。」卒曰：「此險道，不若首之主將。儻重獲，則爾有功，非得官即邀厚賞耳。」七撫掌大喜曰：「吾將得官。」於是首之主將，謂劉擁資百萬，如乳虎噬人，一鄉恨入骨髓，得大軍除民害，取百萬資充軍餉，計甚便。守將以爲然，乃令偏裨某帥千人，由劉河經崑山，至七浦塘而進。時劉方封鎖樓房，誡居守者，碌碌竟日，至夜復與張媪整頓細事，素服淡粧，坐而待旦，爲起行之計。俄而門外砲聲轟天，牆户傾塌，旗兵千人，一擁而入，啓其廩廩空，啓其窖窖空，搜其箱櫃衣服什器等，無一存者。裨將恚甚，見七與數人擁劉至，方欲責問，而于炬光中望見劉貌，注視良久，忽曰：「賴有此，不然將何以復旗主。」遂擄劉而去，張媪從之。是時旗兵千人，勞而無獲，各忿忿不待將命，亂刀刺七身，乃縱火焚黄居，廳亭樓房，及倉庾厨庫，頃刻悉遭一炬。衆乃投七尸於烈焰中。掠近村數十家，稍取貲糧而歸。珍聞變驚絶，號泣無晝夜，時已舉子乳冲，錢翁患之，乃令子往松探問，以慰其念母心。至松則成棟親屬被收，凡所掠婦女，皆歸旂安置會城（南京）。錢生歸，邀劉仲偕往江寧，至都統署，見有遵奉令條，開一應逆棟所擄婦女，俱許親人領回等諭，錢、劉皆大喜，急欲入告，而未有路。適有武弁自署出，錢揖而問令條内語果信否。弁曰：「昨已領回三人矣。」錢遂告以情。弁曰：「汝音似吴人，我亦吴人而投旂者，同鄉之誼，敢不實告。」乃攜錢手至無人處語之曰：「王爺令條内固云爾，但黑都統司此事者，非阿堵兒不可。」錢生云：「所欲幾何？」弁曰：「視婦女之年貌爲多寡，極美而年少者一百金。」錢生曰：「適不及持來，奈何！」弁曰：「速歸取，五六日事可成也。」錢遂偕仲歸取贖鍰。珍罄己所蓄，令生偕仲復往，囑生曰：「誠得吾母歸，雖千計萬計，無虞缺也。」於是持千金復至會城，尋向所識武弁，而告以物色已具，復許事成酬金五十。弁喜謂錢生曰：「取年貌籍貫來。」又云：「署内有掌家婆二太者，照管諸婦女，每百兩例予十金，否者必留難勒掯。」錢生曰：「無不如命。」弁即取劉之年貌籍貫入署，付二太查驗，遲久而出，亟摇手謂錢、劉二人曰：「無其人，奈何？」錢生皇遽曰：「某月某日，某將至某鄉擄去。生親蒞松訪，確知某將獻入李總戎宅内，何乃無之？」弁曰：「吾豈惡孔方而過紿爾者，適據二太回報云，實於三百餘婦女中遍詢之，竟無有，爾得無誤耶？」錢泣謂仲曰：「甥婿此番歸去，女甥必死。女甥死，甥婿誓不獨生。」乃大哭。仲謂錢生曰：「哭無益也，不若仍求是人，或知一果否確據。」錢生於是前執弁裾泣曰：「祈台臺示一果否確據，當有以報。」遂舉所許五十金予之。弁躊躇良久，計無所出，忽欣然曰：「得之矣！」乃疾趨而入，頃之袖一册至，謂二人曰：「此果否確據也，非我不能取出，然幸爲我祕之，無洩之他人，我頭尚思啖飯幾年也。」錢、劉急揭册細閱，至末頁，則果有黄劉氏及張媪二名，而朱圈標其上，注於傍云：「選入王府。」弁曰：「何如？此間果無有，吾不爾誑也。」錢泣不知所爲。劉仲曰：「事無可奈何，且歸。」於是返虞，不數日而劉書至。先是劉被擄至松入李宅，李之母見而悦之，曰：「若固名家女耶？何姸麗至是。盍母事我，依我寢處，行將送汝還故鄉耳。」未幾成棟以粵東叛（降永曆），母與弟皆械送京，姬妾等俱聽本旂發遣，悉置之南京。劉亦入籍中，爲黑都統承管，闢内署後馬廐傍空地居之。婦女三百餘，羣聚席棚，幾于露處，又馬尿薰人，不能刻居，皆號泣不欲生。越一日夜，而滿洲太太來矣。滿洲太太者，王府中總管老媪也，年七十餘，髮白顏赬，髻圓而扁，髾簪花，衣履皆男子式，善漢語，滑稽多智。至則都統皆跪迎，其管家婆二太者，叩首鞠躬，導引至蓆中遍望，作漢語曰：「君姊妹無恐，我來作降福符官也。不知誰是有福者。」乃側身入婦人隊，擇當意者，拽其裾而行，得三十餘人，令至别所。各擺列于前，上下睨視久之，乃指而别曰：「彼太長，此略短。」而三十人中，復去其半，留十餘人，令至前，諦視其髮及手掌臂指，復隔衣捫其乳，則又去七，僅存者五。乃令五婦列坐，待以茶，殷勤問訊，而細審其音。俟其答語，則耳屬之。中有一婦女音微窳（音與，惡也），復去之，旋起立，語四婦曰：「無動，且安坐，吾欲一觀履式耳。」乃揭其裙，叉兩指量其履，戲語曰：「無乃唐突，然不爾，則不見真才。」僅得四人，而劉與焉。滿媪向劉作滿語「塞楞塞楞」者再四。塞楞者，言最好也。復漢語謂四人曰：「有侍婢乎？任隨爾行。」回顧二太滿語曰：「雅海沁兀律罕。」言渠婢令隨去可也。俄擁四婦登輿至王府，劉持張媪痛哭曰：「入此間萬無與珍相見日期，吾命亦休矣！」媪亦相抱而泣。至暮，王宴，命四婦侍酒。滿媪誡四婦曰：「至前各叩首俯伏，命汝等起乃起，慎毋哭泣，致王怒以取鞭扑。」已而三婦皆如所誡，膝行匍匐，叩首畢，伏地不起，屏息莫敢作聲。劉則冉冉而來，倚柱而立，向左壁側其面，目不盼，燈下額光煜煜射人目，淚睫暈微紅，倍添嬌艷。王異之，問何籍，劉不應。問年幾何，不應。問有夫否，又不應，忽自號泣曰：「我民間寡婦，被韃兵虜，以戀戀於一女，故不遽死。今至此，已與吾女永隔，尚安用生爲！盍速殺我，我良家女，決不肯爲奴婢。」乃撞其首於柱，滿嫗即抱持，且踊且號，鬟髻爲解，髮委地丈餘。王見而益異之，遂有憐愛心，諭滿嫗曰：「善護持，無令悲損。」嫗爲巧言百端，引劉入己寢以安之。朝夕進蕿〔朮〕（凡）果餌，粥糜熬黍，稠疊几案間。而劉勺粒不入口，坐卧惟泣。張媪憂甚，私語滿嫗曰：「劉痛念其女，故悲毁至此。前在松江傳聞李兵歸，復掠直塘一帶，今及三旬，而女之存亡，音耗寂寂。計得一當通問於其女，以慰其心，或可少進飲食。」滿嫗然之，爲啓王。王曰：「速令寫書，可遣捷足往。」滿嫗告劉。劉霽顔曰：「汝累日所言，吾俱不欲聞，惟此言差强人意。」乃作書寄珍曰：「我生不辰，疊罹險難。向日送汝河干，竟成長别，痛何可言！自七獸肆毒，擄我往松，幸叨假母慈覆，寢食相依，且許送我歸虞，令我母子完聚。不期罣名眷籍，候遣省中，忽又送入掖庭，厠身窮袴，竟如墜崖之人，不能奮飛。嗟乎珍兒，汝母至此，尚能隱忍以求活哉！所以苟延殘喘，累遭窘折而不死者，嘗與張媪言，汝是我一點血脈，若不相聞問，而泯泯以死，使汝抱無涯之戚也。前在松江，驚聞直塘一帶村落，盡被兵燹，想七獸未遂所欲，故又發縱指使。以勢而揣，汝家亦爲破巢之卵，然究竟是真是假，尚不免將信將疑。今吾書至，而汝有手書來，則吾知汝之幸不死於七獸也。吾書至，而汝若無手書來，則吾知汝之不幸而竟死於七獸也。其生其死，決於片楮。專睇歸鴻，慰我愁思。若夫煢煢嫠婦，給事掖庭，凡所自計，皆所素審。彼若辱我下陳，使以鞭箠，非口唾其面，即頭撞其胸，雖粉吾骨不辭也。吾秉性高抗，不肯下人，拚却一死，彼且奈我何。珍兒，珍兒，無爲我慮。」云云。即緘書付滿嫗，嫗啓王，命標將發捷足限兩日夜到虞，兩日夜返省。珍接書泣曰：「不意今日，始見慈親手書。」錢生讀竟，泣曰：「何愛女情切也？」回顧珍曰：「事已至此，臨大義，則妻不得二其夫；論至情，則女不得死其母。此際殊難措詞，汝回書須斟酌出之。」時劉仲適至，仲展書玩之再四，忽蹙眉曰：「汝母執拗，不顧利害。王非他，當今王爺也，入關時爲從龍第一功臣，至江南，降宏光，平兩浙，貴戚而功高，威重莫比。乃欲唾面撞胸，徒以性命劘虎牙，萬一激發雷霆，吾與若俱無噍類。事已無可奈何，回書宜勸之婉從。」珍曰：「女無勸母失節之理，第本心則不欲其死，餘非所知。」乃作書始慰以無恙，後云「母生則兒亦生，母死則兒亦死」，情殊戀慕，而無激勸語。錢生寓書于劉，則以曹大家勉慰，亦兩無所礙。而仲則私自爲書，不令錢生夫婦知。書中盛言王厚恩，選其寒微，不遺荆布。又云妹固女中智士，匹婦小諒，宜所不爲。又云當思熊耳山人言，此番作合，或妹命中宜膺奇福。末則告以房屋皆燬，縱使全節而歸，棲身何所。女婿外人，終難倚託，何如自發根枝，使我兩兄亦叨庇蔭。乃署伯名於書尾，而己附之。先是劉知王爲發書，心感〔之〕，（爲）蓡飲糜粥。及回書至，亟開函，知珍無恙，不覺色喜。已而細味錢夫婦書中，立言微意，又不覺涔涔淚下。繼閱兩兄書，沈思久之，則又怒形於色，曰：「非出伯兄之言，乃劉二所爲。四十金不獲如願，乃更欲賣我于旃下爲婢妾乎？」令張媪火之。居無何，忽喇氏薨於京邸。訃至，爲位於中堂，凡本旃竈婦女，皆得臨哭。其在外者，穿素衣而已，蓋國制也。滿媪語張媪曰：「王妃薨，凡在府中婦女，哭臨日三至，宜凜遵無違。」媪以告劉。劉曰：「吾固啖此間飯者，敢違此間大典！」乃葛髽縞衣，練裙素履而出，素艷幽姿，見者無不神魂飛越。王忽於中霤遇之，遽問曰：「此婦得非髮長委地者耶？」爲目送久之，密語滿媪曰：「此婦骨格不凡，可善視之，無使與羣婢伍。」自是滿媪見劉輒跪，叩聽使令，惟恐不當其意。未幾王使雜沓而至，漢粧衣服一箱，滿粧衣服一箱。滿媪跪而進曰：「王爺賜也。」劉弗視。旋又賜蔆十斤，東珠百顆。滿媪跪而進曰：「王爺賜也。」劉又弗視。旋又賜首飾一篋，宫扇二把，手帕二條，荷包四副，銀錠金錠各一盤。滿媪羅列案前，又跪而告曰：「皆王爺賜。」劉又弗視。媪乃曰：「王賜宜面叩申謝。」劉忽倒卧於牀不起。是夜王命劉侍寢，劉乃大號且泣曰：「果也，欲婢妾畜我。我雖婦耳，生長良家，豈有罪而輸爲城旦者，任彼朝朝暮暮邪！」王聞乃已。滿媪私問張媪曰：「劉自入府以來，王待以殊禮，凡饋食沃盥等事，俱不令承應，又賞給稠疊，實爲非常異數。王之用意，不爲不厚。今忽喇氏薨，尚無子，羣婢中絶無寵幸者，而獨注意於劉，此大福將至時也，而必自多齟齬何耶？如以孀婦自嫌，我旂下夫死輒嫁，以廣丁男，向著爲令，何嫌之有？」媪曰：「彼性高抗，在家喜南面坐，凡諸婢僕，皆屏息聽指揮。一旦欲卑躬屈膝於王前，宜其寧死不願也。」滿媪微會意。越數日，王賜劉金鳳冠一品命服，媪語劉曰：「蒙尊禮至此，宜若可從。天生爾貌，決不令其落莫以終也。」劉不言，而手受其冠服。滿媪從屏隙中窺之，知其意轉，乃遍張燈懸綵鼓樂，令劉聞之。乘間更至劉前，附言曰：「朝廷有定例，凡正室不孕，側室有子者，許奏聞，册立爲妃。今之服，止一品夫人服耳，後且更有貴于此者。」至夜，王以御賜蠟炬導劉入寢，劉呼滿媪曰：「獨忘拜謝天恩乎？」王乃命移炬至中堂。中立，劉立王後而居左側，齊行九叩禮。至王寢室，劉卸金鳳冠，易命服，向王三拜三叩而起。王喜其知大體，有淑嬪風範，是夜劉遂侍寢。次日，王悦甚，賞滿媪錢六十緡。媪率府中男婦三百餘人，至劉前叩首稱賀。劉乃出白金四百兩，第其等而輕重犒之。闔府中皆大悦。王命陳、劉二監聽劉使令。二監者，先朝内臣，年皆七十餘。劉乃作書命二監往虞寄珍，曰：「汝母命衰，失身叱利，孽非自作，叫天何辜。我生平不作短氣語，今且欲出諸口，不勝忸怩，而不得爲汝言之者，母子本是一體，又汝是黄氏一脈，責無可辭，故爲汝聊白吾意。汝父生前，實未嘗與我有一語忤，夫婦之私，有逾常格。無言息嫣，不禁懷舊而暗自傷心；餒矣若敖，諒亦賫恨而難于瞑目。今爲之計，〔莫〕如訪立本宗爲嗣，分受萬金，綿其血食。一以盡生者之心，一以安死者之魄。善體吾衷，是誠望汝。又二監乃先朝内臣歸旂者，須加禮款待。别時將我所存元寶二錠贐之，亦使此輩知汝非寒儉家兒也。東珠十顆，可爲甥兒帽飾。京樣手鐲一副，欲汝佩之，如見汝母耳。兩舅氏暨夫婿，余情耿耿，不及細訴，非不欲訴，言之醜也。吁嗟珍兒，而今而後，吾不能依汝以居矣，夫復何言！」二監奉書，錢生已偕二劉先啓行來江寧矣。時王以浙西民叛，奉命往撫。劉見三人至，不交一語，但兩手捉婿臂，目視兩兒而泣。劉仲曰：「今骨肉相聚，亦大幸事。妹縱有苦情，可徐述，且無悲。」既而滿媼奉茶至，皆跪而進，稱二劉曰舅爺，錢曰姑爺，始知劉已爲蔡文姬矣，遂不問入王府後事。珍奉母冬夏衣各十襲，小菜十瓶，客點廿種，炙雞糟鴨等物數盒，皆手交内監挈至。二監備言珍款待加禮，贐贈多金，遍告同列，同列爲之嘖嘖贊揚，劉乃大悦。方劉伯之將至也，于其妹改節事，尚在疑信間，乃私問之。仲曰：「妹已處於王宫，又何疑？」伯大恚，作書罵妹，付仲轉達，拂衣先歸。仲接書曰：「腐儒語，何可令妹見！」遂火之。既而錢告歸，劉私語之曰：「吾欲爲汝圖功名，但旂王英察，汝且勿復見我。我此後在南在北，尚未可知，爲語珍，音書弗絶可也。」仲盤桓府中，獨無旋里想，遂與劉監結爲同宗，而共處于值房。未幾王歸自浙，乃仲謁見，問劉：「汝兄才乎？」對曰：「小有才。」乃命仲辦理薪水事。居無何，內召還京師，至濟寧而劉病氣逆，登輿輒嘔。王乃駐行旌，檄中丞遍召良醫治病，皆云水土不調，宜用下利之劑，以瀉其溼。劉視方，皆碎而焚之，謾罵曰：「蠻牛！」王不解何意，似艴然。劉强起，擁被坐，牽王袖令坐於所卧榻，手撫王背，附耳而告曰：「吾病是妊耳，乃欲以下利殺我耶？」王聞，喜慰之至，如錦之添花也。越數日，劉體漸安，乃就道抵京。陛見皇帝，問年四十何尚無子。王對：「臣在江南，得本旂婦劉，已有身。」上喜曰：「男也，則亟告宗人府以聞。」未幾劉果生男。上聞之，賜人葠百斤，皇太后復賜洗兒錢百萬，乃遵例上請，册立劉氏爲妃。劉以失節婦，貴在皇后之下，一品夫人之上，乃傾側摧挫于難婦宫婢中而得之，噫，奇矣！皇太后萬壽節，劉以王例得率夫金等（鎮國奉國將軍妻俱稱夫金）入宫慶賀。皇太后見劉，即問曰：「聞某王妻艷極，此其是乎？年幾何矣？」劉以三十有五對。太后曰：「不減少女容也。」翌日又問何籍及進身由，劉具以實對。太后悦之。慶賀畢，目逆而送之曰：「不意民間乃有此尤物。」是日賜客食果品、宫扇兩柄、艾虎等以獎異之。是時朝廷重科場，秋闈届期，命王監國學官録科，試牘呈邸。內官送至劉所，劉偶閲姓氏，則其婿錢生與焉。蓋錢固以拔萃生入京肄業者，守劉前所誡，絶不入見。劉乃視其籍貫，校其筆跡，皆無訛。及侍王寢，語之曰：「日間國子監各官呈諸生録科，卷中有錢某名沈堃者，乃吾婿也。」王默然。是科錢果以經魁獲隽。明年錢試禮部，中乙榜，未幾膺部曹之選，皆劉隱成之也。一日，錢以公事詣王第，王命各官皆退，獨召錢進見，謂錢曰：「若欲更見一人乎？」遂延之入內，令劉出見，則已滿粧矣。黄錦袍，銀鼠套，蒙首以紫貂，珠珥盈頭，如明星燦爛於髮鬢間，易履以靴，纖窄如波凌微步。見錢至，喜形於色曰：「思吾珍久矣，近爲置宅一所，欲令汝告假歸，挈妻孥至京居之。又仲兄患消渴，恐不測，汝可偕之還鄉。」于是偕仲歸。仲中途死，錢護其喪歸殯之，而挈珍來京師。劉見珍相抱而泣，已而歡樂如初。或過珍寓，則又漢粧，坐魚軒，女從百餘人，圍以步障而行。至則猶爲珍處置家事。年四十餘，尚有少容，凡一花一服，着其體輒倍增妍，復妊生一子。嘗倦寢，夢處故居，簿書契券，堆積案間，宛然黄氏盛時。覺而于心戚戚。適錢來候起居，爰問曰：「吾前與珍書，囑其訪黄氏本宗，立爲後嗣，今得其人否？」錢曰：「黄自塘市遷任陽，三世單傳，别無支派。又其人先自虞而崑，復自崑而虞，統系皆無考。吾前徧訪故老，顯示求後意，竟無出而應者。」劉歎曰：「吾欲延彼一線，如此奈何！」乃出百金遺紀綱至泖湖，爲黄氏修墓，且置墓田爲歲祀計，令兩僕守塚。至則墓木已刊，一望皆原隰，黄氏兆域，無由别識。或云去年爲開濬者挖其墓，兆域爲河身矣。乃坏土爲三封而還。時珍舉三子，劉語之曰：「次甥可姓黄，爲黄氏後。俟其長，可於黄故居遺址營第，使奉汝祖父祀。」珍諾。不二年而次子死，乃命其季。季又殤，而黄氏遂絶。（卷下）

附録

昌黎傳圬者王承福，述其言曰：「吾入富貴之家，有一至者，又往過，則爲墟；有再至三至者，又往過，則爲墟。」蓋豐悴去來，盈虚倚伏，是乃天道。又况積不善之家，尤招禍速，而報不爽哉！余祖塋在七浦塘，歲時祭掃，舟行過大橋，見黄氏所居，周遭皆石砌，屹如堅城，岑樓門角，邃室鈎心，遠望有葱蔚氣象，不數年而化爲焦土，又數年而爲勢家塋兆地，今且松籟如怒濤聲矣。余與垢者相隔七八百年，而過墟生感，此情若合一契。歲癸丑，張媪以年老北歸，余側室吴與張爲中表姊妹。張時過余舍，爲縷述黄顛末，且舉其手録一册示余曰：「此劉母女兄弟平日往來筆札稿也。」於是捃摭舊聞，綴以張媪所述，敷繹成文，名曰《過墟志》。嗟乎，今之趨利如鶩者，亦可爲殷鑒也已！然亮不撫七，則劉不擄；亮不妻劉，則七不至。此中有天道焉。高明之家，鬼瞰其室，非一朝一夕之故。彼三秀者，天特假其才貌以變置黄氏資財耳。厥基既覆，旋擢儲嬪，卒且慶毓螽斯，寵榮錫命，又曷嘗以妖冶傾人之國也哉！康熙歲次丙辰仲秋既望，墅西逸叟書於坐忘軒。

【蓬池山人跋】嘉慶丙辰，從友人處見錫山錢嘯樓亦欲編彙鈔，所見聞有《任陽紀事》四葉，略載黄劉顛末。因假閱未終，而嘯樓遽來取去。今歲夏五月，晤梅莽吴丈，譚及曩所見《過墟志》上卷載黄亮功事，下卷記直塘錢氏事。於康熙戊子冬，太倉錢寶通海寇餘孽，奉爲永興年號，糾合諸人，錢某與焉。事敗，錢某同一念和尚遁入海至高麗。而直塘錢姓，以叛黨籍没矣。記憶未能了了。今第見上卷鈔本，而分爲二卷，非全書也。天暮未繼燭，不及細詢並假閱也，心殊耿耿。九月二十八日，過冰玉居士書齋，得睹是册，因假閱旬餘，始知嘯樓所鈔多遺漏，有大同小異者。而劉氏在亮功家，已有一女二子，蓋傳聞異詞。至於歸旂後事，又不若是册之詳悉也。第二十葉首兩行，闕數字，閲《東華録》參校，乃貝勒博洛也。滿洲貝勒貝子，在王下公上，故塞思黑封貝子，已稱九王爺。順治二年豫王下江南，奏令貝勒博洛平兩浙，降潞王。四年復命博洛爲征南大將軍，討浙閩，即是册所云浙西民叛時也。時豫王早已班師入京輔政，旋以痘症薨，年三十有六。而博洛於六年掛定西印，從睿王討姜瓖，晉爵端重親王。志云内召，當在是歲前。劉氏年三十五，以序所云張媪南歸在於康熙癸丑證之，想劉至是始薨，年六十矣。至於塾租之脚米，食物之糟鴨瑣屑，備資考證，皆嘯樓鈔本所闕也。若錢沈堃已登仕籍，或其族人從逆而株連，或竟如石門無黨，皆未可知。容再訪諸博雅者。果泉氏偶識。

按：故宫博物院所藏剪報小説有錢一蟹（即錢静方）《劉三秀》，七萬餘字，記清初豫親王多鐸率軍南征時收劉三秀為妃嬪事。見劉北汜《查看故宫所藏近代小説的報告》（載《中國近代文學争鳴》，上海書店一九八九年一版）。

觚賸

鈕琇

《觚賸》，作者鈕琇（？——一七〇四），字玉樵，江蘇吴江人。康熙十一年（一六七二）拔貢生，歷任河南項城縣、陝西白水縣知縣，兼攝沈邱、蒲城縣事。康熙四十三年卒于廣東高明縣知縣任。《清史列傳》卷七十有傳。著有《臨野堂詩集》十三卷、詩餘二卷、文集十卷等。《觚賸》正編包括《吴觚》三卷，《燕觚》、《豫觚》、《秦觚》各一卷，《粤觚》二卷；續編包括《言觚》、《人觚》、《事觚》、《物觚》各一卷。以筆記體記述作者在各地見聞，類多紀實，頗具史料價值。書中間有志怪性或傳奇性故事，亦近于小説。

睞娘

睞娘者，姓易氏，居松陵之舜水鎮。祖某以閥閲世宦，累貲億萬。其父某，盡散其貲，畜古名畫，環室爲香木城，城有十架，架藏百卷爲率，各以鏤金牌記之，其錦韜玉軸者爲最品。睞方四五歲，性聰良，善記誦，父嘗戲舉古人姓名，叩以所作某畫，睞即指第幾卷中，靡不悉符。父以是愛之，令其掌鏤金牌而司畫城，呼曰畫奴。長及齒齓，作花鳥小圖，工刀札，善吟咏。姿體絶麗，未嘗假粉脂，而浮香發豔，盈盈欲仙。星眸流離，遠黛明媚，復嫣然善睞，故其母氏更畫奴名爲睞娘。明甲申歲，海内鼎沸，兵燹所被，諸郡縣皆陸沉。秋八月，睞與父母夜飯罷，畫楹間列繡燈，圍以紫絲步帳，月光掩映簾幕。睞方研墨濡穎，手摹吴道子畫觀音像，將賽于鄰側醉香庵，施其庵之女冠。未舉筆，忽聞號呶成雷，燎火四張，外宅大呼曰：「兵至矣！兵至矣！」睞倉卒入内閣，取畫城之錦韜玉軸者持以出，從父母走僻巷中，潛達金牛村。居金牛村三載，賣珠以綴衣，傭繡以佐饌，備旅食之困。時舜水廬室悉爲灰燼。亂稍定，睞父將理故業，而無資可繕。睞泫然曰：「吾家世業隆大，不幸蹈于離亂，煢煢飄寄，非長策也。聞女之姑在午溪東新巷，姑以艾孀守貞，女可就訪合居，共爲晨昏。女裝中有古畫十餘卷，售之當得千金。父以其值稍葺故廬而新之，女時可從父母從容完聚耳。」父然之，爲買小舫，從一女奴曰問香，賦詩淚别。詩曰：「漂泊何由返故園，桃花春雨照離魂。憑將别後雙紅袖，記取東風舊淚痕。」遂至東新巷，次于姑家。姑字倩娘，夫家姓言氏，于新巷亦豪族。倩夫以癇瘵之病走死亂軍，無子。倩故甚愛睞娘，視睞娘若子也。倩有表之自出潘生，緒其親與倩乃異姓之叔嫂。生故世胄，其父母以行穢見黜于族，僦倩之側舍以居。生能詩文，然無士君子行，竊倩寡處闃寂，日以事請見，眯目哆口，歛肩攝足，以意挑倩娘。倩娘意惑焉，久而相悦。睞之卧室，去倩之卧室可百武，在東廂小紅樓，鎖簾閉幃，旦晚不下樓級。倩之事，問香稍知之，以告睞，睞嘿不應。倩之家有一園，名隔夢，景頗幽勝。時暮春初旬，倩娘辟諸女從，邀睞娘往遊，睞辭以午繡方倦，倩頻促之，乃啓隔夢門，轉曲池上小山左側，憩半峰亭。綠柳數樹，紅欄三折，茶以竹鑪，棋以石磴。復轉而左，隔太湖石累丈，海棠盛開，爛如繡屏。綠海棠行數十武，一徑皆櫻桃花，一徑皆薔薇花。倩曰：「櫻桃未子而花容少媚，不若薔薇紅香足愛也。」挈睞左腕，低扇微笑，乃至薔薇架下。瞥然一聲，片花亂舞，落紅滿鬢鬢間，垂垂拂衫袖，有細彩流蘇貫相思子，綴以同心鳳凰結，雜花而墜，中睞之右肩。睞驚愕，隔花望見一生，烏巾倩容，凝睇于睞。問香遽呼之曰：「潘秀才從誰來耶？」倩娘曰：「潘郎從櫻桃徑來耶？郎素不識睞娘，何敢唐突西子！」生視而笑，倩亦視生而笑，遂散去。睞知倩之賣己也，頳顔不懌者累日。蓋倩娘素悦于生，耻睞之獨爲君子也，故濳生于園以俟睞之至，將市穢于睞。倩知事不可諧，于是始不慊于睞，而爲生計益深。一日，睞娘曉粧方竟，綺窗無事，偶疊紅牋作細字，集唐句成一絶云：「蚤是傷春夢雨天，鶯啼燕語報新年。東風不道珠簾隔，引出幽香落外邊。」蓋隱刺倩事也。書畢，以玉篆獅鎮紙。忽聞樓級有點屐聲，乃倩娘至。睞拾袿連屧趨迎倩，紅牋詩猶在鎮獅下。睞急取置鏡臺鎖槅内，而尾紙半露。倩出讀之，納于杏衫左袖，遽下樓級。睞止之不能，惋悒而已。倩出中堂，適遇生於梧桐軒下。倩出牋於袖，望生而投曰：「櫻桃徑上，有援琴之挑；梧桐軒中，乃無擲車之果耶？」生舒牋展視，乃絶句云云，後有「畫奴戲草」四楷書。倩曰：「畫奴是睞娘小字，紅牋是潘郎良媒也。」生攜牋而去。後累日，新霽始凉，金風初扇，沼荷零香，庭草凄緑，睞孤坐凝眸，惘惘有思歸之意。見問香攜斑竹鎖絲籃，籃置畫金小方奩，進曰：「倩娘以爲娘午茶，少潤詩脾。」開奩視之，乃石榴子二盒，金柑四蔕。果盡覆奩，奩衣下文錦尺幅，繡帶雙結，密緘重重，發緘而觀，則薄赫蹏也，得五十六字云：「珠樓十二夜初長，秋恨應知怯晚粧。巫水有雲通楚佩，賈牆無夢問韓香。錦絃舊瑟調鸚鵡，蘭酒新罏憶鷫鸘。落月斜廊無限意，可能流影到西廂？」篇末著云：「米在田而可實，水非米而何炊。」睞以指畫者久之，作「潘」字狀，澁焉起立，碎紙而擲于地。墮鬟拂衣，遂往見倩。時倩方坐繡裀裁鳳花細襪。忽見睞，以睞至意必有合，移席駢坐，爲睞整髻上墜釵。睞暈臉潮紅，嚴容噎氣，良久乃言曰：「姪以穉年，背慈就外，孤跡單心，托命於姑。以姑之惠，被以綺繡，餌以珍錯，良厚矣。乃不訓之以德，而假道於不令之生，傳以褻詞。姑縱不愛姪，獨不自愛乎？曩者以楮墨閒情，染成小句，姑掠而取之，致以穢意見誘。修筠有節，高柏有心，豈相浼也？陌上之金，尚不能亂桑中之婦；而謂紅閨流葉，乃自媒於東牆宋玉哉！姪非敢斷絕雅恩，然久安於此，實敗令名，請從此辭。」欷歔再拜而起。倩以好言固留，不許。時舜水已成小築，睞之父母將欲迎睞，睞適歸，驚喜道故。睞所不悦於倩娘者，匿不以告也。先是生之父母爲生婚於王氏，自溺志於倩，遂背婚於王。王亦以生狂蕩無檢，字女他姓。至是生欲因倩娘求合於睞，而不愜其願，故揚紅牋之詩以誣睞，使聞於睞之父母，因而求娶。閱歲餘，倩以他事至睞父母家，起居外，並爲睞議姻。口籌心語，未白其人，而數目睞父，睞父無忤色，因極口潘生之才，而諱其貧，又附睞母耳密語。睞父母嘿然，相顧微歎，遂首肯之。倩歸，即爲生致六禮。睞父母擇吉，將贅生於家而絕不以聞於睞。至宴爾之夕，銀缸斜照，黼帳高張，夜闌撤粧，流盼見此良人，則即隔夢園櫻桃花下生也。睞大號慟，絕而後甦。問香馳走，驚呼睞父母至。睞悲極不能言，良久唯曰：「倩娘誤我！」父母再四捄解，然伉儷之際，非其本情，雖勉爲笑語，而眉嫵間鎖愁駐恨，如不勝致。居又二年，生亦構數椽別墅，挈睞以歸。生之父母窮悍極虐，素知睞之不禮生也，爲盛怒以待睞。睞拜告方畢，含啼入室，意不聊生。歲辛丑，生以不給家食，爲硯耕之謀，復隙窺館之鄰女，見黠其主。睞愈不禮生，生大愠睞，叱詈之聲，達於庭户。睞支頤語生曰：「薄命之薄，銜冤可知；狂童之狂，負心若此。何鬚何眉，無耻無禮！我死爲鬼，爾生尚能爲人乎？」語未竟，鞭楚亂下，散髮蒙面，流血被肩。維時明月入户，青燈熒熒，睞矇目嗚咽而歎曰：「命盡此矣！」令問香於故篋中取《愁鹽》一卷，詩詞若干首，及綠窗小寫百葉，皆幼時所畫花鳥粉本，悉焚之火。乃裂帛盈尺，和淚爲書，授之問香曰：「遲明汝爲吾送易氏爹娘。」書略云：「女不幸，少逢離亂，骨肉飄依，兩地異處。況復長年羸病，自知弱蕙易殤，薄雲難壽。然從垂髫以來，溺情芸藝，散志籤圖，將謂結褵名族，執爨良家，俾慈幃二人，得慰心於白髮，竊所願也。不意媒妁之欺，近在至戚，涅我素名，織彼萋計。致匹合於瑣類，終身之仰，失在一朝。怨魄不舒，愁魂欲斷，豈知有生之樂哉！女自春首分袂而後，鬱爲沈疾。嘗累日一粥，而見粒則嘔，薄飲不及蠡勺，悲苦之狀，不可殫陳。當夫蘭門暮掩，薄寒中人，檐雨淅瀝，燈花頻落，砧聲遠飄，譙鼓斷續，女于斯時，凄其淚零，倚枕竟夕，不知憂之何從也。及夫晝窗曉開，麗花笑暖，慧鳥争啼，憑欄數迴，因思穉年西園隨伴，踏青始歸，泛錦瑟於芳樓，馳紅衫於細馬，匏絲稠雜，諧笑爲讙。方之今時，遂若隔世。同是一身，而苦樂頓異，命之不猶，夫復何言！今秋負心人以窺踰失意，遷怒於女，笞楚千態，垂垂待斃，無復生理。爰令丫鬟問香，告情父母，即夜是命盡之次。父母一來垂視，永以遐隔。綠香帳裏，豈有冷翠零膏；紅藥窗前，莫問韶顏穉齒。將見柳眼露凝，埋春化淚；蓮心風折，劈恨成絲。明月三更，天涯草碧，還家之期，當在曉風新夢間耳。父母春秋已高，强飯自愛，無以女爲念。幸收女餘骨，覆以坏土，得以脱迹人間，銷形天上，粱黄槐綠，烟冷雲荒，遂畢此生矣。孟光同隱，未得是人；弄玉俱仙，徒爲虛語。獨念父母，畜我不卒，繞膝之歡，邈矣難再。梅花猶在額乎？蓮花猶在足乎？鏡臺舊影，翠帷餘香，姍姍其來遲者，知是亭亭倩女魂也。」及晨，睞父母得書憤駭，長慟而至，則睞已縊於前軒左欞間矣。生與父母俱逃，莫曉所在。睞父母及易氏諸戚，乃棺睞於兩楹，而以問香歸。蓋睞之爲人，風神散朗。亦珊珊流雅，而幽情如緘，慧心長結，藝能窮巧，而貌若不知。咳唾生珠玉，而寡於辯給；援管成牘，而揮染必本於性。故寫愉則墨以歡露，道哀則字與淚并。蓋孝穆所謂妙解文章者也。惜紫紈無托，紅顏非耦，才豐命嗇，生短恨長，悲哉！睞生纔二十四歲。殮後數日，忽有豪士，戟髯拳髮，紅巾綠縵，跨劍躍馬而馳，後從碧眼奴，背負血囊，至睞之門，排門直入，立馬柩前，掀髯大呼曰：「負心人已殺之矣！」從者下囊前傾，血模糊一髑髏着地疾走，乃生之首也。其明年，午溪盜亂，倩娘虜去，不知所終。人咸以爲睞寃之所雪云。（卷三吳觚下）

池北偶談

王士禛

《池北偶談》二十六卷，作者王士禛（一六三四——一七一一），字子真，又字貽上，號阮亭，别字漁洋山人。山東新城（今桓台縣）人。生于山左世家，家學淵博。順治十五年進士，康熙十七年由户部郎中改授翰林院侍講學士，官至刑部尚書。著作甚多，有《漁洋三十六種》。士禛爲清初著名詩人，論詩以神韻爲主。《池北偶談》爲叢著類筆記，分四門。「談故」、「談獻」、「談藝」分别記掌故舊聞、名人言行、詩文評論；「談異」門三百六十五則專記神鬼怪異、奇人佚事。此書最早爲康熙己巳（一六八九）閩中刻本，後有康熙庚辰（一七〇〇）臨汀郡刻本及康熙辛巳（一七〇一）文粹堂刻本等。通行者爲中華書局《清代史料筆記叢刊》本。

梨花漁人

會稽姜鐵夫梗說：其鄉近歲有漁人，獨居無家室，所居有梨花數十樹，人呼爲「梨花漁人」。一夜月明，放舟湖中，聞岸上有人呼渡，移船近之。未抵岸，其人已在舟中矣。視之，尼也，年可十七八，衣縞而姿首甚麗。詰所從來，不應。將及家，登岸，穿林冉冉而去。漁人心知非人。明日晚歸，燈火熒然，則尼已先在室中矣。漁人稍疑懼，尼曰：「我非人也，居湖邊某村，父母自幼送我爲尼，今年月日死，以與君有夙緣，故來相從。且君當得佳婦，亦須我爲作合，幸勿訝也。」自此雞鳴而去，夜即復來，如是將一載。鄰里皆聞漁人室有異香。里中某氏，有女及笄，一日忽有鬼物憑之，言禍福，多奇中，且云：「汝女病，惟某漁人善醫，且夙緣當爲某婦，否者死矣。」其父母懼，邀漁人至其家。漁人不知所以，固辭歸。迨暮，尼復來告曰：「我與君夙緣已盡，當從此辭。此女當爲君婦，祟即我所爲，君何辭耶？」漁人誼不負心，因與盟誓。尼感動泣下，亦不復强。明日，漁人以告女之父母，鬼遂不至。不數月，漁人竟卒。（卷二十）

劍俠

某中丞巡撫上江，一日，遣吏賫金三千赴京師。途宿古廟中，扃鐍甚固，晨起已失金所在，而門鑰宛然，怪之。歸以告中丞，中丞怒，亟責償官。吏告曰：「償固不敢辭，但事甚疑怪，請予假一月，往踪跡之，願以妻子爲質。」中丞許之。比至失金處，詢訪久之，無所見，將歸矣，忽於市中遇瞽叟，胸懸一牌云「善決大疑」。漫問之，叟忽曰：「君失金多少？」曰：「三千。」叟曰：「我稍知踪跡。可覓車子乘我，君第隨往，冀可得也。」如其言。初行一日，有人煙村落，次日入深山，行不知幾百里，無復村疃。至三日，踰亭午，抵一大市鎮，叟曰：「至矣。君但入，當自得消息。」不得已，第從其言。比入市，則肩摩轂擊，萬瓦鱗次。忽一人來訊曰：「君非此間人，奚至此？」告以故，與俱至市口覓瞽叟，已失所在。乃與曲折行數街，抵大宅，如王公之居，歷階及堂，寂無人，戒令少待。頃之，傳呼令入，至後堂。堂中惟設一榻，有偉男子科跣坐其上，髮長及骭，童子數人執扇拂左右侍。拜跪訖，男子訊來意，具對。男子頤指語童子曰：「可將來！」即有少年數輩，扛金至，封識宛然，問曰：「寧欲得金乎？」吏叩頭曰：「幸甚，不敢請也。」男子曰：「乍來此，且將息了却去。」即有人引至一院，扃門而去，日予三餐，皆極豐腆。是夜月明如晝，啓後户視之，見粉壁上纍纍有物，審視之，皆人耳鼻也。大驚，然無隙可逸去，徬徨達曉。前人忽來傳呼，復至後堂，男子科跣坐如初，謂曰：「金不可得矣，然當予汝一紙書。」輒據案作書，擲之揮出。前人復導至市口，惝怳疑夢中，急覓路歸。見中丞，歷述前事，叱其妄。出書呈之，中丞啓緘，忽色變而入。移時，傳令歸舍，並釋妻子，豁其賠償。吏大喜過望。久之，乃知書中大略，斥中丞貪縱，謂：「勿責吏償金，否則某月日夫人夜三更睡覺，髮截若干寸。寧忘之乎？」問之夫人，良然，始知其劍俠也。日照李洗馬應鷹聞之望江龍簡討燮云。（卷二十三）

女俠

新城令崔懋，以康熙戊辰往濟南，至章丘西之新店，遇一婦人，可三十餘，高髻如宫妝，髻上加氈笠，錦衣弓鞋，結束爲急裝，腰劍，騎黑衛，極神駿，婦人神采四射，其行甚駛。試問何人，停騎漫應曰：「不知何許人。」「將往何處？」又漫應曰：「去處去。」頃刻東逝，疾若飛隼。崔云：「惜赴郡匆匆，未暇躡其踪跡，或劍俠也。」從姪鵕因述萊陽王生言：順治初，其縣役某解官銀數千兩赴濟南，以木夾函之。晚將宿逆旅，主人辭焉，且言鎮西北不里許，有尼菴，凡有行槖者皆往投宿，因導之往。方入旅店時，門外有男子著紅峭頭，狀貌甚獰。至尼菴，入門，有廳廨三間，東向，牀榻備設。北爲觀音大士殿，殿側有小門，扃焉。叩門久之，有老嫗出應，告以故，嫗云：「但宿西廨不妨。」久之，持硃封鐍山門而入，役相戒夜勿寢，明燈燭，手弓刀伺之。三更，大風驟作，山門砉然而闢，方愕然相顧，倏聞呼門聲甚厲。衆急持械以待，而廨門已啓，視之，即紅峭頭人也，徒手握束香擲於地，衆皆仆。比天曉始甦，銀已亡矣。急往市詢逆旅主人，主人曰：「此人時遊市上，無敢誰何者，唯投尼菴客輒無恙，今當往愬耳。然尼異人，吾代往求之。」至則嫗出問故，曰：「非爲夜失官銀事耶？」曰：「然。」入白，頃之尼出，嫗挾蒲團敷坐，逆旅主人跪白前事。尼笑曰：「此奴敢來此作狡獪，罪合死，吾當爲一決。」顧嫗入，率一黑衛出，取劍臂之，跨衛向南山徑去，其行如飛，倏忽不見。市人集觀者數百人。移時，尼徒步手人頭，驅衛而返，驢背負木夾函數千金，殊無所苦。入門，呼役曰：「來，視汝木夾官封如故乎？」驗之良是。擲人頭地上，曰：「視此賊不錯殺却否？」衆聚觀，果紅峭頭人也。衆羅拜謝去。比東歸，再往訪之，菴已鐍閉，空無人矣。尼高髻盛裝，衣錦綺，行纏羅襪，年十八九，好女子也。市人云：尼三四年前挾嫗俱來，不知何許人。常有惡少夜入其室，腰斬擲垣外，自是無敢犯者。（卷二十六）

看花述異記

王晫

王晫（一六三六——？），初名棐，字丹麓，號木庵，又號松溪子。仁和（今屬浙江杭州）人。順治間秀才，因病棄舉子業，杜門讀書，工詩文。著有《今世説》八卷、《丹麓雜著十種》十卷及《遂生集》、《霞舉堂集》等，並刻有《檀几叢書》。《看花述異記》爲《丹麓雜著十種》之六。今據《虞初新志》輯録。

湖墅西偏有沈氏園，茂才衡玉之别業也。茂才性愛花，自號花遯。園故多植古桂、老梅、玉蘭、海棠、木芙蓉之屬，而牡丹尤盛。疊石爲山，高下互映，開時焚焚如列星，又如日中張五色錦，光彩奪目。遠近士女游觀者，日以百數。三月十八日，予亦往觀，徘徊其下，日暮不忍歸。主人留飲，飲竟，月已上東牆矣。主人别去，予就宿廊側，静夜獨坐。清風徐來，起步階前，花影零亂，芳香襲人衣裾，幾不復知身在人世。俄見女子自石畔出，年可十五六，衣服娟楚。予驚問，女曰：「妾乃魏夫人弟子黄令徵，以善種花，謂之花姑。夫人雅重君，特遣相迓。」予隨問夫人隸何事。曰：「隸春工，凡天下草木花片，數之多寡，色之青白紅紫，莫不於此賦形焉。」「然則何爲見重也？」曰：「君至當自知。」因促予行。予不得已，隨之去，移步從太湖石後，便非復向路，清溪夾岸，茂林蓊鬱。沿溪行里許，但覺烟霧溟濛，芳菲滿目，人間四季花，同時開放略盡。稍前一樹，高丈餘，花極爛熳，有三女子，紅裳豔麗，偕游樹下，見客亦不避。予歎息良久。花姑曰：「此鶴林寺杜鵑也。自殷七七催開後，即移植此。」又行數里，一望皆梅，紅白相間，綠萼倍之。當盛處，有一亭，榜曰梅亭。亭內有一美人，淡妝雅度，徙倚花側。予流盼移時，幾不能舉步。花姑曰：「奈何爾？此是梅妃。梅亭二字，猶是上皇手書。幸妃性柔緩，不爾，恐獲罪。」予笑謝乃已。行至一山，巖壑争秀，花卉殆與常異。聽枝上鳥語，如鼓笙簧。漸見朱甍碧瓦，殿閣參差，兩度石橋，乃抵其處。相厥棟宇，侈於王者。傍有二司如官署，右曰太醫院。予大驚訝，問花姑曰：「此處亦須太醫耶？」花姑笑曰：「乃蘇直耳。善治花，瘠者能腴，病者能安，故命爲花太醫。」「其左曰太師府何？」曰：「此洛人宋仲儒所居也。名單父，善吟詩，亦能種植，藝牡丹，術凡變易千種，人不能測。上皇嘗召至驪山，植花萬本，色樣各不同，賜金千兩。內人皆呼花師，故至今仍其稱。」入門由西街行百步餘，側有小苑，畫檻雕欄。予遽欲進內，花姑慮夫人待久，不令入。予再三强之，方許。及階，見一花合蒂，濃豔芬馥，染襟袖不散。庭中有美女，時復取嗅之，腰肢纖惰，多憨態。予不敢熟視。花姑曰：「君識是花否？」予曰：「不識也。」曰：「此産嵩山塢中，人不知名，採者異之，以貢煬帝。會車駕適至，爰賜名迎輦花。嗅之能令人清酒，兼能忘睡。」予曰：「然則所見美女，其司花女袁寶兒耶？」花姑曰：「然。」遂出，復由中道過大殿。殿角遇二少婦，皆靚妝，迎且笑曰：「來何暮也？」花姑亟問夫人何在。曰：「在內殿，觀諸美人歌舞，奏樂爲樂。客既至，當入報夫人。」予遽止之曰：「姑少俟，諸美人可得竊窺乎？」二婦笑曰：「可。」謂花姑：「汝且陪君子，我二人候樂畢相延也。」去後，予乃問花姑：「二婦爲誰？」曰：「二婦本李鄴侯公子妾，衣青者曰緑絲，衣緋者曰醉桃。花經兩人手，無不活。夫人以是録入近侍。」遂引予至殿前簾外，見絲竹雜陳，聲容備善，正洋洋盈耳。忽有美人撩鬢舉袂，直奏曼聲，覺絲竹之音不能遏。既而廣場寂寂，若無一人。予聞之，不勝驚歎。花姑曰：「此永新歌，所謂歌值千金，正斯人也。」語未畢，聞簾内宣王生入。予斂容整衣而進，望殿上夫人，丰儀綽約，衣絳綃衣，冠翠翹冠，珠璫玉珮，如后妃狀。侍女數十輩，亦皆妖麗絶人。予再拜。命予起，曰：「汝見諸美女乎？」予謝不敢。夫人曰：「美人是花真身，花是美人小影。以汝惜花，故得見此，緣殊不淺。向汝作《戒折花文》，已命衛夫人楷書一通，置諸座右。」予益遜謝。旋命坐，進百花膏。夫人顧左右曰：「王生遠至，汝輩何以樂嘉賓之心？」有一女亭亭玉立，抱琴請曰：「妾願撫琴。」一聲纔動，四座無言。泠泠然，撫遍七絃，直令萬木澄幽，江月爲白。夫人稱善，曰：「昔于頔嘗令客彈琴，其嫂審聲歎曰：『三分中，一分箏，二分琵琶，絶無琴韻。』今聽盧女彈，一絃能清一心，不數秀奴七七矣。」因呼太真奏琵琶。予聞呼太真，私意當日稱爲解語花，又曰海棠睡未醒，不料邂逅於此。乃見一人，纖腰修眸，衣黄衣，冠玉冠，年三十許，容色絶麗，抱琵琶奏之。音韻悽清，飄出雲外。予復請搊箏。夫人笑曰：「近來惟此樂，傳得美人情。君獨請此，情見乎辭矣。」顧諸女輩曰：「誰擅此技？」皆曰：「第一箏手，無如薛瓊瓊。」尋有一女，着淡紅衫子，繫砑羅裙，手捧一器，上圓，下平，中空，絃柱十二，予不辨何物。夫人曰：「此即箏也。」頃乃調宫商於促柱，轉妙音於繁絃，始憶崔懷寶詩，良非虚語。曲纔終，又有一女，抱一器，似琵琶而圓者，其形象月，彈之，其聲合琴，音韻清朗。予又不辨何物，但微顧是女，手紋隱處如紅線。夫人察余意，指示予曰：「此名阮咸，一名月琴，惟紅線雅善此。」予方知是女即紅線也。夫人忽指一女曰：「渾忘却汝，汝有絶技，何不令嘉客得聞？」予起視，見一美人，含情不語，嬌倚屏間。聞夫人語，微笑。予遂問夫人，是女云誰。夫人曰：「此魏高陽王雍美人徐月華也，能彈卧箜篌，爲明妃出塞之歌，哀聲入雲，聞者莫不動容。」已持一器，體曲而長，二十三絃，抱於懷中，兩齊奏之，果如夫人言。俄有一女跨丹鳳至，諸女輩咸曰：「吹簫女來矣。」女謂夫人曰：「聞夫人延客，弄玉願獻新聲。」夫人請使吹之。一聲而清風生，再吹而彩雲起，三吹而鳳凰翔，便冉冉乘雲而去。耳畔猶聞嗚嗚聲，細察之，已非簫矣。別一女子，短髮麗服，貌甚美而媚，横吹玉笛，極要眇可聽。夫人曰：「誰人私弄笛？」諸女輩報曰：「石家兒綠珠。」夫人命亟出見客。女伴數促不肯前。中一女亦具國色，乃曰：「兒亦善笛，何必爾也。」綠珠聞之，怒曰：「阿紀敢與我較長短耶？我終身事季倫，不似汝謝仁祖殁，遂嫁郗曇，不以汗顔，翻逞微技。」是女羞憤無一言。夫人不懌，命止樂。忽有囀喉一歌，聲出於朝霞之上，執板當席，顧盼撩人。夫人喜曰：「久不聞念奴歌，今益足暢人懷。」念奴曰：「妾何足言，使麗娟發聲，妾成傖父矣。」夫人指曰：「麗娟體弱不勝衣，恐不耐歌。」予見其年僅十四五，玉膚柔軟，吹氣勝蘭，舉步珊珊，疑骨節自鳴。乃曰：「對嘉賓，豈能辭醜。」因唱《迴風曲》，庭葉翻落如秋，予但唤奈何而已。麗娟曰：「君尚未見絳樹也。絳樹一聲能歌兩曲，二人細聽，各聞一曲，一字不亂。每欲效之，竟不測其術。」夫人曰：「絳樹術雖異，恐無能勝子。吾且欲與王生觀絳樹舞。」乃見飛舞回旋，有凌雲態，信妙舞莫巧於絳樹也。絳樹謂麗娟曰：「汝欲效吾歌不得，吾欲學汝舞亦不能。」夫人大悟曰：「有是哉，漢武嘗以吸花絲錦，賜麗娟作舞衣，春暮宴於花下，舞時故以袖拂落花，滿身都着，謂之百花舞。今日奈何不爲王生演之？」麗娟復起舞，舞態愈媚，第恐臨風吹去。忽聞雞鳴，予起别。夫人曰：「後會尚有期，慎自愛。」仍命花姑送予行。視諸美人，皆有戀戀不忍别之色，予亦不知涕之何從也。花姑引予從間道出，路頗崎嶇。回首忽失花姑所在，但見曉星欲落，斜月横窗，花影翻階，翻然若顧予而笑。露坐石上，憶所見聞，恍如隔世。因慨天下事大率類是，故記之。時康熙戊申三月。

袁籜菴曰：具三十分才情，方能有此撰述。若有才無情，則不真；有情無才，則不暢。讀竟始服其能。

李湘北曰：此丹麓《戒折花文》絶妙注疏也。將千古豔魂，和盤托出。笑語如生，不數文成將軍之於李夫人、臨邛道士之於楊玉環矣。

徐竹逸曰：逸興如落花依草，可補《虞初志》、《豔異編》之所未備。文心九曲，幾欲佔盡風流。

張山來曰：予嘗謂以愛花之心愛美人，則領略定饒逸趣；以愛美人之心愛花，則護惜别有深情。丹麓惜花如命，固應有此奇遇。

又曰：向讀《豔異》諸書，見花妖月姊，往往於文士有緣，心竊慕之，恨生平未之遇也。今讀此記，益令我神往矣。（《虞初新志》卷十二）

會仙記

徐喈鳳

徐喈鳳，字鳴岐，號竹逸，宜興人。順治十五年（一六五八）進士，官永昌府推官。著有《荆南墨農集》（見《四庫全書》存目），未見。《會仙記》，據《虞初新志》輯録。

會仙者，非真仙也，有似乎仙則仙之矣。非會其面也，聞其言如會其面矣。曷言乎有似乎仙也？知人心中之事，知人未來之禍福，非仙而能之乎？曷言乎如會其面也？不見其形，得聞其聲，有問必答，語皆切中，非如會其面乎？壬戌春正月，扶風橋許生，名丹，字若夔，同其父玉卿，入城探親。去城二里許，遇兩美女，視之而笑。許生素謹樸，不動念。是夕宿親袁氏家，卧小樓上。燈滅，忽聞剥啄聲，問之則稱奴家。許生父子怪之，急叩主人門，大呼有鬼。主人率僮婢秉燭出，一無所見。坐踰時許，辭主人。主人退，復作聲，述許家平日事，詳而確，且説奴與生有夫婦緣，故來相訪。許益疑而畏之，假寐不與言。遂倚樓唱時曲數闋，達旦而去。閲十日，生自外入卧室，見前途遇美女，豔服坐其牀，旁一美婢侍。許生怪之，細詢其來歷。自言：「姓胡，字淑貞，五百年前在宋真宗宫。生寺人，奴采女，意甚相悦，訂來世爲夫婦。不意奴墮狐胎，生轉數世，不相值。今奴修煉將成，乘生娘子歸寧，了此夙緣，毋疑我也。」生以告其祖漢昭。漢昭故明秀才，年已七十餘，聞而怪之，急入室，無所見，但聞婦人聲，以太公呼之：「請坐，受奴家拜。」漢昭心知是妖，而無法祛之。夜伴生寢，淑貞執婦道甚謹，與漢昭叙談，引經據古，無一俚語。以漢昭在，未嘗與生狎。比曉，里人知之，競來訊詰。淑貞因人而語，與子言孝，與弟言悌，與姑言慈，與婦言順，一如大儒之言。間有以故事相難者，淑貞悉其原委，出人意表，往往難者反爲所窮。於是漢昭信其妖而不邪，故出以成其夫婦緣。其初至也有詩，定情也有詞，風流芳豔，允爲情種。乃許氏戚族，咸爲生慮，或叱之，或怒詈之，甚或持刀向空揮之，或掖生匿避之。淑貞曰：「吾爲情來，諸人不以情待我，盍去諸。」吟怨別詩而去。去遂不復來。然侍女素娥時通音問，取履式製履，精緻勝於常婦。口誦淑貞相思曲，情甚殷。一日生涎其美，以手戲之，素娥嚴辭拒，不似人間婢子之易挑者。自後素娥來，必偕秋鴻。有時偕數婢來，曰春燕，曰一枝紅，曰青青柳，皆古美人之名，使人聞之而魄動。癸亥五月，淑貞遣秋鴻迎生去，生難之。秋鴻曰：「閉目附吾肩，可頃刻至。」生如其言，耳聞風浪聲，目不敢開。少頃，秋鴻曰：「至矣。」生開眼視，石壁削立。秋鴻以扇拂壁，豁大門，肅生入。内皆精舍，女樂兩行，鼓吹音妙不可狀。淑貞一姊一妹，俱出見。分主客坐。素娥抱一女孩，曰：「此小姐所産，十閲月矣。以其生綠陰下，因名綠陰。」生接置膝上，女即以爹呼之。留生宿，其供具鮮華，都非塵世所有。淑貞隨其姊若妹，早暮焚香誦佛，與生並坐而不與同寢。留四日，淑貞曰：「官人宜歸矣，家中娘子欲投河，倘不測，奈何？」即遣秋鴻送生歸。歸而婦已泣河干矣。臨别，手製葛衣葛褲贈生，歸而視之，頗與閩葛類。是年冬，又遣婢迎去，其路較前略近。生問何地，素娥曰：「前黄山，今銅峰也。」素娥、秋鴻輩時到生家，爲之理家事，雖瑣屑必當。許生，余之内甥也，向余述其詳。余疑之而亦羡之，屬生致素娥，求一會以問休咎。生果以余意致之。素娥曰：「諾，當以甲子正月十二日爲期。」届期，余放小舠往。生設酒饌，暢飲畢，余曰：「仙莫爽約乎？」漢昭曰：「必不爽，請安枕以待之。」漏未二下，忽榻前呼曰：「老相公，丫鬟來矣。」老相公，稱漢昭也。余披衣起，問之曰：「來者素娥姐乎？」應曰：「是。徐相公請安卧，不消起來。我小姐有詩贈徐相公周夫人。」誦詩云云，初聞不盡曉。問之，又誦一遍，曰：「小姐更有詩，專贈徐相公的。」誦詩云云，余曰：「亦未盡曉。」又誦一遍，尚有未曉處。問之，一一説明，既而曰：「相公壽有九旬，晚景都佳。」余問曰：「我前世是何等人？」曰：「相公前世是醫生，誤用藥傷人之子。夫人前世是堪輿，誤看地絶人之嗣，是以今世生而不育。然相公忠厚正直，暮年必得一子。只是積德要緊。」時同候會者，周子雲槎、仇子長文、陸子求聲，各有所問，皆就事直答，不作影響語。語久辭去，瀕行曰：「吾妹秋鴻，即送香水來飲。」頃之，空中忽報曰：「秋鴻送香水在此。」移燈照之，果有一壺在几。手撫壺，壺熱如新瀹茶。秋鴻自言，須請許二官來斟。呼許生出，取香水分酌之，氣馨味甘，仙家所謂瓊漿者非乎。聞有步屧聲，推門入，口唱曲，嫋嫋不絶，出即告去。余留之曰：「秋鴻姐何不歌一曲，使吾輩共聽好音乎？」秋鴻應聲而唱，雖不辨其爲何曲，而曼聲縹緲，聞者莫不神飛。曲終，飄然去。余録其詩示同人，同人屬而和，得詩詞若干首，彙録之，顔曰《仙音集》。噫嘻！子不語怪，恐惑人也。若淑貞之事，怪耶非耶？其形但與許生見，他人未有見者。來也無影，去也無跡，窗户不啓，倏而坐人之牀。以爲怪，則真怪也。然始以情，繼以義。所言者中庸之道，所習者人事之常。投以詩詞，輒次韻和答。以爲非怪，則真非怪也。蓋胡者狐也，美姿容，篤因緣者，淑也；匿其貌，不與他人見者，貞也。狐而近於仙也。夫古人登嶽涉海，以求仙而仙未易得會，今余於咫尺間親爲問答，飲香水，聆妙曲，直以爲會仙可矣。第其女綠陰，許生所生，非狐矣，後必有出世之時。余果壽，尚得見之否乎？

張山來曰：狐而貞且淑者，其性也；淹博而知禮義者，則其學也。吾不知其以誰氏爲師。（《虞初新志》卷十四）

聊齋誌異

蒲松齡

《聊齋誌異》十六卷，作者蒲松齡（一六四〇——一七一五），字留仙，一字劍臣，號柳泉居士，山東淄川（今淄博市）人。十九歲考中秀才，以後屢試不第，四十四歲補廪膳生。終生以坐館教學爲生。著有俚曲十四種，雜著多種，近人彙編爲《蒲松齡集》。《聊齋誌異》一名《異史》，有稿本半部，鑄雪齋鈔本、青柯亭刻本等多種版本，近五百篇，大部分爲傳奇小説，是清代最著名之文言小説集。

連瑣

楊于畏，移居泗水之濱。齋臨曠野，牆外多古墓，夜聞白楊蕭蕭，聲如濤湧。夜闌秉燭，方復悽斷。忽牆外有人吟曰：「玄夜淒風却倒吹，流螢惹草復沾幃。」反復吟誦，其聲哀楚。聽之，細婉似女子。疑之。明日，視牆外，並無人迹。惟有紫帶一條，遺荆棘中；拾歸置諸窗上。向夜二更許，又吟如昨。楊移杌登望，吟頓輟。悟其爲鬼，然心向慕之。次夜，伏伺牆頭。一更向盡，有女子珊珊自草中出，手扶小樹，低首哀吟。楊微嗽，女忽入荒草而没。楊由是伺諸牆下，聽其吟畢，乃隔壁而續之曰：「幽情苦緒何人見？翠袖單寒月上時。」久之，寂然。楊乃入室。方坐，忽見麗者自外來，斂衽曰：「君子固風雅士，妾乃多所畏避。」楊喜，拉坐。瘦怯凝寒，若不勝衣。問：「何居里，久寄此間？」答曰：「妾隴西人，隨父流寓。十七暴疾殂謝，今二十餘年矣。九泉荒野，孤寂如鶩。所吟，乃妾自作，以寄幽恨者。思久不屬，蒙君代續，懽生泉壤。」楊欲與懽。蹙然曰：「夜臺朽骨，不比生人，如有幽懽，促人壽數。妾不忍禍君子也。」楊乃止。戲以手探胸，則雞頭之肉，依然處子。又欲視其裙下雙鉤。女俯首笑曰：「狂生太囉唣矣！」楊把玩之，則見月色錦襪，約綵線一縷。更視其一，則紫帶繫之。問：「何不俱帶？」曰：「昨宵畏君而避，不知遺落何所。」楊曰：「爲卿易之。」遂即窗上取以授女。女驚問何來，因以實告。乃去綫束帶。既翻案上書，忽見《連昌宮詞》。慨然曰：「妾生時最愛讀此。今視之，殆如夢寐！」與談詩文，慧黠可愛。翦燭西窗，如得良友。自此每夜但聞微吟，少頃即至。輒囑曰：「君祕勿宣。妾少膽怯，恐有惡客見侵。」楊諾之。兩人懽同魚水，雖不至亂，而閨閣之中，誠有甚於畫眉者。女每於燈下爲楊寫書，字態端媚。又自選宮詞百首，録誦之。使楊治棋枰，購琵琶。每夜教楊手談。不則挑弄絃索，作《蕉窗零雨》之曲，酸人胸臆；楊不忍卒聽，則爲《曉苑鶯聲》之調，頓覺心懷暢適。挑燈作劇，樂輒忘曉。視窗上有曙色，則張皇遁去。一日，薛生造訪，值楊晝寢。視其室，琵琶、棋局具在，知非所善。又翻書得宮詞，見字迹端好，益疑之。楊醒，薛問：「戲具何來？」答：「欲學之。」又問詩卷，託以假諸友人。薛反覆檢玩，見最後一葉細字一行云：「某月日連瑣書。」笑曰：「此是女郎小字。何相欺之甚？」楊大窘，不能置詞。薛詰之益苦，楊不以告。薛〔執〕卷挾〔之〕，楊益窘，遂告之。薛求一見，楊因述所囑。薛仰慕殷切，楊不得已，諾之。夜分，女至，爲致意焉。女怒曰：「所言伊何？乃已喋喋向人！」楊以實情自白。女曰：「與君緣盡矣！」楊百詞慰解，終不懽，起而別去，曰：「妾暫避之。」明日，薛來，楊代致其不可。薛疑支託，暮與窗友二人來，淹留不去，故撓之，恒終夜譁，大爲楊生白眼，而無如何。衆見數夜杳然，寖有去志，喧囂漸息。忽聞吟聲，共聽之，悽婉欲絶。薛方傾耳神注，內一武生王某，掇巨石投之，大呼曰：「作態不見客，甚得好句，嗚嗚惻惻，使人悶損！」吟頓止。衆甚怨之。楊恚憤見於詞色。次日，始共引去。楊獨宿空齋，冀女復來，而殊無影迹。踰二日，女忽至。泣曰：「君致惡賓，幾嚇煞妾！」楊謝過不遑。女遽出曰：「妾固謂緣分盡也，從此別矣。」挽之已渺。由是月餘，更不復至。楊思之，形銷骨立，莫可追挽。一夕，方獨酌，忽女子搴幃入。楊喜極曰：「卿見宥耶？」女涕垂膺，默不一言。亟問之，欲言復忍，曰：「負氣去，又急而求人，難免愧恧。」楊再三研詰，乃曰：「不知何處來一齷齪隸，逼充媵妾。顧念清白裔，豈屈身輿臺之鬼？然一綫弱質，烏能抗拒？君如齒妾在琴瑟之數，必不聽自爲生活。」楊大怒，憤將致死；但慮人鬼殊途，不能爲力。女曰：「來夜早眠，妾邀君夢中耳。」於是復共傾談，坐以達曙。女臨去，囑〔令〕（勿）晝眠，留待夜約。楊諾之。因於午後薄飲，乘醺登榻，蒙衣偃卧。忽見女來，授以佩刀，引手去。至一院宇，方闔門語，聞有人掿石撾門。女驚曰：「仇人至矣！」楊啓户驟出，見一人赤帽青衣，蝟毛繞喙。怒咄之。隸橫目相仇，言詞兇謾。楊大怒，奔之。隸捉石以投，驟如急雨，中楊腕，不能握刃。方危急所，遥見一人，腰矢野射。審視之，王生也。大號乞救。王生張弓急至，射之中股；再射之，殪。楊喜感謝。王問故，具告之。王自喜前罪可贖，遂與共入女室。女戰惕羞縮，遥立不作一語。案上有小刀，長僅尺餘，而裝以金玉，出諸匣，光芒鑑影。王歎贊不釋手。與楊略話，見女慚懼可憐，乃出，分手去。楊亦自歸，越牆而仆，於是驚寤，聽村雞已亂鳴矣。覺腕中痛甚；曉而視之，則皮肉赤腫。亭午，王生來，便言夜夢之奇。楊曰：「未夢射否？」王怪其先知。楊出手示之，且告以故。王憶夢中顔色，恨不真見。自幸有功於女，復請先容。夜間，女來稱謝。楊歸功王生，遂達誠懇。女曰：「將伯之助，義不敢忘。然彼赳赳，妾實畏之。」既而曰：「彼愛妾佩刀。刀實妾父出使粤中，百金購之。妾愛而有之，纏以金絲，瓣以明珠。大人憐妾夭亡，用以殉葬。今願割愛相贈，見刀如見妾也。」次日，楊致此意。王大悦。至夜，女果攜刀來，曰：「囑伊珍重，此非中華物也。」由是往來如初。積數月，忽於燈下，笑而向楊，似有所語，面紅而止者三。生抱問之。答曰：「久蒙眷愛，妾受生人氣，日食煙火，白骨頓有生意。但須生人精血，可以復活。」楊笑曰：「卿自不肯，豈我故惜之？」女云：「交接後，君必有念餘日大病，然藥之可愈。」遂與爲懽。既而着衣起，又曰：「尚須生血一點，能拚痛以相愛乎？」楊取利刃刺臂出血，女卧榻上，便滴臍中。乃起曰：「妾不來矣。君記取百日之期，視妾墳前，有青鳥鳴於樹頭，即速發冢。」楊謹受教。出門又囑曰：「慎記勿忘，遲速皆不可！」乃去。越十餘日，楊果病，腹脹欲死。醫師投藥，下惡物如泥，浹辰而愈。計至百日，使家人荷鍤以待。日既夕，果見青鳥雙鳴，楊喜曰：「可矣。」乃斬荆發壙。見棺木已朽，而女貌如生，摩之微温。蒙衣舁歸，置煖處，氣咻咻然，細於屬絲。漸進湯酏，半夜而蘇。每謂楊曰：「二十餘年如一夢耳。」（卷三）

連城

喬生，晉寧人。少負才名。年二十餘，猶偃蹇。爲人有肝膽，與顧生善。顧卒，時卹其妻子。邑宰以文相契重，宰終於任，家口淹滯不能歸，生破産扶柩，往返二千餘里。以故士林益重之，而家由此益替。史孝廉有女，字連城，工刺繡，知書。父嬌愛之。出所刺「倦繡圖」，徵少年題詠，意在擇婿。生獻詩云：「慵鬟高髻綠婆娑，早向蘭窗繡碧荷。刺到鴛鴦魂欲斷，暗停針綫蹙雙蛾。」又贊挑繡之工云：「繡綫挑來似寫生，幅中花鳥自天成。當年織錦非長技，倖把迴文感聖明。」女得詩喜，對父稱賞。父貧之。女逢人輒稱道，又遣媼矯父命，贈金以助燈火。生歎曰：「連城我知己也！」傾懷結想，如飢思啗。無何，女許字於鹺賈之子王化成，生始絶望，然夢魂中猶佩戴之。未幾，女病瘵，沈痼不起。有西域頭陀自謂能療；但須男子膺肉一錢，擣合藥屑。史使人詣王家告婿。婿笑曰：「癡老翁，欲我剜心頭肉也！」使返，史乃言於人曰：「有能割肉者妻之。」生聞而往，自出白刃，刲膺授僧。血濡袍袴，僧敷藥始止。合藥三丸。三日服盡，疾若失。史將踐其言，先告王。王怒，欲訟官。史乃設筵招生，以千金列几上，曰：「重負大德，請以相報。」因具白背盟之由。生怫然曰：「僕所以不愛膺肉者，聊以報知己耳，豈貨肉哉！」拂袖而歸。女聞之，意良不忍，託媼慰諭之。且云：「以彼才華，當不久落。天下何患無佳人？我夢不祥，三年必死，不必與人争此泉下物也。」生告媼曰：「『士爲知己者死』，不以色也。誠恐連城未必真知我，但得真知我，不諧何害？」媼代女郎矢誠自剖。生曰：「果爾，相逢時，當爲我一笑，死無憾！」媪既去，踰數日，生偶出，遇女自叔氏歸，睨之。女秋波轉顧，啓齒嫣然。生大喜曰：「連城真知我者！」會王氏來議吉期，女前症又作，數月尋死。生往臨弔，一痛而絶。史舁送其家。生自知已死，亦無所戚。出村去，猶冀一見連城。遥望南北一道，行人連緒如蟻，因亦混身雜迹其中。俄頃，入一廨署，值顧生，驚問：「君何得來？」即把手將送令歸。生太息，言：「心事殊未了。」顧曰：「僕在此典牘，頗得委任。倘可效力，不惜也。」生問連城。顧即導生旋轉多所，見連城與一白衣女郎，淚睫慘黛，藉坐廊隅。見生至，驟起似喜，略問所來。生曰：「卿死，僕何敢生！」連城泣曰：「如此負義人，尚不吐棄之，身殉何爲？然已不能許君今生，願矢來世耳。」生告顧曰：「有事君自去，僕樂死不願生矣。但煩稽連城託生何里，行與俱去耳。」顧諾而去。白衣女郎問生何人，連城爲緬述之。女郎聞之，若不勝悲。連城告生曰：「此妾同姓，小字賓娘，長沙史太守女。一路同來，遂相憐愛。」生視之，意態憐人。方欲研問，而顧已返，向生賀曰：「我爲君平章已確，即教小娘子從君返魂，好否？」兩人各喜。方將拜别，賓娘大哭曰：「姊去，我安歸？乞垂憐救，妾爲姊捧帨耳。」連城凄然，無所爲計，轉謀生。生又哀顧。顧難之，峻辭以爲不可。生固强之。乃曰：「試妄爲之。」去食頃而返，摇手曰：「何如！誠萬分不能爲力矣！」賓娘聞之，宛轉嬌啼，惟依連城肘下，恐其即去。慘怛無術，相對默默；而睹其愁顔戚容，使人肺腑酸柔。顧生憤然曰：「請攜賓娘去。脱有愆尤，小生拚身受之！」賓娘乃喜，從生出。生憂其道遠無侣。賓娘曰：「妾從君去，不願歸也。」生曰：「卿大癡矣。不歸，何以得活也？他日至湖南，勿復走避，爲幸多矣。」適有兩媪攝牒赴長沙，生屬賓娘，泣别而去。途中，連城行蹇緩，里餘輒一息，凡十餘息，始見里門。連城曰：「重生後，懼有反覆。請索妾骸骨來，妾以君家生，當無悔也。」生然之。偕歸生家。女惕惕若不能步，生佇待之。女曰：「妾至此，四肢搖搖，似無所主。志恐不遂，尚宜審謀，不然，生後何能自由？」相將入側廂中。嘿定少時，連城笑曰：「君憎妾耶？」生驚問其故。赧然曰：「恐事不諧，重負君矣。請先以鬼報也。」生喜，極盡懽戀。因徘徊不敢遽生，寄廂中者三日。連城曰：「諺有之：『醜婦終須見姑嫜。』戚戚於此，終非久計。」乃促生入。纔至靈寢，豁然頓蘇。家人驚異，進以湯水。生乃使人要史來，請得連城之尸，自言能活之。史喜，從其言。方舁入室，視之已醒。告父曰：「兒已委身喬郎矣，更無歸理。如有變動，但仍一死！」史歸，遣婢往役給奉。王聞，具詞申理。官受賂，判歸王。生憤懣欲死，亦無奈之。連城至王家，忿不飲食，惟乞速死。室無人，則帶懸梁上。越日，益憊，殆將奄逝。王懼，送歸史。史復舁歸生。王知之，亦無如何，遂安焉。連城起，每念賓娘，欲遣信探之，以道遠而艱於往。一日，家人進曰：「門有車馬。」夫婦出視，則賓娘已至庭中矣。相見悲喜。太守親詣送女，生延入。太守曰：「小女子賴君復生，誓不他適，今從其志。」生叩謝如禮。孝廉亦至，敘宗好焉。生名年，字大年。

異史氏曰：一笑之知，許之以身，世人或議其癡。彼田橫五百人，豈盡愚哉。此知希之貴，賢豪所以感結而不能自已也。顧茫茫海內，遂使錦繡才人，僅傾心於蛾眉之一笑也。悲夫！（卷三）

宧娘

温如春，秦之世家也。少癖嗜琴，雖逆旅未嘗暫舍。客晉，經由古寺，繫馬門外，暫憩止。入則有布衲道人，趺坐廊間，筇杖倚壁，花布囊琴。温觸所好，因問：「亦善此也？」道人云：「顧不能工，願就善者學之耳。」遂脱囊授温，視之，紋理佳妙，略一勾撥，清越異常。喜爲撫一短曲。道人微笑，似未許可。温乃竭盡所長。道人哂曰：「亦佳，亦佳！但未足爲貧道師也。」温以其言夸，轉請之。道人接置膝上，裁撥動，覺和風自來；又頃之，百鳥羣集，庭樹爲滿。温驚極，拜請受業。道人三復之。温側耳傾心，稍稍會其節奏。道人試使彈，點正疏節，曰：「此塵間已無對矣。」温由是精心刻畫，遂稱絶技。後歸程，離家數十里，日已暮，暴雨莫可投止。路傍有小村，趨之。不遑審擇，見一門，匆匆遽入。登其堂，闃無人。俄一女郎出，年十七八，貌類神仙。舉首見客，驚而走入。温時未耦，繫情殊深。俄一老嫗出問客。温道姓名，兼求寄宿。嫗言：「宿當不妨，但少牀榻；不嫌屈體，便可藉藁。」少旋，以燭來，展草鋪地，意良殷。問其姓氏，答云：「趙姓。」又問：「女郎何人？」曰：「此宧娘，老身之猶子也。」温曰：「不揣寒陋，欲求援繫，如何？」嫗顰蹙曰：「此即不敢應命。」温詰其故，但云難言，悵然遂罷。嫗既去，温視藉草腐溼，不堪卧處，因危坐鼓琴，以消永夜。雨既歇，冒雨遂歸。邑有林下部郎葛公，喜文士。温偶詣之，受命彈琴。簾内隱約有眷客窺聽，忽風動簾開，見一及笄人，麗絶一世。蓋公有一女，小字良工，善詞賦，有豔名。温心動，歸與母言，媒通之；而葛以温勢式微，不許。然女自聞琴以後，心竊傾慕，每冀再聆雅奏。而温以姻事不諧，志乖意沮，絶迹於葛氏之門矣。一日，女於園中，拾得舊箋一折，上書《惜餘春》詞云：「因恨成癡，轉思作想，日日爲情顛倒。海棠帶醉，楊柳傷春，同是一般懷抱。甚得新愁舊愁，剗盡還生，便如青草。自别離，只在奈何天裏，度將昏曉。今日箇蹙損春山，望穿秋水，道棄已拚棄了！芳衾妒夢，玉漏驚魂，要睡何能睡好？漫説長宵似年，儂視一年，比更猶少。過三更已是三年，更有何人不老！」女吟咏數四，心悦好之。懷歸，出錦箋，莊書一通，置案間，踰時索之不可得，竊意爲風飄去。適葛經閨門過，拾之，謂良工作，惡其詞蕩，火之而未忍言，欲急醮之。臨邑劉方伯之公子，適來問名，心善之，而猶欲一睹其人。公子盛服而至，儀容秀美。葛大悦，款延優渥。既而告别，坐下遺女舄一鉤。心頓惡其儇薄，因呼媒而告以故。公子亟辨其誣。葛弗聽，卒絶之。先是，葛有緑菊種，吝不傳，良工以植閨中。温庭菊忽有一二株化爲緑，同人聞之，輒造廬觀賞。温亦寶之。凌晨趨視，於畦畔得箋寫《惜餘春》詞，反覆披讀，不知其所自至。以「春」爲己名，益惑之，即案頭細加丹黄，評語褻嫚。適葛聞温菊變緑，訝之，躬詣其齋，見詞便取展讀。温以其評褻，奪而挼莎之。葛僅讀一兩句，蓋即閨門所拾者也。大疑，並緑菊之種，亦猜良工所贈。歸告夫人，使逼詰良工。良工涕欲死，而事無驗見，莫有取實。夫人恐其迹益彰，計不如以女歸温。葛然之，遥致温。温喜極。是日招客爲緑菊之宴，焚香彈琴，良夜方罷。既歸寢，齋童聞琴自作聲，初以爲僚僕之戲也，既知其非人，始白温。温自詣之，果不妄。其聲梗澀，似將效己而未能者。爇火暴入，杳無所見。温攜琴去，則終夜寂然。因意爲狐，固知其願拜門牆也者，遂每夕爲奏一曲，而設絃任操若師，夜夜潛伏聽之。至六七夜，居然成曲，雅足聽聞。温既親迎，各述曩詞，始知締好之由，而終不知所由來。良工聞琴鳴之異，往聽之，曰：「此非狐也，調悽楚，有鬼聲。」温未深信。良工因言其家有古鏡，可鑑魑魅。翊日，遣人取至，伺琴聲既作，握鏡遽入。火之，果有女子在，倉皇室隅，莫能復隱。細審之，趙氏之宦娘也。大駭，窮詰之。泫然曰：「代作蹇修，不爲無德，何相逼之甚也？」温請去鏡，約勿避，諾之。乃囊鏡。女遥坐曰：「妾太守之女，死百年矣。少喜琴箏，箏已頗能諳之，獨此技未有嫡傳，重泉猶以爲憾。惠顧時，得聆雅奏，傾心向往；又恨以異物不能奉裳衣，陰爲君胹合佳偶，以報眷顧之情，劉公子之女舄，《惜餘春》之俚詞，皆妾爲之也。酬師者不可謂不勞矣。」夫妻咸拜謝之。宦娘曰：「君之業，妾思過半矣；但未盡其神理。請爲妾再鼓之。」温如其請，又曲陳其法。宦娘大悦曰：「妾已盡得之矣！」乃起辭欲去。良工故善箏，聞其所長，願一披聆。宦娘不辭，其調其譜，並非塵世所能。良工擊節，轉請受業。女命筆爲繪譜十八章，又起告別。夫妻挽之良苦。宦娘悽然曰：「君琴瑟之好，自相知音，薄命人烏有此福。如有緣，再世可相聚耳。」因以一卷授温曰：「此妾小像。如不忘媒妁，當懸之卧室，快意時焚香一炷，對鼓一曲，則兒身受之矣。」（卷七）

長亭

石太璞，泰山人，好厭禳之術。有道士遇之，賞其慧，納爲弟子。啓牙籤，出二卷，上卷驅狐，下卷驅鬼，乃以下卷授之，曰：「虔奉此書，衣食佳麗皆有之。」問其姓名，曰：「吾汴城北村玄帝觀王赤城也。」留數日，盡傳其訣。石由此精於符籙，委贄者踵接於門。一日，有叟來，自稱翁姓，炫陳幣帛，謂其女鬼病已殆，必求親詣。石聞病危，辭不受贄，姑與俱往。十餘里入山村，至其家，廊舍華好。入室，見少女臥縠幛中，婢以鉤挂幛。望之年十四五許，支綴於牀，形容已槁。近臨之，忽開目云：「良醫至矣。」舉家皆喜，謂其不語已數日矣。石乃出，因詰病狀。叟言：「白晝見少年來，與共寢處，捉之已杳，少間復至，意其爲鬼。」石曰：「其鬼也，驅之匪難；恐其是狐，則非余所敢知矣。」叟云：「必非必非。」石授以符，是夕宿於其家。夜分，有少年入，衣冠整肅。石疑是主人眷屬，起而問之。曰：「我鬼也。翁家盡狐。偶悅其女紅亭，姑止焉。鬼爲狐祟，陰騭無傷，君何必離人之緣而護之也？女之姊長亭，光豔尤絕。敬留全璧，以待高賢。彼如許字，方可爲之施治；爾時我當自去。」石諾之。是夜，少年不復至，女頓醒。天明，叟喜，以告石，請石入視。石焚舊符，乃坐診之。見繡幕有女郎，麗若天人，心知其長亭也。診已，索水灑幛。女郎急以椀水付之，蹀躞之間，意動神流。石生此際，心殊不在鬼矣。出辭叟，託製藥去，數日不返。鬼益肆，除長亭外，子婦婢女，俱被淫惑。又以僕馬招石，石託疾不赴。明日，叟自至。石故作病股狀，扶杖而出。叟拜已，問故。曰：「此鰥之難也！曩夜婢子登榻，傾跌，墮湯夫人泡兩足耳。」叟問：「何久不續？」石曰：「恨不得清門如翁者。」叟默而出。石走送曰：「病瘥當自至，無煩玉趾也。」又數日，叟復來；石跛而見之。叟慰問三數語，便曰：「頃與荆人言，君如驅鬼去，使舉家安枕，小女長亭，年十七矣，願遣奉事君子。」石喜，頓首於地。乃謂叟：「雅意若此，病軀何敢復愛。」立刻出門，並騎而去。入視祟者既畢，石恐背約，請與媪盟。媪遽出曰：「先生何見疑也？」即以長亭所插金簪，授石爲信。石朝拜之。已，乃遍集家人，悉爲祓除。惟長亭深匿無迹。遂寫一佩符，使人持贈之。是夜寂然，鬼影盡滅，惟紅亭呻吟未已，投以法水，所患若失。石欲辭去，叟挽止殷懇。至晚，肴核羅列，勸酬殊切。漏二下，主人乃辭客去。石方就枕，聞叩扉甚急；起視，則長亭掩入，辭氣倉皇，言：「吾家欲以白刃相仇，可急遁！」言已，遻返身去。石戰懼無色，越垣急竄。遥見火光，疾奔而往，則里人夜獵者也。喜。待獵畢，乃與俱歸。心懷怨憤，無之可伸，思欲之汴尋赤城，而家有老父，病廢已久，日夜籌思，莫決進止。忽一日，雙輿至門，則翁媪送長亭至，謂石曰：「曩夜之歸，胡再不謀？」石見長亭，怨恨都消，故亦隱而不發。媪促兩人庭拜訖。石將設筵，辭曰：「我非閒人，不能坐享甘旨。我家老子昏髦，倘有不悉，郎肯爲長亭一念老身，爲幸多矣。」登車遂去。蓋殺婿之謀，媪不之聞；及追之不得而返，媪始知之，頗不能平，與叟日相詬誶。長亭亦飲泣不食。媪强送女來，非翁意也。長亭入門，詰之，始知其故。過兩三月，翁家取女歸寧。石料其不返，禁止之。女自此時一涕零。年餘，生一子，名慧兒，買乳媪哺之。然兒善啼，夜必歸母。一日，翁家又以輿來，言媪思女甚。長亭益悲，石不忍復留之。欲抱子去，石不可，長亭乃自歸。别時，以一月爲期，既而半載無耗。遣人往探之，則向所僦宅久空。又二年餘，望想都絶；而兒啼終夜，寸心如割。既而石父病卒，倍益哀傷，因而病憊，苫次彌留，不能受賓朋之弔。方昏憒間，忽聞婦人哭入。視之，則縗絰者長亭也。石大悲，一慟遂絶。婢驚呼，女始輟泣，撫之良久，始漸甦。自疑已死，謂相聚於冥中。女曰：「非也。妾不孝，不能得嚴父心，尼歸三載，誠所負心。適家人由海東經此，得翁凶問。妾遵嚴命而絶兒女之情，不敢循亂命而失翁媳之禮。妾來時，母知而父不知也。」言間，兒投懷中。言已，始撫之，泣曰：「我有父，兒無母矣！」兒亦噭啕，一室掩泣。女起，經理家政，柩前牲盛潔備，石乃大慰。而病久，急切不能起。女乃請石外兄款洽弔客。喪既閉，石始杖而能起，相與營謀齋葬。葬已，女欲辭歸，以受背父之譴。夫挽兒號，隱忍而止。未幾，有人來告母病。乃謂石曰：「妾爲君父來，君不爲妾母放令去耶？」石許之。女使乳媼抱兒他適，涕洟出門而去。去後，數年不返，石父子漸亦忘之。一日，昧爽啓扉，則長亭飄入。石方駭問，女戚然坐榻上，嘆曰：「生長閨閤，視一里爲遥；今一日夜而奔千里，殆矣！」細詰之，女欲言復止。請之不已，哭曰：「今爲君言，恐妾之所悲，而君之所快也。邇年徙居晉界，僦居趙搢紳之第。主客交最善，以紅亭妻其公子。公子數逋蕩，家庭頗不相安。妹歸告父；父留之，半年不令還。公子忿恨，不知何處聘一惡人來，遣神縋鎖，縛老父去，一門大駭，頃刻四散矣。」石聞之，笑不自禁。女怒曰：「彼雖不仁，妾之父也。妾與君琴瑟數年，止有相好而無相尤。今日人亡家敗，百口流離，即不爲父傷，寧不爲妾弔乎！聞之忭舞，更無片語相慰藉，何不義也！」拂袖而出。石追謝之，亦已渺矣。悵然自悔，拚已決絕。過二三日，媼與女俱來，石喜慰問。母子俱伏。驚而詢之，母子俱哭。女曰：「妾負氣而去，今不能自堅，又欲求人，復何顔矣！」石曰：「岳固非人；母之惠，卿之情，所不忘也。然聞禍而樂，亦猶人情，卿何不能暫忍？」女曰：「頃於途中遇母，始知縶吾父者，蓋君師也。」石曰：「果爾，亦大易。然翁不歸，則卿之父子離散；恐翁歸，則卿之夫泣兒悲也。」媼矢以自明，女亦誓以相報。石乃即刻治任如汴，詢至玄帝觀，則赤城歸未久。入而參之。便問：「何來？」石視厨下一老狐，孔前股而繫之。笑曰：「弟子之來，爲此老魅。」赤城詰之，曰：「是吾岳也。」因以實告。道士謂其狡詐，不肯輕釋。固請，乃許之。石因備述其詐，狐聞之，塞身入竈，似有慚狀。道士笑曰：「彼羞惡之心，未盡亡也。」石起，牽之而出，以刀斷索抽之。狐痛極，齒齦齦然。石不遽抽，而頓挫之，笑問曰：「翁痛之，勿抽可耶？」狐睛睒烱，似有愠色。既釋，摇尾出觀而去。石辭歸。三日前，已有人報叟信，媪先去，留女待石。石至，女逆而伏。石挽之曰：「卿如不忘琴瑟之情，不在感激也。」女曰：「今復遷還故居矣，村舍鄰邇，音問可以不梗。妾欲歸省，三日可旋，君信之否？」曰：「兒生而無母，未便殤折。我日日鰥居，習已成慣。今不似趙公子，而反德報之，所以爲卿者盡矣。如其不還，在卿爲負義，道里雖近，當亦不復過問，何不信之與有？」女次日去，二日即返。問：「何速？」曰：「父以君在汴曾相戲弄，未能忘懷，言之絮絮；妾不欲復聞，故早來也。」自此閨中之往來無間，而翁婿間尚不通弔慶云。

異史氏曰：狐情反覆，譎詐已甚。悔婚之事，兩女而一轍，詭可知矣。然要而婚之，是啓其悔者已在初也。且婿既愛女而救其父，止宜置昔怨而仁化之；乃復狎弄於危急之中，何怪其没齒不忘也！天下有冰玉之不相能者，類如此。（卷十）

席方平

席方平，東安人。其父名廉，性戇拙。因與里中富室羊姓有郤，羊先死。數年，廉病垂危，謂人曰：「羊某今賄囑冥使搒我矣。」俄而身赤腫，號呼遂死。席慘怛不食，曰：「我父樸訥，今見陵於强鬼。我將赴地下，代伸冤氣耳。」自此不復言，時坐時立，狀類癡，蓋魂已離舍矣。席覺初出門，莫知所往，但見路有行人，便問城邑。少選，入城。其父已收獄中。至獄門，遥見父卧檐下，似甚狼狽；舉目見子，潸然涕流。便謂：「獄吏悉受賕囑，日夜搒掠，脛股摧殘甚矣！」席怒，大罵獄吏：「父如有罪，自有王章，豈汝等死魅所能操耶！」遂出，抽筆爲詞。城隍早衙，喊冤以投。羊懼，内外賄通，始出質理。城隍以所告無據，頗不直席。席忿氣無所復伸，冥行百餘里，至郡，以官役私狀，告之郡司。遲之半月，始得質理。郡司扑席，仍批城隍覆案。席至邑，備受械梏，慘冤不能自舒。城隍恐其再訟，遣役押送歸家。役至門辭去。席不肯入，遁赴冥府，訴郡邑之酷貪。冥王立拘質對。二官密遣腹心，與席關説，許以千金。席不聽。過數日，逆旅主人告曰：「君負氣已甚，官府求和而執不從，今聞於王前各有函進，恐事殆矣。」席以道路之口，猶未深信。俄有皂衣人喚入。升堂，見冥王有怒色，不容置詞，命笞二十。席厲聲問：「小人何罪？」冥王漠若不聞。席受笞，喊曰：「受笞允當，誰教我無錢耶！」冥王益怒，命置火牀。兩鬼捽席下，見東墀有鐵牀，熾火其下，牀面通赤。鬼脱席衣，掬置其上，反復揉捺之。痛極，骨肉焦黑，苦不得死。約一時許，鬼曰：「可矣。」遂扶起，促使下牀着衣，猶幸跛而能行。復至堂上，冥王問：「敢再訟乎？」席曰：「大冤未伸，寸心不死，若言不訟，是欺王也。必訟！」又問：「訟何詞？」席曰：「身所受者，皆言之耳。」冥王又怒，命以鋸解其體。二鬼拉去，見立木，高八九尺許，有木板二仰置其下，上下凝血模糊。方將就縛，忽堂上大呼「席某」，二鬼即復押回。冥王又問：「尚敢訟否？」答云：「必訟！」冥王命捉去速解。既下，鬼乃以二板夾席，縛木上。鋸方下，覺頂腦漸闢，痛不可禁，顧亦忍而不號。聞鬼曰：「壯哉此漢！」鋸隆隆然尋至胸下。又聞一鬼云：「此人大孝無辜，鋸令稍偏，勿損其心。」遂覺鋸鋒曲折而下，其痛倍苦。俄頃，半身闢矣。板解，兩身俱仆。鬼上堂大聲以報。堂上傳呼，令合身來見。二鬼即推令復合，曳使行。席覺鋸縫一道，痛欲復裂，半步而踣。一鬼於腰間出絲帶一條授之，曰：「贈此以報汝孝。」受而束之，一身頓健，殊無少苦。遂升堂而伏。冥王復問如前；席恐再罹酷毒，便答：「不訟矣。」冥王立命送還陽界。隸率出北門，指示歸途，反身遂去。席念陰曹之暗昧尤甚於陽間，奈無路可達帝聽。世傳灌口二郎爲帝勳戚，其神聰明正直，訴之當有靈異。竊喜兩隸已去，遂轉身南向。奔馳間，有二人追至，曰：「王疑汝不歸，今果然矣。」捽回復見冥王。竊意冥王益怒，禍必更慘；而王殊無厲容，謂席曰：「汝志誠孝。但汝父冤，我已爲若雪之矣。今已往生富貴家，何用汝鳴呼爲？今送汝歸，予以千金之産、期頤之壽，於願足乎？」乃註籍中，嵌以巨印，使親視之。席謝而下。鬼與俱出，至途，驅而罵曰：「奸猾賊！頻頻翻覆，使人奔波欲死！再犯，當捉入大磨中，細細研之！」席張目叱曰：「鬼子胡爲者！我性耐刀鋸，不耐撻楚。請反見王，王如令我自歸，亦復何勞相送。」乃返奔。二鬼懼，温語勸回。席故蹇緩，行數步，輒憩路側。鬼含怒不敢復言。約半日，至一村，一門半闢，鬼引與共坐；席便據門閾。二鬼乘其不備，推入門中。驚定自視，身已生爲嬰兒。憤啼不乳，三日遂殤。魂搖搖不忘灌口，約奔數十里，忽見羽葆來，旛戟横路。越道避之，因犯鹵簿，爲前馬所執，縶送車前。仰見車中一少年，丰儀瑰瑋。問席：「何人？」席冤憤正無所出，且意是必巨官，或當能作威福，因緬訴毒痛。車中人命釋其縛，使隨車行。俄至一處，官府十餘員，迎謁道左，車中人各有問訊。已而指席謂一官曰：「此下方人，正欲往愬，宜即爲之剖決。」席詢之從者，始知車中即上帝殿下九王，所囑即二郎也。席視二郎，修軀多髯，不類世間所傳。九王既去，席從二郎至一官廨，則其父與羊姓並衙隸俱在。少頃，檻車中有囚人出，則冥王及郡司、城隍也。當堂對勘，席所言皆不妄。三官戰慄，狀若伏鼠。二郎援筆立判；頃之，傳下判語，令案中人共視之。判云：「勘得冥王者：職膺王爵，身受帝恩。自應貞潔以率臣僚，不當貪墨以速官謗。而乃繁纓棨戟，徒誇品秩之尊；羊很狼貪，竟玷人臣之節。斧敲斲，斲入木，婦子之皮骨皆空；鯨吞魚，魚食蝦，螻蟻之微生可憫。當掬西江之水，爲爾湔腸；即燒東壁之牀，請君入甕。城隍、郡司，爲小民父母之官，司上帝牛羊之牧。雖則職居下列，而盡瘁者不辭折腰；即或勢逼大僚，而有志者亦應强項。乃上下其鷹鷙之手，既罔念夫民貧；且飛揚其狙獪之奸，更不嫌乎鬼瘦。惟受贓而枉法，真人面而獸心！是宜剔髓伐毛，暫罰冥死；所當脱皮換革，仍令胎生。隸役者：既在鬼曹，便非人類。祇宜公門修行，庶還落蓐之身；何得苦海生波，益造彌天之孽？飛揚跋扈，狗臉生六月之霜；隳突叫號，虎威斷九衢之路。肆淫威於冥界，咸知獄吏爲尊；助酷虐於昏官，共以屠伯是懼。當於法場之內，剁其四肢；更向湯鑊之中，撈其筋骨。羊某：富而不仁，狡而多詐。金光蓋地，因使閻摩殿上，盡是陰霾；銅臭熏天，遂教枉死城中，全無日月。餘腥猶能役鬼，大力直可通神。宜籍羊氏之家，以賞席生之孝。即押赴東岳施行。」又謂席廉：「念汝子孝義，汝性良懦，可再賜陽壽三紀。」因使兩人送之歸里。席乃抄其判詞，途中父子共讀之。既至家，席先蘇；令家人啓棺視父，僵尸猶冰，俟之終日，漸温而活。及索抄詞，則已無矣。自此，家日益豐；三年間，良沃遍野，而羊氏子孫微矣，樓閣田產，盡爲席有。里人或有買其田者，夜夢神人叱之曰：「此席家物，汝烏得有之！」初未深信；既而種作，則終年升斗無所獲，於是復鬻歸席。席父九十餘歲而卒。

異史氏曰：人人言净土，而不知生死隔世，意念都迷，且不知其所以來，又烏知其所以去；而況死而又死，生而復生者乎？忠孝志定，萬劫不移，異哉席生，何其偉也！（卷十）

白秋練

直隸有慕生，小字蟾宮，商人慕小寰之子。聰惠喜讀。年十六，翁以文業迂，使去而學賈，從父至楚。每舟中無事，輒便吟誦。抵武昌，父留居逆旅，守其居積。生乘父出，執卷哦詩，音節鏗鏘。輒見窗影憧憧，似有人竊聽之，而亦未之異也。一夕，翁赴飲，久不歸，生吟益苦。有人徘徊窗外，月映甚悉。怪之，遽出窺覘，則十五六傾城之姝。望見生，急避去。又二三日，載貨北旋，暮泊湖濱。父適他出，有媪入曰：「郎君殺吾女矣！」生驚問之。答云：「妾白姓。有息女秋練，頗解文字。言在郡城，得聽清吟，於今結想，至絕眠餐。意欲附爲婚姻，不得復拒。」生心實愛好，第慮父嗔，因直以情告。媪不實信，務要盟約。生不肯。媪怒曰：「人世姻好，有求委禽而不得者。今老身自媒，反不見納，恥孰甚焉！請勿想北渡矣！」遂去。少間，父歸，善其詞以告之，隱冀垂納。而父以涉遠，又薄女子之懷春也，笑置之。泊舟處，水深沒棹；夜忽沙磧擁起，舟滯不得動。湖中每歲客舟必有留住守洲者，至次年桃花水溢，他貨未至，舟中物當百倍於原直也，以故翁未甚憂怪。獨計明歲南來，尚須揭貲，於是留子自歸。生竊喜，悔不詰媪居里。日既暮，媪與一婢扶女郎至，展衣卧諸榻上。向生曰：「人病至此，莫高枕作無事者！」遂去。生初聞而驚，移燈視女，則病態含嬌，秋波自流。略致訊詰，嫣然微笑。生强其一語。曰：「『爲郎憔悴却羞郎』，可爲妾咏。」生狂喜，欲近就之，而憐其荏弱。探手於懷，接脗爲戲。女不覺懽然展謔，乃曰：「君爲妾三吟王建『羅衣葉葉』之作，病當愈。」生從其言。甫兩過，女攬衣起坐曰：「妾愈矣！」再讀，則嬌顫相和。生神志益飛，遂滅燭共寢。女未曙已起，曰：「老母將至矣。」未幾，媪果至。見女凝妝懽坐，不覺欣慰。邀女去，女俛首不語。媪即自去，曰：「汝樂與郎君戲，亦自任也。」於是生始研問居止。女曰：「妾與君不過傾蓋之友，婚嫁尚不可必，何須令知家門。」然兩人互相愛悦，要誓良堅。女一夜早起挑燈，忽開卷凄然淚瑩，生急起問之。女曰：「阿翁行且至。我兩人事，妾適以卷卜，展之得李益《江南曲》，詞意非祥。」生慰解之，曰：「首句『嫁得瞿塘賈』，即已大吉，何不祥之與有！」女乃稍懽，起身作别曰：「暫請分手，天明則千人指視矣。」生把臂哽咽，問：「好事如諧，何處可以相報？」曰：「妾常使人偵探之，諧否無不聞也。」生將下舟送之，女力辭而去。無何，慕果至。生漸吐其情。父疑其招妓，怒加詬厲。細審舟中財物，並無虧損，譙訶乃已。一夕，翁不在舟，女忽至，相見依依，莫知決策。女曰：「低昂有數，且圖目前。姑留君兩月，再商行止。」臨别以吟聲作爲相會之約。由此值翁他出，遂高吟，則女自至。四月行盡，物價失時，諸賈無策，斂貲禱湖神之廟。端陽後，雨水大至，舟始通。生既歸，凝思成疾。慕憂之，巫醫並進。生私告母曰：「病非藥禳可痊，唯有秋練至耳。」翁初怒之；久之，支離益憊，始懼，賃車載子，復如楚，泊舟故處。訪居人，並無知白媪者。會有媪操柁湖濱，即出自任。翁登其舟，竊見秋練，心竊喜，而審詰邦族，則浮家泛宅而已。因實告子病由，冀女登舟，姑以解其沈痼。媼以婚無成約，弗許。女露半面，殷殷窺聽，聞兩人言，眥淚欲墮。媼視女面，因翁哀請，即亦許之。至夜，翁出，女果至，就榻嗚泣曰：「昔年妾狀，今到君耶！此中況味，要不可不使君知。然羸頓如此，急切何能便瘳？妾請爲君一吟。」生亦喜。女亦吟王建前作。生曰：「此卿心事，醫二人何得效？然聞卿聲，神已爽矣。試爲我吟『楊柳千條盡向西』。」女從之。生贊曰：「快哉！卿昔誦詩餘，有《采蓮子》云：『菡萏香連十頃陂。』心尚未忘，煩一曼聲度之。」女又從之。甫闋，生躍起曰：「小生何嘗病哉！」遂相狎抱，沈痾若失。既而問：「父見媼何詞？事得諧否？」女已察知翁意，直對「不諧」。既而女去，父來，見生已起，喜甚，但慰勉之。因曰：「女子良佳。然自總角時，把柁櫂歌，無論微賤，抑亦不貞。」生不語。翁既出，女復來，生述父意。女曰：「妾窺之審矣：天下事，愈急則愈遠，愈迎則愈距。當使意自轉，反相求。」生問計。女曰：「凡商賈志在利耳。妾有術知物價。適視舟中物，並無少息。爲我告翁：居某物，利三之；某物，十之。歸家，妾言驗，則妾爲佳婦矣。再來時，君十八，妾十七，相歡有日，何憂爲！」生以所言物價告父。父頗不信，姑以餘貲半從其教。既歸，所自置貨，貲本大虧；幸少從女言，得厚息，略相準。以是服秋練之神。生益誇張之，謂女自言，能使己富。翁於是益揭貲而南。至湖，數日不見白媼；過數日，始見其泊舟柳下，因委禽焉。媼悉不受，但涓吉送女過舟。翁另賃一舟爲子合巹。女乃使翁益南，所應居貨，悉籍付之。媼乃邀婿去，家於其舟。翁三月而返。物至楚，價已倍蓰。將歸，女求載湖水；既歸，每食必加少許，如用醯醬焉。由是每南行，必爲致數鏹而歸。後三四年，舉一子。一日，涕泣思歸。翁乃偕子及婦俱如楚。至湖，不知媼之所在。女扣舷呼母，神形喪失。促生沿湖問訊。會有釣鱘鰉者，得白驥。生近視之，巨物也，形全類人，乳陰畢具。奇之，歸以告女。女大駭，謂夙有放生願，囑生贖放之。生往商釣者，釣者索直昂。女曰：「妾在君家，謀金不下巨萬，區區者何遂靳直也！如必不從，妾即投湖水死耳！」生懼，不敢告父，盜金贖放之。既返，不見女，搜之不得，更盡始至。問：「何往？」曰：「適至母所。」問：「母何在？」靦然曰：「今不得不實告矣：適所贖，即妾母也。向在洞庭，龍君命司行旅。近宮中欲選嬪妃，妾被浮言者所稱道，遂敕妾母，坐相索。妾母實奏之。龍君不聽，放母於南濱，餓欲死，故罹前難。今難雖免，而罰未釋。君如愛妾，代禱真君可免。如以異類見憎，請以兒擲還君。妾去，龍宮之奉，未必不百倍君家也。」生大驚，慮真君不可得見。女曰：「明日未刻，真君當至。見有跛道士，急拜之，入水亦從之。真君喜文士，必合憐允。」乃出魚腹綾一方，曰：「如問所求，即出此，求書一『免』字。」生如言候之。果有道士蹩躠而至，生伏拜之。道士急走，生從其後。道士以杖投水，躍登其上。生竟從之而登，則非杖也，舟也。又拜之。道士問：「何求？」生出羅求書。道士展視曰：「此白驥翼也，子何遇之？」蟾宮不敢隱，詳陳顛末。道士笑曰：「此物殊風雅，老龍何得荒淫！」遂出筆草書「免」字，如符形，返舟令下。則見道士踏杖浮行，頃刻已渺。歸舟，女喜，但囑勿洩於父母。歸後二三年，翁南遊，數月不歸。湖水既罄，久待不至。女遂病，日夜喘急。囑曰：「如妾死，勿瘞，當於卯、午、酉三時，一吟杜甫《夢李白》詩，死當不朽。水至，傾注盆內，閉門緩妾衣，抱入浸之，宜得活。」喘息數日，奄然遂斃。後半月，慕翁至，生急

如其教，浸一時許，漸甦。自是每思南旋。後翁死，生從其意，遷於楚。（卷十一）

新齊諧

袁枚

《新齊諧》，初名《子不語》，正集二十四卷，續集十卷。作者袁枚（一七一六——一七九八），字子才，號簡齋，晚號隨園老人。浙江錢塘（今杭州）人，乾隆四年（一七三九）進士，選翰林庶吉士，歷任溧水、江浦、江寧知縣。四十歲後即退隱江寧。能詩，與趙翼、蔣士銓稱江左三大家。著有《小倉山房詩文集》、《隨園詩話》等。《新齊諧》（《子不語》）最早有乾隆五十三年（一七八八）隨園刻本，後有嘉慶二十年（一八一五）美德堂刻本及《隨園三十八種》本等。本書取材極廣，亦多蕪雜，正如作者自序云：「乃廣采游心駭耳之事，妄言妄聽，記而存之。」間有故事互見于《閱微草堂筆記》、《夜談隨録》者，或據同一傳聞。

裹足作俑之報

杭州陸梯霞先生，德行粹然，終身不二色。人或以戲旦、妓女勸酒，先生無喜無愠，隨意應酬。有犯小罪求關説者，先生唯唯，當事者重先生，所言無不聽。或訾先生自貶風骨，先生笑曰：「見米飯落地，拾置几上心才安，何必定自家吃耶？凡人有心立風骨，便是私心。」吾嘗奉教于湯潛庵中丞矣。中丞撫蘇時，蘇州多娼妓，中丞但有勸戒，從無禁捉。語屬吏曰：『世間之有娼優，猶世間之有僧尼也。僧尼欺人以求食，娼妓媚人以求食，皆非先王法。然而歐公《本論》一篇，既不能行，則饑寒怨曠之民作何安置？今之虐娼優者，猶北魏之滅沙門毀佛像也。徒爲胥吏生財，不揣其本而齊其末，吾不爲也。』一日者，先生夢皂隸持帖相請，上書「年家眷弟楊繼盛拜」，先生笑曰：「吾正想見椒山公。」遂行。至一所，宮殿巍然，椒山公烏紗紅袍，下階迎曰：「繼盛蒙玉帝旨，任滿將升，此坐需公。」先生辭曰：「我在世間，不屑爲陽官，故隱居不仕，今安能爲陰間官乎？」椒山笑曰：「先生真高人，薄城隍而不爲。」語未畢，有判官向椒山耳語，椒山曰：「此案難判，須奏玉帝再定。」先生問何案，曰：「南唐李後主裹足案也。後主前世本嵩山净明和尚，轉身爲江南國主，宮中行樂，以帛裹其妃窅娘足，爲新月之形，不過一時偶戲。不料相沿成風，世上争爲弓鞋小脚，將父母遺體矯揉穿鑿，以致量大校小，婆怒其媳，夫憎其婦，男女相貽，恣爲淫褻。不但小女兒受無量苦，且有婦人爲此事懸梁服滷者。上帝惡後主作俑，故令其生前受宋太宗牽機藥之毒，足欲前，頭欲後，比女子纏足更苦，苦盡方薨。近已七百年，懺悔滿，將還嵩山修道矣。不料又有數十萬無足婦人，奔走天門喊冤，云：『張獻忠破四川時，截我等足，堆爲一山，以足之至小者爲山尖。雖我等劫運該死，然何以出乖露醜，一至于此，豈非李王裹足作俑之罪？求上帝嚴罰李王，我輩目纔瞑。』上帝惻然，傳諭四海都城隍議罪。文到我處，我判孽由獻忠，李後主不能預知，難引重典。請罰李王在冥中織履一百萬，償諸無足婦人，數滿才許還嵩山。奏草雖定，尚未與諸城隍會稿，先生以爲何如？」先生曰：「習俗難醫，愚民有焚其父母尸以爲孝者，便有痛其女子之足以爲慈者，事同一例也。」椒山公大笑。先生辭出，醒竟安然。嗣後椒山公不復來請。壽八十餘卒。常笑謂夫人曰：「毋爲吾女兒裹足，恐害李後主在陰司又多織一雙履也。」（卷九）

醫妒

軒轅孝廉，常州人，年三十無子。妻張氏奇妒，孝廉畏如虎，不敢置妾。其座主馬學士某憐之，贈以一姬。張氏怒，以爲干我家事，我亦設計擾其家。會學士喪偶，張訪得某村女，世以悍聞，乃賄媒嫗，說馬娶爲夫人。馬知其意，欣然往聘。婚之日，妝奩中有五色棒一條，上書「三世傳家」，擣藁砧者也。合巹畢，羣姬拜見。夫人問：「若輩何人？」曰：「妾也。」夫人叱曰：「安有堂堂學士家，而有禮當置妾者乎？」即棒羣姬。馬命羣姬奪其棒，齊毆之。夫人力不勝，逃入房，駡且哭。羣姬各擊鑼鼓亂其聲，如無聞焉者。夫人不得已，揚言將自盡。則侍者備一刀、一繩，曰：「老爺久知夫人將有此舉，故備此不堪之物奉贈。」已而羣姬各敲木魚，誦〔往〕（枉）生咒，願夫人早升仙界，聲嘈嘈然。夫人尋死之說又如無聞焉者。夫人故女豪，自分虛疑恫喝，計已盡施，無益，乃轉嗔作喜，請學士入，正色曰：「君真丈夫也，我服矣。我所行諸策，亦祖奶奶家傳，嚇世間妄庸男子，非所以待君。嗣後請改事君，君亦宜待我以禮。」學士曰：「能如是乎，夫復何言。」即重行交拜禮，命羣姬謝罪叩頭，並取田房賬簿，一切金幣珠翠盡交夫人主裁。一月之間，馬氏家政肅雍，内外無間言。張氏于學士成親日，即使人往探，召而問之，聞見羣妾矣，曰：「何不棒之？」曰：「鬭敗矣。」曰：「何不駡且哭？」曰：「鑼鼓聲喧，無所聞。」曰：

「何不尋死？」曰：「早備刀繩，且誦〔往〕（枉）生咒送行矣。」「然則夫人如何？」曰：「已服禮投降。」張大怒，罵曰：「天下有如此不中用婦人乎！殊誤乃娘事。」初學士贈姬時，羣門生具羊酒往賀軒轅生，有平素酗酒者與焉。飲方酣，張氏自屏後罵客，客皆隱忍。酗酒者直前握張氏髮，批其頰，曰：「汝敬軒轅兄，是我嫂也；汝不敬軒轅兄，是我仇也。門生無子，老師贈妾，爲汝家祖宗三代計耳。我今爲汝家祖宗三代治汝，敢多一言者，死我拳下。」羣客争前攘勸，始得脱，然裙裂衣損，幾露其私焉。張素號「母夜叉」，一旦凶威大損，愈恨馬學士，計惟毒苦其所贈姬以抒憤。而姬陰受學士教，一味順從，雖進門，不與軒轅生交一言。以故張雖笞罵屢加，未忍致之于死。居亡何，學士手百金贈軒轅生曰：「明春將會試，生宜持此盤費早入都。」生以爲然，歸辭張氏。張氏慮其居家狎妾，喜而許之。生甫登舟，馬遣人迎至家，扃後園中讀書；而陰遣媒嫗説張氏，趁軒轅生外出，盍賣其妾。張曰：「此吾心也。然賣必遠方，方無後患。」嫗曰：「易易。」俄而有陝西賣布客，醜且胡，背負三百金來，呼姬出見，喝采不已，即成交易。張氏餘怒未消，褫其衫履，一簪不得着身。姬乘竹轎過北橋，大呼：「我不遠出！」跳身河中。學士早備小舟迎至園，與軒轅生同室矣。張氏聞姬投河死，方驚疑，而陝客已蹋門入曰：「我買人，非買鬼。汝家賣妾，未曾説明，何得逼良爲賤，欺我異方人！速還我銀。」怒且罵。張氏無以答，畀原銀三百兩去。越一日，有白髮藍縷男婦兩老人號哭來曰：「馬學士將我女贈汝家爲妾，女今安在？生還我人，死還我尸。」張氏無以答。則撞頭拚命，打碗擲盤，滿屋無完物矣。張苦求鄰佑，贈以財帛，勸解去。又一日，武進縣捕役四五人獰獰然，持硃字牌來曰：「事關人命，請犯婦張氏作速上堂。」投鐵練几上，鏗然有聲。張問故，初猶不言，以銀賄之，方曰：「某姬之父母在縣告身死不明事也。」張愈恐，私念：「我丈夫在家，則一切事讓他抵當，何至累我一婦人出乖露醜，堂上受訊耶？」方深悔從前待夫之薄，御妾之暴，行事之誤，女身之無用。自怨自恨間，忽有戴白帽踉蹌奔呼而至者曰：「軒轅相公到蘆溝橋，暴病死矣。我騾夫也，故來報信。」張氏大慟，不能言。諸捕役曰：「他家有喪事，我輩且去。」張氏成服治喪。未數日，捕役又至。張氏乃招訟師，謀緩其獄，典妝奩賣屋，賄書差捺擱此案。訟事小停，家已蕩然，日食不周矣。前媒嫗又來曰：「夫人一苦至此，又無公子可守，奈何？」張心動，取生年月日，命瞎姑算之。瞎姑曰：「命犯重夫，穿金戴珠。」張氏語媒嫗曰：「改嫁，命也。我敢違命乎？但我自行主婚，必須我先一見所嫁者而後可。」嫗引一美少年，盛飾與觀曰：「此某公子也，候選員外郎。」張大喜，摒擋衣飾，未滿七七，即嫁少年。方合巹，忽房內一醜婦持大棒出罵曰：「我正妻大奶奶也！汝何處賤婢，敢來我家爲妾！我斷不容。」直前痛毆之。張悔被媒紿，又私念：「此是我當日待妾光景，何乃一旦身受此慘，報復之巧，殆天意耶？」飲泣不能聲。諸賓朋上前勸醜婦去曰：「且讓郎君今日成親，有話明日再説。」于是諸少年秉花燭引張氏入卧室，甫揭簾，見軒轅生高坐牀上，大驚，以爲前夫顯魂，暈絶于地，哭訴曰：「非我負君，實不得已也。」軒轅生笑摇手曰：「勿怕，勿怕！兩嫁還是一嫁。」抱上牀，告以自始至終中馬老師之計。張初猶不信，繼而大悟，且恨且慚。于是修德改行，卒與某村婦同爲賢妻。

（卷十一）

三姑娘

錢侍御琦巡視南城，有梁守備年老，能超距騰空，所擒獲大盜以百計。公奇之，問以平素擒賊立功事狀，梁跪而言曰：擒盜未足奇也，某至今心悸且嘆絶者，擒妓女三姑娘耳。請爲公言之。雍正三年某月日，九門提督某召我入，面諭曰：「汝知金魚胡同有妓三姑娘，勢力絶大乎？」曰：「知。」「汝能擒以來乎？」曰：「能。」「需役若干？」曰：「三十。」提督與如數，曰：「不擒來，拾棺見我。」三姑娘者，深堂廣厦，不易篡取者也。梁命三十人環門外伏，已緣牆而上。時已暮，秋暑小涼，高篷蔭屋。梁伏篷上伺之。漏初下，見二女鬟，從屋西持朱燈引一少年入，跪東窗，低語曰：「郎君至矣。」少年中堂坐良久，上茶者三，四女鬟持朱燈擁麗人出，交拜妮語，膚色目光如明珠射人，不可逼視。少頃，兩席橫陳，六女鬟行酒，奇服炫妝，紛趨左右。三爵後，繞梁之音與笙簫間作，女目少年曰：「郎倦乎？」引身起，牽其裾，從東窗入，滿堂燈燭盡滅，惟樓西風竿上紗燈雙紅。梁竊意此是探虎穴時也，自篷下，足踢寢户入。女驚起，赤體躍牀下，趨前抱梁腰，低聲辟咡曰：「何衙門使來？」曰：「九門提督。」女曰：「孽矣，安有提督拘人而能免者乎！雖然，裸婦女見貴人，非禮也，請着衣一，謝明珠雙。」梁許之，擲與一裩、一裙、一衫、一領襖，女開箱取明珠四雙，擲某手中。女衣畢，乃從容問：「公帶若干人來？」曰：「三十。」曰：「在何處？」曰：「環門伏。」曰：「速呼之進，夜深矣，爲妾故，累若饑渴，妾心不安。」顧左右治具，諸婢烹羊炮兔，咄嗟立辦。三十人席地大嚼，歡聲如雷。梁私念牀中客未獲，將往揭帳。女摇手曰：「公胡然？彼某大臣公子也，國體有關，且非其罪，妾已教從地道出矣。提督訊時必不怒公，如怒公，妾願一身當之。」天黎明，女坐紅帷車，與梁偕行。離公署未半里，提督飛馬硃書諭梁曰：「本衙門所拿三姑娘，訪聞不確，作速釋放，毋累良民，致干重譴。」梁惕息下車，持珠還女，女笑而不受。前婢十二人騎馬來迎，擁護馳去。明日偵之，室已空矣。（卷二十一）

沙彌思老虎

五臺山某禪師收一沙彌，年甫三歲。五臺山最高，師徒在山頂修行，從不一下山。後十餘年，禪師同弟子下山。沙彌見牛馬鷄犬，皆不識也，師因指而告之曰：「此牛也，可以耕田。此馬也，可以騎。此鷄犬也，可以報曉，可以守門。」沙彌唯唯。少頃，一少年女子走過，沙彌驚問：「此又是何物？」師慮其動心，正色告之曰：「此名老虎，人近之者必遭咬死，尸骨無存。」沙彌唯唯。晚間上山，師問：「汝今日在山下所見之物，可有心上思想他的否？」曰：「一切物我都不想，只想那吃人的老虎，心上總覺捨他不得。」（續集卷二）

麒麟喊冤

有邱生者，吴人也。幼習時文，屢試不售，怒曰：「宋儒誤我！」乃盡燒其講章、語録，而從事于考據之學，奉鄭康成、孔穎達爲聖人，而渺視程、朱。家貧，游學楚、蜀，過峨嵋山，坐古松之下，温習《儀禮注疏》。有白額虎銜之而去，行數里，乃擲于深谷中，虎竟去。邱心悔當是背宋儒之報也。方懊惱間，見谷旁有石門大開，邱走入，則殿宇巍峨，署曰「文明殿」，兩旁羅列書籍百萬，莫知其數。邱掀翻書目，謂必以六經冠首，不意翻畢竟無有也。心疑之。旁有古衣冠者倚門而立，邱揖而問曰：「此處何神所居？」曰：「蒼聖。」邱問：「蒼聖始制文字，自該萬卷横陳，獨無古六經，何耶？」古衣冠者曰：「向來原有此書，但名《詩》、《書》、《周易》，不名經也。自漢人多事，名曰六經，造作注疏，穿鑿附會，致動上帝之怒，責蒼聖造字，生此厲階，從此文明殿中〔撤〕（撒）去注疏，致汝掀翻不得。」邱問：「注疏何以上干天怒？」曰：「此事原委甚長，汝且静聽我言。汝可知萬國九州只有一天乎？自盤古開闢以來，三皇五帝莫不欽若昊天，天亦安享郊牛數千年矣。忽然東漢末年有五妖神，頭戴冕旒，身穿龍衮，闖入天宫，各稱名號。其自稱『赤熛怒』者，紅面蝟髯，狀尤獰惡。其他兄弟四人，衣青者號『靈威仰』，衣黄者號『含樞紐』，衣白者號『白招拒』，衣黑者號『〔汁〕（汴）光紀』。竪眉昂首，嘵嘵嚷嚷，竟欲篡奪上帝之位，分據爲五國。上帝盤問五人得姓受命所由來，皆瞪目不能答。帝命神兵擒之，與鬭未決。適蒼聖朝天，奏曰：『此五神姓名皆讖緯妖言，漢人鄭玄師弟所傳。但召鄭玄來，則不鬭而自伏矣。』帝無可奈何，即命九幽使者召鄭玄師弟上殿，見其舉止老成，飲酒三百杯不醉，遂署文明殿功曹。五妖神始帖服不動。凡鄭所奏，帝亦頒行世間。久之，其教有必不能行者：天子冕旒用玉二百八十八片，天子之頭幾乎壓死。夏祭地亓，必服大裘，天子之身幾乎暍死。只許每日一食，須勸再食，天子之腹幾乎餓死。《喪禮》含殮用米二升四合，君大夫口含粱稷四升，如角柶不能啓其齒，則鑿尸頰一小穴而納之，凡爲子孫者心俱不忍。以訛傳訛，習而不察，將及千年。一日，天帝坐紫薇宮，見雲中飛下一獸來，龍鱗馬鬣，喊冤奏曰：『臣麒麟也。不食生蟲，不踐惡草，人人稱爲仁獸，必待聖人出，臣才下世。不料有妄人鄭某、孔某者，生造注疏，説郊天必駁麒麟之皮蒙鼓，方可奏樂。信如所言，人主郊天一回必殺一麒麟，麒麟何罪，遭此屠毒？此等議論，只好嚇騙黄巾賊，見老鄭便一齊下拜；使麒麟見之，必唾其面！』言未畢，又見空中雲鬟霞佩，率領數婦人珊珊來者，跪奏曰：『妾姜氏，周王妃也。當時周王勸農，妾並不隨行。今有妄人鄭某，説天子勸農必與王后同行。妾想婦人幽閨弱質，行不逾閾，豈有披霜冒雨出來勸農之理？北魏王肅曾言其非，唐人孔穎達將王大加呵斥，黨同誣妄，一至于此！』諸婦人齊奏曰：『妾南國諸侯大夫之妻也。夫君外出，妾等心憂，「亦既覯止，我心則降」，言既見而心安，此人情也。鄭訓「覯」爲交媾之「媾」，言交精而心降。又訓「五日爲期，六日不詹」，云「婦人五日不御必有思男子而不得之病」。妾等皆公侯淑女，不應貪淫至此！』麒麟在旁蹋足大笑。帝問何笑，麟曰：『諸夫人但知責鄭玄，不知責戴聖。聖造《禮經》，其罪更大。臣在周文王靈囿中與振振公子同游，見文王宮女原無定數，多不過二三十人，並無九嬪、二十七世婦、八十一御妻之名號，亦從不見有金環進之，銀環退之之條例。文王日昃不暇，樂而不淫，那得有工夫十五夕而御百餘婦哉！戴聖本係贓吏，造作宮闈經典，以媚昏主，而鄭玄師弟又從而附會之，致後世隋宮每日用烟螺五石，開元宮女六萬餘人，皆其作俑也。且注《詩經》「昏椓靡供」，言椓是椓婦人之陰，此是《景十三王傳》中之事，三代無此慘刑。』天帝聞之大悔，唶曰：『朕用人過矣！』召蒼聖謂曰：『卿造字原有功于萬世，大聖人周公、孔子皆出汝門下，不料後來俗儒流弊一至于斯，何以救之？』蒼聖奏曰：『臣兄弟三人同造字，臣所造之字都是下行，臣弟沮誦、佉盧所造之字或右行或左行。左右行者，行于東西二方，下行者行于中華。今東西方只一教，而中華之教如此紛張，惟有召西方明心見性之人，學佛未成者來，大顯神通，將此輩一掃而空之。』帝曰：『召佛是矣，何以要召學佛不成者？』蒼聖曰：『佛無夫妻父子，故名異端，恐來中國，人多不服。惟有少時借佛書參究一番，中年遁歸周、孔者，墨行儒名，人纔肯服。宋朝某某最佳。』麒麟在旁争之曰：『楚固失矣，而齊亦未爲得也。據漢儒「麟鼓郊天」之説，不過麒麟晦氣，而天帝尚得一頓飽餐。若宋儒主持名教，訓天命之謂性，云天即理也，古帝王只有祭天者，無祭理者。將來天帝血食不從此而斬斷乎？不但此也，恐尖嘴雷神還要來鬧。』帝曰：『何也？』曰：『朱注「有盛饌」二句云：「敬主人之禮，非以其饌也。」下文注「迅雷必變」云：「敬天之怒。」豈非下文暗藏不以其雷耶？從此雷公没人怕了，雷公豈肯甘心？』天帝笑曰：『汝言亦是。但氣運各有盛衰，朕亦不能作主。姑且召明心見性之人，試其伎倆何如。』俄見蒼聖帶領宋儒上殿，有褒衣博冠，手執太極圈者；有閉目指心，自稱『常惺惺』者；有拈花弄月，自號『活潑潑地』者。最後四人扛一大桶上，放稻草千枝，曰：『此稻桶也，自孔、孟亡後，無人能扛此桶。唐人韓愈妄想扛桶，被我取他《與大顛和尚》書札搜出真贓，把他所扛之桶多掀翻了。何況鄭、孔，敢與我四人爲難乎？』言未畢，果見赤熛怒、白招拒五妖神，爬牆穴洞，偃旗息鼓而逃。天帝大喜，即命此四人權攝文明殿功曹。此漢學所以不昌而文明殿之所以無注疏也。」邱問：「既如此，何以架上不收宋儒注疏乎？」曰：「一誤豈容再誤。宋儒此座亦恐終不能久。現在陸、王二姓，本朝顏習齋、李剛主、毛西河等，都與爲難。」方談論間，忽聞鐘鼓聲，內聞蒼聖傳旨云：「朕命白虎馱邱生來，原惡其自矜漢學，凌蔑百家，挾天子以令諸侯，故有投畀豺虎之意。今聞渠已悔〔悟〕（誤），可賜山中雲霧茶一杯。領其出山，俾述所聞，可以曉世。」古衣冠者引行曲澗中，邱因問曰：「據蒼聖之言，漢學不可從；據麒麟之言，宋儒又不足取。然則我將安歸？」神曰：「隨之時義大矣哉！士君子相時而動，故曰『順天者昌』。即如神道設教，蔣帝既衰，關帝日興，此眼前之明證也。當漢學盛時，晉朝王弼注《易》，罵鄭康成爲老奴，康成白晝現形，立索其命而去。元行冲有言：今人寧道孔聖誤，諱言鄭、孔非。亦怕康成作祟故也？今氣運既衰，其鬼不靈，而人亦少談孔、鄭矣。當宋學盛時，元朝祭朱考亭，至于呼太祖御名『成吉思』而祭，尊與天同。明祖登極，又聘宋金華四先生等講學，皆考亭之小門生也。一脈相傳，頒行《四書大全》通行天下，捆縛聰明才智之人，一遵其説，不讀他書。楊升庵有言，蟲有應聲者，今之儒生，皆宋儒之應聲蟲也。子不作應聲蟲，安能拾取科名，上報君父乎？」邱曰：「然則上帝亦好時文八股耶？」古衣冠者大笑曰：「上帝非秀才，安用時文？不特帝所無時文，即嫏嬛洞、二酉山亦從無此腐爛之物。細字小板，古書亦無此惡模樣。」邱曰：「然則時文科甲中何以出許多豪傑？」神曰：「士如魚也，釣之可得，射之可得，網之亦可得。大者蛟鰲，小者魴鯉，皆水所生，不因釣射網罟而有異焉。歷代以經學取爲名臣者若而人，以詩賦策論取爲名臣者若而人，以時文取爲名臣者若而人。豪傑之士豈爲功令所束而遂淹没哉！汝試看呂蒙拔于盜賊，郭子儀起于縲紲，盜賊罪人中尚且有人，而況于時文科目耶？」邱問：「上帝何好？」曰：「好詩文。」問：「何以知之？」曰：「汝試想上帝白玉樓成，何以不召老成人馬季常、井大春作記，而召一少年佻𠊱之李長吉耶？海上仙龜、芙蓉城主何以不召周、程、張、朱聚徒講學者居之，而召一好酒及色之白居易、豪縱不羈之石曼卿耶？」邱恍然大悟，乃再拜曰：「如神人所言，某將棄漢學、宋學而從事于詩文，何如？」神曰：「子又誤矣！人之資性，各有短長。著作之才，水也；，果有本源，自成江河。考據講學，火也；胸中無物，必附物而後有所表彰，如火之必附于薪炭也。子天性中本無所有，焉得不首鼠兩端？且子既精漢學矣，試問帝王所食之米何名？」邱不能答。神曰：「康成注『釋之溲溲』云：『舂之播之，使趨于鑿。粟一石爲糲，舂一斗爲粺，又去八升爲鑿，又去九升爲侍御。侍御者，王所食也。』子試思：米舂至八九次，其糲粺糠覈將何所歸？天故專生此一流飱糠覈而飽稊稗之人，或瑣屑考據，或迂闊講學，各就所長，自成一隊。常見孔聖、如來、老聃空中相遇，彼此微笑，一拱而過，絶不交言。此天地之所以爲大也。」邱聞之，色若死灰，意流連不出。神曰：「子休矣！子被虎銜落山澗，袖中所帶《儀禮注疏》蠧食者過半矣。盍速歸乎？」邱再拜出洞。至今猶存。

（續集卷五）

秋燈叢話

王　棫

《秋燈叢話》，十八卷。作者王棫，字凝齋，福山（在今山東）人。乾隆元年（一七三六）舉人。「爲山左世裔，丙辰恩科登賢書，來宰玉陽」（乾隆三十七年宋楚望《秋燈叢話跋》）。「少好學，廣聞見，從諸兄宦游四方，足迹徧天下。後以孝廉仕三楚，有惠政」（乾隆四十五年王正祺《秋燈叢話序》）。官至湖北天門縣知縣。當生于康熙末年間，卒年不詳。書前後有諸家序跋，最早者爲乾隆二十三年（一七五八）董元度序，然刻印較晚。有積翠山房刻本。所記故事甚簡率，亦無標題，但編撰較早，多爲後人取資。

＊祁子徵

康熙丁酉東省鄉試，德州祁生子徵以二場違例被黜，鬱鬱不自得。十四日夜，被酒獨卧歷下亭廊間，月明如水，輾轉未成寐。忽見畫船簫鼓自葦中出，泊舟登亭，有偉丈夫三，咸蒼顔白髮，風概非常，攜一麗人，共席地坐亭中。童子陳酒榼於前。一客曰：「今歲又丁酉矣，尚記與王阮亭賦秋柳時乎？」一客曰：「恍惚昨日事，往來代謝，可勝浩歎！」一客遥指岸上曰：「此李木先生宅滄溟白雪樓，向在韓倉後建於此。余弱冠鄉舉時，曾從季木先生遊，今且百有餘年。明季樓燬於火，又改建趵突泉上矣。」命美人歌以侑酒。酒酣歡甚，咸曰：「不可無詩以記之。」一人詩先成，命童子取筆硯題壁上，朗吟數過。其二人及女郎以次屬和，各書諸壁。祁假寐伺之，心頗疑訝，不敢出聲。女郎回顧見祁，拂袖曰：「可行矣。」談笑登舟而去。祁起視，壁上墨跡未乾，不著姓字。其詩曰：「四大飄然一葉身，昆明留得劫前塵。同舟仙侶知何處？只有南山似舊人。」「鏡裏亭臺夢裏身，詞壇白雪早成塵。重來丁令偏多感，且把金尊對美人。」「當年曾現宰官身，滄海茫茫一撮塵。莫話大羅天上夢，浮名偏誤後來人。」「一串驪珠掌上身，可憐寶鏡久生塵。紅衣翠蓋亭亭影，也學凌波微步人。」祁歷歷誌之。天明漸就磨滅，日出杳無字跡矣。（卷一）

＊清河奇案

清河東鄙村，有弟與兄嫂同居者。兄應縣役，奉差別郡。弟以叔嫂聚處，恐涉瓜李嫌，送歸母家。夜半，聞叩門聲，啓視，乃鄰家婦。婦素不貞，詗其弟獨寢，故私來就，力拒之，婦竟解衣而卧。無如何，寄宿酒肆。肆主人詢知其故，潛往偕婦寢焉。其兄宿逆旅，啓囊而公文無有，及奔回尋覓，夜已闌，叩門不應。踰垣入寢，户虛掩，疑之，撫衾中有兩人卧，意弟與妻私，怒截其首，盛以囊，詣縣陳訴。時晨光熹微，路經婦翁家，撾其門。門甫啓，遽擲首於地。婦翁驚喊，舉家聞聲競出，妻亦與焉。乃駭以爲鬼，倉皇疾奔。翁追之，及衢，其弟亦自巷左來，適相值，復失聲反走。弟挽其裾告曰：「昨送嫂歸寧，晚宿酒肆。比曉抵家，有兩尸無首，橫死牀榻，將稟官訊驗，兄何爲去而復反，且驚異若是耶？」益惶駭莫措，亟偕弟往岳家徵視，始知兩首爲酒肆主人與鄰婦也。共赴縣投首云。（卷四）

按：此案流傳極廣，亦為典型案例。後之《續隻麈談》卷下《淄川誤殺奸》、《塗説》（繆艮）卷三《吴興異聞》、《勸戒續録》卷四《黟縣二案》之一、《談屑》卷一《誤殺》等事，似皆從此鋪衍而成。我佛山人《札記小説》之《高密疑案》亦有與此相似之處。

＊黟縣冤獄

雍正中，黟縣麵店傭某，勤作多年，積金娶婦，頗相得。中秋月夜，烹魚對酌。妻食膾哽噎而絶，某奔告婦家。婦翁遠出，母亦抱病，遂歸殮。而某痛妻甚，裙釵盡納棺中，厝於水濱。有偷兒知之，乘夜發其棺，忽呻吟有聲，駭極逸去。蓋婦一時氣逆，久之漸甦，遂得活。婦起，不識路，繞河彳亍，憊甚，憩路旁庵門左。僧師徒二人晚歸，見婦，問知其故。老僧憐婦難於夜行，留宿靜室，戒徒勿生異心。而徒涎婦美，且疑師避己而狎之也，持斧劈其師，而强與婦奸。慮人蹤跡，納尸婦棺中，挾婦而遁。未幾，婦翁歸，往奠女棺。棺縫露緇衣寸許，詰其婿，愕眙莫知所以。鳴官啓視，皤然一老僧也，頭顱迸裂，血跡模糊，嚴鞫繫獄，而女尸兇器屢訊不獲，案遂懸宕。乾隆初，赦配楚省，中途值雨，偕解卒避村簷下。有婦啓扉出，貌與妻酷肖，婦亦注目睇視，呼某入。問之，乃泣曰：「我即爾婦也。」備述顛末，某大慟。婦揮淚止之，曰：「勿聲揚，彼蓄髮爲盜，頗兇悍，二三人莫敢前。可速去，潛伏鄰近，俟其歸，我飲以酒，乘

醉執之。」如其言，械繫赴官。某之寃乃釋，婦以執僧故，仍歸故夫。（卷八）

按：《螢窗異草》二編卷三《定州獄》、《耳食録》卷四《書吏》、《聽雨軒筆記》卷一《紹興奇案》及《右台仙館筆記》卷十之張世昌疑案，均與此類似。

*蛇油治癩

粵東某府，女多癩疾，必與男子交，移毒於男，女乃無患，俗謂之過癩。然女每羞爲人所識，或亦有畏其毒而避者，多夜要諸野，不從則啖以金。有某姓女染此症，母令夜分懷金候道左。天將曙，見一人來，詢所往，曰：「雙親早没，孤苦無依，往貸親友爲餬口計。」女念身染惡疾，已罹天罰，復嫁禍於人，則造孽滋甚，告以故，出金贈之。其人不肯受。女曰：「我行將就木，無需此。君持去尚可少佐衣食，毋過拒拂我意。」其人感女誠，受之而去。女歸，不以實告。未幾，疾大發，肢體潰爛，臭氣侵人。母怒其誑，且懼其染也，逐之出。乃行乞他郡，至某鎮，有鬻胡麻油者，女過其門，覺馨香撲鼻，沁入肌髓，乞焉。衆憎其穢，不顧而唾，一少年獨憐而與之，女飲訖，五内頓覺清凉，痛楚少止。後女每來乞，輒挹與，不少吝。先是，有烏梢蛇浸甆油器中，難於售，遂盡以飲女。女飲久，瘡結爲痂。數日痂落，肌膚完好如舊，蓋油能敗毒，蛇性去風，女適相值，有天幸焉。方其踵門而乞也，睹少年即昔日贈金人，屢欲陳訴，自慚形穢，輒中止。少年亦以女音容全非，莫能辨識。疾愈，託鄰嫗通意。少年趨視不謬，潸然曰：「昔承厚贈，得有今日。爾乃流離至此，我心何忍。若非天去爾疾，竟覿面失之，永作負心人矣。」欷歔

不自勝，旁觀嘖嘖，咸重女之義而多少年之不負其德也。爲之執伐，成夫婦焉。（卷十一）

按：蛇毒治麻瘋女事，屢見于清人小説。如《小豆棚》卷八《二妙》、《續客窗閒話》卷五《烏蛇已癩》、《夜雨秋燈録》卷三《麻瘋女邱麗玉》等，而此書年代最早。

*碎珠誘贖

葉某，蘇郡人，鑒别珍玩，百不失一。都門典商某重價聘之。一日，有持徑寸珠來質者，索價五百金。葉與之去，既而細審之，贋也。乃致酒招諸同人飲，告以故，並求貸以償典主，衆慨許。乃出珠與衆傳觀訖，謂曰：「承諸公惠助，留此奚益！」立擊碎之。翌日，典珠者持價來贖，葉收價而還其珠，固原物也。其人瞠目，無語而去。蓋另造一珠仿其狀，特對衆碎之，使聞於外，以誘其來耳。（卷十三）

按：此篇故事極簡，而影響不小。現代藝人劉寶瑞單口相聲《猫蝶圖》即仿此結構，作家鄧友梅又據以新創小説《尋訪畫兒韓》，且攝製為電視劇。

閱微草堂筆記

紀昀

《閱微草堂筆記》，分爲《灤陽消夏録》六卷，《如是我聞》四卷，《槐西雜志》四卷，《姑妄聽之》四卷，《灤陽續録》六卷，共二十四卷。作者紀昀（一七二四——一八〇五），字曉嵐，又字春帆，謚文達。直隸獻縣（今屬河北）人。乾隆十九年（一七五四）進士，官至禮部尚書、協辦大學士。乾隆三十八年開四庫全書館，任總纂官十餘年。纂定《四庫全書總目提要》。文思聰睿，博學多聞，以達官而兼學者。著有《紀文達文集》等。《閱微草堂筆記》于乾隆五十四年至嘉慶三年（一七九八）陸續成書，廣爲流傳。嘉慶五年其門人盛時彦彙而刻之，後又有道光重刻本、會文堂書局詳注本等。此書爲作者晚年「追録舊聞」遣興之作，文筆簡潔，不假雕飾，得魏晉志怪小説遺風。間發議論，妙語叠出，説理明徹，見識通達，在清代文言小説中別樹一幟。

*鄭蘇仙

北村鄭蘇仙，一日夢至冥府，見閻羅王方録囚。有鄰村一媪至殿前，王改容拱手，賜以杯茗，命冥吏速送生善處。鄭私叩冥吏曰：「此農家老婦，有何功德？」冥吏曰：「是媪一生無利己損人心。夫利己之心，雖賢士大夫或不免。然利己者必損人，種種機械，因是而生，種種冤愆，因是而造。甚至貽臭萬年，流毒四海，皆此一念爲害也。此一村婦而能自制其私心，讀書講學之儒，對之多愧色矣。何怪王之加禮乎！」鄭素有心計，聞之惕然而寤。鄭又言：此媪未至以前，有一官公服昂然入，自稱所至但飲一杯水，今無愧鬼神。王哂曰：「設官以治民，下至驛丞閘官，皆有利弊之當理。但不要錢即爲好官，植木偶于堂，並水不飲，不更勝公乎？」官又辯曰：「某雖無功，亦無罪。」王曰：「公一生處處求自全，某獄某獄，避嫌疑而不言，非負民乎？某事某事，畏煩重而不舉，非負國乎？三載考績之謂何？無功即有罪矣。」官大踧踖，鋒棱頓減。王徐顧笑曰：「怪公盛氣耳。平心而論，要是三四等好官，來生尚不失冠帶。」促命即送轉輪王。觀此二事，知人心微曖，鬼神皆得而窺，雖賢者一念之私，亦不免于責備。「相在爾室」，其信然乎。（卷一《灤陽消夏録》一）

*郭　六

郭六，淮鎮農家婦，不知其夫氏郭、父氏郭也，相傳呼爲郭六云爾。雍正甲辰、乙巳間，歲大饑。其夫度不得活，出而乞食于四方，瀕行，對之稽顙曰：「父母皆老病，吾以累汝矣。」婦故有姿，里少年瞰其乏食，以金錢挑之，皆不應，惟以女工養翁姑。既而必不能贍，則集鄰里叩首曰：「我夫以父母托我，今力竭矣，不別作計，當俱死。鄰里能助我，則乞助我；不能助我，則我且賣花，毋笑我。」（里語以婦女倚門爲賣花。）鄰里趑趄囁嚅，徐散去。乃慟哭白翁姑，公然與諸蕩子游。陰蓄夜合之資，又置一女子，然防閑甚嚴，不使外人覿其面。或曰，是將邀重價。亦不辯也。越三載餘，其夫歸，寒温甫畢，即與見翁姑，曰：「父母並在，今還汝。」又引所置女見其夫曰：「我身已污，不能忍耻再對汝。已爲汝别娶一婦，今亦付汝。」夫駭愕未答，則曰：「且爲汝辦餐。」已往厨下自剄矣。縣令來驗，目炯炯不瞑。縣令判葬于祖塋，而不祔夫墓，曰：「不祔墓，宜絶于夫也；葬于祖塋，明其未絶于翁姑也。」目仍不瞑。其翁姑哀號曰：「是本貞婦，以我二人故至此也。子不能養父母，反絶代養父母者耶？況身爲男子不能養，避而委一少婦，途人知其心矣，是誰之過而絶之耶？此我家事，官不必與聞也。」語訖而目瞑。時邑人議論頗不一。先祖寵予公曰：「節孝並重也，節孝又不能兩全也。此一事非聖賢不能斷，吾不敢置一詞也。」（卷三《灤陽消夏録》三）

按：《續子不語》卷五《郭六》與此略同。

*李生

太白詩曰：「徘徊映歌扇，似月雲中見；相見不相親，不如不相見。」此爲冶游言也。人家夫婦有睽離阻隔，而日日相見者，則不知是何因果矣。郭石洲言：中州有李生者，娶婦旬餘而母病，夫婦更番守侍，衣不解結者七八月。母殁後，謹守禮法，三載不内宿。後貧甚，同依外家。外家亦僅僅温飽，屋宇無多，掃一室留居。未匝月，外姑之弟遠就館，送母來依姊。無室可容，乃以母與女共一室，而李生别榻書齋，僅早晚同案食耳。閲兩載，李生入京規進取，外舅亦攜家就幕江西。後得信，云婦已卒。李生意氣懊喪，益落拓不自存，仍附舟南下覓外舅。外舅已別易主人，隨往他所。無所棲托，姑賣字餬口。一日，市中遇雄偉丈夫，取視其字曰：「君書大好。能一歲三四十金，爲人書記乎？」李生喜出望外，即同登舟。烟水渺茫，不知何處。至家，供張亦甚盛。及覩所屬筆札，則綠林豪客也。無可如何，姑且依止。慮有後患，因詭易里籍姓名。主人性豪侈，聲伎滿前，不甚避客。每張樂，必召李生。偶見一姬，酷肖其婦，疑爲鬼。姬亦時時目李生，似曾相識。然彼此不敢通一語。蓋其外舅江行，適爲此盜所劫，見婦有姿首，並掠以去。外舅以爲大辱，急市薄槥，詭言女中傷死，僞爲哭斂，載以歸。婦憚死失身，已充盜後房。故于是相遇，然李生信婦已死，婦又不知李生改姓名，疑爲貌似，故兩相失。大抵三五日必一見，見慣亦不復相目矣。如是六七年，一日，主人呼李生曰：「吾事且敗，君文士不必與此難。此黄金五十兩，君可懷之，藏某處叢荻間。候兵退，速覓漁舟返。此地人皆識君，不慮其不相送也。」語訖，揮手使急去伏匿。未幾，聞鬨然格鬭聲。既而聞傳呼曰：「盜已全隊揚帆去，且籍其金帛婦女。」時已曛黑，火光中窺見諸樂伎皆披髮肉袒，反接繫頸，以鞭杖驅之行，此姬亦在内，驚怖戰栗，使人心惻。明日，島上無一人，痴立水次。良久，忽一人棹小舟呼曰：「某先生耶？大王故無恙，且送先生返。」行一日夜，至岸。懼遭物色，乃懷金北歸。至則外舅已先返。仍住其家，貨所攜，漸豐裕。念夫婦至相愛，而結褵十載，始終無一月共枕席。今物力稍充，不忍終以薄槥葬。擬易佳木，且欲一睹其遺骨，亦夙昔之情。外舅力沮不能止，詞窮吐實。急兼程至豫章，冀合樂昌之鏡。則所俘樂伎，分賞已久，不知流落何所矣。每回憶六七年中，咫尺千里，輒惘然如失。又回憶被俘時縲紲鞭笞之狀，不知以後摧折，更復若何，又輒腸斷也。從此不娶。聞後竟爲僧。戈芥舟前輩曰：「此事竟可作傳奇，惜末無結束，與《桃花扇》相等。雖曲終不見，江上峰青，綿邈含情，正在烟波不盡，究未免增人悒悵耳。」（卷十五《姑妄聽之》一）

＊某甲婦

司庖楊媼言：其鄉某甲將死，囑其婦曰：「我生無餘資，身後汝母子必凍餓。四世單傳，存此幼子。今與汝約：不拘何人，能爲我撫孤則嫁之，亦不限服制月日，食盡則行。」囑訖，閉目不更言，惟呻吟待盡。越半日，乃絶。有某乙聞其有色，遣媒妁請如約。婦雖許婚，以尚足自活，不忍行。數月後，不能舉火，乃成禮。合巹之夜，已滅燭就枕，忽聞窗外嘆息聲。婦識其聲欬，知爲故夫之魂，隔窗嗚咽，語之曰：「君有遺言，非我私嫁。今夕之事，于勢不得不然，君何以爲祟？」魂亦嗚咽曰：「吾自來視兒，非來祟汝。因聞汝啜泣卸汝，念貧故使汝至于此，心脾凄動，不覺喟然耳。」某乙悸甚，急披衣起曰：「自今以往，所不視君子如子者，有如日。」靈語遂寂。後某乙耽玩艷妻，足不出户。而婦恒惘惘如有失。某乙倍愛其子以媚之，乃稍稍笑語。七八載後，某乙病死，無子，亦别無親屬。婦據其資，延師教子，竟得游泮。又爲納婦，生兩孫。至婦年四十餘，忽夢故夫曰：「我自隨汝來，未曾離此。因吾子事事得所，汝雖日與彼狎昵，而念念不忘我，燈前月下，背人彈淚。我皆見之，故不欲稍露形聲，驚爾母子。今彼已轉輪，汝壽亦盡，餘情未斷，當隨我同歸也。」數日果微疾，以夢告其子，不肯服藥，荏苒遂卒。其子奉棺合葬于故夫，從其志也。程子謂餓死事小，失節事大。是誠千古之正理，然爲一身言之耳。此婦甘辱一身，以延宗祀，所全者大，似又當別論矣。楊媪能舉其姓氏里居，以碎璧歸趙，究非完美，隱而不書，憫其遇，悲其志，爲賢者諱也。又吾鄉有再醮故夫之三從表弟者，兩家所居，距一牛鳴地。嫁後仍以親串禮回視其姑，三數日必一來問起居，且時有贍助，姑賴以活。歿後，出資斂葬，歲恒遣人祀其墓。又京師一婦，少寡，雖頗有姿首，而針黹烹飪，皆非所能。乃謀于翁姑，僞稱己女，鬻爲宦家妾，竟養翁姑終身。是皆墮節之婦，原不足稱；然不忘舊恩，亦足勵薄俗。君子與人爲善，固應不没其寸長。講學家持論務嚴，遂使一時失足者，無路自贖，反甘心于自棄，非教人補過之道也。（卷十九《灤陽續録》一）

＊嫠婦子

有嫠婦年未二十，惟一子，甫三四歲。家徒四壁，又鮮族屬，乃議嫁。婦色頗艷。其表戚某甲，密遣一媪説之曰：「我于禮無娶汝理，然思汝至廢眠食。汝能託言守志，而私昵于我，每月給資若干，足以贍母子。兩家雖各巷，後屋則僅隔一牆，梯而來往，人莫能窺也。」婦惑其言，遂出入如婦。外人疑婦何以自活，然無迹可見，姑以爲尚有蓄積而已。久而某甲奴婢泄其事。其子幼，即遣就外塾宿。至十七八，亦稍聞繁言。每泣諫，婦不從；狎昵雜坐，反故使見聞，冀杜其口。子恚甚，遂白晝入某甲家，剸刃于心，出于背，而以「借貸不遂，遭其輕薄，怒激致殺」首于官。官廉得其情，百計開導，卒不吐實，竟以故殺論抵。鄉鄰哀之，好事者欲以片石表其墓，乞文于朱梅崖前輩。梅崖先一夕夢是子，容色慘沮，對而拱立。至是憬然曰：「是可毋作也。不書其實，則一凶徒耳，烏乎表？書其實，則彰孝子之名，適以傷孝子之心，非所以妥其靈也。」遂力沮罷其事。是夕，又夢其拜而去。是子也，甘殞其身以報父仇，復不彰母過以爲父辱，可謂善處人倫之變矣。或曰：「斬其宗祀，祖宗恫焉。盍待生子而爲之乎？」是則講學之家，責人無已，非余之所敢聞也。（卷二十三《灤陽續録》五）

柳崖外編

徐　昆

《柳崖外編》，十六卷。作者徐昆（一七一五——一七九五後），字后山，號柳崖，别號嘯仙。平陽（一作平水，在今山西）人。據説其父徐翁祈夢得子，爲蒲松齡之後身（見李金枝《柳崖外編序》），乾隆四十六年進士。《柳崖外編》亦爲繼《聊齋志異》而作，但不全爲志怪故事。現存乾隆癸丑（五十八年，一七九三）貯書樓刻本（前有本年王友亮序），首有乾隆四十六年李金枝序，書當著于此前。序謂徐子以闡發經義、考據史傳爲内編，其奇見異聞，隨録偶録者爲外編。徐昆尚著有《雨花臺傳奇》二卷，有乾隆二十八年貯書樓刻本；《碧天霞傳奇》二卷，有乾隆三十一年刻本（均見《販書偶記》）。又有《古詩十九首説》一卷（同上），《春花秋月詞》一卷（《販書偶記續編》，誤題徐昆后撰），有嘉慶三年（一七九八）序，似作者是時尚在世。

鮑　生

崇文門内甲宅一所，宏敞壯麗，兼有花圃，明國戚舊第也。妖狐作窟，屢易主，皆避去。某部正郎繆姓者，好賤值得美物，遂售之。家豐而性鄙，請西席每歲止十二金，飲饌亦菲。暇則袖金至歌兒舞女之館聽小曲，一晝夜揮采百金不少惜。有鮑生者，揚州風雅士也，旅困因館其家，束儀如常，特以能製小曲，繆時攜酒與飲，相待過他師。既得新第，糞除居之。東院花廳，曲而敞爽，時方溽暑，繆獨居之。至三更，聞頂閣上有琵琶聲，劃然清響。俄垂蓮瓣一雙，僅三寸許，冉冉而下，乃十五六垂髫女也。杏衫桃裙，丰姿綽約，雙目炯炯，綠光射人，嘆息數聲，緩步燈前，向燭一吸，止如螢火一星，視繆曰：「非可人也。」持巾一揮，桌椅懸空，百物皆碎。繆急擢以劍，化爲黑烟而滅，廳外木葉亂飛，久之乃絶。次日，繆持酒向鮑生曰：「昨之所見如此。先生素有膽力，今宵敢宿其間否？」鮑生曰：「諾。」抵晚，移衾至花廳宿焉。人静，果聞琵琶響不絶。鮑生素善琵琶，遂持琵琶合其調。微聞曰：「可人哉！」仍露兩紅履，懸立全身於屏拱之間，顧鮑生而笑。鮑極贊之。女曰：「鬼狐皆有假象，子不懼我變耶？」鮑曰：「我亦會變。」女曰：「何變？」鮑生調琵琶唱小曲云：「變一面菱花鏡，照着姐姐的貌。變一條鴛鴦縧，繫着姐姐的腰。變一對蝴蝶兒，止在姐姐鞋尖兒上繞。變一管白玉簫，變一管白玉簫，對着姐姐的櫻桃，一遞一口，吹一會相思調。」女曰：「可人哉！」女倚腔和之，至再至三。繆來探視，備聞其聲，喝采一聲，忽然不見，謂鮑曰：「樂何如也？」飲酒而散。自是繆思美人之曲，寢食俱廢，每夜伺之，冀再一聞，竟不可得。鮑生一夕步月花石間，女子在焉。謂鮑曰：「琵琶何在？」鮑曰：「不知仙人之在此也。」女曰：「以子之才，月一金而館此，盍去諸？」鮑曰：「旅困長安，其何能擇。」女曰：「珠玉買歌笑，糟糠養賢才，古人所嘆。彼聞我曲，寢食俱廢，足不履歌館曲樓者已半月。奴之所以久不至此，堅其想也。爲郎畫一策，今與郎復歌於此，彼來而我隱，則心必醉。明日辭其館，〔僦〕(蹴)居隔壁，我與汝暢歌連晝夜，彼必聞；聞而再至，必復子。彼必歌《杕杜》、咏《緇衣》，尚恐金玉爾音矣。」鮑生如教，遂與女歌彈於花石之側。繆聞果來，女又避去。鮑生怒曰：「何物凡夫，散人好事，舍此遂無棲止耶？」及旦捲衾而去。繆始恨之，繼深悔之。一夜，風清月朗，忽聞隔壁歌聲嫋嫋不絶，使偵之，鮑生新居也。復謝過而邀鮑生，願出館金五十，鮑不肯；至百，不肯，遞增至八百金焉。鮑就館，仍館東院花廳，人静女必至，與鮑生對彈琵琶，賡唱互答不絶。繆在廳外聽之，曲闋乃敢入，每對人曰：「勝予之浪擲歌館多多矣。」《消暑清談》載此事，與余所聞迥異，更而潤之。

柳崖子曰：一千五百人爲師，其徒數十人，久成謔柄。而珠米桂薪，長安尤甚，安得杏衫女億千化身，爲寒士增聲價耶？（卷一）

素素

太原劉璋先生作《鍾馗斬鬼傳》，頗奇詭，其尤警者如没臉鬼一條，略云：鍾馗遇没臉鬼，以刀劍戕戟向面百刺，皆不懼。計無如何。判奏云：「此鬼乃千層樺皮臉，非刀劍戕戟所能傷，亦非語言文字所能化。」鍾問計安出，判曰：「惟良心可以消之。」乃偏覓陰曹，求良心不可得。忽於酆都城外，見有人心半個，煽然猶動。判喜，持向鍾曰：「此半個良心也。」乃復與没臉鬼鬬，令判潛持良心，於高岡上抵面打之。戰方酣，没臉鬼方兇勇，少却，判以腰間絛繫半個良心打之，没臉鬼忽羞縮，再擊則臉上樺皮層層退，直至數十擊然後倒。鍾馗回馬斬焉。其他不悉載。劉先生固讀書好奇士也，有子名玉郎，年十五六，極聰慧。偶遊晉府廟中，廟廊下有柩，因薄而尾檔坼裂。玉郎覷之，繡鞋尚新，可二寸許，玉郎愛之，潛敲針作鉤，以帽纓素綯，鉤而出之，納於袖。潛歸書舍，至燈下把玩之，作贊曰：「芙蕖遜艷，鳳頭讓小。宓妃比潔，織女同巧。對之銷魂，魂固渺渺。子如有情，與子偕老。」方謳吟間，聞叩扉聲，急以鞋納袖中，並援其稿置筆筒中。啓户無所見，及入室，一女子艷粧坐案前，以纖手探筆筒紙稿，伸而讀之。玉郎曰：「子何人？」女曰：「妾名素素，前任太守幼女也。欲令子真箇銷魂，可願否？」玉郎知爲鬼，潛於案下撩裙視之，則一隻朱履與袖中同，一隻綠色，無花並無針線迹，潛裂其曳跟，將就燈視之。忽聞叩門聲，女避去。玉郎正皇遽，一人搖擺而入，自取椅坐。玉郎怒，不與置喙。遽曰：「小子姓游，名醜。」玉郎不語。又曰：「小子來爲郎作伐。」玉郎不語。又曰：「郎君之意中人，而新得一晤者。」玉郎顔少解。隨曰：「有酒否？」玉郎曰：「無。」又曰：「錢亦可。」玉郎探一貫與之。曰：「我不要若錢，以若錢換那錢，向十字街頭送之。」玉郎怒，叱之不去，取界方腦擊之數十，亦不去，以唾唾之而後去。去後，玉郎持素素曳跟，向燈前視之，乃一樹葉，始知鞋之綠色，殆因失鞋，假草爲之也。玉郎已倦極，把鞋而寢。後數夕無影響，忽一夕有巍衣冠而至者，玉郎肅禮之。曰：「元姓良名，吾固鬼而仙者也。郎君與素素本有夙緣，但不應得罪前夕來人。」玉郎曰：「謂何？」曰：「前夕人所謂没臉鬼也，尊翁作傳，曾痛斥之，昨又辱于子。今渠已懷忿，獻計于某廟邪神，今夕花燭矣。」玉郎曰：「元丈，計奈何？」元曰：「今夕花輿必過文昌街，吾與汝路要之。」遂並往。有頃，燈光閃爍，可數十對，游醜乘馬被紅，作洋洋狀，花輿中嚶嚶有哭聲不止。元良曰：「此即是也。」玉郎復問計，元良直前撲游下馬，謂輿者曰：

素素「從吾來。」仍至書舍，安置素素畢。元良曰：「此可暫不可久也，欲偕百年，當再計。」從雲端去。素素收淚，謂玉郎曰：「今夕何夕，不料倚我玉郎也。」遂成夫婦禮，式食庶幾，式飲庶幾，素素少輒足，閒則談史漢諸傳之奇異者。玉郎曰：「先君子作《斬鬼傳》，戲言耳，而游䚯、元良真有其人，何故？」素素曰：「天地間只是氣化機神耳。太極分陰陽，陰陽分善惡。善有千善，惡有千惡，且有語言文字所不到者。況文筆所到，其氣機固有以應之。」玉郎然之。聚處共月餘，家人不知也，爲題大姓某氏女，玉郎託詞却之。又題某氏，又却之。其表兄荆生，素與玉郎善，謂玉郎曰：「男女居室，人之大倫也。題婚數姓，子皆却之。然子肌膚漸消瘦，眉間帶青色，必有故，盍語我。」玉郎笑而不答。抵夕，荆生潛伏書舍窺之，見一女子殊媚麗，與玉郎對坐，咏《柳梢青》詞云：「蕚緑華身，小桃花扇，安石榴裙。妾歌娱子，君憐惟妾，掃却閒塵。悠悠羈旅傷春，似零落青天斷雲。何處銷魂，初三夜月，第一流人。」蓋是日方上巳也。荆生聞之，仍伏不動。又聞女云：「妾身已屬子矣，鞋子可還我否？」玉郎從袖中出一鞋曰：「再商。」女假其前奪之。兜未竟，荆生大呼，女已不見。玉郎呆立，半晌方醒。荆生曰：「子實語我，適間女子鬼也，與子綢繆幾時矣？」玉郎以實告。荆生語其家，移宿内舍。生遂病，常見素素左右之，所以承其意者無不至，家人皆不見也。一夕，玉郎夢一隸招之去，至一署，一神衣繡花冠裳，上座，前所見元良旁坐。神曰：「女與素素本有夙緣，但期未到耳。有人告子奪其姻事，吾已判絶之矣。然子今者不生不死，半幽半明，非所謂天長地久也。今問子，願與素素爲陽世夫婦，則素素再生。文移自我起至天曹，約五年後方降生，生後再十餘年而後字。若竟願爲死夫妻，吾將削其生籍，招子來。置汝兩人於晉祠間，司水流灌花事，其願之乎？」玉郎曰：「俟河之清，人壽幾何？吾將縮歲月而速婚姻也。」元良急止之曰：「玉郎失詞。以子之才，何求不得，而急於死也！」玉郎不答。元良視册已註定，遂送還。玉郎醒，謂家人曰：「吾死，其以晉府廟廊下女柩殉。」家人應之而絶。後某太守調河南觀察，過晉，將起柩，聞其事，即合魂而葬焉。次年，荆生遊晉祠，假寐間，見玉郎與素素攜手看花，回顧荆生曰：「我固甚樂，歸語家人，無哀念我也。」

柳崖子曰：玉郎真情癡哉！愛素素，死不悔，至元良作謀維哲，功殊多，救死雖不贍，心已苦矣，半箇云乎哉！（卷二）

梅占

曲沃仇生，以選拔入都，朝考罷歸，路遇名妓梅占，遂狎焉。梅占雖青樓，而雅韻淡粧有林下風，視俗子無當意者，獨戀仇生。生亦從未作狎褻遊者也。臨別，梅占拂紙畫梅花一枝，付生手曰：「此妾魂也，身不能隨君去，君以此歸，月夕燈前，其酹我一杯酒。」生泣持之，至家，以梅花圖貼壁間，對之吟哦，風來覺馥馥香氣自畫出。至晚則以醇醪一杯先酹之。然後置樽二若酬酢者，率爲常。後數月，有友人從都下來，見生對圖癡呆狀，怪問之。生枝梧不告，但令聞風來香氣。友人曰：「是矣，我聞道路人傳，有名妓梅占者，手畫梅花圖贈一生，去後三日死，斯之謂矣。鬼物也，久必爲君害。」遂以手挼之碎而後去。生癡立半晌，淚簌簌然下，以手拾碎紙瘞諸庭前松竹間，酹之以酒，誄曰：「梅乎，梅乎，魂果我隨乎？月淡兮風微，伴梅者誰乎？」是夜即露宿空庭中，次晨仍酹之以酒。酹罷，見梅芽一本微露，生喜，閉門不出，令童僕買酒數十罈，日酹之。不三月，高可七尺許矣，是時正嘉平月也。梅着花數十朵，遠近聞其異，争來賞之。然生不在座輒不香。一夕，有竊生衣冠而至者，異香滿院。少頃，依然無香矣。生聞知，喜曰：「此花真爲我開也。」於是冒凍置榻梅樹邊，夜擁之而睡。宵半冰輪在天，松竹微響，朦朧中覺異香撲鼻，拭目而視，則所擁者淡粧美人也。瞪視之，與梅占神姿無二致。狂喜，因詢所來。美人曰：「妾前身固梅也，因染情魔，遂落障海。感君至誠，復相見耳。」生欲求合，摩娑之，則覺肌膚若冰雪。生曰：「温柔鄉化成冰雪窟耶？」女曰：「此妾之本性然耳。必欲合，非大招春氣不可。」次日生具土牛，插綵勝，東向而迎之。至晚，女曰：「未也。」遍撫其體，依然。次日酌屠蘇酒，陳椒盤，唱宜春令數闋。至晚，女曰：「未也。」遍體撫之，依然。生曰：「然則如何？」女出玉琯二，與生對吹之，覺煖氣盎盎然，院宇若二月時。生欲棄琯撫其體，女摇手止之。生會意再吹，至五更，竟如三月上巳時。女置琯嬌倚榻前不能起，生亦置琯近擁之，遍體温舒，真温柔妙境也。因昵就之，及曉則所擁仍梅樹也，但温煖殊常耳。抵夕生再求合，女曰：「不可矣，因妾眷戀塵情，有污仙籍，明日未刻，將有大風拔我去，置諸羅浮本土中。」生且疑且信，轉瞬間冰雪在地，寒風徐起，美人邈然，梅樹孤立。生大恐，急典裘買錦縫爲幄，罩梅花上，酌酒而守之。及未刻，狂風肆起，梅本已拔，生執幄角隨之，大風吹倒，墜山澗中，有數童子斫柴，縛之以爲賊。一老曰：「毋然，此偷香賊耳。」問何地，曰：「羅浮。」問老何人，曰：「梅花主人。」問梅占何在，曰：「同緑萼華、紅羅女、黄香節婦及趙師雄夫人在後園。」生哀乞欲往，老指示之。生行數十武，見石橋外籬芭牆内，梅占與數女子在焉。生牽衣欲度，有蛇長丈餘繞生頸及膝，生不爲動。蛇退，生又進，有虎自籬旁出，有咥人狀。生不懼，闖入門，數美人驚去。梅占獨留，見生若不勝情。生方挽頸與語，一姥猝出叱之，梅占羞縮，生亦斂手。梅占以梅花一瓣貼生眉問曰：「君尚有俗情，此地殆不可留，瓣香是妾膚也，以妾膚貼君膚，用共百年，情盡此矣。」須臾姥持梅占去，天風颯然吹之，仍落舊館中，對鏡視眉間，有白瘢如梅痕，拂拭終不去。（卷十一）

聽雨軒筆記

徐承烈

《聽雨軒筆記》，作者徐承烈（一七三〇——一八〇三），字紹家，一字悔堂，號清涼道人，德清人。沈瑋總序云：「清涼道人少窺二酉，壯歷四方。」省齋《雜記》跋云：「後以貧而廢學，訓童蒙於鄉曲，依景升於嶺表者數十年。」曾爲游幕之士二十餘年。《聽雨軒筆記》原名《聽雨軒雜記》，而繼以《續記》、《餘記》、《贅記》，合爲一書。冠以乾隆五十七年總序。有嘉慶丙寅（一八〇八）研雲樓刻本。後出重印本改稱《聽雨軒筆記》，今從之。俞樾《茶香室三鈔》卷十《鵪秀塔》、《右台仙館筆記》曾引其書。

新市狐仙

江樸齋者，邑之諸生也，家於新市鎮。其子南宫，與予家有葭莩親，數相往來，故得悉其異事云。樸齋素饒於貲，居宅深邃，内樓前後十間，中隔廣庭。江以家口無多，祇於前樓作卧房，而空後樓以貯器物。某年春夕，忽聞後樓橐橐有聲，咸以爲羣鼠作鬧，不之理。次夕，初聞後樓語言問答，繼則喧闐雜沓若多人者。江怪而早起，往視之。甫上階，聞内有人語曰：「居停主人來矣。」中門豁然開，一老翁出，丹顔白髮，衣冠偉然，迎江進内。江素有膽氣，心知其妖也，而不之懼。入則几案雖江舊物，而室中光景一新，古玩列於几，壁間皆名人書畫，四周糊以明光紙。氍毹藉地，椅榻悉鋪古錦褥，珠燈纓絡，光華燦然。書籍則數架皆滿焉。坐既定，翁自言：「姓鍾名紫霞，陝之華陰人，攜眷遍歷名區。昨從虎邱來，將遊西湖靈竺及天台、雁蕩諸勝，而山妻忽病，故借尊居暫停行李，必當厚報。但勿聞之外人爲幸。」辭氣温雅，藹然可親。江辭出，復具衣冠往候之。祇一小童獻茶，而樓上喁喁細語，若十數人焉者。翁揖江而言曰：「叨情枉顧，理當奉答，然吾疏懶已久，不能至尊室應酬也，幸恕之。」自後江暇則就翁所茗話，嘗至終日。翁善談，經史百家，熟如注水。每及南宋元明之事，輒歷歷若親見。至北宋以上，則僅如史鑑，道其大概而已。所歷名勝景物，悉舉以告，惟不言吉凶禍福，叩之亦不答，祇言惠迪吉、從逆凶，理本昭然，毋俟推測也。書畫絶佳，嘗寫摺扇貽江，一面臨右軍《蘭亭序》一段，一面倣襄陽潑墨山水。江寶而藏之。一日，置酒邀江飲，酒酣歡甚，謂江曰：「吾與主人形迹胥忘，興至即飲，切勿作答席故套也。」時當初夏，庭中荼蘼盛開。江之女名穎姑者，年九歲矣，獨往摘之。見一美婦烏帽裹首，紫衫素裳，倚檐下闌干立，垂髫小婢侍，遥謂女曰：「吾家與汝比鄰，盍來一顧乎？」女不肯，婦自往攜之。女見其和婉，遂隨之行。良久，將一小籃歸，謂其母曰：「我至樓下，見一老翁獨坐看書，笑謂我曰：『穎姑來，可往樓上坐也。』美婦攜我上樓，樓上鋪設華麗，與樓下等。僮婢年皆十餘歲，咸稱婦爲夫人。樓之東偏爲夫人寢室。一小女年與我等，雙足若纖指。夫人指之曰：『吾女也，少於汝一歲，汝當是姊。』至西偏見一人坐而讀書，年與哥哥相若——哥哥者，穎姑謂己之兄，即南宫也——已弱冠矣。夫人曰：『此爲吾子，汝宜以兄稱之。』少頃，一女自後房出，夫人命我呼之以嫂。食我茶食畢，以籃貯物，命小婢攜而送至庭前，謂我曰：『汝將歸食之。得暇可再來也。』」母視其籃，非藤非竹，組織甚工。啓蓋觀之，則内貯京師蘋婆果四枚、西涼蒲萄數百顆，新如初摘。駭曰：「此地此時，安得有此物！」咸驚異之。嗣後每遇時果，江輒命穎姑持餉其女，而夫人亦常以異果奇花相酬答。一日，穎姑往鍾所，因甫纏足，彳亍而行。夫人睨視，笑曰：「我爲汝裹之，則不痛而小速矣。」未半月，頓改舊觀。一月後，纖細與鍾女無別，其母竊啓裹視之，所摻足者非礬，乃白糖也。穎姑言：夫人爲纏足時，常呵以氣，其熱如蒸，覺足骨漸軟，故功效甚速。鍾媪每教穎姑以針黹，甚有條理。端午，製艾虎、綵索、雄黄袋之屬，貽穎，精巧疑出鬼工。一日，翁以藥一丸與穎姑曰：「汝謹藏之，俟汝父有急難，可亟服也。」不數夕，江於醉中與妾寢，中夜發暈，幾至不救。憶翁之言，碎丸而灌之，未幾即蘇，精神如舊。次日往謝，翁歷陳酒荒色荒之戒以警之。江但俯首靦覥而已。相處半年餘，江所見惟翁與一僮，穎姑則翁之全家皆見，餘人但聞其聲而已。江父女雖頻往相叙，翁與夫人祇至中庭而止，未嘗往江室也。江雖祕而不言，而婢僕常私傳於外。人皆爲江危，而江若不聞也者，與翁益密。冬間，江以事往東柵。其友余淳軒者，剛直尚義，方自山左歸，適相值於平橋，問江以家中異事，江諱之。余曰：「吁！子禍矣。家爲妖窟，而可漠然置之乎？」江怫然去。余與高池貝錬師善，一日往謁，談及之，懇其驅除。貝閉目默坐，移時謂余曰：「彼雖狐妖，然非禍人者。不久自去，毋庸行譴也。」江偶他出，有道人面黑而虬鬚，背負一劍，謂其僕曰：「汝家妖氣甚盛，吾能除之。然除妖之後，其皮囊須與我耳。」僕允諾，不告主母而從夾道引至庭中。道人右手仗劍，向空畫符，左手持水盞，口吸而噴之。聞樓上語曰：「庭中演戲劇矣，盍往觀乎？」少頃，道人之劍忽離手躍起丈餘而墮於地，水盞亦碎。翁出而謂曰：「汝何爲來此？」道人不覺屈膝伏地，翁命之出，遂舉袖蒙面踉蹌去。僕隨之奔，絆於門閾，蹶而傷股焉。樓上大笑。江歸知之，欲懲其僕，翁以婉言解之，始已。秣陵陳澹山，江之戚也，素善五雷法。一日自蘇至杭，道出新市，因往候江。江置酒款之，而余淳軒適至，留與共飲。酒間，余談及其事。江屢目示之，不肯止。陳默然良久，曰：「吾試遣之。」時夜將半，撤席，灑掃潔浄訖，陳衣冠中坐，几上然二椽燭，供一令牌，篋中出五色紙人五，畫符呵氣其上，按方位置於几，目正視之而不一瞬。少頃，紙人忽起立，繞案而趨，若走馬燈然。行稍緩，則陳以氣噴之，聲隱隱若雷，行更加駛。至五更，陳曰：「去矣！」以令牌擊案，而五紙人皆仆，仍置之篋中而起。是夜江之内人聞後樓喧鬨雜沓之聲，不殊曩日，竊從樓後窗隙窺之，見對面樓屋上下皆紅光圍繞，殷殷作雷聲，聞翁與夫人語曰：「本欲俟下月汝病全愈方去，不意陳翁以五雷真火相逼，不可留矣。惜不及一别賢主人，奈何！」至五更，聲響漸絶。明早入視之，几榻如舊，地無纖塵，所糊明光紙依然在壁，惟鋪設則烏有矣。几置一篋，啓之，乃鍾翁留别書也。情辭眷戀，而微有怨余之言，江讀之黯然。外留定武不損本《蘭亭》一册，郭忠恕山水樓臺一幅贈江，又以白金十斤爲賃屋價。夫人留珊瑚簪一枝、羊脂玉玦二枚、明珠四顆、碧霞寶石八塊，以爲穎姑異日出嫁添妝之資。澹山入室周視，謂江與余曰：「彼大道已成，妖氣消盡。吾雖以真氣逼之，其去不肯作惡狀。彼若不遜，則吾非其敵也。」命鑄鐵牌二面，書硃符其上，一釘於正廳，一釘於後樓。嗣後寂然，江惘惘若失者累月。此乾隆六七年

間事。（雜紀）

按：《右台仙館筆記》卷十轉載此事，江樸齋改作童樸齋。

桃花源

先大父退圃公言：康熙初吾邑西門外有田立齋者，諸生也，與予家有葭莩親。立齋生二子一女，長曰敬堂，幼而尪羸，藥餌不離口。次曰西堂，年二十餘，妻早亡，一子名繡生，甫四五歲。其女嫁山陰縣丞張某，未一載而丁憂，將攜眷回籍。張係雲南晉寧人。田女年輕，以萬里長途，無人伴送，且欲母家知其住所，庶使日後往來，是以必欲其兄同往。立齋思敬堂善病，難歷長途，不得已遣西堂同內姪孫生及一僕護其赴滇。在滇半載，辭張而歸。自旱路至貴州鎮遠下船，由辰州以赴常德。西堂過辰州後，適逢大雨，因維舟以待天晴。忽山水驟來，其船浮空而起。西堂出至船首觀之，船略傾側，不覺墜於江中。衆人見其身隨洪流而去，頃刻已杳，欲救不能。孫生與僕沿江求其屍，又不得。遂星馳回告立齋，以舊衣冠招魂，與其妻同葬之。事隔二十年，立齋老矣，西堂之子亦遊於庠。一日，立齋因敬堂病重，心緒不寧，偶至門前竚立。忽見一長髯偉貌人，率一童子趨拜於前。扶起細視，則西堂也。雖隔多年，而面目猶依稀可認。驚喜交集，遂攜與入而詢之。西堂言：辰州墮水時，隨流直下，不知幾晝夜，亦不知幾千里，自分必死矣。忽身落洄流中，旋轉不已。未幾若有人援之者，其身始停。開目視之，則已卧於沙灘，盤渦即在足畔。起立四望，前係滔滔大江，上及兩旁皆峭壁層崖，絶無路徑。惟巖下寬敞若數間屋，因暫憩焉。而巖後石壁甚平，微有巉刻之迹。就視，則石紋界畫，有類雙扉。以手推之，聲呟然作響。正在力推間，忽石門豁然開，一叟龐眉皓首，長髯飄颺如銀，幅巾布袍，手攜一襆而出，謂西堂曰：「君逢大厄矣，我有衣在襆，盍以易之。」展其襆，衣褌襪履咸備。西堂因逐一更其濕者。叟又曰：「此間非住所，肯從我來乎？」西堂以濕衣納襆中，挈而隨之。甫入，石門自閉，内中青山四圍，高與天並，中央平疇沃野，嘉樹清流，居民百餘家，四散居住。叟邀至其家，竹籬外繞，修篁古樹中，有茅屋十餘間，頗極幽雅。男婦數輩，出問客何來。叟曰：「汝輩日後自知。客飢矣，且具雞黍。」又以襆中濕衣令曬晾之。揖西堂入草堂，其中几榻諸物，樸素整齊，架上書籍列左右，地無纖塵。心竊異之，敬問叟姓名，並詢此爲何地。答曰：「君數當久居於此，不妨實告，此地爲桃花源，吾即避秦人也。自秦及晉，向無人知，後武陵漁郎遊此歸，柴桑陶先生爲之作記，遂傳於世。君有仙骨，當享長年。今大厄已過，且適遇我，可謂有緣矣。」西堂問以歸路，叟曰：「此地雖非仙境，然遠隔人間，並無他境可通。緣盡自去，此時遐思無益也。」遂命於堂之左間作卧居，衾帳几榻盛設。次日，叟邀同出遊，沿溪而行，兩岸桃花正放。一祠堂臨水濱，門前垂柳如冪。叟曰：「此陶靖節先生祠也。居人感其作記，故爲立祠，而植五柳於門，以供奉之。」西堂入視，中肖靖節像，漁郎持短棹侍於側，兩壁書《桃花源記》及《五柳先生傳》。出祠，過小橋，見耕者釣者，不一其人，皞皞熙熙，皆有陶然自得之意，咸向叟問客行蹤。叟約略答之。居數月，西堂鄉思頗切，嘗步至向日進來之路，則奇峰插天，蒼松夾道，絶無所謂石門者。正徘徊間，叟來見之，曰：「君欲歸乎？然數尚未至。吾有幼女，願充箕帚婦，亦夙因也。」西堂固辭不得。

數日後，婚禮成。女貌固清妍，性復溫雅。夫婦極相得。叟暇日課以詩古文辭，笑而謂之曰：「君非功名中人，固可毋庸爲此。然藉以陶寫性情，亦修心養性之一端，惟不可過於躭嗜，致損精神耳。」固常指示導引之。而西堂之學問日益進，閒閱架上書，經史子集皆備，亦有耳目所未見聞者。〔嘗〕(常)見一書悉雲文鳥篆，開卷茫然；一書則意義深玄，不能句讀。舉以問叟。叟曰：「君功夫未能到此，即告君，亦未能領略。他日水到渠成，行當自悟也。」山中無曆日，人皆以花開草枯爲春秋。數年後，舉一子，叟名之曰霞生。稍長，教之讀書，目十行下，五歲通五經，十歲後架上書無弗讀者。一日，叟謂西堂曰：「君來此已二十年，可同霞生回鄉，一省父母。且君兄有急難，速往解之。霞生亦無功名分，不必使其應試。十年後當再同來，以結未了之緣。」遂於次日行，叟手三紅丸爲贈，囑以急則用之。與一小青布囊，曰：「長途舟車飲食之資，皆貯於此，探之即有，毋庸他求也。」又與一襆，則衣被諸物皆具。於是與其女送西堂父子由昔日原路出，則石門固在。叟啓之，豁然而開。門外江流，滔滔如故。叟曰：「少頃，即有船至矣。」鄭重言別，與女闔户而去。未幾，一巨艘過其前，乃自辰州往常德者，西堂遥求附載，舟中人棹小艇渡之上船，問其行蹤，以舟敗告。父子歷湖南、江西而還。途中需用資斧，手探其囊，白鏹在焉，僅足數百里之用而止。至前途，又如之，故長途之費無缺云。立齋以語涉荒唐，疑其爲人所拯救，入贅而回，托言遇仙者。西堂曰：「兒非妄言也，自有據在。」先是西堂在桃源時，每念其父，叟若預知之者，出片紙以示曰：「尊翁無恙，此其近作也。」視之果爲父之手筆，或詩或文，常屢見之。或念其子，叟則出一紙曰：「此繡生書倣也。」其師硃筆圈改之迹宛然。後繡生能文，及入泮之作，無不一一相示以慰，前後共積數百紙。因具以告父，出而證之，皆祖孫從前所作，間常遺失，覓之不得者。於是始知其真入仙境也。時敬堂病已垂危，西堂出叟所贈紅丸，使服之，數日霍然。繡生欲撤其囊日葬衣冠之所，西堂固止之曰：「留此，日後仍有用處，毋庸撤去也。」次年時疫大行，立齋夫婦咸染病，西堂以一丸研水飲二親，立愈。旋置一丸水缸中，全家飲之，無傳染者。立齋試以詩文，迥出時輩之上。命之應試，笑而辭之。又數年，立齋夫婦先後亡。服既闋，擇地安葬畢，謂繡生曰：「桃花源中十年之約至矣，我與霞生將往，後事汝善爲之，勿墜家聲也。」復往別其兄，檢點昔日之衣襆布囊，置諸卧所。敬堂與繡生泣留，皆不從。數日後，房櫳未啓而人已杳。几上有書，則留以言別者也。繡生思念其親，晨夕悲泣。數月後，有塘棲估客來云：「月前自辰州販桐油回，於常德江岸山岩下守風暫泊，有人托寄一書，特爲送至。」視之，則其父筆迹，言「吾已至桃源，此間安樂，汝可毋庸悲泣」云云。後繡生特至湖廣，自常德以及辰州，沿江兩岸徧尋之，求所謂石洞雙扉者，杳不可得，慟哭而返。（贅記）

隻麈談

胡承譜

《隻麈談》，四卷，有乾隆五十四年（一七八九）朱慶湄刻本。作者胡承譜（一七三三——？），字韻仲，一字元峰，號蟄夫居士，涇川（今安徽涇縣）人。朱慶湄稱其「于書靡不綜覽，年甫弱冠登賢書」，「卒阨于遇，官廣文者十餘年，甫五十而鬱鬱以病退」。乾隆五十三年自序謂「壬寅乞假後，自鍾山之陰退息乎兌山之陽」。病退于乾隆四十七年，年甫五十，則當生于雍正十一年（一七三三）。趙紹祖嘉慶六年（一八〇一）《續隻麈談》跋謂胡子星五（名先聯）「以先生手函及《續談》至」，則是年作者猶在世。《隻麈談》四卷本罕見，趙紹祖編入《涇川叢書》時選刊二卷。《續隻麈談》二卷，僅見《涇川叢書》本。均有《叢書集成》本。此書内容頗雜，故事可觀者不多，惟年代較早，如《荷包記》一篇對後世小説戲曲影響甚廣，似得其源。

荷包記

徽歙間，某年月嫁娶日，適兩新婦輿同憩道周。一極貧女，一極富女，始而哭莫解，久而貧女哭獨哀。富女曰：「遠父母，哭固當，奚若是其哀與？」命伴嫂輿側叩之，貧女曰：「聞良人飢餓莫保，今將同併命耳，奚而不哀。」富女心惻，解荷包贈之，蓋上輿時祖母遺嫁物也。貧女止哭，未及道姓氏而各散以去。抵門，景况蕭索，新郎掩嘆，迎婦入，忍淚告曰：「儂家固貧，填溝壑分也，今以累卿，奈何？」新婦取荷包付之，新郎喜愧交集，持向市店開視之，則纍然黄金二錠，秤之重四兩許，可易白銀三十六七兩有奇。以其零者市錢米酒饌歸，歡行合巹禮。問曰：「卿家非素封，那得黄金二錠？」婦笑曰：「豈我家物哉！」述途中事告之。新郎感激，銘勒五内，私念貧兒暴富，豈宜坐享待盡，取三十兩合夥經商，一歲之中，獲利數倍。自是習爲常，凡所貿遷，無不如志。少則數倍，多則數十倍，不十年而致巨富，建屋營田，開張典當，富逾十萬。然總以不知贈荷包人氏，心懷歉恨，于宅後起樓三間，中設神龕，供香火，敬奉荷包，以誌不忘。顧富家女于歸後，夫家父家連被回禄。繼以疾疫，屢遭破敗，十年以内，如水刷沙，貲財立盡。貧女家于歸後，豐于財而艱于嗣，十年之中，殖貨十萬，尚未生男。一日忽産寧馨，喜謀所以乳之，急召老嫗，選聘容止端莊、性情温淑之人，聘儀雖重勿吝也。老嫗遍覓無當意者，忽念某村某婦，先富今貧，向多沐其津潤，不如以此役報之。明晨步至某婦家，則即道上贈荷包人也，正值其翁解館回家，運帚中庭。老嫗以情告，翁大怒，手批其頰，詈曰：「曩受我惠，今何得故相輕薄！」嫗言正以相報，並無他意，互相詬誶，聲徹于内。婦出問故，沈吟良久，曰：「媳婦願往，念此非辱身賤行，且可稍佐甘旨。」翁氣稍平。婦囑老嫗説合焉。説合之後，乘輿而往，兩婦相見，彼此敬愛，誼如姊妹，都不知途中曩日事。越歲，乳兒慶週，命乳娘抱兒往後樓香火前禮拜。乳媪抱兒登樓，則見中有神龕，雕飾莊嚴，外懸大紅貢緞神幔，心念此必供禮大士像，抑或起家祖先。急抱兒叩首畢，輕揭窺之，並不見有神像，但見中設小香几，几上荷包一枚而已。輾轉猜度，莫解厥由，徑取荷包反覆細視，上繡花草，類己針法，益大惶惑。又念遺嫁時兩家全盛，荷包盈奩，嘗分以贈貧女，今身爲人役，嗚嗚酸心，不覺淚下。逾時，主婦命婢請乳媪，往返數四，回云：「乳媪手執荷包掩泣，不肯下樓。」主婦大驚，親上樓訊之曰：「乳媪素賢慧，今兒子好日，何哭爲？」乳媪愈大慟聲咽，淚如珠落，不能仰視。主婦手執之下樓曰：「日間大忙，且理會兒子慶週事，候夜静當爲爾細談也。」屆宵分，延之入，曰：「爾見荷包而哭，亦知荷包所自來乎？」曰：「不知也，頃憶遺嫁日，曾有荷包贈人。今一貧至此，不覺酸心耳。」曰：「爾知所贈荷包之人乎？」曰：「途間心惻，遑問何人。」曰：「爾知荷包中何物乎？」曰：「上輿時祖母所遺，想是白銀二錠耳。」曰：「非也，黄金二錠。其人得此，已致巨富，日思圖報。明日當請來一會。」話畢，良人歸，主婦曰：「君敬奉荷包，其人倘在，何以報之？」曰：「傾家貲與之。」曰：「君家乳媪是也。」良人曰：「吾向謂世間那有此乳媪，今信然矣。」詰朝請族長四鄰至，將十年來所得貲財，逐細開算，田產若干萬，屋產若干萬，典當暨各店本若干萬，計共一十萬有零。則又請乳媪之夫與其翁繼至，降階迎入中堂，四席奉酒安位，肅若上賓。衆賓愓然，莫曉所以。内堂垂簾，設一席，延乳媪至，則命四婢掖之上坐，夫婦雙雙長跪席前，告曰：「妾即道上所贈荷包人也。愚夫婦以待填溝壑之身，藉此享有今日，日思補報，靡道之從。今天誘其衷，幸賜識認。特延請鄰族，算有貲財若干萬，皆荷包中物也，物歸原主，願奉夫人。」乳媪曰：「是何言與！發富是君家大福分，我何與焉。且荷包倘在我家，亦同盡耳，我絲毫不敢取。必欲成君高義，則賜還荷包原贈物之倍焉，足矣。」主婦長跪不起，再三不肯。其夫與翁固讓固辭，至于日中昃，莫決。衆賓曰：「前茲道傍之贈，仁也；今茲傾家之還，義也。仁至義盡，加以辭讓，德之美也。衆賓與有光寵焉，願居間剖分之，俾仁義各不相傷，可乎？」迺依衆賓剖分之。然兩家夫婦，猶若有怍容、有愧色焉。嗣是世爲婚姻，以仁義世其家云。

朱青川曰：此篇若付洪昉思、孔云亭諸君，佐以曲子賓白，竟是一本絶好傳奇矣。中間摹寫認荷包一段，逼真太史公寫諸軍壁上觀楚漢争鋒手法云。（卷四）

按：此即京劇《鎖麟囊》本事。焦循《劇説》卷三節録此篇，自云思演之為院本。後邗江戲園曾演出《繡囊記》（見《夜雨秋燈録》）。程硯秋又編為京劇。《勸戒三録》卷二《貧女報恩》、《翼駉稗編》卷三《俠報》、《夜雨秋燈録》卷二《閨俠》所記故事均與本篇相似，雖鋪衍更繁，而出胡承譜之後，今略而不録。

財神感應

京師馮某，住安定門竹桿巷陋室。偕妻二人，生有憨性，食貧茹蘗，日不聊生，自供財神一座，興暮訴禱，必有酒肉，資其餘瀝以饜饞吻。日見窘迫，謀之妻曰：「我禱財神而財不我與，不唯酒肉無資，即蔬食亦莫繼，奈何？聞間壁某寡婦家，家貲百萬，後園牆低可越，余今夜將跨入竊取，以繼饔飧，可乎不可？」其妻曰：「將贊君可耶，豈有丈夫而爲竊行者！萬一財不得而殃及之，是自戕也。將阻君不可耶，即今絶粒，坐以待斃，將令財神絶祀，亦自殞也。不敢贊，亦不敢阻。」馮某中夜輾轉，俟妻熟寐，潛身出户，踰鄰牆越之，身墮牆下雪中。神昏片時，俄髣髴覺前廳有燈火光，摸壁趨出，則見堂上燃大炬二條，遥望紗帽緋袍者兀坐几前，執筆握算，旁列二長几，天平戥子砝碼以次排列，大小栲栳各二，中盛大小元寶無數，光閃閃射眸子。馮某竊視心眩，私意此非財神活現耶，詎可覿面錯過耶！冒死趨前，匍匐几下，訴苦乞憐，刺刺不休。神瞿然曰：「我亦憐爾，但貧富命也，以若所見纍纍者，乃王二禿子之物，我暫守之耳，豈能借以與人？」馮某哭求無已。神曰：「王二禿子，住後宰門鐘鼓樓下，明晨親往索借。只要伊肯收爾券，不拘多寡，余將使守者轉運爾坑下，此即日受爾供之報也。余豈爾欺哉！」隨命青衣吏揮之去。倏忽身撲雪中，凍合肌粟，回望燈影寂然，心疑夢寐，踴身出牆，悄歸户内。妻壓衾方興，見其神慌形瘁，呼之曰：「若胡爲者？」馮某曰：「財神許我矣！若亟起理朝餐，飯我，俾我早尋債主。」妻叱以那得朝餐來，倉皇檢敗奩，得斷簪半枝，匆匆出門去，易制錢數十文，買燒餅十枚，且啗且走。踏雪赴後宰門鐘鼓樓，遍問王二禿子，人莫之應。于時雪益甚，避風剃頭店，見有鶉衣百結，足曳敗草履，頭頂破沙鍋，貿貿扶牆蛇行者，人争指之曰：「此王二禿子也。」馮某趨前，高呼王二哥何往。禿子張目注視，不解所由，徐應之曰：「若何人耶？」馮某挽王手云：「我與若且上酒樓吃燒刀以禦雪寒，何如？」禿子隨之走。既至樓上，又云：「我與若結盟兄弟何如？」禿子退讓不敢當，馮强叩年齒，又云：「我大若一歲，我爲兄，若當爲弟，各拜四拜。」隨呼小二進酒，乃具小碟四，熟牛肉一盤，酒一尊。各酒三酌，禿子逡巡問故，馮某告以欲借銀若干。禿子嗤嗤笑曰：「兄何言之戲也！我乞人，那得銀借。」馮某曰：「我亦知若無銀，但此不費若事，我當立券，弟但收券足矣。」隨呼小二索紙筆硯三事，竟書三千之券，强禿子收。禿子疑其瘋也，收置乞袋中。馮某稱謝以退，既抵家，謂妻曰：「若看我今夜作財主耶？」夜三鼓，睡不得着，起挖坑磚，妻叱之曰：「只剩一破坑，不留睡覺耶？」馮力挖不顧，甫去二磚，伸手探之，便若有物，呼妻取火燭之，大小元寶堆砌坑下。妻驚喜曰：「誠如君言，當叩首財神前。第財物驟至，不可輕洩，當謀所以出之。」隨檢家私，斷椅折棹，敗絮破裳，穿商于市，日進蠅頭，漸告贏餘。不一月，市有米行，招商頂行，馮某與談，今當爲某戚嘀頂，共估值物若干，值銀八百兩；房屋若干，值銀五百兩；剩貨若干，值銀一千六百兩。馮某與立議合，既定，徐歸取銀，既成交，移宿店中。不兩載，獲利十倍。爰開典當，築室百堵，儼然一富朝奉矣。顧心念王二禿子，每有閒餘，輒往後載門鐘鼓樓剃頭店尋覓踪跡，而禿子方遊乞城外，杳無音耗，且日益窘，並乞都無應者。于時隆冬雪寒，禿子涕洟來剃頭店，告以存活無路，受餓難堪，將逃入玉河冰下畢命。時向晚，踉蹌走向河干，剃頭人手捽之回，適連挽其乞袋傾之，碗碟匕箸滚滚落地。破片包錢三枚，中有借券。剃頭人拾視之，叱之曰：「若借銀三千與人，而自行乞欲死，若誰欺耶？」禿子笑云：「此竹桿巷馮瘋子强傴我收者，我那得銀來！」剃頭人則告云：「馮某已來此尋覓兩三次。以爾出未歸，未遑告爾。盍往竹桿巷訪之。」禿子點首稱善。翌日，禿子趨赴安定門竹桿巷新宅前，直呼馮某名。扣閽者怒曰：「何物乞兒，敢呼太爺名，不怕門門敲斷脛骨耶！」馮某内寢，早饍甫畢，聞外鬨聲，呼閽者詰之，對以門有乞兒來尋太爺。命延之入。既入，審視久之，王二禿子也。馮某佯怒罵云：「我以至戚，尋爾遍京城，以爾爲死久矣，乃不成人至此！」佯入内覓杖，告妻以故。妻出認弟，流涕請罪，呼婢具餐。餐畢，呼取靴帽衣服至，命閽者引入浴室。浴畢，命衣冠而後來見。自是留馮外典，甘旨既得，熏沐既調，未三五月，秃子髮長顔渥，儀容改觀，儼然三十餘歲一偉男子矣。顧間壁寡婦家，老寡婦没一載有餘，少寡婦以家資重大，難持門户，謀于馮婦，意欲贅婿。馮婦商于馮某，以王二秃子進，俾令相攸，深當婦意。涓吉成禮，未三年，産男二人，而馮某則豐于財而艱于嗣，其妻屢置側室，終無子息。越馮將没，秃子前券三千，獲息奚啻十倍。請于秃子，螟蛉一子，盡其所有，盡歸故主。嗚呼！而今而知財神之言之不謬也。財神之巧于轉移也，乃如是夫！

朱青川曰：現今王二秃子之子，在京城内開張典鋪，作大朝奉，與桃潭翟六三兄友善，時相過從，自道無諱焉。六三兄歸而述之先生，故有是篇，而不知者乃以爲元峰寓言也。（卷四）

續雋塵談

胡承譜

《續雋塵談》，二卷，僅見《涇川叢書》本。據趙紹祖跋云，原本六卷，删存二卷，又略爲删併。似原書可取者本不多，更不如正集矣。

淄川誤殺奸

山東淄川縣有兄弟二人，兄耕弟讀。嫂某氏甚賢，憐叔讀，飲食則擇精饌與之，而以粗糲供其夫。久之，夫疑妻與叔有私，乃詭托貿易出門去，戒弟可月餘歸。弟見兄出嫂年少，欲遠嫌，乃送嫂回母家，而己寄食于鄰。鄰某，故鰥夫也。嫂有妹，嫁近村某姓，善淫，一日與其姑反唇，遂徒走至姐家。值姐已歸寧，獨叔在。叔因嫂不在家不肯留。會天大雨不能去，叔念少婦在家同住，恐遭物議，乃反鍵其户，而仍借宿于鄰。鄰某詢知其由，夜半乘弟熟睡，徑啓其户直至妹所。妹以爲叔也，亦不之拒，兩人遂好合焉。適其兄于是夜潛歸，探其户，户未扃。遂悄步走至妻室，則聞斷雲零雨之聲，竊聽之，狎褻不堪。兄怒曰：「曩固知吾婦不良，今果與吾弟有私焉！」怒火直衝不可遏，徑至厨下覓厨刀磨厲之。欲壞門入，恐兩人不敵，乃潛啓其窗踰而入。聞牀上鼾呼聲，以手撫之，得兩人頭，先引刀就男頸盡力一擦，頭已落。婦夢中驚醒，則又以刀繼之，頭亦落。打火上燈，血模糊漬面，不辨誰何。時已五鼓盡，遂擔其頭出門去，詣縣報官。天明弟來家，見門洞開，謂其妹已去。至嫂房中，則見血流滿地，牀上赫然兩無頭屍，大駭失魄，徑往外奔，欲詣縣自訴。家去縣五六里許，嫂母家固在城住。其兄擔頭進城，值早市，市聚觀者數百。其妻弟亦來，則見姐夫擔人頭行市中，大呼曰：「姐夫何殺人耶？」答曰：「汝姐不端，做出好事，余故殺之耳。」曰：「汝不見鬼！姐姐現已在家，安能見殺。且彼一人爲誰耶？」曰：「吾弟也。」正在諠鬧，其弟亦倉皇奔至。兄見之大驚，以爲白日鬼現，不得已同詣官所。官訊知其由，判曰：「奸所殺奸，雖誤殺，可無罪。弟某見色不淫，能守禮，可旌。」乃薄笞其兄，而厚賞其弟。合邑傳之，無不爲之稱快云。（卷下）

按：參看前《秋燈叢話》之《清河奇案》，似即一事兩傳。

螢窗異草

浩歌子

《螢窗異草》三編十二卷，原題長白浩歌子撰。浩歌子，梅鶴山人序謂即滿族大學士尹繼善之第六子慶蘭，字似村，滿洲鑲黄旗人，約生于乾隆二年（據裴效維考證），卒于乾隆五十三年（一七八八）。平步青《霞外攟屑》卷六據書中《癡狐》篇「同郡吴公晼」云云，以爲必非慶蘭所撰，當出自申報館同人之手。但此書另有鈔本殘帙，題作《聊齋賸稿》，編次與《螢窗異草》不同，僅存卷三、卷十（見戴不凡《小説見聞録》）。當爲乾隆時舊稿，而非申報館同人之假託。但書中《蛇媒》謂「兒時竊聞先大父言」仍有可疑。本書初編有光緒二年（一八七六）申報館排印本，二編、三編續刊于光緒三年（一八七七）。二編前有光緒三年縷馨仙史序，三編前有光緒三年悟癡子序，略叙此書編印原委。後出翻印本于初編、二編之序改題光緒三十一年，而三編序則易以同治三年（一八六四）許康甫序，不言所據，顯出僞託。又有四編四卷，良莠雜糅，多取自《埋憂集》、《遯窟讕言》、《夜雨秋燈録》等書，更爲僞造無疑。

田鳳翹

韓城盧孝廉，某年下第，將歸秦省。從一僕，跨二健騾，行于燕南道上。夕陽在山，猶未得所栖止。心正茫然，忽聞犬吠聲，知去人家伊邇，遂疾行。然細聆之，聲在林間，不由孔道，乃迂路而趨之。未及里許，日漸昏黄。比至，則屋宇不繁，草廬低矮，惟一家面水而居。諦視之，槐蔭盈門，柳綿匝地，牆頭杏子累累垂熟，令人起鄉關之想。客未款户，金鈴復吠于門中。即有老翁，年約六十許，蹣跚而出，詢客何爲。語以故，再三始聞。笑曰：「女孟嘗固不拒客者，但慮湫隘，不足以容車從，可若何？」孝廉又言之。乃曰：「俟白主人。」入闥良久，方出肅客，則已月印前溪矣。孝廉棄乘，從之入門。東向一矮屋，中甚修潔。翁延孝廉入室，僕騎均止于院中。翁謝曰：「暮夜倉卒，蓬門市遠，不及備斗酒爲客洗塵，幸勿怪。」言已自去。孝廉視僕秣駒，徘徊月下，見其居偪仄，主人卧室似與客寢毗聯，祇隔一層籬落，而人聲笑語，入耳逼清。孝廉立未久，聞細聲言曰：「田家小妮子，今夕不來，殊慢客。」其音似一少婦。語未竟，聞小女子聲笑曰：「子非我，安知我不來？」婦亦笑曰：「正説曹操，曹操便到也。」小女子又曰：「遠迢迢的，陳家姨未審來否？」婦曰：「渠亦好事者，將無來？第予家適有嘉客，欲邀預席，但恐汝曹羞縮皆逃去。」女子哂曰：「汝自不羞，欲捉官路作人情，我輩大家風範，豈村莊小兒女所能揣測者？」婦乃大笑曰：「婢子面皮故鐵包者哉，我真未及料也！」語次，忽風聲隱隱，似又有老少閨人，雜遝而至。凡數輩，各相寒暄，聲亦漸遠，不復聞。有頃，老翁出速客曰：「家主母不揣寒陋，竊思一晤高賢，請即行。」孝廉聆其語言，頗歆動，又值客況無聊，遂與偕入。院宇不甚寬廣，而花香濃郁，樹影陰森，銀蟾之下，布置舉一一可見。左側三楹，華美不類民家，疑即主人所寢者。右側一草亭，頗軒敞，中設三席而虚其一。婦人四五輩，語笑甚歡。聞孝廉至，皆出迎。一衣縞素者，貌甚清麗，斂衽改容曰：「妾以先夫見背，僻陋村居。今幸君子惠臨，頓光蓬蓽。適田妹設有薄酌，借花獻佛，萬勿疑訝。」孝廉知其爲主人，乃答揖曰：「不才羞等劉蕡，窮如蘇季，抱慚點額，狼狽西歸。猥以日暮途長，懼逢虎狼暴客，輕造潭府，已荷優容；更與華筵，益驚寵召。」語已，衆客亦相見畢，遜之入亭，延之首席，孝廉辭謝而後就坐。筵前無燭，映月窺觀，左席一媪二婦。媪年近五旬，狀貌魁梧，衣雜彩之服，五色翩躚，衆呼之以姨。婦容俱風格，衣亦素色，齒與主人相埒。右席則縞衣而外，衹一紅裳少女，美如畫圖，坐間恒流盼相屬，意似有所欲言。孝廉處衆美之中，深自斂抑，不敢少縱。酒甫行，即覺微酣，不勝驚訝。細咀之，其釀味醲而色淡，醇釅異常。遂不多飲，略餔蔬果，以見主人之意而已。酒方再巡，媪謂衆曰：「鯨吞牛飲，雖八斗亦奚以爲？請效桃李園故事，各吟短篇，以充觴政，客以爲何如？」孝廉唯唯。因請媪首唱。媪亦倨慢不辭，口占一絶曰：「曾兆霸圖侔翽鳳，更符聖道笑冥鴻。紅顏老去風流在，每向南陽化赤虹。」吟訖，衆婦鼓掌曰：「興殊不淺，但不覺遽露本色矣。」次及孝廉，辭讓至再，乃吟曰：「一園紅杏原無我，滿眼夭桃信是誰？猶作廣寒花下客，不須臚唱且舒眉。」衆聆之，謝曰：「妾輩遠遜嫦娥，何克當此！」再次及三婦，皆推不能，願以巨觥受罰。惟紅裳女子低咏曰：「長夜無燈磷自照，斷魂誰伴月爲儔。凄凄一樹白楊下，埋盡金閨萬斛愁。」孝廉見其詩有鬼氣，咄咄逼人，不禁變色而起。衆俱恚曰：「婢子何敗人清興！」遂皆不歡而散。孝廉出就外舍，心悸不寧。欲行則暮夜蒼茫，莫知所往；欲止則踪迹詭異，深以爲虞。乃和衣假寐。方轉側間，倏聞窗外彈指作聲。起視之，欻見紅裳女子倉皇閃入，謂之曰：「非妾拙作，則君危矣。此地較虎狼尤惡，胡爲栖栖于是！」孝廉愕然，驚詢之。女亟曳其袂，曰：「行矣，猶問耶！」孝廉欲顧僕馬，女曰：「身存而此可徐圖。」徑攜之隻身而出。東竄里許，乃復西行。孝廉惶怖汗浹，罔知所措。至一大樹下，女曰：「此即妾家，可少息。妖來自有以御之。」孝廉坌息叩其顛末。女曰：「妾名鳳翹，田姓女也。陳姊居于岐州，實一雌雉之怪。彼三人者，皆千年之猬，專伏地底，啖人腦髓，左近之丘墓，無不罹其荼毒。妾生時虔誦《金剛經》，歿後以之爲殉，妖不敢近吾壠，因結爲姊妹行。晨夕同游，實欲盜吾寶也。昨夕妾家以酒饌餉妾，渠等知之，以法攝致，强妾爲東道主。不圖君乃與席，妾不忍以口腹之故，使人肝腦塗地，以飽無饜之饞，曾數數目君，君竟漠然。幸得賦詩見志，聳動君聽，不然此時已莫能生矣！」孝廉聞女言益驚，方將研詰，瞥見火光數團，越阡度陌，疾如飛隼。將至樹側，女出袖中一卷，曼聲嬌誦，其光即摇摇不前，如有所忌憚然。相持至雞鳴，始各散去。孝廉竄伏蓬顆，屏息不敢出聲，汗蒸蒸，衣襦盡濕。比及天曙，女賀曰：「君生矣。請俟日出，重詣故處，以驗所言之信否。妾陰質不能晝見，今宵旅邸夢中，當來與君細叙，將有要事相商。」語訖不見。孝廉視之，蔓草寒烟，新墳三尺，猶有紙錢，以片石鎮其上。因揖而謝之，仍循故道至客夕居停，則叢冢如布棋，絶無廬舍。行裝輜重，散委于榛莽間。亟尋其僕，則已溘然長逝。顱門有小穴，其中空空然，想爲群妖吸去矣。愈大駭。物色得其騾，猶幸無恙，乘之以行。旁午始抵城市，即以告人，莫不驚異。遂止孝廉于傳舍，而白之官。至夜，孝廉夢女來，面酬其德，並詢僕死之由。女曰：「是妖虎踞泉壤，非此莫得延年。然遇生人而饜之，恒勝于化者什倍。以君頗有福澤，無敢驟近，故假酒色以亂君。君倘酣卧，渠乃可逞。君幸從妾遁，而僕猶在夢中，其罹于毒手，又何疑哉！」孝廉又咨以驅除之方。女曰：「渠壽既長，兼具靈異，往來數百里，鬼神亦莫可如何，況人乎？」因靦然曰：「妾已與妖爲仇，不復可以居此。知君失偶，願承琴瑟之乏，從君入秦，留經作鎮，亦可永護殘骸，不識肯俯從否？」孝廉雖艷其姿，而懼爲陰類，乃答曰：「再生之恩，何所不可；但卿生之而復死之，予心雖無憾，不亦重累卿德？是以不敢。」女沉思良久，嘆曰：「言實近道，妾不敢强。」又曰：「明旦詣官，恐有辯難，第亟呼妾名，當有裨益。」言已，孝廉頓寤。及見邑宰，果以殺僕疑之。孝廉憤激，因呼鳳翹不置。宰駭然，亟退廳，引孝廉與語曰：「此吾女也。歿已兩月，君何以悉其乳名？」孝廉遂述其異，並及女之衣妝，無不吻合。宰驚喜曰：「亡女好誦《金剛經》，存日嘗怪之，不意竟得其力。微先生言，吾不知也。」蓋宰本閩人，因道遠尸櫬難攜，又不忍失之，故即葬于任所，亦視宦爲家之積習也。于是不疑僕死之枉，僅以暴卒詳于上官，獄遂解。孝廉起女柩，浮厝佛寺，免令死者懸懸；宰亦從之。孝廉遂辭謝旋里。至家，其母適妊娠將產。一夕，又夢女來，謂孝廉曰：「與君終屬有緣，不倡隨而塤篪矣。」孝廉醒，聞母已誕生一女，知爲鳳翹轉世。乃稟于父母，仍以字之。及長，能友其兄，不啻悌弟。孝廉年五十，猶困于公車，家又中落。其妹嫁一巨家，輒不時資助焉。

外史氏曰：世俗趨利，恒以猬爲財星，而不知其爲禍最烈。即以此段觀之，村居灑落，言雅色殊，令人一往而深，實已厲齒相向。脱無雌田横之義，幾爲女孟嘗所唊，不亦殆哉！雖然，世之牟利者，且不慮生焚其身，又何恤死鹽其腦耶？（卷一）

青眉

皮工竺十八，邑之鄙人也。年僅弱冠，貌姣好如女子。雖居市廛，里之美少年，莫之能掩，以故有「俊竺」之號。其室曰青眉，色尤姝麗，見者疑爲畫圖。初詰其所自，堅諱不言。後乃稍稍露之，則實北山之狐也。蓋竺少傭于鄉，始學裁皮，年甫十六耳。師嗜酒，夜出恒不歸，肆中惟竺一人。縫紉至中宵，然後敢寢，率以爲常。一夕，師又出。竺方夜作，聞彈指聲，意爲比鄰取履者。隔扉詢之，則答曰「儂」，其音絶嬌細。竺大駭，且慮爲市中惡少偵其師不在，來尋斷袖歡，心益惴惴。乃紿之曰：「已卧矣，客請明日來。」外又曰：「儂非暴客，實鄰女也。盍開我，與若一言？」竺不得已，從板缺覘之，果似二八垂鬟，立于檐下，因啓之。女徑掩笑入。竺視其貌，容光照映斗室，雖少小，心亦不能無動，遂靦然詰所自來。答曰：「家居距此咫尺，緣夜績燭爲風滅，特來乞子新火，非有他也。」竺素醇謹，慨然與之，不敢交一言。女亦持炬徑去。竺雖未通情話，而心頗愛好，冀其復來。乃師歸，女竟不再至。日夕坐肆中伺之，亦杳無其迹。無何，師又他往，女則又來乞火。兩情漸稔，欣然延入，與坐談。女以年歲詢竺。答曰：「一十有六矣。」女微笑曰：「阿儂適與君同庚。」竺亦詢女之居址，答曰：「久當自悉。」絮語移時，猶無去志。竺亦貪其貌，眷戀弗舍。四目痴痴，將不可解。女忽回顧衽席，謂竺曰：「此即君之卧榻耶？恐偪仄不足以容二人。」竺會其意，乃答曰：「卿試先卧，看能容否。」女笑而起曰：「明夕來，當試之。」又復去。竺終覗覘，弗能挽留，然已心志蠱惑矣。晨起，無心操作，惟冀其師不歸，得以成此佳會。而師果爲麴蘗所羈，向晦不復，心益悦。及昏，明燈兀坐，形狀類痴，亦不再捆屨。漏下二鼓，女果來款户。啓之入，則靚妝艷服，迥異昨之樸素。詢之，笑而不答，徑登竺榻，面壁卧。竺知其懼羞，乃先解己衣，熄火就枕。暗中摸索，手戰情熾。女忽佯拒之曰：「市井兒，同衾已足，復望其他耶！」竺笑曰：「予意同衾者未能無事。」已而嬌香流溢，帶緩衣鬆，女若戰戰弗克勝任，而繾綣之意尤濃。竺初近女色，顛倒神魂，不須臾而玉山頹矣。于是柔肌互貼，夢寐皆春。及寤，而東方已白。竺尚流連，女早攬衣先起，曰：「樂正未央，不可使他人窺見底裏。」乃去。竺起而師返，女絶不來。竺亦不以爲訝。閲數夕，乘師之出，又復歡會，款洽且倍于初。女謂竺曰：「儂自見君，頓爲情繫，以故不能自堅，致有前宵之事。今幸兩相歡愛，生死弗渝，君能不棄，即以妾爲糟糠婦乎？」竺囁嚅良久，始答曰：「阿誰不願！但予幼失怙恃，育于兄嫂。今從師習此末藝，將來尚未知若何。疇有餘貲，爲予納婦耶？且年齒尚卑，尤未敢漫然啓口。」女曰：「然以儂計之，君能辭師出游，妾自能相君立業。奚爲仰人眉睫，使我燕爾不歡！」竺恍然，乃詰之曰：「若言有家在，豈無父母而可自主耶？」女笑曰：「妾初紿君，君今乃悟乎？儂字青眉，居北山，實狐也。羡君玉貌，故假鄰女以相就，豈真有高堂爲予縛束者？」竺年幼，且貪新歡，茫不知懼，唯曰：「聞狐恒爲人害，信然否？」女曰：「亦信有之，而妾非其倫也。妾不愛君，亦不屑至此。愛之而復殺之，寧能見容于天地乎！」因侃侃鳴誓，竺亦相信不疑。臨去，授竺以策。竺如其教，啓于師曰：「昨聞里人言，予嫂病，且甚危殆。予少受其撫育，請給假一歸省視。」言已泣下。師亦微聞其嫂疾，見其悱惻，心甚憫焉，乃自營肆務，遣之行。竺出肆，未及里許，女早逆于道周，問之曰：「君將奚適？」竺曰：「將歸予家。」女大笑曰：「君誤矣！若往汝家，有兄嫂在，其何能不從師？」竺曰：「爲之奈何？」女曰：「儂視君之業，雖未能游刃有餘，而尚可以進乎技。妾幸有薄積，請與君游于外郡，自立生計，必有以愈于爲人傭。君以爲何如？」竺本漫無主裁，欣然從之。女出白金一錠，覓舟南行。竺與女倡隨甚樂，亦不念及鄉族。舟抵常熟，女猶欲前進。竺不願，乃僦居邑之北門。女又以金半笏，爲營肆具，遂開設于市中。其後爲居室。女以竺齒尚稚，不令合人生理，凡竺所不能製者，女皆代庖爲之，式甚新奇，名乃大噪，邑中之履咸歸焉。女親操井臼，治饔餐，暇則織屨相夫子，怡怡然無怨色。竺益心德之。明年，竺已十七，家小裕，志遂少荒，數從無賴游。女禁之，弗聽。適常熟有富家子，性佻達，尤好龍陽君。時來肆中市履，見竺之色，深悦之。會竺與無賴交，乃以重金啗諸無賴。值望後月色甚明，衆置酒于邑中慈覺寺，邀竺爲長夜飲。竺以他故紿女，遂從無賴行。至則富家子亦在座，極致款曲。竺素限于量，飲未半，已不勝酒力。衆引之别室，俾其小憩，實則以計嬲之也。竺方轉側欲眠，忽聞人小語曰：「舍妾孤栖，君乃在此高卧耶！」竺亟張目視，則青眉立于榻側。因詰其何以至此。女曰：「君之危若履虎尾，猶問乎？請即從妾歸。」竺内慚，因詐以醉辭。女以氣噀竺面，冷若觱栗之風，酒頓醒，强起隨之行。女曰：「君未得其實，歸將怨妾。盍少留，當有笑柄，供君解頤。」隨捉一矮凳，置牀頭以待。麾之，欻成人形。衣縷面容，與竺無差别。竺亦莫測其意，惟佇伺之。有頃，見富家子與衆嬉笑而入，曰：「啜醨之魚可捉矣。」徑以手啓卧者之衣，潛捋其袴，狎褻之狀不可勝言。竺面赤汗流，始悟衆等惡計。女頓以纖腕相握曰：「去，去！」遂悄然出走。恍若夢寐，兩身早在室中矣。既歸，女延之坐，長跽而數之曰：「妾攜君遠離故里，雖不敢望君大成，亦宜自愛。今君數作游蕩，幾以丈夫之軀，陷入妾婦之隊，使狡謀果遂，不獨妾羞爲彌子之妻，君又有何面目歸向桑梓乎！」語甚悲咽，泣下數行。竺愧悔無以自容，顔色沮喪，莫措一詞。女恐其過慚，乃起，以温言慰藉曰：「後勿復然。過固貴于能改也。」遂仍歡好不再言。乃富家子爲歡良久，頓覺有異，視之則裸伏凳上，竺之迹渺然。大驚，疑竺爲妖，與衆共首于縣。時巴陵蘇蓋臣以進士宰常熟，素稔富家子有邪行，不欲究其事。然因馬朝柱一案，逮捕妖術甚亟，爰命役拘竺。竺至，公見其少小，且事涉曖昧，略加研詰，竟笑遣之。竺歸肆，女忽謂之曰：「是地不可復居，居將有禍。」遂貨其器具，束裝北行，徙家于瓜步間，爰卜山陽之南郭而居之。女以竺少不更事，前因多貲，致蕩其心，遂不再設肆，日令竺荷擔入市，所得者僅足餬口。己乃茅屋數椽，紡績相助，此外别無盈餘。竺漸不能堪，每出，竊與市兒賭。始亦獲采，少助杖頭，遂欣欣以爲得意。女故知而不問。一日，女出汲，突遇同巷某，瞥見之，驚以爲神仙中人。蓋某素業賭，以博得罪于勢豪，方切憂懼，見女居爲奇貨，頓思假此爲釋憾之計，獻媚于豪。因乘間以言餂竺曰：「子業此，欲贍兩口，勢必有所不能。且男兒遠離鄉井，亦當思奮身立業，始可歸見里族。若僅日覓蠅頭，竟同株守，不第不能歸，歸亦何顔也！」竺聞言，適中所患，乃咨嗟曰：「君言良是，但無處措貲，業何由立？」某又佯爲躊躇，徐曰：「此事亦非大難。某同輩中某某均以博起家，獲貲千萬。聞子采興甚高，戰無不利，盍爲此不母而子之策？白手可致素封，猶愈于坐操會計多多矣。」竺本以此自負，又不禁歆羨之私，遽攘臂曰：「君能貸我十緡，我當試一爲之。看花骨子非我如意珠耶！」某慨然許諾。暮又偕一人來，曰：「予適小匱乏，貸于此兄，幸如數。請即署券。」竺素不能書，女雖能，又不敢以告，即倩某捉刀。其名實即某豪，竺不及知也。其一人得券，即以資付竺，忽遽而去。竺亦未及致詳，徑攜資就某家賭。其始小勝，後乃大虧。比及鷄鳴，早已萬錢立罄。衆閧然散去，竺亦垂首而歸，抵家倦卧。女故悉其所爲，亦不致詰。又明日，竺詣某處，與商背城之策，數往皆不遇。瞬息月餘，某忽偕數人至，衣帽甚都，前人亦在内。某謂竺曰：「積欠猝未能清，其子可償也。」竺爲此故已私蓄千錢，毅然曰：「息幾何矣？」答曰：「五十緡耳。」竺駭曰：「其母僅十千，其子何反數倍耶？」衆嘩曰：「語都不類！」亟出券，令竺自閲，則已千緡實書其上矣。竺不覺頸赤，與某力争，某亦不相下，手口交加。衆咸怒曰：「逋欠者亦敢肆虐耶？」遂群毆之，幾斃而後去。鄰人有憐竺者，扶掖入室，女爲之撫摩瘡痍，毫無詬誶，人益賢之。詰朝，豪僕又來取索，且風示其指曰：「能以婦償，百緡尚可得。」竺大詈之，其人即返。又引前數人來，撾門穢辱，鄰比俱掩耳惡聞。女背竺亟出，止之曰：「若勿爾爾。若之意，在人不在資，儂已知之。但竺爲儂夫，今甚狼狽。伉儷之情，不忍遽絶。歸與若主言：果相悦，俟竺愈，徑來相迎，儂固不惜此一身。」豪僕聞皆喜，敬諾而去。里中聆其言者，俱以女爲緩攻計，即竺亦不疑其有去心。浹旬，竺已復初，惟憂豪家來索逋，已而果至。女出與之約，竺亦不能盡知。晚間，女置酒室中，爲竺慶。少酣，女起，滿酌而語之曰：「妾爲君婦，三載于兹，不克有所裨益。既致君離其鄉里，骨肉不通笑言。今又以蒲柳之庸姿，辱君于狂奴之毒手，心實怍焉。刻下積逋無償，進退維谷，君將何以處之？」竺嘿然，既而嘆曰：「予誠不肖，重負吾卿。豪家之事，情甘與之涉訟。他復何言！」女泫然曰：「君奚固執若此？君以異鄉之身，與豪右相較，危可翹足而待。若整裝急旋故土，上可廣先人之祀，下可酬兄嫂之恩，計誠莫逾于此。」竺已喻其指，因曰：「我歸，子將若何？」女曰：「豪之所圖者，色也。妾以色事君，即以色事豪，渠必不追吾夫矣。」竺艴然色異，曰：「是何言也？予寧死，不以妻抵債！」女遂不再言。及寢，又以利害説之，竺方首肯。女即起，爲之治裝，促之行，曰：「不可緩，遲疑則禍至矣！」竺尚留連。女强之出門，以手麾之，足遂不能自由，大奔若狂，直至百里外，始復其故步。暮投旅邸，計去山陽已二日程。竺終以女爲念，止不復前，將以探其耗。閱五日，果有自淮上來者，且其熟識也，見竺即尤之曰：「子誠負心，捐妻子而遠遁，令其死于强暴，情何以堪？」竺故預料有此，乃大慟。詰其顛末，人曰：「尊閫至豪家，涕泣不食，夜出縊于其門，尸重不能舉。官知之，檢其懷中得血狀，具訴其冤。官將逮子，莫知所往，因置豪于法，並誘子者亦得罪。鄰里咸稱快。予來時，獄將具矣。」竺心又少慰。乃市楮鏹，祭之于野，痛哭至嘔血。病卧傳舍，時時飲泣，旋復迷惘。沉頓間，女忽欻然入，就榻撫視，且笑曰：「妾已得生，君何爲欲死耶？」竺愕然曰：「聞卿已殉節，今至此，得毋學桂英來索王魁命乎？予誠負心，殁亦無憾！」女又笑曰：「年已如許大，何猶菽麥不辨，呱呱作小兒啼耶？妾本狐仙，寧無自全之策？向之殁者，特江間一片石。豈儂亦效痴婦人，作投繯鬼哉？」竺夙知其靈異，欣喜不勝。而病已甚憊，女投之以藥，遂霍然。女又謂竺曰：「妾不可露形于此，致人疑怪，當仍往前途候君。君亦毋久滯。」乃先行。竺至次日亦就道，至夕與女重圓于旅次。竺謀他適，女不可，曰：「前因一時孟浪，屢躓于他鄉，今而知安樂莫如故土也。請即偕歸，不再與君作汗漫游矣。」于是出金，爲竺制衣履並己之妝飾，遂返本邑。初，竺之兄不見弟，欲訟其師。鄉人有見竺遠行者，力止之，而兄嫂恒思憶不置。一旦見竺攜艷妻復其邦族，咸驚喜。竺詭言娶于他邑，人亦不疑。女以貲授竺，使仍設肆于市，而迎兄嫂與師奉養于家，曰：「爲我約束狂郎。婦雖智，究難箝制夫也。」自此竺與女力作，家以日裕。余初見青眉，深異其非常人，因再三詰，竺甫肯緬陳其概。更謂余曰：「微君之文，予妻將湮没畢世矣。」余亦喜其相夫之智，持節之堅，遂援筆而爲之傳。

外史氏曰：青眉固功之首，而亦罪之魁。非其誘竺遠出，何至屢瀕于險？幸而歸老首丘，差可自蓋。然亦竺之嗜飲嗜賭，自貽伊戚，豈真婦有長舌爲厲之階哉！温柔鄉不慕而慕醉鄉，宜其有兔脱之厄；恩愛海不貪而貪苦海，宜其有鼠竄之危，故罪不可不專責之青眉，究亦不能末減于竺皮。（卷三）

姜千里

姜驥字千里，閩之武孝廉也。以輕財任俠，取重鄉邦。而里中無賴之徒懾其威不敢肆者，固已側目甚久。孝廉自恃武勇，亦殊不戒備。一日，遇相者于門，謂之曰：「君有横禍者三，盍避諸？」孝廉素不信數，哂之而不答。相者慚而退，且自喟曰：「惜哉，萬夫之敵，而困于狐鼠也！」人皆莫喻其指。居無何，有偷兒逾垣夜入，盗銀器數事去。家人以告，孝廉大恚曰：「若敢盗我姜千里耶？」將窮致之，而猶未獲其人。未幾，姑媪引夫婦二人來，言欲投靠爲僕婢。孝廉視其夫，則虬髯虎面，絶類健兒，婦亦粗壯異常，堅强有力。詢其名，曰吴姓，行四；婦則馬氏女，濟上人也。因歲饑至此，資斧告絶，故願質身爲主人傭作，希冀果腹，他無所望。孝廉坦然留之，其實則劇盗也。于是易名爲吴吉，殷勤服役，男女皆力作，孝廉深喜之。旬餘後，孝廉偶抱微恙，夜深熟寐，爲門聲驚覺，視之，火光灼牖，人語喧囂，詢之，則吴僕禦寇，已門于院中矣。將起親往，細君夙饒智慧，亟止之曰：「暮夜倉卒，主人不可獨行。」俄聞叩户聲甚急，語曰：「予夫受創將死，主人何獨高卧耶！」細聽焉，果吴僕之婦。孝廉深耻其言，披衣起，暗中覓得其械，拔關將出。細君又止之，弗聽。出見吴婦持梃屹立于户外，謂孝廉曰：「主人先行，予將從往打賊。」孝廉壯之。抵門處，賊衆十數，方捽吴僕于地，拳石交下。孝廉挺械而前，叱曰：「寇勿肆虐，若不識我姜千里乎？」語未竟，如有物痛擊其踝，頹然頓仆。蓋即吴婦之所爲，孝廉固不知也。賊衆既得孝廉，毒手痛毆，體無完膚，孝廉强忍不嘶。衆數之曰：「若即姜千里耶？何憊也！吾曹與汝無涉，乃强預他人事，比余于毒哉！」孝廉始知爲銜怨者，更禁口不號。賊衆爇火于竈，將以炮烙。細君聞而懼，遣他僕以金帛奉之，凡三返始飽其欲，閧然如鳥獸散。孝廉則已昏絶于地矣。細君方命人扶掖，而吴婦竟力負孝廉入，置之榻曰：「好看視主人，予往視予夫，看猶餘殘喘否也。」徑趨去，細君心頗感之。視孝廉既已能言，舉家爲之額手，明日使人視吴僕，雖亦卧牀不起，而實無所苦。孝廉夫婦咸信其忠，賚以酒食藥餌。他僕即有言者，細君怒訶之曰：「渠不恤其夫而顧吾夫，且一男子，誰肯負之于背耶？」益寵遇之。孝廉小愈，耻爲戚黨笑，秘而不宣。尋亦痊可。吴僕健後，輒夜出，囊橐充牣，資用豐饒，藉主人庇蔭，亦無敢言者。明年，孝廉將赴公車，以諸僕爲無用，獨攜吴與二僮行。朱提論千，彩繒無算，皆付吴，以爲心膂。腰弓矢，乘騅出，意氣甚盛。行未二日程，至某縣之野，林深地僻，行旅絶踪。孝廉頗有戒心，呼吴僕曰：「前路險巇，宜疾馳。」吴笑曰：「主人今何懦耶？某熟悉此道，絶無苻萑迹。即令有之，我主僕豈無拳勇者！」孝廉喜其言，遂按轡而進。時已夕陽西下，欻聞草澤有嘯聲。孝廉驚顧，盜已蜂起，凡數十人，窄衣闊笠，聯騎而前，謂孝廉曰：「姜驥，汝今赴都取應耶？囊中千金速借我，即聽汝行；不然，則砧上之肉矣，汝何能爲！」孝廉怒，即取魚服所懸者，將以金僕姑試之。矢在弦上猶未發，俄一利鏃如飛隼直貫左臂，痛入心脾，遂不能執弓。賊因嘩然大噱。回顧之，則吴僕控弦縱馬，風馳而來，遥謂群盜曰：「大哥輩坐收成效。予爲此千里駒，心力俱殆矣！」衆皆聲謝。孝廉頓悟其奸謀，恨恨不已，然自度莫敵，遂棄其行裝，亟返轡。衆賊逐之，孝廉之騎絶駛，賊不能及，乃以其背爲的攢射之。孝廉負矢而馳，雖不及顛，已森然如蝟。賊見去遠，嘆惋而回，罄其輕重並二僮，悉掠以去。孝廉疾馳十數里，馬亦重傷，不克負荷，蹶于途。孝廉不知，猶奔，亦嗒焉仆地。瘡痍盡潰，項背朱殷，竟昏然不復人世。迷惘中聞有蹄躈聲，似有群騎馳騁而至，猶疑爲追者，竊自謂弗可生。及近睨之，騶從赫奕，中一人冕而盛服，狀如貴官。見孝廉偃于路側，顧其僕曰：「伊何人？」僕視之，駭曰：「姜孝廉也！爲盜劫，死于此。」官曰：「姜孝廉，當今之郭解也。且禄籍未絶，不可令其死。」乃探懷中，以藥授僕。僕下騎，以手盡去其矢，因褫其服，敷以藥，呼曰：「本邑城隍活汝矣！」言訖，超乘而逝。孝廉頓醒，微覺背如負芒，無甚苦；仰觀于上，則明河在天，子夜將半。乃起整衣，視馬既已氣絶，遂踉蹌而行。約里許，遥見燈光閃灼，似有人家，疾起而就之。至則茅屋數椽，人方聚語。其一酷似吴婦，大言曰：「彼婦不從，吾已殺之，今函其首在是矣。」又曰：「一日縱敵，數年之患。汝曹何不善了事！」孝廉審知爲仇讎，且痛妻死無辜，憤填胸臆，不復顧身。索之腰，只餘一劍，乃拔而仗之，排闥突入曰：「鼠子何敢爲此已甚！」賊衆愕然，方欲遁避，及見其孤，群鬥之。孝廉力誅一人，以創傷不克抵敵，棄劍而走。賊虞黑暗，亦不復追，俱返室。孝廉奔竄數百步，見一小籬落，徑逾之，中有草堂，燈火未熄，主人猶夜績也。坌息未定，即聞户内言曰：「若係偷兒耶？夜色已深，吾劍不屑再試矣。」孝廉奇其語，因訴曰：「予中途遇盗者，扶傷至此，敬求一席地，非爲胠篋來也。」内又自語曰：「予不懼此瑣瑣者。既急而相投，盍納之？」其音清婉，似類婦人。及啓扉，果屬二八處子，遽遜孝廉入。視其室，獐鹿之革，幾盈四壁，女方坐臯比而績，意不過射獵之家耳。女貌絶麗而神清，睹之棱棱有霜氣。詢其姓氏，曰顧家，小字阿惜，母他出未歸，因辟爐以待之，不然寢矣。乃謂孝廉曰：「視君之面，儼然人也；視君之背，恍如新剥之豕，創深若此，何以能生？」孝廉備述所遭。女忿然作色曰：「不斷此輩之頭爲飲器，情何以堪！」孝廉甚壯之。女復詰孝廉何如人，答曰：「武舉人。」女大笑曰：「以武科而不克弭盗，其如搦管者何！」孝廉大慚。女又曰：「本擬往殪群凶，爲君泄忿，適老母不在，無命不敢徑行。客既重傷不可耐，請即下榻于此，妾别室俟母歸。」乃以臯比爲裀，請孝廉卧，己乃持檠而去。孝廉倦極神疲，昏睡達旦。及覺，忽聞院中語曰：「阿惜兒速來褫其革！潑毛團直勞我搶攘一宵。」音似壯婦。比入見孝廉，驚曰：「虎兒亦作此犬彘行耶？予必殺之！」因厲聲呼女。孝廉知其疑，亟起榻以背示之，且語以故。婦乃笑。視之，年約四旬，狀貌魁梧，不類巾幗者流，而睫毛甚長，尤其所異。亟敬而禮之，婦亦答拜。出視廡下，班班然果有死虎，女正銜刃開剥。益駭然，詢所自得，婦曰：「西北山中，半夜始獲之。」孝廉知其處，蓋已負之百里矣，愈爲之改容。因思大雠未雪，孤立無援，將借助于女中賁育，乃以言挑之曰：「姥居此雖無所虞，頗寂寞。如肯遷喬，某有先人之敝廬，幸不淺隘，似可以居。薪水某自任之。不愈于長宵跋涉哉？」婦微哂曰：「君不言，予亦有意。今晨入室，見君高卧，意是輕薄兒誘吾女爲不肖者，不勝忿忿。及見君背，乃釋然。第吾女尚穉，不堪任家事。予晝出，必得夕歸，今欲以之累君子，俾予得徜徉山谷間，不識肯容納否？」孝廉聞及婚媾，涕出交頤，慘然曰：「姥之命不宜辭，但室人矢貞不渝，爲寇所戕，亡未旬日，此事良不忍議。」婦默然。瞑息有頃，笑曰：「君誤矣。尊夫人宛然在室，何來此不吉之言？」孝廉堅執所聞。婦曰：「然。君姑旋返，如瑶臺果傾，予亦不送小妮子于歸。」語未已，女遽頳顔怒曰：「母勿絮絮聒人。予自樂與母處，誰能隨一懦男子，與人争牀第歡耶！」婦訶之，乃不敢言。孝廉疑信參半，勉以婿禮見婦。婦取衣衣婿，即烹虎肉爲餐。食訖，囑之曰：「郎且歸，故婦若在，新婦亦將往矣。」孝廉惑其言，再拜而奔。一日夜始抵家，足踵盡裂。及門，視僕輩舉止如常，見孝廉反若錯愕。孝廉亟詢曰：「娘子在乎？」答曰：「在宅中。」入宅遇婢，又詢之，答曰：「在室中。」孝廉入室，則細君與阿惜方對坐，見孝廉入，起而逆之曰：「姥來送新人，妾即知君返旆矣。履險復夷，可悲亦可慶也。」孝廉始信婦言。因詢曰：「家間固無事耶？」細君乃緬述之。蓋細君有孕婢，已配孝廉之僕某，以其親信，畀以筦鑰之司，財賄胥在其掌握。孝廉遠行，乃令婢與吴婦值宿壺中。吳婦以計餌婢，欲令盜主貲瓜分而他往，婢不從，且將白于主。吳婦怒，殺之而竊其匙，席卷珍玩，乘夜而逋。及曙細君呼婢，竟不應，出視之，吳婦杳然，而婢已喪其元。細君大怖，亟首之官，勒限緝捕，尚無影兆。是孝廉之所聞不從者，以財而不以色，且在婢而不在主也。詰得其實，心乃安，亦自陳其顛越。闔室震駭，始知吳與馬皆巨盜，向特墮其術中耳。于是決策復仇。孝廉將控之邑宰，女獨毅然曰：「此曹何能了人事！妾請易妝一行，不經旬而盜皆可得。」孝廉知其能，故不復沮。細君亟止之曰：「妹弱質何堪任此！且好合在邇，俟過吉期，乃可行。」女笑曰：「姑留此身爲異日之券，若婚而後往，其誰信之！」至夜忽失所在。門户未啓，罔知所之，衆皆疑詫，孝廉獨欣然。始詢細君以女至之狀，答曰：「自婢死，人心惶惑，摇摇如懸旌。又未悉君之吉凶，日夕縈念。昨日侵晨，忽有雙輿止于庭，謂僕曰：『郎歸未？新婦來矣。』妾出觀，則母女也。其母先陳婚約，次爲妾言君事本末綦詳，且曰：『郎亦將返，我女從兹累若矣。』語畢即行。妾實不解其何自，正惝恍間，而君果至。」孝廉亦述其異，因曰：「此殆紅綫者流。渠既去，吾事濟矣。」閱五日，女果攜二僮，負兩革囊以夜歸。入室笑曰：「幸不辱命，罪人皆得。」啓其一，則吳夫婦之首，並婢子顱骨俱還。驚詢之，女曰：「妾易男兒妝，從此間夜出，即往從賊游，盡得其詳。則皆里中無賴與郎君有隙者，非積盜也。惟吳夫婦久居濟上，以禦人聞于時，號稱『吳一椎』、『馬娘子』，凶暴異常。近因官司嚴捕，遁迹于此。群小依之，遂謀鬻身爲内應，而君乃受其荼毒。妾知其實，究未悉渠魁之所在，因以劍術動群賊，浼其汲引。俱大悦，即令一賊，導妾至一墳莊，則吳與馬及二僮共歡飲。妾試之以劍，三寇皆殪。二僮力白，知爲君家人，始攜之完趙。

不然，亦斃于劍下矣。」二僮乃述如君之神勇，衆爲咋舌。争視之，玉貌昂藏，雖香閨之秀，實不啻萬夫之雄，咸悦服。女又啓一囊，珠玉充牣，則不徒家之故物，即盗之積蓄，亦攜同歸。衆益踴躍。孝廉欲賫首赴官，且報諸盗名。女曰：「不可令人知妾。且君今日，亦當使反側子自安。」孝廉遂止，僅以其首祭婢並所乘之駒，而後瘞之溷側，曰：「此亦足當溺器矣。」後兩日，有人報官，言殺死無姓名三人于某村，官以爲盗，而不知真盗已獲也。孝廉始與女合巹。及寢，女笑謂之曰：「向從姊言，君今夕能無惑哉？」孝廉深服其智。時已孟秋，孝廉以場期甚迫，遂不赴京。唯使人訪問顧母之所在，踪兆俱渺。詢之女，亦靦然不答。數月後，偶過鄰邑，遇一顧姓，間以女母詰之，并舉女之乳名。愕然曰：「此某之從妹也。先季父狩獵山中，邂逅一婦，睫長而貌美，且孔武有力。遂悦之，相攜以歸，結爲伉儷。期年生一女，即阿惜。嗣因親族喋喋，婦怒，化爲野熊，負女而去。今計阿惜之年，殆十有七歲矣。君之所遇得無是耶？」孝廉見其吻合，乃大喜，要以至家，使以兄妹禮見女。女亦不拒。阿惜自是始識父家，時一歸寧，兩姓竟成姻戚。乃孝廉自遭三敗，壯心頓灰，不復干預人事。人亦知其室有劍仙，懼不再逞。此故明天啓五年事也。孝廉至國初猶存，鬚髮皓然，而精神矍鑠，每語人曰：「《馬援傳》不可不讀。」

外史氏曰：太史公《游俠》一傳，誤盡多少偉人，究不若馬伏波「畫虎」一語，如晨鐘棒喝，令人猛省。孝廉以少年多事，屢遭挫辱，使非得遇仙人，其不類狗也幾希。孝廉之武勇且然，矧夫爾勇伊何者耶！（二編卷四）

宜織

柳生，名家寶，山陰人。其生也，祖父母年高，皆愛惜如珍，因以命名。比長，風神藴藉，俊逸絶倫。且童年即游泮水，邑中巨家有女者，咸屬意焉。寶父母苛於擇婦，每曰：「吾兒人中鸞鳳，豈可耦世上鷄鶩？」以故媒氏踵門，恒未許可。蹉跎將弱冠，猶虚琴瑟，心亦爲悵然。一日，以父命往郭外省其姑。少叙家事，即與姑之子閒矚門前。無何，婢來呼其弟，寶與偕入。則姑以事赴近村，命子隨往，且留寶少待，歸來猶有所言。寶不得行，而心頗怏怏。蓋姑子年甫舞象，已訂盟於某家，此行蓋爲姻事也。既見姑率其子欣喜自去，一時倍覺無聊，仍立閭間。遥望西南林壑，似有佳境，頓思前往觀之，遂踽踽前行。閽者止焉，則曰：「予不耐此岑寂，少行當自歸。勿懼也！」徑去，莫能挽留。乃行未及半，至一溪，足力已疲，因憩於水次。俯視清流，意頗恬適。俄聞隔溪嬌語曰：「如此丰姿，那得不令人看殺！」寶驚視之，則一女郎，約當及笄之年，玉容嫵媚，花貌幽妍。將一片絳紗浣於溪内，指爪映水，雪色瑩然，衣飾亦甚淡雅。寶不覺心醉，將欲通問，而腼腆不容啓吻，狀甚囁嚅。女郎見其木立，乃笑曰：「覿我何爲？苧蘿村女兒，正恐未易勝汝也！」寶聞而心喜，女郎即招之曰：「盍渡此溪，當與爾言。」寶以首示之意，答以不能。女郎指曰：「西側有紅橋，痴郎何竟病涉耶？」寶遠立而望，不數武，果有徒杠，爛然赤色，遂欣趨就，躡之以過。比及對岸，女郎早輟洗相俟。見其至前，歡言與語，謂之曰：「妾處閨中，頗以貞信自守。今見郎，竟不能復堅，此中固有天意。」因挽之共坐於柳下，綠莎茸茸，宛然錦席，絶勝班荊相對者。女郎因詰其里族，竇終以口訥不能言。女郎赬顔而起曰：「丈夫猶如是，妾輩復何堪！請從此辭，不敢再與郎見矣。」竇猶擘其裾，强白姓氏，究以吃吃不能暢。女不禁鼓掌曰：「艾艾果有幾艾？」乃自陳曰：「妾家居此近村，父姓令狐。有女名宜織，即妾也。君如不棄，當造訪焉。垂楊門巷，偏東一帶疏籬，固無難識。」言已，即舉所浣之紗相贈曰：「此亦足當繡幕之絲矣。」方將繾綣，上流似有笑聲，女郎亟起曰：「女伴將至，妾不能復留。須記妾言，勿使人望穿此眸！」遂冉冉緣溪而去，尚以横波回顧，眷戀不勝。竇亦憮然如有所失，佇望移時，直至不見，始能舉趾而歸。忽忽過橋，則夕陽在山矣。比至姑家，新月已上。時姑久已旋返，俟之不至，心以爲憂，業遣僮僕遍覓之。竇至入見，姑怒詰其焉往，答以閒行。姑叱之曰：「孺子亦太不羈！邑門已閉，汝將安歸？汝父母爲汝倚閭，幸在予家，猶無慮，不然腸斷矣！」竇亟謝罪，姑父亦力爲排解，姑始霽顔。即命婢進食相款。是夜遂宿於姑家。明日辭歸，假他事對其父母。父母素愛之，竟不窮究。竇至己室，始出紗玩之，闊僅數寸，長尺餘，兩端綴以金紐，縫紉已成者，狀如婦人之訶子。然思蠻腰即細，不應如斯。及嗅之，雖經浣濯，嬌香猶在，果即是物。竇乃驚喜如狂，慮爲人見，秘之笥中。夜卧，輒擁之衾底，如對麗人。自是每至姑處，必往踪迹。無如溪水泛溢，并無橋梁。竇因心竊訝之。屢不得渡，抱悶而還。數旬後，聞父母已爲問名，即同邑陸弁之女，素以美色聞于鄉。父母因聘之。竇心亦少安，而究思女郎不置。一日，偶過陸家，適陸女出游，肩輿息於門外。蓋陸故寒微，所居湫隘，輿中人之升降，途中人皆可旁觀，竇故得以瞷之。見其貌雖姣小，而豐肌嗇骨，抹粉塗脂。不第視浣紗之艷，大有妍媸之分；即較擲果之容，倘有黔暫之别。私心遂竊有不願，然迫於親命，似亦無可如何。乃忿然出郭，仍至溪側，雖故無葦可杭，幸其水勢清淺。於是不暇顧恤，徑去其履襪，白足而涉之。竇本素未習此，溪水森森，涼欲沁骨。彳亍及岸而登，衣袴盡濕。因笑曰：「褰裳涉溱，褰裳涉洧，予今乃反而用之也。」整衣而前，約里許，果得一村。其中屋宇儼然，桑麻森秀，似不止一二人家。竇因徐步而入。東偏有小巷，緑蔭垂蔭，仿佛女郎所言。及入而望之，籬花堆艷，黄蝶紛飛，旋即得其門户。竇猶未至，見有杖者科頭箕踞，獨坐於籬邊樹下。視其年已古稀，而瑰瑋奇特，不類田叟，疑即女之父也。直前趨謁，杖者頗傲慢，徐起爲禮，詢所自來。竇忽自覺唐突，吶吶有頃。先以姓字相告，而來意則未敢遽陳。杖者忽愕然曰：「是吾妻侄也。數年不晤，今成立矣！然果何由至此？」竇竊喜，疑其誤認，而藉此或可入門，遂謬對曰：「久失音問，父頗思憶，故遣侄來省視耳。」杖者大笑曰：「汝父詎能識予？此遁詞也。雖然，有勞遠涉，且系瓜葛，當非突如其來。請即入。」徑揖之行。竇以失言故，其色赧然，勉隨之登堂。其居亦甚幽雅，假山活水，極盡村壑之致；而琴書瀟灑，案無纖塵，其人之風韻，可見一斑。因請以子侄禮見，杖者亦不辭，居然受之。始與坐談，曰：「山妻爲乃尊遠房之姊，物故已久。遺一女，老夫攜之村居。未入城邑，至今莫識其外家，揆其心竊以爲恨。子既辱臨，可使一面，俾知母族人物，不同瑣屑者。小妮子庶幾無憾矣。」竇唯唯。適有雙鬟捧茗出，杖者遽令呼之。茶次，又詰曰：「侄幼時，余至若家，曾見汝父，實未嘗握手耳。前所云云，竊疑相紿，可明以告我。」竇不得已，起白曰：「父實未及作念。侄聞人言令狐叟世之偉人，隱居於此，故願望見，以求教益，幸無疑！」杖者乃微笑，遂不復詰。無何，環珮璆然，則女郎盛妝至矣。

寶睨之，衣飾已更，美艷倍勝於溪畔。回憶陸女，彌若霄壤。女郎低鬟佇立，凝睇無言。杖者語之曰：「汝之大兄來自邑内，即若從舅之子也。汝爲妹，當以禮見！」女郎即向寶斂衽，寶亦致揖，而當覿面之間，女郎之色頓異，若羞若恨，如怨如怒，一似深憾其來遲者。杖者又笑曰：「宜織與乃兄貌竟相若，使非育於二姓，儘足生一家之光。惜乎男不從姑，而女徒似舅也。」言次，數數目寶，意頗垂青。寶固無敢自媒，而戀女又不能去。荏苒間，陰霾陡起。驟雨滂沱，寶乃倉皇失措。杖者慰曰：「侄勿慮，此雖初遇，亦至戚也。即留宿于予家。當無不可。」寶大悦，益出望外，視女郎，以手拈帶，默坐於父側，眉目間無復愠色。乃以言挑杖者曰：「妹年幾何矣？」曰：「十七歲矣。」寶又曰：「只少侄二齡乎？」杖者似解其意，不復答。適值饌具，餚核雜陳，寶乃重致不安，言詞爽朗。忽聞女郎低哂曰：「何對長者翻無艾氣，口舌亦因人利鈍耶？」寶亦爲之匿笑。食已，雨猶未霽，杖者命設榻於東堂爲客館，且辭曰：「老夫耄矣，不能久陪晤語。侄自偃息，愼勿憶家。」徑率女郎入屏後而去。寶私喜曰：「東牀坦腹，予今亦儼然右軍矣。」未幾，雙環以燭至，小語曰：「阿姑寄聲，俟翁寢，當自來也。」寶益欣悦，因取案頭書翻閲之，不敢即寐。夜將半，女郎果出，則已殘妝半卸，態愈動人。入見寶，即正色責之曰：「妾爲一時柔情，不顧千秋笑柄。偶爾邂逅，即將近體之衣舉以贈君，意固有所在也。乃君竟棄之如遺，一别三月，玉趾弗勤，令妾愧悔交集，忿且欲死。以君少年英發，不宜無信至此。今特見君，萬祈還予故物，不必再有他言。」言訖，珠淚盈眶，潸然欲泣。寶知其怨已深，挽之就坐，自白其爽約之由，并陳徒涉之苦。女郎佯不信，寶又牽裾示知，濕痕宛在，女郎始靦然迴嗔，而猶絮絮不已，索取前紗。寶笑而出之於懷曰：「物則猶是也，然已近我肌膚，恐卿不可再束矣。」因細述偎抱之狀，女郎顔赤，不禁嬌羞，亟起而避去。寶將止之，已不能及。迨過畫屏，猶聞其語曰：「亦太無賴，幾令人無地置身。」俄而人語嘈雜，其聲忽出於堂後，有若忿詈，有若哀泣，又有若解紛者。寶心大疑，傾聽之，苦不可辨。爾許時，方寂然。寶即解衣安寢。晨起，將見杖者陳謝，然後辭歸，且少露求耦之意。忽女郎肌容憔悴，神色淒惶，疾趨而來。謂寶曰：「妾以袒衣在君處，勢難挽回，不得已而告父，以冀俯從。不意家嚴震怒，大奮雷霆，將置妾於死地。幸婢之婉言代解，甫蒙俞允。限君以旬日歸告父母，即當親來定議。否則，君不來之日，即妾畢命之期。須臾弗緩，惟君憐而許之。妾固無能自主也！」寶聞言，大驚，且自晤女郎，早置舊姻於度外，一若未有其事者。今更睹女之狀，深恫於心，惶急中益不暇顧慮，慨然曰：「諾。」女郎又要之，輒指皦日自矢，流連再三，女郎直送至門側，方始揮淚而别。及至溪邊，水已平添尺許，似不能涉。逡巡久之，前橋瞥現於波上，屈曲如虹。寶甚喜，乃指而笑曰：「世稱無定河，此獨非無定橋耶！」因得徑渡，遂登彼岸。於路忽自計曰：「陸女既已納聘，且命於親，此女未稟高堂，豈容昵就？前盟不可寒，後約必不能踐，王魁、李益之事，將見於予身，其若之何？」寶念及此，心始躊躇，而究無良策。且至家，陡生譎計曰：「舊姻若就，新特難求。倘失此佳人，不如死！吾聞父母將諏日爲予畢姻，盍重賂卜者，詭稱陸女之年庚實於翁姑不利。吾以孝義諫親，誓死不娶。父母素憐我，必毁前盟，然後往就令狐不難矣。」籌思已定，歸家，以雨濘爲詞，云宿於姑所，父母亦不之疑。翌日，遂行其計。邑中知命者，咸私其金。父因子媳俱長，果思擇吉竣其事。寶知之，亦請隨往。凡過數肆，皆攢眉曰：「誰令君締此盟者？

婦入，而君之伉儷俱殆矣！」竇之父乃大駭然，蓋聞女美，急於遣冰，其初固未卜之也。然已成言難毀，强之定期而歸。至暮，竇忽涕泣於母前曰：「生兒授室，雖出罔極之恩，實以盡奉養之道。今新婦有礙於父母，而兒竟知而娶之，不孝莫大焉。縱令卜筮之言無驗，此心既已不安；如其果驗，兒不爲名教之罪人乎！請罷此姻，昧死以告。」母聞之，大驚，亟語其父。父不肯，曰：「信荒誕之言，敗已成之約，人其謂我何？事關名節，而兒戲至此，陸必不甘，勢將構訟，如之何其可哉！且予夫婦既羸老，苟得佳婦，配此佳兒，即死亦無所憾，况未必死乎？」堅不聽。竇又長跽於父前，以死自誓，斷不忍就此姻，且曰：「兒請往見陸翁，索取前聘；倘有訟事，兒自當之，必不至貽罹父母也。」父終溺愛其子，雖不徑許，亦姑頷之，不過安慰其心耳。詰朝，竇入邑庠，拉密友數人，徑詣陸處求退婚。陸訝之，竇與友皆侃侃正論，以綱常爲言。又曰：「孝與義孰重？即令翁訟之於官，予亦死不敢就。」陸本粗鄙，莫能强詞，且憚士林諸君子，祇喚原媒責讓之，竟還其原聘，莫敢與争。此一舉也，持論甚正，人反以竇爲賢，而不知其計也。竇志益得，而屈指浹旬，慮女有失，因思先往踐言，然後歸告父母，勸使委禽，庶幾周匝。遂復獨行以往。幸溪橋尚在，跋履無難。乃甫至村中，即遭杖者於道，歡然握手，延之至家。遽曰：「侄來，甚愜吾意。將有一事相浼。」竇叩之，答曰：「老夫故燕吏也，退守於此有年矣。昨承帝命，以幽薊之衆供職者，每私出致爲民患，特簡老夫前往統攝。今將遠行，而弱息斷不能隨，正以爲憂。子乃適逢其會，忝在葭莩，敬以付托。妻之固可，嫁之亦唯命。老夫從此弗問矣。侄即攜去，幸勿固辭！」竇因驚且喜，毅然受教。杖者旋起入内，促女束裝，別離之慘達於外。少頃，攜女郎出，美目尚含餘淚，對竇再拜曰：「妹今日惟兄是依矣！」色甚淒然。杖者又曰：「宜織好從兄去。欽限甚迫，宅已轉售於人，不可復留也。」遂指箱簏數十，盡以贈寶，器具書玩咸畀之。立命起行，不容再緩。寶乃與女郎泣拜于膝下。及出，則肩輿數乘，人百餘，相候於外，亦不解其何以立辦。女郎攜二婢各乘其一，寶亦乘一輿爲引道。杖者目送於門，女郎痛哭失聲，杖者慰之曰：「兒勿自苦，父雖官守羈身，然欲相見，萬里且無難，況僅數千里者？」寶更不解其語。行裝既發，勢難復停，一時絡繹於道上，村人皆翹首以觀，或嘆曰：「令狐翁之富乃如此！何居乎，未之前聞也？」既而渡溪，寶心自計曰：「驟攜若人歸家，父母將滋懼，予亦陷不告之罪。盍往姑處暫居，使姑爲我設策，當無不濟。」遂麾輿從直抵姑家。姑適與夫閒坐，談及寶之辭婚，皆嘖嘖共贊其孝。寶忽偕（麗）（儷）人入，裝束如仙，且輜重無算，舉止於庭，乃駭然詰問其故。寶始具言其實。姑忽驚曰：「是女吾姊所育耶？然實出於狐，非人也。」姑之夫亟詢之，姑曰：「妾有從姊，未嫁而殀，其疾則爲狐所祟也。病已沉頓，乃肯自言，云：『當十五歲時，必有美丈夫來同寢處。醉後每見形，實一狐耳。今已懷孕將產，死後勿即殮。恐狐來覓其子，闔家將不安。』語終而歿。父母如其教。是夜大風雨，家人有膽巨者，私覘之。見狐來扶尸起坐，狀如生人坐蓐者，俄頃，呱呱有聲，竟抱之去。天復開霽，視姊，則血殷牀席，依然僵卧，乃舉而殮之於棺。姊生十七年而卒，今又十七稔矣。以年歲計之，是女尚二九未足。」姑既言詳，室中人皆駭異，獨女郎聞其母死之慘，泣不能仰。姑又熟睹其貌，酷肖姊之儀容，因握其腕同坐，曰：「甥勿悲，予即汝之姨氏也。汝見予，不猶之乎見母耶？」即又笑曰：「予向以家寶爲樸實，今乃知其狡獪矣。予曾親見陸女，果去吾甥遠甚。無怪乎以彼易此也。

但以此爲詞，父母國人皆爲所罔，其計不亦譎乎？」姑之夫亦大笑，寶色甚慚。姑命女郎與己處閨中，而貯其細軟於内室，粗重者又另置之，且語寶曰：「予爲汝成此美。不然，汝願未遂，汝罪且莫逭矣！」因授以計。寶乃大喜而奔，抵家，告父曰：「兒往觀姑，姑念兒母綦甚，不可不一行。」父果遣妻視其妹。既至，姑令女郎出見，言系鄰家寄養者，乃父遠宦不能攜，故以之見屬，聘嫁亦皆在予也。寶之母諦觀之，實遠甚於陸女，因孜孜注目弗移，乘間請於姑，欲求爲子婦。姑佯笑曰：「若家小郎君，一二三其德，不可令此女又抱棄捐之恨。」寶之母又固請，且索女之年庚。姑又笑曰：「不勞嫂慮，予已合之矣，不至有妨於賢夫婦也。」婚議遂諧。其母亟歸，悉以語寶之父。父亦喜，擇日即納采於姑家。不半月而親迎。合巹之夕，寶與女郎深感姑德。姑于女父所贈外，又復補其不足，衣飾奩具，雖貴家無以過之。寶之父母皆大悦。寶至夜始以紅紗還女郎，堅令束之。女含羞解衣，著之於胸，猶寬然。因低笑曰：「妾爲君渾消瘦矣！」寶乃知楚宫細腰，非古人妄傳者，愈覺得意，歡好倍深。三朝出見，戚黨咸以爲玉人有雙，殊不負擇婚之苛。女郎自此克供婦職，舅姑皆深喜。唯時時思父，夜寢即能相晤，隨其所欲，暗中贈遺，女郎遂無所憾。間或爲寶言：其數齡時，「父始自山中相攜至此。稍長，教以女紅，兼授以書，督課如嚴師，無少間歇。父自居此地，不耕不織，衣食裕如。且閉門不與鄉黨通，人但知其姓爲令狐而已。今歲之春，忽令妾日浣於溪畔，婢子相從，亦各任其游戲。妾所云女伴者即此，非他人也。每出，即予妾一紅箸，囑曰：『有少年郎欲渡者，汝須以此渡之。』遂授妾以口訣，妾以是少通神術。今在夢中相見，輒曰：『爲汝夫婦跋涉良不易；然在我，只須一日功，不甚勞苦。』因囑妾善事翁姑，克相夫子，郎竟充耳不聞耶？」寶遂嘆息其奇，并悟橋之無定，總皆狐翁之術焉。初陸弁知寶另聘，以爲邑中無出其女之右者，所娶必非絶色。及宜織歸寧於姨氏，陸之族姓間有見者，莫不心折，以陸女實有弗如。後寶所賄之日者稍稍漏言，人始知寶之本意，孝特其托辭，寶之名遂以少減，竟困於青衿，不克騰達，咸謂爲棄妻所致。惟藉女郎之貲，加以世家餘蓄，迄今猶富甲一邑。其姑至事定後，時或語其兄嫂親族，甫得女郎所自出。閨中宛若，相與嘲戲，恒以「靈狐」呼之。

外史氏曰：浣紗西子，千百年後，竟不一見，亦兩間恨事也，不意柳於倉卒中遇之。且其人之美艷，既不少遜於夷光；而一室倡隨，百年偕老，勝於吳之爲沼，蠡之泛湖多多矣。獨狐翁以術餌其婿，柳生以智蔽其親，冰清玉潤者，曾如是乎？微姑之高義，好合雖可成，人言良可畏也。謀事在人，成事在天，兩美之合，又無非蒼蒼之意也夫！

隨園老人曰：武夷九曲，使人歷盡方知。初見之，但有奇峰壁立耳，似無可轉之境也。何物文心，竟與山靈争勝。吾於此又得其不可解之一。（三編卷二）

夜談隨録

和邦額

《夜談隨録》十二卷，作者和邦額（一七三六——？），字闇齋（重刻本或訛作閑齋），號霽園主人。滿洲人。少年時代隨其祖父之任，由三秦而入閩，後返京以八旗俊秀者入咸安宫官學，曾出任縣令（《嘯亭續録》卷三）。其自序云：「每喜與二三友朋，于酒觴茶榻間滅燭談鬼，坐月説狐。」《夜談隨録》即記載各地異聞怪事，取材甚廣。作者自序于乾隆四十四年（一七七九），稱「今年四十有四」，當生于乾隆元年，約卒于六十歲之後。書刻于乾隆己酉（五十四年，一七八九），見《販書偶記續編》卷十二，參考薛洪勣《〈夜談隨録〉並没有「己亥本」》（載《文學遺産》一九九一年四期）。翻刻本往往篡改自序紀年，造成混亂。有乾隆五十六年刻本等多種，晚出者或删去批語，或併爲四卷，俱非原貌。

張五

知縣某，病怔忡，日夜心悸。恒糾合家人數十輩，通宵列燭環守，而猶一夜數驚，越半月餘矣。坊間有張五者，年四十餘，夙鬻豆腐爲業，常起五更。一夜違時，四更便起，囑妻作腐。妻曰：「無乃太早？」

張曰：「一日不力作，一日食不足。早作早賣，亦大好事。汝起點燈，我暫出解手便轉也。」乃啓門至弄內，方欲登溷，忽有二人過其前，喚曰：「張五此間來！」張以爲素識，從之至弄口，同立人家檐下。審視二人，竟大昧平生，各着青衣，垂綠頭帶，冠紅帽，執朱票，酷似衙門中隸役。向張曰：「有一事相煩，不可推諉。」張曰：「何事？」二役曰：「不必窮究，姑同我等去。」言畢，向東走。張心大不願，而兩足殊不自由，踉蹌隨行。繞出街市，至知縣衙門杙桓前，見六人立大門下，躬擐甲胄，皆長八九尺。二役不敢進，乃轉至衙後一水竇前，使張先入。張不肯，二役推之，不覺已在牆內。二役亦相繼入。歷高垣數重，悉如此，竟達寢所。窗上燈光甚明，命張窺之。見知縣某呻吟于牀，牀角及脚後，坐婦女六七人。地上滿鋪罽毯，亦有男婦八九人，群坐其間。還告二役，二役亦來瞷。五更向盡，二役頗憂惶，相與頻頻窺伺。又移時，某稍安，諸男女倦憊殊甚，或鼾而𪖌，或寢而伸。二役喜躍，急取一鐵鏈付張曰：「汝速入房，將此鏈繫知縣項上，勿恐勿怖，竟牽之以出。」張驚曰：「彼知縣，官長也，我何人，敢相近乎？」二役曰：「彼雖爲官長，而貪財好色，濫殺酷刑，今且爲罪人，奚復可畏！」張趦趄終不敢前。二役慌遽，復極力推擠之。獐皇間已在房中，不得已，即以鏈繫知縣頸上，反走而出。二役迎之，同循舊路。張回顧知縣，已繫頸同行矣，大駭。知縣默無一語。甫至宅後，見一男一女，作淫戲于牆陰，略不羞避。二役過之，張問曰：「此何人，奈何恣行淫事，腆不畏人也？」役指知縣謂張曰：「彼女子即渠之愛姬翠華，彼男子即渠之孌童鄭禄也。因渠病卧，故私約于此。彼方自謂隱密，豈暇見我輩，又豈意我輩見之明且晰哉？」張目知縣而笑，知縣亦頫首不言。至水竇前，復見二人，結束同二役，亦械一人，因首鑽面而立。二役問曰：「已拘得乎？」應曰：「拘得矣。」其人見知縣欲哭，役急批其頰而止。張私詰此人爲誰，役曰：「即渠之幕賓主刑名者郭某也，與同案，故同拘耳。」話間，聞内宅哭聲群起。役曰：「時至矣。」遂出至坊間，預有二人，駐囚輿二輛，相候于通衢。四役因納知縣與郭于輿中，囑張曰：「汝自歸，慎勿泄于人也。」言訖，超輿叱牛而去。張至家，鷄已鳴矣。見妻背燈而泣，鄰婦三五人，從旁勸慰之曰：「死者不可復生矣，天數夙定也。況氣未絶，俟天明延醫治之，料無妨也。」張聞之大驚，失聲一呼，豁然如夢寤。則身卧炕頭，妻坐守于側，鄰婦搶攘滿室。張咨嗟不已。妻見其復蘇也，驚定而喜。張問：「胡爲而哭乎？」妻曰：「汝解手良久不回，我出視，汝僵卧檐下。浼鄰人扛入室，手足雖温，而呼之不醒，自四更至此時，已半夜矣。何幸得復生耶？」張始悟前此之事，皆魂魄所爲也。起身揖鄰婦而謝之，各欣然辭去。張乃備以其故告妻，妻亦駭嘆。比曉，舉城軍民擾亂，僉知縣官于五更時死矣。密訪郭幕，亦同時暴亡。張不謹，漸泄于人，某之子聞之大恚，械送縣，笞三十。鞫鄭禄及翠華私通事，果不誣。杖鄭禄于縣，瘐死囹圄；縊翠華于園以殉。事出雍涼間，秦人至今述之。恩茂先曰：「誠然，先大父亦嘗言之也。」

蘭巖曰：罪惡貫盈，天奪其禄。鬼得而辱之，民得而欺之。回首臯比臨民，其威權安在哉？鬼卒不能繫其頸，而假手于張，非鬼卒不能也，特欲使張目擊之以暴其惡耳。（卷二）

按：此事似襲取唐人《玄怪録》之《吴全素》篇（即《古今説海》之《知命録》）。

噶雄

噶，少小也；雄，俊美也。枹罕人稱噶雄，猶中土人之稱少俊也。噶雄者何？人名也。人而名噶雄，以其人少且俊也。雄楊姓，本粤東人。其祖爲河州副將，卒于官。路遠，柩不能歸，葬河州，遂家焉。父錕爲守備，四十而死。雄幼孤，長養于叔嬸。叔錇爲千總，是時，大同周公文錦爲河州副將，憐其宦裔落拓，乃以雄爲餘丁，令掌書記。雄年甫十七，慧黠得人心。周有少女，尤眷愛雄，時與飲食什物。雖無他事，而兩心相慕悦，非一朝一夕之故矣。有務子者，年與雄埒，爲人亦狡獪穎秀。日與雄同供書房役使，夜則直宿齋中。際夏月，務子宿廊下，雄宿軒内。因苦熱，户牖不閉。一夢初覺，映著月光，見一女人立榻前，大驚，蓄縮不敢動。女以手撫之，小語曰：「莫怕，我來矣。」聲似周女，審睇不訛。化驚爲喜，急起問曰：「深夜間何事到此？」女笑曰：「憐子鰥寂，來相伴耳。」言訖，亟解衣升榻，啓衾而入。肌理膩潔，拊不留手，香氣馥馥，奪魄銷魂，欲爲柳下惠不能黽勉矣。是夜綢繆至五更始去。雄冥搜其樂，如醉如夢，恍惚之況，猶雲雨之鎖陽臺也。次日入内，周女方曉妝。雄目之微笑，女亦笑迎之。雄終慮泄于務子，假周命，令務子宿箭亭。務子謂：「箭亭自有老軍直宿，何事需我？」雄曰：「主人命，誰敢致詰？」務子唯唯，雖移襆被去，而心疑之。夜半逾垣，覘其動静。甫至階下，即聞房中笑語，由暗處竊窺窗隙，月射四壁，纖毫畢照，見雄方與女狎，辨爲周女。心大動，精泄而返。老軍方反附于牀，問焉往，務子以登溷對。老軍怒曰：「吾通宵常不寐，何事不能覺察？汝二更去，四更始回，必有非爲。

不吐實，亟當扭稾轅門官矣。」務子懼，因以實告。老軍本冬烘，聞之駭曰：「以下蒸上，喪無日矣！汝知而不舉，罪亦同坐。聽我教，首之可也。」務子因嫉雄之寵，承老軍教，密白于周。周大怒，入宅讓其夫人。夫人曰：「女日夜在我側，不離跬步，何所見聞，輒來唧聒，其爲選事乎？即好選事，亦不應自蔑乃爾！正所謂『自將馬桶向頭上戴』者，尚堪作朝廷堂堂二品官耶？」周忿極愧極，反目大鬨。女涕泣不食。周杖雄二十，逐之出境。雄無依，棲身洮州一古廟中。一日乞食已，方清夜自傷，忽見女至前，謂曰：「子勿憂，以天地之大，何處不可託足？請與子偕隱，何如？」雄見女，悲喜交至。泣且拜曰：「一身之外，別無長物。子雖鍾情之篤，我寧忍見子爲乞人婦乎？」女曰：「何至于是。子姑攜我向湟中，有我在，保子一生吃著不盡也。」乃相與之西寧。女出資置房產、器用、僕婢，儼然富室。而雄竊察之，初不見女有一囊一篋，良不解取給何所，殊爲懷惑。居無何，會其叔鋙因公至湟中，遭雄于闤闠間，乘肥衣輕，不敢遽認。詢諸市人，僉曰：「河州楊公孫也，新寓于此，纔半年耳。」鋙怏怏歸逆旅，使老僕密偵之，果雄也。僕私詣其家，傳語曰：「郎君何以發迹？老奴從二爺來此數日矣，郎君獨不一念其鞠育情，一往起居耶？」雄入白于女。女曰：「大恩不可忘于路人，況從父耶？且子爲富家翁，而使叔寄身傳舍，可乎？」雄乃往謁鋙，再拜敦請。鋙許之，甫登堂，侄婦出拜，視之，周女也。大驚，密詢其故，雄具言之。鋙嘆異，默思：「于來時，不聞署中有失女事。豈其本官諱此，恐招物議耶？」居二日，便歸河州。啓周屏左右，備述所見。周大駭曰：「吾女宛然在室，頃且同飯，那得有此？然不可不究竟也。」亟使人往擒雄至，嚴鞫之，得其端委。忿曰：「奈何使妖物久假吾女之名而不歸，玷吾帷薄乎？」商榷于夫人曰：「雄之祖，生爲此處副總戎，與吾家門户正相當也。女十七，與雄同庚，年歲適相匹也。即以女妻之，可乎不可？」夫人曰：「不敢請耳，固所願也。」花燭之夕，忽見西寧之女，先已在室，雄獐皇不知所出。女笑而止之曰：「何事迴避？兒雖是狐，今實爲報德來。子年少，固不能晰。昔令祖官此地時，嘗獵于土門關。兒貫矢被獲，令祖憫之，縱之使竄。屢圖報復，不得其間。兹得乘此爲冰上人，夙願償矣。然苟非子與周女有夙緣，兒亦無能爲力也。」言訖出户，旋失所在。衆始悟此因果，狐實曲成之也，謂之狐媒。

闇齋曰：予從先王父鎮河湟時，雄甫二十餘，已在材官之列。女亦無恙，曾一至署中，上下目睹其婉媚，迥異儕俗，洵佳人也。雄後官至參戎，周女誥封淑人。四十即致仕居河州，猶富甲一郡云。

蘭巖曰：一狐耳，數十年之恩猶切于心，而身報之。乃人有昨日之恩，今日忘之者，抑獨何歟？

（卷二）

按：此篇類似明人所記蔣生事（見明代卷）。《新齊諧》卷六亦載此事，「噶雄」作「喀雄」，文字稍異。

米鄉老

康熙間，總兵王輔臣叛亂。所過擄掠，得婦女，不問其年之老少，貌之妍醜，悉貯布囊中。四金一囊，聽人收買。三原民米鄉老，年二十，未取。獨以銀五兩詣營，以一兩賂主者，冀獲佳麗。主者導入營，令其自擇。米遂囊揣摩，檢得腰細足纖者一囊，負之以行。至逆旅，啓視，則闖然一老媪也，滿面瘢耆，年近七旬。米悔恨無及，默坐牀上，面如死灰。無何，一斑白叟，控黑衛載一好女子來投宿。扶女下，繫衛于槽，即米之西室委裝焉。相與拱揖，各叩里居姓字。叟自述劉姓，蝦蟆洼人，年六十七。昨以銀四兩，自營中買得一囊人，不意齒太稚，幸好顏色，歸而著以紙閣蘆簾，亦足以娱老矣。米聞之，心熱如火，惋惜良深。劉意得甚，拉米過市飲酒。米念借他人酒杯澆自己塊壘，計亦得，乃從之去。媪俟其去遠，蹀躞至西舍，啓簾入。女子方掩面泣，見媪，乃起斂衽，秋波凝淚，態如雨浸桃花。媪詰其由，女曰：「奴平涼人，姓葛氏，年十七矣。父母兄弟皆被賊殺，奴獨被擄，逼欲淫污，奴哭罵，群賊怒，故以奴鬻之老翁。細思不如死休，是以悲耳。」媪嘆曰：「是真造化小兒，顛倒衆生，不可思議矣。老身老而不死，遭此亂離，且無端窘一少年，心亦何愁？適見爾家老翁，龍鍾之態，正與老身年相當。況老夫女妻，未必便利。彼二人一喜一悶，不醉無歸。我二人盍李代桃僵，易地而寢。待明日五更，爾與吾家少年郎早起速行，拚我老骨頭，與老翁同就于木。勿悲也！」女踟躕不遽從。媪正色曰：「此所謂交易而退，各得其所，一舉兩得之策也。可速去，遲則事不諧矣！」即解衣相易。女拜謝，媪導入米房，以被覆之，囑勿言。乃自歸西室，蒙首而卧。二更後，叟與米皆醉歸，奔走勞苦，亦各就枕。三更後，米夢中聞叩户聲，披衣起視，則老媪也。米訝曰：「汝何往？」媪止之，令禁聲。旋入室，閉户，以情告之。米且驚且喜曰：「雖承周折，奈損人利己何？」媪哂曰：「不聽老人言，則郎君棄擲一小娘，斷送一老翁矣。于人何益，而于己得無損乎？」米首肯。媪啓衾，促女起，囑之再四。米與女泣拜，媪止之，囑：「早行，恐叟瘖，老身從此别矣！」即出户去。米亟束裝，女以青紗幛面，米扶之出店。店主人曰：「無乃太早發？」米漫應之曰：「早行，避炎暑也。」遂遁去。翌日，叟見媪，大驚。詰知其故，怒極，揮以老拳。媪亦老健，搒掠不少讓。合店人環觀如堵。叟忿訴其冤，欲策蹇追之。聞者無不粲然。居停主人曰：「彼得少艾而遁，豈肯復遵大路，以俟汝追耶？況四更已行，此時走數十里矣。人苦不自知耳，人苟自知而安分者，竟載此媪以歸。老夫妻正好過日，勿生妄念也。」叟痴立移時，氣漸平，味主人言，大有理，遂載媪去。迄今秦隴人皆能悉之。

蘭巖曰：媪爲米謀，亦云忠矣。然亦天假之緣，故爾易易。世之極盡心力而卒不能有成者，豈少也哉！安得此媪徧天下而調停之。（卷三）

霍筠

大興霍筦、霍筠、霍筤，皆瘍醫之子，獨筠秀逸姣好，穎慧不凡，不屑屑于本業。年弱冠，即喜讀書。其父以其梗家教，怒而縛于庭之槐，將痛懲之。有鄰翁姚學究者，適至，驚問：「作何過犯，異常示辱？」其父告以故。姚遽前解釋曰：「吾以爲面忤腹誹，乖戾子職，乃爲讀書，所謂狐裘并無羊袖，亟當鼓之舞之。奈何朴作教刑，阻其邁往？君真立意不爲賢父兄者。」其父曰：「隳祖宗成業，廢家教，豈克肖之子？」姚曰：「彼將相豈有種哉？君幼而逃塾，老猶坑儒耶？」其父不覺失笑。姚問筠曰：「子喜讀何書？」筠曰：「時藝耳。」「能解乎？」曰：「能。」「能爲之乎？」曰：「能。」「既能爲之，必有窗稿，盍出之，一驚老眼？」筠呈一帙，姚且閲且訝曰：「作手也！非時下拾瀋者所能辨矣。持此以往，取青紫如拾地芥耳。幸勿施羈勒，俾成其志。」其父本市井，聞姚贊揚，私心竊喜，不復禁止。筠自此益加精進，遂成書癖。日把一編，行立不輟，然兩赴童子試不中。年十六，其父欲爲之娶室。筠自矢曰：「不得功名，終身不娶也。且書中稱美女有螓首蛾眉，傾國傾城，予未見其人也。如世間苟不遇其人，寧鰥居以没世耳。」父母無如之何，漸生厭惡，因悔恨曰：「此皆嚮日爲姚老儒一言所誤，致聰穎兒一朝迂腐至此！吾老矣，豈可使莞、筤二子坐受其累哉！」乃析田分産，使三子各立門户。既而，父母相繼死。莞、筤日出行道，頗能自贍。唯筠謀生計拙，日就狼狽。所隸老僕諫之曰：「三郎勿復讀此死書矣！試看大郎、三郎，逐日輕裘肥馬，不費一毫心力，錢如流水入門。郎不如重理舊業，時向大郎、三郎討論，不過數月，亦可出馬矣。何必日夜佔畢，徒自苦爲？」筠曰：「彼豈有真才實學，能起死回生耶？徒以人命爲孤注耳。良心安在，乃欲我效之，且云與彼討論？即與討論，亦不過求田問舍，有何可采？汝姑待之，當爲汝覓金魚也。」僕嘆曰：「老奴豈不作如是想？第恐行將就木，不克見此榮華耳。」怏怏而退。筠自訟曰：「予信及豚魚，而見嗤于奴輩，豈其格物易而化人難哉？」無何，又值試期，治任之通州，一車一僮，老僕爲御。轅下駒復蹇劣，首途太晏，甫行二十餘里，輒曛暮難進，不獲宿所。僮僕方怨咨，忽見林際燈光，自遠而近，漸至面前。則一翁一媪，奔走氣促。老僕遮問曰：「此間有人家可借宿否？」翁曰：「方有急事，何暇攀談。」僮曰：「是何要務，敗壞至此？」媪且走且應曰：「家有病人，去覓外科耳！」筠于車中聞之，輒曰：「即我是外科醫國手也，何必他求？」媪回首駐足曰：「莫見誑否？」筠曰：「失路倉卒，豈敢誑言。」媼曰：「然則年幾何矣？若已老，則又不巧。」僕曰：「郎甫二十，尚未有室，那得便老？」翁、媼乃喜躍，就車前舉燈籠照之，嘖嘖曰：「不特不老，且大是波俏郎。此事當諧矣！」即左右超轅坐，指揮令進。僕曰：「郎雖世代瘍醫，然自來業儒，恐不勝任。」翁曰：「郎君自言能之，汝何贅辭！」媼曰：「巧合如此，必非偶然，撝謙奉璧可也。」俄至一莊院前，林木森鬱，門庭壯麗，儼然巨家。翁媼下車，囑曰：「稍候于此，容入白太太。」遂啓闔而入。老僕執轡低語：「郎本業荒疏，何便負荷？此事脱有不妙，何以解免？」笱曰：「我豈冒昧作事者？汝勿多慮。」言次，翁、媼率僮婢數人，趨走而出曰：「郎君請即入，太太立候矣。」于是，簇者、導者，尋達一廣廳。太太者待于檐下，年約三十六七，奢華艷異，都冶頗極。笱罕見如許富麗，勢不得不拜。太太急命掖起，以常禮相見，分賓主坐。亟問邦族、姓字、年歲，及曾議婚否，笱悉以實對。太太凝睇久之，顔色甚恰，屏去侍婢，謂笱曰：「身姓梅氏，本河南人，流寓于此，近百年矣。孀居無子，賴有一女，名宜春，才十八，待字于家，不意忽遘瘡疾，日甚一日，心甚憂之，故命其阿保往聘瘍醫。何幸路遇郎君，自稱國手，曷勝欣慶。但小女以患處幽隱，不肯令人醫治。間嘗與之商酌，謂當密爲訪求，得有醫人少年未娶者，俾治之，倘得病愈，即以爲配。今得郎君，温文韶秀，適副私願，應是天緣，非人力所及。」笱初念不過一時失路，漫爲權變，以圖一宿。誠不料被迫至此，不勝惶遽。又不敢易辭，但鞠躬曰：「醫治癰疽，敢不竭力？若夫婚姻之事，曾向先人設誓，必待成名而後議之。」太太曰：「郎君迂腐矣！不從此議，豈可治病耶？果有誓詞，不妨聘定，待大登科後再小登科，亦何不可？」笱固懦于言，及聞太太快論，竟語塞不能對。太太命：「喚蕊兒，傳語姑娘，一小太醫至矣。亟打點，好入看病。」群婢閧應而入。良久，一美婢出，極娟麗，立太太側，耳語數四。太太笑曰：「待太醫入內，自審諦之，去取任伊爲政，我不相强。」婢諾諾，頻目筠，笑而去。又久之，乃請太醫入室。太太親握筠腕而行，歷迴廊曲室數重，始至閨闥。一婢啓簾，太太揚聲曰：「兒坐耶卧耶？太醫來矣。」尋入室，至榻前，女衣紅繡，擁錦衾，倚鴛枕而坐。鬢髮黛眉，明眸皓齒，面色如朝霞和雪，光彩奪目，艷絶人寰。筠一見目眩意迷，不能正視。太太曰：「此郎君即太醫也。汝阿保遇之途中者，可否令視汝疾？」女竊睇流盼，俯首嘿然，兩頰紅暈。太太曰：「可否？密對娘言，無羞出口。」女徐徐低語曰：「娘視爲可，則可耳。」太太笑曰：「天賜郎君至此，爲兒消災，娘何不可之有？娘且暫去。但留蕊兒一人扶侍可矣。」向筠曰：「郎君須盡心，無草草，看病已，當出用飯也。」遂率同群婢徑出。女命蕊兒請太醫坐。蕊兒曰：「既來看病，盍早看之，省却忍受痛楚。」女羞澀之態，幾不能支。蕊兒屢促之，女不得已，嚶然一呻，斜卧向内，以紬障面，任其所爲。蕊兒乃含笑登牀，以手招筠。筠半坐牀側，蕊兒款款啓衾，則下體赤露，粉臀雪股，緻緻生光，温香馥馥。唯私處以紅帕覆之，瘡大如茶甌，正當股際。筠見此奇艷，鹿撞心頭，如夢如醉，勉强視瘡已。蕊兒覆衾下牀，呼他婢導見太太。太太令坐，問：「看瘡何如矣？」筠曰：「不當要害，無虞也，靈藥一敷，即愈耳。」太太喜，加籩布筵，即僮僕亦極豐美。太太曰：「郎君食已，可即賜藥。此女已是郎君人，幸勿視爲膈膜。」筠曰：「敢不盡心？但須假一净室，以便和藥。」太太曰：「已掃除書軒，爲郎君設榻矣。」筠乃告退。入軒，果雅潔。軒中位置器玩及筆硯等事，靡不精良。几上燒紅燭，大如臂。二美婢服役其中。筠曰：「得小童一人爲伴足矣。何勞卿等?」婢曰:「家中唯老圃公,更無男子,何處得有小童!」筠曰:「患瘡姑娘,果未字乎?」婢曰:「太太無子,唯生姑娘一人,欲得一才貌兼者,方許爲贅,尋常豈許委禽。」筠曰:「然則許配醫人之說,恐未必確。」婢曰:「果似郎君,亦何不確之有,第恐不能愈其疾耳。」筠喜動眉宇,笑曰:「愈此疾,予操之若券耳。卿等姑退,予合藥最忌陰人,但呼我小价來祗候可矣。」婢笑而去。有頃,僮至。筠令先閉院門,低語曰:「予有一山水畫扇攜來否?」僮曰:「在枕函中。」筠大喜曰:「吾事濟矣。」亟開函取扇,扇上故有紫金錠扇墜,碎而末之,調以茶脚。調未勻,一婢出問曰:「太太致問郎君,藥合得否?」筠曰:「已合得矣。」即攜入見太太曰:「此藥忌陰人犯手,須親敷乃可。」太太曰:「但得病愈,任郎爲之。」命一婢引之入。蕊兒見藥,欣然曰:「人固有美好如郎君者,而無良藥可乎?」復上牀啓衾。筠左手持藥,右手揮鷄翎敷之。乃故以手揩摩其私處,紅帕忽被觸落。女急縮玉足,足指拂筠口而過,陰溝已見。蕊兒紅潮滿面,掩袖而笑。筠不覺精流滿褌。女向蕊兒小語曰:「藥敷完,可請郎君出矣。」筠悵悵而出。太太復殷勤臻至,親送歸寢。筠就枕,冥索宜春艷質,獨得親其下體,何修得此?即蕊兒之姝麗,亦復非凡。輾轉反側,欲心火熾,五更始睡去。翌日鷄鳴,筠尚酣夢,即有二婢剝啄而入,直至榻前,搴帷而啓曰:「姑娘敷藥,一夜安眠,已消瀌矣。第須膏藥以封固瘡口,故太太命白郎君。」筠驚喜,披衣起曰:「即刻奉上矣。」二婢去,筠沉思無得膏藥處,殊徬徨。既而思得一策,亟躡履下牀,囑僮速去,密解車上轂輠來。僮曰:「何所用之?」筠曰:「非爾所知,第速取來,切勿泄于人。」僮哂而去。須臾,提輠至。筠取其陳油積垢和以櫨塵,并所剩紫金錠末,剪書包布,攤爲膏藥,親往貼之。數日瘡大愈，可以行立。太太乃舉酒屬筠曰：「郎君之于小女，再生之恩也。請擇吉合巹可乎？」筠終不通權，謝曰：「筠非能生死人也，此自當生者，筠能使之起耳。且姑娘之瘡雖愈，亦須調攝百日。筠亦功名未就，不敢渝誓。」太太首肯曰：「若然，姑留聘以俟後圖。」筠出白玉帶鈎一枚奉之。太太遂設祖席，以百金爲贐。筠三讓而後受。及抵通，一戰冠軍，即馳書報捷于梅氏，議娶宜春。老僕曰：「無大郎之命，媒妁之言，無乃不可乎？」筠曰：「虞舜聖人也，且不告而娶英皇。況我無可以告，即大郎何能爲乎？」遂贅于梅氏。花燭之盛，人世罕儔；魚水之歡，人世罕匹。女復使筠納蕊兒爲妾。既滿月，筠請于太太，欲暫歸籌畫，徙男婦老幼同來居此。太太曰：「此間荒野，不可久居。京師右安門外，有舊宅一區，曷若同往居之？」筠大悦。擇日并發，輜重近百兩，絡繹于道。道旁觀者，以爲公侯眷屬，莫不駭（矚）〔矚〕。及至舊宅前，閭門極蕭條，入大門，破屋欹垣，亦殊荒廢。至二門以内，則嶄然一新，峻宇雕牆，煥如天上矣。筠既獲美姝，又享厚富，心意滿足，無復書癖。于是盡移家口，同入新居。往省兄箎、弟篔，衣服僕從之盛，色色動人。箎驚曰：「聞汝入泮，幾番使人下通，皆云已歸。詢之家中，又道未返。日深疑抱，卜筮胥無徵驗。今從何來，發迹若此？」筠備述已入梅氏甥館，甫定新遷，即來祇謁。篔曰：「不意二哥成家，實愧缺禮。今既獲寧宇，當登堂一拜新嫂。」箎曰：「予雖叨一日之長，然弟之岳母，亦我之母執也，詎可不一往起居？會當與三弟并發耳。」因同車而往。及門，見其荒涼，箎笑曰：「吾弟忿往喜還，得此佳境，暇時闢爲蔬圃，開畦畛，滋灌溉，足够一年酸齏之用。第恐異日得第，則閥閲棨戟，不無稍費調停耳。」篔和之以笑。俄入重門，驀然改觀，二子咋舌相視，不敢復加嘲笑。太太者出，二子拜見，謙謹不覺太過，俯仰唯唯。太太曰：「二位遠來不易，今爲至戚，合令小女出拜伯叔。」須臾女出，嬌逐步來，羞從面起，苗條婉媚，目所未經。二子眩惑痴迷，如作游仙之夢。女拜訖，即退。筍胹鰲炮羔，爲華萼之宴。二子神往麗人，食不知味。逡巡辭去，評論于軒中。篔曰：「述先人之業，出入王公鉅卿及士庶之家，閱人閨秀，何啻千萬，幾曾見有如新嫂者？從此富貴浮雲，功名糞土矣。」筦曰：「何物書痴，享此大福，豈夢想所能到！」篔曰：「焉得與之一夕綢繆，死亦無憾！」筦曰：「但有目者皆當作是想。奈名分所關，徒思何益？」篔曰：「大哥亦拘執矣！夫唐文皇，英主也，猶納弟婦；陳曲逆，良相也，尚盜其嫂。我輩凡人，又何泥焉？」各歸與婦謀。筦妻賈，篔妻王，亦妒而不明理者，共往見宜春，歸無人色。亦百計欲其夫亂之，以暢其妒心。會元夜，相與籌畫，布盛筵。邀宜春及蕊兒入城踏燈，王親往迎之。强而後可。宜春翠被紅絢，蕊兒錦裙繡襖而至。筦、篔鞠之于門。既而入席，命梨園演《肉蒲團》，極其穢褻。宜春談笑自如，殊無愠色。賈、王以爲可動，復相間試以游語。宜春曰：「盍請大伯、三叔入來，見奉一觴乎？」賈、王大喜。亟遣婢趨告筦、篔。筦、篔聞之，如掘得藏金，踉蹌而入。宜春命酒跪奉筦，蕊兒跪奉篔，筦、篔亦跪領之。篔曰：「嫂何多禮？」宜春曰：「酒以合歡，禮以綴淫。既奉酒，可不爲禮乎？」衆皆笑。席散，賈邀入房中更衣。宜春娭光眇視，醉態不支。低語向王曰：「嬸知之乎？今夕醉甚，當宿此，不能踏燈矣。」賈曰：「娣姒談心甚快，踏燈何樂哉？」賈、王私議曰：「看其桃李之艷，必當有松竹之操，不謂飲䭔亦醉，直一淫奔之女耳！」乃密囑筦、篔，隱身户外。倘有隙可乘，即下手拿雲也。言訖而入，極力挑逗之。宜春嚙袖微笑曰：「古人易內而飲酒，初不解其何樂，今乃頗悟其趣。大伯、三叔自家人也，何不入室一談，以盡清興？」筦、筤即户外應聲，争奔而入。蕊兒遽滅燭，房中驟暗如漆。窗上雖有月光，竟一物不見。然二子潛聽已久，某在斯，某在斯，早知之稔熟。一時同撲宜春。筦擠筤曰：「兄先弟後，次叙不可紊也。」筤不得已，遂擁蕊兒。各接吻捫私，無所不至。二女極力抵拒，呼叫聲嘶，竟不能脱，不覺暗中摸索，漸入佳境矣。二子情動已久，稍縱即泄。方圖再舉，小婢忽秉燭至，二子驚起視之，則王爲筦亂，賈爲筤亂，宜春、蕊兒渺無踪影，不知所之。彼此驚慚悔恨，奪門而散。先是賈、王來邀宜春時，并不及筠。筠已疑之，不許往。太太獨以爲可，筠不能阻拗，唯囑早還。迨二更不返，大忿，恨恨背燭而坐。既而，車聲轆轆，傳呼：「姑娘及蕊姐歸來矣。」筠既喜，見且怒。俄而入室，詰其故。宜春笑曰：「郎之兄弟，大非良善，故作淫劇惑人，兒已小施戲術，俾通室以顛倒之矣。」因備述其事。筠跌足曰：「此太毒狠，令我不安。」蕊兒曰：「蔑倫之人，不足爲釁鐘之豭豘，虐懲之亦不爲過。」筠曰：「既往不咎矣。第夜已深，相隔重城，何以得出？」宜春曰：「江湖之深，岱華之高，不能阻兒飛越。卑卑重城，庸足限乎？」筠終不釋然。自此，兄弟無顔相見，聲息不通。宜春學尤淹博。筠所爲詩文，多改正之。筠愛之如珍，敬之如賓。逾年生一子。筠舉孝廉，身厭綺羅，口窮甘軟，人稱爲小石崇。一日宜春忽泣謂筠曰：「兒初罹瘡疾，得君療之而瘥，不慚自薦，以酬大德。詎意中道乖離，痛心孰甚。」筠大駭曰：「何爲出此？」宜春曰：「夙緣已盡，夫復何言！幸留此子，以承君嗣。今夜即當永别以去耳。」筠不勝悲苦，哽咽不能成語。蕊兒亦從旁而泣，尤助酸辛。頃之，太太出，挽宜春徑行，囑筠曰：「郎君無徒悲，好自愛，四十年後，當復相聚耳。」旋出門，門前已駐一犢車。犢黄色，甚小，角才繭栗。車亦不廣，而美澤可鑒。一家十數人，悉乘之，人不覺小，車亦不覺隘。老翁執策爲御，車行甚捷，瞬息而逝，而宜春及蕊兒泣聲猶恍然在耳也。筠佇立滂沱，家人勸不能止，强掖入門，則第宅化爲烏有。僅存破屋數椽，荆杞滿目而已。舉家驚駭，始知遇怪。然所遺黄白甚多，筠得別購廣居，仍不失爲豪富。後筠授某縣尹，頗有政聲，遷刺史。子亦克肖，不絶書香。究不詳四十年後復聚之説，果何如耳。

恩茂先曰：雖不測其何妖，即其艷冶異常處，寫來紙上，自是尤物移人。予嘗聞此事于鋭別山，繼見霽園此記，又小異而大同。終不知孰確，要其事則真實不虚。

蘭巖曰：美麗富貴，往往于無意中得之。彼營營者，何處覓得，亦徒勞奔走耳。筠立志不業瘍醫，而終以此得佳婦，爲富人，享受多年，亦可謂非本志乎！此女莫知所自來，莫知所自往，飄然無累，豈神龍作用耶？（卷九）

倩兒

潮州富人江翁，世居南安。一子名澄，小字鑾秀。潮人謂至極曰鑾，以澄韶秀，故字之。年十七，入郡庠。母家姓蕭氏，有舅爲部郎，歿已數年。妗母王氏，孀居，有一子一女。子六歲，女字倩兒，與澄同庚，艷麗無匹。縉紳之家，競思委禽。王溺愛其女，擇配甚苛，不能即就。澄齠齔時，與女同兒戲。及長，澄務舉業，女事針黹，形迹遂相間隔。然每一謀面，澄一心向女，笑靨當迎；女一意注澄，星眸頻擲。或王不在前，澄必百計與言，女亦罔拂其意，不吝應答。一日，同在親戚家赴湯餅會，女眷滿房。飯後有入內更衣者，有勻面理鬢者，有行食院中探花者、撲蝶者、如厠者，唯女獨立廊下。適澄自外來，向女索檳榔，女對以無有。澄不信，搜其兩袖。方嬉笑間，王猝至。女急欲引避。王呼而止之曰：「兒與爾四哥幼小即在一處，且至親，莫作小家相，無事迴避也。」女含笑應之。澄曰：「妹索檳榔，甥誤以豆蔻奉之，妹取之傷廉，故甥笑之。」王亦笑曰：「汝妹素喜食之，爾四哥藥肆中寧乏此物？異日勒索百斤，不爲多也。」女與澄皆笑。自此稍得親近。澄或乘間入以游語，亦不甚愠，但作不解，漸至狎昵。值王壽，澄隨蕭往祝，雨阻不得歸。蕭、王話舊，夜飲于室。澄與女坐明間，抹牙牌，賭拍臂爲戲。女連負，索臂拍之，匿不肯。澄握其腕，揎其袖，用强出之。白如雪，滑如脂，潤如藕，澄憐惜之，曰：「如此嫩且白者，忍拍之乎？」戲嚙以齒。蕭、王聞其嬉笑，呼問之。女紿曰：「四哥賭牌屢負，令其叩頭，賴不肯跪耳。」蕭、王咸笑曰：「十六七大兒女，尚作此小兒戲耶？」澄與女各笑而退。于是，益無忌憚，狎褻無所不至，但無隙及亂耳。女有婢名春蘭者，姣媚慧黠，稍遜于女。女慮其惑澄，防閑甚密。蘭懷怨，日伺其釁。會澄以事早見王，王尚未起，女方亂頭立欄畔，吸烟看花。澄覷便求哺，女他顧不理。澄突前捧頸，强接其吻。不意爲春蘭所見，潛告王。王怒，呼女至榻前詰之。女不承曰：「誰其見之？」王曰：「春蘭親見，無耻婢尚口硬耶？」女頸赤面頳，〔瑩〕（縈）眥欲淚，駡春蘭：「曷故妄傳飛語？」蘭含笑而跪曰：「無事，奴敢妄言耶？姑扶欄吃烟，四郎至，求哺良久，姑乃三哺之。無事，奴敢妄言耶！」女羞忿至極，掩面大慟。王召澄，澄已逸去矣。王雖愛女，而事關閨壼，殊深痛恨，不遽假以辭色。蕭聞之，亦怒告江翁，撻澄數十，不許復至舅家。女恚甚，哭，一日不食。王氣平，愛女之心復熾，密令他婢，私往勸慰。女皆不應，是夜竟投繯。王慟絕數四，悔恨無及，惟痛罵春蘭多口而已。既葬，澄旦夕追思，神昏形瘠，恒書空作「咄咄怪事」字。屢欲一往哭其墓，無由也。然澄之祖塋與舅家塋相去僅里許，值中元節，父母皆以疾不往，命澄獨往祭掃，因得至女墓，撫冢一盡其哀。是夕，歸宿其廬。約二更，群動盡息，風木悲鳴，明月滿天，四山清寂，蟲聲唧唧，絮繞荒階，螢火星星，亂黏秋草。苦憶美人黄土，再見無期，欹枕捶牀，淚下如雨。俄而，星移漢轉，竹影篩窗。恍惚間，聞門外彈指聲，止而復作。披衣啓扉，見一人當户立，視之，女也。驚喜出于非望，攜之入室，並坐而泣。此言別恨，彼訴離愁，噥噥者久之，始得相與綢繆。女欲澄假托讀書，留居于此。澄曰：「此計不諧矣。雙堂寢疾，且家有嚴師，居此無名，請別圖之。」女頷焉。少間，女曰：「欲暫歸家，一省老母，子能導我歸乎？」澄曰：「其不可者有三，此去家四十餘里，盡屬山蹊，卿力弱足纖，斷不能至，況夫夜行，此不可者一也。比至家，天且曙，日直中矣。卿生長閨中，足迹不出户庭，出則乘輿，今徒步而返，鄰里所驚，此不可二也。與卿偕行，嫌疑莫避，老父問罪，何以措辭？此不可三也。有此三不可，卿其鑒之。」女曰：「用志不分，乃凝于神。兒居此學步久，且思親甚摯，君第攜我行，三不可應不一犯。」澄不忍拂其意，乃扶之以行。甫出門，覺身體輕忽，飄飄然如落葉，因風不克自主。食頃，即至舅家。徑抵寢室，見王流涕而嘆，方囑家人：「明日可先將酒果香楮往，予後日當親到倩姐墳頭一奠也。」女停足户外，不敢入，但掩泣而退。澄曰：「來何草草，去何匆匆？」女曰：「百八蒲牢將動矣，且歸休。」遂復同出，遭春蘭于廳，女挾舊恨，直前批頰，蘭驚仆于地，噤不能語。女不釋，命澄褫其褲淫之，淫訖，又取泥土實陰中，始舍去。至巷口，有施食者，女與澄亦就食焉。倏忽至山間，月已西沉，明星在東，景甚悲涼。澄曰：「歸矣。」女曰：「盍一過我家乎？」澄曰：「方得還，又欲往耶？」曰：「否，謂兒之潛闥也。」穿松林不數十武，至一土穴前。穴大如盞，女拖澄入之，身覺縮小，自視纔數寸。既入，四壁皆木，僅可容膝。女與促膝坐，因泣囑曰：「兒陽數未盡，冥司悉不收録。神魂守此不去，故尸尚完好。君苟不遺，可歸告寡母，往祈南關行乞病疥僧，兒可復活也。」澄此時方悟女已死，所坐之室，乃其殯宫也。且驚且喜，諾之。頃之，澄欲女仍返其廬，女亦諾之。乃復出穴，步月徐行。既至，澄忽見自身僵卧榻上，父母撫之，哭于側，大駭，女推之曰：「幾壞爾事，勿逡巡，可急入也。」澄猶延佇，女皇遽極力擠之，澄覺舉身火發，飈然而起。父母驚却數步，注視輟泣曰：「兒甦矣！」澄悵悵者久之，心神始定。問：「父母何爲在此？」蕭曰：「兒尚夢夢耶？兒一睡不醒，已一夜一日又半夜矣。謂兒必無生理，胡復不死，且愈之速也？吾二人以兒故，病亦驚失矣。」澄始悟神結之奇，不敢發，但漫應之。詰朝，父母與同歸，遇王于途，述春蘭爲鬼所虐狀，正符夜來事。澄陰異之。既過王巷口，果有施食三日者，益怪之。因訪行乞僧，得諸廢寺中。澄膝行蒲伏，以誠懇訴。僧欠伸曰：「呵呵，無知小兒女，草草作事，致老僧多此色相。」遂同詣王，告以能活女之故。王疑信參半，第念：「事出于創，或有非理之效，姑聽之，以覘其術。」亟至墓所，掘冢出棺，剖而見尸。顔色不變。僧自頂至踵，以手拿之曰：「已死二寸矣。枯魚銜索，幾何不蠹，再七日，庸得生乎？」探皮囊，取朱色藥一粒，大如粟，納女口中，接其吻以氣運之。逾時，聞呻吟聲，舉體温軟。王心喜如獲異珍，以軟榻舁入廬。一宿復活，尚不能言，唯握王手涕泣而已。王稽顙謝僧，額爲之腫。僧笑而去，其行甚速，追之不及，瞬息失所在，咸知其爲異人也。女還家，卧病月餘，形始復初。唯兩足至踝，常冷如冰，僧所云已死二寸之説，亦信。王感澄義，即以女妻之，琴瑟甚敦。上官老人周與江翁善，知之頗稔，嘗爲予述之。

蘭巖曰：天下好事，本可順理而成，往往多生魔障，致令美人黄土，佳士傷心，終成恨事。然必係不省事婦女，拘執腐見，率意爲之。幸天不忍令此情種卒爲情死，生一異僧以全之，使人心一大快。噫，天下亦安得常有此僧以活此可人哉！（卷九）

諧鐸

沈起鳳

《諧鐸》十二卷，作者沈起鳳（一七四一——？），字桐威，號薲漁、紅心詞客。江蘇吴縣人。二十八歲中舉後屢試不第，在兩淮巡鹽御史伊齡阿全德門下作幕。五十歲前後，曾在安徽祁門、全椒任教官。乾隆五十九年（一七九四）曾作迎鑾大戲。晚年以選人客死都門。起鳳博學多能，詩文、小説、詞曲皆精。著有《紅心詞》、文集《薲漁雜著》，戲曲《報恩緣》、《才子福》、《文星榜》、《伏虎韜》，總名《紅心詞客四種》。《諧鐸》一百二十二篇，篇名兩兩相對，略似宋人之《姬侍類偶》。有乾隆五十六年（一七九一）藤花榭刻本、乾隆五十七年巾箱本等。書中故事多寓勸懲之意，且富有詼諧成分，故以《諧鐸》爲名。

桃夭村

太倉蔣生，弱冠能文。從賈人泛海，飄至一處，山列如屏，川澄若畫。四圍絶無城郭，有桃樹數萬株，環若郡治。時值仲春，香風飄拂，數萬株含苞吐蕊，仿佛錦圍繡幄，排列左右。蔣大喜，偕賈人馬姓者，傍花徐步而入。忽見小繡車數十隊，蜂擁而來。粗釵俊粉，媸妍不一。中有一女子，凹面攣耳，齞脣歷齒，而珠圍翠裹，類富貴家女。抹巾障袖，强作媚態。生與馬皆失笑。末有一車，上坐韶齒女郎，荆釵壓鬢，布衣飾體，而一種天姿，玉蕊瓊英，未能方喻。生異之，與馬尾綴其後。輪軸喧闐，風馳電發，至一公署，紛紛下車而入。生殊不解，詢之土人。曰：「此名桃夭村。每當仲春男女婚嫁之時，官茲土者，先録民間女子，以面目定其高下；再録民間男子，試其文藝優劣，定爲次序。然後合男女兩案，以甲配甲，以乙配乙，故女貌男才，相當相對。今日女科場，明日即男闈矣。先生倘無室，何不一隨喜？」生唯唯，與馬賃屋而居。因思車中女郎，其面貌當居第一。自念文才卓犖，亦豈作第二人想？倘得天緣有在，真不負四海求凰之願。而馬亦注念女郎，欲赴闈就試。商諸生，生笑曰：「君素不諳此，何必插標賣錢賬簿耶？」馬執意欲行，生不能阻。明日，入場扃試，生文不加點，頃刻而成，馬草草塗鴉而已。試畢歸寓，即有一人傳主試命，索青蚨三百貫，許冠一軍。生怒曰：「無論客囊羞澀，不足以饜老饕，即使黄金滿屋，豈肯借錢神力，令文章短氣哉！」其人羞慚而退。馬躡其後，出橐中金予之。案發，馬竟冠軍，而生忝然居殿。生嘆曰：「文字無權，固不足惜；但失佳人而獲醜婦，奈何！」亡何，主試者以次配合，命女之居殿者，贅生于家。生意必前所見凹面攣耳、齞唇歷齒者。及揭巾視之，黛色凝香，容光閃爍，即韶齒女郎也。生細詰之。曰：「妾家貧，賣珠補屋，日且不遑，而主試者，索妾重賂，許作案元，被妾叱之使去，因此懷嫌，綴名案尾。」生笑曰：「塞翁失馬，焉知非福。使予以三百貫錢，列名高等，安得今夕與玉人相對耶？」女亦笑曰：「是非倒置，世態盡然。惟守其素者，終能邀福耳。」生大嘆服。翌日，就馬稱賀。馬形神沮喪，不作一詞。蓋所娶冠軍之女，即前所見抹巾障袖而强作媚態者也。

笑鞫其故。此女以千金獻主試，列名第一，而馬亦夤緣案首，故適得此寶。生笑曰：「邀重名而失厚實，此君自取，夫何尤？」馬鬱鬱不得意，居半載，浮海而歸。生篤于伉儷，竟家于海外，不復反矣。

鐸曰：錢神弄人，是非顛倒。豈知造化弄人，更有顛倒錢神之柄哉！然此女出千金裝不吝，意氣故自不凡，即謂之嘉耦亦可。（卷四）

惡錢

枝江盧生，有族兄任狄道州司馬，往依之，而兩月前已擢鎮西太守。囊無資斧，流寓沙尼驛。幸幼習武事，權教拳棒爲活。驛前棗樹兩株，圍可合抱，時當果熟，打棗者日以百計。盧笑曰：「裝鉤削梃，毋乃太紆，吾爲若輩計之。」袒衣趨左首樹下，抱而撼焉，柔若蓬植，樹上棗簌簌墮地。衆奇之。旁有一髯者，笑曰：「是何足奇？」亦袒衣趨右首樹下，以兩手對抱，而枝葉殊不少動。盧哂之。髯者曰：「汝所習者，外功也。僕習內功，此樹一經着手，轉眼憔悴死矣！」盧疑其妄。亡何，葉黄枝脱，紛紛帶棗而墮，而樹本僵立，宛若千年枯木。盧大駭。髯者曰：「孺子亦屬可教。」詢其家世，并問婚未，盧曰：「予貧薄，終歲强半依人，未遑授室。」髯者曰：「僕有拙女，與足下頗稱良匹，未識肯俯納否？」盧曰：「一身萍梗，得丈人行覆翼之，固所願也。」髯者喜，挈之同歸，裝女出見，于是夕即成嘉禮。明日，謁其內黨：有老嫗跛而杖者，爲女之祖母；蠻衿禿袖，頎而長者，爲女之嫡母；短衣窄褲，足巨如籮者，爲女之生母；野花堆鬢，而粉黛不施者，則女之寡姊也。盧以女德性柔婉，亦頗安之。居半載，見髯者形踪詭秘，絶非善類，乘其出游未反，私謂女曰：「卿家行事，吾已稔知。但殺人奪貨，終至滅亡。一旦火焚玉石，卿將何以處我？」女曰：「行止隨君，妾何敢決？」盧曰：「爲今之計，惟有上稟高堂，與卿同歸鄉里，庶無貽後日之悔。」女曰：「君姑言之。」盧以己意稟諸老嫗。老嫗沈吟久之，曰：「岳翁未歸，理宜靜候。但汝既有去志，明日即當祖餞。」盧喜，述諸女。女蹙然曰：「吾家制度，與君處不同。所謂祖餞者，由房而室，而堂，而門，各持器械以守，能處處奪門而出，方許脱身歸里，否則刀劍下無骨肉情也。」盧大窘。女曰：「妾籌之已熟。姊氏短小精悍，然非妾敵手。嫡母近日病臂，亦可勉力支撐。生母力敵萬夫，而妾實爲其所出，不至逼人太甚。惟祖母一枝鐵拐，如泰山壓頂，稍一疏虞，頭顱糜爛矣。妾當盡心保護，但未卜天命何如耳。」相對皇皇，竟夕不寐。晨起束裝，暗藏兵器而出。才離閨闥，姊氏持斧直前曰：「妹丈行矣，請吃此銀刀膾去！」女曰：「姊休惡作劇！記姊丈去世，寒夜孤衾，替阿姊三年擁背。今日之事，幸爲妹子稍留薄面。」姊叱曰：「痴婢子！背父而逃，尚敢强顔作説客耶？」取斧直砍其面，女出腰間鎚抵之。甫三交，姊汗淫氣喘，擲斧而遁。至外室，嫡母迎而笑曰：「嬌客遠行，無以奉贈，一枝竹節鞭權當壓裝。」女跪請曰：「母向以姊氏喪夫，終年悲悼。兒雖異母，亦當爲兒籌之。」嫡母怒曰：「妖婢多言，先當及汝。」舉鞭一掣，而女手中鎚起矣。格鬥移時，嫡母棄鞭罵曰：「刻毒兒！欺娘病臂，只把沙家流星法，咄咄逼人！」呵之去。遥望中堂，生母垂涕而俟。女亦含淚出見，曳盧偕跪。生母曰：「兒太忍心，竟欲拋娘去耶？」兩語後，哽不成聲。盧拉女欲行，女牽衣大泣。生母曰：「婦人從夫爲正，吾不汝留。然餞行舊例，不可廢也。」就架上取緑沈槍，槍上挑金錢數枚，明珠一挂，故刺入女懷。女隨手接取，砉然解脱，蓋銀樣鑞槍頭耳。佯呼曰：「兒郎太跋扈，竟逃出夫人城矣！」女會其意，曳盧急走。將及門，鐵拐一枝，當頭飛下。女極生平技倆，取雙鎚急架，盧從拐下冲出，奪門而奔。女長跪請罪。老嫗擲拐嘆曰：「女生外向，今信然矣！速隨郎去，勿作此惺惺假態也！」女隨盧歸里，鬻其金珠，小作負販，頗能自給。後鬚者事敗見執，一家盡斬于市。惟女之生母孑身遠遁，祝髮于蘗草尼庵，年八十而終。有遺書寄女。女偕盧迹至尼庵，見牀頭横禪杖一枝，猶是昔年槍杆也。女與盧皆大哭，瘞其柩于東山之陽，廬墓三年，然後同反。

鐸曰：天之所福，慈孝爲先。女知愛母，故不作覆巢之卵；母知愛女，故不作斷頸之梟。獨是溺于女者，何以不從厥夫？哀其母者，何以不及其父？君子曰：「此其所以爲盜也。」嗟乎，世之不爲盜者多矣，而盜且然乎？（卷五）

鮫奴

茜涇景生，客閩三載，後〔航〕（杭）海而歸，見沙岸上一人僵卧，碧眼蜷鬚，黑身似鬼，呼而問之。對曰：「僕鮫人也，爲水晶宫瓊華三姑子織紫綃嫁衣，誤斷其九龍雙脊梭，是以見放。今飄泊無依，倘蒙收録，恩銜没齒。」生正苦無僕，挈之歸里。其人無所好，亦無所能。飯後赴池塘一浴，即蹲伏暗陬，不言不笑。生以其窮海孤身，亦不忍時加驅遣。浴佛日，生隨喜曇花講寺。見老婦引韶齡女子，拜禱慈雲座下。白蓮合掌，細柳低腰，弄影流光，皎若輕雲吐月。拜罷，隨老婦竟去。迹之，入于隘巷。訪諸鄰右，知女吴人，姓陶氏，小字萬珠，幼失父，爲里黨所欺，三年前，隨母僦居于此。生以孀貧可唉，登門求聘，許以多金，卒不允。生曰：「阿母居奇不售，將使令千金以丫角老耶？」老婦笑曰：「藍田雙璧，索聘何嫌？且女名萬珠，必得萬顆明珠，方能應命；否則，千絲結網，亦笑越客徒勞耳！」生失望而回，私念明珠萬顆，縱傾家破產，亦勢難猝辦。日則書空，夜則感夢，忽忽經旬，伏牀不起。延醫診視，皆曰：「雜症可醫，相思疾未可藥也。」瘦骨支牀，懨懨待斃。鮫人入而問疾。生曰：「琅琊王伯輿，終當爲情死。但汝海角相依，迄今半載，設一旦予先朝露，汝安適歸？」鮫人聞其言，撫牀大哭，淚流滿地。俯視之，晶光跳擲，粒粒盤中如意珠也。生蹶然而起，曰：「愈矣！」鮫人訝其故。生曰：「予所以病且殆者，爲少汝一副急淚耳！」遂備陳顛末。鮫人喜，拾而數之，未滿其額。轉嘆曰：「主人亦寒乞相，得寶驟作喜色，何不少緩須臾，爲君盡情一哭也。」生曰：「再試可乎？」鮫人曰：「我輩笑啼，由中而發，不似世途上機械者流，動以假面向人。無已，明日攜樽酒，登望海樓，爲主人籌之。」生如其言，侵晨，挈鮫人登樓望海，見烟波汩没，浮天無岸。鮫人引杯取醉，作旋波宫魚龍曼衍之舞。南眺朱崖，北顧天墟，之罘、碣石，盡在滄波明滅中。喟然曰：「滿目蒼涼，故家何在？」奮袖激昂，慨焉作思歸之想，撫膺一慟，淚珠迸落。生取玉盤盛之，曰：「可矣。」鮫人曰：「憂從中來，不可斷絶。」放聲一號，淚盡乃止。生大喜，邀之同歸。鮫人忽東指笑曰：「赤城霞起矣。蜃樓十二座，近跨鼉梁，瓊華三姑子今夕下嫁珊瑚島釣鰲仙史。僕災限已滿，請從此逝！」聳身一躍，赴海而没。生悵然獨反。越日，出明珠，登堂納聘。老婦笑曰：「君真痴于情者。我不過以此相試，豈真賣閨中女，靦顔求活計哉？」却其珠，以女歸生。後誕一子，名夢鮫，志不忘作合之緣也。

鐸曰：借窮途之哭，爲寒士之媒，鮫人之術奇矣！吾更奇乎阿母之始索其聘，繼却其珠，使絶代嬌姿，閨房吐氣。否則，量石家一斛珠，雖高抬聲價，亦何異賣菜而求益者乎？（卷七）

十姨廟

十姨廟，在杜曲西，未知建于何代。芝楣桂棟，椒壁蘭帷，中塑十女子，翠羽明璫，並皆殊色。上舍生某過其地，入廟瞻像，歸而感夢，忽忽身在廊下。時秋河亘天，露華滿地，疏星明滅，隱紅樓半角。瞥見妖婢四五輩，籠絳紗燈數盞，〔導〕（道）群艷下階。一女子仰天嘆曰：「今夜廣寒宮閉，未稔姮娥獨宿，凄涼何似？」衆曰：「莫爲渠擔憂。我輩獨處無郎，亦不讓青溪小姑子也。」談笑間，一婢移燈剔煤，見某暗伏廊下，嘩曰：「何處風狂兒，在此偷窺國艷？」衆趨視之，笑曰：「纔説無郎，忽傳有客，大爲我輩解嘲。」相邀入室，聯兩几次第排坐。須臾，珍肴旨酒，羅列滿案。大姨曰：「悶酒寡歡，今夕幸逢嘉客，盍行一風雅令。」衆笑曰：「還是領頭人不俗，開口便道得個風雅。」大姨曰：「豈敢攀風雅？隨舉四書一句，下接古人名。合者免飲，否則罰依金谷。」衆曰：「諾。」引大觥先酌某。某以賓不奪主爲辭。大姨引杯自釂，覆掌而起曰：「孟子見梁惠王——魏徵。」衆齊贊曰：「妙哉！武子度詞，漢儒射策，不過如是。」順至二姨。二姨曰：「可使治其賦也——許由。」大姨曰：「後來居上，大巫壓小巫矣。」次至三姨。三姨曰：「五穀不生——田光。」四姨接令曰：「載戢干戈——畢戰。」五姨斜視而笑曰：「二姊工力悉敵，可謂詞壇角兩雌也！」四姨白眼視，五姨剔髮澤戲彈其面曰：「坐于塗炭——黑臀。」四姨扭腹三四，曰：「妮子此中真有左癖。」令至六姨。六姨素口吃，曰：「寡、寡……寡……」三姨曰：「我輩誰個不寡？要汝道得許多字。」引杯欲罰。大姨曰：「鳳兮鳳兮，故是一鳳，何礙？」六姨紅漲于頰，格格而吐曰：「寡人好勇——王猛。」七姨低鬟微笑，衆詰之，曰：「我有一令，止嫌不雅馴。」大姨曰：「小妖婢，專弄狡獪。有客在座，勿妄談。」七姨終不能忍，曰：「其直如矢——陽貨。」衆掩耳不欲聞。八姨顧九姨曰：「我與汝取羯鼓來，爲痴婢子解穢。」正色而言曰：「泰伯其可謂至德也已矣——豫讓。」九姨曰：「朋友之交也——第五倫。」十姨起曰：「妹年幼，勉爲衆姊續貂。雖千萬人吾往矣——揚雄。」某正焦思未就，聞十姨語，忽大悟曰：「牛山之水嘗美矣——石秀。」言訖，意頗自負。大姨曰：「才人學博，不憚食瓜徵事，何至談及《水滸》？」某嘩辨曰：「渠道得病關索，我道不得拚命三郎耶？」衆皆匿笑。大姨曰：「君誤矣！渠所言，乃草玄亭之揚子雲也。」七姨曰：「頹陽貨，只曉得竊弓爲盜，管甚子雲子雨？」某意窘。三姨曰：「口衆我寡，不如姑飲三爵。」某舉觥連罄。大姨笑曰：「君書囊頗窄，酒囊幸頗寬也！」四座大噱。酬酢移時，五姨忽起座曰：「今日之會，不可無詩。」命雙鬟取筆硯至。七姨曰：「五姨慣弄書袋，今止要集古人舊句，各成一律。」大姨曰：「不意夭斜兒，胸中亦有制度。」令雙鬟移燈就壁，先援筆而題曰：

嫁得蕭郎愛遠游，每因風景却生愁。
桃花臉薄難藏淚，桐樹心孤易感秋。

閬苑有書多附鶴，畫屏無睡待牽牛。
旁人未必知心事，又抱輕衾上玉樓。
二姨題曰：
夢來何處更爲雲？把酒堂前日又曛。
料得也應憐宋玉，肯教容易見文君。
拋殘翠羽乘鸞扇，惆悵金泥簇蝶裙。
取次花叢懶回顧，淡紅香白一群群。
三姨曰：「二姊工麗纏綿，真似李都尉《鴛鴦辭》也。妹從何處着筆？」亦蘸墨而書曰：
本來銀漢是紅牆，雲雨巫山枉斷腸。
與我周旋寧作我，爲郎憔悴却羞郎。
閒窺夜月銷金帳，倦倚春風白玉牀。
誰爲含愁獨不見，一生贏得是凄涼。
二姨曰：「妙似連環，巧同玉合。蘇蕙子回文織錦，爲三娘作後塵矣！」四姨題曰：
風景依稀似昔年，畫堂金屋見嬋娟。
曾經滄海難爲水，願作鴛鴦不羨仙。
歸去豈知還向月，坐來雖近遠于天。

何時詔此金錢會，一度思量一惘然。

五姨曰：「黄鶴題詩，女青蓮亦當束手。不得已，勉强一吟。」題曰：

金屋裝成貯阿嬌，酒香紅被夜迢迢。
瀛臺月暗乘雙鳳，銅雀春深鎖二喬。
自有風流堪證果，更無消息到今朝。
不如逐伴歸山去，渌水斜通宛轉橋。

大姨笑曰：「是兒大有怨情。」回視六姨。六姨奮筆疾書，衆環視之，題曰：

瑞烟輕罩一團春，玉作肌膚冰作神。
閒倚屏風笑周昉，不令仙犬吠劉晨。
相思相見知何日，傾國傾城不在人。
回首可憐歌舞地，行塵不是昔時塵。

七姨曰：「六姊以筆代舌，便恁地牙伶齒俐。」六姨怒之以目。遂含笑而書曰：

好去春風湖上亭，楚腰一捻掌中情。
半醒半醉游三日，雙宿雙飛過一生。
懷裏不知金鈿落，枕邊時有墮釵横。
覺來淚滴湘江水，著色屏風畫不成。

大姨曰：「妮子出口便談風月，真個顛狂欲死。」七姨曰：「誰似阿姊道學，只要『抱得輕衾上玉樓』也。」

八姨曰：「綺語撩人，亦是女兒家本相。」爰題一律于壁，詩曰：

夜半鞦韆酒正中，畫堂西畔桂堂東。
麗華膝上能多記，飛燕裙邊拜下風。
愁事漸多歡漸少，來時無迹去無踪。
而今獨自成惆悵，人面桃花相映紅。

九姨曰：「對酒當歌，作此楚囚之泣，八姊裂盡風景矣！」遂奪筆而題曰：

壺中有酒且同斟，莫把長愁付短吟。
夜合花前人盡醉，畫眉窗下月初沉。
綰成錦帳同心帶，壓匾佳人纏臂金。
誰與王昌報消息，千金難買隔簾心。

八姨曰：「風流藴藉，九娘洵是可人。」十姨曰：「妹不能詩，倩九姊捉刀可乎？」衆不允。十姨回身面壁，迅筆而書曰：

平生原不解相思，莫遣玲瓏唱我詞。
有酒惟澆趙州土，無人會説鮑家詩。
常將白雪調蘇小，不用黄金鑄牧之。

我是夢中傳彩筆，遍從人問可相宜？

衆笑曰：「莫道十姨長厚，這詩意調侃不少。」已而取筆授某。某汗流手戰，若扛巨鼎，吮毫數十次，對壁氣如牛喘。大姨曰：「興酣落筆，詩壇快事。君何苦思乃爾？」三姨曰：「研《京》十年，煉《都》一紀，亦屬文人常例耳。」七姨曰：「如卿言亦復佳。今夜伴閱百萬更籌，看温家郎叉得手折也。」某覺冷語交侵，勉書七字于壁曰：

自從盤古分天地。

大姨愕然曰：「君欲賦六合耶？且此語出于何典？」某曰：「此千古盲詞之祖，懸諸國門，從未增減一字。」大姨曰：「盲詞入詩，騷壇削色矣！」七姨曰：「近日詩翁，大半奉盲詞爲鼻祖，且被之管弦，闤闠中洋洋傾耳，不猶愈于嘔心鏤肺哉？」哄堂大笑。某顔色沮喪，跼蹐而言曰：「前言戲之耳！請改之。」于是，僞作吟哦，重加塗寫。五姨在旁審視，蓋《千家詩》第一句也。而「午」字誤書作「牛」，掩口失笑。某愈握筆作沉吟狀。忽一人冠帶而來，某乘機閣筆。十姨趨侍左右。其人據案而坐曰：「吾浣花溪杜拾遺也！自唐時廟祀于此，不意村俗無知，誤『拾遺』爲『十姨』，遂令巾幗者流，紛紛鳩踞。猶以汝輩稍知風雅，故爾暫容廡下。乃引逗白腹兒郎，以糞土污我牆壁。自今以後，速避三舍。勿謂杜家白柄長鑱，不鋭于平章劍鋩也！」十姨伏地請罪，怒猶未釋，摽某先出門外。某曰：「何來惡客，驅逐詩人？」十姨耳語曰：「此唐時杜少陵也。」某曰：「杜少陵是何人？」十姨怒曰：「杜少陵且不識，也來此處談詩，累及我等。」出十手齊批其頰。忽聞堂上大呼曰：「渠本是門外漢，何必再與饒舌？」訶聲未絶，忽焉驚醒，究不解杜少陵爲誰。逢人必述其夢，聞者無不失笑。後士人盡毁女像，仍祀杜拾遺于廟。有過其地者，欲題詩壁上，輒引某上舍爲前車。

鐸曰：少陵欲以廣厦萬間庇天下寒士，而上舍生不得暫寄廡下，以見愛才若命者，未有不避俗如仇者也。粉壁易塗，長鑱難犯，固知看守浣花溪祠堂，亦非易事。（卷八）

醮婦冰心

平江張繡珠，貧家女，與高秀才妹淑蓀最善。淑蓀許字周氏，未嫁而寡，兄令守志于家。繡珠婿某，與人角力死，父逼令改適，歸寧後，仍詣之。淑蓀兄性方鯁，叱曰：「再醮婦，勿入我室！且閨中有賢女，毋以淫風導人不義！」繡珠泣曰：「妾生長蓬門，亦知閨範。只因邁父無依，全孝不能保節。妾之不貞，命也！」高曰：「甑已破矣，尚誇完璧，所謂强顔耳，曷足貴乎？」繡珠語塞而去，自此氣憤成疾，不匝月竟死。淑蓀居兄家，憂悶寡歡，亦日就羸瘠。病殆時，見繡珠立牀下。淑蓀曰：「妹來導我去耶？」繡珠曰：「非也！前因兄庭見責，憤氣而亡。今姊生魂已游墟莽，妹欲借附尊軀，代守三十年苦節。俾知妹前此之不貞，迫于父命，非願作河間婦也。」淑蓀曰：「若此，則我一生未了事，賴爾支持，雖死何憾焉？」言畢，含笑而逝。兄及家人環守痛哭。尸忽躍起曰：「爲我理縗絰，備素車，往周家守志去。」兄疑游魂未定，僞諾之。而女躁急殊甚，不得已，達于周氏，舁之去。女自入周家，淚雨首蓬，鉛華不御。偶提甕出汲，鄰人子羡其美，歸即持刀劃面，立毁其容。朝夕潔瀡瀡，捧盤匜，奉事舅姑。由是以節孝名播聞鄉黨。翁憐之，擇族中兒賢者爲之嗣。女督令讀書，日勤紡績，供燈火費。心勞力瘁，歷三十年無笑容。後兒游于庠，以母節請旌。女急止之曰：「爲臣盡忠，爲子盡孝，爲婦盡節，皆分内事，何必爾？」郡守聞之，嘉其志，具匾額鼓樂送之。是日，兩家親族，盈門道賀。女獨招兄入内室問之，曰：「妹一生行事，視張家女何如？」兄曰：「此不潔婦，言之污人齒頰，豈妹所與較短長者？」女曰：「嘻！兄真無觀人之識，所謂成敗論英雄者也。」兄曰：「是何言哉？」女曰：「張家女迫于父命，故不能安其室。倘處妹之境，當亦以清白終矣。」兄笑曰：「妹阿私所好，故有是言。兄不能强爲附會。」女曰：「信如尊論，將妹爲貞女，而繡珠爲不節婦乎？」曰：「然。」女慨然曰：「迂儒目短，未可料人。實相告，妹即繡珠也。前言不諒，冤憤而終，故借女兒身，以明初志，使知不得已之破甑，未嘗不同完璧。自今以後，勿謂强顔作解嘲可耳！」兄愕然不語。女曰：「曩與令妹，情同骨肉。今幸代保堅貞，不辱地下。事畢矣，請從此逝。願終秘之，全君閨閣之令名也！」言訖，斂容閉目，端坐而逝。兄伏地而拜曰：「吾過矣！吾過矣！吾不敢持此相天下士矣！」遂嘆息而出，述諸兩黨親族，咸稱怪事。後馮太史輯《節孝傳》，仍著其名曰淑蓀，從繡珠之志也。

鐸曰：已舍所天，而爲人守不着痛癢之節，倘所謂李代桃僵者歟？然孀幃賫志，則生死而死生；泉路明心，則白玷而玷白。君子哀其志，亦諒其心矣！（卷九）

蟫蛣雜記

屠紳

《蟫蛣雜記》，作者屠紳（一七四四——一八〇一），字賢書，號笏岩，江蘇江陰人。乾隆二十八年（一七六三）進士，官至廣州同知。嘉慶六年以候補在北京，暴疾卒于客舍。爲人豪放絶俗，爲文則務求古澀艷異。著有《鶚亭詩話》一卷，文言長篇小説《蟫史》二十卷。《蟫蛣雜記》，題竹勿山石道人撰。初刻十二卷，前有乾隆癸丑（五十八年，一七九三）王雨谷序；增訂本二十卷，改王序爲跋，仍題乾隆癸丑，前有錢塘姬㕙父序。嗣後又改題爲《六合内外瑣言》二十卷，有石渠閣刻本，署黍餘裔孫撰，且改王雨谷序爲湛若海跋。此書多脱胎唐人小説，而生造硬語，情節詭異跌宕，魯迅謂其「故作奇崛奥衍之辭，伏藏諷諭」，在清人小説中爲獨創一格者。以《蟫蛣雜記》在前，且刻本錯字較少，因據二十卷本選輯。

如是屏風

曉公和尚，俗名南山隮，居吴郡之九龍山。少有詩癖，力爲新裁，時人謂之南三幻。其《江行》云：「白馬爲神孤寺幻，青蛙念佛半塘禪。」《荒村》云：「山嫗近巫詞作幻，野農過老卜能靈。」《古廟》云：「吟多散木神變幻，戰盡空魔帝釋尊。」三幻所由名也，嘗獨遊南山伍相祠，逢馬少微山人，問：「以南某頡頏雲翼，縱送天衢，將欲學濟韓彭，業開賈董。慚安上之父爲王子，笑宏羊之身是賈兒。頗希帝者之師，無慕神仙之伯。生天即非香案吏，下地可是紗籠人耶？」山人曰：「宜宜，否否。子橫胸鱗甲宜作將，觸手經綸宜作相。然前無司命之節，似閫外非其人；後無調元之旌，恐殿中非其客也。子之生平，三至家，一爲政。由是求進益可也。」南生悵惘無似。山人贈一絶云：「肯把功名傍五侯，百年恩怨起吴鉤。看君意蕊隨空盡，且向偏橋軟障遊。」南生作別去。忽其季父喪，自嶺南歸。南固失怙恃而嗣于叔者也。初，李太尉德裕入相，其季父南樗爲幕士，屢畫奇策，而無名于時。政事堂之羊，中泠泉之茗，與太尉共之。及太尉南竄，家僮府校多散亡，樗獨負劍從之數千里。行抵章貢間，突有驛吏進盤餐，挾短刀爲變者，樗直前擒之，訊爲牛相之蒼頭所狡獪，太尉杖而逐之。過南海，劫賊幾輩，持械猝至，樗揮劍立誅數劫，太尉乃免。然樗遂憊困，隨至竄所，年餘嘔血死。太尉告于吏，以其喪歸吴。南生憤極，與文士友，撰《周秦行記》，托爲牛相自作，將以傾軋。牛相之門客，偵其事以告。牛相怒，敕浙西帥，徵黨人南山隮，械送長安。南生聞信，與其婦翁訣曰：「吾將遠避無定所，三年即歸而就婚。否則無勞企望也。」遂遁。有鄉人依姚州都督幕，自蜀西南徼奔訪之，至則已歿。流離轉徙，出烏蠻界，寄偏橋衛湖南士人家。士人蠻語而儒風，悦江淮之徒，尚燕趙之誼。當南生亡命，治館與之居。擊鮮以爲勞，曰：「此間可容百張儉，此目猶識一伍員。」知南生好武，每共西山麓深林中射獵，或登諸葛洞，觀古營壘。南生與譚一韜則如搜藥籠，拈一韻則如開衣笥，頗稱勍敵，不愧良朋。間或詣中山寺僧舍，與上人潭師爲三笑交。荏苒三年，徜徉小劫，師嘗以元旨諷生云：「南吹及北，東明在西。千門得雞，一户失妻。」南生覺心動，因訴竄跡如掃，婚期若迷。潭師云：「衲自有道，俾君歸婚。但意盡，即念中山寺，自能還也。」引南生入山後廢閣中，見古佛頹卧，旁懸畫幅，小篆「如是屏風」。師云：「衲非圖中人，且去。」即不復見。南生就視，渟峙包乎太空，歲月衍其光景，彷彿身臨水濱。于偏橋下得輕舸，乘之。下沅州，入辰水，至桃葉灘，遇小艇盈百，逆流上者。詢之爲桃源縣民。以縣中催科無度，攜〔孥〕（拏）徙外郡也。南生即吟云：「先民避桃源，其後竟安避，只讓捕魚者，迷津而問世。」抵武陵，易舟過洞庭，自渚宮放乎潯陽，由采石出南徐州，達春申澗，即南生故居焉。門逕已蕪，訪其婦翁，喜而執手云：「昔往期零雨之濛，今歸詠迨冰之泮。幸成嘉禮，以慰遠遊。」于是爲南生治婚事。新婦亦高曠，謂生云：「遠道徒傷逋客，四海無家；深閨那解望夫，三星在户。此日雖因于絮果，他生亦綴若燈花。無能竊藥以奔，未敢爲圖而寄。」南生感之，殊復留戀。忽念我屏風中遊也，豈真蜀道寄當歸哉。即題其緑紗帷以贈婦云：「將離燕燕語多情，不覓封侯事遠征。莫憶芷江江上客，夜深無語聽雞鳴。」瞥見前舟，傍門前緑楊樹下，乃不復辭婦翁，與其婦揮涕作別。揚帆亦便過江州，其郡守牛相之親婭，與客宴琵琶亭。冰山縱其一觴，澤國移于雙槳。岳州風惡，小憩岳陽樓下，聞有吟者云：「歸吳空此身，入楚傍何人？桂檝不知處，秋風生紫蒓。」登樓訊之，知爲偏橋主人之弟，爰以鯉魚爲托。瞬息抵湖南，前輕舸榜人曰：「待子數日矣。今始還。」經青浪之灘，上黄獅之洞，水市鱗開，山城翼起。倏忽艤舟于偏橋下，登岸入廢閣中。潭師從閣後笑而出，呼南生曰：「可出屏風矣。」南生始識其身在屏風下，謂潭師曰：「信吾生之有涯，知我佛之無住。」潭師云：「初還大千緣，莫叩第一義。適主人至，相慰之次，出其弟手書以示，並述所吟。主人云：「吾弟漸能妙理，于君逕可微參。」亦咏南生桃葉溪之什。南生問：「何以得此？」主人曰：「爾日吾在別舸中，聞君高興也。」南生愕然。潭師云：「論虛無虛，示假非假。不念鄉里，即空屏風。」南生審視佛龕，夙繪如洗。又三年，潭師訪鉢于長沙。主人生兒，爲湯餅之會。南生忽念孤鸞不能自彀，獨婦何以宜男。將泯天倫，彌傷至性。獨登中山寺廢閣，則屏風現焉。閣下繫纜，名曰鰍船。不下巴陵而入醴陵，過南昌，抵玉山常山之間，舍舟陟巘而下，即逢吴下船，經杭州旋里。入門，見其婦方抱一兒，自内瞰客。南生喜曰：「是南山隮之後耶？」婦曰：「然也。然汝翁以汝竄匿，近爲縣尹所勾。聞尹爲牛氏小門生，將焉濟變。」南生曰：「吾自請于尹而釋翁。」婦曰：「誠然。冰清未消，玉潤仍碎，如何如何？」南生逕至縣庭，值尹視事，即入揖云：「某即南三幻也，來就于理。以歸吾翁。」尹屏左右，攜手入内，拜南生曰：「昔君之季父，嘗有德于吾父兄。故攝翁于官，乃緩婿之捕。今君自還，使僕無措。」即呼其婦翁于齋中見南生，曰：「婿方有子而爲囚。吾以外孫而終老，此行不復。後厄安窮？」尹大聲曰：「君自能逃罪，僕何懼縱囚？當掛冠以報世恩，尚載橐而居時晦。」即入内，南生方與翁踟躕，門子出白云：「使君幅巾出城去，請兩公速歸。」乃出縣門，南生忽念我未出屏風之人，豈得復戀，即與翁别，入驛亭，有湖南帥書記，持虎符支芻馬者，生附會結納之，甚歡洽。因資其力，行甚輕駛。至長沙，爲之覓良駟，走辰沅山中，道仄而騎平。遊倦，息路旁空寺，藉鞍假寐，醒識其處，仍中山寺廢閣也。屏風尚懸，凝神視其上，僕夫策所乘馬將抵晃州驛云。方嘆息間，潭師偕主人至，謂南生云：「此行殊失意，然興復不淺。」出玉版牋一詞云：「相逢後，所得是離情。望妾有如銀漢隔，思君不作玉山行。淚入榜歌聲。」是玉山妓寄贈者。南生云：「牽衣未免有情，書字何由在手？」潭師云：「屏風中女郎，吾故取之至便。」主人云：「君在長沙與書記詩，已爲吾鄉人膾炙，吾能誦之：『南下烟波江漢餘，長沙恰稱旅人居。吴王毅魄猶爲厲，賈傅奇才賸有書。入幕心宜彈綠綺，從軍名耻泛紅蕖。請君休續依劉賦，幾見湘波失水魚。』」南生始悟潭師固拭明鏡之心。主人亦省元機之括。又三年，主人得傎疾，披髮入西南山中，家人求經年，不知其向。南生遂依潭師，師出長安友人書云：「牛相罷政，天子思李太尉前勳，弛黨禁。凡被錮者，許呈身，授九品。」南生悲季父之已亡，恥衰宗之不競，涕泗久之。潭師出，忽見所居禪舍中，置如是屏風，審與廢閣者無異。即入屏風中，欲登廢閣，倏大雷電，閣爲火焚，潭師傍丈室呼曰：「此燒尾而化也。幸攬名韁，勿浮宦梗。」南生意與作別，尋有偕赴選者二人，坐偏橋以待。一爲太尉之從子，一爲太尉之掾吏。皆走鑾中，聞命詣闕者。南生與爲同舟之侶，自褒沔入漢中。至都，赴吏部陳狀，得衡陽尉，還江南，則婦翁歿已歲餘，以宦遠不能挈妻子，爲詩云：「湛恩貧有禄，薄宦孑無家。苦避岡頭火，甘尋水面花。妻孥看世外，仕止信天涯。便作尉曹去，休將梅福誇。」抵衡陽之三日，有岳麓寺僧來見，即潭師傳鉢之徒，云：「師以前月寂于中山寺。戒弟子勿化，待南君爲銘。」南生愴絶。一載，能于其政，調播州桐梓縣主簿。道出偏橋，忽念前此皆屏風中仕宦也。吾還復其初，師轉示無始。即入中山寺所居禪舍，見潭師自屏風下，慘然曰：「始我爲君結真中之果，兹君與我鉏幻後之芽。僧疑失脚，佛説回頭。君爲去銘，我以來餞。」南生覺其身復上屏風，與潭師涕泣，聞舍後呼曰：

「南居士，不宜復墮落。潭上人須急爲驅除。」潭師推之下地，南生卧視其上，無潭師，無屏風，并無禪舍，蓋在偏橋下水邊。隨行僕從不復至，始悟屏風致人，至此而極。詢居民以中山寺興廢，則潭師過後，寺爲灰燼。頃所歷境，爲滅賸之光，劫餘之相。南生向空立悟，憮然曰：「吾愛兼妻子，欲逐功名，皆自障也，師從而障我。今師入障以牖吾明，滅障以窒吾妄。此日往月來之候，朝聞夕死之幾。」就偏橋下浄髮，入南詔，自稱頑僧惺曉。百年方化。無宗門，而法苑諸賢，每譚空必引曉公和尚。

元如先生曰：盧生之枕虚，南生之屏實。虚者一至，實者頻來。譬諸草木，殆根荄則同，而開放者異歟！然吕翁一霎，取逕甚寬；潭師十年，循途至約。未可以尺短較寸長矣！（卷一）

按：此篇《六合内外瑣言》卷三題作《惺曉》。似演李玫《纂異記》之陳季卿故事。

四美堂

北道逆旅，争以畜伎之高下，爲款客之盈虚。而逆旅主人，不能以廣厦貯嬌，惟邑紳之試兵部者，及胥徒之豪家藏一二姬，以誇耀惡年少焉。趙人鼂無方，以事僑柏鄉，愛此邦名姝，而無力招致，門市尤峻，嚶鳴上下。遥念錦泥之窠，情亦何可忍也。一日，無方入畫肆中，有舊絹四尺餘，畫四女子，署唐人韋安道，題其旁云：「四美皆夫人侍兒。前安道在宫中，嘗習見其美。夫人命安道治繪業，初學爲之，蓋闈中第二圖也。傳代久，誕詞生，必有致卷中人爲祟者。夫安道取精既多，又夫人指點倩盼，天人之秘，來集阿堵中。後日雖欲寂寂也，未可得矣。噸爲一詩云：『全收雲雨入山眉，妾有心情君自知。看殺少年何以報，美人新入《四愁詩》。』握歌扇者曰阿殳，調脂粉者曰巴娘。手弄珊瑚枝者曰囮子，數珠顆者曰秀之。」假安道注名于右。無方把玩不置。肆主索直四十貫，無方請減三十，肆主曰：「夫美人，居房中爲土木之形，在楮中爲丹青之影。即十貫猶不直也。若以出世之姿，入寫生之手，雖豔骨已銷劫後，靈香仍炷生前，寶實可欽，價寧求善，以四十貫貨之，譬于琴鶴之遭焚煮矣。而公猶多所靳惜，四美者能不抱卷而泣耶？」無方頗憤激，傾囊出白鏹，適如其直，與肆主，攜畫幅以歸。夜卧二更後，聞有笑語于院落者，其一云：「閉置數百年，始出紙闌，何風物迥異也？」其二云：「鼂郎之拂拭，勝于韋郎之吹噓。斯真悦己者也。女兄弟將何以爲害？」其三云：「竊所不可解者，以無烟火人而有香粉累，仙不必如是，鬼又不能爲。豈夫人之遺法惠于羣婢耶？」其四云：「事殊幻妄，當使鼂郎不疑。明日殳姊一人爲導，先敦薦賢之典。而後互相汲引，宫人貫魚，吾四人藉鼂郎以交世人。興盡返乎幛，從此歸冥冥耳。」無方旦而察之。一犢車至，奴一人下，爲鼂郎起居。無方問車中人爲誰，奴曰：「女郎阿殳，自邯鄲來詣。云是君相識。」無方延入。鬟雲欲飛，眼露自湛。柳依蘭汜，人意也消。視想望未見之姝，不啻天壤矣。阿殳向無方謝曰：「蒙君爲我撥雲霧，見青天。願以衆愛之身，專博一愛。」無方訝曰：「卿何自識僕，而惠然來耶？」阿殳曰：「妾已得仙，如南嶽之真真，爲韋郎所圖畫。今圖已屬君，則君爲居停主人矣。試展視圖中，尚有妾否？」無方就篋，取畫幅開視之，其握歌扇一姬，杳無所見。無方狂喜，謂：「卿能入此圖乎？」曰：「出關不易，入道更難。」因舉扇歌曰：「傳聞靈鵲噪琪花，真誥新頒兩麗華。誰遣喚回塵海夢，雲軿不憶帝王家。」音調凄楚，庭卉亂翻，無方詰何人所作詩，曰：「此

《羣真皈命詞》第十二首也。出吕翁弟子崔生，妾悦其奥衍，故歌之。」無方呼其奴以犢車去，將有慰勞，阿殳曰：「其人與物俱無有也。何待遣耶？」視之而信。于是留侍朝夕。無方目爲仙媵而不名，嘆息曰：「仙乎不去，吾將老焉。」阿殳曰：「有妹在鄭，絶色也。視妾如糠秕，可以簸揚矣。聞將來覿，君善遇之。」無方曰：「吾非得隴望蜀者。」阿殳曰：「駿骨之致千里馬，物聚于所好也。妾在君室，儼爲雉媒，彼烏得而不至。」越數日，外來一女，逕入無方舍。阿殳自内迎出，曰：「妹至矣。盍叩吾郎。」女執無方手，凝視久之，曰：「此郎嘗欲以二千五百文錢沽我輩者，姊獨不怨老慳乎？」阿殳曰：「知己不以利動，郎即謂不直一文。吾姊妹舍此安適。」無方審此女，有采迷蝶，無心狎鷗，温柔自諧，不争纖艷。意欲傾吐，初無一言，惟相與目成而已。女謂無方曰：「妾之此行，爲兩妹先容也。豈徒伴阿姊哉。」無方曰：「以數考之，合備四美。然娘子連營，勇夫破膽。盍小休焉。」阿殳與女偕言曰：「禽占木而巢，魚覓蓮而戲。非以損木之節，病蓮之心也。君何必以獨陽挑衆陰，而自取撓敗。」無方曰：「無竅非妙，取舍乘時，爲卿曹殉而不一悔者，夫獨非人情乎？」方諧笑間，後扉豁然，二女掩入，阿殳撫掌曰：「三四妹乃情迫，不窬而穿，以璧自獻，不虞兩姊見忌耶？」三女曰：「忍而爲此，遑恤其他，甘迷妬婦之津，免索枯魚之肆。主人賢者，固將以仙媵之次二姨畜之。」無方揖二女，皆冶容宣驕，光景變動，翠羽明珠之氣，横溢曲房矣。阿殳促取畫幅再視，前所贉三姬，亦如烏賊魚之文書，久而盡洗。無方因對安道題詞呼三女曰：「若巴娘乎？若囮子乎？若秀之乎？」皆諾。由是分夕繾綣，四女各不相妨，無方自成泛愛。凡及旬，巴娘語無方曰：「妾位居次星，實職諫議。君之昵妾輩，以致豢也。妾輩之媚君，以酬恩也。然尤物不顯于時，失其豢矣。淫人或罹于禍，辜其恩矣。何不陰收之，而陽棄之。俾天下人知君爲非常人，妾輩爲非常伎乎？」無方不甚了了，以問阿殳，對曰：「欲君宰制倡家，旁求蕩子，可不可乎？」無方嘆曰：「卿曹非世之所謂伎，僕即世之所謂伎夫，誠知其不可也。然棄僕而去，亦何能禁其所爲？今如所云，卿曹之惡，固不自僕而成。僕之名，不免爲卿曹所累。古人中冓之言，有幸有不幸耳，獨僕非人也哉！」乃假厚貲于柏鄉，無方自爲逆旅主人。別院飾牆宇，標「四美堂」，以待過客之好狹邪者。柏鄉人頗忌之，云：「即非富紳，亦異權隸，而集鶯鶯燕燕于其家。堂稱四美，得毋籠罩羣美，視吾鄉如無人耶？」乃告于門卒，偵四美所自來，而搆無方也。囮子知之。出奩中珍寶以啗門卒，始安堵焉。一日，有唐公子率門客三人，愬無方逆旅。揖主人致詞曰：「某等醜爲四惡，須君家四美以調劑之。」無方喜，偕之升堂。呼四美出見，見而語，大悅。唐公子嗜利，秀之以盤中珠，爲之析秋毫，嘗朝三暮四之術。唐曰：「是真吾偶也。」門客衛生嗜色，巴娘則吐棄凡近，融通百骸，盡態以博其懽。衛感入髮膚，求死不得。秦生嗜貨，囮子相金玉于牀，披錦繡于厠，奇麗奪目。雖五都之肆，無以過之。秦玩物告疲，每咄咄不能已。吳生嗜聲，阿殳鼻竅能吹，趾端善撥，春試百鳥，秋親萬蛩。不獨歌謠矢音，中乎律管。吳贊嘆無任，且曰：「移我情者易我性，娛我耳者蕩我魂，我從之逝矣。」無方揖曰：「如是四美，足以敵四惡乎？」唐公子曰：「主人固大美也。」以門客留數月而去。四女之名，籍甚燕趙。時人有「不登四美堂，難作有情郎」之語。西域僧梵訶者，居縣之神化寺，邪師也。聞四女蹤跡異，謂其檀越曰：「邑有妖倡，不速治，且爲禍。須老衲伏之，以明道法。」或以告無方，無方哂曰：「吾以白鏹市紅妝，來棲于縣，安所得妖？果妖矣，亦未見爲害。師自來擾，可聽之。」潛告四女，皆答曰：「彼無行僧，自取挫辱耳。」爰有無賴子數人，導梵訶來無方舍。梵訶出兩紙，似畫飛廉狀者，喝曰：「取四女妖，違者如律令。」呼氣吹之。四女方圍坐彈碁，突見兩巨鬼執索來縛。阿殳、巴娘各以手禁，兩巨鬼負牆立，無所作爲。囮子謂秀之：「吾姊妹當治此僧。」秀之探袖中，出三尺刀擲去，貫梵訶之胸，囮子吐出一大貝，釘其圓頂。梵訶呪求解脱，四女駡曰：「吾輩即涉于幻，何礙爾無髮人，而以術相戲。既受懲創，將欲逃匿耶？」梵訶曰：「衲自不肯，此鄉人牽率來。然無損于仙，盍解其網。」無方撫掌大笑，謂四女曰：「師亦可哀矣，無求多焉。」囮子、秀之，抽其刀貝，梵訶始脱。阿殳、巴娘取負牆之紙鬼焚之，衆譁然。謂神女止于人間，殆謫降也。然自有此舉，登四美堂者，俱不敢褻狎，惟以見面而愜心。諧談極情，各就寢息耳。四女仍分夕與無方燕婉。歲餘，無方以事他出，還舍，闃其無人。問之，婢僕僉曰：「四女皆留别話云：『依黽郎兩載，得與世人接，數當隱矣。願郎自愛，毋憶念損神思。』話畢，冉冉出後扉去。」無方悲且駭，仍展視畫幅，四女在焉，嫣然欲笑。于安道題詞下綴一詩云：「忽地神鷄枕畔遊，蝶裙毒霧不堪收。仙凡歷劫修無有，請向滄桑覓盡頭。」無方尋卒，殮畢，衾際覺有物動，啓視之，則四女畫幅也。其婢僕哭而殉之。

榕溪氏曰：或曰僧繇龍之點睛，韓幹馬之病足，物之馮生于畫，固矣。秀靈爲人，周昉丹青，宜無人不栩栩欲活也。乃屏上美人，叱之不見，遂爲國忠之妖。畫仕女圖者，可不謹歟？觀于四美堂中現花葉身，證臙脂果。庶其仙乎！予謂是有物憑焉，不于作畫之人，而于披圖之人。黽無方，真妖士

也。與畫同化罔不仙，與女同化罔不鬼。今並淆之，此之謂妖也。（卷八）

按：此篇《六合内外瑣言》卷二十題作《夫人侍兒》。

綽丞相女

洛陽魏公子，綺麗自成，善調顏色。每所至妓館，争却其夜合之資，惟彈箏酌醴，供奉如神仙。或相與言，曰：「是郎福澤至厚，標格極華，其所坐，皆三日香也；其所施，皆十步錦也。不及時自薦，失此妙果，永墮塵霧矣。」妓家多名人，集賦新語，有與公子賭筆陣者，公子應之，題《蕭寺閒花》云：「匪天女之能散，孰風姨而可招。其得名以草肅，或憑物云花妖。」《梁園廢草》云：「謝鄭家之書帶，被鄒氏之霜華，蒙茸不堪銜鹿，無穢或可藏蛇。」羣士美其雋思，名娃爲之動色。公子東遊，至廣陵憩逆旅。鶯燕寂寥，無復洛陽旖旎，輒放吟云：「廣陵散後暮鴉天，藉甚腰多十萬纏。冷落世間風月主，略無人夢杜樊川。」呼酒自豪，意氣殊矯。鄰房一叟，自稱姚老，「爲郎君覓仙偶五，閒花廢草，固不足道也。」公子問其籍，云亦洛陽人。問何處得五仙偶，云：「此間綽丞相有五女，皆絶色也。願同事郎君。」公子謂：「從未聞有綽姓，又相何門？」云：「蘇綽之後，相渥丹氏。」公子云：「是可婚也。」由是以姚老爲斧柯，詣丞相之府。耀錦若江，倚香成國。丞相衣五色無縫衣，公子拜曰：「洛陽魏奪朱，謁門下，不審是快婿否？」丞相答拜曰：「公子與我王同系，五女野處之秀，所謂勿棄顦顇者，恐未足以儷金玉。」姚老再拜，曰：「吾鄉人與丞相，無忝冰玉，何多讓乎？」丞相命五女出，與公子行藁砧禮。陳樂于庭，給果勝于客。綺席既開，諸談備暢。姚老倡云：「五陰助一陽，花相事花王。獨有黃衣者，年年作嫁裳。」丞相訓云：「五兒同所天，竊藥總能仙。何日洛陽去，穠華葉一篇。」大女吟曰：「佳麗世間無，千旋問彼姝。大家誰領袖，潔白獻盤盂。」次女吟曰：「當階翻可惜，吟爾玉堂客。中道休棄捐，妾心惟有赤。」三女吟曰：「斜陽無數鴉，亦似妾含葩。却爲殿春事，才人吐墨花。」四女吟曰：「青霞染我裾，卵色滿階除。持以贈君子，可能玉案如。」五女吟曰：「婪尾知爲妹，黃琮即雜佩。何如姚老人，與婿相酬對。」姚老笑曰：「媒者亦遭唐突耶？」公子起舞作歌曰：「羞陶朱與猗頓兮，恥樊重與王根。予不願乎富貴兮，騎鳳凰而遊帝閽。彼美而豔兮，孰攀而捫？惟藐姑射之處女兮，各移情以銷魂。謂五色兮豈無主，聯女嫛兮歸王孫。醉天酒于房中兮，笑春風而道尊。」歌畢，姚老以禮成辭出。丞相取巹，爲公子合其懽。公子從容倚闌，衆芳争媚，師能左右，樂未央矣。居無何，公子思念鄉國，將以五女還。丞相無嗣，門楣看女，稍難遂其請。五女乃諫曰：「半子非子，安得靳之。魏氏累葉向榮，不足以接綽之孫枝久矣。五女不易一男，惟翁省之。」丞相出涕曰：「寄生草木，誠不如葛施瓜綿。兒女有家，應不復憐其老獨。若念二分明月，尚其騎鶴歸來，慰翁榆晚。」五女亦泣而辭去，與公子還洛中。丞相遂隱居，效留侯赤松故事。適公子出門後，其鄉爲戎馬蹂躪，已失故居。有處士蓋日月者，魏宗之姻，憫公子之貯嬌無屋也，以其閒墅宅之。洛濱春日，士女遊觀，五女亦與，見者愛而不敢狎，譽而不能嘲。公子故從旁睨之，紿于衆曰：「彼天上神，何爲至此？」五女亦解語相謔，云：「誰謂西人之子，不乞相耶？然雜生固饒舌也。」五女各出釵鈿贈公子，相與牽臂歸。人始識其伉儷，而飾桑中之好也。是時，繪事人賈伽藍，善敕勒之術。見五女于墅中，妖豔出凡質，疑其非人。因于廢道院，静夜呼神致其魂。五女翩然至，公子白後即其履。賈隱月池邊下窺，則影在水中者，一牡丹紫，五芍藥各一色耳。值其未返，密圖花貌，托根寄體，分爲兩形，藏之書笥中。而遣神放還舍。及曉，蓋君之墅，男女一空，如爲盗劫者。人或以公子汗漫遊，得仙蜕理也。後賈過汴河，見畫舫客似魏狀，驚訝欲避。公子已來賈舟，再拜陳請曰：「聞足下兼周昉、黄筌之技，曾圖吾夫婦形。今五婦皆化，惟吾僅存。乞以此相贈，戴德重于丹樓矣。」賈開笥出示之。公子大笑不已，蹤跡杳然。賈尋視二圖，亦如僧繇之龍，點睛飛去焉。

段可石曰：予嘗飯平山堂士人家，得見此傳。疑爲宋元人小言，不謂勦襲斯部，想見錦思縱横，中有花骨爲之結搆。（卷九）

按：此篇《六合内外瑣言》卷九題作《畫舫客》。

西域奴

索遂公子，席九世之富，襟三吴之豪。宋末隱包山，嘗謂所親云：「吾恨事三，不如意事三。先人湖陰搆讀書樓，攜具將徙，中流惡風幾覆舟，投家珍以冀免，棄其先代《銅駝記》墨蹟，先人禱湖神，乞畀還而不肯。遂卧疾不起。恨之一。季弟八歲就傅，有神童之目，嘗以六月據地作字。忽霆神擊死石硯腹中龜，致傷弟手。求醫遍天下，無能治之。恨之二。舅氏鄭虎臣，于木綿菴殺天下之賊，而涑宜中害之，海内稱冤。今宜中遁占城，無由爲舅氏復仇。恨之三。西山女梁文選，始言媒于吾，世亂爲盗略去，今入汴帥之門，寵冠諸姬。見面且不可得，終爲陌路蕭郎。一不如意也。湖田千畝，與鄰村貧者耕而食之。聞相率爲盜，不治恒産。孰勸之來歸，俾置刀而驅犢。二不如意也。震澤東生寺，踞湖山之勝。福田雖廣，數十年無高僧，近爲淫藪，安得假天神力，掃除黑業，宏開白蓮。三不如意也。」其所親皆扼腕。公子每歲以家忌日，飯僧南山。吴越間緇流白足，應鐘魚而至者，無慮萬人。一丐者，縷衣露腹，鬅髮及肩，方輔圓頤，修眉巨目，扶籐杖而前曰：「飯庸僧，何以待異丐？」公子奇之，問所由來。云：「西域人，少失父母，願爲人奴。」問其名，云：「從師學道，名多利，俗字瑪瑙，今年十六歲矣。來遊東土，了數果，生數因，未審主爲誰也。」公子拱手曰：「某亦勝主人任否？」丐即膜拜云：「公子能辱收之，某非徒摇大扇者。」遂挈以還舍，衣食所需，公子親爲檢點。平居懶散，爲衆僕所嫌。公子告誡曰：「彼非若輩伍，奈何相憎。」衆僕咸腹中笑。歲餘，瑪瑙病，公子憂之，日夕候卧榻。瑪瑙小語曰：「奴勿藥當自愈。門下客乜姓者，欲君侍兒，畀之斯可矣，否則防其内犯。君今年當過此厄，由是奴爲君搜戮妖星也。」公子如戒。乜姓，北人，本以降將南渡。國變後，客于公子。待之有加禮。其人嗜飲多慾，見侍兒雕雲，悦之。一日醉後，果以爲請，公子曰：「非有吝也。此婢不願事武人，請思其次。」乜姓慚不自勝，曰：「僕誠武人，爲非分之想，足下文士，得毋太勞乎？」即大笑而出。一夕，雞鳴人起，乜姓忽操劍直奔外寢，抉門以入，策能得公子而甘心矣。公子驚絶，不及呼救，其人已仆地，頭爲瑪瑙所提。公子謝曰：「好兒，何援我之速？」瑪瑙不答，擲頭于地。衆僕來見，瑪瑙含怒去。而乜客一頭一身，争相慰喜。公子率衆僕視瑪瑙，方呻吟求水飲。詢曉來事，則曰不知。公子嘆爲神人。叱衆僕出，獨拜于牀下。瑪瑙躍起，扶抱公子，含水噀其面，昏而卧地。旋按其腰際，掐出一狗，善走。瑪瑙以指斷狗腰，如劈石。公子覺腰脅微創，旋醒。瑪瑙曰：「君不耻下交，答以至敬，奴實歉然。頃取天狗于腰間，誅之。妖星除，吉人福也。」公子曰：「卿病可痊，須有大諮議。」瑪瑙踴躍曰：「奴固無病，病則有所誅斬矣。」即隨至密室，公子長跪而告以三恨事。瑪瑙曰：「難在覓醫，餘二事易易。請先爲海外之行。奴當病死，亟置冰室，乞君之龍眼珠爲含，十日而歸報也。」公子曰：「爲卿不壞之身，何惜一珠哉！」其明日，衆僕以瑪瑙猝死來告。公子命舁冰室，含之珠。朝夕守其側。至七日忽作叱咤聲，躍起丈餘而復瞑。十日，霍然起，懷中出頂骨二物，玉印章一規，云：「奴騎五色虬渡海，誤行北陰，鞭虬背出血。三日返東南島，下占城，偵宜中跡，已于一月前隨賈舶返臨安。奴度其風未便，或尚泊外海，因與海客同舟西南行，剛七日，遇之于暹羅國，歸命澳中。宜中善卜，知有不測，棄舟登岸。奴逐至海隅縛之，檢其身，得玉印章，其自篆『吾生也有涯』之文。奴復設君舅父鄭公位，跪宜中而剖心以祭，取其二頂骨及印章表信，沉屍海中而歸報耳。」吐所含龍眼珠，色黯成硨磲焉。公子稱謝。瑪瑙云：「取先世墨蹟，須謁震澤君。渠有文字癖，且官水曹。無庸武事，請一人介而行。」公子簡善水蒼頭菰蘆生與之偕去。瑪瑙至湖岸，喃喃數語，書字于菰蘆生之掌，命握勿開，果隨之破水。行一沙逕，過數門闕，入龍君之宫。瑪瑙爲禮，介從之。龍君答揖。瑪瑙言曰：「索家鸞驚之筆，自晉迄今，無不願睹墨蹟者，大王何秘惜耶？」龍君曰：「誠有之，不宜無贄。」瑪瑙出手中龍眼珠，還納于口，含咀既久，吐而獻之。龍君曰：「吾固知居士有奇貺也。」命左右取第三架第二軸字幅。瑪瑙閲竟，以付菰蘆生云：「汝即持歸報郎子，吾方共龍君談，須臾亦返耳。」龍君大駭，問：「客將攜何處傳觀？」瑪瑙正色云：「還索公子，以全大王之廉。如不可，以吾爲質。」龍君見客意殊惡，即問訊曰：「居士將智取乎，抑力取乎？」瑪瑙云：「始吾用智，今用力矣。」出劍示之，龍君惶恐，請罪曰：「臣不識真宰佩劍五，一在君手。笠澤之鯇，何敢不服？」瑪瑙笑曰：「以大王文士，吾固從容，既懾伏矣，吾無多上人，且明珠亦足相報。」龍君請獻一觴，吸盡辭出。歸入門，郎子頂禮，並以告先人之靈。瑪瑙問：「石硯腹中之龜，既擊死，有遺骨否？」公子曰：「季弟傷手後，死龜爲風攝去。」瑪瑙曰：「然則非擊死也，佛氏命取之爲蓮池玩耳。果爾，則君弟更難治。」公子皇然曰：「然則奈何？」瑪瑙曰：「且盡奴力，利鈍勿計。」即臥被咒，呼蔡山君問之，有答者曰：「始吾爲介部長，凡類聚者，知其所出處。以豫且之禍，使者成禽，上奪吾官，以畀江淮支氏，聞又以事削秩矣。硯中物恐無所隸。」瑪瑙叱之去。尋思南朝諸寺，半置蓮池，乃遊江南訪之。至廬山，視遠公蓮，羣花葉皆不異相。一蓮小而花有妖豔，葉無點珠。瑪瑙疑，即立咒龜。凡龍變者，皆仰首蓮際不出，餘則匍匐至咒處而伏。一龜雖伏地，微露一眸，有所恇懼也。瑪瑙遣去羣龜，獨取露眸者，拔簪刺其腸，出白血，以杯承之，納鯊魚脬中，縣帶左。此龜無息，其蓮頓萎。遠公忽至，與瑪瑙爲禮曰：「異人已取其腸，盍還其命。」瑪瑙曰：「師所優爲者，而責之番人乎？」向萎蓮吸氣者三，還呼龜鼻。龜即動，點首爲謝。浮入所戲蓮下，花葉開放如初。瑪瑙曰：「番人行性急，師何以策之？」遠公曰：「異人畢竟役使老衲也。」折蓮葉投江中，瑪瑙躍而入，遠公以麈尾指之。由牛渚入潤州，出晉陵，達具區，即包山之麓。偕公子視其季弟手，細孔若針刺，黑血縷縷，即號楚不已。瑪瑙取其所覓龜腸白血，沃細孔中，黑血不流。季弟不號，且言快意，沃盡痂結，而運臂指如常，拜于瑪瑙前。問其治法，答云：「龜被擊，則死氣旁注，故黑血非震之餘威，而龜之絶瀝也。龜既活，即以其氣生，收其氣死耳。然逐物勞神，奴稍告疲。小郎疾正自不易治。」舉家始爲季弟稱慶。瑪瑙忽有憂色，謂公子曰：「奴遠出浹旬，君神采不佳，雖不至死亡，驚悸可一世。」公子叩之，曰：「主有盜災，不出五日。宜出君夫人輩，使奴相吉凶，早爲備。」公子亟呼出，命相。瑪瑙曰：「餘俱無恙，惟第二如夫人，君之愛女三歲者，宜有梃厄，可救之。」乃書符佩女胸前，而以一硃書字，遣姬人常握。謂公子曰：「君不遭刃，無以馘羣盜。」即書符于公子右臂，使及期故迎盜刃。是時東生寺多匪僧，潛畜淫娃，無賴則爲劫。有江西僧永圓者，習金剛禪爲幻。其師入山誘羣盜，爲文提刑所誅。永圓遁海東，有徒二人，皆熟其術。聞東生寺納污，即巢栖焉。遇湖濱爲盜者，問近湖何門斂財，誰氏藏色，則皆以索家對。約以後夜舉行。明曉，有倉皇謁永圓者，云：「吾索氏僕瑪瑙也。彼刻薄寡恩，童僕奔竄盡矣。吾西域人，無所適，將供寺役。」永圓謂此間故事，入寺門必有以自效。「爾何能？」其人云：「若寺中有攻索氏之役，吾導而行。」永圓悃款耳語，其人與之揣摹虛實，畫進取之策，永圓呼之爲弟。是夕，瑪瑙導僧賊之徒，以二更張炬，劫索公子舍。公子奮臂出禦，盜斫之。羣僕皆迎敵而無鬥志，惟一僕與瑪瑙相似，奮拳出搏，盜又斫之。入内舍，一姬鬔發，永圓將逼之，輒謾駡。永圓怒，以梃擊其顱，并傷其所抱女，〔即已〕（無令）走匿。瑪瑙導僧賊之徒，入藏庫，半陷厠中，無所獲而被擒。其餘恣攫取，皆先世乾没之官物，家藏則未失守。天明，公子命執厠中賊詣縣。訊盜狀，皆曰索公子家僕瑪瑙爲導，僧三人爲統領，餘皆近村湖民，即佃公子田者。但陷厠中人，實未分資財，求宥過。縣令先捕瑪瑙，則早從僧賊中奔至，云：「無亟訊吾，速發捕卒數十人，隨吾往東生寺，則盜魁可得，羣盜無一人逸。」令以瑪瑙被誘引盜者，能爲捕先，獄成可末減，許之。瑪瑙引捕者去，湖民無漏網，惟永圓師徒不見。捕皇遽，瑪瑙云：「無驚，有墜屋檐下者，則縛之。吾爲汝效力。」捕深感激。瑪瑙向空作梵聲，兩鼠大如羊，墮檐下。呼捕縛，而自登屋脊，如與人搏者，擊撞有聲。未幾，瑪瑙之頭墮檐下，捕方驚惋。聞瑪瑙屋脊間語曰：「速持頭穴之，而貫以索。」捕駭絶，遽從之。瑪瑙忽自户後至，曰：「幸可慰公等。」呼水噀二鼠，即復人形，爲永圓之徒。嚙舌血噀頭，則永圓之肩胛骨被索穿焉。捕以爲神物，共入縣陳獲盜事。令大喜，將出瑪瑙之罪。僧賊大呼曰：「瑪瑙不爲夤緣，因無死法。叛主致盜，彼惡得免？」令語稍塞。瑪瑙初不置辨。令方掣肘間，索公子裹右臂，率其家瑪瑙，裹頭來驗。兩瑪瑙相見各匿笑，堂上堂下均譁然。裹頭之瑪瑙言曰：「彼吾弟也，捕三僧有微功，亦足以敵其揖盜之罪。吾爲盜斫，死在頃刻，何以償之。」即頭破裂踣地死。將坐之瑪瑙大言于階下曰：「使君爲兄命取償，吾願與羣盜同死。」令爲泣下，公子了了，即請于令曰：「其兄已亡，某願撫其弟。」令連諾，屬公子攜歸，並負其死兄去。于是三僧及湖民，皆駢斬，懸首里門，惟厠中賊減死。公子歸，瑪瑙所負之屍，已與爲一。告公子曰：「東生寺阿育王建塔之所。奴剪蕪去垢，頗亦有年。願捨身于兹，恃主人翁爲檀越。」公子曰：「是無難，惜吾尚墮塵趣，能方外相印乎？」瑪瑙曰：「奴已了于前，未生于後，正不能與君無緣。」瑪瑙既主東生寺。凡語録之士，試談空者，以蠅拂拂之，悉啞而退。公子嘗過訪，共卧丈室，聞院後有飲博聲，嘆其宗門不净，以致喧囂。起察之，見瑪瑙方與一虬髯人臺上明燈戲雙陸；又聞酒氣馥烈，經香積厨後，則瑪瑙坐甕邊，被兩童子提耳而灌大斗。公子屏息入，視共卧之瑪瑙，則儼然趺坐入定也。後以中秋雨晦，訪瑪瑙于寺，其居處獨晴霽。邀公子云：「以圓月上時，觀魔女戲。」公子諫曰：「前夜飲博之事，吾爲卿不解，或以幻試吾，吾故無説，兹魔戲恐累名禪，卿亦宜莊色相。」瑪瑙曰：「爲君設也。且物之既生，春秋榮落，以其所長，爲其所消。于造物無有，君盍静觀乎？」及晚月上，聞僧徒隔院作避雨聲。公子問瑪瑙：「何同舍而異景也？」瑪瑙云：「同在景中，所得亦異。」庭中忽施帳幄，有笙璈從月中下。良久，玄綃素衣之女，行列十二，對舞于瑪瑙之前，並不招公子。瑪瑙忽躍入行中，抱持一女，衆女争擊，瑪瑙奔出帳後，即寂然。公子徘徊帳中，方悟幻色非真，勿爲高人過慮。一白衣女自帳後入，若曾相識。思竭而得，西山女梁文選也。公子驚問：「十年不見，遂爾穎秀。然卿歸汴京，吾心已槁，豈期再逢。」其女云：「汴帥以今夕宴他部，中惡不能起，虞候來告，夫人命妾視之，那識與公子覿面！然隔千里而共明月，他日相從，殆亦易也。」言訖風起，女與帳没。公子立細雨中，入禪舍，見瑪瑙方出定。謂公子云：「三日内將還訪幼時學道尊師，十八日胥江潮生日，乞來相送。」公子惘惘歸。及夕，梁女乘一舸而至，入門即云：「瑪瑙師爲妾陷獄矣。屬君棄家，暫遊江淮。」公子即泛舟，以十八日至胥江，見瑪瑙騎五色虬背潮行，舉手與公子作别。九月，公子在江淮，始得汴信，蓋瑪瑙以八月十六日，入汴帥府劫梁女，入汴河行。帥自統大兵追之。瑪瑙匿其舟與戰，被執，訊之而無言。十八日，帥戮瑪瑙于市。即與公子胥江作别時也。又是日，東生寺聽説法者千人。瑪瑙云：「潮無生日，但有死日，譬于衆生，正苦無死日也。潮以汐爲死日，衆生以何爲死日？」人皆點頭，有泣下者。又是日，公子季弟倚門望，見瑪瑙忻然來起居曰：「小郎所脱之瘡痂，今已化小龜遊硯池中矣。秉筆時觀之，可助文思。」其季弟察之而信，是二節者，公子還里後始知之。

雲壑氏曰：同此八月十八日，就刃于汴京，騎虬于胥江，法言于震澤，情話于包山，蓋合死生而一之，分身命而四之矣，于晉代高僧中當推首座。（卷十四）

按：此篇《六合内外瑣言》卷二題作《五色虬》。

山小娥

單生翼鳴，家嶺南，世採藥業。父蜕，走深巖四十年，凡陰陽根荄，草木蕃變，一莖一葉，察毫不爽。一日，偕其妻入幽壑中，見鏡光如雪，若佛後圓影。謂其妻曰：「此必鏡龍湧現，示我光明也。盍往覘乎？」其妻曰：「地非靈山，安有明心見性之寶。設有妖餌，遘禍必奇。」蜕不聽，先投鏡中。大呼救我，則腦後裂穴如漏，髓爲物吸，死巖前。其妻奔告諸村，殮之歸，不知何妖害也。翼鳴年十六，嘗以母臨歿囑其擒妖物，雪父仇爲志。凡此山之獵徒釣叟，及遠近符籙羽士，率跪陳其父被慘毒狀。俱不能測之，惟嘆息已。居無何，有女子自媒，願依翼鳴者。云：「山小娥，父爲風飄去，母尋父遊九州，娥聞郎有大仇未報，自青齊來，與郎合力圖之耳。」翼鳴憐其志，年故匹敵，遂諾之。居三月，小娥持五色絲帶繫腰間，謂翼鳴曰：「吾親自訪妖，便即縛之歸耳。脱有不利，吾曳帶，郎心動，可登山覘虚實耳。」復授一囊，云：「聞吾哭聲，即舉囊招手，曰速入。」翼鳴惻然如戒，小娥竟去，行灌莽中，半日無所遇。日既西夕，隱聞澗邊笑語，俯身視之，皆彩衣小鬟也。尋一少婦出，爲道士妝，服水田衣，呼小娥入憩。小娥知有異，謹慎始入。其居籐蔓綺交，門户横直有文理，知牽蘿補屋之功審焉。出盤飧饌客，小娥辭以宿飽，其婦哂曰：「愧無珍羞，拚飛小品，如水之魚鱉，山之鹿豕焉。娘子誠廉，盍觀我朵頤，而聞其食葉聲乎？」小娥頓赬其頰，曰：「主人休矣！何乃刻畫而成唐突。」婦大噱，自飯畢，以所爲新詩示云：「一縷如膠自絡奇，智珠應問我爲誰。纏綿在腹餘兵甲，展布成圍比弈碁。世路何人遭漏網，天涯有鳥化遊絲。争如斗室縱横策，逸獲難教省括知。」小娥即和云：「色絲飛去已三眠，栩栩高情屬静娟。名哲尚留奇姓氏，言眉獨見好詩篇。抱冰心覺花無賴，投火身爲玉可憐。一捲妖氛請入甕，豈無人縛野狐禪。」婦艴然曰：「娘子可自縛耳。焉能縛人？」小娥曰：「妄言也。主人真智珠乎？」婦解頤，爲小娥設榻，以永今夕。夜半，小娥潛伺其隙，則百斛光明絲縷從臍孔出，室生白焉。小娥乃解五色帶，按其腰臍束之，光盡滅，腹隆然有聲。婦自夢中怖醒，手足蜎縮如拳，呼曰：「娘子惡劇，窘我何爲？」小娥曰：「爲阿翁復仇，擒獻郎子耳。主人無乞憐。」婦大叱咤：「羣婢速視我。」則小鬟十數人，各以鏡涌入。小娥帶將盡，無禦侮物。衆小鬟争以鏡合圍，而其婦以手口斷五色絲如裂帛，起捉小娥髮擲庭中，仍吐臍内絲縷裹小娥，倒懸屋簷下。於是小娥曳餘帶，翼鳴果心動，即攜囊登山，望之，見小娥落大網中，牽絲多婦女。聞小娥哭，即以囊向招云：「速入！」小娥果脱網處囊，翼鳴喜可知矣。倏空中一鏡飛至，并此囊網去。翼鳴慟絶，卧草間。夢其父母告云：「兒勿慼，小娥之母已從文昌縣來，解圍除害矣。明日急呼村人，持利斧入谷，斫鏡殛餘蠹。小娥當仙去，勿復留也。」遂寤。旦而邀村人往伺，有烟雲雜花草香，起于山下，天馬御風行，竟投鏡處。聞小娥呼曰：「阿姥救我！」馬革旁裂，中露天女像，即答云：「兒無恐。」袖出小馬頭若鷄卵者，擲去。如破匹練，巨鏡亡，惟飄網絲億萬斷。小馬頭吸此婦，臍帶脱落，現一大蜘蛛，混沌圓腹，將容數斗焉。小娥脱網，即以所居囊掠蜘蛛入，物瑟縮如毬。小娥駢指書蟢字，血自瀝出，且盡化扁形爲壁錢，猶如盎大。以奉阿姥。村人持斧者，遇小鏡輒斫，皆破之，各甏一小蜘蛛于内。甃中集毛羽無算。天女收小馬頭入袖中，謂小娥云：「三神山近産香蕉，兒可往主其香火。」小娥遂與翼鳴别，曰：「父仇已復，妾志已完。君值秋風黄葉時，毋哽咽念妾也。」烟雲復起，小娥隨天馬飛去。翼鳴悵悵無偶，欲往三神山訪香火人，杳不可得。

西河氏曰：五色蛾，爲人報仇，幾捐身命。馬頭娘之命駕，以慈而成蛾與蟬之孝與。夫孝，百蟲之本，而况于人乎。蠶蠋有功于人，明禋受香火者，于蛾爲僅見。孝女之食報從豐，禮也。陰賊網户，不爲斧誅者何限？蓋聚而殲旃，造物有所不忍，殆將留惡德以彰善行者耶？（卷十八）

按：此篇《六合内外瑣言》卷十八題作《書蟢字》。

夢厂雜著

俞蛟

《夢厂(庵)雜著》十卷，作者俞蛟，字清源，又字六愛，號夢厂居士，山陰(今浙江紹興)人。約生于乾隆十七年(一七五二)或略早。本書孫鑾序云：「以四十年相知之雅，今年皆六十。」此序署嘉慶十六年(一八一一)，但有疑問，與上文「甲申(一七六四)始識夢厂于里門」之語不合。《夢厂雜著》，收《春明叢説》二卷、《鄉曲枝辭》二卷、《游踪選勝》一卷、《臨清寇略》一卷、《讀畫閒評》一卷、《齊東妄言》二卷、《潮嘉風月》一卷，多記其經歷見聞。《齊東妄言》中多爲神怪故事。

胡承業

吴越有善畫者，胡其姓，承業其名。年三十以來，頗饒丰格。工寫照，頰上添毫，不足喻其妙也。武林大賈黄君美聞其名，招致之。峨冠盛服，箕踞胡牀，令圖己貌。寫畢，出諸姬，捧盤盂，持巾櫛，冶容豔態，圖之無不畢肖。内一姬，素服淡妝，尤娟秀，胡凝注之，掩口而笑，胡爲心動。黄適爲友人招飲，至晚不歸。胡至次日午後，渲染鈎勒，始竣繪事。因黄未返，卷而置諸案。俟黄歸，令僕進之。黄展閲，見冠上朱纓，碧于春草。世俗以人妻妾有淫行者，謂之戴綠帽，富貴而多姬侍，于綠帽忌之尤甚。昔唐代李封爲延陵令，有罪者不加罰，但令裹碧頭巾以辱之。碧頭巾，即緑帽也。黄以其侮己也，大怒，火其畫，令群僕毆而逐之，胡矢天誓地，力爲致辯。然畫後無他人展視，即僕人持進，亦在俄頃間，惟連呼怪事而已。時日色將暮，無止宿處，躑躅道旁。忽有老媪持筐而至，曰：「若男兒非黄家作畫者乎？日之夕矣，至此何爲？」胡告以故。媪笑曰：「觸人忌諱，咎復奚辭？然予憫郎君之犯風露也，蓬篳不遠，可供草榻。」胡德之。至門，啓鑰而入，室中几榻蕭然，絶無塵滓。出筐中酒饌，謂胡曰：「君飲此，老婦勾當即來。」更餘，媪偕虬髯奴，以錦衾裹女子置榻上，曰：「畫師今夜諧花燭矣！好爲之，無恐。」胡欲致詢，媪反扃其門而去。移燈就視，弱態含嬌，倦眸未啓，即黄家素裳侍妾也。胡頗自愛，憑几假寐。女醒，致詰，靦述其異。媪入曰：「君真坐懷不亂之柳下惠乎？玉杵瓊漿，姻緣已定，違之不吉。否則，老婦豈好事者！君美爲富不仁，數月之間，禍且不測。娘子多福相，不應淪落風塵，昨彼此一笑，具有天緣。故略施小術，俾魚就水。黄氏重門深錮，愛妾宵亡，寧敢遣人物色，自播醜聲？幅中朱纓染緑，予實戲爲之，致郎君遭不白之冤，老婦之過深矣。」胡曰：「若是則老姥仙人也。」曰：「非仙，實狐。雖狐而近于仙者也。此地不便藏嬌，業爲君買舟河畔，乘曉鷄未鳴，宜急去。」送之登舟，珍重而別。未幾，黄染疫卒，無子，諸妾皆各鳥獸散，盡如狐言。（卷八）

南十四夢神記

南十四者，世居汴，忘其名字，自稱南霽雲裔孫。爲人粗暴尚氣。罔知忌諱，而性質直，疾惡如仇。一日，有新貴邀飲，座中偶談宋高宗時，兀朮屢敗，思北奔，秦檜矯詔，一日之間，以十二金牌，召岳王頒師河南，州郡復相繼陷没。座中有新授南陽推官秦姓者。實秦檜之後，欲爲乃祖諱，謂金牌實高宗命，非矯詔。且謂岳王窮兵黷武，不爲國家久遠計，倘非和議，南宋能延九帝之祚乎？十四瞋目拍案大叫曰：「檜爲足下鼻祖，奸賊子孫，須記取莫過岳王祠，羅願前車可鑒也！」蓋願係宋龍圖閣學士羅汝楫之子，汝楫檜黨，岳王之獄，楫實與謀。願能幹父之蠱，史稱其端良博學。當日知鄂州有治績，以父故，不敢入岳王廟。會當祠祀，甫下拜，見岳雲以鐵錐擊之而殞。故十四云云。秦大怒，思陰中之以法。適撫軍檄逮光棍，遂竄南名其中。十四知之，遁。道出湯陰，拜岳王祠下，感慨欷歔。晚宿廊廡間，甫入睡鄉，聞門外車馬喧闐，呵殿聲不絶。急出瞰之，見二神冠服巍峨，英姿颯爽，雁行而入。前行者，面頳而赤，修髯過腹；後行者，白面微鬚，與岳王交揖，三讓就坐。赤面者居中，白面者居左，岳王右。云：「奉玉帝命，會鞫宋紹興十一年奸案。」左右持刀斧者，皆岳王諸子及當日部將也。頃之，聞枷鈕聲鋃鋃然。六七人蓬首垢面伏墀下。一吏持牒呼名，首即張俊。赤面神厲聲問：「汝在宋亦屢立戰功，位至王侯，何以無耻作賊檜鷹犬？」對曰：「檜當日受金人主使，決意議和，凡論恢復者，輕則貶竄，重則置死，俊安得不爲明哲保身之計？」神微笑曰：「汝知明哲二字作何解？欲保其身，曷不學韓蘄王之嘯傲湖山？否則，亦宜如劉光世之解去兵柄，與時浮沉，以免禍足矣。胡爲密誘王貴，使誣告張憲，釀成千古冤獄？王雕兒告訐之狀，果誰付耶？」俊語塞。白面神曰：「張憲當日經此賊煅煉誣服。宜即付處分，以快人心。」語未畢，一將吼聲如雷，提其髮而出。俄聞號泣聲震耳，詢之則張俊五子，不忍父受慘刑，乞張憲少緩錐鋸也。次呼万俟卨，則一白髮奴，如老丐，傴僂俯伏，自陳無罪。謂當日劾岳王，對將佐言山陽不可守；又誣岳雲貽書張憲，虛中警報等事，皆檜與張俊合謀授意，非出本心。赤面神曰：「岳王之獄，何鑄已明其無辜。汝希檜旨，凡言岳王無罪，如薛仁輔、李若樸、劉道洪、趙士㒟等，皆劾之竄死異域。至檜死後，議復岳王官，汝猶堅持不可，豈亦授意于檜耶？」命釘其兩足，倒懸諸壁，以醯灌其鼻，懸一年後，仍解付岳王羈禁。又呼：「羅汝楫，汝何以與万俟卨摭張俊語，論岳王有異志？殿中侍御，職在獻可替否，乃逢惡啓奸，嫉賢誤國，宜裂其肢體，摳其肺腸，方足蔽辜。」時秦檜與妻王氏觳觫階下，作摇尾乞憐狀。赤面神拍案曰：「汝之忘仇誤國，斁倫敗理，劫制君父，殘害忠良，擢髮難數之罪，此三尺孩提所知，無煩鞫訊。惟建炎四年，汝在淮上密爲粘罕草檄，指斥乘輿，又與撻懶密謀，挈妻孥歸宋作奸細。夫金主遇汝雖厚，終不及趙構恩隆，位至王侯，爵及子孫，立家廟，賜祭器，比操、莽之九錫有加焉。何以陰謀詭譎，剪除折冲御侮之將相，必欲使趙構孤立無助，屈辱稱臣？設非趙氏祖宗積累之厚，其不爲金人滅亡者幾希！至縱妻通兀术、撻懶，則又古來奸邪凶惡無耻之徒，未有至此極者。」因爲施全曰：「足下昔以義憤，刺檜不遂，反受其害。今付治之，不惟快足下一人之心，亦足快後世千萬人之心也！」遂釘檜手足，以匕首臠割其肉，片片如楊葉，雖血肉狼藉，而旋割旋長，俾羣犬圍繞舐食之。又命以鐵鉤鉤王氏舌，懸諸梁間，舌出尺餘。白面神笑曰：「此真長舌婦矣！」語未畢，忽殿外大聲呼冤。一甲士，滿面血污，跪階下，曰：「余宋宣州觀察使曲端也。爲張浚所害，帝既懲秦檜，余冤與岳王同，求逮張浚，亦以治檜之法治之，庶千載覆盆之冤，白于一旦也。」赤面神曰：「汝安得妄擬岳王？汝有應死之罪五，亦知之乎？延安制司王庶，授汝吉州團練，汝與庶有夙嫌，不就。金攻鄜延急，庶日移文趣救，遣使十輩，及屬吏曾濤往説，汝陽許，不行，轉引兵遠避襄樂，罪一。及庶馳赴相依，而汝奪其印，拘縻其官屬，倘非謝亮責汝大義，勢必殺庶，罪二。叛賊史斌圍興元，義兵統領張宗諤，設計圖斌，宗諤爲有功無罪，汝遣吴玠執斌而襲殺宗諤，罪三。金婁室圍寧州，觀察李彦仙告急于浚，浚檄汝救援，而汝嫉彦仙功名出己上，按兵不救，致彦仙傷重赴水死，而全陝遂陷，罪四。朝廷召汝爲御營提舉，汝以前欲殺王庶，自疑不赴闕，宣言且反，罪五。若按以逗遛之罰，跋扈之誅，不用命之戮，汝尚能逃于天地間乎？汝之極口呼冤，蓋誤于袁中郎《朱仙鎮》之詩，又誤于江進之《讀魏公傳》詩也。兩人意見偏頗，是非倒置，直無公道，安有人心？而汝曾不返躬自問，妄以二詩爲定評，亦冥頑極矣！檜之殺岳王也，初非忌其蓋世之功、功名出己上也，特以與金人有誓約，思戮力報金而無術，遂施險毒之謀，致岳王擘劃十年，垂成之功，毁于一旦，此所以鐵鑄其身，消萬世之鬱憤。若止謂權奸誤國，殘害忠良，何代無之？烏金鑄像，曷勝其煩！况張浚當日兩次收攬，冀汝立功，而汝恃才剛愎，桀驁不馴，自貽伊戚。然非吴玠、王庶之言，未必下恭州之獄，獄吏康隨以夙怨殺汝，張浚非如秦檜有片紙之屬也。汝死有餘罪，何冤之有？」因大聲斥退。二神並駕而起，瞬息不見。十四問旁觀者：「二位何神？」曰：「赤面者，漢壽亭侯；白面者，張睢陽也。上帝每十二年一鞫秦檜，極刀鋸、錐鑿、火灼、油煎之慘。遇鞫期，則江寧與河南兩地城隍，聯章奏請，應何神勘鞫，則臨時敕命，亦如當今之欽派大臣也。」十四夢覺後，聞村中三鼓，月上叢林矣。（卷九）

小豆棚

曾衍東

《小豆棚》，作者曾衍東（一七五一——一八一六前），字青瞻，號七如，又號七道士，山東嘉祥人，乾隆壬子（五十七年，一七九二）舉人，任湖北江夏縣令，因過失流放温州，遇赦後貧老不能歸，卒于温州（據彭左海所作小傳）。除《小豆棚》外，著有《啞然集》、《武城古器圖説》等。《小豆棚》原書八卷，有乾隆六十年作者自序，光緒六年，項震新分類重編爲十六卷，由申報館出版。

陳萬言

陳萬言，清豐人。清雖下邑，交於直豫之間，通衢大道，商賈往來不絶。萬言居城，聘妻甯氏居鄉。陳有中户産，是年冬盡將婚，某日之夜，炬而親迎。北俗婚期取歲盡者何？曰無忌禁也，又農商之隙也。夜而往者何？曰恐示人以樸，故多卜夜。親迎者何？曰古禮也。貧者不能備彩輿，或駕牛車，蒙以猩氈，郎則馬而前導。陳至甯舍，如婚禮，出，載其妻歸。大雪，車中伴娘先自陳家來者，俗呼之取女客，蓋賤而非婢僕等，是日飲甯酒而醉，車行欲嘔，不顧而唾，新婦恐其漬新衣，退諸後箱，車固無式揉木，時超乘度輿梁，輮仰，新婦墜。前行者擁而奔，不知也。有豫人布客卞豐者，乘騾冒雪，遄歸度除，遭女哭於途。卞下視之，新婦也，詢以故。卞思欲送歸追婿，則有北門之管；將歸其女家，又無前路之征夫。棄之不可，送之何往？斯時爲卞計者，惟有停驂待旦，相與株守，義也。而卞一轉念則不然，乃誑之掖婦上騎，卞隨行。少而雪甚，遂欲與女並轡，女羞不能却。卞喜，縱鞭七十里，抵家啓户，曰：「得偕一新婦歸。」家人固以爲卞之新婦，而卞即亦居爲己之新婦。彼新婦者，早已含嚬於走馬時矣，遂不貳焉。卞無妻，有母多病，一妹十歲。甯氏能作家，事母撫妹，頗任勞，夫妻篤愛。一日，甯氏至後園種豆苗，剷浮土，得二罌，皆白鏹，可數千金。乃以其一告卞，家遂裕。當麥秋，卞貿歸，辰出收穫，見一人持鐮卧地上。卞曰：「若何不爲刈？」其人曰：「人皆外我，將不我傭。」詢其里，曰：「清人。」卞曰：「清去我不遠，何外之，盍爲我傭。」其人隨卞往，問其姓，曰陳。陳勤懇人，登一隴而陳秀兩歧。卞喜，厚而傭之。卞思茨屋，欲致墁師，陳曰：「無庸，我能之。」是日亭午，甯氏粥於窗前，陳則茅於階下。甯聽其言如清之聲，問曰：「爾何許人？」陳曰：「清人也。」甯曰：「有陳萬言，識之否？」陳笑曰：「傭也，何知傭名？」甯曰：「我甯氏之瓜葛也，聞爾娶妻而失妻，有諸？」陳歎曰：「惟其然而傭之所以有今日也。當時娶婦歸，失婦，我以爲甯之匿；而甯之女歸無女，又以爲我之害之也。我仇甯，甯復冤我，鳴之於官，兩姓被縶，終不能結，遂懸其案。迄今事隔五年，官經四任，與其疑而不解，何如疑而釋之。乃告甯家，情甘罷訟，而我家落，甯氏亦貧。」甯曰：「爾今猶與甯氏仇否？」陳曰：「今兩無欺隱，固耦俱而無猜矣。」甯曰：「吾久不通甯氏母，欲假爾作寄書郵，曷往焉？」陳曰：「唯命是聽。」甯即封布函，有物纍纍，付之，給川資，並具糗糧往。卞歸問，甯曰：「伊連日欲歸，酬之，不受而去。」陳歸途飢，擘糗以啖，中餡一金，三擘如是，不之解。抵甯氏，呈書而告，甯母疑，拆其函，金之外，則其女當時受陳氏釵也。甯父母乃往卞見女，抱頭痛哭，尋卞争詈，卞不敢出。而陳復詣卞，洶洶四起，訟將興矣。卞惴惴無所計出，甯氏於是乃請父母及卞母、卞豐、陳萬言咸集於庭而言曰：「我爲甯氏女，今爲卞氏婦。既爲卞氏婦，則不得復爲陳氏妻。當女之適陳也，陳實棄女；女之歸卞也，天實與卞。至若乘危於昏暮之間，要之而去，則卞之咎所難辭。然而以爾車來，胡爲乎泥中，是陳之自失也實甚。今即鼠牙雀角，官斷前歸，而女守從一之義，雖速訟而必不汝從，陳將奈何。爲今之計，父母以女故家落，女願以金爲父母贖産。陳萬言亦以女故遭家不造，迄今未娶，卞豐有妹，我姑也，今迨吉，將以適陳而償，我更以五百金爲之奩。由是姻婭相通，嫌疑盡釋。雖曰人爲，豈非天道。不然者，訟則終凶也。請以質之三老。」卞懼及禍，甯利其金，陳樂得偶，遂皆從之。於是卞拜陳，陳復拜卞，女乃出其半藏之罌分甯及陳。後其妹歸陳之日，其兄從之。甯謂卞曰：「往送之家，毋使人馬上得之也。」（卷八）

小青

王生行本，字雨人，武城人，父官於南長，丰神俊逸，眉目如畫，時人比之璧人。有相者謂生眼睫有芒角，後當配一仙女。生風度端凝，言笑不苟，官家争欲婚之，生皆力拒。又以其父宦跡萍蹤，多所未遇。生嘗於市肆見骨董鋪中有畫美人卷，裝潢蝕剥，而容貌端好，神情妙麗，似人小照，無款識，以金購之，更爲重裝。曰：「人但知禮大士像，猶不知慈悲心亦變作春夢婆，度一切冷落衆生也。」日夕焚香瞻拜，對畫如對人，雖傳紙上人而意中緣常涉幻想，奈何近在咫尺，邈若山河，令人形影徒吊，空相見而不相識耶！嘗有二絶云：「春日無端去住閒，湘裙碧水鬢青山。何時一枕荒唐夢，總在雲雲雨雨間。」「虹駕不愁天漢闊，星槎那怕鵲橋空。應知人亦能仙去，會向蓬萊第幾宫？」又題畫一詞，調寄《聲聲慢》云：「還羞又怯，似愛偏驚，真個嬌嬌滴滴。帶笑含嚬，模樣誰人描出？輕輕淡淡幾筆，好比如，春花三月。想一會畫中人，恰似夢中相識。丰韻天然各别，惱着他，爲何恁般老實。對這一兒，只是向伊憑説。朦朧一鈎兒月，掛窗前，不清不白。看屋内燈兒又明又滅。」一夕挑燈夜讀，忽舉首見女子從畫中下，生驚起致問。女曰：「感君繾綣，不能自已，故不避孽海，又落塵緣。想君丰韻，豈少佳偶，何必終日坐清浄蒲團，伴飄泊影，鬱鬱久居此耶？」生喜，促坐，女殊不見羞澀，擁之亦不甚拒，遂與爲歡，備極燕婉。每至夜静闔户，便來雅談詩文，翻案頭詩稿，至生好句，輒低聲吟哦，意態藴藉。西窗剪燭之餘，亦復誰能遣此，宜乎有甚於畫眉者矣。見壁上懸琴，曰：「郎君知音乎？」生曰：「願學焉。」女乃下而以纖指輕揉，其音嫋嫋。生曰：「請終其曲。」女曰：「但得其趣，固不必託於音也。」一日正歡笑間，忽見狸奴來撲女裙，作嗚嗚響，女惕然投生懷曰：「郎爲我驅之。」生以拂塵擊之去。女曰：「獅吼之威猶在耶？」生問其故，女曰：「妾生前遭悍婦，心膽懼碎，今見狸奴，猶令我毛骨都悚。」生詳詰之，女曰：「妾小青也，郎即馮郎，當時見逐孤山，此照曾經三易，其二爲悍婦所焚，此則郎君所匿，流在人間者。妾死後冥司令我再生，以了夙緣。妾固樂死，不願憂生，遂悠忽隨風，不受拘束。因見楊夫人告我，乃知郎君戀戀也。有時談前生事，念及慈親，不能成咽。」生曰：「楊夫人從何處來？」女曰：「蕊珠宫侍值班也。」生曰：「卿生時詩文，十絶一書，焚餘之外，猶能記憶否？」女曰：「杳如夢寐，强半遺忘。但零膏剩粉，觸處酸辛耳。尚記三絶云：『病裏沉沉怯又嬌，合歡花發獨眠宵。起看一徑忘憂草，移向孤山亦恨苗。　釀得前溪一片雲，閉門春雨亂紛紛。愁眉更掬西泠水，却畫揚州月二分。　晚粧無力杏花殘，瓣瓣沾泥糝作團。一把柳絲扶不起，輕盈搭在玉欄干。』」生爲之筆記焉。人之見之，皆疑鬼而疑狐，生力白其無。後其父詰之，生以實告。父啓户摘畫，投於火，登時而盡，生肝腸寸斷，較伊生前之炬，更爲慘切。至晚入幃，而畫裏小青固在枕簟間也。生喟然曰：「天衣有縫因風剪。」女即對曰：「花影無根向月栽。」生因反涕爲笑。女曰：「適爲大人所逐，竟而廬舍蕩然，無所依棲。告大人另以閒所置我，我非禍君者。」生告父，父不得已，除西舍爲之成禮。夫人來，女出見，則婉而多風，艷絶人世。夫人曰：「真佳婦也，無怪我兒魂依而夢繞焉。」女善事翁姑，常不食，雖嚴冬皆着紗縠，未嘗寒慄。或製裘服，力不勝披，踰年，覺顰眉交促，暫數腰圍，乃告夫人曰：「兒有懷矣。」遂食烟火。一日生入，聞兒啼，視之，牀上繃兩兒，生大喜。後兩子名仙照、仙圖，貌皆類母，往往不辨伯仲。以五綵線一繫其臂，一繫其足云。女生平不作一筆墨事，但勤針黹，生以爲嗜好之異，何前後判若兩人耶？女曰：「詩以窮而後工，故勞人思婦之作，大抵皆不得志之所爲。其感喟不平根於心者，悉露于言；而坎坷叢集富於文者，益窮其遇。况内儀誌美，中饋稱賢，更非丈夫可比，何必詠柳絮於風前，頌椒花於元日。至隔牆待月之詞，花裏閉門之句，又烏足掛人齒頰也哉！即不然，如妾生前，亦當爲女流握管永垂龜鑑耳。」後生父以致仕歸老，生夫妻厮守終身田園之樂。忽女一日謂生曰：「妾當先去，爲郎君除新舍。」倏忽不見。生亦尋卒。後二子貴顯，以爲事涉不經，故諱言之。

可以作如是觀。○或謂是祝允明手筆，他手不能作。七如（卷九）

娟娟

張如瞻，魯人，幼孤，爲諸生，游學晉梁間，以筆代耕，就壺關作書記，居署之東偏古香書屋後草茨三間，琴書之外，了無長物。日與前庭談飲，晚間營營作魚雁使。齋外荒亭一區，有老楸樹數株，風蕭蕭響。更闌獨坐，童子垂頭。方凄惻間，忽聞齋外有人吟曰：「一年容易送春風，打疊秋聲月影空。捱到夜深傳舍静，怕人還步畫欄東。」反復吟咏，聲楚楚，聽之細婉如女子。明日起視亭前，杳無蹤跡。踰夕二更後，吟如故。張潛步往，聲頓輟。良久，隱約間有女坐樹根，俯首低吟。張甫動，女遂杳然而没。張初以爲署内官眷，今乃悟其爲鬼，然心切慕之。由是常徙倚亭際，朗吟而和之曰：「荒原颯颯下西風，孤館蕭然花事空。料得芳魂與客夢，一般凄楚隔牆東。」張歸就榻，忽見一麗人來，斂衽謝曰：「君子風雅士也，妾多所畏避。」張驚喜，挽之坐。女秀俊宜人，大家舉步。張問爲誰，答曰：「妾前邑侯韓鳳山女也，錢唐人，字娟娟。生前好食酸杏子，因誤食雙仁核中毒，十六歲殂。今停柩城外，魂固依署中，所吟己作，蒙君致和，光生泉壤。」張喜，與爲歡會，自此靡夕不至。女固善書，所有案頭啓事，暑夜寒宵，嘗爲張捉管代勞。張愛秘之，二人綢繆如夫婦。一日女至，淚滴闌干，曰：「夙世緣盡今夕，受君恩愛，實不忍離。吾家父母將遣伻來遷柩，勢不可留，當返省視。魂歸千里，後會爲難。君一歲辭館歸，煩一往浙。」遂於髮間摘一翠鈿與生：「可持見我二老。妾有隱願，以圖報君情於萬一。然成否有數，不敢預期。」珍重涕零，張亦泣，侵曉而去。明日，果有浙人來遷女公子柩，自此亭舍寂然。歲聿云暮，孤館愁思，簿書顛倒，時憶芳魂，偶翻遺墨，無不繫人魂夢。乃辭居停旋里，略爲摒擋，家無遺孑，買舟作西湖之游。三月而抵杭。先是女有一妹名好好，無兄弟，年已十八，未字人。今其姊櫬歸，家中忙醮事，其妹好好，忽撲地昏絶，踰刻醒，曰：「大女娟娟不孝，中途棄高堂，别幾年矣，幸老人康健。」父母曰：「兒果來歸乎？勿驚汝妹。」女曰：「幽明異域，覥面河山，今兒自晉數年歸，兒冥冥中已定山東秀才張如瞻。兒已將所殉金翠鈿與之，不日婿來拜岳完娶。但兒魂魄無依，舊舍不可居，曷借我二妹軀？」父母曰：「不可，兒固得所，如汝妹何？」女曰：「二妹與兒幼時最相愛，小時曾共誓得嫁一箇好書生，吾兩人共事之，斯願已足。今來特與妹妹合舍，使一其身而兩其人，望爹姥許我。」父母曰：「兒病狂耶！」女生時好以手撩鬢髮，言次輒作故態，神氣聲音，宛然似昔，復諄諄訂其父。乃紿之曰：「俟婿來區處。」女喜謝。由是忽而娟娟，忽而好好，中夜幃帳唧唧作兩人語，儼若姊妹聯牀，即趨視，孑然也。家人咸以爲癎。越日，張生果至，以刺及翠鈿入謁。翁異之，延入客舍，女窺簾見之，驟出捉袂與語。父恚甚，母訶之，始慚沮而返。生感泣，遂告以晉署之事，垂涕拜伏不起。翁扶生，不以爲侮，乃許以字。生謝出。至日，生往贅，花燭燦列，新婦入青廬，搭面既揭，生不敢認。娟娟曰：「汝不識奴，何眈眈視？」巹飲後，歡洽縱談，别緒縷縷，乃謂張曰：「明日我妹子來，妹子年幼穉，望君憐之。以愛我之情愛我妹，則妹感君，而我更爲感之也。君其視我與妹勿貳焉。」張曰：「卿即卿妹，卿亦卿姊，况卿妹固不殊於卿姊，而視卿妹者又安忍異視於卿姊耶？」翼旦如婚禮，而女則嬌羞婉轉，儼然新婦，非復昨日之如舊昏媾也。後一日爲姊，一日爲妹，皆相篤愛。或家中有宴喜大事，則姊妹皆出，爲一人而事可兼綜而共理。彼二人者，既同氣而連枝，張待二人自不敢二心而膜視。張在南中十年，岳父母終，殯葬後，仍攜眷而東。時稍有囊資，遂下帷攻苦。壬子舉於鄉，五年復官于晉，即爲壺關令。衙齋無事，夫人嘗至古香書屋，撫此長楸，泫然流涕曰：「此姊去妹，三年孤苦，離父母，會張郎，鬱鬱於此。今復何時，樹猶如此，不禁令人悲喜交集耳。」各生一子，視同己出。張官至和州牧，卒於署。夫人命其子詣杭，扶櫬來東，皆合葬焉。（卷十一）

柳孝廉

青州府諸生柳鴻圖，夫妻完娶，值歲歉不能謀生，攜妻就食於外。繼且結衣行乞，而乞者又多如蟻。一日，夫婦飢甚，相抱而哭。婦曰：「盍鬻我，汝得生。留我則併死無益也。」柳感慟莫知所言，但搖手而已。俄見有小車載男女數人，蓋販人者。婦曰：「推車大哥，我夫婦飢憊，願鬻身以就食。」車者見婦美，乃曰：「問爾男子，幾何值？」柳泣不能答。婦曰：「得十緡則隨汝往。」販者曰：「不值，五緡則可。」路傍人見而慫之，得八緡，車者遂脱貫出。婦負鏹置柳前，曰：「我生時幼少，父母愛我，呼我一捻金。孰知竟成今日之讖！柳郎柳郎，有此則生，無此則亡。但無虛生，爲前人光。鬻妻活命，過時莫忘。」柳號曰：「以妻之貌，何所不可。我今與妻遂永訣於斯耶？抑尚有重逢之日耶？」車者促之，兩人相持不捨，車者擁婦上車，推柳仆地，輾鈴而奔。柳望影失聲，孑然挾資，嗚嗚以北。婦車行數日，問價者頗多，販者又奇其貨，遂不得售。一日，抵新城一村，村有王鳴山，武生也，家殷實而性慷慨，事母最孝，鄉里畏敬之。年雖災而是村賴王得安，於村口開一旅店。值販者來投宿，王見婦舉止非賤流，且淒惋欲動人憐。王知其爲販而恐其流於娼也，王問販者曰：「若女有姿？」販者曰：「相公如愛好，何不留之。但得如本償，不敢望倍利。」王歸告母，母不許。王曰：「兒非愛其貌，實憐其人，母盍女之，以爲保？」母點首。王至店見之，告以爲妹故，婦感謝。王以二十緡得之，王母遂視如女焉，後欲爲女婚，女不從，願以老女終事母。王母亦樂得膝前煦嫗云。當柳生之北也，欲往關東，值關禁不許出，復還東。是夏麥大收，遺穗於道，乃爲人傭。踰年還鄉，迤邐東歸，至新城，亦宿於是店。柳固窮，一身外了無長物，夜雨達旦，積水滿院不能行，柳擁篲爲之糞除。值王生至，見階前如洗，喜曰：「那個人掃得院中無一點泥？」柳曰：「雨後早起無事，故灑掃耳。」王生曰：「汝何處人？」柳曰：「我姓柳，青州人，自早歲離家，今欲作歸計。」王曰：「想富貴還鄉矣。」柳曰：「如此藍縷，何相謔耶！但謀得一枝棲，亦隨處可安身也。」王曰：「汝歸計既未決，盍爲我店中料理冗事。」柳曰：「固所願也。」王喜，即令其居櫃前屋，日則潔爾舍宇，暮則安彼行旅，又識字能算，王倚賴之。乃不以傭視柳，而柳竟以兄視王，稱莫逆焉。如是二年有餘，無事時柳猶咿唔章句於夢魂雞火間也。歲次戊申，鄉比，柳詭言於王曰：「弟欲還鄉一省家門，往返約可月餘耳。」王即爲之治裝，衣履悉更，復厚贈之。柳別王就道，則易東轍而南轅，至省録遺，場事終返，王以其自青州來也。時將重九，東省揭曉多在三四兩日。柳屈指心怦怦動，是年新城落科，故無耗。越日，聞傳榜首出壽光，柳不懌，出村口，蹀躞於大槐蔭間，遥見兩人喘而來，坐樹根。柳視之，似傳報者。柳心癢，問曰：「二位何往？」甲曰：「自青州來。」乙曰：「休題起，時晦至此，言之恐人訕，費盡手眼，謀得一新舉人報，星馳往青，四覓並無其人，僉曰荒歉攜家不知所往。豈鬼也耶！」柳忖踰時，曰：「日之夕矣，盍入此室，我逆旅主人也。」二人從之，入村店宿。晚時燈上，柳攜壺酌來曰：「二友遄行憊，盍飲我一甌秫粹，以消煩悶？」兩人起謝，遂同飲閒談。柳復煨一壺來，皆酣，柳曰：「適所訪青州舉人，其姓伊何？」甲曰：「柳姓。」柳曰：「汝報人將何爲據？」甲曰：「有草榜剪出藍條者。」柳曰：「乞借一觀。」甲若慽，乙曰：「至好，相示何礙。」甲解纏開摺以示柳，拭目曰：「第四十名柳鴻圖，青州府廩膳生。」柳覯罷，悽然淚落如雨。甲曰：「兄何悲切爲，豈族兄弟耶？」柳曰：「非也。」曰：「豈堂子姪耶？」柳曰：「亦非也，蓋族兄弟之弟兄，堂子姪之叔父耳。」兩人起曰：「然則新舉人乎？」柳曰：「慚愧。」衆人皆譁，王生至，問柳，柳乃細述赴省僞作歸計事。王大喜，安置兩捷人，奔告母，母亦喜，乃爲羅酒漿，村之中皆賀客也。一日，母與女在厨下置饌饌柳，捧盆者入厨曰：「柳夥在此二年，竟不聞名，今貴矣，皆知其爲柳鴻圖。」女聞之失箸。母忖曰：「此女誓不嫁，今聞柳名而若驚，豈以顯者動心耶？」晚王生歸，母問曰：「柳夥有妻否？」王生曰：「家尚無，焉得有室。」女曰：「是青州人否？」王曰：「然。」至夜母謂女曰：「自兒隨侍我二年有餘，頗稱孝順，即親生女無以過此。但筵席百年終有散期，趁我暮年尚在，眼看汝尋一佳婿，我亦瞑目。無執前見，若個人家女兒在閨中老者？」女固深沉，已審其爲柳，又不欲直言之，但曰：「惟母命是從耳。」母告王。王告柳，且重以母命。

柳曰：「生離甚于死別，凶荒捐棄，臨別數言，依依在耳。我今得續佳偶，恐人在天涯，不勝白頭之歎，則男兒薄倖，莫我爲甚。」王曰：「鸞膠再續，爲無後計，兄必欲膠柱鼓瑟，作抱橋之守，倘果琴碎人亡，則終身留無涯之憾，又孰重而孰輕耶？」柳曰：「恩兄之言，加以老母之命，敢不謹從。猶有言者，萬一珠還璧合，尚望不櫛公稍屈一坐耳。」王反命，母頷之而視女。女曰：「俟到其間再作商量，未晚也。」王即店中設青廬焉。至日，彩輿鼓吹，女著錦帔，至撤帳換蓋，諸嫂姨俱來。柳簪花冠帶，爲親揭紅蓋，婦見柳喜動顏色，不覺嗤然有聲，既而止。諸嫂見之，以姑不識羞，歸告其母。柳固未近覷，亦私以爲何其貌之似我妻也。及晚，客散入室，柳執燭前，婦掩面悲慟。柳執其手，驚曰：「卿真我前妻一捻金耶？」婦曰：「郎固無恙乎？」柳大慟，繼復挑燈話舊，細數離悰，悲喜交集，真若再世。及晨，侍嫗〔襆〕(撲)被，第見鴛枕波紋，漬漬盈尺，將不知其濕從何處來也。柳乃衣冠見王，長跪謝曰：「吾兄恩義，令我刻骨鏤心，此並非當時楊裴諸公所可比擬。」王驚問，柳夫妻始告以破鏡重圓之故。王母知之，亦怡然曰：「吾固料女之不苟笑也。」後柳居新城，王爲之攬生徒設教於鄉。憶自五十、五十一兩年，東省各府旱荒，苗枯棉槁，杼軸爲空，民皆束手待斃。國家蠲免之令，賑濟之事，備禦之策，靡不周詳，較之前古，實所未有，而野中餓莩爲狗鳶食者，仍相望不絕。嗚呼！救荒無善策，誠哉是言也。又復鬻妻賣女，比比皆是，官府知之而不禁，蓋鬻之則妻女去，而父母與其夫獲生，否則終爲溝壑鬼耳。是時草根芰蔓，每斤十錢。市中有貨食者，輒搶而奔，比追及，已入口矣。又有數十爲羣，沿村奪食，夜則放火，故日未晡即錮户，通宵不得安靜。如柳生之幸，誠千萬中之一耳。

讀之淒愴動人。

世有恩誼如王生母子，當鑄金事之。傅聲谷(卷十六)

耳食録

樂鈞

《耳食録》初編十二卷，二編八卷，作者樂鈞（一七六六——一八一四），原名宫譜，字元淑，號蓮裳，别署夢花樓主，江西臨川人，嘉慶六年（一八〇一）舉人，以詩文得名。兩淮鹽政曾燠賞識其才，招致幕中，一生落拓，死于嘉慶末年，約五十歲。著有《青芝山館詩文集》、《斷水詞》。《清史稿》卷四八五、《清史列傳》卷七十二有傳。《耳食録》爲樂鈞覊棲之暇，追記所聞而作，有乾隆壬子（一七九二）自序，二編則成于乾隆甲寅（一七九四）。夢花樓原刊本稀見，有道光元年（一八二一）青芝山館重刊本及同治十年敦仁堂重刊本等多種。文明書局石印本及《筆記小説大觀》本等皆作五卷，非足本。

雪媒

康熙己丑冬，崇仁有兩姓同日娶婦者。一富室賈姓，一士族謝姓。新婦一姓王，名翠芳；一姓吴。吴貧而王富。兩家香車遇於陌上。時彤雲布空，飛霰如掌，郊原谿谷之間，一望皎然，幾不辨途徑。車上各飾綵繒，覆以油幕，積雪封之一二寸，絢爛略相似。同行二三里，共憩於野亭。輿夫媵僕輩體寒欲僵，共拾枯薪，爇火亭中。久之而雪愈甚，恐日暮途遠，各擁香車，分道而去。是夜翠芳將寢，環視室内，奩具甚薄。且非己物。疑婿家貧而易之，怪嘆不能忍，乃問婿：「吾紫檀鏡臺安在？可令婢將來，爲我卸妝也。」婿笑曰：「卿家未有此物來。今從何處覓？」翠芳曰：「賈郎何必相誑？」婿又笑曰：「吾真郎，非假郎也。」翠芳曰：「謂郎姓賈耳。」婿曰：「某姓謝。」翠芳聞言大駭，乃啼呼賊徒賣我。婿大驚，不知所措。家人盡集問故，翠芳唯啼呼不止。謝母怒叱曰：「家本儒素，誰曾作賊！汝父母厭我貧薄，教汝作此伎倆耶？誰能畏汝！」翠芳曰：「吾聞汝家本姓賈，今姓謝何也？」母曰：「咄！婢，豈有臨昏而易姓者乎？然則汝家亦不姓吴乎？」翠芳悟曰：「我知之矣，汝婦自姓吴，吾自姓王。吾來時途次遇一嫁娘，同避雪亭下，微聞旁人言，此婦吴氏。其婿家吾亦聞之，不能記憶，殆汝家婦也，而吾乃賈氏之婦。雪甚寒極，兩家車從倉卒而行，其必兩誤而互易之矣。速使人覘於賈氏，當得其故。」衆咸以爲然。而賈氏相距三十里，使者明日乃達，則延陵季女，已共賈大夫射雉如臯矣。蓋吴女凝視妝奩，略聞姓氏，亦頗知有誤，而心豔其富，姑冒昧以從之。至是知之，佯爲怨怒，而盆水之覆，已不可收。即賈氏之子，亦不欲其别抱琵琶也。使者反報，翠芳欲自盡，或勸之曰：「王謝之婚，本由天定，殆姻緣簿上偶爾錯注，合有此顛倒。今賈氏已婚於吴，則阿卿自宜歸謝，尚何負哉？」翠芳不可。謝氏乃馳介詣王公，告以故。王公深異曰：「非偶然也。」即遣媒者來告，願爲秦晉。翠芳以父母之命，乃始拜見姑嫜，同牢合卺，成夫婦之禮。厥後賈氏陵替，吴女憤恚而卒。謝氏子補諸生，終身伉儷，兒女成行，而翠芳以順婦稱焉。是事也，時人謂之雪媒。

非非子曰：余觀于畫屏紅葉之事，未嘗不嘆曰：巧哉天道，不意幻化滕六直解作冰人也。夫男女之道，納采爲定。值于親迎之日而交臂易之，可不謂奇妙者乎？然君子于此覘世態矣。（卷二）

紫釵郎

有馮生居郡城，郊外閒步，花木叢萃中一宅，雙扉半掩，有美人倚門斜盼，如有所待。見生徐徐掩門，如不勝情。生悵然而歸。次日復往，又見焉。遂低徊駐足，挑之以目。女低語曰：「蛺蝶亦戀花枝耶？」生應曰：「蝶不戀花而更誰戀？但未識花戀蝶否？」女笑曰：「蝶既戀花，何不飛上梢頭，栩栩何爲？」生遂入。而門遽掩。閒館雲虛，惟女獨處。生問：「宅上無人乎？」女曰：「吾有新婦，何謂無人。」生笑問：「卿安有婦？」女曰：「吾族納婿，均謂之新婦。今卿是也。吾名紫釵郎，卿宜郎我，勿得卿我。我乃得卿卿。」生笑頷之。紫釵向壁曰：「新婦惡岑寂，蘭奴、蕋奴可出侍。」俄有二青衣自壁中出，嫵媚可觀，生大驚，知其非人矣，疾趨欲遁。紫釵追捉其臂曰：「既爲夫婦，不啻骨肉，何相棄之速也？」遂命青衣將酒來，與夫人壓驚。酒至，連酌奉生。每杯自飲其半，兩頰盈盈然，如桃花之冶豔矣。生初甚畏怖，至是心動，漸狎暱之。紫釵復命青衣，往請諸姊妹及魏姑姑來，陪夫人花燭宴。凡稱新婦及夫人，皆謂生也。生亦戲自稱曰「妾」。須臾青衣報曰：「諸姑至矣。」有自東壁出者，有自西壁出者，共四人，皆韶顏豔質。指問生曰：「此新貴人乎？」乃自巾領下及襪履，一一審視，咸斂袂向紫釵曰：「賀汝得佳婦。」生頗羞慚面赤，儼然如新婦之腼腆者。青衣又傳魏家姑姑至，則一美人自南壁出，年稍長，迎紫釵笑曰：「偷香賊，乃敢延客，勞我遠涉。」紫釵亦笑問：「阿素何不教來？」魏姑曰：「小蠻女，累人難行，已命小婢將餅餡餌之矣。」於是敘禮就席。僉曰：「新人宜首座。」生遜謝，諸女共挽生坐之。復挽紫釵坐於次，曰：「新郎君宜此位也。」紫釵亦謝而後坐。已而諸女以次皆坐。一女名小瓊，年最少，居婪尾焉。蘭奴奉壺，蕊奴進饌，瓊醆雕盤，無復凡器。芳潔充筵，咄嗟而辦。酒數巡，一女執爵而起曰：「吾觀夫人眉黛風雅，新妝妙詠，可得聞乎？」一女曰：「此吾輩事，奈何以苦夫人？」生素自負，不覺愠見，曰：「詩豈苦人之具乎？妾雖不才，願有所獻。請即席賦之。」諸女微哂曰：「願聆佳句。」取牋筆授生，吟哦久之，不能就，雨汗浹兩頰。小瓊曰：「吾爲夫人解圍可乎？」遂奪筆書曰：「海内青蓮死，誰爲倚馬才？一言難返汗，點點落吟腮。」蓋生姓馮氏，詩折其字以嘲之也。一座鬨然。方譁笑間，南壁一婢抱三歲小女兒出，曰：「阿素尋母來也。」魏姑抱置膝上，將乳之。諸女群起弄兒曰：「能作一催粧詩，便當乳爾。」兒應聲而就，詩曰：「妝閣整巾衫，菱花笑相見。脂凝杜子唇，粉傅何郎面。」諸女咸喜曰：「真慧種也。」生驚愕愧赧，殆無人色。紫釵頗憐之，對衆曰：「吾婦新來，羞怯，故文思偶躓，再言詩者裸罰之，律無赦。」衆笑而戢，生亦少安。紫釵又曰：「今日宴者，阿素之外，凡七人，適符竹林之數。吾有觴政，各占一籌，得五君者勿飲，得山公者罰一爵，惟鑽核兒最爲汚鄙，若得阿戎，當以大斗酌之。而能有辭者仍勿飲。」衆皆曰：「善。」青衣具牙籌，書七賢姓名各一，以紫金簡貯之。紫釵探得王戎，生得山濤，諸女意在沛公，譁曰：「今日爲二人合歡之酒，第一籌便是佳偶，宜行合巹禮。」乃引滿一斗，令同飲各半，爵亦如之。飲訖，貯籌復探，生得王戎，酌大斗矣。一女得山濤者，索筆戲書曰：

「臣山公啓事：臣以斗筲，猥竊鼎鐘，伏見王戎，筦林猺豎，風塵小物。臣不敢濫爵，願薦戎自代。」舉爵向生，生無詞以報，遂並飲之。最後生復得王戎，不勝其虐。而紫釵得劉伶，生因謂之曰：「妾聞劉伶以酒爲名，一飲一石，五斗解醒。郎當代妾飲。」紫釵不欲忤其意，將飲之。時阿素方卧母懷，見之，亟代釵答曰：「婦人之言，慎不可聽也。」衆皆失笑。紫釵遂不飲。生怒甚，瞋目叱素曰：「乳臭兒，安敢爾！」而小瓊得阮籍，白眼而起揶揄曰：「君等視濬仲，雙目真閃閃如巖電矣。」衆復大噱。生是日雖置身羅綺間，而爲衆所播弄，神氣沮喪，賴紫釵常袒護之，然終覺口衆我寡，遂力求罷席。魏姑曰：「新人欲入温柔鄉，吾輩糾纏何爲者？」諸女皆起別，各向四壁中而去。生時已被酒，不暇誰何，黼帳錦衾，爛設東閣，遂與紫釵繾綣焉。次日晨起，諸女以酒肴來會，復縱飲至暮而散。生既住半載，亦能行壁中無礙，因過從諸女家，皆華屋幽閨，更無雜客，乃次第與諸女通焉。覺脂膚玉體，並殊凡艷，巫山洛浦不過矣。而小瓊與生情好尤篤。紫釵知之，亦不問也。如是數年，鍵户而居，足不履閾。一日忽思歸，言於紫釵。紫釵黯然不言，而愁怨之容可掬。生慰之曰：「歸即來耳，何不釋乃爾？」紫釵强頷之，淚珠熒熒然落襟袖矣。將行之夕，諸女畢至，慘怛惆悵，無復歡容。時阿素稍長。鵶頭緑衣隨母而至，亦牽衣喃喃叙別也。而紫釵及小瓊執手嗚咽，斷腸哀怨之語，至不可聞。生雖不勝其悲，而私怪兒女之情，過於牽戀。謂數日便當重會，何至如木落水流相訣也。遂別而行。至家，妻見之若不相識，但言此婦何來。生大駭，急言：「吾乃馮某也。」妻亦駭曰：「吾夫久出無蹤，而此婦假其名，得毋妖乎？」將欲走避。生猛然追憶，恍惚如夢，記紫釵故戲我，曾以巾幗遺我矣。乞鏡自照，宛然好女也，亟白其故。妻不之信。生因笑謂曰：「不記雙橋釣鯉時耶？」妻曰：「竿頭魚餌安在？」答曰：「藏於獅山淺澤中。」蓋當年閨中隱語也。語既符，妻熟視其狀，猶可識，遂納之同寢。牀第之間，固猶是藁砧風度。明日，重改衣裝，本來之面目始見。居旬日，往訪紫釵，風景不殊，道途猶是，而仙村人面，俱不知何處所矣。茂林叢莽之間，猿鳥悲鳴，若有彈指而泣者。生回念當時情況，雨散雲飛，欲再求阿郎呼我作新婦，了不可得。而泣别傷離之狀，耿然在心目間也。遂悼痛而歸，感疾迷離，數月而卒。

非非子曰：馮生，丈夫也，而女子婦之。紫釵，婦也，而男子郎之。以爲戲耳，豈意易形哉！方其爲婦也，不憶其嘗爲丈夫也。方其爲丈夫也，不知其已爲婦也。（卷四）

宓妃

有書生家洛水之旁，好義任俠。書齋假寐，夢青衣來告曰：「洛神宓妃，使下妾致命，以君之高義，將申不量之誠，已至門外矣。」生亟趨出迎，見洛神飄然降車，服飾姿容，果有如曹子建所賦者。侍者十餘輩，率皆妍麗風華。相見禮成，生啓曰：「塵凡下士，久企仙顔，無由展謁。何幸凌波之步，竟賁蓬廬，將何所命？」妃低鬟斂袂，貌若含愁，半晌乃言曰：「妾以鄙陋，嫠處鮫宫，每慮滄海瀾狂，自防如玉。黄初三年，偶踰閑束，稅履江皋，邂逅東阿，不及掩避。初未嘗流連盼睞，致蹈解珮之嫌。乃東阿詞人，好爲誇飾，妍詞豔語，借局抒才。致驚鴻游龍之談，爲輕薄者所藉齒。而臨濟劉伯玉者，竟雒誦於其妻段氏明光之前，加以褻語，遂致觸怒悍婦，捨命通津，欲效介氏之尤，憑泉瀆而爲厲。陽侯長者，任其作威，竟得竊據湫潭，役使鱗介，而應以美人得渡者，咸毀容妝，乃占既濟。自太始以來，千有餘年，皓齒青蛾，未有敢嬰其妬鱗也者。魚腹餘妖，不自愧恥，漸乃遷怒於妾，飛語横加，初無睚眦小怨，竟成骨髓深仇。妾爲是風馬牛之不相及，未虞寇至，曾不以龍武三軍，當此之時，剪除凶牝，優容過當，養禍蓄奸，致滋蔓之難圖，悔噬臍之無及。段婦嘯聚日多，悍流蜂起，延平六虎，盡爲爪牙。獅吼鳩盤，所在響應。蹂躪我邊陲，殺傷我將吏。河洛之間，安瀾日久，刻期徵調，惶惑奔逃。采旄桂旗，無以敵虎狼之衆。遂使憑陵所至，鱗介之屬，靡有孑遺。往者發使遮須，告急於國王曹植，且責以文壇不戢，厥口興戎。曹王愧謝，大詰戎兵。傾國之衆，尅期赴援。妬賊自度不支，聞風宵遁。援師既返，乘間復來。雖曹王念鄰釁之由己，卹與國之多難，一介乞師，無役不赴。而寇情詭秘，竊發無時，勞師遠來，無功而返。彼既歲疲于奔命，我亦虚縻其供億。頃聞羽檄馳告，臨濟之師，又將壓境。妾欲募召義勇，濟師益甲，乘其無備，先發制勝。義旗久建，赴難無人，而海内鵰鷲之徒，多爲敵用，疾風暴浪，可爲寒心。事之成敗，身之安危，在此役也。先生心存濟弱，義在鋤凶，故敢特布腹心。靦面之羞，所不能避。惟先生圖之。」生曰：「凶悍之惡，人有同心，惜玉書生，尤所深嫉。苟能佽助，敢憚勤勞。第恐水陸殊途，顯晦異迹，雖衆無所用之耳。」妃曰：「不然，昔涇川節度周寶，遣鄭承符將兵，赴九娘子之難。使朝那受縛，善女奠安，古今稱其俠烈。柳生仗義寄書洞庭君，錢塘奮怒，吞噬涇陽，骨肉再合，柳生獲盧女之報。書傳所載，不可誣也。誠能掉三寸之舌，乞一旅之師，屯戍水濱，爲犄角之勢，相機策應，進可以攻，退可以守。是先生以齒牙餘論，安全弱孺，而有大造於巾幗也。妾雖不慧，其敢忘德。」生問所需甲馬之數。曰：「得輕騎三千足矣。皆軍帖除名，無所復用於人間者。」生故與戎閫相善，計可借兵，遂許諾。妃謝而去。生倏然而寤，深以爲異。先是水中常有黑風捲浪，勢若山崩，歲輒數四，乃悟妬婦之相侵也。遂詣總帥言之，帥素重生，不以爲妄。生復思曰：「妃言須輕騎三千，皆以除名軍帖，當是已死者。不然，生人赴水，將何所用耶？」帥亦以爲然，遂籍已歿軍士得若干，牒送洛水。越數日，風浪如前。生復夢妃遣青衣來，曰：「妃主蒙君卹患，賜以貔貅，悉隸於虎賁將洛子淵戲下。洛君將略，非其所諳，又兼新集之衆，未經簡鍊。驟遇狂氛，倉卒逆戰，不能指揮將士，參用機權。夜屯無備，爲賊掩襲，三戰三北，挫折軍鋒。妃主憂危，計無所出，故遣下妾請命於先生，抒茲大難。知先生素優韜略，用策如神，久欲斬毒龍，搏脂虎，旁雪不平，爲天下快。此正用武之秋，建功之日也。幸勿以他詞委焉。」生聞之，怒甚，奮衣而起，謂青衣曰：「有是哉！吾往矣。誓當竭其微力，縛臨濟么麽，致之階下，以雪妃主之恨也。」遂隨青衣出，已有旌節甲馬之屬在門，須臾而至，翠棟虹楣，臺閣玲瓏。見妃淚容可掬。生前拜，妃亦答拜，坐生賓位而陳詞曰：「選將不慎，撓敗新軍，故收合餘燼，以待先生，爲破釜沉船之計。以先生瓌才勝算，當此妖狐，如掃塵振落耳。願聞勦賊之略。」生曰：「我以新集之衆，當遠涉之師，宜警守以待其弊。子淵意在速戰，已違戎經，且又防禦不周，爲賊所乘，是以有前日之敗。今寇已深入，不可復緩，緩將失機。蓋新敗之後，彼料我怯，謂將退保窮城，防我必怠。若以精卒宵加于彼，可以得志。」妃深然之。因命金甌取酒，爲生壯行。生飲訖，即躬擐甲冑，精選士馬。初更之後，犯其前軍，人不及鬬，遂拔之。次日，復整三軍，將與決戰。賊聞新帥善兵，盡皆膽落。使諜來偵，爲邏騎所執，因盡吐彼軍虛實。於是分布要害，設伏誘之，僞以羸師搦戰，詐敗而南。賊輕敵無謀，并力前進。鼓譟一聲，伏兵雲集，轉戰夾攻，賊師披靡，斬首數萬級。乘勝追襲，猝臨賊境。時賊全軍盡出，堡戍皆空，所至城守，莫不望旗歸命。段婦遣使請降，生不許，親率吏士亟攻，意在生獲。圍其三面，故解其西，誘其出而擒之。段婦果棄城而奔，匹馬潛逃，飛騎前遮，縛於郊野。遂大索其巢，餘黨盡獲。露布馳聞，臨濟波臣率衆稱賀，大犒兵士，振旅而還。宓妃率侍女百餘人迎于郊，笑靨歡顔，丰韻愈絶，撝辭慰勞，感謝再三。並轡還宫，與生登樓受俘，引囚於樓前，數其辜罪，唯叩頭鳴哀，摇尾乞命。妃殊不忍，遂欲貸以不死。生笑曰：「真神仙之度也。雖然，挑兵首禍，天有常刑。無滋敗類，實逼處此。宜論置極典，以彰法紀。」遂命押赴市曹，車裂以徇。其餘兇黨，悉皆伏誅。段氏臨刑而歎曰：「向怒伯玉，冀得爲神以報之。豈料爲神猶有今日。臨濟晚渡，可得見乎？」聞者嗤之。論因既畢，飲至策勳，欲封生以三萬户。寶玉之贈，不可紀極。諸將士賞賚有差。生辭曰：「排難解紛，而無所取者，魯連之義也。某激於區區之志，攘臂而來，豈爲此乎。」妃曰：「義哉！雖然，恩之不報，人其謂我何？」生不得已，受珍器數事，餘悉却之。妃復以白璧二、水犀一、驪珠四、鮫綃六，託生致總帥，以報其假師之意。於是開筵張樂，極其豐備。妃捧觴而起，爲生壽曰：「先生義勇所加，窮淵立涸，梟雌授首，維澤國萬世之安，雪玉臺千秋之恨。恩同再造，畢世莫酬。」生曰：「上帝彰美刑淫，假手於人，儒者任之。故巫峽之雲，瑶臺之露，藍橋碧洞之花月，率皆見於文章，形諸歌咏。天下後世，罔不知聞。雖以妃主之幽貞，無從伺影，而陳思忽然覿止，作賦留傳。翠羽明珠，恰傳阿堵。此皆天假之緣，使昭其美，而欲世間之知有妃也。至於妬忌之流，役夫若僕，嫉美如仇，持劍窺簾，奏刀發被，呈醜于廣衆之地，揚穢於遠近之口。頓使正士興歎，詞人發忿，口誅筆削，怒及枯骨。雖決西江之水以洗穢，持南岳之山以包羞，豈能喻其萬一者哉！若斯之故，是謂天刑。然或由頑鈍無恥之夫，薄倖無良之子，激發其豺狼之怨，醖釀其蜂蠆之毒，以至於斯極。固未有遷怒神仙，宣威津渡，直以一妬，上下千古，如段婦明光者也。負固水鄉，已歷千霜，未遭譴戮，而猶不戢思逞，幾欲瀆羅襪之塵，罪實貫盈，正宜殲滅。故某得上藉妃靈，下資兵力，搗其巢穴，殲厥渠魁。一鼓而平，無亡矢遺鏃之費。天之所命，非人力矣。且身隸幅幀，曾不能投鞭拂劍，預截横流，掃蕩腥穢，而使摇撼帷薄，震恐環珮，皆某之愆也，敢自功乎？」乃亦酌酒奉妃，妃爲連引數觥。紅妝數百人，皆次第奉生酒，獻酬歡暢。俄傳江妃、湘君、湘夫人等來賀戰勝，皆飈車羽輪，雲衣霞佩，咸向生斂衽，美譽之詞，不可勝紀。已而湘靈爲鼓瑟，江妃爲起舞，極音節神態之妙，真使蒼梧雲停，漢皋月白，殆非語言所能喻矣。及暮别去。生次日亦辭歸。妃知不可留，徘徊眷戀，悽然淚落。顧視諸女，亦皆神意酸楚。生於是亦惘惘有恨别之色。妃謂生曰：「後二十年，君當厭棄富貴，服食還仙，此妾與君相見之秋也。君但誌之，無深憾於此行。」遂以旌旗甲仗輿馬侍從，送生還家。砉然一聲，生乃驚寤。家人環泣，言已昏睡七日矣。呼之不醒，惟氣未絶耳。生具告之，家人復報東軒有寶物無數，耀目充庭。視之，即妃向所贈。蓋妃以生廉，不欲多取，故俟其歸而盡致之也。生後仕至郡守，頗思宓妃言，乃棄官歸，行導引之術。一日訣家人，大笑投洛水中死。數年後，有人見生與數麗人遊於水上。（卷五）

胭脂娘

王氏爲雲林巨族，家畜名書古畫，累世寶之。美人一幅，化工筆也。妖姬數人，倚闌撲蝶，掛於齋壁。王氏子韶年十六，蓋風韻之士，而篤於情。每注畫神移，向壁癡語，殆有叫活真真之想。乃題二絶於幀首云：「何處花間撲蝶姝，芳姿寧許畫工摹。桃源女伴尋夫婿，走入滕王尺五圖。　望立姍姍來未來，雲蹤留滯楚陽臺。東風誰道能輕薄，羅縠衣裳吹不開。」題罷，書款曰：「二八王郎題贈美人諸姊妹一粲。」父見之而哂，取藏之。韶不敢問。父死，家稍落，韶舌耕於他姓。有族子無賴，盡竊其家書畫賣之。美人圖卷，亦未知流落誰手。韶惘然懊恨，如喪拱璧。他日客洪都，館於許氏西齋。其東齋，主人之所偃息也，通於內室，客不得入。一夕月明，松下若有紅裳素箑，倚而招之者。就視之，一十七八麗女也。至於西齋，低鬟無語，而情意殊厚。數叩其名，始答曰：「胭脂娘。」質未明，別去。韶意許氏姬妾帷薄不戒者。次夜又偕兩女來，皆靚妝麗服，妖嬈非常，一曰絳花，一曰雲碧，繾綣而去。次夜絳花復送粉憐至，亦丰韻天然。前後共四人，承值無虛夕。相見之際，恍若熟識，終不記會遇何所。意四姬曾或共遊，相見于柳堤花徑間，未可知也。一夕以問胭脂娘，胭脂娘曰：「郎向贈妾等珠玉，何乃忘之？」韶懵然不省，亦弗深究。久之，四姬情益密。韶期以晝見，則皆不可，曰：「無使射工伺影也。」韶信之。後微以叩之旁人，則未聞主人曾有所謂四姬者，心頗疑而不敢問。一夜四姬並至，皆鎖眉斂態，有愁怨之容。韶怪之，曰：「與郎緣分盡此矣。」韶驚問其故，不肯言，因泣下。韶亦泣。四姬曰：「妾等各有新詩，願酬佳什。」雲碧詩曰：「恨殺畫眉人，將儂作年少。凝妝曉夜新，不向青荷照。」粉憐詩曰：「素靨低含笑，弓鞋左右看。碧霞裙上蝶，猶自避齊紈。」胭脂詩曰：「曉起傍紅欄，口香花上唾。遲回不啓唇，怕弄櫻桃破。」絳花曰：「阿姊輩愁思豔語，詩雖佳，失酬和之意矣。妾當補之。」詩曰：「共得蕭郎顧，崔徽寫照真。明晨尊酒畔，淒斷卷中人。」韶曰：「諸卿妙才，團香鏤雪，今夕始露。鄙人方寸已亂，不能屬和矣，但未識此後猶得相見否？」四姬曰：「在相見不相見之間。」韶不解其語，問之，仍不肯言。遂灑淚訣去。次日，主人謂韶曰：「君居此久矣，未嘗一至吾東齋。」遂置酒其中，邀韶飲。韶入東齋，舉頭周覽，忽見向所題詩美人圖，懸於齋中之西壁，而卷中人儼然所遇四姬也。臉暈消紅，眼波送綠，猶是夜來帶笑含顰之態，一一呼之欲出也。韶始而驚，繼而悟，久之淒然淚落，纍纍然和於酒樽中。主人怪之，韶秘不敢言，但言此畫吾家舊物，其上小詩蓋韶作也，撫今追昔，是以悲耳。主人亦豪士，毅然還之。韶拜謝，持之歸，供之於衾帷之側，將之以神明之敬，而禱之以夫婦之私。花月之朝，風雨之夕，飲食未嘗不祝，夢寐未嘗不懷。而楚楚相對，卒亦無有心痛而從者。韶自是感疾，咏青蓮詩曰：「相見不相親，不如不相見。」遂大慟而卒，時年二十一歲。命以美人圖殉葬焉。（卷八）

葆翠

某生篤學，自少至長無交游，誦讀之外亦無他嗜好，泊如也。讀書城中某寺，其鄰以宅售他徙，有叟挈眷來，税居之。鄰故有樓，俯臨生書室，久扃鑰。翌日，忽施簾幕甚華煥。俄有女子自樓出，妙齡殊姿。

生見而好之，木立移時。女憑欄他顧，略不垂盼，徐徐搴簾入，徑闔其扉。生徘徊竊嘆，天下乃有斯人耶。翹首樓上，冀女且復出，數日杳然。生意必叟眷屬，即往謁叟，欲結比鄰歡，爲朱陳計。門者謂主人性介，不願宴見賓客，置刺不爲通。生怏怏而返。次日復往，則杜其門焉，由是益悵惘欲絶，日對樓凝望冥想，而誦讀之聲不復作矣。一日薄暮，微聞樓上步履聲，扉乃啓，髣髴見紅袖。生喜，注目待之。忽微風颼然，一箭出簾間。生驚閃避，已著地，拾視蠟鏃耳。少焉，女挾弓矢出，見生，似甚怪怒，復射之。生神奪不復知避，又以蠟鏃無傷也，仰面受之。箭發中生頰，甚痛楚，拔視箭端，易以繡針矣。流血及頬，女乃大笑趨入内。生既病創，數日偃卧不能起，終不怨女。念女戲而賣己，殆非無意者，且以投梭故博傾城一笑，計亦良得。及瘥，則樓上簾幕無見，扃鑰如故矣。悽然喪魄，訝叟何故竟遷去。偵諸其門，則叟殊未遷。卑辭叩門者，乃知叟蓋山西富人，有二子外商，室中止老婦及竈下婢耳。始悟女竟非人也。熾念頓灰，然猶時時憶其美不置。遂感疾，遷延卧榻上。家人聞之，請醫來問狀。生但瞪目直視，不復作一語。舉室驚悼，謂生且死也。無何，躍然從牀起，神色怡然，若並無疾者。家人愈疑駭，環而守之。生辭焉，弗聽，三，始相引趨出。伺諸窗間，則聞生語曰：「退矣，退矣，卿盍前？」少間，生又曰：「君太惡作劇，乃以人面爲鵠耶？」則聞有吃吃笑者。笑已，乃答曰：「聊相試耳，君乃不怒。既知爲異物，乃復不畏，且念我且病，君良苦矣，而情亦至矣。是以來。」家人聽其語，知其鬼也，急排闥入，共從生以歸。生悲怛無已，奄然復病，飲之藥，弗效。更爲召巫，生乃見女來，笑曰：「巫焉能驅我，適誘我耳。久欲視君，苦無間，可乘此一遊。」生欣然從之出，略無阻隔，倏忽間行入一室，繡帷香榻，壁有圖，瓶有花，琴書玩好之屬，位置疏雅。女闢旁闥引生出簾外，憑欄而指曰：「是何處？」生審視，即己書室也。始覺身在女樓中，益自喜，且幸已於門側得斷弓及矢。生問：「此射我者耶？」女粲然曰：「然。爲其射君，罰而折之矣。」生亦笑。生既與女處，因問女姓字。女曰：「妾前明張總帥女也，小字葆翠，遘疾夭逝，棲魂於此，煢守泉關，未敢自涴。感君意厚，故不避非禮，赴情申義。不幸形跡乖異，見防於人，遲遲至今。」生曰：「鬼真畏人乎？」女曰：「非也。桑濮之事，安得靦然不避人目。彼雖不見，妾實恥之，非畏之也。」生曰：「吾與君今日殆夙緣耶？」女曰：「非緣也，情也。無緣者神魂不親，飛絮因風，飄萍逐水，偶合偶離耳。妾向遇君，蓋如此矣。若情之所結，自有而無，亦自無而有，由生而滅，亦由滅而生。山川不能間，死生不能隔，而天帝明神不能禁也。」生曰：「卿埋香已久，九原寂寞，盍爲再世玉簫乎？」女曰：「鬼之不欲生，猶人之不欲死也。人不能不死，鬼則可以不生。且人之生也，饑寒伺其身，職役勞其形，嗜好攻其情，災患怵其慮。妾嘗爲人，備領之矣。而溘化以來，舉不復有此，何樂如之。雖有絳雪神丹，還魂靈草，不願服也。」生唯唯。歷三日，女促生歸。生恐失女，不肯行。女曰：「無傷也，君歸請宣言於衆曰：『聽我，我乃生；不聽，且死。孰與聽我？』衆必聽，則使人迎我於樓，妾即至矣。不然，幽遘亦何可長哉？然須將幣帛，具輿馬，如婚娶禮，妾乃行。非以爲文，禮不可廢也。」生唯唯，遂歸。忽從榻上起，則聞家人驚喜曰：「生矣！」問魂亦何之，生如女教。家人不忍違，竟爲娶女以歸，居室如夫婦。女性貞謐，不好冶媟，生之外雖三尺童子莫能覯也。生有外兄某，聞其事，欲求見女。女不可，某堅坐不去，語漸褻嫚。女掩耳讓生曰：「閨幃之中，安得容淫朋穢語？幸速遺之。」某聞，慚而出。其嚴凜如此。女流相對，間亦形見，往往相謂言，目中閨彥無如新婦妍且慧者。居數年，帷薄甚修，遇有休咎，多因女決之。生家呼女爲神娥。生感女意，不復娶。女勸生納姬，生二子，爲父後。生卒，女亦去。女嘗出生時小像，使生題識之，藏於家。（三編卷四）

影談

管世灝

《影談》不分卷，或分四卷，作者管世灝，字月楣，海昌（在今浙江海寧）人。性孤傲，深爲常人所惡，故名不出鄉里。初遊京師，撰《吊荆卿》戲曲，爲桐鄉汪雲壑所賞。久無所遇，曾入其從祖之縣署贊助擘劃，後于桐鄉（在浙江）爲館師，往來于荒村窮巷間，鬱鬱而没。《影談》一書，嘉慶五年（一八〇〇）著于桐鄉館塾。嘉慶七年其從祖管題雁（字柳衣）爲作序，並附評語于各篇之末。同治二年（一八六三）蟄庵居士又爲之序。

反黄粱

尚書某公，江南人，以父廕得官，歷任顯秩，位至秋官，又以平蠻功晉封公爵。子五人，皆居顯要。年五十，長孫成進士。當傳臚之日，適某覽揆之辰，賓朋僚屬，介壽者莫不以大魁預賀。未幾，鈴旗以第三名報捷，衆皆雀躍。某獨以不揭元燈爲悶，使家人應接賓僚，己獨入園中散步。忽一道者叩扉而入，時某方慕長生，見道者風骨不凡，邀入書齋，與談導引術。日將午，某命具膳。辭曰：「方外人素不食人間烟火，療飢有具，無擾郇厨。」囊中出鍋具，傾黄粱升許，拾松針以爨，謂某曰：「公今日多談傷氣，宜養元神。」出一瓦枕置榻上，某遂假寐。方欲交睫，見一道童自外入，向道者附耳數語，道者輟炊而起，謂某曰：「頃廣成子邀遊崆峒，公欲偕往否？」某即隨道者出，頓覺雲生足下，瞬息間已至一山，恍若仙芝含露，琪樹飄香。某喜已入仙境，觀玩不已。旋至山頂，道者指一井曰：「此廣成子飛昇處也。」某俯視之，深不可測。正注目間，被道者一推而墮，幸兩傍甚狹，急舉手撐定，祇覺天地昏黑，腥穢之氣，直透毛孔，目昏頭暈，驀然墮地。聞有人語曰：「男也！男也！」急舉目視之，已在一矮屋中，燈火熒然。一婦人仰卧榻上，又一白首媪，往來絡繹，口中喃喃不已，狀甚匆忙。心大疑，自視己身，長僅盈尺，裸卧於地，已知另投人身，大呼：「我某尚書，爲妖道所賣，誤入汝家。」竭力速呼，似不相聞者。俄見媪檢一絮綳裹授婦曰：「呱呱不已，想即欲哺乳矣。」某念絶食可冀還魂，未幾飢不可忍，略吮之，覺心神頓爽，漸不自禁。未數日，有擔米歸家者，則其父也。媪喜謂曰：「而婦已得一子矣。」其人抱而笑曰：「五官似吾，他日幸勿傭工。」某始知爲傭工子，益羞憤欲絶，惟事已數日，縱覓死還魂，軀殼已壞，强忍之。後知父李姓，籍隸陝西，母爲再醮婦。又聞人數甲子，竊視曆書，隔前生已十餘年，心乃漸安，惟恨口不達語，無可告人。後語諸父，非惟不知尚書爲何官，并不知江南爲何地也。某愈憤躁，計惟讀書，冀得一第，或可訪問。李使就學村塾，名李雲。某前身係廕生，本失學，二十餘猶困童子試。後父母卒，家益貧，以訓蒙餬口，設硯於鄰邑安樂村朱氏。朱本田家，有女名桂娘，美而豔，已嫁而寡，朱以妻某。某正無家，遂贅於朱。時同村有張姓者，號兩翼虎，父官巡檢，倚父勢無所不爲。聞女美欲買爲妾，使人諷朱。朱以告某，某大怒，欲毆之。朱歎曰：「張公子勢大如天，無敢逆命。君若犯其逆鱗，禍不遠矣。」遂憂憤成疾。後病篤，召某及女，囑以身後事。未數語，忽門外人聲大噪，張率衆排闥直入，挾女以去。某奮力奪之，朱亦力疾起助，被張一推而絶。某憤甚，舉刃連斃數人。張鳴諸官，某詞甚抗，批頰數十，加以三木，遂誣服，繫諸獄。獄吏苦之。某念前勘問犯官，嚴刑拷訊，桁楊刀鋸，率意加人，今一一親受，不如速死。後竟緩決監禁，垂二十年。會大赦，得以減等，充發江南。某竊喜，解院後，即至家探問。遥見車馬盈門，規模如舊，某益喜，急入問之，已改爲某侍郎居第。問諸鄰，鮮有知者，惟一老者曰：「君所問，即昔年官尚書者耶？」曰：「然。」曰：「今子孫現居郭外榮華鄉，門外横卧一華表者，即是也。」某即出郭訪之，見敗屋數椽，一老嫗倚門而績，貌甚龍鍾，問之，即某之孫媳也。未幾有擔糞而至者，爲曾孫行。肩負薙草具，結隊歸家者，爲玄孫行。某不禁凄然淚下，謂嫗曰：「余即爾家尚書公也。今托生爲余，特來探問。」嫗曰：「我尚書公殁已六十餘年，君壽幾何？」曰：「已五旬矣。」嫗拭淚曰：「猶憶公五十誕辰，以長孫不中狀元爲恨，悶絶園中，不料子孫淪落至此！」某（問）（聞）田園屋舍，曰：「某第爲某人所得，某别墅爲某人所居，某田售某處，某莊歸某人。」又問：「赤玉獅尚在否？」蓋某征蠻時曾得一赤玉獅，極賞愛。曰：「此係公玩賞之物，已殉葬矣。」問壠邱何在。曰：「屋西拱木者即是也。」某即步至墓前，第見衰草迷離，白楊蕭颯，狐嗥鴉噪，滿目荒涼。某不勝悲從中來，不可遏抑，大哭一聲而仆。及起，盡失所在，自視衣履仍一品頂帶，惟身在荒郊，不知歸路。正驚疑間，遥見一軍官押車數輛，策馬而來，見某疾躍下鞍，向某泥首。某問：「何人？」曰：「職鄭雲鵬，前從征蠻時，蒙大人拔陞守備者也。」又問：「何來？」曰：「奉浙撫命餽送大人五旬壽禮。」某回念數十年事，歷歷在目，益心疑，即命取柬帖視之，年月依然，仰視天日，尚在午中。某愈不解，復問：「此地屬何縣界？」曰：「前即彰儀門矣。」某即借騎，急入城中，將至菜市，見人叢稠密，意必決囚。立馬望之，見男女十餘輩，面縛而過，則己之妻孥也。某心膽碎裂，暗問傍人。答曰：「某尚書以長孫不中狀元，怨謗朝廷，闔門棄市。惟正犯在逃，未經緝獲，俟拿到後一併梟首耳。」忽一人自後呼曰：「這不是正犯耶？」疾扭下鞍，一跌而醒。開眸微視，道者仍倚柱作黍，笑謂曰：「片刻朦朧，曾入華胥否？」某涔涔冷汗，不敢作聲，良久下榻向道者曰：「余已閱破紅塵，願請受爲弟子。」道者笑曰：「公一代偉人，何出此語？曩見公似有不足之意，故借雲房之枕，聊懲望蜀之心，今已悟此，何愁富貴不綿遠哉！」語畢斂具而去。某自是春冰虎尾，時懷謹惕，王三錫命，而傴而俯矣。

柳衣氏曰：得隴望蜀，亦屬人情。若某尚書功名富貴，與博陸、汾陽齊驅並駕，此猶不足，則天下無足意境矣。而今未熟黃粱飯，報道英雄夢已醒，誰能看破？（卷一）

繩技俠女

嘉善諸生周鑑，赴歲試，寓府城張氏。張本孀居，有女名蓮娘，婢曰秋霞，俱工針指，薪水賴以給。叔號出林虎，與婦同居，橫暴而有力，曾被府訪押鎖石獅上，虎挾獅以走，以此人益憚之。時周尚未娶，見蓮美，欲委禽焉。諷婢達婦，婦喜曰：「蓬門陋質，得附名楣，又何靳焉。惟叔素無賴，須善商之。」會生家書至，聞母病，不及語虎，即馳歸。婦恐有變，臨行出一沉香佩贈生曰：「此蓮女幼時把玩物也，今以贈君，他日幸無異議。」生敬諾。比歸，母已卒。婦商於虎，虎果不可。婦以憂憤死。生居喪次，弗預外事。年餘，應浙藩聘，順道往訪。婢謂生曰：「蓮姊望君如歲，虎實利徒，啗以重利可得也。」生正躊躇，適虎自外至，見生怒曰：「窮措大絶無瓜葛，何遽直入人家！蓮女非千金聘，不可得也。」語畢，横睛眄視，生懼而退。夜泊石門縣界，憤不成寐。俄一舟繫纜並泊，時歲饑恐行劫者，生問何船。答曰：「劈竹鉛。」蓋檇李城南三十里，地名邏水，遠近五十餘家，凡四姓，曰董、姚、徐、沈。婦女悉工繩技，身輕似燕，體捷如猱，柳舞花飛，見者耀目。而董氏諸女，更以拳勇著。其語有不欲人知者，另有翻切謂歌爲華軒，撥阮爲嘈姑，鞦韆爲仙勞，登高竿爲仙輕。對客嘲笑，鮮有知者。篙工恐好事者滋事，將舉隱語答生，彼云「劈竹鉛」者，猶言繩技船也。生固不解，益心疑，側耳竊聽，隱隱有嗚咽聲，久之寂然。忽聞呼蕙姊者三，又驚呼曰：「蕙姊刲股暈絶矣！」絮語喃喃，夜半乃止。晨起視，見一女子，年約二十許，推蓬而出，雲鬟蓬鬆，淚痕猶濕。生礙於致問，乃揚言曰：「昨宵徹夜未眠，殊苦困憊。」女致謝曰：「祇以妾故，驚擾清夢。」曰：「昨悲泣者即卿耶？何哀怨乃爾？」答曰：「妾邏水董氏女蕙娘也，幼習繩技，隨母游吴越間。今母病垂危，是以飲泣耳。」生曰：「曾藥之否？」曰：「醫言虚弱，宜服蔘苓，此又非妾所能力辦也。」語畢，淚下。生心惻然，啓篋得數十金以贈女。女曰：「君固慷慨士，妾亦非彈箏賣笑者流。願示姓名，以圖瓊報。」遂以里氏告，各解維而别。生既入幕，殊信任。後方伯緣事被逮，生亦繫於獄。未數日，獄卒言一女子探視，生心疑，召視之，則蕙娘也。略問始末，即向生耳語曰：「君幸無家室累，脱君遠遁何如？」生曰：「非維不可，且不能耳。」女舉雙掌將手紐一拍而脱，曰：「能乎否乎？」生曰：「僕本無罪，數日間即可出獄。卿既具神力，願以他事瀆卿。卿亦知禾郡出林虎否？」曰：「聞之矣，萬人敵也。」生曰：「虎之姪女名蓮，曾許僕。今女懷舊約，虎負前盟，卿能留意，古押衙不足數矣。」女踟躕曰：「其家尚有餘人否？」曰：「秋霞一婢，蓮之倩楯也。」女曰：「事固易易，須得君書，彼方見信。」生解佩與之曰：「此蓮之舊物，示之當喻。」女即辭生，至禾，將至張，見鼓樂喧闐，擁一綵輿出門而去。女知有變，急入内堂，一婢掩泣屏後，見女問爲誰。女知爲秋霞，遽問曰：「如今虎何在？」曰：「在寢。」乃低聲謂曰：「余董蕙娘也，爲周郎接取蓮娘者。」問何據，出佩示之。秋頓足曰：「蓮姊爲虎所逼，已賣入副鎮府矣。」曰：「願否？」曰：「求死不得耳。」語未竟，忽聞舍後履聲橐橐。秋曰：「虎至矣。」女即望空一躍，飛身牆外，虎昂首而出，未之覺也。秋正驚惶，女復躍入，謂秋曰：「計有所出矣。」曰：「何如？」曰：「蓮娘臨行，有何遺物否？」曰：「粧臺無恙，恣取可也。」曰：「一二足矣。」乃與秋並入卧室，蓮鈎觸處，鈿響錚然，一金步摇也。秋曰：「此鎮府聘物，想催粧時，衆女扯拽，蓮姊誤墮於此。」女喜曰：「此天賜周郎也。得此已可直入鎮府，餘無用矣。」女即至府，門者呵之。答曰：「虎使送步摇者。」見鎮呈步摇。鎮喜，留待蓮娘。女乘間示蓮以佩，蓮益悲咽不已。乃密語之故。蓮問何時。曰：「非午夜不可。然不醉鎮，恐不可脱，須善勸之。」遂具飲以俟。至夜客散，鎮扶醉而入，蓮酌巨觥以奉。女撥琵琶侑之。鎮大醉而寢，女曰：「此其候矣。」即負蓮飛越重垣，駕舟而遁。比至武林，生已脱獄。女戲謂曰：「連城白璧，反自相如。然妾已懷鍾建負我之嫌，君當奈何？」生深謝之。女曰：「君姑弗謝，妾負擔未弛，且有後命。」生問故。曰：「君自當知。」生即旅館中諧花燭，花香蝶戀，春暖蜂狂，樂可知也。蓮謂生曰：「妾既幸脱魚鈎，秋霞未離虎穴。致之聚首，君惠良多。」生難之。蓮泣曰：「秋霞與妾，甘苦共嘗，且刻下未必不以妾故被累。倘伯仁實由我死，妾不忍獨侍巾櫛矣。」生商於女。女曰：「妾固云尚有後命也。然此事宜疾，遲恐生變。」生問期。曰：「妾先往探桃源，君後載美過范蠡湖可也。」先是鎮娶蓮時，以厚貲給虎。及蓮亡去，鎮醜其事，不爲根究，（惟）（維）拘虎追其值。虎固博徒，已耗其半，無可償，乃請築一壘於演武場，招人角鬬，懸百金爲注。勝者酬之，不勝者償半。鎮知虎勇，許之。女至，聞稱虎勇者，不絶於道。潛至虎家，謂秋霞曰：「蓮娘已諧夙願，卿將若何？」曰：「蓮若負心，有死耳。」曰：「此來正爲卿地，恐爲虎覺，須秘之。」秋告以設壘事。女曰：「誠是，吾寧爲曹沫，不作崑崙奴矣。」遂辭秋曰：「虎若召卿，宜即往。」復至舟中。適生已至，以秋語告。蓮問秋霞何在。女曰：「若奪虎壘，秋當自至。」生曰：「能擊之否？」曰：「姑試之。」乃與生共至演武場，觀者萬人。虎據壘呼曰：「某奉鎮府命，設壘於此。願角者登。」生促女擊之。女曰：「未可。其氣方盛，且莫試之，勝之不武。」未幾，虎又如前呼。一偉丈夫應聲而出，有識者曰：「此雲中鄧雄也，曾徒手搏虎，非此不足敵。」鄧至壘前，一躍而上。虎佯退，鄧乘虛疾入，至壘盡，虎驀然蹲地，橫腿一掃，鄧即仰顛壘下。虎又呼如前。一人自壘後躍上，突將虎腰一掀，虎略閃，其人倒撞下壘。衆譁曰：「此侍衛尚非所堪，虎固角而翼者也。」女謂生曰：「可矣。君先與蓮娘歸，妾當後至。」遂至壘前，問虎曰：「苟勝汝，何所獲？」虎曰：「懸賞固在，汝不知耶？」女曰：「不願得金，願得秋霞爲注。」虎笑曰：「秋猶金也。」即使呼秋，秋果即至。是時地形漸窄，觀者愈多。女即飛身躍上，直撲虎胸，被虎向脅間盡力一推。女趁勢一躍，如飢鷹脱韝，直入雲端。虎舉首仰視，瞰日晶瑩，雙睛瞀眩，略一瞅眼，女疾飛下，蓮鉤一舉，直中虎頷而仆。女即扶秋解纜而去。未數里，已及生舟。謂生曰：「如天之福，幸不辱命。妾之報君畢矣，請從此辭。」生邀留至家，女固不可，曰：「君果念妾，七日内至妾家，尚及相見也。」語畢，雙槳如飛，瞬息而杳。生歸數日，擬至邐水。會蓮病，逾期而往，覺門户蕭條，一老嫗啓扉而出。生問蕙娘，泣曰：「蕙女歸家後，兩脅腫脹，據爲一力士所傷，已於數日前嘔血死矣！」生大慟，乃厚恤其家。其家葬於邐水之上，表曰秀水俠女董蕙娘之墓。

柳衣氏曰：「寧爲曹沫，不作崑崙奴」一語，使天下儌倖成事者，一齊愧殺。若既入虎穴，何妨即得虎子，必欲撩虎鬚，竟不免於虎口。與荆軻生劫秦皇，同爲恨事，惜哉！（卷二）

洛神

泰安諸生甄瑜，美鬚眉，倜儻好俠，更饒膽力。會省試歸，見郊原有縱獵者，鹿奔兔走，觀者如林，甄亦躡於衆後。注目間覺身後有拽其衣者，視之狐也，身負巨瘡，已不能履，乃解衣覆置車中而去。至旅店，舉衣起視，則一美少年也，白袍銀鎧，獸帶華韡。甄懼，抽刃將斫之。少年疾起撫劍曰：「君不殺於原形未斂之前，而殺於已變人形之後，不畏人命累耶？」甄悟而止。問其姓，曰：「真形已露，勿爲君諱。僕乃瀍水狐也，託姓袁，名復，奉泰山娘娘命，調征黄河水母而還。適過圍場，誤傷飛銃。知君長者，故求援手耳。」甄喜其風度儒雅，與之坐，復問有家室否，愀然曰：「君此問殊動吾離别之悲。僕少孤，無强近之親，及長善騎射，游於洛，遇甄氏婦。婦亦狐也，有女二，俱工詞翰。長曰驚鴻，適岷山狐而寡；次輕燕，更喜絲竹。婦憐余美，贅爲婿。當花燭初迎，符命適至，匆忙就道，兩新人尚未識面。今屈指三載，音信未通，不知作何景況矣。」語畢，復出鸞牋一幅，授甄曰：「此僕臨行時，一乳娘所轉授，據云輕燕贈別之筆。僕不忍撇棄，常帶衣袖間。」甄展視之，乃新婚詞一篇。其詞曰：「華堂春暖日之吉，雀屏妙選乘龍匹。爭看詩史結天親，賓朋雜遝狐羣集。忽聞天使有傳呼，檢點行裝倉黄出。君言從古不宿家，欲怨離情不遑述。念我塗山曾祖姑，嫁得神禹洪水溢。巍巍帝德重新婚，敕使加恩留四日。辛壬癸甲伴晨昏，他日喜聞呱呱泣。今者召役如追囚，不得在家停呼吸。從今欲見君形容，除非夢魂來入室，恐君夢妾妾夢君，關山迢遞兩相失。縱或有時交臂過，妾與君面曾未識。勸君勿作兒女態，奮勇殺賊仰報國。君幸功成妾未衰，歸來終當侍巾櫛。」甄覽畢，嘆曰：「纏綿真摯，洵非凡手所能。不識君何日榮歸，與令夫人聚首？」袁曰：「凡供泰山職者，十年之内，無敕命不得擅離官守。歸期尚遠也。」甄曰：「然則仍返泰山乎？」曰：「然。〔惟〕（維）苦身負重傷，不能速達耳。」甄曰：「僕亦返泰安，與君同乘何如？」袁拜曰：「既蒙不殺之恩，又獲後車之載，感不淺矣。」袁博雅風流，性更豪曠，叩以經史典籍，俱能剖析玄奥。惟問以幽冥事，則不答，曰：「天道遠，人道邇。君縱參透玄機，亦屬無用，況不能乎。」歸後告別，甄殊不忍。袁曰：「既蒙雅愛，日間不敢曠職，夜静後向空一呼，即當自至。」許之，遂不見。自後月明人静，輒應呼而至。花前小飲，燈下圍棋，水乳交融，各抱相見恨晚之慨，然不呼則不至也。一夜甄已酣寢，聞叩扉聲甚急。啓視之，袁也，貌甚倉皇，謂甄曰：「僕向不敢以幽冥事告者，恐已獲罪於天。今君有奇禍，不得不爲君告。」甄驚問何爲，曰：「今日嶽神發下雷部會稿，内有君諱，奈何？」甄大駭曰：「僕素無不法事，何遽罹雷厄？」袁曰：「僕亦疑之，然所注籍貫年貌，無不吻合，諒非誤筆也。」甄曰：「君能爲地否？」曰：「雖不能救君，然已緩君。稿批三月某日正法，僕暗改作五月。今爲期尚遠，君宜遠竄以避慘禍。」曰：「天可逃乎？」曰：「震驚百里，遠不能及。若藏形千里外，更高枕無憂矣。」曰：「廣陵可否？」蓋甄有懿親在揚州，故念及之。曰：「可。然此事宜速，明晚即可速行。僕當送别河梁也。」語畢，匆匆逕去。明晚甄遲袁不至，呼之寂。然甄惶甚，如失左右手。久之，袁入謝曰：「蒙寵呼，適有便鴻至洛，作家書數行，是以遲遲。」甄遂行，袁送諸境而返。至維揚，主人居第甚窄，甄苦之。主人曰：「後樓甚寬曠，惜爲狐所據，人不敢近。」甄請居之。凡五間，窗明几净，檐聳庭寬。下榻數日，了無他異。一日晚坐，見一人自庭外入，見甄踉蹌反走，驚墮一物。視之，即袁之家書也。外另票云：「即帶揚州，問某府便是。」字跡迥出兩手。大異之，置諸案頭，秉燭以待。將二鼓，忽燭影亂摇，陰風撲面，一物自案下聳身而起，黑質毛身，睛光閃爍，似欲攫取袁書。甄大叱之，隨聲而没。未幾風又作，瓦屋皆震，一夜叉赫然躍入，藍面猙獰，齒如利刃。甄疾舉劍斫之，吱然而遁。笑曰：「吾固知其無能爲也！」遂寢。俄聞隔房呢呢有語聲，復披衣起，耳之盡婦人也，語不甚可辨。忽一婦人秉燭而入，年約五十許，兩少婦徘徊幌户間，不敢近。甄叱問之。曰：「妾甄氏婦也，子婿袁郎有家書一函，據投遞者稱，落在君處，祈念三月萬金之重，俯賜擲還。」甄曰：「向寓洛水者，即媪耶？」曰：「君何以知之？」曰：「僕甄某，家近泰山，與袁郎相識，故知之甚悉耳。」即檢書授婦而去。

良久婦復至，拜曰：「袁郎書中備稱大德，苟非君惠，久作異鄉鬼矣。」復呼二女出，曰：「甄君恩我，且同姓，可相見也。」二女拜，以兄呼甄。甄問婦曰：「尊寓向在洛水，何更遷居？」婦曰：「母女伶仃，頻苦外侮。去年族弟有抵吴之便，挈帶妾等遷避於此。」曰：「曷弗遷往泰安，可與袁郎相近？」曰：「妾亦籌之，第苦弱質無依，長途未便耳。」甄曰：「僕歸時，共媪北行何如？」曰：「何時？」曰：「據袁郎云，非五月終不可。」婦問何爲，告以故。婦大驚曰：「袁郎少不更事，幾負洪恩。彼阿香善御，列缺能飛，縱有章、亥、夸父之能，不能走避，奈何以拘迂之見，輕率誤人！君宜速歸，妾自能免君於難。」甄遂偕婦及二女歸，即呼袁。袁見婦及女，大喜，問甄何即歸。婦語之故，且咎其疏忽。甄乃糞除隙宇以留婦，袁自後朝出暮歸，與常人無異。初，甄有從弟名瑛，與甄同居，性佻達，見女美，輒生輕薄意。蓋鶩鴻賦性幽閒，如籬落寒梅，偏饒逸韻。輕燕舉止窈窕，似長堤春柳，姿態宜人。瑛以鶩鴻鳌也，易以動，屢挑以目。鴻以甄故忍之。一日晝卧，瑛悄然入，狎抱求歡，鴻拒之，力且盡，度不能脱，乃紿之曰：「五月某日，甄將遠行，當從命。」信之。屆期婦仗劍作法，鴻止之曰：「瑛屢無禮於女，不妨移禍令尹。」甄欲致問，牆角間已殷殷作響，甄急退避，婦亦斂術。瑛不知也，即入鴻寢。鴻方對鏡理粧，瑛狂喜，促鴻登榻。鴻指鏡謂曰：「君試自視，消瘦至此，尚欲輕狂耶！」瑛戲撫鴻肩，近奩自照，則鬚眉如戟，與甄無異，大驚，舍鴻疾走，轟然一震，斃於柱下。甄雖懷鴒原之痛，而怒其有雄狐之耻，亦不之惜。後甄婦病亡，遺二子，曰江、曰漳，俱幼。鴻代爲撫育，教之句讀，稍長，授之經史，與燕更番督課，不遺餘力。甄感其義，以一子繼鴻，使自擇。適有餽同功繭者，鴻各使賦詩見志。江曰：「一絲終不亂，二美互收功。」漳曰：「經綸原獨運，參兩亦成功。」鴻曰：「漳兒必成偉器，江兒徒事尖巧，非館閣中人物。長哥世代業儒，不可無令子，以光門閭。愚妹無望寵榮，得一人以侍晨昏足矣。」乃取江依於膝下。一夜袁歸，喜謂婦曰：「前上帝降旨，敕嶽瀆諸神，查天下女狐，以節孝著及才德俱全者，予以旌賞。神將鴻姊及燕中奏，帝嘉姊節，敕授洛神，使燕佐理其職。俟某十年差滿，即可同日榮歸矣。」後江、漳俱以幼童入泮，甄敬酌鴻與燕，曰：「閨中荀息，閫内程嬰，惟二妹足以當之。」自後焚膏繼晷，責課益嚴。一日二人共讀《聊齋志異》，鴻謂燕曰：「使柳泉而在，吾兩人足壽世矣。」燕曰：「江南沈孝廉所著《諧鐸》，空靈藻麗，亦才子也。惜年齒已尊，不復肯作綺語耳。」遂書一絶於後，曰：「玉骨冰姿絶點塵，喬家姊妹是前身。蘅漁已老留仙死，誰繼陳思賦洛神？」

柳衣氏曰：自朱郭風行，婦女亦具俠骨；珠環作報，異類亦有恩讎。一結馳想蒲沈，悠然不盡。山河渺渺，知己寥寥，顧安得愛才如兩美哉！（卷四）

塗説

繆艮

《塗説》四卷，有道光八年（一八二八）如此草堂刻巾箱本。作者自序于四十三歲時，在一八〇八年，當有原刻本。繆艮（一七六六——？），字兼山，號蓮仙，仁和（在今浙江杭州）人，秀才。編有《文章遊戲》四編，書中收其《塗説》自序及《自悼》曲、《自叙詩》，可略知其生平。

爛繩亭

陝西某，自幼好修仙學道，往往尋師訪友，迄無所遇，垂老好益篤。一日率家人入山，見絶壑深不可測，境極幽邃，意此中必有異。然無階級可循，爰命家人以長繩繫其腰，從空墜下，並屬曰：「吾若摇動其繩，汝等可將繩拽起，吾即出。」於是下至深處，有一洞，逡巡而入，地皆淤泥，兩足俱陷，乃急拽其繩。詎知足陷泥中，身體重滯，家人因摇繩甚急，用力一拽，繩忽中斷。衆驚惶無措，不得已，鳴之官。官亦無可如何。遲之又久，莫知影響，遂築亭於上，名曰爛繩亭，並竪碑紀其事，以警將來。某在洞，知已斷絶，身不能動，因以兩手據地，匍匐蛇行，飢則丸泥而吞。約兩晝夜間，豁然開朗，起立周覽，覺别有天地非人間矣。道遇童子採藥，引至一處，有老者問其何來。某告以故，且言願拜爲師。老者斥責其妄，繼而曰：「姑留此。」由是荏苒數載，未傳一術，即問亦無所答。一日，老者將他出，戒某曰：「屋後有一洞門，慎弗輕啓。」老者出，某自計曰：「此洞内必藏仙書祕訣，故戒我弗啓耳。今何不竊窺之。倘有所得，庶無負此番閱歷也。」遂私啓其門，即而視，昏黑無所見。正端詳未已，俄而一陣冷風，身飄飄如敗葉墮地，注目四望，却歸故土。然城郭猶是，人民已非。比至家，破壁頹垣，迥異疇昔，所遇人亦無一識認者。入户惟一老媪，某告以始末，媪凝思曰：「幼時曾聞先人云，不知是幾世祖，欲求成仙，以繩墜下深壑，不知所終。後來相傳有爛繩亭故事，今已數百年矣。」某大爲驚歎。第觀此情景，無可倚依。適里中有一荒庵，權且入奉香火。遠近傳爲神仙再世，咸來問禍福。某隨意略言休咎，無不應驗。又數年病殁，衆人醵金買棺盛殮，但不能無疑於神仙之死。未幾有人從他處遇某，安然無恙。衆復啓棺視之，僅有衣履存焉。（卷三）

按：此即從唐人《集異記》之《李清》（《太平廣記》卷三十六引）删改而來，而反不如原作之詳。

吴興異聞

浙江湖州府歸安縣董生者，少失父，有遺腹弟，及四歲，母病又垂危。時生已娶婦，甚賢孝，姑執婦手嗚咽流涕語之曰：「吾不幸，不及見汝小叔成立。彼生不識父，甚可憫。汝長嫂猶母也，我死，以幼兒累新婦，幸時其飢寒愛護之。我在泉下默佑汝得美報。」婦泣而受教。自姑没，撫叔如親弟，叔亦依嫂如親姊。兄嘗貿易四方，弟既弱冠，叔嫂家居無間言，凡衣服飲食，必先叔而後夫，從遺命體姑志也。兄疑有他，陰伺之，不得其隙。然語每侵婦，婦不覺也，而弟覺之。一日，兄言將經紀某所，治裝出門，寄宿附近。弟語嫂曰：「嫂久不歸寧，兄今遠出，請送嫂暫歸，俟兄返乃奉嫂還。執爨事，我已長矣，可勉爲之。」婦聞言心解，即命舟往母家。是夜，叔獨居一室。鄰有王郎者，夙與賣腐人某妻通。夫偶他出，王即奔婦寢。夫知之，排闥入，王踰垣走，因追之。婦畏死，乘間逃至董居叩門。董啓户見婦裸體至，不知所爲，懼而走，就宿于其友。賣腐者不知妻之焉往也，王聞在董所，又知董出避，復往從之。適董之兄潛挾刃歸，見户半掩，突入室，搴帷聞鼾睡聲，捫得兩人頭，怒甚熾，以爲吾疑果不謬也，竟殺之。即夜馳告外父母曰：「女無恥，吾併吾弟殺之矣！」外父母皆曰：「汝已出，何復歸？汝得非見鬼耶！吾女昨已歸，現在室，汝得非見鬼耶！」婿曰：「寧有是！」婦聞遽出，生頓足曰：「誤殺吾弟矣！此必與外婦通也。」婦詢知之，曰：「姑没時以叔託我，今汝以禽獸心待人，致誤殺弟，有何面目見汝母于地下乎！」因泣下。生亦股戰不已。事已無可奈何，因與妻之諸弟兄急奔歸，至則門擁多人，弟亦在焉，益怪之。弟云：「室中不知誰殺王郎及某妻矣！」兄吐實，腐傭喜曰：「此天假手于君以逞吾志。」即割兩人頭馳報官，具述始末。令既遣賣腐者，復斥生而重獎其婦與弟。嗟夫！隱德必彰，爲惡必報，天道不爽，乃如是乎！予曰：婦之待叔以賢孝，生之窺婦在嫌疑，設無殺王郎男女一事，將生之疑終不釋，婦之賢亦不彰。甚矣，天之巧于彰善癉惡也！語云：「萬惡淫爲首，百善孝爲先。」信然。（卷三）

按：參看前《秋燈叢話》之《清河奇案》按語。

昔柳摭談

梓華生

《昔柳摭談》八卷，作者梓華生，姓馮，名不詳。原書有嘉慶十四年（一八〇九）吴嘉德序，嘉慶二十年刻本，題馮起鳳撰（據北京圖書館目録，原書已佚，未見）。光緒四年申報館排印本，題平湖梓華樓馮氏原編，汪人驥宛如重輯。書中《秋風自悼》篇後有馮起鳳（桐音）題詩二首，與梓華生似非一人。《八千卷樓書目》及《清朝續文獻通考·經籍考》逕作汪人驥撰，未必别有所據。平步青《霞外攟屑》卷六《耳諳》條云：「《耳諳》八卷，胡薏園纂。」「光緒戊寅（四年）十月巢縣汪逸如人驥以西人活字版排印，而誤署其名爲平湖馮梓峯（當作華）之《昔柳摭談》。」存疑待考。按：汪人驥，字逸如，諸生，落籍上海，主講廣方言館，從劉熙載爲弟子。

贛榆獄

海州贛榆縣某氏翁，富甲一鄉，良田數十頃。當秋收時，聚米如山，而收租恒從寬。以故頑佃時復負租，翁亦不甚追逼。有某佃者，連負全租數稔。某翁一日適郊外，歸經其田廬，因小憩而便索焉。佃户素呆木，且理絀詞窮，任翁呼斥，不過漫應約期而已。越數日，告其妻曰：「主人再至，將何以應？至期，吾其遠避，而使汝支吾也，何如？」婦曰：「可。」主如期至。婦出應之曰：「種田租不還，蒼蒼在上，又誰敢欺。惟是前年翁病死，藥餌喪葬，皆出於田。去年姑又病死，摒擋拮据，糶穀以畢事。今年夫弟一病三月，尋亦亡，三緡賒一棺，至今猶索逋。夫出，剩有小婦人，零丁孤苦，日鮮一飽，主人明鑒，素有善人目，南海燒香，不如眼前布施也。」言畢，淒然淚下。主睹其狀貌，梨花帶雨，哀豔動人，乃徐徐曰：「果如爾言，亦殊難。但汝夫避我何意？」婦曰：「具有良心，何顏見主？且私債纍纍，相逼以至，不得已而遠遁。不然，少年夫婦，誰肯棄之如遺哉？」主微笑曰：「罷，我不索租矣。攜來酒肉，汝爲我火而飲食焉。」婦喜，殷勤執爵以勸之。主大悅，顧婦曰：「北風其涼，爾身敗絮，其何以卒歲？」既而嘆曰：「睹卿丰采，恍若仙人。脱生素封家，緜裹而綾披，更不知若何美麗也。」婦睨而笑曰：「此前世福，幾曾修得到者。主人幸顧我，蓬蓽增輝矣，而又不追我租也，已大幸，何敢他有所望。」主曰：「爾家貧甚，我心憐。天已薄暮，我將歸。贈爾十金，暇日過此，爾其備酒肴焉。」婦笑而納諸袖，媚辭以謝。主繫戀徘徊以去。夫乃歸，詢曰：「何如？」婦細述之。夫曰：「若是，則以汝爲錢樹子，亦計之得者。」婦曰：「此如何事，而可爲也！今日之所以假惺惺者，爲賴租計耳。否則，胡爲乎露醜耶？」夫曰：「否，否，天下無如喫飯難，孰有如此飯之安逸者？」婦曰：「汝果願，毋後悔。」夫曰：「慮其不上香餌耳，吾何悔。」婦曰：「人貧則志短，設異日温飽，而後廉恥復萌，西江不能洗濯矣。」夫曰：「吾固望而安，爾好爲之，可也。」越日大雪，主人踏雪至。夫仍避，婦笑迎曰：「福星其下降耶？自主去，累妾腸欲斷，一日恒九折焉。」主大笑。婦又曰：「霜雪盈野，不於家圍鑪擁抱，來此何爲？」主曰：「莫閒談，有酒飲我。」婦曰：「舍佳釀而樂村醪，乃性急若此耶？」遂先代爲除兜帽，撲去積雪，以瓷鉢搧炭置主前，急暖酒煮蛋，調笑半日，猶無事。主酣言歸，婦低聲軟語，笑啼俱作，倚門以送之。主行十步九回頭，戀戀不捨，板橋路轉，婦始闔門。亡何，夫還，曰：「諧乎否也？」婦曰：「渠誠有意，我未敢有異心焉。」夫曰：「何不敢之有？」婦曰：「爾貧極無賴，故作此戲言。脱儂真個，恐霍霍磨刀者，繼其後矣。」夫笑曰：「是何言歟！吾固願之，爾不從命，其甘與吾凍餒死耶？」絮絮再四，婦始首肯。數日，主人復來，狐綏鴇悦，成野合矣。自此主時有所贈，其夫藉以温飽，日逋蕩於博場酒肆中，置不問。而醜聲四播，遐邇皆知。村中有某甲，素狡獪，無惡不作，設酒肉招其夫曰：「爾何見之小也！脱鬮破，可得巨金。受金而絶之，夫婦重好，家亦小泰矣。」夫曰：「宜如何計？」甲曰：「夜半挾利刃，横逼作欲殺勢，百端恐嚇，渠必窘，訛千金易如反掌焉。」時其夫已大醉，利多金，深以爲然，如法行之。主、婦正交頸卧睡，夢中聞打門聲甚厲，各披衣急起。婦察其音，諗爲夫，謂主曰：「勿畏，自必聽人慫恿讕語，故作此態，易制也。」言未畢，夫已排闥入，主戰慄欲遁，夫横刀相視，苦不得出。婦護之，奪關而逸。婦曰：「欲何爲？」夫怒目曰：「欲殺爾。」婦曰：「異哉！汝逼我爲，今果悔耶？」婦聲乍出，刀起項截矣。夫頓醒，反闔其門，奔告某甲。甲大驚曰：「我固謂恐嚇以詐財耳，真殺之，且止殺婦也，爾死期立至，奈何？」夫駭而求計。甲曰：「無已，路出三叉，遇有孤客，縛而殺，誣以姦，則殺雙，無抵死條矣。」夫從之。伏守深林，至五更，果見一人貿貿前來，不問誰何，儘力拖至家，殺而燭之，髮禿童然，蓋和尚也。走白甲。甲笑曰：「個和尚，五更乍動，蒙露奔波，料必赴淫約以歸者。今宵圓寂，足以超度解厄也。天明鳴於官，爾無事矣。」其夫即報邑宰，宰往驗，驗所謂和尚者，則大小兩頭都已缺如，但見萋萋芳草間紅溝一道，持篙可入。宰奇駭，而尸場萬目環逼相視，則尼僧也。詳鞫之，得其實，而以某甲及乃夫論死。田主人無恙，然家業已蕩然無存。

梓華生曰：某甲爲若夫計，初不料其弄假成真也。害人適以自殺，誰云天道無知耶？主人翁持財挾美，卒至家業蕩然而後已，迴憶雪夜擁爐，舉杯調笑，烏可再得？（卷三）

按：此事似本《小豆棚》卷三《李湘》，然明王同軌《耳談》卷七《徽富人某》即同此機杼。繆艮《塗説》卷一《三三異聞紀略》又出此後。

完璧誓信

吴庚香自吴門來，言吴下有戴生者，字子厚，翦鬌時，清標玉立，眉目如畫。年十五遊於庠，才名噪里黨，富室争婚之。而生父商于汴，久客不歸，母以生年未弱冠，蓋有待也。比鄰袁氏婦者，爲生姑，寡而無子，有女四娘，貌僅中人，而天然風韻，圖繪難傳，質聰慧，不讀書而能吟咏。生以中表至戚，幼同嬉戲，兩無猜嫌。且所居密邇，朝夕恒過從，後自來自去，家人莫之怪。女得句必持正於生，生斟酌推敲，往往竟日不去，則繼以燭。女時烹佳茗，具時果，殷勤款曲，生既忘乎爲男，女亦自忘爲女，而家人亦渾忘男女不雜坐之有别也。折花射覆，邀月吟詩，事有甚於畫眉，梭不防夫折齒。往往柳絮飛春，西窗撲蝶，荷風送暑，小閣迎涼，如影隨形，不忍暫舍，然從未嘗以遊詞餂之。時或各有所欲語，則意乍起而復止。如是者有年，會生得汴中書，父命呼，行有日矣。生過之，告女曰：「將之汴，卿其知否？」女無言。生曰：「卿其知我心乎？」女默然，秋波旋轉，淚瑩瑩矣。而女母已備酒肴爲生祖餞。女修眉雙鎖，遥坐無一語。席撤，袁母謂生曰：「姪赴汴無以將意，吾喚婢子準備食品去。四姑姑陪兄稍坐，我即來。」母行，生謂女曰：「曩日心情，兩相默會。名花萬種，心戀一枝。請從此誓，有如皦日。」女曰：「難言也，君不能自由，妾亦烏能自主。君有佳耦，君自謀之。妾之心，掬示青字而已，今日之別，妾何難一死以報君知。然死則永散，生或可圖，脱遭變故，當蒙死以護白璧。君其行，弗以妾爲念。」生怏怏去。至汴，神情惝怳，病卧不起。戴翁微察其意，挽友人細詢，具以實告。翁即會書歸，求婚於袁氏。而月前先有氏族華腴者委禽矣。無已，急議婚於他姓，僞告生以聘於袁氏者。生喜，病頓瘳。合巹夕，始知其紿，然于飛之樂，平生未經，驟得之，意亦甚愜。年餘，翁獲厚利，招嫗家於汴，生與女遂不通音問矣。

初袁女之歸於豪族子也，爲繼室，上下衣悉縫紉，晝夜以利錐自衛。豪族子莫敢犯，月餘不能通燕好。幸金釵廣列，可以置諸度外。數年，豪族子淫蕩殞命，女遂歸母家，不復去。而女母亦尋没，伶仃無依。適女有從姊婿官巡檢於汴，從母欲之婿任，女請隨以行，許之。至汴，訪得生居，備輿而往。生見之，悲喜交集。女向生母歷述所遭，且曰：「含忍蒙垢，貞信自守，已數年矣。」母笑頷之。居數月，與生前娶妻，頗相得。妻達於母曰：「四姊來，非鵶非鳳，宜何位置？兒姊妹各無疑忌，願效英皇，可乎？」母轉告翁。翁曰：「再醮不乖於正，兒女情私，非父母所能禁也。兩人既各心願，媳又無異詞，吾何必作頭巾氣哉。」遂擇日成嘉禮。向晚，落紅殷褥，居然處子。女曰：「白璧還君，其信然耶？蓮開品字之花，君其何福？如妾者，可謂出汙泥而不染者耶？皦日之誓，君言等諸流水。男子之心，亘古如此，而水性楊花之喻，唐突天下女子矣。」後生以優貢生官主簿，兩權縣篆，遇百姓遞賴婚狀者，無不准，連聲曰：「是必有故。」幕中人詢以何故，含笑不答。

梓華生曰：人皆知袁女之情深，余獨感生前娶之能不妒忌也。然袁女能別開一從一而終之義，當令天下負心男子隨口賭咒者，一齊汗下。（卷六）

秋風自悼

江左某氏女，逸其姓名字號。父早卒，七歲從其舅氏讀經生應讀之書，旁及詞翰。比長而下筆灑灑，耽吟詠，尤工度曲。肌膚微豐，面如滿月。性冲和，未嘗叱媼婢，媼婢亦不忍拂其意。惟裙底雙蓮，未能作新月樣，緣小時涉山游歷，不耐十分纏縛，亦不效時俗之乞靈於木底者。然娉婷之態，不減仙子〔凌〕（臨）波。當庭前海棠盛開，有女姨表生過之，徘徊花下。少頃，女姍姍而來，謂生曰：「海棠無香，何來蜂蝶？」生笑曰：「對此嫣容，銷魂真個，何必聞香爲樂耶？雖然，蜂蝶有意〔昵〕（泥）花，海棠無香藉口，孰有情，孰無情，必有能辨之者。」女聞，不怒不言，亦不走，面暈久之，顧謂婢子曰：「報夫人烹茶去。」婢行，小語曰：「甚麼情不情，情不正則言不順。」言甫畢，其母出矣。茶話片時，怏怏而歸。生是年館桑柘里，道遠不獲時過從。寒窗冷壁，獨枕孤燈，每忽忽不樂。至泛蒲節，急歸櫂，翌旦即馳去，〔女〕晨妝未竟也。與女母寒暄久坐，因呼飯飯生。然其家必至未正始舉箸，生以枵腹辨色而來，飢焰中燒，去留雛可，坐針氈，心轆轤，非楮墨所能肖似。飯罷，始見。一見則萬斛閒愁，入無何有鄉去矣。女初覿面，似有驚色，若訝生消瘦者。坐定，生詢女曰：「妹近作詩否？」答言：「久不事此。」問：「度曲否？」答言：「日弄絲管，駭人聞聽，歌兒爲賤者稱，本不當嫻習，幼時隨兄偶然學得，夜闌博父母歡。今女紅日不暇，亦安用此月下嗚嗚哉！」出語如松風，睨其神色，冷若冰霜。生方疑之，女已告退。生歸，如木偶，三日而病，經旬勢益憊。雖問疾頻來，而彼姝之芳訊杳然。乃甚悔前此花底通辭，未必兩心相印，得毋自始伊戚。悔心生，病漸減，一月而霍然起。自是或有晤會，皆溫凉酬應，一不及情。荏苒兩年餘，值生秋試歸，詣之，卒遇水榭。女率爾問曰：「君前年到此，歸而病，何也？」生陡憶前事，反無語，面發赤。女曰：「君方試歸，儂乃隔年問病，儂誠何心！」生觸前語，笑曰：「心不正則言不順。」女曰：「尚記得口頭油滑語耶？」言畢作怒容，斜目以視。生心動，然不敢造次。正歡笑間，生父以有事使人喚歸，歸則神情若失。時近掛榜，凡應試諸生，悉舉止失措，以是衆亦莫覺察。迨秋闈被放，意興索莫，寂居村舍，惟以酒澆愁，蓋是年生下榻在鄉也。冬仲去鄉，授館郡城，歲暮捲帳返，與女僅一面，來歲人日又一面，元宵即赴館。八月秋試畢，值女家多故，招生代爲經理。一夕生薄醉，挑燈讀《石頭記》，其母令女攜婢媪來叩生齋。生啓户，入則詢瑣瑣黄白，生一一告之已竟。女曰：「所看何書？」生示之。女曰：「此書足移情性，以後不看也可。」生曰：「未免有情，誰能遣此。」女曰：「君誤矣！情之極必主淫。」語至「主」字縮口不言，臉放桃花顔色，其嬌羞狀貌，令生顛倒，不能自主，乃託言燭盡，令媪婢去將燭來。媪婢欲行，女亦起曰：「漏深矣，請安息。妹去，當遣老媪攜燭至。」生曰：「良夜迢迢，暫停玉趾，宜無不可，胡爲矯情若是！」女曰：「君弗憒憒，儂奉命而來，絮絮移時，必爲北堂引領。儂非木石，已鑒君心，但世情惡薄，更甚羅雲。惟祝如天之福，得意秋風，或能償願。不然，天下之母，誰不貪一斛珠者。」生聆言幾泣下，嗚咽對女曰：「金石語，亦傷心語，謹受教。」不謂是秋復報罷，益毷氉無聊。然年已逾冠，議婚者接踵，生屢梗父母命，皆不就。明年，生或月一至焉，或月二三至焉。至則無不見，見必與其母俱，無間可通款曲。又明年，有傳生將聘某氏女者。女得信，病欲死，凡兩日，死而蘇、蘇而死者七。生往視，則首如飛蓬，面白於紙，對生但含淚。生亦不知致病之由，惟一縷酸心，直欲作鮫人之泣，乃退。小婢調茗至，向生作賀曰：「昨聞某日要定某家親。果爾，則婢子將索菓子吃也。」生沉吟久之，頓悟，因假無心之詞，謂女母曰：「人言何妄，僉謂余欲聘某氏女。」母曰：「亦大佳，聘也可。」生曰：「猶有待耳。」母問故，生曰：「亦難明告，心事若個知也！」語次，帳中呼阿孃索茶飲。自病，水漿涓滴不入口，至是皆大歡喜。女是夜竟酣睡。明日，生復往視，已坐牀頭啖粥矣。見生至，欲下牀謝。生按之，體虛弱仰仆焉。母色變，生大慚，謝罪。女曰：「何來莽漢！阿孃扶我起，啖粥正甜也。」生以女無慍狀，德之。然不能堅坐，即辭去。其母責之曰：「狂童狂態若此，其何以堪！」女曰：「彼出無心，兒寧有意！母在，何至以非禮相加，不過適然事耳，又何責焉！」母乃不復言，夜闌悶坐燈前。老嫗曰：「姑病已痊，何默坐悶思？」母不答。嫗又曰：「病愈固大幸，及是時二十三年而嫁，盍早爲計？」母嘆曰：「未得其人。」嫗曰：「門族風采如某生者，何如？」母曰：「貧。」良久，旋曰：「汝於姑前逆探焉，如甘凍餒，亦聽之。」嫗示意女，女曰：「凡事本於天，遑恤凍餒！」嫗以女言達諸母，擬傳庚至生家，而意殊未決。會有乞婚於堂上者，炫以厚幣。母惑之，與女商。女無言，哭之哀。母無如何，婉却之。越日，冰人又至，述某家求婚意，益虔益恭，且誇其家之殷實，美其婿之老成。母益惑，夜告女曰：「某家足温飽，嫁則可慰吾心。汝意不然，其將以丫角老閨中耶？」女泣曰：「且待三年，任母擇嫁，兒必從。」母曰：「余髮星星，爾猶待字，其奈之何！」女失聲，母怒，拂袖去。女大哭大嘔，復大委頓。母乃乘其昏迷，徇卜者見喜弭災之説，竟許焉。女撫牀一慟，氣息奄奄，日夜但求速死。瞀亂中忽夢一紅衣女告之曰：「弗情癡，汝意中人知汝緣字而病，病且半月，置若罔聞。汝何戀戀！」女醒味夢言，心大灰，病亦頓瘳。先是，生授館鄉村，聞女將締姻，竊料決難成就。後探得的耗，萬箭攢心，臟腑盡裂。但木〔已〕成舟，回天乏術。唯思燈前花下，數番密意柔情，設當日甘作野鴛鴦，則荳蔻梢頭，儘可春風暗度，奈何留全璧以遺牧豎，真成恨事。而生自是絶迹女庭，不復天台覓路矣。女於遣嫁前夕，以重金啖其乳媪，緘書將生。其書曰：「病久，杳不見來，何至冰腸若是？妹命薄，不能自由。咫尺天涯，夙願徒成畫餅。雖然，與君數年來情意默契，從嬉笑諧謔，不避猜嫌，實則過水春風，略無痕迹。筆底減人禄算，君毋益以謡言。妹病後髮脱欲童，面目可厭。事之所以釀成若此者，所謂『陵雖孤恩，漢亦負德』。他日破絮蒙頭，重訴天寶、開元遺恨。今則凡百利口，亦無從説起。書去，不必覆。惟善自保重。臨穎涕泣，不知所云。」生得書，泣下沾衣，輒呼「負負」。然不能守筆頭之戒，秋風刺骨，人静更闌，其自悼若此。余竊其稿，略潤色焉。

梓華生曰：奈何留全璧以遺牧豎，然而爲牧豎者仙矣。普天下善男子，異口同聲，合十諷曩謨叨利

天諸佛菩薩，救苦救難，祝世世託生桃林之野，結茅十笏，安穩牛眠。（卷六）

按：篇後有馮起鳳（桐音）題詩二首，録附于後。

附　録

轉眼藍橋路不通，雲廊月榭鏡臺空。挑燈勘破《紅樓夢》，剩有閒情託惱公。

閨閣憐才未是癡，留春無計惜春遲。秋風紅豆相思種，不數微之與牧之。

掘　藏二則

嘉興于氏，富室也。宅後破屋數間，有沈家爺者夫婦二人賃居之。沈以肩販鹽魚爲業，日進百蚨，聊可度日。值歲暮，大雪，沈計今年不過房金未繳，亦可緩，該某肆魚貲若干，尚無多，餘鮮債負，剩有千文錢，糴斗米，市豚蹄，請佛馬，將報賽而度歲焉。奈家無完桌，只一桌面，就地供獻。某魚肆收帳夥，路過其門，念沈尚該帳，擬叩索。及門，聽屋内喃喃致祝，隙窺之，銀燭輝煌，知爲獻利市者，遂止於門。俄聞沈謂婦曰：「吾與爾老運當佳，祭畢而掘藏也可。」蓋嘉俗下箸食臟肉，謂之掘藏，取吉祥語耳。收帳夥誤以爲發鏹，遂不敢驚擾，將行，而于氏太夫人適遣婢子至。夫人命婢曰：「爾啓後門，過沈姓家，看渠夫婦，不知貧人過年，若何景象。便可一詢房金，有無弗計論也。」婢奉命，欲剥啄，而收帳夥摇手曰：「止，止，渠家正發鏹，有話俟諸明日。」婢回以告夫人。夫人亦喜，翌早謂婢子曰：「余六十一年矣，人世珍寶，業已看遍，惟未見藏銀。爾試啓我箱，檢銀五兩者十，持向沈家，易數錠來，看是何等色樣。」婢依言入沈室，見老夫婦正在廊下曝陽捕蝨。婢笑曰：「亓是富家翁，行將建樓閣，畜奴婢，尚詎人作乞兒生活耶？儂亦不向阿爺阿娘借鏹用，只奉夫人命，以此相易。」言畢，持銀與婦。婦不知所對，但曰：「姑姑聲囀如黄鶯，老身夢不解，將銀作何爲？」婢笑曰：「毋假呆，昨日探金穴，儂不一人知。」沈夫婦曰：「奇矣！烏有是福也。」婢曰：「福從天降，財由地出。儂弗播於衆，毋終秘。」遂述昨日魚肆帳夥之語。沈夫婦笑曰：「若是則大誤，滿口利市語，何曾作准。如准也，書生買一片肉，供梓潼，奢望致祝，率皆科第矣。姑姑毋相戲，如欲房錢，則牀下尚餘數百蚨，可攜去。」婢拂袖歸。夫人詢之，婢歎曰：「昨日發暴金，今朝神已變。小人得志，所不可言。婢子未曾向伊索房錢，伊便以財自雄，云房錢即付去，藏金則秘不肯露。」夫人笑曰：「爾孩氣，未知其心。凡藏金遲用一日，則多享一年，有福人莫不持重，弗輕告人。爾試再去，說銀且留着，新年得便，可檢易數錠，弗亟亟也。」婢又去，述夫人言。沈夫婦猶不敢留，婢撇銀歸。新正婢至賀年喜，略詢藏金，沈夫婦支吾而已。去，婦謂沈曰：「如此纏擾，百口所不能辯，曷不即以伊家之銀，塗生漆而雜以灰，僞爲藏也者，則搪塞省聒噪矣。」沈如婦言，以法製。逾日密付婢，婢以奉夫人，俱大悦。從此以大易小，以多換少，未十日而積剩百金焉。因思某店舊欠未還，懷漆金而往。未及肆，肆中人鬨立而迎曰：「玄壇菩薩其下降矣。」讓坐者，寒暄者，耳目視聽，惟沈是從。茶罷，沈曰：「去年匆匆，未及結欠。」語未畢，僉曰：「如此些微，何足掛齒。今歲阿爺如設肆，要貨則任取。」沈笑曰：「是不敢望。」遂於懷中探銀陳櫃上，銀鐵色，益信得藏之不謬。遂慫恿其急開張，各行送貨至，無須付銀。而里人知沈阿爺財星透露，置貨必佳，市魚者日環擁，不一年而獲利數千金，今且巨萬矣。

有山西賈，齎羢貨於南京之三山街。一日忽有客偕道者至，單開羢貨，約二三百金，而體製俱異。先留定銀一大錠，俟貨足後，將銀齊繳。自是以催貨爲名，頻頻到店，到則兩人耳語，時復指天畫地，若甚秘密事。賈人疑而詢之，不肯言。固詰之，客乃屏人耳語曰：「吾道兄善望氣者。昔秦始皇謂江南有王氣，因埋金千萬以壓之，故曰金陵。從來莫知其處，夜來道兄見寶氣騰空，知藏金不久當出世，未卜其所。今詳察寶氣所騰，約在尊肆第三重屋下。誠禱祀而發之，富可敵國。」賈人心動，乃曰：「第三重余内室也，發之當何如？」客曰：「此事當與道兄商。」道者曰：「能引吾一觀否？」賈人頷之，導以入。道者審視良久，曰：「的矣，自此迤邐而進三丈餘，皆金穴也。此金歷數千年而氣上騰，足下若非莫大之福，亦不能遇我，真天數也。今惟擇吉具牲醴，祭告天地，集钁鋤數十輩，於人静後齊工發掘，至五尺餘，便可知矣。」賈人狂喜，與之訂期。至日，客與道者偕來，祭奠極誠。道者復披髮仗劍，作法事。既畢，衆皆飽食，俟至夜深，钁鋤並舉，未至五尺深，天已大明。忽聞門外騶唱聲喧，則大府以通家紅帖來拜，敲門進，遽登堂，請賈人相見。賈人强出伏於地。大府挽之起，徐徐曰：「聞足下發秦王埋金，特來奉賀。設以數十萬獻天家，則萬户侯不足道也。某當爲足下奏聞，何如？」賈人觳觫謝無有。大府直入内室。見户外杯盤狼籍，地下開壟縱横，而客與道士俯仰前謁，言埋金實有之，但不甚多。賈人懼禍，出三千金，攫去，一鬨而散，由是氈業遂廢。

梓華生曰：沈阿爺致富之由，正諺所謂銀錢趕人八隻脚也。余悲夫山西賈一念之貪，喪家廢業，故並記之。（卷七）

夢花雜志

李　澄

《夢花雜志》，作者李澄，字練江，號夢花生，江都（在今江蘇揚州）人，生平不詳。原書以類相從，分十二册，著于嘉慶十九年（一八一四）。友人戴君介之太守汪某見而喜之，願任其刻。先寄還四册半，而戴君道歿，餘稿遂散失不可復得。先刻四册半，第五册志虚爲十種行仙、四大菩薩，共十四首，已亡其五。今存志節、志畸、志俠、志艷及志虚五卷。道光六年（一八二六）以存板印行，有夢花生自序。

*珠　兒

珠兒者，隱其姓名，山右太原人也。母夢神人授赤珠一顆而生，因名珠兒。十歲就蒙師學，忽失去，八九年復還，人扣以所往，語隱約。時母死，父爲豪家所賊。珠兒殺其讎於市，攜首詣有司，有司論以大辟。珠兒從獄中遁，之浙東，與豪士姜堯善。數年歸省邱隴，姜亦南遊台雁。值閩變，賊帥聞姜材，欲官之。姜曰：「燕雀處堂，不知禍敗，而欲人陪戮西市，夫誰肯！」帥怒，摯姜於軍中，曰：「俟吾下兩浙，定江東，平中原，然後殺豎儒。」珠兒至浙，不見姜。傳言姜往京師，乃至京，不值，將復訪于浙。有吳生者，山陰望族也，父入某撫軍幕，甚寵信。生往省父，父以黃白物付之歸，道經都門，阻於雪，假館宣武門外。見美少年披羊裘，策驢，來投宿，呼主家索酒一斗，彘一肩，割肉烙火上，且飲且嚼，須臾過半。吳生異之，從容詢其姓名。曰：「予珠兒也。」問其行，曰：「有故人在浙，將訪之。」生曰：「吾浙人，明旦當發，聯轡行，可乎？」曰：「不可。吾騎日八百里，非君騎可及。且吾前途期會一客，不能與君俱。倘中道有逗留，君兼程進，當相及。吾於旅舍壁間畫一鷹，下識其日，即知吾所過也。」相與共飲。及明雪霽，出彰義門里許，珠兒於驢背拱手曰：「吾先行矣。」策驢如飛，轉瞬失所在。生十日抵高唐，見旅舍壁間有畫鷹，讀其識，即出都之夕。詢之主人，云：「畫鷹客期人於此，兩宿不至，遂去。」抵淮陰，遇於酒家樓上，呼酒共醉。生心羨其騎，有欲得之色。明旦，珠兒曰：「君愛吾驢，請易君馬。」生喜，易之。及就道，驢殊蹇緩。珠兒於馬上語生曰：「汝不善乘，請先驅於蜀岡待。」遂加策，去如電。生惘然，至蜀岡而珠兒已俟兩宿矣。因告生曰：「行道遲疾，在人不在騎。苟得其道，雖疲乘可致千里，況良騎乎。」於是生知其有術，懇以師事，珠兒諾之。既渡江，聞姜生陷賊中。曰：「吾將急友難，子姑回，上元後待我於家。」馳去，入賊壘脱姜，賊無知者。吳生返山陰，日引頸望。期及，有嵇姓來，致珠兒書，封甚密。啓視之，蓋劍術也。其法用鉛盒圍八寸，中置小鉛劍二，鉛丸二，封以六甲靈篆，誦咒吞符，凡四十九日，術可成。生執書喜躍。嵇姓去，乃構靜室築壇，備器具，甲子入壇，行其法。至四十二日，聞盒中有聲如蠅鳴，法愈勤，聲愈宏。至四十八日，怪風起，盒中作金鼓聲，旋發大礮數十響，牆垣傾圮，烈焰蔽空，壇上諸物成灰燼。生爲火所薄，身如炭，入室不能言，噲其口，播其首，昏卧三日，變爲狂，奔山巔，舉巨石，拔大木，如是六七日，愈。然耳畔時聞金鼓聲。適其父挾重貲回，召黄冠設醮懺無驗。及撫軍事敗，父駭且愧，耳畔亦漸聞金鼓聲，發狂如其子，如是六七日，愈。子復發狂如其父，如是六七日，亦愈。期年，父子疾俱作，子操杵而舞，父舉火而焚，喪其貲過半。父狂死，子愈，乃矍然。曰：「其珠兒之侮我乎？抑孽由自作耳？」歲暮，葬父訖，盡散其貲於親戚鄉黨之貧者，挾妻子入山。道逢二客，策驢來，其一披羊裘，遥呼生曰：「吴君無恙，今而後可以授吾術矣。」（卷三）

*潘媛

潘媛，名沅，字漱石，毗陵人，才豐命嗇，傷心女子也。十餘歲，徙南通州。父老而貧，幽州客賈於通，瞷其姿，紿而聘之。將婚，客之婦至，聞其事，大吼，逼客歸，聘遂悔。女傭書刺線以給朝夕。西垣石生者，邑之才士，年弱冠，性嗜書，尤喜讀鈔本書。女有鄰嫗，每往來於生家，因以女手書唐人詩示生。生悦之，託鈔録。生室人湘蘋，亦間以女工倩女，嘗歎曰：「有此手指，必可人也。」倉卒以生詞稿裹針線往。女閲之，有《嬭人嬌》八闋，愛形於色，復屬嫗索生他作。由是生知其能文。湘蘋病肺新愈，酬願於尼庵中大士前，生偕焉。庵近女居，嫗攜女來，曰：「潘姐好人家女，惜流落於此。娘子視之，世間有此人否？」湘蘋執手端相，則緑綃雙鬟，殊光四射，既驚且喜。絮語移晷，脱指環贈之，曰：「若有需，當屬嫗來。」斯時生雖佯避，心竊艶之。既歸，忽忽如失，作《幽恨》詩曰：「迢迢何事悵重城？海外他生祇是情。自嬭梨雲行覓路，未黏蘭澤早知名。因花作態狂無賴，爲月偷閒癖漸成。試向階前問鸚鵡，爲誰憔悴語分明？」自後每因媼道意，得女報箋，詞意鄭重，不及其他。旬日之間，篇章互答，情懷漸吐。時方春暮，湘蘋坐生齋中，與生檢點花事，見細蜂入筆管，窺之，簽出一紙，則女復書也。書後綴詩一首，有「願得郎如無價寶，須知妾是可憐蟲」之句。湘蘋曰：「此女有才無遇，真可憐蟲也。彼此有情，曷不告我？」生赧然微笑而已。適媼來，乃以奩社招女。女頻來生家，凡衣衫食用釵鈿翠珥之類，湘蘋悉資之。女瀹茗焚香，執禮如婢。湘蘋以妹呼之，間謂女曰：「我與妹情好若此，當終身相依也。」女曰：「願常依姊。」一日分題吟詠，生自外至，見女立西府海棠花下，視落紅而思。湘蘋起曰：「適得三題，君來可詠其一。」生視題爲《賺鴛鴦》調寄《卜算子》，作詞云：「美滿飫烟波，放浪羞萍絮。雙宿雙飛戲向誰？觸忤閒愁緒。一隻致伊來，一隻由他去。鎖向筠籠到幾時？直待郎歸住。」湘蘋成《調鸚鵡》詞云：「試語滑稽兒，爲駡風流傻。看管從來不見伊，説甚哥哥打。薄倖儘教呼，秘戲休閒話。更有迷藏捉向時，念念關心姐。」女成《勸子規》詞云：「開口不如歸，想爲傷春别。不信東風去復來，真個癡情絶。　月聽也消魂，花笑都蔫血。縱使東風喚得回，却與何關切。」湘蘋笑曰：「爲甚無關切也？」湘蘋嘗蓄玉簪花粉，極香細。媼來，見女取奩中粉勻面，戲曰：「聞此粉爲石郎手製，潘姐魯莽，不畏娘子酸耶？」湘蘋曰：「妹是一家人，姆姆何言此？」女紅暈於頰。生齋側有小池，蓄野鶩二頭，雌雄各一。值初夏，荷貼水如錢。生與湘蘋憑闌而望，女亦在旁，見鶩狎於水。小婢玉兒拾鵝卵石擊之，湘蘋呼曰：「玉兒莫打鴨，恐人怨我也。」生乃作《莫打鴨》詩以謝湘蘋。又擬《桃葉歌》二章以示女云：「行行何所見？文鰜雙鴛鴦。艇子數來去，無花水亦香。　槳打茭菱浦，鴛鴦自容與。跕跕墮情中，不知風浪苦。」女擬《桃葉答歌》二章以報生云：「爲花且不香，爲葉復無色。郎意顧何爲，衆中具特識。色難香不易，欲報無以遺。感歡亦何限，青青惟郎意。」自冬及秋，備極閨中之樂。生與女雖未遂雙飛，亦居然比翼矣。湘蘋肺疾復作，女留侍。生晤女於小閣中，燈下攤牙牌爲戲。生蹴與語，忽聞窗外蕉聲簌簌，女驚起避去。生歸齋中，作《相見歡》詞云：「秋光到了平分，最銷魂。可更心頭放出眼前人。銀燭閃，畫屏掩，怯黄昏。恍惚蕉聲月影礙温存。」湘蘋疾小愈，入生齋，見壁上詞曰：「癡郎情急矣。」屬嫗與女父言，約成，期婚於初冬。至小春，湘蘋疾大作，語女曰：「我病必不起。記初遇妹時，並坐聯詠，我怯寒，妹取半臂著我。我誤撥爐灰眯妹目。此情此事，如在夢中，不可得矣！」女曰：「前妹繡幡幢禱大士前，祈以身代，必無恙。」湘蘋曰：「感妹意，恐無益耳。」迨迷離之際，從榻上握女手曰：「我誤汝，我誤汝。善事石郎，勿以喪事誤婚期也。」遂卒。生大慟，作《悼逝》詩十章，悽惋不忍讀，女每日哭於殯，哭已即歸。生心斷生香，淚乾蠟炬，酒邊月下，觸處增愁。既葬，乃謂女曰：「記湘蘋語否？」答曰：「姊喪在身，墓草未宿。君年廿五，妾年十七，舊恨有盡，新歡無窮。倘因桃葉之情，妨君蘋蘩之義，人謂妾何？」生改容謝之。踰年，生有至戚居邗上，聞生失偶無聊，約之排遣。生勾留月餘，以揚地名勝，買宅一區，將書迎女。既至而生有淮幕之聘，欲辭。女勸語曰：「古之才士，多託跡於幕府。聞觀察潘君，君之父執，奈何以兒女私情，負此公厚誼乎？況揚距淮僅三日程，相思相望，命駕無難。君必往。」生留淮月餘，作《浪跡》詞一闋以寄憶。用辛稼軒《摸魚兒》韻。其詞云：「怪無端柳風花雨，紛紛交與春去。一篙鳧鴛烟波舫，賴是客程無數。隨意住。想踏遍玉鉤斜畔傷情路，倩誰寄語？到繡閣窗前，殷勤説道，浪跡等飛絮。當初約，總爲驚疑致誤。猶憐誰復能妬。而今月白風清恨，除是酒消歌訴。休起舞。若想到玉簫金縷離鄉土，飄零更苦。應淚眼偷淹，挼掌盼斷，二十四橋處。」女得詞後，忽感疾。久之病劇，父往淮尋生，經旬不返。女曰：「郎不來矣！」力起作書，檢《秋分月午圖》小照、《鱗羽幽情集》，付女奴曰：「郎來與之。」又使櫛髮，髮隨梳落，如風前秋柳。攬鏡嗚咽，呼「湘蘋姊」一聲未絶而殁。殁半日，生至。撫屍頻唤，猶冀返魂，而玉碎珠沉，星眸漸斂矣。其書云：「君留淮右，妾住江東。千里心同，三春夢隔。明明皓月，不禁悲來；灼灼園花，將毋瘁死。情魔未脱，鬼伯頻催。病帶愁來，身隨恨盡。然而空花雖杳，色相猶存。覽《秋分月午》之圖，展《鱗羽幽情》之什，酬妾茗香，當呼之欲出也。與湘蘋姊生既相隨，死還爲伴。魂依地下，應開並蒂之蓮；讖卜他生，再種相思之樹。」蓋生晤女時，有「海上他生」句也。爲葬於湘蘋墳側。自是生絶意情緣，脱身名網，遍游海嶽，落拓而終。（卷四）

＊徐巧姑

富室徐翁女，名巧姑，年十七，艷冶絶世。翁擇配嚴，其居近鄉學。歲試後，新秀士釋菜於學宫。翁張帷，聚妻女觀之。一生容服舉舉，璧人也，跡之，知爲李氏子，年亦十七，府縣院試皆首拔，且未聘。翁竊喜，屬所親執斧柯焉。生父固迂儒，始疑之，繼諾之。六禮將行，生請於父曰：「徐宦裔而多金，今求婚於貧士，其女必醜，否則有他故。不慎，終身爲累。訪之而後行，未晚也。」父韙子言，故遲之。家有老婢，生使僞爲鬻珠翠者，凡三往而後入徐室。既歸，爲生述曰：「婢子見徐母，母云：『予家巧姐將字人，頗需此，當使自擇。』呼婢導予行。歷數闥，抵一院落，木香滿架，花落地如雪。循曲檻數折，達檐前，簾垂竟地，鸚鵡呼人來。階外有英石峰，玲瓏如玉琢，峰下綠草離披，似繡燈雜以夏蕙。旁芭蕉數本，抽嫩綠纔掌大。沿階至東厢，婢云：『阿姑尚未起。』即有數小鬟來窺伺。踰數刻，聞壁上鐘鳴十下，室中卷簾起，烟裊裊如散絲。即聞鸚鵡喚云：『姐姐起也。』又踰數刻，前婢來促予起，云：『阿姑今日妝懶。』入室，四壁皆圖畫，不類閨閣。又進一重，室内糊明光紙，潔如鏡。天然几二，一置爐瓶數事，一置書史。近窗列落霞色長几，上罩以錦褥。女支頤觀書，見人，身略起。婢子眼饞，以爲天人也。生平目所未睹，愛極口噤，不敢逼視。坐於側，女促茶來，徐檢珠翠示之，意不甚愛。予佯落一翠鈿於地，俯拾之，見趾尖如菱角，半出裙外。起視雲髻稍偏，近前整之，不顧而笑，似無意修飾者。乃收拾籠中物，逡巡退。」生笑曰：「婆子言太夸，見橐駝謂馬瘇背矣。」又曰：「婢子出徐府時，聞家人聚語，言初八日，舉客遊城南麗春園，女必偕。郎君往覘之，見雙蛾纖長入鬢者是也。」生如期往，日過中，肩輿十數乘至。婦女甚衆，中一女郎，著月白繡五彩衫，披翠雲肩，眉細長，姿態一如老婢言，知爲徐女，避他所。意不捨，頻頻往來，見女坐近池小軒，視水中魚游泳。旁一老婦仿佛識生，指點間，女遽起。生佇立花間，心思目想，而車塵隱隱，去若風馳矣。抵家，若唯恐婚之不諧也者。適生父赴鄰翁飲，坐有孟翁，曾爲其子求婚於徐，不允，知徐李婚將成，因揚言以敗之，曰：「豚兒年十八，前徐某求爲婿，吾聞其女貌美而行穢，未之許。諸君有好人家女，煩一作伐。豚兒雖劣，亦差勝食糠覈者。」李歸爲生述之。生曰：「舍徐女，兒不願婚，請勿聽。」父恚曰：「吾家好門第，焉能爲妮子辱！爾前言大有理，今何悖也！」遂辭絶。生知婚之必不諧也而病。久之，李知孟言不實，因向執柯人告之悔，且請往。其人難之，曰：「聞徐翁忿，謀婚於鄰邑之莊姓，往説必不得當。」堅請行，乃見徐而言曰：「李家老書癡真可笑，前信浮言而絶，今而悔。阿郎不直其父，懊惱病數月，今瘦骨無一把矣。恕其父，亦憐其子乎？」徐翁曰：「吾女非苦菜，不求鬻也！」往者辭塞。李知説不得入，亦置之。生病遂不起，展轉至冬初，有同學友來慰生曰：「以兄之才，何患無美婦人，豈必徐女？今嶽廟設十方會，游女如雲，盍縱觀以擇其麗者。」生不欲，强之，杖而行。至廟，村嫗病女，笑語雜沓，轉瞬失其侶，獨倚廊下柱以待。忽數僕擁一輿至，有麗人冉冉而出，視之，徐女也。狂喜，力行至牆外，俟出廟尾之。喜輿緩，蹩躠及徐府門，女從輿窗中頻顧生。輿入，生委頓於地，注目翹首。少頃一小鬟出，目語生，從之數步。鬟低問曰：「李家郎君耶？」曰：「然。」曰：「阿姑命致語，予翁許婚莊姓，女子不能自主，感郎君多情，必以死爲報。」生潸然淚下，欲言，鬟遽返。生歸之後，病可知也。（卷四）

*巫猛兒

洛陽少年巫猛兒，任俠使氣，遇人間不平事，輒奮身往。市中少年憚之，謀所以挫辱之。誘與鬬，猛兒被百創，不死。少年以爲豪，呼曰「獅子」，言其能懾伏羣獸也。嘗逐盜玉山中，顛於崖，有枯藤承之，得不墜。下爲千丈之潭，一反側即墮落，猛兒到此，萬慮俱廢，待力盡而後死。日暮，見崖上似有人行，大呼救人。一老人立崖邊，笑曰：「子素勇猛，亦怖死耶？」曰：「予不怖死，以死於此無味耳。」老人曰：「死於此，不愈於死於人之手乎？雖然，子有求生之心，可以入道；子無畏死之心，可以證道。能從我教，當救汝。」猛兒灑然易慮，曰：「惟命。」老人垂其手，長數丈，提之至山腹上一石洞內，擲之，曰：「住此，此中自有飲食。」猛兒視洞中甚隘，止容一身，初極煩悶，久漸安之。洞亦漸寬。數日，聞頭上有人喚云：「將死人，聽吾語，汝可思此身外何所有。」猛兒即遍思身外，不以目視以心見。數日，聞云：「汝試思此身內何所有。」猛兒即遍思身內，數日，臟腑如在目前。又聞云：「汝試思此身從何處來。」猛兒即思有身之始，如見二氣和合。數日，又聞云：「汝試思此身從何處去。」猛兒即思無身之後，冥冥漠漠，不知所極。數日，又聞云：「汝試思臍下何有。」猛兒即思臍下，恍惚如有物。數日，又聞云：「汝試思眉間何有。」猛兒即思眉間。數日，見一小兒，跳躍於前。兒漸大與身等，倏忽化爲知心友數人來慰藉。猛兒念此身將死，此何爲來，不爲動。忽見前所逐盜來叱曰：「爾尚能逐我否？」以刀指之，不爲動。盜去，有里長來，謂曰：「爾妻爲盜殺，爾〔尚〕（爲）坐此乎？」不爲動。里長去，有數青衣人來，曰：「爾殺妻，將安逃？」出黑索縶其頸，不爲動。復舁一尸來，曰：「爾殺人，當視尸。」尸腐臭，面目獰惡，蟲遍於體。猛兒念此身，不久亦如此，不爲動。復曰：「始以爲殺人者子也，今知爲盜。子義士，不食久矣。」出簋一，曰：「此魚餐，子所嗜。」出酒一壺，曰：「此佳醖，亦子所嗜，請嘗。」猛兒念身將死，何須食，不爲動。青衣人曰：「待爾心中人來勸爾。」即見其妻攜幼子至其前，曰：「君可念香火情，進一杯羹。」不動。妻又曰：「君不食，妾當死，此子無所依，不如斃之。」乃推幼子墜，終不動。妻泣於旁，猛兒出利刀斬之，旋見石壁四裂，身立崖上，曠然一天地也。老人大笑曰：「吾教子以有心入道，以無心證道。子七情絶矣，從此神遊八極，有何物可以礙子哉！」相將入寥天而去。後數十年，有樵者入山，遇一人謂曰：「我巫猛兒也，今爲巫山人。」爲述其得仙之由來云。（卷五）

野語

費南輝

《野語》九卷，作者原題伏虎道場行者，自稱西吴鄙人，蓋即浙江湖州人費南輝字星甫之别號。卷九作者小引有「道光甲辰長夏星甫自識，時年七十有六」之語，道光甲辰爲二十四年(一八四四)，作者當生于乾隆三十四年(一七六九)。著有《西吴蠶略》、《西吴菊略》。《野語》一書傳世不多，有嘉慶十三年刻巾箱本(《販書偶記續編》)，未見；僅見廛隱廬道光十二年刻、二十五年新增本。分「語逸」四卷，「語幻」三卷，記鄉里奇人逸事、狐鬼幻化；「語屑」二卷，或記風俗，或談掌故；「語餘」一卷爲雜記。

莊象元

莊生象元，浙西故家子。少孤貧，有心計。其舅倪翁開香紙舖，號小康。而生彌自刻苦，未嘗言稱貸，倪夫婦特愛憐之。倪有養女曰慰娘，小于生一歲，鬌雲皓齒，韶秀無雙。幼時與生頗相習，至是年方及笄，生年益長，家益落，遂引嫌不復請見。一日，生赴倪店市藏神紙馬，適倪出，媪招入内室，詢以市馬何用。生答以游詞。適女採花自鄰歸，向生道勝常，曰：「莊哥大喜，得藏幾許，乃亟亟酬神乎？」生曰：「吾困苦無聊，念藏神恒富他人，而獨不及我。設酒醴，向藏神許願耳。」女瓠犀微露，翩然返闥。媪猶研詰不已，乃曰：「事非無端，第藏未入手，洩之恐神人移去，請俟來日可耳。」遂去。次日，日暮，生致福胙於媪，告曰：「偶向後院栽花，掘土見方石，將取作露坐具。石起得甕，有物若銀，滿其中而色黯。祀謝後，取小鋌，水煎數沸，燦然銀也。」遂出銀三鋌相示。媪問：「胥類此乎？」曰：「否，大者類市間冥寶，舉之頗重，約三四十鋌。小者只此而已。」媪曰：「吾生平未見元寶，願取大者相示。」生曰：「聞財神喜藏而惡露，藏愈久則得利愈豐，未敢遽允。」媪求之益堅，且出常用銀數十兩，佐以金釧，欲易其二。生勉强從之，遂并己銀攜去。越三日不復來。媪疑念綦切，不得已聞之於翁，翁曰：「甥居湫陋，焉所得藏，殆以少銀相誑。若輒畀以多金，彼早攜貲遠遁矣。」媪懊恨，姑懇翁瞯之。倪至門，剥啄良久，內始噭應，又不遽開。倪於門隙窺之，見生攜元寶數枚入室，又運取數四，最後負大布包置室內，有聲鏗然，甚重。旋聞鍵匱訖，始開門。倪待門既久，將加譙呵，迨窺見情狀，已喜動顏色。視後院，果有石版磊作坐具，遂不復致詰。但云：「衿氏所唤。」生乃洗手，藏元寶於懷，隨倪密致於媪，其色黝然，乃久埋於土者。于是，生於門首設肆，作小營運以自給，舅家不時至。久之，會翁媪壽辰，生登堂拜祝，匆匆告退。固留之，則曰：「孑然一身，室與肆皆無人也。」既去。倪謂媪曰：「甥獲如許天財，誠樸不改其度，此大器也。爲慰娘擇配，無逾甥者。」媪曰良是。遂倩蹇修達意。生以業薄聘微相却，强而後可。既成禮，雖情好彌篤，而家徒四壁，仰屋興嗟，生猶以得金未用爲解。女曰：「吾固知郎之僞也。二老年高慮淺，爲郎所誑，幾曾見獲藏酬神，必向市間購神馬者？矧獲藏之事，舅衿已信。年壯思室，人之恒情。既不以粗陋見嫌，何不下玉臺之聘，而故爲撝謙乎？」生聞言咋舌，以既被窺破，勢難終掩，將俟女歸寧，自陳其妄。女曰：「不可，二老信郎誠篤，故以妾奉箕帚，冀兩兩得所。若作僞敗露，將置郎於不齒。二老雖愛妾，終非毛裏。郎既見憎，妾於何有？從此不關痛癢，則生計絶矣。」生曰：「爲之奈何？」女曰：「不如以妄飾妄，言藏金不可遽露，從舅氏貸數百金作小販，天若生之，或不耗折。俟粗可自主，自首未晚。」生如其教，倪果貸五百金，女屬儘所貸躉米。時方秋初，新稻試花，豐登有象，老成者咸慮非策。秋仲忽風寒霜殞，新穀空癟，米價翔貴，獲利倍蓰。次春，女屬預市桑葉，價增長更甚於米。乃歸璧於倪，始自言得藏之僞。時生已致千金，倪亦樂之。問：「當日元寶從何而得？」則曰：「即碎銀所易，置污泥中韜其光，故三日不至也。」自是，或躉新絲，或糴新穀，以及茶笋竹木之類，凡女所指畫者，無不大獲。生偶一矯之，輒多折閲。他人或效之，利每過望。不數年，遂至鉅萬。女生二子，俊邁非常，延師課讀。生夫婦年方四旬，二子俱有聲庠序間。次秋，長子登賢書，女喜謂生曰：「半世辛勤，已可稍慰。有財而不知享，雖多奚爲？」乃爲二子娶婦分爨。遂長齋繡佛，不復問生産矣。時倪翁媪猶康强，乃以萬金爲壽，報其德，且世爲婚姻焉。初，倪之得女，乃抱養遺棄，不知所自出。迨歸莊暴富，有疑女爲仙者。或言生實於石版下得陶朱真訣，秘不示人，歸美其婦云。此與趙生事相類而相反，故並誌之。

語曰：室有慰娘，雖婦言是聽，不爲喪德。獨慰娘者，吾未之見，而恪遵閫教者比比皆是。是何故哉？揆生食貧孤露，漸以成家，漸以康阜，漸以昌熾，孰非苦心孤詣得之哉！尤可取者。甫及中年，

委棄家政，蕭然自遠，古所謂知足不辱，知止不殆者，其伉儷有焉。彼向平之願，畢生莫償者，祇坐不知止足耳。（卷三）

譚生

譚生，逸其名，或曰米公，蘭陵故家子。幼穎異而孤，母韓撫之，家足自給。其舅韓甲弗若也，時假貸於姊，愛甥甚至。其妻韓媪，尤愛憐之。韓女靜婉，頗娟好，與生童稺無嫌，親愛甚至。甲夫婦有姪，其從姑意招生至家，與其子濟同塾。濟頑而生穎，師每揚生而抑濟。濟心忌之。無何，生母病篤，邀甲夫婦至其室，託以藐孤，且訂姻盟。舉所有貲付甲，曰：「此子材惟汝德，不材亦惟汝怨。」甲涕泣而諾之。未幾，生母卒。竛竮孤露，惟舅是賴。甲爲之治喪，既殯，乃攜甥以歸。念其子有心計而弗善讀，甥尚稚，成就非易，遂不復延師。以譚氏貲設一小肆，俾甥若子，習貿其間。生勤苦不懈，舉無遺策。數年齒漸長，業日以昌。然有利則濟掠其美，有過必諉之於生。蓋甲陰有乾没意，濟與所善盧氏子，復浸潤之。相待苛細，生弗能堪，然引嫌不時至内室。甲他出，媪因事召生，始以所苦泣告媪，媪雖曲爲排解，窺夫與子之隱，心弗善也。女聞之，憤告母曰：「譚兄非長貧賤者，何局促轅下爲？」生會意，乃訂約請去。不別舅而行。先是，鄰有州同盧乙，以貲雄於鄉，恣睢不法。豔女美，納交於甲。知女與生有婚約，思中傷之。恒媒孽其短，且炫己長。甲心移已久，故生之去置不問。至是，盧探生耗無所得，微示濟以慕女意。濟羨其豪富，欲爲繫援，慨任之。逾年，忽造蜚語，傳生死。媪母女悲痛欲絶，尋以所傳凶耗，言人人殊。女不能無疑，屬媪密瞷之。則蹇修方爲盧氏求婚。甲不待辭畢，慨然許諾，秘不以告媪。媪將詰之。女不可，曰：「盧氏子無良，激之必生他變。且譚兄約必不爽，如其爽也，兒亦有以自處矣。」遂止。會盧訟繫久，不遑議娶。忽一日，生輕舟達韓所，衣裝頗飭。甲父子陽若歡慰，情殊不洽，亦不詰所棲託。纔見媪，則涕泗交頤，不能出一語，生勉慰之。次早即治具掃先壟，且探孀姑，數日未返。甲與濟謀曰：「初意彼作溝中瘠，今復來將奈何？」濟曰：「妹已字盧，欲悔則勢有不敵，欲嫁則奩贈無出。今譚裝貲小裕，不如鴆譚死，沒其貲備奩有餘，是一舉兩得也。」甲頷之，姑以語嘗媪，媪曰：「若姊彌留時，舉所有畀若，以藐孤託若，將望若卵翼之乎？抑望若魚肉之乎？不特此也，甥雖宗戚寥寥，即其親姑孀而悍，能秘不使聞乎？抑彼能默默乎？」甲曰：「奈女已別字何？」媪曰：「惟責其不別而去，告以別字，償其貲，俾另聘，事猶可解。」甲初猶忍受，聞償貲一語，正中所忌，遂相勃谿。濟亟勸父出，密告曰：「事未行先反目，彼聞之，是教之備也。盍設宴相款，置鴆於酒而斃之。母見人死不能復生，即惟父所爲矣。」甲許諾，遂偕出市物。媪竊聽得其詳，俟生歸，泣述前事，並以密謀告，促使遁。生驚怖失措，踉蹌欲行。女趨出，牽生裾泣曰：「兄去我安歸，願先死以明不二。」媪窘甚，乃曰：「速輒裝，女亦從甥去耳。」於是買舟偕遁。入夜，甲返始知。謀乘夜劫諸途，濟曰：「孤男室女，不能遠適，此去必投其姑所。」父子遂懷刃追之，稔生姑素悍，中途相戒，毋孟浪。抵門伏聽，喃喃有聲，以爲生女在是矣，急扣門。門啓而入，則惟生姑一人。問生女所在，姑茫然不知，内外搜索，一無踪影。惟米櫃鍵鎖甚固，欲啓之。姑曰：「吾養老金悉在是，若啓櫃，吾即以盜劫鳴四鄰。」濟聞櫃有金，頓萌貪念，乃出刃擬姑面，曰：「鳴即殺汝。」姑戰慄不復聲，遂與甲舁櫃而去，以爲縱不得人，必且得金，疾馳抵家，啓其鍵，果一人在焉。視之乃僧，已自經死矣。父子駭絶，不知所爲計，返之棄之皆不便。乃以所備壽棺斂之，揚言女急病死，爲位而哭，且訃盧，俟首七延僧齋薦而殯，藉掩女遁之跡。盧微聞女事，意棺必無屍，屆期預伏羽黨於外，自往弔奠，告甲曰：「令嫒猝死無左驗，吾甘承開棺罪。」將啓視之，方争辯間，羽黨擁而入。斧鑿交下，騞然棺啓，則光頭屍也。修齋僧隨衆視屍，認係其當家僧某，逸去已八日矣。僧以謀殺告官，盧復以殺姦匿女告官。驗僧屍，死于勒，而端委無由得，竟械甲父子，酷掠之，稍吐舁櫃得屍始末。亟拘譚姑對簿，已不知所之，不得已以疑獄讞。甲父子囚繫待質久之。濟瘐斃，甲尋以老疾保釋。其家自遭訟後，貲産蕩然，其媪雖有人迎去，亦不知所往。甲困厄以終，盧尋以他罪遣戍，道出秦中。某邑令點驗鎖鐐鬆細，杖之百，易巨鐐而行。仰觀堂上邑宰，則當日韓肆之譚生也。初譚之出肆。惘惘無所適，姑附載達維揚，資斧已竭。遇父執某，憫其窮，薦與所善譚翁。翁故西商，不善治生，業日落。得生佐之，樸勤從事，商業復振，由是委任益專。翁無子，詢生家世，本遠族，遂養爲子。將聘婦，生以已聘對，因治任返里就婚，既抵韓，情文不屬，不復述所遇。其載女行也，先詣姑所訴顛末，且請與偕。姑度韓必追，亟令解維待於三里外。生甫去，而所私之僧適至，纔數語，忽扣門甚急，倉猝藏僧于櫃。迨韓舁櫃去，知私事發，即馳登生舟，相將渡江，後事不復聞問。女既于歸，頗得翁姑歡心。未幾，譚翁以生名捐輸議叙州佐，分陜權縣事。適盧程遞過其地，小懲之以洩忿。遣人訪韓，迎媪歸。女始知父坐繫，密爲營救得解。後生考滿，終養，歸不復出。女生二子，一歸宗，一爲翁後云。

語曰：人之無良，乃有如韓者乎？所利幾何？視藐孤若深讎，視糞壤若泰山，何其忍且謬哉！然使韓以常情遇生，不過一市井小夫已耳。安所得非常奇遇，席豐處厚乎？則其害之也，謂之愛之也亦宜。（卷四）

按：《談屑》卷二《殺和尚》、《里乘》卷十《江西劉某》、《蟲鳴漫録》卷二武生劫女事、《我佛山人札記小説》之《張玉姑》，情節均與此相似。俱出此後，從略。

花面僧

花面僧者，吴人，故梨園丑色。嘗投甌江名班，班尚藝，械用鐵。其船偶泊湖渚，地甚曠，惟與一客船鄰，夜半，客船遇盗呼救。其班内生色藝最高，提馬叉躍而過，同班從之，與羣盗鬭。盗寡而班衆，勢不敵，盗皆負傷，一盗被叉垂斃，他盗負之遁。惟馬叉爲盗攜去，咸不爲意。久之，在鄉鎮演劇，有三人聘演社戲五晝夜，價倍于常，以百金爲定。班主以僻遠難之。其二人先歸，留一人引路，如期而往。乃瀕海一小村落，居民數十家，茅茨星散，無市集，惟木橋通出入。臺設社廟前，廟小且荒陋，不能容班衆，或二或三分寓各家。晝夜登臺。演至第五日，俟晚劇畢，行告歸矣。夜未半，花面與花旦二人已無正戲，歸寓將寢。其家男婦皆未返，惟一女郎頗丰韻，見之不避。二人者，一美姿首，一善調笑。託故與語，挑以游詞。女若不知，無怒容。二人逡巡，入其室，將狎之。女忽正色，曰：「死在瞬息，尚相戲耶？」二人駭然。詰之，則曰：「某年月日，船宿湖渚，有諸？」曰有。「鄰船遇盗，班衆赴救，有諸？」曰有。「叉傷一盜，有諸？」亦曰有。問：「班失何物？」乃曰：「惟失一叉。」女曰：「若輩之命，皆喪於是叉也。」二人驚疑，不解所謂。女曰：「此間居人皆巨盜，無一良民。吾漁人女，亦被劫來，偷生此間。父母皆不知，無由出樊籠。習聞諸盜述湖渚行劫，遭戲班叉死一人，獲其鐵叉，上有班名。遍訪是班率演于城市，無可復讎。乃重餌誘之來，臺下預儲硫磺焰硝，俟戲將畢，即擲火，必全班灰燼。即逸去，橋已抽斷，不令獨生。吾欲縱若二人，冀傳語老父，故不避瓜李嫌耳。」遂引上高處望臺下，則人挾一炬矣。二人泣跪求計，女曰：「北行橋斷處，是往來大河，惟梟水可渡。傍岸東行三十里有漁寮，內老叟眇一目者，是吾父。囑櫂小船來，夜釣橋畔，吾可乘間登船歸矣。但縱若去，盜必致詰。昨觀《千里駒》劇，可效之。將吾綑縛于室，即不疑吾縱矣。」二人如教，縛之而逸。抵大河畔，橋果斷，乃謀曰：「梟水非所長，縱溺死亦勝於烈焰。」正遑遽間，望見大艦揚帆來，乃撲水呼救，其船落帆拯之，達於彼岸而去。二人乘夜東行。天方曙，果遇眇漁，具以告，眇漁曰：「此蔡牽黨，羽翼衆多，不可攖，吾得間載女歸，亦他徙矣。」飯以脱粟而别。二人丐於道，遇官僕某與旦有素，攜旦去，解衣衣之，薦於其主，遂大任用。花面亦賴其周恤。旦後送其主北返，所乘官舫，舟子有眷屬即眇漁也。詢之，云：「羣盜因李帥勦捕急，遁入海，惟女與聾媪在巢，伊托賣魚訪之。見其女，暗約乘夜登船而逸。女行時攫有盜貲，遂挈家順流下，舍舟至浙西，别購內河巨舫，操舟爲業。」虎口餘生，重逢話舊。父女喜甚，即招旦爲贅婿焉。花面自遘難後，厭棄故業，投苕上爲僧。庚寅秋，余與遇，雖髡髮披緇，而詼諧有故態，歷歷自述如此。

還難婦

德清俞劍花孝廉鴻漸云，嘉慶癸酉歲，滑縣逆匪滋事。有河内生，向挈母妻商於滑之道口鎮。是秋，子身歸里省墓。至武陟，聞警亟反奔，已阻戎馬，不得前。迨蕩平至鎮，則故寓已成瓦礫場，遍覓母妻不得，疑遭難死，痛不欲生。或告之曰：「聞滑城被難婦女，官爲安置，盍往訪之。」乃如滑，至則母妻仍無耗。是時，婦女之從難中出而無所歸者，官分老少二栅，名爲人圈，出示招領。其法願領者自呈年貌籍貫，以從征兵一人作保。領一少者，必從一老者。少者從圈外遥指之，不能更易，老者可即就所領之少者詢之，或有親人，許指名以索。或勸生若母妻遭亂，無以爲家，宜爲嗣續計。生不得已然之。如法具呈，得姑媳二人，載歸河内，議母其姑而妻其媳。將擇吉行合巹禮，婦聞之乃雪涕而請曰：「君待吾姑媳有恩禮，妾亦何辭？然尚有苦衷，不敢不告。妾夫滑縣籍，居道口。去年夫隨翁商於外，未及難，計亂定必歸，歸必相覓，請以半載爲期。幸而藁砧重聚，必不負恩，否則爲君室耳。」生有觸於中，慨然許之。且曰：「吾將復至道口，招母妻魂歸葬，兼理舊業，當順途爲若一訪。」遂問婦翁若夫姓名居址甚悉，束裝遂行，既至舊地哭奠畢，依所言訪之。則其家居不當衝，未遭兵燹。叩其門，見一少年，坐而告以故。少年泫然起，拜曰：「君真長者，此即我之母與妻也。」已而其父出，延之入内，隱隱聞哭聲。問之，則曰：「向者聞亂，歸覓母妻不得，途遇二婦人爲亂兵所掠，憫而贖之，初無他意，父以共處不便，擬將媳妻我。婦不允故泣。今既母妻無恙，毋俟玷其貞矣。彼河内人，君與同鄉，能訪知其家否？」言未已，老少兩婦奔而出，一見大駭，蓋即生之母與妻也。於是始而泣，既而喜，終乃兩家人泥首向天，以爲彼蒼報施之巧有如是也。翊日，生載其母妻歸，少年亦同至河内，迎其母妻返道口。後兩家往還，較親串尤密云。

語曰：施愚山先生《浮萍兔絲篇》序云：李將軍部曲，嘗掠人妻。既數年，攜之南征，值其故夫，一見慟絶。其夫已納新婦，則兵之故妻也。四人皆大哭，各返其妻，其事已奇。至無瑕完璧，兩世重圓，則惟《巧團圓》傳奇所載姚尹二人事，方與此合。而傳奇乃笠翁臆造，此則言言紀實也。（卷九）

挑燈新錄

吴荆園

《挑燈新録》，六卷。作者吴荆園，名無考，號荆園居士，又號文溪。連城（在今福建）人。生平不詳。書前有嘉慶庚午（十五年，一八一〇）自序。

夏雪郎

武林夏吉，宦裔也，幼失怙恃，天資特異，文有奇氣，年十二歲遊郡庠。老師宿儒，閲吉詩賦文章，無不擊節嘆服，多有數百里負笈從之學者。而吉才大數奇，二十餘猶困場屋。其鄰黄生，吉總角交也，才甚鈍，常就吉學，藉吉悉心指授，年近而立，始獲一衿。吉家僅中資，黄父爲淮商，故巨富也。時兩家内人皆有娠。一日共飲，同席者有餘杭郭生、新城王生在焉。黄笑曰：「古人嘗有指腹爲婚之事，今僕與夏君兩内人，腹皆有喜，萬一一男一女，不揣欲附爲婚姻，敢煩二公爲證！」郭、王咸以爲美事，樂贊之。吉惟唯唯。黄又曰：「近日惡俗，有以較論聘禮責望，最爲鄙厭。僕欲力反常套，不用絲毫聘物，但立一紙盟書，以爲異日之驗。」郭、王益稱善。郭、王援筆爲詞二紙，以記其事。詞成，互押分授，始各别去。迨臨盆之日，吉生男，而黄生女，恰同日而生，咸以爲奇。男名雪郎，女名雲妹。已而黄舉於鄉，逾年登第，選入詞館，貴傾一時。時吉患血症，家益落，病已亟，作書告黃，且囑姻事。書略云：「知己入京華，裘葛頓換矣。梁月之念，無或忘想。起居定多佳勝，毋須鄙人贅祝也。嗟僕數奇命蹇，病骨支離，行將就木。死生命也，亦復何恨！但有犬子雪郎，方在孩提，爲可憐耳。猶幸知己垂恤，未生之前，重賜姻盟，托賴高門福庇，他年諒不至於流落也。僕死之後，幸爲始終扶持，九泉雖渺，必知感激。病中握管，淚與墨俱寸腸斷矣。不盡欲言。」書去未旬日，而吉竟卒。黃方得來書，而訃音隨至，黃初亦爲之淚下，久之舊好漸忘，自念館閣名閨，安肯下婚孤子，陰有悔心而未發也。未幾黃除外任，觀察雲南，忽忽數年。雪郎已長成一十三歲，少而聰慧，能讀父書，十四入邑庠。俄而母病痢，雪郎日夜守奉湯藥，三月餘，目未交睫，虛火上冲，遂病目，而母病益篤，遂不起。雪郎於父死之後，債連交迫，家無他産，祇住屋數椽，母病時已典族人，得資以爲藥費。迨母死，四壁蕭然，遂盡售其屋，以供殮葬。葬母之後，售主催逼，遂空舊舍與之，而以微資賃居錢塘門外。身居苫塊，貧病交加，淒涼萬狀。時黃久已挈家之任，山川遥隔，音問莫通，而雪郎以母臨終遺言，語黃與父生前有指腹之盟，文字知己，往奔之，必能振拔孤寒，時猶作此想。及病愈服闋，貧益難支，遂告游學，藏父遺盟券，沿途賣字往雲南，以赴宿盟。途中歷盡風霜，久而始到。書生弱質，積瘁勞形，冠玉儀容，與前異矣。抵黃署，向司閽者道故，司閽者笑曰：「自來未聞有此賤丐，何得妄吠？」惡語逐之。雪郎怒曰：「我黃府嬌客也，遵故母命，萬里來投，奴婢何得放肆？」司門者既欺其襤褸，又怪其話狂，怒罵之聲達於內。黃問故，閽者告黃，黃驚命入。及見，雪郎哭拜於地。初黃別雪郎時，尚在襁褓，今已長成，不能相識，因詰其家，對答不爽，心識非假，而厭其貧，佯作温語曰：「此事誠有，然當日立有盟券，經驗方可信也。」雪郎不知其計，即於身畔取出，呈之曰：「已取在此。」黄取視，付之袖内，忽然變色駡曰：「何處光棍，擅揑官親，欺我無三尺法耶？」拂衣而入，陞座欲杖之。雪郎哭曰：「吾涉遠投親，乃遵父命母命也。大人如此，有傷雅誼矣。不認即已，何必施此面目？然盟券一紙，吾受之父母，乞丐所珍藏者，見被大人賺去，須見還也！」黄聲益怒，欲斃之，而究於心難安，復笑曰：「此狂子，杖之無益，命地約領管，限明日逐出境外，不許逗留！」逐雪郎之後，黄入内署，語其妻曰：「悔向日少年孟浪，以嬌女錯付寒酸，心常耿耿也。幸夏家賤子遠來此地，盟券一紙，被吾賺回，吾可無憂。行將雲妹另婚名門，免有門户之辱。」黄妻李夫人，大家女也，素諳禮義，甚不然之。呼女出告以故，女大哭曰：「是何言與！婦人之德，從一爲貞，名分所在，豈容更變？即使夏郎或不幸而死之，猶當守節，况其冒險來奔乎。且夏郎青年秀士，安必其始終窮困而不可婿耶？爹見亦左矣。兒與夏氏之婚，實爹主之，兒必克遵初命，過此以外，亂命也，若必勒爲，有死而已。」語畢竟入香閨。黄怒曰：「賤骨了不長進，其必欲提筐從丐人求乞乎？」李夫人正欲有言，忽堂鼓一響，黄正衣即出，則土司警報苗人亂信。黄即會同總鎮，調兵赴剿，軍務緊急，風火而去。李夫人於黄去後，細與女商夏郎之事。女曰：「背夫從父，既不義；從夫背父，又不孝。今日之事，有死而已！」李曰：「不然，儂爹憎夏郎，憎其貧賤耳。倘能富貴之，前約未必即渝也。今幸爹督師外出，即覓夏郎入署，贈以金帛，令回發奮取進，倘得寸進，勢利翁不敢以寒酸目之，姻緣可就矣。」女聞，收淚拜謝。黄昏時，李乃遣老僕黄信承其事，詢諸人，得知雪郎在地方家，往趣之。雪郎不肯行，曰：「賺吾入者，欲殺之滅跡也。」信告以大人督師去，並夫人小姐守義憐恤之故，矢天自誓，雪郎始隨入。夫人已攜六歲幼子，先候於卧月軒中，雲妹則立於簾内。比見時，雪郎哭拜於地，夫人亦泣曰：「前事吾已盡知，翁雖以勢利待郎，有老身在，決不使負前盟。汝妻亦以死自期，願爲汝守，可無憂也。然别賢婿有年矣，音問久疏，不知可能繼父之讀，以圖上進否也？」對曰：「婿雖不才，頗能承先人之志，苦攻望上，十四時已入邑庠，因以母服，故遲進取。釋服之後，又以先慈遺命，故不避險阻，涉遠來投。不意吾翁薄倖反目，竟不相認，重肆摧辱，自拚骨葬長江，魂歸泉府，索報於夜台。謂今生已矣，乃復蒙夫人小姐，大義自持，攀眷如此，敢望有以開我茅塞。」言已又哭。夫人曰：「無須哭也，别方數載，不圖令堂已作古人，良可悲悼！然幸賢婿能繼父志，紹接書香，尚堪爲慰也。今日之事，汝翁妄念正堅，不可遽破，惟望賢婿有志上進，則金石之盟，尚昭昭在也。」因命雲妹亦出見，雪、雲原舊識也，而已年各長成，不能認矣。相見之際，不能作一語，掩淚而已。久之，夫人以白金三百，黄金一百，授雪郎曰：「此少助資斧。」又於雲妹胸前解下水晶鴛鴦一枚並附之，囑曰：「佩此睹物思人，顔如玉，黄金屋，固自不遠，當極力於書中覓之。」雪郎再拜曰：「敢不佩銘金石。」亦於己腰間，取下父遺小玉魚以酬。夫人受之曰：「一魚一水，正兆成雙，兩般信物，似有天意。」乃繫於雲妹裙帶間，復珍重叮嚀，始命雪郎出。雪郎回寓，明日粗治行裝，越日而發。行經月餘，抵楚境，憚路途之苦，賃舟焉。舟人固巨寇，托名操舟，往往行劫於江河之間。初，雪郎上舟時，舟人窺其行囊頗重，又且孤弱易欺，已萌不良之念。舟行三日，抵一處，下帆泊舟，四顧無人，鳥聲啁啁，慘人心腑。是夜舟人十餘輩，宰雞呼酒，邀雪郎痛飲。飲醉，雪郎量本不洪，過預數杯，不覺醉極，伏枕而卧。至夜半覺來，忽滿船火亮，正驚愕間，忽一人持刀入艙，執欲殺之。雪郎始以爲盜，跪告曰：「行李等物，一任諸公取去，幸留蟻命，以返故園。」盜曰：「我輩行劫江湖，咸殺汝輩，何止千計，汝尚欲活耶？」雪郎度不能免，復哀禱曰：「既不能宥，幸全屍死，戴德不淺。」盜許之。雪郎仰天大哭：「雪郎不死於陸，而死於水，命也何辭！但辜負夫人小姐一片好心，爲可哀耳。」遂湧身一躍，望大江跳下，盜度江深無底，客必已死，乃瓜分行李。半夜移舟去。初，雪郎之下水也，意以必無生理，下至江底，足下似有人推之而起，湧上水面。忽有一木信水流至，遂就而抱之，得不至溺。任其漂流至一處，有大坐船在焉。時天色大明，船中已有人起，望見人抱木流，知爲被溺者，急聚衆人救起，入白刺史公。刺史者，餘杭郭公也，以楚進士除省刺史，任滿入京，夜來泊舟於此。聞所援溺者文弱似書生，急命救醒，更衣令坐。問其家世，雪郎哭訴之。郭驚曰：「我故人之子也，何由至此被溺？」雪郎復訴因親奔滇，并賃舟被劫之由。郭曰：「賊子狼心，固屬可惡，會當牒送有司緝捕。而汝翁仕宦中人，乃亦如世俗，人情反覆致此，良可嘆息！然賢姪姻事，老夫實目擊之，月老也，曾書有盟券，在否？」曰：「已爲翁賺去矣。」郭怒曰：「烏有是理！昔日令先君與令岳結此姻事，時老夫與新城王敬侯，實親見來。券中代筆郭某，即老夫名也。今敬侯雖服官東粤，究皆身經目睹，豈容黄兄背約，作此不義之行。我儕自有公道也。」雪郎復告以李夫人垂恤，並小姐守義之故。郭贊嘆不已。已而命家人進飯，飯已，乃曰：「賢姪今欲何之？」對以資斧罄盡，進退維谷。郭俛首思之，徐曰：「世情澆薄，故鄉尤甚，歸亦何益，徒多阻滯耳，倘賢姪有志進取，敢屈附同老夫北上，援例納雍，北闈亦可應試也。」

謝曰：「若得如此，更感大德。」郭乃於舟中除舍安之，解纜並發，水陸舟車，皆郭所給。及入都，正值場期，郭復爲周旋之，雪郎入闈，悉心揣藝，揭曉後竟領首薦。郭欣然曰：「得姪如此，可以達吾死友矣？奪元在邇，猶祈努力爲之。」雪郎深謝。未幾，郭復除外任，陞原省巡道，欽限甚急，因留金贈雪郎，再三叮嚀，始就道。明春雪郎又復戰勝，掇高第，入詞林。時科道缺員，得座師之力，授兵科給事中，以書報郭，並報李夫人，詞不及黃翁也。時首相某公，有女甫二八，色藝雙絶，名播京師，不肯輕字人，喜雪郎年少高第，才質兩美，意屬之，托雪郎座師都御史李公風示之。雪郎辭不就，且告以黃女之故。李公曰：「此守義也，吾何忍違汝志。」因爲直覆，首相聞而益嘆服其義，乃珍重叮嚀曰：「夏君有此義操，異日定作國家棟梁，似此快婿，吾安忍舍之，兩成之可耳。」李曰：「不然，黃女約婚在前，勢難下之，若令嫒相府名媛，豈患無東牀快婿？若必使兩就，將來妾號誰歸耶？與其貽悔於終，何如慎之於始，猶望三思。」首相笑曰：「此不難，吾當達之天子，使不分妻妾。」李公知相意已決，遂囑雪郎聽之。雪郎躊躇間，而王命已下，兩女並歸於夏，無分妻妾，並賜夫人之封。首相一面札示黃公，不由雪郎自主，竟令就贅。花燭之夜，揭紗而視，小姐竟天人也。女貌才郎真堪匹，房幃之好，極盡人間。已而雪郎得相力，巡按雲南。雪郎上言，請便道完婚，命下許之。擇吉就道，望滇而發。先是黃公命逐雪郎出境，匆匆赴戍，兩月餘苗亂始平。回署後，屢欲以女另婚，李夫人多方阻之，雲妹亦以死自誓。而復召贈金一節，夫人母子祕之，黃固不覺也。忽得郭公責備書，知雪郎已薦北闈，方悔失之太甚。無何京報至，雪郎又高捷南宮，榮膺顯職，斯時悔中燒愈不可耐矣。李夫人母子，方且交相慶慰，嗤之曰：「勢利翁，今竟何如？」黄愧曰：「往事吾誠不合，然已追悔無及，刻下之事，當何區處？終不成以此快婿，讓他人坐受漁人之利也。」坐卧起立，俱爲不寧。逾數日，李夫人見黄急極，始告之曰：「乘龍之好尚在，固無妨也。」乃告以復召入署，贈金訂盟之事。黄聞之不禁大喜曰：「不意我輩鬚眉男子，反不若汝儕之識英雄，雙眸子當自抉矣。」數日接得雪報李夫人書，雖詞不及己，亦爲榮也。乃急耑的當家人，持書赴都請罪，且約婚期。書未發而相府來書又至，啓視之，不覺大怒曰：「此老何得分吾半壁東牀！誓將甘心。」商之妻女，夫人小姐閲畢，咸曰：「相府亦憐才意也，且夫人名號兩在，庸何傷？」黄雖不懌，自顧勢懸殊，且王命已下，亦無已，忍受之。另作書稟復相府，附家人並賫去。去未半月，閲邸報得知夏郎巡按雲南，便道成婚。已乃在屬下，正驚之極，遂星夜備具妝奩金玉綺羅，備極奢侈。仍遣多人遠迎於三百里外，路途館驛，鋪設之盛，更不待言矣。久之頭接者差人回稱，貴人於半途收我家書，將次抵境，黄乃自騎快馬往迓，通屬官吏星馳趨接。相見之際，黄難以啓詞，但極恭敬而已。雪郎雖禮貌之，而鄙其勢利，不甚綢繆。是時也，雪郎既爲欽命天使，又屬觀察東牀，哄動國人，男女夾道聚觀，儀從之盛，傾動一時。由東門入，甫抵署，司閽者遠遠跪迎，較前怒目相叱時，儼然兩人也。已而合署大小道喜，大人者、貴人者、姑爺者，稱謂不已，聲響如雷。及入内，雪郎請出李夫人泣拜之，黄前但長揖而已。黄愧甚。雪、雲定情之夕，各出分袂時信物歸之一處，笑曰：「魚水今始和諧也。」雪郎道及相府就贅，事非本意，女曰：「此亦美事，郎既得列相府東牀，妾又得賢姊妹，何幸如之？」後三夕，女乘間語雪郎曰：「當日妾父所爲，固人情難堪；然已蒙君子不棄矣，乃婿也而不拜岳，妾心何安？猶望推愛入之，使妾得以安君側也。」雪郎聽其詞，次日始請黄拜。倏忽一月，雪郎以王命緊急，不敢久羈，囑黄先送女入都，後乃別。黄公李夫人命役馬沿途按察而去。所到之處，秋毫無犯，去惡除奸，一秉公慎，軍民大悦。事竣還都，拜覆王命，復請假展墓，攜二夫人並出都，迂道往訪郭公，首謝活命作養之恩。郭見雪郎少年詣達，不勝欣慰，留叙半月。雪郎苦辭，郭公乃命人設宴江亭，爲之祖餞，酒炙並陳，名優奏樂。方在引商刻羽之際，忽聞亭下人聲喧嘩，公命查探，覆曰：「有人捉獲一舟子，云是江洋劫賊，舟子謹辯，以致喧鬧。」雪郎聞之，引起當年恨事，密語郭公。郭公遂命以喧嘩者帶入，雪郎細視之，所云劫盗者，即昔時執刀之盗首也，告公曰：「盗得之矣！」公大喜，縛盗置庭下，先問捉人之由，捉者曰：「小人李姓，遷貿江湖數月，前販賣采貨，甚得微息，攜銀二百，誤雇此賊之舟，夜半慘被洗劫。小人倉忙，急跳入水，幸以習水性逃得性命。今在此間，得遇此盗，仇人相見，故獲送鳴冤耳。」令出，隨罷席旋署，命各役牽盗並回，嚴刑追訊。盗姓劉，襄陽人，行劫之案，指不勝屈也。究其餘伙，則泊舟於三十里外柳樹下云。公恐聞風逃逸，急遣兵快赴捕，二十人一綑盡獲。搜其艙，金銀各數千，緞疋不計其數。火其舟，人贓並獲，送轅。公將伙盗訊實，各予重刑，發縣嚴禁，待時而戮。得贓銀内分二百，給還李價，並探雪郎四百之數，餘贓没官。翌日，雪郎就道，於路感激郭公不已。及抵杭，向之出售舊舍，已煥然而新，旗匾燦耀，詢之乃族人知其得志，預爲營備也。雪郎深謝之。展墓之日，各官臨祭，冥儀之事，備極豐隆。雪郎追想舊時落魄狀，恍如夢矣。及歸家，乃語二夫人曰：「今予深荷國恩，放歸展墓，榮及泉下，亦可云遂男兒之志。而細思之，先大人負才淪落，有志未伸，飲恨而化。吾母撫我成人，卒以憂歿。予今日叩墓而呼，呼之不應，則展墓亦徒然耳，究何益耶？」言已大哭不已。二夫人亦爲之淒然。是夜，雪郎獨寢，忽有一人搴帷直入，方怪其徑，叩之，父也。驚拜曰：「父尚在耶？」曰：「非在也，吾死後，冥司以吾生前耿直，考授仁邑城隍，因知汝榮歸拜墓，故歸一見耳。汝後福正遠，可努力爲之。」雪郎復問其母，曰：「渠於彼時已生貴宅矣。」言畢倏不見，雪郎驚覺，乃一夢也。几上殘燈猶明，方未半夜。急集二夫人告之，二夫人曰：「此皆君子孝心感格所致也。」雪郎諸務已畢，乃回京復命。又三年，黄觀察以墨敗遣戍，死於途。子方幼，雪郎移養善視之，得以成立。雪郎歷官清肅，甚爲主知，歷參議，始致仕歸。有子六人，皆貴顯，一女爲郭公孫媳，亦封夫人。

荆園氏曰：夏之與黄，總角交好，其誼不爲不深；雖友實師，其恩不爲不厚。況指腹盟婚，實曾出之親口，痛訕世俗，亦尚口血未乾。跡其初心，人必謂其念托孤之重，不知作何振拔雪郎。乃貴而易節，倏忽寒盟，後復多般勢利，既令人不禁髮豎冲冠，雖有義妻貞女，爲之斡旋，究竟薄莫能掩其行。其與江上諸人品地，去爲未遠也。視郭刺史之高誼干雲，不當愧死耶？然落葉秋風，報施不爽，人亦何樂而爲惡哉？徒取於身敗名裂耳！（卷二）

何玉姑

衛生雨成，少美丰儀。父名仁，官松江尉，早卒。生賴母成立，年十三，讀書鄰村映雪軒。軒後有花圃，花木茂密，假山巍然。圃之東牆外，乃故太守何公後苑。何公早喪，遺一女一子。女名玉姑，年十六，美而好學，善書能詩，兼工制藝，因撫幼弟，故十六猶待字。一日，生因學師回家，偶動觀花之興，閒行花圃，忽聞牆外有女人聲。童子心性，竟攀上老石榴樹梢而望，見一女即在牆下觀花，衣黃衣，繫淡紅裙，雲鬢漆髮，美奪畫中人。傍一侍女，亦殊色。生故識牆東爲何府第，何女玉姑，美艷素著，今不意逢之，秀色柔姿，天然俏麗，雖童子無知，亦覺愛極，呆呆相視，不忍舍下。俄而玉姑舉首見生，即亦不怒，但輕叱曰：「人家閨闥，何事相窺？不憐汝幼，當令蒼頭捉付官府。」生聞，面色紅漲，不能遽答，良久始曰：「我誠不合，望小姐恕之。」玉姑固亦知生閥閱，以其慧黠，轉爲笑容，詢以現讀何書，曾舉制藝否。曰：「四書經傳已讀遍，但欠熟。文字亦完篇，好否自不覺也。小姐詢及，想當深通此道。不知肯容我恭拜門牆，代爲削正否？」玉姑復笑，且問其名字。答曰：「名雨成，未有字也。」復曰：「請少待，當即來。」遂急溜下樹，將及地而墜。玉姑察聲覺之，因曰：「姑從容，毋損嫩腰。」生應曰：「不妨。」疾趨書房，檢平日所作制藝律詩，以布包之，束置胸前，仍上樹梢，即欲丢下。玉姑止之，曰：「不可。」乃命設梯牆頭，遣侍女紅蘭接之，且曰：「尚容細閱奉還，明日子當仍候於此。」相笑而別。翌朝，生往牆頭，梯先設焉。女已先令紅蘭竚候，引生入室，芬芳襲人。女令紅蘭烹茶治饌，與生共坐，談論之際，女秋波時顧。生笑曰：「小姐頻目我何爲？」曰：「以子容貌可愛耳。」生雖知女意有屬，但苦於自未成人，且膽小不敢輕易出口，惟有唯唯，至暮仍自牆而去。自是生於學師離館，輒就女室，凡有制作，悉攜改削，得女陶鎔，文思爲之大進。忽忽二年，生年十五，情竇已開，一夕至女室，門半掩，乃輕啓而入，見女倚牀，春睡正濃，燈光映體，白如美玉，杏臉紅腮，百倍撩人。不覺情動，回顧紅蘭不在，喜無礙眼之人，遂解履登牀，抱女共睡。玉臉相偎，情興火熾。正欲有爲，女夢中驚覺，忽起下牀，方欲聲呼，見生乃止不言，惟輕叱曰：「子欲何爲？此豈待師之禮耶？」生曰：「弟非死人，對絶世佳麗，寧不動念。金幕之私，藏之已久，今夕大膽，實亦情不自禁也。倘不能就，相思必然害殺，惟姊憐之。」女聞，面色羞紅良久，乃曰：「我豈無心於子，但此乃百年大事，當憑父母之命，媒妁之言。今日苟合成婚，花燭之夜，何顔相對？且人事變遷，何可預料。設子之母意有他屬，將來置吾於何地？」曰：「相如之與文君，衛公之與紅拂，皆未有父命媒言，竟成千秋佳話。情之所鍾，何必拘執。今夕如蒙見憐，回當稟告家母，百年之事，斷不相欺。」女年已長，且素愛生，口雖硬語，心實欣慰。聞生之言，輒無語以答，但低頭弄裙帶而已。生擁抱之，即亦不却，相攜上牀，羅襟解脱，蝶就花叢，具非兼人，有樂無苦。霎時露滴牡丹，芳香互襲，相倚相偎，百倍恩情。方起整衣理髮，紅蘭忽至，女羞顔不便作一詞，生亦低頭無語。紅蘭與女同庚，小女一月，慧黠不亞紅娘，見此情狀，笑曰：「郎才女貌，兩美相合，何作尋常兒女態耶？但吾小姐荳蔻含胎、千金麗質，一旦付之公子，幸祈始終，勿作薄倖人也。」生曰：「區區寸衷，適已向小姐盡剖。今荷紅姐金石，更當銘佩無忘。」女素善視紅，凡事並不相隱，見紅已覺，遂重囑生曰：「適間不能堅持，白璧爲君所玷，悔亦何及。今後均宜慎密，設有飛短流長，妾與君之家聲名節，兩俱掃地矣。」生曰：「敢不謹如尊教。」是夜，生留女室宿焉。自是生如有便，輒至女室，山盟海誓，情愛彌殷，院宇深沉，竟無知者。其冬生遊於庠，女知欣喜殊甚。迨生復至，道喜之餘，便囑姻事。生口雖應允，而生家母教素嚴，不敢輕率一語，欲言而止者再。明年生母竟憑媒聘城中賈進士之女爲生室，生初不欲，繼聞賈女年方十五，美麗無雙，父正勢焰，家又巨富，遂置女不念，竟從母命。但無顏對女，不復往讀映雪軒。無何，賈進士因謁選期迫，欲女婚急就，催媒向白此意。生母以生已長大，如言應諾，併送吉期。花朝之夕，新婦過門，郎才女貌，極盡于飛之樂，自是而生心益無何女矣。何女自別生後，懸懸望念，生跡杳然，度或爲病所困，不疑有他，然往往牆窺，金蓮之跡，未嘗一日離後苑也。一日，正在牆頭窺視，忽見生齋後院門開，一白髮老翁打掃花逕，因命紅問曰：「衛家公子，何故久不來館？」翁曰：「公子今年家塾讀書。近日新婚賈進士之女，正多樂事，何暇至此。」女聞驚甚，回房大哭曰：「不意天壤間竟有衛郎，薄倖至此。痴心女子負心漢，昔聞其語，今見其事矣。」紅蘭亦怒罵曰：「衛生負我小姐，皇天必不佑爾。」是夜女于燈下尋思，無聊轉甚，長嘆數聲，窺紅睡熟，七尺紅羅，竟歸陰府。次早紅覺，驚救不及，恐責導淫，祇以小姐自尋短見往白夫人。夫人驚哭，幾不欲生。殯殮既畢，細思女素幽静，何故横死，拷問紅蘭，方得的耗。怒生薄倖，欲質之官。夜夢女哭曰：「衛生負心，兒已愬之地府，行將索報，不必又費母心。」母遂置之。生聞女死，雖甚驚異，而亦竊幸可免後累。逾年鄉試，生入闈就號，静坐搆思，草稿甫完，忽抬頭見女，不覺大驚，揖曰：「别來事多掣肘，莫遂初心。弟聞珠沉玉碎，哭泣哀甚。弟婚賈氏，實勢不由己，今悔之無及，願多設功果，超度姐姐早生天界，幸勿作怪異嚇我也。」女笑曰：「汝雖負妾，妾實愛汝，此來佐汝成名，非爲怪異。適睹汝作，擒題取義，多有未協，欲售良難，妾當爲更定。」生曰：「若此足見高情，生死不異。」女因指其文之瑕處，口授命生更正而没。是科生竟領薦。回家後諸務匆匆，而所云功果超度，竟似商於六百里矣。次年會試場中，又見女如前，生謝罪曰：「諸事匆匆，超度一事，尚未舉行，心殊歉然，莫非以此見責？」女曰：「生死異路，超度何益，世傳符籙追薦，半涉誕妄，妾最不取。妾非爲此而來，實欲始終汝之事業。」因又授以作文之法。揭曉後，生捷南宫，觀政吏部，俸滿例得外任，而當道需望良奢，苦無資斧。女又見形曰：「南舍某甲，汝之同年，廣有金銀，密藏内室，何不向之移供。現某州缺開，急將資營辦。倘得此缺，則金穴開矣，何債負之難償耶？」生如言行之，果獲如意。到任後，接前任移交一卷，係地方呈首謀逆之事，有衙役某爲被犯求請開脱，願以六萬白金爲官壽。生一介書生，一朝民上，驟聞此語，喜愛之甚。但案關重大，不敢應允。是夜燈下思維，女復見形曰：「妾所云金穴，正是此事，何必懷疑。」生意遂決，受賄脱囚。地方不服，遍控諸官，方在提問，而所縱羣犯，竟於某邑戕官。經大兵捉獲，羣供生受賄故縱緣由。諸憲震怒，據實奏聞。奉旨以生貪賄縱逆，謀爲不軌，法當族。正法之日，一家男婦哭聲遍市。臨刑，見女艷服靚粧，指生駡曰：「狼心賊，亦有今日耶！」遂將以前以後事由，向衆告述，且曰：「妾畢命之日，即欲索報，無如此賊禄命未終，祇得遲遲。然僅報一身，何足泄恨。今賊如此，妾心慰矣。」言畢大笑，化煙而散。生始悟前此皆女故爲狡獪，使己身置雲霄，始得獲此慘報，然已悔之無及，引頸就刑。數十家口，頃刻盡作刀頭之鬼。旁觀者無不悚□。

荆園氏曰：始亂之，終成之，已乖行止。况始亂之而終棄之，以致其死耶！衛生薄倖，與《會真記》之張生，一也。但何女死而崔氏生，且復琵琶再抱，無貞不能厲，故張生倖免，而衛生得慘報耳。然衛生若能自守其正，不貪多金，不縱逆囚，女即有怨，亦不能報應如是之慘。乃利令志昏，竟蹈湯火，身

名俱喪，家族同殃，淫而兼貪，死不足惜也。（卷六）

蕉軒摭録

俞夢蕉

《蕉軒摭録》十二卷，作者俞夢焦，號蕉軒，山陰(今浙江紹興)人，生平不詳。書前有嘉慶二十年(一八一五)自序。有道光十九年雙桂樓刻本、申報館叢書本等。

白芙蓉

白下諸生傅純，字敬思，爲人謹厚自持。然諒直處，頗見訾於人。妻水氏早逝，生一子，年十五，清外濁內。每自塾中歸，詢其課，惘然。曰：「對對否？」曰：「適於途次荷池中，因打鴨，見若個鴛鴦飛去，却好一對。」咸笑之。父以其劣，名頑兒。然矜其劣，愛尤甚。無何，染疾勿食，父患之，醫勿效，病轉劇，乃泣於醫。醫曰：「若欲兒病好，除非引以白芙蓉。」傅乃遍尋鄉里，不可得。惟阿舅水氏園中有此，懇之舅首肯，而舅之婦陡從闈内出搖手曰：「勿可！勿可！女兒阿素知要哭煞。」傅急詢之，曰：「是女齒不稚，已及笄，終日惟癡癡培植斯花作生涯，惜花如命。人或折之，慟幾乎絶。上年興哥入園，戲摘一葉，痛詆不已，既而病欲死。今病雖痊，言及興哥，胸臆猶作嘔痛也。」傅聞悵然。舅謂婦曰：「姑與商之，是女亦煞是聰明，倘救得頑兒命，亦阿素功也。」婦往語女，女笑曰：「誰教之者？」曰：「固醫所云。」曰：「是殆有命，豈花能療？花折，頑兒命活，未可必也；素兒則死可必矣。母熟思之。」言已，即向花涕泣。母急止之曰：「癡兒，予固逆知之矣，既勿折，何事哭爲？」女收涕曰：「若勿與，縱勿責，亦見恚，勿如擇相似者塞責。然樹木以時伐，花亦如之。今無辜傷折，擬唁弔焉。阿母盍與言，約明日送至。」母見傅，笑曰：「允則允矣，費若大唇舌，尚欲待唁弔花魂，明日剪伐擕來。」傅以其允，欣然歸。翌日女以明水一盂，香一炷，唁於花下曰：「花魂花魂！勿怪素兒不仁。爲彼庸醫，將爾療命。本屬白姐，我心不忍。因爾形似，瓜代爾身。未識爾名，擅伏爾枝，勿嗔勿嗔！」唁畢，以金剪剪伐數枝，着使擕去。無何花未至，頑兒卒。親友往弔，羣相誚曰：「克此謹厚人，生此聰明兒，竟勿用存活。天欠古道，勿怕吾友切責也。」爲傅所聞，以喪明之痛，復遭此詆，遂勿能堪。遷怒素兒，以其吝與此花，致誤兒命。詣舅處痛哭，口勿言，心實怨女也，衆勸始歸。女始聞頑兒卒，亦既傷之；繼聞其父怨己，遂不禁抑鬱病。昏黃時偶見阿姑泣曰：「頑兒死，委係命絕，然汝亦忍坐視，使服花勿效，勿汝咎也。」忽又見一白衣生昂入，阿姑已遁，女驚叱曰：「汝何人斯？」轉眼乃一淡妝好女也。斂衽謝曰：「蒙姐恩渥久，此身亦不自惜，猶荷抵死護持，教儂感且不朽！」女悟曰：「子殆園中白姐乎？」曰：「然。」曰：「胡作此伎倆？」曰：「勿爾，無以嚇退汝阿姑也。」又一斷臂女入曰：「白姐汝借頑兒軀，得成佳偶，我若何？」曰：「癡婢，自有人續爾臂。」覺乃一夢，花影猶珊珊檻前。忽阿母突入笑曰：「頑兒已甦，聲聲欲尋素姐。」詢之，曰：「吾沐素姐恩，思以報之。」父曰：「素姐吝花，勿仇之耶？子將以德報怨乎？」曰：「否否！吾本插脚秋江，托根湘岸，因荷素姐澤，常解語窗前，默知水家長短，勿識汝家事也。」女聞愕然，亦知花魂幻托。即以夢告母，母亦信疑若半。頑兒始則日夕呼素姐，既而性自明，亦勿言，而穎悟非昔比，書史未經讀，略一過目，便記憶了了。傅心喜，遂易其名曰幻兒。明年採芹，偶遊舅氏園，遂撫膺大慟。女即倩母詢其故，蓋是頑兒甦後，斯花便漸次萎落，女竊疑焉。迨幻兒哭花，女益不能忍。母詰之，幻兒曰：「我即是花前身，頑兒人死身存，我獨借骸偷生，來秋此花勿復開矣。我勿早言，素姐又將痛煞，然花死我生，花猶未死。」遂於園中遍尋一枝曰：「吾將續之。」吸水噴之，花若一醒，再噴則葉枝條暢，似吐萌牙然。曰：「臂斷兒，我豈食言？」復謂舅姥曰：「寄語素姐，白衣入夢，伎倆頻生，素姐猶憶之否？」舅姥未及答，素姐已力疾至園，從母背呼幻兒：「汝既花魂托身，能歷記其事否？」曰：「一日三番撫摩根蒂。某月某日呼婢除虱，偶損我枝，泣之以淚，淚滴葉焦，復自痛悔，持齋二日以懺其過。某時某刻蜂入花心，以玉簪頭打蜂兒，簪挑瓣落，埋之以詩，有『裂我縞容素，蜂兒不許侵』之句。他若罵輿哥摘葉，怨鄰女扶摇，咒東風摧打，瑣瑣者，何暇屈指數也！」女默然退，疾頓除。然凝思忽忽若有所失。傅倩冰委贄焉。許之，贄於舅氏家。芙蓉帳暖，半壓秋波，琴瑟既好，人争豔之。逾年入園，見所噴斷臂花，高與檐齊，第臨秋無花。幻兒愀然謂女曰：「某緣未盡，魔孽將生，惟遠遊可避。」臨行謂女曰：「園中斷臂花開，盼我歸期。」女送别黯然。明年秋花果發，幻兒獲第歸，謂女曰：「不是鴛鴦打散，怎能折〔枝〕(之)高桂，爲芙蓉城流芳遺韻耶？」

蕉軒氏曰：花魂借形骸偷生，倩女以之得偶。一本傳奇，都爲謹厚者作一激勵。意爲天公作一報施善人計也。謹厚者未嘗不獲福身後，然往往不獲福而降災，此又不可得之數也。借爾芙蓉，導我憨

意。（卷五）

唁影

女郎莫姓，淡烟小字，初父母生而慮其夭，寄養尼菴。及長，兩親亡，老尼更其字曰小真，且欲其髠，淡烟不可，曰：「髮膚，親之遺也，削之是忘親也。兩親寄我空門，爲存活地耳，豈真教我作此虛無寂滅者爲？」老尼勿能强，然惡其勿黨，詆斥殊甚。淡烟乃幽居別院，伍彼花鳥，娱我琴書，頗自得。有小尼譏之曰：「姊若是勿如嫁，否則空門有待字女郎耶？」淡烟笑曰：「吾固有所待，非子所言待字爾。諺云：『來說是非，便是是非。』子其休矣！」他日淡烟曉起，懶妝未籠，小立池頭，凝眸花落。回首訝見一好女墮水底，凝睇視之，乃身影支離，蕩漾波面耳。不禁觸懷，口拈《花非花》一闋云：「儂非儂，是儂影，態何妍，見何猛。含愁相印是心心，曇花無我消磨冷。」遂以波作鑑，倚石籠妝罷，復向波作語曰：「魔障兮斯影，魔障兮斯影，索性没你乾净。」忽聞背後亦云：「索性没你乾净。」驚顧無他，又聞語如前，迴環巡視，乃阿鶯調簧葉底也。訝而謂之曰：「汝果解語，好將斯意達之人間，俾小真勿落此火坑足矣。」阿鶯似意會翔去。越數日，淡烟消遣石邊，掠鬢映水，阿鶯銜一枝至，淡烟視未真，逐之，則所銜枝落，細審之，玳瑁釵也，燦爛精瑩，非尋常物。謂阿鶯曰：「汝向誰家銜來，復銜向他家去。」阿鶯已翻身不知所之。淡烟愛玩莫釋，乃簪髻旁，摇曳臨鑑，益增嫵媚。忽背後一女婢出曰：「在此矣。」即有僕從數輩，驅車將淡烟載之去。淡烟驚絶，未及語。既而求白，始知某王府郡主出游菴內，隱几窗前，遺釵於旁。侍女出呼伴返，失其徑，訊尼，尼咸若罔聞然。侍女懼，遍搜至園，見淡烟髫旁横插一釵，洵是郡主物，疑淡烟同弊，遂執之歸，質諸王。王見淡烟訝曰：「世上有如此物，那得教人不顛倒耶？」略詢顛末，知非其咎。淡烟具言尼之怙惡，宜急往迓郡主歸。王從之，多率侍從，詢明曲徑往迓。郡主覺，呼嫂不至，心疑，叱尼曰：「好送我歸，否則將懸汝首。」尼猶支吾，迨聞接郡主者至，乃懼，送郡主出，郡主歸治尼罪。見淡烟，訝其麗，曰：「真個仙子勿若也。」淡烟述其事，郡主視釵，詢：「阿鶯何在？」曰：「去去復來，勿能必也。」曰：「微是鶯少吾一臂助也。」淡烟曰：「敢請所云。」曰：「吾作《元始幽明録》一書久矣，昨夢神人曰：『汝著此書，水火未濟，猶未成也。』詰之，曰：『惟水就下，推火炎上，水亦有源，火亦有因。』因思水就炎非淡而何，水亦有源，爲三點也。火亦有因，因火成烟也。欲考訂是書，要非淡烟不可。」淡烟大悦曰：「吾固有所待，其在斯歟？」遂與郡主焚膏繼晷，兀兀窮年，王欲納之，而淡烟凜若冰霜，卒莫能犯。然以此見忤於王，賴郡主爲之庇。未幾書既成，郡主薨。淡烟痛幾絶。郡主臨殁謂王曰：「淡烟，兒友也，兒死，願王視淡烟若女兒，死無憾矣。」王勿能聽，實逼處此，淡烟不能堪，給以期，思脱網計。一日臨沼徘徊睹己容，大驚曰：「何消瘦乃爾耶！」遂潤筆唁影曰：「影兮鑑爾，勿如初些。形銷骨立，嘆居諸些。愁黛半掩，且半舒些。雲鬟漂泊，擲環琚些。藻映輕裳，飄輕裾些。容着淚痕，浸芙蕖些。影兮！翫爾碧落，清且深些。身世悠悠，語默沉些。似萍牽纏，弗曾侵些。似鏡裂破，勿聞音些。身若蕩漾，弗能禁些。抛却東流，一脈心些。影兮！妍媸分明，有美惡些。無有有無，認弗錯些。冷擁秋雲，雲漠漠些。冰肌玉骨，惟爾託些。淡去烟波，逸且樂些。教他尋影，没搜索些。」

唁畢，投筆趺跏石上而逝。左右以告王，王亦痛悔，詣石邊拜泣焉。忽白烟一縷，衣如蟬蛻，逐風化去，剩纖纖赤舄一雙，留石上。

蕉軒氏曰：我外無我，而必欲論我，則何妨鑿空論影，何妨鑿空唁影。赤舄一雙留石上，立此脚跟，若曰：「我已踏翻塵世，我亦何常鑿空耶？」（卷五）

細　細

細細者，或曰花姓，名小纖。更名細細，謂其細膩風光，情之至若寡恩也者，而實情較深矣。本故家女，妖豔殢人，父歿，母愛之甚。稍長，防微尤切。甫十一歲，垂髫髮齊。值端節，插菖蒲門上，登高椅，囑鄰生扶椅。鄰生者，褚姓也，戲捻細細足，細細未防及，腰略閃，扶生肩下，笑怒交加。生退，母大加呵責。細細以是見生則避。逾數年，細細漸長，生念日熾，每借影迫女，避勿及，遂至唾而惡詈，殆惡其輕佻，爲阿母呵責，怨殊深也。而生則企慕轉切，題《紅窗聽》、《踏莎行》、《小重山》諸詞句，俱忘記載，惟記得《行香子》云：「鎮日愁思，愁更多詞，憶當年戲笑不推辭。倩予看影，還怕人知。帶二分喜，三分怯，七分癡。而今惱怒，殊無眷顧，教沈郎病死相思。吟魂自解，尋夢何時？覺二分魔，三分怨，十分疑。」遣奴密寄女，女置之。他日又寄以詩，女則怒擲之地，且以告母。母恚甚，轉訴生家。父母憤極，笞生幾死，遂病。病劇，母憐之，詢所云，則曰：「細細好！」母曰：「細細怨兒甚，兒好之何也？」曰：「細細不我怨也！」母倩嫗探細細，細細知，辱詈生甚，曰：「若此無恥徒，即死棄之途，狗怕污口，猶勿食其肉！」生母聞之憾甚，即以語生。生涕泣曰：「細細不我怨也。」生母以語告細細母，憐之，來慰生。歸囑細細，欲訂婚焉，細細變色痛詆，誓死勿從。母怒痛責女，女亦病，病漸甚。生自得細細母來後，病日瘥。生母憾細細不願婚，述生前，生愀然曰：「細細不我怨也。」細細病革，生寢食不遑，日往問焉。細細母欲以生情感女，留生視女，女每見，輒痛詆。且曰：「勿見我，病或瘥，見則泉臺勿遠矣！」生退，友人欲與生覓婚，生固辭；詰所以，曰：「心在細細。」友笑曰：「細細怨，奈何？」曰：「細細不我怨也！」曰：「細細死，奈何？」曰：「願鰥也。」曰：「不孝奈何？」曰：「不近娶細細好婦事父母，奈遠娶他女，了尋常局。縱得子，亦勿孝，願鰥以待細細活也。」咸以癡目之。父母因溺愛，姑俟細細病痊，求姻婭焉。無何，細細病劇，髮既禿，遍體染瘡，疾如荷錢。大潰腐，不堪醫，勿克療，廢飲食，勿能語。母厭之，人勿能近，近必掩鼻。生頗善醫，每至近爲敷藥，雖盛暑勿辭瘁也。人每譏生曰：「縱妮子病好，亦陋甚，子何苦爾爾勿捨也！」曰：「他雖勿若細細病，要勿若細細之德我，勿怨我也。」人第嗤之，勿求解也。生遂遍搜異方，須檐溜並井水煎洗可療。于鄰之東，取井水，爲于姓所妮。于富家也，始則吝與，繼則訟以竊取，並搜生隱與細細涉瓜李嫌，宰受于賂，拘細細母及生。細細母懼，賂于免拘。宰拷掠生，生終不屈。于私乞宰曰：「第詰其細細已病革，何愛之深，勿他娶耶？」宰詰生，生曰：「兩小無嫌，不及于淫，情可彿人，賢者有之，詎能免乎？」終不屈，遂受極刑死。宰令置諸郊，父母驚往舁之。歸而甦，即問：「細細好否？」適細細母亦探生信，知生甦，掉頭奔返，更無一語。蓋細細瘡痂落，時越旬餘，髮覆額如初，嬌豔異昔，爲戚族貴公子所窺，將議姻。母以許生爲慮，公子曰：「聞褚生已受極刑死，果爾則配我可也，否則不敢請耳！」母慕戚之貴，而厭生貧。茲聞其復甦，故其狀若忽忽，殆非所願也。生與父母得其情，相與咨嗟嘆息。公子知生不死，亦罷姻。而細細母移情公子，亦勿他婚。生聞公子罷姻，復冀細細回心，乃投以詩，毀折之，寄以緘，擲之地，更令婢輩逐打寄書奴，以削其色，而生若勿知也。父母大怒曰：「如此狠心腸，即爲婦亦淘氣。」遂決意與生另議婚，生勿從。父母將送宰究治，乃潛逃他處，吹簫餬口。爲舅氏所聞，邀往之，愛其才，欲以女婚，固辭勿許，復潛逃去。爲盜所掠，令偷劫，勿慣，鞭撻頻加，强爲之，被獲送之官，具述顛末。官知其冤，憐其才，請爲賓，知未娶，欲婚焉。則藉酒狂忤宰，宰亦勿介意。上臺偶目之，宰遂薦之上臺，上臺亦欲以女婚，生遂拂袖起。上臺强逼之，生以杯擊上臺，腦破血污席次，上臺繫于獄。更遣奴詢生家，並探細細事實，使者探得還告上臺。上臺遂釋生歸，復遣使求細細爲子婦。幣聘千金，光生蓬蓽，女母頗樂從，而細細則堅拒勿納，慨然謂母曰：「褚郎情種也！其所爲兒盡知之，何忍負之？當却上臺聘，就褚郎婚。」母驚曰：「兒心何叵測耶？始何怒之甚，今何愛之深？」曰：「始原有怨，繼則聞生種種苦行，皆爲兒也，兒實爲所感。」言訖淚下，亦無如何，欲却上臺聘。細細曰：「未也，宜善爲調處。」乃毀其容，傴其形，狂聲而出曰：「誰要我這瘋婆子做老娘也？」使者驚而散，以告上臺。上臺責探者之誤，且曰：「瘋婆子只合配狂生耳！」時生落魄甚，歸見父母，蕭蕭白髮，悽其以對。聞上臺聘細細，自料今生緣斷矣，孰知緣即于此成。成禮後，人或提起褚生事，細細猶掩面涕泣，而勿能自已也。

蕉軒氏曰：紅顏殢人，千古一轍。然聽斯女，幾番辱詈，男兒性起，不禁拍案，何物褚郎，能隱忍若是

乎？尤妙在人皆言細細怨爾，彼則曰細細不我怨也。再言亦然。吾謂其情可及，其情之摯，而若愚若癡，殆勿可及也。（卷十一）

七嬉

許桂林

《七嬉》，二卷七篇，道光十七年（一八三七）三味堂刻本。作者原題棲雲野客，即許桂林（一七七九——一八二二），字紹傅，號月南，海州（在今江蘇東海）人，李汝珍之從内弟，故當地有《鏡花緣》爲許作之傳説。曾爲塾師，著有音韻學著作《説音》及小説《春夢十三痕》。《七嬉》原有八篇，成書于嘉慶二十年（一八一五）左右，刻印時删去一篇（據孫佳訊《鏡花緣公案辨疑》）。

洗炭橋

昔聞雲臺山下人説彭祖事甚新異，比於《酉陽雜俎》所記天劉翁及旁㐌擲錐事，以小文述之。但直叙衆鬼捕彭祖不獲，後遇洗炭者，未免寥寂。頃見松石道人作《鏡花緣演義》，初稿已成，將付剞劂。其中有酉水、刀巴、才貝、无火四關，寓警世之旨。因取其意，潤色爲甲乙至庚辛八鬼事。八鬼之外，其事皆相傳舊話，余無所損益。

海州板浦場大村，旁近有洗炭橋，相傳爲彭祖故里。彭祖妻死復娶，凡四十八娶，皆不以姓名年齒告之。及娶第四十九妻，美而慧，偶告以情，妻大恚，旋病死，訴於閻羅曰：「女子不樂爲繼室，天下乃有爲人第四十九繼室者乎？」閻羅亦訝之，將逮鞫。檢注死簿中無此人，乃詳詢其第四十九妻，以彭祖姓名年貌。其妻云：「彭祖姓籛名鏗，肥白無鬚，貌如二十許人，實年七百九十九歲。爲人黠智多端，欲捕治，恐鬼無足任也。」閻羅特擇諸鬼雄有名於酆都者，曰甲鬼、乙鬼，使現人形往捕之。甲乙皆性木鈍，好飲酒。彭祖有神通，早知其來，設酒肆於村口，懸旆甚高。甲乙遥望流涎。至村口，酒保笑迎曰：「蘭陵美酒，價廉而味醇，上客盍嘗焉？」甲乙相視笑，口未言而足已入肆。飲半酣，嘖嘖贊好酒，思鬼地無此佳釀，當儲爲不時之需。合錢買酒十斤，適滿一甕，共舁以行。又欲買瓶爲至家分酒計，肆中瓶惟有容七斤及容三斤者，因各買一具攜以出。行且談，方商問彭祖居何處，而酒興未足，咸欲飲甕中酒。共飲恐多少不均，又無所得權衡。歇擔籌議，以七斤三斤二瓶展轉相注，求其勻分，久不能得。道旁一少年熟視良久，自稱姓錢名竹，前揖甲乙曰：「公等若能各將五斤酒立飲至盡，吾爲分之，必極平允。」甲乙許諾。少年以十斤甕酒注七斤瓶滿，又以七斤轉注三斤瓶滿。旋舉三斤瓶還注大甕，又以七斤瓶内四斤注滿三斤瓶，仍注大甕。告甲曰：「大甕中九斤。七斤瓶中餘一斤，今注之三斤瓶内。」乃又以大甕注七斤瓶滿，大甕中存二斤。乃以七斤瓶注三斤瓶，三斤瓶内本有一斤。注二斤即滿。七斤瓶内存五斤，再以三斤瓶酒歸大甕，合原存二斤亦五斤。甲乙大喜。少年出懷中二巨杯勸之酌，甲乙本好飲，加此敦迫，連舉大白，不能自休。乙飲至四斤十二兩，呼叫跳擲，倒地而呻。甲飲至四斤十四兩，身軟如綿，嘔吐狼藉，即睡其中。少年以手提之，皆縮小如初生兒，置酒甕内，擲入池，笑曰：「吾再過百年，眼見此池變酒池也。」甲乙二鬼既不歸，閻羅命丙丁二鬼繼至。丙丁皆數歲小童，膚色紅嫩，眼光灼灼，相攜入彭祖所居村，忽聞道旁小舍童音唱曰：「白果樹，開白花，南邊來了小親家。」一小兒騎竹竿自内躍出，丙丁定睛笑視之。小兒曰：「吾與汝戲可乎？」丙問何戲，兒欲爲花板掌，丙丁不解。兒請與丙試爲之，乃各合掌相間，旋抽而出，各自合掌一擊，即以己右掌擊彼左，復自合掌一擊，以己左掌擊彼右，再自擊擊彼如初。擊且歌曰：

「花板掌，打到正月正，正月十五鬧龍鐙。花板掌，打到二月二，二郎擔山挑擔兒。花板掌，打到三月三，薺菜花開賽牡丹。花板掌，打到四月四，一箇銅錢四箇字。花板掌，打到五月五，划破龍船打破鼓。花板掌，打到六月六，猫兒牽向河邊浴。花板掌，打到七月七，牛郎坐上新郎席。花板掌，打到八月八，八天便祭月菩薩。花板掌，打到九月九，蚊子開了蓮花口。花板掌，打到十月朝，家家買紙燒。」

曼聲緩擊曰：

「人把紙來燒，鬼把錢來用。」

高聲重擊曰：

「銅錢輕，銀錢重，我家還有箇金錢洞。」

丁問曰：「君家金錢洞何在？」兒曰：「吾小字金錢兒，家中此物甚多。」相引入院，三火鑪方熾，鑄金銀銅三種錢，堆積以萬計。丙丁有欲色，兒曰：「吾等捉迷藏，捉得我者，贈金錢十，銀錢百，銅錢千。」丙丁皆喜諾。兒以皂帛蒙其眼，各張手摸索，久之近火鑪。丙丁本火體，心欲金錢，内熱又盛，近火，忽被吸入紅焰，搖搖不知孰爲丙、孰爲丁矣。戊己二鬼乃美女，聞捕彭祖不獲，自請行。稔知彭祖老而有少容，娶婦至數十，恃其妖媚，度必成擒。既入村，見村中人有白髮皺面，涕垂至唇，傴僂扶杖，一步僅一寸者，問之彭祖也。有短鬚如蝟，黑瘢滿頰，頸垂巨癭，手如淡漆者，問之又彭祖也。有骨瘦若柴，面色槁敗，時方六月，襲裘兩重者，有裸袒被髮，持菡坐噉，乍哭乍歌，不知日月者，問之又皆彭祖也。戊己口如含蘖，心墜腹中，相扶坐地而憩。忽一醜人出懷中鏡授之曰：「吾等雖名彭祖，實非彭祖。吾姓金名堅，欲求真彭祖，乃在鏡中。」戊己競觀鏡中，一美少年手攜小玉牌，上有二字曰「子都」，俄頃不知所之。又現一美男子，玉牌上字曰「子充」，繼而有曰宋朝者，曰宋鮑者，曰城北徐公者，曰衛玠，曰褚淵者，忽現忽滅，鏡光閃鑠。二女眼澀耳轟，倏然一化爲木，一化爲石。醜人忽變美少年，笑曰：「吾真彭祖，萬古千秋，終有一死。此木女中作芻靈，石女可作翁仲。」兩手分攜而去。閻羅聞六鬼技窮，大怒，擲冠案上曰：「鬼技止此邪？」庚辛二鬼憤請往，髮上指，鼻頭火出作青赤色。閻羅顧而喜曰：「汝必辦此。」二鬼至村，遇村中人，皆鞠躬緩行，笑面柔聲，銳氣頓減。市中設局，一少年坐而布勢。庚辛素好博，自爲鬼，久不得爲，見局心喜。近觀乃三人所下象棋，將帥外添經略別爲一軍，其棋子有兩旗兩火。庚曰：「此戲甚新，吾等同局，略似看花湖，但少一做夢者耳。」問少年姓名，曰竹堅，遂相與對局。少年極和，庚辛頻悔棋，皆不校，而庚與辛自不相讓。俄奪一車，攘臂出位，庚扼辛吭，辛握庚髮，詬聲震屋瓦。少年勸曰：「二君勿争，吾願去棋内兩火，爲二君講和。」庚辛愧而止。頃又争一馬，庚擲馬於地，指辛惡詈，辛舉拳毆庚左肩。少年笑解之曰：「此棋務求勝人，宜有争端。吾有自勝棋，公等能之乎？請過茅舍，賭一重彩。」庚辛從至其家，室内方几上設棋盤作形，自用十棋，每隔一位下一子，不能下子即負，下十子畢者爲勝。少年曰：「與二公約，能自勝者，吾奉佳酒三觥，美人歌以侑飲，加贈黄金一斤。不能自勝，上籠蒸之，求服而後釋。」時院中鐵鑊方然薪煮水，上設巨籠，氣蓬蓬然。庚辛各盛氣曰：「此何難，敬如尊約。」辛先下子，至七而窮。

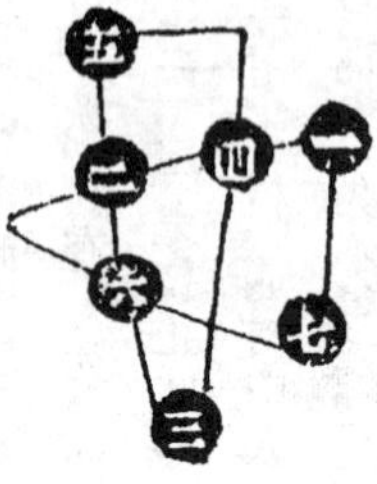

庚繼之，下至六子，已無下子處。

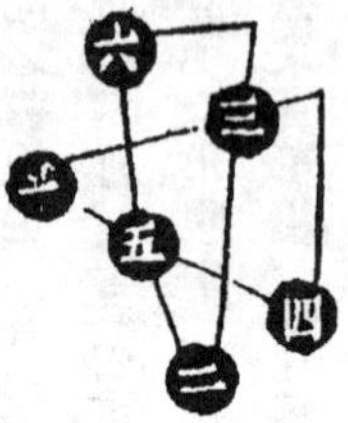

庚辛同聲曰：「君亦須下一局，吾始信服。若握中尚存一子，則我如麥餅，君亦黍糕。籠中還須共處。」

少年笑諾之，從容布子，連作二局皆勝。

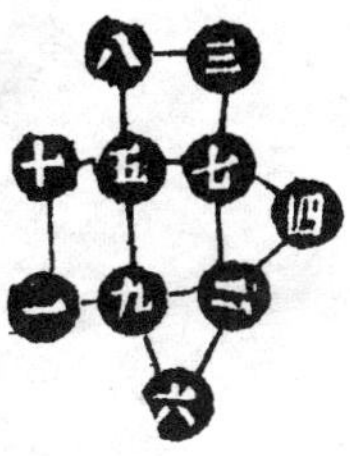

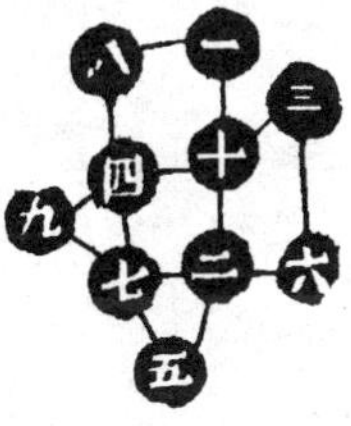

拱手曰：「請公入籠。」庚辛無奈何，計且上籠略蒸，姑告服而後再入局。頃已記其下子次第，猶當得彩也。然庚辛本鬼體，甫上甑，已無踪影，蓋與甑上氣合同而化耳。酆都共有大鬼十，八鬼皆敗没，壬癸二鬼相與泣曰：「吾等不得不往，往而復敗，鬼風掃地，鬼種且絶矣。彭祖耳聽九地，目察九天，獨不能及水底。吾等當入高公島下海水深處，謀定而出，勿復爲老猾所暗算。」彭祖防之月餘，無所聞見，遂不知繼來者何人，由何道而至，漸自矜放，謂必度八百歲無憂矣。一日散步村外，舊有小河，架石爲橋，橋側二人，各持一物洗之。就視乃小枝木炭，訝問何爲。曰：「將洗黑炭作白炭耳。」彭祖微哂曰：「吾生七百九十九年，從未見炭能洗白者。」二人曰：「是矣！」急出袖中金索繫其頸，彭祖出不意，變化不及，或推或挽而去。向晚村人尋至，彭祖已僵冷，殮而葬於其四十九妻墓田中。後人因名此橋曰洗炭橋。橋下水至今常黑。彭祖冢稍高，左右小土堆四十九，則其妻墳。墳間生草，結子如小荷囊，土人謂之婆婆鍼綫包云。

程賓秋曰：江北以奉承逾量之言爲水，彭祖聰明絶頂，道力甚高，酒色財氣皆不能制，而卒受制於水，水真可畏哉！抑壬癸二鬼，洗炭求白，有似大愚，故彭祖失聲嗤笑，不覺漏言。予謂愚而不近人情，其中必不可測。小智自矜者，當以彭祖爲鑑。

昔在都門，爲陸鑑橋作《羣芳宴》樂府，有胡盧山演陣一節，酒色財氣四陣，均不能制，乃引水灌之而後潰敵，與此不謀而合。

余以丁卯四月出都，鑑橋置酒豐臺，率其三弟子歌新樂府以贈行。山陰范君爲余作《豐臺顧曲圖》。酒半，鑑橋拈梨向余曰：「箇儂嘗慣離滋味，説與酸心總不知。」余感其意，爲跋於圖後。今鑑橋埋玉經年，諸弟子風流雲散，余亦二毛滿鬢，非復狂奴故態矣。追維往事，良用憮然。飼鶴山人（卷下）

客窗閒話

吴熾昌

《客窗閒話》八卷，《續客窗閒話》八卷，作者吴熾昌，字薌斥，浙江海寧人，約生于乾隆四十五年（一七八〇）。據長白山人《客窗閒話序》云，作者「才華敏妙，學究天人」，曾于嘉慶五年（一八〇〇）中式（當是秀才），兩紀之後，「猶是一領青衫」，從事幕僚。道光甲午（一八三四）自序作于保定，庚戌（一八五〇）續序作于泉州，可略見其蹤跡。《客窗閒話》刻于道光己亥（一八三九），《續客窗閒話》刻于道光庚戌，罕見。其後有光緒刻本等。

孫壯姑

乙巳之歲，山左大饑，盜賊蜂起，膠東爲甚。小康之家俱不自保。昌邑有標客孫良，技勇絶倫，有女壯姑，悉傳其術。時因道路梗塞，閒居授徒。大姓之虞暴客者，争以重金爲聘，良悉納之，乃分其徒爲十餘部，各遣一隊，以護大姓。而良周巡不息，盜賊不得肆志，咸憾之。昌邑錢尹，吴人也。捕得巨盜，誣指孫良爲魁，械之至，良極口呼冤曰：「小人禦盜，非爲盜者。」尹曰：「盜何仇而指汝？」良曰：「邑中之巨室，彼窺伺已久，得小人捍衛，至今不得逞志。彼欲冤死小人，以遂其吞噬也。」尹察之信，竟誅盜而釋良。良感甚，願獻女爲妾。尹笑曰：「解釋誣枉，令尹之職，何足言恩？且法不得妾部民女，汝休矣。」良涕泣而去。未幾，錢尹因公被劾，將回吴下，宦囊甚充，胥小私議竊發。良知之，謂尹曰：「凶年之後，道路難行，小人老矣，不能隨護，民女雖陋，智勇具足，請侍左右，以備非常。」尹鑒其誠，納之。其女年未二十而貌甚英武，遂與南行，車仗數十，僕從如雲，小伙不敢舉事。盜法，探有充實可劫者，或衆寡不敵，則知風下程，并伙而謀，獲財均分。故發益遲則盜益衆。是時錢已去五六百里，至魯界之朗月鎮，覓宿地，得旅店，後屋三楹，牆垣高峻，周匝僅容一門出入，尹喜其完固，必欲居之。壯姑知非善地，然已卸裝矣，勉從之。謂錢尹夫婦曰：「妾觀此宅，似爲謀禁客商之所。夜或有異，主君與夫人請卧觀之，幸毋高聲，妾有以處若輩。」尹雖唯唯，然未知其能，甚戰栗也。于是安尹夫婦于東室，呼二婢伏西室，曰：「唤汝則出。」取夷燈之臍凸碧琉璃者，置窗隙。院中明似月光。乃易短襖皮褲，鞋尖置鐵，腰掖利刃，滅燭躍登中門之顛，踞框以俟。漏三下，内外俱寂，寓主馬鐵頭，盜中之巨擘也。密集群寇，擇其能者，皆操白刃，自後垣登屋，餘盜伏于四隅，以防逸出。先命一人下探之，久而不回，馬曰：「内多婦女，諒入安樂窩矣。」繼命二三人下，亦如是。馬曰：「真不了事，弱息數輩，尚煩乃公自往。若遇大敵，行見爾曹雌伏矣。」遂躍入院，四無人聲，月光中視屋門已閉，甫拔關欲入，額顱中傷甚重，如泰山壓頂然，仰跌丈餘。旋飛一人坐胸前。馬舉刀欲砍，被掣兩肩窩而兩臂軟，刀自擲去。又被掣兩胯而兩腿廢，身不能轉動，始聞嬌聲唤婢，兩女舉燭至，視之一幼婦耳。哀祈之，壯姑微哂曰：「我見來勢猛，知是能手，果惡奴也。汝爲寓主，諒害行旅不少，本欲殺却，如此庸奴，徒污我刀，且留汝爲作惡者戒。」

遂命一婢取藥來，壯姑以刀割鐵頭臉上肉，縷縷成條，以藥揉之，血立止。時天已曙矣，僕從叩門請。壯姑以足踢馬臀，拔關而叱曰：「速去領爾徒尸，在東牆下積薪内也。」從容啓尹夫婦登車而行。馬被踢，則手足已復舊，抱慚而竄。自此臉上皮條終不復合，絲絲懸挂，若世俗所畫獅子然。（卷四）

吴橋案

燕都南，吴橋縣之連鎮，布市也。居是地者，半以貿布爲業。有肩販張乙，恒負布四方求售，出或兩三月一歸。年二十餘，家僅老母，爲之娶婦李氏，嬌而蕩，夫婦甚相得。彌月，張仍出貿易，婦不安于室，日游鄰里，姑勸之不聽，教戒之則怒目視、反唇稽矣。有武生許三者，城居，隨父設肆于鎮。父因老病，俾業其子，而養疴于家。許三恃衿無賴，好與惡少伍，而游獵于色，不逞之徒利其資而助爲虐。一日，與李氏遇諸途，艷之，訪諸惡少，或告之曰：「此吾鄰張乙婦，其夫負販外出，恒在我家游蕩，可以利誘之。」許三喜諾，訂約而去。其人歸，與妻謀。妻曰：「是不難，使許君僞爲吾弟也者。俟婦來亦來，吾誇其富饒，以欣動之，婦若不避，吾讓之隙，則事成矣。」其人告許，盛服而往。婦適至，欲避，鄰妻以其弟告，牽衣命坐。婦斜睨許，許故賣弄姿首，漸與調笑，婦赧不言。鄰妻曰：「吾弟非外人也，煩嫂相陪，吾具饍去。」婦口言歸而身不動，鄰妻出，反閉其户。許摟婦求歡，婦索服飾，許允之。相將入室，事甫畢，而鄰妻至，婦羞慚無地，鄰妻曰：「若欲不泄于人，必長與吾弟歡好，猶弟婦也。吾何言哉！若不常來，吾且播揚之，勿悔。」婦喜諾。由是許爲之易新衣，備首飾，居然完好。姑詰其所自來，則以母家對。姑知其無父母兄弟，大疑之，訪得其端倪，禁婦勿出，則罵鷄詈犬，攪擾不休。姑大不堪，俟子歸告之故，立命休棄。張乙承母命，不得已與手書而逐之。婦泣去，無可歸，乃投許而尤之，許曰：「今長爲我婦矣，不得受惡姑氣，尚不慊于心耶？」乃置宅相處。越數月，供億不支，復與惡少謀，僉曰：「是非爾真婦也，可使之娼，徵其夜合之資，不但衣食有藉，而致富不難矣。」許喜諾，逼婦接客，婦畏鞭笞，不敢不從也。張乙自出婦後，負氣去，半載而回，與婦情猶未絶，訪知爲娼，潛往視之。婦見痛泣，且告之悔，牽留共宿，而還其手書。張乙歸，不敢告母，正無可如何之際，許知是夜有客，而不知其爲本夫。次日往索資，婦無以應，裸而撻之，婦以實告。許復與惡少謀曰：「殆矣，本夫已反其手書，若以占妻訟我，奈何？」僉曰：「彼經紀人，一時計不及此，必將復來。俟其來時，吾等伏于左右，群起捕擊，使懼而逃，似可絶迹。」許唯唯。未幾，張心果不息，又至。甫扣門，伏發群毆之，詐死，伏不動。許曰：「殆矣，不過懼之而已，奈何置之死地，罪將在我。」衆哄然散。張知衆去，覺遍體受傷，不敢見母，匍匐至河干，趁舟入鄰邑。夜扣行家，其主素識，驚問其故，張以酒後與人共毆，既被人傷，亦復傷人，求爲調治，而謀避匿。行主爲之延醫，傷痊并爲合伙販布于口外。當是時，連鎮河干，蘆葦中有浮尸。亭長報宰，宰驗明遍體鱗傷，似群毆致斃而棄于河者。面目已敗，莫辨誰何。宰爲棺殮緝凶，標召尸親而已。乃張乙之母，數日不見其子歸，尋訪無着，或告以河干之尸必其子也。母信以爲然，即投宰，告許三謀婦殺子狀。宰啓棺使認，母亦難辨，因報仇心切，睹尸衣上右肩有補綴處，謬曰：「吾子布販也，其肩負布易破，吾以舊布，補以白綫縫，是否，請一驗而定。」遂洗驗，果然。即提許三與諸惡少一訊，皆伏辜。已解審會垣，許父哀其子，思有以援之。或告之曰：「此尸詐也。張乙年少身短，此尸年老身長，雖面目潰爛，而身旁有鬚一縷，其明證也。」父悟，急爲上控，而使其子翻供。司發首郡復鞫，游移無定，已逾年矣。張乙貿易獲利，歸視其母，母見之，喜懼交作。張問故，母實告之，使仍避匿。張曰：「不可。我本無罪，若使許三問抵，則我咎不輕。且終身不得居故鄉。不如自首便。」遂投宰而陳其始末，宰大驚，即偕往會垣，面告憲司。幸罪人未決，即出許，科以和奸罪，褫革荷校而已。張歸安業，婦亦投回，哀求其姑，割指示志，改行爲良，仍完聚也。

薌厈曰：吾聞訊是案者，一老吏程姓，素以折獄爲能，僚友僉尊之曰「老哥哥」。當許三翻供之際，歷數問官，堅執不認，後值程尹謂之曰：「占妻斗毆之情既實，則死者是否本人，汝罪難逭。況承之未必即死，不承遞相熬審，或喜用嚴刑者，或善于磨煉者，當此溽暑時，晝夜不息，得不瘐斃乎？與其速死，何如緩生，汝自度之。」許三感悟，痛哭承認，供招乃定。程尹傲于衆曰：「諸君逾載所不能決者，老哥哥片言定之，鞫獄之能，不敢多讓人矣。」正衆口交相贊嘆間，吏報吳橋令帶領已死復生之張乙投首，太守命釋許三，衆乃粲然曰：「老哥哥竟是鞫獄神手，死人審活矣。」甚矣，定讞之難也！（卷四）

圓謊先生

有封翁家居浙江之畔，貴而且富。生平愛打誑語，且好與人談，率荒誕不經，聞者皆非笑之，翁不顧也。其子耻之，幾諫不從。乃與知交密議，或曰：「太翁性喜縱談，難以力阻，無已，請聘一善解嘲者爲太翁伴，能反虛爲實，則人無尤矣。」其子曰：「善，焉得此人，能周旋我父者，雖歲修數百金勿吝。」説者曰：「重聘之下，豈無能人？」其言一出，即有淳于之流來應。翁與談而樂之，目之曰圓謊先生。朝夕勿離左右。一日，翁偕先生徘徊江畔，鄰翁來接談笑，共問翁曰：「近日有新聞否？」翁曰：「有之，昨與先生游此，對江有人持數十觔鐵斧斫樹，脱落江中，浮而過。視之無柄。非異事乎？」鄰翁曰：「無柄巨斧，奚能浮江？或戲具中木斧耳。」翁曰：「老夫亦詫，辨之實鑌鐵所爲者。」群笑其謬。先生曰：「非謬也，我昨同觀，緣斧頭吃入樹枝，樹本折，連枝葉浮而過此。」鄰翁無詞以詰。或曰：「昨夜風甚大，真有偃禾拔木之勢。」翁曰：「不僅此也，敝園有井，竟被風吹出牆外。」衆皆大嘩。先生曰：「毋嘩，主人園中，牆不一類，有磚石築者，有紫竹結者，有荊條編者，總而言之曰牆。此牆以竹爲之，俗所謂籬笆牆者。上附生紅白薔薇花甚茂，循牆有眢井。昨爲狂飆所逼，牆竟逾井内移，井反在外。翁晨起以爲異，爲我言之，我實親見如是。」衆亦無詞而退。翁知先生之善圓謊也，更撰妄言，謂人曰：「我昨與先生閒坐小園，忽牆外飛一肥鴨來，烹已大熟，嗅之甚馨。我與先生共飽啖之，至今回味甘美。」衆皆大笑曰：「此睡夢中事耳。」先生曰：「否，否，實有之。小園牆東有一婦饞甚，家畜肥鴨，其夫命留爲中秋宴客之物。偶出，婦竊而烹之。方欲食，夫歸，見之怒，隔牆棄置。適我與翁在牆下接而食之，無甚異也。」衆無言。翁笑曰：「可見吾言不謬，但食此鴨已周時矣，矢溺全無，何故？」先生曰：「此壽徵也。」翁又游江畔，家犬隨之。人曰：「犬頗壯大，其神獒乎？」翁曰：「此犬能作禍，前日浮江過一家，竊其肉值千金。人追至我家索償，老夫受累無已。」衆曰：「犬竊肉事有之，但千金則豕當百餘，犬雖大，能食萬觔肉乎？」共非笑之。先生曰：「勿哂，翁未陳明，此犬所食者實人肉也。尚未及其半，烏得萬觔？」衆大嘩曰：「更無此理。」先生曰：「請畢其詞，此犬善浮水，昨過對岸某家，其人昔富今貧，曾以二千金納五品銜，不意餓而斃在敗屋中，無可閉闗。其子外出募棺歸，見此犬竊食父尸，忿甚，以小舟追至此。曰犬已食其父之半體，向翁訛詐不已。計其父有二千金職在身，犬果食其半，非價值千金乎？」人乃無言。一日，翁督家僮飯一牛甚肥，先生顧之，嘖嘖稱羨。翁正色曰：「此老夫家之寶萬里牛也。方乘之游爪哇國而回，故需親視。奴輩以大遼人參十觔飼之。」先生見無人詰問，諾而退。未幾，翁抱恙已篤，其子侍之。翁忽自摑其口罵曰：「老悖，汝終身無實言，荒謬至此，死奚辭耶？」其子惶恐，請先生入解之。先生曰：「我非良醫，無法處此。無已，請翁乘食遼參之萬里牛，遁入爪哇國中，或免此難。我亦附尾行矣。」不辭而去。

薌厈曰：天下事竟有不能實言者，若言言誠實，亦成笑柄。昔有道學先生以誠敬自矢，每言行皆載籍。有友入其齋，先生不在，閱籍見有某夜與老妻敦倫一次語。友嫌其褻，以筆點之而去。先生歸，查籍記事，見敦倫處俱加一點，不覺忿然曰：「何人敢與我妻行此事，亦登我籍中。其信然耶？其欺我耶？」遂貽笑千古，或曰：「然則如何而後可？」我對曰：「有如圓謊先生，事理通達，環轉無窮，妄而不謬，可入言語一科。」（續集卷六）

按：傳統相聲段子《扒馬褂》，似即以此為藍本。

塗説

趙季瑩

《塗説》四卷，作者趙季瑩，字瘦山，號來光，款署鑒湖，當爲浙江紹興人。幼年隨父客居雲南，得以涉足西南諸省。中秀才後累試不第，爲精膳司令史，咨送宗人府館。道光二十一年（一八四一）秋，以典史分發山東候補，一生落拓，游幕爲生。《塗説》有道光二十三年刻本，流傳極罕。

點火

直隸滄州村民樂姓，向趁漕艘貿易南省，購來竹榻兩張，頗精緻，夏月取婦，僃之爲合歡牀。定情夕，婦坐燈旁，樂先卧牀上，握短箭欲吸煙，頤指婦點火。婦然紙卷至，故縮其箭，婦退，則又引之。如是再三，調笑爲歡。樂手揪牀邊，竹滑，側身墮地，忽暈絶。婦掖之不動，摸口無氣，駭不知所爲。因念母家距數里，遽闢後户，乘月而遁。家人俱眠熟，罔覺也。踉蹌至半途凉亭，聞鈴聲漸近，避亭隅。俄一人騎驢，復帶一驢馱物過。暗覷是其從叔，趨出呼。叔怪云：「今汝于歸吉期，胡昏夜在此？」婦告之故。叔謂其年少無知，或婿未死，令跨驢，願送之返。婦欲從歸母家。相持間，一屠挑肉擔趁早市亦經此，瞥睹老者與豔妝少婦話亭前，異之。且見驢背布囊，揣有財物，頓萌殺機。亟釋擔，持屠刀斫老者死，負擲亭畔枯井中。婦乘間疾走，屠追及，刀脅，叱上驢，棄肉擔，驅而北，一路稱眷屬。迤邐出喜峰口，與婦開肉店，數年生子女矣。欒暈回，起覓婦不得，料其遁歸。次早往詢，婦翁大駭，轉疑欒無故殺婦。鳴諸官，拘欒訊，實供。傳訊家人，供亦如之。緝婦不獲，案遂懸。欒賄得釋，産業蕩然。乞食北度，漸至口外，偶倚屠門，婦猶依稀識面。屠在不敢問，每來恤之，屠輒詬阻。一旦，屠殺數豕，載赴百里外集，約旬乃返。會欒丐至，婦問籍姓均符，認爲原夫。欒驚訝不承，爲述點火牀〔□〕，欒始哭失聲曰：「爲汝破家，流落至此。」各叙顛末，釁皆由屠。憤甚，即控之官，乃縶屠，並解欒及婦歸案滄州，婦竟擲死子女行。滄州牧起井屍，驗確。屠論斬，判婦仍歸欒。初婦叔不歸，其家度不遠出，妄猜村鄰之有隙者致死。捕風捉影，訟累多人。而屠之肉擔，他人挑去，其弟訪兄無踪，適遇認焉，以爲謀死之證，告官刑訊，堅供拾取，尚繫諸獄，至是水落石出，各案俱結。（卷一）

相士

江西星子縣村民袁某，與妹俱幼孤，母撫成人，家富萬金。向開質庫於本村，相距里許，託老成鍾友經紀。袁年稍壯，間日往視而已。娶鄰邑陰氏女，年長於袁，甚美，上事孝，伉儷篤，不數歸寧。惟性惡蟲蟻，恒令婢購石灰灑房地磚縫，兼貯牀下數筐，謂可禦濕氣。三載不育，人以爲好潔故耳。袁一日赴質庫，經許真君祠，聞喧傳祠寓相士，談言微中，亦置之。久而相士名益噪。因母欲爲納監，萌仕進心。信步入祠，姑試其術。相士一見凝睇，遽却之曰：「君過此三日來，目下不敢妄談。」袁逡巡，再三揖問。

乃曰：「君毋駭聽，三日内主血光災，身命難保，否則亦溺死，氣色兆鼻端矣。然君似閒人，儘堪杜門謝客，親丁伴守此三晝夜，或可避之。」袁深信，擬謝以貲，摇手云：「明晨即去此，倘君平安，他年更索重酬也。」袁歸，適婦及妹在母所，述相士言，俱爲慘顔，婦更飲泣不止。相與叩頭禱於竈神祖堂，緣相士有溺死説，嚴扃臨河之後户。有老僕二，飭守外門，無故不得入内。令袁回房，禁踰閾。是夜母守之，次夜妹來守，咸有婢媪環侍，婦在旁假寐焉。第三夕，輪應婦守，聚坐更餘，母妹皆倦，度過此宵，災限已完。素知婦賢，諒更加意，遂囑婢媪伴之，自歸寢。婢媪連侍兩夜，亦困，見袁沉醉脱袍卧，婦猶支頤倦坐，勸其闔户息，而各退至下房熟眠。近五更，婦忽大聲叫哭，追袁啓户出。值母妹醒，秉燭來省視，瞥睹袁臉抹黑煤，疾奔後户，乃與婦共追。婢媪聞，倉皇起尾之。袁竟扭鎖闢户，婦牽其袍裾，脱去投河。衆至户，聞櫓聲咿啞未遠，昏黑莫見，呼無應者。河通鄱陽湖，水赴如駛，料難撈救。婦哭失聲，欲從溺者再，衆力勸止，持袍共哭返婦室。母哭暈甦，詢婦，云：「婢媪去後，渴睡隱几，夢中聞渠起，仰視已抹臉披袍，亟開户走，力弱不能挽住。」母痛責婢媪。審視婦刷鬢之煤，猶狼藉妝臺焉。婦屢欲覓死，水米罕進，卧病懨懨。衆更番防護之。越數月，小姑出嫁，强起佐母治奩具。憐母益孤悽，趨奉倍勤。母念其青年無子，而又無族人可繼，嫁之更不忍割愛，擬似女焉者，贅婿依以終老。微示婦意，始不允。婉商久之，乃以服闋爲辭。相守三年，僉稱節孝。母潛託媒氏，報云：「鄰邑牟郎，小有家財，已無父母，願就婚養母。」母語婦，猶慮齟齬。不料婦稔牟，即其姨表兄，紅暈頰。母揣事諧，致意其母家，亦無異言。爲另治洞房，諏吉召牟合巹。牟事母謹，攜來千金，併入質庫，生息彌盛，大慰母心，惟謂婦舊室不祥，塑鍾馗像鎮之。嗣母夢袁頸帶繩，身捆縛，泣曰：「兒被渠等勒死，埋室中牀下。前爲陽氣所壓，今蒙鍾進士拯出魂，乞母伸冤。」母哭醒，轉思兒乃死於水者，疑爲妖夢。隔宵復夢，諄云：「母如不信，明早視磚縫中，出一蛆爲證。」已而果然。母遂更衣見牟夫婦，佯作歡容，假言禱真君祠爲求子。至則遣從媪邀質庫之鍾友來，泣告之夢，證以蛆。鍾云：「聞村人言，牟郎似前相士，雖相違久，尚有識之者。前來入贅，殆非無因。」允爲抱呈告官，請掘地驗。囑母速歸，弗形於色。許媪金，毋漏言。三日後，縣令率役帶鍾突入門，拘牟夫婦。命移鍾馗像，發磚，掘石灰尺餘，見屍猶未腐。驗傷訖，母出泣謝，即命棺殮。牟夫婦知不免，直供顛末無隱。蓋婦未嫁時，牟以至戚往，不避，通焉。誓同生死，奈早受袁聘，不克如願。牟諳柳莊術，善技擊縱跳。潛赴袁村，探知其家事。謀定，囑婦相機行之。其去真君祠也，尚游行村外，夜則短衣縱上袁屋竊聽。迨第三夕，衆散無聲，下瞰婦室，乃輕叩户入。仍闔之，詢諸事。婦云備。趁袁酣睡，共勒死之，加縛，納諸牀下之阬。即傾前貯石灰堅築，掩如舊。便披袁袍，煤抹臉，令婦哭追以惑衆，出縱過河，早買小舟在彼岸，乘之遁，絶跡是村。惟賄託村中媒留意通消息耳。先是，袁他往兼旬，婦夜啓牀下磚，漸掘地成阬，横加木板，復鋪磚其上，而竟不使人覺察，計亦深矣。讞成，牟與婦分別正法。女婿承母業奉之。夫牟之慮周機密，又有技術，傅翼恣毒，其險惡固無足怪。獨怪婦處庭闈牀笫，嫻禮殷情，六載幽貞，無瑕可指，孰知其盡屬僞爲，而陰懷叵測。雖古大憝莽操輩，何以加兹。苟無靈鬼，疇發其奸。此嘉慶初年事，得崖略於從兄祖香處，夜窗筆述，燈光如豆，不禁肌爲之粟而毛爲之森。嗟乎！門迎百輛，紅鸞星早貫白虹；衾共三年，繡榻地竟成黄壚。則卦占伏莽，妻即女戎；而計等探囊，命如兒戲。結髮若此，矧乃締露水孽緣；剥膚奈何，其可戀煙花佳趣。傳曰：女德無極，婦怨無終。洵不誣哉。（卷一）

按：此事脱胎于宋人話本《三現身》（即《警世通言》之《三現身包龍圖斷冤》）。清代説書人浦琳曾據以改編為《清風閘》話本。演之為古體小説者尚有《勸戒三録》之《鬼乞伸冤》、《續客窗閒話》之《粵東獄》（《清稗類鈔》獄訟類《奸殺贅婿案》即取此）、《翼駉稗編》之《姦殺詐幻二案》之一、《見聞續筆》之《成衣匠奸計》、《道聽塗説》之《祝藹》、《蟲鳴漫録》之「陸梅溪言」條、《我佛山人札記小説》之《厲鬼吞人案》等。《三現身》故事影響深遠，于此可見。以《塗説》成書較早，録之于前。並取各書所載附録于後，以便讀者連類觀之。

附録

【鬼乞伸冤】余侍宦袁浦時，聞幕中友沈香城廉言，乾隆末年，山東陶某，年十八。無父母兄弟，從戚習幕。戚死，流落淮安。充某邑刑胥。遂賃屋爲家，買幼婢執炊，情如父女。越數年，稍有畜，娶妻，時婢已及笄，妻欲賣之。陶某不忍，乃贈奩具，嫁一民壯，並常恤其家。陶某疑妻之妬也，亦不與言。年餘，邑署前寓一星士，推測富貴壽夭多有驗，適公暇過而問焉。星士決其立冬日必死，爲之憂疑不釋，妻勸慰亦不解。迨秋杪，陶某雖無疾，而憂甚。妻曰：「恐或有無妄之災，曷赴縣乞假。勿出户，且邀平日故交爲伴。」陶某從之，招友歡呼暢叙，流連晨夕。至立冬日，幸如故。及更餘，客皆半酣，主人連日酬酢，極困憊，因留客再飲。自退内室少息。逾時，忽聞其室轟如雷霆，衆驚而趨，見陶某頭面俱破，血流滿衣，披髮奪户而出。衆共追之，行甚疾，竟投河而没。打撈數日，亦無屍獲。莫不以星士如神，謂陶負前生宿孽也。陶某妻無所依。即再醮某甲。平日與陶某交好者，皆聽之。而舊嫁民壯之婢，一夜夫供役未返，忽聞鬼哭聲，漸見陶某謂曰：「我爲人謀死，含冤莫伸，爾當爲我報之。」婢驚啼，鬼即滅。告于夫，不信。未數日，民壯復路遇陶某，泣血而前，責負往日情，不代報冤。遂以夫婦所見狀，禀白本官，適某進士爲令，年少有治才，極留心民隱。陶某舊住屋尚無人居住，勘之，壁脚有未净血痕，周視内外，徘徊半日，覺房後地有鬆處，命畚鍤，竟得陶某屍。拘究其妻，乃知所醮某甲素善泅水，少即私通，嫁後仍往來。先囑星士惑之，並諗陶某每至二更，神倦不可支，必就寢。乃藏某家，乘機殺死，自穿其血衣，披髮蒙面，奪户投水。妻勸招故交飲酒爲伴，實使爲證。囑陶某賣婢，亦礙見甲之來耳。立拘某甲到，供無二，遂同置諸法。凡謀殺親夫，詭計百出，未有如此周密者。卒之鬼能鳴冤，賢令尹又能實心查勘，人可欺，天可欺哉！（梁恭辰《勸戒三録》卷四）

【粤東獄】粤東某生聘某氏女，國色也。偶出觀劇，被爲富不仁者所見，重賄女母私之，往來甚密。恐旁人執奸，乃于女卧榻下穿一地道通後院空室中，倘有惡耗爲潛避計。未幾某生入泮，使媒來訂婚期。富室與其母女謀，使生入贅而斃之。母女皆諾，告媒曰：「婿家無父母，老婦亦無夫無子，兩無依倚。如肯入贅，兩得其便。否則姑緩，俾女侍我卒也而後于歸。」媒復之，生欣然願贅，期于清和之吉完姻。時男女親朋集賀者數十人同觀花燭，無不嘖嘖羡新婦美者。生喜甚，送客入席，即歸新房與婦對酌。時無一女客，生得暢意爲歡，新婦不作恒常羞澀狀，竟執爵相酬飲。生入醉鄉。時外客聞内宅慘呼一聲，共駭愕間，見新郎衣履如故，散髮覆面，狂躍而出。群欲詢之，已疾奔出外。客皆追隨。行里許，遇大河即躍入水而没。客呼魚舟撈救，經日夜不知屍所在。客嘆息而返，新婦與母皆惶急候于堂。見客回，泣問新郎安在，客告之故，并叩其由。老婦曰：「婿方在房中筵宴，忽發狂衝門出。我輩不知所以，諒出外諸親友必阻之使歸，何任其投河而没耶？是客殺我婿也。」遂鳴諸官。官訊客，皆曰：「我等猝不及防，追之無及，事出意外，豈有至親好友見死不救哉？」訊諸新婦及母，則哀求還屍而已。官至河涘，驗勘，蕩蕩大河，流長源遠，無從救屍，遂爲疑獄。未幾，易一令，有明察聲。見前官交有是案，反覆推求，恍然曰：「婿投河而反誣客，非誣客也，欲客證新郎之死以實之也。是必有故。」變服爲星卜之流，訪諸其鄰。鄰人曰：「有某富室，素與婦女無親故，忽往來甚密。我儕亦疑有故，但是日新郎發狂投河，衆目共睹，豈有他哉？」令曰：「汝見之否？」對曰：「我亦在座。」令曰：「汝視新郎貌作何變色？」對曰：「披髮覆面不及見。」令曰：「道在是矣，富室安在？」對曰：「今日猶見其入新婦家也。」令辭去，易服率健役百餘突至婦家，圍其前後户而搜之。僅有母女在，叩官欲何爲。令無詞以答。舉步將入閨中，老婦横身阻曰：「此嫠女室，三尺童子不許入門。況爲民父母而不知禮乎？」令微哂曰：「欲爲汝婿鳴冤耳。」老婦曰：「倘入室而無冤可鳴，將何如？」

令曰：「我償汝婿命。」乃呼役掖老婦出，令入房。見鋪陳精潔，皆常用什物，無可疑者。正躊躇間，俯視牀下一男子履。回顧新婦，駭然失色。令呼衆役入，移牀而觀，則地板有新墊者。命役舉之，地道見。令乃帶役入，穿出至一空室。室隅鮮衣少年伏焉。執之，推門至院落。見地有新挖狀，命役啓之。生屍在。經夏不變。喉間扼痕顯然，遂出。聚案内人證一訊服辜，論如律。乃知生醉後，婦女與富室共扼其喉而斃，從地道舁入後院埋之。投水之人，係富室以重價覓善泅者爲之也。薌厈曰：人之陰謀詭計，惟圖色爲甚。然而天道昭彰，竟無不破之案。是以大盜亦戒采花。是案也，彼庸庸者流，竟謂新郎投河而死，衆目觀瞻，與婦女何尤？隨成疑案。其有心者不過揣新郎之發狂也，或以藥酒爲之，疑女有故，然不能破其奸，敢訊諸乎？後令之勘訪搜尋，可謂有膽有識。然使牀下之男履不露，何從發其覆乎？我故曰天道也。（吴熾昌《續客窗閒話》卷二）

【姦殺詐幻二案】山陰陶某，幼依其戚，習幕淮安。戚死，流寓不能歸。充某邑刑胥，買幼婢執炊，相依如父女。數年，少有所蓄，遂於本邑娶妻。無何，婢已及笄，妻欲鬻之。陶不忍，略備奩具，嫁一民壯爲室。然貧甚，恒周恤之。越年餘，邑中來一星士，推測多奇驗。陶令推算，星士決其立冬日必死，陶爲之憂疑不釋，妻勸慰之。迨秋杪，陶雖無疾，而怏悒日甚。妻曰：「或恐有无妄災，盍乞假閉門，遂一二知交相聚，排遣何如？」陶從之。招友暢飲，流連晨夕。至立冬日，竟無恙。更餘，客皆半酣，陶入内少憩。忽聞室中轟如雷，衆趨視，見陶面血披髮，拔户出，行甚駛，衆挽之，遽投河没。數日，屍亦無踪，莫不謂星士如神，陶負宿孽矣。妻無所依，醮某甲去。獨所嫁婢痛如喪父。每聞鬼哭聲，陶漸見形，謂婢曰：「我死甚慘，汝當爲我復仇。」其夫復途遇陶，浴血相向，責其不爲申雪。時陶屋尚扃閉，而宰斯土者，爲少年科目，有治才，遂以夫婦所見密陳官，令導往。發扃周視，見壁角有血痕，房後地土亦微有跡。掘之，陶屍嚴然。拘予〔刑〕(則)訊，乃知所醮某甲，素善泅，自幼有私。預賂星士惑以生死。至日，先伏某甲室中，陶入殺之，掩埋。而甲詐爲陶中惡狀，奪門投河。先期設宴，欲令客左證其事，使人不疑也。得實並置諸法。（湯用中《翼駉稗編》卷四）

【祝藹】平原祝藹，字吉人，富有金帛，頗不嚴重，人無貴賤皆得與論交。同里宋五者，販賣鮮果爲業，天賦樸茂，能談院本，雅好吹竹，遣興者每趣其人。祝以買果相識，攀談日久，兩情甚暱，因謂宋曰：「以汝一介孤貧，終鮮兄弟，行年三十，鰥泳以游，將何以延宋氏之祧乎？盍擇佳配，早爲中饋計。婚錢之所需幾何，則僕任其責。待相婦成，當來自取也。」宋不可。祝曰：「請爲立券，俟子力饒而後取償焉。」宋仍猶豫，屢促之而後諾。有王氏女，宋相之意甚愜。或短宋于王曰：「負販奴家徒四壁，得此以爲婿，將累室人憂。」婚遂阻。復擇于濮陽氏女，更優于王女，而或謂女有不産之疾，乃止。有冰人袁媪者，以項氏女薦。女美姿容，幽沉淵默，針黹女紅，恒不釋手。里巷有識者，咸以爲非此女無以言得婦也。宋悦之，乃諏吉賦夭桃焉。既結褵，落落難合，晨夕起居，不通一語。宋一小販，事事拮据，不獨室廬假之祝氏，即洞房陳設，亦祝周旋。

誰道庸人福薄，辜負良朋。芙蓉帳裏雖同覆鴛衾，實不啻蓬山萬里。然祇淡淡相對，誶詬之聲，亦未聞出于閨闥。而又口不言貧，每宋五出販，唯自閉門拈線，刺荷囊，製綦履，倩媪賣之，得錢自給。祝見宋，輒諄諄勸調琴瑟。宋五鄉里兒，慚靦罔知所答，俯首默默而已。祝告同里曰：「宋氏之婚，竊自詡美舉，不謂奈何天中人各向隅，則無功可録也。此必選擇不精，日者之誤耳。當更卜吉，重諧花燭，則逑好自敦矣。」乃商之星家，諏得吉日，重展氍毹，鼓吹交作，趣宋夫婦登堂成禮。鄰舍少年，設酒慶賀，撤帳後即牽合兩夫婦並肩坐炕沿上，而反闔其扉加鎖焉。祝偕諸少年奏金革於門外，謂所以助興於新人也。倣梨園樂部演打常遇春破采石磯及諸葛武侯破蠻諸劇，篳篥箜篌，雜以鐃鈸，此斷彼續，鬨喧不絶。四漏既屆，衆響方畢，聞新人房中搏擊聲甚厲，見宋五披髮塗面，手舞一杖，奪門以出，便捷如飛，其狂暴無可當者。急尾之，迅不及挽，倏抵大溪，躍入深瀨中，没不見影。隨雇善泅者沿流窮搜，杳無所得。鳴於邑，邑宰不能鞫，提婦訊供，則言：「下鑰後婦惟低頭向壁，宋坐燈下，亦默無一言。移時婦卸妝就寢，而心甚懸懸，不能交睫。遲之又久，忽聞笑聲，隔帳窺之，見所坐如故。夜及半，聞狂笑者屢矣。忽又躍起，鼓掌胡盧，笑不可仰。笑已則繼以哭，俄而索杖以舞，宛轉盤旋，與門外鉦鼓聲若應節者然，每衆響聲益急則舞益豪，且屢屢拔關欲出，徒以扃鐍牢固而不得肆耳。迨諸君啓扉，遂如潰圍以去。時婦猶伏寢帳中，不圖意外之殃，宋已死于非命。」歷歷泣訴，情狀可憐。宰問婦曰：「宋自棄其天年，特受報於前生耳，與汝何尤。然而焉置汝也？」婦曰：「有夫而與無夫者同，薄命已可知矣，而又折翼中途，其爲孤鸞守命，天實主之，疇能與冥冥者争成敗乎！」辛曰：「汝與宋五名雖夫婦，而實無枕席之情，何可繫念者？青春年少，來日苦長，既鮮姑嫜，又乏嗣續，守此無益，盍早自思焉。」婦曰：「命之不窮，則不值宋五。天將阨我，天下之宋五豈少哉！設又一宋五也，徒多此醮耳。父母之心，妾當銘之肺腑，然而妾計已決，幸勿爲妾慮也。」辛嘉其守，且賞其斷，乃善詞以遣之。居無何，辛以勸耕出郊，過婦舍，時以宋死匝月，婦方上食，燒紙門中。辛故下輿入視婦狀，則雪衣麻髻，哀怨涕零，無異公庭泣訴時。辛略加詢問，撫慰而去。明年，辛以他故更過其廬，見婦設祭中庭，黄雞麥飯，羅列几筵，哀慟之態，雖以稍替，而致敬盡禮，非有貳心者。問之，知爲宋死之周年也。辛擅青囊術，以宋五之死，其狀甚異，既非妖魅，即是宅相不吉，或放水誤犯黄泉，或廉文破禄，尅害山向，當講修方法以補不足。乃東西審睇，俱無甚差謬。漸近寢室，其西北隩有疏欞兩扇。辛曰：「是其啓閉有常乎？」婦曰：「門雖設而常關也。」辛曰：「啓之。」啓則簾帷清潔，檻净無塵。辛怪其纖埃不翳，不似常年鍵錮者。婦謂獨處無聊，勤於拂拭耳。窗外一小有天，置梯倚於檐。辛問：「梯胡爲者？」婦以工匠之整屋者對。徙倚間，辛驚顧謂從者曰：「何來白鼠，適竄寢門下，汝曹見之乎？」衆唯唯。辛因言地下必有窖金，當掘之。婦曰：「棲息之地，朝夕檢視甚詳，固知其無金也。」辛不聽，强掘之，有碎屍埋其下。嚴鞫項氏，始知宋五之死，祝與項殺之也。蓋項在清閨待字時，祝已與有私，兩情甚暱，祇以格於正室，莫遂于飛。乃假宋五之婚，布置項女居廬，僅隔一牆，可梯而過。又以魚水不諧，爲之重完花燭。

預伏健兒於暗陬中，待門前鉦鼓相喧而後出，刃宋五以斃，瓜分其屍，瘞諸牀下。其啓關時所見者非宋五，乃祝藹之專諸也。時當昏夜，變其形狀以走燎影中，真贋誰辨，卒且僞溺者。以爲宋五之死，衆目之所共睹，則誰爲宋五訟冤哉！雖然，貧富非切交之友，嬌美非負販之妻。洞房何取於鉦鍠，新人何容於鎖鑰？宋氏素不瘋魔，何至遇佳期而癲作？項女即能貞守，何堪戀非偶而心甘？事非情理，必有可疑。彼宰官者見是獄處處乖常，而臨時不敢道破，因一偵而再偵，時時體察。論項女之守，賢者所難，而一青春少婦，毅然行之。事已經年，而矢意不衰，知其心有所繫也。當宰官啓窗問梯時，婦必有踧踖之見於神色者，故詐言白鼠以興掘地之謀，而婦果有知地無金之對，則宰官之意益明矣。强掘之而宋五之屍以出，彼祝藹之謀、項女之譎，究有何益哉，則足以殺其軀而已矣。（潘綸恩《道聽塗説》卷一）

【成衣匠奸計】鎮江楊宇和述一事：有鄉人新娶，滿月後，送其妻歸寧。途遇成衣匠某謂鄉人曰：「爾氣色不佳，當有大難。須在房中避過百日，方無事。」鄉人信之。送妻至岳家而返，以告父母，果然足不出房，茶飯則其母從窗中送食。月餘，其妻帶箱而歸。妻爲送食。鄉人忽發狂疾，婦奔出房，將門倒鎖。一日晚，婦曰：「房中馬桶，數日不倒矣。」乃開房門，忽鄉人自内跑出門外投於河，衆大譁救，杳不可得。燭之則遺鄉人之衣於河灘。婦號哭不已。鄉人之父母見子已死，婦又年少，不如嫁之。已爲擇配，婦不願嫁。後其母爲主婚，許配成衣匠某，即前途中所遇者，遂嫁之。後與人議曰：「投河無屍，一可疑也；姑爲擇配則願守，母爲擇配則願從，二可疑也。」於是訟於官。因思發狂投河事甚匆〔忙〕(茫)，萬無既到河邊，猶從容脱衣之理。立提成衣匠及婦到案，嚴刑之下，盡得其實。從牀下得鄉人屍，奸夫淫婦皆置於法。初，婦之未嫁也，與成衣匠有私。二人預爲設計，先令避災不出房門。婦歸時某即藏於箱内，乘夜謀殺之，埋尸牀下。某素識水性，佯狂投河，皆某所爲。却從别處上岸，又置鄉人之衣於水邊，使人益信爲鄉人之死。其計甚巧，然終不免敗露。官法難逃，世之作惡者，盍其鑒諸。(齊學裘《見聞續筆》卷二十二)

陸梅溪言：直隸有女在室與人私，情好甚篤。嫁有日矣，與所私綢繆難舍，突然問曰：「爾願作長夫妻否？如願則三年中不得入我門，我終當設法歸爾。」所私者允焉。女至夫家，事寡姑先意承志，曲盡婦道。脱有疾，衣不解帶，百計調護，時説鄉里俗事罕譬曲喻以解姑憂。姑愛之如掌珍。其待夫情意纏綿，歡然相得。鄰里皆嘖嘖稱羨，咸頌某家有賢婦矣。夫家衣食僅足謀生，計未有所屬。女以無子，恒以各廟宇求子。姑又以獨子，雅不欲其遠貿。適有盲者，推算頗有效，偶過其門。女謂姑曰：「何不令其一推何時得子？」姑素不信術者言，重違其請，乃唤入，先以己命令推。盲者細述其何年得子，何年喪夫，何年娶媳，媳最得力，纖悉俱合，姑甚神之。末乃言惜子不克久侍，賴媳賢，老年不致凍餒云云。姑媳皆懼，復令代子推算。先述幼年所行之運，一一皆合。繼乃遲疑良久，吶吶若難出口，驚駭神情，若大可畏。固詰之，則曰：「此人十日内有前生冤孽來尋，必遭横死，萬難救免。慈母賢妻，罹此荼苦，命也如何！」再三惋惜而去。

女謂姑曰：「此術士妄語耳，然不可不防。自今日始，毋令爾子出庭户，我二人日夕守之，過十日可無事矣。」姑從之，守三日尚無恙。姑年六旬，精力衰邁，倦極難支。女曰：「孽矣！世豈有爲子者飽食酣寢，累高年不一交睫者？似此平安，可幸無事，姑盍返室暫寐。尚有七日期，勢須輪守，庶免二人俱憊也。」姑遂返己室，闔户就寢。三更後，忽聞刀杖擊格、几案翻擲聲，女大呼曰：「爾子發狂，持刀砍我，且索母欲殺，慎毋啓門。」旋聞擊户聲甚厲，大懼，以物抵門而慄。良久，女又呼曰：「爾子狂奔持刀外出矣，請啓門共往追之。」姑乃出，燃炬奔追，黑暗中遥見其子披髮疾走，至村外溪河，踴身躍入，遺隻履於河畔，確是子物。大呼鄰里，百計撈救，數日不得屍。乃招魂設位，草草成服。女日夕悲啼，若將身殉。姑再三勸止，稍進飲食，麻衣素裳，守禮惟謹，事姑益盡心力，縫紉以助甘旨，姑歡然竟勝於有子。歲餘，憐女少孀無後，勸之改適。女伏地哀號，誓死不貳。迨釋服，生計日蹙，姑從容諭之曰：「家無擔石儲，我老不能助力，爾十指焉能供兩口！矢志不嫁，勢將俱斃，獨不爲我計乎？」女泣曰：「姑言及此，我不能終節矣。然恐男子心腸易變，姑或凍餒，我罪益大。今與姑約，必求無父母兄弟，肯拜姑爲母，奉養終身，而又與故夫同姓者，我方嫁之。不則無奪我志。」姑乃遍託鄰里，皆以難遇辭。月餘，有遠村少年來賃屋設肆，初不經意。徐訪之，一一與女言相合，乃倩媒作合而贅焉。少年事媪極孝，伉儷亦相得。遠近皆稱媪無子而有子，皆賴賢媳之福。媪亦矜矜自詡。少年即女在室所私者，既合巹，心怯前夫寢室，與女謀遷於厨側小廂，空其屋以貯雜物。越二年，媪忽有弟在雲南爲顯宦司閫，積資既富，攜婦歸里。值歲暮，倉卒難覓屋，借住姊家，解囊橐於亡甥屋内，就故炕而宿。久客遠歸，人事雜沓，數日不能安寢。其妻檢點衣履，時聞血腥。以告夫，夫斥其妄。然詢姊以甥亡之由，不能無疑。久之，其腥愈甚。夜半，密挖炕土，則一屍支解埋其内。仍掩之，不告姊而鳴於官。啓驗之，屍得土氣，且冤未伸，故不腐。集訊之，不特女與少年堅不肯承，即媪亦愛憐其媳，深怨弟之多事。獄數年不具，聲聞遐邇，無不知者。適都中新選邑宰，人皆曰：「彼邑有此案，君到將如何？」令曰：「吾自有發奸計。」及蒞任，詣城隍祠，將男婦縛於兩柱，令吏伏案下，餘人悉散歸。三鼓後，密遣人於殿後階側嗚嗚作鬼聲。少年懼，謂女曰：「殊可懼。」女叱曰：「何所畏！不過如此，數日即歸矣。」吏出，録其供。令據此，加以三木，少年始吐實。女亦不敢置辯。獄白，蓋推命盲士乃女所賄囑，少年故善泅，是夜約之來，將夫殺斃，掩於炕中，僞作發狂挺擊赴水狀。迨媪共追入水時，遺一履以堅其信。謀亦黠矣哉！惟炕埋一節，是其疏漏，亦天網恢恢，使不能逃罪耳。臨刑時，女唾少年曰：「無用子，吾目瞽，誤識爾矣！」（采蘅子《蟲鳴漫録》卷一）

【厲鬼吞人案】「始作俑者，其無後乎！」後人據朱注，謂芻靈木偶之屬，不知非也。人死出殯時，前導作方弼方相像，謂之開路神，南方以紙爲之，齊魯間則飾生人作此，至今猶有此風，業此者即謂之作俑，蓋亦賤役之一云。即墨秦魁，居臨河，讀書未就，而家貧甚，顧美丰姿，多技巧，既無生計，遂業作俑。既而喪其偶，惟一母存，困益甚。其鄰屈生自明，家小康，時周恤之。秦感甚，兄事之，屈妻刁，秦呼以嫂，久之成至交，休戚相關，有如骨肉矣。屈無族黨，惟一姊，曰屈大姑，慧而賢，嫁生三子而寡。夫族貧無立錐，屈或時有饋贈，輒不受，曰：「吾十指猶足自謀，尚無需此也。」覺刁氏輕其貧，恒數年不歸，惟屈時往存問。嘗謂屈曰：「吾觀刁之爲人，柔婉中藏權術，武則天之流亞也，弟其慎之。」屈宿知其不協，以爲姊之爲是言，亦流俗報不睦者之見耳，陽應之。愛其次甥，自顧三十無子，擬撫爲嗣，商于刁，刁陽喜而心惡之。一日屈省姊，醉歸渴甚，呼茶，茶適罄，促刁烹，刁出怨言，屈怒曰：「呼！無異乎姊之謂汝似武則天也。」刁默然。逾半月，屈有耕牛斃于隴，亡何，所畜驢又斃櫪下，屈殊悶損。先是有柳仙者，操子平麻衣之術，言人禍福，輒多幸中，以是得仙名。恒往來村中，是日又至。刁語屈曰：「吾家運蹇塞，雖牲畜罹災，無預人事，然于吾實有損焉。柳仙至，盍往卜之。」屈諾而往，柳望見之曰：「君色晦且澀，得毋損財乎？」曰：「然。」以實告。柳審視數四曰：「牛驢區區，無預于數，恐更有甚于此者耳。」使袒而察其背，復捫其腹，又使跣而視其足；既而又叩其生辰，推算良久，太息不已。屈亟問之，曰：「言之無益，更何必言。」固請，乃曰：「察君之貌，君子也，惜僅餘三日壽命矣。世間又無一長者，可勝慨哉！」屈叩其所以然，曰：「額無生骨，鼻無梁柱，目無寸睛，足無天根，背無三甲，腹無三壬，不壽之徵，君有其六。又以生辰干支推之，三日後刑冲克犯交至，生氣絶矣。君急歸部署後事，或可免臨時失措，他非所知也。」屈嗒然歸，僵卧不語。刁問之，曰：「悲哉！三日後吾與汝訣矣。」刁愕然曰：「何謂也？」以柳言告，刁大戚，揮涕曰：「使術者之言驗，妾義不獨生，當從君地下耳。」言已嗚咽幾絶。屈憐之，且從而慰藉焉，曰：「術士之言，烏可盡信，吾健飯無恙，何足以死我，殆妄言耳。」刁泣良久，忽斂哭止淚而言曰：「妾聞仙道之流，能知人生死者，輒能生死人，柳仙或其類，盍速往求之，遲恐他適矣。」屈卧不應，刁拽之起，言之再三，繼之以泣，屈姑從之。柳曰：「去而復返，得無疑我言乎？」曰：「否。竊聞術能知人生死者，其術亦能生死人，敢以重勞先生，苟能起余于白骨之中，則所以報酬者惟先生命。」柳曰：「此數也，烏可逃？敬君長者，姑妄爲之。君數不死于疾，而死于鬼。至期于晡時，得膽壯有力者四人，圍君痛飲，轟然笑語，故爲豪氣，鬼即不敢近，過酉昏，即無恙矣。」屈歸，刁猶嚶嚶啜泣，淚盈襟袂也。屈解之曰：「柳仙許我矣，卿泣胡爲？」以術告，刁喜。爲計里中之强有力者得四人，至日具盛饌于别院，邀四人圍屈豪飲。刁自即家治具，而使秦魁往來傳送焉。既達黄昏，僅得半醉，瓶罄已久，而秦不至，屈隔牆呼之，刁應曰：「秦家叔叔以腹痛，故歸已久矣。」屈不及待，自攜壺取酒，久之又不至。四人躁不及待，將告辭，忽聞刁號呼曰：「客速來！客速來！吾夫休矣，鬼！鬼！」衆大駭，蜂擁至。則階庭間鮮血狼藉，刁則顫立動摇，襟袖悉索。問鬼何在，曰：「夫自外至，藍面厲鬼隨之入，猝扭其頸，而齧其耳，繼張巨口，捧而吞之，妾第見頭之入咽也，已驚絶。今始蘇，則人鬼皆無，不知其處矣。」衆急出四望。時四月初旬，新月微明，似見一物，隱約北行，共逐之，物絶塵而奔，衆追益力。將及河，物卓立堤上，衣黑衣，赤髮覆其首，茸茸及肩，忽回首南望，面色如靛，目深不見睛，牙獠唇外，赤髯如戟繞其頰。衆鼓勇，走將近，物翻落河，溯然有聲，震撼蘋渚。衆迫河旁窺探，第見宿鷺驚飛，浪花亂滚而已。沿堤巡視，東西行各半里許，杳無所見。宿酲亦醒，相約遂歸。村柝已報子，刁猶倚門而泣也。衆告以所見，刁戰栗而言曰：「妾甚恐，敢煩寄聲秦家老夫人，爲我作一夜之伴，感且不朽！」衆如秦家，叩門見紙窗間燈火猶明，呻吟之聲，自室中出。門啓衆入，則秦魁方偃卧而呻，秦母爲之按腹也。秦見衆輒問：「宴散乎？屈兄無恙否？余竊以爲術士之讏言也，無論健飯無恙之人，無有死理，亦烏有聚衆轟飲，而可以却鬼者哉。」衆曰：「君尚未知耶？」語之故，言未竟，秦驚躍，一號將絶，母撫而呼之始蘇。驟起坐曰：「屈兄何如人，而慘罹此禍，世竟有此怪事哉！」言已泣數行下，歷述與屈契合之情，與恤己之德，嗟嘆惋惜，不勝痛悼。衆乃致刁氏意，秦即促母往，且乞衆爲伴送，至則刁猶俟于巷也。揖母入，始扃户。明日刁使人邀衆及保正至，哭拜曰：「未亡人構此横禍，心碎腸裂矣，夫命當何處索也？願君子爲我籌之！」保正令以四人作證，呈于官。時寧波周證山先生爲即墨令，夙著循聲，得狀急集訊，刁及四人各對如前言，保正亦無異詞。往驗其家，血迹猶新。傳訊四鄰，如出一口。勘河干鬼所投處，水流湍急，以繩約之，深四丈餘也，竭川無術，悵望而已。以事涉神怪，無由理測，姑各遣歸，候徐察易。屈姊大姑，察其弟之冤也，具狀訴之，格于隸役不得入，乃搶狀哭于門，聲嘶目腫，屢日不輟。先生聞之，取閲其狀，有「世上有殺夫之妻，古來無吞人之鬼，嚴鞫刁氏，庶洗奇冤」之語。先生温語撫慰，令歸静候，允爲昭雪。且憐其貧，賜以千錢。頓首謝曰：「所以呼天吁雪者，以弟死不明，求所以白其冤耳，豈因以爲利耶？以此而受賞，弟死之謂何矣！」先生拊案曰：「是巾幗之義士也！」感其誠，堂訊數四，卒無端倪，案終擱。大姑忿然曰：「懦夫不足預吾事！刁欲生，須吾死耳。」即擬上控，會瘧作，困甚不克行。及愈，已嚴冬，雨雪載途，孺子無所托，資斧尤艱，痛心疾首，付之浩嘆而已。次年春，周令以他案罷去，新令尹爲磁州康公霖生，公年甫三十餘，若不更事者，治事月餘，微獨判決聽于吏胥，即進退舉止，皆由左右扶掖，隸役輩咸傀儡視之。一月後，忽謂衆曰：「吾接印日，干支大不利，明當與爾等更始。」及明，大設庭燎，拜印升座，摘發吏胥奸狀，痛予杖責，莫不懾伏。取一月來之判決盡反之，視案牘若觀火，裁斷如流，受判者驚爲神。閲此案及大姑所訴狀，曰：「此案胡久懸耶？夙聞周公有循聲，于此案胡爲而智出女子下也！」即爲傳訊，詳問顛末已，復詰四人曰：「鬼之大可倍幾人？」曰：「大亦猶人，狀可怖耳。」問：「投水時作何狀？」曰：「吾等未及河干，不睹其狀，惟聞落水聲泂然而已。」問：「飲于隔院，遂無傳送酒饌者乎？」曰：「是屈之摯友秦魁司之，即彼之西鄰也。」問：「秦執何業？」曰：「作俑。」公頷首默然良久，問刁曰：「鬼瞰爾夫，秦魁見乎？」曰：「爾時秦以腹病歸久矣。」公笑曰：「爾謂鬼果入水乎？鬼仍當窟于爾宅，吾當爲爾發之。」即傳命拘秦魁。莅屈氏前後勘視，見屋後有小園，積薪于一隅，公命去其薪，遍掘薪下土，覺牆下土活于他處，公曰：「得鬼窟矣。」深鋤之，未幾而敗衣見，揭其衣，則儼然僵卧者屈自明也。屍未盡腐，洗而驗之，心下刀痕猶可按也。公顧刁氏曰：「汝識之否？」刁面色灰死，頓首乞爲丈夫伸冤。公曰：「汝前後供詞鑿鑿，謂鬼之先齧其耳也，而兩耳完好如故；鬼未剜其心，心下刀搠之迹，又何自來耶？」刁叩頭不復作一語。公顧刁指秦曰：「殺人者汝二人也。」秦猶詭辯，公命搜其家，得凶刀，驗與傷痕吻合，一訊遂服。初刁私于秦，既六年矣，事秘無知者，忽屈謂其似武則天，刁自疑事泄，大懼。且屈欲以甥爲子，益非所願。竊謂秦曰：「吾欲畀爾三十餘畝之腴田，二十六歲之美妻，爾欲之乎？」秦曰：「固所願也，特無畀之者耳。」曰：「苟能殺自明，妾與田，舍爾其誰歸？」秦大喜。故合計賄柳仙，然後投毒牛驢，而遣之使卜也。必招衆飲者，用作證也。必哀衆爲招秦媪者，使親見秦病，證尤確也。鬼則秦飾爲之，仍作倆之故智也。其投河不出者，秦善泅，且居臨河，水中從間道歸也。既伏罪，即置于法。公又遣役致屈大姑，役至，則屈大姑方欲行也。公下車日，大姑即擬奔訴，瘧復作，不得行。病愈，正欲赴訴，方出門而役至，得其故，大喜。趨案謝，叩頭無算，公敬禮之。爲判其次子嗣屈，以承外祖之宗祧，副自明之素志，且使大姑得持其家務也。更行牒捕柳仙，惜已不知所往矣。或問公：「此案難測，何破之神也？」曰：「智哉屈氏！『世有殺夫之妻，古無吞人之鬼』，兩語盡之矣。特前任周公，一時忽略耳。鬼不吞人固矣，且能吞人者，其物必百倍于人身而後可，今曰鬼之巨亦猶人，其非爲鬼吞亦明矣。非鬼吞而亡其屍，其爲殺而埋之也明甚。且鬼之爲物，有影無形，舉動無聲，而謂入水淜然，固知爲人所飾者也，第不知誰實爲之者。及供秦魁業作倆，則知魁即鬼矣。惟水不出，莫得其故，孰意其又善泅哉。」案既結，遠近頌神君焉。甲辰游山左，暇時輒與二三老人曝背檐下，瑣瑣談故事，莫不詳且盡。因取日記簿，隨所聞而記之，此其一也。及返滬，屢思編次之爲一小册。飢來驅人，日晷易盡，未暇及也。前數月，偶見某家小説中載一事，與此相仿佛，而曲折中益爲怪誕，此蓋小説家借以動人之通例，本無足辯。惟以循吏明察所得之案，而托之于偵探，因記之以存其真云。（吴沃堯《我佛山人札記小説》）

【真龍圖變假龍圖】嘉興宋某爲仙游令，平素峭潔，以包老自命。某村有王監生者，姦佃户之妻，兩情相得。嫌其本夫在家，乃賄算命者，告其夫以在家流年不利，必遠游他方才免於難。本夫信之，告王監生，王遂借本錢令貿易四川，三年不歸。村人相傳某佃户被王監生謀死矣。宋素聞此事，欲雪其冤。一日過某村，有旋風起於轎前，迹之，風從井中出。差人撩井，得男子腐屍，信爲某佃，遂拘王監生與佃妻，嚴刑拷訊。俱自認謀害本夫，置之於法。邑人稱爲宋龍圖，演成戲本，沿村彈唱。又一年，其夫從四川歸，甫入城，見戲臺上演王監生事，就觀之，方知己妻業已冤死，登時大慟，號控於省城，臬司某爲之申理。宋令以故勘平人致死抵罪。仙游人爲之歌曰：「瞎説姦夫害本夫，真龍圖變假龍圖。寄言人世司民者，莫恃官清膽氣粗。」（袁枚《新齊諧》卷九）

按：此則故事為《三現身》之翻案文章，雖有新意，然而實無藝術性可言。

蒲留仙

余撰《塗説》將竣，適有淄川之役，欲采蒲君軼事。訪《聊齋》故居，而父老無能緬述指示之矣，低徊久之而去。比宿逆旅，夢見美人如戲場女將裝束者來，稱蒲君召，爰從之往。路詰其人，蓋即《聊齋》所謂俠女者也。行里許，入山谷，花樹璀璨，鸞鶴飛鳴。俄抵一處，閈閎壯麗，庭院清閒，出入蹀躞，罔非女子。俠女便呼顛當，門房即出一女，冶容妖態，笑曰：「至矣。」遽入内。少頃出，曰：「主人假寐，客姑待之。」遂邀坐門房。余詢此爲何所，貴主人蒲君近作何事。顛當曰：「子到門時，豈未見門牓乃輪外才色司也？凡天下鬼怪精靈之有才色，不樂歸輪迴者，悉隸此，聽主人指揮。或咨送都城隍處，酌授世間園囿花木諸神，或使自擇姻緣，投生完聚。至於吾輩，則前蒙主人闡幽傳奇，俾名不朽，故情願久事之焉。」因令余視壁上粘單，書《聊齋志異》之美人名百餘。云：「排日前來當差耳。」俄聞内唤聲，顛當、俠女即導余入。見蒲君貌癯神爽，儒服隱囊而坐，遽起迓。余行禮，半答，命對坐榻上。謦欬良久，乃言曰：「子知前身否？本列吾門下，質英敏而性清剛，不意轉世仍然。更不安分，棄儒習吏，漫就微秩，非第烏角之俗，遜青衿之高。而且清則不肯酒朋肉友，剛則不甘膝婢顔奴，惡能得意於此道？縱有所抱負，恐風塵中無物色之者。」余對曰：「升斗養家，貧仕無奈，簿尉藏拙，吏隱何妨？年已老大，固不作非常之想也。」蒲君似終不以爲然，又謂余妄撰《塗説》，雖自開面目，而總不脱《聊齋》窠臼，未免東施效𩏩。方論説間，外傳新城王尚書拜會。余疾趨退出，復詣門房，猶候再見。而俠女云：「漁洋先生素健談，去難計晷，子可行矣。」乃返。俠女送至半途，推余一蹶。尋寤，用是話夢以殿此《塗説》。（卷四）

埋憂集

朱翊清

《埋憂集》十卷，續集二卷。作者朱翊清（一七八六——？），字梅叔，號紅雪山莊外史。浙江歸安（在今吳興）人。據本書卷八《夢廬先生遺事》云：「爾時第自念老病之身，本以丙午六月二十三日初度。」當生于乾隆五十一年。而書前道光二十五年（一八四五）自序又云：「追憶五十以來，以有用之居諸，供無聊之歌哭。」則謂五十歲以後之事。卒年約六十一，陸以湉爲醵金助葬啓云：「六十年苦志懷鉛，療貧乏術；五千言遺書在篋，嗣業誰人？」（《冷廬雜識》卷七）朱翊清幼年苦讀，屢試未第，遂絶意功名，著書「銷其塊磊，而寫髀肉之痛」。《埋憂集》有道光二十五年序刻本及同治十三年杭州文元堂刻本等。又名《珠村談怪》，蓋出坊賈改題。

鍾進士

平湖錢孝廉，某中丞公臻之子也。以赴選入都，至通州日已暮，寓舍滿矣，惟屋後樓房三間，相傳向有狐妖，無敢宿者。錢欲開視，衆皆以爲不可。錢笑曰：「何害，余向讀《青鳳傳》，每歎不得與此人遇。果有是耶，當引與同榻，以遣此旅枕淒涼。」立命啓之。几榻塵封，一僕拂拭踰時，施衾枕焉。既就寢，不能成寐。夜將半，萬籟無聲，斜月半窗，頗涉遐想。忽聞履聲細碎，兩女子攜手自西北隅出。一女子曰：「昨宵因看月至蘆溝橋與雲姊弈，妹連輸兩局。本約今夜再戰，頃小婢來言，此中有人，乃風雅兒郎，不可交臂失却，故邀姊偕來覘之。」言次以手指榻上，遂近前揭其帳，含笑罵曰：「何處書獃，敢來占人閨閫！」錢視之，皆二十許麗人，乃起坐曰：「仰慕仙容，願得暫親芳澤，以盡一夕綢繆。雞鳴戒旦，即爲陌路蕭郎，何云占耶？」其稍長者即以巾拂之，曰：「吾姊妹將來魅汝。」其少者乃曰：「姊住此，妹且去。」女遂縱體入懷，錢不覺心動，急轉念是花貌而雪膚者妖也，遽引佩刀刺之，而懷中已虛無人矣。意將遷出，又恥爲衆所笑，乃復就枕，倦極，朦朧睡去。忽覺渾身冰冷，驚而寤，衾褥皆爲水淹。二女笑立帳外。錢裸而躍出，大罵「妖狐休走」。二僕齊起，則二女已遁，榻前浴盆存焉。既而寓中俱起，其浴盆蓋店主所備以嫁女者。啓視後房，已失其一。天漸曉，錢束裝遂行。中途遇同邑武舉楊某，將赴試入都。語及，楊笑曰：「此由君畏怯所致也。如我往，恐彼將不任馳驅爾。」策馬而至，請宿樓中。主人曰：「君不聞昨夜某客所遇耶？」楊曰：「某正以聞所聞而來耳。」主人知不可争，聽之。楊既寢，倚枕以待。久之，見一老大婢，蓬頭〔攣〕（鬙）耳，蹣跚而前。楊躍起，問將何爲。婢曰：「吾家蓮姑，聞郎君在此，偕七姑避往雲姑處圍棋。適匆匆忘著半臂，今令侍婢來取，故將搜取以往。」楊問何故避去，婢曰：「不知。蓮姑但云：『相君之面，殆是鍾進士後身。』故不敢相親也。」楊大喜，次日出誇於衆，以爲此去必中進士。衆視其貌，䝙目卬鼻，虬髯繞頰，面黝如鬼，絶似世所繪鍾馗狀，匿笑而退。然由是樓中狐亦絶不復至矣。

余内弟吴壽駝家嘗有狐祟，往往厨箱無故自開，牀榻無端自移，或抽屜忽然火出。一甕内貯酥糖數十包，其後開甕取啖，則封裹宛然而中皆空矣。如是者半年，百計驅遣無效，於是發念全家齋戒，延雲巢僧十餘輩，拜梁王懺三日。僧甫去而妖已寂無影響矣。是懺悔之説，果有驗也，然不如楊某之驅狐尤爲切近而徑易也。（卷一）

綺琴

綺琴，麗水沈氏，始字湘碧。幼孤，性絶慧，而容姿艷冶，娟娟如瓊瑶，工填詞，精於音律。母愛如拱璧，選婿頗艱，以故年十七猶待字也。有鄰嫗宋媪至其家，見女嘖曰：「姐苗條如此，使老身而男也，得不甘爲情死。」母笑令其物色佳偶。嫗拊掌曰：「頗牧自在禁中，何必遠圖。」母曰：「媽謂韓生耶？吾亦稔其才久，無如其才而貧何。」嫗曰：「焉有陳孺子而長貧賤者。」時韓生泰瞻者，邑中名士也，館於其家，適斷弦逾年矣。母因商諸其子。子曰：「得婿如生，何啻參軍。然渠家須親自操作，恐妹食貧不慣也。」母亦猶豫，女適至，頗聞餘言。自是早作晏息，凡烹飪補紉之事，輒手自拮据不倦。兄嫂微窺其意，以告母，母意乃決。召嫗，俾示意生。生固深於情者，乍聞不勝感激，既慮事有翻覆。先是女以所佩漢玉拱璧託嫗求工琢雙鳳於上。及聞此言，輒還家取佩，矯命以贈，曰：「此物所以致也。」遂入復命。旋至女所，告以所贈。女驚且咎曰：「事若不諧奈何！」即命婢繡春往索返璧。繡春，女所愛也，即下跪曰：「此事婢子爲姑籌之久矣，如生之爲人，豈負約者。今若往索，不將寒生心而傷老母意乎？」女泣下，隱忍而止。然自是凡生有需，必以婢至。女善吹簫，嘗於燈下填《鳳凰臺上憶吹簫》一闋，至末句擱筆者再，遂以草稿封付婢，曰：「此曲尚有一字未穩，汝爲我往問韓郎，俾足成之。」兼命攜手鑪與生。婢至齋中傳女命，以詞授生。生展讀，稱歎不已，爲援筆更定其字。既而目眈眈視婢，婢嗔曰：「君未識妾耶？」生曰：「卿仙肌映雪，雲鬢堆鴉，今夜視卿，覺更勝於晝。異日若天從人願，卿能否抱衾以從？」婢紅暈於頰，俯首拈帶，不能作一語。生不覺神蕩，遽起攬婢於膝。婢固夙以小星自命，然不意輕薄遽爾，撑拒曰：「若必如此，有死而已。」生不忍相逼，即釋手。婢脱去，其後不復至矣。生時已婉致父母，將締姻矣。會去城二十里有富室顧氏女，亦婉媚。生父又惑於媒氏，艷其奩資，決意行聘。生不願，其父責以大義，生乃不敢復言。親迎有日，女始聞知，斥鉛華不御，却水糁不餐，鎮日踡卧。母來慰之曰：「兒奈何灰心至此。生雖寒盟，此外豈無良匹。」女泣曰：「母教敢不聽從，但玉佩已入人手，不可返矣！」母始悉前事，知其不可驟轉，姑囑婢善視勿怠，乃去。數日，女忽强起理妝，呼婢索茗飲。及婢攜茗至，不見女。一小婢言：「頃見琴姑入後園去。」婢隨入，則女已在池中矣，婢亦躍入。一小婢在側大號，家衆奔救不及。其母朝夕哭泣，未幾亦卒。時生方新婚，與顧氏琴瑟甚諧。然常獨坐咄咄，出玉佩玩之零涕。一日顧見之，詢得其故，就其手奪取，將藏之，佩墜地折爲兩。生怒，憤然出門，猝遇宋媪睨生曰：「聞新人頗能如意，亦欲知故人消息乎？」生急叩其狀，媪爲縷述近事。言未畢，生大哭曰：「吾負琴姑矣！然吾亦何心復履人世哉！」遂去訪其友於青田，將從之學劍。行至括蒼山中，遠望見二女綽約在前，訝其獨行無侣，策蹇追及，其一人乃是湘碧，其一即繡春也，駭問：「汝二人何得在此？」女舉首見生，似有怨色。繡春星眸微轉，尤覺憤態可掬，小語曰：「琴姑去休。」相將入林中，終已不顧。生從之行數里，林盡，峭壁插天，杳冥無路。二女聯步以上，至山腰，壁砑然開。女入，繡春亦入。生緣藤繼至，望壁呼號，並無隙縫。微月漸上，虎嘯狼號，俯視斷澗千尺，清澈如鏡，彷彿二女在焉。生即亦不懼，攙身入，則已在平地矣。躑躅至曉，不復入城，一意渡江，將至靈隱祝髮。至冷泉亭，遇一癯僧，迎笑曰：「汝亦欲證菩提乎？但此間從無色界仙人，且汝鴛鴦簿上一重公案尚未勾却，何得妄想生天！」生膜拜曰：「但求懺悔孽冤耳。」僧笑曰：「即此足證汝情根未斷。」生復拜曰：「還求解脱。」僧教其仍往相從，生有難色。僧怒，俯拾一磚擲之，曰：「去去，持此敲之，門當開。」生知其非凡僧也，受之而還，渡江復至其處，緣壁上，纔扣數下，聞壁間有人歎曰：「負心郎，汝既有今日，何必當初？」語音絶類繡春。生方側聽，忽石門豁然雙啓，喜極，躍入。其間琪花瑶草，霧幔雲窗，如入廣寒仙窟。數折，見女華妝倚石欄，方執紅梅一枝簪鬢上，瞥見欲避。生前牽其裾，先謝負約之罪，繼訴相覓之苦，因掣佩刀將自刺。女急奪去，曰：「妾自死後，冥司以妾賫恨殞命，俾得返魂。妾與繡春，皆以無意人世。妾亦知負約之罪，不盡在郎，但使人不能無耿耿耳。今使郎拋棄骨肉，跋履艱險，妾心何安。然自遭罹小劫，回憶塵緣，既已冷如冰雪，今當與君爲世外交，了今生緣。若言兒女之私，則請仍歸尋故劍可也。」生因請爲膩友。久之漸狎，閨房之事，殆有甚於畫眉者。女不堪其擾，乞以繡春自代。由此煮石爲糧，採花作釀。年餘，繡春竟舉一子。無何，秋風驟起，庭中落葉颯然，生不禁思家之感。女勸令歸省，生不忍言别。女出羽衣一襲授之，曰：「此衣飛遊女所贈，如蒙記憶，衣之半日可以飛回。」生披上自顧，居然鳥也，試一振羽，翩然冲舉。頃刻至家，則舉目非舊。問其妻亦前殁，惟父在垂危。生入視，已不能言，見之一慟而絶。生哀毁成服，既葬，衣羽衣飛去，不復至。（卷二）

慧娘

和州諸生名宛霞，少孤貧，天資穎敏，讀書五行俱下。年十三入邑庠，隨以歲試食餼，邑中名宿咸歎爲不及。顧生雖才藻豐腴，而文品極峻，自是屢困場屋，又喪偶，益復無聊。先是生有母姨，嫁新城馬氏，家頗饒。生時往探視。母愛其丰神俊爽，每至，輒留經旬不遣。姪女曰慧娘，年踰笄矣，未嫁而寡，嫺詞翰，兼善琴弈，而風姿艷絶，性貞靜。惟生至，輒款語不避。庚申秋，生下第，復至新城。女迎問慰解，且曰：「以君才華，豈長貧賤者，然以此時風氣，若稍能降格，何愁榜上一名哉！」生曰：「今簾内固多師曠、和嶠一流，但若必以此詭遇，吾將披髪入山，不願求知音於前路也。」因泣下。女亦慘然，遂近前以巾爲之拭淚。適母出，詢其故，不勝歎息。母素嗜弈，乃呼婢取楸枰與生對弈遣悶。女側坐觀之。俄黑子一角危甚，女目視生曰：「西南風急矣，此角君甘棄却耶？」生曰：「何爲？」女約略指示曰：「此即所謂倒脱靴勢也。」母微笑曰：「兒何言之昵也，豈非女身外向！」語未畢，女顔發赬，遽起避去。生亦心動，推却棋枰起揖曰：「得如母言，其他更何足惜。」母自悔失言，既念姊氏已衰，況玉女金童，良緣難得。越宿述其意於女父逢樂，樂貧之。母言其才可託。逢樂曰：「其如數奇何！必若所議，且待來歲文戰後可也。」遂罷去。生聞，負氣欲歸。母留課其二子，生戀女，未忍遽舍，遂强焉。無何，母卧病，生入視，適女來視湯藥，遇之東廂。生顧無人，小語曰：「卿知我所以留此故乎？」女歎曰：「深情久篆於中，妾以憐才之一念，遂如春蠶吐絲自縛。乍聞父言，幾不欲生。此後若能藉文章爲薄命人吐氣則已，否則當于泉下相覓也。」生曰：「我若終不得卿，今生亦不願更娶矣。但恐人事難知，請定密約，以當息壤可乎？」女變色曰：「若是，是負我父，兼負嬸矣。君焉用此不廉婦也！」即於腕上脱一金釧與之，曰：「此物所以〔誓〕（治）也。海枯石爛，永矢勿諼。」生懷之而出，自是不復言歸矣。後母病尋愈，每晨起必噉蓮子。女私以一盞令婢餉生，適爲逢樂所遭，詰之，婢不能隱，遂以實對。逢樂怒，將還詰女。會里中富商王某爲子請婚，其子不慧，逢樂以怒女，竟許焉。後數日，行聘有期，女始聞之，遂病，眠食皆廢，漸至綿惙。不得已，姑爲召醫。醫至，診之曰：「病以鬱怒傷肝，致心液爲火灼盡，必得人心血合許，以合歡皮煎湯飲之，庶可奏效。不然，恐非藥石所能爲也。」逢樂以商諸王，王笑曰：「癡哉，是欲以爾泉下物而剜吾兒現在心也。」逢樂慚恨而返。詣生述醫言，且許締姻。生微笑曰：「翁不愁異時煮字療飢耶？」逢樂再欲有言，生執卷而起，出至母所，語其事，且泣曰：「慧娟若有萬一，甥何忍獨生。適翁來言，要使人不能無耿耿耳。」語畢，解懷取佩刀欲刺。母急起持之，曰：「癡兒，奈何先自戕乎！兒姑住此，俟老身往視慧娘再來。」生請從。既至，揭其帳，見女懨懨垂絶。母問：「今早亦少進飲食乎？」隨告以生來，兼述所由。女張目見生，脈脈但有垂淚，既而歎曰：「妾負郎矣！疇昔之夜，夢郎來共戲，郎捉妾雙趺，脱睡鞋納袖中。妾急探郎袖，求之不得。郎嗤笑曰：『繡鞋早爲阿鴻將去矣。』妾訝曰：『此物豈可入他人手乎！今將奈何？』郎不答，起去。妾疾呼，終不復顧。醒而思之，知此事必不可諧。妾向所以不忍遽捐廉恥者，正爲今日。今魂魄已遊墟墓，郎若爲此，勢必喪爾生，妾亦豈能復活。但未知尚有來生否？」遂伏枕痛哭。母撫之曰：「兒姑自愛，昨而翁已許吾甥，此事尚可圖也。」於是攜生至逢樂所，爲申宿諾，且曰：「兒病至此，叔尚忍立而視其死乎？」逢樂欣然從之。其母乃返而告女，女意稍解，自是著意强飯，未半月已起。王氏聞之，復遣冰來，將謀納聘。逢樂許之。母乍聞恚甚，即往責其負約。逢樂以王氏約在先爲辭，母拂袖出。適女來，微聞餘言，知事已中變，盈盈欲涕。母慰諭百端，卒不可解。遂復病，未幾竟卒。生入臨，已將殮矣，纔止尸傍，尸輒躍起，衆大駭。女爲縷述冥間事，言：「始死，神魂飄忽，回憶家鄉，都如隔世，惟思郎不能去心。私念訴諸冥王，或可邀其垂憫。于是信步而前，至一處，見殿宇巍焕，鬼卒森列可怖，躑躅間，恍惚有一老父從門内呼之曰：『兒何得來此？汝之齒尚未盡，且與吾兒夙緣未了。可隨我去，乞冥王判此公案。』遂入見冥王，冕旒坐殿上，氣象嚴肅。老父跪稟久之。王顧令唤妾至案前，諭曰：『汝父俗人也。汝二人早爲紅絲繫定，今雖爲情死，猶不失爲貞義，仍當歸圓破鏡耳。』即唤鬼卒押令還陽。不意頃刻即能到家也。」乃皆轉悲爲喜，惟生細詢老父狀。方相與笑啼交作，忽聞金鼓之聲遥震屋瓦。俄一僕奔入曰：「謝暹作亂，土寇引賊兵入城，大掠將至矣。」母與慧娘方倉皇間，亂兵已擁入，生竄去，母家劫掠一空。賊見女美，擄之去。及新城收復，生返，始知女已被擄，噭然而哭，逢樂與母亦哭。生有僕曰鴻奴，勇健能披甲躍十〔丈〕（牛），是時在旁勸生曰：「奴願往偵慧姑。其無恙也，奴力能返璧，但問太夫人何以報我？」母未及答，逢樂破涕曰：「奴乃能爲古押衙耶？他日女歸，當以予爾主。」鴻再拜曰：「謹聞命矣。」遂起，攜劍出門。時餘賊屯於淄川，鴻逕往其營乞降。居數日，有脅從者爲言，慧娘被擄時，謝遷將納之，不從，脅以刃，慧娘請俟三月後，畢母喪而後惟命，不然，請就刃。賊愛其美，故至今猶扃置樓中。鴻竊喜，夜半後躡至樓畔，仰望燈火熒然，躍而上窺窗隙，見慧娘獨坐燈前垂淚，破窗入，二侍女驚起，鴻手劍斬之，挾慧娘飛出。守者始覺，追之不及。天甫明，至新城。入門，慧娘見家人環集，如夢乍醒，備言見逼之狀，悲喜交至。既而母顧逢樂曰：「今可爲吾甥議婚乎？」逢樂笑諾。生請還白其母。母笑曰：「癡兒，此事尚容姑待乎？」生悟，乃止。合巹甫畢，賊已平，道通，生攜女偕歸，登堂拜母。母詢知前事，不覺感泣曰：「然則吾當拜此貞婦耳。」戚友來賀，見者亦莫不嘖嘖艷之，以爲義烈之報。然自此生益厭勢利，其閒居惟日與慧娘撫弦鬮韻，絶意不復進取云。（卷四）

荷花公主

彭德孚，南昌才士也。性跌宕，貌尤頎秀，翩翩裙屐少年也。嘗以訪友至錢塘，寓昭慶寺。一日，偕其友遊南屏，歸舟見漁者網得一蟹，大如盤，心異之，買而放諸湖。蟹入水，舉雙螯向船頭作拱揖狀者再而去。後數日，獨行堤上，遇一十七八郎，衣碧綃衣，從老嫗自聖因寺出，光艷絶代。生乍見魂銷，笑問美人何來。女羞縮顧嫗曰：「阿姆去休。」蓮步蹇澀，時復回眸。生益神蕩，尾之以行，疾趨不能及，數折轉入水仙廟後，從之已渺。時已曛黑，生悵望，竚立若槁木。適其友自靈隱還，曳之歸。而生歸後眠食俱廢，每日輒往孤山一路尋訪，殊無踪跡。於是懨懨臥病。迨夜，有雙鬟攜燈推扉入，曰：「公主遣迎郎君。」生不答，轉身面壁，吟「曾經滄海難爲水，除却巫山不是雲」二語。婢乃曰：「所謂公主非他，即前日郎君在水仙廟所遇者也。」生聞言，覺精神頓爽，躍起從之。行去至廟後，瞥見宫闕參差，背山而起。雙鬟曲折導入别院，花木叢雜，邱壑既盡，洞户雙開，顔其上曰「水晶域」。其院宇不甚高敞，而珠箔紅闌，四面臨水。水中荷花方盛開，其窗壁皆水晶結成。公主方倚闌玩月，見生入，迎笑握其腕曰：「癡郎，數日不見，骨瘦如許矣。」乃命取碧霞漿一杯，親擎與生曰：「此前日緑萼夫人所賜，飲之可以忘憂。」生取飲，色紺碧，芬芳甘洌，沁入心脾，因問此爲何地。女戲曰：「此是廣寒香界。君當即去，勿以凡質穢我太清。」生見其憨態可憐，驟起擁之入房，代解繻襦。女雖星眼含瞋，而嬌羞不能運肢體。已而茵褥流丹，女屢乞休始止。女乃引臂替枕，撫之曰：「消瘦如是，奈何輕狂遽爾耶？」生問：「卿得非合德後身耶，何體香也？」因嗅其體殆遍。女掩口笑曰：「妾乃荷花之精，君勿怖也。實告君，妾本水仙王之女，昨自遇君，知君情深如許，故願以此身相託。但彼此形跡詭異，妾蒙舅氏撫育，舅氏家法嚴厲，設有疏漏，恐無顔復相見也。」生問舅氏爲誰。女曰：「渠乃蟹中之王，向以有功水府，敕封中黄伯，今爲西湖判官。」細語未終，相抱睡去。既醒，聞遠鐘已動，急起，女再三申約而别。自是戴星往還，殆無虚夕。一日共寢忘曉，爲保姆所覺，告諸其舅。舅命押生至。生仰望烏巾緑袍坐堂上者，儀容怪偉，畏縮不敢前。其人忽驚起離座，下階迎跪曰：「郎君猶憶漁舟邂逅時耶？自蒙垂救，此恩未有以報。頃老婢來言，不知何處來一莽男子，擾吾甥閨閫，故致此冒瀆，某罪大矣。」遂起，延之入座。生猶跼蹐不安，某爲追叙往事，生始悟其爲所謂西湖判官者。某乃展問邦族，兼詢壼内何人。生言向以聘妻物化，尚在求凰。某喜曰：「若是豈非夙緣耶！吾甥才貌頗不俗，今得君爲配，何啻參軍。若不以非族見嫌，則願言倚玉。」生驟聞，喜出非望，前揖申謝。某乃命嫗喚女至，告以其意。女慚不能仰視。適某妻聞其事，亦出，見生亭亭玉立，亦喜，相與力贊，始攜女入。某於是蠲吉爲之合歡，送至水晶域館焉。女善吟，尤嗜鼓琴，嘗剪紙爲雙白鳳，與生攜琴，跨之遊天台、雁宕，鼓彩鸞下嫁之曲。生倚琴而歌水調，拍女肩曰：「吾老是鄉矣，不願效武帝求白雲鄉也。」後年餘，午日，女從生至湖中觀競渡，忽其友從鄰船呼生，問向在何處，隨取一書與生曰：「此令兄所託致也。」生展視，書中具言母病方危，趣其速歸。生讀畢流涕，急回寓收拾起程，惟戀女不忍言別。女慘然曰：「奈何以妾故棄其親，然亦豈可捨郎獨歸乎？」遂挈生返告其舅，將謀偕往。舅不許，曰：「甥荏弱不任奔波，計太夫人此時當已愈矣。郎君仁孝，自應歸覲。」因出藥一丸授生曰：「以與太夫人餌之，可以却老。但當速來，勿久稽也。」生拜受，退而束裝，與女約秋以爲期。女泣曰：「數月來腹中震動，爾時君當記取，正恐人事難齊，重逢亦未可必也。」生亦灑淚別去。到家母病已愈，心慰甚，具述所遭。將奉母偕至浙中，母不樂遠行。居數月，復辭母兄渡江，仍寓昭慶。次日即往覓女，至則榛莽塞途，更無舍宇。日將暮，悵然始返。至西泠橋，見女華妝冉冉自東來。生前問訊，并道所見之異。女曰：「妾家前以罹災，已徙湖南，今可就此渡也。」相將呼舟至雷峰塔下，望樓閣湧現，女命艤棹其下，攜生登岸，命酒叙闊。酒未闌，輒起擁生入幃，倍極款洽，生殆難復支。次日遂病。女湯藥必親，頃刻不離於側。顧寢後必强與合，生雖厭之，而無如何。由是日就沉綿，勢已垂斃。忽一女子突至榻前，撫生而哭，涕泗汍瀾。良久，以一手指女罵曰：「妖魅，今郎病已至此，汝猶不捨耶！」語未竟，生忽張目，見女面目衣履，與前女無毫髮異，居然又一公主也，慨然曰：「卿休矣！已知命在呼吸，更何煩雙斧伐之耶？」女大哭，頃之拂袖逕出。日將晚，見女偕婢抱一玄鶴至，遍體純黑而丹頂。甫入門，前女頓縮如蜩，伏地不敢動。婢縱鶴擊之，此女腦裂，身化白蛇。剖其腹，得一珠徑寸，以示生曰：「此冒妾者，雷峰塔蛇精所爲也。妾前從舅氏至瑶池爲王母慶壽，致妖物爲此狡獪誤郎。及見郎病不可爲矣，妾既無以自解，且此妖雖舅氏不能制，故復往見母，乞其囿中所蓄玄鶴來除之。今妖幸已誅，但郎受毒已深，必以此珠合雄黄餌之，疾乃可起。」生昏瞀之中，聞女言，如夢始覺，歎曰：「此物始與共枕，但覺氣息之間，不如卿之芳蘭竟體，且蕩甚。及卿來視，心益駭詫，但爾時亦何能頓釋乎。」女乃以珠付婢，趣令合藥餌生，三月已起，載與俱歸。時兒生已兩月矣，生撫之，喜極更悲，曰：「此來何啻再世韋簫也，是兒可名曰來復。」女忽哽咽語生曰：「善撫之，君宗祀賴此一綫。妾不能見其長成，豈非數也！」生駭問此言何故。女曰：「妾本紫府侍書，以一念之癡，纏綿自縛。前至層城，王母以妾已破除色戒，謫使降生黄崗劉修撰家。今誕期至矣。」遂起，將出門復返，就生懷取兒乳之。既畢，欲去，生按令小坐。女曰：「縱少留，終須別去。善自愛，勿念此負心人也。」揮淚自出，十步之外，猶復回顧。生追之，倏不見。痛哭攜兒歸，更不復娶。（卷八）

證諦山人雜志

葉騰驤

《證諦山人雜志》十二卷，作者葉騰驤，字晴峰，浙江紹興人。生平不詳。著有《古字考略》二十四卷，首有嘉慶十四年（一八〇九）自序；《證諦山人詩稿》十卷，道光二十四年（一八四四）刻。《證諦山人雜志》，有道光二十六年木活字本。

馮章

鎮海馮章，少業儒，貌韶秀，左手有枝指。母早逝，隨父賈漢陽，性慷慨有俠士風，年十八未娶。一日艤舟當塗，章獨處舟中，見岸上一婦人，年約二十餘，後隨一男子，抱幼孩三人，相牽而哭，哭甚哀，悽惻不可聽。鄰舟一賈人，前牽婦衣使速行。婦不聽，哭愈慘。章問之，男子吴姓，負豪家三十金，訟諸官，官勒限比追，不得已鬻妻于鄰賈，已書券矣，令到舟付金。妻不忍棄其夫與子，而子則更戀其母，以是痛哭。章慨然曰：「三十金耳，吾不忍汝夫妻子母如是之慘也，吾爲若任之。」即往舟取三十金付吴，告鄰賈曰：「天下多美婦人，何必是慘慘者爲？」賈亦心動，即還其券而令吴率妻子歸。吴夫婦向馮再拜，詢其姓氏里居而去。少頃，章父歸舟，知之，亦不深咎。遂率其子回鎮海。正欲爲子議姻，而章父適卒，喪葬既畢，資斧已耗大半。期年，家食愈艱，遂悉摒擋家産，勉措百餘金，仍繼父業，約伴往漢陽。長江阻風，時有巨艦自上游至，亦阻風，泊一處。偶啓窗，見鄰舟窗亦啓，中有少女，貌若天仙，章目移神奪。女見生丰采，亦頻顧之，而窗掩。少頃，復啓，女偕一婢立窗側謔笑。章惑甚，以目送情。女流盼微笑，呼婢掩窗。章候至日暮，杳不復至。次日風愈甚，舟不得開，詢之鄰舟，乃京口人李姓，爲荆州府經歷，告病率眷回家。舟中人即其女也，年十九，性聰慧，通文墨，尚未字人，是日見生，不禁情動。章晨興即向窗窺視，往復數四，寂然無聞。正惆悵間，忽聞窗啓，女已潛立，粧束更艷。章欣喜欲狂，睹之而笑。女亦笑，忽見婢至，各散去，掩窗。日中復晤于窗口，生向之揖。女手豎三指，復指船窗而去。生悟，入夜静坐至三鼓，潛從窗口出，登女舟，以指彈其窗。窗暗啓，女以手迎生入，即息燈，擁至牀上，各道姓氏里居，遂相繾綣，矢訂終身，贈以玉珮，女以羅帕答之。雲雨既畢，戀戀不忍去。少頃，復赴陽臺。時已五鼓，風稍定，女父母居前艙，微有所聞，大疑，即起令開舟。女倉猝無計，令生匿牀下。父母相繼秉燭入房，搜獲之，大怒，令生赴江流。生與女叩頭乞命，母亦爲之緩頰。父怒甚，曰：「安用此不肖女玷辱門户爲耶！」即抱女擲諸江。生見女死，亦即自赴洪波。舟人僕役聞之，不敢救，迅即揚帆而去。生舟晨發，同伴不見章，深訝之。舟人已有所聞，知章不能生還，亦嗟歎而去。先是章在海濱習水性，投江後即赴水至淺渚上岸。時值秋初，天氣尚熱，衣履漸乾，乃泝江而上赶舟，晚至泊舟處覓得之，同伴大喜，仍偕赴漢陽。初，馮章贈金贖妻之吴姓者，亦操舟爲業。當日率妻子歸家，德馮章甚，設生位書名姓以供之。是日黎明，吴盪小舟往北岸，覺有物觸舟，拯之，人也，胸尚微温，即負至家中，令妻揉摩其腹，以薑湯灌之，漸甦，爲易衣履。詢顛末，女曰：「家居京口，父宦荆州，幼字鎮海馮章。父母嫌其貧賤，逼令改適，是以捐生耳。」吴大駭曰：「鎮海馮章，吾恩人也。子不信，現設生位在家。子姑安之，容吾探訪其人而再計焉。」自是女遂依吴家。馮章在漢陽，至十月，貨已盡售，收賬而歸。由長江順流東下，將抵金陵，朔風凜冽，大雪迷漫，泊舟野岸。夜將半，忽遇盜船，持械劫殺，同舟四人皆被戕害，章急赴水，幸識水性，得不死。〔時〕（特）風雪甚大，冷不可支，狂奔數里，天微明至金陵界，僵仆于地。有鄭翁者，金陵巨賈也，年六十餘無子，晨興啓門，見一人仆地，救之漸活。問之，知遇盜落水，困苦難歸，因問：「子識字乎？」曰：「識。」「能會計乎？」曰：「能。」遂留之，且爲之具呈捕盜，急切不可獲。翁留章數月，見行事勤慎，人亦倜儻，遂子之，改姓名曰鄭忠。與老僕同到京中商販，利三倍。翁大悦，爲娶妻王氏，並納粟得兵馬副使。家道日隆。越三載，翁死，仍往來京邸。而李氏女在吴家，吴爲探聽馮章信息，得遇盜凶耗，李即欲自盡，吴婦力勸阻之。十月舉一子，面有紅痣五，甚魁梧。越二年，吴婦病死，李氏遂入菴爲尼。老尼以菴中未便育嬰，使給他人。值鄭翁家老僕以事至當塗，小憩菴中，見嬰孩大悦，贈錢四千，抱之。李氏書其年月時日并其子之年月時日于衣襟内，哭而送之。鄭僕攜之而歸。時僕已有四子，其妻不喜，鄭忠見之愛，告王氏，王氏亦愛，遂留之。兒頗聰雋，依依於王如生母，王即以爲己子，名曰鄭天喜。十三歲入泮，十五歲領鄉薦，次年禮闈下第，十九歲仍往都中，至良鄉，遇暴雨疾風，入白衣菴暫避。尼留坐送茶，見天喜，審視良久，不覺淚涔涔下。天喜怪而問之，乃曰：「尼有隱衷不敢白，然貴人長者，諒不較婦女妄談。尼先有一子，面亦有赤痣五，後以出家而棄，迄今音問杳然。今見貴人面貌彷彿，赤痣宛然，不禁悲從中來耳。」天喜因問何以爲尼，何以棄兒，兒付與何人。尼因道其顛末，并告兒付與鄭氏，書年月時日于襟內。且言昔在當塗菴中，良鄉有趙宦夫人偶過，見尼悦之，遂告老尼，帶至良鄉，此即趙氏之家菴也。天喜急問兒之年月，符；又問尼之年月，亦符。乃即趨前跪曰：「兒即母之子也。」尼驚愕諦視，天喜抱之而哭，尼亦大哭。哭竟，問天喜：「何以至是，得非夢耶？」天喜歷陳始末，且曰：「兒入都試畢，捷與不捷，即歸告繼父母，迎母歸家。」勸即蓄髮，尼曰：「恐汝父母不容耳。」天喜曰：「繼父母仁慈，斷不見拒。」遂别赴京。是年中進士，授詞垣，乞假旋里，至良鄉，與母仍申前約。母喜諾。至家即白父母，皆大喜，令天喜往迎。於是隨子赴金陵，彼此相見慰問，見鄭忠左手枝指，大驚，問曰：「君果鄭姓乎？」忠愕然曰：「子安知吾非鄭姓？」李曰：「子知鎮海有馮章否？」忠曰：「子得毋李氏女乎？吾即馮章也。玉珮安在？」女即出珮示之。于是相抱，各大哭，而天喜始知忠之爲生身父也，亦長跪而哭。王亦感慟，願以李爲內子，而己下之。李不敢，互讓再四，而以姊妹稱之。

晴峰氏曰：馮生之遇合，抑何奇哉！李氏知天喜之爲其子也者，而不知鄭忠之即爲其夫也。天喜知李氏之爲其生母也者，而不知繼父之即爲其生父也。鄭忠知李氏之得見親子也者，而不知李氏之即其前妻也。夫妻父子之巧合，孰有過於是哉！第馮章曲全人之夫婦，而天亦曲全其夫婦焉；馮章曲全人之母子，而天亦曲全其母子焉。一念之誠，鑒觀有赫，孰謂天道無知哉！（卷三）

楊村怪

仁書叔又言：善化楊村楊貴家有怪，或云狐，或云鼠，亦大近情，故類誌之。貴家貧，訓蒙餬口。父早卒，母衛氏，惟生子貴，年十九未婚娶。所居距館半里許，朝往夕歸，過一小廟，暑月及風雨時小憩焉。一夕，晚歸過廟，見廟中佇一老者，衣冠古朴，人亦淡雅，招與坐。生詢之，云：「胡姓，在庠有年。向居城中，嫌囂雜，欲徙鄉間。聞君後院有餘屋數楹，如可仰附，願歲奉租金三十。我固得所，君亦不無小補。」生邀至其家，以告母，母允之。即出十五金，先交半年之貲，期明日遷徙。次日清晨，生不赴館，肅恭祇候，久之未至。乃徐步後院，見厨烟鬱勃，男婦幢幢。叟即出迓，入門，輪奐一新，陳設精緻。生大駭曰：「何速乃爾？」曰：「人衆耳。」於是疑其非人，偶與接談，淹雅淵博，五經諸子，靡不貫通。生出制藝就正，叟曰：「此無用之物。然欲求科名，不得不講究程法。君作尚未合度，不嫌耄荒，請爲君一更正。」乃隨勒隨改，疾如風掃。生服甚喜甚，請師事叟，叟亦不辭。遂并見媪，並請見其家人。叟曰：「吾無子，止一弱女稺，未便。」固請，許之。少焉，覺麝蘭馥郁，環佩鏘錚，視之十五六天人也。生情爲之奪。媪亦往拜生母，情投意洽，往來如通家。生自師叟後，文義大進。次年入泮，往謝叟。叟留飲，見其女更艷麗，秋波一盼，不覺魂銷。謀欲請婚，而恐未許，屢目女，女微笑流盼而入。生情蕩甚，叟已知之，曰：「子毋妄念，吾非不愛子，實告君，吾與君人禽異類，强合之，大不利于君。君有老母，無兄弟，曷不於人間求伉儷以延宗祀，而乃欲與異類强合乎？前村謝雲從家有女甚美，不亞吾女。然彼富君貧，求親必不允，吾爲子祟之。彼醫治罔效，必懸招以求治，子應召而往，與之議姻而後治之，子至吾即避，姻可圖也。如其不成，吾再往祟。」生大悦拜謝。先是謝雲從家頗殷實，納粟州倅，生子女各一。子喜鳳。女喜鸞，年十八，美容顔，父母鍾愛過於子，欲得一富室子之有才貌者而字之。倉卒未有偶。一日忽得奇疾，白晝怪呼直視，不能識人，夜則啜泣不寐。遍求醫巫皆不效。旬日之間，骨立垂斃。父母憂甚，出示，能治者予千金。易十餘人而卒罔效。父母焦勞成疾，不得已復出示，能治者即妻之。於是生乃自署其名曰：「能。」雲從延至家視之，俊秀士也，才貌已雙全矣，惟願能治，則擇醫兼擇婿也。乃引入女室，女見生即笑。生視女容雖消瘦，而神采風韻，果絶佳麗，樂甚，信胡叟之言不誣。思欲窺其玉體，詭言欲治是疾，須按胸摩腹，未知可否。謝曰：「病愈即君婦耳，何不可之有。」于是乃解女衣，酥胸雪臂，縱覽無遺，按其腹，滑膩如脂，拊不留手。生心蕩，默祝曰：「胡師成我，胡師成我。」未幾，室中颼颼風起，捲出户外，衆方驚異而女已甦，病若失。見楊生，羞甚，急低首趨避，飲食如常。父母大喜，設席厚待生，知生貧，贈五百金，令央媒説合，擇吉而歸之。生謝胡叟。叟曰：「予雖有微勞，亦君與彼有緣，胡謀之而合。小女與君無緣，謀之亦不合也。事之成敗，豈人力所能爲哉！余昔受尊大人厚恩，前者内人有難，尊大人力救之，余是以報。余心已盡，余亦將遠去矣。」次日過之，僅存空屋。而不知其所謂恩者何恩，並不知其怪爲何怪也。（卷七）

離　魂（其三）

余嘗見離魂者數矣，然皆不過一二日即返，未有如郭立齋所云伊親楊生離魂至月餘之久也。楊生名豐，年十八；其弟名鼎，年十六。生少時有神童之目，十三即入泮，善詞藻，美丰姿，爲時輩所推重。其師亦甚愛之，謂不愧玉筍班也。弟拙魯殊常，貌亦寢，學書不成，去而學賈又不成，乃令力田。父母鄙之，獨鍾愛生。議親者接踵，生皆不愜，父母亦聽之。會里中演劇，男婦觀者甚衆，生亦與友偕往。時前村張鄉宦家有女曰婉姑，年十七，妍麗無比，聰慧絶倫，亦隨鄰婦觀劇。生見之，以爲天仙，不禁神蕩，而女亦愛生韶秀，眉眼傳情，生左則盼左，生右則盼右。生心愈惑，四目交馳，雖觀戲而無聞見。日暮女歸，以目招之，生即隨往而身遽仆地。其友大駭，掖之而歸，以爲勞乏所致。置諸牀，不言亦不食，惟昏睡而已。問之含糊具答，次日仍然。父母皇皇，招魂求神，延醫調治，卒不見效。而生當日隨女登舟，即匿女身旁，他人無見者。比至家，即隨女入，歷數重門，始達寢室，見牀上錦衾繡枕，芳馥殊常。生樂甚，即登牀覆衾而卧。女不顧，若未見者。未幾傳呼晚餐，女卸粧扃扉而往。鐘動時，僕婦持燈送女入室，小鬟置茶几上。少頃，小鬟偕僕婦去，女掩扉獨坐，挑燈浩歎，支頤若有所思。夜分人寂，乃攜燈牀側，正欲易舄，忽聞牀上微聲曰：「睡乎？」女大駭，迴視見生，復大驚喜，曰：「子安得來此？寧不慮人見乎？」對曰：「頃者吾隨子來，即卧牀上，竟無人見，非天緣乎？」女問姓名，生具以告。曰：「婚乎？」曰：「未也。」生亦問女，女對以張姓，亦未曾受聘。於是二人大悦，即於燈前立誓嫁娶。生先自弛其服，并爲女解衣，見胸前蓓蕾含丹，瑩潤如玉。女半推半就，宛轉入衾，遂赴陽臺，不啻膠漆。天將曙，女曰：「子其歸乎？」對曰：「甫得相接，安忍遽離。子其設法藏我。」乃納諸櫃中，託言有疾。其母入視，即卧牀言乏。于是飲食皆送諸寢，女潛令生食，生云：「不飢，聞其氣味足矣。」女於是疑其非人，特言語交接，與人不殊。夜出晝藏，忽已帀月。父母見女舉止有異，而貌若無疾，大疑，徐察之，聞笑語聲，急排闥而入，絶無所見。詢之女，女曰：「無之。」乃疑爲鬼，召方士劾之。生夜謂女曰：「我非鬼，方士其奈我何！」次日，方士至，作法驅之，生倉皇出走，值生家亦於是日築壇招魂，魂隨符至家，抵寢所而與軀合，已僵卧月餘矣。比醒，舉家大喜，親友咸來致問，然魂雖返，心仍繫念女郎，言詞舉止，大不若前之靈敏也。後聞女已字人，而女以生故，鬱鬱致疾，旋即身死。生遂叫號若狂，書空咄咄，數日亦尋斃。父母悲痛殊甚，不得已爲次子納婦。次子朴實，竟能勤儉成家。

晴峰氏曰：男女居室，人之大倫；媒妁傳紅，禮之大體。乃有狡童游女，邂逅傾心，絲牽無俟乎蹇修，巹合不違夫幣聘，此也神挑，彼也目許。蜂狂蝶浪，寧愁賈午牆高；石泐山穿，莫問麻姑洞遠。委身軀如蟬蜕，擬性命于鴻毛。鴛鳥雙棲，丁香夜暖；山雞交舞，甲帳春融。夢境迷離，方謂天堂永駐；神情惝怳，儼同鬼窟重回。弟也木偶，固屬庸庸；兄也神童，洵稱矯矯。卒之庸庸者轉得亢宗，而矯矯者竟至喪魄也，悲夫！（卷九）

粲英

青田趙茂，任俠士也，慕朱家郭解之爲人，散金結客。年十九，美容儀，聘同邑衛氏女，以父喪未娶。冬日與同伴郊游，遇獵者荷狼兔過，一狼中矢未死，見趙而嗥。趙心動，買之，爲敷藥於創處而縱之，狼回顧再四而逝。歸見鄰人吴良持索坐樹下而泣，詢之，曰：「歲云暮矣，家無儋石，索逋者盈門，意惟自盡。而母老妻弱，輾轉于懷，是以悲耳。」趙生哀之，曰：「爾無苦，吾與爾百金，償負有餘，汝可營運以餬口。」吴喜出望外，感泣再拜。生有舅氏曰田豐，在昌化城設典鋪，次年二月爲五十壽，母令生往祝。乃乘馬攜僕而行，道經梅村遇雨，避于村民姚氏家。姚以織履爲業，有女曰梅姑，方垂髫而色妍麗，年約十三四，甚慧黠，敝襦短褐不蔽體，捧茶獻客，意甚殷。生愛憐之，謂其父曰：「女甚佳，何不稍粧束？」曰：「日食不給，何以衣爲？」生即解囊贈十金，曰：「爲女衣飾。」翁媪及女皆拜謝，詢姓名而誌之。比至舅家，舅妗見之大悦，遍詢家中，生爲備告。具酒食，款留月餘而返。至中途，時届春暮，韶光艷冶，落英繽紛。生緩轡延賞，不覺日薄西山，去宿程尚遠，于是加鞭急行。民間有放流星爆者，適震馬足，馬驚驟逸不能止，僕追呼不及，竄入林谷，奔十餘里始少息。生倉皇四顧，去大道已遠，但見灌木陰沉，山烟昏黑，迷路不得出。正徘徊間，忽見叢箐中有燈火透出，急牽騎就之，雕牆峻宇，甲第也。叩扉求宿，有閽者出，曰：「容白主人。」去少頃，出曰：「主人請。」乃隨入見，朱欄翠幕，朗徹庭燎。老翁降揖，白鬚飄然，曰：「山居僻陋，何來高賢？」生告以失路借宿。曰：「下榻何妨，恐蝸居見褻耳。」乃命牽騎至厩，即設酒筵款生，瞬息已備。因問生家世，具告之。翁曰：「然則吾通家也，尊翁與吾夙契。吾梁姓，由武林避囂隱迹於此。家惟老妻稺女，君非外人，請入内。」乃延入後堂，令妻與女粲英出見。梁媪年可五十許，貌頗豐澤。粲英服色容光艷麗無比，誠天人也。生不覺目眩屈膝。翁急扶起，移樽更酌，命妻女共坐。俄頃八珍羅列。生屢目粲英，神爲之奪。女亦秋波流盼，臉暈生霞。翁謂媪曰：「吾與若擇婿有年，迄無良耦。今通家姪不期而至，誠屬天緣。曷不際此良辰，爲女束裝合巹？」媪深然之。女即避去。生以聘衛氏爲辭。翁曰：「無害，衛女恐未必有緣。即不然，作英皇可也。」生狂喜，即拜翁媪。須臾堂設紅氍，燒巨燭如白晝，合巹禮畢，入房。房中流蘇甲帳，角枕錦衾，温香欲醉。少焉，婢僕皆散去，生闔扉促女睡。女即卸裝就枕，生漸撫之，覺膚膩如脂，麝蘭噴溢，巫山洛浦未足擬也。由是親愛甚篤。越三日，與女寸步不離，而僕仍未至。生謂女曰：「吾以馬驚失路，轉得與卿締姻，誠意外之良緣，實萬分之慶幸。第家有老母，盼望甚殷，而僕又不知下落，中心摇摇，欲辭卿暫歸，又不能割愛，卿其爲我謀之。」女曰：「妾思之熟矣，豈有爲媳而不見姑者。請告諸父母，與子偕歸。」生曰：「偕歸誠善，但先聘衛氏，尚未過門。今不告而娶，恐母氏愠也，盍先與吾母商之？」女曰：「無庸，母必不責，責則妾任之。」乃告翁媪，翁媪許諾。次日，備輿送之，至里門，僕已先歸，奔告母。先是，生行之五日，衛氏女病故，來告，母欲爲生更娶。及僕至，言生馬驚逸，不知所之。母大駭悲痛，正欲遣僕再往尋訪，忽聞子偕一艷婦來，且疑且喜。及入拜，見女貌若仙人，動容中禮，乃大喜，詢所自來。趙生具告之。母於是遍告鄰里鄉黨，張席設宴，人之見之者，皆以爲仙也。而生前所救之吴良亦在焉，見女不禁情蕩，嗣後不時往來，以感激爲名，意在窺女。女事姑盡孝，治家甚嚴，足不出庭户，吴無由見，而意念不忘也。女歸生三載，琴瑟甚調，内外交贊。以生好任俠，屢規不聽。時同邑有富豪朱能，出入公門，横行鄉里，人多畏之。一日見餘杭客楊姓挾美姬，與一伴同行，朱見之惑焉。知楊爲鄉曲小民，不足畏，乃呼健僕數十，持梃于險隘而要劫之，僞爲索逋者。客與伴力争，乃毆斃其伴，縶客及姬，曳之而行。值趙茂出門遇之，客大號，詢得其情，憤然曰：「劫人斃命，王法全無。」使家人鄰里共擊之。兩家鬨鬭，生奮勇直前，撲殺朱能。朱僕見主人被殺，悉逃去。生使客及姬速即歸里，客不忍去。生曰：「我殺人，我自當之，無與爾事。爾其速行，徒累無益。」客再拜而别。時吴良亦在隊，奔告生家。生母及粲英大驚，豪家控官，拘生付諸獄。生母因驚成疾。女亟遣僕持銀賂獄吏，得無苦。使人往告舅氏，爲理曲直，又使人追客急來面質。吴良乘間調女，女叱之，良憾焉。官拘鄉鄰質訊，吴誣生與朱素有嫌隙，因而殺之。官問楊客及姬安在，生曰：「已縱之矣。」曰：「然則子何以自明？」仍付獄。吴良晚潛入女室，欲亂之，女已知，乃呼犬，噀以符水，化爲女，使卧諸牀。女赴母側侍湯藥，晚宿母所。更餘人静，吴潛出，登牀撫之，女已熟睡，乃脱衣啓衾，拊摩其體，滑不留手，心甚樂，即縱身交合。女不發一詞，吴快若登仙，正欲接吻，忽聞嗥然一聲，一黄犬騰出嚙其陰，痛甚，急披衣拔關踰垣而出。次日不能步，竟以是卒。未幾生舅田豐至，求要路爲生白寃，而楊與姬亦旋反訴諸官，並求驗同伴之屍，而趙生得釋。生母病亦就痊。生歸家謝女，以其經營備至也。女曰：「君豪俠自喜，屢規不聽，固早知有今日矣。今幸得釋，君其勉之。」一夕，女設酒酌生。酒半，女慘然曰：「勉飲此酒，行將别矣。妾歸君三年，未有所出，已爲君置一姬，可以延嗣亢宗。不日將至，君其納諸。」生怪問之，曰：「人生遇合自有定數，妾與君緣盡于此，不可强也。實告君，妾非人，君不記昔年向獵人買救之狼乎？是即妾之父也。妾父感君甚，故以妾配君。今緣盡，將復父命，與父偕求仙術耳。」生曰：「吾兩人恩愛若是，子忍舍我而歸乎？」女曰：「非妾忍也，强留必遭冥譴。子寧以愛我者害我乎？」乃疾趨母所，拜辭母畢，瞥然不見。生涕泣終日，思念不置。越日，有老翁送女至，云送妾媵來者。生怪甚，出視之，乃即織屨之姚翁與女梅姑也。初生在獄時，女夜出往尋父，謂生與梅村姚翁之女有宿緣，姚家貧，三百金可致其女，求父代往説之。父乃僞爲趙生使往謁姚，告以求親，並予金三百。姚故知趙生名，又感其昔贈十金，且女尚未字人，乃慨諾，訂某日送至。生始知粲英之爲己謀者至也。視梅姑較昔更媚，乃大喜，留之。母亦喜，不爲子更求姻。明年即舉一子。生思粲英不釋，親往舊路訪之，杳不知處，悵悵而歸，遂成鬱疾。又明年，母卒，正在哀痛之際，忽見一女子素衣衰絰，向靈前哭拜，視之粲英也。生亟起握手垂涕，自明結想之苦，且詢其何自而來。女曰：「豈有姑死而媳不哭臨者，此來爲姑媳之義，非爲兒女之情也。善自珍攝，毋以妾爲念。」生固要之。女曰：「二十年後當會于青城山。」遂脱然而逝。

晴峰氏曰：世以豺狼擬小人，誠以豺狼固貪狠無情也。以貪狠無情之狼，而猶能報恩而知感，彼受恩不報而反欲噬之如吴良者，直豺狼之不如也。可慨也夫！（卷十一）

沈月英

婺州魯生，名源，字東溪，有夙慧，美容儀，人以小潘安目之。十歲通五經，十三即入泮，兄淵，性沉實而資稍鈍。父傳曾爲巨賈，得運同銜。叔傳道早卒無子，以生爲嗣。生母無錫沈氏，亦宦室。兩家頗親睦，時相往來。沈好善，時濟窮人，人多稱之。年四十無子，僅生一女名月英，美而艷，工小詩，年十四，與魯生同庚，小魯生三月。偶相聚會，不啻一對玉人。父母甚愛之，於甥内獨鍾愛魯生。夏月生奉父命往祝舅壽，舅留之。生見女更覺嫵媚，時以目挑之。女顧之微笑，值園中芙蕖盛開，舅妗與女及生荷亭小酌，池有船，生駕之採蓮，見一蕊將放，嬌艷殊常。生折之獻席上，舅妗亦交贊，命插瓶供之。生曰：「滿池皆是，何獨惜此？」女曰：「爲蕊經才子手。」生曰：「非也，花是美人身耳。」舅妗悦其才敏，笑曰：「汝兩人真成一對。」生大笑，女低頭，顔微赬。酒罷各歸。由是戀戀於女。次日，生父遣人來接，遂往辭舅妗並妹。舅妗曰：「汝暇即來，毋使我兩人久盼也。」生諾之。女亦以目送生歸，以父赴汴梁不果往。次年正月，舅來，即邀生偕往。生見女，喜形于色，留住月餘，雖常與女見，人衆不能通一私語。一日，晨往謁妗，妗未起，女獨倚欄看花。生潛近女旁曰：「春風陡峭，能無寒乎？」女曰：「不寒。」生曰：「別後無日不思吾妹，未知吾妹亦動念否？」女曰：「既係至親，寧有不念。姑母近體安否？」生曰：「安。第吾所思者，不在葭莩之親而在子之身也。」女曰：「何獨思我？」生正欲回言，而女之婢小蘭忽至，女即起隨小蘭入。生怏怏而出。越數日，女獨立軒側，生見即趨之，曰：「日昨問思妹之由，妹誦《詩經》，亦誦『月出皎兮』之章乎？」曰：「誦。」「然則作何解？」女曰：「兄爲秀才，寧不解此而轉問妾耶？」生曰：「我固解，未知卿亦解否？」女曰：「妾誦《詩》只解得一句。」問：「何句？」曰：「『思無邪』耳。」生曰：「無戲言，我爲卿腸斷久矣，寧不一見憐乎？」女曰：「此地往來人衆，兄久竚此絮語，亦宜引嫌。」語畢，翩然而去。生大失望。次日，女遣小蘭以紙筆貽生。生賂小蘭，使持一信與女。女啓視，乃《謁金門》詞也。詞曰：「幾度夢中相逐，依舊醒來獨宿。倚遍闌干時極目，斷腸芳草綠。　愁萬斛，頓覺遠山眉蹙。一段相思腸轆轆，畫樓人似玉。」讀罷靨暈生春，淚珠欲墜，因書數字于後，命小蘭仍持還生，曰：「自後不得妄傳書信，犯則必〔懲〕（徵）。」小蘭即付還生，匆匆而返。生視之，于詞後書云：「與君兄妹，故爾相親，乃以淫詞戲我，未免輕薄。倘再如此，必呈父母見之。」生閱畢悵然，毀而焚之，遂懨懨成病，廢寢忘餐。舅妗視疾，詭言感冒，欲買舟旋里。舅疑生思家，將許之，入內語妗。女在側曰：「兄既有病，途中無人調護，恐轉劇，曷不延醫治之，俟病痊而歸，庶可放心。」父母然之，固留生不使行，然醫藥罔效，似醉如痴。婢以生狀白女。女聞之，瑩瑩欲涕，因書小簡付婢曰：「內有藥方，汝往付魯郎。付之即返。」婢如女教。生發函，內云：「某日清晨，待君于荼蘼軒下。」生狂喜，病頓瘥。至期，生潛往，女果獨立軒內。生揖之曰：「卿何忍心至是乎？」女曰：「非妾忍心，君自見之不廣。君有父母，妾亦有二老，此事豈我兩人主耶？君鍾情于妾厚矣，妾非草木，寧獨無情。日來魂夢不寧，飲食漸減，君豈知之。誠恐不能始終，其如後患何？君不達此而因妾致病，妾故邀君來以白此衷耳。」生曰：「吾恐妹無心于我。妹既同心，吾歸白父母，倩媒致懇。舅妗素遇我厚，諒無不允。」女曰：

「果爾，妾請與君盟。」於是二人跪拜，指矢天日。生起，牽女襟求歡。女曰：「妾爲終身計耳，苟合非所願也。」力拒之。生復請少親玉體，女不言，於是相偎相傍，拊摩心胸，即探下體。女急以手格，促生去。生不得已，曰：「願妹勿忘今日之誓，吾明日即行矣。」女首肯。次日辭舅妗旋里。有爲生議姻者，生力却之，具以情告母。母白諸父，父初難之。母再三陳説，始遣媒往。比至無錫，值沈他出，妗約俟舅歸復命，久之音問不至。次年春，復遣媒往。沈曰：「魯甥吾非不願，但内親例不結姻，子爲我善辭之。我有表親趙氏，其女鳳姑，年亦十六，才貌不在吾女下，我願爲甥執柯。子爲我並言之。」媒歸具告其父。父商諸生，生以舅不允，即鬱鬱不樂，且曰：「趙氏女非所願也。」父慰之曰：「秋闈伊邇，子努力用工。捷，吾親爲往懇。」及文戰不利，抑鬱愈甚。其妗使鄰嫗來探視，且約生到彼解悶。月英私託嫗以《滿宮花》詞一闋寄生，曰：「雨絲絲，風陣陣，添得閨中煩悶。一天錦繡散浮烟，那管紅顔緑鬢。萬般愁，千種恨，只此兩行書信。前程美滿好風光，心事已成灰燼。」生覽，爲之流涕，因和韻一首，仍託嫗寄女，詞曰：「緑如烟，紅成陣，觸目頓生愁悶。别來銷瘦減容光，莫問當時潘鬢。淚盈眶，眉鎖恨，且喜飛來鴻信。新詞顛倒再三看，不覺夜闌燈燼。」嫗歸，以書付女，且言魯生即至。生父果令生往舅家散悶。生至，舅妗大悦，曲意寬解之。生見女，彼此愁顔相對，默無一詞。居數日，趙氏女鳳姑適來，舅故令生見之，人果佳麗。生愛女情切，置之不問。舅曰：「以此爲汝婦，願否？」生亦不答。趙氏歸，沈作書復問其父，亦未有覆音。久之，生復病。季秋望日，女潛贈以錦函，啓之，乃一絶，云：「珍重千金體，今宵月倍明。惜花如有意，坐待到三更。」生得詩喜甚，病即失。是夜三鼓，乃踰短垣，經廳側，直達女寢。女果倚窗而待。生躍入，執其手曰：「卿固不負心也，吾得死所矣。」女曰：「鳳姑才貌雙全，吾父爲汝作伐，汝何不答？」對曰：「『雖則如雲，匪我思存。』即西子、王嬙亦不能動我心。前盟在耳，卿猶以是相戲耶？」女悵然淚落，曰：「兄實情深，其如妾命薄何！」于是兩人皆泣。久之，女曰：「事已至此，越禮亦死，不越禮亦死，妾不復惜身矣。」生乃轉悲爲喜，與女共入羅幃，曲成連理，宛轉嬌啼，腥紅染帕。女執帕藏之，曰：「生則留以爲信，死則必以自殉。」又曰：「郎爲妾死，妾爲郎亡。日來且盡歡娱，作來世鴛鴦可也。」于是朝隱而出，暮隱而入，幾無虚夕。小蘭頗知之，妗亦覺女神氣有異，告父，欲急爲覓配。同城有富室某，託媒求姻。女知之，夜告生曰：「妾將與君永訣矣。」因告父母已爲擇配，「君盍歸，善自珍攝，毋以妾爲念。」生曰：「子死，我不獨生，我斷不負誓言也。」因口占一絶以贈之，曰：「花逐春風去太忙，人生離合本無常。願爲鴛塚連枝樹，不作微之薄倖郎。」女欲答賦，嗚咽不能成句，因曰：「歡愛盡此一宵，不必作楚囚對也。」遂解衣共寢，倒鳳顛鸞，無所不至。須臾，天將曙，生披衣起，女亦起，握手送生，涕泣而去。次日，告舅妗歸。女亦不出，堅卧絶食。生至家，謂其兄曰：「弟不久于人世，父母在堂，兄善事之。」兄曰：「父母望弟亢宗，弟何出此言！」備責之，生不答。數日，女訃音果至。先是，生歸後，某姓求姻急，沈允之，行聘有日矣，而女竟絶粒死，遂覆之。生聞女死，決欲親奠。父母不得已，姑從之，與父偕往。生哭拜柩前曰：「妹果死耶！」乃一慟而絶。其父與舅莫知所措，然心甚疑之。詢之婢，婢備言顛末，始知其事。舅深悔前此之拘俗例而絶姻也，乃撫生而哭曰：「子得甦，吾以女與子。」俄頃，生果復蘇，乃曰：「急開棺，妹亦活矣。」初，生慟絶後，魂已離舍，行茫茫黄沙中，旋至一城，見一官長告生曰：「吾汝叔也，現爲冥曹判官。昨閻君以沈女守貞不二，且查沈無失德，廣行善事，不忍使其孤獨，令其女還魂，且賜一子。月英謂子即隨來，吾故迎之。子速歸，告汝舅即開棺，毋自誤。」月英死已旬日，其家疑信相參。生請之堅，姑開之，女果面有生色，按之已有氣矣。急舁入内室，調養月餘，依然如故。生父與舅面訂姻好而歸。次年春，即送女與生合巹。合巹之夕，女出帕示生曰：「信物幸猶在焉。」後其妗四十，却舉一子。

晴峰氏曰：魯生似玉，沈女如花。謂三生之有緣，信兩美之必合。何意韓香難續，遂至何粉終虚。南浦銷魂，北邙賫恨。縱蠟炬之成灰，歎藕絲之未盡。海枯石爛，共姜之志靡它；玉碎珠沉，倩女之魂不泯。卒使鸞釵復合，鳳鏡重圓，人定果能勝天，身修可以立命。「用志不紛，乃凝于神」，斯之謂歟？（卷十二）

按：本篇情節全襲自元宋遠《嬌紅記》（見宋元卷），惟改其結尾。録之以便比較。

翼駉稗編

湯用中

《翼駉稗編》八卷，作者湯用中，字芷卿，原籍江蘇武進，寄籍宛平（屬今北京市）。據序言知爲嘉慶、道光間人。道光十九年（一八三九）以舉人出仕，道光二十八年周儀顥序云：「崎嶇抑塞，蓋二十年于兹矣。歲在己亥，始以乙榜出爲醝曹。」《翼駉稗編》有道光二十九年刻本、同治八年（一八六九）刻本等。

妓俠

保定縄妓定兒，貌美技精，名噪一時。有富户張翁子悦之，欲以爲妾，重金啖之。父曰：「我輩遊歷江湖，鬻藝不辱身也。」張意不能舍，跋涉隨之。一日復見奏技，變幻叠出，倍極妖冶，益迷悶如木偶。其父憐而謂之曰：「子誠鍾情者矣。能隨我歸，當即奉贄。」張欣然從之，既諏吉成禮。每欲與女狎，輒遍體痛楚不可言，故月餘猶未嘗一臠也。張無怨色，情好彌摯。定兒之嫂憐之，私語之曰：「君誠君子，然知吾翁之意乎？誘子來非真爲婿。例於歲除殺人祀神。」張駭極求救。嫂曰：「無難，但密除睡褥下符及枕中針即可無楚。定兒既委身於君，彼自有以脱子禍也。」張如其教，魚水極歡。定兒歎曰：「身已屬君，當隨君去。」乃縛雞傘頂，授張，張之速行，戒勿回顧，聞雞號則難過時也。「妾即隨來，君勿念。」又出一紅球，令懷之。張狂奔百餘里，雞鳴去傘，則雞首已失。抵家，懷中球忽墮地，盤旋騰擲，劃然中分，定兒躍出。囑曰：「我父明日必來追，宜預爲計。」乃脱裙衫，嚙指血書符於上，令張持至路歧懸之，伏莽以俟。父果操刃至，見女衣，痛哭持去，遂偕老焉。（卷一）

聞妙菴尼

洞庭女冠極多，皆山居饒沃。聞妙菴主尼，尤善居積，年八十餘卒，積金數十巨萬。其徒靜香繼爲住持，年二十餘，意態嫺雅，解書算，熟經咒，頗守清規，踵門者尋常不能識其面。每歲大士誕辰，士女赴菴燒香者甚衆，貿販雲集，皆賃寓菴中房舍。往往有賣小説唱本者，靜亦購數種，以備觀覽。武后稱帝，楊妃爲女道士等事，固平時習見者也。一日，有羽士過訪，以其方外出見之。道士疏髯廣顙，飄飄然具出塵之概。所談元妙，多不可解，忽屏人請間，長跪曰：「娘娘他日國母，道人修煉五百年，未得封號，不能成真。求娘娘他日得志，賜封真人，獲證正果，必當銜結。」靜面赬無之。道士叩謝，飄然而去。靜疑信終半。然從此禪誦之志爲之頓懈。一日，有貴客來，覓靜室數間養疴。闢除西院居焉。客年三十餘，長身玉立，貌甚修偉。遣蒼頭餽枷楠、龍涎、安息諸香，火浣布等物，皆海外奇珍也。靜親詣謝，拒不見。兩月餘，絶不與羣尼通，莫測其爲何如人。一日，鍵户牖，僕從下山去。靜私啓鐍入室，以覘其異。陳設皆珊瑚木難，金碧煇映，案頭一小匣，發之，中有奏章：「臣某跪奏，現在島中大兵已集竚，發餉銀二十萬，即可擇日揚帆，逕奔彼國，乘其不備。」云云。靜駭絶。正遲疑間，客突至，駭曰：「吾機爲汝覷破，不得不殺汝以滅口。」抽壁上劍揮之，靜叩頭求免，客俯首似有所思，徐曰：「余日本國王也，啓行時國師爲余占卦，謂此行可得一國母，豈應在汝耶？果能從我，即貸汝命。」靜欣然願從，枕席間私問所奏云何，客曰：「余來時，見暹羅國之羅華島，方廣數千里，其中生齒甚繁，物産饒沃，擬奪之以廣國土，調兵四集。以距國遥遠，軍餉不能即至，昨接來奏，欲連夜返國，又恐風色不順，以故躊躇未發。」靜問需餉幾何，曰：「得二十萬金亦可應急需矣。」靜曰：「若爾甚易，但何以運往？」客曰：「余自有術。」次日悉發藏金，以厚脯裹之。令蒼頭至山下一呼，椎髻窄衣白足者數百人，飛集負銀，魚貫而去。閲兩月餘，又接一奏云：「羅華島已不血刃而下，請旋蹕駐島鎮撫。」客喜甚，將行，囑靜安心静待，歸國後，遣重臣求通，當册立爲正妃。静又奉犒師銀五萬兩，遂去，自是竟不至。（卷一）

淑　真

華亭嚴少陵秀才嗣光，名士青崖孝廉之子也。少負俊才，丰神秀朗。工吟詠，尤擅詞曲，一時有張三影之目。世家大族争婚之，嚴選擇甚苛。其姑丈袁侍郎招之入都。上元夜，翔步街衢，遥見一健奴，跨駿馬導鈿車前行，一髫婢跨轅坐。輿四面皆琉璃，月光射入，照見中坐一女郎，年可十五六，暈頰山眉，神仙不啻。嚴驟如神奪，車行絶駛，竭力奔隨，顔汗珠下。女亦頻頻回顧。行至鬧市，瞥然而逝。嚴瞠目直視，癡若木雞。同鄉某遇之，唤車送歸，僵卧不起，亦不言，惟日飲粥一匙。如是數日，羣醫莫識爲何病。初，生方注目急追，不覺魂已離殼，逕入輿中與女並坐。須臾抵女家，隨女入閨，伏夾幕間，見女卸妝畢，支頤默坐，若涉遐想。婢去，生出自投。女舉首見生，大駭欲號。生跪陳思慕，女顔始和。各問邦族，知爲陳部郎女淑真。女問：「深夜何得來？」生具述所以。因求緩結束，女堅拒。生指矢天日，遂相繾綣。伏閨中五六日，人無知者。屢促生歸，速倩冰人。生出，一紅袍人蹀躞庭中，見生叱曰：「何物狂生，深夜入人閨闥！」方喧嚷間，婢白太夫人至。俄一老媪，朱衣珠冠出，問生何人。生曰：「華亭嚴某。」媪問：「嚴束之是汝何人？」曰：「祖父也。」媪曰：「然則是我彌甥，胡至此？」生備述不諱。媪即向朱衣耳畔私語，似爲緩頰。朱衣人隨令兩青衣送之，返至袁宅。青衣從後推之，翕然而蘇。其姑大喜，研問顛末，遂委禽焉。合巹之夕，述前日遇翁媪狀，則淑真之曾祖父母也。媪氏謝，爲嚴祖母之妹，故呼爲彌甥，歿已數十年矣。淑真性絶慧，能書善畫，妙解音律。取生所填詞曲，製譜按歌，抑揚赴節。生樂之，有終焉之志。毋何，部郎出守滇南，以道遠不及隨往，生遂攜眷南歸。舟過金山，適當三五，江光月色，掩映澄鮮。淑真扣舷而歌，生倚玉笛和之，忽江水拍天，怪風暴作。舟遽覆，生遇救得活，而徧求女屍，不可得。謂已葬魚腹，望江招魂，悼慟欲絶，有悼亡詩詞千餘首。其時，袁已巡撫河南，招生赴署。生自經此變，萬念都灰。聞嵩高之勝，遂攜一僕，裹糧入山，徧探巖壑，忽見絶壁插天，中有鳥道一綫，屈曲螺旋。攀蘿聚足，斂息徐上。至山腰顛焉，僕號哭歸報，其家以爲必死。初，生之墜也，賴藤挂而止。既醒，緣藤而下，適當崖洞，蛇行而入，徑甚紆曲。經數十折，豁然開朗，別有天地。溪廣數里，水聲潺潺。循溪而行，細草如罽，上綴朱實，不知何名，隨手摘食，頓忘飢餒。又行里許，翼然一亭，數女郎游詠其中，𩕳髻垂雲，並皆殊麗。内一人酷肖淑真，隱樹伏窺，略無疑似。遽前執手，備陳痛苦，真謂生曰：「妾本地仙，淪謫孽滿，召歸寶〔□〕，托水阨以絶君望耳。」生乃伏地，泣請同歸。真曰：「須白本師，何能草草？」問本師爲誰，曰：「靈寶真人也。」遂同行，至洞門有二女僮守之。真向稽首，求轉達。須臾僮出，宣真人旨曰：「十年後了却塵緣，再來堅持道念。」又謂嚴曰：「真人説汝有夙根，奈情障已深，如再迷戀，不從忠孝開頭立脚，永無出世時矣，勉之。」生竦然，偕真叩頭出。至洞門外，諸女伴競來相送，各有贈遺。尋路出山，遵道南返。抵家，則門户蕭條，非復曩昔。生母已前二十餘年卒，生父八十餘，偕其少弟存。翁卒，送葬畢。其少弟率婦回家，則兄嫂俱杳，距歸時正十年云。

徐子楞曰：忽而雲垂海立，忽而花亸絲柔，其中萬緒千頭，一絲不亂。狀難狀之境，顯難顯之情，是真合羣子書爲一手者，何止高出《聊齋》數倍。末後歸結忠孝，尤自占地步處。（卷二）

鵑紅

伯祖方伯公新宅，在顧塘橋北岸。相傳本梁宫人叢葬處，後爲東坡先生舊宅。有手種紫藤一株，大合抱，花時香聞數里。方伯建樓三楹，爲燕憩之所。有蘇州計君者，至戚也。每姑蘇來，即樓西下榻焉。一夕，月色如晝，計卧醒，忽聞嚶嚶細語出東樓下，音類女子。徐起窺之，見二美人，宫樣粧束，一約三十許，一十六七，倚闌玩月。長者曰：「子夜月色，奚似景陽。」少者曰：「不如。」方欲言，聞樓下呼曰：「華芝，宫主唤汝。」長者應聲下樓去，少者獨留。趨窺，絶代姝也。遽出輓之，女不可。計曲意温慰，并謝唐突。女始就坐，計叩生平，女曰：「妾梁代宫人，名鵑紅，十七夭殂。」問華芝爲誰，曰：「渠給事永寧宫主。宫主死，以天監八年葬。華芝殉，與妾同瘞此耳。」生與嗢噱，繼以繾綣。由是，來無虚夕。與談梁宫舊事，多與史不合。昨明之死，由元帝思奪嫡，囑僧宏智素饌進毒，武帝覺之，故立簡文爲儲，其後譽詧元帝相讎，蓋有積釁。溧陽宫主，本邢妃婢所生，抱養宫中。朱异母少時曾給事武帝，與之有恩，故寵倖無比。此皆記載所無。鵑一夕謂計曰：「妾墮落千年，非得高僧懺拔不能生天。聞果静禪師卓錫永寧寺，能求伊誦《金剛經》一藏乎？」計允之。百日經足，鵑來叩謝曰：「妾從此轉生有期矣。」問華芝何往，曰：「永寧宫主現爲四府痘神，昨隨散痘去。」語畢，袖出金串二，玉盒一，贈計曰：「追薦之恩，銜結難忘。」倉皇下樓去，跡之已杳。（卷八）

道聽塗説

潘綸恩

《道聽塗説》，十二卷。作者潘綸恩，字熚玉，號葦漁，涇邑（今安徽涇縣）人。光緒元年（一八七五）筠坪老人序稱綸恩爲從兄，謂「先余歿者且二十年」，時筠坪年七十一，則綸恩當生于一八〇五年之前，卒于一八五五年前後。道光六年（一八二六）秀才，其歿之明年，「得選盱眙司訓」，蓋終于下僚。《道聽塗説》，有申報館叢書本。

韓寶兒

山左濟南府書吏馮某家患狐，百計驅遣不去。馮宅東有小園，花木陰盛，即爲狐所窟宅。園内構小舍甚精，因地僻，久無下榻者。一日有戚董西老過其家，屆晚未歸。馮謂：「蝸居湫隘，安枕無隙地，東壁小舍，曠無居人，恐君懼狐，不敢屈君往宿，請約二三知己，翦燭鬬牌爲消夜計。」董曰：「年高興敗，賭戲久荒，東舍既虚，老人膽壯，何懼狐耶？」遂攜襆被就卧東舍，滅燭登牀，倒枕便成熟睡。迨更深夢醒，仰見月色當窗，隱隱似有人聲。心忖是狐，攬衣以起，鶴行至窗下，舐紙破一錢許，凝眸外矚，見薔薇架側假山上，兩人並肩坐。一傾長婦，年可四十許，衣皂色單袷，妝飾淡雅，以右足支左膝上，纖鈎不盈握，一手以兩指撚鞋尖，一手兜跟振舄。一少女，年可二八，髻鬟高聳，中戴茉莉一枝，巍巍欲活，衣對襟淡羅短衫，四圍緣以花繡，下著茜紅烟羅褲，手握宫紈，倒植膝上，口齕柄繩爲戲。頎長婦低鬟視足，滿口喃喃云：「汝等自欺人耳，人誰侮汝者？」女曰：「姨媽無言欺人。媽家福姊手快，嘗若顛病作，慣愛調弄人。日前人家作鮮魚羹，盛磁盆中，倒筐罩其上，渠果饞涎莫耐，何妨分啖杯羹，乃並非自圖口吻，偏犯手徙磁盆置牀腹，並未染鼎一嘗，倒著腥涎滿手。兒且勸姊，毋學小豎憨態。兒無惡于馮家，唯以此地屋無三四楹，囂塵煩擾，必多行不義，苦奪人尺寸地，計每人尚無拳大空隙可安枕。馬家園空置五間廳，小舍數十椽，樓數十楹，無過陽春花盛時設酒百日許，人蹤稍雜，其餘暇日，即有假園享客者，所須止一廳一舍耳。」婦曰：「去冬胡辛姥家不曾住馬家園乎，未及四五月輒便徙去，可知亦未必大佳。且聞馬家有猘犬，棲止者晨夕凜凜若履冰淵，縱不爲害，狀亦深可怖人。况雛兒輩恒多不檢，或犯其暴，後悔已遲矣。」女曰：「高樓深邃，去住宅迢迢不知幾許，何無膽略若此？」婦曰：「非特我不可，現汝媽亦不以汝言爲當。」女曰：「但得姨媽首肯，吾媽吾自趣之。」婦曰：「汝自與汝媽言，吾不汝阻矣。」女曰：「諾。」因言：「今夕東舍爲厭物所據，唯姨媽性善耐，若兒則早掇巨石碎其顱矣。姨媽今夕盍暫移衾枕到兒舍，兒新覓得南來銀針茶，可啓北窗迎涼消夜。」遂並起步，入花陰而没。董西老固傭爲馬家園丁，聽兩人言，知將遷寓己園者，姑心誌其異，以俟動息。歸園三數日，寂無所見，一夕漏已三下，偶憶狐言，思欲蹤跡之。步過數廳事，躡池橋，宛轉至一八角亭，坐石鼓上。是夜月影模糊，望池北小樓，依稀可辨，窗内燭光映紙，屋瓦上隱隱有物成隊，自對檐躍入。董知爲狐至，不敢驚擾，顧來徑以回。次夕早伺亭中，時七月望後，月上較遲，遥見小樓中燭光朗徹，寂無人聲。一炊候，玉鑑騰輝，簾幕歷歷可睹，樓窗啓處，有兩美人憑窗耦語，繁瑣不可辨。俄而門闢響處，有老媪出，設竹榻，唧唧自訟言：「已三更向盡，尚無意偃息，想今宵又無安枕時矣。」榻設復入，兩美人掩窗下樓，來坐榻上。榻去亭近，辨認甚悉。一即馮園中所見，其一豐頤膽鼻，貌不稍遜前女，但病在貝齒微露耳。前見者爲妹，後見者爲姊，姊呼妹曰「寶妹」，妹呼姊曰「福姊」。寶曰：「劉家園池不及此池之半，昨日妹見繁蕊尚未稍敗，此則零落不堪矣。」福曰：「汝神思瞀亂，不盲于目，盲于心耳。亭左一片瓊英，較劉家池有過之無不及也。茲汝管窺，僅一角耳。妹正春春及時，無怪情絲易著，然凡事當三思，朱門中人，非比小家子容易簸弄。妹來此僅一日，已三窺五公子矣。無謂我性憨佻，我所籠絡無過失運家敗産兒，夫豈不願得佳公子以敦逑好，但心有所不敢耳。」兩人談興方濃，董適喉癢一咳，人與竹榻俱渺，萬籟寂然矣，遂悵悵以回。明日詣樓視之，鼠跡蛛絲，簾旌如故，不似有居人房舍。董以所見告人，奈董素語誇大，往往談天説鬼，聞者以誕妄嗤之。馬氏有五子，其第五子年纔弱冠，有書樓與園僅隔一牆，因父母愛憐少子，雖七齡就塾，督課不欲深嚴，既三應院試不録，中心慚怍，思欲發憤自雄，愛此樓僻静，遂居以肄業。一柯姓老僕隨身服役，晨夕兩餐，一粗使婢橐饘從事，樓中不置爐竈，惟供水甕支鐺煮茗而已。一日晨餐後，馬方伏案臨黄庭，聞橋弓底得得以行，並非使婢蓮船聲響，步至窗下遂寂。時方注念筆端，既已别無動息，遂亦置不追問。翼日老蒼頭以事他出，晌午又聞梯上弓底聲拾級以登，正傾聽間，覺窗外似有人影，俄而紙破成洞，吹風咻咻，氣若蘭薰，撲鼻動人。問誰爲祟，不答，嗤嗤低笑而已。起就門扉，探首簾角，見一美人娟好若仙，側首斜對窗櫺，凝神含笑，以指甲搔窗槅有聲，意必宅中使婢，因問誰爲汝主，至此將何作。再問不答，笑益憨。馬曰：「小鬼頭憨笑如此，故故不言，幾令人悶絶。」美人笑曰：「誰須汝問來？」馬曰：「語奇矣，汝非無因而至者，我不汝問，有何批文回繳也。」因亦自笑，回坐窗下。美人搴簾隨入，袖出紅幫四片擲案上，謂馬曰：「煩描一新樣，不佳不受也。」馬曰：「描則描矣，誰實遣汝者？」美人曰：「恐無來歷，騙汝筆跡耶？」馬曰：「不然，宅中近百人，侍兒中未見有嫵媚如卿者，故必知爲誰有而後快。」美人曰：「汝知韓媽乎，即吾母也。」馬曰：「韓媽在府三年矣，有女若此，何前此並不一見。」因問何名，女以寶兒對，謂：「婢子不恒外出，偶一至府，匿跡蘇小娘妝閣，安得司空見慣。」馬曰：「然則何以報不穀？」寶曰：「主命是遣，誰報汝者。」馬曰：「筆墨長技，人求汝主母，汝主母不求人也。黠婢無誑我，我知有汝，不知其他。」寶曰：「豚蹄祝篝車，所望何奢也？是欲乞恩主母，以婢子賞汝耶？」馬曰：「咦，言當掌頰，俺尊長行，何言賞也？」寶曰：「妾不自愛，惟所欲爲。」馬喜，遂留不遣。寶曰：「將仲子不畏人言耶？」馬曰：「誰敢言者！」寶以手自畫其頰，嗤之曰：「臉大于箕，敢大言乃爾。」馬曰：「所恃地僻，人不能至耳。」寶曰：「門不加鍵，猶有老褦襶不無礙眼？」馬曰：「柯老奉有遠使，今夕不歸矣，雖然，屈戌當謹也。」乃回身下鑰焉。日將夕，聞梯聲，馬曰：「婢送晚膳至矣。」藏寶屏後，然後啓扉。飯罷，婢去。寶軃笑以出，戟指加馬額，戲曰：「婢去首五娘，頃刻金牌至矣。」馬曰：「何懼五娘哉！」寶曰：「不懼五娘，何畏婢如虎，甫聞梯聲，輒爾衣裳顛倒。」馬曰：「毋妄言，但汝來許久，保不爲主母所覺，恐再至難憑矣。」寶曰：「無難也，婢未鬻身君家，不過從母服役，行止由我。府問答以在家，家問答以在府，不惟主母不知，即吾母亦未易覺察也。」由此無夕不至。馬既信爲韓媽女，更無他疑，惟每夕安置柯老，使無窺破而已。董西老誠好事者，自亭中一咳後，屢伺無所得。延及九月中旬，夜涼人静，徐踱園中，又見北小樓燭光掩映，紅徹窗紗，因而潛詣其下，思欲洞悉此中消息，奈樓上喁喁小語，聽之不甚明了。念對舍尚有小樓，正與此樓並峙，乃往登之。兩地相平，雖聽樓中語較下聽上已有分辨，然絮絮煩聒，終覺有頭無尾。月落參横，方將歸息，忽聞牆門拔關聲，有燧火自門中出，愈異之。既而人從樓下過，見一婢執燧前導，一健婦負美人以行，五公子隨其後。董視美人，即蓮池側所見爲寶兒者也，擁健婦背，回眸注視公子，步步關切。時新雨晚晴，地上蒼苔猶濕，適公子足滑，寶驚燥，手拍負者恚曰：「公子且蹶矣，行不顧公子，焉用燧爲！楊媽縱吾下地走，待扶公子行。」公子曰：「毋多慮，足不若是纖纖也。」寶堅意招公子曰：「來，其傍楊媽以行，待蹶已遲矣。」公子被呼切且至，寶出手挽其臂，彼此葛藤，步益窘。楊媽怨曰：「但釋手，公子不蹶也。必如是，則三人俱蹶矣。」躑躅半晌，始至小樓下，推扉入内，無問者。少頃，語在樓上矣。董久候公子不出，乃悄步以歸。更旬日，復夜往，對樓倚立，移時有兩人接武過樓下，且行且語曰：「寶姑必不來，强勉促人行，空勞往返耳。」唧唧噥噥，推園扉以去。歷兩炊候，池月東上矣，見前所謂福姊者自小樓而下，扶壁過其前，口出怨詞曰：「不來便已，痴婢媪亦戀情人耶？」行數十步，望門而返，又云：「人謂我痴，痴不及此淫婢也。」徘徊月影中，負牆以息，而前婢媪亦回。福曰：「淫婢不回耶？」媪曰：「固知不回也。」福曰：「自儂去家後，淫婢幾日不回矣？」媪曰：「姑不知耶？自那晚公子自送一歸樓後，然猶終夜不聽公子歸，天及曉，即奉公子與俱去，已十二日矣。」福哂曰：「痴兒嘗告我，言公子已與囓臂盟，雖年八十時，兩人恩義猶如是不衰也。」媪曰：「姑無謂人痴，姑不憶天津楊公子乎？不有楊公子，姑胡徙家至此。臨徙時，姑心急，哀我曰：『媽欲徙家矣，誰爲我救死者？』」福曰：「兒女子必謂不痴，惟無佳遇者可恃也。然俺雖痴，卒亦從母來徙，今據寶兒言，雖有刀臨項上不去也。」媪曰：「花容玉貌，迷人者也，何遽爲人所迷？」福曰：「是豈可與俗人言哉！非爲人迷，特以其美能迷人，故還以其美迷己也。迷人者豈曰吾恃此美，將迷此人乎？受迷者不知，迷之者更不自知其迷人若是，迷己亦若是也。曾見其貌如媪而能迷人者乎？以媪所不能迷人之貌，而聞爲人所迷者乎？俺今雖云覺悟，然每憶楊公子，尚時時墮淚，當被母强徙時，何嘗無求死願。寶雖可哂，亦可憐也。」媪曰：「此等言之，徒增懊惱。夜闌矣，盍歸休？」福曰：「零露霄濃，濕侵羅襪矣。」此語彼應，相將上樓去，董亦踽踽回舍，晨雞再唱矣。寶之初識馬也，既昏而往，未曉而回。踰數夕，謂馬曰：「行露之艱，終非久計。況寄人閨閣中，竊出竊入，難保不爲所覺。今君家園丁董西老，妾之母舅也，妾有姨母，賴西老乞得園角數椽屋作棲止地，去此樓一牆僅隔。姨家表姊嫁衣忙迫，妾已藉幫針線爲名，告母來依姨媽居，從此兩宅毗連，行蹤無礙。公子不自洩，前宅必無知者，惟柯老前須留心檢點耳。」馬曰：「柯老年邁人，晚食早睡，明日給使移榻東廂，我兩人事神鬼不覺矣。」寶曰：「善。」自是白晝亦恒留不去，支爐煮酒，安鼎烹泉，事事皆寶紀理，怪錯珍羞，亦時時攜至。暇則垂帷共硯，問字學書，數月間便解談經數典，詠月吟花，或隨手作一花鳥，無不形神酷肖。馬或偶有所需，不待啓口，輒如願以將。馬以此不獨憐其美，且憐其能，每與寶言：「吾自有卿倚如左右手，不可一日離，但卿終是他家人，倘一旦失卿，吾有不憔悴死耶？今將輸百琲珠，謀諸卿母，卿母其許我乎？」寶曰：「母無不許也，縱或不許，今日之事妾爲政，妾誓死不作琵琶之別抱，亦無如妾何矣。雖然，患不在妾家，在君家。君有容妾地，妾以生報；君無容妾地，妾以死報也。所懼者人無常好，一至五娘手，百計殘害，事優矣，只貶爲劣；功成矣，反撓之敗。天下事皆論實不論名，獨閨閣中則論名不論實。幸而先至者得正名，君或否之，人謂君之偏心否之也；不幸而後至者得側名，君或賢之，人謂君之私心賢之也。人不使賢，貌不使美。膏沐脂粉，老者加飾不爲妖，少者稍施則爲妖矣。暮夜衾裯，老者日溺不爲妖，少者稍沾則爲妖矣。」馬曰：「人以爲妖，吾不妖之也。有妖如卿，死于妖者情亦恬矣。況牀頭母夜叉，非妖不足以當旗鼓，僕正恨卿非妖耳。」寶曰：「妾雖非妖，然有妖術焉，脱逢不若，無降將軍也。」馬曰：「卿誑我也。」寶言：「非誑，但所謂妖術者，戲耳。幼時嘗從姨父走江左，賣拾錦要戲，學爲種瓜偷桃之技，能作掩身法，揭來使人不見。身已成人，有馮婦改行之志，月前方始來歸。君言宅中未嘗經見者，正以此也。恐君醜其行，故不以實告耳。今請爲君一試。」乃使馬閉己門外，扃鐍如故，而轉瞬間已爲入幕之賓矣。更試他術，則韓湘頃刻花，左慈鱸魚釣，幾于無幻不呈。馬益奇之。從來私好之情，初猶畏人窺測，加意隄防，及至懽情漸密，未免檢點多疏，作止任情，人言罔恤。柯老雖暮年昏憒，日久亦略能覺察，即司餐婢亦因形迹生疑，煩言嘖嘖。馬疏五娘者已踰半載，錦衾角枕，長歎予美忘此，每倩婢傳詞勸駕。公子但誑言身累沉疴，醫者戒令養心静室，不宜輕蹈閨闥。五娘終不釋然，乃藉婢口風影，更爲關切語，謂荒園冷落，不少木魅花妖，屢進危言，冀動姑嫜之聽，以要公子歸房。母聽五娘言，呼公子叩問，公子以醫戒對。母視公子氣體沖和，精神爽朗，不似妖纏困憊者，然亦不似有痼疾者，故雖不以五娘言爲信，而書樓鄰逼荒園，亦不能無疑慮。五娘舍後有静室三楹，趣使遷居，既可讀書養性，亦便閨中照料。公子不敢違，遂將書硯遷焉。五娘明修棧道，原思暗度陳倉，不謂公子杜門謝客，無路可投，而寶之相依如故。五娘益忿，每夜梯垣竊視，覺嚶嚶兒女聲恍惚在耳，晝日入室搜尋，了無蹤跡，遂以妖告母。母以其無實也，不之信。五娘因念董西老嘗言園中妖異，迺召而謀焉。西老曰：「妖固自言之矣，請棄人用犬。」於是瞰公子之亡也，縱犬獵其舍，犬嗅而入，狂騁逼帳後，拽女以出，咋其喉，倒地化爲狐而斃，衣服履舄如蜕。五娘大喜，將趨報姑，公子已自外至，擁死狐慟哭，欲裂腦自絶，婢媪數十人，圍抱扶持，一時鼎沸，莫可制止。母入慰之曰：「兒無過苦，母在，兒安得死。母爲兒殺犬以報，兒意當何如？唯兒所欲，不汝疵瑕也。」公子聞母言，哭稍殺，徐起告母以女之賢能，請以其遺金爲市美材，殯之如人禮，凡女妝奩所有，悉資銜殮，喪葬封樹無闕，心始可問。母諾之，乃殺犬，舁狐卧牀上，設靈焉。夜深人静，狐母忽來相見，各慟絶。狐母謂馬曰：「死亦痴兒自取，公子誠無負于痴兒。抑古人有言，狐死正邱首，今兹所以來，爲痴兒請骸骨也。金珠寶物，非瘞埋所宜，盜葬之患，往往以此，反致有累死者。亡兒縱有遺金，亦何必以虛耗報痴情哉！但殺吾兒者，兒仇也，若絶兒仇，而更置室以産子立後，使痴兒不爲若敖餒鬼，是即所以報兒矣。苟棄情暱仇，不惟痴兒無瞑目時，即老婦亦力能爲痴兒圖報復也。雖然，行妒殺人，猶有説焉，若董西老之代人肆虐，誰則能甘者。」言罷洒淚而別，回視牀上死狐，已烏有矣。明年，西老自刃死，人謂斃狐之報云。公子贈寶詩甚多，都無存稿，或傳其絶句數首云：「入帳懽情笑語工，開襟先露抹胸紅。被郎探試懷中玉，礙却從容脱釧功。」「可兒憨態坐牀頭，郎要停留便小留。翹上鳳頭都不管，要郎親手卸蓮鈎。」「妙齡偏會識温存，痴語無徵却細論。夜久不容郎善睡，枕邊嬌駡最消魂。」「文襖纔披鈕未安，青絲隨手挽雲團。約鞋一綹金泥帶，吩咐頻搜被底看。」「鏡臺通髮曉窗幽，玳瑁梳拈半月秋。握手輸郎香滿掬，玉纖新帶桂花油。」亦可想見其綺情矣。

籜園氏曰：美人自古多爲妾，才子由來不做官。紅顔薄命，所當與天下才人同聲痛哭者也。顧行妒殺人，法禁不及，此胭脂虎所由横行于天下也。昔人謂療妒無方，醫者查亦舟言：嘗創一方，用之而效，言之亦足增笑柄焉。袁浦有一妻一妾者，其妻嘗假作瘋魔，持刀弄杖，日謀逞毒于妾。夫爲延查診視，查知其假，佯驚曰：「症危矣，不速治，旦夕且不保。病患火結，火能攻火，惟灸可以已之。急市蘄艾一觔，分縶其手足而炙之，手十指，足十指，諸火必同灼，遲早俱爲不可。手足既灸，然後謹按要害處次第灸治，則人可救矣。」言次，婦面無人色，瑟縮可憐，乃更語之曰：「無已，僕尚有通神丸，可以一試。如其不效，則非灸不可矣。」既語而歸，以米麵和墨瀋團成二十丸，俾服之，而病遂不復作。（卷六）

斯斯

斯斯，金陵女也，姓白，少失恃，寄養外家。舅陶姓，陶婦年三十以來，本宦家女，知書識字。斯斯雖少貧，未就塾受傳訓，而日從妗氏問字，如《唐詩三百首》《千家詩》之類，亦能上口成誦。性明敏，工刺繡，歲獲工價過人，最爲妗氏所鍾愛。有外祖母，暮年殘病，鐘漏並歇，斯斯自幼相隨同榻。歲逢大比，有六合諸生謝石帆者，年二十有奇，覓寓于陶。陶指廳事之西偏空室以賃客，其東則陶婦卧房。謝本以録遺先至，尚有同寓生，約俟其至則陶婦遷房以讓。斯斯年及二八，情竇已開，每日以針綫坐繡陶室，時或藉探祖母過謝窗前，或託問茶湯，流連檻外。生初意頗覺面靦，數日人情漸熟，聞弓底聲即出房索笑，徐步金蓮後塵，藉窺陶婦房闥。南都人方家舉止，不瑣瑣作羞縮態。時婦方倚几讀書，見生至即起讓坐。生問所讀何書，婦未即答，斯斯曰：「第一才子書也。」生曰：「閨閣中愛讀《三國》，真奇人也。」婦曰：「寂坐無聊，藉此解悶耳。先生作何消遣？必有奇書可假也。」生曰：「我等埋頭八股，所謂冥報罰受刀山油鼎者，即此是也。若果惡孽人，僅報于冥曹，則冷氣一團，無膚肉可著痛癢，亦太便宜矣。」婦曰：「此雖戲語，具見先生卓識。」生取視婦所讀，乃伏后修書一段，因曰：「人服曹操之智，我謂曹操一愚人也。董妃伏后之事，逆跡昭著，尚欲以臨死之不言禪代，掩其肆惡之心，欲誰欺乎？况爾時形勢，操即不弑妃后，而羽翼已成，亦非妃后之所能害。而操必出于弑者，惡之最，亦愚之極也。」婦曰：「自古奸猾人，皆由最關緊要處所見不及，是以多行不躓耳。竊謂曹操雖愚，尚不若華歆之甚也。何者？操之經營篡竊，無非自爲之謀，其弑妃后也，猶是盜賊之拒捕而傷事主耳。若華歆爲操鷹犬，操一生聰明之舉極多，不聞歆之分其功。至弑后大逆，乃毅然任其過。歆之事迹不多，搜后之後，惟收璽耳。曹氏兩代大逆，皆歆一人任之。王朗、賈詡輩惡不亞于歆，而此等作用，皆讓功于歆者，正以愚弄歆也。」斯斯笑曰：「王朗尚有一隙之明，故聞武侯之駡而遽死，若華歆則雖駡不死也。」兩人議論，頗多風雅。嗣是生日以兩人作談友，一日十二時，坐陶室者居半焉。或移時不赴，則斯斯自至，非託問字，即藉乞火。年齒尚稚，狂戲無猜，嘗共陶婦著棋，生作壁上觀，憑肩壓背，夜分而罷。陶婦體肥多睡，斯斯每持針綫挑繡生側。生因問女曰：「汝舅作機坊經紀，去家僅咫尺耳，僕於入門時一識主人面，何至今十數日未見其歸也？」女曰：「豈唯十數日，恒數月不一覿。妗氏性甚乖異，常有天壤王郎之恨，與舅相冰炭焉。」生曰：「汝舅年近桑榆，妗氏娟麗若是，宜不相得也。但不識何以年齒懸絶若是？」女曰：「繼室也，原配非良婦，舅氏非人，飲粗而亦醉者也，然竟以此成富翁焉。今之妗氏，其父曾官少府，以臟敗，捐館後貧不能成殮，利舅氏之財，遂爲冰人所誤。自幼嬌養深閨，酷愛筆硯，不惟紡績非其所長，並拈針亦非習慣。但立志甚堅，不肯自墮汙泥。不然，老無恥將倚作錢樹子矣。」生曰：「年過三十，不施脂粉，姿態嫣然，領如蝤蠐，見者欲噬。」女曰：「毋妄言，因君風雅士，故招使入座。平昔落落，不容一世，幾曾見與男子接談者。」生曰：「汝父何作？」女曰：「父無長業，賤役耳，家之人尚有一兄一嫂，兄爲走卒，嫂惟作月老度日。」生曰：「汝嫂任事蹇脩，何不爲小姑早擇佳婿？」女曰：「因君不見外，故告以家常，何忽作惡口噴人！」生曰：「此正論也，有何逆耳？」女曰：「鄰房聲響，妗氏醒矣。」手檢所業，嗤笑而去。婦曰：「汝尚未睡耶？」女曰：「以妗睡尚未卸釧，故不敢去也。」婦曰：「汝第去，王媪已熟睡，吾自閉門就枕耳。」女出過生門，猶窺問所需而後行。時生接家書，知所約同寓生，已因卧病不來矣。女喜曰：「不來亦大好，不然妗氏徙居後院，妾亦未便常至也。」一日，女以生所書贈齊紈扇示婦，且言生已贈號羽仙，未知佳否。婦視其扇，書云：「文君放誕亦關才，弓底逡巡損綠苔。最動情時鴻瞥去，不留心處鶴行來。笑教慧舌聲成喘，狂到高鬟影欲頽。棋子滿牀慵未檢，喚眠鄰姆又連催。」婦視詩罷，密謂女曰：「雖然如此，人無貴賤，終身事不可不慎。汝妙齡人，貞心未固，勿自謂門吏家兒，失其檢點。」女曰：「兒雖幼賤，曾受妗氏訓，習知閨範，敢不自愛。」婦曰：「兒恒以才調自矜，未必毫無分寸。余心愛謝生才貌，亦嘗思爲兒謀。然使君自有婦，天涯海角，各守一方。倘一旦不足以相庇，禍兒不淺也。」女曰：「須妗氏爲兒留意，兒不私許也。」自是以往，又復三數日。婦偶啓斯斯鏡奩，於粉籠中得陽臺詩一首，詞甚狎褻，大駭曰：「淫婢業已如此，何見欺耶？」問王媪曰：「斯兒何往？」媪曰：「適聞驚閨聲，東廊下磨鏡去矣。」婦曰：「往喚之來。」女至，見婦有怒容，頗形跼促，徐問曰：「呼兒何作？」婦曰：「謝生固在室耶？」女曰：「聞往三山街候客去也。」婦擲詩几上，問曰：「是詩何自來哉？」女箝口半晌，乃答曰：「兒罪該萬死。」婦曰：「所以戒兒自守者，誠欲爲兒籌萬全之策耳，何遽輕率若此。後事須兒自主張，余不謀爲兒作桑中之好也。」女淚下跪曰：「妗氏不豫兒事，兒惟有死矣。」婦曰：「余之諄諄告誡者，正恐兒之無生理也。兒姑起，容審思之。」問曰：「小星之賦，汝願之乎？」女曰：「爲張載作夫人，固不如爲衛玠作婢也。」婦曰：「咎誡在我。我雖信心如鐵石，然與謝生兩房切近，耳目不多，誠恐或有差池，後悔無及，謀欲遠之，故兒在謝室時多不與俱，薪突之近，無怪其燃矣。然今兒意雖決，未識尊翁可如願否？」女曰：「兒父兒自言之，但兒無顏啓齒，須妗氏聳父問兒也。」婦曰：「可。」即遣王媪往迎白翁來，設茗後舍，婦與斯俱集。婦曰：「斯兒年已長，女大當嫁，翁曾爲擇有佳婿乎？」翁曰：「同事中不乏少年子弟，隨覓隨有也。」婦曰：「知子莫若父，翁顧不知耶？翁女才高而志大，非秀才無與偕鸞鳳者。」翁曰：「此妄念也，豈有秀才家肯與門吏作嬌客？」婦曰：「唯其有之，是用唐突耳。」翁曰：「長干同鄉乎？」婦曰：「六合秀才也。」翁曰：「予老矣，一子一女，何忍文姬遠嫁。況秀才中安得有年齒相等者？」婦曰：「年二十有奇，富家子也。」翁曰：「既富家子，安有二十餘未調琴瑟者？」婦曰：「室有荆人，四德無一備，常有反目之患。秀才才貌兩全，自恨娶非其偶，故思爲改絃之張也。」翁曰：「然則簉室也。人世貪惏父財利薰心，拌棄掌上珠抛墮十八層地獄底，永無超生之日。余老矣，不能受兒女子終身毒口也。」婦曰：「是出兒之本意，固無預他人事也。」翁請自問之。」翁以問女，女曰：「是關天命，死活不怨父也。」翁曰：「痴兒年少，不明利害耳。人世不幸生女，貧不能養，投諸溷中可也，豈可賣人作妾。兒不必多言，余去矣，兒自有婿，何必秀才。吾嘗見秀才而哀之，謂非前生大惡不爲秀才，汝前生又造何孽，而欲爲秀才之妾耶？」言罷而行，呼之不顧。婦曰：「事不諧矣！」女曰：「明日歸，與兄嫂共説之。但謝生對兒言，事事皆如兒願，惟恐薄倖郎言不由衷，尚乞妗氏爲兒要其信也。」婦韙之。是夕，招生于室而問之曰：「聞先生屬意斯兒，必自度力能肩任則行之，不然毋禍人閨閫也。兒言先生願爲置田産，構室廬，不使季常别墅卒攖獅吼之鋒。此非兒戲事，倘言不可踐，事尚可已。使婚約已成，脱有二三，關人生死。此事斯父尚未允諾，而痴兒之受魔未深，早斷情絲，猶可兩全。若人已升屋，梯不可撤矣。」生曰：「斯言藥石也，然大丈夫一言重于九鼎，謂予不信，皦日可盟也。」婦曰：「果如是，則兩人俱無所悔。惟俟乃翁一言，斯決矣。」明日女歸，時翁尚司事衙中，女以情告兄嫂，具言謝生願以千金作聘。苟得阿翁一諾，兄嫂等頃刻富家矣。兄嫂皆大喜，立趣翁歸決之。翁曰：「兒無過惑，此事不惟兒他日不勝諸苦惱，而阿爺雖賤役，乃至賣女作婢妾，老面皮何以見人？」女曰：「翁誤矣，近世所重，惟黄白物耳。家無儋石，雖門高甲第，身價弗貴也。翁一儀門監者，縱女不爲妾，其增幾何？一旦獲千金貲，罷儀門之役，置機若干架，翁可坐享素封。兄則估計市價，多財善賈，絲賤則多收以爲儲積，織緞成則俟貴價賣之，萬金可立致也。流俗眼孔，誰不亟思攀附而謂敢作白眼相對耶？」兄嫂亦慫恿其側，謂：「此誠意外造化，使阿妹不樂從，亦未可勉强徇利。今事出阿妹己見，而布置之善，並與正室無異。以貧賤家而與富貴家結絲蘿，門户益光大耳，何有屈抑哉？」翁曰：「苟謝生果能以千金作聘，更購膏沃以備兒終身衣食，然後具紅綠帖，照結髮儀行翁婿禮，則婚可許也。」女喜諾，即以回告謝生。謝生家本巨富，别無同氣人，性慧善讀，年十五即入邑庠，甫弱冠而慈父見背。是歲新除服，橐藏數千金來赴秋闈，意欲夤緣捷徑。比至金陵，不唯無門路可尋，而録遺且復見擯，進取之念已虚，遂悉依白翁言，布置成禮。惟室廬恐女青年膽怯，生旋里後大第宅不無冷落，因就便買陶家後院，一小廳事、兩住房，花圃飯厨俱備，仍移其外祖母同居作伴。迨闈場已畢，舉子回鞭，家中人詢知生新獲美眷，將以白門爲家，謝婦大駭，日夜啼泣要姑作書召之。姑曰：「初兒不歸，疑其孱弱多病，深所懸念。兹聞以婚事維繫，過數日彼當自回，無容汲汲也。」婦曰：「婦非不育者，所産雖弄瓦兒，而叔隗之年僅二十有五耳。即欲買婢侍寢，亦須姑命。乃竟不告而娶，姑不見罪，肆縱安有窮乎？」每日糾纏不已，必勒姑作書，使生絶婚，不然則攜婦俱歸。姑曰：「作書召之可也，若諭使絶婚，則米已成炊，書香家何可誤人兒女。至攜婦俱歸，則汝性悍暴，吾老矣，不謀見汝等釀成命案。」乃寄書召生。生得書，知母意不甚見責，眷戀新婚，又復遷延彌月。謝婦日不安室，至欲效趙五娘故事，自赴金陵尋生作鬧。母不得已，再書召生。生乃謂斯斯曰：「母意如此，不得不暫辭歸省。此間所置産，供卿日用有餘，固不須卿勤勞生計。然晨夕無個事，逸則生淫，或藉女紅以約束心猿，不然乞妗氏擇可讀書教之披閱，亦可以消永日。妗氏見解甚高，嘗語余曰：『吾之讀《三國》，非真以巾幗自豪，他樣院本，恐牽引邪想耳。』其言真金玉也。」又告陶婦曰：「母命遠頒，不得不暫時作別。妗氏處家之法，丈夫所不及。區區財産，唯恃泰山之倚。女甥稚弱，事事須憑調度。僕歸以女甥稟白高堂，蹈空當復來。」婦曰：「此去無忘女甥也。妾雖蒙過獎，終係女流，年僅三十以外，非真練達老成。我家家事，君所稔知，女甥得人，方賴以撑持門户，甚未可以遷延不至也。」女立婦側，涔涔淚下，曰：「至誠君子，乞無忘妗氏之言也。婦女苦衷，非比男子。君歸團圞一家，伉儷自篤。苦命人涕淚天涯，眼穿秋水，君不得來，妾不得往，若聽妬婦言，棄妾若敝屣，不如殺妾而行也。」生誓白水以盟不貳焉。略停數日，摒擋一切。臨行，陶婦又再三諄囑，謂負心人不可作。女把手嗚嗚，哽咽不能成語，婦亦眥凝欲淚。生乃揮涕而別。抵家，謝婦聞生至，哭而出，蓬頭散髮，撞首生懷，若猛獸得人，且吼且嚙。聞者俱赴，力勸歸房。母謂婦曰：「汝無隙可乘，彼爲丈夫者縱欲昧心，無從作色。乃覿面先授以釁端，則人即欲念舊情，强爲作合，而見此面龐如鬼，亦覺畏懼心多而愛憐心少矣。」婦曰：「雖白刃在頸，亦不使倡婦强奪枕上人也。」母又私語生曰：「余止此婦，容德兩虧，每見好女子未嘗不妬人之得佳婦也。久欲拌千金購麗質，争此一口悶氣，唯恐潑辣貨從中搆難耳。今兒自相婦，必有可取，然自兹以往，無復有太平日矣，奈何？」言罷唏嘘。謝婦麻面巨軀，氣象猛鷙，惡狀怖人，日禁錮謝生幽于密室，已則加意裝束，暱侍生側，而嫫母之姿，愈妝愈醜。生坐對大花面，異樣脩飾，真不啻天魔下降，況又尺寸不離，愈覺肉中刺、眼中釘，而可憎人之善笑反不若可意人之善駡也。離恨長縈，相思未已，不兩月懨懨成病。婦管鑰尤嚴，除醫生外不得更見一客。母諭婦曰：「留而死，何若去而生也？」婦曰：「人無結髮情，死固不足惜也。」則緘閉益密。婦以生寸心不死，謀有以斬斷孽根，乃函百金，從訟師求計。訟師曰：「此非訟之所得直也。彼誓守不嫁，官無斷離之律。今幸生足跡不出户庭，請更益二百金，並生手筆數十字，習其點畫，爲作曹瞞賺元直之計。」婦依言與之金，訟師于是束裝至白門訪陶宅，知生所信者陶婦也，且聞女有娠將産，因買近鄰，賺得陶婦筆跡而臨摹之，先假作謝生手書以寄白女，言其久病不起，必無生理，大姑青年美貌，未可自誤終身。并附絶婚書，俾别擇良匹。女得書泣告陶婦曰：「向以郎爲君子也，故委身焉。分手未踰年，何變卦之速也？」婦曰：「汝意若何？」女曰：「腹中血肉，無問男女，但守千金産，可以存活，斷不涉他想也。」婦曰：「吾視謝郎生性，未必害理至此，或爲母命所逼耳。縱目前苦被牽掣，禁不得出，三年大比，必有覿面之期也，請姑待之。」越數日，白女且産男也。訟師曰：「兩人之命，皆可殺之機會矣。」乃僞作謝母書，並託謝生絶命詞，函致陶婦報喪，即以問白女之去留焉。書至，陶婦以女産纔隔宿，匿不以聞。訟師伺之七日，不見聲息，知必陶婦之秘其書也，乃因女近侍之媪出而以流言入之。女聞大駭，以問陶婦，婦色變曰：「事恐不真，弗恚也。」但口雖如是，而兩淚潸潸已如雨下矣。

女曰：「是何事而妗欲見諱耶？不出謝家書以示兒，兒將效死妗前矣。」婦不得已，以書授之。女讀畢，肝腸寸裂，滚地哀鳴，憤不欲生。數媪强抱以坐，氣絶者數四。其夕目眩神昏，血淋淋淹漬下體，延醫進藥，女閉不啓口，乃告陶婦曰：「兒生無母，母生無嗣，兒即母之骨血也。罔極之恩，生無以報，死亦已矣，又遺此呱呱者重累周恤，死不忘大德也。謝家是否見問，母自斟酌處置。兒父現當卧病，勢不能至。兄嫂輩兒亦無顔相見。區區薄産，乞授筆硯，留數字歸妗氏把握，以免争端。」强持囑託，事事精詳，再日而逝。婦以謝生已捐舍，無可訃問，遂爲殯殮成禮，設靈牌署名于上，以成女志。訟師探得其實，即託爲陶婦書，訃告于謝，言白女以産難死；急乞移玉金陵，視殮成喪。時謝生已病且殆，聞女凶耗，一慟而絶，半晌方蘇，號啕痛哭，必欲親往經紀其喪，而瘦骨嶙峋，扎掙無力，且哭且恨，延不數日，尺素書竟作催命符。可憐一計兩命，才子佳人後先俱盡矣。謝婦以身既無出，且怨謝生之背己也，遂改醮而去。及秋闈再試，人以白女遺孤聞于謝母，並言陶婦之賢。時陶婦新寡，母遣人取兒並陶婦迎養于家焉。後聞訟師舟過燕子磯，有迅雷破窗入，擊之以斃。

籜園氏曰：古來美人以情死者半，以妾死者半。若斯斯者，痴于情而甘于妾，是兼獲死所矣。即無訟師毒計，知爲斯斯者亦萬無生理。何物訟師，多此一殺哉！雖然，天譴之嚴也，殺其瀕死之人，尚不容以稍寬，况殺其不當死者，而謂可逃法網哉！（卷十一）

玉桂

蘭陵屠氏，家巨第庨豁，連闤十數畝。有甥高平人，姓弓名聯芳，年十三，堂萱失蔭，寄依屠氏宅。宅後有園閒放，不甚修葺。園之東壁有廬五楹，幽院蒙密，掩蔽花叢。弓偶游戲，探園至其處，見朱蘭繞廡，有垂髻女立簾下，調鸚鵡爲戲，度年齒與己不相上下。弓恃兩小無猜，冒昧逼其前問曰：「鳥已能言乎？」女斂唇笑，尚未即答，有媪出，見弓呼曰：「聯哥來，胡不入？甥在外家，尚客套耶？」媪攜弓入，女亦隨其後。有四十許麗人，開簾納弓曰：「我亦汝妗氏，何來許久，不一入視我？豈以貧富故親疏有別耶？」問弓年幾何，答以十三。麗人顧女曰：「桂兒年十五，身材纖弱，較聯哥尚不及。」媪曰：「不矮於聯哥，魯衛兄弟耳。」又顧謂婢曰：「客至不烹茶，蚩蚩呆立胡爲者！」婢憨笑以去。少頃茶至，列數盤，設果餅，手掇置弓前，堆垛成塔。且囑弓曰：「汝大妗與我常不睦，所由各立門户，慶弔不相通。汝回前舍時，毋言至此也。有暇即自來，勿預他人知，恐見忌者多口也。」玉桂性憨，初覿面，依戀甚有深情。攜戲移時，麗人謂弓：「白日西飛，漸已屆晚。汝來許久，前舍不無追索，今且去。嗣是好姊妹懽聚正多也。」弓回前舍，果秘其事。大妗固善病，不遑窺察。弓詭同室者，蹈隙輒一至。天方苦寒，弓與桂多以兩袖籠接，彼此通握，互暖懷中。弓得佳味，必攜以餉桂。桂亦時留旨蓄待弓。或晨至，桂猶未起，桂母但頤指授意弓自詣複室，探桂帳中。桂醒即代攬衣使著，或向枕邊爲覓簪珥，或調護熏籠爲炙弓鞋錦襠，慇懃服役，事事較婢媪爲精細。婢戲之曰：「公子奪人生路，將使我等無啖飯處矣。」兩人戲褻之私，桂母並不深察。或弓至桂不在室，桂母必告以所往，俾自向柳陰花下尋覓，雖年俱妙齡，情不至亂，而膚肉之親，即婢媪前亦無嫌礙眼。屠宅閎敞，東問則言在西，西問則言在東，遷延半載，兩人踪跡，前舍略無識者。一日，弓以父病召歸，私悰蘊結，夢寐不忘玉桂。乃父病只偶然感冒，不彌月已平復如恒，方託冰人爲之謀聘。弓隱以情告媒妁，使通款爲玉桂委禽。父思外家並無是女，疑爲近族，往訪於屠氏，並無識其人者，因還叩弓，弓不得已，實以所遇於後園者告。屠聞大駭，以爲後園廬舍久乏居人，被狐怪憑爲窟宅，知弓所遇不祥，皆謂福澤自厚耳，不然必敗。父聞甚懼，遂禁弓不得更詣外家，急擇佳麗以安其念。踰歲，弓年十有六，即爲畢姻。雖新好是敦，而惓惓寸心，終覺舊情難捨也。時有院試期，弓應期赴郡，主童民壯家。聞對巷住有美人，詢諸童。童言係青樓女，曾自濟南來，有南人毘陵婦爲同侶，寄棲庫吏家，月前徙此，聲價高，未易見也。弓曰：「試爲我先容，不諧亦無害也。」童曰：「諾。」日既昏，童執燈爲前導，款關入，過數院落，至一舍廳，燒巨燭如兒臂，陳設炫燿。使弓暫就廳事坐，有媪出，童與耳語久之，媪入，即有數婢來，引燈導弓進，層層越複室。最後一房，暖香四溢，蘭麝噴人。美人見弓，迎立微笑而兩目凝注，似曾相識。弓曰：「卿其桂姐乎？」桂曰：「然。聯哥，爾許時尚憶有妾耶？」弓曰：「僕謂此生此世，將不復睹卿矣。」相對俱泣下。桂曰：「君方以妾爲妖物，所由見棄之深，然不怨君，此關妾命，君自不負妾也。人以妾爲狐，此語非甚無因。妾實人也，爲狐所養耳。妾父本縣尹，私一近婢生妾，因干嫡母怒，棄諸隘巷，爲狐母所得，乃賃民家屋，僱乳媪哺之，三年而得屠氏園，鳩寄十餘年而後遇君。君別後，不爲屠氏所容，徙還石室。其歲冬雪積地盈數尺，窮山遠市，事事不甚便適，乃擕妾置一破廟中。母出營幹，遇獵户斃之。妾既失恃，爲强徒掠去，鬻於青樓中。所以甘心含垢者，惟狐母豢養恩及君情好，寸刻未能忘懷。嘗冀得君一訣，以了心願，不謂果有今日。幸無良家拘束，且可圖一夕之懽。」遂留弓薦枕焉。殢雨尤雲，綢繆臻至。弓自是流連桂院，偎紅倚翠，日以爲常。桂總以身墮烟花，火坑難出，話言所及，不無淚眼盈盈，百計千方，謀欲脱離孽海。是歲弓獲泮捷，桂甚欣躍，因告弓曰：「以妾零落如此，君本未能袖手，然恐尊君峻執，難進一言。幸值文章吐氣之秋，必獲垂慈格外。妾之待拯，急於救焚，機會不可失也。」弓曰：「未識鴇母何如耳？」遂以問鴇母，鴇母謂桂曰：「汝之歸我，其費只百餘金，而數年來所獲纏頭以巨萬計，尚忍取汝聘金耶？雖然，得汝纔三年，已三興雀角，屢振而屢顛之，豈惟兒有厭心，即余亦豈樂此不疲者。惟目前償餘債券，尚不下千金。累兒更耐歲餘辛苦，冀有弋獲，既完夙券，不可不稍有贏餘。弓家郎誠戇直，然家有結髮人，後變難測。此兒終身事，不可無日久計，只可使人仰我眉睫，不可使我落人肘後。必得橐中物，進退方爲有據。脱有不虞，須敷子母終老。今且與弓郎訂約，待諸事摒擋略盡，亦無費弓郎百琲珠。但得名花有主，余亦得所休暇，足矣。不然，不惟兒無退步，即殘朽骨亦恐葬身無地也。」弓與桂俱以所言當意，於是桂解金鳳釵，弓解鴛鴦玉佩，鴇母主婚，以曹媪執柯，各質信物爲嚙臂盟，相與要期而別。自是兩地鴻魚往來不絶，雖睽違經歲，猶得□慰離悰。及將赴秋闈，接到郵筒，知桂近况頗適，舊欠償清外，公私儲蓄尚可數千金。弓意甚愜，惟期指日佳音，以完鸞鳳。由是加功馴練，早趕闈場，文思敏捷，注意高魁。既而飛騎傳人，報條無我，嗒焉〔沮〕（阻）喪，垂首來歸。不謂人事無常，彩雲易散，正當眊氉傷懷之際，忽接郡中訃音，則桂已埋香半月矣。時苦閩人掣肘，不獲憑棺一慟，深所疚心，惟日向暗陬中垂涕而已。明年弓以歲試至郡，其鴇母已另買雛姬，重新絲竹，尋弔芳魂，而黄土一抔，鞠爲茂草矣。（卷十二）

談屑

馮　晟

《談屑》四卷，作者馮晟，字少山，江蘇武進人。咸豐二年進士。授翰林院庶吉士，出爲縣令，官至湖南候補知府。辛澄咸豐十年（一八六〇）序云：「馮君少山以名進士入詞館，才大如海，而雄于文章，名噪一時，竟散出爲縣令。」《談屑》書前有自序及彭崧毓等人序，同治九年（一八七〇）刻本。此書題材甚廣，但情節頗有蹈襲前人者。

江右生

江右生，年未弱冠，美丰儀，有璧人之目。有聲於庠，尤工駢體，曹偶以玉堂相期許，塾師尤愛之，以女字焉，須俟占鰲，方圖跨鳳。生亦自負，謂取科名如拾地芥耳。鄉試先期赴省，獨賃静室，下帷攻苦。屋後隙地，繚以短垣，生偶散步，見牆外榴花盛開，明豔可喜，時雨後牆角久缺，引手可折，遂探取之。瞥見粲者倚窗盥櫛，似曉妝未竟，妖冶動人，不覺色授魂與。女窺生容止，似亦目成，咫尺天涯，殊深悵惘。潛詰於鄰，知爲司馬宅眷。司馬時奉檄外適，惟寵姬留此，蓋即所遇豔也。由是神志迷惑，蹈隙輒往，覘伺既勤，縈思彌苦。一夕，倦讀隱几，聞剥啄聲，啓扉而出，則粲者徘徊月地，綰墮馬髻，衣蟬翼紗，隱約煙籠，玉肌焕發，狂喜揖入，燈前凝睇，逸態横生，乃前謝曰：「自接芳容，甘爲情死。方恐路斷藍橋，緣慳玉杵，今夕何夕，得降雲軿。未踰宋玉之牆，疑是高唐之夢。」女笑曰：「郎真痴蝶，妾豈孤鸞。一念既鍾，人天不隔，矧屬垣伊邇，多露無憂。但矢幽歡，終期永好。」生聞言儻怳，情不自持，正擬緩結解襦，迴身就抱，忽案頭燈炧，黠鼠翻檠，墜地鏗然，聆音驚寤。生乃大恨，誓劫鼠倉以報之。一日，見石榴葉底似有物摇曳，就視則徑寸魚函也，歸而展讀，乃《卜算子》一闋，其詞云：「冷露溼羅鞋，小步梧桐井。燈下相偎月下看，記取雙雙影。　短夢忽惺忪，容易催人醒。真個銷魂似夢中，願共鴛鴦枕。」生知女郎所作，爲琴心之挑，珍同拱璧，諷詠不置，並詫妖夢是踐，兩地同之，益增疑怪。爰濡毫屬和云：「恩愛絮沾泥，心事瀾翻井。不是離魂倩女來，那見驚鴻影。　道是夢中親，何苦催伊醒。除化池中並蒂蓮，得繡佳人枕。」乃緘封挂於葉下。少頃覘之，則亡矣，知爲女得。旦夕盼佳期，適針樓乞巧之夕，暑不成寐，夜分獨步牆隅，見女陳瓜果展拜雙星，生迴顧無人，踰牆潛近女側，備訴相思之苦，兼話夢因。女曰：「一自相見，遂同繭縛。妾非木石，亦具深衷，但此間婢媪厮守，良非便圖，不如乘間自就郎宿，第以短梯度我。」生慮其誑，握手旦旦。自此幽期密約，宛在巫山夢境。生祕爲奇遇，臨場被放，全不置懷，留戀温柔鄉，不復作歸計。未幾司馬返，踪跡乖沮久之。有以蜚語搆者，司馬察實，乃作楊枝之遣，猶以愛故，箱笥珍物，並令將去，亦頗自贍。司馬旋握篆他往，女竟贅生於室，情均伉儷，香温玉軟，翠倚紅偎，花下迷藏，樽前酬韻，此間樂不思蜀矣。荏苒年餘，其師馳函招之，兼訂婚期。函爲女見，知先有玉鏡臺之聘，乃大恚恨，責生曰：「使君有婦，羅敷有夫。妾爲鍾情，遂冒文君之恥；郎何負義，竟寒息壤之盟。苟納新人，豈思故劍？」生慚汗俯首，不復措一詞。女曰：「今與薄情郎約，重門之限，便是鴻溝，毋過雷池一步。」乃扃於户内，不令暫出，恐潛逃也。師怪生久不返，扁舟詣之，乃悉生狀，大怒將搆訟，生悸甚，乞哀於女曰：「自奉良緣，本期偕老。向恐唐突西子，未白前盟，但僕非李十郎，不煩黄衫客，倘荷放歸，請居英皇之列。」乃邀同人，折券爲證，並詣師肉袒負荆，具陳悃曲。師無奈許之，始挾生去，臨歧女曰：「計一度蟾圓，當俟子於桃葉渡口，毋戀鴛鴦而打却野鴨也。」幸新婦賢淑，却扇之宵，詞無怨懟，遂能如約，比翼雙栖，尹、邢不避，且衣舄互着，若姊妹歡。生乃大慰。人争羡閨中豔福，而生累舉不第，以諸生老。或惜其才豐遇嗇，有善相者謂生少年犯色戒，天禄雖厚，已被削除。予於友人吴又峰處，見其《戒鴉片》文組織華贍，深賞之，故爲述顛末如此。（卷二）

情劫

甲乙兩生，皆秦人，談者逸其姓。同時有老儒，鰥居無子，僅一垂髫女郎，慧而豔，鍾愛甚至。既苦貧，爰即家授徒，兼課女郎。來遊於門者爲甲生，與女年相若，秀外慧中，亭亭玉立，兩小無猜，頗增慕悦，而情竇未開，第作膩友相對而已。甲穎悟異凡兒，老儒深器之，將有東牀之選。一日，謂甲曰：「吾欲以子爲公冶長，子方妙年，英英露爽，決非池中物。須待攀月宫桂，乃可得姮娥耳。」甲聞言喜愜過望。久之女齒漸長，不復共塾，從此紅牆隔斷，咫尺天涯矣。甲父謁選得官，亦將他徙，因促生歸侍，音問遂阻。而乙生來假館，文采風儀，與甲伯仲，聞女豔名，以不得見爲恨，陰作求凰想，未遽請也。老儒愛乙如愛甲，而甲自遠去後踪跡杳然，女已及笄，念前此雖有盟言，曾未受聘，安能爲守株待，竟屬乙生委禽焉。請婚期，則約來秋戰捷即于歸。乙亦自負，謂博一第如探囊中物耳，姑置之。先是甲隨父任，念女彌摯，以情轉白，郵寄函幣訂婚約，中途有洪喬之厄，遂不得達。甲未省，老儒亦不知也。明年鄉試，兩生適同矮屋，互叩姓氏，情極款洽。既出闈，彼此通殷勤，踪愈密。榜發，兩生皆報捷，謁師謝客，酬酢紛如，而乙不至。甲訝之，往訪則已束裝在門。詰其故，曰：「歸娶耳。」問婦家爲誰，則老儒也。甲失色，嗒焉如喪，不復能作一語。乃先期遄征，造老儒門，詰背盟之由。曰：「曩者曾有是言，第婚禮須通媒妁，納吉納徵，子皆無之。而又青鸞信杳，黄犬音乖，老夫旦旦豈能抱尾生之信乎？」甲愈駭然，曰：「向已修書，兼致采幣，何謂無也？」於是老儒不察生之誠而以爲誑，怒形於面。生亦疑老儒背約諱言之而拒己也，乃作色起曰：「烏有一家女喫兩家茶？我爲男子，而被人奪婦，若不得女，何以生爲！」喧呶於室，老儒喻之不止，厭其狀，趨而出避。甲徑排闥入內室，猝與女遇，情激於中，不覺嗚咽流涕曰：「我以卿故跋涉千里，何而翁忍心作此絶情事耶！」女赬發於面，頃之顔色慘沮，徐言曰：「非我負卿，卿自誤耳。」甲因述通函狀，女似亦未信，甲申誓以明之，且曰：「我兩人幼同筆硯，琴瑟之好，無以逾之，口血未乾，忍見琵琶别抱乎？琅琊王伯輿，終當爲情死。」女方慰藉，而老儒返，怒甲之調女也，出惡聲，揮諸門外。甲籌思無聊，竟自縊死。女聞甲之死也，亦雉經於室。老儒覺而救之復生，女大恨曰：「吾負若，吾負若，自今有以適人來相强者，有如此繩。」老儒曉以大義，卒不聽。而乙生適至，老儒舉止失措，欷歔不自勝。乙詰得其故，徑詣殯所，憑甲棺而哭，哭盡哀，歸而請女相見，女不可。乙曰：「無他，所以來見者，事之諧否，欲得其片言以決耳。」女乃出，謂乙曰：「吾不復能事君矣，豈有人以身殉我，而我轉以身許人乎？君休矣。」乙曰：「其信然歟？」女曰：「謂予不信，有如皦日。」乙笑曰：「卿不負渠，謂渠之以一死報耳。雖然，天壤間之能以情死者，豈獨渠哉！」遽出靴刀而自刺其喉，救之已無及矣。女掩面疾趨，方擾攘間，婢白女入厨，已持刀絶吭死。

舊史氏曰：世間不平事，無如月下老人。彼金屋藏獅，烏鴉打鳳，嘉耦怨耦，慾海瀾翻矣。乃桃花命短，更碎紅顔；鸚鵡才高，同埋黄土。天下有情人，安得都成眷屬哉！獨恨寄書郵一任浮沉，致釀此風流公案。吾知閻羅關節不到，殷洪喬定是香粉罪人。（卷四）

虓亭碑

石門袁子文學博言：虓亭一路碑載，明嘉靖間某生攜一僕徒步入京，道經虓亭，時已曛黑，望門投止，客舍皆盈。意良窘，遥見路旁廢寺，遂求借宿。主人曰：「是中有怪異，宿者多以魅死，必不可。」生不信，請益堅，且大言曰：「妖由人興，吾不聞不見無窮，而彼技倆有限，何畏焉！」徑襆被往。主人餽以酒食，挑燈大嚼，倦而假寐。夜半狂風頓起，扉自闢，驚匿神座後，旋見大虎吼奔入，咆哮攫拏，勢甚可怖。未幾抖擻皮毛，若振衣狀，砉然解脱，委之地上，則嫣然一麗姝也。翠黛朱櫻，秀曼罕匹，取几上餘酒引而盡之，似微醺者，頹卧於地，捲其皮枕之，漸入黑甜鄉矣。生屏息股慄，覘伺頻頻，探其睡熟，逡巡而下，潛取所枕物投寺後眢井，坐而守之。良久女醒，見生大駭，回顧其皮已杳，頗形倉遽，度爲所匿，軟語媚之曰：「皮囊安在？請賜珠還，當不忘結草之報。」生諱言不知。女曰：「是區區者而不予畀，去將安之，分當從君偕老耳。」生曰：「睹卿麗質，實所醉心，第纖步長途，何由得達？僕又阮囊羞澀，千里趾顛，安能備油碧車展軨效駕哉？」女固言無妨，惟待旦而行，踪跡顯露，不如宵遁。生諾之。女行步及於奔馬，生反坌息以從。既抵京，館於逆旅，情好有加。生連戰皆捷，授邑宰，故斷絃久，遂以女爲夫人矣。入官事事，女皆前知，決獄號神君，循聲大著。女嘗調之曰：「堂上憒憒乃爾，純盜虛聲，非牀頭人左提而右挈之，不儼然向木居士求福耶？」生笑曰：「桐鄉香火，任自享之，不謀與卿争席。」其閨中雅謔若此。旋典郡，女時已舉兩男。再過猇亭，女徘徊四顧，如不勝情，囁嚅向生曰：「風景不殊，有似令威之返，特未知故物尚存否？盍使覘之。」生念相從習慣，且歲月久淹，革當朽敝，爰命取諸井，則完好如初。女一見，驚喜曰：「幸無恙耶！」攘之入手，急披於身，仍化虎奪門而逸。生乃大號，其兩子率健僕往追，及於深谷，見虎甚衆，躍入羣中，不復可辨。涕零而返，爲誌以碑。

舊史氏曰：一聲長嘯，遂伴還山，何其事之類猿女也？然虎而麗人，麗人而虎，吾恐卧榻之側，其不爲胭脂虎鼾睡者幾希矣，何獨猇亭。（卷四）

按：此篇顯為蹈襲唐人《集異記》之崔韜遇虎故事（《太平廣記》卷四三三），作者竟謂是明嘉靖間事，不知受人之欺乎，抑有意欺人乎？本無足取，録之以見遞嬗之跡。

墨餘録

毛祥麟

《墨餘録》十六卷，作者毛祥麟，字瑞文，號對山，上海人。生于嘉慶二十年（一八一五）前後，卒年不詳。監生，任浙江候補鹽大使。生于世代詩禮之家，詩文、音律、繪畫、醫術藥理，無不涉及。著書甚多，有《三略彙編》、《史乘探珠》、《事親一得》、《亦可居吟草》、《又可詩話》等（見李曾珂《墨餘録跋》）。《墨餘録》有同治九年（一八七〇）湖州醉六堂吴氏刻本，名《對山書屋墨餘録》，稍後有同治十年杭州文元堂刻本。同治十三年毛氏亦可居甲戌定本，係作者手訂，較初刻本有所增删。其後上海中華文藝社排印本、《筆記小説大觀》本及《香艷叢書》本等均爲節選本。另有光緒二十一年（一八九五）上海書局石印本《快心醒睡録》一書，增卷首一卷，餘即《墨餘録》，又在毛祥麟之上增於汝庸之名，蓋出坊賈僞託。

石　瑦

蜀郡石生，名瑦，弱冠游庠，丰神秀逸，以父母蚤世，自幼隨大母，依伯父履吉。吉嘗販楚，富有金而艱於嗣，以故夫婦愛瑦勝己出，尋常不令出庭户。時届清明，隨一僕至墳園拜掃，焚帛既畢，散步村郊。

去墓二三里，得一溪，溪西有小庵，桃花出短牆，色艷殊常。遂度平橋，繞溪行百餘步，見庵門半啓，上懸硃額曰朝雲。入則惟一老僧趺坐，喃喃誦佛號，見客不款接。庵雖小，而結構頗幽潔。庵後小圃，遍植絳桃，花發正繁。周圍槿籬，籬外清潭鏡澄，柳陰蔽日。生喜幽僻，近溪小立，瞥見隔溪茅舍中，板扉忽啓，一絶代女郎，款步而出，衣裝淡雅，隱入花叢。頃見手執梨花一枝，盈盈微笑，冉冉入門，人面花光相掩映，生不覺神摇意奪，癡立久之。未幾，日暝煙凝，雙扉悵鎖，方怏怏間，僕適尋踪至，遂相與返。生歸，意戀殊切，思就蘭若下榻，冀得再睹芳顔，乃請於大母，遂假僧舍讀書。居旬餘，恰無所遇，因問僧，隔溪雙扉常扃者誰氏。僧曰：「甘姓。」問家有何人，曰：「夫婦力耕自給，聞近有寄居者，不知爲誰。」又問過溪有徑否，曰：「沿溪而西，有小橋可通。」一日，生晨起，復至後院，遥望隔溪有女，背坐檐下浣衣，視之，正前所見麗人也。喜極，竟忘顧忌，繞溪疾走，直達甘庭。女聞履聲，瞠目回顧，無羞縮狀。生睨之，面麻鬢秃，蠢然一物也。即欲返步，女曰：「汝來此何事？」生跼蹐無詞，曰：「宅上非甘姓耶？」女曰：「我家無姓。」生曰：「誤矣。」急趨而出，不禁自笑，即題詩僧舍云：「草色遥憐綠正肥，桃花門巷是耶非。等閒已識東風面，萬斛春愁付釣磯。」遂辭僧而返。明春，履吉五十初度，戚黨咸集。生有姨母適秦氏，爲里中富室，亦來拜祝，僕從如雲。至晚，設席内堂，燈燭輝映，女客次第坐。生入内窺探，見秦背後立一侍婢，絶美，細視之，又似昔日折花女。始悟固有其人，前所晤者，殆非耳。更深客散，生潛身入謁，秦呼之入，旁坐叙話。生見女俛首側立，眸矚不轉。秦覺之，笑曰：「甥好此女乎？固有眼。婢本楚産，以父死，鬻身來我家，將三載矣。今年十四五耳，其性格體態，在侍婢中固不易得，然有一短。」手揭其裙幅示生曰：「惜乎，底下蓮瓣如蕉葉耳。且有暗疾，衣葛時腋臊勝蘭麝也。」言罷掩口笑。生聞，乃又悵然失望。未幾，川楚教匪作亂，官軍四集，徐逆就俘。先當履吉販楚時，曾與徐族姪同夥，歸後亦通音問，至是以索餘黨波及，庭鞫無可辯，獄成，吉坐遠配。去後，生奉大母命往探。一日薄暮，行山谷中，無宿所，心惴惴。遥望林外，隱起炊煙，疾趨之，得一小村落，舍宇無多，咸依山麓。適見一媪汲水溪邊，生即進揖，以情告，願乞一席地，得免露宿，當有薄酬。媪曰：「我家無男子，未便留客。」生曰：「亂山合沓，絶無行人，倘非老母垂憐，懼爲虎狼所食。」媪停睇熟視，曰：「郎君得非石家小秀才乎？」生訝曰：「是固然矣，不知老母何由相識？」媪曰：「老婦本楚人，昔以探親入川，流寓蜀郡鄉間。當郎君送學時，偶同二三村嫗，入城觀看，故識之耳。然素聞郎君席豐履厚，日惟閉户讀書，未審何由至此？」生曰：「伯父爲官事所涉，羈留遠地，故特親往探之。今早匆匆就道，不暇計程，以至迷竄。」媪指臨水短扉曰：「此即寒舍，憐君文弱，難忍霜威，室有短榻，可權假一宵耳。」生喜，隨之入。則小庭花砌，斗室茅檐，頗覺疏雅。將升堂，見一女子從複室出，雖荆布之飾，而光艷射人，見生即翻身入。生以媪在，不敢正視，略一斜睇，覺其體態容華，又宛似隔溪人也。坐未定，聞内嬌聲唤母。媪入，生竊聽之，語細不甚了了，惟聞媪曰：「秀才非暴客，留何害？」少頃進晚餐，葵羹蔬味，食頗不惡。既畢，媪攜燈導生入左厢，匡牀布被，几椅悉備，生展謝不已。問老母上姓，尊府尚有何人。媪曰：「我家姓巫，先夫謝世已五載，老婦無子，室惟息女，饔飧出十指，慚以告客耳。」語次，聞低聲唤茶熟，媪起，旋捧一小盤出，内置紫泥壺及一小杯，生飲之，味甚甘芳，極口稱美。媪曰：「此茶名壽春，暢月萌芽，摘之雨前，誠爲山中貴品，出鄰家所惠，聊以供客。」生又起謝。媼曰：「山村無更鼓，頃見月已西斜，郎君明日長行，宜蚤寢。」遂代掩扉而去。生於無意中得遇佳麗，又異其絶似意中人，反復凝思，不能成寐。天方曙，即啓扉。頃之，媼亦出，供沐進膳，意甚殷，生酬以金，堅却不受，曰：「郎君去途尚遠，留以自便，後或有相見日也。」生感謝辭去。越歲始抵戍所，時履吉爲披甲奴，蓬首垢面，見生泣曰：「余不幸遭此奇禍，已拚難死異鄉。念石氏惟汝一點血，孑身行巖谷，倘爲虎狼食，宗祀絶矣！此地非汝久留，宜速歸，苦志詩書，若得成名，我死無恨。」乃爲乞諸士人，得附木商而返。然自大訟後，門庭蕭落。生歸時，祖母已物故，室惟伯母，日夜哭泣，雙目失明。生設蒙學，歲得數金，僅供饘粥。里有邵孝廉者，生同學友也，嘗謂生曰：「君無兄弟，今年逾二十，猶未娶，非所以重宗祀，余爲君籌之久矣，而苦無其偶。近聞鄰有母女避兵來此，女美而賢，君其有意乎？」生曰：「度日尚愁不足，敢言娶室耶？」邵曰：「已爲君訪明，女操針黹精巧絶倫，日可得百錢，足自給，無待食於君也。請弗疑。」生猶未應。邵曰：「實告君，已代爲納聘矣！月朔辰良，可灑掃室中，我當送新婦至，聊備喜筵爲賀，更不煩閣下郇厨也。」生遂告知伯母。如期，邵擔酒登堂曰：「新婦至矣！」生曰：「奈無衣冠何？」邵曰：「故人尚有綈袍，未知稱體否？」即於袱中出衣一襲，催生速服。頃，聞鼓樂聲，采輿已至。邵爲主理内外事，禮畢，設席堂中，大歡劇飲，入暮辭去。生入見婦，則甚驚異。女曰：「君識妾否？妾家即山中假宿處也。」生曰：「然則朝雲庵後，隔溪茅舍中，折梨花入板扉者，非卿耶？」女曰：「曾有之，君何得見？」生因述前事，并言所遇之屢非，至今未釋。女笑曰：「是矣，君自見妾後，凡所遇者，妾之姊與妹也。妾同懷姊妹三人，昔年從父入蜀，僑寓甘家。不幸父死異鄉，貧無以殮，遂鬻妹於秦氏；姊雖貌陋，體態頗類妾，因失愛於母，遂配甘之養子；獨妾自幼讀書，解翰墨，最得母憐，又圖攜妾回里，不意故鄉遭亂，道路梗阻，因之暫避山中。嗣聞逆黨四竄，將次入山，乃又暫回郡城。前邵孝廉來議婚，母詢家世，悉爲君，故遂欣諾耳。」生聞始末，深嘆遇之奇，而緣之有前定也。生自得女爲婦，雖處貧而益不改其樂。女勤事女紅，舌耕指織，漸得温飽，因遂迎養其母。厥後，履吉以遇赦得歸，仍事負販，卒成小康云。

雨蒼氏曰：是耶，非耶？神光不定，一誤再錯，絶妙疑團。究之赤繩暗繫，雖處天涯海角，終有歡聚時。但月老如邵孝廉，其撮合處，允宜買絲繡之，鑄金事之，家尸而户祝之。敘次亦乍陰乍陽，離奇盡致。（卷十二）

某公子

鉅鹿某公，官總憲，有權勢。公子某，好蓄姬妾，幹僕四出覓佳麗，恒晝見而宵劫。人畏其勢，不敢訟，訟亦不直。於是人咸相戒，凡婦女勿倚閭，聞公子出，雖中年婦亦必掩扉避。嘗有外來卜者，賃居尼庵，攜一女，年未笄，有殊色。一日，公子涉蘭若，見女悦之。謂尼曰：「卜者女，可使入府，當予以金；不然，毁汝庵，鞭汝死。」尼唯唯。公子去，尼以告卜者。卜者曰：「我女豈爲人婢妾哉？」尼曰：「汝女得侍公子，即貴矣。」卜者不答。尼又曰：「汝身無羽翼，既來此，雖欲不從，其能脱乎？」卜者厲聲曰：「伊父爲官，當知律法，敢强奪民間女子耶？」尼曰：「必不欲，無遺後悔。」即使人白公子。公子命健僕二十，驟來劫女，卜者出阻，羣僕鞭箠交下，風捲雲馳，霎時劫去。卜者蹶然從地起，頓足詈曰：「莫謂而公無力也！必與我爲仇，定有以報。」遂去。明年春，公子初度日，賓客雲集，筵宴方張，閽者進報，有髯丈夫，自稱河海客，探知公子誕辰，特來祝嘏。公子即命入。客儀容甚偉，皂衣廣袖，青絹蒙首，大步至庭。後隨二童子，年皆十五六，各負一劍。最後一垂髫女，姿容絶麗，衣棗花緊袖碧羅衫，淺紅吴綾褌，微露紫綃履，細小若菱角，腰圍繡帶，下垂過膝，手提一筐，内盛絳桃已滿。客向上長揖曰：「適從海外來，採得此桃，特爲公子上壽。」時在二月初旬，桃尚未花，衆皆稱異，分食之，味甚甘美，真異種也。而公子見進桃女艷，又不禁神移心蕩。私念江湖女耳，餌以金，諒無不諧。否則俟其去而要於途，亦几上肉也。因問客曰：「此女與汝何稱？」曰：「小女子也。」問何名，曰：「女子名，何必上聞貴客？」問年幾何，客亦不答。顧左右曰：「來有時矣，何不賜飲饌？」公子遂命設席於庭。客南向坐，二童子東西，女下坐。恣意飲啖，旁若無人。食畢，復請曰：「醉飽矣，并乞一席地，宵宿於此，旦即行也。」公子令設卧榻於中門内。頃之，賓朋盡散，公子入室，將寢矣。忽焉有聲如風，門環響處，扉已洞闢，二童瞥然若驚燕入室，挾公子疾行。有二侍女欲隨，一童以指按其肩，曰：「止！」則皆呆立不動。公子至外廳，見燭光下髯客高坐，目懾公子，言曰：「余本越人，幼學劍於太華山，術既成，即遨游海内，專理人間不平事。今聞汝父子惡稔已極，特來除之。」公子震恐，伏地乞命，不敢仰視。一童前請曰：「殺耶，抑刳諸？」客曰：「伊父貪虐，不久當伏法。渠雖淫，罪猶不至是，去其淫具可矣。」童應聲揮劍，褌破，血濺滿地。公子既悶絶，遂不省以後事。厥明，日已高，府内外猶寂，鄰里迹見其異，以聞於官。驗時，除救治公子外，而闔府男女百餘人，或立或坐，或跪或卧，皆瞠目不語，如木偶然。方駭異間，一吏見廳案上有字，大書曰：「公子不法，本當殺却，今姑從寬，去勢留命。」另行書：「婢僕肢廢，飲木瓜酒可療。」乃如所言治之，則皆愈。檢點府中，不少一人一物，惟卜者女不知下落矣。公子卧病年餘，始能步履。未幾，總憲坐行賕免，田園皆籍没，愧憤而死。公子至無立錐地，棲僧寺以終云。

雨蒼氏曰：足爲豪華子弟逞情漁色者鑒，而某公之縱子爲非，恰已不言自喻。高明之家，鬼瞰其室，苟非親師諭教，加倍謹嚴，鮮有不敗。髯翁自是俠客，卜者見首不見尾，其踪亦殊矯詭，而叙諸人身分處，自能曲肖，故佳。（卷十四）

里乘

許奉恩

《里乘》十卷，作者許奉恩(一八一六——一八七八)，字叔平，號蘭苕館主人，安徽桐城人。據本書説例云：「自癸卯秋試報罷，眊氉無聊，聽客述伊文敏相國言，戲援筆記之。厥後歲有所增，積久居然成帙。乃迄今三十餘年，所得僅此。」可知作者科舉失利，懷才不遇，乃著書自遣。著有《蘭苕館詩鈔》、《桐城許叔平文品論詩合鈔》。《里乘》有光緒五年(一八七九)抱芳閣刻巾箱本《蘭苕館外史·里乘》十卷，其後《筆記小説大觀》本、《掃葉山房叢鈔》本均有删落。坊刻本又改名《留仙外史》。吴趼人《中國偵探案》多抄襲本書，而有竄改。

林妃雪

熊生瑞縹，字凡莽，姑蘇太湖廳人。性倜儻，容止甚都。讀書鄧尉山中，冬夜，漏二下，霜月滿天，清輝皎潔，顧而樂之，徘徊忘寐。忽聞管弦聲抑揚盈耳，若遠若近。信步迹之，數武，見深林中樓臺窅靄，氣象莊嚴，石獸當門，雙扉未闔，堂皇燈燭輝煌，人影幢幢，往來蹀躞。潛躡足次且入内，伏窗竊窺。一美人宮裝上坐，年可三十許。右側坐一美人，齒亦相等，着淡黃綃衫，手彈箜篌。聯肩坐一美人，年二十以來，着葱綠水雲之裾，兩腕約金玉條脱，手撅玉笛。對坐一美人，衣絳綃帔，年可十七八，鬢邊貼翠鈿，輕拍牙板，疾徐中節。其餘滿堂姝麗，年皆二十上下，列坐傾聽，所衣各色不同，類皆輕綃軟縠，更無一人着羔狐者。竊怪時方苦寒，何不畏冷。少選曲終，上坐美人贊曰：「南昌夫人古調獨彈，一洗箏琶俗響，我輩何幸，聞所未聞。」黄衫美人謙曰：「三日不彈，手生荆棘，蒙賢妃謬贊，更覺可羞。」東坐一美人，着藕色五銖之衣者，笑曰：「夫人曲終奏雅，毫髮無憾，惟羅夫人笛聲入破，稍滯半板，賴貴主靈心妙腕，巧爲偷聲，不然，幾難合拍。意者心念羊生，神移手澀耶？」上坐者笑曰：「欲加之罪，何患無辭。似此吹毛索瘢，得勿令夫人齒冷？」着葱綠者嘆曰：「妾當日不過念羊生尚有仙骨，不惜以一粒金丹度其出世，固無他事，一經慧業文人嘵嘵饒舌，遂不覺輕薄殆盡矣！」西坐一衣青綃袿者笑曰：「姊姊與羊生一段因緣，尚屬形迹可疑，尤可笑者趙師雄小子，偶然醉寐，夢中便妄生幻想，若非翠羽喚醒，又要造出幾許黑白矣。」東坐一衣紫羅襦者笑曰：「師雄僅托于夢，猶不敢公然唐突。惟有老逋無賴，判將一種清寒骨，老氣横秋，硬呼我輩作妻，不尤令人噴飯耶！」滿堂大笑。上坐者曰：「卿等亦不必過于惡謔，我輩伏處山林，亦全賴好事文人品題渲染，聊爲林下生色。况神仙眷屬，自古盡多，固無足怪，但今夕快聆妙緒，閨閣情形，未免畢露，倘屬垣有耳，不又傳爲談柄耶？」乃命侍兒出閤户。即有麗婢三五輩持燭聯袂出，瞥見生，驚呼：「有賊！」内問：「何在？」羣婢前推後挽，將生擁踞堂下。上坐叱問：「何處狂生？昏夜偷覷人家内梱，罪該萬死！復有何説？」生幸近羣美，自賀死得其所。因從容自陳邦族，叩稱實係誤犯，罪知不赦，但求賜死。着淡黄衫者叱曰：「既係秀才，定知守禮，論汝罪在不赦，姑念書生無知，賢妃愛才，汝如能擬庾子山《咏畫屏風》詩第一首，稱妃旨，我輩當爲緩頰。」生不假思索，即次元韻，口占以應曰：「仙境四時春，梅花堪結鄰。顧影祇自賞，索笑豈無人？緑萼鏡中鬢，紅英醉後唇。碧天霜月净，輝映增精神。」羣美同聲贊其敏捷，且謂子山此詩，即唐人五律之祖，和詩雅近初唐，足以贖罪。上坐者笑曰：「始以君爲風狂兒，不謂竟是風雅士，休怪孟浪。」乃命生起，賜坐。生三讓，然後就位。上坐者曰：「既遇嘉客，不可無酒。」乃命設三席，獨坐生于東席，中西兩席，羣美環坐。生默數共十有五人。遍添松明，照耀如晝。頃刻水陸雜陳，凡龍肝麟脯、冰桃火棗之屬畢具。行酒侍兒，靡不佳妙。唯肴酒皆冷，酒入口，寒沁齒牙，而甘芳異常，下咽頓覺肺腑清爽，肢體舒泰。生量素宏，連飛十數觥，衆賞其豪。上坐者命各拈經史中「梅」字流觴，禁用唐以後詩詞，生屢犯令受罰。又問：「古以梅爲氏者誰先？」或曰：「梅宛陵。」或曰：「梅福。」或曰：「梅鋗。」生謂：「殷大夫梅柏諫紂炮烙死，當以此爲最先。」衆謂：「稗官不足信，應倍罰。」生争見《路史》，衆謂杜撰，因滿引一大斗，促立飲，生不得已，一飲而罄，衆益豪之，約輪流把盞。接坐一女郎，着淡白綃衫，年可十五六，齒最稚，時已微醺，笑靨雙渦，目波剪水，色尤嬌艷，最後把盞。生故辭讓久之，接盞，陰捎其掌。女郎一笑，盞墮地，砰然有聲。四座大嘩，謂應罰十爵。生避席曰：「鯫生幸叨寵遇，得預盛筵，不覺飲已逾量。倘再貪杯，必致失儀，敢辭。」衆不許。上坐命：「再盡三爵而後罷席。」生如命飲訖。上坐者謂生曰：「妾自膺寶敕，管領花魁，伏處山林，久與塵世疏隔。不虞君忽涉玉趾，良非偶然。」因指白衫女郎，謂：「是兒與君固有夙緣，今夕良辰，合當遣奉裳衣，君其無辭。」生喜出非望，倉猝莫知所對，唯唯而已。尋命侍兒撤燭，送兩人歸寢，羣美各亦告退。侍兒導生至東院，一月洞門，門内白石嵌地，其平如掌。歷階而升，循廊左轉，有屋十餘椽，楣上榜「暖香精舍」四字，複室曲房，連犿窱窔。室内圖畫滿架，鼎彝羅列，絶無俗玩。而青廬中牀奩衾枕，壹皆新制，一似咄嗟猝辦者。几上燒樺燭如臂，壁懸吴道子所畫《嫦娥竊藥圖》，兩傍懸楊少師行楷一聯，云：「緑水鴛鴦，芙蓉池沼；青春鸚鵡，楊柳樓臺。」旁設楊妃榻，有圍屏十二幅，前十幅係邊鸞所畫梅花，末兩幅係花蕊夫人楷書宋廣平《梅花賦》。時雖嚴冬，滿室盎然有春氣。侍兒拽扉既去，生叩女郎姓名，自言：「妃雪林氏，小字皚蕾。」問：「上坐美人爲誰？」答：「爲江妃采蘋；彈箜篌者乃神仙尉之夫人，即嚴陵外姑也；倚笛者萼緑華；拍板者壽陽公主。」其他一一稱述。生聽村鷄已鳴，因趣就寢，相將入幃，備極嬿婉。覺一種奇香出自女郎肌膚，汗氣微帶酒醺，異常撲鼻，因問：「頃所飲酒是何麯櫱，如此甘芳？」妃雪笑曰：「君真俗物。此酒乃采百花之精，以甘露醞釀而成。上者爲沆精，次者爲瀣髓。頃所飲者，尚是次等。君若飲沆精，更不知顛倒何若也。」生不禁稱羡，嘆曰：「安得一嘗沆精，願斯足矣！」妃雪笑曰：「君休妄想。沆精惟真仙可飲，俗人飲之，反傷臟腑，爲害不淺。」生聞而大驚。固疑妃雪非人，爲愛其美，又以其語言和婉，似非禍己者，遂亦不畏。因問：「卿所言江妃諸人，去今千百餘年，何得尚在？」曰：「江妃本黄姑之妹，上帝念其平日無過，且素愛梅，謫滿後，乃命司掌梅花。若妾等則各有所司，要皆歸其管領。以與君前世有緣，故蒙賜以逑好。」生笑曰：「信如卿言，是亦仙子無疑。小生幸近薌澤，樂而忘死，倘不及時細意領略，恐有日分離，梅之無及。」遂捧其頰而逐逐嗅之。妃雪低笑曰：「狂生囉唣矣。」晨起，同往朝江妃。妃謂生曰：「林妹妙齡慧質，妾所珍愛。今既遣事君子，可在此小住，俟梅花盛開，當召客爲賀。」生頓首謝。生嘗閱室內藏書，各帙皆有牙籤編志甲乙，書名多目所未睹。內有百函，小篆署「天地心」三字，偶披覽之，皆備載古今梅花故實，并歷代詩詞歌賦，卷末以高青邱詩終。方循玩間，妃雪適至，問：「古人言梅如『鹽梅』『摽梅』，皆只言實而不言花。以梅花入詩，始自何人？」生曰：「卿忘也耶？前小生所擬庾子山詩，即咏梅花之始。」妃雪笑曰：「卿休矣。子山以前，不已有陸凱、鮑照耶？」生辨曰：「不然，咏梅花要以《葩經》『山有嘉卉，侯栗侯梅』爲始，所謂卉者，即花是也。」妃雪笑曰：「君如遇觴政，又當受罰。如以卉爲花，則栗花固未見嘉也。」相與拊掌。生暇從妃雪游，見屋之四圍，縱横數里，盡是梅樹，不下數萬株。蓓蕾繁密，每低徊其下，盼其速放。瞬近上元，開者漸多，各色繽紛，迷離炫目，直如萬頃晴霞。詰旦，傳江妃命召客。妃雪晨起濃汝，戒生勿出。日晡，喧言客至。妃雪攜生登後一小樓，窗皆嵌以五色頗黎。生倚窗遥窺，則見美人數輩，從天而降。有騎龍者，有騎虎者，有騎鸞鳳鵷鶴者。所乘奇禽異獸，類多不識。末一人，騎五色蝴蝶，翅如車輪，栩栩可愛，其衣裳釵舄，迥與世別。妃雪密告生以羣仙之名：騎龍者，上元夫人；騎虎者，吴綵鸞；騎蝶者，羅浮君；其餘董雙成、范成君、許飛瓊、紀離容、李慶孫、郭密香、段安香、婉凌華、石公子、王子登、杜蘭香、麻姑、毛女、嫦娥、織女、女几、弄玉、碧霞君、雲和夫人等，不可勝記。江妃率衆相迎，上元夫人問：「林婢何匿不出見客？豈貪戀新郎，寸刻不舍耶？」生聞之，急推妃雪出。羅浮君見之，攜手先言曰：「林妹出落風流，天然可愛，腹中已有俗種，猶腼腆喬妝處子何爲？」妃雪面發赤，一一稽首問訊。上元夫人謂：「今夕元夜，我輩當趁良宵嘉會，爲林婢添妝上鬟。」僉應曰：「諾。」江妃肅客升堂，肆筵設席，八音迭奏，主客盡歡。薄暮，江妃命樹間悉懸燈燭，作卜夜之游。俄而皓月漸升，羣仙屆戹游戲花間。月影燈輝，花光人面，互相照映，愈覺精神。未幾，蟾魄西斜，羣仙始各興辭，翩躚花杪，緩緩凌空而去。妃雪招生下樓，生視羣仙已爲上鬟，較前更增嫵媚。妃雪臚列羣仙所賜木難、火齊、琅玕、珊瑚等物，皆世罕有。亡何，落英蓋地，密葉成陰，生撫時感物，凄然有故鄉之思。妃雪已知之，謂：「君欲歸乎？」生曰：「誠如卿言。故土可懷，新人難舍，奈何？」妃雪嘆曰：「人生悲歡離合，自有定數。如不令秋扇見捐，又何愁破鏡不合！正無須瑣瑣作兒女子態也！」越日，即白江妃，爲生祖餞。羣美畢集，江妃自倚玉笛，命妃雪歌《梅花落》曲，以送生行。妃雪低鬟斂容，曼音歌曰：「昨日梅花開，今日梅花落。明知花落時，何不早行樂？樂樂樂，送君懶勸白玉杓。」初闋甫畢，舉座相視，皆有離別可憐之色。又命再歌後闋，妃雪以綃帕拭目，斂衽再歌曰：「今日梅花落，後日梅花開。花開厭孤賞，盼君早歸來。來來來，待君滿引黃金杯。」歌畢，衆皆稱妙。謂：「後會有期，此歌定徵佳讖，足以破涕爲笑。」生起作別。江妃賜明珠四雙，南昌夫人以次各有所饋。妃雪又取前羣仙所賜，并自脱金釵珠珥等物，以錦帕裹好，納生懷内。招〔玄〕(元)鶴一隻，與生並坐，自送生行。囑：「閉目勿視。」但聞鶴起空際，耳畔風聲習習，約一炊許，妃雪呼曰：「止。」生啓目視之，人鶴俱杳，身立郊外，距家門不過數武。急趨至家，妻見之，悲喜交集。先是，生夜出，逾日不歸，館主人疑其歸家。既而妻使人招生，始共詫異。妻鍾氏美而賢，檢生衣物俱在，又以生好爲狹斜游，疑有所呢，姑置之。至是，生具述所遇，屈指流連將兩月。共猜遇仙，因綉江妃及羣仙像祀之。生乃出所贐各物，揀鬻數事，已得資巨萬，營田宅，蓄僕婢，居然大家。惟念妃雪不置，托故仍如舊館，潛訪其處，青山白雲，茫無所有，惟老梅萬本，接葉交柯，無數野鳥，回翔嘲唽于其間而已。嘆息零涕而返。越歲，生方家居，忽有道士款關來訪，自稱莧陸山人。懷中綳一嬰兒，解以授生，附書一緘。生拆讀之，云：「自阻光塵，朠輪寒燠。計故人之無恙，思君子兮弗諼。非無縮地之方，尅期可至；惜少回天之力，奪命爲難。誠以聚散靡常，悲歡難一，遲速固有定數，毫忽不可强求。果其白首有心，彼此静以待之，未必無合并時也。兹以正月初吉，一索得男，敬浼上仙，寄還嗣體。是兒福相，遠過乃父。懸知夫人賢淑，腓字覆翼，實嘉賴之。嗟乎！碧雲千里，皎日一心，倚竹有懷，飛蓬莫沐。誰能遣此，花濃蝶聚之天；無可奈何，月落烏啼之夜。伏惟保護動履，斂攝閒情。倘蒙念舊殷拳，則玩兒股掌，見子即如見其母可也。林氏妃雪箋上。并頌夫人奩祉。」生閱書大慟。款留道士，自抱子入内付妻。妻方苦不育，得子大喜，名曰毓仙。生出謝道士，并求偕訪妃雪所在，道士不肯，堅求不已。生階前故有紅梅一株，道士袖出一玉杯授生，囑曰挹杯水澆之，俟紅梅變白，自可與意中人相見。生再拜受杯。酬以黄金，不受而去。生果如言，日澆杯水，祝其速變。至七八年，紅色漸殺。十年，花開全成白色，粉搓玉琢，一片晶瑩。生顧而狂喜，時對花躑躅，以盼好音。一夜，明月方中，獨立花陰，正有所思，忽有人拊其背曰：「故人别來無恙！良夜迢迢，得毋岑寂不？」生驚視之，乃是妃雪。大喜，攜手至齋中，備訴相思之苦。妃雪笑曰：「君不言，妾已知之。江妃感綉像之祀，喜君志誠，又恐始終不能如一，故命道人授玉杯以試之。果蒙用情之專，歷久不懈，不似尋常輕薄兒，始命妾來。從此可常聚首矣。」翌旦，生挈妃雪朝妻，妻疑爲仙，齒序姊妹。時子已十歲，聰慧絶倫，自塾中喚歸拜母。妃雪笑撫其頂曰：「兒有母覆育，忘所自出矣。」妃雪和婉嫻静，生妻亦愛好之，不與争夕，而妃雪則每勸生就妻寢。其平居與人無異，惟偶食瓜果，絶不嘗烟火物。臨下謙而且惠，每遇失物，輒知盜自何人，藏于何處，即使其人自行獻出，并戒生勿苛責人，以此奉如神明，敬且畏之。生嘗問莧陸山人，知爲羊真人權。因問：「真人至今尚與羅夫人相聚不？」曰：「仙人眷屬與人世伉儷不同，大抵仙人相交以神不以迹，相接以氣不以形。交以神者，千里不啻一室；即或有時相聚，則以氣相接，而兩情融洽，真極絪緼化醇之樂。不比人世，必琴瑟而後謂静好，牀笫而後謂恩愛也。」生聞之，恍然頓悟，因求授神交氣接之方。妃雪笑曰：「汝根基淺薄，何遽欲作神仙功課耶？」生問：「神仙功課，當從何作起？」曰：「當從善事作起。凡人能行百善者，可登上壽；能行千善者，可作鬼仙；能行萬善者，可作地仙。如能行十萬善者，則可身超三界，而爲大羅天仙矣。君其勉之。」生極爲首肯。自是力行善事。時毓仙十七歲，已入翰林，弱冠典學楚南，奉敕迎養。生方求學道，不樂遠行，遂與妃雪留家，惟鍾夫人一人前往。妃雪寄金刀二柄，付毓仙藏之，以備不虞。後果遇盜，見空中有金甲神擁護，盜不敢犯。又嘗過洞庭，大風掀天，覆舟甚多，金刀忽躍出匣，化二金龍，夾舟泊岸，刀仍自還匣中。毓仙知母仙人，焚香遥拜而珍藏之。生幼好學，著作甚富，垂老孜孜不倦。匯集全稿，將謀付梓。妃雪取而火之，笑謂生曰：「君一生徒務虚名，不知名爲造物所最忌。古今享大名者，境多蹇塞，不如藏拙，爲子孫造福。」生以畢生心血一旦焚棄，殊甚懊惜，而已無可如何，只合付之一笑。從此專心致志與妃雪講求玄理。初教以按摩吐納之術，久之漸能辟穀。年過八十，而貌居然少年。妃雪將七十，望之猶如處子。時毓仙長子鼎，年十八，已入詞館；次子彝，年十七，亦登賢書。毓仙皆遣回事親，妃雪大喜，自爲擇妃，皆稱嘉耦，逾年各舉一子。祖父母出，與孫兒婦齒相若，不知者多以爲昆季宛若焉。妃雪笑謂生曰：「古云『人老成精』，若我輩久慁世間，雖不成精，亦難免人竊議，不如撒手爲高。」生亦爲然。乃作遺訓付二孫，夫婦衣冠端坐，含笑並蛻。毓仙已晉卿貳，京邸聞訃，星夜奔喪。歸葬，舁棺輕若無物，人多以爲尸解。齋前白梅，自後花開并蒂，家每有喜慶事，結實愈多。子孫至今猶以之占休咎焉。

里乘子曰：神仙未有不多情者。觀江妃之試熊生，以其用情之專，乃許永諧逑好，足見神仙眷屬不能忘情。必謂七情俱絶，始可入道，吾不信也。至妃雪教生求仙之方，惟在力行善事，然則求仙並非甚難，特患人不肯行善耳。何物熊生，得此奇遇，朱顔不老，含笑同歸，來去分明，得勿令劉、阮羨殺耶！（卷二）

姮兒

明季，東越尚書某公，年六十乞休歸。築適園于鑑湖之濱，亭臺池沼，與平泉緑野比勝。有女素娟，以中秋生，小字姮兒，姿妍性慧，公所鍾愛。垂髫自課讀書，通曉翰墨，惟選婿綦苛，故及笄猶未字也。同里奚生，本舊家子，成童有聲庠序。幼失怙恃，而家甚貧，寄居孀妗家，聊藉筆耕餬口。適園花木極盛，每春花開，公必招客宴飲賦詩爲樂。知名之士，靡不畢至。嘗賦白牡丹詩，惟生四首稱最，中有四聯云：「最好文章惟本色，是真富貴不繁華。」「美人原不須修飾，名士由來要率真。」「宜主淡妝脂不涴，太真新浴玉偏温。」「風暖膩融瑶島雪，月明濃簇玉田烟。」尤爲公所嘆賞，顧謂座客曰：「諸公所作固佳，如奚生藴藉風流，别有寄托，未免推倒一時豪杰矣！」座客唯唯，僉謝不及。宴罷，公以諸詩付姮兒甲乙。姮兒周覽一過，亦拔生詩獨冠一軍，笑謂公曰：「此生的是金華殿中人，安有吐屬名雋如此而長貧賤者！」公亦微笑首肯。自是憫生窮困，不時助以膏火，陰有東牀之意，以凡事皆決于夫人，不敢遽宣于口，意俟奚生科名小就再議。姮兒雅窺公意，亦殊以爲不謬，故每公欲周濟生時，必慫恿而贊成之。

公幼子年十三，方攻舉業，苦無良師，欲延奚生課讀，而嫌其年太少。商之姮兒，姮兒笑曰：「昔項橐七歲爲聖人師，奚生長于項橐多多矣！况吾弟非聖人比乎，有何不可？」公笑曰：「諾。」遂延奚生課其幼子。初，姮兒第知生才，而未見其貌。家塾在適園外西偏，姮兒綉樓傍適園東角，生課讀之暇，恒攜公子來園閒眺。姮兒自樓窗窺之，見生儀容俊偉，舉止不俗，心益喜。生固早耳姮兒才貌雙絶，又聞其評詩及慫恿之言，竊幸此身得一知己，我不可以負之。又念一寒至此，豈能妄覬繫援。繼又嘆曰：「此生不娶姮兒，寧終鰥耳！有志者事竟成，彼劉文叔豈非人哉！」同邑大冢宰某公，與公同年登第，權勢赫赫，震耀朝野。公鄙其爲人，交殊淡漠。其子某甲以蔭典得指揮千户，家居，假父勢魚肉鄉里，人多側目。甲以喪偶，托媒求姮兒爲繼室，公雅不欲，商之夫人。夫人歆其富貴，極口允諾。公争之曰：「甲雖一時富貴，其所行事，恐終難免于禍！」夫人怒曰：「甲與汝無仇，何得信口詛咒！且姮兒日長，似此門第，錯過更許誰耶！」公曰：「奚生年少多才，定不久于貧賤。吾意欲將姮兒妻之，可乎？」夫人唾其面曰：「汝傎也耶！將愛女給乞丐，豈不畏顯者笑耶？吾志已決，汝休饒舌！」遂將姮兒許字某甲。以公有欲妻奚生之說，恐留奚生有礙女聲名，遂辭奚生去。公無可如何，惟有垂頭浩嘆而已。奚生既辭公出，仍主嬬妗家。知姮兒已字某甲，頓缺所望，鎮日喃喃囈語，如失魂魄，眠食俱廢。妗固無子，將依甥以終，見生病狀，殊切憂慮，不時就問所苦。生日加劇，自恐不起，遂將病源備告妗氏，且謂此生不一見姮兒，死不瞑目。妗慰之曰：「兒勿妄想，彼既字某甲，並世簪纓，豈復垂念寒畯！以甥才華，何患不發迹？他日苟得志，又何患無美婦人哉！」生搖首曰：「妗言非也，姮兒我知己，非世俗巾幗可比。彼若知兒病，必蒙垂憫，但苦無人爲通消息耳。」姮兒之乳母王媪，與妗比鄰，素甚契洽。聞生病，間來省問。妗不得已，以生所語告媪。媪嘆曰：「以汝家郎君言配我家小娘子，大好事。偏夫人憒憒，貪富貴許某公子，以鳳偶雞，誠可惜！妗不知，我家小娘子亦非尋常人物，此段因緣，甚非所樂。容老婦見時，試以郎君言白之。倘蒙垂憫未可知，然不敢必也。可慰郎君勿自苦，老婦自有以報命。」妗稱謝，堅托而別。姮兒知奚生因己辭去，心殊不忍。又知夫人已將己許某甲爲繼室，稔知甲固紈絝惡少，自念終身失所托，意忽忽不樂。某甲喜聘姮兒，早涎其美，以中饋需人爲詞，親迎之期甚迫，委禽納采，備極豐腆。夫人大喜，日督趣姮兒檢點妝奩。姮兒本係愛女，一言一笑，皆能博堂上歡，近忽神情懶惰，日復一日，漸難措持。夫人頗深詫異，乃命之曰：「男婚女嫁，人之大倫也。我爲汝擇配不易，今幸許某公子，此邑中第一等大紳士，其父氣焰炙手可熱，朝廷嚮用方殷，指日可望枚卜。不似汝父老不長進，但圖逸樂，遽而乞休。即論某公子家道，豈止百萬，汝嫁去便督家政，一呼百諾，似此大富貴，何尚鬱鬱不樂耶？雖難舍我二老，幸在同邑，時可見面，爲汝計，當無不樂也。汝日來歡少愁多，我殊不解。豈需何衣物而赧于啓齒耶？盍爲我言之。」姮兒不答。再三研詰，卒顰眉不發一語。夫人無奈，只得曲意諭慰而去。他日，姮兒晨起較遲，尚未曉汝。侍兒爲具早膳，悉却弗用，蓬頭對鏡，脈脈若有所思。王媼適至，驚曰：「幾日未見娘子，何忽清瘦若此！」姮兒嘆曰：「我亦不解何忽若此，但覺此心毫無生人之樂。古人有言：『憂能傷人。』我其不能久于人世矣！奈何！」王媼曲爲勸慰，因笑謂曰：「可賀娘子喜期已近，某公子是吾邑第一等人家，指日娘子過門，榮華富貴，享用不盡，不知老婦登門尚可望見顏色否也？」姮兒不待言畢，即正色側身向壁，怒容可掬。王媼自知失言，默坐移時，又問：「近日可否游園？園中有何花開？曾作詩詞否？作畫否？彈琴否？」姮兒但摇頭不語，色稍霽。媼因言：「昨有某秀才，攜一古琴，玉軫金徽，據稱是甚管夫人舊物，腹并有善畫馬之趙孟頫手刻多字。央老婦攜至貴宅求售，以其索價太昂，又恐損壞難以賠償，故未將來。」姮兒笑曰：「姆無論如何，早晚能將來一看否？」媼笑曰：「可。」因稱娖走近姮兒身旁，低聲笑曰：「尚有一可笑事，請寬老婦罪，方敢陳說，願聞之否？」姮兒笑曰：「有何可笑事？姆試言之，或可破悶，決不汝罪。」媼曰：「可笑奚生，的是書痴。不時自說娘子是渠知己，不可負之，此生除却娘子，誓不他娶。前自宅中辭出，渠鎮日如失魂魄，眠食俱廢，看來難以醫治。渠言死不足惜，及生不一見娘子，斷不瞑目。旁人多斥其妄，渠泣謂娘子非世俗巾幗可比，若知渠病，必蒙垂憫，但苦無人爲通消息。老婦憐其痴而多情，紿其代爲轉達。天下竟有此種痴情之人，不真令人發笑乎！」姮兒聞之，始則泣涕滿面，繼則吞聲哽咽，及聞贊其非世俗巾幗可比，却喜奚生真不愧知己，平日一片垂憫奚生熱心，不覺一時感觸，幾至放聲痛哭矣。媪見姮兒此狀，果信奚生之言不謬。少間，姮兒啜泣已，自以羅巾拭淚。媪復進曰：「奚生如此多情，無怪娘子垂憫。老婦明日薄暮送琴來，即暫屈奚生僞爲奚奴，污面易衣負琴而至，藉使一見娘子，可乎？」姮兒不語，意似首肯。媪會意，少坐興辭。姮兒曰：「姆須識之勿忘，明日薄暮，務將琴來，切勿失信，勞我盼望。」媪點首者再，曰：「諾。」比歸，具告奚生。生霍然興曰：「我言何如？娘子命我，死且不敢辭，何况奴乎！」日昳，媪令奚生以土污面，衣以須捷，授以琴，負之而趨，儼然奚奴。由適園入，媪先見姮兒，問：「琴曾將來也未？」媪點首，招奚生入。奚生置琴几上，見姮兒淡妝靚服，病容滿面，而光采照人，磬折欲拜，姮兒急止之，命坐。憐其爲己不惜破衣垢面，不禁雙淚承睫，顧素性英爽，尋即收淚。笑謂生曰：「君之痴情，妾已盡知之矣。以君之才，寧長貧賤？天下美人，勝于妾者甚多，何患不有嘉耦？妾自知薄命，日來心緒惡劣，慵如中酒，病頗綿惙，其不能久于人世也必矣。君幸努力自愛，好自爲之，何必抵死與人争髑髏哉！」生聽姮兒言，淚下涔涔，方欲有言，忽侍兒報夫人至。姮兒大驚，急匿生複室中，自扶王媪出户相迎。夫人問：「几上何來一琴？」姮兒謂：「是王媪將來求售者，彼稱是管夫人舊物，兒尚未審定。」夫人命將宋錦弢解開，就燭下諦審，見金徽玉軫，斷紋甚好。又視其腹鎸隸書兩行云：「繫龍門兮無枝，妃玉軫兮冰絲。與子期兮静好，偕百年兮友之。」旁行楷書署款云：「皇慶元年中秋，天水子昂爲仲姬夫人銘于漚波館。」夫人贊曰：「銘字刻手俱好，的是魏公舊物無疑。魏公人品，雖不免後人訾議，然究不愧一代才人。此物可留爲妝奩之助，願吾兒他日能效魏公夫婦，足矣！」顧謂王媪：「索價幾何？我處付給。」媪笑曰：「諾。」夫人又與姮兒嘵嘵絮語，久之始去。漏已初下，宅門前後盡鐍。姮兒問王媪：「奚生在此，將焉置之？」媪曰：「事已知此，娘子不用憂慮，可暫藏婢女房中，老婦再伺隙攜出。」姮兒無奈，只得命諸婢同伴己宿，即以婢房暫置奚生。姮兒待侍女素寬，諸婢樂爲之用，凡事多不回避。時公冢子已由詞館晉大司成，遠官京邸，聞妹已字某甲，心殊不慊。素敦友愛，又以妹係兩親愛女，特遣妻杜氏歸，爲妹料理嫁事。杜本岐公的裔，明察剛斷，勝于男子。到家數日，見姮兒情狀，心竊詫異。又聞某甲所爲多不法，亦甚腹非翁姑鹵莽錯配。偶至姮兒處，適奚生在婢房開半窗外窺，見杜至，遽掩其窗，杜眼明，已瞥見之。默謂姮兒素讀書以節義自許，何忽有此曖昧事。殊切驚疑。姮兒素與杜極相得，見杜至，立身含笑，杜執手慰問：「近日眠食如何？」姮兒笑曰：「不過爾爾。」杜見王媪笑曰：「我家小姑子好期在邇，未免難舍兩大人膝下，汝來作伴解悶亦大好。」媪笑曰：「唯唯。」杜見房中圖書滿架，案上一帙，恰是姮兒以烏闌手寫蠅頭小楷自選唐人樂府，内夾近作一首，是《擬李長吉宮娃歌并次原韻》，云：「捧心一顧粉黛空，先施要寵壓六宮。凝脂中酒白玉暖，鶯兒教歌蝶拍板。歡娛不足忘朝昏，紆紆新月愁眉痕。烟波一舸誰曾見？好事誣同賦感甄。滿溪香水枯春渚，響屧廊荒草鋪路。不如老浣越中紗，白頭不到吴中去。」杜氏閲畢，又信手一繙，是張文昌《節婦吟》，見通首丹黄，起四句密圈，上二句旁評云：「既知有夫，似可不贈珠矣，偏贈珠以表其情，可謂痴絶，然不可不謂知己！」下二句旁評云：「既知有夫，似可不接珠矣，乃感其纏綿之意，暫且繫之，可見人生不外一情，雖節婦一時亦難毅然拒絶，亦以知己難得也！」中四句單圈，旁評云：「四句湊泊無理！良人既非庸流，尚貪與人絮語，有愧羅敷多矣！」末二句密圈，旁評云：「賴有此耳，馬到懸崖，不得不勒，然亦無可奈何時也！」總評云：「此婦已嫁，猶與外人殷殷通詞，將置良人于何地？作者且以節字標目，可見古人之恕。嘗見世有男才女貌，往往限于門第而不能如願者，處此境地，尤要確有把持，所謂發乎情，止乎禮義也。司業此詩，大約有爲而言，究不可以爲訓。」杜氏讀所擬近作并細味評語，見姮兒立論正大，當不至于苟且，因借以風之曰：「適讀賢妹大作，爲先施翻案極妙，不知果有説乎？」姮兒笑曰：「據《春秋》三傳、《國語》，先施本不知所終，以有裹鴟夷沉江之説，後人便附會偕鴟夷泛五湖矣。即《洛神賦》而論，不過陳思脱胎宋玉《神女》《好色》等賦，偶爾遣興。留枕之説，荒謬不經，考阿甄與陳思年齒懸殊，況魏文猜忌異常，陳思避嫌不暇，敢賦《感甄》乎？才人信口雌黄，可恨可畏。然二人亦自有瑕可摘，如先施果是范大夫妻，即不當再事吴王；阿甄既爲袁婦，即不當再適曹氏。大抵女子須要守禮謹嚴，稍失防檢，即不免後人唐突，是不可以不慎。」杜氏聽姮兒所論，殊深欣佩，因之又謂：「賢妹大作命意之旨既聞命矣，敢問所評《節婦吟》，文昌以節許之，名果能稱實乎？」姮兒笑曰：「此婦妙在多情而不肯失身，守得身住，便是守得節住。」曰：「然則古人所謂『内言不出，外言不入』，以此婦律之，毋乃過乎？」曰：「此爲泛泛者言之也。若彼此亦既覯止，兩相慕悦，外言無翼自能飛入，内言無翼自能飛出。大抵聲應氣求，直如好友，雖男女異體，亦各忘形，既占同心，即期聚首，情之所鍾，真如針芥相投，固結莫解，并非貪人欲之私，賤等淫奔也。即有時情不能禁，偶越範圍，必須用力操持，謹守分際，昕夕覿面，儼對大賓。偶一失足，男則狂且，女則蕩婦。老子云：『不見所欲，則其心不亂。』是不可不慎而又慎也。」杜氏聽姮兒所言，已窺大意，不禁默默嘆惋。乃屏去侍女，悄謂姮兒曰：「賢妹好期已近，非愚嫂妄論，兩大人擇婿，未免太失檢察，奈何！」姮兒聞之，淚下如雨。杜慰之曰：「賢妹不必傷感，如可斡旋，愚嫂必肯效力。」姮兒見杜氏直抉其隱，默自驚異，不覺紅暈兩頰，益增悲哽。杜曲爲勸慰，笑曰：「愚嫂歸來，俗冗紛糾，家中房舍多未能到，未審賢妹住屋共幾楹也？」姮兒謂：「卧房及婢女所居共八楹。」杜氏故左右周覽，信步至婢房前，反手試搴其帷，驀見奚生，大驚，回首問姮兒：「此何人也？」姮兒以杜前言有因，意已罄悉底蘊，當不媒蘖，乃靦覥直答曰：「此奚生也。」并具告崖末，且謂：「住此業經三日，無隙可出，如有苟且，神明共殛，惟嫂氏察之。」杜氏習聞奚生之才，乃詳度其儀容舉止，的是不凡，默嘆姮兒鑒賞有真。又恐因羞致變，乃慰之曰：「賢妹獨具特識，如欲締逑好，久留在此，究非善策，宜速爲計。」姮兒含羞答曰：「妹方寸已亂，惟嫂所命。」杜知姮兒之意已決，素稔王媪是姮兒心腹，獨召媪至，附耳授計，趣其速歸。又正色謂奚生曰：「妾爲君事煞費經營，君宜努力進取，爲閨中人生色，切勿有負！」奚生感泣再拜，指天信誓。漏初下，杜計王媪已將車至，預遣去適園紀綱人等，悉召姮兒身旁嫗婢至己房中，命姮兒結束，略帶金珠釵飾，由適園與奚生偕遁。姮兒故有四婢，長名木難，年十四，目聽眉語，素解主人意，亦命俱去。又以千金付王媪，留爲二人食用之資。杜一一處分已，攜姮兒手叮嚀贈語。姮兒揮淚斂衽再拜而別。一時竟無一人知者。漏二下，杜命稽察門户，嚴加鐍鍵。漏三下，忽報姮兒住房火起，俄頃烈焰熾天，舉室驚惶，羣争撲滅，而八楹已成灰燼。幸間架不與他屋毗連，尚未延燒別院，惟姮兒未曾拯出，木難尸亦俱燬。公與夫人悲慟欲絕，杜氏再三勸慰乃已。某甲方準備親迎，忽得此信，大失所望，日惟沉溺勾欄，藉以排解，亡何，而東樓之禍作矣。初，某甲藉父勢，在鄉無惡不作，會直指使者巡方過此，叩馬鳴冤者數百人。直指素有包老之稱，閱詞大怒，據實一一封章入告，并劾其父納賄鬻爵數條，確有左證。朝廷震怒，即日降旨，削其父子爵，遠戍烟瘴充軍，沿途不得逗留，所有家産一概籍没入官。某甲在路，惡創潰發，尋斃。冢宰公老年慟子，兼以跋涉勞頓，未幾亦殞，一家竟無噍類矣。姮兒既偕奚生出亡，自攜木難與王媪，在窮鄉買屋一所，竹籬茅舍，荆布自甘，王媪僞稱爲甥女，見者但詫其美，而不知其爲女公子也。奚生仍居妗氏家，偶來與姮兒相見，親如兄弟，敬如朋友，一言不敢狎褻。以感姮兒知己，惟恐有負，下帷攻苦，連戰俱捷，廷試得館選，授翰林院編修，乞假回籍完姻。是科主試官六人，公冢子已晉少宰，預焉。以與奚生同里，謁見時倍覺親洽，聞公舊有東牀意，未免棖觸同懷之情，悼念己妹薄命慘死，又念某冢宰父子如此結局，妹若在更難爲情，反以早死爲幸。當奚生旋里，少宰托帶家書中，盛夸奚生才品俱優，自慶得人，且屬公爲之留意執柯。姮兒自奚生計偕北上，日閉門焚香，鼓所購管夫人舊琴，聊以消遣，間或教木難下棋。或遇花開時，對花寫畫數筆，或作詩填詞，以抒懷抱。一日，讀老杜《佳人》五古一篇，反復披吟，不勝感慨，因次韻咏懷并憶嫂氏杜少薇夫人，云：「涓涓澗底泉，曲流戀山谷。翩翩枝頭鳥，回翔擇林木。我生丁不辰，入險勝遭戮。縈繳巧相伺，飛土嗟逐肉。賴得嫂氏賢，明察幽隱燭。翼我出網羅，璞守無瑕玉。巖居等寄巢，戢羽暫栖宿。不寐思兩親，掩袂吞聲哭。我心盟白水，肯污濁泥濁？嘯歌聊自娛，不隘一椽屋。課婢時種花，笑摘香滿掬。平生兒女淚，羞灑瀟湘竹。」脱稿復自諷玩，頗自得意。忽王媪與木難從外聯袂趨入，大笑稱「賀喜」，謂：「頃妗氏傳言，奚生已授編修，乞假歸娶，不日可到。」姮兒聞之，心竊自賀。及奚生歸，先使人報知姮兒。既謁某公，執禮甚恭，袖出少宰家書。公閲之，不勝嘆息。送奚生出，歸與夫人言及少宰家報，意似怨夫人當日失計，杜氏在旁聞之笑曰：「恭賀兩大人，小姑固無恙。今某甲家靡有孑遺，正好鸞膠重續，請勿嗟怨。」公與夫人相視愕眙。杜笑言當日火災故己所爲，乃備述覼縷。公與夫人大喜，先迎姮兒歸，風示奚生遣媒納聘，涓日合巹如禮。

里乘子曰：《聊齋》有云：「天生佳麗，將以報名賢；而世俗王公，偏留以贈紈袴。」千古一轍，牢不可破，良可浩嘆。奚生密邇佳人，親敬不敢狎褻，即此一節，不愧名賢。少宰贊其才品俱優，信非溢譽。姮娘材藝無不擅長，讀詩兩首，窺豹一斑，偶爾發言，亦皆入妙，誠閨閣翹楚之尤。某公擇婿非不知破格求才，惜爲閫内所持，幾至名花墜溷。幸杜少薇夫人智能應變，卒使淑女君子得遂好逑，隻手回天，不露聲色，其籌畫盡善，即方之古押衙，何多讓哉！（卷四）

杜有美

太原諸生杜堅，字子密。世席厚資，藏書甚富。壯年生一子，命名有美，字小甫。杜有妹，嫁同里諸生盧某，家亦小阜，有女名慧娟，與有美同月生。杜妻鄭，與妹極相得，以故，妹時歸寧，小兒女常易乳而哺，相愛各不啻己出。既齒日長，容貌都美，情亦日親。年已十三，俱未婚配。凡爲有美執柯者，鄭意在慧娟，悉却之。試商之妹，亦首肯，歸以告盧。盧素迂拘，以有内戚嫌，殊不以爲可。妹讓之曰：「腐儒，何太不脱頭巾氣！祇許我杜家人嫁汝，不准汝盧家人嫁還我家耶？況我侄殊不惡，亦未必有玷汝女！我業已許之矣。生女當由母作主，勿預父事，汝休得過問！」盧大怒曰：「汝何太不通道理？古云：女子三從，在家從父，出嫁從夫，夫死從子。我一息尚在，不惟慧娟當從父命，即汝亦當從夫命。今我不肯締婚，汝焉敢擅專耶！」夫妻反唇相稽，幾至反目。初，杜妹歸寧，每攜慧娟與俱，自議婚後，盧不許慧娟再往。有美偶來省視，亦不許慧娟相見，中表從此路人矣。有美與慧娟一經睽隔，思慕綦殷。荏苒倏逾兩年，情竇俱開，益難爲情，而兩地相思，祇可自愉，各不能掬心相示。有美無可奈何，倩畫師寫《太真獻鏡圖》，自題一詩云：「狡獪温郎絶世才，風流不厭自爲媒。三生幸遇金閨彦，一笑親陳玉鏡臺。」將畫與詩賄某媪密付慧娟求題，以察其意。慧娟正苦思有美，不知可否同心，見畫與詩，喜感交並，爰拈筆端楷題一絶于軸末，以答其意。曰：「兩地相思兩不知，玉臺一獻當紅絲。老奴伎倆何難料？請待良宵却扇時。」題畢，仍倩某媪攜歸有美。有美見詩狂喜，朝夕焚香披誦，如獲異寶。由是兩心遥遥相印，各以嫁娶自誓。惟苦不得遂，不覺懨懨俱病，醫藥罔效。杜夫妻與妹皆知兩人致病之由，籌有以破盧之執。妹曰：「腐儒外固而内葸，非以計劫之不可。兄嫂可無慮，我自有以報命。」杜夫妻大喜拜謝，並求速爲玉成，妹諾之。盧固鍾愛慧娟，見其病甚綿惙，實深愁憂。會杜妹歸，盧問有美病狀如何，妹怒答曰：「殆不起矣，何勞汝問！」盧嘆曰：「我正慮慧兒疾革，不謂汝侄亦爾！」妹白眼相視，詆之曰：「一雙好兒女，皆爲汝殺却！夫復何説！」盧驚問：「何謂也？」妹唾其面曰：「老物尚夢夢耶！若自幼哺同乳，寢同席，比長，相親相愛，此人情也。既知親愛，則必欲偕伉儷，以圖永好，此尤人情之常也。聖人制禮，尚緣人情，偏汝老物，拘執成見，竟不曲體人情耶？自汝拒婚後，若即俱病，病且日劇，殆皆不起。我實不忍仰息見若俱死，請先自剄于君前，泉下當撮合若仍成嘉耦，以償夙願。老物又將奈何耶！」言華，袖出匕首，長尺有咫，瑩然如雪，擲置案頭，錚錚有聲。指謂盧曰：「我兩人結褵廿載，請從此別！」盧瞪視良久，曰：「卿且少安毋躁，容再商議。」曰：「我志已決，復何商議！」曰：「然則允若婚配，卿可不死否？」杜妹笑曰：「果爾，若疾當已，我又何必求死？」盧曰：「如卿所言。卿重母黨，嘗自譽其侄。我本俗人，不喜白衣女婿。必俟汝侄讀書成名，方准親迎，可乎？」杜妹笑曰：「有何不可？吾侄喜如所願，必能刻志用功，又何患不成名耶？」盧曰：「若是，汝可歸告兄嫂，速遣冰人來，當遵前命。」杜妹乃袖刀而藏。翌日，歸告兄嫂，大喜，遂委禽焉。兩小聞之，疾俱若失。有美果下帷攻苦，歲試，補博士弟子員。越歲，食餼秋闈，一戰捷于鄉。杜妹聞報，喜曰：「若今可以親迎矣。」盧猶欲待禮闈後再議，杜妹抵之曰：「汝始終不免固執！科名遲早難定，吾侄鄉薦已屬儌倖，人生能得幾回儌倖？青春幾何，何忍令其孤負耶！」盧不得已，准其親迎。杜夫妻大喜，遂涓吉爲兩人畢姻。同里有周生、韋生者，皆名諸生。以杜藏書多，皆襆被下榻其家，與有美同窗肄業，意氣相得。周生是科亦登副車，情誼益洽。吉期當九月下旬，杪秋天氣，已涼未寒。届期，周生竊語韋生曰：「有美與慧娟天生嘉耦，得諧琴瑟，煞費周折，當此良辰定情，不知若何歡洽。我兩人當設法偵聽，以快所聞。」韋曰：「唯唯，是不難，青廬上是藏書之樓，我與爾預伏樓上，大好偵聽。」正竊議間，適有美在屏後聞之，點首匿笑，默籌預防之法。先是，有美之乳母朱媪，有子曰阿笨，游惰無賴，酷嗜賭，博負輒盗杜家物，典鬻以償賭逋。有美親迎，鋪張務極奢華，慧娟固盧愛女，妝奩亦頗壯觀。杜素惡阿笨行止不端，患其盗物，戒閽者不許入門。阿笨果早萌胠篋之念，以杜家不許入門，心益銜之。是日，新娘下輿，觀者如堵，阿笨在人叢中慁上書樓，計俟人静，蹈隙行事。漏二下，賓客甫散。有美脱去冠服，將次就寢，驀憶日間周生言，欲覘二人所爲，以博一笑，乃躡足輕步上樓。于時，殘月初升，阿笨正憑欄凝眺，有美窺之，以爲必是周生，悄從背後出兩手于面，反掩其目。阿笨固强有力，意有美特來詗己，既驚且恨，急回身，緊抱有美頸而扼其喉，須臾氣絶，倒卧樓上。時慧娟坐幃中，方命伴媪出具湯沐更衣，見有美躡足上樓，不知何意。俄聞樓上窸窣作響，心甚訝之。阿笨見有美已死，陡起惡念，欲犯慧娟，爰脱衣履塞藏書箱下，將有美短褐裩靴褫下自着之，大步下樓，知新娘在幃中，亟吹滅雙燭入幃，遽抱慧娟求歡。慧娟念有美平日温存，何忽狂暴？况兩人逑好不易，今幸覿面，無數款曲，合當絮訴，何將燭吹滅，得勿有所不慊耶？心殊不快。阿笨近身，遂極力撑拒。阿笨知難强合，急探手脱去慧娟兩腕纏臂金，并摸索頭上簪珥等物，慧娟益復駭異。適伴媪秉燭攜沐湯進房，阿笨恐被人窺破形迹，急以袖掩面，奪門越牆而遁。伴媪不知誰何，大驚，急燃雙燭，搴幃見慧娟披髮汗喘，神魂不定，叩問所以，慧娟備訴頃間情狀。方共詫愕，忽聞樓上欬歔有聲，命伴媪燭之，則見有美赤身卧樓上，吁息不已，蓋扼喉一時氣絶，須臾氣復流行，故得再生，然暴蘇身體綿軟，猝難起立。伴媪另取衣履着之，緩緩扶掖下樓，偃卧綉榻，默不一語。慧娟情不能忍，急靦覥傍身，低問所苦，有美自指其喉，摇手令其勿語。慧娟莫喻其故，衹得怏怏對鏡，綰髮添妝以待。延至五更，有美甫能起坐出聲。彼此各述所見，互相嘅嘆。有美以爲素待周生不薄，何竟如此惡作劇？繼念雖劫去釵珥等物，猶幸慧娟不爲所欺，又復轉怒爲喜。然變出意外，氣血究難驟舒，竟體疼痛，未免良宵虛度矣。是夜客散，周生以中酒酣卧齋中，韋生以周生既醉，遂獨自歸家，及周生酒醒，見韋生已歸，趁月色甚明，亦踉蹌歸家。將出大門，會司閽者起溺，見周生暮夜短衣着靴，倉皇徑去，形迹可疑。詰旦，舉室喧傳昨夜之事，證以司閽所見，僉謂必周生無疑。杜固長者，以慧娟幸不受辱，又不欲暴人之過，遍戒家人，秘勿播揚。不圖盧某聞之，勃然大怒，特造杜面數其諱盜之罪，且言周係名士，所行如此，誠衣冠禽獸。似此澆風不整，轉相效尤，何以爲訓。乃具狀訴諸邑宰。邑宰素與周相契，見狀大駭。招周至署，以狀示之。周閱之，駭汗滿面，謂與韋生曾有此說，後各歸家，實無此事。小生雖不肖，亦斷不肯逢場作戲，戕人之生，以圖茍合者。尚祈明公察之。邑宰亦信周決無此事，慰令暫歸。爰使人風示盧某，爲周辨誣，欲寢其事。乃盧固執莫解，謂確有左證，復何誣枉？如邑宰左袒周生，便當赴訴大府，以求水落石出。展轉牽纏，兩年有餘，未敢定讞。亡何，邑宰任滿遷去。新令某公，素號健吏，閱及此牘，反覆細意尋繹。越日，集兩造會審，公一一研訊，拈髯尋思久之，忽有悟。曰：「無論是否周生所爲，杜家釵飾等物，固明明有人劫去，且據若曹言，有美赤身卧樓上，短褐裩靴被其人着去，其人自着衣履必脱藏樓上。搜得衣履，便可昭晰。」乃自率吏役，親往樓上窮搜，果于書箱下索得破衣裩鞋襪數事，並腰橐内有信一函，閱之，固某某與阿笨招賭書也。公笑曰：「得之矣。」付兩造觀之，始各恍然。亟命拘阿笨來，一訊盡吐其實，周冤以白。遐邇頌神明焉。

里乘子曰：諺云：「好事多磨折。」觀此而益信其言不謬也。夫有美慧娟，天生嘉耦，其爲婚配，宜也。不謂盧某固執拒婚，業許婚矣，又必俟成名方准親迎。向使有美遇同梁灝，將奈之何？不遇如羅隱，又將奈之何？所幸一戰而捷，公然准其親迎矣。乃偵聽之謀，胠篋之舉，突爾凑合，致使變生意外，虚度良宵。所謂好事多磨折者，竟如是乎？邑宰爲周辨誣，第欲顢頇了事，憒憒可笑。一經健吏聽斷，是非立見。要之讀律無異讀書，苟能得間，自無不析之義，特患粗心人不肯反覆細意尋繹耳。彼頌神明者，豈有異術哉？（卷八）

鸝砭軒質言

戴蓮芬

《鸝砭軒質言》四卷，作者戴蓮芬，字霽峰，南通州（今江蘇南通）人。同治九年（一八七〇）舉人。《鸝砭軒質言》，自序于光緒五年（一八七九），有申報館排印本。本書卷三《姻緣有定》作者自叙其將聘袁氏女而父死，母以女許某大賈，袁女覓死者再，後十年守寡，作者思爲女索其夫家田産，亦未果。書中屢記男女愛情悲劇故事，蓋亦别有感傷者也。

姜生

姜生，渭其名，幼負雋才，尤深於詞賦之學。宗師李小湖先生案臨，試經古拔冠通屬。姜入謁，學宗與語，知其博，益器重之。姜對門有老吏徐姓，生三女，皆中下姿。大女年及笄，見姜悦之，姜亦心屬焉。一日有間，相約爲夫婦，堅以誓。機不密，頗有知其事者。姜倩冰人執柯，徐惑于蜚語不許，且有諷言。姜大怒曰：「吾士人甘爲賤婿，唯女故，不然豈無大家閨秀，而顧向鴉羣中求鸞鳳哉！雖然，不欲已耳，我欲矣，老悖胡能爲。」會女與諸妹立門外，姜徑前捉其臂。諸妹遁，女嗔姜佻達，赧然返。徐微聞之，詈曰：「是酸子欲辱吾女，使通州無問名吾女者。吾寧老女閨中耳。」閑女幽室不復出。州小吏某偵其事，豔徐富，求婿徐。徐以憤姜，徑許某。女聞，斷裙帶自縊，帶絶女墮，家人救得活。徐曰：「汝求死，將背父從所歡耶？」女曰：「然。父舍鳳麟許豚豕，兒寧死。兒誠知違父不孝，私約不貞，然已誤于初矣。儻鮮克有終，將狗彘吾餘不食。」徐曰：「婢子拗至此！然婚以强合，吾恥之，終不姜。」女曰：「不姜適，誰敢違親。親恤女，終不適可矣。」徐笑諾。女自此閉門誦佛，雖至親罕覯其面，人亦無與論婚者。姜聞女求死事，感女，益思得女，遂渡江謁小湖先生于舟次。先生爲薦之浙江學宗司校閲，學宗愛其才，待益厚，公餘閒談，叩姜不娶之故。姜詭言幼聘徐氏，以貧故岳中悔，女守貞不字，己不娶報之也。學宗義姜，曰：「此事我當任之。」致書江督，由督札州，州牧傳徐至，述督意。徐曰：「無父母之命，媒妁之言，何云聘？未聘，何爲悔？一貴一賤，彼甘俯就，我不甘仰攀，人各有志也。天下無我生女必適姜之理，則無不適姜即罪我之理。兒女婚姻父主之，部堂大人親至，且奈何？」牧不能强，詳督。督復學憲，學憲以書示姜，嘆曰：「命矣夫！先生可勿復拘拘矣。」爲别議婚，姜終不就，竟鬱鬱死途中。女得耗悲痛，守約益堅，聞近今鬢垂白矣，閉門如故。噫！姜非磊落奇才，儒巾中儘多佳婿；女亦尋常香粉，閨閣内不少麗人。而何以情重三生，客邸凄涼，白骨頓抛于異地；盟堅一諾，空房寂寞，紅顔長守夫孤燈。我生不辰，之死靡他。噫，異乎哉！亦傷乎哉！（卷三）

右台仙館筆記

俞　樾

《右台仙館筆記》十六卷，作者俞樾（一八二一——一九〇六），字蔭甫，號曲園。浙江德清人。道光三十年（一八五〇）進士，授翰林院庶吉士，咸豐二年（一八五二）爲翰林院編修，五年簡放學政，七年因擬試題割裂罷職。後居蘇州，絶意仕進，專心著述，有《春在堂全書》。《清史稿》卷四八二有傳。《右台仙館筆記》爲俞樾晚年所著，前四卷中故事多見于先出之《耳郵》，蓋即《耳郵》之增訂本。有《春在堂全書》本，刻于光緒二十五年（一八九九）。

*鴉片煙膏

紹興老儒王致虚言：乾隆之末，有賈慎庵者，亦老諸生也。嘗夢至一處，似大官牙署，重門盡掩，闃其無人。正徘徊間，俄有數人擁一婦自遠來，至此門外，將婦人上下衣服盡去之。婦猶少艾，微有姿首，瑩然裸立，羞愧之狀，殆不可堪。賈素負氣，直前叱之曰：「若輩何人，敢肆無禮！」衆微笑曰：「此何足異？」言未畢，門忽啓，有數人扛一巨桶出，一吏執文書隨其後而去。衆即擁裸婦入，賈亦隨入。歷數門，至一廣庭，見男女數百，或坐，或立，或卧，而皆裸無寸縷。堂上坐一官，其前設大榨牀，健夫數輩，執大鐵叉，任意將男婦叉置槽内，用大石壓榨之，膏血淋漓。下承以盆，盆滿即挹注巨桶中。如是十餘次，巨桶乃滿，數人扛之出。官判文書付一吏，與同出。賈視吏，乃其已故鄰人周達夫也，因前呼之。周驚曰："子胡在此？此豈可久留邪？速從我出。"賈問桶中何物，周曰："鴉片煙膏也。"時鴉片煙未行，賈不知有此名目，因問鴉片煙何物？周曰："方今承平日久，生齒繁衍，宜有大劫銷除。而自來大劫，無過水火刀兵之類。遇此劫者，賢愚同盡，福善禍淫之説往往至此而窮。是以上帝命諸神會議，特創鴉片煙劫，借世間罌粟花汁熬鍊成膏，供人吸食。食此煙者在劫中，不食此煙者不在劫中，聽其人之自取，不得歸咎於造物之不仁。而有此劫以銷除繁衍之數，則水火刀兵諸劫，可以十減五六矣。然罌粟本屬草花，自古有之，其汁淡薄，不能熬膏。故又命九幽主者，於無間地獄中，擇取不忠、不孝、無禮義廉恥諸罪魂，録送此間，榨取膏血，轉付地上山陵原隰墳衍之神。使將此膏血灌入罌粟花根内，自根而上達花苞，則其汁自然濃郁，一經熬鍊，光色黝然。子試識之，數十年後，此煙遍天下矣。"賈欲更有所問，忽又有人驅數十男婦至，鞭策甚苦，齊聲呼號。賈悸而醒，以語人，人無信者。至道光中葉後，鴉片煙果盛行，而賈已前死矣。然其語猶在人耳，故其時皆言鴉片煙中有死人膏血，實由此語傳訛也。（卷二）

*秦娘

秦娘者，維揚勾欄中人。其父固老諸生也，談者失其姓。生而國色，幼失怙恃，依其舅以居。而其舅負官逋，不得已，議鬻其甥女，爲媒者所誑，遂入青樓。女守貞不辱，假母好言勸之，不從；恫愒之，撻楚之，惟以死自誓。假母計窮，議轉鬻之他所，而以其貌美，未忍也。或爲假母謀曰：「凡爲女子，孰無情欲。宜廣覓少年美男子，勿責以纏頭之費。苟有當女意者，任留一二宿，此後事易爲計矣。」假母從之，凡所交好者，皆託其物色。於是裘馬少年，日有至者。女見之輒哭泣，稍近之則怒詈。假母不能忍，日以鞭朴從事，女決意求一死。夜夢老翁曰：「吾，爾父也。汝慎無死，吾已爲汝覓佳婿，明日當可諧秦晉之好矣。」吴下有蔣生者，以應京兆試，道出蕪城，初無意尋芳也。蔣有友，平時亦嘗受假母之託，以蔣貌美，導之往。蔣始不可，友固慫恿之。及至，女向壁哭如故。蔣調之曰：「聞卿名秦娘，小生則小字晉郎，秦晉自宜爲姻好，何拒我之深也？」女聞言，憶夢中父語，秋波斜睇，見蔣風度不凡，不覺哭聲頓止。假母喜曰：「大好，大好！今日仙女思凡矣。老身且去料理酒食。」女與蔣同坐房中，雖無一言，亦無愠意。須臾酒食至，假母招女同坐，女亦盈盈而至，然淚痕固涔涔也。蔣見旁無他人，乃問之曰：「觀卿情狀，必有隱懷。僕雖交淺，何礙言深。」女細述己志，且告以夢，又哽咽而言曰：「郎君若能爲百年之計，夢中父命，敢不敬從。若以爲風塵中人，苟遣一時意興，則雖死不從也。」蔣歎曰：「有志女子哉！小生固未娶，然貧無金屋，奈何？」女曰：「苟許相從，荆布無恨。但求先矢天日，然後再陪杯勺。」蔣許之，共誓於神。是夜遂同讌好。假母喜女意轉，堅留小住，乃流連三日。女謂蔣曰：「郎君别後，假母必不容獨居，宜早爲計。君家有何人？所居何處？可詳告妾。」蔣曰：「家中無人，惟一寡姊相依，所居則姑蘇某巷也。」女喜曰：「妾得計矣。君宜爲一書與令姊，詳述妾事，妾自有策脱此火坑。」蔣悉如其言。及蔣去三日，假母果別招一客至，女强笑承迎，醉之以酒。乃服客之衣帽襪履，詐爲客狀，啓户逕出，大罵曰：「何物婢子，如此倔强，令人憤氣填膺！」假母疑女又有變，得罪於客，追出謝之，則揚長竟去矣。入房審視，客固醉卧未醒，而女兔脱，乃始追。女甫出門，而暴風驟起，燈燭皆滅。蓋女之出也，默禱於父，有陰相之者也。追者皆悚然而返。女獨行昏黑中，若有導之出者，遂附船至蘇州，竟至蔣家，投書於姊。姊審書不謬，留之，而女已有身。及期，産一男。姊始猶狐疑，視所生男酷似其弟，乃大喜焉。蔣自別女入京，應京兆試，不售。或薦之就四川學政幕，甫至而學使者卒，蔣留蜀不得歸。俄值川楚教匪之亂，益困頓。適大帥欲延一書記之友，蔣遂入其幕府，賓主甚相得。始惟司筆札之事，居久之，灰盤密謀，罔不參預，以軍功保舉訓導。是時道路梗塞，魚雁罕遇，而蔣亦從事戎旃，置家事不問，遂與家人久絶音問。及川楚平，叙功以知縣銓選，始乞假而歸。自辭家北行至此，將二十年矣。遥望故山，頗有近鄉情怯之意。乃至所居坊巷，則門庭如故，且紅燈雙挂，綵幕高張，鼓吹喧闐，溢於户外，不知其有何事。入門則坐上客滿，多不相識。有少年，就問客從何來。蔣詫曰：「吾故蔣某，此吾家也。」少年大駭而入。無何，有中年婦人出，則其姊也，驚且喜曰：「吾弟歸歟？」引少年就蔣曰：「此吾弟之子也。」蓋其子年已弱冠，是日適爲畢姻耳。坐客皆大驚歎，以爲巧遇。姊曰：「正有一事爲難。弟婦已將作阿婆，而猶垂髮作女兒裝束，使之改妝，不可。今吾弟幸而歸來，事當如何？」一客曰：「何不趁此吉日，使父母、子婦同日完姻，亦佳話也。」滿堂轟然曰：「然。」於是青廬之内，花燭高燒，翁姑拜前，兒婦拜後。觀者皆嘖嘖，謂爲未有之盛事，好事者爲作《秦晉配傳奇》。（卷三）

*細細

海寧硤石鎮之南有地曰大虹村，其地有吴姓者，本農家子也。後以水旱荒其田，棄而逐什一之利。久之，家稍裕，遂服賈於外，恒數月不歸。其妻陳氏，雖農女而頗有姿，鄰里諸少年皆豔之，然陳貞潔自守，無可乘也。有小姑，色僅中人，而愁眉齲齒，作諸媚態，惑之者頗衆。性狡工讒，常於母前短其嫂，母信之，故陳恒鬱鬱，久之成疾。每疾發，心輒大痛，四體如冰，終日不暖，惟夜卧則痛止，而體亦温和，心異之。一夕睡醒，覺有人並枕卧，大駭，推枕而起，則杳矣。惶怖無措，解帶欲自經，忽見少女向之斂衽，笑而言曰："姊何鹵莽，以儂爲男子歟？"陳問："卿人邪？鬼也？"女曰："儂非人非鬼，實則狐耳。已爲姊按摩四夕矣，再如是三夕，病即全愈。"陳見其修眉秀項，笑靨嫣然，甚愛之，與俱坐，問所自來，曰："儂亦吴姓，小字細細，舊住海寧潮神宫，今宫圮，故一家俱他徙。儂與姊有緣，來相伴耳。"自是女不去，惟陳得見之。小姑聞嫂與人絮語，疑有所私，告其母。母怒，執梃而往，先於窗隙窺之。陳獨坐燈下，方縫紉故衣，寂無他人。母以女誑己也，將還問之，至其室，則見女正與鄰子狎，狀甚褻。母憤甚，奔入，奪梃撻之，鄰子尚抱持女不釋。女號呼，母恐聲聞於外，忍怒走出。女哭詈終夕，罔測其故。蓋女雖與鄰子私，是夕固獨宿也，細細幻形以挫辱之耳，然自此百口莫辨矣。居月餘，細細忽辭陳去，曰："明日郎君至矣。"明日，吴果至，陳爲述其事。吴欲一見，陳曰："渠約一月復來，且俟其來謀之。"及匝月，陳方獨坐，而細細至，握手笑語如故。陳述其夫求見，意不可，再三言之，乃許於道旁一見。戒勿萌他念，若惡作劇，則與姊從此絶矣。陳謹諾之。其日，吴自外歸，忽見道旁大樹杈椏中坐一女郎，衣淺碧色衫，淡墨色裙，羅襪錦鞵，纖不盈握，對吴微笑，百媚横生。吴大喜，趨而前，將緣樹而上。忽飛塵眯目，痛不可啓，掩面而歸，爲妻白其故。陳方咎吴狂妄，忽聞空中語曰：「與姊從此絶矣！」聆其音，細細也。陳拉吴俱跪叩頭謝罪，泣而留之。曰：「緣定不能强也，明年二月尚可一見。」言已寂然。是時爲咸豐己未八月。至庚申二月，杭城陷，鄉間盜賊公行。吴外出未返，陳已有孕。其鄰村有某甲者，素無行，且習邪術，恒取孕婦胎以爲藥。久聞陳美，且知其孕，白晝將三人入其室，思姦之而墮其胎。陳駭欲死，忽皆反奔而出，跪而自投，又以手自批其頰，頰盡腫，口流血。鄰里聚觀，甲等誓從此不敢犯陳，且願保衛吴氏，使不受他害。衆亦爲代求，始得扶攜而起，歸各大病數月，後遂斂戢。是夜，陳夢細細來曰：「今日之事，我救姊也。上帝以我好善而貞，命爲碧霞宫侍書。從此真與姊絶矣。」（卷七）

聊攝叢談

須方岳

須方岳，字亦咨，號蓉巖，别號補桐軒主人，陽湖(在今江蘇省)人。精帖括，工詩古文詞，而屢試不第，因棄舉業，游幕從戎，以薦得官，同治九年(一八七〇)至聊東候補，光緒十年(一八八四)除官昌邑(在今山東省)。《聊攝叢談》六卷，序于光緒十年，有光緒十二年文英堂刻本。

竇小姑

聊城縣竇某者，乾隆間以武藝舉于鄉，有三子一女，皆驍勇趫捷。女即小姑也。竇嘗爲客商保標，以紅三角旗爲記，南北往來，無少差誤。以是人皆信之，後踵門求保者無虚日，父子應接不暇，廣請夥友，開行于城東射書臺下。是時北五省綠林豪杰最多，然無不知竇家紅旗標之不可犯。惟直隸某砦盜魁黄天狗者，膂力過人，嘯聚頗衆，不甚心服。竇偶徑其地，亦加意隄防，從未相值，一較低昂。一日，省垣某達官幹僕，領健騾百餘頭，駝銀十數萬金，將詣京師，限有日期，投竇行中乞保。行中人適皆派出，無一在家者。某僕繞牀頓足，叠唤奈何。竇妻躊躇無計，欲出辭之。小姑從容起曰：「路上失標，固敗吾名；標至行中而不能行，誤人家事，亦敗吾名也。」母曰：「然則奈何？」小姑曰：「兒亦從父學習弓馬，雄冠而出，自問尚堪勝任。」母曰：「吾聞某砦之惡，汝父尚憚之，此去必由其地，汝能當之乎？」小姑曰：「請試之。」遂易男子裝束，挾彈牽馬，驅標而出。行六七日，將過某砦，小姑見距砦十餘里，有店甚大，時且薄暮，率衆投之。小姑坐店外，倚弓于牆，把壺啜茗。無何，一總角小兒，以火寸爇火，嬉戲左右，小姑不以爲意。小兒潛焦其弦而遁。及曉復行，離店數里，叢樹中羣盗突至，牽其駝騾而走。小姑奮臂彎弓，彈丸未出。崩然一聲，弦分兩段。諦視之，始悟昨日火寸之有由。即策馬反身而走，違盗稍遠，截髮接弦，試之頗固。仍躍馬前來，見駝騾已半進砦門，乃厲聲曰：「汝等不識乃公而來討死耶？」霹靂一聲，一盗已倒于地。手中丸未盡，百步間伏屍十數人。天狗知不能敵，忙摇手曰：「且勿且勿！小子無知，遽犯竇標，幸不見罪。」即回頭叱去左右，已而又曰：「知足下路出敝砦，備有菲酌，能不吝光顧否？」小姑意謂不入虎穴，焉得虎子，遥允之。遂與天狗並轡而進，砦外駝騾以及夫役人等，命左右就地供給。及至其處，水陸珍羞，咄嗟而辦。三巡酒後，天狗以匕首截肉一臠，起向小姑曰：「戔戔微敬，幸不我辭。」意將伺小姑啓吻，直刺其喉。小姑致聲「不敢」，以口接之，即嚼折刀頭半寸許，適見燕語樑間，唾刀頭刺之，燕立墮。天狗爲之失色，因謂小姑曰：「虎父無犬子，信然。今日幾交臂失之，敢請俯收門下，厠諸弟子之列。」且商之曰：「君家紅旗，人多假冒。此後旗上望添二白帶綴之，則燕趙諸砦，無人敢正眼覷矣。」於是將所劫之物一併送還。及出，某僕驚喘不能動，强扶上馬同行。年餘後，綠林中始知爲竇某之女，共相咋舌曰：「其女如此，其父子可知。」由是東昌竇家標之名噪天下，因戲呼旗上白帶爲竇小姑裹足帛云。（卷一）

按：此故事似為《施公案》中黃天霸打敗竇爾墩之翻案文章。

織雲

山西某縣劉生弼卿者，邑之武博士弟子員也。幼時曾習詩書，十載無成，去習弓馬又無成。生父某翁，張質庫於山東堂邑縣，恐生游惰失業，乃攜赴質庫學懋遷焉。路出小終南，其間有仙人洞，高若閈閎，深不可測，蓋勝蹟也。生白父往遊，進方數武，陡覺寒噤不可耐，以爲古洞陰森宜爾，久漸不覺，盡興而反。翌日升車就道，瞥見青衣數輩，各跨怒馬，簇擁蓮輿一乘，紛紛自後至。輿中端坐一女郎，渾身孝服，美麗非常，有如素瓷瓶裏斜插碧桃一枝，生不覺爲之意也消。自此道途之上，靡日不見，或在前，或在後，相隔僅百步許。每與生晤，則以羅帕掩口，向之微笑。生神魂顛倒，不克自持。一夕，生潛問蒼頭曰：「輿中女郎美否？」蒼頭曰：「何處有此？」曰：「練裳縞袂而日日隨我行者，非耶？」蒼頭捧腹而笑曰：「相公偶離娘子，便大睜兩眼，有許多囈語也。」質明生指示蒼頭曰：「若不見得得前進者乎？」蒼頭乃顧生大呼曰：「相公！相公！」生曰：「喚我何爲？」曰：「以相公又入襄王之夢也。」生心竊怪之，置不復辨。比至質庫，天已曛黑，飯罷，生寢，衣甫解扣，忽有兩青衣捧茗盌香爐至，曰：「郎君莫睡，我家姑姑至矣。」生諦視青衣，彷彿路上跨馬者，大喜，乃謂之曰：「汝姑姑豈輿中女郎耶？」青衣相視而笑曰：「不意箇兒郎乃有心人也。」言間，女郎悄步至，生凝睇注女。女哂曰：「客來不解酬應，兩目眈眈何爲？」已而回顧青衣曰：「汝等可去休，明早迎我，小紅一人足矣。」青衣既去，生盤詰女郎家世，女謂生曰：「妾姓黎氏，名織雲，姊妹二人，妾其長也。與君有宿分，勿以爲異。」生攬雲於懷曰：「未聞李衛公拒紅拂之奔，卿何言之甚也。」雲以手挽生頸曰：「君之愛妾，久銘肺腑。然男子恩情易變，不得不以言餂之也。」生曰：「卿能令小生見而不令人見，必非凡人。吾聞鬼醜狐媚，卿得毋阿紫之流歟？」雲曰：「天下古今之温柔鄉，誰非狐者。茲獨以我爲狐，君亦迂矣。」相與粲然。已遂解履登牀，互相偎抱，樂等于飛。俄而生喜曰：「陰口斂，乳頭堅，居然處子。」雲戲唾生面曰：「誰家新娘子而不若是也！」雞三唱，小紅便引雲去。自此靡夕不至。初，庫夥聞生語，知爲妖物所憑，即告諸劉翁。翁大駭，比晚，往探之，果然。翁憂形於色，遍託親友，募善敕勒術者。一日忽聞樑上有嬌顫聲曰：「兒婦不肖，貽阿翁憂。然無緣者招之不來，有緣者拒之不去，兩間自然之理。雖造物亦無能爲力，况區區符籙家耶？」翁曰：「究有何緣？不妨略言梗概。」女曰：「非數語所能了也。蓋生前世爲狼，與女之父同居一山，彼此修鍊百餘年。女之父旋能變化人形，而狼僅毛色轉白。又百餘年，女父已登仙籍，而狼耳後又忽增兩耳，由是同類咸呼爲四耳白狼。狼臨澗水自照，頗慚面目之非，自忖枉費數百年辛苦，求爲人而人之中固無此人，求爲狼而狼之中亦無此狼，不勝悔恨。一日見女父掩泣於室，驚問何故。女父曰：『三日後當歷火鎗劫。』狼沉吟良久，曰：『我替若何如？』曰：『此何事而敢累君！』曰：『我道未成，卿道已成。道成則不可無卿，道未成則不必有我。』女父固辭，狼曰：『我自願耳，非有所勉强也。』届時果有多人入山弋獵，狼耳畔着火槍畢命。女父感其德，令女來報前世恩。故生初生時耳畔各有錢大兩渦，時流膿血，即前生槍子進出痕也。」女述之備悉。翁始恍然悟，由是知非害其子者，即亦不甚深究。居無何，翁死。雲謂生曰：「吾子才力孰與阿翁優？」曰：「不如也。」曰：「吾與汝不如也。果爾，移質庫之貲而設錢舖，事較簡省。」曰：「宜設何地？」曰：「東郡東關外可。」生從其計。雲隨往。自此頃刻不離，非復曩者之早去晚來矣。數年間所獲之利，較當時質庫有過之無不及。比生服闋，雲日孜孜督生習騎射，兼教以雜藝。踰年學使將按臨某縣，雲促生歸應試，果以武入邑庠。一日，教生避槍之法，生手雙劍待，雲舉槍向生一影便刺小腹，生乃叉雙劍按之。雲不待其按，又疾起其槍而取生之咽喉。生慌不及防，急以劍上撥，而左腕已傷，血涔涔下滴矣。生怒，雲曰：「此槍爲先虚後實法，人情不受痛楚，則不能牢記，故稍創之，幸恕罪。」嗣生自東郡反，半途遇盜，賴此保全。及回東郡，欣然問雲曰：「前言已驗，卿視我尚能作龍虎榜中人否？」曰：「此念可絶也。」雲尤善吟咏，旁及書畫，無不佳妙。生心好而願學，雲止之，但勸温習武事而已。一日，有一女郎翩然自空下，丰姿綽約，年二八以來，上下皆紫衣，無雜色，見雲兩眦熒熒若有所苦。雲驚問之，紫衣者躡足附耳，與雲語良久始罷。生自外入，紫衣者急起引避，雲肘之坐曰：「親串也。何作此態爲？」生顧問雲，雲曰：「妾妹織霞也。」生暗忖曰：「昔江東有大小喬，洵非虚語。」晚因囁嚅問雲曰：「織霞有夫否？」曰：「君將爲伊執柯耶？」曰：「予將紹英皇故事，何如？」雲徐徐摇首曰：「此事大不易。君知吾妹此來，亦有所求否？君能應彼求，彼亦或能應君求也。」曰：「所求何事？」雲曰：「某山有妖物者，自稱鑽刺大王，恣睢暴横，雄踞一方，霸占良家妻女，難以更僕數。日者，聞吾妹有美名，强納聘儀，吾父忿不受，以杖擿地，面數其罪。物大怒，拂衣而去，抵暮率其醜類數輩，聲言欲與吾父決死戰。吾父恐驚吾妹，故令遠來投妾。惟物探知吾妹避地東昌，必不干休。幸其手下醜類，功修尚淺，不能與之俱至。物果到來，吾姊妹持械迎擊，君挾弓矢伏暗陬乘隙射之，可獲全勝。吾妹之所求者此耳。」生大笑曰：「吾以卿爲異之求，曾弓與矢之求，敢不如命。」於是雲、霞二人，日戎服佩刀以待。一夕月明如晝，煮茗清談，漏三下，忽聞窗外風聲大作。霞驚曰：「至矣！」雲與霞乃蒼黄脱扃出，生蓄縮有懼色，雲反顧生，切齒曰：「君何前勇後怯耶？」生猛憶曩者輕敵之言，恐爲雲、霞下眼覷，急覓弓矢，箕踞東牆陰下。物挺身立對面屋脊，遥見雲、霞即怒睜兩目如燈，偏提巨刃，直取雲、霞。雲、霞亦嚶嚀一聲，舞刀奔物，盤旋跳躑，屋瓦皆飛。刀光月光，融成一片。雲、霞度生不能得手，引物至東，又折而西。生見有懈可蹈，急注矢發之，中背没羽，物痛甚，狂叫一聲而逝。雲、霞大喜，攜手歸。生乃投弓於地，雀躍至霞前曰：「柳枝不入沙吒利手矣！」質明道路傳聞云：十里外有三尺許巨猬負創死。生始悟物號鑽刺之故。既而雲絶口不提姻事，生不能忍，以詰雲。雲曰：「此事本當即辦，以君矜躁太甚，故遲以示罰。明晚爲陰陽不將之日，當使吾妹與君合巹。」届時，生衣冠坐待，雲亦粧妹出，交拜成禮訖，姊妹各居一室。生乃往來於兩頭。居久之，雲謂生曰：「妹在此，妾當歸寧。」曰：「幾日返？」曰：「返無日也。」生驚曰：「何忽出此？」雲曰：「天靳艷福，較他福尤甚。茲嗇之於前者，正欲豐之於後也。」生曰：「雖然，使我相思死矣。」雲默然良久，乃嘆曰：「君以恩始，妾豈肯以怨終。」爰啓篋衍，取線香數條授生，曰：「如蒙思我，焚之可立至，然幸勿屢屢見召也。」言訖而别。雲去未兩日，生欲焚香，霞止之曰：「亦大急矣。」乃期以十日，及焚果至，生怪其來之速，曰：「家在何處？」曰：「在滇之馬鞍山。」曰：「山川間隔，頃刻能至乎？」曰：「萬里猶跬步耳。」生戲謂雲曰：「馬鞍山佳麗必多，卿既神通廣大，何妨攜我一遊，以擴眼界。」曰：「胡乃舍近而圖遠。此間光嶽樓、玉皇閣，粉白黛綠者，如屋而居。君如往也，妾當效葉法善月窟之勞。」生欣然應諾。雲即牢捉生袖，生便騰空起，不異列子御風。須臾抵光嶽樓，翩翩如鳥墜檐際。旋聞窗裏有女子聲曰：「黎家雲姑姑同郎君至矣。」俄有二十許麗人，啓闥迎進，坐雲夫婦於繡榻，自就主位陪坐。彼此敘契闊。話溫涼畢，雲問麗人曰：「何不見大姑、三姑？」曰：「同朝西池阿母去矣。」酬酢數語訖，雲起告辭。麗人曰：「何往？」曰：「閣上。」曰：「駕回時，尚可過此少談片晌。」曰：「須看時候早遲耳。」麗人送雲夫婦出窗外，忽現復道一條，直通閣上，儼若天半彩虹。雲攜生過，快等淩霄。未至閣者數武，見肥環瘦燕，層疊倚欄。至則有二女郎迓雲夫婦，一着葵綠繡襦，一着桃紅湖縐半臂，鬢影釵光，照人眉宇。紅衣者謂雲曰：「雲姑何大膽，來此不怕沾染窮氣耶？」雲曰：「相別年餘，瑤姑小嘴不意尖刻乃爾。」綠衣者急忙肅雲夫婦入座，乃謂雲曰：「妮子瘋顛語，幸勿見罪。」雲曰：「老姊姊豈與小妹妹較量短長哉。」彼此皆大笑。少間，綠衣者顧謂侍兒曰：「速具餅餌供客。」雲擺手曰：「璚姑如此破費，使人不安。」瑤曰：「吾家姊姊雖未嫁得富家郎，而親朋一飯尚可竭力圖維。」璚攤兩手向雲曰：「如此客氣，無怪瑤妹云然。」已而雲別璚、瑤，與生同返。歸至家，雲拍生肩曰：「今日之遊樂乎？」曰：「樂則樂矣，惟彼美始終不與我言，爲可恨耳。」曰：「汝家姊妹行，無論見何處男子，便與之接談耶？」生不能答。人見生日擁雙美，家業蒸蒸，皆艷羨之，以爲前世脩來，而曾不知其爲狼也。一夕夢見其父含笑謂生曰：「汝素闒茸，吾始爲汝憂，今得黎氏雲、霞爲婦，吾瞑目九泉矣。」

狼也，而有人心，即付之五官，報以雙美，天之待狼且如此其深且厚也，而況於人乎。崔子遴（卷五）

心　影

黄鈞宰

《心影》，原名《金壺淚墨》，上下二卷，爲《金壺七墨》之六。《金壺七墨》，一爲《浪墨》八卷，二爲《遯墨》四卷，三爲《逸墨》二卷，四爲《戲墨》一卷，五爲《醉墨》一卷，六爲《淚墨》二卷，實止六種而已。作者黄鈞宰（一八二五？——？），字仲衡，原名振均，號天河生，又號鉢池山農，江蘇山陽（今淮安）人。博學能文，偃蹇不遇，以拔貢就奉賢訓導，以校官終。著有《比玉樓遺稿》、戲曲《比玉樓四種》。《金壺七墨》有同治十二年（一八七三）刻本。文明書局石印本有光緒二十一年（一八九五）洪葆榮序，且《遯墨》多第五卷，實非原書。

琴園夢略

翩鴻者，僑寓揚州奇女子也，姓顧氏，名字不可書。軒轅生初見其貌，仿佛其神容而擬之曰翩鴻。父某，爲江南名幕，愛女若拱璧，教以文字。少長，善詩詞，工花卉。然不作閨閣柔曼體，以是益奇之。咸豐壬子，粤賊初出廣西，翁方客揚州太守署，上書當事。謂宜仿國初大兵堵禦吴三桂，重阨洞庭，使賊不得出湖南一步。即甚猖獗，終爲釜底游魂，其成禽可立而待。不然則長江之險與賊共之，吾未知所底也。當事方奉命出師，溯江而上，得書不懌，曰：「布衣而與人家國事，將謂天下無人耶，且置我輩何地也？」命太守屏去之。太守素重顧，款待如故，而同人隱相揶揄。翁微聞其説，恚甚，後半月，疽發背死。是時翩鴻年十七，依母以居。弟一，少翩鴻五歲。家故貧，祇傭一媪。翩鴻時就門内市蔬果，雖體態輕婉，而眉宇有英爽氣，見人不甚避。言辭磊落，不類常女。居恒以鍼黹佐母，晚就燈下課弟讀，率以爲常。宦族富家慕其才色，問名者踵至。母錯舉以試女意，輒涕泣誓不嫁，願終養母。他日復言，則曰：「且俟弟長納婦，母左右侍奉得人，再議兒事未晚也。」軒轅生者，揚州旁郡人，兩齡失母，十三喪父，出就外傅，時時會文揚州。性鈍拙，尤謹禮法，行遇婦女，避之若浼。將冠，娶某氏，閨門風雅，婉娩相得，然無世俗狎昵態。未幾婦亡，生賦詩悼歎，哀音動人。雖孑影自傷，而拘執如故。朋輩誑遊青樓，見伎女數人歡笑出迎，大驚却走。朋輩强止之，不聽而去。其迂謹如此。他日行過翩鴻門，翩鴻方與鄰媪語。生一見，意誠開朗，私念世間乃有此人，悵望移時，精彩飛越，自是忽忽如有所失。生之族人位中者，業鹺於揚，故有園亭甚盛，距顧氏第不遠。自鹽法更張，日就頹圮，生僦其東南一角居之。闢門於叢竹之中，略加脩飾，易製聯額，而更其名曰琴園。入門，有土山戴石，雜植梅柳梧桂之屬，蓊翳蔽虧。迤邐而進，山之北，棟宇五楹，翼然南向者，天爵堂也。自堂而東，翼以曲廊達於山麓。面山一小閣，額曰拜雲。閣之東北，山石環疊，曰洞曰巖。攀巖穿洞，見有竹籬茅舍，隱現於林木之間者，曰香草龕。流水外抱，〔略彴〕(約略)横之。蘭芷芙蓉，羅列階砌。過此而西，則傑構凌雲，窗檻軒爽，所謂比玉樓也。樓之西南爲水榭，廣二三畝，中有種星亭。環亭皆白荷，蕩槳可登。別有長橋曲折，通於西北。佳境甚夥，生所僦居者止此。然登比玉樓縱目四顧，已足以盡攬其勝。時生方悼亡，於樓下別闢一室，顏曰聲香影夢之齋。朝夕吟咏其中，暇則與顧氏鄰里相往還。並識其傭媪，閒言款洽，因盡悉翩鴻爲人，愈致敬慕。朋輩偵知之，相與姍笑。生曰：「吾敬其人，非慕色。」居數月，鬱鬱不樂，賦詩數章，乞傭媪達之。媪謝不敢，曰：「是非尋常兒女子，吾雖日侍其側，愛而畏之，妄語不能出諸口，何況文辭。」生曰：「吾詩無他，致敬慕而已。」媪笑曰：「異哉！君乃何人，彼欲君敬慕何爲者。雖然，君志於此有日矣，吾姑試之。」他日，翩鴻曉妝將竟，媪從鏡中對女而笑。女回顧曰：「何笑？」媪曰：「吾笑癡人。」女曰：「誰癡？」媪曰：「酸秀才揚揚從門前過，有物自袖中墮而不知也，吾又不識字。」又曰：「物何在？」媪故從懷中袖底探索以呈女。先是，顧翁之歿，女痛父以憂鬱死，時時悲恨。翁遺寶劍一，懸女室中，每念母氏操勞，弟幼不克振門户，則掣劍拂拭，歎曰：「奈何不作男兒！」生詩第三首，偶及此意云：「人間天上隔蓬萊，新詠傳聞滿玉臺。敢以塵凡窺上界，願通文字識清才。中郎得禍冤誰訴，伏女傳經志未諧。我亦青年悲失怙，劬勞心事有同哀。」翩鴻見詩，初不懌，媪惴惴將遁去。及讀至此，淚涔涔下，以爲忠厚之言，與時俗輕薄者不同。顧媪曰：「汝識其人，他日再見，還之。」拭淚置詩筆袋中，遂詣母所。越二日，生復過媪。媪入，請詩函還生，戒之曰：「後勿復爾。」生還園啓函，則己作之外，别有七絶一章。詞云：「飛來詩句太無因，獨感劬勞數語真。一世男兒千古業，莫將情語向閨人。」生讀竟，且喜且感。女既倉猝付詩，已而悔之，尤悔閨人二字之誤，時時以爲憾。自是不復相通矣。生獨居園中，形神消喪，常作小詩以自遣。一日散步城外，將及平山堂，見一道裝者來，鬢髩飄飄，童顏皓齒，摩肩而過，曰：「惜哉！此生有才無命。」生覺其異，招之不答，追之則步履甚捷，常在數武外。不得已，揖而號之。道人回視曰：「何事見止？」生遽前，備問身世因果。道人曰：「某何所知，先生問道於盲矣。」生攬其衣而哀之。道人曰：「雲谷有言，福自己求。寶精秘神，與世浮沉。子雖窮薄命，然靈根自在。吾當保固其靈，結來生再見緣也。」言已，探懷出一小方鏡授之，背鐫八卦，曰：「七情之鬱，不可排遣，但如其方位置之枕下可也。雖然，樂不可淫，思不可縱。反是，禍已。」生受鏡納錦囊中，視道人已杳。歸而啓之，一如常鏡，弗以爲異也。又數日，諸友過訪，置酒香草盦款之。談辯歌呼，極歡而散。生念之數子者，上有父母之蔭，下有妻子之奉，宜其意氣發揚，不復知人間有愁苦事。而己乃幼年孤露，對影徬徨，悲從中來，不能遏抑。因憶道人語，出鏡反覆諦視，卒無他異。隨手置枕下，倦而睡去，聞有叩門聲甚急，自起啓門，則身在家中。左右報曰：「父翁歸矣。」生急出迎，果見父自外入。恍惚似久客乍還者，遽前牽衣大哭。於是諸兄姊弟出謁，祖母以下坐堂上，父入問安已，問兒輩讀書何似，性情賢不肖能否成立。堂之東偏立一姥，亡婦侍側，冠帔莊肅。生不識，以問父。父曰：「癡兒，此汝生身母也。」生憶歲時所懸影象，仿佛相似，即詣前跪，抱姥膝，愈哀哭不自勝。母撫其首曰：「兒今長矣，我病臨危，呼乳媪抱兒榻前，泣無淚，語無聲，兒識之乎？猶憶殯葬招魂時，兒嬉戲乳媪懷中，手捽神主墮地，旁人感歎有泣者，兒猶蚩蚩笑不已乎？我雖去兒，然魂魄不舍兒者經幾何年，兒今長矣。」言至此，哽吶不能語。聞堂後雞鳴聲，父料理楹書畢，乃曰：「我暫歸不能久留，當復遠行。兒知立品守身，勿爲世人訾笑，則幸甚。」生攬父衣不放。父揮之，仆地而醒，顧視一燈熒然，風葉打窗，淚溼枕上如水，淒歎久之，而東方白矣。自是每有思念，置鏡輒夢，輒清析如平時。他日或傳翩鴻病，輾轉思念，計無復之，已而拍案大喜曰：「吾有寶鏡，何不以試翩鴻？」如前置鏡卧，終夜輾轉，寂無所遇。晨醒，悒曰：「道人誑我，前者特偶中耳。」移枕出鏡，則鏡背向上，八卦方位亦顛倒，乃自引咎。是夕，焚香默祝，再試之，果見翩鴻在前，捧一無梗蓮花，不言不笑。望之不可即，欲趨向前，而翩鴻又在後，迫而即之，大聲發於户外。第見白額虎跳躑而來，勢將撲生。大驚呼救，奚童隔户應之，乃知身在琴園中，心惕惕不知何兆。已而恍然歎曰：「吾乃今知道人之餉我厚也。人生所不可必者，醒時事耳。醒不可必，夢愈可知。而我能必其夢，則何不以醒爲夢，而以夢爲醒乎？」於是益悟眼耳鼻舌身意，皆如鏡花水月，無一實相，而情亦漸漸灰矣。明年癸丑，當事自九江折回金陵，粵賊水陸蔽江下。江寧告警，揚州紳富皆遷。顧母既以客籍僑居，無肺腑倚託之親，又絀於貲不能他徙，乃召鄰里及曩時媒妁議曰：「弱女性執，戀母不字，吾初不忍拂也。今事且急，老婦生死不足惜，如宗祀何。日前問名諸家，有可議訂者，吾意酌許之。庶幾藉葭莩之誼，庇蔭寒門，或者攜挈遠遷，不致坐而待斃耳。」媒曰：「惜哉！早日言之，甚易事耳。今聘者已聘，遷者已遷，寇亂方殷，誰有閒心議婚媾者。無已，且試圖之。」明日，生與傭媪遇於途，得悉此言，即託爲媒。媪曰：「媒非我所宜言，言之則前事且敗。西鄰錢媪，爲主母所信任。君往謀之，其諧乎。」生如言，託錢往返酌議，有成説矣。翩鴻言於母曰：「母以亂禍方劇，趣議姻事，爲避兵計，兒何敢違。第亡父一棺，淺厝郊外，非先卜葬不可。」母曰：「兒言亟是，甚矣吾之瞀也！」復命錢媪致意於生。生擇期納聘，釵釧衣飾之外，别奉三百金，而先以猶子禮見，得以便宜議事。

遂於二月十日安葬顧翁畢。後三日，遷顧母子於下河。方是時，翩鴻已知問名之人，即前投函之人，愈悔和詩之誤，懊恨累日。既而曰：「吾自有兩全計。」生既從顧至下河，而江寧失守信至，旋陷揚州。遂辭顧母爲從戎計，出入江南軍中，上書軍門，大致謂：「金陵既爲巢窟，勢難猝拔。若圍攻過急，地廣賊衆，斷不能聚而殲旃。一旦潰決而出，東南財賦地勢必不保，則得不償失，所傷實多。不如以殘破郡縣委之，而力保完善之區，餉糈亦有所自出。其由安慶北竄之賊，宜別請大兵由齊豫夾擊而南，不責以殺賊復城，而責以阨河爲守，斯爲要策。不然，金陵形勢，牽綴重兵，彼得以游騎衝突橫行。萬一畿輔震驚，則肘腋之患，而胸腹之憂已。」軍門以爲然。先是有張繼庚者，江寧諸生，陷於賊，以計出城，見軍門約爲內應，謀洩被害，事載《金壺遯墨》中。軍門初見繼庚，疑信未決。生故相識，以八口保之。及事不成，歎曰：「天未厭亂，十年之劫，未易平也。」臨江設位，酹酒而哭之。遂歸下河，議婚期，翩鴻誓不離母，不得已入贅於顧。女先期請母，別婚室爲內外間，外間設妝奩帷榻之屬，而更設小榻於內，以一婢自隨。廟見合巹如常儀，已乃獨入內室，使婢奉書一函。生大驚訝，啓函讀之，略云：「妾以蓬門陋質，得侍左右，又蒙厚誼，嘉惠先人，窀穸既完，封樹斯固。老母弱弟，並獲安居。仁人之心，存歿均感。顧妾所悔恨者，和詩一節，深用疚心。外人不知，因緣有定。風鶴之警，事會適然，將謂投函在前，若老母已知有其事，因而成之，以滅其跡者。捕風捉影之徒，或且更甚其詞。百歲身名，永爲瑕玷。自今以往，侍巾櫛，任中饋，澣濯縫紝，惟妾主之。分牋滌硯，惟妾司之。親暱至此，欲不謂之夫婦而不可得已。獨至牀第之間，決難依侍。一則幼年本志，誓不出閣，葆其貞固，可遂初心。二則投詩之時，初無他意，願以恩義終始，勿及於私。庶不使憐才慕色者得所籍口。三則男女之别，判若幽明，稍涉嫌疑，便成苟且。妾欲以光明磊落，一矯其風，作世間一奇女子。惟君子鑒而許之。世俗恒情，每言宗祀爲重，則小星可納，妾當以房老自尊。否則故里中别聘名門，妾亦可自居外室。曩者初讀大著，識爲端人正士，繼以慷慨行事，方駕古人。若不以倡隨爲樂，而沾沾於情欲之間，則是妾以豪傑期君，而君乃自蹈於庸俗者之所爲，甚非妾所望也。」生覽未竟，笑曰：「世間寧有此事？」然素知女性執拗，不可驟回，擬緩圖之。而小婢趣生安寢，入闔内室門矣。生既就枕，寂無聊賴，念從古未聞之事，乃於己身遇之，當亦孤獨之命，有以召之也。歡情未洽，轉益傷心。後數日，顧母聞之，勸女者再，決意不從。每旦晝見生，飲食言笑，凡所以承順夫子者甚摯且周。日落燈明，則面冷如水，凜然不可犯。生乃盡出平日憶女之作，冀以引動柔情。女繙閱七絶一首云：「沉思無計夢無從，萬種低迴一顧中。深夜焚香花下祝，不能歡會莫相逢。」笑曰：「不通太甚，是相逢必歡會，世寧有此理耶！」又閱七律數首云：「卍字闌干小閣前，柳梢新月晚涼天。蠶絲繞箔空成繭，鳳咮煎膠不入絃。私祝芳魂同化蝶，密將春恨付啼鵑。人生有意無言處，贏得琴心度少年。　昨宵前夕此星河，曲曲屏山幾度過。隔户曉風防落葉，虚窗清影度秋羅。袖中宛轉丁香結，枕上凄涼子夜歌。睡起登樓天際望，斷腸人遠緑楊多。　一度相逢一自持，等閒何敢證相思。欲通軟語心先忖，怕觸微嗔性未知。涼雨簾櫳花落早，晚風庭院月升遲。百迴旖旎千將息，消受低頭不語時。　水珮雲裳弱不勝，風情霞思欲飛騰。微波曾照驚鴻顧，曲逕深防睡鶴憎。春冷壺尊花外舫，夜間樓閣雨中燈。分明窗下聞輕語，碧漢紅牆定幾層。」女止不閱，曰：「皆可焚也，觀之無可觀，詰之不勝詰。自唐人李義山、韓冬郎輩作俑於前，至本朝王次回、袁香亭輩放言於後，斯文掃地，作孽傷天，何苦以有用之精神，博他日無窮之困苦哉！」先是，生在軍營，同事有常州君者，跛一足，性陰險，人皆惡之。生刺以詩云：「脛如宣聖當時叩，脚未觀音宿世脩。」「天上有仙爲伴侶，人間無路不崎嶇。」女曰：「君作而彼不知，不足以洩憤；君作而彼知之，更足以招尤。且君所刺者一人，凡天下之疲癃殘疾、體相不具者，皆將抱憾於君，夫彼豈得已哉！」生自是不作游戲刻薄語。女嘗從容詢生家世，及前室性情。生曰：「婉而靜，顧以外家貧，屢受譏訕，坐是抑鬱病。」女曰：「貧有何罪，甚矣其懦也。若我處之，便大書窮字，懸於額間，其謂我何。」語未畢，有生同學友過訪。生出，女隨至屏後窺之，適以舊事相辯駁，友不服，生盛氣凌之，其人忿而去。日晡小雨，生語女曰：「頃無事，圍棋可乎？」翩鴻每與生賭，故爲拙行，局終，輒負二三子。至是設局布子，生負甚。兩角受困，其一少有生機，女又斷其道以窘之，左右求活不得。生急曰：「逼人何太甚耶！」女曰：「君亦知受逼之不可堪乎，何曩逼某友之甚也。」生悟而笑。局甫終，而鄰家訴誶聲大起。蓋姒故尖刻，陰唆是非，而陽爲好人。娣婿貧，常客於外，則使子姪以非禮欺凌之。娣既屢受侮，積不能耐，以大義相責備。姒聞愈恚，遂唆撥箕帚細故，頗致勃谿。翩鴻遣婢以母命請其娣，而自往見姒曰：「人人皆言姒狠而娣善，以吾視之，娣誠善矣，而姒固未爲狠也。天下寧有狠人，讓人以良懦之名，而自居險毒之實者。又寧有真狠人，授人以有理之柄者。」姒乃合掌誦佛曰：「善哉善哉！惟姊知我。我何能狠。」翩鴻曰：「吾爲姒計，不如因而善之。我善而彼亦善也，是爲兩善。處家能兩善，抑復何求。若我善而彼不善，則罪有所歸矣。」姒大笑曰：「姊真能言，我聽之如飲甘露，如痼疾得良藥。自今以往，」以手折箸曰：「所不悉遵姊言者，有如此。」翩鴻拜曰：「果爾。」姒見翩鴻拜，急止之曰：「我當拜姊，奈何姊拜我。」翩鴻曰：「果爾，則我等鄰人耳朵中清静多矣，如之何不拜？」乃歸語娣曰：「不喫虧，不足爲好人。藏園曲子有云：『君不見走正派的人兒喫盡虧。』自古國家大事且如此，何況平民。且彼長技，亦祇口舌難堪耳，豈能如市井無賴以一指傷人哉！今日飯吾家，飯後歸未晚也。」涕泣而去。生嘗以讀書嗜酒得咯血症，醫藥不效，勢危甚。女晝夜侍疾，衣不解帶。一日進參湯，中有薄肉數片。生問何物。女曰：「羊脯耳。」自是血止，飲食漸加，遂愈。女因以戒酒勸生。他日，復飲友人所，夜半醉歸，留女同榻，不可，生愠曰：「是絶物也，吾將强焉，奈何？」翩鴻曰：「有是哉！吾日勸君節飲，而君不能從。人固各有所好也。且吾謂君風雅士，故以人情所難者期君。若竟出於强暴者之所行，妾何賴焉。無已君且安眠，妾以夜至，何如？」生諾之。女入内室，久之，果復出。出即滅燈，和衣卧牀側。生素知女性剛，極意款洽。天未明即去。明日，見女坦適如常，疑而詰之。女笑曰：「吾有替人，何須窮究。」乃知夜至者婢也。生前以詩詞見規於翩鴻，間有感閨情，填詞數闋，藏之篋中。女乘生出，搜閲之，有有《疏影》詞詠影云：「香雲冉冉，比箇人姿態，還更輕倩。立也亭亭，行也珊珊，無言俏倚深院。角巾依約當屏背，和壓鬢花枝低顫。任生綃周昉描來，無此丰神淡遠。　猶記納涼庭院，那人正背立，衫袖風颭。濃似春雲，淡似秋烟，幾曲闌干尋遍。分明轉眼簾波碎，換不轉真真半面。更晚來落照低迷，化作一庭幽怨。」又八聲詞《點絳唇》唾絨聲云：「繡閣春濃，雛鶯調舌花捎地。石華游戲，淺碧深紅意。　弱線頻添，暗倩雙鬟記。脂香膩，微聞蘭氣，心是檀郎細。」《減字森蘭花》步屧聲云：「蓮花淺印，繫得金鈴誰最韻？側耳來遲，最是樓居夜静時。　湘裙烟縷，出没風前容細數。防被人聽，行過虚廊分外輕。」《憶秦娥》押翦聲云：「蘭閨暇，銜花燕股輕輕砑。輕輕砑，思量寬窄，那人前夜。　釧金微動還停罷，裁紅熨緑花支亞。花枝亞，闌干敲遍，分明窗下。」《相見歡》卜錢聲云：「燈前祝語盈盈，擲來輕。笑向旁人佯説，問陰晴。　心中事，眼前字，是佳音。却有一圜旋轉未分明。」又《點絳唇》閨情云：「生小幽閨，等閒誰見龐兒半。鸞絃乍按，指下何曾慣。　玉鏡爲台，羞畫眉峰淡。爐烟散，人前千萬，不許思量看。」《浪淘沙》春思云：「人立畫欄東，夢裏春融。驚回花外一聲鐘。四角流蘇尋不得，一晌矇矓。　蹤跡等飄蓬，芳訊匆匆。一灣流水葬新紅。舊日春華何處是？殘照淒風。」女閲至半，歎曰：「語雖常致，情亦可憐矣。」自是稍假辭色，看花品酒，賭畫裁詩，不異同心益友。倡隨之雅，聞者艷之。而樂不及淫，夜歸内室如故。又數日，晨起聞門外嘑泣聲，則婢以買花故與鄰婦相爭。第聞鄰婦詈曰：「小鬼頭，亦不正眼覷人。我父理問，叔員外，兄弟秀才，豈與汝輩鬥口舌。汝家姑寧聾啞者，乃縱容婢子欺人耶！」翩鴻即詣庭前召婢入，駡曰：「汝不省事，汝豈不知我家左右鄰皆夫人娘子軍哉！我日日閉門度日，猶慮樹葉傷頭。汝乃欲以螳臂當車，太歲上動土。誰聾誰啞，我亦不解。今日世面，有何世家巨族，而喋喋然以富貴驕人，令我作十日惡。」鄰婦素知翩鴻爲鄉里所稱，默不發一語。顧母居間勸解，攜女入房。生迎謂曰：「謹厚者亦復爲之，令我咋舌。」女笑曰：「九子母滿頭簪花，亦不見一分妍麗，何苦乃爾。」時生受江南某帥聘，去數月始歸。歸坐女室中，談世故，話家常，及暮，久不出。女乘間至外室，反扃其門，自詣媪榻卧，而使婢侍生。生既屢不得遂意於女，且怨且慕，歎其不情，又不使以狎昵事反目煞風景。一夕反側數四，不得已於枕上出前鏡，太息而祝之。及夜蘭澤沁體，偎之有人。啓帷燭之，果見翩鴻並枕卧。生喜曰：「卿亦有今日耶？我謂卿非鐵石人。」遽前擁之，女不言亦不拒。移時忽不見，祇見一無梗蓮花，微雲護之，冉冉而去。生驚哭曰：「翩鴻何往？」視内室門固未啓，第聞女醒唤婢聲，乃悟。明日翩鴻出，羞澀之態，異於常時。生私詢之，女愠曰：「夢耳，不必言矣。何物妖魅，而狡獪若此，我必搜鏡焚之。」啟篋傾奩不得鏡。生自尋之，亦不得，相與詫歎久之。甲寅春，生將北行，而顧母忽病，日益沉篤。翩鴻每夜焚香祝天，祈以身代。一夕跪伏中庭，久不起。生從窗隙窺之，見以左手割右臂，手顫力蒻不斷。生私歎曰：「異哉！何不右蒻以刲左，而鈍拙若是。」又見女奮齧其肉，齒而斷之，血滿衿袖間。生爲淚落，而不敢聲驚也。母食後，病勢較瘥。閱十數日復病，竟卒。女嬌啼悲泣，迫不欲生，謂自喪父而後，依母爲命。今母去，吾心已萎，不可活矣。生勸慰再四，略進水漿，而形神憔瘁。又二十日，亦病不起，涕泣執生手曰：「全歸之義，妾幸無負。妾死從母無所憾，惟屢梗夫子命，生死不安。自今别聘名門，以承宗祀，勿似妾之相夫不終也。」言已，大哭，生亦哭。卒後二日殮，面如生，蓋于歸一年餘，猶處子也。生嘗與婢述女左手刲臂狀，以爲慘痛。婢曰：「吾憶之矣，官人乃不知耶？」生茫然詰其故。婢曰：「曩官人病，娘子刲肉以進，實爲左臂。故今以右臂奉母耳。」生益驚悼，至是始知湯中數片肉，實翩鴻玉體所煎也。生既葬女，北行，道過廣陵。會官兵已復揚城，因詣琴園弔之。則竹木山石僅存，縱横錯落於清池茂草之間，畫閣雕廊，俱如蜃氣樓台，化爲焦土。而顧氏數椽屋，亦在荆棘中矣。追憶舊遊，凄然墮淚，跨土牆而出。將東行，忽見道裝者來，略叙寒暄，向生索鏡。生曰：「亡之矣。」道人曰：「吾固戒君樂不可淫，而君乃用之於房室之間，鏡無罪，豈可焚耶！吾已收之矣。君非禄籍中人，實精秘神，幸誌吾言。歷此小滄桑，亦足省悟，勿貽他日悔也。」生問無梗蓮花何故，何以兩夢皆然。道人曰：「是皆薄命相也。女子不壽，又無所出，何以異於花之無梗蒂者。顧靈台清潔，不染六塵，仙佛皆賤濁而貴清，是以不梗而蓮耳。」生味其語，爲之憮然，而道人飄然没矣。

（卷上）

遯窟讕言

王韜

《遯窟讕言》十二卷，作者王韜（一八二八——一八九七），初名利賓，易名瀚，字懶今。去香港後始更名韜，字仲弢，又字紫詮，號天南遯叟、弢園老人。江蘇長洲（在今蘇州）人。十八歲中秀才，二十二歲至上海入英國教會所辦墨海書館工作，一八六二年曾化名黄畹向太平天國蘇州當局上書，爲清廷以「通賊」罪通緝，即逃往香港，應英人聘去英國譯經，因得遊歷俄、法等國。一八七四年在香港任《循環日報》主筆。一八八四年回上海，主持格致書院，以著述自娱。極力主張改良，所著《弢園文録外編》，可以窺見其思想。《遯窟讕言》前有光緒元年（一八七五）自序，申報館鉛印本。稍後有光緒鉛印作者删定本。此書作于同治年間，爲作者第一部小説集。自序云：「十年病旅，滯孤轍于羊城；一卷殘書，彙荒言于狐史。蠻烟瘴雨，都可選材；海市蜃樓，半由歷睹。」蓋作于廣州或香港。

鸜媒記

方瀛仙，揚州甘泉諸生。世擅鹽筴之利，累貲鉅萬，至生不喜居積，一切盡委之人，惟日購書籍、字畫、金石、彝鼎以自娱。有别業在廣儲門，具泉石亭臺之勝。每遇盛夏，輒往銷暑。近園數十武，爲林氏居。林亦宦家，有女曰雙影，工詩詞，美容貌，才艷噪一時。時生亦未聘，頗屬意於女，特以未能一見爲憾事。林屋後亦有小圃數弓，正鄰生園，女常往散步，生因叠石爲山，築亭其上，名曰來影，於是林圃景物悉在目中。女知其故，遂不復往遊。生雖望衡對宇，而窺影聞聲，竟不可得，銀河咫尺，有若天涯，生亦無如之何也。先是郡中大族求女者日踵於門，而女父必面試以詩，然殊少當女意者。經年求者稍稀，生時思自通，屢浼同學友人言之，而女家或以紈袴子目生，置不答。一日，適逢七夕，生在園閒眺，命僕婢輩灑掃閒庭，陳設香几瓜筵爲乞巧戲。忽見一鳥瞥下，口銜片紙墜地。生視此鳥，綠毛紅爪，其足尚纏金鍊寸許，乃人家所豢鸚鵡也。甫欲掩執，而鸚鵡奮翼而起，翔集庭樹，呼曰：「方秀才勿萌惡意，此吾家三姑子所作詞，但請速和，奴可代爲傳入閨中也。」生拾視之，上書《鵲橋仙》一闋，詞意纏綿，直闖花間之室。因振筆書寫，迅不停綴，鳥則在樹睨視。生筆甫閣，已疾下銜之去矣。生奇歎不已。先是女呼婢浴鸚鵡，既浴而鸚鵡亟請去鍊，婢如其言。既釋，剔翎梳翮，飛翔檐際，意得甚也。婢以馴養已久，不之防閑，俄見其向生園飛去，方欲遣人往覓，而鸚鵡不知何時已回。女旋於几上得一詞云：「空階亂葉，閒庭涼露，秋入離愁更苦。獨憑欄角暗傷心，看數到雙星無語。蛛藏小盒，針拈繡線，懶作兒時情緒。因緣拚已兩飄零，算多此今宵一聚。」女吟諷數四，不解來自何處，後睹詞末有「雙影女史慧鑒，瀛仙謹和」數字，益爲疑訝。急覓己詞，則遍搜不得，默自驚異。然女自此知生之才，第未能白諸父也。迨中秋日，女欲往遊天寧寺，畫船已具。是日，生方在園讀書，瞥見鸚鵡飛墮其前，引吭言曰：

「吾家三姑子，今日將往天寧寺。方秀才欲一見玉容，可候於寺門，當無不遂意也。」言畢展翅竟去。生深信其言，買櫂急往，至則遊舫鱗集，士女如雲，不辨林氏船泊處。須臾，一舫衝波而至，船頭懸鸚鵡一架。生曰：「是矣！」即呼篙工，與之相並繫纜，而佇立船頭。頃之，女扶婢出艙，玉肌花貌，曠世無儔。生正注眸凝視，忽聽鸚鵡疾呼曰：「方秀才仔細着，吾家三姑子來矣。」女聞言舉首，見生四睛相射，不覺微渦暈頰。婢即呵止鸚鵡勿語，然後登岸。既而女歸，私詢婢曰：「適間方秀才果何人？」婢曰：「聞舟人言，即吾家園鄰方瀛仙公子也。」女默不語，自此女始知生容貌都雅，意頗動。而生自見女後，寢食俱忘，獨登來影亭，咄咄書空久之，驚聞足下有膈膊聲，俯視則鸚鵡正在亭角。生拱手謝曰：「仙禽來乎，何以教小生？」鸚鵡矯翼騰空，以咮叩石曰：「早遣冰人，以娶玉女。既遂爾緣，勿忘我語。」言已，翩然遽逝。生立浼媒往説，女父並無難詞，涓吉納聘。至期，生往親迎，迓輪而返，却扇之夕，生向女緬述其異曰：「此鸚媒也，敢忘大德。」每晨生必親飼，飫以珍異。後鸚鵡死，生葬之平山堂側，曰鸚鵡塚，樹碣其上，并徵名流歌咏其事。由此鸚媒之名，揚人今猶嘖嘖稱之。（卷一）

夢幻

潮州李大賓言：其鄉有潘明經者，貴家子也。讀書媚古，胸際淵博異常，年僅弱冠，丰姿如玉。甲子以應北闈入都。初至，卸裝於逆旅，厭其囂，僦居蘭若三四椽，後逼山林，前遠廛市，明朗幽敞，絶無纖塵，真精舍也。時距試期尚早，生偃息琴書，聊自娛樂。一夕，月色如水，照澈几榻，洞然空明，頓覺煩襟盡滌，因操琴爲數弄。既畢，散步階除，聞隔牆有笑語聲，雜以杯盤匕箸聲，深訝此外豈尚有人家耶。梯垣下窺，見庭中設有一席，婦女四五人，團坐勸飲。月下視之，並皆艷絶。一紅衣女郎方飛一巨觥，與東坐之婦曰：「以此爲罰。」東坐婦不遽接，但拈籌細諷，笑其誤解。聯坐一女，婑媠垂雲，明眸稚齒，代爲排解曰：「令之不行，持觴政者之過也。請約法三章，以整酒兵。」諸女郎皆曰：「諾。」紅衣者曰：「此後有不依籌飲酒者，駢兩指擊腕爲罰。」酒數巡，紅衣者屢負，香腮薄頳，嬌怯不勝，因各罷酒。最稚者曰：「紫丰姊藏有水沉香，今夕風清月朗，何不於鴨爐中一炷？」一紫衣女郎曰：「幾忘却。」因命柳媪取金縷囊來。頃之，柳媪至，對以無有。女曰：「汝老眼花矣，不記在雙鴛脂盝中耶？」柳媪曰：「不但遍搜奩篋，即熏籠藥笥亦翻到矣，恐紫姑自去，亦無處覓耳。」女翹首移時，曰：「得之矣，昨曾繫於繡領間，想往西寺撲蝶時失去，惜止此數顆，明當踪跡之。」旋見齒稚者惺忪作倦態，牽東坐婦人衣曰：「夜深矣，盍歸休乎？」須臾盡散，只餘婢媪。生覺露氣襲衣，亦緣梯而下。翌晨起視，則牆外荒草深林，杳無人跡，異之。方欲入内盥潄，瞥睹一紫衣女郎，斜立牡丹砌畔，以蓮鉤蹴草際，珊珊獨行，丰神不可一世。生知其覓香囊來也，從後曳其袖曰：「囊在我處耳。」女失聲絶裾而遁，輕紗半幅，香艷異常。生因什襲珍藏之，而轉憶芳華，頗涉遐想。至夕轉輾不能成寐，甫就枕，忽有人蹴之起曰：「紫姑召君。」生不覺隨之行，取道曲折，似非寺中素遵之路，約半里許，抵一樓閣，銀燈四照，紅窗洞然。見女支頤獨坐凝思，若有所俟。生鶴步鷺行，悄然掩入，及至其前，女猶未知也，拍其肩曰：「識得西寺書生否？」女錯愕起立，不勝驚異，似未知生之將至者，顫聲詰生曰：「何處風狂兒，入人閨闥！」因連呼碧兒，則悄無應者。生亦倉皇長跽，謝罪曰：「小生之來，奉卿所召，不然洞天幽邃，迥隔紅塵，安得至此。是係良緣，願卿勿疑。今夕河魁不在房，又近雙星渡河之候，天上神仙，猶落凡想，况我與卿兩人乎？請咏『邂逅相遇，適我願兮』之詩，何如？」紫衣女俯首尋思，意若微動。生遽近前擁之，亦不甚拒。忽聞牆外犬吠聲厲如豹，遥有悉索呼叱聲，勢甚汹汹。繼漸近房闥，生瑟縮不自安，一片熱情，不覺冰冷。女急指牀下，令生速入。生無奈何，團伏其間，久之聲響寂然，匍匐出視，則女已不見，内外闃無一人。搜其枕畔，得玉釵一股，懷之而出，迷路不得歸。至東隅，爲一短垣所遮，踰之，失足而顛，蹶然遽醒，乃一夢也。而玉釵宛在手中，茫然不解其何故，但失笑而已。（卷二）

裝鬼

浙東諸生施仙根，美風姿，工諧謔，一佻達子衿也。娶妻粱氏，固舊家女，爲新齋明經之女弟，薄有奩贈。粱容色雖不甚艷，而綽約娟好，殊有一種顧影自憐之態，粗涉之無，略解吟諷，於白樂天集中《長恨歌》《琵琶行》諸詩，琅琅上口，以是琴瑟頗調。每值良辰佳景，看花鬥酒，率以爲常。伉儷之篤，自以爲非世間俗物所能喻。不二年粱染病死。仙根獨處無聊，時散步於門外。鄰人某甲，無賴酒徒也。婦某氏，年僅二十，微有姿色而性頗淫蕩，涎仙根之貌，時以眉目間傳情，徒以仙根有婦在，恐不敢舍家雞而愛野鶩。及是知仙根喪偶，益以語挑之，仙根漸爲所惑，就其室而私之。狐綏鴇合，竟成一對野鴛鴦矣。婦貪而狡，要索百端。仙根以妻之妝奩，朝贈夕貽，逢迎恐後，未幾篋笥爲之一空。而婦欲未饜，時有所需，仙根至無以應。適有右鄰一少年，亦屬意婦，時以金錢饋遺。新歡乍合，情好綢繆，而與仙根漸生厭棄念，遂思有以絶之。一夕，謂仙根曰：「今夕有姊妹相過，子不可來，俟其寢，我當就子。」仙根喜，挑燈以俟。夜將半，婦戴面具，披百衲衣，蝤蠐頸上盡纏楮帛，作奇鬼狀，潛詣仙根室，止於窗外，作魕魕鬼語。仙根聞之，正襟肅容以聽，已而寂然，及解衣就寢，鬼聲又作。側耳聽之，其語隱約可辨，云是仙根亡婦，歷言某衣某裙某環某釧，皆我嫁時物，何得悉予淫婦，我已訴於陰司，今夕必同往質對。仙根甚駭懼，繼而悲從中來，涕零如雨，不敢出户，就室中叩頭哀乞，願作佛事超度。鬼云：「若爾，我且先索鄰婦去。」須臾聞隔垣人聲喧嚷，云：「娘子一時中惡，須覓熱湯灌救。」仙根且驚且憂，竟夜目不交睫，瘦骨難支，寒熱頓發，遂大病。恍惚見亡婦往來帳外，求醫問卜，并請巫祈禱，數日漸差，扶病强坐，窗外秋風瑟瑟，夜雨瀟瀟，舊恨新愁，無端紛集。漏漸深，鬼聲又作，如泣如訴，哀怨凄惻，不忍卒聽。側耳細聆之，若云：「爾不再與鄰婦私，我方舍爾。」仙根大懼，誓不再往。鬼又云：「爾言不可信，須即擇日遠徙始已。」仙根聞而疑之，適有健婢在房，使持劍出視，隱隱見一奇鬼，遽前揮劍斫之，中其臂，呼痛而倒。婢懼，亦大呼驚走。鄰人聞聲咸集，秉燭共視，見一奇鬼仆地，血淋漓襟袖間，執而去其假臉，則鄰婦某也。争詰其故，婦不能隱，遂吐實情。其夫反欲控仙根强奸，衆勸而止。仙根又別酬以資，事始寢。自是仙根一貧如洗，鄰婦亦終身作廢人矣。（卷七）

淞隱漫録

王　韜

《淞隱漫録》十二卷，作者自序于光緒十年（一八八四），最初以單篇發表于《申報》發行之《畫報》，光緒十三年由點石齋結集出版。其後翻印本或改名爲《後聊齋志異》，又增出《徐麟士》等四篇，則由《淞濱瑣話》移入。

許玉林匕首

許琳，字玉林，世家子也。世居揚州。其母越産也。誕生時，夢玉燕投懷，遽折其翼，舉室以爲不祥。及長，丰姿俊逸，性尤倜儻。讀書十行俱下。工詩詞，不甚措意。吟咏之外，好舞長劍。自倭國得一寶刀，芒寒鋒銛，利可削鐵，生常以自隨，不輕易示人。一夕，赴友人讌歸，夜已央矣。新月既墮，疏星不明，路經曠野，林木蔽虧。生獨行亦不之畏。忽見磷火一叢，從樹梢下墜，累累如貫珠。生直前以刀揮之，則忽成千百道白光，環繞生身。生大驚，向前狂奔，而光亦隨之。行里餘，忽睹甲第當前，石獅左右蹲立，徑往叩扉。閽者詰以昏夜何得至此。生以迷路告。門啓，肅客入内堂，則有一虬髯者，戎服降階相揖。升庭抗禮，自陳閥閲，乃知主人蕭姓，職居總戎，以剿髮逆得功。壁上懸刀數十具，寒芒燦耀，與燈燭光相激射。生注視不移瞬，主人笑曰：「客亦好此乎？」曰：「然。頗有同嗜。」因解己所佩刀示之。主人曰：「此不過一片朽鐵耳！何足爲寶。吾昔年從軍金陵，城破之日，躍身上雉堞，從頹垣敗壁中，行近僞天王府，後園有眢井一，白光自其内出，上亘霄漢。爰默志之，翌日募健卒數人，縋入覘其異。井底有石匣一，緘封甚固。椎而碎之，則内有匕首一，精瑩如新發于硎，刀背鑄雙龍，并有蝌蚪古文數十字，人莫之識，殆刀銘也。時方搜擒逸賊，一著吾刃，血出如縷，無不立殞。于是人羣知爲寶刀。曾侯聞之，向吾索觀，决爲周秦時物。蝌蚪字無人能識，幕府中惟張君歗山，約略能辨，爲譯其意曰：『采鐵煉鏐，質剛性柔。斂鍔于匣，得氣之秋。用則佐汝封侯，不用則斬天下不義丈夫頭。』我向時佩之，刻不去身。今老矣，無志騰驤矣。觀子亦豪邁者流，願解以相贈。」因命僮入内捧出，主人握之，出立中庭，作盤旋舞，但睹刀光，不見人體。舞畢，授生曰：「此刀能斬妖辟邪，其慎所用。徑尺之鐵，擲之可洞。子善寶之，以建殊功。」生得刀，喜甚，長跽以謝。主人命生宿于東厢。曉夢初醒，但覺涼露侵衣，寒風砭骨，啓眸視之，則卧于叢塚間，而匕首宛在手中。因嘆詫爲奇遇。時昧爽，樹色可辨。見中一巨塚，樹石碣曰「蕭軍門墓道」。生恍然知即昨宵所遇主人也。爰振衣再拜，踉蹌歸家。生舅宦于蜀中，招生前往佐理案牘，生于是束裝就道，路經楚南，借宿逆旅。寓中賓客已滿，惟後樓三楹，虚無居人，生以爲請。寓主曰：「樓爲妖物所憑，久已鐍錮，入居必不利于客。」生笑曰：「妖由人興，其何能爲！」固命掃除，襆被往宿。主人不能强，亦聽之。生入，秉燭觀書。宵柝初停，萬籟悉寂，聞樓梯有弓鞋細碎聲，又有婦女笑語聲，不禁毛髮盡戴。繼思：「有匕首在，何懼？」因隱几假寐以覘之。頃之，有三女子聯翩而至，容並妖艷，衣服均非時世裝束，見生却立，曰：「何來狂生，闖人閨闥！當呼赤精子來遣之。」三女子皆撮口作聲。忽爾狂風四起，窗扇盡闢，一蛇長數丈，其赤如火，夭矯從空飛入，張目吐舌，將搏噬生。生立拔匕首斫之，劃然一聲如裂帛，則蛇已決爲兩截。生俯視之，則雙劍也，制並古雅，似非時下物。三女子亦不見。乃枕匕首而寐。明晨，主人啓户，見生無恙，因下拜曰：「我閲人多矣，君殆非常流也。」生亦不告所以，囊劍竟去。取道峨眉山下，方緩轡拄笏，飽看山色，忽有一物從茂林中出，疾若掣電，直奔生前，馬見之，掀前兩蹄，作人立狀。生急取匕首迎之，囊中雙劍，亦長嘯作聲，破匣並出，匕首遽脱手騰空，俱入雲際。須臾，一物下墮，蛇身而犬首，鱗角悉具，毛血淋漓。匕首仍在生手，而雙劍杳矣。生因嘆爲神物不肯久駐人間，怏怏而行。既抵舅任，宿于西軒，偶酒酣興至，爲賓客話其異，諸客俱請一觀匕首，以供賞鑒。生慨然出示，署中人傳覽殆遍。生舅見之，曰：「異哉！此與我女所藏，殆有雌雄之别耶？峨眉山有隱道人者，今之異人也。符籙之外，尤長劍術，不輕授人。前年我女從母至山寺游玩，道人見之，驚曰：『此女聶政也！何爲在人間？』越日，至署來謁，願以劍術授我女。余曰：『此非女子事也。』笑謝之。道人太息而去，嘆曰：『數不可逃也！』臨行以匕首一握贈曰：『宜使女公子日夜佩之，可以遠害全身。』余辭不肯納，則道人去已遠矣。今匕首尚在我女所，數夕前熠然作光，襲以重錦，亦不能掩。殆雌雄作合之兆歟？」生請其説。生舅曰：「汝之刀紋凸而顯出，我女刀紋凹而深入；汝之刀銘陽文，我女刀銘則陰文也。」取出比視，果然兩刀長短不差累黍，生亦爲嘆異。女性情婉順，容貌妍好，刺繡之暇，兼涉書史。因擇對甚苛，尚未字人。生年已逾弱冠，有志四方，亦未授室。舅以匕首之異，遂屬意于生，郵書密商之生母，亦以爲可，即介署中人爲媒妁而贅生焉。婚後伉儷間甚相得，花晨月夕，互相倡酬，或擘箋覓句，或飛斝聯吟，閨房之樂，真有甚于畫眉者。一日日晡，雙扉不啓，呼之亦不聞有聲息。排闥入視，則生與女俱裸卧血泊中，並失其首，遍覓不得。一家惶噪，計無所出。檢點室内，箱籠如故，惟匣中雙匕首俱已羽化。生舅以昔日隱道人所言，有似讖語，疑其前知，遣急足往問之。至則見雙匕首宛在道人案上，嗅之猶帶血腥，餘漬尚新。返告生舅，親詣寺中覘之，道士已逸去。搜其房，男女兩首，赫然並在。大索山中三日，道人卒不可得。不得已，納首于棺，刻期卜葬。及舉櫬入土，輕若無物，異而啓視之，並空棺也。人咸以爲生與女皆劍俠者流，游戲人間，借尸解仙去。然疑案終不能明云。（卷一）

蕭補烟

蕭雯，字仲霞，號補烟，太倉人。寄居杭郡。少習舉子業，每見帖括，即笑曰：「此真足以窒性靈而錮心思者也。」弱冠補博士弟子員，即棄去。樂西湖山水之勝，移家居焉。既壯，猶未授室。人有以姻事請者，輒曰：「男女居室，天下之至穢也，何必自尋苦海，墮冤孽障中。」或曰：「其如嗣續何？不孝有三，無後爲大。」則曰：「天地尚有窮盡，何况于人？一十二萬年同歸澌滅，雖有神仙，詎逃此劫？」蓋丹汞吐納之術，長生久視之方，生素所不信，以明絶欲非以歸真也。生頗嗜酒，朝暮兩餐，必設杯杓，以罄一壺爲率。友人招飲，必往赴。有猥薄者以其素不近女色，思有以戲之。因密藏數妓于總宜船中，特設盛宴，折簡邀生。既至，循環勸飲，盡無數爵。酒酣，妓出侑觴。時生已微醺，瞠目視之，不作一語，酒至前，輒引滿。須臾玉山頹矣，隱几假寐。友令妓伴之，環坐達旦，生醒，謂妓曰：「卿輩何尚未去？」友曰：「君昨夕在衆香國中眠，豈不破色界哉？」生曰：「目中有妓，心中無妓，子將謂此伊川欺人語乎？此輩直以艷友視之，與公等彷彿耳。」由此日夕飲于妓家，醉則宿其室中，纏頭之費，夜合之資，一如常例。經年餘，一無所染，而狎薄子偕游者，顛倒失志，幾至喪其所有，人咸服其有守。聞燕趙多慷慨悲歌之士，欲物色于屠狗中，冀有所遇。風雪漫天，束裝竟往，道出山東濟南，因僕患寒疾，暫留逆旅。夜將半，忽聞撾門聲甚急，啓之，則一老翁，修髯偉貌，持刺謁生。視其姓名，素不相識。方欲命逆旅主人辭之，則翁已入室，再拜牀下，狀甚謙抑，自言：「今夕遣嫁第四女，所招坦腹，堪稱快婿，入贅吾家。爲設青廬，須大君子辱臨，指示婚儀，爲宗族光。已遣〔籃〕（藍）輿來迓，請即發。」生方欲有言，翁已捉生臂出户。既抵門外，則燈火輝煌，騶從烜赫，健僕十數人，裝束華麗，氣象雄毅，肅生入輿，即行。其行驟若風雨，耳畔如聞波浪汹涌聲。頃之，至一甲第，生輿直入中堂，老翁攜生出，與衆賓相見，峨冠博帶，皆若貴官。寒暄未畢，衆樂齊作，簫管敖曹，笙歌嘹唳。堂上設紅氍毹，兩新人已盈盈交拜。翁令生偕一客執燭送洞房，房中皆婦女，粉白黛緑，趨走盈前，一時珮聲釧韻，鬢影衣香，幾于魄蕩神摇，魂銷心醉。合卺禮成，出堂就宴，生居首座。三爵既罄，獻酬交錯。每一席四客，則以四美人侍，首席倍之。生旁捧盂執巾者爲四雛姬，皆麗絶人寰，衣紫綃者，尤秀艷。酒盛碧玉壺中，作紺色，味醇氣馥，甫入口，覺胸鬲俱爽。生素薄脂粉如土苴，至是亦心爲微動。筵撤，生欲辭歸。翁曰：「既降敝廬，敢淹文駕，且有瑣事欲商。」遂宿生于東堂，陳設之麗，牀褥之精，閥閱世家所未有也。睡時紫綃人來伴宿，生却之曰：「平生慣嘗獨睡丸，此不敢請。」紫綃者曰：「奉主人命來此，去則有罪。君但欲博遠色之虛名，而不以婢子罹罰爲慮，抑何忍心？妾聞心正者，邪自遠。君苟非矯情，同宿何害？」生語塞，女遂留，爲生拂衾枕，解衣履。生既寐，女乃卸妝裸身入衾，縱體投懷，生覺肌膚之滑，脂澤之芳，爲生平所未經，不覺心大動，遂與繾綣。天明生起，翁已候于門外，笑問生曰：「昨夕之眠樂乎？」生紅暈于頰，忸怩不能答。翁曰：「飲食男女，人之大欲存焉。古聖賢亦惟克循其分耳，從未過爲高行，以驚世而駭俗。苟必力爲强制，大拂乎人情，鮮不爲大奸慝。此女爲寒族所生，與老夫具有瓜葛，既蒙君愛，今夕當爲君成嘉禮。」生辭以生平立志不娶，意將入山修道，不復居于塵世。翁笑曰：「愚哉，君也。神仙亦有眷屬。藍橋玉杵，台嶺胡麻，尚覓伴侣于人間；劉安拔宅飛升，雞犬亦餂鼎仙去；此外如王子晉、簫史、劉綱，皆夫婦同入清班，共參正果，何君所見之不廣？况此女爲君破瓜，已非完璧；始亂之而終棄之，君其謂之何？」生鞠躬再拜，曰：「古人云：『聞君一夕話，勝讀十年書。』自聆雅訓，茅塞頓開，自後我知過矣。一切惟君所命。」老翁喜甚，即命洒掃廳室，收拾房櫳，至晚成禮。一時賓客之盛，筵宴之美，殆無其比。生自此居翁家者匝月。此間樂，亦不復思北上矣。女字瓊仙，號綉雲。頗識字，能作小詩。閒時詢翁籍貫，始知翁爲山西靈石人，姓胡，名浩然，字思孟。曾筮仕京師，在部曹作七品小官。年老休致家居，優游林下。濟南則翁之婦家也。翁有四女，俱適人，咸作顯宦。今成親者，爲季女。婿常居閨罕出，偶與生見，固翩翩美少年也。隸浙籍，亦名家子。已聯捷，登詞林，彌月後，即欲挈眷入京。至日，翁爲之餞于西園。四女畢至，婿亦俱來，皆與生行僚婿禮。蓋紫綃爲翁之從侄女，自幼失怙恃，翁爲之撫養。長婿楊麟史，歙人，名孝廉也，以大挑官知縣，由部簽發江西南豐令，現將赴任；次婿爲富家郎，入粟捐觀察，指省滇南；三婿以軍功起家，兩任西蜀太守，現以卓異保升入都引見，與生細叙家世，縷話游踪，咸以生博雅温文，引與相親。園中泉石清幽，花木綺麗，亭臺樓閣，金碧相映，設席凡五，翁與生居中，而四婿各專其一。杯酒既斟，循環相勸。紫綃以别離在即，情尤凄惻，起捧壺執斝爲翁壽。翁欣然受之，一釂而盡。謂之曰：「此去善事君子，謹小慎微。毋以老人爲念。」女聞言，涕不可仰。長婿起言曰：「今日吾翁作此咄嗟筵，爲汝餞别，正當喜悦，初何悲爲？」紫綃强笑謝之，彈筝作歌曰：

分袂在今日，臨觴意不愜。十年豢養恩，何以報君德？郎心轉匪蓬，妾意堅如石。明月當天高，千里共相憶。

歌竟，淚簌簌墮弦上。諸女皆爲之不歡。罷飲。翌日，長婿先發赴豫，約生：「若至南昌，當先飛書相聞，候君于潯陽江上。」又明日，次婿赴雲南，謂生曰：「滇中多美玉，産精銅，今回亂已平，地方富庶，其地應官聽鼓者，絶少人才，補闕極易。君若有志宦途，何不策馬西來，下榻衙齋，一覽金馬碧雞之勝？當爲君入資求官，丞倅可立致也，奚必戀戀于六橋三竺也哉？」生唯唯致謝而已。次女瓊華，字綉鳳，容華絶代，與女最相善。臨别，出碧玉如意贈女，謂女曰：「睹此如見姊面，他日請念。」生偕三四兩婿，同入京師，香軿綉幰，絡繹道上。行近蘆溝橋畔，突遇某王邸出獵，持戟之士，前後馳騁者數百人，皆腰弓臂矢，鞲鷹走犬。王所蓄猘狗曰靈獒，猛而善搏。時女車最先行，犬見之，直前奮撲，女亦從車中聳身飛出，噭聲而遁，衣服委地如蛻。犬迅足逐之，倏忽已杳。頃刻間，羣犬吠聲若豹，各車所載婢媼，皆現狐形竄走。三四婿及女亦并逸去。獨生踟躕車上，魂魄盡喪，有若木偶。須臾，靈獒還，血殷然流齒吻，眈眈視生，繞車三匝，併嗅生足。王之侍從皆指生爲妖人。生爲歷訴所遇顛末。或曰：「君殆逢狐魅矣。」王命人偕生詣山東原處，則惟荒園尚在，乃前明某相國之别墅也，蔓草寒烟，杳無踪迹，惆悵而返。生由是終身不娶，人因呼生爲「狐婿」云。（卷二）

盜女

呂牧，字季犖，江都人，武世家也。生時，母夢一美少年擐甲戴胄，手持雙戟，揖而言曰：「我漢時呂布也。今將誕生君家，其善視之。」逕以戟撞母腹，大驚遽醒，即覺腹痛。頃之，産一男，廣顙豐頷，狀殊岐嶷。母因向人緬述夢兆，父聞之，以爲不祥，曰：「是非保家之子也。」及長，膂力絶人。好馳馬試劍，尤善使槊，能于百步外飛槊擊人，百不失一。性善怒。有犯之者，輒欲剚刃人腹。曾在金陵觀武試，上下江諸士畢集，武會元陸梅舫爲教習師，集衆廣場，演試各技，並請衆前角力，自詡行盡天下，無與抗手者。陸喜舞劍，揮霍縱横，盤旋下上，久之，但見劍光，不睹人體。衆咸鼓掌稱贊，謂得未曾有。劍收人見，從容謂衆曰：「有肯前來較藝，能出我上者，願奉百金爲壽。」几上陳二巨錠，燦然眩目。衆莫敢應。生奮然進曰：「某雖不才，願一角優劣，何如？」陸見其體狀魁偉，知非凡流，因問：「刀劍拳棒，君將何擇？」生曰：「請一一角之。苟有一不如君者，非夫也。」及兩相交手，各得平等。生再請鬥力，指廟門外石獅曰：「君能舉之否？」陸曰：「能。」以雙手持之，環行一巡，觀者皆喝采，稱爲神力。生笑曰：「是何難哉！」以左右手挽兩獅，捷行廣場中如飛，頃之放下，東西各易其處。衆舌撟不得下。陸下拜曰：「君真天人也。甘居下風，願以兄事。」命從人持百金贈生。生一笑却之，掉臂竟去。旁有一翁，虬髯燕頷，前問生姓氏。生具告之。邀生至酒樓，三酌而别，謂生曰：「他日如行山東道上，有相犯者，乞道賤名，當可相見。」于胸前出一三角小旗畀生曰：「遇時以此示之。某覆姓諸葛，字仲仁。齊魯以北，無不知有弟者。」偕生下樓，翁僕已控騎來，策馬絶馳，其去若駛。生歸，置旗于行篋中，初不以爲意。是科登武解元第。明春公車北上，皆以第一人獲捷。都中人士，皆仰生名，贈縞投紵，殆無虚日。出京遄歸，取道濟南。行經荒野，林木蔽虧，衆謂此間恐有伏莽。生方抵掌雄談，笑謂：「鼠輩何足慮！」按轡徐行，自鳴得意。忽聞空中鳴鏑聲，一矢鏗然著車上，車夫股栗不敢前。生縱馬入林，瞥見四五人驟馬馳至，各以器械奔生。生仗劍敵之，衆刀有若流星掣電，總不離生之前後左右，方知爲勁敵。林中復有數十人突出，將車輛行李，盡驅以去，速若飈馳。四五人者見去已遠，致聲「孟浪」，相繼馳去，忽焉已渺。生回顧同行諸人，嗒然若喪，宛如木雞。嘆曰：「作老娘三十年，今日竟倒綳嬰兒矣！」因令衆且回逆旅，「我當匹馬往追之。」疾行三十里許，山路崎嶇，松杉叢雜，馬不得前。方踟躕間，見四五人者聯騎而回，謂生曰：「君吕季犖耶？幾誤乃公事。君昔日好友特囑迎君。君同行者亦將俱至矣。」遂下騎爲生執鞭，或推之，或挽之。須臾，已抵一甲第，榱桷峥嶸，宛同閥閲。閽者入報，主人即已出迓。視之，乃去年酒樓中虬髯客也。執手殷勤，倍言渴慕，并曰：「君殆忘余昔日之言耶？若非見篋中小旗，則將交臂失之矣。」遂延生登堂，重行相見禮。特開盛筵款生，山中賓朋畢集，排日爲歡，連環轟飲。數日，生辭欲行。虬髯客曰：「知君未婚。余有一女，願供箕帚；將來臨陣殺賊，亦可少助指臂。」生囁嚅不敢答。虬髯客曰：「若論女貌，當亦不讓紅綃、碧玉一流人。」因傳語内堂，裝女出見。頃之，環佩聲鏘，麝蘭香溢，一女子已亭亭至前。諦視之，秀容奪目，媚眼流波，天人不啻也。由是生意遂定。即擇吉期，成嘉禮焉。却扇之夕，儀態萬方，燈下視之，尤覺艷絶，伉儷之篤，有若漆膠。生日在山中，無可消遣，惟以書史自娱。屋後有小園，花木繁綺，池石清幽，生日登陟其間。或偕女覓句聯吟，敲棋讀畫。一日，獨出散步，從石洞出，渡一小橋，則有一軒在焉。軒中陳設俱備，鼎彝古雅，筆硯精良。几上有惲帖四册，題曰「倩珠女史清玩」，知爲女之書室。近窗膽瓶中供梨花一枝，清芬四襲。懸一楹聯，云：「寶劍有時思出匣，玉人何處教吹簫。」乃女所自書，筆致娟秀，不讓南田也。生方擬再觀，而女已從旁室入，笑曰：「郎亦在此耶？」生贊女文事之妙。女笑曰：「郎亦解彈琴乎？」爰解壁間所懸古琴，爲弄數曲，其聲清越以長。彈既竟，女又笑謂生曰：「郎但言妾之文事，而不言武備，豈以弓馬刀槊非妾擅長乎？」即于錦囊中出一古劍，示生曰：「此歐冶子所遺也。」上有七星，以應象緯。劍甫脱匣，秋水凝神，寒霜斂鍔。女舞于中庭，若宜僚之弄丸，頃刻間，萬丈寒光，逼人毛髮。生曰：「卿具此妙手，何患不摧堅折鋭哉？」是夕，女獨歸房，屏去侍婢，背燈兀坐，欷歔不樂。生斜倚女肩，問女曰：「卿必有心事，抑何愁思乃爾？」女曰：「君以臚唱第一人獲登侍從之班，榮亦極矣，恩亦至矣，致身功名，當思自奮。此盜窟也，安可久居？郎其速作歸計，妾願相從。」生疑虬髯遣女爲偵探者，因嘆曰：「卿言亦是。

然大丈夫來去當光明磊落，丈人待我厚，是以不忍遽離，終思得當以報，然後行。」女乃嘿然不言。居兩月餘，有來報：「某顯者休致歸田，挾重資出京，可邀而劫也。然有保鑣者二人，皆擅絶技，計前日所遣四五人尚可力敵；保鑣者有一女子，頗能劍術，非女公子親往不可。」虬髯乃令倩珠從而呼季犖佐之。旋遇之于燕齊交境。因近廛市，遥綴焉。甫臨荒僻，伏猝發。生挾彈先驅，衆咸辟易。女子躍馬擬生，劍不及生者寸許。生轉伏馬腹下避其鋒，劍忽折爲兩，蓋女從旁發丸救之也。連發九丸，一中女子額，始逸去。生縱身飛立馬背，向空擲槊，二保鑣者皆殞。悉括其輜重，從容遄返。既歸，張燈開宴，特斟三巨觥屬生曰：「一以慶子之功，一以餞子之行，一祝子他日爲好官。」生立盡之。衆知生有歸意，咸來勸飲，獻酬交錯，罄無算爵。生與女昧爽即發，初抵里門，親串咸來問訊，蓋同行者先歸，傳生爲盜所殺，今知其無恙，争相慶賀。或有詢女居里者，生飾詞應之。出資營建室廬，焕然一新。生後官至江西提督。偶以閲操過鄱陽湖，忽上游有艨艟數十艘，截流而下，金鼓齊鳴。方驚以爲盜船，戒具以待。既近，則見盛服坐于鷁首者，虬髯也。不期而見，彼此歡然。虬髯逕過生舟，揖生曰：「君今貴矣。尚憶老夫乎？」生執子婿禮甚恭，言：「女日夕思慕綦切。闊别十餘年，雁杳魚沉，能不令人想殺！」虬髯曰：「别後山中頗獲安居。前歲中秋，招衆賞月轟飲，無不沉醉。忽聞門外馬嘶人沸，列炬若晝，一女子率衆官軍斬關逕入，但見火光中指揮殺人，頭顱紛落，我竭生平伎倆敵之，終不能勝，丸劍悉被收去。彼劍鋒已將及我，幸得汝師舊劍囊蒙首，奪門奔出，回望舊巢，已在灰燼中矣。」生聞言，亦爲嘆惋不已。因問女子何人。曰：「其貌絶美，額有瘢痕。」生恍然有間，曰：「此必保鑣女子也，來報昔仇耳。」遂詢今將何往。曰：「將至海外覓曠土，爲扶餘國王矣。」呼酒與生痛飲。酒酣，解胸前寶石一串，五色具備，光怪陸離，曰：「以此貽倩珠聊存記念。」踉蹌登己舟，揚帆鼓浪而去，轉瞬已杳。（卷四）

清溪鏡娘小傳

鏡娘者，睦州清溪人。先世本方雅族。父明經，困場屋，年四十，無子，禱于邑之水月庵。其母夢神授古鏡一枚，諦視，中現麗人影，曼睩長蛾，拈花微笑，凝眸注視，翩然欲下，因生鏡娘，字影娥。六歲喪母，父撫之，且教之讀。鏡娘有夙慧，授以詞賦，上口即成誦。遂解吟咏，審聲律，旁涉藝事，無不通曉。年十四，父卒，依其舅。舅又殁，從妗氏以居。家貧。其妗固邯鄲倡家女，愛鏡娘明媚，視爲奇貨。鏡娘懼失身，泣請曰：「甥不幸至此，命也。然家世清白，不甘爲駔儈婦。如遇才人能托白頭者，雖妾媵無所恨，否則寧死不能從命。」其妗故憐之，不相强也。時蘭陵吴生悔庵，有雋才，抱負不凡，爲諸侯上客，以事羈旅清溪。每值花晨月夕，偕二三良友，閒作綺游，顧到眼差可者，卒無一人。偶見鏡娘，不覺傾倒，嘆其具林下風度，謂無論秀質慧心，爲章臺中所無，即求之近今閨閣，豈可得哉？因是慕悦甚至。鏡娘亦雅聞悔庵文學，贄以詩，互相賡唱，多凄惋之作。或流傳于外，有見者訝其語涉愁音，疑非吉徵。鏡娘家臨湖背山，風景佳勝。宅後有小園，亭榭已荒，而廢池一規，瑩緑澈底，苺苔被徑，人迹罕到。春時雜花盛開，鏡娘曉妝畢，扶小鬟賫茗具至曲亭中，憑欄吟眺，尤喜讀悔庵小詞，能以曼聲歌之。愛吹笙，每良夜月明，清光如水，輒自度一曲，泠泠然有出世之想。夏月坐湖上納凉，著白苧衫，捉紈扇，波光月影，皎若一色，每以晶盤貯蓮藕，纖手擘之，以待悔庵，相對清談，娓娓忘倦。當其意得，流波含睇，顧盼動人，而偶涉戲語，即正色置不答。悔庵雅憚之，故始終不及亂。悔庵以試事歸江南，議聘鏡娘，而苦乏巨資。山陰某君，悔庵之忘形交也。稔其事，力爲任蹇修，已脱籍矣，其妗欲相從還江南，悔庵不可，議遂梗。有某生者，少習吏，美丰姿。然才不如悔庵遠甚，又不善治生。家固中資，至某生已中落，好作狹斜游。見鏡娘，艷之，詫曰：「此尤物也。胡爲墜入平康哉？我必出之風塵中，以償素志。」自此遂與鏡娘締好，日夕往來。顧鏡娘終屬意悔庵。事既不成，鏡娘知之，哭幾失聲。春日看花，秋宵玩月，觸景都成愁緒，此中日月，殆惟有以淚洗面而已。某生因請于其妗，啗以重賂，謂：「願得女主中饋，居正室。與其予人媵，曷若爲人妻？」其妗本以爲吴生妾侍，故靳之。聞某生言，深愜其意，于是遂歸某生。然終非鏡娘所願，日憔悴。間爲詩歌，益哀怨不自勝。積數年，某生家益貧困，乃以醫術游于瀔溪，挈鏡娘往，遂家焉。經歲，某生忽遘疾，下血如注。病革時，貽悔庵書，托後事，且請納鏡娘，曰：「貧不能守，無令再失所。」未幾，某生卒。鏡娘晝夜泣，鬲痛欲絶，瀕于死者屢矣，賴鄰媪護持，始免。馳訃悔庵，且自述病狀。悔庵答書致賻，合藥丸爲餽。病垂愈，而族某之禍又起。先是，某生貸其族人某錢，已償之矣。某生死，族某至瀔勸鏡娘歸清溪，實欲嫁之于歙賈，書券逼署名。鏡娘嚴訶斥之，乃出僞帖索所貸錢。鏡娘辨其誣，而恇怯不能鳴諸官，懼不免，自斷其髮，擲于衆前，曰：「此生再有所他適者，有如此！」因出家于瀔之大雲山妙蓮庵爲女道士。未逾月，族某合無賴數輩詣庵索逋，且欲伺便劫鏡娘。庵中人皆爲鏡娘危，勸稍稍償之。鏡娘執不可，曰：「若輩欲無厭；如其願，則來者難爲繼矣。且此身已一誤，豈可再辱？儥之而不滿所欲，必至于訟。蓬首至公堂，他日何顔見先人耶！人世落寞，無所繫戀，不如死！」乃還家，出釵釧贈鄰媪，以所産四歲女爲托，自焚其所作詩詞，爲書訣悔庵曰：「吴兒木石人。生既相棄，歿後幸爲我覓乾净土作埋骨地，勿令魂魄無所歸也。」三更後起，嚴裝，藏一鏡于懷，紉衣裳使不可解，遂仰藥卒。族某及諸無賴盡逸，竟不得其主名。當是時，悔庵客江南之駝沙，聞耗錯愕，集《惆悵詞》一百八首，《斷腸曲》一百韻以悼之，卒因事牽率，不能赴。其明年，始爲改葬。先是，悔庵未得噩耗以前，長夜旅窗，孤燈獨坐，更闌月黑，寒雨微零，倦甚，隱几假寐。忽見有内官裝束者，持柬來招曰：「團圞室主人見召，君其速往。乘車已駕矣。」出門，僕夫控繮以待。甫登即發，躡電追風，頃刻已至。但見殿宇崇隆，甍棟壯麗。門外環列者數十人，狀若甲士。内官導之入，凡歷室數重，始抵一處。悔庵視其榜曰「曼陀花天宫」。内官止步不前，廊下有銅鉦擊之，聲鏗然清越。即有垂髫宫婢數人，趨前問訊。悔庵述被召之由。内一婢領之曰：「君非自稱爲清溪惆悵生者耶？仙子候久矣。」導至一圓屋，額曰「團圞明鏡之室」，室中左榻右几，榻旁多堆書籍，几上寶鼎香濃，烟篆微裊。東西列架數十，縹帙緗函，牙籤玉軸，殆可連屋。一麗人道裝素服，正研朱握槧，方事讎校，一小鬟執洞簫侍焉。審視之，則鏡娘也。悔庵徑前，執鏡娘手，嗚咽不勝，曰：「此豈尚是人間耶？余今與卿相逢，其在夢中耶？」鏡娘曰：「妾勘破世情，已離塵境，特召君來一訣耳。從此人海茫茫，永無見期。前程方遠，君其勉之，勿使兒女情長，英雄氣短。尤宜慎者，筆墨之間，忽著綺情，泥犁之警，要非虚語，毋以法秀所呵爲妄也。」悔庵于此，方知鏡娘已死，哀痛切心，涕不能仰。鏡娘出袖中羅帕，爲悔庵拭淚曰：「請止哭，勿過悲。人誰不死？不過數十寒暑，此同世界人，一切澌滅，君何不達之甚哉！」悔庵方欲瑣屑詢鏡娘家中事，鏡娘白：「此間爲掌理天上秘籍處，凡人不得輕到。以君前生係玉皇香案吏，故得一窺瓊笈耳。然亦不可久留也。」即命小鬟送之出宫外。生視小鬟，彷彿東鄰徐氏女子璇姑。甫逾閾，若有物絆于足，遽覺。明日，而鏡娘之訃音至矣。鄰女徐璇姑，姿貌端好，年十五從鏡娘學洞簫，清響遏雲，若有天授。鏡娘殁後十餘日，璇姑嬰疾不起，臨死，告其家：見鏡娘緑帔素色裙，如仙人裝，攜璇姑至曼陀花天宫，曰：「同享清福去。」曼陀羅花見于梵經，彼云「曼陀」，此云「適意」。則鏡娘之生有自來，死歸極樂可知已。悔庵改葬鏡娘，先一日啓壙，異香終日不散；舉棺，輕若無物。遠近争傳以爲奇。鏡娘墓在瀔城北，正對横山，嚴江出其右，衢江出其左，二水如夾明鏡。悔庵爲立碣，題曰「清溪鏡娘」，不書姓，諱之也。會稽任公子，自詡爲風流教主，數從悔庵過鏡娘家，甚賞其明慧。及卒，深爲之悲，哀其始終不遇而賫志以殁也，曾紀其崖略爲之傳。悔庵之悼鏡娘也，過時而哀，作《銀河吹笙圖》、《曼陀花室校書圖》以寄意。曾有《重客瀔城吊鏡娘詩》，今録數律于篇：

舊事思量益惘然，枉教紫玉竟成烟。荒原有客尋苔碣，冷節無人挂紙錢。五色仙裙飛壞蝶，三更怨魄托啼鵑。棠梨萬樹花如雪，乞與真娘作墓田。

楓林慘淡月黄昏，秋菊寒泉薦一樽。搗麝定知香不滅，含魚還冀玉能温。有情碧落重回首，無驗青烟再返魂。三尺殘碑墓前立，望夫石化怨誰論！

珊珊微步上閒階，尚著凌波月色鞋。豈有幽歡留玉枕，更無密約證金釵。翠衾似水知誰潑，紅粉成灰恨自埋。卍字闌干都拍遍，斷魂飄泊向天涯。

蓋篋重尋淚不乾，尚餘斷素共零紈。徐娘待檢瑶箋寄，老嫗争持錦襪看。七寶箱空焚易燼，五銖衣薄著猶寒。俸錢漫許營齋奠，預撰青詞上醮壇。

倚醉歸來日易曛，當壚不見卓文君。淚看襟上痕猶黦，詩剩囊中稿待焚。千古蛾眉皆慟哭，一時鶼翼便離羣。西泠佳句今成讖，擕酒長澆蘇小墳。

丙戌仲冬，悔庵以事來滬上，過余淞北寄廬，爲述鏡娘顛末，欷歔不置。余援筆而記之如此。（卷十）

淞濱瑣話

王韜

《淞濱瑣話》十二卷，繼《淞隱漫録》之後而作。作者自序于光緒十三年（一八八七），光緒十九年淞隱廬排印。後有《香豔叢書》本及上海著易堂本等。自序云：「《淞隱漫録》所紀，涉于人事爲多，至于靈狐黠鬼，花妖木魅，以逮鳥獸蟲魚，篇牘寥寥，未能遍及。今將于諸蟲豸中，别辟一世界，構爲奇境幻遇，俾傳于世。」可見此書以志怪爲主。

白瓊仙

寗世基，字仙源，杭郡武世家也。意氣豪放，終日以馳馬擊劍爲樂事，謂一日不如是則病。妻姚氏，産自名門，知書識字。伉儷間甚相得，顧結縭十年，並無所出。常勸生納妾，爲嗣續計，生掉首弗顧也。有戚在吴門作宦，招之往游，欣然命駕。戚家居近王府基，旁有别墅一區，頗有亭臺泉石之勝。一夕，被酒不得眠。窗外月光皎潔，照几榻如水。時正秋令，天氣尚熱，徙倚中庭，未嫌風露。忽聞湖山下隱隱有人語聲，因躡足前往聽之。遥見湖心一亭，團坐者四五人。欲前，懼爲所見，蔽身石後。其旁適有石磴，遂坐而瞻焉。見五人悉係女子，襲雲羅，曳霧縠，高髻堆鴉，不類近時裝束。月下窺之，仿佛艷絕。俄聞座上一人曰：「今夕風景，略似當時，而斯人不可作矣。環素二娘何以不來？已令小婢呼之，抑何其珊珊遲至也！」須臾，忽見三四人穿花拂柳而前。先二婢提筐挈盒，既至，置之亭中几上，熱氣猶蒸騰。旋二女至，皆起遜坐。其一謂上座者曰：「洛娘今夕興會抑何高舉？前云囊中殊乏閒錢，此時酒肴從何處得來？又煩破費，令人不安。」上座者曰：「碧城仙子昨以山雞饋我，又新得鹿脯，故欲諸姊妹一嘗異味耳。」諸女遂依次入席，舉酒相屬。俄聞側座一姝曰：「聞駙馬隨王往獵西山，數日不歸，即歸，亦罕見其面。不謂今昔人情，落寞至是！」上座者嘆曰：「駙馬新寵一姬，號曰瓊蕤，貌豔于花，膚白于雪。兩相暱愛，幾于跬步不離。以我觀之，世間無此麗人，殆西山而穴居者也。」東座者曰：「駙馬亦殊憒憒，抑何不念前情哉！尚憶事去之時，洛娘追及于橋畔，叩馬執袪，誓以死諫。爾時青鋒三尺，血濺香消，駙馬見之，寧不痛心？金陵一去，魂兮歸來，洛娘此際忿氣填膺，恨不橫削鍾阜之雲而倒注秦淮之水也！」西座者曰：「當日宮娥有掌金者，頗爲王所寵任。以名未雅馴，賜字雲妍。雖爲碧玉小家女，頗有俠腸，秉性節烈。當明師之入，投身宮內井中。至今玉骨未消，香魂不滅。聞幽冥主者，將使之轉生人世，再降凡塵，以酬夙緣。」東座者曰：「娟娘亦知所嫁者爲何人？」答曰：「誰不知爲寧氏之小妻耶？特必先墮風塵，未免稍經挫折耳。」東座者曰：「豈不聞金以煉而彌堅，玉以磨而愈瑩？寧氏子真豔福天修哉！」頃之，月轉迴廊，諸女子笑語正濃，或拇戰飛觴，或摧花擊鼓。一女獨至亭外，翹首仰天，徘徊望月，忽睹湖山石畔，亭亭有人影。急奔入，告諸女曰：「此間有人竊聽，不可以久留矣。」生聆之凜然，轉瞬間忽失諸女所在。駭爲遇鬼，踉蹌歸寢。明日，秘不告人。往尋王府基宮殿舊迹，衰草垂楊，幾難辨認。見一眢井，井欄猶在，上鎸大順年號；雖經剥蝕，尚覺分明。惟旁有數小字，依稀不可盡識耳。生方躊躇彳亍其間，而戚家數昆弟已迹至，謂生曰：「君豈有所聞，抑有所見乎？此間相傳埋藏黄金九缸、白銀六十甏，不知誰是有福者得之。聞有人犁地，時獲折戟遺鏃，斷礎零磚，土花斑駁，可供古玩。夜間每遇月白風清，恒來宫妝婦女，成羣結隊，連袂出行。齊雲一炬後，厲魄猶存，爲可嘆也！相距不遠，有七姬墳，皆潘元紹之愛妾。當時殉難者，至今日精靈不泯，恒多怪異。」生聞言，欷歔不已。小住浹旬，乃返西泠。以妻久不育，時往天竺進香祈嗣。荏苒數年，蘭徵無耗，生亦久已絶望。適内兄爲九江太守，馳書促之往。生至後，衙齋無事，日夕出游。謂潯陽江上，固當年白傅聞琵琶處也，必有所遇。一日，與二三幕友散步至天寧寺游戲。忽見數魚軒聯翩而至，衆目共注。既出，則皆十六七歲女郎。中一姝，緑衣紅袖，尤爲艷絶。所隨垂髫數婢，并皆佳妙。生不覺傾倒，顧謂幕友曰：「此真足以魂銷心死矣！諸女譬如桃李弄姿，自鬥芳菲，逮乎牡丹一出，凡艷皆空。觀此女丰神綽約，直從瓊宫貝闕而來，非塵世所有也。」生于是視女所至，遥綴其後。女亦若覺其爲己者。及登輿，生已侍立于旁，襟上偶繫紅花一朵，顔色鮮妍。女搴簾見之，不覺嫣然一笑。生情不能自禁，心摇摇如懸旌。輿去已遠，猶瞠目木立若痴。請幕友曰：「佩環聲杳，麝蘭香散，何猶眷戀若斯耶？豈魂靈兒隨之俱去哉？」于是或推之，或挽之，偕之反署。生不言亦不笑，與之食則食，未夕已眠。翌日午後，始欠伸而起，曰：「樂哉斯游也！」同人詢以夢中所見。生自述當時隨輿而去，迤邐二三里，抵一處，群女皆入。女室尚距數十家，輿止，女翩然遽進。生既盼女入室，蹀躞門外。閽人叱之。欲徑入則又不敢，終無可如何。忽有小鬟自側門出，招手令入。門户洞開，而路甚曲折，小鬟乃爲先導。經歷廳軒亭榭凡數處，始達内室。堂樓五楹，兩旁皆書舍。中三楹朗敞異常，畫檻雕欄，鏤刻工細。庭中湖石玲瓏，花木清綺。有水一池，澄清徹底，蓄金魚數尾，其中荇藻交横。瞥見涼月一丸，已墮牆角，遂入書舍。湘簾棐几，古鼎香爐，陳設精雅。縹帙緗函，插架幾滿。近窗桌上，硯匣筆牀，具有雅致。有詩一册，妙格簪花，當出自閨閣中手筆。正欲繙閲，忽覺一縷幽香沁入鼻觀。起迹之，從紗窗孔中出。推窗入視，則一榻横陳，正日間所見之女郎也。見生入，略爲起坐，雲鬟半軃，玉釧斜籠，倦態惺忪，抑若嬌不勝扶者。生遽前長揖曰：「今日天寧寺之游，足暢芳情否？此時海棠春睡，尚未足耶？」女曰：「君從何來？何爲黌夜入人閨闥？」急呼小鬟，春雲已從門旁噭應，即頃導入之婢也。女曰：「可曳之出，勿令阿姆知也。」婢前，執生袪，生不覺隨之俱行。行至池畔，誘生觀魚，爲婢一手推入池中，不禁遽然驚醒。生猶能懸想其處，約略在城南第三巷。遣人往訪之，知爲楚北孫家，亦于此應官聽鼓者。與生内兄同寮相契，往來綦密，稔知其無女公子。後聞賣花陳媪常出入其家，詢之，始悉爲左右鄰家女，姓白，名珩，字瓊仙，生長潯陽，早失怙恃，依寡嬸以居。因于佛寺遇孫妻，遂相識認。女工刺綉，兼通書史，益復相得，時招致其家，有如戚串。孫涎其美，謀作小星。孫妻弗願也，曰：「此女具有福相，要當嫁一官人作正室，使其安享，奈何屈作姬媵列哉！君作此妄想，得毋罪過？」寡嬸有侄，無賴子也。一日，欲償博進錢，計無所出，謬謂其嬸曰：「山荆昨以勞頓墮胎，猝得急症，家中無人主持，欲乞妹一臨存之，午後當以肩輿來。」嬸欲弗許，而礙于情，但曰：「一二日當即遣歸。妹體近亦不慊，勿久留也！」

侄出，艤舟江上以俟女。既登舟，即發，竟載至杭郡，鬻于勾欄，獲七百金。後嬸知之，涉訟，侄已遠颺。生聞此消息，倍形惆悵。歸家，爲妻緬述顛末。因嘆尤物招忌，天公必使之顛倒，不能消受此間福澤也。妻因細詢女之容貌舉止，曰：「若然，妾已爲君覓得之矣。此間有媒媪吴韻娘者，居近城隍山下，述其姊氏章臺阿四，新得一株錢樹子，姿容之麗，一時殆無與埒，闔家歡喜。方謂自此何患不日進斗金，不謂此女一入門來，即欲覓死。以笞扑恐嚇之，亦不懼，曰：『願死于杖箠之下，不願捧樂器、執酒尊，靦然向人也。』此真可謂有志女子哉！惜倉卒未及問姓名，不知數日間曾折磨死否。君何不一往問之？無論是否爲女，拔之火坑，亦無量功德。妾無妒意，不煩君調倉庚羹也。」生依言往詢，果女無疑。不食已三日，氣息僅屬。爲言欲備價贖歸，充後房箕帚妾，鴇母願以五百金署券。生入見女，百端慰藉之，曰：「自從天寧寺中一見玉容，相念至于今日。卿家我所稔悉，當送卿歸。」女凝眸審視，似曾相識。舁至生家，生妻待之備極殷勤。立召嬸至，告以一切。女至是，亦願歸生。洞房合歡之夕，賓朋賀者畢集，咸嘖嘖新姨容貌之美：水仙破萼，不足喻其嬌；芍藥含葩，不足比其艷。生于閒時，偶談元季張士誠事，女默言靜聽，若有會心云。（卷二）

邱小娟

樂崇道，潯陽人。性佻蕩，喜拳勇。少不務正業，所交友多匪人。承祖父餘業，席豐履厚，揮霍殊豪。臨事喜武斷，有不從者，輒肆其凌侮。以是鄉里爲之側目。居恒每謂人曰：「馳馬試劍，固丈夫事，特未見巾幗而負鬚眉氣者。」客曰：「古有紅綫、聶隱娘之流，稱爲劍俠。女子何嘗不知武事哉？」適里中有繩妓至，能舞刀奪槊，以兩足承巨瓮，運動如飛。輕薄子習少林術者，涎其美，入以游戲語，欲與之撲。稍近身，跌出丈許外。十數人齊奔之，殊無所懼。頃刻間或仆或顛，無一免者。崇道適過其旁，目擊之，嘆曰：「彼女子抑何勇也！」招致其家，使盡獻諸技。既畢，請與之角。繩妓曰：「如欲角藝，請先觀郎君之所長。」崇道易短衣後，出至中庭，盤旋踴躍，良久乃畢。昂然獨立，頗有自負意。繩妓觀之，笑曰：「此如蜻蜓點水，蜉蝣撼樹，直同兒戲。若與兒較，恐傷貴體。」崇道弗信，徑趨前以雙手抱其腰，力舉之起。繩妓故作旖旎態，曰：「勿惡作劇，請釋玉手！」崇道曰：「汝果有力量，何難自脱？」繩妓嫣然一笑，纖腰略轉，崇道已蹲地不起，面色若土。繩妓遽來扶掖曰：「非敢驚貴人，實貴人伎倆太淺耳。如願學，願以生平絶技相授。」崇道即擁繩妓上座，再拜曰：「謹受教。」自此，朝夕悉心指授，盡得繩妓所傳。閲半載後曰：「技成矣。可出而與衆觀矣。」乃築臺演劇，召四方勇士前來角力，以百人爲限。歷十餘日，其數已盈，無與崇道抗衡者。崇道大悦。酬繩妓以千金，繩妓乃别去。里中人相與曰：「樂大自得繩妓拳術，如虎添翼矣。」畏之益甚，幾于避道而行。山東錢選，字青臣。以御史外調，出爲九江太守，固所稱骨鯁吏也。甫下車，即訪知崇道之横行鄉曲，案牘山積。忿然曰：「此風何可長也！」立出火符，遣役往拘，三往皆以賄免。太守乃夤夜親自往縛，僞爲友朋從遠方枉訪者。門啓盡入，諸役進内窮搜，狀如狼虎。崇道知不能避，挺身出見，詰太守曰：「我有何罪？」曰：「俟控汝者至，自知也。」即繫桎梏，驅之行。甫抵署前，遥見有紅燈千百盞，飆馳電掣而至。爲首戎裝而乘馬者，貌殊猙獰，叱役人曰：「樂崇道是我仇家，當與我治以酷刑，以快我志。不得畀汝也！」顧問左右曰：「崇道何在？」答曰：「桁楊在身者是也。」立命除去，擁之竟去。太守呼捕役追之。相違數百武，倏已不見。返報太守。太守回顧諸役，嗒然若喪，如遇鬼魅。翌日緝騎四出，音耗杳然。當崇道之被劫以去也，逶邐至一院落，殊覺宏敞。既入内，峻宇雕牆，飛甍畫棟，有如王者居。堂上皮冠而盛服者，召之升堂相見。其人虎頭而燕頷，形狀威猛，初不相識。崇道至此，昏若夢寐。其人曰：「我姓邱，字道安，楚南人。少習技擊。以不樂仕進，隱居衡岳山中。前逢饑歲，眷屬流落南昌，蒙君慨贈多金，得以生還。今日之舉，所以報也。」因與崇道分庭抗禮，待之以上賓。酬酢之間，語頗浹洽。生感重生之恩，致謝再三。因詢此處地名，謀適他所，爲避禍計。邱曰：「且在山中略住數時，俟禍君者升任去，即可歸矣。」延入後堂，設讌款待。肴饌之豐，向所未見。酒半，呼妻女出見，妻年五十許，殊有大家風。女則彷彿似曾識面，丰致娉婷，容華煥發。衣妝之璀璨，光耀一室，不可逼視。含笑問安，崇道頗形局促。俯首凝思，恍然有悟，因曰：「卿非即當年授術之技師乎？相隔三年，抑何容光頓異耶？」邱曰：「昔年小女承千金之惠，始整歸裝，得復團聚。君之嘉惠，未敢忘也。故令其一見耳。」把酒既竟，翩然却入。崇道一住山中，倏逾數月。偶游一園，登涉陵阜，捫葛攀蘿，徑殊幽險。繼登一亭，小憩足力。見一女子縞袂素裳，丰韻獨絶。近視之，則繩妓也。因詢何爲頓易素妝。答曰：「昨得遼陽信音，所天門賊陣亡。玆已賦寡鵠矣。」言之容貌殊戚。崇道曰：「尊夫授何職？」曰：「總兵也。」曰：「既是父家夫家俱係世族，居顯宦，何以昔年旅居豫章，致屈作繩妓哉？」曰：「不過聊作游戲，藉鬻技以餬口。郎君見妾曾示人以色身哉？我父固武進士，因憚宦途之險，故願歸耕隴畝耳。」崇道曰：「與卿相處已久，今日始知卿家世。然猶未知卿之芳字與妙年也。」女曰：「妾名素英，字小娟。問年，已數到星張翼軫間矣。」一日，崇道方臂鷹牽犬，率從騎數十人，入深山縱獵，馳騁甚樂。忽一獐二鹿突起草間。策馬逐之將近，速發三矢，二鹿俱中箭倒地，一獐獨銜矢而奔。崇道逐之不捨，見獐口吐一物，以爪爬土掩之。比崇道至其前，獐又竄去。路轉峰回，獐倏不見。崇道返至獐所吐物處，啓土視之，乃剛卯符一方也，玉色温潤，的係古物。崇道大喜，如獲拱璧。自此恒佩于身。時近夏令，邱老招飲于涼亭。四圍皆池，遍植芙蕖，翠蓋亭亭，早已探水而出。邱老命人摘荷葉，爲碧筩杯。崇道飲之，芬芳撲鼻觀，立行吸盡，酒酣解衣，而佩玉現。邱老見之，注目不轉瞬。崇道疑其心所愛玩，解呈邱老。邱老詢所自來，崇道備述其由。邱老曰：「奇哉！此吾女嬰年之所弄也。昔年於清明時踏青河畔失之，爲之累月不懌。今復爲君所得，要亦前緣也。」翌日，復具盛筵，邀之入座。舉杯屬崇道曰：「請君盡飲此杯，老夫有一言相告。吾女技藝超出尋常，容貌亦頗不惡。其性情和婉，秉質淑柔，君所素知。今已作寡鳳孤鸞，亦復可憫。然尚在盛年，要非久計。意將擇人而嫁，度無如君者。不揣冒昧，願結絲蘿，惟君意何如？」崇道起，再拜而言曰：「固所願也。第家尚有糟糠，能俱爲嫡室，則敢從命。」邱老曰：「是無不可。」于是特設青廬，諏日行禮。是夕舊識重逢，新知乍締，喜可知也。伉儷相得，忽又一年。一夕，宵闌將寐，猝傳邱老相召。崇道整衣而往，見堂上大燭如椽，堂下庭燎千百，照耀如白晝。邱老戎服佩劍，左右數百人，環甲侍側。告崇道曰：「余今夕將秣馬厲兵，出而與人角一戰，然勝負未可決也。負則余將棄此而北矣。子可摒擔行李，明日與吾女偕行。聞錢太守已陳臬西川，子其可歸而安居矣。舊日積蓄萬金，余無所用，請以畀子。」命左右舉革囊，置之崇道卧室。崇道方前致謝，將欲啓詞，邱老已離座起，出大門躍馬去矣。崇道返告其女。女曰：「吾已知之久矣，特不先告君耳。可早決行計。」時臧獲已星散，忽有執炬者數十人，排闥直入曰：「車已候門，請速行！」捆載累累，約車十數輛，一時並發。行至半途，易車而舟。崇道從舟中遥望，但見火炬蜿蜒而東，有若長龍。舟既發，耳畔惟聞風浪聲。天明已抵潯陽江口。舟子皆關西彪形大漢，不煩指示，自知生家。革囊十皆重百鈞，負之如無物。交付已了，遽辭去，不索一錢。附近鄰里，知崇遠歸，咸來賀。因話昔年錢太守于君事，亦自悔孟浪，故不復上詳。君今歸來，可高枕卧矣。崇道自歸後，意氣謙抑，頓更故態。與人晉接周旋，和藹可親。女亦了無異人處，閒時專習針黹，工刺綉。姻婭往來，亦無有知其能武備者。時傳粤寇之警，消息日逼。女謂崇道曰：「此間正當冲要之區，非可久居。」爰卜築于附郭三十里村堡中。俄而賊南犯，連陷郡縣，果如女言。有賊之游騎至近村者，村人殲之。女曰：「禍不遠矣！」遂命村人先自爲備，掘塹築砦，固守以拒賊。越日，賊果大至。女戒村人毋妄動。自與崇道設伏要道。俟賊過半，突出擊殺。賊輕其人少，環圍之三匝。女左右馳驟，每過處賊首自隕。賊但睹刀光如匹練，竟莫辨人影也。崇道殺賊不如女，當其至處，無不辟易。是役也，賊殞無算，謂有神助，相戒莫敢犯。一村賴以保全，村人甚德之。賊平數年，一夕徙去。（卷三）

梅鶴緣

鹽賈金在熔，海門廳人。精會計，財雄一鄉。妻歐陽氏，貌美性賢，好施與。年逾不惑，襁褓猶虛，夫婦憂之。聞普陀山送子庵大士靈異素著，夫婦往禱。夜宿庵中，夢大士抱白鶴持梅花一枝授之，曰：「此汝家婦也。寶蕊仙雛，兩美必合。善養之，後當如意。」既醒，述之于婦，婦夢亦同。僉謂膝下無佳兒，安得有佳婦？姑識之。聞上海爲烟花藪澤，良家女子流落青樓，粉獄火炕，有欲從良而不得者，心甚憐之。適同研友鄒生邀作滬游，欣然同往。時作狹斜游，花天酒地，選舞徵歌。三年中揮金數萬，脱籍者數百人。返里語歐陽，皆喜。旋一索而得妊，將娩。金夜飲齋中，醉而假寐。見一麗姬秀眉韶齒，手持翠梧一枝，姍姍而入，謂翁曰：「吾惜餘春館舊主也。蒙君代贖，無以報恩，上帝命爲君家嗣。」言已入内。金欲牽衣致問，姬以梧枝一擊而醒。朦朧起坐，婢走報夫人誕公子矣。金喜，至房聞啼聲，知爲不凡，遂名之曰夢梧，字春餘。晬盤方届，湯餅筵開，賀者共致諛詞，以爲此子頭角峥嶸，大有貴徵。金亦甚樂。春餘四歲，端秀聰明。一家愛若掌珠，母每舉坐膝上。教之識字，兒一見即不忘。明年，偶教讀唐詩，琅琅上口，聞者奇之。比長好武，習擊刺。文字雖不甚專心，而經史諸書，過目即能成誦；文詞詩賦，下筆通神，往往有師所不逮者。遂于十三歲以小三元入泮。性情倜儻，玉貌風流。論婚者踵接其門。在熔謂吾兒天上文鸞，不可無良匹。卒因選擇太苛，姻久不就。春亦自命不凡，意在絶代佳人。故年已十七，猶未有室。嗣將赴北闈，父令老夥王姓從之行。暗囑物色風塵，爲之擇偶。中途王病不能從，春遣之歸，率一僕單身北上。至則旅店皆滿，春厭囂雜，卸裝蘭若中，占西廂一隅，下榻誦讀。試後被斥，愁絶無聊。一夕，月明如晝。徘徊庭中，聞牆外有人聲。從側門小隙窺之，見兩婢就草間布席，陳設酒肴。即有三女子踏月而來：一蟹青衫，年約十七八；一短髮覆額，〔玄〕（元）褲雪衣；一絳綃衣者，年已及笄。雖不甚了了，然皆彷彿絶麗，相將席地坐。黑衣者仰天笑曰：「月至天中，松姑何故不來？」絳綃者曰：「適已苦邀，渠云必至。想尚須晚妝也。」雪衣者曰：「渠性喜緩，行動多周折，令人煩悶欲死。」言未已，見一女綠袖黄裳，年可二十許，姍姍來遲。青衫者笑曰：「説着曹操，曹操便到。幸未甞論短處。」綠袖者且坐且笑，曰：「汝等背人有何好言？我因小官未乳，乳後又拍睡，故來遲耳。今夕月色甚佳，姊妹又不常叙，當爲長夜飲，莫遽歸去憨睡。」青衫者曰：「今夕我不伴絳梅睡。睡又不雅相，動以纖足壓人胸。倘他日伴小郎君，不知若何話柄也。」絳衣者曰：「青婢子妄言。誰似汝夢中囈語耶？」綠袖者曰：「囈語若何？」絳衣者嗤嗤笑曰：「可笑人，不能言。」雪衣者曰：「我亦聞之。竹青姊憶姊夫矣。」合坐大笑。青衣者以箸擊雪衣者，曰：「小鬼頭，汝無小郎子説心中語耶？」綠袖者曰：「鶴仙妹今年十六，何尚不覓佳壻？昨日『一簾紅雨寫相思』之句，得無春心暗動否？」雪衣者頳顔笑駡曰：「騷婢子最喜附會。汝婚未一年，即得小官，尚謂不動春心耶？」春餘始知綠袖者爲松姑，絳綃者曰絳梅，青衣者曰竹青，雪衣者曰鶴仙。既而竹青吱吱笑不已。衆曰：「婢子又不痴，何故呆笑？」竹青笑曰：「前夕四人打馬，散局頗遲。晨曦射窗隙，鶴妹猶在夢鄉。我起見之，玉臂露衾外，呼之摇之皆不醒。潛以鮮棗塞其股際，亦不少覺。起後阿妗展衾見棗，疑食後所餘。取嚼之，尚津津有餘味。」言未已，合席皆哄笑。鶴仙嬌嗔起，曰：「青丫頭使促狹，恕汝非人！」遂呵手格其頸，竹青不能禁癢，狂笑欲倒，衆爲解圍，鶴始釋手。絳梅曰：「我等可清談，無喧笑驚衆。前聞南山大妖又出噬過客。倘爲所聞，將踪迹至，徒飽妖腹。」鶴仙曰：「姊無言，令人恐怖。」竹青亦有戰栗狀。松姑笑曰：「妹皆膽如鼷鼠。豈妖物常出伺人耶？」竹青方欲答言，忽大風驟起，一黑物高與檐齊，修毛巨首，目睒睒有緑光，飛步而至。長嘯類牛鳴，若甚歡喜者。衆大駭，離席驚竄。怪攫得鶴仙，撑拒哀啼。怪怒，抽老樹藤縛女三四周。女始猶哀嘶，漸無聲息。春餘良不忍，拾巨石投之，破怪首，流血如墨。怪怒不已，置女尋人，知在牆内。春即抽劍躍出，疾刺其脅。怪身太高，俯敵不易，股上又連中數劍，負痛大嘯而逸。生解女縛，抱至齋中，而女祇心口微温。乃置榻上，出藥敷創處，以衾掩之，并以口接其氣。女漸蘇，張目顧曰：「此冥間耶？」生曰：「此小生旅齋。適見受驚，故來相救。」因彼此各通姓氏。女自言：「周姓，一姊一母，共住前村。同飲者中，表姊朱松姑、黄竹青。不料妖焰驚人。感德重生，何以圖報？」即欲下牀，而痛不能起。生按止之，囑静養，勿多慮。願送信其家，女不可。又爲煎藥烹茗，蹀躞供奔走。十日創良已，向生拜謝，願委事焉。生亦答拜，遂與綢繆。生擇偶本苛，今得麗姝，心願都慰。戒僕勿言，將攜歸以告堂上。女令生往謁母氏，至則室曠人遥。鄰人言：「前有一媪，率二女居此。今皆不知何往。」生返告，女泣曰：「此必爲妖物所驅。或已果其腹矣。」相與歸家，參見翁媪。皆喜。親戚往還，見女美，以爲鶴立鷄群也。琴瑟五年，苦不育。囑生納妾，未允。會生公幹赴浙。事畢，慕西湖之勝，小住經旬。清明日散步孤山，見林墓有祭掃者。中一女郎，衣絳絹，玉貌朱顔，非常嫵媚。生徘徊斜睨，木立若痴。女展拜已，隨一媪登輿去。臨行流目送盼，嫣然微笑，若訝其狂者。生益惑，尾之行。而輿去如飛，瞬息已杳。悵悵而歸，相思綦切。遍探踪迹，無有知者。念來歲清明，當復來展墓。逾年復往，則人面桃花，感深崔護。俟數日，仍杳，神志乖喪。而仿佛其拜跪處，情移目眩，嘆息彌深，快快而歸。會西湖神出巡，二十年一舉，燈彩極盛。生留止之，冀擴眼界。至期，傾城士女，舉國若狂。而儀仗争妍，目都不識，粉白黛緑，各競新妝，意中人獨不能見。既至市盡，一家門首垂棗花簾，中有婦三四人列坐笑語，眉目依稀。隨有一媪出市果，復掀簾入。審之，展墓人在焉。大喜，流連以待。會過人散，天色將暝，簾中人紛紛入内。生不敢去，亦不敢入。女忽出，將掩門，見生若驚。生遽揖之，曰：「小生自去年林墓獲睹芳容，一載來寢食俱廢。今從海門千里相訪，久費心力。幸遇仙人，伏乞垂憫。」女細語曰：「君之痴情，妾已銘篆。此爲表姊家，妾居緑楊村。去此西南四里，門前垂柳深沉，内有玉蘭二樹枝葉扶疏者是也。三日後妾歸，可來相訪。」言已，閉門入。生如奉綸音，急返寓所。三日之待，不啻十年。至期，清晨即往，果獲其所。只小屋四五椽，門扃未啓，疑其未回。至日午，扃如故。痴望逡巡，并忘腹餒。已而夕陽漸斂，墨雲漫山，天忽大雨。聞門内嬌音曰：「阿母，花襯收未？」知女已歸家，徑往扣門。一媪出啓，曰：「誰家小郎大雨來此山僻？」生詭言訪戚歸，以大雨難行，來此相避，且告腹飢，兼求止宿。媪曰：「一飯非所吝，但家無男子，生人恐不能留。」言次，女已至，立媪後，笑招以手。生又向媪哀求。女僞爲審視，向母曰：「此生類三元坊李醫。」母問之是否？」女又以目語生，若使自應者。生曰：「某即李醫。適從戚家診病歸耳。」母喜曰：「是小女恩人，嫌疑何所避？」遂納入。室中几榻雅潔。促生坐曰：「去秋小女病劇，蒙起死回生。老身適在吳中，尚未造謝。」旋入廚治膳。室隅有爐，女熾火瀹茗。生私問女曰：「卿何姓？何言吾李醫？」女曰：「妾施姓。君但自認爲李亮春，爲妾治病者，母自喜。他何必言？但君言至自海門，相距千里，何以能來？」生告姓名，并述相思之苦。女笑曰：「君至此，欲何爲？」言次，茶鐺已鳴。纖手不能執熱。生愛其婉妙，自往提壺，順以手挼其腕，膩如脂。俄媪羅酒漿至，見生代女瀹茗，曰：「佳客操勞，主人真自大哉！」因謂女曰：「先生非他客，我等可同席食。」乃釃酒勸餐，情意殷渥，惟耳不甚聰。生潛以足躡女鳳鉤，從桌下捻之，細不盈掬。女不愠，但縮去。生乃斟酒敬媪及女，女嗤嗤笑。媪呵之曰：「豈有客人斟酒而不起立者？」因謂生曰：「妾周姓，本燕産。先夫遺一女，數年前爲妖人劫食。此姊氏女，施姓，字絳梅。老身撫養爲女。年十九，未字。尚憨戲不能治生，屢戒之亦不改。將來遣嫁，不知何以當家？先生如有好門户，乞留心代小妮子執伐。」生以絳梅之名甚熟，而一時不能遽憶，漫應之，而以目視女。食已，媪撤具入。女微醉，臉泛紅霞，嬌媚益甚。探袖撫摩，清香四溢。避立笑曰：「狂郎何若是無禮？」生益蕩，伏地求歡。女蹴之，生仰首銜其鳳尖。媪忽出，大咤曰：「何爲者？老身以客禮尊之，乃引狼入室耶？」女慚而入，媪亦入。旋聞呵罵聲、覓杖聲、鞭撻聲、驅逐聲，生良不忍，大呼曰：「罪在小生，笞辱我自當之，何與絳梅事！」媪益怒，出逐客。生負氣出門，謂：「汝雖自責女，若有傷，必不令汝安枕！」悻悻而返。思不成寐。次日方往探耗，中途見油壁車迎面來。既遇，車忽停。車中人非他，絳梅也。綉簾啓處，女涕淚横流。生驚問何之，女泣曰：「母以妾輕薄，貽門楣羞，且受君辱，又不敢責，乃逐妾出。方欲尋君，不期相遇。君將焉置妾也？」生殷勤慰藉，曰：「寒舍尚有薄產，可無凍餒憂。當同歸矢白頭耳。」遂偕歸寓所。星夜治舟回里，先拜翁媼。見女婉而美，且愛子情深，略勿加責。媼同子率女，往見鶴仙。女却退，驚曰：「妹鬼耶？」鶴仙即起呼姊，相抱大哭。媼與子不解所謂，鶴仙爲述其詳。生始知絳梅即都中寺外同飲之人，遇妖竄散，至此重逢。轉向母言之，皆大喜。絳梅曰：「昔謂妹已果妖腹，遂與母移竄杭州，日夕啜泣。乃不圖妹尚在人間！母若知之，不知歡喜何似！」于是各述别後事，相向汍瀾。鶴仙謂生曰：「爲人之婿，而絶人之母，牀頭人將何以能安？」生言知悔，即稟告堂上，由絳梅率僕親往迎歸。媼謝生救女之恩，并告前罪，若甚不安。生强詞釋嫌，亦言前日無狀。除别屋居之。絳年長于鶴仙，願居次。閨閣雍容，從無爭夕。僕婢以「梅夫人」、「鶴夫人」相呼，竟不辨誰大誰小也。生二美既具，心願大慰，顔其卧室曰「梅鶴聯歡」。逾年，絳梅舉一子，長甚聰慧。生絶意進取，以諸生終。有好事者，作《梅鶴緣傳奇》行于世。（卷八）

蕊玉

孟河馬生，字叔文。本醫人子，少孤。美丰姿，倜儻自喜。值兵亂，挈母避燕北。承父業，懸壺市上，爲衣食計。會大疫，就醫者往往有奇效，聲名大著。時日用稍豐。年十九，尚未有室家。聞玉皇殿道士工琴，修贄謁見，請傳其術。道士相之，曰：「子大貴相，何流落至此？」既又審曰：「鼻運未交。然不出五六年，必有奇遇；且夫以妻貴，八座可唾手得。惟不得其死，慎之！」因授以琴。學習三日。令生試彈。道士曰：「未也。」復學三日，道士聞聲喜曰：「子自是慧人。從此神而明之，壓倒《廣陵散》矣。」生歸寓，冥心習弄，半載益精，操縵尋聲，一時無兩。重陽日，游西郭。有秋賽者，野外建高臺，雜陳燈彩。優人數輩，演劇酬神。金鼓喧闐，管弦并作。男女紛沓，粉白黛緑者，以數萬計。生無心觀劇，獵艷巡游。粥粥羣雌，都無當意。嗣見西南柳樹下有一女，登高足几，霧鬢雲鬟，眉目如畫，兩足穿鳳幫鞋，尖如削笋。旁立一媪，似母而女者。生不覺神奪，擠近女側，眈眈注視。女已覺，斜睨生，送媚流嬌，微笑無愠色。生就近，以手從背後捘其股。女以纖足潛蹴之，似令其去。生不肯行，女袖中墜一緑紗巾。生大喜，潛納之，幸無人知。媪見生近女，叱曰：「誰家輕薄兒？目灼灼至此，是何爲者？」生遂遥立以瞷，女亦頻頻回首。既而戲已，生欲尾女踪迹。而略一轉盼，女與媪已雜衆中，紛擠如雲，不知何往。惆悵而返，展巾冥弄。見上綉並頭蓮、雙鴛戲水，下有「蕊玉」二字，蓋女名也。私心竊喜，如對玉人，惟物在人遥，輾轉不能釋抱，奄奄成病。飲食鋭減，瘦類休文。母憂之，旋于枕畔得巾，訝曰：「兒爲意中人耶？」詳詰其故，生不能隱，備述曩時見女事。母潛招生友史生密議，詭言托訪消息，與女議婚也者，賺生病起。史就榻畔問疾，母言其故，托覓音耗。史鋭身自任，曰：「女既有名，不難物色。當爲竭力謀之。」數日至，笑謂生曰：「君所見女郎，得無細腰長臉、頰有微渦者乎？」生曰：「然。」史曰：「吾以爲何人！此女陳姓，僕表姊妹行，父早故，與寡母居十里街，尚未字人。俟君霍然，即往作伐。」生以爲真，病漸已。半月大瘥，史竟不至。訪之，托故不見，見亦言語支吾。陰念十里街亦不遠，可自往訪，何必仰息于人？遂徑往探訪。并無陳姓。後得一家，果有媪女同居者。及見，則齲齒凹頭，面麻而黑。問蕊玉，茫然不知，知史詐己，大恚，踽踽而歸。將赴史處問罪。過僻巷，忽有棗核墮肩頭。止足仰視，則紅窗啓處，一女子憑樓閒眺。諦視之，蕊玉也，狂喜如獲至寶。對樓長揖，曰：「一月相思，爲卿幾死。幸得重逢，詎非夙緣？僕馬姓，叔文名。歸後當遣人致聘，幸垂憐焉。」女曰：「妾花姓。父字春榮，江蘇華亭孝廉。僑寓于此。母已死。早遣人致詞，或可如意。」生方欲言，女父忽至，鬚髮皓然，見生與蕊玉語，大怒。盛氣叱問，與生爲難。衆聞聲皆至。有識生者，代爲緩頰。生受辱而歸，然爲女故，亦無怨。旋遣媒往説。春榮以生儇薄，力却之。轉字李姓子，即催合巹。生大失望。母恐復病，百計勸慰。時赭寇已退，相將回里。家徒四壁，出餘金修葺之，重理舊業。以殷殷戀女，姻事遷延。會大婚期近，親王之年相若者，皆相繼迎娶。謡傳京師民女，被選無算。生托友探花氏信，則人去樓空，父女不知何往。或有言女已死者，生慟甚。特赴京中探耗，而花天塵海，芳信杳然，悶絶。偶游市上，見薪擔中有破琴一，大駭。就審之，細腹瘦腰，首尾皆缺裂，有小銘云：「簾寂寂，畫愔愔。澄碧慮，冷綠陰。空絶調，騁孤心。千載下，誰賞心？」下鐫「玉京道人」四字。而字迹剥蝕，窮目力心思，始可辨認。生問：「售否？」曰：「此共青蚨四百。翼然而未劈分，不能炊也。」生如數付其值，曰：「吾但需此。」即攜琴歸，召名手修之。設軫安弦，聲音高古，自此珍如拱璧。每游名勝之區，必一操弄。一日，游大觀園。時交新夏，赤日當空，綠陰在地。生于水亭上横琴理軫，奏「薰風南來」之曲，秋生十指，冷然悄然。忽一少年徐步而來，白袷輕羅，俊如緱鶴，笑曰：「先生雅奏，聞所未聞。恐江上峰青，非人間遺調也。」生起，揖曰：「下里之音，有污貴耳。君知此，必有新聲。幸得賜教。」少年略不謙遜，入座撥弄；見銘，驚曰：「此僕家物，亡已三十年。何得入先生手？」生述其故。遂彈《彩鳳求凰》之曲，而曲折尚未合拍，生反復教導。少年喜，展問邦族，生告之。少年曰：「南方遠來，有勾當否？」生欷歔曰：「室人有約未婚，不圖他徙。來此覓意中人耳。」少年極贊多情，代爲惋惜，既而曰：「僕有不情之請，君囊中琴欲仍歸舊主。倘許割愛，不吝重酬。」生慨然解付，少年曰：「且存君寓，僕當遣人來取。」遂細詢寓所而別。次日，有長史至，宣王命傳見。生曰：「素無一面，得毋誤耶？」長史曰：「君非贈琴者乎？」曰：「贈琴良有之。」曰：「昨日少年即親王也。可速行，王坐待矣。」生恍然，乃付琴，隨長史去。既至，歷數重門，始達內殿。王羅衫葛履坐胡牀，生拜。王親曳之起，曰：「昨日領教，頓啓愚蒙。慨贈良琴，尤徵雅量。」遂款以盛宴。生見室中琴囊十餘具。王指曰：「本藩好此將十年，苦無真授。先生真良師也！」生曰：「鼓瑟雷門，有污清聽，王勿齒冷，足矣，尚謬贊耶？」酒半酣，有小內監出，與王耳語。王笑謂生曰：「小妃願聞雅調，煩先生一奏之。」曰：「酒後心粗，恐傷琴德。請卜以夜。」王以爲然。既夕，月明如晝。王命潔偏殿，置琴臺，焚妙香。殿後懸蝦鬚簾，羣艷雜坐，釧聲隱約可聽。生即取下姬琴，按弦撫軫，彈《蜀道聞鈴》之曲。但覺凄風慘雨，幽咽傷心，不啻李三郎銷魂欲絶時也。王擊賞。生遂移宮換羽，轉爲清徵之音。始則清風習習，繼則霜角嗚嗚。俄而孤籟起自遥天，有玄鶴一雙，破空而下，迴翔庭際。彈至入破，則月爲之停，雲爲之遏矣。王大驚異，撫掌叫絶。生曰：「此清徵也。若彈清角，則調急而險，當更進一層。」王曰：「可得聞乎？」曰：「恐驚貴人，告罪不敢。」固請之，生乃改弦重奏。即聞虎嘯龍吟，自遠而近。未幾，繁聲大起，天黑如〔幂〕（䵘）。有巨鬼數輩，自檐而下，高丈許，目光如炬，若將攫拿。忽霹靂猛催，金蛇亂掣，合殿駭絶。王摇手即止。生煞尾一聲，離坐而起，則又雲净天空，璧月流素。王喜甚，曰：「神哉琴乎！可以入聖矣！」生曰：「琴之爲道，本與天地相通，鬼神相感。後人不知此故，但解尋聲。若然，則與倡婦之琵琶、牧童之箏笛何以異哉？」王深服其論，欲求真傳。生請齋戒，别治一室以授之。王甚慧。未兩月，即有會心。自此一志專精，大臻神化。忽愛妃染病，藥石不靈。王憂形于色，偶向生言之。生作毛遂自薦，曰：「某于醫道，雖未折肱，亦略窺其奥。曷請試之？」王喜，即命入診。生按脈而出。藥進，半夜微汗，三日大愈。王深感其惠，謝以金，不受。乃設席大享。王見生有憂色，垂問曰：「先生何故不樂？」生曰：「佳人一去無消息。同心不遇，久居于此，殊悶人耳！」王慰之曰：「天下多美婦人，何必爾爾？如故劍尚在，本藩當代求之，或得報命。今晚宜尋樂，勿向隅也。」即命召歌姬來，爲先生解悶。少頃，幼姬數人，珊珊來遲，皆有殊色。王問：「新進花姑，何故不至？」左右奏曰：「初學未精。且病已半月。」王不語。諸姬于堂下各唱新歌。絲竹紛陳，酒肴并列。席半，生告醉告飽，辭歸卧所。夜半，有媪叩門入。生問何人，媪曰：「老身王府樂師傅氏。新來弟子，不知染何恙，恒抑鬱不歡。聞先生善醫，求入診視。但勿爲王知，發覺不宥也。」生不敢允。媪一再叩請，始隨入。曲折數門，抵一室，位置亦頗幽雅。媪令生暫坐外舍。先入寢室，喁喁數語。然後引生入。銀燈乍剔，光焰通明。榻上羅帳高懸，一女子病骨支離，倚枕斜坐。生視之，蕊玉也。女亦眈眈諦視。彼此大驚，相對嗚咽。媪不知所云。先是，某觀察欲得美缺。知王欲選女樂，因于教坊中購美姬八人，只得其七。觀察亦茸城籍。春榮以同鄉故，往貸百金。觀察將行，索之急。

春榮無以償，觀察怒。密商某坊官誣陷之，繫于獄。見蕊玉美，遂强奪歸，足八人數。進之王，王嘉其能。未幾，竟放浙江某缺。女入王府，執意自戕。而守者甚嚴，不得死法。至是見生，疑在夢中。于是向媪各述前事。女深感生情，求媪設計。媪沉思曰：「王愛妃感重生德，婉求之，或當有效。且先生大被寵，可乘間進言。事即不諧，亦不至被罪也。」生以爲然。即懇媪轉語愛妃，媪首肯。生不診而出。越數日，王至生室，問曰：「先生岳氏何姓？」生曰：「岳花春榮。今某已知確耗。但近在咫尺，而遠若蓬山。『侯門一入深如海，從此蕭郎是路人。』」言已，淚下。王曰：「歌姬中新來一人，亦花姓，面目頗不惡。前此微病，近已小瘥。如可慰情，當以奉贈。」生跪泣，曰：「此即某之荆人也。前傅媪來浼診脈，某始探悉。未奉鈞命，故不敢入醫耳。」王訝曰：「渠即君夫人耶？幸未被玷，得歸全璧。」即命請花姑至。須臾，女出，向王冉冉而拜。王曳起，笑曰：「前爲下陳，今爲友婦。勿復行此禮。」令侍監引至後宮，爲女催妝。是夜即行却扇禮。生夫婦感激，雙雙拜謝。王認女膝下爲郡主，豐贈妝奩。女復求妃母轉懇王出父于獄。夫婦叩謝而歸。一路有司奉令維謹。生見母，備述前因。皆大歡喜。春榮無子，依女同居。明年，生舉于鄉。王爲捐某省郡守。未十年，位至兼圻。後以失察，置人于法。仇家賄人，伺間刺死。終應羽士言云。女生二子，皆通顯。（卷十二）

醉茶誌怪

李慶辰

《醉茶誌怪》四卷，作者李慶辰（？——一八九七），字筱筠，號醉茶子，天津人。大約身歷道光至光緒四世，僅爲諸生，課徒爲業。其友楊光儀序云：「醉茶子，詩人也，落拓一衿，寒窗坐老。」《醉茶誌怪》，有光緒十八年（一八九二）刻本。光緒二十年上海書局石印本改題《奇奇怪怪》，民國鉛印本又改名《醉茶説怪》。此書合《聊齋志異》、《閱微草堂筆記》二書之體例而爲之，然實以志怪爲主。

馬生

徐若玉，青齊人。以故入都，寓涿鹿客舍。夜卧吸烟，忽燈光青黯，烟筒塞窒。遣僕探以鐵籤，再試如故，乃祝曰：「儻有幽魂亦嗜此味，不妨略嘗。僕非吝嗇者，何必作此驚怪？」因燒烟向空虛舉，旋聞筒響颼颼，一口居然吸盡，如是者再。徐曰：「既是同好，必是良朋，盍現形共談，亦足釋悶。」即見對面枕上卧一人，年二十許，面目黧黑，衣裳藍縷，舉手作揖狀，形容足恭，笑曰：「僕名君妍，馬姓，燕都人。幼時業儒，酷嗜烟，家君督責勿改，遂抑鬱以没。服闋，有數人力勸改行，贈金使入都應童子科。至試期，貪烟未起。及醒，則紅日半窗，試院門扃。乃淹留於烟肆，金盡被逐，寄身野寺，爲僧服役。偶盜僧錢，僧徒重撻幾死。乘機夜遁，乞食北行，途中病癮困憊，卧柳下，不圖葬諸犬腹。家君在冥曹爲六路司吏總管，深惡痛絶，閉予於幽室，煩苦殆不可言。有父執數人知之，力諫家君，乃出諸幽室。時冥間考取遺才，以補司吏之缺，遣予應考。途行經此，聞烟氣飛空，不覺喉中奇癢難耐，故此相擾。」問：「考期何日？」曰：「即今日丑刻入場，明日午刻出場。」徐曰：「此其時矣，君胡不行？」曰：「再求少賜恩膏，便當賈勇前進。」徐又與之。未幾，雞聲動野，明星有爛。徐曰：「天將曉矣，尚流連耶？」生曰：「予酷好此，每吸烟一口，便覺兩腋風生，飄飄然如上九霄而登大寶，雖玉皇香案吏亦不屑爲，況考取冥差耶？即使補作冥王，予亦不去。」徐聞大怒，聲色俱厲，曰：「此物非不可嘗，苟文人墨客，淺嘗輒止。用以陶悦性情，有何不可？若因此喪産敗家，寡廉鮮恥，斷不可爲。」生云：「君言差矣。大抵我輩皆應運而生。昔人嗜酒，今人嗜烟，氣運使然也。若再歷數百年，更不知又有何物之可嗜也？使古時有烟，吾知嵇康、阮籍、劉伶、陶潛諸人，必溺烟而不起矣。且必有人云『若使某人爲烟帝，定須封我隱鄉侯』矣。嗜酒爲名士，豈嗜烟非名士乎？」徐曰：「嗜己之烟，已非名士。況嗜人之烟，而要爲名士乎？」生曰：「畢吏部盜酒，不拘小節，古今稱之。我馬君妍直，與畢卓並著。」徐怒，欲忿老拳，僕聞入室助之。生跪而哀曰：「冥律不比陽世憒憒，凡投考不到者，便捉去下刖足獄。此刻試期已誤，罰必不免，況家君不能容。叩求長者仁慈，許寄牀下。此後吸烟所不敢望，乞取貴斗中餘黏可耳。」徐駡曰：「何物餓鬼，無故纏人。僕爲我力搏之。」方格鬥間，忽簾鈎作響，一牛頭厲鬼持鋼叉入，大呼曰：「爾在此耶。

吾奉王旨搜羅考試不到者，牽赴市曹行刑。王曾有例，患病有事故者均免，獨吸烟、賭博、宿娼三等人，例所不赦。」生聞言若崩厥角，乃謂曰：「牛兄請息怒，此間烟味頗佳，曷不吸食？」即取盤中銅盒，捧獻牛鬼。鬼接盒，顏稍解，揭視盒中，已無餘瀝。大怒，罵曰：「無恥賊，以他人之物媚人，而又誑人，予誓擒爾去。」徐曰：「何不速叉？」生急取烟灰，徐力奪而棄於地。生乃伏身就舐，向鬼曰：「牛兄試嘗嘗，味勝芻豆多矣。」牛怒曰：「我雖牛首而食人食者，汝以我爲畜耶？」以叉刺其脛，生長號如斬豕。徐勸勿斃其命，視之已死。徐深怨牛，牛曰：「無妨，無妨，此非真死，乃咽喉科所謂斗底風也。嗅以烟灰立愈。」試之果蘇，乃令牽去。鬼覓鎖，生脱然而逃。徐驚曰：「可爲奈何？」鬼曰：「此子狡滑，閔不畏死，然去當不遠。君東鄰有煮烟者，定往依之。予別矣。」乃持叉去。徐遣僕往探東鄰，見烟瀋淋漓滿地。問故，鄰人曰：「適有怪風一旋，爐鼎傾覆，實不知其故。」僕語其由，鄰人急請術士驅遣。三日屋中旋風不休，直至地乾餘瀋，風始寂然，意其又尋他處也。

醉茶子曰：烟之爲累，如此其甚哉。傾家敗産，猶不改悔，真口腹之害爲心害矣。予嘗戲作《陋室銘》體，附録以博一笑。「燈不在高，有油則明。斗不在大，過癮則靈。斯是烟室，惟烟氣馨。烟痕黏手黑，灰色透皮青。談笑有蕩子，往來無壯丁。可以供夜話，閉月經。笑搓灰之入妙，怪吹笛而無聲。長安凌烟閣，餘杭招隱亭。燕人云：欲罷不能。」（卷一）

柳兒

季生子野，燕南人。父榮，燕之名秀才。庭訓綦嚴，生又性敏，以故才捷能文，尤工詞翰，弱冠入泮，世家爭婚之。父俱未許。適狂盜犯境，兵甲如林。土梟乘勢擾亂，白晝禦人。舉縣老弱奔竄。生家積糧爲村人掠去，榮攜眷避難於上谷。有中表親朱某，是處富紳，爲生家賃廡分廛，供給勿衰。留榮於其家，襄辦村團，月給薪水，榮甚感之。生因客居倉卒，誦讀輒疏，日惟散步村外釋悶。村中有王姓縫工，與生對門居。王妻三十許，風致姣麗，不類村婦。有女名柳兒，貌美尤過其母。嘗隨母碾米於比鄰，日凡三四往，必過生門。生立門外，女攜箕帚自對面來，裙布荆釵，殊無艷飾，而髮盤高髻，秀媚在骨。生不禁神蕩，目送女去遠，始返身歸。由是，冥想夢寐都縈，早起不暇洗漱，即俟諸門外。將午女來，細瞻裙下雙翹，細鋭如筍，益覺愛慕，佇立多時，睛不能轉。女母來，生始退入門内。女母已察其意，從此不令女出，日惟自己操作。生大失所望，詠《憶柳》詩百首，輾轉思量，情辭悱惻。一日踟躕門外，負手聽蟬。忽足下鏘然落一物，視之銀指環也。駭而四顧，見女在門外靦然微笑，見生，返身遽入。行數步，又回顧，笑指指環，似欲生收藏者。生會意，急撿起，納諸袖中，再視柳兒，已掩扉入。歸而祕藏於篋，人無知者，遂賦詩曰：「銀指環，如月彎。向疑在天上，端自落人間。銀指環，白如雪。欲去問青娥，幽情無人説。」未幾，賊氛已退，榮議還鄉。買一巨舟，裝載行李，待風順起程。生不悻，終日立門外，俟女出，示以意旨，而女杳無見期。適布帆翩翩作響，榮命家人登舟。中流擊楫，片刻已十餘里。生望洋興歎，無可奈何，恨不即生雙翼飛過長河。而一作此想，便覺身輕如葉，飄忽倏到北岸。信步前行，所經並非故道，林木蓊鬱，間雜荆榛。有數椽茅屋，四圍遮以豆籬，疑是村舍，急趨問路。至籬邊，寂寂無人，直至檐下，聞屋中嚶嚶悲泣。怪而審顧，一女子紅綃掩面，嗚嗚嬌啼。方欲退步，聞屋中女子云：「庭前季郎耶？棄我而去，胡爲復來？」生視之，柳兒也。不覺悲哽自剖，聲淚俱墮。女出以紅巾爲生拭淚，謂生曰：「父母之前可以婉言示意，愁思何爲？君之戚朱某若作媒，事無不成，何不歸而謀之。妾爲阿母禁制，不敢輕出户庭，今而後惟有守死以待。棄否一聽於君。」語畢，退入室中。生欲隨之，忽村尨亂吠，一驚而寤。身仍倦卧舟中。歸里後，以夢私告諸母，母商諸父。父以其縫工女賤之，又以路遠娶聘非易，遂寢其事。生知計不行，愁鬱成疾，日惟啜薄粥盞許。冉冉光陰，又至春日，拂檐垂柳，纔黄欲匀，生書一絶於紙云：「雲鬟霧鬢本多姿，記得相逢一笑時。轉盼韶華渾似夢，獨憐春柳掛情絲。」書畢，倦卧睡去。稿爲生父見之，甚厭其事，而又憐子病，含怒而未之發。會清明節，村中遊女如雲，好事者隨諸郊外，生亦雜衆中。日將暮，人漸稀，途次遇一老嫗，立道左顧生久之，謂生曰：「若箇好男兒，眉目清揚，神色一何鬱鬱？儻有心事，老身願效綿薄。」生歎云：「心事誠有，但恐姥姥無能爲力耳。」嫗云：「恐郎無甚心事，果有之，某無不能爲。」生以其言異，盡以情告。嫗笑云：「是何難哉？使今日不遇老身，則郎終當以情死。」生固求援手，嫗云：「去此半里許有小莊，彼王氏母女寄居於其間。如不信，請偕往。」生欣然從之。至一處，茅屋數椽，豆籬環繞，芳草古樹，陰翳甚濃。景物與夢中無異，怪而問曰：「得毋夢中耶？」嫗云：「分明我引郎來，何得云夢。」生云：「向夢此境，今固疑之。」嫗云：

「真境，何必多疑？」生云：「清明時節，籬上豆花何蓓蕾也？」嫗云：「生醉乎？請細覘之。」生再視，則竹編麂眼，並無豆花，惟細草茸茸而已。相將入室，王氏含笑出迎，見生云：「年餘不見，憔悴竟如此矣。」生泣訴其故，婦云：「尊翁自高門閥，痛絶媚好。豈我女如道旁苦李，無人拾者？我固知郎君至誠，故煩俞姆招郎來一談胸臆。聯姻誠願，但須尊翁誠意而求，不然，謂我縫工女，豈真不能占鳳於清門耶？」生婉辭謝過，俞姆又代爲之説詞。婦沉吟云：「若欲附爲婚姻，當贅諸吾家，如不願請郎即行。」生急云：「願，願！」於是，掃除内室，鋪設牀幃，遣俞姆牀女而出，上堂交拜，即夕成禮。生視女，光豔倍勝曩日，遂相歡悦。詢女胡爲來此，云：「妾爲俞姥將來，不料妾母先在此，遂僑居焉。顧妾日在閨中，不知此名何里，詢諸俞姥，謂此爲俞氏莊云。」生信之，繾綣月餘，情同膠漆。忽念大事已定，當告父母，或可攜妻歸。不然淹留岳家，胡可長也？乃商之於女，女未決。自念一去即返，何必斟酌。不白女而出村，甫行數武，回顧並無村落，壘壘高塚，環以松柏，大駭尋途而歸。至家，則父母方以尋生不得，相對悲泣，淚痕猶未乾，見生來，大悦。詢其故，生以實對。遂相驚爲遇妖。生亦深恐，父母禁生，不令出遊，急爲生擇婚數家，均未就。因有結姻王氏之心，乃修書致朱，書未發而朱自上谷來，榮述其事，且言所求。朱大稱怪事。榮問故，朱云：「自君家歸後，王氏女奄奄抱病，察其意似爲生而病者。春時撲蝶村外，忽不返。家人尋訪殆遍，踪影全杳。月餘忽自歸，問之，云撲蝶時遇一老嫗，自云俞姓，邀登車上，其行迅駛，片刻至一村。入門，母先在室，詢來此何爲？則語殊含渾。次日，嫗攜生來，爲之贅婿。居月餘，生出不歸，母謂女曰：『爾可同俞姥先行，予則繼至。』遂隨姥乘飛車至一處。姥令女下車，曰：『爾家不遠，可自歸，予從此別矣。』女欲致問，見車塵拂拂如風，飛行而去。細視其處，乃舊時撲蝶處也。乘月色至家，見母固在室中，怪而盡以情告。舉家駭異，女始悟所遇者非母，深悔爲妖所誤，致使謗言沸騰，愧怒欲死。王夫婦憂悶無計，思嫁女以息衆議，而門第人品如生者亦殊寥寥，故某此來欲玉成其事。」生父母聞言大悦，爲朱備聘儀還上谷。朱歸訪王，王得朱作冰斧，喜甚，早備妝奩送女至燕，朱助奩物豐厚。季氏灑掃青廬爲合巹。遠近驚爲奇異，無瓜葛者亦具儀來賀，爭覲新人。夫婦華服登堂交拜，見者皆驚爲神仙中人。此往彼來，門庭如市，五日始休。兩家深感俞母，但不知爲何許人。一日，榮醉歸，天色已晚，遇老嫗，止宿於其家。屋僅三楹，中堂設榻款客。寒暄一二語，即入複室，閉扉寢。天微明，起促客云：「鄰雞喔喔，客宜早行。我家固無男子，惟母女二人，恐好事者造黑白也。」榮起，嫗送諸門外，感其義，詢姥姓氏。嫗云：「老身姓胡，因與弱息僦居俞氏屋。人疑我亦其宗派，其實非也。身與令郎相識，煩寄一言，舟中好夢，洞裏良緣，皆予母女之力。」榮唯唯，意未深解。行數武，始悟爲俞姥，返顧，人物俱杳，但見松柏夾路，乃同里俞氏舊塋。因知俞姥乃塚中之狐仙，於是修牆垣，栽樹木，父子焚香虔禱，冀俞姥再來，而終渺然。

醉茶子曰：千里因緣，紅繩繫足，未必真鍾情也。鍾情者，相對咫尺而宛如山岳，不無室邇人遠之慨，恨無好事之俞姥，爲之宛轉撮合也。苟廣其術以行之，則情天慾海中，永無怨曠之苦矣。彼月下翁，正嫌其無用耳。（卷一）

說夢

人之夢境，古人曾詳辯之，而終無確解。至夢中得句，乃一時靈悟，予昔嘗爲之。若夢中讀他人之詩文，則有不可解者。昔予在京邸，秋闈出二場後，倦憊非常，夢閱一書，恍惚如《長吉詩集》，有句云：「扁舟載酒迎波月，桃花豔滴臙脂血。」句頗相類。又近年，夢讀老友于阿璞詩稿，有句云：「紅葉落時征雁返，黄花開後故人來。」惜滄州路隔，阿璞云亡，終不得而詢之也。昔又夢至一處，書籍頗繁。有詩集一卷，閲之，佳句甚夥。有句云：「仙人東去乘黄鶴，霸主西來訪碧雞。」是果誰之作歟？設無是集，何以令吾見？設有是集，又何以爲吾夢耶？夫古人載記，言夢者不可勝舉，如文達公記弋孝廉夢人屏上詩。後遇景州李生，言是其族弟屏上人題梅花之句。然則我所夢者，或亦如彼，未之奇也。獨壬辰春之夢則奇矣。時天氣尚寒冷，擁衾假寐。夢至一處，竹木蕭森，庭院寬闊。有遊廊一帶，彎環甚遠。廊盡，露廣厦五楹。俄見粉白黛緑者數輩，皆妝梳古雅，濃淡合度，雜沓其中。一丈夫年約四旬，降階笑迎，情甚殷洽。予揖問姓字，答云：「《紅樓》一書，君讀已久，其事略有影響，而姓名殊非。某與中表，嫌忘瓜李，而情重恩深，有不能自已之勢。彼以是故，竟至捐軀。心實悼之。欲祭以文，非可以浮泛之詞塞責。昔擬作未能恰意，遂改易用爲《芙蓉之誄》。若祭瀟湘無文，終屬闕如，拙作業已草創，敬煩先生椽筆爲修潤之。」予聞命之下，不勝惶懼，遜謝不能。而主人再三奉懇，使侍婢設座中堂，並陳水陸，螺杯象箸，羅列頗繁，勸酬甚切。予飲一杯，便覺香流齒頰，即辭勿飲。主人笑命撤席，乃拭净几案，貼以紅氈，設鴝眼之硯，鼠鬚之筆，麝烟之墨，魚網之紙。羣姬注水磨墨，置予前。視其原作，似未盡善，一時文思湧泉，不數刻脱稿。衆姬呈示主人，頗稱善。再拜，送予出，遣婢導之。予問曰：「所謂大觀園其即是乎，何與載籍懸殊也？」婢笑曰：「此非天上，亦異人間，乃主人習静之所也。先生可以歸矣。」方欲究主人爲誰，霍然遂醒。然則主人即怡紅公子耶？抑曹君雪芹耶？吾不得而知之矣。得毋好事多魔，予編志怪，而前輩稗官喜與同好，將書有不盡之意，屬予爲之貂續耶？夫馬當不遇，誰驚滕閣之文；狗監未逢，疇買長門之賦。亦惟夢想徒勞而已。不意曉起，忽於書簏中撿得故紙，乃代寶玉弔黛玉之作，因删潤存之。其文曰：「維緱山鶴去之年，庾嶺鴻歸之月。日逢秋老，時值更闌。怡紅院寶玉，謹以龍女名香，鮫人殘淚，金莖仙液，玉洞清泉，致祭於瀟湘妃子之靈曰：嗚呼！琪花萎秀，竟凋玉女之容；絳草敷榮，莫挽金仙之駕。惟見階前湘竹，鵑淚斕斑；堪悲窗上茜紗，蛛絲剥落。錦繡叢中過隙，遽成蝶化蠶殭；釵瑠隊裏先鞭，拼得珠沉玉碎。魂歸何處，色即是空；腸斷今宵，情殊難已。爰念仙靈之縹緲，曷禁涕泗之滂沱。妃子生閥閲之名家，處簪纓之望族。孤標冷豔，堪追姑射仙人；弱質温柔，獨冠金陵女史。保厥躬，則冰霜比潔；窺其性，則金石同堅。薛氏多男，弗若掃眉才子；闕家有妹，居然不櫛書生。哀毁痛親喪，早代皋魚而飲血；伶仃辭故里，聊投渭館以棲身。祖母婆娑，靦面則心脾俱痛；寡兄癡癖，垂髫即耳鬢斯磨。維時玉甫十齡，卿方九歲，一堂會食，讓棗推梨；兩小無猜，聯牀合榻。容瘦慮予減飯，身寒勸我添衣。頻勞織女之針，萸囊巧製；偶被伯俞之杖，玉筯偷彈。翠袖形單，怯秋風而羞立；紅綃痕溼，對夜月而傷神。悲歡誰測其由，宜喜宜嗔，無非惜玉；離合詎能預卜，或歌或泣，總是憐香。至若淡雅羞花，温香凝玉。天然縞素，輕沾雪後梅魂；屏却鉛華，恒帶春深梨夢。偶離深院，每嫌過苑之蜂忙；小立迴廊，又怕隔牆之燕語。傷繁英之凋謝，一抔净土，鋤成舍北花墳；悲秋景之蕭條，半夜孤檠，照冷籬東菊圃。詩題羅帕，墨痕和淚瀋齊乾；曲奏瑶琴，子綫與愁腸俱斷。砧敲何處？朦朧而睡不安牀；笛弄誰家？催促而病侵入骨。洎夫藥爐火烈，二豎潛逃；錦帳春融，千愁暫釋。結海棠之社，齊放浪於七言四韻之間；填柳絮之詞，共游戲於減字偷聲之下。觀梅賞雪，閨幃擅名士風流；把酒持螯，粉黛極高人雅致。櫳翠庵中試茗，偕妙玉以參禪；凹晶館裏聯吟，續湘雲而成讖。形如松鶴，自去自來；意若孤鴻，不離不即。每到欲言不語，箇中之微意許我同知；幾番變喜爲愁，局内之幽懷有誰共曉？聞妙音於南院，卿胡爲入耳而悲傷；摘艷句於西厢，我深悔無心而唐突。從此兩心共印，轉難一語相通。我抒至性之肝腸，卿少體情之骨肉。懨懨成疾，卿緣何而骨瘦肌消；事事乖違，予因是而神凋氣喪。厥後侍兒起誑，報道還鄉；斯時濁玉聞言，痛幾殞命。恍惚帆檣歸送，姤煞紙舟；依稀僕婢來迎，諱題林字。凡此阽危之甚，皆由惓戀之深。此上蒼可以鑒其誠，非愚昧所能窺其奥也。不料妖花放後，頓起狂波；美玉捐時，遽膺厲疾。因相思而抱恙，無知語偶露真情；奉嚴命以成婚，多病身勉爲弱婿。方幸藍橋有路，誰知白璧無緣。擎蘭炬以照芳容，驚非佳耦；入桃源而沉孽海，誤作新郎。當兹恨滿之時，即是登仙之候。嗚呼！元機乍破，已無續命之湯；素願莫償，竟乏再生之藥。慨素幃之闃寂，音沉少雪雁之傳；睹丹旐之飄零，花落任紫鵑之泣。簾前鸚鵡，仍歌舊主之詩；穴底鴛鴦，疇作佳人之伴。壁懸遺掛，窗剩殘絨。期繫臂於他生，此生已盡；訂畫眉於再世，隔世難逢。未偕秦鳳之簫，先返彩鸞之旆。踰時聞訃，哭往泉臺；幾處尋踪，未登鬼籙。地下搜求莫遇，乍疑名列仙班；人間號慟難聞，俄復身還塵世。既而殘軀小健，憑弔蕙棺；往事須追，長枯血淚。慘矣！牀頭回首，猶呼濁玉之名；悲哉！爐面飛灰，盡燬香奩之稿。悼仙蹤之西去，視含僅有小鬟；囑旅櫬之南歸，到死不忘故土。嗟乎！靈根拂劍，果絕長生；藥圃經霜，花無獨活。聽斯傳語，誓不苟延。因存忉怛之思，弗惜殷諄之問。始知瑤臺促駕，鸞笙鳳管齊迎；貝闕垂旌，月姊星娥曲引。特非目睹，畢竟心疑。昨因幻夢之靈，重瞻環珮；恍入太虛之境，復望釵鈿。白玉雕欄，護靈苗之搖曳；碧紗繡帳，籠瑞草之紛披。頓悟金繩，願登寶筏。在妃子欲報沾濡之露，偶戲愛河；而濁玉難補離恨之天，終成頑石。自此豁開慧眼，悟今是而昨非；割斷癡情，證前因與後果。茲值夢覺之期，用述曩時之概。妄冀香魂之陟降，默伺鄙意之虔恭云爾。」（卷一）

阿菱

王生愿，齊之世家子。少年軒輊，迥非常儔。父名司理，訓誨綦嚴，日閉館中課之讀，雖親戚不使通慶弔。時村中有演戲者，生私出觀之。劇終天晚，恐歸受責，徘徊道左。遠望家門而零涕焉。未幾，信步出村，東行里許，路旁一老姥謂曰：「若箇好男兒，天已如許晚，尚踟躕於此，將何往耶？」生以情告。姥云：「歸必受楚，不如隨我去便佳。寒舍不遠，當不使郎君露處。」生收涕大悅，遂同行。至一村，短籬週匝，中有柴門如竇。攜生手，俯身入中，殊寬敞。行數武，有老屋數楹，石枕竹牀，頗覺雅潔。秉燭命坐，見几上棋枰書籍，不類農家。問老姆精於諸藝乎，姥云：「幼時亦頗嫺習，惜未能精。老身皮姓，有一甥女，自幼失怙恃，寄居寒家。鍼黹之暇，令其釋悶。此兒頗慧，乳名阿菱，待老身喚來伴公子戲。」俄去，復返引一女郎至。雙鬟垂耳，嬌艷動人。立燈下，秋波微睨，笑態盈盈。生魂魄飛越，應對屢乖。姥云：「菱兒暫陪公子，予去作饌來食。」姥去，生問女郎年幾何。女云十四。生云：「小我一歲。」女云：「小一歲便如何？」生云：「此後好呼喚耳。」女云：「誰是爾婢子，輒便呼喚。」生云：「稱呼耳。」女云：「何以相稱，得毋夜郎自大耶？」生云：「不敢，不敢！卿須呼我爲郎。」女笑云：「我以爲兒也。儂最怕狼，不便相呼。」生云：「不呼郎，呼我爲甚？」女掩口云：「不呼爾爲狼，則呼爲犬。」生云：「無故奚落人，當罰爾。」遽前奪其帕，女笑聲嗤嗤，擲帕於地。生急俯拾，而女早拾起。生持其腕，而復奪之。姥揭簾入，左手執柈，右手持匕箸，堆置几上。謂生曰：「此兒自幼嬌養，有多慢客，幸公子諒之。」生極贊其慧。姥云：「如此癡憨，不畏郎君笑耶？可入厨去，悉將物來。」無何，女將杯盤羅列盈几。姥云：「我家固無男子，亦無僕婢，蔬食不堪奉客。」生謙讓後食。味俱甘脆，而莫能指名。詢姥何處得此佳味。姥云：「郎君日居富貴之鄉，列八珍，食萬羊，此等山肴野蔌不嘗食，轉以爲奇耶？」生食之甘，益詢其名。姥云：「柈中紅絲白理者，紫駝之峰也。肉腴骨脆者，黑熊之膰也。飯乃紅蓮之稻，湯乃碧糝之羹。市遠殊無兼味，但祈强飯爲佳。」生贊不已。姥云：「今日既屈嘉賓，願行一酒令以佐飲。公子願乎？」生急請命。姥云：「取骰子四枚，一擲成點，當拈古詩一句，與色子相合。否則，罰以金谷酒數。」女一擲，得三三一六，云：「三山半落青天外。」生擲得一么三三，云：「月點波心一顆珠。」

女云：「何不云萬綠叢中一點紅。」姥云：「郎君思亦巧矣。」生請姥擲，姆擲得兩么兩六，云：「雙懸日月照乾坤。」令畢，各飲一杯而止。席終，姥掃榻展卧具，止生宿。生云：「獨居膽怯，願姥遣人伴寢。」姥云：「生醉矣。此處無虎狼，保不銜生去。」乃留燭攜女同去。生輾轉終夜，思欲直言，恐不遂，或遭其辱。天將曉，聞對户房中老姥與阿菱唧唧不休，恍惚似議婚。晨起姥來，生問：「阿甥有婿家無？」云：「未也。」生云：「擇婿如何等人？」姥云：「性情温和，品貌秀雅者方許之。」生云：「若小生者如何矣？」姥沉吟云：「公子甚佳，老身亦頗傾慕。俟商之於甥，如其願也，則今夕良辰即備青廬，無勞親迎焉。」生大喜。姥去，生伏窗聽之。女云：「生年少浮動，春風邂逅，秋扇棄捐，兒何以堪耶？況彼無媒妁之言，父母之命哉。」姥云：「兒誤矣，生至情人也。我輩混跡人寰，所欲皆其自擇，仙凡路隔，誰見有塵世人爲狐仙作蹇修者？媒妁可勿計，我將使彼自達其父母焉。」女云：「雖然，不可太急。」姥云：「前緣夙定，非老身之强爲也。」女云：「紅鸞未動，速則有災。以兒卜也，當遲之兩年。否恐不利。」姥云：「成事在天，兒勿慮也。」出謂生曰：「以公子才貌門第，有何不可？第恐不能自專，歸煩稟命尊人。如其協也，予擇吉送女去。實告君，我輩狐仙也，與君有前緣焉。」生云：「區區之意，姥所深知。顧此言何以告父母？」姥云：「不妨，蓄有一物，歸而獻之。爲言求婚，尊人必願。如有回音，可於某日俟我於城東之石橋。」乃出一絹包，緘固甚密，贈生藏諸懷。導生出門，囑云：「所約之期，勿忘也。」返身遂去。生視之，松楸夾路，並無居廬。尋途而返。歸不敢隱，實告其父。父異之，啓其緘，重紙包裹中一銅尺，其銘云：「尺非長，寸非短。宜子孫，垂久遠。」洵漢代物，不禁咤異。先是，生父司理，曾遊咸秦劉太守幕。守酷好古玩，凡民間有古器，多方羅致之。有某生蓄一銅尺，守知之，設計强奪去。生忿，控諸撫。撫惡其貪，將坐贓免。守懼，遣人央撫，請以尺獻。撫許之。蓋撫好古之癖，更甚於守。守不得已割愛，啓篋取尺，先一夕爲其戚林某竊去，懷物遁歸。至中途，忽失去。守無所措，上臺催索甚緊，而某生亦訟不休。守乃遣人尋覓，許以千金，固疑是林，而已遁去。知司理與林同里，來函乞司理搜求，言詞哀懇。司理在幕府，知之甚悉。故今得此物，喜出望外，深感其情，欲結婚。且將詣咸陽謁守，指日登程。時有其内兄余某者，力阻之，云：「匹夫無罪，懷璧其罪。贓物之來，蹤〔跡〕（踪）譎異，留之不詳，不如售之以去累。且狐仙亦不可爲眷屬，亟宜絶之。」司理信其言，以他詞答守，藏尺於篋，不踐仙盟。生愁思無聊，忽忽至半月，私至城東。姥果在，喜云：「我固知郎君不失信。奈尊翁決絶何？老身以千金相贈，何妄信邪説，竊恐禍至。阿菱已許人，郎君宜再尋佳麗可也。」生挽袂，大痛失聲。姥云：「郎君收涕，予戲言耳。有一策，能從之尚可爲。君家後院樓，屏人獨居。俟夜有紅燈，予即送女至。」如其教，果有燈貼檻際。就之，見阿菱坐樓上，光艷勝於初見時。遂成夫婦，棲於別業，儼然伉儷。至曉始去。於是憑肩望月，交臂談心。女恒若不快。生怪詰之，女云：「凡事强合者，必不能久，况婚姻大事乎？予兩人恐不能常聚。」生以他辭掩之，女嘆亦止。於是和詩猜謎，頗覺雅趣。一夕燈前猜謎，生云：「昔人有禽字，猜爲會少離多，頗確切。」女聞之愀然，曰：「不如手到擒來爲佳。」如是星離月會，約有半載。漸泄其事，生父憂之。適余至，生謀諸余。余爲延術士，黏朱符於樓窗。女大不懌，謂生曰：「妾言驗矣。幽期密約，胡可以長？不如從此去。否則定遭奇禍。」生苦挽留，女終不樂。未幾，術士作法於庭，彷彿有清煙自樓内出。術士云：「妖被擒矣。」舉家相賀。女自此不再至。生神思迷惘，若有所失。獨坐空齋，對影成兩，乃賦一詩云：「樓上紅燈不再過，淒涼孤月泛金波。從來佳麗塵寰少，自古書生薄命多。枕底香盟餘繡履，奩中遺物賸青螺。傷心最是黄昏後，獨掩空帷涕泗沱。」反復吟咏，憂悶欲死。生父以爲可慶，而余亦以功自詡，往來益密。因求銅尺，暫假觀玩。司理出尺示之。未幾，二人痛飲，司理醉，余乘間竊去。及醒始知，急往尋余。余已買舟詣秦矣。蓋欲持此以要太守之金也。司理急追之。及至秦，余已先到謁劉守。及探其行囊，則銅尺烏有矣。遂與守言，銅尺在司理手，彼悍不欲與。於是守銜之。司理至秦謁守。守有懟詞，因述其情。守勿信，遣人招余，余已歸矣。司理遂息於逆旅。守使人許以金而索其尺。司理力白其無。太守疑其居奇，益恨之。時郡中有巨盜案，守陰使人言於盜，污司理爲同夥。所言里居甚詳，捉司理至，搒掠甚苦，終無詞，陷於囹圄。盜中有任姓者，性梗直，知司理冤，乃謂曰：「予雖大盜，具有天理。明日堂上，予代白君冤而噬余某。使彼來糾纏此案何如？」司理泥首泣請。越翌日，守理案。盜誣余，請守行文關之。齊東令某，與守有舊。差役捕余，搜其家，則銅尺在其櫃中。贓證並獲，余口不能辨，遂坐同黨罪。以銅尺入官，司理得免。既出，陰怪其事而未知其由。自遭大訟，貧無立錐，至於懸釜。一日，將乞米於鄰。甫出門，有老姥持五斗米求售。司理訴其窘，姥慨以米贈。司理感之，邀至其家。生視之，阿菱之外祖母也，不覺失聲。司理詢其故，生以實告。司理頗覺自慚，向姆謝過。姥云：「君愛子之情，老身何怪？前日銅尺使獲贓於余氏者，皆我爲之。」司理深感其義，詢阿菱何在。姥云：「紙上符籙其奈我何！阿菱固無恙也。」司理亟求婚姻，姥不許。乃跪求之，始應其請。因問姥居何里。姥云：「予僦居城南王氏第，君擇良辰往聘之可也。」於是以百金贈司理，使備青廬，遂出門去。司理備乘輿，至期往，見王氏第僕役紛紜，金玉錦繡，居然素封。奩物豐侈，有珊瑚鏡臺高三尺許，中嵌漢時透光鏡，其餘珍物，多不能指其名。衆視阿菱，皆驚爲神仙中人，比燕猶肥，較環稍瘦，才如道韞，德似孟光，雖西子、王嬙不能擅美於前也。人見之，罔不驚歎。生家自此亦小康。聞劉守終以墨敗。菱循循婦道，善理家，終日欣欣無戚容。嘗謂生曰：「天下事，强合者終離，違天故也。今而後可百年矣。」（卷四）

夜雨秋燈録

宣　鼎

《夜雨秋燈録》八卷，續録八卷，作者宣鼎（一八三五——一八八〇？），字瘦梅，安徽天長人。早歲從軍，三十以後游幕魯南，工書畫，落拓不得志以終。《夜雨秋燈録》有光緒三年（一八七七）自序，時年四十三。《夜雨秋燈續録》光緒六年蔡爾康作序時，作者已前卒。光緒三年申報館刊行前録，六年刊行續録，皆八卷，共一百三十篇。後出之《清代筆記叢刊》、《筆記小説大觀》等本，或分三集，或分上下編，僅一百十三篇，且雜以《客窗閒話》及僞本《螢窗異草》之文，實爲僞書。商務印書館本亦不免收入贋作，仍非足本。

珊　珊

楚之鳳皇廳，萬山中有石亭，顔曰「苗姑救夫處」。間疑爲跳月人綉帕涅面吹蘆笙嗚嗚者自覓藁砧故事，而不知其非也。明季，焦生鼐，字梅仲，中州人，任俠放生，讀書學劍。偕友游汴之上河，時值清明，士女如織。有健兒弄虎演劇者，圜觀若堵牆。虎眇一目，爪牙鈎刺，文質斑斕。弄者故以頭觸其吻，手捋其鬚，背承其腹，而虎且宛轉如人意。衆擲青蚨勝撒白雨。市散，驅入大木函，荷之去。生歸而冥想，太息曰：「丈夫不能自全，誤落阱陷亦猶是夫！」友戲曰：「然則封使君亦將買而放之乎？」曰：「有何不可？」夜寢，夢老父闖然入，白衣絳冠，向生拱揖曰：「封使君謫限已滿，郎君若仗義俠，放歸山林，則得美婦，解奇厄，證仙果，功德無量也。」生曰：「弄虎者以之攫阿堵爲衣食券，恐靳而不售也。」曰：「有機可乘。」生一諾而醒。朝暾滿窗，起呼盥櫛，挈友再往。至則鳴鉦開場，虎搖尾瞑目，意甚頹敗。倏一老叟科頭袒背而前，騎虎背，齕虎領，更以髡顱抵唇側。虎忽大吼，利喙一合，則頭脆如瓠落矣。觀者盡奔。兩健兒哭曰：「殺者吾父也！虎向馴，不知何故突變性！將殺斃抵吾父。」手操刀欲斫。生急止之曰：「子迂矣！虎噬人，性也。即斃之，豈即抵爾父？人財兩空，殊失算計。」曰：「將奈何？」曰：「曷賣于我，以資殮爾父，餘可另作生涯，此計之善者。」健兒私議久之，以爲然。問其值，曰：「十萬錢。」如數交兑，生命僕人放之去。咸不敢，曰：「索在頸尚噬人，若解去，不將繼叟倀耶？」生怒，自策馬，送虎至深山中，曰：「荒野窮巖，不少生物，幸勿攫行路，罪株小生。」虎頷之，獨目若流涕。生親解鐵鐺琅，急上馬返轡，揮之曰：「去！」遂分道行。甫轉官衢，忽狂飆驟起，砂石横飛，虎至。急奪路，則已伏馬前，叩數十下始去。歸告友，咸不甚信。是秋禮闈獲解，往應南宫試。行至燕趙間，僕馬奔馳，日色已曛，疏林叠巘，倏迷路歧。忽林中矗出欹石，高丈餘，瘦削可愛。炊烟縷縷，知有野人家，趨求止宿。則老屋數椽，門臨曲澗，一眇目老叟龍鍾迓客，曰：「何處貴人下顧草野？」生自陳名氏，且告所求。邀入坐草堂中，僕馬亦有安置。叟衣冠整潔，言語粗豪，自云：「苗姓，向客中州，遄歸未久。」倏一紅妝屏角窺客，又一老媪上堂篝燈，蹀躞頗苦。叟曰：「寒家無僕御，此山荆也。」生局促不安，意在呼僕，曰：「累夫人不當。」叟止之曰：「紀綱勞乏，已安栖止。」向屏内呼曰：「大姑珊珊兒，出拜郎君，一代母勞。」女果盈盈趨前斂衽。生見其媚態萬方，神魂飛越，幾致失禮。揖而問叟曰：「女公子耶？」曰：「然。以郎君貴人，敢以兒女相見。」須臾，肴陳于案，酒沸于鐺，叟以巨甌自飲，以常尊勸客。酒闌，女出爲生解裝設榻，布枕拂衾，殷勤臻至。生遜謝，女一笑去。餐已，叟詣内與媪絮語，遂不出。生醉而隱几，女摇生醒曰：「郎可寢矣。」曰：「卿尚未去耶？」曰：「父母遣視安枕，防呼茗飲耳。」問：「芳齡幾何？」曰：「十六。」問：「有婿家否？」女酡然久之，微嗔曰：「夜深可寢，絮絮何爲？恐老親聞知，叱辱將及。」生倚醉，遽攬紅袖，女掙脱移立，不得近，遂寢。醒則吻燥，試呼茗，則女已捧磁盎立榻下。生飲已，牽玉臂求歡。女呼曰：「魯莽兒！何動欲喪人廉耻？」叟媪内呼問，手釋，女急遁。意將詬誶，轉寂然。天明晨光透，女起，出灑掃，生惴惴不敢語。女呼曰：「郎起耶？滿天風雪，真天留客也。」生披衣視庭外，果花飛六出，片如掌大。旋進盥具，更瀹苦茶。女笑曰：「痴郎子，昨宵幾驚破膽。」曰：「忍哉，卿也！」曰：「柔情媚骨，何必爾爾！」生益惑，語漸狎褻，女秋波微怒，似又欲呼。生哀之，始已。臨去，忽紅漲于面，欲言又止者再，曰：「郎娶否？」曰：「未。」曰：「真耶？」曰：「天日可誓。」曰：「郎求婚于吾父母，無不諧，萬勿望非禮苟合也。」生曰：「諾。」時僕亦起，問生行否，生痴立猶豫。叟出揮僕夫曰：「茫茫風雪，向何處去？霽即行，豈礙程途耶？」少頃，女又陳餐膳，餅餌帶松子香，雉羹鹿脯味尤美。生且啖且問女郎年齒與夫家姓氏，叟答以擇配甚難，紅鸞猶缺。生曰：「僕不才，尚屬清門，忝登桂籍，未知可列雀屏選否？」叟曰：「珊珊甚倔强，庸歸與山荆詢明白，免他日怨老朽孟浪。」頃出，告生曰：「大喜，大喜！小妮子竟首肯。但夫婦老矣，風燭草霜，一朝殞謝，反累弱息煢獨。山野無鼓樂儐相，意屈東牀即于今夕草草花燭，明即攜去。愧無奩妝，能相諒否？」生喜極再拜，一一承命。媪扶女出，韋布新更，雲鬟微掠，愈覺嫵媚動人。交拜訖，重設尊罍，一家團聚。僕在斗室，亦小犒賞，痛飲極歡。夜深，二老去。生移燈掩關，即就客榻成婚禮，繾綣恩愛，盟誓萬言。明晨雪霽，叟媪並出曰：「珊珊兒嬌慣，乞郎君百事看老朽，勿加罪責。雙雙登程，不敢以私愛誤功名事也。」母流涕悲戀曰：「勉事郎君，錦旋時可一歸寧，何須戚戚！」生以馬授女，自則與僕徒步，拜別出門。叟于欹石下掀卧石起，内皆朱提，曰：「倉卒不及備奩，以此爲倩。」生曰：「客途無玉臺下聘，尚敢領厚貺乎？」曰：「聊壯行色耳。」生勉取三錠。叟以爲太少，盡代檢入橐，揮之曰：「去。」出山數十里，入一大城市，爲女購簪珥裙服，嶄然一新。再覓車馬入都賃宅居，倡隨樂甚。榜發成進士，授浙之會稽令，挈夫人同之官，多政聲，皆内助也。然生性好客，舊雨新雲争來趨附。明年升錢塘太守，而客益多。女請却之，不聽。客聞之懼，醵千金購妖姬名窈娘者，奉生爲妾。窈娘色既艷冶，弦索歌唱無一不工，牀笫之間尤多内媚。生惑之，嬖昵忘政事，而客皆陰攘其權矣。女獨宿，絶不争夕。然生偶抱恙，女輒鷄鳴起，侍湯藥，不啻孝子。窈娘見女髮膚肢體無處不美，即亂頭粗服亦饒姿致，退而攬鏡，愈自慚汗。由愛生慚，慚生妒，妒生恨。遂廣結婢媵，環布腹心，思傾女，不得入。暗以鴆毒置酥酪中，布女室。生偶入呼饑，女以酥酪進。窈急奪而棄之，啖猫犬，立斃。乃嬌啼求去，曰：「夫人妒忌，意毒良人，妾若不去，恐難免也。」又女每夜焚香于庭，禮拜北斗。潛告生曰：「夫人毒未成，又用詛禳法，妾時心痛，恐中魘巫。」由是生怒女，動輒得咎，曰：「終非好相識！」立逼大歸。女泣曰：「自爲君婦，有何失德？」曰：「吾與爾緣盡，眼中釘，喉中骨鯁，不能頃刻留。」女大慟。曰：「若留，須跪受鞭笞始已。」女即膝立受辱，婢媪争伏女旁，願代受杖。邑之仕宦眷屬聞之，咸不平，聲名益狼藉。當道者羅織生之荒怠酒色侵蝕庫帑十餘款，欲劾之。生懼，謀于客，出千金購玉鼎，將獻中丞。又出千金購冬貂，獻侍御。同列中堂，鼎無故碎，裘無故焚，至問誰毁，窈堅以夫人對。生大怒，狂呼不可忍，操杖立逐女出。女曰：「是真不可留矣！」自脱簪珥裙服擲地下，着嫁衣匆匆出門，飄瞥不見。當道待生賄不至，疏劾之，奉旨降官東魯滕陽丞，婢僕與客一時星散。生典質玩物得千金，攜窈就丞任。策馬悠悠，誤入山谷，見疏林烟裹，攲石猶存，忽至當年止宿處，大驚。恐翁媪出無顔相見，勒馬不前。遣僕覘視，則空林無屋宇，僅曲澗流泉，荒苔虎迹，急趨而過。丞任清苦異常，窈不能堪，終日悲啼，生惟隱忍。旋抱病，呼窈不至，蓋早已隨僕遁去。至是始悔，慟曰：「其負吾結髮苗姑報乎？」而已無及矣。更以行賕革職充雲南軍，赭衣登程。監者呵詈，資斧一空，貨馬徒步，兩足腫潰，蹣躅不前。比至鳳皇廳，萬山中人踪斷絶處，有亭翼然。監者引入，瞋目叱曰：「爾罪應受，我輩何辜？請速自戕，免污吾刃！」生哀涕不已，監者操刀而至。正皇急間，忽腥風怒號，一白額猛虎自絶嶺下，爪搏監者，三人死路側，生亦迷悶。微甦，覺耳畔有婦人哀唤聲，啓眸視之，非他，珊珊苗大姑也。生反痛哭曰：「夫妻邂逅，得毋夢中乎，抑冥中乎？」曰：「窈娘何在？客又何在？」生以頭觸地，泣言知悔，問：「虎究何往？卿究何來？」曰：「郎至此，量言亦勿懼。妾非人，虎也。郎在中州所放者，妾生身父也。父母感大德，遣侍巾櫛，又以無狀被逐。若非大難當前，實無顏見夫子。然真面目已露，郎能勿以非類見疑乎？」曰：「豈但勿疑！」言已抽刀斷拇指，血涔涔焉。女驚救之，已斷，急出藥末糝而接之，裹以殘帛，竟不痛。曰：「郎君既悔，又何必爾！」曰：「非此無以對我賢卿也。」問：「翁媪何往？」曰：「天謫已滿，重證仙班，不在人間矣。南山之南尚有敝廬，能惠臨否？」曰：「逃軍殺監，出則領斷，茫茫海内，托足無區，願隨卿隱。」曰：「以郎資質，勘破泡幻，大丹且成。」言已攜手同行，穿雲越澗約十餘里，怪石數轉，有大洞府。門前長鬚赤脚者三四輩，翹首拱候，呼曰：「大姑救得郎君歸矣。」問：「此數輩何來？」曰：「老父遺留婢僕侍郎君耳。」入見釜鐺鼎臼几案牀第無一非石，曲折數層，若分内外。西偏一洞爲女卧房，房内陳設古雅，帷帳悉具。牀上坐一嬰兒，呀呀索乳，問是誰氏子，曰：「此君種也。渠外大父命名曰寅生。」生親與摩頂。見其豐麗魁梧，知是國器。夜夕燃石燈，出石瓮中花釀飲生，烹茯苓松花餅啖生。晨起督婢僕各出采藥，自以野蠶織布，無一廢弛。寅生五歲，頗慧。生拾樹葉爲箋，燃松枝爲筆，抄書教兒讀。十歲即通六經，能韻語。生悲曰：「吾負罪竄匿，累嬌兒何時出頭？」女問：「中州有手足否？」曰：「有。」問：「曾受君惠乎？」曰：「有從堂弟名盉者，從未貸一錢。」女以纖指卜再四，曰：「是真可托。」翌日早起，呼禿髮僮駕牛車抱兒端坐，以生手書置兒懷，自脱金釧束兒腕，并與玉瓶曰：「需果餌，此中索即得。」安置訖，遽揮曰：「去！」車如電掣風馳，突入雲際。生失聲哭，女笑曰：「君别兒即苦，妾父母嫁女時亦苦耳。何一入宦途，頓加白眼？」生大愧，以指示女曰：「卿忘却耶？」相與大笑。焦盉，中州名士也，四十無子以爲憂。族人子蓬頭歷齒，不欲繼。夫人爲置妾，又恐分恩愛，不肯受。是日忽牛車到門，僮抱兒入，投書案上。盃拆閱，見的真爲兒鼒筆迹，大喜。閱至托兒爲嗣一節，更覺歡忭。一瞥眼，僮與牛車不見，惟兒束釧捧瓶依膝下。市人哄鬧曰：「焦家門内，豹負猩猩奔出城去。」夫妻愛兒逾所生，寢必摟于懷，食必加諸膝。冬日盃病，思櫻桃不得，兒忽捧金丸至。問何來，笑指瓶以母語告。戲呼他物，無不應，由是大富。寅生冠而就試，貴爲大中丞，征雲南寇。時盃夫婦壽八十，猶健飯，領軍拜別。諭功成速回，順路訪親生父母。寅泣受教。凱旋時果訪至舊處，則洞口雲迷，樹葉零落而已。痛哭榛莽，視石壁鐫草書一行曰：「中州焦鼒，遇虎得生。洞居卅載，吐納通神。天降丹顆，服之身輕。水火調御，夫婦道成。某年月日，白晝飛升。兒讀能貴，勉事聖君。石嚙流水，嶺横白雲。人間天上，一樣看承。」

懊儂氏曰：人雖至愚，當其受恩則未嘗不疾首撫心，以爲苟渝此盟，有如江水。及至嬖昵既久，責報太苛，反面若仇，有終身切齒者。珊姑，珊姑，既報德于未遇之時，又救之極危既窮之後，其亦愧夫人而鬚眉者乎！至于女子小人，讒譖惑主，虎且憚之矣。噫嘻珊姑，慎勿孟浪唱《想夫憐》也！（卷二）

麻瘋女邱麗玉

淮南禹迹山林壑深幽，神龍窟宅也。至明季始有居人，漸成聚落。陳生名綺，字緑琴，亦卜居山麓。父楙，母黄氏，耕種習賈，能小康。生年十五，善讀。母僅有弱弟，名海客，游粤之某郡，貨殖得資，遂落籍。至是母病革，私執綺腕泣曰：「爲母死後，汝父必繼娶。蘆花衣今古如一轍，汝窮促，可遁粤尋依舅氏。」并私以所蓄數十金與作旅費，生泣受。母歿，父續弦烏氏，果悍惡如母言，朝夕不能容。遂詣母墓痛哭，留書父枕側而去。跋涉幾半載，至則資耗而舅杳，遍詢闤闠無其人。煢煢走村郭，漸以乞食度命，深悔孟浪，時思遄回。一日至郭之東，有檳榔樹覆柴門，方引吭唱《蓮花落》，內有短髯赤面一頒白叟出，睨生詫曰：「小乞兒子，何貌之文而音之悲也？」生曰：「腹有詩書，焉得不文？落魄窮途，焉得不悲？」曰：「何得至此？」生遂自陳鄉貫，述尋舅狀，叟默視生曰：「子舅其黄姓海客，面白多麻者耶？」曰：「然。」曰：「客死于此久矣。渠生爲某巨室司會計，善營運，娶青樓女。病歿，女竊資隨僕遁。老夫與渠有杯酒之交，代市櫬具，葬東郭尼庵側大柳樹下，墓樹短碑者是也。」陳伏謝，徑至所指處，果得舅墓。問庵尼，亦如叟言。遂呼舅哀哭，祝曰：「舅若有靈，佑甥生還，當負舅骨返祖域。」尼憐之，餐以豆粥，語云：「子所遇叟姓司空，名渾，與汝舅有素，第往祈援手。切勿道方外饒舌。」明日生見叟遽呼司空伯，驚訝曰：「小子何得知吾姓？」曰：「且知我伯名。」即詭云：「夜宿墓下夢舅氏詳告，且諭乞援。」叟愕然曰：「僕與渠原無車笠盟，不過曾覿面；雖然，當爲子徐圖，盡寸心。」三日後以綈袍一襲贈生，慨然有德色，且說生云：「仆清貧無豐贈，子諒可原。幸鄰郡某山中有富室邱丈子木，僕之葭莩也。老夫婦生有嬌女名無媚，字麗玉，年與子等。貌則鮮麗，擇婿眼高，雀屏無選。子雖貧，而清才雅範，此間無與比儔。僕作函代子執柯，往就甥館，邱丈必有厚貺，尚不足運舅櫬返珂鄉歟？」陳生聞之，請思其次。問何故，曰：「侄家山野，荆布藿藜，恐富室千金，未能習慣。矧彰彰入贅，能任坦腹人乘龍自便者乎？」叟撫掌曰：「迂哉，書痴也！是不過攫伊財耳。茫茫天壤，渠于何處捕逃亡婿？」生計窘，姑受函往。至則巨第峨峨，春深獸鎖。司閽人見其落拓，叱遠立。及函入，兩少年出揖客云：「奉嚴命恭迓玉趾。」知爲翁子，隨入，見棟宇庭院，俱類世家。一偉丈夫修髯過腹，立階上，生趨與展謁。坐間詢司空氏起居，旋白夫人來，兩婢扶一四十餘美婦人出。翁曰：「此山荆也。公子既司空世好，與寒門誼即通家，敢以妻子相見。」生又展拜。婦凝睇笑謂翁曰：「司空妹倩眼力不差，公子真可人也！」倏具筵宴，勸爵甚殷。席間略詢鄉貫，即語生云：「舍親與郎君言否？僕小女麗玉素所鍾愛，不欲嫁遠方，然覓婿欲得如仙鄉人物裙屐翩翩者，杳不可得。今得紅絲牽引，文星惠臨，是真石證三生，願即日奉爲箕帚。」生離席唯唯肅謝，婉陳曰：「自慚樗櫟，仰托蔦蘿，良所深願。然小生實爲尋舅至此，婚後三四日即擬暫返蓬門，事蕆再回瀛第。是不得不預陳長者。」婦微笑曰：「公子何匆促若此耶？」翁急止之曰：「公子孝心何可過拂，容即代籌朱提五百金作旅費。」生心喜，敬諾。旋即笙管嘔啞，燈火匝地，幹僕引生之曲室，更簇新冠帶，出就氍毹。雛姬三四，引一二八好女子，珠翠綺羅，盈盈自内出。與生交拜，送之洞房，却扇視女，則荷露桃霞，無此艷冶。生心意飛馳，反恨頃言新婚暫别未免孟浪，容有意遷延，圖静好耳。酒闌燈灺，聽蓮漏三催，婢妾亡去。生正隱几悵觸，而女亦時牽綉幕窺良人，粉黛間隱有慘悴色。生不知就裏，趨近軟語，代爲卸妝。女則拒以纖腕，再近則潸然流珠淚，徐起彈燭，視近闥無一人，始閉門小語曰：「郎亦知死期將近乎？」曰：「不知。」曰：「郎從何處來？何處去？曷明告妾也。」生具告之。女欷歔，欲言又止。生知有變，伏地乞憐，女曰：「妾睹郎君風采，意良不忍，故以機密告，妾麻瘋女也。此間居粤西邊境，代産美娃，悉根奇疾。女子年十五，富家即以千金誘遠方人來，過毒盡，始與人家論婚覓真配。若過期不御則疾根頓發，膚燥髮拳，永無問鼎者。遠方人若貪資誤接，三四日即項有紅斑，七八日即體遍騷癢，年餘拘攣拳曲，雖和緩亦不能生。」生聞之，始恍然悟，泣曰：「小生萬里孤身，擔荷甚重，乞娘子垂憫，容我潛逃可乎？」曰：「休矣！此間覓男子甚難，郎入門時外間已環伏壯漢，持刀杖防逸。」生泣曰：「身死不足惜，所悲者家有老親耳。」曰：「妾雖女子，頗知名節。常恨是邦以地限，無貞婦，願死不願生。郎且與妾和衣眠三日，得資即返。妾病發，亦不久人世。乞歸署木主曰『結髮元配邱氏麗玉之位』，則瞑目泉臺下矣。」言已，抱持隱泣。生憤然悲曰：「噫！婚則僕死，否則卿死，曷飲鴆同死，結來生緣乎？」曰：「不可。請書居址門巷，與妾紉衣縫中，俾他日柔魂度關山省舅姑，受郎君一盂麥飯耳。」生雖書與之而涕不可仰。入衾共枕，生屢屢不能自持，女悉勸慰禁止。對食不餐，幾與石女天閹同一恨事。翌日，翁媪果頓同陌路。是夕女以香舌吮生頸作燕脂色者三四處，曰：「可矣。」私贈黄金白玉纏臂各二，生訂後約，女悲曰：「恐君再來，妾墓門之木拱矣。」明日翁贈果踐言，即揮手令去。重到尼庵，尼見項上痕，閉門不納。急以資賃巨舫啓舅櫬載之南下，夜在舟中泣，舟子疑渭陽情重，奇之，敬禮益恭。抵家見父，則繼母已歿，父納婢爲小星，見子甚慰。睹腰纏，疑妻弟所遺，不深詰。瘞旅櫬，買山田，陳翁善釀，遂種秫開酒肆，得利甚豐。生乃下帷讀，入膠庠。邱翁見生去，謂其女毒盡無疑，正托媒妁覓東牀，女忽疾發，視之麻瘋也。翁窮追，惟含涕，媪捫之，仍是處子，交詈曰：「淫婢太不長進，寧定不欲生耶？」月餘益憊，遂遣之麻瘋局。是局乃長官好善者所設也，因是病向能傳染，家有一，則全家皆病，雖掌上珍亦恩斷義絶，無顧復情。女入局，數雉經，輒見一麻面叟口操南音者來救止。既而思遁，叟慨然願導引，曰：「老夫黃姓，淮南人，娘子得毋欲尋陳生綠琴耶？渠與僕似曾相識，可同行，僕亦欲東耳。」女自恃惡疾，又以叟邁，欣然隨之。叟到處重門自闢，至郊外，叟以唾塗女蓮鈎，口喃喃若符咒，即邁步若健兒。感翁德，事之如父。旋拔銀腕釧易資爲旅費。甫至楚，資已耗盡，遂行乞。叟吹洞簫，女口編《女貞木曲》歌唱，沿門歌曰：「女貞木，枝蒼蒼。前世不修爲女娘，更生古粤之遐荒。生爲麻瘋種，長即麻瘋瘡。銜冤有精衛，補恨無媧皇。畫燭盈盈照合巹，儂自掩淚窺陳郎。翩翩陳郎好容止，彈燭窺儂心自喜。妾是麻瘋娘，郎豈麻瘋子？妾雖麻瘋得郎生，郎轉麻瘋爲妾死。郎爲妾死郎不知，洞房綉閣銜金卮。孔雀亦莫舞，杜鵑亦莫啼。鸚鵡無言願飛去，郎墮羅網妾心悲。郎不見駿馬不跨雙鞍子，烈女願爲一姓死。郎行依舊貌如仙，妾命可憐薄如紙。膚爲燥，肌爲皴，雲鬢拳曲黃且髡。掩面走入麻瘋局，不欲傳染傷所親。昔作掌上珍，今作机上肉。昔居綺羅叢，今入郎當屋。月落空梁懸素羅，一縷香魂斷復續。妾雖生，妾不願守故居。妾既生，妾自當尋我夫。可憐雖生亦猶死，不死不生終何如。女貞木，枝扶疏，上宿飛鳥，下蔭游魚。鳥比翼者鶼鶼，魚比目者鰈鰈。生同衾，死同穴。衾穴即不同，妾心若明月。月照桃花紅欲然，李代桃僵被蟲嚙。女貞木，紅枝葉，悉是麻瘋之女眼中血！」女歌韻辛酸，叟簫聲凄咽，聞者流涕，争進以食，不敢呼蹴與。半年抵淮南，將近山村，見老屋萬椽，青簾出樹杪，叟遥指曰：「向南黃石堆門者是也。子當自往，僕從此逝矣。惟祈寄語綠琴父子，云海客奉謝。」言已即杳。女驚定，詣肆門，見一老翁坐爐側，面目似綠琴，疑爲翁。歌前曲，翁擲一錢與之。再歌，又擲如初。女泣曰：「賢郎陳綺粤西欠奴債不還，迢迢責逋負，豈一文錢所能償耶？」驚詢，具告之。翁曰：「陳綺耶？豚子也。汝所言難遽信，渠秋試金陵，不日歸山莊，面當知真贗。」女聞之，即叩以見翁禮。翁送入尼庵中，遣村婦伺應，婦皆唾却走，幸老尼憐憫得無苦。月餘生歸，翁以女詢，生驚愴不知所云。翁曰：「是不可負也，吾家不少閒粥飯，雖易枕席，當豢之終其身。」生伏謝，急趨訪，女遽牽生衣啼曰：「妾遠來不敢望伉儷，惟冀以骸骨葬君家祖域耳。」生且泣且慰，問何能自來，以黄叟面目顛末告生。驚曰：「是吾舅也，其地仙耶！」攜女之家，謀酒庫隙地，卧叢甕中。諸婢咸遠立，不敢近。惟一雛婢名甘蕉者，獨代撤溲便瑣事。至飲食藥餌，皆生手調。久更襆被，挈甘蕉卧女側，亦均無恙。榜發，生鄉捷，里人争與論婚，生力却。父稍稍勸，生泣曰：「兒年甫二十有一，麻瘋女量不久生人世，曷姑待其斃再婚，亦未爲晚也！」又恐己去，女無人照看，遂告病，罷南宫試。女以頭觸甕悲曰：「爲妾故，使郎遲嗣續，阻上進，妾死後何以見祖宗于地下？誠不如死！」言已又觸，賴甘蕉救止始已。一日生赴戚家飲，遇雨不歸，甘蕉又因病内卧。女聽雨剪燈，搔爬不已。忽聞梁際颼飀聲，一大黑蛇粗如兒臂，長幾七八尺，從空颯至。女始頗懼，繼思得果蛇腹，勝于自戕，聽之。蛇身盤屋梁垂首下，掀酒甕木蓋，墮地如擲。吸甕中酒，喋唼有聲，頃刻滿腹。欲上縮，則木强如枯藤，倏忽墮甕中，攪擾翻騰，力盡聲頓寂。女燃燈强起視之，斃矣。心憶蛇毒或可代鴆，掬飲升許，心頓清醒，祛煩襟。膚轉奇癢，又掬以洗滌，癢頓止。明日又潛飲而潛洗之，疾若失。膚之燥者，轉瑩如玉。髮之卷者，轉垂若雲。面目手足之皴瘃者，轉如花如月，如嫩笋芽矣。甘蕉驚喜告生，詢之，以蛇酒告。趨視，則遍體黑章成雲篆，頂有獨角，色殷然，蓋此山蛇王，名烏風者也。

具錦裳綺裙，花鈿珠玉，妝女出見翁與諸宛若，莫不驚爲天人。翁曰：「吾幼聞蛇王居此山千年矣，番僧求得片鱗爲人醫癬疥，不可得。孰知天專留此爲吾療賢婦疾耶！」即日備禮爲合巹。珠履滿堂，鼓吹筵宴，百里外男婦咸奔至，一覘女之顏色，歸以爲榮。再三年，女生寧馨兒，感甘蕉德，收爲箆室，生却之不可。是年春生試禮闈，入木天，出爲太守，專恤流亡與貧病無告者，人人稱衆母。升兩粤制軍，遣材官招邱翁至，索麗玉甚急。翁假泣曰：「小女命薄，殞謝久矣。明公尚欲尋故劍耶？」生又索骸骨歸瘞，翁懼，獻千金爲太翁壽。不許。旋訪司空，云驚逸墮絶磵死。生笑曰：「渠真以小人目我矣。」旋命婢扶夫人出，則衣一品命婦服，容光焕發，翁幾驚伏，視之即己女麗玉也，灑淚問：「父母安否？」翁咋舌愧欲死。女亦時歸寧，出蛇酒製藥，設局濟粤之患麻瘋者，活無算。年四十餘，太翁猶清健，疏乞終養。歸修舅墓與尼庵，建邱夫人碑，紀事之崖略。至今此山藥酒尚馳名云。（卷三）

按：麻瘋女故事最早見《秋燈叢話》卷十一，又見《小豆棚》卷八《二妙》、《續客窗閒話》卷四《烏蛇已癩》等，蓋為粤地盛行傳説。本篇最晚出而叙事最詳，實為後來居上。

晁十三郎

浙人晁豫，年四十始生一子，按諸猶子雁序十三，遂名曰十三郎云。迨郎年十四，温婉如處女，美丰儀。豫固業賈者，人見郎風致，輒嘖嘖稱羡曰：「不圖負販兒得此羊車中人也。」郎尤嗜讀，每自塾中歸，必經葉畫士之門。葉有女名霞姑，年與郎等，見郎來，必掩門斜睨，心好之而不能言。郎偶一駐足，驀驚其艷，心亦怦怦動，以爲娶婦當如霞，而亦不敢言。會清明，師遣之歸，又過其門。適霞在門首絡絲，機軋軋鳴。着藕花衫，翹纖足如笋芽，薄施脂粉，艷絶靡儔。郎顧之魂魄摇摇，遽與攀話曰：「妹大辛苦，忍負此佳節耶？」霞兩頰微赬，笑駡曰：「小鬼頭，速去！儂爺爺歸矣。」旋起掩門，郎悵悵行，數武輒回首，顧無如何也。由是寢食不能忘。先是里有無賴子張阿虎，嘗輕豫懦，每假豫資供博費不還，久之習爲常。見必向豫索阿堵物，如索逋狀。豫無如何，時給之，而慾壑不能饜。近又充營卒，益横，豫稍靳，即飽以老拳。鄰人畏之，不敢持公論。郎見之屢矣，泣謂父曰：「父欠若逋耶？不然何横若是？」豫曰：「孺子何知！而翁足迹不敢履公庭，與之較，徒飽胥役橐，無益也。」郎默而退，潛磨小裁紙刀，五寸餘，亮如霜雪，懷之。翌日虎又至，拍案搥几，叫詈萬端，豫惟唯唯。虎起，以拳抵翁于壁，駡曰：「老狗誠不負吾鈔，然吾虎也，虎咥人，人又何曾欠虎肉價耶？速解橐，緩則鷄肋碎矣！」豫妻魏氏亦懦，奔救，急拔鬢上釵與之，虎始吆喝去。迨郎歸，聞鄰人告語，始涕泣哭告于諸縉紳及里老之門曰：「吾父謹愿者，張阿虎欺吾父甚矣，玄天黄地，實所共鑒！諸長者靳不一言，何與？」僉曰：「爾父懦，始受若侮，若即不侮我輩耶？爾又孺子，可奈何？」郎大言曰：「孺子行將斬虎矣！」衆大噱，以爲顛，戲拍其項曰：「斯真初生之犢不畏虎耶！」郎憤憤歸，適經葉氏門，見霞又倚門立。瞰左右無人，趨告寃苦，繼以涕泣。霞初頗以爲鶻突，繼見其誠痛，轉憐而慰之曰：「郎曷歸休，毋戚戚與若輩較。速念書騰達，不患無報復日也。」郎云：「迫不及待何！實告妹：吾實愛子入骨髓，行將與阿虎拚命，故與子訣耳。」言已嗚咽。霞大愕曰：「爾瘋顛作耶？今不敢與爾言！」即翩然反身掩户入。郎歸，時喃喃私語，時惶惶獨行，母以爲病，心甚憂之。一日虎又至，適豫在廳事與鋪夥會計，見虎欲遁。驀執之，辱詈及祖父云：「老狗！爾告諸縉紳，奈我何？告諸里老，又奈我何？今日非假我十千，誓不釋爾矣！」言已，批其頰，勢甚凶。鋪夥勸，豫妻求，鄰人咸奔救，終莫解。忽阿虎倒地，腰血暴注，蓋郎已袖如霜雪之小裁紙刀，乘揪扭時攢入刺虎肋，深入二寸餘。虎滚地嘶鳴，須臾虎死。郎抽刀躍然起曰：「死耳！死耳！殺虎者十三郎也。行將自首于邑宰，不敢累鄰人。」時豫方與妻哭，鄰方與鄰詫，而郎已奔至縣庭自陳殺虎狀。宰平原公，廉吏也，宛轉得阿虎諸惡迹，即呼虎之妻子而諭之曰：「殺人者死，爰書定例。然十四齡童子，救父情急，手刃仇怨，非尋常殺人可比，宰官不得不小枉法。若逕論抵，吾恐得罪蒼昊。」乃據實申憲，得緩死。明年春，出郎于獄，減等發配西蜀之酆都縣。赭衣登程，行道酸鼻。臨行哭別父母曰：「兒不肖，以一時憤殺人，貽父母憂。然兒夜夢紫衣神諭兒曰：『爾戍三年即還鄉。』願父母勉加餐，毋憶兒損神思。兒更有隱曲不敢言，惟父母察之。」豫哭曰：「吾懦不自振，已累吾兒矣，更有何求而不遂耶？」曰：「畫士葉叟女阿霞，兒願娶爲婦，曷媒定？兒若三年不歸，聽改適，不悔也。」豫曰：「諾。」痛哭送之去。之配所，純謹得長官憐，不忍以賤役苦之。居二年，一日隨長官自東鄙歸。日暮，策蹇行緩，過一第宅，有青衣候于門外，迎謂曰：「郎子，星月上矣。宰官車馬已進城。前無止宿處，山行多虎狼，郎不畏耶？此第爾姑娘家也，曷請休止？」郎訝甚，下而繫蹇于樹，隨青衣入。閎敞華麗，居然世家。登堂拜居停主，則一婉孌明靚之好女子。序家事，乃郎之姑，十七歲夭死者。郎依稀記憶曰：「姑姑尚在人間耶？」遂見以猶子禮。一一問訊郎之父母，辭意酸楚，曰：「吾侄到此，亦是天緣。」

旋聞門外有貴官到門，騶從呵殿聲，曰：「爾姑丈歸矣，可暫避幕内，不問爾不出，毋干犯也。」曰：「侄猶記姑姑未字，何得有姑丈？」曰：「痴兒，世有女子老不嫁者耶？」旋聞吉莫靴橐橐然進，諸婢争執樺燭出迎。少頃登堂，與姑交揖，若久别方回者。旋置酒，與姑升座對飲。旋有家僮數人參夫人，諸婢亦參見家主。郎潛于幕隙，見其人面黝黑，貌猙獰，赤鬚飄動如火虬，心甚畏怖。忽以手探面之皮，殼脱落，如蘭陵王之假面具，付從者收去。再睨之，則翩翩美少年，年亦與姑埒。少頃，其人忽持爵旁嗅再四，大吒曰：「何屋内有生人氣？」姑起而斂衽曰：「妾有猶子十三郎配于此，夜行無栖止，姑令其止宿耳。惟夫也憐之。」其人大噱曰：「夫人何多文也，豈有骨肉戚而匿而不見與？」呼郎出，拜伏于地，答禮甚恭。曰：「大舅可謂有子矣。」呼庖人另具杯酌，設座于右曰：「僕與爾姑同飲，爾則自飲，酒與肴不同也。倉卒主人，乞恕，乞恕。」殷切問家事，均約略以對。旋有吏人以牒進，令自觀之。内書己之姓名，一切行事，朗如列眉。至「爲父報仇」四字，燦燦作金色。又見官至總兵，後尚有未竟頁餘小字，姑丈即攫付吏人藏去。郎忽欷歔，姑丈問：「阿侄何不懌？」曰：「侄罪虜耳，抛撇高堂，罪戾滋甚。」曰：「爾嚴慈均康，瞻依不遠，何悲也！」即翘首呼婢子：「有善歌者，當獻新聲博郎君歡。」旋見諸婢擁一紫綃衣人出，婀娜而前，揚袖而舞，引吭而歌。歌曰：「如年夜，如年夜，夜漫漫兮風露下。桐葉翠飄，蓼花紅瀉。此中有佳人，正碧玉芳年，深閨未嫁。你爲底傷心？爲何瘦損？爲誰牽掛？團團曆兒，驀地嬌羞；星星膽兒，無端害怕，無端害怕。今夕相逢，似霧裏看花，水中玩月，夢中打話。」郎聽其音節已扼腕，及睹其面龐，乃不禁掩面而泣，蓋亭亭玉立者葉氏阿霞也。姑云：「此婢來未久，莫不與侄有舊否？」郎問：「果阿霞耶？」曰：「然。」問：「何遽至此？」姑丈云：「吾侄不必問踪迹，但言所以，吾能爲侄圖萬全。」乃叩拜陳衷曲。姑丈曰：「此事良不易，然孝子節女，神人所欽；即小爲斡旋，量不獲譴。」即以大杯斟緑醑曰：「吾侄飲其半，煩夫人以半飲阿霞。」霞羞赧不肯飲，姑笑曰：「痴兒不久爲吾家婦，此酒所以訂也。」霞拜而飲之，頰暈紅潮，星眸微澀，嫵媚更覺動人。姑丈語姑曰：「阿侄眼力不淺哉！」旋呼吏人上，問：「此事易勾當否？」曰：「易耳。」即命駕犢車，送阿霞歸。主婢握别，及諸婢話别，皆涕不能仰。行時郎泣謂霞曰：「霞姑可歸語吾父母云：罪子無恙，瞬即歸耳。」霞請一物爲信，即解襟上珮玉與之，惘惘出門去。筵撤，引之就寢，帷榻茵褥華焕柔軟。少頃夢覺，天色微明，大驚，乃身卧空山一大冢上耳。耳聽鵑啼，心傷不已，視蹇猶囓草路旁。歸宰署，不敢告人。是年冬，皇帝生太子，大赦天下。金鷄詔到，郎辭别縣宰，將還鄉井。宰憐其孝，厚贈之。比歸，則阿霞已依依在父母左右，彼此相視，恍如夢寐。父母皆問：「吾兒知阿霞事否？爾去後，即如爾志議婚于葉叟。叟不允云：『爾子何時歸？且吾女亦不能作囚人婦！』事遂寢。而霞竟朝夕涕泣，凡有他姓媒妁到門，即欲自戕。叟復肆唾駡。毁妝僵卧，死年餘矣，葬屋後棗花下。今年夏某夜，忽風雷啓其墓，叟趨視，鼻息咻咻，有生氣，邀村婦環守之，終夜復活，靳不肯歸，惟求再死。問何故，曰：『吾身已屬晁家小郎子，有珮玉爲信，神媒也。』叟視玉非家中所有，亦非殮時物，持示吾。吾云：『此實犬子所常珮者，不識何故在女郎棺中。』叟始決意以女爲爾婦，娶有日矣。爾果蒙天恩以歸耶！當告叟，爲爾行合巹禮。」郎又縷述遇姑事，父母始恍然。家固有妹待字，年十七夭死，想死後嫁婿耳。阿霞性質柔順，伉儷逾恒，事翁姑以孝稱。後聞虎子時與匪人黨，漸學爲盜，且挾利斧揚言報父仇。霞曰：「丈夫蠖屈，本非常計，曷請纓入戎幕以報國恩？二老在堂，妾自能奉甘旨，不煩内顧憂。」郎遂别父母，慷慨從軍。奔沙漠三年，官涼州總兵。豫夫婦死，霞以良人在外，代營齋奠，哀毁逾孝子。後闖、獻亂，郎已官中州總兵，百戰賊披靡。後以夜戰墮賊陷坑，死之。霞在籍聞訃，先哭後笑，曰：「妾事畢矣！」亦投繯死。始知當日所見未竟之數頁，蓋十三郎夫婦死忠事迹，故不令寓目。然耶否耶？傳者忘其郡邑名字，並不知其有子與否，惜哉！

懊儂氏曰：十三郎以負販之子，忠孝萃于一身，宜其有鬼神來告，撮合良緣，俾成雙璧。而霞姑于棗花門底鶻突數言，默示心許，由死而生，由生而死，竟有百折不回之概。天神地祇，當何如欽敬與？偉哉！一對玉人，忠孝節義，亦行其所無事耳。（續録卷一）

箏娘

角觝戲中箏娘，忘其産自何郡。西之眉，南之臉，有態必俊，無詞不温，大家富兒咸爲之惑。然箏娘頗莊重，語稍褻，即翩然去，不可狎也。其翁教以運氣吐納諸術，能翹纖足作商羊舞，飛行突上柳梢頭，不爲之墮，墮亦三躍而下，從不假纖手挽柔條輕借力。蓋其力均運于兩足故耳。年十七，已爲其翁掙家資數萬金，可以抗鄉里。潛謂翁曰：「兒終不適人乎？」翁躊躇再四，曰：「是誠椿庭所刻不去懷者。然金龜婿既不可攀附，田舍郎又不足與儔，大邑通都，何處不至，兒曷自相攸乎？」一日攜至袁江，上至監河，下至閘吏以及輿臺賤人，咸袖資擲鏹觀箏娘戲，以一見其嫽俏爲榮。于是官署宴會，茗肆喧呶，無不道箏娘羨箏娘也。時當卓午，樹影微斜，大堤之車，長河之舫，皆有游侶追續勝情。其翁攜箏娘，艷服騎小款段出城闉，覓敞地，不須結幃，即成廣場。命女立中央，婷婷然，楚楚然，燕瘦環肥，萃于芳體。嚶嚀一聲，人蟻集矣。其翁立場角，鳴鉦號于衆曰：「兒大終聘婦，女大終適婿。有緣即相逢，無緣不能遇。踪迹千里遥，姻緣一綫聚。權雖月老持，茸闒那輕覷。寡人亦不妨，富兒亦不懼。但有赤繩牽，不要七香御。請即鞠蹴場，手攫文鴛去。江南多芳春，早賦河洲句。」號已，鉦又鏘然鳴。衆皆知此老相攸，凡無妻者咸萌非分想。翁云：「吾兒挺然立，不拘貴賤，不計老少，不分妍媸，能有以兩手抱之離地寸許者，即以女妻之。老子飄零所不悔也。然吾兒處子，不輕易與人近，請先擲銀五兩。不能抱之起者，銀徒入吾橐。有好男子請登場一角，無失事機。」言已，鉦又鳴。女獨立，色轉靦腆。翁云：「吾兒雖陋，然到處多蒙貴人賞，至今守雌，臂上守宮砂可驗貞潔耳。」其時堤上柳營多武夫，游擊將軍哈四虎，守備將軍笪一龍，皆素以膂力鳴，監河使者麾下冠也。哈嘗兩手提鐵鑄獅重百斤者二；笪嘗兩手抱石雕龜重二百斤者一，疾行堤上八百步然後釋之，走跪監河前呼萬歲，面不赤，氣不促：人中豪也。是日聞翁言，以爲雌兒輕盈若風前嫩柳，不須手挾，即一指已可倒跌。唾手得之，當令作婢妾，或贈友朋。叱侍卒取銀至，乃詣女前，轉首謂翁曰：「翁不悔否？」翁大笑曰：「爲吾兒相攸，得如君等婿，可謂榮矣，何悔焉！」二人喜，竭力抱持，而玉人山立，幾以蚍蜉撼大樹，蜻蜓仆金剛，終不能爲之摇動。觀者哄堂笑，二人益慚，逡巡逸去。然富兒素習拳棒者，猶自飾容首，希冀美人憐。月餘，均退避三舍。翁一日謂衆曰：「日内已得君等資共千金矣，吾兒遣于歸，不患無香奩費。」明日遂行。又年餘，翁又攜女至，仍如前語。一時豐于橐者，又袖資來，如蟻之慕膻。客有自河北來者，見之潛謂衆曰：「君等休矣！以金與渠，何如擔雪填海？昨在燕臺，見一二武士，乃大有名望之武狀元、侍衛官，尚不能得。是兒兩蓮花瓣玉笋牙恐有貼地術也。」于是衆皆沮喪去，謂終不能得彩球分。堤下有宓生雲郎者，少孤，依嫠母以活。年十七，新爲博士弟子，人均以貧輕之，不願與以女。雖翩翩俊宇，而落落塵寰，尚無中饋。書室短牖，面水開窗，見女顔色久矣，心雖愛憐，徒慚綿薄。東鄰即佛寺，長老如是公，高僧也，智慧慈悲，掩關習静，從不輕出虎溪一步。忽扶杖水次，看女久之，歸即召生，並召老母曰：「郎君冠矣，奚可久鰥？」老母以貧對，曰：「兒婦已在目前，何憂貧爲？」母子均惘惘。又曰：「大堤之女非耶？此女數合偶郎君，且多福壽，能相莊，毋謂風塵中無簪紱命婦也。」母笑云：「開士冰鑒，左券能操，但寒門無阿堵物；即有之，尚留供數月餐，可浪擲耶？」公微笑，遣侍寮以香火金至，其數適符，曰：「姑舍是，失則不須償也。」因與生耳語良久，笑撫其肩曰：「去，秀才好爲之。老僧清净六十載，不圖涅槃有日，尚爲世人作冰，亦緇侶中一段佳話哉！」生潛遵所教，留母與公閒話，自以金往。翁見之笑曰：「秀才文弱，只好抱三尺嬰，若抱吾兒，不怕閃折臂耶？」生笑曰：「試爲之，不過棄其金耳。」曰：「秀才家財物來不易，勿以訓蒙之資，浪作聘婦之值，須珍重。」曰：「何翁之奚落人也？」徐徐至女前，二目相視，秋波瑩瑩。乃屈一足跪地，采芹擒藻之手微攏其裾下雙彎，不遽用力，惟以俊眸斜睇，故示以情。女初頗沉沉，既而頰微赭，已而櫻遽綻，嫣然一笑，生即驀地抱之起矣。市人喝采，轟然曰：「不意如此俊雕，竟落于窮措大手。」翁色沮，以爲兒女良緣，終有天定，實不知長老之預設神機也。時老母尚坐于冷蒲團，側聽長老喃喃諷《蓮經》。忽鄰人來報，以爲阿姥尚不歸耶，郎君竟一旦得美婦。迫母歸衡茅，則如花似玉之美人已坐于草榻，見母至，盈盈下拜，遽呼曰姑。母曰：「吾家赤貧，恐新婦走湖海，出入貴人家，被羅綺，饜膏粱，遽適貧儒，恐不能慣。」女曰：「新婦得隨郎君，譬鴉之偶鳳，清貧性所甘也，姑勿慮是。且兒亦自能活者，終無相累。」少頃其翁至，請即于是夕草草完花燭，坐視成嘉禮。臨去時，與女耳語良久，女亦勿悲，惟向翁拜，並呼生同拜。翁笑謝之。晨起，迹翁旅寓間，已挈其伙伴而去，不知所之矣。女由是易良家裝束，而姿態嫵媚，終不以荆布掩之。鄰人婦笑云：「箏娘真美好，恐即着以丐婦裳，仍艷冶也。」試之果然。且性最孝，事姑不敢稍懈。風雨一椽，時勖生讀。每逢炊烟斷，不得已之時，始與生至中庭，輪戟纖指，叱咤數聲，必有一紙裹空中墮，内包白銀，然不過數錢，僅敷朝夕用耳。是年秋，如是長老將圓寂，生日夜守之，情逾孝子。女問：「老衲與吾家何眷屬，郎乃若是之勤？」生不答，母以假銀事告，女始恍然，信公真解人。乃亦至丈室分生勞。公聞女至，笑曰：「箏娘大福澤，好胸襟。」言已即念佛而逝，小夫婦哀慟，俟荼毗事竣始已。越三年，生捷于鄉，旗鈴到門，生苦無資。女笑云：「得名難，得資易耳。」夜寂，于牀下掘土寸許，即得一甕，内皆白銀，約數百金，由是稍康。又二年，始報南宫捷，女又夜掘牀下，連得十二甕，得銀不下二萬金。遂購華屋，奉姑以遷，壁上泥金，峨峨甲第。生給假歸省，誤適舊居，鄰人告以他徙，導之往。大驚，以爲家貧何能遽富。女笑迎之，堂上見母，慶賀之客已濟濟焉。夜寂，藁砧問訊，請釋狐疑。女笑曰：「妾之遺嫁也，老父以幻術運資寄牀下三尺土矣。所以不遽告者，恐郎君恃而廢讀，徒擁濁富而釋清名耳。今貴矣，然則吾父真絶無嫁女奩耶?」生後官陜之大方伯，多政聲。白蓮教匪黨有一門陷獄將伏法者，潛訊之，翁也。乃傾橐納賄于執法之吏，買得其幼子，以慰筝娘。生兩子，均貴。其幼弟冒生姓爲姓，荷戈投營行，官百夫長。筝娘授之以槍棒，而不與之以術，至守將以終。

懊儂氏曰：老僧如是面授神機，必使其輕攏玉體，務得美人一笑嫣然，始抱持而起者，何哉?緣芳心一動，即着不得些子力耳。昔有一僧，能不動心，冷坐一蒲，紛空萬慮。雖明明在室，人不能見，神與鬼亦不能見也。年八十，壽齡將終，閻羅遣鬼卒以勾牒至，遍刹搜尋，不見踪迹。間或聞其聲，終不睹其狀。走訊伽藍神，神云：「此間香火六十餘年，固亦未嘗見渠也，緣渠能不動心耳。惟尚有一緣未斷，每日以一古磁瓶汲水，插花供佛，摩挲愛惜，猶切寸心。曷傾之碎，看渠作何狀，若再不動，即終不能見矣。」鬼如神語，瓶在几上忽無故墮，聲鏘然，片片在地。僧顧之，啞然曰：「惜哉!」鬼卒驀見之，跪膝下，以牒呈。僧閲竟笑曰：「如我事未了何!汝曷以背當我，手書數語以覆閻羅，即不關爾事。」鬼卒量不能勾，姑得其書以銷差免責，即以背呈。僧書曰：「閻羅勾人，誰敢不到。惟有老僧，佛法獨傲。事了自來，少安毋躁。咦!請君早折珊瑚釣，香餌雖香不上鈎。」鬼俟其書畢，回頭視之，杳矣。自後愈自修持，竟成佛果。足徵動心二字害人不淺，然筝娘亦可謂得所矣。方外良媒，于此僅見。(續録卷三)

燕尾兒

兗豫之間有響馬劇賊某，忘其姓氏，身輕捷如猱，能飛行空中，且善泅如鷗，能潛伏水底。人多神之，呼爲燕尾兒，以其能御風作燕剪行也。初爲縣役，旋棄役爲盜，一日能行三百里，力能舉百鈞。每娶婦生子，越三年必死婦及子，又于他處覓新歡，以故老捕弟子莫能踪迹之。曾夜宿諸城妓家，妓見其深夜不由門户來，衣履華麗不啻貴官，而天明即去，且揮金如土，深疑之。語所歡武生某曰：「爾欲貴耶？能得吾家客，不患不致身青雲。然彼有兩利刃時枕頭下眠，妾當爲君預藏之。」某訂計而去。明日燕尾兒又至，妓張燈開筵，媚態百出，嬌歌曼舞，强之飲，不忍却，連飛十巨觥，頹然醉矣。妓扶之就枕，因得袖其刃。妓從窗櫺驀將白刃飛出，武生率諸惡少年轟然圍其室。燕尾兒驚寤，躍然起，索刃不得，知爲妓算。妓欲遁，燕尾兒騰左足猛踢之，腸出矣。一少年已入室，舉石灰囊撲其面，燕尾兒急掀梁椽透屋瓦，出半身，而屋上已有兩少年伺之，驀握其頂。室中少年亦騰起持其足，且鐵杖雨下，傷右肱，始就縛，送諸城令，械而繫于獄。及明失燕尾兒所在，而獄卒二被殺。武生安眠于家，忽失其首。邑令枕上留匕首一具，令大懼，不復敢捕燕尾兒矣。後有郡王某，以巨舟攜郡主游魯之大明湖。郡主夜憑船窗看月，玉腕露金釧，忽水底驀出一手擎其腕而脱其釧，主大號。衛士齊集，兵刃鏘鳴，索捕水中賊。聞水中語曰：「我燕尾兒也，願王明察，毋冤及他人。」王大怒，飭巡撫以下各官必欲捕之。越三年不可得，歷下同官紛紛削其職。歷城令蕭老公本廉吏，至是解組，不能歸田園，流寓山陽之東鄙。家赤貧，無僕御，攜眷屬頽然卧茅屋中，面上時露菜色。幸賴里之童蒙時以帖括來求教，薄得修羊延殘喘。一夜大風雪，有壯士來叩門，云求假宿。蕭自起拔鍵，聳肩擁鼻怯冷，齒震震擊有聲。顧室中漆黑，壯士呼燈，蕭敲石燃瓦檠，光熒然。壯士問：「有晚餐乎？」蕭云：「薄粥一甌已爲兒輩啖之盡，顧何得餐？」壯士問：「公何人，蟯屈于此？」蕭自陳：「曾任歷城令，因捕燕尾兒不得，坐是罷官。」問：「何不歸鄉里？」曰：「同官多有瘐死獄中者，僕還鄉恐亦捉將官裏去。隱是鄉埋名姓，保此老頭皮亦幸矣，然貧亦難堪哉！」言已欷歔。壯士瞠視良久，意甚憐之，曰：「乞公勿閉户，僕當踏雪致酒食來，爲君作竟夕之談。」言已拔關遽出，少頃果陸續以村沽市脯至，且以薪米燭炭至。因請呼夫人起炊飯温酒，與蕭縱飲。聞草榻上小兒女呱呱啼，壯士憐之，命俱起，分與一飽。以炭爇泥罏，與蕭團之坐，問蕭云：「設公能得燕尾其人者，能復此百里侯哉？」蕭掀髯笑曰：「是何言歟？燕尾兒出没，鬼神不能測其機，騏驥不能尾其足，從何得之？」曰：「萬一得其人將若何？」曰：「復其官，温飽其妻子，雖登仙無逾此樂也。」壯士審度良久曰：「僕有瑣事走海州訪一故人，今晨去，明夕四鼓回君室，當爲君生致燕尾兒。」蕭大笑曰：「君大言欺人矣。無論渠不可得，且海州距此二百里程途，豈一晝夜所能來回耶？」曰：「僕頗健步，使君且静候，幸勿疑。」蕭云：「海州有一故人某，居如意山下，彼之境頗豐，祈順作魚雁，爲僕貸十金以卒歲，能乎？」曰：「使君且削札，僕帶醉即行。」蕭且疑且信，戲作一函拜浼之。壯士攜入懷袖，拱手告别，翻身如兔脱矣。明夕蕭方夜坐與夫人閒話，忽叩關甚急。問誰何，曰：「寄書人幸不辱命。」啓視之，果即昨夜之壯士，篝燈出懷中金擲几上，聲鏗然。又出復函閲之，果故人手筆，慰勞甚厚。蕭大喜，自起行沽，殷殷款客，已而抵足眠。居二日，視蕭果貧，非虚語，曰：「噫！廉吏一寒至此哉？使君欲復官，何不逕縛某去。」曰：「縛君何益？」曰：「某即燕尾兒也。」蕭大錯愕，轉而生敬愛心曰：「某冷宦情久矣，拚受饑寒，不願死壯士。」曰：「君縛我，刑官終不能死我，但以某解交魯撫。某然後颯然逸，則君已重作新令尹，不愈于牛衣對泣乎？」蕭終不忍。燕尾兒憤激曰：「使君舍此，雖竄餓以終，固無益，且失事機，恐爲天下人笑耳。」蕭愕眙再四，乃再拜曰：「壯士是誠能生死人而肉白骨者也，然則奈何？」燕尾兒脱腕上金釧二擲付夫人曰：「請以此易薪米，約月餘當有人迎迓入官廨，尚憂貧耶？請于五鼓飽餐我，當挈公同行。」蕭諾，乃別夫人，尾壯士行。一日甫過山陽界，燕尾兒睨之笑曰：「使君繭步，誰耐煩此彳亍行？請登余背荷之走。」蕭無已，從之。燕尾兒邁步如騰霄漢，耳際風聲颼颼，頃刻百餘里。越三日即抵魯之濟南，同謁撫軍轅下，歷歷自陳狀。撫軍驚喜，握其手曰：「壯士自投到，可以謝某郡王矣。然國法當請入囹圄，壯士得毋懟乎？」曰：「可。」昂然走至獄。獄卒恐其逸，謀于老捕，出藥酒醉之，夜以銅絲密密纏其體。燕尾兒醒，欲欠伸而不能，自知命當絶，乃仰天嘆曰：「燕尾兒，好男子，爲廉吏謀温飽，而乃自縛以獻耶？死耳，死耳，復何言哉！」明日斬于市，蕭果復官，迎妻子至魯，潛厚葬其尸。

懊儂氏曰：飛行遥空，有此絶技，官吏不敢睚眦之，誠堪攬鏡自誇曰「如此好頭顱，誰來斫我」矣。而乃睹廉吏饑寒，動于中，激于義，不恤以頸血濺。斯人也，俠歟？神歟？其如老子所云「盜亦有道」者歟？牀頭匕首，寒光凜然，即怵而不敢求餌表之術，而蕭老公凍餒餘生，江湖逸老，竟隻身與之偕行，

毫無畏懼。夫夫也，亦何其偉哉！太史公《游俠傳》中當爲此公添第一座矣。（續録卷六）

鍾小妹傳（并詩）

宣　鼎

《鍾小妹傳》，輯自姜泣羣《虞初廣志》卷七。宣鼎《夜雨秋燈續録》卷八《九蓮洲高會》又謂宗海帆作《鍾小妹傳》，宣鼎僅撰《小妹斬鬼曲》而已，疑亦故弄玄虚，假名他人。參看附録。

東陽宗公海帆，風流倜儻，登進士，好讀嗜飲。夏日避暑邑東郭氏園，園有魅，無敢居者。公攜家藏鍾馗像懸于壁，緑袍紅帶，于思于思，左右兩鬼，一捧笏，一執酒壺蘆。進士佩劍側帽，舉兕首尊，作欲飲狀。公固嗜飲者，每開缸面，輒揖而祝曰：「大前輩，杯中物想已竭矣。下官癖亞劉伶，情殷文舉，山斗在座，獨酌鮮歡。如蒙賜教，當不爲公吝杖頭費也。」久之，亦無他異。遂恃鍾靈爽，而歌嘯無恐焉。薄晚雨霽，銀蟾東升，樹影滿地，如没骨畫。公攜僕卧東廊胡牀，忽室内有聲甚厲，驚視之，則鍾已攜鬼躍几上。略一徘徊，脱帽露雲鬟，解衣舒皓腕，褪靴削蓮舄；去醜龐如虎邱假面具。鬼亦化爲婢，均婉麗姝秀，人世無雙。相將入東院，坐月臺上。美人支頤看月，艷更絶倫。一婢曰：「姑晨飲梨花雪，酣睡竟日，若非居停狂嘯驚醒，幾辜負姮娥請飲也。昨樊夫人遣鹿奴送霞髓醖一瓶來，何不斟來，爲姑姑解酲？」一婢曰：「此所謂酒醉酒來醫。」女亦解頤。旋有滌器者，安座者，紛紛不一。公見聞詫絶，入室視袍帽靴笏俱飛上紙，惟少酒尊壺蘆耳。急呼僮具衣冠往。僮曰：「不可，老饕善變，近之不祥。」公曰：「此老維摩現天女身之故智耳，何害？」卒衣冠往，遥拜曰：「髯翁清興不淺哉！」女曰：「敬踐高賢之約，新秋涼夕，風月最美，婢子已煮酒待矣。」遂負月傾談。公曰：「翁髯戟齒劍，咤叱風雲，何忽作此態？」曰：「此家兄耳。」公曰：「仙姑其俗所謂鍾小妹耶？」曰：「然。」曰：「聞姑下嫁于吾家蓉郡宗仙人，今舍仙山入塵寰，可得聞其説與？」女顧婢微笑，久之斂衽前曰：「勸君更飲一杯，當爲縷述。」公縱飲，覺酒味芳洌，沁入心脾，頓覺神朗。女曰：「家兄唐時示夢李家三郎，吴道子以意畫像，已不似真。後世日趨日下，幾畫作鬼物，獰惡不情。家兄文采風流，本美男子。登進士後，得上清不死訣，名列仙曹。然嫉惡如仇，遇鬼物輒劍下死。自詡功德利民，偶隨張道陵過海，經靈壁，見人家畫作惡狀粘門楣作門外漢，兒戲視之。且由唐迄今，從無建祠宇結香火緣者。憤怒歸第，移家海外遣愁山，種秫造酒，與香山、靖節輩作世外交。張道陵三致手書曰：『僕子孫式微，法力淺薄，魑魅横行，始則墟墓，繼則市廛，近則冠裳輩隨處有之。先生不出，如蒼生何？』家兄見書，掀髯一笑，惟書『各行其志』四字答之而已。妾侍兄有年，稍知敕勒，于歸蓉郡，事屬子虚。河伯娶婦，織女私奔，皆文人鑿空語。妾蒿目下界，盗斬鬼劍，偕婢潛行。越兩載，已殲滅鬼衆十萬有零。大憝未就縛，縱跡至此，遍布網羅。偶見君家所懸阿兄像，尚不俗，遂憑依焉。惟婢附鬼體，稍屈耳。」婢曰：「隨姑姑大辛苦，何嘗以好面目相假。」女與公俱大笑。公曰：「月中人曾相識否？」女曰：「結璘妃子，與妾姊妹行，同隸王母駕前侍從臣。廣寒宫近亦凋敝，玉屑丹砂，時有妖物攫取，賴妾防護之。」一婢曰：「姑姑好性氣，曾乞渠天香一株，尚吝不與，直任蝦蟆精來吞却方解。」低首向人曰：「婢子道人短處，寒乞相！」兩婢往來，給奉殷勤，稍拂即叱令跪，無惰容。公悉爲之緩頰曰：「泥中婢可錫嘉名乎？」曰：「渠等小字，久在人間，黄衣者紅線，綠褲褶者聶隱娘。」時公已沉醺，兢惕興辭。女曰：「聖神仙佛皆一家，暇即過從，幸勿以幽明見疑。」公諾而退。而女亦挈婢，婢各挈具歸，紙上颼然有聲。次日公焚香拜，無從睹。明日復然。偶飲月下，女忽自至，曰：「明夜準與賊戰于雪齒岡，公能登樓作壁上觀乎？」公曰：「善。僕當濡墨作凱歌，露布獻軍門，何如？」女笑置之，遂不見。次日，公縱飲壯膽，遂鼾卧。比寤，漏已三下矣。匆匆開北窗遠矚，而女已錦旗繡幟，士卒如雲，整師凱旋，低吹畫角。下馬坐前軒，婢佩劍左右侍階下，紛紛獻俘馘，論賞有差。旋出胸前繡荷囊，叉口若吸氣狀，兵悉化爲赤豆升許，歸囊中。公下樓稱賀，女嚬蹙曰：「賊首又逃，奈何！不滅此，誓不還也。」錯愕間有小鬼頭投書階下，曰：「阿姑累人，尋欲死。大郎望姑姑回，乃在此耶？」女折簡與公同閱。書曰：「小妹足下，夫戰勝丈夫事也。吾妹輕舉妄動，其不遺笑海内者幾希。若輩惡運方熾，狡獪非常，豈兒女子所能滅。兄何難一鼓作氣，手縛渠魁。特時未至，姑不與較耳。手足之情，時縈夢寐。甕酒甚富，歸爲卒歲之謀。山中花開，四時爛熳如火。書到，即起程，毋使阿兄抱燃鬚之痛也。盼切不宣。九首道人啓。」女曰：「嘻！此等面目，本不足以嚇鬼，不如歸休。」旋見綵雲縷縷，鳳立于庭，鶴二，鹿一。公再拜請贈言。女曰：「且勤職報君王，且積德貽子孫。劫將至，歸蓬島。」公方有所諮白，而女已跨鳳，婢跨鶴，小鬼頭策鹿得得隨諸後。聞女在空中曰：「我順路訪嫦娥，爲君家子孫乞智慧也。」須臾桂旗舉，絳節飛，香風四流，笙簧遠引，飈忽遂散，神駭目眩。公後司牧閩中，卒于官。鍾進士像亦烏有。十餘年後，紅巾賊至，遍地瓦礫，郭氏園成廢墟矣。友有告夫宣子者，宣子怪奇士也，再拜作《小妹斬鬼曲》以頌之。曲曰：

不信羅刹國，乃有娘子軍。芙蓉劍，石榴裙，鍾家小妹勃然起，山魈木魅方縱横。衆鬼啾啾啼鬼窟，白晝人寰攫人食。奪我胭脂山，婦女無顔色。錦旗繡纈海上來，環珮珊珊雜戈戟。人謂小妹勇，吾爲小妹癡。陰山之亭，一萬八千丈，鬼如恒河沙衆，不可以數稽。卿女子耳，奚能一一食其肉而寢其皮？卿不見鬼子母，摩登女，細柳淡生姿，遠山畫眉嫵。有溺之者，乃得肆其角鬣鬣，口呀呀。膏血淋漓，殺人如麻。干卿何事，而冥搜窮討，躑躅天涯。天涯海角，東西南北。上九天，下窮谷，大雷書，來何速？功不成，仰天哭。不櫛進士真健兒，何不鬚眉而巾幗？噫嘘唏，鬚眉巾幗此時多，小妹小妹奈若何？

附録

【九蓮洲高會】東陽宗海帆進士戲作《鍾小妹傳》，宣子復再拜獻《小妹斬鬼曲》，乃一時游戲文字耳，非真有其事也。即所謂小妹者，亦子虚烏有也。乃管城所託，精靈遂通。一日宗與宣子聚飲於卧牛山房，晨起視案頭鑪灰鋪且勻，灰上劃草書數行云：「海君文字瘦君詩，文故風流詩亦奇。莫當才人鑿空語，如聞上界步虚詞。神通早乞天孫巧，刻畫須防月姊知。太息青萍鋒易鈍，幾番蹙斷小蛾眉。」另一行注云：「君等瑶章，已收入清虚祕府。神人心思，和盤托出，爲裙釵生色多矣。雲英夫婦邀集海上九蓮州高會，雲路迢迢，過此停鸞驂以謝。鍾氏小妹斂衽。」
噫！其冥漠中真有鍾小妹耶？抑或他物所憑供以揶揄文人耶？西望遥天，萬山欲雨，相與悵惘者久之。（《夜雨秋燈續録》卷八）

庸盦筆記

薛福成

《庸盦筆記》六卷，卷一、二爲史料，卷三爲軼聞，卷四爲述異，卷五、六爲幽怪。作者薛福成（一八三八——一八九四），字叔耘，號庸盦，江蘇無錫人。早年曾入曾國藩幕府，後佐李鴻章辦理外交，熟悉洋務，晚年任出使英、法、比、意四國大臣。光緒二十年卒（據《清史列傳》）。《清史稿》卷四四六、《清史列傳》卷五十八有傳。著有《庸盦文編》、《籌洋芻議》等。《庸盦筆記》爲作者從同治四年至光緒十七年（一八九一）之見聞隨筆删存而成，有光緒二十四年（一八九八）遺經樓刊本及掃葉山房刊本等，近有江蘇人民出版社一九八三年排印本。

漢宮老婢

同治初年，羣寇蔓延秦隴。江西某生以拔貢從戎，一日隨官軍逐賊終南山，窮搜蹤跡，塗徑幽險，日影西沉，某生單騎落後，徬徨無投宿處。遥望山坡，隱約有人家，策馬赴之。僅有土室兩間，室外花草奇秀，泉石幽勝。繫馬於樹，徘徊四瞻，倏見一人自林中出，以薜蘿爲衣，毛鬢蓬鬆，驚爲怪物而避之。其人呼曰：「勿走，我乃人也。」返而視之，頭面皆有綠毫，長七八寸，然疏而不密，見其本質嫣然，蓋一妍淑之女仙也。某生告以借宿意，女仙指土室曰：「此吾之敝廬也，然男女有别。」因導往一石室，使居之。俄而皓月騰輝，山空境寂，女仙呼某生坐石上，對談古今事。某生問女仙居里年歲。女仙曰：「我漢宫舊婢也，居此已久，不復能記歲月矣。我本長安良家女，生於漢高帝入關之歲。惠帝四年，選立中宫，是時帝姊魯元公主爲宣平侯張敖妻。宣平侯前婦有一女，太后以其美且賢也，欲與張氏爲重親。遂以黄金二萬斤，爲惠帝聘立爲皇后。我亦被選爲宫婢，專司椒房之厠。漢制凡宫中厠數十處，皆以閹人蠲除不潔。惟皇后燕寢之地，雖閹人不得輒入，故别設宫婢四人，我其一也。我侍張皇后十二年，每伺后將入厠，爲之灑掃，爲之揭裙捧匜，蠲除糞溺。久之，后悦余勤謹，賞賜稠叠。會吕太后崩，大臣誅諸吕，立文帝，用曲逆侯陰謀，誣惠帝諸子爲吕氏子而盡殺之。幽廢張皇后於北宫，僅留侍女數人，余乃被遣歸家。是時宫門扃鐍牢固，每日僅啓小門片時，以通食物。余乃背圓筐、手長鑱爲除不潔者，晨起隨食物入宫。皇后見余，悲喜交集，重賂閽者，出入始無所阻。余誓終身不嫁，復侍后居北宫者十七年。后年四十二，無疾而薨。文帝用大臣議，葬之安陵旁域，不發喪，不起墳，不用珠襦玉匣，其禮與待惠帝後宫諸美人無異。余遂披髮入終南山，飢啖木實，渴飲泉水，常兀坐土室中。一日忽見白雲護廬，一女仙冉冉而下，謂余曰：『張皇后已歸無色界天，感汝忠誠，特貽仙丹一粒，服之可常爲地仙。』余自是遍體生毛，無寒暑，迄於今日，不知幾經甲子也。」某生曰：「史言張皇后佯爲有身，取後宫美人子名之而殺其母，有之乎？」女仙曰：「此皆太后所爲也。惠帝晚年多病，太后欲定人心，遂告大臣曰：『皇后已有身矣。』其後大臣乃誣后佯爲有身，實則后並不知有此事也。后配惠帝不及四年，無子乃其常理。而帝所幸後宮美人，已先後生子七人。皇后性不妒忌，皆撫如己出。太后乃命后取其一人，立爲太子。太后又恐其母有漏言，潛遣宦者縊殺之。后亦未之知也。少帝即位四年，乃自知非后所生，頗出怨言。太后幽殺之，而立常山王宏爲後少帝，兹所以訛言紛起也。」某生問：「張皇后既無大過，而廢處北宮，何也？」女仙曰：「太后斂怨於大臣久矣，后實因太后而波及也。然太后臨朝八年，后多所匡正。太后誅諸大臣，又謀害代王、齊王等，后皆泣諫止之。太后欲引宣平侯與產、禄同秉政，后又爲之力辭。及吕氏將作亂，張皇后斂諸門鑰，使產、禄不得輒入殿門，吕氏遂敗。此其賢德，外廷亦有所聞，所以諸吕及樊伉等皆被誅，而張氏獨無恙；少帝兄弟皆被殺，而后但徙北宮也。」某生曰：「張皇后親則帝嫂，義則母后，文帝獨無尊崇之禮，何也？」女仙曰：「一興一廢，疑忌之懷，賢者不免。當是時，或議賜后死，或議出后歸張氏，文帝知其素性柔懿，無足深慮，故置后於北宮而貶損其禮數，不以后禮供養，又遣一宦官、一宫婢監護北宮。此兩人揣摩時局，肆意陵侮。當惠帝之納后也，行問名之禮，吕太后賜后之名曰嫣。及是時兩人於北宮之宦官侍女，皆改其名曰嫣，并其姓呼之。后亦默然無言。北宮有一小苑，花草幽勝，后每喜往瞻眺。二人曰：『彼幽廢之人耳，何得輒至殿外瞻眺。』因常鎖苑門。后每逢春秋佳日，必再四向二人請鑰，始得一往。由是鬱悶成疾。余有一寶鏡，願觀之乎？」因袖出古銅鏡，噓之以氣，忽見鏡中千門萬户，宫闕巍焕者，未央宫也。有一冕旒者，容貌秀偉，臨御前殿，儀仗甚盛。宫娥數輩扶一美人，服飾麗都，容儀端艷，向上三跪九肅。女仙曰：「此惠帝臨軒册立皇后，后方謝恩也。」某生問：「此時皇后年已幾何矣？」女仙曰：「惠帝四年，后年十四。然漢初以十月爲歲首，若以夏正覈之，乃在惠帝三年之冬，是后實年不過十三耳。」某生曰：「后年十三，而如十六七者，何也？」女仙曰：「宣平侯狀貌修頎，后早年長成，實肖其父，是以惠帝見而悦之。太后探帝意而立之。」某生復諦視其未央宮内一殿，陳設精麗，篆額曰椒房，皇后方對鏡梳裝，鬒髮如雲，侍女數十人，奔走左右。房内有琴書織機，其首飾有玉珥、珠旒、金步搖之屬，冠上有一大珠，徑六七寸，精光奪目。梳裝已畢，宮娥以禮服進，佩以瓊琚，帶以鞶鑑。女仙指示之曰：「此將朝太后也。后自正位中宮，每日黎明即起，傅姆爲修容飾，朝太后宮，上食如禮。禮畢，傅姆爲述前訓及古德言容功之教。至於鼓琴習書，每日皆有恒課，有專師。紡織爲導民之本，亦宜習之。終日汲汲，幾無暇晷。名爲皇后，實一女弟子耳。」忽見后起立更衣，兩足露於裙下，其履式圓頭方底，織以翠羽，飾以金葉，綴以明珠，履長約五六寸。女仙曰：「此所謂遠遊之文履也，漢宮后妃皆用之。」某生始悟古者婦女之足，與男子無異云。女仙復拭鏡噓氣，忽見宮中如喪發之狀，后與美人百餘伏哭殿上，羣臣數百人伏哭殿下。女仙曰：「此惠帝晏駕時也，張皇后年十七矣。」因指一素服端坐、面有剛猛之象者曰：「此呂太后也。」須臾復見后素服在宮，支頤半晌，旁有一婦人年三十餘若與后絮語者。女仙曰：「此后母魯元公主也。后居喪甚哀，水漿不入口者七日矣。故太后召公主入宮勸慰之。」復拭鏡噓氣，忽見宦者八人，以輭輿舁后，面有愁容。女仙曰：「此呂太后寢疾時，欲使后臨朝稱制。后自以稚齡守寡，是時年僅二十有五，不欲接見羣臣，尤恐受產、禄、辟陽侯之狎侮，故往見太后涕泣力辭也。」某生曰：「后之裝束竟與老媪無異，昔何華麗，今何樸略也？」女仙曰：「后自守寡以來，撤環瑱，去簪珥，屏脂粉，每朝太后，衹御青素布衫一襲。

產、祿、辟陽侯等，恒伏兩廂窺伺之。后意在自毀其容，首挽椎髻如老媼者，然彌覺澹艷如仙人，后亦益自危也。」於是復拭鏡噓氣，見未央宫北又一别宫，蓋北宫也。庭階闃寂，侍女不過二三人，后方手執一編，焚香静坐。女仙曰：「此時后居北宫已八年，年三十三矣。后早年多病，惠帝太后常徵名醫、購珍藥爲后療疾，迄未全癒。及入北宫，每召一醫，必敦請宦者轉奏天子，然後有司發管鑰啓宫門納醫。醫官望風希旨，既不盡力，藥物亦以濫惡者充數。有時宦者斥后爲假病，不肯轉奏。后誓不再御醫藥。卧病一年，幾致不起。一日忽理舊篋，得惠帝所遺鍊神修性之書，服而習之，遂能引導辟穀。一年以後，已得仙訣矣。」因復拭鏡噓氣，見一羽士，徘徊北宫門外，瞻望久之。復有美人百餘，陸續向后再拜出宫。女仙曰：「此后年三十七歲時，惠帝後宫美人咸來拜别，羽士乃新垣平也。新垣平得寵於文帝，嘗過北宫，哂曰：『此中有幽人焉，吾封侯之機在此矣。』於是入奏文帝，謂北宫有兵氣，恐不久有變。文帝曰：『彼一失勢幽廢之婦人，復何能爲？惟惠帝後宫美人百餘，聚居北宫，怨氣所積，恐干天和。』於是下詔，出惠帝後宫美人，皆令得嫁。新垣平力勸并出張皇后於外，且曰：『惠帝無後，嫁之亦可。』帝不許。於是始覺新垣平之奸，後遂誅之而夷其三族云。」某生曰：「今觀后之端麗，雖碩人之詩，洛神之賦，不能罄其形容。即以豐頎而論，何百餘美人，竟無一及之者？」女仙曰：「此百餘人，在惠帝時皆極一時之選，然每見張皇后，未嘗不自慚也。」某生方凝神注視，仙女忽索鏡袖之，曰：「日已出矣。」某生欲商借其鏡。女仙笑曰：「子尚未悟耶？凡子所欲見者，須臾間皆見之矣，雖千萬年以來之事，在吾鏡中猶須臾也，久借何爲？」遂策某生之馬曰：「走！」馬乃絶塵而馳，須臾已歸大營，而前事恍如

夢境焉。（卷五）

我佛山人札記小説

吴沃堯

《我佛山人札記小説》，作者吴沃堯（一八六六——一九一〇），字趼人，一作繭人，筆名我佛山人、趼廛主人等。廣東南海縣佛山鎮人。清末小説家，先後主持上海多種小報筆政。著有《二十年目睹之怪現狀》等，文言小説有《趼廛隨筆》、《趼廛續筆》、《中國偵探案》等。《我佛山人札記小説》，原載宣統二年（一九一〇）《輿論報》，後由雲間顛公整理成書，四卷，有一九二一年掃葉山房石印本。其中部分篇目又見于《我佛山人筆記四種》本之《趼廛續筆》。

李善才

高密紅土潭，居邑之東偏，水清而冽，深不可測，無敢游泳者，顧未嘗以妖聞也。邑人李善才，一溺之後，而妖説叢興矣。善才傳者佚其名，幼孤，家素封，母有淑德，喜施與，有觀音菩薩之目。善才幼時，豐肌肉，面白皙，美姿容，故鄉人擬之爲善才童子，遂呼之曰善才、善才，而真名轉爲所掩。善才慧，不解音律，而善辨琴聲，讀書目數行下，年甫舞象，下筆成文，動輒千言。家藏古匕首一，愛逾拱璧，時時把玩。爲作歌云：「余家匕首鋒如霜，荆卿把去刺秦王；一擲不中荆卿死，至今餘恨終未忘。挂壁悲鳴夜出鞘，星流熠熠寒生光。佩之登山臨水去，蛟龍魑魅皆遁藏。我之視爾真如命，爾其護我壽而臧。但恐飛逐劍仙去，拂拭貯之虎皮囊。」又嘗夢中得句云：「柳毅出龍宫，宫花盡意紅；恨多難着筆，作賦讓文通。」及覺，不知所謂。是年就師鄰村，距家里許，一日遄歸，道經潭上，時盛夏，天方午，苦熱，就潭畔解笠釋扇，掬水而盥。忽異香撲鼻，有女子素襪凌波，自潭中出，大駭欲奔！女子欻已至前，執其袪，益懼，戰栗欲啼。女出紅巾爲之拭面，桃靨藏春，柳眉解語，嫣然笑曰：「唉！好男子，反爲女郎嚇啼矣。子無畏，我水仙也，與君有緣，故要君于此。」舉手反指云：「妾即居此，盍辱臨乎！」隨其指處視之，長廊廣厦，疏林半遮，碧瓦白堊，掩映樹隙。夙稔無此巨室，益懼，奪手欲逃，女子强掖之行，瞬息已至。樓臺近水，金碧交輝，牆柳擁青，沼荷争白。門南向洞開，旁卧老尨大如犢，昂頭欲起，猙獰可怖，女急叱之去，肩隨而入。見白石砌路，苔錢亂鋪；蒼松翠竹，夾道成林；陰翳鬱蓊，不睹天日。善才至此，蓋已如醉如夢，不辨東西，唯女子左右之而已。復前行，盡其林，忽天地開朗，達一宫院，庭曠闊，花木四周，麗日曝錦，微風度香，仙境也。行至半庭，見綠蕉成叢，一雛鬟自叢中出，年約十三四，憨態可掬，手捻紅花，俯首自簪。女笑呵曰：「小鬟俊死矣，憨跳無狀，獨不畏貽譏貴客乎？」鬟亦不畏怯，猶引手自捫鬢邊花，牽衣問曰：「伊何人？得毋即所謂善才者耶？」曰：「然。」曰：「向見南海童子，殆猶不及，怪得阿姑着意也。」女斜睨之曰：「再饒舌，掌頰矣。」乃掩口前趨，至門外，搴簾以待。女推善才入曰：「從此墮虎狼窟矣，子將安歸？」復懕笑曰：「尚作呱呱泣耶，行當爲汝覓阿姆。」言次，由堂而室，已至卧榻。綉幄低垂，流蘇半掩，魚錦裀重，龍鬚席凉。女捺善才坐，而自倚枕斜卧，凝睇飽觀，不稍瞬。善才神魂稍定，默計無可脱理，含愁默默，流覽室内。則玳瑁飾梁，珊瑚嵌柱，屏張雲母，簾漾珍珠，金迷紙醉，烟篆香濃，蓋小鬟方添香入鼎也。鼎狀古拙，色兼蒼翠，濃潤欲滴。東壁懸《柳毅傳書圖》，筆意生動，眉目流盼，凝眸久睇，幾忘其爲畫也。旁一聯非綾非紙，色近泥金，其文曰：「洞府有花皆智慧，仙家無事只琴棋。」下設碧玉案，供緑膽瓶，插青蓮花。白玉牀横設北窗下，棋一枰、琴一張置其上。竊疑水晶宫殿，移置人間，廣寒清虚，未必天上矣。瞻顧良久，仍默無言。女揶揄之曰：「田舍郎，生平未嘗睹此，使君自來，當疑誤入梵王宫。我若據案南方，使小鬟合十側立，君必以爲活菩薩，我恰好受善才童子五十三參矣。」善才俯不答，女復殷殷執手，問年歲，始低應曰：「生十五年矣。」女曰：「乙卯肖兔，小奴兩歲，奴癸丑也。」言已，忽顧小鬟曰：「貪笑謔，遂忘正事。日已晡，郎君得毋餒耶，速將桃來！」鬟領命去。少頃，將二枚至，女舉以授善才。視之，晶瑩透光，能見其核，一若水晶琢成也者。時善才苦渴，因言曰：「飢則猶未，實已渴甚，苟不見殺，乞賜瓊漿一甌耳！」女曰：「此冰桃也，但食之，飢渴都除矣。」善才面壁啖，陡覺肺腑清凉，精神發越。女又殷殷甚厚，初無惡態，疑懼少息，始敢與談。乃曰：「俗眼不識真仙，卿果何如人，而行藏詭秘如此？」女曰：「君不聞洛水宓妃乎，即吾母也。奴所以戀戀于此者，爲君故耳。」善才憶小鬟庭中語，及潭上有緣之説，知非噬人者，心益寧貼。女顧小鬟笑曰：「我道此桃佳，良不謬，療渴解飢，都屬餘事，所足珍者，乃壯膽之神丹，開口之寶鑰也。」言已，顧善才而笑，善才亦笑。女見善才意漸定，益喜，按其項使就枕，自移枕對卧，而執其手，從容言曰：「久聞子天才俊逸，步趨青蓮，妾吟君和，佳句定復驚人。」因吟云：「鎮日含情頭懶抬，忽傳柳毅到門來。郎君應號掃愁帚，皺滿雙蛾一旦開。」善才曰：「天才哉！吾當退避三舍矣。」女强之和，和曰：「貌慚仙子首羞抬，誤入桃花洞裏來。若是劉郎真可意，洞門從此莫輕開。」女以手指其額曰：「誰道郎君稚，未合巹，便欲禁錮細君，爲君婦者，不亦難乎？」善才曰：「必盡人而夫之，乃得遂其大欲。」因大諧笑。女又曰：「宵來不寐，偶拈絶句，請得爲君誦之。雖然投桃者頗作報瓊之奢望，想君或不吝教也。」吟云：「倚枕對孤燈，不耐觀琴譜。好夢幾時成？又響芭蕉雨。」善才脱口和云：「織女訴離情，牛郎留笛譜。凌晨烏鵲飛，淚灑絲絲雨。」女微吟再三，忽愀然不樂，櫻唇斂紅，柳眉鎖翠。善才遽起曰：「唱和雅事，句便不佳，無傷大雅，何忽作此態向人？」女曰：「情緣殆盡于此乎？詩讖已兆矣。」善才曰：「吾殆以卿爲聰明人也，由此觀之，亦愚婦耳。夫明皇太真，笑牛女之睽違，誓生生之夫婦，其恩愛可謂極矣。然而馬嵬兵變，生死長辭，敢問其讖兆自何詩耶？卿無惑焉。」于是女復喜，善才復卧，戲拍其肩曰：「卿勿復爾，前篇從删，請再爲之。」吟曰：「神女真海量，可入無雙譜。除却日午時，無刻不言雨。」女倒絶，釵爲之墮，曰：「郎君口孽哉，若見閻摩王，定墮拔舌地獄。」善才遽顰蹙曰：「悲乎！吾竟不知命在何時矣。」因作反袂拭淚狀。女大驚曰：「郎何遽出此，天下寧有殺人痴女子哉！」曰：「卿謂見閻摩王，豈非小生死讖乎？」女又大笑。善才忽莊言曰：「今而後知詩之感人深也，請勿復言矣。」問何故，曰：「能使啼者笑，笑者啼，其感人不已神乎。」女又撫掌。既而新月斜窗，花摇淡影，小鬟秉燭來治栖，兩人遷坐北牖下。女徐弄琴弦，善才閒敲棋子，女目善才曰：「君善棋乎？」曰：「何敢言善，若遇陶士行，當百戰百勝耳，如林君復者，或可與我並驅中原。」女默然爲間，曰：「君僅知棋局幾道耳，能鼓琴乎？」曰：「庶幾伯仲淵明，餘子碌碌，未足數也。」女笑曰：「然則必不及淵明矣。」善才曰：「淵明不可作，是未敢知。實告卿，吾不解琴，然而能聞聲辨意。」女曰：「脱不解當若何？」小鬟方拂衾，停拂反顧曰：「聽而不解，無殊對驢，罰作驢鳴何如？」女曰：「今宵佳會，即推小鬟作盟主矣。」善才諾。女遂挽紅袖，出素手，撫弦動操，釵顫環鳴。曲既終，曰：「弦上聲如何？」曰：「仙乎！仙乎！初若置身風濤中，心蕩神悚；既而情爲之移，頓作天際真人想。」女愕然曰：「君真鍾子期也，所撫者《水仙操》耳。」女又疑其所習聞者，復操獨得之古調以試之。善才曰：「美哉！雍雍乎、喈喈乎！大有鳳凰于飛，和鳴鏘鏘之致，聽之使人動伉儷之情。」女舍琴而作曰：「神解也！誠如君言，此司馬挑文君之操，所謂《鳳求凰》者是也。此調久不傳，奴于洞庭君處宛轉竊得之，微獨人間無此曲，恐天上亦寥寥耳。君不解琴操，而獨得其真，殆以神會者耶！」小鬟忽呼曰：「阿姑姑，驢子其亡！」女瓠犀微露曰：「樂哉今夕，暑退涼生，荷香滿院，果得長耳公仰天一鳴，頓使蝶夢皆驚，遠勝關西大漢唱大江東去也。其如不得聞何哉？」善才遽合十曰：「阿彌陀佛！善哉、善哉！幸遇鍾子期挽住，不然被張果老騎去也。」三人拊掌大笑。女忽傾耳凝神曰：「蓮漏已三下，牛女想已睡去，鴛鴦亦合雙栖矣。」小鬟聞言，闔扉自去。良宵苦短，東方既白，小鬟推户入，灑掃房室，蹀躞有聲，二人起，相對微笑。小鬟捧匜進，置架上曰：「門外何來喧嚷聲，奴出視之。」遂去。既盥，女對鏡理妝，善才枕其股觀之，女忽拍善才面曰：「起！妖且至。」錯愕顧視，一物高八九尺，人體而牛毛，無耳鼻及口，雙目如鏡，執匕首，見善才即攫之，背負而出。初，善才立潭畔與女語，其鄰周某實見之，方疑爲誰家眷屬，乃不轉瞬而相與俱没。大駭！趨其所立處視之，笠若扇委焉。急奔告其母，母大哭曰：「吾兒其果魚腹乎！」周爲號召鄰里，執長竿搜潭中殆遍，而蹤迹杳然，喪氣而返。圍坐柳陰，無不扼腕，至有泣下者。曰：「積善之家有餘殃，天道其憒憒矣，今而後寧爲惡矣。」忽一人昂然來，狀貌雄偉，環目虬髯，蓋求飲者也。自云王姓，世居海濱，采參爲業。見衆如此，問故。争告之，且言李母厚德，不宜遭此横禍。王慨然曰：「此水怪作祟耳，吾爲探之。」衆悦，奔告母，母親出拜見。延至家，問何需。曰：「一牛皮，一匕首足矣。」母曰：「匕首吾自有。」出以授王，曰：「其如無牛皮何？」衆鄰曰：「吾等當爲圖之。」王視匕首鋒鋩射人，若新發于硎，曰：「是秋水湛湛然者，不知決人幾許人矣，寶刀也。」母曰：「是固吾兒所性命視之者，物在人亡，可勝悲惋！」言次，鄰人舁牛皮至，王又索玻璃破鏡一具，謂鄰人曰：「詰朝相見，尚求多備金鼓火鎗至，以助我也。」鄰人去，王就外舍宿。及明，鄰衆大集，王突出，衆皆驚爲厲鬼。察之，則以牛皮按人形作囊以自裹，僅露兩手，塗以油墨，目際剪雙孔，而以玻璃自内掩之者也。衆嘩然曰：「天假吾輩以王君，李氏郎當有救矣。」王舉手曰：「脱無效，幸毋相尤！」遂行，衆鼓勇歡躍從之，至潭畔，王曰：「諸君環列高堤，妖追我出，請鳴金鼓，爇火器，爲我聲援。」言已躍入，于潭底得一洞，奔之，有魚守洞口，其長不知幾何尋丈也。王揮刀斷其尾尺餘，魚怒吞之，王入魚腹，洞之而出，魚遂死。見洞門緊閉，撼之寂然；默念妖必在是，而苦無術可破之。忽砉然一聲，洞門自辟，一小鬟探首出，若有所偵，王驟決之，隨水飄去，則一鯉也。疾趨入，路雖平坦，而苦黝黑。約里許，豁然開朗，則非復水境矣。鳥鳴格磔，蝶舞翩躧，雲淡風輕，頗似暮春景色。翹首以望，見貝闕珠簾，隱約可辨。邁步奔之，及門，徑入，見美人對鏡，有書生偎旁而卧，意必善才，急負之而出。忽聞有聲若雷霆，自身後起，回首則景物全非，寒氣逼人，水自地中湧出，若決江河。王努力狂奔，甫及洞口，内外之水適相交，澎湃之聲，甚于裂石，波濤大作。泗而起，岸上鄰衆見種種水族追王，急爇火鎗，金鼓大作。王負善才登岸，氣已絶；負歸，救之而蘇，母喜出望外。酬王百金，不受，曰：「我非賣命者。聞夫人夙喜施與，吾輩途窮日暮時，往往在夫人覆幬中而不自覺，聊以爲報耳。公子之慶生還，亦天之所以報善人也，吾何功？」固强之，曰：「夫人必愛我，請賜寶刀足矣。」與之，大喜，拜謝去。或曰是殆劍仙，則不可得而知矣。善才頰上被女所拍處，有脂紅掌痕，大如小兒手，終身不脱。痛定細思，始悟匕首歌，夢中作，皆讖也。然自是如江郎之才盡，不能爲詩文云。

前游山左時，于友人案頭，得睹手抄《李善才傳》一篇，洋洋萬餘言，讀一遍，愛其詩，録之藏于行篋。偶檢及，爲追録其大略如此，以視原文，未盡其半也。（卷二）

後記

清代是古體小説發展的新階段。以《聊齋誌異》爲代表的新體志怪小説，掀起了一個擬古派小説復興的高潮。蒲松齡吸取了唐宋傳奇和通俗小説、説唱文學乃至戲曲的某些表現手法，把志怪小説的藝術性提高到了一個新的水平，魯迅稱之爲「用傳奇法，而以志怪」（《中國小説史略》第二十二篇）。作者假借神妖狐鬼故事而寫出了許多現實社會的人情世態，是這一時期小説的重大發展，如人物的塑造、情節的構思、懸念的設置、對話的提煉，都有了新的變化，特别是創造了一種與寫實相結合的寫意手法。繼《聊齋誌異》而出現的《螢窗異草》、《夜談隨録》以至《遯窟讕言》、《夜雨秋燈録》等，都是所謂續《聊齋誌異》系列的作品。許多清代古體小説和《聊齋誌異》一樣，一書之内而文備衆體，各篇作品的虚實、簡繁不完全一致，而以中篇或「長篇」的志怪小説爲主要成就。這些小説集裏還有不少近于紀實的反映現實生活的作品，乃至直録新聞的筆記，但總是以志怪爲主要題材，這種「用傳奇法」寫的志怪是清代古體小説中最有新意的部分。

與《聊齋誌異》對峙的，則是以《閲微草堂筆記》爲代表的另一派。作者標榜實録見聞，注重説理，實際上却近似寓言故事。還有一些是影射現實的諷世小説，也應當歸屬這類。本書只酌收了幾篇。

清代古體小説的另一派，是古文家的人物傳記以及基本紀實的雜録筆記，前人也都稱之爲小説。

傳記文與傳奇體小説歷來有割不斷的聯繫，清初張潮編的《虞初新志》就是一部代表作。繼之而起的有《虞初續志》、《廣虞初新志》、《虞初廣志》、《虞初近志》、《虞初支志》等，收集了不少傳記體的文章，成爲「虞初」系列的文選。這類作品到底有多少虛構的成分，根本無從考證。對于前人視爲小説的傳記，我們只能從作品的文學價值來衡量。只要它故事情節新奇，人物性格鮮明，就不妨承認其爲小説。但真正優秀的作品不多，本書從《虞初新志》裏轉録了《看花述異記》等兩篇。至于以紀實爲主的筆記，則也選録了其夾雜在書中的小説作品，如《金壺七墨》中的《琴園夢略》、《庸盦筆記》中的《漢宫老婢》等。

清代古體小説的品種繁多，體製各異，佳作也有不少。本來還想多收一些，以存全貌，但是爲了減少出版者的虧損和減輕讀者的負擔，不得不力加精簡，在書目和選目兩方面都儘量壓縮，各種類型的作品各選幾篇以示一斑。情節結構相似的故事則選收一兩篇較好的或最早的作爲代表，只在《塗説》的《相士》一篇之後附録了幾篇情節類同的作品，分别注明出處，作爲一個典型例證，借以説明清代古體小説的傳承性和變異性，與民間傳説有不少共同的特點。其餘類似的情況則力避重複，但古體小説中題材和情節結構相似的實在太多，重複恐怕是無法避免的。

清代小説距離現在年代不久，版本也很多，大多數還没有列入善本，然而找起來却很不容易。有些書的初刻本或足本已經很難見到，而翻印本又往往有所删改和僞託，弄得面目全非，因而作者及其年代也難以考查。例如《夜談隨録》自序的紀年各本不同，《筆記小説大觀》本竟把紀年改成了中華民國二年，真令人驚訝咋舌。小説一向不受人重視，而清代小説尤其不受重視，各大圖書館裏這方面的藏書都不完備。由于圖書資料的限制，有時只能用通行易得的翻印本，或參校以新出的排印本。校勘工作做得不多，遺誤在所不免。

本卷的編纂，約請了石繼昌、于炳文二位同好合作。石、于二位作了一些初選工作，並標點了一部分選文；石繼昌先生還提供了他所藏的幾種比較罕見的版本。但限于篇幅，采用不多。最後定稿工作，由筆者獨力完成。于炳文先生忙于自己的本職工作，未能審閱全稿。書中所有的疏失遺誤，只能由我個人負責。令人痛惜的是，石繼昌先生未能見到本卷的編成就已辭世，在此謹志追念。責任編輯顧青兄認真審讀了本書的三卷全稿，曾提出不少有益的意見；趙又新女士擔任了清代卷的發稿工作，功不可忘。現在全書已竣，在此一併表示感謝。

程毅中

一九九五年一月

引用書目（前兩卷已見者不列）

夏爲堂别集　清黄周星撰　清康熙二十七年朱日荃、張燕孫刻本

虞初新志　清張潮輯　清咸豐元年鄉嬛山館刻本

過墟志　清墅西逸叟編　《紀載彙編》本

墨餘録　清毛祥麟撰　清同治十三年刻本　上海古籍出版社一九八五年排印本

香艷叢書　清蟲天子編　清國學扶輪社排印本

中國近代文學争鳴（第一輯）　上海書店一九八九年一版

觚賸　清鈕琇撰　清康熙間臨野草堂刻本

池北偶談　清王士禛撰　中華書局《清代史料筆記叢刊》本

新齊諧　清袁枚撰　《隨園全集》本

閲微草堂筆記　清紀昀撰　清嘉慶二十一年盛氏重刻本

夜談隨録　清和邦額撰　清乾隆刻本

秋燈叢話　清王椷撰　清乾隆刻本

續隻塵談　清胡承譜撰　《叢書集成》排印《涇川叢書》本

塗説　清繆艮撰　清道光八年刻本

勸戒近録　清梁恭辰撰　清光緒六年刻本

談屑　清馮晟撰　清同治九年刻本

我佛山人札記　清吴沃堯撰　掃葉山房一九二二年石印本

小豆棚　清曾衍東撰　申報館排印本

客窗閒話　清吴熾昌撰　清道光刻本

夜雨秋燈録　清宣鼎撰　申報館排印本　上海古籍出版社一九八七年排印本

劉寶瑞表演單口相聲選　中國曲藝出版社一九八三年一版

柳崖外編　清徐昆撰　清乾隆五十八年序刻本

聽雨軒筆記　清徐承烈撰　嘉慶十一年研雲樓刻本

右台仙館筆記　清俞樾撰　《春在堂全書》本

隻塵談　清胡承譜撰　清乾隆五十四年朱慶湄刻本

螢窗異草　清浩歌子撰　申報館排印本

諧鐸　清沈起鳳撰　清乾隆五十七年刻本

瑣蛣雜記　清屠紳撰　清乾隆增訂本

六合内外瑣言　清屠紳撰　清石渠閣重刻本
夢厂雜著　清俞蛟撰　清嘉慶十六年序刻本
耳食録　清樂鈞撰　清道光元年青芝山館刻本
影談　清管世灝撰　民國三年時務報館排印本
昔柳摭談　清梓華生撰　民國三年大聲圖書館排印本
夢花雜著　清李澄撰　清嘉慶間刻本
野語　清費南輝撰　清道光二十五年新增本
挑燈新録　清吴荆園撰　清同治二年重刻本
蕉軒摭録　清俞夢蕉撰　申報館排印本
七嬉　清許桂林撰　清道光十七年三味堂刻本
鏡花緣公案辨疑　孫佳訊著　齊魯書社一九八四年一版
塗説　清趙季瑩撰　清道光二十三年刻本
清風閘　清浦琳撰　《古本小説叢刊》影印清道光華軒齋刻本
清稗類鈔　清徐珂編　中華書局排印本
道聽塗説　清潘綸恩撰　申報館排印本
見聞續筆　清齊學裘撰　清光緒二年刻本

蟲鳴漫録　清采蘅子撰　申報館排印本
埋憂集　清朱翊清撰　清光緒元年文元堂刻本
珠村談怪　清朱翊清撰　清光緒二十年崇文書局石印本
證諦山人雜志　清葉騰驤撰　清道光二十六年木活字本
翼駉稗編　清湯用中撰　清同治八年刻本
里乘　清許奉恩撰　清光緒五年抱芳閣刻本
鸝砭軒質言　清戴蓮芬撰　申報館排印本
耳郵　清俞樾(羊朱翁)撰　申報館排印本
聊攝叢談　清須方岳撰　清光緒十二年文英堂刻本
心影　清黄鈞宰撰　清同治十二年刻《金壺七墨》本
遯窟讕言　清王韜撰　申報館排印本　民國二年惜陰書屋石印本
淞隱漫録　清王韜撰　鴻文書局縮印本
淞濱瑣話　清王韜撰　清宣統三年著易堂石印本
醉茶誌怪　清李慶辰撰　清光緒十八年刻本
虞初廣志　姜泣羣輯　光華編輯社一九一五年排印本
庸盦筆記　清薛福成撰　江蘇人民出版社一九八三年排印本